한권으로 읽는
중국 문명

일러두기

1) 본서의 저본은 刘东 主编 ≪中华文明读本≫(译林出版社, 2009)이다.
2) 본서의 각주는 전부 역자주다.

经典中国国际出版工程
China Classics International

한권으로 읽는

중국 문명
(中華文明讀本)

류둥(劉東) 편저

이성현 · 박민호 · 박정훈
정호준 · 이새봄 · 조성윤
번역

국학자료원

축의 시대로의 회귀

류둥刘东

이 책의 제목만큼 오랜 시간 폭넓게 중국인의 마음을 건드린 주제는 없을 것이다. 무장한 마약 판매상에 다름 아닌 영국이 썩은 나무 기둥 뽑듯 손쉽게 중국의 문호를 열어 젖힌 후, 이미 사라져버린 것 같으면서도 부지불식간에 사람들을 감싸는 이 오래된 문명은 어렴풋이 절실한 고통과 직간접적으로 관련된 것으로 인정되어왔다. 그래서인지 제아무리 전통에 대한 이해가 부족한 사람일지라도 가장 학술적 기초가 탄탄해야 할 이 주제에 대해 조금의 망설임도 없이 목소리를 높이곤 했다. 그러다 궁지에 몰리게 되면 전통 탓을 하거나, 혹은 반대로 전통을 잃어버린 탓이라고들 한다. 이런 형국이니 한쪽에선 과거의 역사가 잘못되었다고 목소리를 높이고, 다른 쪽에선 그에 맞서 과거의 역사가 중단된 것이야말로 잘못이라고 목소리를 높여온 것이다.

다른 한편으로 전통문화 연구를 업으로 하는 전문가들은 문외한들이 자기 영역에 대해 떠드는 것에 선천적인 거부감을 가지는 경우가 대부분이었다. 그들은 어쩌다 선의로 이에 대해 더 상세하게 풀어낸 "국학 기본도서"류의 책을 내기도 하지만, 그 거부감을 내려놓고 다음과 같은 점을 인정하는 경우는 거의 없다. 설령 이 뜨거운 화제를 놓고 발표하는 가장 비전문적인 견해라 할지라도 긍정적인 의의는 있다. 결코 단순히 학술계에 혼란을 가중하는 것만은 아니라는 점 말이다. 그들은 아마도 깨닫지 못하고 있는 듯하다. 사람들은 "전통이란 무엇인가?"라는 질문에 대답하려 할 때, 사실 그 이면에서 "현실에서 그렇게 되고 있지 않은 것은 무엇인가?"를 말하려고 하는 것이다. 그리고 이를 통해 "마땅히 어떠해야 하는가?"의 층위로 사유가 상승하면, 필연적으로 현실을 넘어선 이상적 준거가 싹이 트고, 해결되지 않고 있던 온갖 논쟁들이 인생의 가치에 대한 소환으로 모이게 될 것이다. 바로 이러한 이유로, 자신만이 이 분야에 발언할 특권을 장악했다고 여기고 있는 사람들에게 경각심을 일깨울 한 마디를 해 줄 필요가 있다. 전문적인 시각에서 문제를 제기하는 것이라 할지라도, 논쟁을 주고받는 과정에서 극단으로 흐르게 된 의견은 범할 수 있는 모든 잘못을 저지른 셈이다. 그런데 이러한 의견들이 여전히 문화 환경에 대한 현실적 위기감으로 정확한 것인 양 공유되고 있다. 게다가 만약 세부적인 고증에 심취한 학자가 망각하지 않았다면, 사실 이러한 위기감이야말로 그들이 전통을 살피고 정리하게 된 동인이었을 것이다. 이런 의미에서 어쩌면 세부에 심취하여 능력을 과시하려는 전문가들을 난감하게 하는 것은, 오랜 시간이 흐르면서 전통문화를 논의하는 사람들이 협소한 전문가 그룹을 훌쩍 넘어서 있다는 점이다. 사람들은 그저 문화를 '즐기는' 데만 빠져있는 게 아니다. 이 분야에 형성된 열기는 민중의 심리 속에 보편적으로 존재하는 초월의 지점을 떠받칠 것이다. 비록 여기에서 반영되는 현존상태에 대한 비판의식이 모호하긴 하지만, 어쨌든 전통에 대한 고찰을 하나의 순수한 기술적 과정에 국한된 의미로 파악하는 잘못된 방향을 교정하는 것은 분명하다. 왜냐하면 그것이 일상세계의 뿌리 없음과 규범 상실을 폭로하여 삶에 새로운 가치를 부여하는 궁극적인 관심을 부각하기 때문이다.

물론 문제는 여기에 그치지 않는다. 사회에 대한 정신분석을 통해 전통의 오독이 현실에 대한 강렬한 불안과 초월적 바람에 뿌리박혀 있음을 진단한다면, 이는 인간의 삶에 대한 본능적 조급함의 진실성을 증명할 수는 있겠지만 그를 통해 승화된 꿈 또한 마찬가지로 진실함을 증명할 수는 없다. 따라서 과거와 미래 사이에서 자신을 위한 확실한 자리를 찾기를 갈망하는 현대 중국인으로서는 임의적인 연상에 기대어 전통에 대한 자신의 얕은 이해를 보충하는 정도로 만족할 이유가 없다. 모름지기 역사 텍스트에 숨겨진 답은 결코 사람들이 무엇을 잃어버렸는지에 국한되는 것이 아니라 그들이 장차 무엇을 얻을 것인지까지 포함하고 있다는 점을 명심해야 한다. 왜냐하면, 설사 사람들이 허구에 기대어 미래의 삶에 대한 온갖 전망을 그려낼 수 있다 해도 결국 정말로 역사에 선택되는 것은 오직 장기간 축적되어 잠재의식의 생활 태도로 융화된 공통의 문화심리 안에서 자연스럽게 도출되는 그러한 것만이 가능하기 때문이다. 이런 의미에서 보자면, 역사적 연속성 가운데 몸담고 있는 우리가 전통을 창조하려면 먼저 전통을 활성화해야 한다. 그리고 전통을 활성화하려면 먼저 전통을 전면적으로 인식해야 한다. 만약 사람들이 실로 유한한 이 역사적 자발성이야말로 바로 그들에게 유일하게 현실적인 역사적 가능성임을 보지 못한다면, 나라 바깥으로 튀어 나가 손짓 발짓을 동원하여 중국에 어떠어떠한 부족한 점이 있는지 말할 수는 있겠지만 중국이 무엇을 얻을 수 있을지는 설명할 수 없다. 그렇다면 진정한 생존 기회를 움켜쥘 힘은 없는 것이다. 이에 말미암아 똑같이 공정하게 이야기할 점이 있다. 만약 사람들이 전통 문명의 이러 저러한 단편을 긁어모으는 데만 열중하여 자기가 아는 일부만 가지고 서로 상충하는 평가를 진행한다면, 그것은 단지 현실의 곤경에서 벗어나려는 요구를 끝도 없이 반복하는 것일 뿐 결코 문제의 해결을 향해 두려운 한 걸음을 내딛는 것이 아니다.

바로 이상과 같은 판단에 근거하여 이 책에 관한 기본적인 구상을 떠올렸다. 일반독자들은 자신의 모든 정력을 여기에 쏟아부을 여지가 없음에도 어쨌든 전통에 대한 태도를 밝혀야 할 상황이 생기고, 전문가들은 현대 학술계의 분업체제에 갇혀 자신이 몸담은 특정 분야를 고수할 수밖에 없는 형국이다. 그렇다면 양측 모두를 고려하여, 모든 핵심적인 주제를 체계적으로 추려내어 각 분야의 전문가를 초청한 뒤, 통독하기 어렵지 않은 분량 안에서 중국 문명의 전모를 함께 그려낼 필요가 있다. 아직 전통에 대해 아날학파식 연구를 대규모로 진행하지 않은 현 상황에서 이는 부족하지만 유일하게 실행가능한 대체 방안이다. 비록 이조차 문명 체계의 내재적 구성요소를 명확히 묘사하기에 역부족이긴 하지만, 장담컨대 독자들이 책을 뒤져 보아도 전통문화의 세부 분야를 제대로 파악하지 못해 자신의 주관적인 견해를 제멋대로 늘어놓는 상황에 이르지 않을 정도는 충분할 것이다. 물론 객관적이고 전면적인 인식에 이르게 하기 위해 본서는 최우선적으로 엄격한 가치중립적인 글쓰기 태도를 취했다. 모든 저자는 이에 대해 처음부터 분명하게 요구받았다. 타인의 실제 생존상태와 밀접한 관련이 있는 문제에 있어 그 누구도 자신의 지식적 우위만 믿고 월권적으로 판단할 수도 없고, 해서도 안 된다는 점을 저자 일동은 명백하게 의식하였다. 그런데 만약 독자들이 이 책을 책상 위에 두고 생각날 때 가끔 찾아보는 사전처럼 활용하는 정도에 그치지 않고 소설 읽듯 처음부터 끝까지 전통 텍스트에 대한 전면적인 독서를 진행한다면, 판단의 근거가 될 만한 전방위적인 배경 지식을 제공받을 수 있다. 이를 통해 독자들은 독립적으로 사고할 수 있는 신성한 권리를 경솔하게 남용하거나 책임지지 않는 태도를 면할 수 있다. 사람들이 이 책에서 제시한 81편의 유기적인 글을 체계적으로 읽어낼 수만 있다면, 여러 다양한 각도에서 놀랄 만한 발견을 하게 될 것이기 때문이다. 원래 자신이 전통문화의 특정 요소를 명확하게 찬양(혹은 거부)한다고 해왔던 행동들이 전통의 다른 요소에 대해서는 자기도 모르게 저촉(혹은 보존)하는 행동을 한 셈이라는 점을 말이다. 이로써 논쟁 상대의 입장이 여전히 감정적으로는 받아들이기 힘들지라도 이성적으로는 쉽게 이해될 수 있게 될 것이다.

이렇게 되면 독자 한 명 한 명에게 주저하고 신중한 마음이 생길 것이다. 결코 전통의 자질구레하고 단편적인 편린만을 부여잡고 있을 때와 같이 조급하고 제멋대로 전통의 전부를 긍정하거나 전부를 부정할 수는 없게 된 것이다. 이 책이 나열하는 수많은 문화적 요소가 퍼져 나가고 서로 통하는 것을 따라가다 보면 독자들은 씨줄도 없고 날줄도 없는 정신적 네트워크를 조금씩 체득하고, 그에 따라 그 의미가 각 분야의 총합보다도 큰 전체적인 문화적 배경이 존재하고 있음을 확신하게 될 것이다. 그렇게만 된다면 필연적으로 또 다른 것도 발견하게 될 것이다. 이렇게나 원숙하게 발전한 문명 시스템 안에서는 설령 각각의 구성요소가 후세에 완전히 상반되는 긍정적이거나 부정적인 함의를 띤다고 하더라도 원래 시대에서는 모두 전체 구조에 이바지하는 기능을 보유하고 있었으며, 내재적 통일성을 가진 전통적 가치관에 스며들어 있었다는 점 말이다. 만약 인식의 층위가 이 단계에 올라섰다면, 이 책이 횡으로 펼쳐낸 옛 삶의 뛰어난 전모 앞에서 지난날 각종 외재적인 변수에 휘둘려 중국 문명의 역사를 필연적인 쇠퇴의 역사로 귀결시킨 거짓 역사주의적 논리는 경험적 사실에 대한 맹목적인 숭배에 불과하다는 점이 분명히 드러날 것이다. 독자들에게 관건이 되는 문제는 거시적 조감을 통해 얻게 된 자신이 사랑 또는 증오하는 두 존재가 고대의 전통에서 하나로 얽혀 있었다는 인식에 그치지 않고, 미시적 해석을 통해 이 두 존재가 사실은 하나의 심층적 가치 추구에 복종하며, 따라서 결국 하나일 뿐이라는 인식을 획득하는 데 있다. 그러므로 고대 문명의 핵심 가치 중 전면적으로 부정할 만한 충분한 이유를 찾은 것이 아니라면, 별도의 정신적 전통에서 파생된 것을 가지고 중국의 정신적 전통을 모조리 거부하는 것은 온전히 이성적인 선택이라고 믿기 힘들 것이다.

그러나 역사가 그 제한된 움직임 속에 오류를 범할 수 있음을 인식한다는 것은 결코 사람들이 역사를 싫어하거나 기피할 이유로 바로 연결된다는 것을 의미하지는 않는다. 오히려 반대로 역사적 현상을 이성의 상승과 접근으로 향하게 하기 위해서라도 더 적극적으로 역사를 수정하고 창조하는 것에 헌신해야 한다. 비통함으로 충만한 과거에 대한 후회가 단숨에 격정으로 가슴 부푼 미래에 대한 전망으로 전환하기를 평생 바라왔다. 중국 문명은 지난 한 세기 반 사이 조금씩 해체되어 왔지만, 또한 중국인을 내리누르는 어쩔 수 없는 숙명에서 거대한 선택을 가능케 하는 계기로 변화하였다. 역사적 고통이 가장 격렬한 시대는 바로 역사적 타성이 가장 작은 시대이기도 했다. 공자, 소크라테스, 석가모니, 예수 이후의 전체 세계사를 전면적으로 검토해 봐도, 어떠한 시대의 어떠한 민족도 근현대 중국인처럼 고통스럽게 기성의 문화 질서 바깥으로 유리되는 경험을 하지 못했을 것이다. 그러나 바로 그렇기 때문에 그 누구보다 쉽게 창조의 기회를 열어 새로운 '축의 시대'에 심정적으로 접근할 수 있을 것이다. 근본으로 돌아가 새로움을 열 수 있는 이 천재일우의 역사적 호기를 저버리지 않기 위해, 혹은 더 솔직히 말해 아무런 준비 없이 역사적 대죄를 짓지 않기 위해서는 당대 중국의 진정한 주제를 무엇으로 삼아야 할까? 누군가 제창한 것처럼 중국 문화를 점차 실질적으로 서양 문화의 '하위문화'로 변화시키는 것은 거론할 필요도 없고, 대만 등지에서 중국 전통정신 가운데 본질적인 측면을 현대화의 가속을 위한 도구적 경제윤리로 격을 낮추는 방식도 안될 말이다. 중국, 서양 및 기타 문명의 역사적 과정에서 모든 옳고 그른 경험을 차분히 참고하고, 전인류에게 커다란 도전이 되는 당대의 모든 문제를 예리하게 관찰하며, 과거의 위대한 선지자의 모든 장단점을 비교 검토하여, 이를 통해 동서 문명의 장점을 융합한 더욱 정확한 가치 이념을 사유하고 아직 활성화되지 못한 중국의 전통 안으로 유효적절하게 주입하는 것이 당대 중국의 진정한 주제가 되어야 한다. 이러한 문화적 유전자의 변화를 성공적으로 진행한 후라야 중국 문명은 지금까지의 모든 문명보다 더 지속적인 내재적 문화의 힘을 획득할 수 있고, 이것을 전후의 시기로 가르는 중국 역사만이 끊임없이 오류를 계속한다는 비난에서 벗어날 수 있을 것이다. 또한, 단지 이 경우에만 중국인은 '전근대─근대─탈근대'로 이어지는, 즉 우리의 오늘이 그들의 어제였고, 우리의 내일은 그들의 오늘이라는 식의 서구중심주의의 논리에서 벗어날 수 있게 된다.

　역사는 언제나 끊임없는 창조적 읽기를 통해 그 풍부한 활력을 가진 연속성을 유지해 왔다. 한편으로 역사 텍스트가 보여주는 가치의 향방과 심리적 관성이 독자의 입장에 영향을 미칠 수 있다. 따라서 과거는 현재와 미래에 스며들게 된다. 다른 한편, 해석자의 삶의 체험에서 분출된 본질적 욕구가 역사 텍스트의 가치를 발굴, 이해, 수정하는 데 영향을 끼칠 수도 있다. 따라서 현재와 미래는 이미 죽은 것 같은 역사에 새로운 의미와 생기를 다시금 부여한다. 바로 이와 같은 쌍방향의 교류에 대해 자각하는 것에서 우리는 역사 허무주의와 역사 숙명론 모두에 도전하고 저항할 힘을 가지게 된다. 우리의 끊임없는 선택과 마음씀을 거쳐 전통이 유익한 자원(더군다나 우리의 유일한 자원)으로 전환될 수 있다는 각성에 이르러야만, 중국의 과거와 현재의 역사적 높이가 우리 자신의 정신적 높이에 의해 결정될 희망이라도 가질 수 있다. 우리는 지금 착실하게, 옛것에 얽매이지 않은 새로운 방식으로 중국문화를 해체 재구성하고 있다. 새로운 전통이 이제 우리의 손에서 생생히 걸어 나오려 하고 있다. 따라서 우리는 오천 년의 문명의 여정을 돌아보는 데 두려움을 가질 필요가 없다. 그 속에 진정으로 우리에게 속한 미래가 배태되어 있기 때문이다. 또한 바로 이런 이유로 우리는 여기서 세계로 도피할 필요가 없다. 우리가 밟고 있는 이 땅이 바로 진정으로 우리에게 속한 세계이기 때문이다.

차례

4장 수리와 교통

5장 문학과 예술

6장 학술과 교육

1장

신앙과 철학

1

원시 주술 신앙

샤오빙(蕭兵)

소위 주술이란 원시적 종교 의식이나 그 기술로써, 망상적이지만 조작 가능한 수단을 이용하여 평범한 사람의 힘으로 바꿀 수 없는 현실의 과정에 영향을 미치려 하는 것을 말한다. 그것은 인류의 물질적 생산과 생활 속의 투쟁을 우회적으로 반영하고 보충한다. 또 그것은 인간과 자연, 인간과 인간 사이에서 이루어지는 환상적 에너지 교환 행위라 말할 수도 있다.

어떤 기준을 따르느냐에 따라 주술의 분류 또한 달라질 수 있다. 프레이저$^{J. Frazer}$를 대표로 하는 고전적 분류는 현실과 인간의 행위에 영향을 미치는 방식에 따라 크게 유사 주술과 접촉 주술로 나눈다. 전자는 '유비$^{類比1)}$' 또는 '추세 추종$^{2)}$'의 심리에 근거하며, 어떤 현상을 정하고 그것을 모방하기만 하면 그러한 기획 의도와 진행 과정에 따라 실제로 그 현상에 영향을 미치거나 그것을 바꿀 수 있다고 믿는다. 바늘로 어떤 사람을 모방한 인형의 심장을 찌르면 그 사람의 심장에 고통을 주고 그를 죽일 수 있다고 믿는 것이 그러한 예에 해당한다.

한편 후자는 '감염의 법칙'과 '대체의 법칙'에 근거하며, 대상의 어느 일부분이나 대상이 이미 접촉한 적 있는 어떤 사물을 접촉하거나 처리하기만 하면 대상에게 직접적인 영향을 미치고 그 성질을 바꿀 수 있다고 믿는다. 짝사랑하는 대상의 손수건이나 속옷을 가지고 잠자리에 들면 상대의 마음을 얻을 수 있다고 믿는 것이 그런 예에 해당한다.

---

1) 유사한 것들의 산출
2) 결과가 반드시 원인과 같아야 함

위의 두 가지는 모두 '교감 주술'이라 부른다. 만일 주술의 태도에 따라 구분한다면, 정태적이고 방어적·도피적인 소극적 주술3)과 동태적이고 공격적인 적극적 주술4)로 나눌 수 있다. 그리고 주술 시행자 또는 기획자의 가치 판단에 따라 구분한다면, 보호적 성격이 강하고 선의에 근거한 백^白 주술과 위험성이 강하고 악의에 근거한 흑^黑 주술로 나눌 수 있다.

중국의 주술 역시 대체로 위에서 서술한 범주를 넘어서지 않는다. 서술의 편의를 위해 아래에서는 주술의 기능과 목적에 따라 여덟 가지 종류로 구분하려 한다.

1. 기원 주술

기원은 제사, 축도 등의 주술적 수단으로 재해를 막고 복을 구하는 것으로, 표면적으로 보면 소극적이고 방어적인 특징을 지닌다. 고대 중국의 주술에서 가장 중요한 것은 경제적 풍요로움과 적절한 강수를 기원하는 일이었다. 점복^{占卜} 주술에 사용된 은허^{殷墟}의 복사^{卜辭}에서 가장 자주 볼 수 있고 가장 중요한 것은 '풍년'과 '비'를 기원하는 내용이었다. 그 수단은 아주 다양했다. 갑골문에서 '토^土'자는 ⛰인데 이는 지신^{地神}을 의미하기도 하며, 흙을 쌓아둔 것과 같은 모양이다. 양옆에는 혈점^{血點5)}이 있는데 이는 아마도 희생물6)의 피로 땅을 더 생명력 있게 만드는 것을 나타내는 것이다. 고대인들은 교감의 법칙으로 인간―땅―농작물―계절 간의 생명력의 '침투'를 설명하였고, 그것들이 '유사성'으로 상호 작용을 할 수 있다고 여겼다. 사람을 희생시켜 제사를 지내는 일에 관해서는『주례·춘관·대종백(周禮·春官·大宗伯)』에 "피로써 사직^{社稷}, 오사^{五祀}, 오악^{五岳}에 제사지내다."라고 쓰여 있다. 말하자면 땅과 농작물이 더욱 새롭고 강한 생명력을 얻어 풍요롭게 되도록 사람을 제물로 삼았다는 것이다. 이런 의미에서 우리는 희생 제의를 기원 주술의 대표적인 형태라고 말할 수 있다. 윈난^{雲南} 진닝^{晉寧}에서 출토된 청동 저패기^{貯貝器}의 뚜껑에서 우리는 그와 같은 무시무시한 장면을 볼 수 있다.

고대인들은 자연―인류―계절 사이에 또 다른 유사성, 침투성을 가진 '탄생―죽음―

---

3) 기원 주술 등의 경우
4) 액을 쫓는 주술의 경우
5) 흙더미라고도 하고 빗물이라고도 함
6) 살아 있는 사람도 포함됨

부활'의 순환이 존재한다고 생각했다. 태양의 뜨고 짐, 농작물들의 발아와 성숙, 계절의 온랭, 인간의 생사 등등, 어느 것 하나 그와 같은 순환을 나타내지 않음이 없었던 것이다. "춘분에 농사의 시작을 위해 제때 제사를 지낸다."(『국어·노어 상(國語·魯語 上)』) 주술은 그러한 순환을 강화하고 그것이 순조롭게 이루어지도록 하며 인류의 의지와 이익에 부합하도록 만들어준다. "토지신에게 제사를 지내 음기를 주관한다."(『예기·교특생편(禮記·郊特牲篇)』)는 것은 제사와 기원으로 토지가 더 큰 모성과 생식능력을 갖도록 하고, 그것과 그 의존물[7])의 재생능력 강화를 말한다. "사람은 땅이 아니고선 설 수 없으므로, 땅을 사社[8])라 일컫는다."(『백호통·사직편(白虎通·社稷篇)』), "사社는 땅을 신으로 섬기는 이치이다."(『예기·교특생편(禮記·郊特牲篇)』) 등의 표현은 풍요를 기원하는 주술의 근본을 나타낸다. 풍요를 기원하는 주술은 인류의 번식과 확대 재생산을 촉진하고, '두 가지 생산'은 고대인의 사유 속에서 서로 침투하고 교감한다. 즉, 토지─어머니의 생식 능력은 기원 주술의 작용을 통해 강화되었고, 인류와 농작물의 '풍요'를 촉진시켰던 것이다.

　'땅'과 '물'은 모두 고요하고 맑으며 아래로 거한다. 또한 그것들은 풍부한 생식 능력을 지닌다. 고로 중국인들은 그것들을 '음陰', 즉 모성으로 간주했다. 따라서 토지신에 대한 제사, 풍요와 비의 기원은 대부분 여성에 의해 이루어졌다. 생명과 성性적 현상은 교감과 상호 침투가 가능하기 때문에, 무녀에 의한 배수排水 또는 성교를 표현하는 동작이나 가무는 '모방 효과'를 통해 하늘에서 비가 내리고 땅을 비옥하게 할 수 있다고 여겨졌다. 남녀 간의 화목한 생활 역시 같은 목적을 지녔다. 한漢대 동중서董仲舒의 '청우지우법請雨止雨法' 중 한 항목은 부부가 '짝을 지어 사는' 것에 대해 말하고 있다. 또한 후대에 도사가 비를 기원할 때 따르는 '월패법月孛法' 또한 그러한 원리에 근거하고 있었다(『강소통지고(江蘇通志稿)』 등에 기록되어 있음). 또 청나라 때 원매袁枚의 『자불어·패성여신(子不語·孛星女身)』에는 도사가 영패令牌를 때리면서 "비! 비! 비!雨! 雨! 雨!"라 명령하고, 그 패성孛星을 몸에 붙인 벌거벗은 여성이 "제단 아래 반듯하게 누우면, 엷은 구름이 그 음부로부터 나와 하늘을 가득 채우고 비가 닷새 동안 그치지 않고 내린다."라는 서술이 나온다. 이는 기원과 기우 주술에 포함된 전형적인 서술이다. 때로는 주술사가 이를 위해 생명을 바치기도 한다. 예를 들어 『여씨춘추·순민(呂氏春秋·順民)』에 나오는 '탕수상림湯水桑林'이 그것이다.

---

7) 농작물
8) 토지신

〈그림 1〉
1956년 윈난 진닝현 스자이(石寨)산에서 출토된 전한 시기 청동 저패기 뚜껑. 뚜껑 위에 살아 있는 사람으로 제사를
지내는 장면이 묘사되어 있다.

2. 제액^{除厄} 주술

제액 주술은 질병이나 사악한 귀신, 요괴 등 해로운 대상을 억누르고 제압하며 쫓아내
는 주술이다. 상대적으로 소극적인 것은 액막이의 성격을 띤 주술^{Charm magic}로, 중국 고대
인들은 이를 '염승^{厭勝}'이라고 했다. 이는 『한서·왕망전(漢書·王莽傳)』과 『후한서·청하
효왕경전(後漢書·淸河孝王慶傳)』 등에 기록되어 있다. 북제^{北齊}의 안지추^{顔之推}는 『안씨가
훈·풍조편(顔氏家訓·風操篇)』에서 사람이 죽은 후 '악령을 피하는 것' 외에 간단한 액
막이 주술을 해야 한다고 말한다. 또 "기와에 귀신 그림을 그리고 부적을 써서 염승을 한
다. 출상하는 날에 문 앞에서 불을 붙이고 집 밖에 재를 뿌려 집안의 귀신을 내쫓고 전염
병을 막고자 귀신에게 글을 올린다."라고 하는데 이것이 바로 액막이 주술이다. 중국 고
서에는 말하는 '혼불^{釁祓}'은 가령 상^商나라 탕^湯왕이 이민족의 이윤^{伊尹}을 등용하려 할 때 그
에게 불 위를 지나도록 하여 그의 더러운 기운을 제거했던 데서 확인할 수 있는데, 이것
또한 일종의 염승이라 할 수 있다.

염승은 '물화物化'의 형식을 취하기도 한다. 예를 들어 출입문을 장식하는 '포수鋪首'나 '도부桃符', '탄구吞口' 또는 '신화神畵' 등이 해당한다. 후대에 자주 볼 수 있는 '포수', '도부', '문신화門神畵'나 윈난이나 구이저우貴州 변경 민족이 오늘날까지도 사용하는 '탄구' 등은 모두 '같은 것이 서로 대립한다同類相克.' 내지 '독으로 독을 공격한다以毒攻毒.'는 액막이 도구이다. 전국 시대나 양한 시대 묘실에서 발견되는 '비의非衣', '명정銘旌', '인혼번引魂幡' 등도 대개 관곽棺槨 위에 놓여 염승의 역할을 담당했다. 창사長沙 쯔단쿠子彈庫의 전국 시대 묘에서 출토된 초십이신백서楚十二神帛書와 인물어기용주백화人物御夔龍舟帛畵, 창사의 초나라 묘에서 출토된 인물용봉백화人物龍鳳帛畵와 마왕퇴馬王堆의 한묘백화漢墓帛畵 등도 모두 액을 막는 기능을 담당한다. 진晉나라 갈홍葛洪은 『포박자내편 · 등섭편(抱朴子內篇 · 登涉篇)』에서 "온갖 귀신에 대한 기록을 논하고, 천하 귀신들의 이름을 알며 『백택도(白澤圖)』와 『구정기(九鼎記)』를 갖고 있으면 모든 귀신을 스스로 물리칠 수 있다."라고 말한다.

정태적인 제액 주술과는 상대적으로 강력하고 적극적이며 동태적인 제액 주술이 있다. 가장 유명한 것은 바로 『주례 · 하관(周禮 · 夏官)』에 등장하는 방상씨方相氏의 '나儺'이다. 방상씨의 '미친 사내' 4인은 보통의 집안사람9)으로 이루어진 강력한 의례 행렬을 이끌고 요괴가 불러일으킨 질병, 역병을 수색하고 제거한다. 이러한 의식은 주로 '과도過渡 의식'인 장례 중에 거행된다. 분묘에 이른 그들은 묘실 안으로 뛰어 들어가 과戈, 모矛 등 차가운 병기로 네 모퉁이를 찌름으로써 시신이나 망자의 혼령에 해를 가할 수 있는 괴물을 제거하고 쫓아낸다. 이는 시베이西北 귀융鬼戎 집단이 귀신을 쫓는 주술로부터 유래한 것으로, 주술사가 '큰 귀신'10)으로 분장해 '악귀'로 변한 소비魖犻11)를 물리친다. 오늘날 윈난과 구이저우, 그리고 창장長江 중하류 지역에는 '나의儺儀'에서 변화된 '나무儺舞', '나희儺戲' 등이 생생하게 보존되어 있다.

---

9) 또는 노예
10) 원숭이 토템신, 즉 방상(方相)
11) 즉 방량(方良)

3. 연애 주술

성애性愛와 관련된 주술은 보통 백 주술에 속한다. 소극적인 것으로는 처녀의 정결 또는 부녀자의 정조에 대한 검증 따위가 있는데, 어떤 사람들은 이를 '점험占驗12)' 주술에 넣기도 한다. 이론적으로 이러한 검증은 처녀의 피에 대한 공포와 숭배에서 기원한다. 그것의 '조작'과 관련해서 고대인들은 소위 수궁사守宮砂13)를 발명해냈다. 제齊나라와 양梁나라 악부樂府에서는 소위 "정조를 소중히 여겨 속바지를 입고, 그것을 지키려 수궁에 의탁한다."라고 하였다. 『태평어람(太平御覽)』9권 146장에서 『회남만필술(淮南萬畢術)』을 인용한 대목에서는 "수궁을 그늘에서 말려 여성의 팔에 바른 후, 남성과 음양을 합하면 그것이 바로 떨어져나간다."라고 적혀 있다. 당唐나라 때 이상은李商隱도 「하양시(河陽詩)」에서 "파릉 야시장의 붉은 수궁, 애첩의 팔에 찍혀 점점 붉다."라고 노래하고 있다.

진晉나라 장화張華의 『박물지(博物志)』도 수궁사에 대해 기록하고 있으며, 송宋나라 석찬영釋贊寧의 『감응류종지(感應類從志)』에서는 "부인의 월수포月水布14)를 태워 재로 만든 후, 부인이 왔을 때 적은 양을 취하여 문턱, 문지방에 놓아두면, 부인이 집에 계속 머무르고 떠나지 못하게 된다."15)라고 서술하고 있다. 어떤 이들은 이성을 유혹하는 이러한 주술16)을 '애신학愛神學, Aphroditic'에 포함시키기도 한다. 예컨대 당나라 때 소설에는 '여구미驢駒媚'가 등장하는데, 전하는 말에 따르면 이는 당나귀驢駒가 갓 태어났을 때 주둥이에 달려 있는 고깃덩어리 모양의 물건17)으로 "부인이 그것을 달고 있으면 아름다워질 수 있다."라고 한다. 『곽소옥전(霍小玉傳)』에 따르면, 여인을 유혹하는 '동심결同心結' 안에는 "상사나무 씨相思子 두 개, 고두충叩頭蟲 한 마리, 발살취發殺觜 하나, 여구미 소량"을 포함하고 있어야 한다. 터놓고 말하면, "사내들에게 채집하도록 권하며, 사모하는 마음을 일으키는" 홍두紅豆18)는 처음에는 『영표녹이(嶺表錄異)』에서 말하는 것처럼 단지 '어여쁜 사물'에 지나지 않았다. 『홍루몽(紅樓夢)』의 사대저優大姐가 주운 "두 요정이 다투던" 수춘낭繡春囊도

---

12) 점괘가 맞는지를 검토한다는 의미
13) '수궁'은 도마뱀의 일종이다. 고대 중국에서는 도마뱀에게 붉은 모래를 먹여 기른 후, 붉게 변한 도마뱀을 가루로 만들어 여성의 신체에 찍는 방법으로 여성의 순결함을 검사하였다. 수궁사란 여성의 순결을 검사하는 가루를 말한다.
14) 오늘날의 생리대와 유사
15) 명초본(明抄本) 『설부(說郛)』를 참고할 것
16) 이러한 '월수포'는 보다 흔히 볼 수 있는 속옷이나 '손수건'과 유사하다.
17) 송나라 소식(蘇軾)의 『물류상감지(物類相感志)』를 참고할 것
18) 상사나무 씨를 의미

그러한 물건 아니었겠는가?

'고술蠱術'에도 연애와 관련된 내용이 큰 비중을 점한다.『좌전·소공 원년(左傳·昭公元年)』에서는『주역(周易)』을 인용하여 "여자가 남자를 유혹하고, 바람이 산의 낙엽을 떨어뜨리는 것을 고蠱라 한다."라고 말한다. 또 광시廣西의『귀순직예주지(歸順直隷州志)』에서는 "남편을 얻지 못한 아녀자가 무당에게 부적을 구하고 그를 기쁘게 하면, 오랜 시간이 지나 그것이 고蠱가 되었다."라고 말한다. 어떤 약물이나 주술 행위로 이성을 유혹하는 일도 적지 않았다. 가장 유명한 것으로는『좌전·장공 28년(左傳·庄公28年)』의 기록이 있다. 초楚나라 영윤令尹이었던 자원子元은 방탕하고 격렬한 '만무萬舞'를 추어 문文부인을 '유혹蠱'했는데, 이에 대해 두주杜注에서는 "유혹하여 음탕한 일을 한다."라고 기록하고 있으며, 공소孔疏는『주역(周易)』속의 "여자가 남자를 유혹하는 것을 고라고 한다."라는 말을 근거로 들어 그것을 증명했다. '만무'란 본래 전갈 토템과 관련된 춤으로, 전갈이 교미를 위해 추는 춤처럼 방탕한 것이었기 때문에 성욕을 자극하고 이성을 유혹하는 연애 주술 춤이 되었다. 전갈 또한 고독蠱毒을 제조하는 데 필수요소였다(아래를 참고할 것), 먀오산苗山에는 묘족 여인의 신령이 깃든 '부적'이 있는데, 그 기본적 형태는 전갈을 주된 성분으로 하는 '고'였다.

4. 상해傷害 주술

이는 물론 혹 주술이며, '고'를 기본으로 삼는다. 일찍이 은허의 복사에 고와 역蜮[19]에 대한 기록이 있었고, 심지어는 그것들을 신으로 간주하기도 했다.『설문해자』13권의 충蟲부에서 "고는 뱃속의 벌레이다."라고 설명하며,『좌전·소공 원년』에서는 "명충皿蟲을 고라고 한다.", "음욕이 생겨나는 곳이다."라고 설명한다. 유명한 의사였던 '의화醫和'는 지나친 음탕함이 초래한 것이라 말하는데, 이는 선진 시대에 이미 성병에 대한 인식이 있었음을 알려 준다. 그러나 이러한 성병 역시 어떤 고술 또는 금기taboo를 범한 것에서 기인하는 것이었을 터다. 왜냐하면 "명충皿蟲을 고라고 한다."라는 의화의 말은 예나 지금이나 민간 풍속에 근거가 있기 때문이다. 가장 명백한 근거는『수서·지리지(隋書·地理志)』에 나오는 다음 문장이다. "(예주豫州 이남의) 여러 고을郡에서 고를 기르는데, 의춘宜春이

---

19) 물속에 숨어 살며 사람을 해친다는 전설상의 괴물

특히 심하다. 그 방법은 다음과 같다. 5월 5일에 큰 것으로는 뱀부터 작은 것으로는 이^蝨에 이르기까지 수백 종의 벌레를 잡아 용기 안에 넣고 서로를 잡아먹게 만든다. 그러면 맨 마지막에 한 마리가 남게 되는데 뱀은 사고^{蛇蠱}라 부르고 이는 슬고^{蝨蠱}라고 부르며, 이 것을 가지고 사람을 죽인다." 이것이 바로 무시무시한 상해 주술이다.

여기에는 물론 질병(특히 학질과 간염)에 대한 오해에서 생겨난 고술에 대한 추측성 태도가 존재한다. 그러나 당시 생산과 과학 기술 수준이 낮고 의사와 의약품이 부족했던 후진적인 집단은 그것에 대해 깊은 믿음과 경외심을 가지고 있었다. 그 외에도 '역'이라 불리는 물속에 사는 독충이 있다. 마왕퇴 한묘 백화^{帛畵} 아랫부분에 그려진 작은 벌레가 바로 역으로 보인다. 그것은 암암리에 남을 비방하고 사람을 죽음에 이르게 하는, 상해 주술에서 자주 제어하고 사용하는 법물^{法物}이다.

주술사의 고는 역사적으로 커다란 사건이나 재앙을 일으켰다. 『한서 · 강충전(漢書 · 江充傳)』의 기록에는 "태자궁에서 고를 파내고, 동목인^{桐木人}[20]을 얻었다."라는 말이 있는데, 이로 인해 임금이 바뀌고 동란이 벌어졌다.

보다 많은 경우, 상해 주술은 모방성이 강하다. 허수아비에게 활을 쏘거나 조상^{造像}을 훼손하거나 실제 얼굴을 본떠 사람을 해치는 일은 역사서에 끊임없이 기록되어 있다. 일시^{逸詩}[21]인 「이수(狸首)」에는 주^周나라의 군신이 고분고분하지 않은 제후의 형상을 과녁으로 삼아 화살을 쏨으로써 그를 복종시켰다는 내용이 있는데, 이에 과녁을 '사후^{射侯}'라고도 부르게 되었다. 『태평어람(太平御覽)』 7권 137장은 『육도(六韜)』를 인용하고 있는데, 여기서 강태공은 정후^{丁侯}의 모습을 본뜬 그림에 화살을 쏴 정후를 병들게 하고, 화살을 뽑아 그의 병을 치유함으로써 사방의 오랑캐를 복종시킨다. 『봉신연의(封神演義)』 제48회는 육압^{陸壓}이 조공명^{趙公明}을 해치려 계책을 내놓는데, 완전히 이단적인 주술을 사용한다. 또한 『초사 · 천문(楚辭 · 天問)』에서는 백익^{伯益}이 유사한 방법으로 하계^{夏啓}에게 해를 입히려 하는 내용이, 『홍루몽』 제25회에서는 마도파^{馬道婆}와 조이낭^{趙姨娘}이 비슷한 주술로 보옥^{寶玉}과 봉저^{鳳姐}를 음해하려는 내용이 나온다. 한^漢대 그림에는 사람의 머리에 화살을 쏘는 기이한 장면이 있는데, 이 역시 상해 주술을 보여주는 것 같다.

---

20) 어떤 사람을 저주하기 위해 그 사람과 비슷하게 오동나무를 깎아 만든 인형을 가리킴
21) 『시경(詩經)』에 수록되지 않은 고시 또는 전해 내려오지 않은 시

5. 치료 주술

병을 치료하는 주술은 세계 각 민족에게 보편적으로 존재한다. 원시 시대에 사람들은 질병(특히 전염병)을 외부 요소와 인간의 심신이 상호 작용하여 생겨난 자연적 결과라 여기지 않고 귀신이나 요괴가 가져다준 것이라고 보았다. 따라서 그들은 '초자연적 힘'을 부리는 주술적 수단으로 질병을 예방하거나 치료하려 했다. 한자에서 '의醫'는 때때로 '毉'로 쓰기도 하는데, 이는 질병이 의원과 무당이 함께 책임져야 할 일이라는 것을 말해준다. 공자는 "사람에게 항심恒心이 없으면, 무당이나 의원도 될 수 없다."라고 말하면서 무당과 의원을 나란히 언급한다. 『산해경・해내서경(山海經・海內西經)』에서는 개명開明의 동쪽에 '무팽巫彭' 등이 있다고 서술하고 있는데, 그들에 대해 진晉나라 곽박郭璞 "모두 신의神醫이다."라고 주석을 달았다. 여기서 주술사가 불사의 약을 다루었음을 알 수 있다. 『설문해자』14권 유酉부의 의醫자에 관한 설명에서도 "옛날에 무팽은 처음에 의술을 다루었다."라고 말한다. 주술사인 '팽彭, 함咸'은 치료 주술과 불사의 약에 해박했기 때문에 '장생불사'할 수 있었다. 『산해경・대황서경(山海經・大荒西經)』에서는 '영산靈山'에 열 명의 주술인이 있었는데, 무함巫咸, 무팽巫彭이 하늘과 땅을 오르내리던 그곳에는 "수많은 약이 도처에 있었다百藥爰在." 또한 『논형(論衡)』은 "무함은 사람에게 질병을 일으키거나 그것을 지속시킬 수 있었다[22]."라고 서술한다. 전국戰國 시기 유명한 신의였던 '편작扁鵲'은 옛사람들에 의해 까치의 몸과 사람의 머리를 한 무의巫醫의 신으로 여겨졌는데, 그 형상은 한대 화상전畵像磚에 남아 있다.

'병을 고치는 기술자'이자 주술사였던 무의는 소위 '샤먼Shaman'으로서 실질적으로 약초, 특별한 처방 비법, 수술 등으로 병을 고쳤고, '반反 암시술'과 같은 심리치료와 안심요법 등에도 해박했다. 그러나 그들은 일정 정도 주술에 의존해야 했으며, 이를 통해서만 민중의 믿음을 살 수 있었다. 주술은 주문과 따로 분리할 수 없었으므로, 『설문』에서는 "무巫는 축祝이다."라고 말했던 것이다. 후세에 무의는 '축유과祝由科'라고 불렸는데, 그것은 그들이 병을 고치는 주문에 능했기 때문이다. 허신許愼은 '醫의'자의 윗부분에 해당하는 '殹예'자가 '악한 태도'를 의미한다고 말했다. 무의는 흉악한 목소리와 얼굴을 가장해야 했고, 그 태도도 악할수록 좋았다. 그러나 이는 병자를 대함에 있어서가 아니라 방상

---

22) 『태평어람』 78권에서 인용

씨가 무시무시한 '기두^{鬿頭23)}'를 썼던 것처럼 질병을 불러온 귀신을 놀라게 하고 쫓아내기 위해서였다. 앞에서 이야기했듯, 방상씨는 집안을 수색하여 역귀를 내쫓았는데, 이 역귀는 맞는 것을 무서워했다. '殳^예'자에서 '殳^수'가 가리키는 것은 몽둥이와 비슷한 병기인데, 이는 아마도 방상씨처럼 귀신을 때릴 때 썼을 것이다. '医^의'자에서의 '矢^{시24)}'는 외과 수술 때 사용할 수 있었다. 그리고 '醫'자 아랫부분의 '酉^유'에 대해 『설문』은 "의^醫는 술에서 비롯되었다."라고 말한다. 무의가 술을 마셔 환각과 광란의 상태에 빠져야만 그의 주술도 보다 격렬하고 두려우며 효과적이었다. 또 환자에게 술은 좋은 약이자 해독제, 마취제였다. 따라서 중국의 고대 의술에서 '주술'과 '의술'은 나란히 존재했고, 허와 실을 모두 활용하여 병을 치료했다.

6. 심판 주술

심판의 주술은 범죄 심리와 판결, '금기' 등으로 구성된 가장 오래된 원시 사회의 '응용관습법'이자 강제성을 띤 유아기적 사회 규범이다. 그것의 기원은 토템 숭배와 시련의식으로까지 거슬러 올라가야 한다. 가장 명확한 예는 『시경·생민(詩經·生民)』 등에 나오는 강희^{姜姬}가 아들을 "세 번 버리고 세 번 거둔다."라는 이야기이다. 여기서 강희는 소와 양에게 갓난아기를 밟도록 두어 그 아이가 토템의 후예인지를 확인한다.

『묵자·명귀편(墨子·明鬼篇)』은 '양^羊'이 관리의 시비를 판단할 수 있다고 말하였고, 그보다 더 전에는 그와 같은 신성한 양을 '해치^{解廌}'25)라고 불렀다. 『설문』 등의 책에서는 "옛사람들은 송사를 판결할 때, 그것에게 정직하지 않은 자를 접촉하게 했다."라고 말한다. 따라서 그것은 심판 주술이 의지했던 신물^{神物}이자 판결 수단이었고, 심지어 법률과 조정의 상징물이 되기도 했다.

또한 법률의 '法^법'자는 '灋'으로 쓰기도 하므로, '법'의 원시적 형태는 토템이나 심판 주술 의식과 불가분하다. 그것은 황당하고 어리석지만 억제력과 '교화의 성격'을 지니므로, 법도 없고 하늘의 도리도 모르는 '몽매'한 상태보다는 나은 것이다.

후에 이러한 심판은 '신재^{神裁, ordeals}'로 추락했다. 옛 희곡에는 피고인이나 범죄 혐의자

---

23) 귀신탈
24) 화살을 의미
25) 갑골문에서 볼 수 있음

에게 기름 끓는 솥을 들거나 칼날 위를 걷게 하고, 혹은 못이 박힌 나무 위를 뒹굴게 하거나 달구어진 숯 위를 지나도록 하는 잔혹한 관리가 등장하는데, 바로 그러한 것에서 유래한 것이다.

7. 점복卜과 주술

점복 또한 의문점을 해결하고 사건을 판결하며 미래를 가늠하는 '확률성' 주술 또는 주술 의식으로, 어떤 의미에서는 심판 주술의 약화된 형식 또는 보다 높은 단계라고 볼 수도 있다. 그것은 주로 어떤 물후物候[26], 사건, 숫자, 또는 그것들의 조합으로 길흉을 판단하고 미래를 예측하며 행위를 결정한다. 어떤 경우 그것은 시비를 결정하는 데 쓰임으로써 문화사적으로 대단히 중요한 역할을 담당했고, 또 어떤 경우에는 천문, 역산, 수학이나 '의사 결정학', '미래학' 등의 효시가 되기도 했다.

중국의 고대인들은 나라의 큰일을 해결하는 데 오직 제사와 무력이 있을 뿐이라고 생각했다. 제사는 신과 조상에 대한 것으로 일반적으로는 '사당廟'에서 이루어졌다. 제사에는 군사와 정치 전략에 대한 평론이 동시에 이루어졌고, 종종 거기에 점복을 결합시켜 거시적인 정치적 방침과 전쟁 방략을 결정하기도 했다. 이를 가리켜 고대인들은 '묘산廟算'이라고 불렀다. 손자孫子는 묘산에서 이기면 전쟁에서도 반드시 승리한다고 말했다. 따라서 고대인들은 이렇듯 제사와 점복을 중시했던 것이다. 그들은 점복으로 의문을 해결했고 의문이 없으면 점을 치지 않았다. 또 점복은 정치적 국면과 역사적 전개 과정에도 영향을 미쳤다.

중국의 역사 문헌상의 점복은 이미 이론적 체계를 형성했다. 그것은 대단히 복잡한 운용 방법을 지니고 있었지만, 주술의 통제와 영향 속에서 벗어날 수 없었다. 그것은 '남서 북복南筮北卜'이라는 말처럼 대체로 두 가지 계통과 하나의 종합적 계통(예를 들어 '팔八卦―역易'의 경우)으로 구분할 수 있었다. 북복에서의 복은 주로 귀갑龜甲을 이용했고, 소나 양의 어깨뼈 등도 대체물로 사용했다. 소위 '갑골문'은 그 위에 새긴 '복사卜辭'였다. 남방에는 초목이 무성하여 서법筮法을 즐겨 사용했다. 서란 대나무나 풀의 가지와 잎 등 긴 형태의 식물성 재료를 배열하고 조합하여 길흉을 예측하는 것을 말한다. 후대에는 신비롭게

---

26) 기후에 따라 변하는 만물의 상태

여겨졌던 톱풀을 사용하기도 했고, 어떤 지역에서는 동물의 털로 만든 새끼줄을 대신 사용하기도 했다. 또 민간에서는 척교擲珓[27]를 사용하여 제비를 뽑는 방식으로 점을 치기도 했다.

'팔괘'에 대해 말하자면, 그것은 고차원적인 종합 점복으로 여러 학문에 걸쳐 있었다. 그것은 초기에는 그처럼 복잡하지 않았다. 괘효卦爻와 괘사卦辭 등에 대해 기록한 『역경(易經)』은 본래 석척蜥蜴[28] 토템에서 유래한 무서巫書였지만, 현재에는 수많은 중요한 철학과 과학 사상을 '발견'할 수 있는 텍스트가 되었다.

8. 초인招引 주술

초인 주술은 주로 장례의 성격을 띤 '과도 의식'에서 혼령을 달래고 부르고 인도할 때 사용하는 주술이다. 원시인들은 인간이 죽은 후 육체[29]와 분리된 하나 혹은 여러 개의 '영靈[30]'이 있다고 여겼으며, 때로는 이러한 영혼이 귀鬼, 살煞, 여厲[31] 등으로 '소외'되어, 사람을 알아보지 못하고 반목하여 친족에게조차도 해를 끼칠 수 있다고 생각했다. 따라서 친족들은 숨거나 짐승의 피로 제사를 지냈고, 살을 피하거나 자신들을 위장했으며, 혼령을 달래고 부르고 인도하는 등의 의식을 치렀다. 『초사(楚辭)』의 「초혼(招魂)」과 윈난성 진닝(晋寧)의 스자이산(石寨山)에서 출토된 고대 기물들로 볼 때, 그러한 의식의 장면은 상당히 성대했던 것 같다. 저장浙江 사오싱紹興의 전국 시대 묘지에서도 혼을 부르고 조상에게 제사 지내는 데 사용된 청동 구주영옥鳩柱靈屋에도 악대樂隊가 앉아 있다. 여기서 가장 중요한 것은 혼령을 부르는 의식이다. 『예기(禮記)』에서는 이를 '복復'이라 불렀는데, 여기에는 두 가지 의미가 있다. 하나는 '혼魂'이 '백魄'을 회복하여 고향으로 돌아오게 한다는 의미이고, 다른 하나는 혼이 몸으로 돌아와 흙 속에서 편안함을 누린다는 의미로 『예기 · 예운편(禮記 · 禮運篇)』등에서 확인할 수 있다. 사람이 죽고 나면 그 친족들은 "지붕 위에 올라가 '고, 모복皐, 某復!'이라고 외쳤다." 『의례 · 사상례(儀禮 · 土喪禮)』등에

---

27) 조개, 대나무, 나무 등의 점복 도구
28) 색이 변하는 용
29) 소위 '백(魄)'
30) 소위 '혼(魂)'
31) 악귀

따르면, 일반적으로 죽은 이의 옷을 이용하여 혼령을 불렀는데, 이는 교감 원리에 따른 것이었다. 옷은 죽은 이가 늘 접촉했던 것으로 그 물건의 주인을 대표하며 그의 냄새가 배어 있기도 하다. 또 옷은 사람과 모양이 유사하여 혼령을 모사할 수도 있다. 마왕퇴 한 묘에서 출토된 백화는 명정銘旌이라고도 부르는데, T자 형상으로 의복과 매우 유사하다. 만일 약간 간소하게 한다면 죽은 이가 입었던 옷의 실이나 무명 따위를 써도 무방했다. 『초사·초혼(楚辭·招魂)』의 "진나라의 배롱, 제나라의 비단실, 정나라의 망사", 서남부 변경 지역 민간의 '옷 바구니衤藍' 등은 모두 초인 주술의 도구였다.

2

수(數)에 대한 숭상

팡푸(龐朴)

원시인들은 눈에 보이는 자연물과 눈에 보이지 않는 신령 외에 '숫자'를 숭배했다. 숫자는 물질과 정신을 매개하는 것으로, 여느 사물과 달리 감각될 수 없지만 늘 존재하고 불변했다. 또한 그것은 이념과도 달랐다. 모든 이념은 유일한 것이었지만, 수는 서로 유사했고 비교가 가능했으며 어떤 사물이나 비−사물도 표현할 수 있었다. 실제로 고대 그리스에는 유수론惟數論[1]적 철학자 집단이 있었다. 그들은 만물의 근원을 물이나 불과 같은 구체적인 사물로 귀결시키기보다는 더 간편하고 믿을 만한 숫자로 귀결시키려 했다. 중국에서도 수는 숭배와 숭상을 받았다. 그중 어떤 사상은 이미 사라졌지만 어떤 것은 오늘날까지도 살아 숨 쉬고 있다.

수의 신비성은 숫자 자체로는 해석해낼 수 없다. 그런 방식으로는 갈수록 애매해질 뿐이다. 수의 신비로움은 신비로울 것 없는 생활로부터 비롯된다. 다만 그들의 어떤 생활방식은 오늘날과 너무 동떨어져 인류의 기억 속에서 이미 사라졌고, 어떤 것은 오늘날과 너무 가깝지만 우리가 일상생활에서 느끼지 못한다.

1. '무(無)'

'무' 또는 0은 수의 시작이라고 인정해야만 한다. 많은 사람들은 도가 사상이 무를 숭

---

1) 세계를 오로지 수로 파악할 수 있다고 믿는 주장

상했고, 도교의 교의가 무를 예찬했다고 알고 있다. 그러나 그들은 도가의 그러한 특징이 어디서 비롯되었는지 알지 못한다.

도가의 시조는 '무당巫'이었다. '巫'라는 개념은 본래 그들이 '無'와 교류하는 역할을 맡고 있었던 것과 연관된다. 그렇다면 '無'는 무엇인가? 그것은 본디 '무용수舞'가 환심을 사고 비위를 맞추려 했던 신령이었다. 한자에서 '無'는 상형문자인 𣞤를 해서화楷書化한 것이다. 그리고 𣞤는 𣞤에서 비롯된 것인데, 𣞤는 한 사람이 소의 꼬리나 띠풀을 손에 쥐고 춤을 추는 것을 형상화한 것이다. 고대인들이 춤을 춘 것은 오락을 위해서가 아니라 기복祈福을 위해서였다. 그들은 농작물의 풍작을 위해 농사일을 흉내 냈고, 커다란 사냥감을 노획하기 위해 사냥하는 동작을 흉내 냈다. 이러한 동작을 '舞'라고 했는데, 이것이 곧 𣞤이다. 그리고 𣞤가 신봉하는 대상은 여러 신령이었다. 그것들은 눈에 보이지 않았고 그 형태를 밝힐 수도 없었기 때문에 𣞤라는 글자로 표시했다. 𣞤라는 일을 좋아하고, 𣞤라는 대상의 즐거움과 분노를 헤아리길 좋아하는 사람들은 점차 巫(이는 巫의 간체자이고 그 상형자는 𣞤이다.)로 불리게 되었다. 이렇게 無, 巫, 舞는 삼위일체이면서도 가리키는 바가 달라졌던 것이다.

이에 중국 문화에서 어떤 정수보다도 작지만 어떤 '유有'보다도 크다고 인정되는 특수한 속성을 띤 수가 생겨났다. 도가에서는 "천하 만물이 유로부터 생겨나고, 유는 무無로부터 생겨난다天下萬物生於有, 有生於無."라고 말한다. '무'는 '유'의 어머니로 상상되었다. 일상생활에서 어떤 거대한 사물을 형용하거나 묘사할 때도 늘 '무'를 사용했다. 커다란 집을 '廡'라고 했고 큰 초원을 '蕪'라고 했으며, 커다란 고깃덩어리를 '膴'라고 불렀다. 심지어는 가장 고운 자태를 가리켜 '嫵'라고 했다. 당나라 때의 여성 황제였던 무측천武則天은 능陵 앞에 글자가 없는 비석無字碑를 세웠는데, 전하는 말에 의하면 어떤 문자로도 그녀의 빛나는 업적을 칭찬할 수 없기 때문에 문자를 새기지 않음으로써 모든 문자를 능가하려 했다는 것이다.

2. '1(一)'

첫 번째 정수를 1이라 부른다. 이는 통상적 의미에서의 수의 시작이다.

1은 하나이지만 동시에 모든 것이다. 이는 수많은 민족의 문화에서 공통되지만 중국에는 특별한 유래가 있다. 원래 글자를 만들 당시, '一'이라는 가로획은 하늘을 대표할 수도, 땅을 대표할 수도 있었고 다른 지사指事2)의 성격을 지닌 사물이나 공간, 시간을 대표하기도 했다. 오랜 시간이 지나, 사람들은 1이 모든 것을 표현하고 대표할 수 있다는 관념을 형성했다. 즉, 1은 '많음多'일 수도, '모든 것全'일 수도 있다. 따라서 우리는 '일람무여一覽無余'라는 말로 모든 것이 한눈에 들어온다는 것을 표현하며, '일패도지一敗塗地'라는 말로 모든 국면에서 패배했음을 표현할 수 있다.

수의 시작인 1은 원시, 근본, 궁극, 심지어는 숭고의 의미를 나타낼 수 있다. 그것은 사상가들이 즐겨 사용하는 개념이다. 공자는 "나의 도는 하나로 꿰뚫어 있다."라고 말하는데, 여기서 1은 '仁인'을 가리킨다. 또 노자는 "하늘은 1로써 맑음을 얻고, 땅은 1로써 안정됨을 얻는다……왕과 제후는 1로써 천하의 올바름을 얻는다."라고 말하는데, 여기서 1은 '도道'를 가리킨다. 일설에 따르면 진무제晉武帝가 위魏를 찬탈하고 제위에 오르는 의식을 거행할 때, 서로 다른 숫자가 표시되어 있는 제비에서 하나를 뽑아 진나라가 몇 대까지 이어질지를 예견하는 점을 쳤는데, 그가 뽑은 숫자가 1이었다고 한다. 신하들의 낯빛이 변하자 시중侍中 배해裵楷가 노자의 "하늘은 1로써 얻는다."라는 말을 인용하여 사람들의 근심을 기쁨으로 돌려놓았다. 1은 숫자의 시작이지만 동시에 사물의 궁극점이기 때문에, 상식적으로 말하면 1은 1대一代만을 의미하는 것이지만 철리에 근거하자면 극한으로도 볼 수 있는 것이다. 1이라는 수의 오묘함이 이와 같았다.

1의 숭고한 의미는 여기서도 생겨날 수 있다. 고대 군주들은 자신을 '여일인予一人'이라고 표현하기를 좋아했다. 처음에는 이러한 표현이 아마도 자신을 낮추는 의미를 담고 있었겠지만, 실상은 자신을 세상에서 가장 대단한 사람이라고 추켜세운 것이었다. 이러한 1은 숭고의 의미를 내포했고, 태일太一은 위대한 1의 문언文言적 표현이었다. 과거에는 품계가 가장 높은 관직을 1품이라고 했고, 숫자가 1로부터 멀어질수록 품계의 단계도 낮아져서 9품은 제일 낮은 관직이었다.

---

2) 한자의 육서(六書)의 하나로, 사물의 추상적인 개념을 빌어 글자를 만드는 방법. 숫자나 방향 등을 의미하는 글자가 주로 여기에 속한다.

3. '3(三)'

1이 숫자의 시작이라면 3은 숫자의 완성이었다. 많은 민족들은 3을 중시했지만, 제각각 다른 근거가 있었다. 고대 그리스 사람들이 3을 중시한 것에는 아마도 사변 이성思辨理性 때문이었을 것이다. 반면 중국 사람들이 3을 좋아한 것은 오늘날에 이르기까지 소수의 사람만이 알고 있는 이유가 있다.

고대에 사람들이 혼인 습속을 거치는 것을 인류학자들은 혼급婚級 제도라고 부른다. 당시 씨족 구성원들은 남녀 도합 네 개의 혼급으로 구분되었는데, 동급의 남녀는 오빠와 여동생 또는 누나와 남동생으로 묶였다. 어떤 남성의 혼급은 어떤 다른 여성의 혼급과 통혼만 가능했는데, 같은 원리로 어떤 여성의 혼급은 어떤 다른 남성의 혼급과 통혼만 가능했다. 부부 사이에서 태어난 자녀들 역시 각각 그 부모와는 다른 혼급으로 편입되었다. 다음 그림을 살펴보자.

남 (————)	여 ——	자녀
1	4	3
2	3	4
3	2	1
4	1	2

그림에서 숫자는 혼급을 대표하고, (————)는 통혼을 나타낸다. 우리는 다시 첫 번째 줄의 혼인 결과를 아래 그림처럼 전개할 수 있다.

제1대 남1(——————)   여4
제2대 아들3(————)여2   딸3(————)남2
제3대   자녀1   자녀4

이 가계도에서 우리는 다음 사실을 알 수 있다. 제1대의 혼인 관계는 제2대에서 자신의 혼급과는 다른 자녀들을 배출한다. 그리고 자녀는 자신들과도 다르고 부모와도 다른 혼급에서 배우자를 찾으며, 거기서 출생한 제3대는 제2대의 혼급과 다르나 제1대의 혼급 상태로 되돌아가게 된다. 후대의 소위 소목昭穆3) 제도가 바로 여기서 유래했다.

---

3) 사당에서 신주를 모시는 차례를 일컫는 말로, 왼쪽 줄을 '소'라고 하고 오른쪽 줄은 '목'이라고 한다

이러한 혼구^{婚媾} 방법은 몇 백 년간 지속되었는지는 몰라도 후대 사람들의 관념에 중요한 영향을 미쳤다. 적어도 '3'이라는 숫자에 대한 신비감을 낳았다고 할 수 있다. 다시 보자면, 1대에서 2대로의 변화는 혼급의 전개이고, 2대에서 3대로의 변화 역시 혼급의 전개이지만 동시에 그것은 1대로의 회귀이기도 하다. 그러하기에 고대 사람들은 "수는 1에서 시작되고 3에서 완성된다."라고 했던 것이다. 3은 완성된 수이며 성숙한 수이다. 1에서 3은 하나의 사이클이며, 양적 확장이자 질적 회귀인 동시에 더 높은 단계의 시작점이기도 하다. 따라서 노자는 "도는 1을 낳고, 1은 2를 낳고, 2는 3을 낳고, 3은 만물을 낳는다."라고 했던 것이다. 어째서 1은 만물을 낳을 수 없을까? 왜냐하면 1은 아직 성숙하지 않았기 때문이다. 어째서 3은 만물을 낳을 수 있을까? 왜냐하면 3은 또 1이기도 하고 '시작'의 특질을 갖고 있기 때문이다. 상기 가계도에서 볼 수 있듯, 제1대는 단지 한 쌍일 뿐이지만 제3대에 이르면 비로소 여러 쌍이 형성되고 다시 아래로 내려가 자손을 낳고 만물을 생산할 수 있게 된다.

따라서 후대의 어떤 이는 3을 '하늘의 큰 도리'라고 했던 것이다. "무엇을 '하늘의 큰 도리'라 하는가? 세 번 일어나면 하루가 되고, 3일이 지나면 규칙이 이루어지며, 3순이 지나면 한 달이 되고, 석 달이 지나면 한 계절이 되며, 세 계절이 지나면 하나의 공로가 이루어진다. 춥고 더움은 3과 함께 사물을 이루고, 해, 달, 별 세 가지는 빛을 이루며, 하늘, 땅, 사람 세 가지는 덕을 이룬다. 이러한 이치로 볼 때, 3은 1을 이루는 하늘의 큰 도리이다." 이 말은 동중서가 한 것으로, 3을 숭상하는 관념이 이미 매우 깊다는 사실을 반영하고 있다. 오늘날에 독자들도 그와 관련된 다양한 예들을 열거할 수 있을 것이다.

4. '5(五)'

숫자 5가 사람들의 숭배를 받는 이유는 모든 사람에게 다섯 개의 손가락과 발가락이 있다는 데 있다. 만약 소도 숫자를 숭배한다면 분명 2를 숭배했을 것이다. 왜냐하면 소는 발굽이 두 개이기 때문이다.

많은 민족은 5를 숭상한다. 그러나 한족^{漢族}만큼 그것을 깊고 철저하게 숭상하는 민족은 없을 것이다. 한족은 5행 관념을 지니고 있다. 오늘날 알려지기로는 적어도 상^商나라 때부터 그러한 관념이 생겨났다. 처음에 그것은 단지 5방^方, 즉 동서남북과 중앙을 가리키는 말에 불과했지만, 만물의 근원을 추궁하면서 물水, 불火, 나무木, 흙土, 쇠金를 생각해냈고 이를 5재五材라 일컫기 시작했다. 그들은 이 다섯 가지 요소의 특성들이 만사와 만물을 결정하고 생성해낸다고 믿었다. 그런데 여기에는 한 가지 문제가 있다. 어째서 '방方'은 4개가 아니고 5개이며, '재材'는 6개나 3개가 아니고 5개인가? 아마도 5를 숭상하는 관념은 그러한 개념들보다 앞서 존재했었을 것이다. 그러나 5방이나 5재가 구성된 후에는 본래 인간 신체에만 속해 있던 '5'라는 숫자에 '객관성'과 신성성이 더해져 5를 숭상하는 관념을 더욱 심화시켰을 것이다.

진정 객관성을 띤 것은 5방뿐이었으므로, 그것은 5에 대한 숭배 관념의 기초가 되었다. 5재는 5방에 끼어들어 가 동쪽은 나무, 남쪽은 불, 서쪽은 쇠, 북쪽은 물, 중앙은 흙과 각각 짝지어졌다. 또 한 가지 해결해야 할 문제는 재材는 단지 5가지이지만 그 수는 10개라는 점, 즉 5재와 숫자 10의 관계이다. 그러므로 1, 2, 3, 4, 5는 물, 불, 나무, 쇠, 흙의 발생 수이지만, 6, 7, 8, 9, 10은 그것들의 형성 수라 말할 수 있다. 이렇게 공간, 물질, 숫자가 알맞게 배열된다. 처리하기 무척 곤란한 하나의 시간이 남아 있다. 온대 지역에 살던 우리의 조상들은 비교적 분명한 사계절의 감각을 지니고 있었으며, 1년 12개월 또한 객관적인 법칙이었다. 여기서 4, 12, 그리고 5 사이에는 통약이 불가능하다. 사람들은 이를 위해 적지 않은 고민을 하여 마침내는 여름夏과 가을秋 사이에 계하季夏라는 계절을 집어넣기로 결정했다. 계하는 진정한 의미의 시간이 아니라 명목상의 시간에 불과했다. 그것은 시간이 아닌 시간이었다. 이렇게 춘하추동은 각각 나무, 불, 흙, 쇠, 물과 서로 어울리게 되었다. 이때부터 시간, 공간, 물질, 숫자는 집의 네 기둥처럼 배치되어 모든 것을 포괄하게 되었고, 포함하지 못하는 것이 없는 5행의 거대 체계도 마침내 형성되기에 이르렀다.

	木	火	土	金	水
時	春	夏	季夏	秋	冬
方	東	南	中	西	北
數	三′八	二′七	五′十	四′九	一′六
帝	太昊	炎帝	黃帝	少昊	顓頊
神	勾芒	祝融	后土	收	玄冥
蟲	鱗	羽	倮	毛	介
音	角	徵	宮	商	羽
天干	甲′乙	丙′丁	戊′己	庚′辛	壬′癸
味	酸	苦	甘	辛	咸

臭	膻	焦	香	腥	朽
祀	戶	灶	中溜	門	行
祭先	脾	肺	心	肝	腎
明堂	青陽	明堂	太廟	总章	玄堂
色	青	赤	黃	白	黑
谷	麥	菽	稷	麻	黍
牲	羊	鷄	牛	犬	猪
兵	矛	戟	劍	戈	盾
氣	風	陽	雨	陰	寒
紀	星	日	歲	辰	月
官	士師	司徒		司馬	理
鐘	大音	重心	洒光	昧其明	隐其常
律	大簇…	中呂…	黃鐘…	夷則…	應鐘

위의 표에서 볼 수 있듯, 당시 사람들의 생활에서 가장 중요한 것들은 모두 5행의 도식 속에 포괄되어 있었다. 물론 어떤 것들은 고의로 길게 늘려 놓았고, 또 어떤 것들은 억지스럽기도 하다. 위 항목들 중 유일하게 예외적인 것은 네 가지 구성 요소만 있는 '관官' 항목이다. 여기에 빠져 있는 중앙 부분은 군주를 위해 남겨 놓은 것이어서 빈 곳을 채워 넣을 수도, 채워 넣을 필요도 없었다.

후에 8괘를 어떻게 5행과 어울리게 할지, 음양에게 어떻게 5행을 이끌게 할지, 그리고 12지지를 어떻게 5행 체계 속에 집어넣을지 하는 문제들이 생겨났는데, 그에 대한 서술은 여기서는 생략하기로 하자. 여기서는 숫자 5에 대한 숭상이 5행을 구성하였고, 5행 체계로 공고화된 5에 대한 숭상이 중국 문화 전체에서 대단히 특별한 위상을 점하여 오늘날까지도 중국인의 사상과 감정에 영향을 미치고 있다는 점만을 강조하기로 하자.

이러한 5와 앞서 설명한 3은 신성성을 지닌 숫자로써, '3 × 5 ×'와 같은 형식을 이루어 경의를 표할만한 어떤 대상을 널리 지칭하게 되었다. 예를 들어 3황5제三皇五帝는 고대의 제왕을 지칭하고, 3분5전三墳五典은 고서적을 가리킨다. 또 3로5경三老五更은 존경받는 노인을 말하며, 3영5신三令五申은 정중하게 법령을 설명하는 것을 지칭한다. 심지어 3강5상三綱五常은 처음에는 반드시 따라야 할 사람의 도리와 가르침을 의미했지 3개 내지 5개의 특정한 조항을 가리키는 것이 아니었다. 그동안 지식인들은 그 유래나 맥락을 모른 채 '3×5×'와 같은 표현들을 검토해 왔다. 그러다보니 그들은 매번 고생을 하면서도 그 뜻을 명확히 이해하지 못했고, 도리어 그러한 표현들이 본디 갖고 있던 신성성을 가리고 말았다. 그들은 인류가 수에 자신들의 감정을 부여했다는 점, 또는 숫자로 자신들의 감정을 표현했다는 점을 전혀 이해하지 못했다. 예를 들어 만약 우리가 '3×5×'를 '3×6×'으로 바꾼다면 상황은 즉시 달라지게 될 것이다. 3두6비^{三頭六臂}, 3고6파^{三姑六婆}, 3반6방^{三班六房} 등등은 모두 폄하의 의미를 담고 있기 때문이다. 이렇듯 숫자 하나가 달라지자 감정 또한 크게 달라졌는데, 그 미묘한 점은 몇 마디 말로 다 설명하기 어려울 것이다.

5. '9(九)'

십진수에서 가장 큰 수가 9이다. 10은 9에서 한 걸음 성큼 내딛은 것으로, 반대쪽을 향해 걸으면 0으로 되돌아가게 된다. 그러므로 9는 가장 큰 수이고 수의 궁극이라 할 수 있다.

또 9는 가장 큰 홀수^{奇數}이기도 하다. 우리의 조상들은 일찍이 음양의 관념을 수에 확장시켜 홀수를 양^陽이라, 짝수^{偶數}를 음^陰이라 일컬었다. 남성이 패권을 쥔 사회에서 양은 존엄했다. 그러므로 9는 가장 큰 수라는 점에서뿐만 아니라 양수^{陽數} 중에서 가장 크다는 점에서도 숭배의 대상이 되었다. 가장 큰 양수는 경험을 중시하고 노인을 존중하는 생활환경 속에서 애초부터 모든 양을 통솔하고 대표하는 자격을 갖게 되었다. 즉 9가 양수의 대표가 된 것이다. 이는 『역경(易經)』에 가장 잘 드러나 있다.

9는 3개의 3이기도 하다. 3은 이미 신성한 수이다. 앞서 말했던 대로 3을 1로 간주하여 1이 2를 낳고 2가 3을 낳으면 곧 9가 된다. 즉, 9는 신묘함의 결과라 할 수 있다.

이렇듯, 9는 그것의 크기나 신성성 때문에 숫자들 중 가장 특수한 지위를 얻게 되었다. 사람들은 궁극을 표현하기 위해 9를 사용했다. 9주^{九州}, 9역^{九域}, 9이^{九夷}, 9소^{九霄}, 9천^{九天}, 9중^{九重} 등등, 모든 숫자 중에서 9만이 수의 궁극을 대표할 수 있었다. 억, 조, 경, 해를 비롯해서 그 수의 크기를 가늠할 수조차 없는 항하사^{恒河沙}, 나유타^{那由陀}도 수의 크고 많음을 기술하거나 표현할 수 있을지언정 수의 궁극, 무한을 표현할 수는 없다. 9만이 홀로 유한한 무한 또는 무한한 유한의 특성과 자격을 가질 수 있는 것이다.

그러나 9의 이러한 철학적인 무한성도 사람들의 정서적 요구를 만족시킬 수는 없었다. 그리하여 과장하기를 좋아하는 사람들은 9를 배가하는 방식을 사용하여 18이라는 숫자로 궁극을 표현하기도 했다. 18반^{十八般} 무예, 18층^{十八層} 지옥, 18반^{十八盤}4), 18상송^{十八相}

^{촌5)} 등이 그 예이다. 그러나 인간의 정서란 본래 무절제한 것이어서 18조차도 충분치 않다고 여겨 한 번 더 배가한 숫자인 36을 사용하기도 했다. 36계^{三十六計}, 36천강^{三十六天罡6)}, 36행(혹은 여기에 10배를 더해 360행) 등이 여기에 속한다. 이러한 풍조가 생겨나자, 어떤 사람은 36을 다시 배가하여 72를 사용했다. 공자의 72제자, 손오공의 72가지 변화, 72지살^{地煞7)} 등등.

물론 이 숫자는 끝없이 위로 올라갈 수 있다. 그러나 같은 일을 여러 번 반복하는 것은 좋지 않다. 중국어에서 '最^{가장}'도 세 번을 초과해서 쓰지는 않는다. 그 까닭은 첫째, 그러한 방법은 창조성이 모자라다고 여겨지기 때문이며, 둘째, 그러한 '무한'이 진정 '유한성'을 지니고 있다는 것을 쉽게 노출하고 말기 때문이다. 그래서 중국 사람들은 이제 배가하는 방법이 아니라 36과 73을 더함으로써 108이라는 수가 마치 특별한 무한성을 획득하는 것처럼 생각했다. 사람들은 그제야 만족스럽게 108을 가장 큰 수를 표시하는 관용적 수로 여기게 되었다.

이상에서 언급한 숫자들은 후천적인 수 이외의 문화적 속성 때문에 중국인들의 숭상을 받았다. 이상의 근본적인 설명을 통해 우리는 그것들의 신비성을 벗겨낼 수 있었지만, 주의해야 할 점은 수에 대한 그와 같은 숭상이 그것의 원초적인 의미를 이미 멀찌감치 벗어났다는 것이다. 수는 중국 전통문화의 심리적 정식^{程式}으로서 부지불식간에 여전히 사람들에게 영향을 미치고 있다.

---

4) 18번이나 굽이질 만큼 험한 산길을 의미
5) '상송'은 '서로 배웅한다'는 뜻으로, 18상송은 서로 헤어지기 아쉬워 18번이나 오고가며 배웅한다는 의미
6) '천강'은 북두성을 의미하며, 36천강은 북두성처럼 신성하고 뛰어난 36명의 인물을 비유
7) '지살'은 악귀, 흉신을 의미

3

유가 도통(道統)

모우중젠(牟鐘鑒)

———————

유가 도통은 유자儒者들이 유학의 기본 원리인 '성현의 도聖賢之道'를 후대로 전수하는 체계에 관한 학설이다. 유가 사상가들은 성현에 대한 숭배 심리하에서 장기간 유학에 대한 정교한 고찰을 진행했다. 그들은 외부적으로는 다른 학파의 이설異說과 불가, 노장사상 등과 명확히 경계를 그었고, 내부적으로는 이단 사상이나 각종 편향된 주장들과도 갈라섰다. 이를 통해 그들은 유학 기본 정신의 순결성, 안정성, 연속성을 견지할 수 있었고, 유가 철학의 발전 흐름을 형성할 수 있었다.

초창기 유가는 고대의 성왕현신聖王賢臣을 숭배했다. 요堯, 순舜, 우禹, 탕湯, 문文, 무武, 주공周公 등은 모두 하늘을 섬기고 백성들을 사랑했으므로 유가적 이상에 부합했던 인물들이었다. 그리고 유가는 스스로 그러한 고대 성현들의 사상을 계승하고 있다고 여겼다. 공자는 유가의 창시자로서 "요순堯舜의 도를 본받고, 문무文武의 제도를 따랐다." 또 그는 요, 순, 우, 탕, 문, 무가 모두 하늘의 뜻에 따르고 세상의 변화에 순응하는 고대의 성왕聖王으로서 차례대로 제왕의 지위를 계승했다고 여겼다. 공자는 그들을 다음과 같은 찬사를 보냈다. 요임금에 대해서는 "드높다! 하늘만이 크다고 할 수 있는데, 오직 요임금이 그것을 따랐다(『논어・태백(論語・泰伯)』)."라고 말했고, 순임금에 대해서는 "하지 않음으로 다스렸다(『논어・위령공(衛靈公)』)."라고 평가했다. 그리고 우임금에 대해서는 "[자신은] 보잘것없는 음식을 먹으면서도 조상에게 효를 다했고, 의복을 허름하게 입으면서도 제복祭服은 아름답게 갖추어 입었으며, 누추한 집에 거하면서도 수리 사업에 매진하였으니, 우는 내가 흠잡을 데가 없다(『논어・태백』)."라고 말하였고, 주나라 문왕과 무왕의 성세

^{盛世}에 대해 "주나라의 덕^德은 지극한 덕이라 일컬을 만하다(『논어·태백』).", "주나라는 두 개의 조대¹⁾를 거울로 삼았으니, 그 문화가 얼마나 찬란한가! 나는 주나라를 따를 것이다(『논어·팔일(八佾)』)."라고 말하였다. 공자는 주나라의 예^禮를 부흥시키고 주나라의 예악^{禮樂} 문화를 계승·전파하는 것을 소임으로 삼았다. 그는 광^匡 지역에서 위험에 빠졌을 때 이렇게 말했다. "문왕이 이미 죽었으나, 그 문화는 내게 있지 않은가? 하늘이 이 문화를 없애려 한다면 뒤에 죽을 자가 이 문화를 가질 수 없었을 것이다. 하늘이 이 문화를 없애지 않으려 하니, 광 땅의 사람들이 나를 어쩌겠는가(『논어·자한(子罕)』)?" 여기서 우리는 공자가 유학을 세우는 일을 선현의 도리를 계승하는 것으로 간주하였음을 알 수 있다.

맹자^{孟子}는 유가 도통의 중요한 선구자였다. 그는 "앞선 성인들의 도를 지키고, 양묵^{楊墨}에 맞서며 음란한 말을 추방(『맹자·등문공장구하(滕文公章句下)』)"하기 위해, 요순의 도리와 후계자들이 그것을 전수한 내용에 대해 진일보한 해석을 가했다. 그는 "요순의 도리는 효제^{孝弟}일 따름이다(『맹자··고자장구상(告子章句上)』)." "요순의 도리는 인정^{仁政}에 의하지 않고서는 천하를 평안하게 다스릴 수 없다는 것이다(『맹자··이루장구상(離婁章句上)』)."라고 주장했다. 또한 요순 이후의 하나라 우임금에 대해서는 "우가 순을 도운 시간이 기니, 백성이 오랫동안 혜택을 입었다(『맹자·만장장구상(萬章章句上)』)."라고 말했고, 탕이 우를 계승하여 왕의 정치를 행하고 불의한 나라를 정벌한 일에 대해서는 "그 군주만 죽이고, 백성은 다독이니, 때마침 내린 비와 같았다(『맹자·등문공장구하』)."라고 말했다. 나아가 주나라에 대해서는 "문왕은 정치를 펼쳐 인^仁을 베풀었다(『맹자·양혜왕장구상(梁惠王章句下)』).", "아픈 이를 보듯 백성을 본다(『맹자·이루장구하(離婁章句下)』)."라고 서술했고, 무왕에 대해서는 "물과 불 속에 있는 백성을 구하고, 잔악한 이들만 취하였을 뿐이다(『맹자·등문공장구하』).", "주공^{周公}은 삼왕^{三王}을 아울러 생각하고, 이로써 네 가지 일을 시행했다(『맹자·이루장구하』)."라고 서술했다. 맹자는 특별히 공자를 존경하여 "성인들 중에서도 때에 따라 중용을 지키는 분이다. 공자를 집대성한 사람이라 일컫는다(『맹자·만장장구하(萬章章句下)』).", "백성이 생겨난 이래로 공자와 같은 분이 없었다(『맹자·공손추장구상(孟子·公孫丑章句上)』)."라고 말하였다. 또 그는 재아^{宰我}의 말을 인용하여, 공자가 "요순보다도 훨씬 현명하다(『맹자·공손추장구상』)."

---

1) 하(夏)나라와 상(商)나라를 지칭

라고 평하기도 했다. 그는 이로써 유가 도통 가운데서 공자를 가장 높은 지위에 올려놓았다.

맹자는 요순의 도리에서 가장 중심이 되는 것이 인정仁政이라고 생각했다. 즉 인의仁義의 마음이 나라를 다스리는 정치로 발휘되어야 한다는 것이다. 그는 역대로 요순의 도리를 추동하는 성현이 항상 출현했었고, 그러한 성현이 세상에 없을 때는 "요순에서 탕에 이르는 500여 년"과 "탕에서 문왕에 이르는 500여 년 (『맹자·진심장구하(孟子·盡心章句下)』)"이었다고 생각했다. 이러한 "500년마다 어진 왕이 나와 세상을 흥하게 하고, 그 사이에는 세상에 이름 떨치는 이가 나온다."라는 주장은 시간의 길이는 맞지 않지만 "주나라 이래 700여 년(『맹자·공손추장구하(孟子·公孫丑章句下)』)"에도 해당하는 것이었다. 하지만 공자는 세속 군왕의 쓰임을 받지 못했고, 치국평천하의 이상을 실현할 수 없었다. 만약 하늘이 "천하를 태평하게 다스리려 한다면, 오늘날 이 세상에서 나 외에 누가 있단 말인가(『맹자·공손추장구하)』)?" 분명, 맹자는 스스로를 공자의 이루지 못한 이상을 이을 사람으로 여겼고, 자신의 노력을 통해 유가의 사회 정치적 이상을 실현하고자 희망했다.

공자의 후학들 중 또 다른 대표적 인물은 순자이다. 그는 "위로는 순과 우의 제도를 본받고, 아래로는 공자, 자궁子弓의 의로움을 본받아야 한다."라고 생각했고, 맹자가 "대강 선왕을 본받았지만 그 제도를 알지 못했다(『순자·비십이자(荀子·非十二子)』)."라고 여겨 그를 칭찬하지 않았다. 『한비자·현학(韓非子·顯學)』에서는 "공자와 묵자 이후 유가는 여덟 집단으로, 묵가는 세 집단으로 분리되었는데, 서로 취사선택한 바가 달랐고 저마다 진정한 공자 또는 묵자의 후계라 여겼다. 공자와 묵자가 다시 살아날 수 없는데, 누구를 세상에 정한 후학으로 삼을 수 있겠는가?"라는 말이 있을 정도였다.

양한兩漢 경학經學에서는 금고문今古文 논쟁이 있었고, 한위漢魏 시대에는 정학鄭學과 왕학王學 간의 논쟁이 있었는데, 모두 경전을 중시하고 도를 가볍게 여겼고, 음양을 논하여 신학神學을 수립했으며, 장구章句를 고증하고 문자를 수정하는 데 공을 들였다. 그들은 정통 유학자들이 보기에는 편파적이어서 도통의 대열에 들어가기 어렵다. 양웅揚雄[2]은 당시 유가 경학의 잡다하고 어수선하며 신비주의적인 특징에 불만을 지녀, 그것을 "호랑이 가죽을 두른 양"이라고 비판했다. 그는 맹자를 본받아 몸을 일으켜 거룩한 도리를 수호하려 다

---

2) 혹은 楊雄

음과 같이 말했다. "옛날에 양묵楊墨이 바른길을 막았을 때, 맹자는 그것을 피하도록 타이르고 그 길을 넓혔다. 후대에도 바른길을 막는 이들이 있으니, 삼가 나 스스로를 맹자에 비유하려 한다(『법언·오자(法言·吾子)』)." 하지만 그는 "500년마다 어진 왕이 나와 세상을 흥하게 한다."라는 관점에 찬성하지 않았다. 그는 도통의 전수는 연수年數에 달려 있는 것이 아니라고 지적했다. 그는 공자를 적극적으로 숭앙하여, 공자의 도를 "수많은 성인들의 도리를 관통했다 해도 부끄럽지 않고, 천지를 모두 뒤덮었었다 해도 욕되지 않다(『법언·오백(法言·五百)』).", "뭇사람들의 혼란스러운 생각들을 절충한다(『법언·오자』)."라고 설명했다. 도를 지키려는 그의 정신은 후대 유학자들의 찬사를 얻었다. 당唐대 한유韓愈는 『독순(讀荀)』에서 이렇게 말했다. "뒤늦게 양웅의 책을 얻으니, 더욱 맹자를 존경하고 신뢰하게 되었다. 양웅의 책으로 맹자를 더욱 존경하게 되니, 양웅 또한 성인이라 할 수 있지 않으랴."

위진魏晉 시기에 불교와 도교가 흥기하자, 양한 시기 유학의 독존적 지위는 유불도 삼교 병존의 지위로 바뀌었다. 수당隨唐에 이르기까지도 유가는 새로운 철학적 체계를 만들지 못했지만, 도가와 도교, 불교의 철학은 매우 흥성하여 사상 문화의 드높은 영역에서 하나의 커다란 진영을 구축하였고, 유학을 거세게 압박했다. 이에 위기감을 느낀 유학자들은 전열을 가다듬고 유학의 정통 지위를 회복함으로써 공고한 종법 등급 제도에 대한 시대적 요구에 부응하려 했다. 이것이 당송 시대에 다시금 유가 도통이 제기되고 강조된 사회문화적 배경이다. 만약 맹자가 도의 수호를 제창한 것이 제자백가의 수많은 논쟁들 속에서 유가의 정통적 지위를 쟁취하려는 의도였다면, 한유에서 시작된 당송 도통론은 불교와 도교와의 투쟁 속에서 유가의 정통 지위를 유지하려는 의도였다고 볼 수 있다. 한유는 유가 도통설의 기초를 쌓은 인물이다. 이전에 도통설은 그리 부각되지 않았다. 그러나 한유가 『원도(原道)』에서 유학적 도의 계보를 명확하게 제시하고 유학의 부흥을 강하게 제창한 이래로 유학의 도통설은 세상에 크게 전파되었고, 송宋대 도학가들의 인정을 받아 널리 영향력을 발휘했다. 『원도』는 첫머리부터 성현의 도가 인의仁義라고 분명하게 말하였고, 그것이 나라를 다스리는 가르침이라는 점을 다음과 같이 표현했다. "유가의 『시(詩)』·『서(書)』·『역(易)』·『춘추(春秋)』 등의 글, 법法·예禮·악樂·형刑·정政과 민民·사士·농農·공工·가賈3), 군신君臣·부자父子·사우師友·빈주賓主·곤제昆弟·부부夫婦 등의 지

---

3) '가(賈)'는 상인을 지칭

위, 삼베로 지은 옷과 궁궐의 방, 좁쌀·과일과 채소·어육 등의 음식, 이것들은 모두 밝히기 쉬운 도리이자 실천하기 쉬운 가르침이다." 『대학(大學)』의 수신·제가·치국·평천하라는 예악 문화 전통에서 이미 체현된 그러한 유가의 도는, 교화^{敎化}를 부정하는 노장^{老莊}사상이나 "천하의 국가를 벗어나고 그 천성을 멸한다."라는 불교와는 완전히 다르다. 그러한 도의 유래는 매우 깊다. "요는 순에게 도를 전했고, 순은 우에게 도를 전했으며, 우는 탕에게, 탕은 문·무왕과 주공에게 문·무왕과 주공은 공자에게, 공자는 맹자에게 도를 전했다." 그러나 공맹^{孔孟} 이후에는 이 도가 묻혀 있었다. "진나라의 불^火, 한나라의 황로학^{黃老學}, 진^晉·위^魏·양^梁·수^隨의 불교는 도덕과 인의를 말할 때 양주^{楊朱}가 아니면 묵적^{墨翟}으로, 노장이 아니면 불교로 빠져든다." 『원도』가 세상에 나오자, 도통에서 성현의 서열이 정식으로 확정되었다. 즉, 요, 순, 우, 탕, 주문왕, 주무왕, 주공, 공자, 맹자가 도통에 포함되었고, 양한과 위진 유학자들은 모두 배제되었다. 이때부터 공맹이 함께 언급되어, 유학이 공맹지도^{孔孟之道}라 불리기 시작했다. 한유의 유학 수호에 대한 감정은 강렬했다. 그는 "이단과 불교·노장을 억누르고 배척"하고, "백 개의 하천을 막아 동쪽으로 흐르게 하고, 미쳐 날뛰는 물결에 무너진 것을 되돌"(『진학해(進學解)』)리려 했으며, 명교^{名敎}를 바로 세워 맹자 이후의 도통을 스스로 계승하려는 뜻을 세웠다. 그는 『여맹상서서(與孟尙書書)』에서 "그 도가 한유에 의해 가까스로 이어진다면, 불에 타 죽더라도 여한이 없을 것이다."라고 말한다. 한유가 공자와 맹자를 모두 숭상하고, 『대학』을 널리 알리며, 도통을 정리하고 이단의 언행을 배척한 것은 송대 유학의 발전에 지대한 영향을 미쳤다. 그것은 한대 유학에서 송대 유학으로 넘어가는 중요한 연결 고리가 되었다.

송대 유학은 한유가 정한 도통의 서열에 이의를 제기하지 않았다. 그러나 공맹 이후에 도통을 잇는 인물이 누구인가 하는 문제는 의견이 일치하지 않았다. 송대 초 손복^{孫復}은 『신도당기(信道堂記)』에서 말했다. "나에게 도라고 하는 것은 요·순·우·탕·문·무·주공·공자의 도와 맹자·순자·양웅·왕통^{王通}·한유의 도를 말한다." 그의 도통의 범위는 약간 넓어졌다고 할 수 있다. 그러나 이후 순자·양웅·왕통·한유를 도통에 포함시켜야 한다는 의견은 줄어들었다. 일반적인 학자들은 송대 유학을 한·위·수·당을 초월하여 직접 맹자를 계승한 것으로 보았지만, 송대 유학 내부에서 정주이학^{程朱理學}이나 육왕심학^{陸王心學}을 존숭하는 의견도 있었다.

도통설은 주희에 의해 크게 제창되었다. 주희는 『중용장구서(中庸章句序)』에서 "무릇 상고 때부터 성신聖神이 하늘을 이어 극極을 세우니, 도통이 그로부터 전해 내려왔다."라고 말함으로써, 명확하게 '도통'이라는 두 글자를 사용했다. 이어서 그는 성현의 도리에 중용의 의미를 부여하면서 이같이 설명했다. "그것은 경전에서 볼 수 있다. 즉 '진실로 그 중심을 잡으라.'고 한 말은 요가 순에게 전한 것이다. 또 '인심은 오직 위태로울 뿐이고, 도의 마음은 오직 미약할 뿐이니, 오로지 정신을 하나로 집중하여 그 중심을 잡아야 한다.'는 말은 순이 우에게 전한 것이다." 이것이 송대 유학이 널리 펼친 '16자 심전十六字心傳,'이다. 주희는 더 나아가 도통과 정통政統을 서로 구별하여, 요순의 도를 계승한 사람들로 탕문무와 같은 성군도 있고 고요皐陶, 이伊, 부傅, 주周, 소召와 같은 현명한 신하도 있으며, 공자처럼 "자리를 얻지 못해도 성현을 잇고 학문을 열어, 그 공로가 요순보다도 오히려 나은 이"도 있었다고 말한다. 그는 공자가 안회顏回, 증삼曾參에게 전한 도가 다시 자사子思를 거쳐 맹자에게 전해졌지만, 이후에는 그 도가 단절되었다. 북송 시기 이정二程 형제는 『중용』이라는 책에 의지하여 "고민한 바에 대한 답을 얻어 천년 동안 전해지지 않던 실마리를 이었고, 근거할 바를 얻어 두 학파(불가와 노장)의 흡사하지만 다른 면을 배척했다." 이러한 설명은 도통에서의 이정의 지위를 인정하는 것이다. 주희의 후학들은 주희를 도통에 있어 이정을 잇는 인물로 간주한다. 주희의 제자였던 황간黃榦은 이같이 말한다. "도의 정통은 인물을 기다렸다가 후대에 전해진다. 주나라 이래로 도를 전수하는 책임을 맡은 사람은 몇 명이 있었지만, 그 도를 명백하게 밝힌 이는 한두 사람에 불과했다. 공자 이후 증자曾子, 자사가 그 도를 이었고 맹자에 이르러 비로소 그것을 밝혔다. 맹자 이후에는 주周, 정程, 장자張子가 끊어진 것을 이었고, 주희에 이르러 비로소 그것을 밝혔다(『송사·도학전·주희전(宋史·道學傳·朱熹傳)』)." 이 주장은 주돈이周敦頤와 장재張載를 도통의 대열에 포함시켰고, 주희를 맹자와 동급으로 간주한다. 위료옹魏了翁은 『주문공연보서(朱文公年譜序)』에서 보다 직접적으로 언급했다. "한자韓子는 맹자의 공을 우 아래에 두지 않았고, 나는 주자의 공을 맹자 아래 있지 않다고 말한다." 원元대에 편찬된 『송사(宋史)』는 『유림(儒林)』과 『도학(道學)』을 나누었는데, 이는 정주이학을 부각하기 위함이었다. 그것은 대체로 황간을 답습하여 주돈이를 맹자와 연결하고 여기에 장재를 더했다. 또한 이정을 칭찬하며, "『대학』, 『중용』을 높게 여겨 『논어(論語)』, 『맹자(孟子)』와 나란히 둠으로써 위로는 제왕의 심오한 사상으로부터, 아래로는 초학자의 입덕入德의 관문에 이르기까지 서로 모이고 관통하니 더 감출 것이 없다."라고 말하였고 "신안新安4)의 주희가 정씨의 정전正傳을 얻어", "진나라의 불길을 쓰러뜨리고 한나라 유학을 멀리하며, 위진육조 시대에 침잠해 있던" 공맹지도에 "큰 빛을 환히 밝혔다(『송사·도학전서(宋史·道學傳書)』)."라고 평했다.

육왕陸王 일파의 도통론과 정주의 그것은 같은 점과 다른 점이 있다. 왕양명은 16개의 글자로 유학의 정수를 삼았는데, 그것은 심학心學의 성격을 더 강하게 띠고 있었다. 그는 『상산문집서(象山文集序)』에서 "성인의 학문은 심학이다.", "공맹의 학문은 오직 힘써 인을 구하고 무릇 정일精一 사상을 후대에 전하는 것이다."라고 말한다. 그에 따르면 주돈이와 정호程顥5)는 공자와 안연의 뜻을 좇아 그것의 중심에 인의를 두었다. 그러나 주돈이와 이정을 계승한 것은 주희가 아니라 육구연이다. "이후에 상산 육씨가 그 순수함과 화평함이 이자二子6)에 미치지 못했지만, 간명하고 직설적인 점에서는 진정 맹자를 이어받은 면이 있다." 또 양명은 '명륜明倫'이 공맹의 도라고 여기면서, "이것 밖에 있는 학자를 이단이라 칭한다. 이것 없이 말하는 것을 가리켜 사설邪說이라 칭한다. 이것을 가장하여 행하는 사람을 백술伯術이라 부른다. 이것을 꾸며 말하는 것을 문사文辭라 한다. 이것을 등지고 방자하게 구는 것을 공리功利의 무리, 난세의 정치라 한다(『전습록(傳習錄)』)."라고 말한다. 황종희黃宗羲는 『명유학안(明儒學案)』에서 양명의 '치양지致良知'설에 대해 "잠을 깨우는 천둥소리 같고, 미혹함을 깨뜨리는 눈부신 빛이다. 공맹 이래, 그처럼 심오하고 분명한 것은 없었다."라고 평가한다. 그리하여 왕양명은 후대 학자들에 의해 공맹지도를 정통으로 계승한 사람으로 여겨지게 되었다.

청淸대 몇몇 학자들은 정주와 육왕의 학문이 대체로 같다고 보고 그들을 모두 성인의 무리와 도통에 포함시켰다. 예를 들어 손기봉孫奇逢이 쓴 『이학전심찬요(理學傳心纂要)』에는 다음과 같이 기록되어 있다. "주자周子, 이정자二程子, 장자張子, 소자邵子, 주자朱子, 육구연, 설선薛宣, 왕수인王守仁, 나홍선羅洪先, 고헌성顧憲成 등 11인은 도통의 직접 계승자로 간주한다(『청사고·손기봉전(清史考·孫奇逢傳)』)." 또 어떤 학자들은 송대 유학이 유학의 정전正傳을 위배하고 있다고 여기기도 했다. 예를 들어 안원顏元은 "망령되게 송대 유학을 논하는 것은 한진漢晉 시기 석가와 노자의 큰 성공이 옳다고 말하는 것이고, 요순주공堯舜周孔의

---

4) 신안은 주희의 고향임
5) 이정 형제 중 형이며, 동생은 정이(程頤)임. 주자는 두 형제의 학문을 엄격하게 구분하지 않았던 데 반해 양명은 정호의 학문을 정이보다 높게 평가했다.
6) 주돈이와 정호를 말함

올바른 흐름이 그르다고 말하는 것이다(『존학편(存學編)』 1권).”라고 주장한다. 청말 대유학자인 캉유웨이에 따르면, 스스로 공문孔門의 성인이라 여기는 사람들은 “공자의 도는 삼세三世, 삼통三統, 오덕五德의 운행이 있다.”라고 여긴다. 그는 금문 경학가의 안목으로 공자를 이해하였고, 그것으로 유신 변법을 논증했다. 이렇듯 유가의 정통에 관해서는 수많은 논의가 있었고 무엇이 옳다 말하기 쉽지 않다.

근래에 유가 학자들 중 다수가 스스로를 공맹의 적전자嫡傳者로 여기지만, 세상 사람들에 의해 공인된 이는 드물다. 홍콩이나 타이완에서 유행한 당대 신유가의 공통된 특징 중 하나는 “유가를 중국 문화의 정통과 기둥으로 삼고, 유가 전통 안에서 특히 심성지학心性之學을 중시한다.”라는 것이다. 공통된 특징 중 또 하나는 “도통을 긍정하고, 도통으로 나라를 세우는 근본, 문화를 창조하는 원천으로 삼는다.7)”, “철학적으로 말하면, 신유가를 포함한 현대 유가는 육왕을 주로 삼는다.”라는 것이다. 가령 마오쭝싼牟宗三은 “육왕의 계통이라야 중국의 정통이라고 여긴다.8)”

이상에서 볼 수 있듯, 도통론은 주로 유가 심성지학과 관계를 맺고 있으며, 혹 경학의 각도에서 말하면 주로 의리파義理派와 서로 연관되기 때문에, 논자들은 훈고 경학을 도통에 포함시키지 않는다. 따라서 도통론은 한학에서는 두드러지지 않았으며 송학에서 발달했다. 송대 이후의 각파의 유가 학자들은 도통론을 사용하여 정종正宗의 지위를 다투었으며, 다른 파를 방계로 간주했다. 논쟁 중에 유학의 윤리적 인학의 기본 속성은 보호되고 발양되었다. 일부 유가 학파가 유학의 기본 방향을 이탈했을 때, 학자들은 늘 공자와 맹자로 돌아가 근본을 바르게 하고 원류를 맑히는 일을 수행했다. 이로써 그들은 유학이 신학神學으로 변질되거나 단순한 정치적 도구가 되는 것을, 혹은 지나치게 혼잡스러워지는 것을 방지할 수 있었고, 유학의 충서지도忠恕之道와 민본주의, 덕치주의의 본래 면모를 지킬 수 있었다. 그러나 유학의 핵심 사상에 대한 각파의 이해와 중심점이 서로 달라, 시시비비를 가리려는 여러 견해들로 인해 사람들이 그 우열을 판단하기 어려워졌다. 사람들의 견해가 다 다르고 각각 장단점과 쇄신점이 있다는 사실은 학술 발전의 상식이므로, 어떤 것이 정통이고 어떤 것이 정통이 아니라고 확정할 필요도 없고 그럴 수도 없다. 도통론자들은 학파 안팎으로 이단을 배척하고 뭇 학파들의 다양한 주장들을 적대시하거

---

7) 웨이정퉁(韋政通), 『당대 신유가의 심리(當代新儒家的心態)』
8) 위잉스(余英時), 『전통에서 현대로의 사상적 노력(從傳統邁入現代的思想努力)』

나 무시함으로써 '화이부동'의 전통에 부합하지 못했고, 평등한 백가쟁명에도 이로움을 가져다주지 못했다. 그러나 도통론자들은 왕도와 패도의 구분을 강조했고 도를 따르고 군주를 따르지 않는다는 원칙을 널리 알렸기 때문에, 도통에서의 성현에는 성군도, 성신聖臣도 있고 조예가 깊은 학자도 드물지 않았다. 또 그 취하고 버림의 기준은 사회적 지위가 아니라 도덕과 학문에 있었다. 이러한 점들이 유학의 학풍을 이루었고 정통政統에 대한 상대적 독립성을 획득하게 했다. 세상이 얼마나 혼란스럽든, 권력이 어떻게 바뀌든, 유학의 전통은 시종 끊임없이 이어져 수천 년 동안 사상 문화의 골간이 되었고, 또 중국인의 중요한 정신적 지주가 되었다.

4
석가 불교

라이융하이(賴永海)

_____

그 옛날, 공부자^{孔夫子}는 덕음^{德音}을 화하^{華夏}에, 석가모니는 법고^{法鼓}를 천축^{天竺}에 떨쳤다. 두 명의 사상 거장은 동양의 두 문명국의 종교사, 문화사에 신기원을 열었다. 공부자가 세운 유학은 한무제 시기에 최고 지위를 얻은 후, 점차 중국 전통문화의 주류를 형성하였다. 반면 석가가 세운 불교는 아육왕^{阿育王, Aśoka}이 힘써 보호한 후 점점 세계적인 종교로 변화되었다. 양한 시대, 불교가 동쪽으로 이동하여 중국 전통 사상과 융합되면서, 불교는 서서히 중국 전통문화의 중요한 구성요소가 되었다.

불교의 동진^{東進} 초기에 대승과 소승 불교가 모두 전래되었고 이후의 전파와 발전 과정 속에서 공^空·유^有 두 종파도 확산되었다. 그러나 전체적인 견지 또는 주류적인 견지에서 논하자면, 중국에 전래된 것은 주로 대승불교였고, 대승공과 대승유의 두 가지 종파 중에서도 대승공종의 영향이 더 컸다.

소위 '공종^{空宗}'은 고대 인도 불교 사상가 용수^{龍樹, naga agarjuna}가 창립한 성공반야학^{性空般若學}이었다. 반야학의 중심사상은 제법무자성^{諸法無自性}으로 '공^空'을 설명한 데 있었다. 이 '공'은 세속에서 말하는 '빔' 또는 '허무'와는 서로 완전히 동일하지는 않으며, 아무것도 없음을 의미하는 것도 아니다. 그것은 인연에 자성^{自性}이 없음을 가리킨다. 불교의 기본 교의에 의하면, 세간의 일체 사물은 인연에 의해 생겨난 것이다. 모두 인연으로 생겨난 것이므로 그것들은 '자성'과 '자체^{自體}'를 갖고 있지 않다. 또 자성과 자체를 지니지 않기 때문에, 제법^{諸法}은 본질적으로 '공'인 것이다. 인연성공^{因緣性空} 사상에 대해 용수가 쓴 『중론(中論)』은 다음과 같이 치밀하게 개괄하고 있다. "인연이 낳은 '법'을 나는 '공'이라고 말하고, 또 그것을 '가假'라고 이름하며 '중도中道'라고도 한다." 이 모든 '제법'이라 불리는 것은 인연에 의한 것이므로 '자성自性'이 없으며 '자성'이 없으므로 '공'이다. 그러나 세간의 제법과 삼라만상은 들리는 것을 듣지 않을 수 없고 보이는 것을 보지 않을 수 없다. 그것들은 세속적 진리俗諦의 관점에서 보면 일종의 가상이자 환영으로써 존재하는 것이다. 사람들은 어떤 사물을 대하더라도 인연성공의 일면과 가상으로서 존재하는 일면을 모두 봐야 한다. 이렇게 사물을 인식할 때라야 불교에서의 도의를 진정으로 이해할 수 있는 것이다.

성공반야학이 중국으로 유입된 때는 후한의 지루가참支婁迦讖 Loka kṣema이 『도행반야경(道行般若經)』을 번역한 때로 거슬러 올라갈 수 있으며, 구마라습鳩摩羅什과 승조僧肇 등 고승의 노력을 거쳐 위진魏晉 시기에 이르러 불교는 커다란 종파를 이루었다. 위진 시기에는 명사들이 다수 배출되었고 현학玄學이 매우 성행했다. 당시 불교계의 고승들과 청류淸流의 명사들이 서로 교류하면서 성공반야학 또한 옥병진미玉柄塵尾의 현풍玄風과 서로를 북돋웠고, 이로써 반야학과 현학의 융합과 상호 영향 국면이 출현했다. 현학가들은 '열반涅槃'으로 '무위無爲'를 해석했고 고승들은 '본무本無'를 가지고 '성공性空'을 논했다.

본래 현학과 상대적으로 반야학은 외래문화였다. 자신의 생존과 발전을 위해, 그것은 처음 중국에 유입되었을 때 노장老莊과 현학에 의지했다. 그러나 현학의 발전이 향수向秀, 곽상郭象 단계에서 이미 포화 상태에 이르렀던 데 반해, 반야학은 이론과 사변의 수준에서 이미 현학을 넘어섰다. 따라서 승조 때에 이르면, 반야학은 현학을 대체해 현학의 출로가 되었고, 중국 고대 이론 사유의 발전 과정에 빛나는 한 페이지를 장식하게 되었다.

중국 불교는 남북조 이후 또 한 번 변화했다. 당시 전란이 빈번하고 천하가 붕괴했을 때, 일반 소시민들은 창칼이나 기아로 목숨을 잃었고, 요행히 살아남은 이들은 열 명 중 한둘이었다. 전쟁을 피할 수 없었던 하층민들은 목숨을 부지하기만을 바랄 뿐 영달을 원치 않게 되었고, 통치자 집단 내부에도 분쟁이 끊이지 않아 사람들이 스스로 자신을 지키지 않으면 안 되었다. 이러한 상황은 사람들을 세상사와 인생이 무상하다는 슬픔에 빠지게 했다. 불교의 반야학은 인간의 출생과 사망의 무상한 고해苦海를 건너게 해줄 수는 없었고, 현담玄談 또한 사람들에게 한 치 앞도 알 수 없는 운명에서 벗어날 수 있게 해주지는 못했다. 반면 해탈과 열반을 이야기하는 불성설佛性說은 그들에게 한 가닥 희망을 제공해 주었고, 남북조 이후 불학계로 진입하여 수당대 불교의 주류가 되었다.

불성 이론에 대해 간략하게 설명하자면, 그것은 불성 문제에 관한 사상, 학설, 이론이라 할 수 있다. 그것은 무엇이 부처인가, 부처의 본성은 무엇인가, 중생은 성불할 수 있나, 만약 가능하다면 어떻게 가능한가, 중생이 부처가 되는 것은 금생에서인가 아니면 요원한 미래에서인가, 성불의 방법은 한순간의 깨달음을 통해서인가 아니면 오랜 수양을 통해서인가, 성불은 스스로의 힘으로 이루어지나 아니면 다른 이의 힘을 의지해서인가 등등의 문제를 고민하였다. 수당 불교는 종파가 복잡하게 난립했지만, 그 중심 사상은 위와 같은 문제를 둘러싸고 전개되었다.

남북조의 불교는 서로 다른 학파들[1]이 출현했고, 수당 시기에는 수많은 종파가 나타났다. 해외 학자들은 이 시기 불교 종파가 10종宗 또는 13종에 이른다는 주장을 펼치고 있지만, 중국 학자들은 대다수 삼론三論, 천태天台, 유식唯識, 화엄華嚴, 선종禪宗, 정토淨土, 율종律宗, 밀종密宗 등 8종이 있었다고 주장하며, 이 중 천태, 유식, 화엄, 선종은 학계에서 4대 종파로 공인되고 있다.

천태종은 천태산 지의智顗 법사가 세운 종파로, 『묘법연화경(妙法蓮華經)』에 기초하고 있다. 천태종의 사상이론은 '실상론實相論'을 기초로 삼으며 모든 제법을 '실상'의 체현으로 여긴다. 동시에 제법호구諸法互具의 입장에서 출발하여 '성구선악性具善惡'을 제창하는데, 이는 불성이 선을 지닐 뿐 아니라 악도 지닌다는 것을 말한다. 이러한 학설은 불교의 불성이 순수하게 선하다는 전통적인 주장에 반하는 것으로, 천태종이 중국 불교사에서 독자적인 기치를 내건 특별한 성격을 띤 불교 종파가 되도록 했다. 천태종의 또 다른 중요한 특징은 '지관설止觀說[2]'을 제기했다는 점이다. 지의 법사 이전에는 천하가 전쟁으로 어지러웠고 남북이 분열되어 남방은 의리義理를 중시하고, 북방은 선정禪定을 중시하는 '남의북선南義北禪'의 국면이 출현했다. 수나라의 통일 후, 지의는 남북통일의 시대적 분위기에 순응하여, 수행 방법에 있어 '지관을 모두 중시하고 정혜定慧를 모두 수양하는' 교설을 제기했다. 그는 지와 관 두 가지 법을 두 날개를 가진 새, 두 바퀴를 가진 수레에 비유했고, 정과 혜의 동시 수양을 통해서만 불성을 이해하고 해탈할 수 있다고 주장했다. 이러한 수행 방법은 이후의 중국 불교에 심원한 영향을 미쳤다. 이외에 천태종 사상의 또 한 가지 중요한 특징은 남북조의 다른 불교 학파처럼 하나의 불교 경론을 중시하고 이를 근거로

---

1) 열반학파(涅槃學派), 성실학파(成實學派), 지론학파(地論學派), 섭론학파(攝論學派) 등
2) '지(止)'는 외부 사물에 마음을 빼앗기지 않고 정신을 한 곳에 집중하여 모든 번뇌로부터 해방되는 것을 의미하고, '관(觀)'은 그러한 정신적 경지 위에서 세상을 올바르게 인식하는 것을 의미

자신의 사상을 펼치는 것이 아니라, 지의의 말처럼 주로 "자기 마음속에서 행한 법문을 말하는 것"이다. 이러한 특징은 천태종 사상이 풍부한 창조성을 갖게 했고, 최초의 중국적 특색을 지닌 통일된 불교 종파가 되도록 했다.

천태종의 성구실상론과 달리, 화엄종은 여래성기如來性起를 제창하였다. 이 '성기'설의 중심 내용은 "여래如來는 자성自性을 숨기고 정심淨心을 맑게淸 한다."3)는 것을 '생불生佛4)' 제법의 본원으로 보고, 세간과 출세간의 모든 제법이 부처와 중생을 포함하여 모두 '정심을 맑게 하는' 연기緣起의 산물이라는 것이다. 그리고 이 '청정심'의 가장 큰 특징은 지극히 순정하고 선하며 아무런 때도 묻지 않았다는 것으로, 이것이 천태종의 '불성도 악을 지닌다.'는 사상과 가장 대조되는 부분이다. 화엄종의 또 다른 중요한 내용은 연기가 끝이 없이 반복된다는 것이다. 방법론적으로 보자면 그것은 원융무애圓融無碍5) 사상이라 할 수 있다. 화엄종의 관점에서 보면, 세간의 모든 사물의 차별과 대립6)은 표면적인 가상일 뿐, 실제로는 모두 서로 융화되거나 가까이 붙어있는 것이다. 말하자면, 색도 심이요, 능도 소이며, 일도 다이고 중생도 본래는 부처였던 셈이다. 화엄종의 원융무애 사상은 이와 같은 이론 위에 수립된 것으로, 모든 제법은 "여래는 자성을 숨기고 정심을 맑게 한다."라는 이론의 체현물7)이므로, 본질적으로 서로 구분될 수 없다. 동시에 화엄종에 속한 이들은 '법성융통고法性融通故'로써 제법의 원융무애함을 해석하고, 어떤 사물이든 이체수연理體隨緣의 산물이어서 모든 사물은 이체로부터 벗어나 존재할 수 없다고 말한다. 사물이 일단 존재한다면 그것은 이理의 전체를 포함하고 있는 것이다. 화엄종은 모든 사물이 이의 전체를 포함한다는 사상을 계기로 '사사무애事事無碍'의 학설을 세워, 이것이 바로 저것이고 하나가 여럿이며 모든 법이 평등하고 모든 사물이 혼융되어 먼지 알갱이로 우주를 다 없애고, 찰나의 생각으로 수백 년 시간을 나타낼 수 있다고 주장했다.

수당 시기의 유식종은 당시 불교의 제 종파들 가운데서 중국적 특색을 가장 결여한 불교 종파였다. 이 종파의 창시자인 현장玄奘은 불경의 번역과 중국-인도의 문화 교류사에 있어 매우 중요한 지위를 점하고 있지만, 종파를 창시하고 이를 확산시키는 데는 성공을 거두지 못했다. 그가 창립한 유식종은 2대 동안 유지되다가 제자인 규기窺基에 의해 종말

---

3) 이를 '일진법계(一眞法界)'라고도 함.
4) 중생과 부처
5) 모든 것이 막히거나 저해됨 없이 두루 융합된다는 의미
6) 예컨대 색(色)과 심(心), 능(能)과 소(所), 일(一)과 다(多), 생(生)과 불(佛)
7) 뉴심현고(唯心現故)

을 고했다. 유식종이 2대 만에 사라지게 된 원인은 많겠지만, 그중 가장 중요한 원인은 의심할 나위 없이 인도의 법상유식종法相唯識宗만을 본받아 고유의 특색을 지니지 못했다는 데 있었다. 이는 종교의 전파와 발전이 다른 사회문화 형태와 마찬가지로 상당 부분 당대의 사회적 요구에 의해 결정된다는 점을 알려 준다.

〈그림 1〉 명(明)대 대진(戴進)의 「달마육대조사상(達摩六代祖師像)」의 일부

유식종과는 반대로, 선종은 가장 중국적인 특색을 풍부하게 지닌 불교 종파이다. 아마 이런 이유로, 선종은 중국에서 가장 오래 존재했고 그 영향도 가장 컸다.

불교사에서는 늘 "석가가 꽃을 집자 가섭이 미소를 지었다釋迦拈花, 迦葉微笑."라는 문장을 선종의 시초로 삼는다. 실제로 선종의 진정한 창시자는 당나라 때 승려인 혜능惠能이다. 전통 선학禪學에 대한 혜능의 변혁을 가리켜 불교사에서는 '육조혁명六祖革命'이라고 말하는데, 그 중심 내용은 대체로 이 세 가지 면을 포함한다. 1) '즉심즉불卽心卽佛'을 제창. 2) '돈오견성頓悟見性'을 중심에 둠. 3) '즉세간구해탈卽世間求解脫'을 강조함. '즉심즉불' 사상은 생불 제법을 자신의 마음으로 귀결시키고, 이로써 전통적으로 붓다 숭배를 중시하는 외재 종교를 자기 마음을 중시하는 내재 종교로 치환시켰다. 또 '즉세간구해탈' 사상은 불교를 더욱 세속화시켜, 출세出世를 중시하는 전통적인 불교를 세간과 분리되지 않는 입세入世 종교로 치환시켰다. 혜능이 세운 선종은 당시 사회적 요구에 적응함으로써 송원宋元 이후 중국 불교의 독보적인 대명사가 되었다.

중국 불교는 수당 시기 정점에 이른 후 회창훼불會昌毁佛 때부터 쇠락하기 시작했다. 송원 이후 불교는 중요한 특징이 있는데, 그것은 광범위하고 복잡한 데서 단순하고 간략한 데로 변화하는 추세가 출현했다는 점이다. 선종의 발흥과 발전에 따라, 진상유심眞常唯心8)

이 삼장 12부경三藏十二部經을 대체했다. 그리고 정토종이 굴기하고 성행한 이래로 '나무아미타불' 한 마디가 8만 4천 법문을 포괄하게 되었다. 송원 이후의 불교는 사실상 간단명료하고 실천하기 쉬운 선종과 정토종 천하가 되었다. 그러나 두 종파는 시간이 갈수록 융합되는 경향이 나타나, 두 종파의 학설을 모두 수양의 길로 삼는 것이 송원대 이후 불교 각 종파의 공통된 추세가 되었다.

〈그림 2〉 명(明)대 대진(戴進)의 「달마육대조사상(達摩六代祖師像)」의 일부 2

중국에서의 불교의 발전 흐름을 살펴보면, 인도에서 오랫동안 전해 내려왔던 소승 불교가 중국에서는 거의 아무런 지위도 갖지 못했고, 인도 전통 불교의 대승공·대승유종도 독립된 종파로서 중국에서 유전된 시기는 그리 길지 않았다. 반면 인도 불교에서 사람들의 관심을 끌지 못했던 불성 이론은 진晉과 유송劉宋 시대 이후 중국 불교계의 주류가 되었다. 이러한 이유로는 사회적, 역사적 조건 외에도 중국 전통 사상 문화의 영향을 들수 있다. 실제로 불교는 중국에 전해진 때부터 서서히 중국화의 길을 걸었다. 수당 시기 불교는 전통 유학의 영향, 그중에서도 특히 유가의 인본주의와 입세入世 정신의 영향을 더욱 깊이 받아들였다. 그로 인해, 수당 시대의 불교 종파는 모두 다음 두 가지 중요한 특징을 갖게 되었다. 하나는 인성, 심성을 중시했다는 것이고, 다른 하나는 입세, 제세濟世를 강조했다는 것이다. 이렇게 중국 불교는 인도의 전통 불교가 추상적 본체를 중시하고 탈진이속脫塵離俗을 강조했던 것과는 달랐다. 천태, 화엄, 선종의 사상은 모두 그와 같은 두드러진 특징을 지닌다. 예를 들어 천태종은 늘 중도실상中道實相9)으로 불성을 설명하지만, 결국에는 항상 제법실상을 하나의 염심念心으로 귀결시켜 "마음은 제법의 근본이고 마음이

---

8) 항상 그러한 진리가 마음에 달려 있다는 의미
　9) 어디에도 치우침 없는 중도(中道)가 만물의 실상이라는 의미

곧 모든 것[10]"이라고 여긴다. 화엄 학설의 유심 경향은 더욱 뚜렷하다. 본래 화엄종은 『화엄경(華嚴經)』을 근본으로 삼는데, 『화엄경』의 기본 사상 중 하나는 '법성은 본래 맑다法性本淨.'는 전통적인 견해의 기초 위에서 모든 제법의 원융무애를 밝히는 것이다. 그러나 화엄종 사람들은 법계연기法界緣起를 해석함에 있어 종종 '각유심현고各唯心現故'의 각도에서 제법이 서로 융화됨을 설명한다. 선종의 경우 유가의 인성, 심성론과 입세 정신의 영향은 보다 분명하다. 선종은 일체의 제법으로 귀결되는 '자심自心', '자성自性'이 상당한 정도로 유가가 말하는 '심성', '인성'과 유사하다. "불법은 세간에 있고, 세간을 떠나지 않고 깨우친다(『단경(壇經)』)."라는 선종의 사상은 유가가 인생을 중시하고 입세 정신을 강조한 것을 반영한다. 또 후기 선종이 제창한 "배가 고프면 밥을 먹고 피곤하면 잠을 자며, 연緣에 따라 흘러가는 대로 내맡긴다饑食困眠, 隨緣任運.", "본래 그대로이니 다듬을 필요가 없다本自天然, 不假雕琢."라는 식의 자연에 순응하고 깨우치거나 수양하지 않는 풍도는 노장의 '무위 자연' 사상의 영향을 받았다.

이와 동시에, 중국 불교는 수당 이후부터 반대로 중국 고대 전통에 광범위하고 깊은 영향을 주었다. 예컨대 "불학이 없었다면 송학도 없었다."라는 말은 불교가 송명 이학에 미친 영향을 상당한 정도로 개괄해주고 있다. 더욱이 불교는 중국의 고대 시가, 서, 화, 소설, 희곡, 언어와 문자, 조각, 건축 등 방면에서 일일이 다 열거할 수 없을 정도로 커다란 영향을 미쳤다. 과거 어떤 사람들은 불교를 외래 종교, 외래문화로만 대했지만, 사실상 그것은 오해이다. 전통 인도 불교와 달리, 중국의 불교는 인도 불교와 중국 전통 사상의 상호 융합의 산물이며, 중화 민족 전통문화의 대단히 중요한 구성요소이기 때문이다.

---

10) 『법화현의(法華玄義)』 1권 상, 『대정장(大正藏)』 제33권, 685쪽.

5

도교의 수련

거자오광(葛兆光)

도교의 수련에 대해 이야기하기에 앞서 불교의 좌선에 관해 이야기하는 것이 좋을 듯하다. 도교는 마음을 편안히 하고 기운을 고요히 하여 잡념을 제거하는 것을 꾀한다. 또 모든 염려를 비우고 헛된 생각을 하지 않는 것, 혹은 한 가지 사물을 조용히 들여다보고 그것의 본질을 궁구하는 데 집중하는 것을 강조한다. 가장 이른 시기 중국어로 번역된 불전 중 하나인 『안반수의경(安般守意經)』은 다음의 법문法門을 가르치고 있다. "마음을 다스려 생각을 바르게 돌이킨다면, 모든 음陰이 다 소멸하게 되니, 이를 가리켜 '환還'이라 한다. 또 더러운 욕심이 사라지면, 그 마음이 무상하게 되는데 이를 '정淨'이라 한다."[1] 어떻게 '환還'하고 또 어떻게 '정淨'할 것인가? 그 방법 중 하나는 도교의 토납吐納 호흡과 유사한 '수식數息'이다. 여기서 '수'는 마음속으로 호흡의 수를 세는 것을 말하고, '식息'은 평온하게 호흡하는 것을 말한다. 『안반수의경』에 따르면 "소리가 있으면 바람이 되고, 소리가 없으면 기가 되며, 소리가 출입出入하면 호흡息이 되고, 소리의 출입에 그침이 없으면 숨을 헐떡이게喘 된다." 여기서 '출입'은 진정한 호흡이라 할 수 있다.

그러나 불교의 '좌선', '수식'은 주로 사람의 마음을 안정시키고 잡념을 제거하는 것을 의미하며, '좌선'으로 편안한 마음을 유지하는 것에는 신체적 수련으로 불로장생하는 의미는 포함되어 있지 않았다. 훗날 선종 초기의 "시선을 벽에 고정시킨다."[2], "몸을 단정히 하고 앉아 넉넉한 옷을 입고 허리띠를 푼다."[3], "멀리서 '一'자를 보면, 스스로 실마리

---

1) 『출삼장기집(出三藏記集)』 6권을 볼 것
2) 『보리달마이입사행론(菩提達磨二入四行論)』

가 생긴다."4) 등의 기록들은 '심신의 조화'를 말하고 있기는 하지만 궁극적으로는 '안팎의 고요함과 심성^{心性}의 적멸'에 도달하는 것을 목표로 함으로써 도교와 같은 명백한 불로장생의 목표와는 같지 않았다.

도교의 양기^{養氣}와 수련에 대한 요구는 지혜나 심리의 문제에만 국한된 것이 아니라, 불로장생이라는 생리적 문제를 겸하고 있었다. 『양성연명록(養性延命錄)』에서는 "사람이 귀히 여기는 것은 무릇 생명이다."라고 말하고 있으며, 『좌망론(坐忘論)』에서도 비슷한 말을 하고 있는데, 이는 분명 불사^{不死}와 관계되어 있다. 『태평경(太平經)』73권에서 85권까지의 내용은 "오래 살고 죽지 않으며, 하늘과 함께 생을 마감한다."라는 것에 대해 설명하고 있으며, 『포박자·대속(抱朴子·對俗)』에서 인용한 선경^{仙經}은 "정기의 되돌림과 태아의 호흡으로 수명을 무한대로 연장한다."라고 말하는데, 이는 분명 신선이 되는 법에 관한 것이다. 『태평경·불용대언무효결 제110(太平經·不用大言無效訣 第一百十)』에 따르면, "뭇 천하 사람들에게 죽음이란 작은 일이 아니다. 한 번 죽으면 다시는 천지의 밝음을 볼 수 없으며, 혈맥과 골육은 모두 흙이 되고 만다……사람들은 한 번의 생을 얻을 뿐, 여러 번의 생을 얻는 것이 아니다." 위와 같은 목적에 도달하기 위해, 도교의 수련은 고대의 토납^{吐納}, 도인^{導引}, 식료^{食療}, 안마^{按摩}, 방중^{房中} 등 각종 방법으로 수련자에게 잡념을 제거하고 경지에 들 것을 요구할 뿐만 아니라 경락 운행의 절차와 의료와 약물에 대한 지식을 이해하여 건강하게 장수할 것을 요구했다. 만약 신비주의적 외피를 제거한다면, 그것은 기운을 기르고 정력을 보전하며 몸을 온전히 하는 것을 중심에 두는 체조, 안마, 약, 섭식 등의 기술이었다. 불교도들의 좌선이 마음을 중시했다면 도교도들은 몸을 중시했고, 불교도들의 좌선이 살아있는 사람을 '기운을 가진 시체'로 만드는 것과 같다면, 도교도들의 수련은 살아 있는 사람을 신선으로 만드는 것과 같다.

도교의 수련은 독특한 목적을 가졌을 뿐만 아니라 자체적인 이론 체계도 가지고 있었다. 이 이론의 핵심은 '인간과 우주의 동일성'이라 할 수 있다. 먼저 도교 경전의 설명에 따르면, 하늘, 땅, 사람은 모두 '기^氣'로써 생성된 것이며, '기'는 '무^無'에서 나온 것이다. 이 것은 『노자(老子)』의 "도는 하나를 낳고, 하나는 둘을 낳으며, 둘을 셋을 낳고, 셋은 만물을 낳는다."라는 이론에서 가져온 것이다. 『운급칠첨(云笈七簽)』56권 『원기론(元氣論)』

---

3) 『능가사행론(楞枷師行論)』에 쓰인 도신(道信)의 선법(禪法)
4) 위의 책에 쓰인 홍인(弘忍)의 신법

은 새로운 시대를 여는 것은 한 조각의 공허이며, 형체도 소리도 없는 것이라고 말한다. '태역太易', '태초太初', '태시太始', '태소太素' 시대에 우주는 그것의 형체를 만들어 '태극太極'이라 불렸고, 이때 '기氣'가 나타났다. '기'는 맑음과 탁함, 음과 양을 나누었는데, 맑은 기운은 상승하여 하늘이 되었고, 탁한 기운은 하강하여 땅이 되었으며, 하늘은 양이 땅은 음이 되었다. 그리고 음양은 합쳐져 사람이 되었다. 천, 지, 인은 '삼재三才'라 칭하는데, 그것들은 모두 '기'라는 동일한 근원을 갖기 때문에, 모든 사람들에게 있어 생성하고 기르는 가장 존귀한 것은 인간의 '기'라고 할 수 있다. 또 인간과 우주, 천지는 한 곳에서 나왔으므로 동일한 구조를 지니고 있다. 천지의 기는 음과 양을 나누고 사계절을 이끌고 오행五行으로 변화한다. 인간의 기 역시 맑음과 탁함을 나누고 사지四肢를 만들며 오장五臟을 구비하게 한다. 『태청중황진경·서(太淸中黃眞經·序)』에서는 말하길, "호연浩然한 원기元氣가 응집되어 질質이 되면, 그것을 길러 오장五臟을 만들고 오행五行을 본받아 서로 호응하며, 그것을 밝혀 칠궁七宮[5]을 구성하고 칠요七曜[6]를 따라 밝게 비춘다." 다음으로, 인간, 우주, 천지 사이에 같은 근원과 구조를 갖는다는 점 때문에, 도교는 인간이 우주, 천지와 같이 영원히 살아가고자 한다면 '반본복초反本復初'하여 원기가 처음 응집된 원초적인 상태로 돌아가야 한다고 말한다. 원기가 처음 응집된 원초적 상태로 돌아가는 방법은 우주, 천지의 묵묵하고 무위함, 공허하고 고요함, 그침 없이 사방으로 흐름, 원기의 영원함 등을 배우고, 또 우주, 천지 간에 생명력으로 충만한 정기를 흡수하는 것이다. 어떤 말에 따르면, 사람은 생명의 흐름에 일단 진입하면 욕구와 인위적 노력, 목표 등을 갖는데, 이러한 것들은 사람이 태어나면서부터 갖는 '기', 정(精)'을 부단히 소진하게 만든다. 즉, 『양성연명록·서(養性延命錄·序)』에서 말하듯 "제멋대로 여색을 탐함"으로써 원정元精을 잃어버리는 것이다. 만약 "머리를 굴려 부귀를 도모한다."라면, 마찬가지로 원신元神을 소진하게 될 것이다. 이는 『옥청태원내양진경(玉淸胎元內養眞經)』에서 말하듯, "외적으로는 주색에 의해 망가지고, 내적으로는 고민 때문에 뒤엉킨다." 그러므로 사람이 타고나는 원기는 끊임없이 고갈되고 사람의 생명도 그에 따라 마지막을 향해 가는 것이다. 사람이 평소 먹는 음식 중 날 것, 찬 것, 매운 것, 신 것 등도 사람의 원기를 오염시키고 충격을 가할 수 있다. 『태식비요가결·음식소기(胎息秘要歌訣·飮食所忌)』에서는 "매운 채소는

---

5) 눈, 귀, 코, 입 등 7개의 구멍을 의미
6) 해, 달을 비롯하여 화성, 수성, 목성, 금성, 토성 등 7개의 별을 의미

기를 손상시키고, 굶주림이나 배부름 또한 그러하며, 신맛, 짠맛, 매운맛도 좋지 않고, 뭇국도 피해야 한다."라고 말한다. 따라서 사람들은 자신을 우주나 천지와 마찬가지로 공허하고 고요하며 무위하여, "기름진 것, 짜고 신 것을 기피하고 생각을 줄이며 기뻐하거나 분노하지 말고 서두르지 말며 집안에서 근신해야 한다."[7] 몸 안의 원기를 보존하고, 우주와 천지처럼 묵묵하고 무위함, 공허하고 고요함, 그침 없이 사방으로 흐름, 원기의 영원함을 배우며 끊임없이 옛것을 버리고 새것을 받아들여 원기를 기르고 보충해야 한다. 원래의 '기'를 지키고 부단히 새로운 '기'를 흡수하면, 우주처럼 영원히 살 수 있다는 것이다.

사람이 오래 살기 위해 기를 기르고 "선천적이고 순수한 기"를 보양해야 한다면, 우선 "참된 고요를 보존하고, 완전한 비움에 이르러야 한다."[8] 이는 창고 안의 쓰레기를 말끔히 치워내야만 거기에 새로운 물건을 넣을 수 있는 이치와 같은 것이다. 하지만 이는 불교의 '심공心空'과 다소 다르다. 불교가 요구하는 '심공'은 지혜로움에서 착안한 것이기 때문이다. 불교에서는 진정한 지혜가 사유의 원시적 상태인 '공空'이라고 보고 모든 후천적인 지식은 '분별'하는 것, '침식'되는 것, 영혼을 오염시키는 것이다. 그러나 도교는 생명으로부터 착안하여 생명의 본원을 '기'라고 보고, 창고를 깨끗이 비우려면 반드시 '진기眞氣'가 있어야지 그렇지 않으면 생명은 존재할 수 없게 된다고 말한다. 사람의 몸에 잡념이 너무 많고 정욕이 끓어 넘치며 더러운 것이 가득 차면 진기가 방해를 받게 되므로, 그것을 깨끗이 비워 '무無'의 상태로 되돌아가야 한다. 마치 노인이 갓난아이의 상태로 돌아가는 것처럼 말이다. 『노자』10장에서는 "기에 전념하여 부드러움에 이르면 갓난아이처럼 될 수 있는가?"라고 말하고, 20장에서는 또 "내 정신만 기미를 보이지 않으니 웃지 못하는 갓난아기와 같다."라고 말하는데, 이는 갓난아기가 정신적 오염도 없고 정욕의 자극도 없어 원기가 완벽하게 보존되므로 왕성하고 지속적인 생명력을 갖는다는 이치를 나타낸다. 『원기론』에서는 이를 '무위'라고 표현하는데, "무위란 마음이 움직이지 않는 것이다. 움직이지 않는다는 것은 내심이 일어나지 않고 외경外境이 들어오지 않는 것이다. 안팎이 고요하니 정신은 안정되고 기운은 조화를 이룬다. 정신의 안정과 기운의 조화란 원기元氣 스스로 지극한 것이다." 이는 '빈 골짜기에 바람이 불어오는' 것 또는 '물이 낮은 곳으로 흐르는' 이치와 같다. 그러므로 『평청태원내양진경(平淸胎元內養眞經)』은 "먼저 마음을 안정시키는 것을 배우라. 마음이 안정되면 기운은 머물게 된다."라고 말하는 것

---

7) 『운급칠첨』32권
8) 『노사』16상

이다. 그러나 '기'가 존재하는 것만으로는 아직 부족하다. 인간은 어려서부터 성인이 될 때까지 적지 않은 정精, 기氣, 신神을 사용하므로, 설사 당신이 동자공童子功을 수련하고 어려서부터 채소만 먹었다 하더라도 사람들 사이에 뒤엉켜 물들지 않을 수 없기에 차선으로 원기를 보충해야만 하는 것이다. 이것이 도교의 수련에서 가장 중요한 것인데, 그중에서도 첫걸음은 '식기食氣'여야 한다. 『초사·원유(楚辭·遠游)』에는 "여섯 가지 기운을 먹고 밤이슬을 마시며, 한낮 기운으로 양치를 하고 아침놀을 머금으니"라는 문구가 있는데, 여기서 말하는 '아침놀(새벽의 기운)', '(여름철) 한낮의 햇빛', '해 질 녘의 기운', '겨울철 한밤', '검은 하늘', '누런 땅'의 여섯 가지 기운을 마시고 원기를 보충해야 한다는 것이다. 그러나 『운급칠첨』 36권 「식기법(食氣法)」에는 다음과 같이 기록되어 있다. "한밤중으로부터 한낮까지 육시六時는 생기生氣가 되고, 한낮부터 한밤까지의 육시는 사기死氣가 되니, 생을 먹고 사를 토해내는 것이야말로 진인眞人의 육기六氣 복용법이다." 인체는 소우주이고, 천지는 대우주이기 때문에, 천지가 밤에서 낮으로 전환되며 밝아지는 것은 죽음에서 삶으로 전환되는 것과 같고, 한낮에서 점차 어두워져 밤이 되는 것은 사람이 성년에서 노년을 거쳐 죽음에 이르는 것과 같다. 따라서 인간이라는 소우주는 대우주와 서로 보조를 같이하고 피차 감응하여 생명의 활력이 충만한 기운을 먹고, 쇠락하고 오염되어 생명력이 없는 기운을 토해내야 한다. 이것이 바로 '옛것을 토하고 새것을 받아들인다吐故納新.'는 '토납지술吐納之術'인 것이다. 토납은 단지 첫걸음에 지나지 않으며, 그와 동시에 두 번째 단계를 이행해야 하는데, 그것은 바로 '운기運氣'이다. 운기 시에는 취吹, 호呼, 허噓, 희唏, 가呵, 합呷 등 여섯 가지 방법이 있으며, 생각으로 기를 전신에 운행하도록 인도해야 한다. 그 운행의 순서와 경락經絡에서 가장 유명한 것은 소위 '주천周天'이라 불리는 것이다. '주천'이란 천체가 하루 밤낮 동안 360도를 도는 것과 마찬가지로, 기가 임맥任脈과 독맥督脈을 따라 돌다가 몸 뒤에서 독맥을 거쳐 상승한 후, 미려尾閭, 협척夾脊, 옥침玉枕의 삼관三關을 통함으로써 인체의 360도를 운행하는 것을 말한다. 전해오는 바에 따르면, 그런 식으로 원기는 사람의 단전 안에서 축적되고 전신은 활력으로 충만하게 된다. '운기'와 함께 세 번째 단계가 남아 있는데, 그것은 '사신思神'이다. '사신'의 신비주의적 내용이 없다면, '사신'은 염력을 집중하는 방법이 된다. 토납, 운기 시, 생각은 분산되거나 전이되어서는 안 되며, '기'와 단단하게 결합되어 경락을 따라 이동해야 한다. 만약 머릿속으로 신장腎臟의 기가 물이라고 생각하면, 팔괘에서 감坎,☵에 속하게 되고, 외단外丹에서는 '납鉛'이 된다.

그리고 심장의 기가 불이라고 생각하면, 팔괘에서 이離에 속하게 되고, 외단에서는 '수은 汞'이 된다. 기의 오르내림은 물과 불이 서로 조화하고, 감과 이가 서로 도우며, 납과 수은이 서로 융해되는 것과 같다. 이는『성명규지(性命圭旨)』의 "마음의 불은 내려가고 신장의 물은 올라간다."라는 말이나 '강룡降龍9)', '복호伏虎10)' 같은 표현에서도 확인할 수 있다. 이렇듯 기는 사람의 단전 안에서 응결되어 '대단大丹'을 이루는데, 이를 '성태聖胎', '대약大藥'이라고도 부른다. 이것들은 사람들의 원기를 완전히 채워 주고, 어린아이 시기의 충만한 활력을 회복시켜 질병을 제거하고 신체를 건강하게 하며 장생불사하게 해 준다. 한편, 수련자는 부단히 자신을 보양해야 하는데, 이를 '성태장양聖胎長養'이라고 한다. 이를 위해 끊임없이 양생 마사지를 받고 또 각종 약물을 복용해야 한다. 도교는 이런 모든 것들을 수행한 후에 우주와 합일을 이룰 수 있고 끊임없이 오랫동안 살 수 있다고 믿는다.

공정하게 말하면, 도교의 수련은 효과적인 생리적·심리적 보건 방법이라고 할 수 있다. 그것은 중국의 고대 인류가 우주와 인생에 대해 갖고 있던 독특한 지혜를 함축하고 있으며, 그 모든 이론과 방법들은 현재까지도 우주와 인류에 대해 깨달음을 제공한다. 그러나 오랫동안 그것은 점차 일종의 생리 보건학에서 신비주의로 발전해 왔고, 그 가운데서 합리적인 요소들은 적절한 해석을 얻지 못하고 두터운 미신의 외피로 둘러싸였다. 그리고 그중에서도 신비한 요소들은 점차 신비주의화되었다. 음양오행과 팔괘, 그리고 외단술 등에서 비롯된 그러한 거짓된 개념들은 양기養氣의 수련 속에서 차용되었고, 그 개념들의 해석은 도사들의 전유물이 되었다. 수련의 방법은 잠긴 상자 속에 갇힌 것 같았고, 그 상자를 여는 비밀은 도사들만이 알고 있는 것처럼 여겨졌다. 그 결과, 비밀은 갈수록 신비화되었다. 생각의 집중을 위해 마련되었던 '사신' 방법은 무제한적으로 남용되고 과장되어, "두 눈 안에 옥녀玉女를 보존하여 생각한다.", "원시천존元始天尊은 머리 꼭대기에 있다.", "단전에는 화주火珠 하나가 있다." 등등, 그야말로 의학을 신령 숭배로, 인체를 신단神壇으로 변질시켰다. 본래 양생과 보건의 방법이었던 것이 신선이 되어 날아오르는 비법이 되었고, 그 결과 득도하여 신선이 되려는 환상이 수련의 진정한 의미를 은폐시켜 버리고 말았다. 따라서 우리 앞에 놓인 임무는 도교 수련 방법의 본래 의미를 회복하고, 그 가운데 깃든 이론적 지혜와 정수를 해석해내는 일일 것이다.

---

9) 심장의 불
10) 신장의 물

6
인격신 숭배
왕이(王毅)

인격신 숭배는 중국 종교 특유의 현상으로, 중국 민중 윤리가 종교 영역 속에 반영되고 표현된 것이다. 소위 '인격신'이란 조상신, 지상신至上神, 행업신行業神, 토템신 등 이외에 숭고한 인격을 그 신격의 기본적 내용으로 삼는 신을 말한다.

주지하다시피, 고대 중국 문화의 기초는 혈육을 핵심으로 하는 종법 제도이다. 중국 문화의 이러한 특징은 종법 관계의 결속을 목적으로 하는 윤리 사상의 발전을 촉진시켜, 시종일관 중국 문화 체계 내에서 중요한 지위를 차지했다. 사대부 문화 속에서 위에서 말한 윤리 정신은 주로 '수제치평修齊治平1)'의 이상과 '공안孔顏2)'의 숭상으로 표현되었다. 그리고 광대한 하층 민중 가운데서 윤리 정신의 사회적 의의가 가장 고도로, 집중적으로 표현된 형식은 바로 인격신에 대한 신앙과 형상화에 있었다.

중국 인격신의 발전 과정은 진한 시기 이전의 요람기, 진한 이후의 광범위한 확산기, 그리고 송명宋明 이후 고도의 전형화 단계 등 세 단계로 구분할 수 있다. 이 기나긴 과정을 거쳐 인격신은 원시적 숭배에서 벗어났지만, 진정으로 하나의 피안 세계를 구축하지는 못했다. 오히려 그것은 현세 윤리 정신과 고도로 결합한 신성한 우상을 만들어 냈고, 이로써 종법 원칙을 대대적으로 신격화하여 중국 사회와 민중 심리에 광범위한 영향을 미치게 되었다.

귀신에 대한 중국인의 신앙은 상고 시대의 원시 숭배 단계로부터 유래한다. 원시 숭배

---

1) '수신제가치국평천하'를 일컬음
2) 유가에서 이상적 인격자로 평가되는 공자와 안회를 의미

단계에서는 조상신과 동물신, 산천신山川神, 인간귀人間鬼 사이의 경계가 그리 분명하지 않았다. 자연 숭배와 조상 숭배의 기초 위에서 사람들은 종종 자연신과 토템을 인격화, 사회화하였고, 그것들에게 보다 보편적인 의미를 지닌 품성과 성격을 부여하기도 했다. 예를 들어 고대 신화 속에서 복희伏羲는 "뱀의 몸, 기린의 머리, 거룩한 덕을 지닌" 신이었다. 씨족 사회에서 우두머리는 종종 씨족의 행정 수반이면서 동시에 전체 씨족과 신계를 소통시키는 무당이었다. 그리고 그가 죽으면 후손들이 신봉하는 조상신이 될 가능성이 컸다. 다중적인 사회 역할이 한 사람의 몸에 집중된 이러한 씨족의 우두머리와 조상신은 전체 씨족의 영속적인 이익에 상응하는 도덕적 품성을 지닐 것을 강하게 요구받았다. 따라서 신화 속에서 그들은 통상 초자연적인 능력을 지닐 뿐 아니라 도덕적 전범이 되기도 했다. 예를 들어 "요 임금의 눈썹은 여덟 가지 색깔이었고, 아홉 구멍이 서로 통해 있어 공평무사했다.[3]"라고 한다. 또한 씨족이 어려움에 직면하면 그들의 인도가 필요했고, 백성을 대표하여 신에게 기원을 할 때 그들 우두머리나 무당은 엄격하게 자신을 성찰하고 자신의 도덕적 결함이 신을 노하게 하지 않을지를 점검해야 했다(훗날 황제들의 '죄기조罪己詔'도 여기서 연유했다). 여기서 상고 시대 중국 문화 가운데 인격신의 맹아가 싹트기 시작했고, 국가가 생성과 발전된 이후에도, 이러한 전통은 계승·지속되었다. 예컨대『시경(詩經)』과『상서(尙書)』의 수많은 글들은 주문왕周文王의 '밝은 덕明德'이 하늘까지 닿았고, 상제가 명命에 따라 주周로 상商을 대체하여 흥성하게 했다고 강조하고 있으며, 이후에도 "과거의 명철하고 덕 있는 사람"은 국가가 정한 제사의 대상이 되었다. 전국 시대 사상가들은 군주에 대한 도덕적 요구를 국가 이론을 완성시키는 요소로 간주하였다. 이에 관하여 순자는 "뜻이 지극히 뛰어나고 덕행이 지극히 두터우며 사려가 지극히 밝으니 천자가 천하를 취하게 되는 근거이다."라고 말했으며,『역전(易傳)』은 "무릇 대인이라는 사람은 천지와 그 덕을 합하고, 일월日月과 그 밝음을 합하며, 사시四時와 그 질서를 합하고, 귀신과 그 흉함을 합한다."라고 말하였다. 여기서 우리는 이 시기 단독적인 인격신이 출현하지 않았음에도, 종법 제도의 요구에 부합하는 어떤 인격 정신을 천지, 일월, 사시, 귀신 등과 같은 무상無上의 지위로 여겨 추앙하였음을 알 수 있다.

진한 이래, 중국의 민간 종교에는 큰 발전이 있었다. 즉 루쉰이 말했듯 "중국은 본래 무속 신앙이 있었다. 진한 이래 신선 이야기가 성행했고 한말에는 무속의 풍조가 널리

---

3)『회남자·수무훈(淮南子·修務訓)』

퍼졌으며 사술邪術이 갈수록 뜨겁게 달아올랐다." 유가 이론에서도 다음과 같이 말한다. "밝은 곳에는 예약이 있고, 어두운 곳에는 귀신이 있다." 양자는 몸은 다르지만 틀은 동일한 상호 보완의 관계이다. 그러므로 민간종교가 부단히 팽창하고 유가 윤리 사상이 국가의 법이 정한 이데올로기가 되었던 바로 그때, 양자 사이에는 이미 갈수록 밀접한 관계가 형성되었던 것이다. 수많은 천지신명이 유가 윤리의 요청으로 만들어지고 사람들에 의해 부단히 그 품성이 개조되면서, 더 많은 종법적 이상과 인격 정신이 그것들에게 부여되었다. 예를 들어 춘추 시대의 오자서伍子胥가 중상모략을 당해 죽은 후, 오吳나라 사람들은 그를 동정하여 강 위에 그를 위한 사당을 세우고 그를 강의 신으로 신봉했다. 그리고 그의 신성은 "물을 몰아 파도를 만드는驅水爲濤" 것으로 표현되었다. 그러나 후일 '충효'는 오자서 신격의 중요한 내용을 형성했다. 오자서가 한 지역에 국한된 강의 신에서 보편도덕의 의미를 띤 인격신으로 변했기 때문에, 오월吳越 지역 후손의 제사를 받을 뿐아니라 북방 사람들의 광범위한 존경을 받았던 것이다4). 또 많은 제왕들이 열렬히 추앙했던 은殷나라 비간比干에 대해 북위北魏 효문제는 일찍이 친히 제문을 쓰고 비석을 세워 그의 충정 어린 죽음을 기렸으며, 당태종은 비간의 '정직표直의 도'와 '충용忠勇의 행실'을 찬양하여 그를 태사太師로 추중하고 '충렬공'이라는 시호를 내렸으며 "그의 묘를 높이고 그의 사당을 수리하며, 주현州縣마다 봄가을로 양을 바쳐 제사를 지내도록" 했다. 여기서 우리는 비간이 조상신의 성격을 띠면서도(중국의 임林씨는 '서하西河 임씨'로 통칭되며 비간을 시조로 삼는다.) 제왕들의 필요에 따라 인격신의 면모를 동시에 지니게 되었음을 알 수 있다. 성당盛唐 시대에 이르면, 중국 인격신의 계보는 이미 상당히 방대해져서, 당 천보天寶 7년에 "사당을 설치하여 제사를 지낸" 인격신은 자산子産, 악의樂毅, 굴원屈原, 제갈량諸葛亮 등 16명의 충신과 백이伯夷, 숙제叔齊, 노중련魯仲連 등 8명의 의인, 그리고 효부, 열녀 등 수십 명에 이르렀다.5) 이후 인격신의 계보는 부단히 확충·팽창했는데, 잘 알려진 예로는 당송 시대에 순국한 안진경顔眞卿, 장순張巡, 남제운南霽雲, 뇌만춘雷萬春, 강보예康保裔 등 충신열사가 있다. 이들은 모두 각각 사당에 모셔져 세상 사람들에게 신으로 추앙받았다.

송명 이래, 후기 발전 단계에 들어선 중국 고대 문화는 전체 전통 사회를 하나로 연결하기 위해 전통적인 종법 윤리 관계를 대대적으로 강화했다. 이러한 노력은 종법 윤리에

---

4) 『위서·지리지(魏書·地理志)』를 볼 것
5) 원(元)대 마서림(馬瑞臨)의 『문헌통고·종묘십삼(文獻通考·宗廟十三)』을 볼 것

저해되는 갖가지 요소들을 엄격하게 제거하는 것과 종법 윤리를 적극적으로 구축하는 것을 모두 포함하였다. 사대부 문화 내에서 그러한 노력들은 주로 이학理學의 생성과 그 통치 이데올로기로의 변화로 표현되었다. 그러나 세속 종교 문화 내에서 그것은 상당 부분 인격신의 발전으로 표현되기도 했다. 송명 이래 인격신의 발전은 다음 세 가지 영역에 집중되었다. 1) 인격신의 지위는 전체 신의 계보 속에서 끊임없이 상승하여 나중에는 거의 가장 높은 지위에 이르렀다. 2) 인격신의 도덕적 경지는 갈수록 높아지고 완전해지고 전면화되어, 종법사회 속에서 전능하고 가장 고상한 인격적 모델이 되었다. 3) 인격신의 영향이 갈수록 광범해져서, 인격신 숭배는 전체 사회에서 가장 보편적인 종교 활동 중 하나가 되었고, 전 민족의 가치관, 문학과 예술, 도시 면모 등 수많은 영역에 깊이 새겨졌다.

송명 이래 인격신의 발전은 전과 다름없이 중국 종교 문화 전통의 영향하에서 이루어졌다. 예를 들어 상고 시대에 조상신과 대부족장을 전체 씨족의 도덕적 모범으로 삼았던 전통은 여전히 뿌리 깊었고, 국가 형태를 거치면서 그것의 '확대' 또한 보다 두드러졌다. 송 휘종徽宗은 신종神宗에게 '체원현도제덕왕공영문열무흠인성효황제體元顯道帝德王功英文烈武欽仁聖孝皇帝'라는 시호를 바쳤고, 명대 가정제嘉靖帝는 자신에게 '구천홍교보제생령……개화복마충효제군九天弘敎普濟生靈……開化伏魔忠孝帝君' 등 여러 가지 존호를 붙였는데, 이것들은 모두 전형적인 예이다. 또 이렇게 쓸데없이 길어지는 존호가 말해주듯, 사회는 이전보다 확실히 그와 같은 지고무상한 인격신을 요구하고 있었다. 이러한 문화 배경하에서, 송명 이후의 사람들은 제왕이나 공맹 등의 교주들을 지속적으로 신화화했고, 본래는 그 지위가 뚜렷하지 않았던 인격신들을 적극적으로 숭배하여 제왕이나 공맹과 같은 고귀한 지위로 끌어올렸다. 그 전형적인 예로 악비岳飛와 관제關帝[6]를 빼놓을 수 없을 것이다.

남송 시대, 금나라에 항거했던 악비(1103~1142년)는 이민족을 몰아내려는 뜻을 품었지만 도리어 모함으로 죽었다는 사실로 인해 오랫동안 사람들의 앙모와 동정을 받았고, 역대 제왕들은 이를 이용하여 그를 신으로 드높였다. 명나라 사람인 전여성田汝成은 『서호유람지(西湖遊覽志)』에서 다음과 같이 적고 있다. 악비가 살해된 지 20년이 지난 후, "금나라 사람들이 갈수록 창궐하니, 태학생 정방程厖이 악비의 억울함을 논하여 귀향 간 악비의 가족들이 돌아오도록 도왔다. 효종孝宗은 조서를 내려 악비의 관직을 회복시켰고 '무목

---

6) 『삼국지연의』에 등장하는 관우를 말함

武穆'이라는 시호를 내렸으며……황폐해진 지과원智果院을 사당으로 만들고 '포충연복사褒忠衍福寺'라는 현판을 하사했다. 묘 위의 나무는 모두 남쪽을 향해 그 영혼을 숭배하는 느낌을 자아냈다. 가정嘉定 4년에는 그가 '악왕鄂王'에 봉해지기도 했으나, 송나라가 망한 후 그 사당은 다시 황폐해졌다." 인격신으로서 악비의 지위는 이때만 하더라도 그리 뚜렷하지 않았다.

그러나 명청대 많은 제왕들과 장상들의 존숭과 찬양을 거치면서 사정은 크게 변했다. 『서호유람지』와 『서호지(西湖志)』는 다음과 같이 기록하고 있다. 명 홍무洪武 4년(1371년), 주원장은 칙령을 내려 악비의 묘를 보수하도록 했으며, 정식으로 국가의 제전祭典에 포함시켜 봄가을로 제사를 지냈다. 명 대종代宗 경태景泰 연간(1450~1457년), 조정은 재차 봄가을의 제사를 지내고 '충렬묘忠烈廟'라는 제액을 하사했다. 명 무종武宗 정덕正德 8년(1513년)에는 진회秦檜, 왕씨王氏, 만사설萬俟卨[7] 등 간신들이 밧줄로 묶여 무릎 꿇고 있는 동상을 만들고 건물 앞 노대露臺에 두었다. 또 정덕 12년(1517년)에는 사당 안에 악비의 부모, 처와 자녀들의 동상을 설치하고 그들에게도 제사를 올렸으며, '일문충효一門忠孝'라는 편액을 달았다. 청대 순치順治 8년(1651년), 강희康熙 21년(1682년), 31년(1692년), 54년(1715년), 옹정 9년(1731년)에 악비묘는 수많은 지방 장관들의 주도하에 빈번하게 보수·확장되어 그 규모가 갈수록 커졌다. 보다 중요한 것은 수차례에 걸친 신화화와 사당의 재건을 통해 인격신으로서 악비의 성격은 날이 갈수록 분명해져, 악비묘 주변과 내부 사물들의 명명, 건축의 수축 등은 모두 완전히 그러한 목적에 이용되었다. 예를 들어 악비묘의 문 밖 회檜나무는 진회秦檜와 이름이 같다는 이유로 베어진 후 '분시회分屍檜'로 명명되었다. 또 묘 옆의 나무는 '남지수南枝樹'로 명명하여 남송에 대한 악비의 충절을 찬양했다. 악비묘의 문 내부의 우물은 '충천忠泉'이라 불렸고, 묘 앞에는 '정충보국精忠保國'이라는 네 개의 커다란 글자가 새겨진 돌비석이 세워졌으며, 사당 앞의 길 위에는 '벽혈단심碧血丹心'이라는 글자가 적힌 돌패방이 세워졌다. 이것들 모두는 아주 구체적인 수단으로 부단히 인격신을 만들어낸다. 그리고 이러한 방식은 중국 인격신의 문화적 내용과 기능, 그리고 숭배자의 문화 심리를 선명하게 반영하고 있다. 명청 이래, 악비 숭배는 소설, 희곡 등 형식으로 민중 내부에 광범위한 영향을 끼쳤다. 그것은 충군보국忠君保國 등 윤리 관념에 있어 가장 전형화된 표현 형식이었다. 또 명대 사람들은 악비묘를 지속적으로 확장했을 뿐만 아니라,

---

7) 진회와 만사설은 악비를 무고하여 죽음으로 내몬 남송대의 간신으로 일컬어지며, 왕씨는 진회의 부인임

제왕들의 묘에 악비의 신상을 세워 충신의 전범으로서 역대 제왕을 모시도록 했다. 악비 묘의 보수와 건립은 남방 지역에 국한되지 않아, 근대의 저명한 시인이었던 황절黃節은 「악분(岳墳)」이라는 시에서 다음과 같이 적고 있다. "10년 전 중원中原에서 사당에 참배하니[8] 서호西湖에 미치지 않은 산은 더욱 푸르다. 하늘에 드리워진 대장부의 소리 끊어졌고, 만방의 병기들은 여기에 묻혀 있네." 그 밖에, 인격신으로서 악비의 지위가 계속 상승함에 따라 그와 그 외의 신들 사이에도 보다 많은 관계가 형성되었고, 동시에 숭배를 받는 자들에 의해서 더 많은 초자연적 신성을 부여받았다. 가령, 명대 사람들의 전설에서 악비는 장비張飛, 장순張巡이 시대를 바꾸어 태어난 인물이었고, 관우를 대신해서 불교 사찰의 호법가람護法伽藍이 되기도 했다. 또 근대에 들어와서 악비는 동악東岳 속보사速報司의 신이 되었는데, 무척 영험하여 억울한 일을 당하거나 마음에 고민이 있는 자가 악비 신 앞에 가서 진실하게 속마음을 털어놓으면 빠르게 응답을 얻을 수 있다는 이야기가 전해지기도 했다. 물론 갖가지 억지스러움이 있기는 했지만, 중국 민중들에게 악비는 무엇보다도 도덕적이고 숭고한 인격신이었던 것이다.

악비 숭배와 비교할 때, 관우의 인격신에서의 지위는 훨씬 두드러졌고 그 영향도 더 광범위했다. 관우는 본래 삼국 시대 촉나라의 명장으로, 손오孫吳와의 전쟁 중에 죽은 후 장무후壯繆侯에 봉해져 해당 지역의 사람들에게 신봉되었다. 그러나 이는 전통적인 귀신 숭배에 지나지 않을 뿐 깊은 의미를 담고 있지는 않았으며 당唐대까지도 그 지위나 영향은 매우 제한적이었다. 그러나 송대 이후, 관우의 지위는 갑자기 크게 높아졌다. 북송 말년 관우가 '공公'으로 봉해졌지만, 그는 여전히 장천사張天師[9] 휘하의 신장神將 중 하나에 지나지 않았다. 그리고 선화宣化 5년(1123년) 황제의 영으로 '의용무안왕義勇武安王'에 봉해진 후에는 무성왕武成王 강태공姜太公의 묘에 합사合祀되었고, 남송 이후에는 국가의 제전에 포함되었다. 명대 이후 그의 지위는 그게 향상되어, 명 만력萬曆 연간(1573~1620년)에는 황제의 영으로 관우가 '삼계복마대제신위원진천존관성제군三界伏魔大帝神威遠鎮天尊關聖帝君'으로 봉해져 제왕의 복식이 하사되었다. 또한 승상 2인의 보좌를 받고 그의 처자식이 모두 후厚로 봉해지면서 관우는 '관제關帝'로 불리게 되었다. 청 순치 9년(1652)에는 '충의신무관성대제忠義神武關聖大帝'로 봉해졌고, 여기에 더해 건륭乾隆 23년(1758년)에는 '충의신무영우관성대

---

8) 10년 전, 나는 두 차례 주선진(朱仙鎭)에 갔었다. 악왕(岳王)묘에서 (악비를) 알현하니, 모든 노래들이 지금은 사라졌구나. - 원주
9) 오두미도(五斗米道)의 시조, 장도릉(張道陵)을 다르게 일컫는 명칭

제^{忠義神武靈佑關聖大帝}'로 봉해졌다. 관우의 대단한 권세로 인해, 불교와 도교는 관우를 앞다투어 자기 종교의 신으로 모시려 했다. 불교는 관우를 호법가람으로 삼고 18나한상에 관우의 자리를 따로 마련하여 그를 섬기려 했다. 또 도교는 관우의 전신(前身)을 뇌수산택^{雷首山澤} 중의 늙은 용으로 불렀을 뿐 아니라 수많은 과장 섞인 신화를 만들어냈다.

관우의 인격 신화는 제왕들의 통치적 필요와 하층 민중들의 종법 윤리 이상화가 이중적으로 빚어낸 결과물이다. 역대 제왕들에게 관우의 용맹함과 충성스러움, 지위나 재물에 휘둘리지 않고 죽기까지 주인에게 은혜를 갚는 품성 등은 의심할 나위 없는 가장 효과적인 통치 도구였다. 『대청회전(大淸會典)』에는 조정의 태상시^{太常寺}가 관제^{關帝}에게 제사를 지내는 데 쓴 다음과 같은 내용의 축문이 있다. "관제의 순수한 마음과 의로움은 절개를 빛내고 인^仁을 이루었으며, 문무에 모두 미쁘고 거룩함과 신묘함을 모두 갖추니, 당대에 그 공이 드높다. 백성들에게 그 덕을 베풀며 두 법도가 올바르니 역대의 명사들이 그를 공경하였고……" 필경, 관우에 대한 이와 같은 고도의 신격화는 군신대의^{君臣大義}에 대한 신격화의 다름 아니었다. 그리고 하층 민중들에게 신의를 중시하는 관우의 성격은 귀중한 도덕적 특징이었다. 수천 년간, 신의는 농민 등 소생산자 사이의 안정적인 종법 윤리 관계를 연결해주었고, 줄곧 매우 중요한 역할을 담당했다. 그래서 "말에는 신의가 있어야 하고, 행동에는 결과가 있어야 한다.", "사람이 신뢰가 없으면 그 올바름을 알 수 없다." 등은 시종 사람들이 마땅히 따라야 할 격언이었다. 특히 송명대에 도시 경제가 발전한 후 사회적 지위가 낮은 소상인, 수공업자, 유민^{遊民} 등이 출현했고, 그들을 골간으로 삼는 각종 행회^{行會}, 방회^{幫會} 등이 나타났다. 사회 경제 생활에서든 정치 생활에서든, 그들 사이를 끈끈하게 연결해주는 정신적 고리는 생사의 문제와 얽힌 대단히 중요한 것이었다. 이러한 정신적 고리와 공동체의 윤리 이상을 지닌 연후에야, 그러한 하층 인물들은 충정과 의기, 상호부조를 통해 위기를 극복하고 생존을 도모할 수 있는 것이다. 명대 후기, 관제 숭배는 하층 사회를 풍미했고, 상층 사대부 문화에도 상당한 영향을 미쳤다. 사료에 따르면, 당시 사대부 계층에서는 결사^{結社}가 성행했는데, 결사를 만들 때 다 같이 관제묘에 가서 분향하고 집단의 규약과 성훈^{聖訓}에 대한 충정을 맹세했다. 청대 이후, 통치자들은 관제를 문성^{文聖} 공자와 동급인 무성^{武聖}으로 존숭했고, 민간의 여러 분야에서는 심지어 그를 인신^{人神}들 중 최고로 삼아 공자보다 더 각별히 숭배했다. 관제 숭배는 명청대 이후 갈수록 성행하여, 관제의 신격은 인격신이 수용할 수 있는 범위를 멀리 벗어났으며, 그의 신적 권위는 목숨과 재산의 안전, 관리의 발탁, 병의 치유와 재난의 해결, 사악한 기운의 제거, 반란 세력의 토벌, 어두운 마을의 순찰, 재물의 획득, 상품 가격의 유지, 가뭄의 해결 등등을 모두 통제했다. 다시 말해, 다른 신들이 할 수 있는 것을 그는 거의 모두 다 할 수 있었던 것이다. 이와 같은 이유들 때문에, 관제묘는 천하에 널리 퍼져 전국적으로 가장 많은 사당을 보유한 신이 되었다. 예를 들어 청대 임유현臨楡縣에만 관제묘가 다섯 군데였는데, 관음묘도 그보다는 많지 않았다. 청대 사학자인 조익趙翼은 당시 관제 숭배의 극단적인 성행에 대해 다음과 같이 기록하고 있다. "오늘날 남쪽 끝으로는 영표嶺表부터 북쪽 끝으로는 한원寒垣까지 어린아이와 부녀자 할 것 없이 그 신령의 위엄에 놀라지 않는 이가 없으며, 향불은 끊임없이 천지를 가득 메우고 있다." 근대에 이르러서도 가로회哥老會, 청홍방青紅幫 등 집단들은 관제를 지극히 숭상했고, 해외 화인들은 현재도 그러할 것이다.

결론적으로, 중국의 인격신 숭배는 송대 이후 고도의 전형화 단계에 이르렀고, 그 영향이 매우 광범위하고 깊은 문화 현상이 되었다. 그것의 긍정적인 가치나 부정적인 작용이나 할 것 없이 모두 오늘날 진지하게 연구될 필요가 있다.

7

민간의 세속신

류둥

중화 문명의 가장 두드러지고 중요한 특징은 그 주류가 압도적으로 무신론적이라는 사실에 있다. 사람들이 그것을 장점으로 보든 결점으로 보든 혹은 장단점을 모두 갖고 있다고 보든, 사람들은 다음 사실을 인정해야 할 것이다. 아무리 늦어도 "괴력난신^{怪力亂神}을 말하지 않는다."라는 공자 시대부터 시작해서, 중국 문명이 주로 이성주의적이고 인도주의적인 특징을 띤 철학 이념에 제약을 받았다는 점 말이다. 물론 이것이 중국 고대인들의 의식 깊은 곳에 궁극적 문제에 대한 관심이 결여되어 있었음을 의미하는 것은 결코 아니다. 그러나 여타 문명이 종교를 통해 영원한 가치를 둘러싼 물음에 대한 최종적인 해답을 구하려 했다면, 중국의 주류 정신문화의 전통은 단지 윤리학적 의미 위에서 인격의 수준을 무한히 끌어올리려 애썼고, 그러한 기초 위에서 전체 우주와의 심미적 친화감을 추구할 뿐이었다. 따라서 서구 문명과의 비교 위에서 사람들이 일찍이 유가의 내성지학^{內聖之學}을 '성현의 종교' 또는 '도덕의 종교'로 부르거나 중국 고대인의 전원시의 세계를 '범신론적'이라 여겼다 하더라도, 그러한 표현들은 중화 문명의 '큰 전통'이 확실히 종교적이었음을 강변한다기보다, 중국의 정신문화가 중국 사회 속에서 서구 종교와 유사한 모종의 기능을 수행했음을 강조할 뿐이라고 이해하는 것이 옳다.

그러나 언뜻 사람들을 곤란하게 하고 깊은 생각에 빠뜨리는 한 가지 사실은, 그렇게 분명하고 이지적인 '큰 전통'으로 인해 무속의 성격을 띤 '작은 전통'의 보완이 더욱 필요해졌다는 점이다. 한편으로 유가 철학자들이 힘껏 주장했던 '내재적 초월'을 이루는 성인의 길은 도덕적 자율성을 띤 '위기지학^{爲己之學}'일 뿐이었으며, 소수 문화인을 위한 이상일 따름이었다. 따라서 논리상 이러한 철학은 도덕 법칙 배후에 있는 형이상학적 이치를 대중에게 주입시킬 수 없었지만, 동시에 대중 자신에게 적합한 표상적이고 이론적이지 않은 사유 방식으로 생활을 구성하는 신념의 근거지를 배척할 수도 없었다. 다른 한편으로, 중국에서는 아마도 발달한 원시 종교 형태가 존재하지 않았기 때문에(사람들이 그것을 후에 유학이 우위를 점하게 된 결과로 보든 원인으로 보든, 혹은 둘 다로 보든), 통일된 신의 계보에 따라 생성된 일신교로써 최초의 애니미즘과 상호 침투적 사유를 억압하는 일이 없었고, 후대 사람들이 광대한 사상 공간을 얻어 원시적 무속이 민간에서 뿌리 깊게 이어져 보존될 수 있었다. 이러한 원인들은 사람들이 의아하게 여길 만한 괴이한 역사 현상을 만들어냈다. 즉, 종교 관념이 상대적으로 옅다고 인정되는 문명 속에서 민중들이 자발적으로 신을 만들어 내고, 이로써 대단히 복잡다단한 다신론적 계보와 우상 숭배가 나타났던 것이다.

중국 민간의 신은 수많은 각양각색의 것들을 포괄하고 있었다. 각각의 자연 현상마다 하나의 신이 있었는데, 일신^{日神}, 월신^{月神}, 뇌공^{雷公}, 전모^{電母} 등이 그 예이다. 또 각각의 일상 사물마다 하나의 신이 있었는데, 문신^{門神}, 상신^{床神}, 조신^{竈神}, 측신^{廁神}이 그 예이다. 한편 각 지역마다 그 지역을 수호하는 신이 있었는데, 항주에는 성황주신^{城隍周新}이 있었고 북경에는 성황양초산^{城隍楊椒山}이 있었다. 또 각 전설에는 향불을 피워 제사를 지내는 사당들이 있었는데, 여와^{女媧}와 복희^{伏羲}에게 제사를 지내는 인조묘^{人祖廟}, 팔선^{八仙} 중 하나에 절을 올리는 여조묘^{呂祖廟} 등이 그 예이다. 심지어 하나의 정신 체계마다 그 본래의 의미가 어떻든 일련의 신들이 있었는데, 도관^{道觀} 안에는 삼청^{三清}과 사어^{四御} 등이 있었고, 불교 사찰에는 여래^{如來}, 보살^{菩薩} 등이 있었으며, 공묘 안에는 성인^{聖人}과 아성^{亞聖} 등이 있었다(그 유가 사상가들이 날로 돼지고기 먹는 일을 얼마나 내켜 했는지와 무관하게)[1]. 그리고 사회 내 각 직업에는 귀천을 떠나 그 업종을 지켜주는 행업신^{行業神}이 있었는데, 예를 들어 목공업에서는 시조인 노반^{魯班}을 숭배했고, 양조업에서는 그 시조인 두강^{杜康}을 숭배했으며, 창기나 거지들도 각자의 신인 백미^{白眉}와 범단^{范丹}(이것이 희화화나 폄훼의 의미를 갖고 있다는 점과 상관없이)이 있었다. 그렇다면 다음 질문을 한 번 던져보는 것도 좋을 것이다. "중국 고대 하층민 사회에는 신성한 의미를 부여받지 못한 신도 있었을까?"

달리 말해 신이 지나치게 많아지면 그 정체도 쉽사리 드러나기 마련인 것이다. 자신이

---

1) 공묘에서 시내는 제사에는 생쌀과 생고기를 올리는 풍습이 있다.

신봉하는 대상을 너무 제멋대로 경솔하게 지어내 그것들을 억지스럽고 초라하게 만들면서, 사람들은 되레 자신이 진정성 있는 신도라고 할 수 없음을 드러냈다. 사실상 최초의 원시 종교와 후일 그것의 변형된 형식으로 출현한 민간 종교의 본질적 차이는, 후자는 부지불식간 진화를 통해 생성된 이성적 의식의 영향을 받았다는 데 있었다. 그러므로 오랫동안 무신론이 지배해왔던 중국에서 원시적 무속 신앙은 설령 역사 무대에서 퇴출되지 않았다 하더라도, 상당 부분 이성주의적 '큰 전통'의 윤색을 거쳐야 했다. 이렇듯 유가에 의해 초자연적 역량이 배제되었던 우주론적 모식하에서, 특히 이러한 정신이 이미 잠재적으로 사회 심리의 추세가 된 이후, 절대다수의 중국인에게 신성으로 충만한 세계에서 생활하는 일은 이미 불가능한 일이 되었다. 그들에게 사당에 가서 향을 피우고 소원을 비는 일은 불가피했지만, 그들은 거기에 집착(소위 "접신하여 머리를 조아리는" 행위)하지도 않았고, 열광(소위 "믿지 않을 수 없지만, 전적으로 믿을 수도 없다."라는 식의 태도)하지도 않았으며, 한결같은 마음도 아니었다(소위 "급하면 부처의 다리라도 껴안는다."라는 식의 생각). 바로 그러한 이유들 때문에, 작은 은혜를 바라며 신령함을 돈을 주고 구매하는 것은 저세상의 존재를 보여준다기보다는 현세의 실재성을 증명할 뿐인 것이다. 여기서는 사람이 신을 향해 바닥을 기는 것이 아니라, 신이 사람을 위해 봉사한다. ─설사 사람들이 이미 자신의 욕망에서 출발하여 신의 요구가 무엇인지를 확신했다 하더라도, 그들이 늘 가벼운 태도로 신에게 제물을 바쳤던 것은 아니었다. 그들은 단지 신이 최선을 다할 때만 그 보답으로 재물을 바쳤고, 종종 신이 먼저 계약을 이행한 후에만 약속을 이행했던 것이다. 참으로 정직한 '선남선녀'들 아닌가!

물론 너무 극단적으로 생각해서는 안 된다. 인생에는 수많은 무상한 일들과 영원히 풀리지 않는 문제들이 쌓여 있기에 확신할 수도 통제할 수도 없고 그렇다고 하지 않을 수도 없는 중요한 문제들 위에서, 신비로운 환상들은 기회를 틈타 이성의 공백을 메우곤 하기 때문이다. 그러므로 무신론은 결코 철저할 수가 없다. 공자 본인조차도 예측하기 어려운 일들에 직면하여 반신반의로 "나도 그런 기도를 한 지 오래되었다(『논어·술이(論語·述而)』)."라고 말하고 있는데, 일반인들은 더더욱 사후 세계의 힘에 대한 믿음을 뿌리 뽑기 어려웠을 것이다. 이러한 의미에서, 무속과 영매로부터 완전히 벗어날 수 있는 개인이나 사회는 존재하지 않으리라고 이야기할 수 있을 것이다. 단지 의식 가운데서 신비적 요소와 이지적 요소가 서로 엎치락뒤치락하며 좀 늘어나거나 줄어들 뿐이다. 따라서 사람들이 길흉, 화복, 성패, 귀천, 수명, 생사, 그리고 사후의 여러 결정되지 않은 문제들을 위해 신에게 무언가를 요구하고 물을 때, 그들은 "그것이 있다고 믿을지언정, 없다고 믿지는 않겠다."라는 태도인 것이다. 다만 문화적 '큰 전통'의 제약을 받아 그러한 것들을 조용히 마음속 깊은 곳에 남겨 두기 때문에, 그들은 사건이 끝난 후 항상 자신이 "무대 위에서 연극을 했다."라는 느낌을 면치 못하는 것이다.

위에서 서술한 내용을 통해, 중화 문명에서 '큰 전통'과 '작은 전통'은 사실상 서로 침투하는 것임을 알 수 있다. 그런데 이는 또 다른 특이한 현상을 낳는다. 즉 뒤늦게 출현한 민간의 신일수록, 더욱 양자 사이의 중개물처럼 보인다는 것이다. 현실 생활이라는 커다란 배경하에서 그러한 신들은 다양한 일상의 장면들에 호응하여 '만들어진' 것들로, 인간 풍속을 담은 화폭의 '신화판'인 것이다. 때문에 원시 야만 시대가 남겨놓은 무속의 풍습은 가면 갈수록 명백히 신비주의적인 사유 방식을 포함하지 않게 되며, 다만 일종의 편의적이고 형상적인 표현 방식에 지나지 않게 된다. 그것이 토로하는 것은 초현실 세계의 훈계와 공포가 아니라 세속 생활의 희구와 그리움일 뿐이다. 도교의 독특한 신체 수련법으로부터, 불교가 중국화된 후 만들어진 커다란 배에 항상 미소를 머금고 있는 미륵의 몸으로부터, 그러한 요소들은 분명하게 나타난다. 또한 모종의 의인화된 인격 역량에 대한 숭배, 가령 관제묘 속의 '용무(勇武)'를 대표하는 인물에 대한 숭상, 악왕묘 속의 '정충精忠'을 상징하는 인물에 대한 제사, 무후사武侯祠 속의 '지혜'의 화신에 대한 신앙 등은 보다 더 분명하게 그와 같은 점들을 보여준다. 그러나 이런 면에서 가장 대표성을 띠면서 가장 중국적 특색을 지니는 것으로는 광범위하게 전해 내려온 복福, 녹祿, 수壽 등 삼성三星의 속신俗神을 꼽아야 할 것이다.

중국인이 '복福'자에 대해 어떻게 이해하고 있는가를 살펴보면, 그들의 주의력이 얼마나 현세의 쾌락에 집중되어 있고 자기 몸 이외의 백 년 이후의 것에 대해 무관심한지를 쉽게 알 수 있다. 『상서·홍범(尙書·洪範)』에서는 인생에 '오복五福'이 있다고 말한다. "첫째는 장수, 둘째는 부, 셋째는 건강, 넷째는 덕을 좋아함, 다섯째는 편안히 일생을 마침"이다. 후에 한환담漢桓譚은 『신론(新論)』에서 '오복'을 "장수, 복, 귀貴, 안락安樂, 자손의 번창"으로 설명한다. 이러한 현세에 안주하고 현세를 즐기는 행복관을 영리하다고 하든 천박하다고 하든 혹은 둘 다라고 하든지 간에, 사람들은 그러한 행복관이 중국 민족의 성격 깊은 곳에 스며들어 있고, 중국 민족이 유한한 사물들을 가지고 최대한 삶을 즐기는

데 도움을 주었음을 인정해야 할 것이다. 중국의 세속신은 바로 이러한 행복관과 생활에 대한 기대 속에서 태어났다.

중국 고대의 복신福神은 그 유래가 복잡하다. 일설에 의하면 그것은 후한 시기 도교에서 제창한 '삼관三官'숭배2)에서 유래하며, 때문에 민간 연화年畵에서 그 신은 이부천관吏部天官의 모습으로 묘사되었다. 그러나 『삼교원류수신대전(三敎源流搜神大全)』에서의 기록은 다르다. 여기서는 복신이 한무제 때의 도주자사道州刺史 양성楊成3)이며, 이 관리는 황제에게 오락 거리로 난쟁이를 진상하는 것을 완곡하게 거절했다는 이유로 "그 고을 사람들이 사당을 짓고 그의 그림을 그려 공양함으로써 지역의 복신이 되었다." 이 이야기는 이후 연구자들에게 이해할 수 없는 복잡한 일로 여겨졌을 것이다. 그러나 당시의 서민이나 백성들에게 그 신이 하늘에서 왔는가 인간에게서 왔는가 하는 문제는 중요치 않았다. 다만 이러한 복의 기운이 도대체 무엇을 의미하는가 하는 것이 중요했을 뿐이다. 사람들은 그것을 진실로 믿으려 했다. 그리하여 민간의 연화와 진흙 인형 중에서도, 조정 관리로 분장한 그 복신4)은 종종 좌측에 수성壽星을, 우측에는 녹성祿星을 두어 마치 그 둘을 데려다 놓지 않으면 행복의 구체적인 함의를 정확히 설명하기 어렵다는 것 같았다. 이러한 신상들 중 수성은 값비싼 긴 수염을 달고 지팡이를 짚은 채 복숭아를 들고 있는 남극의 신선 노인으로 상상되었다. 또 녹성은 어린 아기를 품에 안고 머리에는 부귀를 상징하는 모란꽃을 꽂고 있는 지주로 상징되었다. 그들은 나란히 서서 영화와 부귀를 평생 누리는 것이야말로 세속적 의미에서의 최대 행복임을 부각시켜 보여주고 있다.

민간의 세속신 중 상술한 사람들의 기대와 밀접하게 연관되며 거기에 보다 전문적인 역할을 가진 신이 있다. 그것은 바로 사람들에게 재물을 가져다주는 '재신財神'이다. 재신은 '문文'과 '무武' 두 가지로 구분된다. 문 재신의 옷차림은 대체로 복을 주는 천관天官과 유사하지만, 천관처럼 웃음기를 띠지 않고 장중하고 엄숙한 표정인데, 이는 그가 은나라 주왕紂王에게 직언을 하다가 잔인하게 살해된 충신 비간比干이기 때문이라고 전해진다. 그리고 무 재신은 도교의 '사대천장四大天將' 중 하나로 철 채찍을 들고 검은 범을 타고 있는 조공명趙公明 원수에서 유래했다. 이 '한 사람의 문관과 한 사람의 무관'은 어떻게 해서 사람들에게 재물을 가져다주는 것으로 여겨지게 되었을까? 원래의 전설에서 보면, 설사 아

---

2)"천관(天官)은 복을 내리고 지관(地官)은 죄를 사하며 수관(水官)은 액운을 해결해 준다."
3) 실제로는 중당 시대의 양성(陽城)
4) 복성(福星)

주 작은 단서를 발견할 수 있다고는 해도 상당히 억지스럽기 때문에, 그 비밀은 역사 텍스트 속에서 찾기보다는 의식적인 오독을 통한 해석으로 그 근거를 찾는 것이 나을 것이다. —어쨌거나, 부자가 되는 복을 열망하는 사회심리는 대단히 보편적이고 확신한 것이어서, 세상에는 본디 재신이 없음에도 사람들은 그것을 기필코 만들어 내고자 했던 것이다. 물론 베버M. Weber가 설명한 '프로테스탄티즘Protestantism'5)과는 다르게, 중국인들은 부를 갈망하더라도 이를 가지고 초험적인 '천직'을 완수하려 하지는 않는다. 그들은 단지 넉넉한 현실 생활을 보장받고자 할 뿐이다. 이 때문에, '재신'의 가호는 그들 입장에서 보면 무한한 소비를 의미할 뿐 끝없는 축적을 의미하지 않는다.

마찬가지로 행복한 생활에서 빠뜨릴 수 없는 화목한 가정에 대해서도, 사람들은 이 방면의 도움을 줄 신을 창출해냈다. 그중 가장 대표적인 신은 바로 '월하노인月下老人'과 '화합이선和合二仙'이다. '월하노인'의 역할은 그리스 신화 속에서 사랑의 활을 쥔 큐피드와도 유사하다. 전하는 이야기에 따르면, 그가 붉은 끈을 한 남성과 한 여성의 발에 묶으면, "그들이 원수 집안사람이거나 귀천의 차이가 있거나 관리가 되어 먼 곳으로 떠났거나 고향이 다르거나" 상관없이 "천리의 인연이 하나의 실에 이끌려" 결국 한 집안사람이 된다. 또 '화합이선'의 역할은 '월하노인'이 임무를 완수하는 것이다. 화합이선 중 한쪽은 연꽃을 쥐고 있고, 다른 한쪽은 둥근 합을 들고 있는데(그들의 명칭에서 화和나 합슴은 연꽃을 의미하는 '하荷'와 빈 용기를 의미하는 '합盒'과 중국어 상으로 발음이 같다.), 결혼 후의 생활이 조화롭고和諧 화목하도록슴好 만들어준다. 상술한 신들은 그리스-로마 신화 속의 비너스와 큐피드를 연상시킨다. 그러나 서구의 신이 '연애의 신'이라면 중국의 신은 '사랑의 신'이라 할 수 있다. 왜냐하면 중국 민족은 결혼 전 생활의 낭만보다 결혼 후 생활의 즐거움을 중시하기 때문이다. (세상 물정에 어둡고 제멋대로 남녀 관계를 맺어주는 작은 천사와 달리) 경험 많고 박식하며 노련한 '월하노인'과 (시도 때도 없이 욕망과 충동을 부추기는 미녀와 달리) 부부에게 서로 존경하며 백년해로를 하도록 해주는 '화합이선'은 모두 아름답고 화목한 가정을 만드는 것을 목적으로 삼는다. 여기에 반영되어 있는 것은 도취의 카니발이 아니라 이성적 절제이며, 가정의 성립을 남녀 간의 그리움과 미화의 종결로 보는 것이 아니라 백 년의 즐거움의 시작으로 보는 관념이다. 그래야만 사람들이

---

5) 베버는 독일의 저명한 사회학자로, 그의 『프로테스탄티즘의 윤리와 자본주의 정신』은 기독교의 '구원'과 연관된 프로테스탄티즘의 금욕, 근검 등의 정신이 서구 근대 자본주의의 발전에 있어 대단히 중요한 영향을 미쳤음을 설명한 역작이다.

후반생에서 안정적이고 아늑한 삶의 둥지를 지닐 수 있으며, 그들 스스로 이해하고 추구하는 현세의 행복을 누릴 수 있기 때문이다.

위의 논리대로라면, 독자들은 완전하고 아름다운 결혼 이후의 생활을 보장받기 위해 중국인들이 또 다른 가정의 신을 만들어내지 않을 수 없으리라는 점을 쉽게 추측해낼 수 있을 것이다. 그것은 바로 아들을 보내주는 민간 세속신이다. 과거에 사람들은 아들을 바라는 열망이 대단히 강렬했기 때문에, 그들이 자식을 낳고 기르는 능력을 보살펴 주는 신이 특별히 많았다. 그중 보편적으로 유행하던 여신[6]과 남신[7]이 있었고, 지방 특색의 신들도 매우 많았다. 예를 들어 광저우廣州 기자묘祈子廟의 '금화부인金花夫人', 타이완臺灣 낭낭묘娘娘廟의 '주생낭낭注生娘娘' 등이 있다. 어째서 중국인들은 자손이 집안에 가득한 것, 심지어는 4대나 5대가 한집에 같이 사는 것을 필수 불가결한 행복으로 여겼을까? 바라보는 각도에 따라 그 해석도 달라지겠지만, 원시 생식 숭배자의 유산, 소농 경제하에서 재생산 노동력의 수요, 혈연을 기본 고리로 삼는 사회 구조, 고대 사회에서 비교적 높은 인구 사망률 등이 그 이유가 될 것이다. 그러나 이 모든 것들은 보다 내재적인 다른 요소를 대체할 수 없을 것이다. 그것은 바로 중국 고대 관념의 현세적 성격이다. "삶도 모르는데 어찌 죽음을 알겠는가."라는 태도는 시종 사회의 주된 분위기였고, 사람들은 확실히 자기 자신에게 속한 단 한번의 삶을 움켜쥐려고 노력하는 수밖에 없었다. 그래서 그들에게 '다자다복多子多福'은 더 없이 자연스러운 관념이었다. 이로써 그들은 처음부터 끝까지 자신의 삶 속에서 행복을 보장받을 수 있었고, 남은 삶을 쓸쓸하지 않게 보낼 수 있었다. 또한 이를 통해서 그들은 자신들이 지녔던 생명을 후대로 연장함으로써 삶의 종점에서 허무의 고통과 절망에 빠진 채 죽어가지 않을 수 있었다. 이로써 알 수 있는 것은, 후대 사람들이 보기에 비합리적인 세속 관념이라 하더라도 그것들은 모두 과거 시대가 갖고 있던 독특한 가치 이성의 산물이었다는 점이다.

이러한 사실들은 보다 폭넓은 아이디어를 던져 줄 수도 있을 것이다. 어쩌면 가장 오랫동안 지속되었고 가장 성숙했던 문명 중에는, 설령 사람들에게 가장 간과되기 쉬운 작은 요소라 할지라도 총체적인 문화 정신을 내포하고 있는 것 아닐까? 이는 또 다른 많은 이야기를 필요로 하는 질문일 것이다. 여기서 글을 마치고 독자들에게 즐거움을 스스로 체험하고 발견하도록 하는 편이 낫겠다!

---

6) 송자낭낭(送子娘娘), 송자관음(送子觀音) 등
7) 송자장선(送子張仙), 송자미륵(送子彌勒) 등

8
사후 세계

거자오광

오늘날에도 적지 않은 사람들이 불교의 열반과 성불, 도교의 신선 등을 믿고 있지만, 대부분의 사람들은 "사람은 누구나 한번은 죽는다."라는 사실을 솔직하게 인정한다. 만약 문천상文天祥이 『과영정양(過零丁洋)』에서 쓴 "자고 이래 죽지 않는 사람은 없다."라는 표현이 다소간 죽음을 달가워하지 않는 사람들도 있다는 의미를 내포한다면, 송대 범성대范成大의 『중구일행영수장지지(重九日行營壽藏之地)』에 등장하는 사람들에게 무척 익숙한 두 개의 시구, "설령 천년의 쇠문턱이 있을지라도, 결국은 하나의 흙만두일 뿐이네."[1]는 누구든 죽음을 면할 수 없다는 관념이 일찍부터 중국인에게 불가피하게 받아들여졌다는 것을 분명하게 보여 주고 있다. 그러나 고대 중국인들은 사람은 누구나 죽지만 그것이 삶의 종결을 의미하기보다 또 다른 삶의 시작을 의미한다고 생각했다. 죽은 사람의 피와 살과 뼈는 대지로 돌아가지만, 혼령은 다른 세계에서 계속 삶의 여정을 밟아 나간다는 것이다. 중국인들이 늘 다른 사람의 죽음을 일러 '가셨다過去了.'고 말하는 것은 단지 예절상으로나 언어상으로 피해야 할 금기인 것만은 아니다. 그것은 서양 사람들이 말하는 "He's going to other earth."와 마찬가지로 그가 생과 사의 '쇠문턱'을 넘어 다른 세계에 당도했음을 의미한다. 『회남자・정신(淮南子・精神)』에 나오는 "정신은 그 문에 들어가지만, 해골은 그 근원으로 돌아간다."라는 말은 '죽음'이 유형의 생명과 무형의 생명 사이를 나누는 '문'과 같은 것이어서, 사람이 죽고 나면 또 다른 문 안쪽에서 삶을 영위한

---

1) 여기서 '천년의 쇠문턱'이 상징하는 바는 변하지 않는 부귀와 권세이며, 흙만두는 무덤을 의미한다. 즉 아무리 부귀와 권세가 크다 하더라도 사람은 결국 죽어 무덤에 묻힌다는 사실을 비유적으로 표현한 시구라 할 수 있다.

다는 것을 의미한다.

그렇다면 이 문의 배후에 숨겨진 것은 어떤 세계인가? 아무도 우리에게 가르쳐줄 수 없다. 『수신기(搜神記)』, 『서유기(西遊記)』 등에는 저승에 갔다가 이승으로 돌아온 전설들이 적지 않지만, 그것들은 단지 상상의 산물일 뿐이다. 그러나 이러한 상상 속의 사후 세계가 단지 고대 중국인들에게 '흥미로운 허구'에 지나지 않았던 것은 아니다. 그것들은 종종 '진실한 관념'이기도 했다. 특히 고대 중국인들은 이미 알고 있는 영역을 기준으로 삼아 미지의 영역을 추정하는 절묘한 공식을 갖고 있었다. 그것은 연상식 사유associative thinking로써, 사람들의 삶이 지상에서 이루어진다면 사후의 세계는 '지하'에 있으리라는 것, 지상에 빛이 있다면 사후 세계는 빛이 없는 '명계冥界'이리라는 것, 빛이 있음을 '양陽'이라 하므로 인간 세상을 '양간陽間'이라 할 수 있다면 빛이 없음은 '음陰'이라 하므로 사후 세계는 '음간陰間'이라 부를 수 있다는 것 등이 그것이다. 사람들에게 익숙한 『좌전(左傳)』의 첫머리에 나오는 "정백이 언鄢에서 단段을 이겼다."라는 구절에는 정백이라는 인물이 등장한다. 그는 자신의 어머니와 "황천에 이르기 전에는 만나지 않겠노라."라고 맹세했다가 나중에 후회하게 된다. 그러다 어떤 사람이 그에게 땅 아래 굴을 파 거기서 어머니를 만나면 되지 않느냐고 조언하는데, 여기서 우리는 지하의 어두운 곳이 '황천'에 상응하며 '황천'이 중국에서 사후 세계를 가리키는 또 다른 명칭이라는 점을 알 수 있다. 『한서 · 무오자전(漢書 · 武五子傳)』에서 광릉廣陵왕 유서劉胥는 죽기 전에 "황천 아래는 깊고 어둡다."라고 노래하는데, 이 역시 그 세계가 지하의 어두운 곳이라는 점을 증명해 준다. 따라서 『태평경(太平經)』에서는 죽은 이들의 명부를 관리하고 혼령은 잡아 가두며 시신의 해골을 숨기는 곳을 가리켜 '토부土府'라고 불렀던 것이다. 최근 후베이성湖北省 장링江陵의 평황타이鳳凰臺에서 출토된 한나라 때의 죽간에서는 사후 세계를 관장하는 관원을 '지하주地下主', '지하승地下丞'이라고 부르고 있다. 그리고 그곳에서의 우두머리는 아마도 『초사 · 초혼(楚辭 · 招魂)』에서처럼 '토백土伯'이라 불렸던 것 같다. ─물론 한나라 때는 태산泰山이 죽은 자의 혼백을 관리하고 호리蒿里가 죽은 자의 해골을 수습하며, 북두北斗가 죽은 자의 명단을 관장한다는 다양한 이야기들이 있었다. 그러나 이러한 이야기들은 단지 후세를 위해 신이나 신의 세계에 관한 이야기를 더한 것에 불과하며, 사후 세계의 '보편적 관념'을 구축한 것은 아니었다. 그리고 그러한 이야기들은 후에 중국인이 사후 세계에 대해 생각할 때마다 '지하', '명계', '음간' 등의 단어나 어두움, 음습함 등의 느낌을 떠오르게 했다.

'사후 세계'에 관한 오랜 상상은 언어와 문자, 교육, 이야기나 전설 등을 통해 대대로 흘러내려 왔다. 또 그것들은 유전되는 과정에서 가지를 치고 잎을 더했으며, 종교나 도덕 이념을 거치면서 점차 질서 정연한 구조를 갖게 되었다. 마왕퇴^{馬王堆}에서 출토된 한대 백화^{帛畵}에는 3중 세계가 반영되어 있다. 상층은 태양과 달이 대표하는 천상이고, 중층은 마주 보는 두 사람이 상징하는 인간계이며, 하층은 무덤의 주인인 노부인에 의해 암시되고 있는 지하이다. 그것들은 각각 사람들 마음속의 선계^{仙界}, 인세^{人世}, 명계^{冥界}에 대응한다. 이러한 구조는 후대로 갈수록 점차 가지런하게 정합―당연히 종교 사상의 침투도 있었을 것이다―되었다. 청대소설『하전(何典)』의 제1회「오장묘(五臟廟)에서 산 귀신이 아이를 구하고, 삼가촌(三家村)에 죽은 사람이 세상에 나오다.」에는 다음과 같은 구절이 나온다.

> 반고의 손에서 천지가 개벽한 이래, 상중하 세 개의 태평 세계로 나눠졌다. 상계에는 옥황상제가 다스리는 천신(天神)과 천장(天將)이 허무 중에 무수한 공중누각을 짓고 거기서 살고 있었⋯⋯중계에는 오늘날 백성들이 살고 있는 속세이고⋯⋯하계는 염라대왕이 요마(妖魔)나 귀신과 함께 살고 있는 곳이다. 염라대왕도 단지 귀신에 의해 만들어졌으며, 그 수하에는 우두(牛頭) 귀신과 마두(馬頭) 귀신, 판관 소귀(判官小鬼) 등이다. 그는 수하들과 풍(酆)도성을 지었고 음산(陰山) 뒤에 도읍을 세워 스스로 왕 노릇을 했다.

여기서 말하는 '하계'는 중국인들의 마음속에 통상 자리 잡고 있는 '사후 세계'이다. 비록 여기서 말한 3개의 세계는 "반고의 손에서 천지가 개벽한" 이래 나뉘어진 것이지만, 사실 3개의 세계가 언제 정형화되었는가는 고증으로 밝혀진 바가 없다. 그러나 분명한 한 가지 사실은, 하계의 '염라대왕', '풍도성'이라는 명칭이 불교나 도교가 성행하게 된 이후에 생긴 것이라는 점이다. '염라대왕'은 산스크리트어 Yamarājā의 음역에 의역을 더한 것으로, 인도 고전『리그베다(Rigveda)』에 등장한다.『법원주림(法苑珠林)』에서는 그가 본래 비사국^{毗沙國}의 국왕으로 유타여생^{維陀如生}왕과의 전쟁에서 승리하지 못하여 "지옥의 왕이 되기로 서약하고 열여덟 명의 신하들에게⋯⋯18지옥을 다스리게 했다."라고 기록하고 있다. 또『일절경음의(一切經音義)』제5권에서는 그가 "생사와 죄복지업^{罪福之業}을 담당하여 지옥의 팔열팔한^{八熱八寒}과 작은 지옥들을 지키고, 귀졸^{鬼卒}들을 오취^{五趣} 가운데서 부려 죄인을 잡아들이고 고문하여 벌을 내리며 선과 악을 판결한다."라고 말하고 있다. 또 "'풍도성'은 도교 신봉자들에게는 '귀신의 제왕'이 사는 곳으로써, 『진영위업도(眞靈位業圖)』에서는 '천하 귀신들의 근본'이 풍도북음대제^{酆都北陰大帝}라 불린다고 하였고, 『진고(眞誥)』제15권에서는 풍도가 곧 '나풍산^{羅酆山}으로 북방에 있다."고 기술하였는데 이는 대체로 『하전(何典)』에서 말하는 '음산배후^{陰山背後}'를 가리킨다.

고대의 상상에 불교, 도교의 전설이 더해져 중국인의 '사후 세계'가 구축됨으로써, 이 세계는 갈수록 복잡하고 방대해졌다. 평소 불교와 도교는 서로 옥신각신하지만, 그들 세계 속에는 의외의 화해점이 존재한다. 그들은 서로 흡수 · 침투하여 삼엄한 지옥의 세계를 구축하고 묘사한다. 불교의 염라대왕은 도교의 북음대제의 위치를 대체했지만, 부득불 중국식의 의복을 걸치고 풍도성에서 공무를 본다. 또 태산부군^{太山府君}은 중국 고유의 인물이지만, 『십삼경(十三經)』에서는 '염라청^{閻羅廳}'에서 왼쪽 자리에 앉아 '죄악을 기록'한다. 돈황^{燉煌}에서 발굴된 자료에서는 사람들이 애걸하는 지하 사후 세계의 주재자 중에 '제천대보살^{諸天大菩薩}'도 있고, '토부수관^{土府水官}', '태산부군' 등도 있다. 그리고 『홍루몽』의 제14회에는 진씨^{秦氏}의 발상^{發喪} 장면이 등장하는데, 여기서는 승려가 염라대왕을 뵙고 귀신을 가두는 내용과 도사가 삼청^{三淸2)}과 옥황상제를 뵙는 내용이 동시에 나온다. 즉, 죽은 이가 거하는 곳의 주권을 양 종교가 나누어 갖고 있는 것이다.

이렇듯 후대에 중국인들의 마음속에서 '사후 세계'는 혼합적인 공간이었다. 그곳은 지하, 명계, 음간으로 불리고 염라전과 각종 지옥이 존재하면서, 동시에 어두컴컴하고 음침하며 공포스럽고 음산^{陰山} 배후의 풍도성에 위치해 있다. 또 불교의 전설에서 말하는 것처럼 "물방아에 잠기고 불 가장자리에서 태어나며 사나운 불길의 기운을 받아 아귀^{餓鬼}의 몸이³⁾" 되거나 18지옥에 들어가 칼로 된 산과 쇠말뚝, 검으로 된 나무와 바퀴, 도끼와 톱, 족쇄와 쇠사슬의 고통을 받든지, 아니면 도교 전설에서 말하는 것처럼 커다란 쇠방망이를 든 백만역사^{百萬力士}가 뭇 귀신들을 징벌하여 "형체를 다시는 알아볼 수 없도록 으스러뜨리고, 수족을 자르거나 가죽을 벗기고, 뱃가죽을 열거나 불에 태우고 익히는" 곳이다. 또 그곳은 불교 전설에서 말하듯 소의 머리와 말의 얼굴을 하고 '마음에 분노와 악독함을 품고 있는' 염라졸이 사람의 조각을 찾는 곳⁴⁾이거나 도교 전설에서 말하듯 '눈은

---

2) 도교에서 숭배하는 세 신. 옥청(玉淸)의 천보군(天寶君), 상청(上淸)의 태상도군(太上道君), 태청(太淸)의 태상노군(太上老君)을 가리킴

3) 『대불정수능엄경(大佛頂首楞嚴經)』8권

불처럼 붉고 손에는 쇠몽둥이를 든' 지옥의 악귀가 사람을 불러 "낙타가 되어 무거운 짐을 지는 고통, 또는 큰 구렁이가 되어 독을 축적하는 고통"을 맛보는[5] 곳이다. 송대 사람 유부劉斧의『청쇄고의(靑瑣高議)』후집後集 3권『정설(程說)』과 주밀周密의『제동야어(齊東野語)』7권『홍단명입명(洪端明入冥)』은 모두 명계에 들어간 사람들의 입을 빌려 사후 세계의 무시무시한 광경을 묘사한다. 명계로 들어가는 길 위에는 "미명처럼 하늘이 혼미하고, 발아래 바람이 부는 소리는 몹시 두렵다." 염라전은 인간 세상의 궁궐처럼 높고 넓지만, "사방에는 발이 드리워져 있고, 건물 아래에는 붉고 푸른색의 옥졸들이 줄지어 서 있는데", 마치 음산한 대법정처럼 인간의 온기라곤 전혀 찾아볼 수 없다. 그러나 지옥의 불구덩이 감옥에는 "수천 개의 탁자가 있고 탁자 아래에는 작은 불이 꺼졌다 일었다 하며, 탁자 위에는 얼굴색이 검푸른 남녀를 구분할 수 없는 사람들이 눕거나 앉아 신음 소리를 지르고 있다.", "불길이 때때로 위로 솟아 나오면 구원을 갈구하는 사람들의 목소리를 들을 수 있다." 이러한 묘사를『요재지이(聊齋志异)』속의「석방평(席方平)」과 비교해보면, 중국인들의 마음속의 '사후 세계'가 어떠한 모습인지를 대충 이해할 수 있을 것이다.

하지만 전적으로 죽은 이들을 위해 마련된 '하계' 외에, '상계上界' 역시 세상을 떠난 사람들을 위해 존재했다. 본래 상계는 천상의 선계이거나 극락정토로서, 장생불사하는 신선과 열반한 고승들이 독점하는 영역이었고 세속적 오염을 허락지 않는 곳이었다. 그러나 지옥만을 죽은 이들을 수용하는 곳으로 삼음으로써,『육포단(肉蒲團)』제24회 말미에 쓰인 것처럼 "천당의 위는 땅이 넓고 사람은 적은데 지옥의 중간은 땅은 좁고 사람은 많아, 상천대제上天大帝는 한가하기 그지없고 염라천자閻羅天子는 어찌할 바를 모르는" 상태를 초래했고, 불도 양교가 사후 세계로써 세상 사람들을 신앙과 교의로 인도한다는 본의를 위배했다.『대불정수능엄경』8권의 말처럼, 사람은 세 가지 종류가 있어 "욕망이 많고 생각이 적어" 죄업에 빠진 사람들은 지옥에 가야 하지만, 그 외에 "순수한 생각이 즉시 비상하여 필경 하늘 위에서 태어나는" 부류는 심성이 맑고 지혜와 깨달음이 불교의 문턱으로 진입했다면 땅속 지옥의 불길에서 고통 받아서는 안 될 것이다.『태상운보동현멸도오련생시묘경(太上雲寶洞玄滅度五煉生尸妙經)』에 따르면, 죽은 사람은 모두 고

---

4)『구사론(俱舍論)』11권
5)『태상중도묘법연화경(太上中道妙法蓮華經)』

통을 당하는 것이 아니다. "깨우쳐야 할 사람은 깨우치고, 바로잡아야 할 사람은 바로잡으며, 살아야 할 사람을 살고, 되돌려보내야 할 사람은 되돌려보낸다." 도교의 경우,『태평경』에서 말하듯 "대도大道에 거하면 하늘에 들어갈 수 있다." 그러므로 '사후 세계'에는 명계음간과는 완전히 다른 천계天界라는 좋은 곳도 있는 것이다. 마왕퇴에서 출토된 한나라 때 백화 중에서 묘의 주인인 노부인은 아마도 신룡神龍 또는 선인仙人에 의탁해서 지하에서 하늘로 들어 올려지기를 바랐던 것 같다. 불도 양교에서 행운이 있는 사람은 불교, 도교의 신앙 정도에 따라 선계나 정토淨土로 들어갈 수 있다. 그러나 고대 중국에서 선악과 시비의 가장 높은 기준은 늘 유가에 의해 반포되었고, 윤리 도덕의 영역에서 불도 양교는 유가에 대항할 수 없었다. 그들은 할 수 없이 유가의 선악과 시비 기준을 수용해야 했다. 그리하여 누가 지옥에 가고 천당에 가느냐 하는 최종적인 원칙은 유가의 도덕 기준이었다. 한 사람의 '사후 세계'는 그의 생전 행위가 유가의 선악, 시비 기준에 부합하는지 여부에 따라 결정되었으므로 전체 '사후 세계'는 유불도의 삼분천하가 되었다. 여기에는 사납고 무서운 귀신과 괴물, 음산하고 싸늘한 음간, 머리칼을 치솟게 만드는 형벌, 대단히 유혹적인 신선과 아름답고 고요한 천계, 모두 다 향유할 수 없을 정도로 많은 장점들이 있다. 또 아귀에 의해 찢어진 후 지옥으로 떨어져 짐승처럼 변하는 공포도 있고, 득도한 신선이나 부처가 되거나 혹은 부귀한 사람으로 다시 태어나는 즐거움도 있다. 이것들은 모두 생전의 행위가 선했나 악했나에 달려 있다. 이렇듯 유가는 점점 주재자 또는 막후의 조종자가 되었고 불도 양교는 무대 위에서 '변검變臉'을 연기하는 꼭두각시가 되어 때로는 음산한 염라대왕을 연출하고 때로는 즐겁고 온화한 천상 세계를 연출했다. 사람들은 사후에 편안한 곳에서 자신의 인생 여정을 지속하기 위해서는, 생전에 귀신─실제로는 공맹孔孟과 정주程朱─의 뜻대로 온순하게 살아가야 했다.

'생'과 '사' 사이의 문은 모든 사람들이 열어젖힐 수 있다. 모든 사람들은 이 문을 통해 형태를 갖춘 생명으로부터 사후 세계로 나아간다. 비록 중국인들은 사후 세계에도 인간 세상을 향해 통하는 문이 있어 사람들이 생명을 얻어 인간 세상으로 돌아올 수 있다고 믿었다. 하지만 사후 세계 사람들에게도 생활이 있으므로, 그들은 그곳에서의 삶이 유쾌한지 여부도 매우 중요하게 생각했다. 사후 세계의 안락과 고요함을 위해 죽은 이의 친지들은 그들을 위해 지권地券을 구입하여 명계에서의 지반地盤을 마련하거나 망자의 무덤 안에 진묘수鎭墓獸나 부적을 넣어 귀신이나 괴물로 인해 어려움을 겪지 않게 했다. 또 그들에게 경전을 지니게 해 지하에서 불교나 도교의 신령들의 보호를 받도록 하거나, 그들을 위해 지전을 불태워 그들이 음간에서 재물이 모자라지 않도록 했다. 그들이 사후 세계에서 비교적 편안하고 좋은 대우를 받을 수 있도록 친지들은 승려나 도사를 청해 망자의 혼령을 제도濟度했고, 그들 생전의 선행을 묘비에 적음으로써 그들이 천당에 오를 수 있게 하고 재차 구제하지 않더라도 사람으로 세상에 태어날 수 있도록 했다. 마치 진짜로 명계에 죽은 자의 운명을 좌우하는 염라대왕이 있고, 음간에서는 양간에서의 윤리 도덕에 따라 죽은 이의 삶을 처리하는 것처럼 말이다.

그렇다면, 중국인의 '사후 세계'는 죽은 자와 산 자가 공유하는 세계라 할 수 있다. 죽은 이는 그 세계에 들어가 그의 삶의 여정을 이어가야 하고, 생전의 선악과 시비에 따라 그 무정한 세계 속에서 고통을 받거나 쾌락을 맛보아야 한다. 산 자는 '반드시 그런 것은 아니지만' '혹시나 있을지도 모르는' 사후 세계를 하나의 거울로 삼아 선행을 권하고 악행을 경계하며 다음 인생 여정에서 어떤 결과를 얻을지를 예상해야 했다. 만일 사후 세계가 진정 그와 같은 모습이라면, 사람들은 현재 이 세계를 어떻게 살아야 할지를 사고해야만 한다. 아마도 이것이 중국인들에게 있어 '사후 세계'가 갖고 있는 가장 중요한 의미일 것이다.

9

명리학과 관상학

셰쑹링(谢松龄)

생명에 대한 탐구는 중국 문화에서 커다란 전통을 이루고 있다. 형이상학적 사유 외에도 고대 중국인은 귀복龜(骨)卜, 시서蓍筮, 골상骨相, 성명星命 등 '운명을 미리 아는 기술'을 발전시켰고, 이로써 신명神命의 덕을 이해하고 천지의 도리를 헤아리며 국사國事의 올바름과 품성의 선악, 운명의 길흉을 탐구하여 안심입명安心立命의 길을 모색했다.

운명에 대한 학은 고대부터 시작되었다. 청쯔아城子崖의 룽산龍山 문화 유적지에서 출토된 복골卜骨은 대략 5,000년 전 신석기 시대의 초기 인류가 이미 소나 사슴의 뼈로 길흉을 점쳤음을 알려 준다. 그리고 중국에서 가장 오래된 문자 형태로 남겨진 갑골 복사卜辭는 전체가 점복占卜과 관련이 있어, 사람들은 그 갑골문을 정복貞卜 문자라고 칭한다.

은殷나라에서는 점이 무척 성행했다. 은허殷墟에서 출토된 십만 개에 달하는 갑골은 당시 사람들이 제사, 기상氣象, 전쟁, 사냥, 연회, 수확 등에서 길흉을 모두 점으로 파악하려 했음을 보여준다. 그들은 점을 치기 전, 먼저 짐승의 뼈[1]나 귀갑龜甲을 평평하게 만들고 그 윗부분을 둥근 새 둥지나 배의 모양으로 길고 오목하게 깎아 낸다. 점을 치는 데는 일정한 의식이 있었다. 묘당에서 전문적으로 점을 치는 복관卜官은 복문卜問을 제시하는데, 이를 '술명述命'이라 부른다. 그 후 복관은 빨갛게 달궈진 나무 막대기로 둥근 둥지 부분을 달구는데, 이때 갑골이 파열하면서 어떤 징조를 나타낸다. 복관은 그 파열된 모양을 통해 길흉을 점치고 이후에는 예언이 맞아떨어진應驗 상황을 그 위에다 새기기 때문에, 복사

---

1) 통상 소의 견갑골

는 명사命辭와 험사驗辭2)를 포함하게 된다.

　주나라 사람들은 귀갑으로 치는 점인 귀복과 시초蓍草로 치는 점인 시서蓍筮를 모두 운용하여 점을 쳤다.『상서·낙고(尙書·洛誥)』에는 주공이 낙읍洛邑을 동도東都로 삼는 일에 관해 점을 친 일을 기록하고 있다. "내가 간수澗水의 동쪽과 전수瀍水의 서쪽에 대해 점치니, 오직 낙洛 땅이 길했다. 내가 또 전수의 동쪽에 대해 점치니, 역시 낙 땅이 길했다." 이러한 점술은 먼저 귀갑에 먹물로 그림을 그리고 그것을 태워, 만약 그 쪼개진 문양이 그림까지 '먹으면' 길조가 되는데, 이를 '식묵食墨'이라고 한다. 서주 초기에도 복점을 많이 이용했다. 역사의 기록에는 주 무왕이 은의 주왕紂王을 칠 때 귀복龜卜 점을 쳤다. 또 성왕成王은 겹욕郟鄏3)에 도시를 세우면 주나라가 장래 30세대, 700년간 이어질 것인지 점을 쳤다. 그 후에는 시초로 치는 점의 권위가 올라가, 귀갑과 시초를 모두 참고하거나 각각 중시하는 바를 다르게 했다.『상서·홍범(尙書·洪範)』에는 귀갑으로 치는 점은 제사 등 국내의 일을 주로 다루었고, 시초로 치는 시서는 정벌 전쟁 등 국외의 일을 주로 다루었다고 서술되어 있다.『주역』은 바로 시서 점을 치는 책이고「계사(繫辭)」에는 시서법을 전문적으로 설명한 대목이 있다. 즉 50개의 시초는 '사영이성역四營而成易' 괘를 지난다.

　귀복과 시서가 비록 의문점을 해결하는 데 쓰였지만, 주나라 사람들이 중대 결정을 내릴 때는 미신을 믿지 않았다.『사기·제태공세가(史記·齊太公世家)』에서는 다음과 같이 기록하고 있다. "무왕이 주나라를 토벌할 할 때, 귀복 점의 징조가 불길하고 폭풍우가 몰아쳤다. 모든 신하들이 두려워하였으나 오직 태공太公만이 무왕에게 강권하니, 무왕이 결국 정벌을 수행하게 되었고……주나라 군사가 패배했다." 성왕 때 주공이 낙읍을 동도로 삼은 것은 은나라 사람들의 반란을 막으려는 정치적 고려에서 비롯된 것이었는데, 구체적인 지점을 확정하기 위해 귀복을 사용했다. 더구나 귀복을 믿는 은나라 사람들이 길조가 있다고 선포한 것은 자연스럽게 위협으로 작용했다. 주나라 사람들은 '천명'을 선포했지만, '천명'이 본래 인간사와 민심에 근본을 두고 있다고 강조했다. 이렇듯 귀복과 시서를 믿지 않는 것은 아니지만 거기에 미혹되지도 않았던 주나라 사람들은 모든 것들을 인간사의 실제 상황에서 출발하는 태도를 가지고 있어, 후세의 '도를 아는 사람들' 속에서 하나의 전통을 형성했다. 그들은 길흉화복을 예측할 때 어떤 술법에 구속되지 않고

---

2) '명사'는 복관이 점을 친 내용을 적은 글이고 '험사'는 점을 친 결과를 적은 글을 가리킴
3) 낙읍

몇 가지 방법을 서로 참조했으며, 그것을 인간사를 반성하고 지도하는 하나의 근거로 삼았다.

춘추 시기, 왕과 관료들이 나태해지자 본래 국가의 일과 왕의 정치의 잘잘못을 헤아리던 복서卜筮가 다시 민간에서 유행하기 시작했다. 『시경·위풍·맹(詩經·衛風·氓)』에는 "귀복과 시서는 점괘에 나쁜 말이 없네."라는 표현이 있다. 이 말은 보통 사람들이 시서로 결혼과 배우자의 길흉을 판단한다는 의미이다. 대중화, 보편화는 미신적인 태도를 조성하였고, 사람들은 복서가 영험하지 않은 것을 알게 되었다. 따라서 『시·소아·소민(詩·小雅·小旻)』에는 "내 거북이가 이미 싫어하여, 내게 방법을 알려주지 않는다."라는 탄식이 적혀 있다. 이와 동시에, 길흉은 인간사에 달린 것이라는 관념이 크게 발전했다. 대표적인 예로, 『좌전·장공 14년(左傳·莊公十四年)』에 적힌 신수申繻의 말이 있다. "요괴는 인간에게서 일어나는 것이다. 인간에게 틈이 없으면 요괴는 스스로 일을 할 수 없다. 인간이 평상심을 버리면 요괴가 일어난다. 요괴란 그래서 있는 것이다." 전국 시대에 이르러, 『관자·오행(管子·五行)』에서는 직접 "시서는 영험하지 않고, 귀갑으로는 예측하기 어렵다."라고 선언하면서, 당시 이미 유행하기 시작한 오행설로 그것을 대체하였고, 사시四時 행정령行政令에 따라 길흉을 따르거나 피하는 천인상도天人常道의 도식을 설계하기 시작했다. 이 도식은 전국 시대 후기에 『여씨춘추(呂氏春秋)』 속의 「십이기(十二紀)」로 발전했는데, 한대의 유가는 그것을 일러 『월령(月令)』이라 하였으며 유가 경전인 『예기(禮記)』에 포함시켜 '예'의 일부로 삼았다. 이로써 음양을 밝히고 오행을 판별하여 천지의 이치를 이해하고 길흉화복을 헤아리는 독특한 체계를 구성했으며, 천지의 이치에 순응하면 길하고 천지의 이치에 역행하면 흉하다는 정신을 나타냈다. 전국 시기, 감덕甘德, 석신石神의 천문성점天文星占과 『홍범(洪範)』의 오행설과 추연鄒衍의 오덕종시설五德終始說은 그러한 체계에 기초를 다져주었다. 그것들은 음양오행으로써 성상星象, 기상氣象, 물상物象을 통합하여 인간사의 득실과 천명의 변동을 판단하였다. '거룩한 왕이 천명을 아는 기술'이라 불린 그것은, 2천 년간 제왕이 정치를 행하는 중요한 근거로 자리매김했다.

춘추 전국 시대에는 개인이 성명을 아는 기술도 발달했다. 당시 이미 성신星辰을 운명과 관계 짓는 설명들이 출현하여, 스스로 운명이 고되다고 탄식하는 사람은 "나의 별은 편안한가?(『시경』)"라고 말하였다. 『순자·비상(荀子·非相)』에서 알 수 있듯, 전국 시대 말기 "사람의 형상과 안색을 보고 그 길흉과 화복을 알 수 있다."라는 생각이 광범위하게 유행했다. 『한서·예문지(漢書·藝文志)』는 그러한 관상술을 '형법形法'에 포함시켰고 『상인(相人)』 24권을 써서 "그 목소리의 기운과 귀천, 길흉을 구하니, 마치 그 음률에 장단이 있고 각 특징이 그 소리에 있는 것 같다. 귀신이 있는 것이 아니라 운수가 그러한 것"임을 설명하고 있다.

고대 사상가들 중 명리학과 관상학을 적극적으로 창도한 사람은 후한의 왕충王充이었다. 그의 주저인 『논형(論衡)』의 전반부 3권 15편의 체계는 사람의 운명과 관상을 통해 그것을 아는 기술에 관한 것으로, 우리는 여기서 양한兩漢 시대 운명과 관상에 대한 일반적인 학설을 알 수 있다. 『역·건·단(易·乾·彖)』에 따르면 "하늘의 도의 변화는 각각 인간의 성명을 바르게 한다." 왕충의 『명의편(命義篇)』에서는 "성性과 명命은 다르다. 성이 선하면 명은 흉하고, 성이 악하면 명은 길하다. 선악을 행하는 것을 성이라 하고, 화복길흉을 명이라고 한다.", "명은 길흉의 주인이다. 자연의 도는 우연히 서로 적응하는 것이며, 다른 사물에 억지로 영향을 끼치거나 그것을 부리는 별도의 기운이란 존재하지 않는다."라고 말한다. 따라서 그는 "선은 선한 보답을 받고, 악은 악한 보답을 받는다."라는 '수명隨命'설을 부정했다. 선하고 현명한 사람의 운명이 흉하면 악한 보답을 받고, 악하고 우매한 자가 운명이 길하면 선한 보답을 받을 수 있다는 것이다.

성性은 배움으로 고칠 수 있지만, 명은 그럴 수 없다. 당시 유행하던 '삼명三命'설에는 '수명' 외에 '정명正名'과 '조명遭命'도 포함된다. 정명은 생사와 수요壽夭를 결정하는 수명壽命과 귀천과 빈부를 결정하는 녹명祿命으로 구분된다. 왕충은 공자가 생과 사에 명이 있고, 부와 귀는 하늘에 달려 있다고 말한 것을 해석하면서, "사람의 품기稟氣가……충실하고 견고하면 장수하고, 허하고 유약하면 그 몸을 잃는다.", "뭇별들은 하늘에 있고 하늘에는 그 상象이 있다. 부귀할 상은 부를 얻게 되고 빈천할 상은 빈곤하게 된다. 고로 '하늘에 달려 있다.'고 한 것이다."라고 말한다. '성性'(후에 성리학에서 말하는 '기질로서의 성(氣質之性)') 지칭하며, 맹자의 성선설에서 말하는 '천명으로서의 성天命之性'을 지칭하는 것이 아니다.)에 관해 말하자면, "품기의 후하고 박함을 성의 선악이라 한다……그 기운이 많고 적음에 따라 성이 현명하기도 우매하기도 하다." 따라서, 성과 명이 우연한 품기의 결과라 하더라도, "무릇 사람이 받은 명은 부모가 기氣를 내려준 그때부터 이미 길흉을 갖고 있"어 변경할 수 없는 것이다. 이러한 절대적 숙명론은 출신이 가난한 왕충에게 있어 사족士族 문벌의 압박에 대한 강렬한 항의였다. 운명은 이미 정해진 것이지만 인식 가능하다. 『논형·골상(論衡·骨相)』에서 말하듯, "사람들은 운명을 알기 어렵다고 말하지만, 명은 알기 쉽다. 그것을 알면 어떤 쓸모가 있는가? 그것을 뼈와 몸^{骨體}에 쓸모가 있다." 책 속에는 먼저 황제^{黃帝}부터 공자까지 12명의 성인의 모습에 대해 '전해 오는' 이야기를 열거하고 있는데, 그것들은 모두 위서^{緯書}로부터 나온 것이다. 예를 들어 "순임금의 눈 속에는 눈동자가 두 개"였고 "탕왕의 팔은 팔꿈치가 네 마디"였으며, "문왕은 젖꼭지가 네 개"였고, "공자는 이마가 툭 튀어나왔다." 그런 후에 그는 대부분 역사 고사에서 비롯된 15개의 사례를 들어 "품기는 하늘에 있고, 형상은 땅에 있다. 땅의 형상을 잘 살피면 하늘의 명을 알 수 있어 그 실제를 얻지 못함이 없게 된다."라고 말한다.

후한 시기 제왕과 귀족들은 모두 관상을 믿었다. 명제^{明帝} 시기, 광릉왕 유형^{劉荊}이 관상술을 이용하여 모반을 일으키려 했으나 결국 그는 자살하고 그의 나라는 사라졌다. 『삼국지·위서·주건평전(三國志·魏書·朱建平傳)』에는 주건평이 "관상을 잘 보았는데, 마을 사람들이 효과를 본 것이 한두 번이 아니었다. 태조^{太祖4)}가 위공^{魏公}이 되어 그 이야기를 듣고 그를 불러 낭^郎으로 세웠다."라는 이야기가 등장한다. 관로^{管輅} 또한 당시 '신상^{神相}'이라 불릴 만큼 관상을 잘 본데다 점서^{占筮}에까지 능통하여 그의 말이 하나도 들어맞지 않은 것이 없었다고 한다.

고대에는 여러 처방 기술이 있었다. 진한 시대에 이미 음양오행 학설을 하나로 융합한 처방 기술이 존재했다. 관상술도 예외가 아니었다. 비록 초기 관상서들은 지금까지 전래되지는 않지만 『황제내경(黃帝內經)』에서 그 일부를 파악할 수 있는데, 망진^{望診}과 체질 학설은 모두 관상술과 동일한 출발점을 갖고 있었다. 『소문(素問)』에는 다섯 가지 색으로 생과 사를 판단하는 법이 담겨 있다. 『영구(靈樞)』는 사람을 '음양의 다섯 가지 형태' 혹은 '음양의 25가지 형태'로 구분하고 있다. 이후 천지, 음양, 오행과 관상이 제도화되었고, 사람의 신체나 용모의 성명에 의거하여 오형인론^{五形人論}이 생겨났다. 수^隋나라 때 소길^{蕭吉}이 쓴 『오행대의·논인배오행(五行大義·論人配五行)』은 『문자(文子)』를 인용하여 다음과 같이 서술한다. "나무의 기운을 많이 받은 사람은 그 성격이 곧고 인자하다. 불의 기운을 많이 받은 사람은 그 성격이 맹렬하고 예를 숭상한다. 흙의 기운을 많이 받은 사람은 그 성격이 관용적이고 믿음직하다. 쇠의 기운을 많이 받은 사람은 그 성격이 강단이 있고 뜻을 품고 있다. 물의 기운을 많이 받은 사람은 그 성격이 진중하고 지혜가 많다.

---

4) 즉 조조(曹操)

다섯 기운이 화합하여 그 몸을 이룬다. 기운이 만약 맑고 슬기로우면 그 사람도 그와 같이 총명하게 되고, 기운이 혼탁하면 그 역시 우둔하게 된다." 그는 또 『오행상서(五行相書)』를 인용하기도 한다. "나무에 해당하는 사람은 가늘고 길며 곧은 몸을 가진다. 불에 해당하는 사람은 머리가 작고 하반신이 크고 짧다. 흙에 해당하는 사람은 얼굴이 둥글고 배가 크다. 쇠에 해당하는 사람은 얼굴이 사각이고, 물에 해당하는 사람은 얼굴이 얇고 자기에게 치우치며 뱀처럼 다닌다."

다섯 가지 형태의 사람에 대한 각종 관상서의 묘사는 이와 크게 다르지 않다. 명대 원충철袁忠徹의 『신상전편(神相全編)』은 관상술을 집대성한 책인데, 단지 물에 속하는 사람에 대한 서술이 위와 다를 뿐이다. "눈썹은 두껍고 눈은 크며 성곽은 둥글다. 이러한 상은 진수眞水라고 부르는데, 평생 복이 자연스럽게 들어온다." 진수의 상은 '오원五圓'의 특징을 갖는데, 머리가 둥글고 얼굴이 둥글며 몸과 손과 발이 둥글어 "물은 살찐 것을 싫어하지 않는다."라고 한다. 진화眞火의 상은 '오로五露'의 특징을 지녀 "불의 형태인 외모를 알고자 한다면, 아래가 넓고 윗머리는 뾰족하며 행동거지는 일정치 않고 뺨에 수염이 적어" 고로 "불은 뾰족한 것을 싫어하지 않는다."라고 한다. 진목眞木의 상은 '오장五長'의 특징을 지녀, "위엄 있는 형상에 골격이 마르고, 용모가 늠름하고 길며, 빼어난 기운이 눈썹과 눈에 나타나니 만년에 빛날 것을 알아야"하고 "나무는 마른 것을 싫어하지 않는다." 진금眞金의 상은 '오방五方'의 특징을 지녀 "부위部位가 가운데로 바르고, 삼정三停 또한 균형감이 있다. 쇠의 형상을 띤 인물이 격格에 들어가면 스스로 이름을 날릴 수" 있으며 "금은 각진 것을 싫어하지 않는다." 진토眞土의 상은 '오후五厚'의 특징을 지녀 "온후하고 신중하며 태산처럼 침착하다. 또 마음속 생각을 헤아리기 어렵고 신의가 있어 사람들을 움직"이므로 "흙은 두터움을 싫어하지 않는다."

물론 이론적으로 보자면, 그렇듯 '순수한' 상은 매우 보기 드물다. 애초에는 하나의 기운을 위주로 타고나지만, 다른 네 가지 기운이 나중에 섞이게 된다. 더군다나 오행이 '생生, 극克, 제制, 화化'로 통일되는 낳고 또 낳는生生 체계는 시時, 중中, 평平, 화和라는 원칙을 따른다. 나무는 나무를 낳는 물을 좋아하지만, 물이 많아 지나치게 음한陰寒해지면 불로 따뜻하게 해 나무를 번영시켜야 한다. 따라서 나무가 불을 지니는 것을 가리켜 '나무와 불이 통하여 밝힌다木火通明.'고 일컫는다. 나무는 쇠를 싫어하지만, 만약 쇠를 조금도 함유하지 않는다면 나무는 재목材木이 될 수 없으므로, 반드시 '쇠가 나무를 베어 영예롭게金伐木榮'

해야 한다. 관상술은 이러한 은유를 사용하여 그 체계를 수립한다.

고대 중국인이 볼 때, 사람의 천품은 천지의 기운으로 태어나기 때문에 사람은 천지를 닮는다. 신체로 말하면 둥근 머리는 하늘을 닮고 네모난 발은 땅을 닮았다. 얼굴은 해와 달, 다섯 개의 별, 산천山川, 사시四時, 사방四方의 모습을 담고 있다. 예를 들어 왼쪽 눈은 해와 양기를, 오른쪽 눈은 달과 음기를 함축하고 있다. 또 오른쪽 귀는 목성, 이마는 화성, 코는 토성, 왼쪽 귀는 금성, 입은 수성을 함축하며, 오른쪽 광대는 태산泰山, 봄, 동쪽을, 이마는 형산衡山, 여름, 남쪽을, 코는 숭산嵩山, 늦여름, 중앙을, 왼쪽 광대는 화산華山, 가을, 서쪽을, 턱은 항산恒山, 겨울, 북쪽을 함축한다. 해와 달의 푸르고 환한 빛과 오악五岳의 우뚝 솟은 모습이 잘 어울리는 사람은 '좋은 관상'이고, 두 눈에 맑은 기운이 있고 이마가 솟아 있으며 광대가 높고 코가 크고 턱이 두툼하지 않으면 결함이 있는 관상이다. 얼굴 위의 사시와 사방은 그 기색을 보는 데 쓰이는데, 각각 열두 달에 해당하는 십이궁十二宮을 판단한다. 각 궁에는 정색正色, 생색生色, 극색克色이 있다. 예컨대 오궁午宮은 이마 중앙에 있는데, 정색은 붉고 생색은 푸르며 극색은 검다. 각각에 해당하는 길흉화복과 중의학의 오색五色은 같은 것으로 오행의 생극生克과 괴리되어 있는 것이 아니다. 얼굴 부분은 '삼정'으로 구분한다. 상정上停은 이마로 초년에 해당하고 중정中停은 눈, 코, 광대로 중년에 해당하며, 하정下停은 턱으로 만년에 해당한다. 일생의 운세는 주위를 돌며 사람의 얼굴에 새겨진다. 수천 년 동안 그러한 생각은 널리 보급된 상식으로서 민간에 유통되었고, 관상술에 관한 표현들은 성어成語로 고정되었으며, 그러한 상식을 활용하여 인물의 외모, 품성을 묘사한 역사서, 전기傳記, 소설, 희극 등도 대단히 흔했다.

별자리로 운명을 예측하는 기술은 뒤늦게 성숙했다. 한대에는 생일에 해당하는 별자리로 운명을 예측했다. 출생 시에 따라 어떤 별자리에 해당하는지, 그리고 어떤 운명인지를 설명한 『논형(論衡)』이 그 예다. 삼국 시대의 관로는 자신의 수명이 짧음을 예언한 바 있다. "나의 본래의 운명은 인寅에 있고 게다가 월식이 있는 밤에 태어났다. 하늘에는 정해진 질서가 있으나 사람은 그것을 피할 수 없고 알 수 없을 뿐이다." 이는 생일의 지지地支를 별자리와 결합하여 운명을 설명한 선례로써, 이후 출생 년, 월, 일의 간지로 운명을 점치는 '삼명三命5)'이라 불리는 점술로 발전했다. 남조南朝의 도사 도홍경陶弘景이 『삼명초략(三命抄略)』, 『삼명입성산경(三命立成算經)』에 그러한 점술에 관해 적었다고 기록

---

5) 연월일

되어 있지만 실전되었다. 수대 소길의 『오행대의』는 "납음納音으로 인간의 운명을 헤아릴 수 있다."라고 말하고 있는데, 여기서 '납음'이란 60간지의 순서를 법칙에 따라 오행과 연결시킨 것을 의미하며 갑자을축해중금甲子乙丑海中金이 그 예이다.

당대唐代에 이르러 이허중李虛中, 승일행僧一行, 상도무桑道茂 등에 의해 발전함으로써, 명리학의 체계가 비로소 규모를 갖추기 시작했다. 한유韓愈는 이허중을 가리켜 "학문을 좋아하고 막힘이 없다. 특히 오행서를 가장 깊이 공부하여, 사람의 생년월일을 일치시킨 일신지간日辰支干을 가지고 생生과 승勝, 쇠衰와 사死, 그리고 왕의 상相을 추측했고, 사람의 수요壽夭, 귀천, 이익과 불이익을 헤아렸는데, 먼저 그 연시年時를 처리하는 데 백에 아흔아홉은 틀리지 않았다(『전중시어사이군묘지명(殿中侍御史李君墓志銘)』)."라고 말한다. 한편 오대五代의 서자평徐子平은 진일보 운명을 풀어내는 방법을 개선하여 출생 연월일시 등 네 가지의 입론立論을 확정하였고, 이 네 가지를 '주柱'라고 명명하여 '사주'라 불렀다. 연월일시는 각각 하나의 간干과 하나의 지支를 지니므로 모두 여덟 글자였다. 따라서 이를 두고 민간에서는 운명을 보려면 여덟 글자를 보라는 말이 생겼다. 서자평이 수립한 방법은 공식이 되어, 후세 사람들에 의해 '자평술子平術'이라 불렸는데, 전적으로 음양오행으로 풀고 별자리를 언급하는 경우는 매우 드물었다. 그 이론적 완벽함과 방법의 정교함은 여타 문화 민족들의 '운명을 아는 학'과 비교가 안 될 정도였다. 그로 인해 그의 방법은 제왕이나 관료, 학자, 서인들에 이르기까지 보편적인 믿음을 얻었고, 당송 이래 극도로 성행하여 '운명을 아는 학'의 가장 높은 자리를 차지하게 되었다.

주희는 일찍이 그러한 학문에 대해 이렇게 평가했다. "사람들은 인생의 연월일시에 해당하는 지간과 납음으로 그 인생의 길흉과 수요壽夭, 궁달窮達을 미루어 안다. 그 기술은 비록 얕고 천박하며 그것을 공부하는 사람들은 종종 정밀하지 못하다. 무릇 천지가 생물의 실마리인 까닭은 그것이 음양오행을 넘어서지 않는 데 있을 따름이며, 그 굴신屈伸과 착종의 변화는 완전히 파악될 수 없다. 그러나 물질이 주어진바, 현명함과 우매함, 귀하고 천함 사이의 다름, 어두움과 밝음, 두터움과 얇음 사이에는 아주 작은 차이만 있을 뿐이므로 그것을 쉬이 파악할 수 있다!(『증서단숙명서(贈徐端叔命序)』)" 요컨대, 운명을 헤아리는 일은 음양오행, 즉 천지간 음양의 변화, 오기五氣의 흐름을 벗어나지 않는다는 것이다. 그러나 서로 다른 연월일시에는 그 변화나 흐름의 상황도 달라진다. 간지로써 연월일시를 기록하는 것은 간지로 서로 다른 시각의 음양 및 오기의 상태를 표상한다는 것이다. 총괄해 말하자면, 간은 양이고 지는 음이다. 천간天干은 중앙, 갑을甲乙은 목, 병정丙丁은 화 무기戊己는 토, 경신庚申은 금, 임계壬癸는 수이다. 또 지지地支는 중앙, 인묘寅卯는 목, 사오巳午는 화, 진미술축辰未戌丑은 토, 신유申酉는 금, 해자亥子는 수이다. 그중 간지와 오행은 또 각각 음과 양으로 구분된다. 인간의 생년, 생월, 생일, 생시의 8개의 간지는 음양오행이 서로 다르며, 그것들 사이에는 서로 생과 극, 제制와 화化의 관계이므로 그 "착종 변화는 완전히 파악될 수 없다."라고 말하는 것이다.

간지는 그 연원이 오래되었다. 은나라 왕은 간으로 이름을 삼았고, 은나라 사람들은 간지로 날짜를 기록했는데, 이는 지금까지도 계속되고 있다. 춘추 전국 시기에는 먼저 세성歲星을 썼고 후에는 '태세太歲'를 써서 연도를 기록했다. 전한 시기에는 맨 처음 '세양歲陽'으로 '태세'와 짝을 지었는데(『사기·천관서(史記·天官書)』) 실제로 이는 간지로 연도를 기록하는 전통의 전신前身이라 할 수 있다. 후한 이후에는 비로소 60화갑花甲을 써서 연도를 기록하기 시작했다. 지지地支를 사용한 날짜 기록은 그 기원이 매우 이르지만, 간지로 연도를 기록하기 시작한 후에야 간지로 월을 기록하는 풍습이 생겼다. 왜냐하면 12개월의 지지는 인월寅月, 묘월卯月처럼 고정적이지만, 그 천간은 연간年干에 의해 추정되어야 했다. 마찬가지로, 시지時支는 자시子時, 축시丑時와 같이 고정적이지만, 시간時干은 일간日干으로부터 확정되었다. 일간, 시간은 역법에서 비교적 적게 활용되었지만, 명을 헤아릴 때 없어서는 안 되는 것이었다. 각각의 간지가 표상하는 음양오행은 매우 달랐다. 천간의 갑, 병, 무, 경, 임 등 다섯 개의 양간陽干에서 병의 양기가 가장 왕성하다. 또한 을, 정, 기, 신, 계 등 다섯 개의 음간陰干 중 계의 음기가 가장 왕성하다. 이것들은 불이 양의 정기가 되고 물이 음의 정기가 된다는 의미를 취하고 있다. 명리학 저작에서는 종종 분명한 형태를 가진 만물로 십간十干의 성격을 비유하곤 한다. 가령 갑목甲木은 양陽으로 큰 숲을 비유하고 을목乙木은 음으로 초목을 비유하므로, "갑목은 하늘에 닿고, 을목은 유약하다."라고 한다. 또 병화丙火는 양으로 태양을 비유하고, 정화丁火는 음으로 등촉燈燭을 비유하므로 "병화는 맹렬하고, 정화는 부드럽다."라고 한다. 무토戊土는 양으로 성의 울타리를 비유하고, 기토己土는 음으로 전원田園을 비유하므로, "무토는 단단하고 무거우며, 기토는 낮고 습하다."라고 한다. 경금庚金은 양으로 검과 창을 비유하고 신금辛金은 음으로 구슬과 옥을 비유하므로 "경금은 살상하고 신금은 유약하다."라고 한다. 임수壬水는 양으로 강호를 비유하고 계수癸水는 음으로 비와 이슬을 비유하므로 "임수는 강으로 통하고 계수는 지극히 약하다."라고 한다. 지지地支에 관해서 보자면, 3개의 지지가 하나의 기氣가 된다. 첫 번째 지支의 기는 처음 태어남初生이고, 두 번째 지의 기는 극히 왕성함極盛이며 세 번째 지는 점차 쇠락함漸衰이다. 예를 들어 인寅은 목기木氣가 처음 태어남이고, 묘卯는 목기가 대단히 왕성함이며, 진辰은 목기가 쇠락함이 된다. 이외에, 지지 중에는 '장인원藏人元'이 있는데, 자子는 계癸를 숨기고藏, 축은 계, 신辛, 기己를 숨긴다. 천간은 천원天元이 되고 지지는 지원地元이 되며, 이와 연동하여 지는 인원人元을 숨기므로 천지인은 '삼원三元'이 된다.

'품기설'에 근거하면, 사람은 태어날 때 당시 우주에 흐르는 음양과 오기五氣를 타고난다. 음양과 오기의 흐름은 수시로 바뀌므로, 사람이 타고나는 품성, 명운도 모두 다르다. 그러므로 사람의 운명을 보려면 우선 출생한 연월일시와 간지를 열거하고, 다시 간지를 천원, 지원, 인원에 따라 음양오행으로 환원해야 한다. 연월일시에서 일을 위주로 하고 일 간지는 간을 위주로 하므로, 일간을 '일원日元'이라고 하거나 '아我'라고도 한다. 일원과 여타 일곱 간지의 생극제화 관계는 전문적인 술어들로 표시되는데, 그 술어들은 전한 경방京房의 『역전(易傳)』에서 비롯되었다. 여기서 각 술어들은 인간사를 비유하고 있는데, 동아자同我者, 일원의 오행과 기타 간지의 오행)는 형제자매를 비유하며, 그 성性(일원의 음양과 기타 간지의 음양)은 약탈劫財과는 다르고 비견比肩과는 같다. 생아자生我者는 부모를 비유하고, 그 성은 정인正印과 다르고 편인偏印과는 같다. 아생자我生者는 자녀를 비유하며, 그 성은 상관傷官과 다르고 식신食神과 같다. 극아자克我者는 관官, 귀鬼로 비유하며, 그 성은 정관正官과 다르고 칠살七煞과 같다. 아극자我克者는 처재妻財로 비유하며, 그 성은 정재正財와 다르고 편재偏財와 같다. 이 다섯 가지 관계에 '일원지신日元之神'을 더해 '육신六神'이라 칭한다.

사람들이 늘 이야기하는 "태어나면서 그 시時를 얻는다." 또는 "좋은 때를 타고나지 못하다." 등은 명리학 표현으로 일원6)과 사시7)의 관계를 가리킨다. 시를 얻으면 왕성해지고 시를 잃으면 쇠락해진다. 예를 들어 갑목甲木이 인월寅月 또는 묘월卯月에 태어나면 시를 얻고, 목이 왕성하게 된다. 만약 갑목이 사월巳月, 4월에 태어나면 기를 잃게 된다. 또 갑목이 미월未月, 6월에 태어나면 흙이 건조하고 나무는 마르게 된다. 을목乙木이 오월午月, 5월에 태어나면 불이 왕성해져 나무를 태운다. 이 외에 일원과 기타 간지의 관계를 봐야 한다. 일원은 종종 너무 강하거나 아니면 너무 약해 한쪽으로 치우치게 되므로, 다른 간지 오행

---

6) 생일의 천간
7) 즉, 월지(月支)

으로 '구제'하여 그것이 너무 약하면 도와주고 너무 강하면 억제해야 한다. 일원이 약하면 그것을 도와야 하는데, 또 그 도움이 너무 지나치면 다시 그 도움을 억제해야 한다. 그리고 그 도움이 미치지 못하면 그 도움에 도움을 더해야 한다. 억제는 어떤 때는 극^尅해야 하고, 또 어떤 때는 놔둬야 한다. 도움도 어떤 때는 생^生해야 하고 어떤 때는 도와야 한다. 이렇듯 고정불변한 짝이란 존재하지 않는다. 기본 원칙⁸⁾은 강한 것은 억제하고 약한 것은 도와주어야 한다는 것, 어떤 것을 돕거나 억제하여 생^生에 반^反하고 극^尅에 반해야 한다는 것, 나아가고 물러섬을 억제하거나 격려하여 음과 양을 뒤집어 그것을 '중화^{中和}'에 이르도록 한다는 것이다. 사주^{四柱}에는 늘 일원의 치우침을 바로잡는 간지 오행이 있는데, 명리학에서는 그것을 일러 '용신^{用神9)}'이라 한다.

그러나 일원을 중심으로 삼는 사주의 생극제화^{生克制化} 체계가 완벽하게 이루어진 경우는 극소수이며 결함을 가진 경우가 더 많다. 이럴 때는 본래의 명 이외의 음양오기로 모자란 점을 보충해야 한다. 그중 가장 중요한 것은 대운^{大運}과 유년^{流年}으로, 이것은 본래의 명과 부단히 흐르고 변화하는 음양오기 사이의 생극 관계를 말한다. 그 가운데서도 대운은 생월에서 파생된 것으로, 본래의 명과 매우 밀접한 관계를 지니기 때문에, 사람들은 그것을 '명운^{命運}'과 나란히 놓고 칭한다. '때가 되니 운이 돌아온다^{時來運轉}.', '운세가 나쁘다^{流年不利}.' 등의 성어는 대운과 유년이 본래의 명과 일원에 중요한 작용을 한다는 것을 설명해 준다. 예를 하나 들어보자. 어떤 사람이 신축년 축월 임인일 신축시에 태어났다면, 즉 일원이 임수^{壬水}이고 축월^{12월}에 태어났다면, 물이 얼고 쇠가 차가운 상^象이므로 반드시 태양의 불로 물을 데우고 쇠를 따뜻하게 해야 한다. 따라서 병화^{丙火}를 사용하고 갑목^{甲木}의 보좌¹⁰⁾를 받아야 한다. 일원이 인^{寅11)}에 앉고 병화를 감추면(지(支)가 인원(人元)을 감추면), 차고 습한 것 가운데 약간의 양화^{陽和}의 '신'이 있어 일원에게 구제의 효과를 주게 되므로, 용신을 취해야 한다. 그러나 지의 숨김으로 불의 힘이 부족하면 목화^{木火}의 운을 행해야 한다. 유년이 목화이면, 경년^{經年}의 효과밖에 없다. 만약 목화의 운기^{運氣}가 없다면 다른 도움을 취해야 한다. 예를 들면, 동남쪽에 거하거나(목은 동쪽이고 화는 남쪽임), 이름을 지을 때 목화에 속하는 글자를 쓰는 등이다. 중국 민간에는 목생, 수생, 윤생^{閏生}, 또는

---

8) 오행의 바른 이치
9) 사용할 수 있는 신
10) 불의 힘이 모자라므로, 갑목으로 그것을 살려야 한다.
11) 일지(日支)

오행을 부수로 하는 이름 등이 있는데, 바로 그와 같은 의미이다.

일원으로 외모와 성정을 알 수 있는데, 이는 관상술의 오형五形과 대략 같다. 가령 갑을 일원은 목형, 병정 일원은 화형이다. 그 밖에도 육친六親, 질병疾病, 합혼合婚 등의 여러 가지 '정험征驗'이 있다. 그것들을 헤아리는 방법은 매우 복잡하고 어렵다. 따라서 일생의 운명을 추측하려면 한유가 말한 것처럼 "배우는 자에게 그 방법을 전해주면, 처음에는 그것을 취할 수 있을 듯하지만 마지막에는 그것을 놓치고 만다(『전중시어사이군묘지명』)."

중국에서 명리학과 관상학의 발전은 현세에서 안심입명하려는 사람들의 욕구에서 기인한 것이지만, "백성들은 날마다 쓰면서도 알지 못하"기 때문에, 종종 미신에 빠지고 만다. 그래서 반고班固는 개탄하며 이렇게 말하였다. "도는 어지럽구나, 우환은 소인에게서 나온다. 그러나 하늘의 이치를 심히 알고자 하는 자는 큰 것을 부수어 작은 것으로 삼고, 먼 것을 깎아 가까운 것으로 삼으니, 도술道術로 깨뜨려도 알기 어렵구나!(『한서·예문지』)"

성리학자들은 성을 '천명지성天命之性'과 '기질지성氣質之性'으로 구분한다. 전자는 맹자가 말한 '성선'의 성이고 후자는 순자가 말한 '성악'의 성, 혹은 왕충이 말한 '선과 악, 현명함과 어리석음'의 성이고, 명리·관상학에서 탐구하는 품성이다. 명은 '천명'과 '인명人命'으로 구분이 가능하지만, 명리·관상학이 알고자 하는 것은 단지 '인명'의 길흉, 빈부, 귀천, 수요壽夭이다. 중국의 '지도자知道者'들은 '도를 다하는盡道' 책임감을 '천명'으로 변화시켰고, '인명'에 대해서는 믿기는 하지만 얽매이지 않는 태도를 보였다. 선진 제자백가에서는 오로지 묵가만이 귀신을 믿고 명命을 믿지 않았다. 공자는 명에 대해 한탄하며 "그것이 안 되는 줄 알면서도 그것을 했다." 맹자는 말하길 "명이 아닌 것이 없으니, 그 올바름을 순전히 받아들여야 한다. 그러므로 명을 아는 사람은 돌담 아래 서지 않는다. 그 도를 다하고 죽는 자는 명을 바르게 한 것이다. 질곡桎梏으로 죽은 자는 명을 바르게 한 것이 아니다.", "요절과 장수는 둘이 아니니, 몸을 수양함으로써 그것을 기다린다." 주희는 이를 해석하며 "명의 올바름이라는 것은 리理로부터 나오고, 명의 변화라는 것은 기질로부터 나온다. 요약하자면, 그것은 모두 하늘에서 주어진 것이다……그러나 스스로 그 도를 다하면, 자신이 지닌 명은 모두 올바른 명이 된다."라고 말한다. 왕양명, 왕선산王船山도 모두 일관된 자세를 보여준다. "죽고 사는 것, 장수하고 요절하는 것은 모두 명에 달려 있다. 하지만 나는 한마음으로 선을 행하고 나의 몸을 수양하여 천명을 기다릴 뿐이다."12),

"스스로 그 덕과 명에 이르니 길흉의 운명에 스스로를 괴롭히지 않는다."[13) 그 가운데에서 나와 그 밖으로 초월하여 안빈낙도하는 것, 이것이 바로 '진인사이대천명盡人事而待天命'인 것이다.

---

12) 왕양명, 『전습록(傳習錄)』
13) 왕선산, 『주역외전(周易外傳)』

2장

─────

사회와 계층

1

종법 제도

옌부커(閻步克)

고대 중국에서 혈연관계는 정치, 사회, 문화를 지배해 온 주요한 힘이었으며, 중국 사회에 독특한 면모를 안겨주는 요소였다. 이러한 혈연관계가 가장 잘 드러난 것이 종법 제도와 종법 정치이다.

종법宗法은 협의와 광의의 종법으로 나눌 수 있다. 협의의 종법은 적자가 대종大宗이 되고 서자가 소종小宗이 되는 식으로 씨족 내부에서 권리와 의무를 확립하는 종가의 혈통 체계를 가리킨다.[1] 광의의 종법은 족장권族權, 부권父權, 부권夫權의 수호를 중심으로 하는 종족 내부 관계의 규범 전체를 포괄하는 개념이다. 이른바 가규家規나 한 집안의 법도 같은 것이 이에 해당한다. 두 의미의 종법은 해당 범위는 다르지만 아주 관계가 없지도 않다. 종족 내부의 혈연관계가 여러 역사 단계를 거치면서 다양한 표현 형태를 가지게 되었지만, 변화하는 와중에도 뿌리 깊은 일관성을 유지하고 있었던 것이다.

종宗의 원래 의미는 조상을 모시는 사묘祖廟이다. 집의 형상을 하고 있는 宀집 면과 신주神主, 즉 조상신의 위패를 가리키는 示시의 조합으로 종宗이라는 글자가 이루어진 것을 통해서도 이를 확인할 수 있다. 여기서 의미가 파생되어 조상과 그 계승자들을 일컬어 '종'이라 한 것이다. 족族의 자형은 깃발 아래 화살이 놓인 형태로, 원래 군사 조직을 겸한 씨족 조직을 지칭하는 것이었다. 종족은 공통의 조상을 가진 사람들로 구성된 혈연 조직이다.

---

[1] 주나라의 봉건 제도는 기본적으로 종법의 확장으로 볼 수 있다. 왕실과 제후의 관계는 씨족 내의 대종과 소종의 관계와 같다. 이처럼 혈연에 기반한 종법을 도입하여 주나라 천자를 정점으로 하는 혈연적 신분 질서, 즉 봉건 제도를 확립한 것이다.

중국 역사의 초창기에는 다른 민족들과 마찬가지로 각지에 여러 씨족이 흩어져 있었다. 상나라의 갑골문에는 삼족三族, 오족五族, 왕족王族 등의 기록이 자주 보이는데, 혹자에 따르면 최소한 200여 개 이상의 종족 명칭을 확인할 수 있다. 상 왕조는 상 왕족이 여러 씨족을 복속하거나, 연맹을 맺거나, 정복한 것을 바탕으로 건립되었다. 달리 말해 중국에서 초창기 국가가 형성되던 태동기의 '종족'은 쇠락을 향해 가는 소극적인 요소가 아니라, 정치적인 의미를 지닌 상당히 적극적인 힘으로 작용하고 있었다.

주나라 초기에 봉건제를 시행함에 "천하를 두루 통제하여 71개의 제후국을 건립하였는데, 그 가운데 희姬씨 성을 가진 이가 53개를 독차지했다立國七十一, 姬姓獨居五十三人." 즉, 주 왕실과 같은 성씨인 자제들과 외척 공신에게 각지를 분봉하여 나라를 세우고 도읍을 만들어 제후가 되게 한 것이다. 제후는 대부大夫에게 토지를 분봉할 수 있었고, 대부는 마찬가지로 사士 계층에게 전답을 하사할 수 있었다. 분봉 받은 이들 대부분은 영주와 동성이었으며, 다른 성씨인 경우에도 종족 조직에 속하거나 종족 조직을 보유하고 있었다. 종족은 자손이 증가함에 따라 계속하여 갈라지고 증식하게 된다. 그에 따라 새로운 종족이 만들어진다. 그들이 "땅을 분봉 받아 그 땅의 이름으로 씨氏를 명명"하게 되면 새로운 봉건과 친족 단위가 되는 것이다. 이런 식으로 형성된 복잡한 친족 체계 속의 각 종족과 개인은 권력, 지위, 재산 등에 영향을 미치는 권리와 의무에서도 복잡한 관계를 형성하고 있었다.

바로 이러한 배경하에서 종법 제도가 형성되었다. 『예기·대전(大傳)』 및 「상복소기(喪服小記)」에 따르면 이 제도는 다음과 같이 규정하고 있다. 적장자가 부친의 지위를 계승하고 나머지 아들은 별도로 일가를 이루는데, 이를 별자別子라 한다. 별자를 계승한 적장자를 종자宗子라 하며, 대대로 세습하여 '백세불천百世不遷'의 대종大宗을 이룬다. 대종 이외의 친계 혈통도 적장자가 부친을 계승하는데, 이를 소종小宗이라 칭한다. 소종 아래로 손아래 아들庶子들은 소종도 모시고 대종도 모셔야 한다. 5대가 넘어가면 소종과 대종의 관계가 소원해져서 별도로 종통宗統을 세운다. 이를 '백세불천종'과 상대되는 '오세이천종五世而遷宗[2]'이라고 한다. 대종과 소종은 똑같이 종주宗主라 일컫는다.

종법 제도에 대해서는 여러 관점이 상존한다. 주나라의 종법이 이렇게 엄정했는지의 여부에 대해 의문이 있을 뿐 아니라 종법의 적용 범위에 대해서도 의견이 분분하다. 일

---

2) 다섯 세대마다 바뀌는 종

레로 종법은 군통君統과는 상관없다는 의견이 있다. 왕궈웨이王國維에 따르면, 종법은 "대부 이하를 위해 만든 것이지, 위로 천자나 제후에까지 미치지는 않는다." 그러나 많은 다른 학자들은 종법이 군통까지 포괄하는 개념으로 파악한다. 이에 따르면 다음과 같이 이해할 수 있다. 천자는 동성同姓 제후의 대종이 된다. 제후는 자기 일족에게는 대종이지만 천자에게는 소종이 된다. 제후의 별자인 경대부卿大夫는 제후에게는 소종이 되고 자기 종족에게는 대종이 된다. 역순으로 보자면, 사士는 소종이고, 대부大夫는 대종이다. 대부는 소종이고 제후는 대종이다. 제후는 소종이고 천자는 대종이다. 다시 말해 대종과 소종은 상대적인 개념이다. 상나라를 멸하기 전에 주나라는 속방邦에 불과했다. 그 속방의 군주는 당연히 대종이고 그 방계가 소종이었다. 주나라의 천자가 천하의 주인이 되었을 때 동성의 방계 친족들이 대거 각지의 제후로 분봉되었다. 그러나 대종과 소종의 관계는 중단되지 않았다. 그러므로 천자가 동성 제후의 대종이 되는 것이 당연했다. 이 점에 대해서는 왕궈웨이 또한 다음과 같이 동의하고 있다. "천자와 제후는 대종이라는 명칭은 없었지만, 대종의 실질은 갖추고 있었다."

예법서에 기록된 다섯 세대마다 종이 바뀌고 적장자 이외의 자식들은 제사를 지낼 수 없다는 등의 세부 항목에 대해서는 학자들에 의해 그 오류가 지적되고 있지만, 대소종 종주가 족인에 대해 가지는 통제권이나 그들 사이의 존비, 친소 및 계승 관계 등은 대체로 믿을 만하다. 종법 제도는 대종, 소종 및 족인의 권리와 의무를 확정하여 귀족 통치자 자손들에게 혈통의 친소 관계를 통해 종족 내부의 존비 질서를 구분하게 하고, 적장자에게 종주의 통제권, 지배권을 부여함으로써 권력, 지위, 재산의 상속이 가문에서 확정한 질서를 엄격하게 따르도록 했다. 종주에게는 종묘, 주거지邑廪, 전답 및 족인으로 구성된 종족 공동체가 귀속되어 있다. 천자, 제후, 경대부 및 사와 같은 정치적 직위는 원칙적으로 적장자인 종자宗子가 계승한다. 종법상의 등급과 봉건 정치의 등급은 서로 밀접하게 맞물려 있다.

주대의 발전된 국가 체제는 이미 공적인 정치 기능을 갖추고 있으므로, 국가가 고작 가家의 확대판에 불과하다고 단정할 수는 없다. 그러나 혈연관계와 정치적 관계가 충분히 분화되지 못한 것은 확실하다. 뿐만 아니라, 이 양자가 뒤섞여 일종의 정치한 종법 봉건 제도로 발전하였다. 이 제도하에서 치가治家와 치국治國, 친족을 친애하는 것親親과 존귀한 자를 존중하는 것尊尊은 동전의 양면 같은 것이다. 주대에는 불완전한 부친 단일 가계 혹은 비대칭적인 쌍방 가계로 부계 혈통이나 부권父權을 특히 강조했다. 적장자의 종주 신분은 부계와 부권에서 나오는 것이다. 이른바 "조상을 존중하기 때문에 종가를 공경하는 것이니, 종가를 공경한다는 것은 조상을 존중한다는 의미이다." 종법 봉건제에서 군주는 곧 종주이며, 군주의 권한 또한 가장의 권력에서 파생된 것이다. 따라서 천자, 제후, 경대부는 땅이 있다면 모두 군君이라 일컫는다. 각종 군신 관계 또한 대종과 소종이 족인과 맺고 있는 관계의 연장선상에 있다. 이른바 "부자 관계가 있고 난 후에 군신 관계가 있다."라거나, "부자간에 친애가 있은 연후에 군신 간에 바름이 있다."라는 말은 결코 거짓이 아니다. 이런 상황이니 통치자 또한 반드시 '부모'의 태도로 천하에 군림해야 했다. 『상서(尚書)·홍범(洪範)』편에 따르면, "천자가 백성의 부모 노릇을 함으로써 천하의 왕이 된다天子作民父母, 以爲天下王."고 하였으며, 『좌전』에 따르면, "백성이 그 임금을 받들어 부모처럼 사랑한다民奉其君, 愛之如父母."라고 하였다. 효孝는 신성한 정치적 원칙이 되었다. "불효하고 우애롭지 않은不孝不友" 자에 대해서는 "이를 형벌하여 용서하지 말라刑茲無赦."라고 『상서·강고(康誥)』편에서 말하고 있다.

물론 종법은 다른 성씨에 적용되지 않는다. 그러나 다른 성씨의 종족도 혼인으로 형성된 외척 관계를 통해 혈연 네트워크에 포함될 수 있었다. 주대의 천자, 제후, 대부는 동성의 영주를 백부나 숙부로 불렀으며, 이성의 영주를 백구伯舅나 숙구叔舅라고 불렀다.3) 동성의 영주끼리는 서로 형제라 불렀으며, 이성의 영주끼리는 혼인을 맺기도 했다. 이러한 관계는 상호 공조, 분상奔喪, 정치적 동맹과 같은 실제적인 권리와 의무를 포함했다. "형제와 인척들은 서로 멀리하지 말라."라는 말은 혈연에 기초한 정치적 규약이었다. 장태염章太炎이 『대학』에서 말한 "제가치국평천하齊家治國平天下"라는 말을 "봉건 시대의 도덕"이라 규정한 것 또한 바로 이 때문이다. 『상서·요전(堯典)』편에 다음과 같이 말하고 있다. "큰 덕을 밝혀 구족을 친하게 하였다. 구족이 화목하게 되니 백성이 공정하게 다스려졌다. 백성에게 광명이 찾아오니 만방이 화합하였다克明俊德, 以親九族, 九族即睦, 平章百姓, 百姓昭明, 協合萬邦." 다시 말해, 만방이 화합하려면 먼저 구족을 친하게 해야 하며, 치국治國은 반드시 치가治家에서 출발해야 한다. 이것이 바로 종법 정치의 도드라진 특징이다.

전국 시대에서 진이 통일하기까지 종법 봉건제는 서서히 와해되어 갔으며, 변법變法 개

---

3) 천자가 제후를, 제후가 대부를 높여 부를 때 동성인지 이성인지에 따라 호칭이 달라지는데, 『의례』에 따르면 대국(大國)이면 백부나 백구, 소국(小邦)이면 숙부나 숙구로 불렀다.

혁 정책과 맞물려 관료제가 정착되어 갔다. 분봉제分封制는 군현제郡縣制와 같이 순전히 지역에 기반한 행정 체제로 대체되었고, 봉급을 받는 전문직 문인 관료가 국가 행정의 기본 책임자가 되기 시작했다. 이러한 과정에서 혈연관계와 정치적 영역은 점차 분리되어 갔다. 오기吳起는 초나라에서 변법을 시행하면서 소원한 왕족公族의 작위를 폐지하였다. 상앙商鞅은 진나라에서 변법을 통해 왕족에게 형벌을 가하여 위엄을 세웠다. 진시황은 천하를 장악했지만, 그 자제들은 평민으로 살았다. 특히 변법을 주도한 법가 사상가들이 효제孝悌와 같이 혈연에 기반한 윤리를 강하게 거부하였다는 점에 주목해야 한다. 상앙은 여섯 가지 사회적 병폐六虱 중 하나로 효제를 꼽았으며, 한비韓非는 "아비의 효성스러운 아들은 군주를 배신하는 신하"라고 했다. 사람들이 오해하는 것처럼 일률적으로 모든 '효'를 반대한 것이 아니었으며, 진 제국이 부권父權을 보장하지 않은 것도 아니었다. 문제는 사회 분화의 측면에서 봤을 때 혈연에 기반한 도덕이 국가 행정의 집행이나 문관 선발의 근거가 되어서는 안 된다는 것이었다. 관료제하에서 지켜야 할 것은 오로지 통치 및 관리의 기술적 고려에 입각한 것이어야 했다.

한편, 유가에서는 종법의 전통을 적극적으로 계승하였다. 공자의 중심 사상은 '인仁'이다. 이는 "효孝와 공경悌은 인仁을 행하는 근본일 것이다."라는 공자의 말에서도 잘 드러나 있다. 공자에게 어째서 정치를 하지 않느냐고 묻자 "효에 대하여 '부모에게 효도하며 형제간에 우애友愛하여 정사에 베푼다.'고 하였으니, 이 또한 정치를 하는 것이다."라고 답한 바 있다. 이것이 바로 "덕으로 하는 정치"이다. 덕德의 본래 의미는 씨족 특유의 습속으로서의 도덕을 가리킨다. 그래서 "성이 같으면 덕이 같고", "덕이 다르면 다른 부류"라고 한 것도 이 때문이다.[4] 공자는 또한 "자기의 사욕을 이겨 예로 돌아가는 것이 인仁"이라고 했다. 예禮 또한 씨족 생활에서 배태된 예속과 의례에서 기원했는데, 존비尊卑, 장유長幼, 친소親疏, 귀천貴賤이 그 속에 내포되어 있다. 공자가 숭상한 것은 바로 종족의 혈통과 정치적 행정이 뒤섞인 "임금이 임금답고, 신하는 신하다우며, 아비는 아비답고, 자식은 자식다운 것"을 강조하는 종법 질서였다.

유가의 후예들은 이 사상을 더욱 발전시켰다. 예를 들어『대대례기(大戴禮記)·증자본

---

4)『국어(國語)·진어(晉語)』: "姓이 다르면 덕이 다르고, 덕이 다르면 부류가 다르니, 부류가 다르면 비록 가깝더라도 남녀가 서로 혼인할 수 있는데, 이는 자식을 낳아 기르기 위함이다. 성이 같으면 덕이 같고, 덕이 같으면 마음이 같고, 마음이 같으면 뜻이 같으니, 뜻이 같으면 비록 멀더라도 남녀가 서로 혼인할 수 없는데, 공경을 더럽히는 것을 두려워해서이다(異姓則異德, 異德則異類, 異類雖近, 男女相及, 以生民也. 同姓則同德, 同德則同心, 同心則同志, 同志雖遠, 男女不相及, 畏黷敬也)."

효(曾子本孝)』에서는 평소 몸가짐이 정중하지 못한 것, 임금을 충심으로 섬기지 못하는 것, 벼슬하면서 일을 신중히 하지 못하는 것, 친구 사이에 신의를 지키지 못하는 것, 전장에서 용맹하지 못한 것 등을 모두 "효가 아니다."라고 보았다. 이를 통해 효가 모든 것을 포괄하는 것임을 알 수 있다. 『백호통의(白虎通義)』에서는 군신君臣, 부자父子, 부부夫婦를 삼강三綱이라 하고, 아버지 형제諸父, 자기 형제兄弟, 친족族人, 어머니 형제諸舅, 스승師長, 친구朋友를 육기六紀라고 했다. 이 또한 군신 관계를 부자, 형제, 친족, 외척 등의 혈연관계와 깊숙이 혼융된 종법 정치의 전통에 기반하고 있다. '효도'는 한대 유학자들에게서 신학화된 천도天道와 결합되었으며, 송대 유학자들에 이르러서는 천리天理에 관한 논증의 기반이 되었다.

한무제漢武帝가 여러 사상 중 유가만을 숭상하는 '독존유술獨尊儒術' 정책을 펼치면서 제국의 정치는 또다시 종법이 깊숙이 스며들었다. "효로써 천하를 다스린다."라는 구호가 왕조의 신념이 되었으며, 효성스럽고 청렴한 사람을 추천하는 효렴孝廉이 관리 선발의 주요 과목이 되었다. 효를 표창하는 행사가 일상적으로 이뤄졌고, 삼강오륜三綱五倫의 윤리관이 제국의 정통 이데올로기가 되었다. 순수하게 힘에 복종하는 진대의 군주 전제와 비교했을 때, 효도 이데올로기는 통치 권력에게 부권父權에 기반한 합법적인 근거를 제공했다. 이른바 "아버지를 섬기는 마음으로 임금을 섬기니, 그 공경이 같은 것이다." 임금과 신하, 관리와 백성의 관계는 부모 자녀의 혈연관계와 동일한 것으로 인정되었다. 따라서 효에는 그 어떤 것도 뛰어넘을 수 없는 성격이 부여되었다.

이와 동시에 국가와 사회의 분화로 인해 서로 대립하는 상황이 생겨나면서 원래 혈연관계에 있는 가족에게 요구되던 규범인 인仁이 구속력으로 작용하기도 했다. '효제'의 상대적인 개념인 '자애'는 군주의 의무이자 신민들이 요구할 수 있는 권리가 되어 통치자의 권력을 어느 정도 제약하기도 했다. 당시의 낮은 기술 및 경제 수준을 감안했을 때 애초에 사회 기층의 구석까지 책임질 수 있는 행정력이나 관리를 갖추기는 힘들었다. 문화가 빈약하고 종족 관계가 공고한 향촌 공동체에서 "가을 띠풀 만큼 번잡하고, 응고된 기름보다 빽빽한 그물秋茶密網"처럼 엄격하게 법제화된 관료적 통제를 한다는 것은 도무지 맞지가 않았다. 바로 이 지점에서 예의 풍속에 구현된 효孝, 제悌, 자慈, 애愛, 화和, 경敬, 충忠, 신信 등의 종법 윤리가 사회를 통합하는 일종의 적절한 방식이 될 수 있었던 것이다. 그것은 같은 혈육의 정감에 기반한 이해와 소통으로 인간관계를 유지하고 충돌을 해소하며,

"예의가 쌓이면 백성들이 화목하게 잘 지낸다."와 같은 방식을 통해 정치 질서를 돋보이게 한다. 이러한 종법 정치의 전통은 중국 사회의 정치문화적 배경과 함께 고도의 적응성을 지니고 있다.

관료 제국 시대에 이르러 가家와 국國이 분리되었다고 해서 사회에서 가의 역할이 줄었다는 의미는 아니다. 중국 사회의 가족 형식은 주로 개별적인 소가족5) 위주이다. 그러나 사회에서는 혈연관계의 연장을 통해 종족 공동체 형식이 여러 가족을 하나로 묶고 있다. 가족이 모여 사는 것은 한대 이래로 점차 확장되었다. 한대의 채옹蔡邕이나 번중樊重은 3대가 재산을 공유하며 함께 살았으며, 진대晉代의 사치춘氾稚春은 7대가 함께 살기도 했다. 북위北魏의 박릉博陵 이씨는 7대가 재산을 공유하며 함께 살았는데, 분가했다면 22개의 가족이 모여 사는 셈이었다. 송, 원, 명, 청대에는 9대, 10대, 15대, 심지어 19대가 함께 살기도 했다. 함께 살면서 재산을 공유하지 않고 모여 사는 종족의 분포는 더욱 넓었다. 이들 중에는 『홍루몽』의 주요 배경으로 등장하는 가씨 집안賈府과 같은 관료 대가족도 있고, 향촌에 두루 퍼진 "크면 만 가구요, 작아도 천 가구"인 공동체도 있다. 그 내부 구조는 지역이나 시대에 따라 다르며, 포함된 친족이 많을 때도 있고 적을 때도 있다. 어떤 경우에는 상당히 강력한 응집력을 갖기도 했다. 가문의 사무를 주관하는 족장이 있고, 같이 제사를 드리는 사당과 공동으로 관리하는 묘지가 있으며, 엄밀하게 편찬된 족보가 있고, 각종 가규와 가법 및 풍습을 공유한다. 가문의 토지族田, 곳간族倉, 가숙義學 등의 공유 재산이 있으며, 가문 내 친소원근에 따른 장남네長房니 차남네次房니 하는 구분이 있다. 혼인, 장례, 상속, 재산, 쟁송 등의 처리 및 가규를 어긴 자에 대한 징벌을 집행할 때 가부장 권력은 결정적인 역할을 발휘한다.

이러한 종족은 가家와 국國이 분리된 후 종법이 사회에서 적응하면서 변화한 형식이다. 가규나 가법은 여전히 종법宗法으로 칭해졌으며, 장남네, 차남네는 여전히 대종, 소종에 준하는 대접을 받았다. 종족을 유지시키는 것이 '효제'가 중심이 된 존비, 상하, 친소, 장유를 규정하는 예속의 질서라는 점도 이를 반영하고 있다. 취퉁쭈瞿同祖는 다음과 같이 말하고 있다. "(주대의) 종법 조직이 사라진 후 그것을 대체한 것이 가장과 족장이었다……일반적으로 족장은 배분이 높고 덕행으로 신망이 얻은 이를 추대하는 형식으로 선발했으며, 가문의 모든 일을 족장을 통해 처리했다." 여기서도 알 수 있듯 종족은 여전히 중

_____

5) 핵가족 및 작은 대가족

국 사회의 기본 단위였다. 다시 말해 중국은 여전히 종법 사회였다. 그 사회 질서는 페이샤오퉁費孝通이 지적한 것처럼, 개인에 기초한 것이 아니라 친족의 친소에 근거한 차등적 질서 구조이다.

종족 공동체는 국가와 분리된 사회적 힘으로 작용했으므로, 관료의 통제에 위협이 될 수도 있는 지역에서는 국가에 의해 제압되기도 했다. 한대의 민간에서는 권세를 믿고 함부로 날뛰는 지방 호족들이 정부와 비등한 힘을 길렀다가 정부에 의해 진압되는 경우도 종종 있었다. 호족 세력이 가장 왕성하던 남북조 시대의 북위에서는 각지의 종주宗主가 지방 행정 권력을 책임지는 종주독호제宗主督護制가 출현했지만, 얼마 후 삼장제三長制라는 관료적 행정관리 조직으로 대체되었다. 그러나 다른 한편 국가는 이데올로기적 측면에서, 그리고 사회를 통제하고 통합하는 측면에서 종법 윤리와 종족의 힘을 빌려야 했다. 따라서 특정한 범위 내에서, 혹은 종족이나 가족을 관료 체제의 확장판이 되게 하려는 목적으로 국가는 이데올로기적으로 종족 윤리를 보호했을 뿐 아니라 법률적으로 족장과 가장의 지배권과 처벌권을 인정했다. '불효'는 수당 시기의 형법에서 정식으로 십악十惡에 포함되어 있었다. 족권族權, 부권父權 및 부권夫權을 보장하는 법률 조항은 조대를 거듭할수록 점차 세밀하게 완비되었다. 취퉁쭈의 주장처럼 가족은 사실상 정치와 법률의 기본 단위였다. 가장이나 족장이 각 단위의 주권을 대표하여 국가에 대해 책임을 진다. 특히 명청 시대에는 신사 계층이 형성된 후 국가와 종족 및 사회는 더욱 정교하게 결합되었다. 종족 내부의 지주가 자신의 아들을 과거 시험을 통해 조정의 관료로 보냈으며, 향촌에 거주하는 수재, 거인 및 은퇴한 관리가 준관료의 신분으로 종족의 권력과 결합하여 지방의 사무를 처리했다. 그에 따라 종족은 정치적 이익을 획득했을 뿐 아니라 종족을 관료가 통제하는 사회의 확장판이 되게 하려는 목적도 완수했다.

그러나 관료 제국 시대에 만약 세습 황권이나 황족을 고려하지 않는다면 가家와 국國은 어쨌든 충분히 분화되어 있었다고 할 수 있다. 장타이옌章太炎은 다음과 같이 논하고 있다. "당태종의 역사를 잠깐 살펴보자. 그의 치국은 성적이 나쁘지 않아, '정관지치貞觀之治'라고 칭하기도 한다. 그러나 그의 가정은 엉망진창이다. 형을 죽이고 제수를 취했다. 이는『대학』의 가르침을 근본적으로 깨부수는 것이 아니겠는가?" 치가와 치국은 사실상 이미 동일선상에서 논할 일이 아니었다. 정치에 대한 혈연관계의 침투는 결국 군주의 중앙 집권적 전제와 관료 기구의 이성적 작동이 어떻게 기능하는가에 따라 이리저리 변할 수밖에 없었다. 사회에서 종족은 행정의 통제를 넘어서 국가와 대립하는 자주적인 실체가 되는 것이 허락되지 않았다. 이 점은 이미 상술한 바 있다. 조정에서 국사를 행할 때 능력에 무관하게 친족을 임용하거나 친한 벗을 비호하는 행위 또한 법적으로 금하고 있었다. 지방관은 원적지에 임관할 수 없었다. 그들이 친족과의 인연을 빌미로 사적 권력을 횡행하는 것을 방지하기 위해서였다. 친족 덕분에 벼슬을 하거나任子, 조상의 공적으로 벼슬을 하는 것門蔭 등 혈연에 따라 임관 자격이 결정되는 특권적 제도는 성적을 강조하는 과거제와 고과제考課制에 그 지위를 물려주게 되었다. 지방 왕국의 할거와 외척의 전권 행사 및 문벌 사족 또한 결국 전제 황권의 제어를 받게 되었다.

제국 정치의 종법적 성격에 있어 가장 관건이 되는 것은 군신과 부자가 일체화되어 "부모에게 효도하는 마음으로 나라에 충성을 다한다."라는 이데올로기가 작동했다는 점이다. 이는 가와 국이 분리되어 사회에 대한 국가의 전능적 통제가 확장되었음을 보여주기도 하고, 다른 한편 가와 국이 일체인 것을 이데올로기적으로 승인하고 표방하는 것이기도 했다. 사실상 이는 일종의 전환 과정을 내포하고 있다. 즉, 이데올로기의 힘을 통해 '부자'의 가치 행위 모델을 '군신'의 관계로 전환한 것이다. 다음과 같은 가설로 이러한 전환을 이해해도 될 것이다. 중국에서는 관료 체제의 전능적 통제가 모든 곳에서 가능할 정도로 기술 수준이 올라섰고 관료 국가가 민간의 종족 세력을 소탕할 힘이 있더라도 종법 정치가 완전히 사라지지는 않을 것이다. 왜냐하면 이 시기의 각급 조직들은 여전히 하나하나의 종법 단위 같은 것이었으며, 그 수장들도 가부장과 유사한 위상이었기 때문이다. 다시 말해 여전히 종법 체제의 정신이 깊숙이 스며들어 있었다. 이러한 종법 정치 전통의 연원은 중국 역사의 초기적 국가 형태까지 거슬러 올라갈 수 있다.

2

예악 문명

우위민(吳予敏)

　도도한 강물을 바라보며 역사와 인생이 한 번 흘러가면 다시 되돌릴 수 없음을 탄식했다고 하지만, 공자는 마음속으로 하나의 믿음만은 굳게 고수하고 있었다. 전란으로 어지러운 춘추 시대에 이미 쇠락한 예악 문명禮樂文明[1]을 부활시킬 수 있다는 믿음 말이다. 공자는 다음과 같이 선언했다. "주나라는 하夏, 은殷 이대二代의 예禮를 본보기로 삼았으니, 찬란하다. 그 문채여! 나는 주나라를 따르겠다周監於二代, 郁郁乎文哉! 吾從周." 요원한 꿈과 같은 서주의 찬란한 예악 문명에 공자는 사회적 이상을 기탁한 것이다.

　공자가 『시경』과 『서경』을 편찬한 것을 시작으로 유가 학자들은 사라진 문화의 회복이라는 성대한 공정에 종사하였다. 그들은 문헌 고증을 통해 개념적으로 예악 문명을 부활시키는 데 힘썼으며, 그것을 당시의 정치 제도 및 사람들의 사상과 행위의 규범으로 삼았다. 만약 이러한 학자들의 노력이 없었다면 우리는 고대 예악 문명의 얼개와 전모를 파악하기 힘들었을 것이다. 다만 역사적 사실의 기록에 유생들의 주관적인 억측이나 이상화된 과장이 뒤섞여 있다는 점이 사람들을 곤혹스럽게 만들곤 했다. 급진적인 반전통적 입장을 견지한 근대의 금문경 학파와 의고파疑古派 사학가들은 이를 근거로 유가 학자들이 역사를 위조한다고 비판했다. 그리하여 고대에 예악 문명이 있었는지 자체가 의문시되었다. 그러나 최근 몇십 년간의 역사학적 연구를 거치면서 고고학적 자료의 발굴과

---

1) 본문의 내용은 예(禮)가 중심인데, 공자가 예와 악을 병치한 후 '예악'은 통칭으로 사용되었다. 여기서 악(樂)은 의례용 음악만이 아니라 시가, 무용까지 포괄하는 개념으로, 개인의 인격이 "예에 의해 정립되고, 악에 의해 완성된다(立於禮, 成於樂)."라는 공자의 말에서 잘 드러나듯 악(樂)의 교육적 효과를 높게 봤다.

문헌 경전의 대조를 통해 학자들은 문헌의 사실 진술과 후대의 억측을 구분할 수 있게 되었다. 그에 따라 고대 예악 문명의 기본적인 면모가 점차 분명하게 드러나게 되었다.

중국 고대의 예악 문명은 유구한 역사를 갖고 있다. 일찍이 신석기 시대에도 노동, 식사, 거주, 혼인, 장례 등 씨족 부락의 삶의 각 분야에서 원시적 의례를 통해 활동을 조직했다. 황하 유역의 일부 앙소仰韶 문화 유적에서 고고학자들이 발굴한 도기, 장식품, 묘장갱墓葬坑에서 어렴풋하게나마 원시 씨족의 의례에 관한 흔적을 발견할 수 있었다. 일부 암벽화와 도기의 장식 도안에는 원시 씨족의 토템 숭배 의식과 주술적 가무가 묘사되어 있었다. 원시 공동체에서 문명사회로 넘어오는 과정에서 의례 제도는 씨족의 구성원이 공유하는 생활 형식이었을 뿐 아니라 씨족 내 우두머리의 인간적 권위의 상징이 되었다. 최근 허난성 푸양濮陽에서 발굴된 앙소 문화 시기의 대형 고분은 의례와 부계 권위의 관계를 실증하고 있다. 여기서 발견된 많은 조소품과 옥기는 예의 권위의 예술적 표현이다.

예악 문명은 단일한 기원에서 출발한 것이 아니라 다원적인 지역 문화가 서로 교류, 충돌, 융합한 산물이다. 다년간의 정벌 전쟁, 관개농업, 주술의 전파, 인구의 동화 등을 거치면서 황하 유역은 점차 화하華夏 씨족 집단의 문화를 기초로 한 문명권이 형성되었다. 노예제 사회 단계에 진입한 후 이 지역은 예악 문명의 요람이 되었다.

지금까지 전해지는 신화와 옛이야기에서 아마도 다음의 두 가지 중요한 사건이 예악 문명의 탄생과 밀접한 관계를 맺고 있는 것 같다. 하나는 홍수의 치수에 관한 이야기이다. 황하의 범람은 여러 씨족에게 생존의 위협이 되었다. 공동의 이익을 위해 그들은 연합하여 거대하고 엄격한 사회를 조직했다. 그에 따라 국가가 생겨났고, 의례는 각 씨족 집단 간의 소통과 협조를 가능하게 하는 형식이자 씨족의 범위를 넘어선 국가 제도와 권위의 상징이 되었다.

다른 한 사건은 주술巫教에 대한 개혁이다. 이는 씨족의 연합 및 국가의 건립이라는 추세와 상응하는 이데올로기를 만드는 것과 연동된다. 전욱顓頊이 이 권력을 주관했다고 알려져 있다. 그는 각지에 흩어져 있는 무당과 신령神祇을 폐지하고, 군주의 의지를 대표하는 무당이 인간과 명계를 소통시키는 권한을 독점하도록 했다. 절기를 결정하는 역법, 길흉화복의 예측, 전쟁과 농사와 같은 국가 대사의 관리, 민간의 생로병사 등 사회의 모든 일을 주술적 의례에 근거하여 진행하였다. 주술은 '인간과 신령이 분리되지 않은' 채

온갖 귀신이 혼잡된 원시적 형태에서 벗어나 '절지천통^{絕地天通}'을 단행했다. 즉, 지상의 일반 백성이 천상의 신령과 소통하는 술책을 차단하고, 제사를 주관하는 신관^{神職}이 전담하는 단계로 발전한 것이다. 이에 상응하여 의례 제도는 민속적으로 분산된 형식에서 국가적으로 집중된 형식으로 발전했다.

공자는 주나라의 예를 연구하면서 하나라와 상나라 2대의 예법^{禮制}에 대해 언급한 적이 있다. 물론 문헌의 부족으로 인해 상세하게 진술하지는 못했다. 현재의 고고학자 및 신화학자들의 연구에 따르면 하나라가 주술적 의례를 신봉한 것에 의문의 여지는 없다. 『산해경』과 『죽서기년(竹書紀年)』에 하나라 군주가 주관하는 주술적 전례의 정황이 묘사되어 있으며, 각종 무당이 연출하는 가무 장면도 그려져 있다. 하의 문화 유적에서 학자들은 하대의 악기를 찾았는데, 그중에는 주술적 도안이 그려진 것도 있었다.

상나라의 의례 제도에 대한 지식은 은허^{殷墟}의 갑골문과 상대 청동기를 고증함에 따라 점차 확대되었다. 상나라 사람들은 하나라의 부락 단위 군사 연맹이 신봉하던 주술을 발전시켜 더욱 엄밀하고 체계적인 형식을 지닌 제사 제도를 만들었으며, 이에 근거하여 종교적 관념의 체계를 세우고 정치 및 윤리 질서를 규정하였다. 상나라 사람들은 천제^{天帝}와 선왕^{先王}을 숭배했다. 천제 숭배는 원시 종교의 자연에 대한 숭배에서 발전한 것으로, 초월적인 인격신인 상제^{上帝}를 탄생시켰다. 하늘의 다른 이름인 상제는 자연재해를 몰아내고 인간의 생사화복을 결정할 수 있었다.

선왕 숭배는 원시 사회의 사자의 영혼 숭배, 씨족의 토템 숭배 및 가족의 조상 숭배에서 연원했다. 작고한 선왕은 후대를 징계하거나 은택을 내릴 수 있는 능력을 지닌 것으로 여겨졌다. 무정^{武丁}[2]의 통치기 이후, 선왕은 비범한 덕성을 가졌으므로 천제와 함께 배향할 수 있다는 발상이 상나라에서 새롭게 등장했다. 상대의 제사 의례에서 나타난 이 변화는 인간적 질서가 제고되었음을 보여주고 종법 제도의 성장 또한 반영한다. 은허의 갑골문 복사^{卜辭} 기록에 따르면, 상나라 사람들은 제사를 올릴 때 주제^{周祭}와 선제^{選祭}[3]의 체계, 친속의 칭호 배치, 종묘와 종친의 구도 등을 엄격하게 따져서 진행하였다. 의례 형식

---

2) 상나라 23대 왕으로 묘호는 고종(高宗)이다. 19대 왕인 반경(盤庚)이 도읍을 은(殷)으로 옮긴 후(盤庚遷殷), 조카인 무정에 이르러 전성기를 맞이한다. 이를 무정중흥(武丁中興), 혹은 무정성세(武丁盛世)라고 한다.

3) 주제(周祭)와 선제(選祭)는 여러 조상을 함께 제사한다는 점에서 유사하나, 선제가 부자로 이어지는 직계 선왕을 중심으로 제사하고, 주제는 형제로 이어진 방계 선왕까지 포함하여 제사를 지낸다는 점이 다르다. 특히 주제는 특정한 목적 없이 주기적으로 지내는 제사이며, 정치 권력의 신성함을 특정한 의식으로 보여준다는 점에서 정치적 기능이 더 강화된 제사이다.

또한 간소하고 소략한 것에서 복잡하고 조밀하게 모양을 갖춰 존귀한 자를 존중하는 것尊尊, 친족을 친애하는 것親親, 어른을 어른 대접하는 것長長의 관념을 잘 표현했다.

주나라가 노예제 도시 국가를 건립하면서 주술 문화의 모체에서 배태된 예악 문명이 점차 제 모습을 갖추기 시작했다. 예악 문명은 주나라의 사회 제도와 이데올로기 영역에서 한층 더 발양되었다. 역사서의 기록에 따르면 주 무왕周武王이 서거한 후(나이 어린 성왕이 제위에 오르자) 동생인 주공 단周公旦이 섭정을 하였는데, 군사를 이끌고 동방을 정벌하여 반란을 평정하고 제후의 자제들에게 분봉하였으며 낙읍洛邑을 설치하여 동도로 삼았다. 그 후 예악을 제정하고4), 문치를 시행했다. 주공은 중국의 예악 문명의 형성에 지대한 공헌을 하였다. 그는 주나라 씨족의 역사 전통과 은나라의 문화유산을 계승하여 시대적 요구에 맞게 통합 및 개혁을 단행했다.

주나라의 예법은 세 가지 기본적인 사회 제도를 골간으로 건립되었다. 그것은 종법제, 분봉제分封制, 정전제井田制이다.

종법제는 가족5) 내의 적장자의 계승권을 규정한 것으로, 혈통 관계를 고조, 증조, 조부, 부, 자의 5대 범위 안으로 한정했다. 상례를 거행할 때 귀족들은 세대의 친소, 존비, 장유의 관계에 근거하여 각각 다른 상복을 입었다. 상복제喪服制는 중요한 예법으로 윤상倫常 개념의 상징이었다.

분봉제 또한 기본적으로 종법 관계에 따라 시행되었다. 주왕은 자신의 아들 및 동성과 친속을 제후나 공경대부로 분봉하여 그들의 제후국과 영지를 확정하고 등급과 배분에 따라 군신 관계를 맺어 최종적으로 주왕에게 신복臣服하도록 했다. 이리하여 혈연 간의 인류 관계가 정치적인 군신 관계의 성질을 띠게 되었다. 주나라 예법 중 각종 제례祭禮, 전례典禮 및 빈례賓禮에도 분봉제적 함의가 반영되어 있다.

정전제는 도시 및 계급의 구획과 밀접하게 연관되어 있다. 주나라의 지리 행정은 세 층위로 나뉘어 있다. 첫째는 국國이다. 국은 도시형 국가로, 주왕이 거주하는 왕성王城과 분봉 귀족이 거주하는 도성都城을 가리킨다. 둘째는 교郊이다. 교는 도시의 인접 지역으로, 신분이 자유로운 농민이 거주한다. 셋째는 야野인데, 교郊에 비해 더욱 편벽한 산간의 향촌을 가리키며 농노가 거주한다. 수리 관개 및 토지 면적의 분배 때문에 교외郊野 지역의

---

4) 예는 제도 규범이고, 악은 궁정과 묘당의 의례 악무이다.
5) 왕실

농토農田는 일정한 규격에 따라 정전으로 구획되었다. 정전井田은 문자 그대로 원래 우물과 관련된 것이었다. 우물이 있어야 도랑이 종횡으로 이어지고 두렁阡陌으로 경계가 분명한 농토가 있을 수 있고, 그래야 농민이 대를 이어 거주하면서 민간의 예속을 이어갈 수 있다. 도시城邦, 사교四郊 및 사야四野의 거주민들은 다른 등급과 형식의 의례를 영위하고 있었다. 귀족들의 의례에 대한 정황은 『의례(儀禮)』에 상세하게 기록되어 있지만, 민간의 촌락 공동체의 예속은 대부분 『시경』 같은 민간 가요에 보존되어 있다. 주나라 통치자들의 의례 관념에는 문명과 야만의 구별이 있었다. 그러나 여전히 지방의 촌락 공동체의 전통을 유지하는 데도 신경을 써, 묘당과 귀족의 의례에 적지 않은 민간 예속의 성분이 스며들어 있었다. 따라서 주나라의 예법은 세 가지 체계의 의례로 나눌 수 있다. 국가의 각종 업무와 관련된 대전大典, 귀족 개인의 혹은 가문의 삶과 관련된 의례儀禮, 민간에서 농민들의 생활과 어우러진 예속禮俗이 그것이다.

국가 대전에서 가장 중요한 것은 제례이며, 빈례賓禮와 군례軍禮가 그다음이다. 주나라 사람들은 천제天帝, 지기地祇, 인귀人鬼에 제사를 올렸다. 상나라와 달리 주나라 사람들은 상제上帝에 집착하기보다는 자연과 조상의 은택 및 비호를 경외했다. 제사 활동은 의식이 번잡하고 규범이 엄격했지만, 제사를 통해 천하에 도덕적 교화를 드높이고 천도와 인덕을 떠받들게 하였다. 주나라의 빈례 체계는 다양한 귀족 등급과 맞물려 구성된다. 귀족이라는 신분은 그 정치적 지위 및 혈연 계보에서의 지위를 동시에 지칭한다. 귀족 간의 교유는 신분의 차이와 시간, 장소, 업무의 차이에 따라 각각 다양한 빈례 규정이 정해져 있다. 빈례는 귀족 내부의 등급 질서를 상징한다. 주나라 말기의 분봉 제도의 와해가 구체적으로 드러난 것은 빈례 체계의 붕괴에서였다. 이는 종종 귀족들 간의 전쟁을 촉발하는 구실이 되기도 했다. 주나라는 병농兵農 합일의 사회였다. 전시가 되면 귀족, 평민, 농노가 모두 주 왕조, 혹은 제후국 군대의 구성원이 되었다. 전민개병全民皆兵의 사회답게 그들은 체계적인 군례를 제정하여 훈련, 연습, 열병, 시합 및 군사 교육을 실시했다. 간혹 군례는 체육 경기나 농사, 수렵 등의 활동과 분리되지 않았다. 주나라의 의례는 실제적인 경제 생산과 매우 긴밀하게 연결되어 있었다. 농사 대전은 중요한 국가 대전이었다. 춘경기의 적전례藉田禮에는 위로는 천자에서 아래로는 평민에 이르기까지 모두 참가했다. 이 밖에 하누夏耨6), 추수秋獲, 동장冬藏에서 구휼救賑, 상신嘗新7)에 이르기까지 모두 전례를 거행했다.

---

6) 여름 김매기

전례는 백성 전체를 동원하는 형식이었으며, 또한 자연을 향해 기복祈福하는 형식이었다. 더구나 농업 생산 관리, 토지세 징수, 노역 조직 등과도 밀접하게 관계되어 있었다.

주나라 귀족들은 풍부하고 엄격한 의례를 생활화했다. 『예기·혼의(昏義)』에서는 다음과 같이 개괄하고 있다. "무릇 예란 관례에서 시작하여, 혼례에 근본을 두며, 상례와 제례를 무겁게 하고, 천자를 알현하는 조빙에서는 존숭하고, 향사에서는 화목한 것, 이것이 예의 대체이다夫禮, 始於冠, 本於婚, 重於喪祭, 尊於朝聘, 和於射鄕, 此禮之大體也." 여기서 제祭, 조朝8), 빙聘9), 사射10), 향鄕11)의 여러 예법은 귀족 자제가 사회에 진입하여 교류할 때 배우고 따라야 하는 기본 예의이다. 관, 혼, 상례는 개인이 성장하면서 만나는 각 단계에서 이행해야 하는 인생 의식이다. 관례12)는 귀족 청년에 대한 사회의 수용과 기대를 표현했는데, 그에게 인생의 의미를 부여하고 장차 맡게 될 사회적 역할과 사명을 명확히 했다. 주나라의 혼례는 세부적인 면에서 씨족 사회의 예물 교환 형식을 상당 부분 간직하고 있었다. 예물은 남녀 간에 합법적인 관계를 건립하여 공동으로 후계를 키우는 관계가 되었다는 의미를 담고 있다. 주나라 예법은 혼인이 가문의 흥망성쇠에 가지는 중요성을 더욱 강조하고 있다. 혈통의 계승, 새로운 가족에서의 역할 및 윤리적 의무의 탄생, 가문 간의 통혼과 우호 관계, 새로운 사회 연합체의 체결 등이 그에 해당한다.

예악 문명은 국가의 업무, 인간관계 및 개인의 생명을 규범화했을 뿐 아니라 귀족 및 국민 교육의 체계를 세웠다. 이것이 그 유명한 '육예의 가르침六藝之敎'이다. 육예는 예禮13), 악樂14), 사射15), 어御16), 서書17), 수數18)의 여섯 가지 교육 과목을 가리킨다. 여기에는 당시 수준의 덕, 지, 체, 미의 교육 내용을 모두 집결되어 있다. 육예의 근본 목표는 주나라 귀족 통치의 수요에 부합되는 이상적인 인재를 배양하는 것이었다. 이들은 대인大仁, 대지大智, 대용大勇을 갖춰야 했으며, 하늘에 경배하고 조상에게 효도하며 인륜을 준수할 줄 알아

---

7) 햇곡식 맛보기
8) 천자를 알현하는 조현(朝見)
9) 사신의 교빙(交聘)
10) 향사례(鄕射禮)
11) 향음주례(鄕飮酒禮)
12) 성년례
13) 의례제도
14) 의례용 음악
15) 궁술
16) 마술
17) 문자
18) 산술

야 한다. 문무를 겸비해야 하고, 고아하고 해박하면서도 용맹해야 하고, 이성과 감성, 개인과 사회에 조화롭게 일치되어야 한다. 육예는 주로 귀족 계급을 대상으로 했다. 주 왕조는 천자가 도읍에 설치한 대학인 벽옹辟雍을 건립하여 귀족 자제들을 기숙시키며 교화하였다. 『주례』에는 육예 교육의 내용이 민간의 교육에까지 관철되었다고 기록되어 있다.

동주에서 전국 시기까지 사회 제도에는 크나큰 변화가 일어났다. 정전제는 개인의 토지 점유가 확대되면서 붕괴되었다. 옛 종법 관계와 분봉 제도는 여러 제후국의 끊임없는 정벌 전쟁 중에 동요되고 와해되었다. 계급 구조가 변화하면서 새로운 귀족이 등장하여 정치적 주도권을 가져가고 가치 관념의 방향을 이끌었다. 옛 의례는 거죽만 남아 형식과 내용이 분리되었다. 새로운 귀족이 제멋대로 의례 규범을 참월僭越한 측면도 있고, 인본주의적 정치 관념에 충실한 새로운 사상이 등장하여 의례의 본질에 대한 이해가 달라진 측면도 있다. 예악 문명이라는 영원히 존재하던 신화가 깨어지고, 우려, 곤혹감 및 다가올 새로운 질서에 대한 추구 등이 사람들의 마음속에 맴돌았다. 공자는 바로 이 시기에 유가 학파를 창시하여, 예악 제도의 폐허에서 예악의 정신을 소환했다.

공자는 읍양揖讓과 같은 기본적인 예절에 심취했다. 또한 문헌을 살피고 널리 제자를 받아 육예를 기본 가르침으로 삼았으며 보조적으로 예악을 연습시키고 시가를 읊조렸다. 공자가 개창한 것은 주로 '인애仁愛' 개념으로 예악의 본질을 해석한 것에 집중적으로 구현되어 있다. 그는 다음과 같이 묻고 있다. "사람이 인仁하지 못하면 예의禮가 무슨 소용이겠는가? 사람이 인仁하지 못하면 음악樂이 무슨 소용이겠는가?" 공자가 표방한 인仁은 여러 함의를 포괄하고 있다. 그것은 "남을 사랑하는 것愛人", "널리 사람들을 사랑하는 것汎愛衆"에서 볼 수 있듯 모든 사람에 대한 보편적인 사랑으로 해석되기도 한다. 또한 사회적 귀천의 등급을 엄격히 하여 사람됨의 규범을 넘어서지 않게 하는 '신분名分'으로 해석되기도 한다. 사람을 관대하게 대하여 "자기가 싫어하는 일을 남에게 강요하지 마라己所不欲, 勿施於人.", "화합을 추구하는 일이 가장 중요하다和爲貴."에서 볼 수 있듯 '충서忠恕'의 개념으로 해석되기도 한다. 또한 종법적 혈연관계에서 배태된 친족간의 사랑과 윤리의 연장인 '효제孝悌'로 해석되기도 한다. 공자는 "사심을 극복하고 예를 실천하는 것克己復禮"을 필생의 임무로 삼았다. 정치 제도가 주나라의 옛 모델로 회복될 수 없음을 깨달았을 때 공자는 인심을 새롭게 빚어내고, 혈연에 기반한 사회관계와 윤리적인 유대를 수호하는 것에 기대를 걸었다. 그의 계승자인 맹자孟子와 자사子思는 심적 체험과 인격 함양의 측면에서 더 많은 발전을 성취했다.

선진 시기 여타의 제자학파들은 유가에 대해 상당히 비판적이었다. 묵가墨家는 민주주의와 공리주의적 입장에서 예악의 사치와 무용함을 비판했다. 도가道家는 자연주의와 허무주의적 입장에서 예악의 허위적인 겉치레를 비판했다. 법가法家는 국가주의적 입장에서 예악이 사람들의 마음을 미혹시킨다고 비판했다. 전국 시기 이후 중앙 집권적 제국에 대한 시대적 요구가 생겨나면서 미래의 통치자는 새로운 법제를 세워야 할 뿐 아니라 새로운 윤리도 수립시켜야 했다. 순자荀子의 사상은 이러한 시대적 흐름을 타고 생겨났다.

정확히 말해, 폭넓은 함의를 담은 문화 사상적 범주로서의 '예악'은 순자의 개괄적인 해석을 거쳐서 확정되었다. 순자가 쓴 글 중 「예론(禮論)」편은 예제禮制와 사회 규범을 논의했고, 「악론(樂論)」편은 음악이 사회적 친밀감과 정감의 교화와 맺고 있는 관계를 논의했다. 예악은 이제 문명적 형식이나 제도적 생활에 대한 묘사에 그치는 것이 아니라 사회철학적 개념이 되었다. 예는 규범, 분별, 한계, 절제를 대표하며, 인간의 이성에 작용한다. 악은 조화, 온건함, 친밀감, 자유를 대표하며, 사람들에게 정감의 교화 작용을 발양시킨다. "음악은 같도록 화합시키고 예의는 다르게 구분하니, 예악의 근본은 사람들의 마음을 관할하는 것이다樂合同, 禮別異, 禮樂之統, 管乎人心矣." 순자 이후 진한 시기의 유학자들은 많은 글을 써서 예악 문화의 윤리적 법칙과 사회적 효용을 논의했다. 『예기』는 유가의 경전이 되는 글모음 중 하나이다.

『예기』는 고대 의례 제도의 의미와 기능을 해설한 책이다. 이 책에는 진한대 유가 학자들이 체계적으로 정리한 예악 문화의 철학관이 구현되어 있으며, 대일통 제국의 군주 전제 정치 체제에 적합한 윤리적 가치체계를 세우려는 노력이 잘 반영되어 있다.

『예기』는 전국 시기의 음양오행 사상을 흡수하여 천문, 지리, 자연 현상 및 인류의 관계를 서로 비교함으로써 예악의 정신이 "천도天道에 통달하고 인정人情에 순응하는 것"임을 논증했다. 아비는 자애롭고 자식은 효도하며, 형은 어질고 아우는 공손하며, 남편은 의롭고 아내는 순종하며, 어른은 은혜롭고 아이는 순응하며, 임금은 인자하고 신하는 충성한다父慈, 子孝, 兄良, 弟弟, 夫義, 婦聽, 長惠, 幼順, 君仁, 臣忠의 10대 윤리 규범을 포함하고 있는 예악은 인간의 욕망을 절제하게 함으로써 사회 질서에 적응시키려는 목적을 합리적으로 만족시켰다. 이러한 윤리 규범은 천도와 인도의 통일이다. 『예기』는 또한 수신, 제가, 치국, 평천하의 사회적 통치 모델을 제시하고 있다. 이 모델의 출발점을 인간의 윤리적 수양에 두고 격물, 치지, 성의, 정심과 같은 수양의 층위를 구획하여 유가의 여러 이론을 체계적인 도덕 인지 학설로 정합하였다.『예기』는 순자의 사상을 발전시켜 도덕 교화의 측면에서 음악의 기능을 깊이 논의하였다.

〈그림 1〉
이무상속(以舞相屬) 화상석. 한대의 연회에서 일종의 의례 성질을 띤 사교춤을 표현하고 있다. '이무상속'은 연회나 의례에서 주인의 주도로 손님이 응대하는 방식의 사교적인 춤을 일컫는다.

『예기』라는 단계를 거치면서 예악 문명은 그 이론적 해석 체계를 가지게 되었다. 이 체계는 천도天道의 본체와 인성의 근원에서 시작하여 정법政法 제도, 도덕 규범, 인지 형식 및 미감의 전형에 이르기까지 예악의 정신이 일이관지할 수 있게 정리했다. 선진 시기의 이성적, 인본주의적 예악 문명 해석과 비교했을 때, 한대에 숭상한 예악은 화려하고 위풍당당했으며 웅장하게 펼쳐졌다. 방대한 구조와 번잡한 내용, 독특한 그 풍격은 제국에 대한 믿음과 미래에 대한 희망을 보여주었다. 예악 문명은 이미 형체만 남은 과거의 유산이 아닌 통치자의 의지를 구현한 시대적 종교로 전환되어 있었다. 한무제는 천하를 평정하고 문무겸치文武兼治를 하면서 제자백가를 축출하고 여러 사상 중 유가만을 숭상하는 정책罷黜百家, 獨尊儒術을 펼쳤다. 그는 역사의 망령을 이용하여 시대에 걸맞은 드라마를 연출한 것이다. 제자백가는 동등한 지위에서 유가에 맞설 수 없게 되었다. 그러나 군주 전제 통치에 유리한 사상은 모두 동중서董仲舒 및 그 후학들이 발전시킨 유가의 경학 속에 포괄되었다. 이들은 모든 사상을 망라하고 제자백가를 혼합하여 더욱 발전시킴으로써 경학의 사상을 극한까지 확장하기 시작했다. 예악 문명은 경학의 형식으로 발전하면서 명실상부한 관방의 종교가 되어 봉건 제국에 적합한 완벽한 가치체계를 수립했다. 전한 말 왕망王莽은 왕위를 찬탈하여 국호를 신新으로 바꾼 후 크게 경학을 일으킴으로써 경학에서 새로운 정권 모델을 도출하려 시도했다. 그는 조악하게 주례周禮를 모방하여 명당明堂, 벽옹辟雍, 영대靈臺를 세우고, 다섯 등급의 작위를 부여하여 행정 구역 및 관원의 등급을 구획했으며, 전국의 토지를 모두 정전제를 본뜬 왕전王田으로 변경하는 등의 개혁을 단행했다. 왕망은 주나라의 예악 문명을 추앙한 것으로 보인다. 그러나 그는 제도의 모방에 얽매여 역사적 경과에 위배되는 정책을 펼침으로써 결국 시대의 흐름을 거스르는 결과를 가져왔다. 그의 '신정新政' 또한 역사에서 잠깐 스쳐 지나간 소란에 그치고 말았다.

요컨대 예악 문명은 원시 씨족의 예속과 주술적 의례 문화, 주나라의 예악 제도 등의 단계를 거치면서, 제도적인 측면에서는 쇠락의 길을 걷고 있었다. 그러나 선진 시기의 이성적 비판, 제자백가의 합류 등의 발전 과정을 거쳐 경학 형식으로 완성되면서 예악 문명은 독립적인 정신적 형태로 상존하게 되었다. 길고 긴 봉건 사회에서 예악 정신은 중화 민족의 경제, 정치, 윤리, 교육, 예술, 종교 및 일상생활 도처에 체현되어 중국인의 정신과 감정을 빚어내었다. 쇠락한 사회적 뼈대에서 문화적 영혼으로 탈변한 것이다.

3

정치 제도

옌부커

중국 역사에서 국가의 출현은 일반적으로 하^夏를 기점으로 본다. 부락 연맹의 수장인 우^禹의 사후에 아들 계^啟가 그 지위를 계승하고 반대자들을 물리치면서 수장의 선출 및 선양^{禪讓} 제도를 끝내고 왕위 세습제가 시작되었다. 이는 군사 민주제가 종식되고 국가가 탄생되었음을 알리는 사건이다. 형법, 군대 및 국가 기구는 하, 상, 주의 각 조대를 거치면서 꾸준히 완비되었다. 하나라의 '우형^{禹刑}'이나, 상나라에는 '삼백 가지의 형벌^{刑三百}'이 있었다는 말이 있는 것처럼 감옥이 출현했다. 주나라에는 형서^{刑書} 9편이 있었고, 오형^{五刑}이 3천 종류로 분류되어 있었다. 상나라와 주나라의 군대는 사^師[1]로 편제를 삼았으며, 그 외에 왕실 금위군도 있었다. 하나라의 관제는 그다지 분명하지 않다. 갑골문과 금문을 확인한 결과 상나라의 문관은 윤^尹, 재^宰, 소신^{小臣}, 복^卜, 사^史 등이 있고, 무관은 마^馬, 아^亞, 사^射, 위^衛 등이 있다. 주나라의 중앙 기구는 더욱 발달하여 경사^{卿士}, 사씨^{師氏}, 대사^{大師}, 윤씨^{尹氏} 및 사토^{司土}, 사공^{司工}, 사마^{司馬}의 삼유사^{三有事} 등이 있는데 이들 모두 중요한 관직이다.

하 왕조는 대체로 방국^{方國}[2], 즉 여러 지역의 부족이 공동으로 군주를 추대하는 방식으로 각지를 통치했다. 상 왕조는 천자의 도성 인근 지역인 왕기^{王畿} 이외에는 귀족과 방국의 수장을 후^侯, 백^伯으로 책봉했다. 주 왕조 초기에는 대규모로 제후국을 책봉하여 백성과 토지를 수여했다. 주공은 71개의 제후국을 세웠는데, 그중 주 왕조와 동성인 경우가

---

1) 『주례』(周禮·地官·小司徒)에 따르면 다음과 같다. 5인은 오(伍), 5오는 량(兩), 4량은 졸(卒), 5졸은 여(旅), 5여는 사(師), 5사는 군(軍)으로 편성되었다(五人為伍, 五伍為兩, 四兩為卒, 五卒為旅, 五旅為師, 五師為軍).
2) 혹은 방국 부락(方國部落)

53개이고 나머지는 인척이나 공신이었다. 제후는 천자에게 납공^{納貢}, 변방 방어, 종군^{從征}의 의무를 져야 했으며, 자신의 영지 안에서 토지와 백성을 경대부에게 하사할 수 있었다. 경대부는 모두 가신^{家臣}을 보유했다. 경대부, 가신은 모두 자기 주인에게 봉건적인 의무를 져야 했다. 위계적인 봉건 제도가 이에 따라 형성되었다. 각급 봉건 영주는 대를 이어 작위와 봉록을 독점했다. 적장자의 세습 특권을 중심에 두고, 적자, 별자, 대종, 소종에 따른 권익을 주요 내용으로 한 종법 제도 및 친족을 친애하는 것^{親親}과 존귀한 자를 존중하는 것^{尊尊}을 원칙으로 하는 예악 전통이 이러한 제도를 유지시켜 주었다.

춘추 전국 시대에 이르러 천자의 힘이 쇠약해지자 패권 경쟁에 나선 열국들은 앞다퉈 변법을 시행했다. 이에 따라 종법 봉건제가 해체되기 시작했으며, 관료제가 점차 발전해 갔다. 중앙에는 재상^相, 혹은 승상^{丞相}이 출현하여 문무백관의 수장이 되었다. 초나라에서는 영윤^{令尹}이라 불렀다. 무관의 수장은 장군^{將軍}이라 불렀다. 각국의 관직은 신구가 뒤섞여 나라마다 제각각이었다. 그러나 군현제와 봉록제^{俸祿制}가 봉건 책봉제를 대체했고, 어질고 능력 있는 인재를 선발하고 업무고과에 따른 승진과 강등 시스템이 종법 세습제를 대체했으며, 성문 법규가 예악 전통을 대체했기 때문에 관료들은 점차 전문적인 봉급 문관으로 변화하기 시작했다. 진시황이 중국을 통일(기원전 221년)한 후 중앙 집권적 관료 제국이라는 정치 체제가 정식으로 확립되었다.

진시황은 처음으로 황제^{皇帝}라는 명칭을 창시했고, 자신의 명^命을 제^制로, 자신의 령^令을 조^詔로 삼았으며 황제 자신을 칭할 때는 짐^朕이라 하기 시작했다. 그 권력과 권위는 하늘^天 혹은 천명^{天命}에서 오는 것으로 여겨졌으며, 입법, 사법, 행정의 권력 전체를 황제 자신에게 집중시켜 "천하의 일을 크기에 상관없이 모두 위에서 결정했다." 이와 동시에 조의^{朝議} 제도도 상존했는데, 군사 및 국정의 중요한 일은 곧바로 신하들의 의견을 청취한 후 황제가 최종적으로 결정했다.

중앙에서는 삼공구경제^{三公九卿制}를 시행했다. 삼공은 승상^{丞相}3), 태위^{太尉}4), 어사대부^{御史大夫}5)를 말한다. 승상은 문무백관을 총괄했고 태위는 군사를 관장했으며 어사대부는 승상을 보좌했다. 그 아래로 봉상^{奉常}, 정위^{廷尉}, 소부^{少府} 등 구경^{九卿}이 왕조의 정무와 황실 관련 업무를 나누어 주관했다. 그 외에 박사^{博士}가 자문과 고문의 책임을 맡았다. 천하는 36군

---

3) 즉 대사도(大司徒)
4) 즉, 대사마(大司馬)
5) 즉, 대사공(大司空)

으로 분할하였으며, 군에는 군수가 있다. 군 아래로 현이 있으며 현에는 현령이 있다. 최고 사법 기관은 정위이며, 지방은 군수와 현령이 행정과 사법을 겸하였다. 최고 감찰 기관은 어사부이며, 지방을 순시하는 관리를 감어사監御史라 칭하였고 군감郡監이 각 군에 상주하면서 감찰을 담당했다. 군대의 경우 평시에는 군위郡尉가 징집 및 훈련을 맡았고 장군이 통솔했으며, 변방에는 상주군이 있었다. 진나라의 관원은 모두 국가에서 정식으로 임명했으며 임용과 승진의 기준은 공로와 재능이었다. 추천에 책임을 져야 하는 법이 있어 추천받은 관원이 불량하면 천거한 자도 연좌로 같이 벌을 받았다.

진나라의 제도는 대체로 2천 년간 지속된 중화 제국 정치 체제의 기본 원칙과 구조가 되었다. 그러나 기나긴 역사의 와중에 각종 정치 제도는 거대한 변화를 겪었다.

1. 내각과 재상

중앙 관제 측면에서는 주로 전제 군주 및 군주를 보좌하는 관료 기구의 수장인 승상이 권력을 장악했으며, 정부 기구의 직능, 분업, 구조의 측면에서 상당한 진보가 있었다. 한나라 초기에는 진의 삼공구경 제도를 계승하였다. 그러나 한무제 이후로는 종종 대장군과 상서尙書 등이 '내조內朝'를 구성하여 승상의 권한을 나누었다. 후한 초에는 삼공이 태위太尉, 사도司徒, 사공司空으로 변화했다. 동시에 원래 소부少府 소속의 상서가 상서대尙書臺로 바뀌었고, 그 아래로 상서령令, 상서복야僕射 및 육조의 상서諸曹尙書, 시랑侍郎을 설치하여 사실상 중추적인 기구로 변화하였다. 이로써 삼공의 실제 권력은 크게 축소되어 황제가 마음대로 조종하기 편하게 되었다. 위나라 시기에는 상서령의 권력이 너무 막강하다고 판단한 황제가 별도로 중서성中書省을 설치하여 기밀을 관장하고 권력을 분산시키면서 상서성은 일개 집행 기관으로 축소되었다. 이후 여러 시기의 군주들이 의도적으로 시중侍中을 수장으로 하는 문하성門下省의 권력을 확대하였다. 북위의 문하성은 그 권세가 특히 막강하였다. 수당대에 이르러 중서성中書省, 문하성, 상서성尙書省의 분립이 정형화되었다. 중서성은 황제의 조서를 기초했고, 문하성은 심의했으며, 상서성은 집행의 책임을 맡았다. 이 삼성三省의 장관이 정사당政事堂6)에서 정책을 의결하여 재상의 직위를 담당했다. 황제는 종종 다른 관직의 자를 '동평장同平章事'7) 등의 명목으로 정사당에 들여 재상의 실권을 맡기

---

6) 이후 중서문하(中書門下)라고도 했다.

기도 했다. 상서성 아래로 이^吏, 호^戶, 예^禮, 병^兵, 형^刑, 공^工의 육부가 있으며 그 아래로 제사^{諸司}가 서무를 분장했다. 이런 식으로 체제가 완비되어 대대로 이어지게 되었다.

송대에는 중서성을 궁중에 설치했지만 동평장사가 재상으로 불렸으며, 부재상으로 보좌한 참지정사^{參知政事}가 집정^{執政}으로 불렸다. 이 밖에 군무를 담당한 추밀원^{樞密院}을 중서성과 함께 '2부^{二府}'로 칭했다. 또한 삼사사^{三司使}는 재정을 담당하여 계상^{計相}으로 불렸다. 이들을 합쳐 '2부 3사^{二府三司}'라 불렸으며, 서로 예속되지 않은 채 독립적으로 운영되었다. 재상의 권한은 셋으로 나뉘었다. 원대에는 다시 중서성이 정무를 총괄했으며, 추밀원이 군무를 담당했다.

명대 건국 초에는 승상을 중서성의 수장으로 삼았다. 명 태조는 1380년 왕권을 강화하고 재상의 권한을 억제하기 위해 중서성을 없애고 승상을 폐한 후 육부를 황제가 직속 관할하에 두었다. 또한 송의 제도를 모방하여 여러 전^殿과 각^閣8)의 대학사를 설치하여 정무 기구로 삼았으니, 이를 '내각^{內閣}'이라 칭했다. 명 성조^{成祖} 이후 내각의 권한이 점차 막강해지면서 대학사가 사실상 재상이 되었다. 이들을 보신^{輔臣}이라 불렸는데, 권한에 따라 수보^{首輔}, 차보^{次輔}, 군보^{群輔}로 구분하였다. 그러나 제도상으로는 내각이 육부를 이끌 수 없었으며, 직권은 단지 초안 작성^{票擬}에 머물렀으므로 재상의 권한은 상당히 제한적이라 할 수 있다. 청초에는 의정왕대신회의^{議政王大臣會議}9)를 정책 결정 기구로 삼았지만, 여전히 각 전각 대학사를 설치하여10) 정무를 보좌하게 하였다. 옹정^{雍正} 연간에 군사적 필요로 인해 군기처^{軍機處}를 설치했으며, 점차 "군사와 국가의 대계 중 장악하지 않은 것이 없다."라고 할 정도로 그 권한이 내각을 능가했다. 그러나 청나라가 끝날 때까지 군기처는 정식 국가 기구가 아니었으며, 독립적인 관청도 없었으므로 황제의 개인 비서 그룹에 불과하다고 볼 수 있다. 이런 식으로 군주 전제는 더욱 강화되었다.

---

7) 동중서문하평장사(同中書門下平章事)

8) 화개전(華蓋殿: 이후 중극전中極殿으로 개칭), 무영전(武英殿), 문화전(文華殿) 및 문연각(文淵閣), 동각(東閣) 등에 대학사를 설치했다.

9) 약칭 의정처(議政處)

10) 청나라 순치 15년에 중화전(中和殿), 보화전(保和殿), 문화전(文華殿), 무영전(武英殿) 및 문연각(文淵閣), 동각(東閣) 등에 대학사를 설치했다.

2. 감찰 및 사법 기구

행정 질서를 수호하고 법률을 관철하기 위해 왕조는 감찰과 사법 기구를 설치했다. 한대 이래로 감찰은 어사대御史臺의 책임이었다. 당대에는 어사대 아래에 대원臺院, 전원殿院, 찰원察院이 나뉘어 있었다. 명대에는 도찰원都察院으로 변경되었으며, 그 아래로 13도 감찰어사가 설치되어 있었다. 별도로 육과급사중六科給事中이 설치되어 전문적으로 육부를 감찰했다. 처음에는 독립 기구였으나 청대에는 도찰원으로 통합되었다. 어사는 천자의 문무백관 감찰을 대표하는 관직이며, 황제에게 직간하는 책무도 져야 했다. 따라서 아무 거리낌 없이 권력을 두려워하지 않는 태도가 어사가 갖춰야 할 풍모로 받아들여졌다. 송대에는 어사가 임명된 후 100일 이내에 아무런 상소도 올리지 않는 것을 어사대의 치욕으로 여겨 '욕대辱臺'라고 불렀다. 그러나 역대로 황제나 권력자를 거슬러 축출된 어사가 적지 않다.

최고 사법 기구의 경우, 한대에는 진을 이어 정위부廷尉府를 두었으나 후에 대리시大理寺[11]로 개칭하기도 했다. 상서대尙書臺는 행정의 중심이 된 후 결국 권력을 나눠야 했다. 수당 이래로 상서성의 형부는 대리시와 공동으로 사법을 담당했다. 쟁송 안건을 대리시에서 심판하고 형부에서 재심하는 식이었다. 이에 더하여 어사대까지 셋을 합하여 삼사三司라고 불렀는데, 중요한 안건은 삼사가 공동으로 처리했다. 원대에 대리시를 폐지했다가 명대에 복원되었다. 그러나 형부가 심판하고 대리시는 재심하는 방식으로 변경되었다. 명청 시기에는 삼사가 합의하는 제도가 계속 유지되었다.

중국 법제의 특징은 다음과 같다. 각종 법전은 행정법과 형법을 주요 내용으로 한다. 권리 개념 및 그것의 보장은 특히 취약하다. 황제나 권력자는 종종 초법적으로 행동함으로써 법전을 유명무실하게 만들곤 했다. 유가 도덕이 법률의 제정 및 시행에 지배적인 영향력을 행사하고 있었다.

3. 교육 기관

유교 및 유가 사대부의 정치적으로 특수한 효용 때문에 문화 교육적 성질의 관청이나

---

11) 대리사

관원이 중요한 지위를 점유했다. 한대에는 오경박사博士를 설치하고 제자를 가르치기 위해 태학太學을 설립했다. 이는 유가 관료의 양성에 중요한 장소였다. 후한 시기에 태학생은 3만 명에 이를 정도로 많아졌다. 또한 태자를 교육하기 위해 태부太傅나 소부少傅를 두어 유가 교육을 담당시켰다. 위진남북조에서는 비서성秘書省을 두어 국가의 주요 저술과 전적을 담당시켰으며, 태학 이외에 별도로 국자학國子學을 개설하여 (5품 이상의) 귀족 자제들을 교육했다. 당 이후의 여러 왕조에서는 중앙의 국자감國子監과 지방 주현州縣의 각급 학교에서 과거에 응시할 인재를 양성했다. 당대에는 학사원學士院에서 황제의 조령을 기초했으며, 송대에는 이를 한림학사원翰林學士院이라 했다. 송대에는 학사學士 명의의 관직을 광범위하게 설치했는데 그 자질과 명망이 지극히 높았다. 또한 경연강관經筵講官으로 시독학사侍讀學士와 시강학사侍講學士를 두어 황제에게 경전과 역사서를 강연하도록 하였다. 명청 시기에는 한림원翰林院에서 역사 편찬, 저작, 도서 등을 관장했는데, 그 위세와 명망이 지극히 청아했다. 예부禮部 또한 의례, 제향祭享, 공거貢擧 등 중요한 문화 업무를 관리하는 기관이다. 이러한 기구는 유가 이데올로기의 전파, 제국의 정치 문화적 전통 수호 및 인재 양성 등에 거대하고 독특한 역할을 했으며, 종종 정치에 직접적인 영향을 주기도 했다. 예를 들어 한대의 박사는 조의朝議에 참여할 수 있었으며, 한나라 말기의 태학은 정치 투쟁의 중심이 되기도 했다. 당의 한림학사는 기밀 업무에 관여할 수 있어 '내상內相'이라 불렸다. 송대의 전각 대학사는 명대까지 내각을 형성했다. 청대의 한림원은 조정 대신을 배출하는 주요한 원천이었다.

4. 환관

환관 제도 및 황제가 전제 집권을 강화하기 위해 중용한 심복 환관이 초래한 환관의 전횡 또한 주의할 만하다. 환관은 상나라, 주나라 시기에 출현했으며, 진나라의 이세황제秦二世 때 이미 환관 조고趙高의 전횡이 극심했다. 중상시中常侍, 소황문小黃門 등 후한 말 환관들은 외척과 함께 거듭 조정의 권력을 좌지우지하여 정치를 어지럽히고 백성들에게 화를 미치게 했다. 이들은 사대부들의 격렬한 반대에 직면하자 그들을 종신금고의 형으로 탄압한 당고黨錮의 화를 일으키기도 했다. 당대 중후반의 환관은 밖으로 감군監軍으로 임명되어 지휘관과 권한을 나누었고 안으로는 금군禁軍을 감독했으며, 추밀사樞密使, 선휘사宣徽使

와 함께 기밀의 처리를 나누었다. '북사^{北司}'라고 불리던 그들의 권력은 황제를 폐위시키고 재상의 관청인 '남아^{南衙}'와 대립 관계를 형성할 정도로 막강했다. 명대에는 환관 기구가 방대해져 24개 부서로 나뉘어 있었다. 그중 사례감^{司禮監}의 권세가 가장 강력했다. 황제가 신하들의 문서에 붉은 글씨로 비준 표시를 하던 비홍^{批紅}을 대리할 권한도 가지고 있었으니, 전성기 때의 그 권력은 내각을 압도할 정도였다. 환관은 또한 동창^{東廠}, 서창^{西廠}, 내행창^{內行廠} 같은 특무기관을 장악하여 반대파를 잔혹하게 진압했다. 명말의 동림당^{東林黨}은 환관 위충현^{魏忠賢}에 반대하다 상당수가 죽거나 박해를 받았다. 청대에 이르러 24개 부서를 폐지하고 환관의 업무를 내무부^{內務府} 산하로 예속시켰으며, 주장^{奏章}의 열람이나 비홍에 환관을 배제하는 등의 조치를 통해 환관의 폐단을 개혁하기 시작했다.

5. 지방 행정

지방 행정 제도 부문에서는 각급 행정 조직의 완비 및 중앙 집권과 지방 분권, 지방 할거의 모순 등의 문제가 주요 쟁점이다. 전한대에는 진의 군현제를 계승하는 한편 일부 동성 및 이성^{異姓}의 제후국을 분봉했다. 이들은 간혹 중앙에 반란을 일으키기도 했으므로, 왕조는 진압과 동시에 그들의 봉토와 권력을 대대적으로 삭탈할 수밖에 없었다. 한무제는 지방에 대한 통제를 강화하기 위해 전국을 13주^{十三州}로 나누고 자사^{刺史}를 파견하여 감독하게 했는데, 그 품계를 군수^{郡守} 아래에 두어 아래가 위를 통제하는 효과를 취했다. 이후 주^州의 권력이 확대되면서 행정 단위를 형성했다. 주와 군^郡의 장관은 지방 행정, 사법, 재정 및 군사권까지 독점했다. 위진남북조의 지방 단위는 여전히 주, 군, 현^縣의 세 등급이었다. 거기에 상설 사지절^{使持節}[12]을 두어 지방의 군정을 통솔하게 했다. 이들의 담당 지역은 하나의 주, 여러 주, 혹은 여러 군 등 일정하지 않았지만, 하나의 군정 단위를 형성했다. 남조의 동진^{東晉} 조정은 강남으로 함께 내려온 북방의 명문 세가 및 그들의 군대^{部曲}를 위해 원적지인 북방의 지명을 그대로 부여한 교주군현^{僑州郡縣}이라는 이 시기 특유의 지방 행정 단위를 만들기도 했다.

당대의 지방 단위는 주와 현의 두 등급으로 구성되는데, 이후 천하를 10개의 도^道로 감찰구^{監察區}를 나누었으며 추후에 15개 도로 증가하였다. 당 현종^{玄宗}은 변경 지역에 절도사

---

12) 혹은 지절(持節), 가절(假節)

節度使를 배치했는데, (안사의 난 이후) 내지로 확대되어 지방의 군, 민, 재정 일체를 장악했다. 이들은 점차 군대를 사유화하고 직위를 세습하면서 조정의 명을 따르지 않는 지방 할거 세력인 번진藩鎭으로 발전하여 당 왕조의 쇠망을 초래하는 원인이 되기도 했다.

송대에는 주州와 부府 이상의 행정 단위를 로路라 했는데, 북송 말에는 전국이 총 26로로 구분하였다. 각 지방은 전운사轉運使가 재정을 관장하고, 안무사安撫使는 군사, 제점형옥공사提點刑獄公事는 사법, 제거상평공사提擧常平公事는 소금이나 차 등의 창고를 각각 담당했으며, 각각 조사漕司, 수사帥司, 헌사憲司, 창사倉司라고 칭해졌다. 이처럼 지방 권력은 서로 예속 관계가 아닌 네 단위로 나뉘어 독립적으로 운영되었다. 주의 장관은 지주知州였지만 조정에서 통판通判을 파견하여 권력을 제한함으로써 지방할거의 경향을 억제하고 중앙 집권을 강화했다.

원대의 지방 최고 행정 단위는 행중서성行中書省[13])이었다. 명대에도 그대로 계승하여 전국을 13성省으로 나눴다. 그러나 정식 명칭은 승선포정사사承宣布政使司[14])였으며 민정을 관장했다. 각 성에는 사법을 관장하는 제형안찰사사提刑按察使司[15]), 군무를 관장하는 도지휘사사都指揮使司[16])가 있어, 이 셋을 합하여 삼사三司라 칭했다. 청대에는 성이 17개로 증가하였으며, 북경 지역을 직례直隸로 하면서 이까지 합하여 18행성이라 칭했다.[17] 행정 기구는 포정사布政司와 안찰사按察司만 남겼다. 명대에는 상황에 따라 특정 지역에 총독總督과 순무巡撫를 배치했는데, 그들의 관할 구역은 크기가 일정하지 않았다. 청대에는 8인의 총독이 15개 행성을 통솔했는데 주로 군정을 담당했으며, 16개 행성에 순무 1인을 배치하여 민정을 총괄했다(총독과 순무는 관할 지역이 겹치거나 직권이 서로 겹치는 경우가 많았는데, 서로 중앙의 지시를 잘 이행하는지 감독하고 견제했다). 명청 시기의 성 아래에는 도道가 있었다. 도는 종류가 다양하여, 지역이나 직능에 따라 설치되었으며 관할구역이 중복되는 경우도 있었지만 직무는 조리있게 정해져 있었다. 이 제도는 명청 시기 특유의 것으로 이전에는 없었다.

---

13) 약칭 행성(行省) 혹은 성(省)
14) 약칭 포정사(布政使)
15) 안찰사(按察使)
16) 약칭 도사(都司)
17) 일부 보충하자면, 청대는 명대의 남북 2경과 13성을 그대로 계승하되, 북경 지역의 북직례(北直隸)를 직례성(直隸省: 현재 하북성河北省)으로, 남경 지역의 남직례(南直隸)를 강남성(江南省)으로 개편했다. 또한 호광성(湖廣省)을 호북성(湖北), 호남성(湖南)으로 분리하고, 강남성(江南省)을 다시 강소성(江蘇), 안휘성(安徽)으로 분리했으며, 섬서성(陝西省)을 섬서성(陝西省)과 감숙성(甘肅省)으로 분리했다. 이러한 개편의 결과 한지18성(漢地十八省)의 구조가 완성되었다. 원래 한지에만 행성제를 실시했고, 동북이나 신강 지역은 군부제(軍府制), 몽골 지역은 맹기제(盟旗制), 서장(티베트)은 종(宗) 등 별도의 행정단위를 사용했다. 이후 광서 연간에 동북 3성과 신강이 행성제로 편입되었다.

6. 군사 제도

군사 제도는 조대에 따라 변화가 아주 크다. 전한은 병역제를 주로 하여 성년 남성은 모두 2년간 병역을 복무해야 했다. 군대로는 남군南軍, 북군北軍, 팔교위八校尉 및 우림羽林, 기문期門 등이 있다. 후한 시기에는 군국군郡國兵을 폐지하고 직업 군대를 위주로 했다. 위진 남북조에는 사가제士家制가 있는데, 일종의 대를 이어 병역에 종사하는 직업 군인 가문을 말한다. 이와 동시에 징병이나 모병을 하기도 했다. 서위西魏 시기에 창안한 병농합일兵農合一의 부병제府兵制는 수당 시기까지 유지되었다. 부병府兵은 평시에는 농사를 짓되 납세를 하지 않는 대신 징발에 응할 때 병기와 군량을 스스로 준비해야 한다. 당대에는 634개의 군부軍府를 설치했는데, 각각 800~1,200명 정도의 부병을 보유했으며 중앙의 12위十二衛에 나뉘어 소속되었다. 당 현종 이후 이 제도가 쇠퇴하면서 모병제로 바꾸었다.

송대는 모병 위주였으며, 금군禁軍, 상군廂軍, 향군鄕軍, 번병蕃兵으로 구성되었다. 주력은 금군인데, 중앙의 전전사殿前司 등 '삼아三衙'에 나뉘어 소속되었다. 삼아는 출병 권한이 있는 추밀원과 병권을 공유했다. 금군은 또한 경수법更戍法을 행했는데, 기한에 따라 위수 지역을 변경함으로써 병사가 특정 지휘관에 예속되거나 장수가 특정 병사를 독점할 수 없게 했다. 명대에는 부병제를 개편한 위소제衛所制가 사용되었다. 대체로 5,600인이 하나의 위衛를 구성했으며, 그 아래로 천호소千戸所18)와 백호소百戸所19)가 있었다. 군사의 신분은 세습되었는데, 대부분은 둔전屯田의 경작을 담당했고 일부가 수비군으로 주둔하여 식량을 자급자족할 수 있게 했다. 명 태조는 천하에 329개의 위衛를 설치했는데, 각 성의 도지휘사사都指揮使司에 예속시켰으며, 이들 모두를 중앙의 오군도독부五軍都督府가 통솔하되 전시에는 임시로 총병관總兵官을 임명했다. 오군도독부, 병부兵部, 총병관 등은 모두 병권을 독점할 수 없었다. 명 중기 이후로 위소제가 약화되면서 모병제로 개편되었다.

당, 송, 명대의 군대 배치는 내부를 강화하고 외부를 가볍게 한다는 원칙에 따라 수도 방어에 병력을 집중했다. 외환보다 내우를 중요하게 취급한 것이다. 또한 모두 감군監軍 제도를 만들어 군을 감독했다. 당대는 환관을 감군으로 파견했으며, 명대는 어사를 파견하는 경우가 많아 이를 감군어사監軍御史라고 했다. 송대와 명대는 문을 중시하고 무를 경시하는 풍조가 만연하여 무인들의 권력은 상당한 제한을 받았다.

---

18) 1,120인
19) 112인

청대의 군대 제도는 만주족으로 한족을 억제하는 것을 골자로 팔기군^{八旗軍}과 녹영군^{綠營}

軍을 분리하여 편성했다. 주로 만주족으로 구성된 팔기군은 요지에 주둔했으며 장비나 대우 면에서 한인으로 구성된 녹영군에 비해 월등히 좋았다. 녹영군의 요직 또한 만주인이 담당했다.

7. 관리 선발 제도

중국 고대의 관리 선발 제도는 천거에서 과거^{科擧}로의 변화가 주요 방향이었다. 한대에는 찰거^{察擧} 및 징벽제^{徵辟制}20)를 시행했다. 백석^石21) 이하의 하급 관료를 상관이 자의로 임용^{辟除}할 수 있었으며, 자사^{刺史}, 군수^{郡守} 등은 수재^{秀才}, 효렴^{孝廉}, 현량^{賢良}, 방정^{方正} 등의 명목으로 인재를 중앙으로 추천할 수 있었다. 부정기적으로 뽑는 현량과 방정22)은 대책^{對策}23)을 잘 작성하는지를 시험한 후 등용시켰지만, 매년 정기적으로 인재를 천거하던 세거^{歲擧}를 통한 수재와 효렴은24) 시험을 보지 않았다. 후한 순제^{順帝}에서 서진 무제^{武帝} 연간에는 효렴과 수재의 선발에도 시험을 도입하여, 시경^{試經}, 대책 등 과목에 합격해야 관리가 될 수 있었다. 남조 시기에는 (과거 과목 중) 명경과^{明經科}가 효렴의 지위를 대체했다. 수당대가 되면 상관의 추천이 불필요한 과거제로 바뀌어, 진사과^{進士科}가 수재를 대체했다. 천거에서 과거로 변화한 것이다.

당대의 과거 과목은 잡다한데 진사과와 명경과가 위주였다. 응시자는 각급 학교의 학생인 생원^{生員}25)과 학교를 거치지 않고 자유롭게 응시하는 향공^{鄕貢}으로 나뉘었다. 송대에는 과목이 진사과로 집중된다. 명청 시대의 과거는 팔고문^{八股文} 작성이 위주였으며, 응시자는 모두 각급 학교의 생원이었다. 수도와 각 성도에서 3년마다 실시하는 향시^{鄕試}에 합격하면 거인^{擧人}이 되고, 다음 해 수도의 예부^{禮部}에서 시행하는 회시^{會試}에 합격하면 진사^進

士가 된다.26) 진사는 황제가 주관하는 전시^{殿試}에서 삼갑^{三甲}에 들면 예부를 거쳐 임용된다.

---

20) 찰거는 인재를 중앙에 추천하는 방식이고, 징벽은 황제나 지방 장관이 직접 초빙하는 방식이다.

21) 석(石)은 봉록 단위로 관료의 품계를 나타냈다. 만석에서 백석까지의 관원이 하나의 분류로 묶일 수 있고, 그 아래로 두식(斗食)이라 불리는 말단직이 있다.

22) 현량은 재능이 특출난 사람이고, 방정은 덕행이 방정한 사람인데, 찰거의 과목으로는 이 둘을 합쳐 현량방정(賢良方正) 혹은 현량문학(賢良文學)이라 불렀다.

23) 치국의 책략에 대한 황제의 질문인 '책문(策問)'에 대해 응시자가 자신의 의견을 대답하는 것이 '대책'이다.

24) 천거 방식 등에 따라 시기별로 다르지만, 전한 말경에는 주에서 천거한 수재, 군에서 천거한 효렴으로 정착된다.

25) 혹은 생도(生徒)

이처럼 문화 지식에 대한 시험으로 관원을 임용하는 제도는 공적제功績制의 원칙을 구현했으며, 사회적 유동을 촉진하는 거대한 역사적 성취였다. 당시뿐 아니라 오늘날까지 많은 사람이 그 병폐를 꼬집고 있지만, 이는 사회 제도의 구조 전체와 관련된 것이지 과거제 자체의 문제는 아니었다.

역대로 관료의 특권을 보장하는 관리 선발제도가 있었다. 한대에는 임자任子 제도가 있어, 2천 석(군수급) 이상의 관료는 자제 중 1인을 낭郎으로 임용시킬 수 있었다. 위진남북조에서는 구품중정제九品中正制27)가 있었다. 중정中正으로 추천받은 자가 하하下下에서 상상上上까지의 아홉 등급九品으로 사대부의 덕성과 재능을 품평하면 이부에서 이를 근거로 관직에 임용했다. 그러나 사족士族이 지배적 지위를 점하던 시기였으므로, 실제 품평 기준은 가문이었다. 즉, 상품上品으로 평가되는 자들은 대체로 사족 문벌이었다. 당대에는 문음門蔭 제도가 있어 고관 자제들이 부친의 품계 덕으로 임관 자격을 획득할 수 있었다. 송대에는 은음恩蔭 제도가 있었는데, 지나치게 남발하여 걸핏하면 단번에 수천 명이 은음으로 선발되곤 했다. 명청 시기의 음생蔭生은 일정한 품계의 관료 자제가 시험 없이 국자감에 입학하여 벼슬길에 들 수 있도록 한 제도이다.

매관매직 또한 제도화되기도 했다. 진한 시기에는 납속納粟으로 작위를 수여하는 제도가 있었으며, 한대에도 노비, 양, 재물 따위로 낭郎에 임용하는 법이 있었다. 명청대의 연감捐監은 재물로 국자감 출신이라는 신분을 살 수 있었다. 청대의 연납捐納 제도로 도원道員28)까지도 살 수 있었으며, 이런 식으로 관료가 된 자를 연반捐班이라 불렀다. 관직이 상품으로 변한 셈이다.

---

26) 회시에 합격하면 공사(貢士)가 되고, 공사가 전시에 참가하면 진사가 된다. 전시에서 1갑은 장원(狀元), 방안(榜眼), 탐화(探花) 순이며 이들을 '진사급제(進士及第)'라고 하며, 2갑은 진사출신(進士出身), 3갑은 동진사출신(同進士出身)이라 한다. 그러나 낙제가 없어 전시에 참가할 자격이 있는 공사는 모두 진사가 된다.

27) 혹은 구품관인법(九品官人法)

28) 4품 관료. 건륭 연간 기준, 가격은 은 16,400냥이었다.

8. 평가제도

고과考課 제도는 선진 시기에 이미 시작되었지만, 시대의 변화에 발맞춰 점점 완비되어 갔다. 한대에는 상관이 부하를 평가하는데, 매년 한 차례 소고小考를 하고 3년에 한 차례 대고大考를 했다. 지방郡國의 회계 담당관이 매년 중앙으로 가서 보고해야 했으며, 승상이 총괄하여 뛰어난 자는 상을 내리거나 품계를 높였으며 열등한 자는 강등하거나 면직시켰다. 당대의 고과 제도는 더욱 엄밀해졌다. 이부의 고공낭중考功郎中이 주관하여 점수로 평가하는 법을 도입했는데, '4선 27최四善二十七最'29)에 근거하여 관원을 9등급으로 평가했다. 송대에는 심관원審官院에서 경조관京朝官을 평가했고, 고과원考課院에서 막직幕職과 주현州縣의 관리를 평가했다. 명대의 고과는 고만考滿과 고찰考察로 구분된다. 관원은 3년에 한 차례, 9년에 세 차례의 평가를 한 등급으로 관원의 강등과 승진을 결정하는 것을 '고만'이라고 했다. 경관京官을 6년마다 한 번 평가하던 경찰京察과 지방관外官을 3년에 한 번 평가하던 외찰外察을 합하여 '고찰'이라 했다. 이 제도는 아주 엄밀했다. 청대에는 경관京官에 대한 평가는 경찰京察이라 했고, 지방관에 대한 평가는 대계大計라 했다. 역대의 고과 제도는 왕조 초기에는 상당히 효과적으로 작용했지만, 중기 이후로는 점차 부패해져 형식적으로 치닫는 경우가 많았다.

9. 관원의 등급

관원의 등급은 엄격하게 규정되어 질秩, 품品, 계階, 훈勳 등의 명목으로 구성되어 있다. 한대는 봉록으로 받는 석石의 합계를 질秩이라 했으며, 이것으로 관료의 등급을 정하였다. 예를 들어 만석, 이천석, 육백석 등으로 구분되었다. 위진 시기에는 별도로 9품九品을 설정하여 관직의 고하를 구별하였다. 북위에서는 품品을 정正과 종從으로 나누고, 4품 이하는 정, 종 아래에 다시 상하의 등급을 구분하여 총 30등급으로 나누었다. 당송 시기는 이와 비슷한데, 수나라에서 원, 명, 청대에는 9품 및 정, 종의 18등급으로 간소화하였다. 계관階官은 관료의 신분 등급을 확정하는 것으로, 당대의 문산관30)은 29등급, 무산관은 45

---

29) 관원의 공덕을 덕의, 청렴, 공평, 근면의 4항목으로 평가했으며(四善), 이에 더하여 관원의 업무성과를 평가하는 27항의 원칙(二十七最)을 합쳐 '1최 4선(一最四善)'의 상상(上上), '1최 3선(一最三善)'의 상중(上中) 순으로 하하(下下)까지 이어지는 9등급으로 종합하여 평가했다.

등급이었다. 명청대의 계관은 18등급이라 품品과 대체로 일치했다. 훈관勳官은 공로를 보상하고 이력을 높여주는 명예직이다. 당의 훈관은 상주국上柱國 이하로 12등급이 있었고, 명대에는 문훈文勳 10등급, 무훈武勳 12등급이 있었다. 청대에 폐지하였다. 이 밖에 작爵이 있는데, 이는 주대 분봉제의 유산이다. 한대의 작위는 사실상 왕王과 후侯의 2등급만 있어 주대의 제후에 견줄 수 있었다. 역대의 작위나 작호는 조금씩 다르지만, 일반적으로 황제와 동성인 경우는 왕에 봉하고, 이성인 경우는 공公, 후侯, 백伯, 자子, 남男으로만 봉했다. 원칙상 작위를 받은 자는 봉토나 식읍食邑을 소유했지만, 후대로 오면서 대체로 이름만 남게 되었다.

중앙 집권적 전제 군주 및 직업 관료로 구성된 상당히 긴 시간을 거치며 비교적 유효하게 중국이라는 소농 경제 사회에 안전과 질서, 조정과 관리를 제공할 수 있는 시스템으로 정착되었다. 그러나 그 내재적 폐단으로 인해 이 시스템은 주기적으로 해체를 겪곤했다. 특히 군주와 관료로 구성된 통치 계급은 잔혹한 정치적 억압과 경제적 약탈이라는 무거운 대가를 사회가 짊어지게 했다. 공업과 현대 문명으로 인해 이전의 사회적 배경이 변화하기 시작함에 따라 제국의 정치 시스템 또한 뿌리까지 변할 수밖에 없게 되었을 때, 현대적 정치 시스템은 힘겹고도 완만한 변화의 발걸음을 뗄 수 있었다.

---

30) 산관(散官)은 고정된 직무 없이 이름만 있는 관리이다.

4

윤리 교화

선산훙(沈善洪), 허쥐안(何雋)

중국의 전통문화에서 윤리 관념은 특히 중요한 지위에 있으며, 그중에서도 유가의 윤리 관념이 주도적 위치를 점하고 있다. 따라서 어떤 의미에서는 유가의 윤리 관념이 바로 중국인의 윤리 관념이라고 말할 수 있다. 이러한 윤리 관념을 올바른 정치와 교육적 감화로 세속의 생활에 관철하는 것이 윤리 교화이다.

유가의 윤리 학설은 춘추 전국 시기에 형성되어 전한 중엽에 지배적인 이데올로기로 올라섰으며, 여러 교화 수단을 사용함으로써 사회 각 계층이 자신도 모르게 감화되어갔다. 중국 사회가 발전함에 따라 부단히 강화되다가 송대에 하나의 완성된 체계를 구축한 이 윤리 관념은 중국의 전통문화 및 민족성에 깊은 영향을 남겼다.

유가의 주요 윤리 관념은 인, 의, 예, 지이다. 이 중에서 인仁이 근본적인 관념이다. 인은 여러 함의가 있는데, 개인의 수양 측면에서는 겸허와 신중함 및 성실하고 꿋꿋함을 사람들에게 요구한다. 인간관계의 측면에서는 타인의 권익을 존중하고 고려할 것을 요구한다. 자신이 원하는 것을 다른 사람도 이룰 수 있기를 바라고, 자기가 싫어하는 일을 다른 사람에게 강요하지 않는 것, 즉 한마디로 인이란 "남을 사랑하는 것愛人"이다. 그런데 남을 사랑하려면 먼저 자기 가족을 사랑한 뒤 그것을 다른 사람에까지 확장해야 한다. 사람과 사회의 관계 측면에서는 '극기복례克己復禮', 즉 자신을 극복하고 사회적 규범에 복종하는 것이 요구된다.

유가에서 말하는 의義는 인의 길에 이르는 것, 즉 인을 실천하기 위해 규정한 행동의 구체적 준칙이다. 예禮는 인에 이르기 위해 갖춰야 할 지혜와 지시이다. 인, 의, 예, 지의 네

〈그림1〉
이십사효(二十四孝) 중 일곱 번째인 '한문상약(漢文嘗藥)'. 한나라 효문제(孝文帝)는 3년간 모친의 병시중을 들며 탕약을 직접 시음하는 정성을 들였다.

가지는 유가의 주요한 윤리 관념이며, 유가가 요구하는 도덕적 행위의 규범이기도 하다. 그런데 도덕적 행위가 되기 위해서는 더욱 명확한 지침이 필요하다. 따라서 윤리 교화에서는 인의예지보다 충忠, 효孝, 절節, 의義를 더욱 소리 높여 외친다. 이 둘의 함의는 기본적으로 일치하는데, 다만 후자가 더욱 명확하고 사회 구성원이 따르기 쉽기 때문에 주요한 도덕 행위의 규범으로 널리 알려졌다.

충효절의의 함의는 역사적으로 여러 해석이 있으며, 시대별 및 사회 계층별 필요에 따라 속에 담긴 내용이 달랐다. 전체적으로 봤을 때 전통문화 및 국민성에 비교적 큰 영향을 준 것은 아래 몇 가지 측면이다. 원래 충忠은 속임 없이 성실하다는 의미인데, 도덕적 함의 측면에서는 개인이 국가 민족이나 정권의 대표자인 군주와 맺는 관계를 가리킨다. 그 구체적인 내용은 군주, 종묘사직, 민족 등에 충성하는 것이다. 군주에 대한 충성과 종묘사직이나 민족에 대한 충성은 대부분의 상황에서 서로 일치한다. 이 양자가 충돌하게 되었을 경우 식견 있는 선비들은 종종 후자를 택하곤 했다.

효孝는 종족과 가정의 윤리인데, 구체적으로 말하자면 아들이나 동생이 부친이나 형장을 존경과 사랑으로 대할 것을 요구하는 덕목이다. 전통적 윤리 교화에서 아랫사람은 절대적으로 윗사람의 뜻에 따르고 종족과 가정에서 대대로 내려오는 가규에 따라 움직일 것을 요구받는다.

절節은 개인의 도덕 수양인데, 변하지 않고 원칙을 견지하는 것을 가리킨다. 절개의 교화에서 드높이는 것은 주로 다음 네 가지이다. 첫째, 민족적 절개이다. 국가와 민족을 위해 목숨을 바치는 영웅을 칭송하고, 적에게 투항하여 변절하는 반역자는 규탄한다. 둘째, 자신의 이상과 신념을 견지하고 세속의 혼탁함에 물들지 않는 군자를 찬양하고, 시류를 좇아 자기 몸을 팔고 부귀영화를 추구하는 후안무치한 소인을 규탄한다. 셋째, 군신의 절개이다. 주군이 목숨을 원하면 신하는 죽음을 불사하겠다는 식의 맹목적 복종을 선양한다. 넷째, 부녀자의 절개이다. 평생 한 남편만을 섬길 것을 요구하여 과부가 재가

하는 것을 반대하거나, 심지어 "굶어 죽는 일은 작은 일이요, 정절을 잃는 것은 큰일이다."라는 태도를 칭송한다.

충효절의가 함께 사용될 때 의義가 가리키는 것은 사람 간의 교제에서 요구되는 도덕적 규범이다. 일단 친교를 맺고 나면 좋은 일과 궂은일을 함께 헤치며 죽을 때까지 변치 말 것을 요구한다. 흔히 통속 소설에 자주 등장하는 복이 있으면 함께 누리고 화가 있으면 같이 맞서며, 같은 날 태어나지는 않았지만 같은 날 죽기를 바란다는 따위의 의리가 바로 이것이다.

위에서 살펴봤듯 윤리 교화의 주요 내용으로서의 충효절의는 민족 공동체의 안정과 발전 및 전통문화의 보존과 발양에 긍정적인 역할을 했다. 그러나 종법과 혈연의 위계를 영속화하고 개인의 개성과 창의성을 억압한다는 부정적인 영향도 무시할 수 없다.

그렇다면 윤리 교화는 어떤 식으로 진행되었을까? 우선 국가적 역량을 동원하여 상부 구조의 모든 영역이 도덕 법칙을 근거로 작동하게 만들고 도덕적 교화가 이데올로기의 모든 방면에 침투하도록 하였다. 그와 동시에 교육과 문학, 예술 등의 수단을 활용하여 윤리 교화를 전문적으로 수행하기도 했다.

윤리 교화를 부각하면, 우선 봉건 정치에 짙은 도덕적 색채를 칠할 수 있었다. 구체적으로 살펴보면, 가족과 국가를 연결하여 혈연관계와 신분적 위계 관계를 동일시하고, 국가를 가족과 동일한 구조로 움직이게 만들었다. 따라서 가정을 유지하거나 대인 관계를 유지할 때 사용되는 도덕 규범을 국가 제도로 확장하여 정치 제도의 윤리화에 이른 것이다. 정치 제도의 윤리화가 확립되자 국가 업무의 실행 과정에서 예의에 신경을 써야 했으며, 존비의 등급을 구현하여 국가 체제를 수호하고 천하 만백성에게 가르침을 내렸다. 다른 한편, 인사 시스템에도 '덕으로 관리를 선발함'을 표방했다. 한대의 찰거察擧나 효렴孝廉, 위진남북조 시기의 '구품중정九品中正' 같은 천거 시스템뿐 아니라 송대에 완비된 과거제에서도 '덕행'이 최우선의 고려 사항이었다. 게다가 과거제가 확립된 후에는 유가 경전이 시험의 주요 내용이 되었다. 따라서 정치 제도의 윤리화는 유가 윤리를 외재화하여 만들어 낸 제도 그 자체는 물론 예의와 인간관계 등을 통해 사회생활 곳곳에 관철되었다. 윤리 교화에는 가르침敎뿐 아니라 감화化도 필요하다. 대대적이고 지속적인 감성의 축적 속에 자신도 모르는 사이에 도덕적 자각을 하게 해야 했다. 따라서 윤리 교화는 교육과 예술을 직접적인 수단으로 삼았으며, 그중에서도 특히 아동 교육과 통속 예술에 역점을 두었다.

고대 중국의 교육에서는 언제나 덕육^{德育}을 최우선시했다. 심지어 지식 영역에서도 덕성에 관한 지식이 다른 모든 것을 압도하는 위상을 차지하고 있었다. 그래서 식견이 좁은 선비들은 심지어 자연계에 대한 지식은 있으나 마나 상관없는 것으로 치부하거나 과학 지식을 신기한 기교 정도로 폄하하곤 했다. 지식을 억압하는 이러한 경향은 두말할 것 없이 지극히 유해한 태도였다. 간간이 진보적인 사상가나 교육가가 맞서긴 했으나 언제나 덕육이 최우선시되었다. 이것만 봐도 고대 중국의 교육은 윤리 교화에 치중되었음을 알 수 있다.

중국은 대대로 아동 교육을 중시했다. 『예기』에 기재된 '보부의 가르침^{保傅之教}'이 바로 고대의 영유아 교육이었다. 훈몽 교재의 내용을 보면, 『성리자훈(性理字訓)』처럼 오롯이 윤리 교화를 목표로 편성된 교재는 말할 것도 없고 식자^{識字}나 생활상식 위주의 교재에서도 유가 사상과 윤리 관념이 중요한 위상을 차지하며 기저를 관통하고 있다. 가장 유명한 훈몽 교재 중에서 여러 성씨를 암송시키는 『백가성(百家姓)』을 제외한 『삼자경(三字經)』과 『천자문(千字文)』은 윤리 교화의 기능을 겸하고 있다.

문학 영역에서는 예로부터 '시언지^{詩言志}'와 '문이재도^{文以載道}'를 제창해 왔다. 문학이 도덕 윤리를 직접 선양하는 도구로 이용되어 온 것이다. 이는 물론 문학의 발전을 제한해 온 측면도 있겠지만, 다른 한편 즐거운 마음으로 문학을 감상하는 와중에 도덕적 이상이 길러지는 긍정적 기능이 있었던 것도 분명했다. 오락에 교육적 요소를 집어넣음으로써 통속 문학은 윤리 교화의 강력한 도구가 되었다. 화본^{話本}[1]이나 희곡^{戲曲}, 장회 소설 등에는 그야말로 '충효절의'의 가르침이 가득 차 있다. 문학은 온갖 계층의 사람들에게 유효하고 광범위하게 윤리 교화를 전파시키는 역할을 했다.

이 밖에도 윤리적 본보기를 통해 민중을 교화시키는 사회 교육도 간과할 수 없다. 이는 크게 네 가지 표현 형식으로 나타난다. 첫째, 황제는 군주이자 '성인'의 역할을 했다. 권력과 도덕이 한몸에 집약된 이 형상으로 인해 황제는 사회 전체의 도덕적 모범이자 윤리화된 정치 제도의 중요한 구성 요소가 되었다. 둘째, 덕이 있는 사람을 신과 결합하여 인간을 신격화하고, 신을 도덕화함으로써 민중을 감화시켰다. 충의를 대표하는 악비의 악왕묘^{岳王廟}와 관우의 관제묘^{關帝廟}의 경우에서 잘 확인할 수 있다. 셋째, 충의열사나 효부, 열녀를 조정에서 표창하고, 민간에서 비석이나 패방^{牌坊}을 건립했다. 넷째, 지역 사회에서

---

1) 단편 소설

현인^{賢人}을 관리로 추대했다.

　윤리 교화는 중국 사회의 발전에 중대하고 광범위한 영향을 미쳤다. 유가 윤리의 근본적인 착안점은 도덕에 부합하는 이상 사회의 건립에 있다. 국가의 통일과 질서 및 이를 바탕으로 한 평화와 발전에 그 기본 형식이 잘 나타나 있으며, 이 목표에 도달하기 위한 수단은 주로 문화적인 덕행^{文德}을 수련하는 것에 집중되었다. 교화를 빌미로 중국 사회 곳곳에 스며든 유가 윤리는 그 도덕 정신의 현실적 활용으로 중국 민족을 단결시켰으며 중국 사회가 안정 속에서 점진적으로 발전할 수 있도록 촉진한 것은 분명하다. 이와 함께 윤리 교화는 현실 생활에서 윤리가 크나큰 힘을 발휘하게 했으며, 현실의 제약을 뛰어넘어 이상적으로 마땅히 그래야 하는 환경을 그리는 도덕 정신이 중국 사회에서 최고의 위상을 차지하게 해 주었다. 이는 중국 사회에 '예의의 나라'라는 영예를 안겨 주었으며, 중국인의 정신을 결정지었다. 가장 낮은 층위에서 말하자면, 그것은 사회 구성원의 사회적 책임감과 의무감을 배양했다. 가장 높은 층위에서는 그것은 역사적 관념에서 생명의 진정한 의미를 획득하게 이끌어 주었다. 즉, 유한한 현실을 초월하여 도덕적 생명의 완전한 자유로 자아실현을 꾀하고 인류의 진보를 이끌었다. 거칠게 개괄하자면, 윤리 교화의 공헌은 사회에 실익을 가져다주고, 정신이 근본으로 귀의하게 해 주었다는 점이다.

　그러나 이와 동시에 윤리로 다른 모든 것을 설명하는 도덕 만능주의는 부정적인 효과를 창출했다. 사회의 관리는 도덕에만 책임을 넘길 수 없고, 반드시 효율적인 제도에 의지해야 하며, 정치적, 경제적, 법률적 수단에 의거해야 한다. 제도의 윤리화로 인해 도덕이 제도에 혼입되어 제도의 원칙을 구성하게 만들었다. 따라서 제도의 자율성과 사회 관리의 독립성이 심각하게 침해되었다. 역사를 통틀어 중국 사회가 제대로 된 제도를 확립하지 못한 것도 이 때문이다. 동시에 국가적 업무의 시행에서 요구되는 예의가 불필요하게 번잡한 형식으로 변질되어 민간의 모든 풍속에까지 영향을 미쳤다. 전통의 부활과 재조정을 동시에 요구받는 오늘날 윤리 교화의 내용과 방식, 그리고 그 범위를 어떤 식으로 새롭게 해석하고 규정하여 윤리 지상의 정신과 도덕 만능주의를 구별할 것인가? 이는 여전히 우리가 진지하게 생각해야 할 과제이다.

5

법률 체계

량즈핑(梁治平)

고대 중국의 법률은 유구한 역사를 자랑한다. 그 원류를 거슬러 가보면, 대체로 다음과 같은 세 단계로 구분할 수 있다. 청동기 시대: 법률 전통의 창립기, 춘추 전국 시기: 신구 교체의 과도기, 진한 이후: 법률 전통의 완성기.

중국 최고의 믿을 만한 역사는 하夏(기원전 2070~기원전 1600년)에서 시작되었다. 현대 학자들의 연구에 따르면, 전통적으로 병칭되던 하, 상商(기원전 1600~기원전 1046년), 주周(기원전 1046~기원전 770년)는 실제로 완전한 문명 형태를 갖췄으며, 이 단계는 중국의 청동기 시대라 할 수 있다. 이 시기의 신생 정치 조직인 국가는 기존의 친족 집단인 씨족과 엄밀하게 결합되어 있었다. 통치 관계는 친족의 성씨에 따라 구분되었으며, 권력의 분배도 혈연의 친소에 따라 배치되었다. 이런 구도의 특징은 가家와 국國이 합일되고, 정政과 교教가 일치되는 사회였다는 점이다. 제사 의식은 권력의 등급을 확립하고, 통치자의 내부적 유대를 강화했다. 정복과 형벌은 통치자의 권위를 보호하고, 정치와 사회의 질서를 수호하는 수단이었다. 이것이 청동기 시대의 종교와 법률이었다. 전자는 '제祭'라 칭했고, 후자는 '형刑'이라 불렀다.

'형'의 본의는 살육, 참수를 의미했다. 처음에는 이민족에만 사용했는데, 이는 '형'이 전쟁과 기원이 같다는 것을 알려준다. 이른바 '형벌은 전쟁에서 기원한다刑起於兵.', '전쟁과 형벌은 하나이다兵刑合一.'라는 말에도 이러한 특수한 경험이 잘 반영되어 있다. 사회와 관념이 점점 복잡해지면서 처음에는 이민족을 상대로 사용되고 전쟁과 동일한 형태였던 '형'에 점진적인 변화가 일어나 추방流, 채찍鞭, 회초리扑, 대속贖 등의 수단이 사회 내부에도 자주 사용되기 시작했다. 비록 그렇지만 전쟁에서 기원했기 때문에 폭력적인 성질을 띠고 있다는 점은 변하지 않았다. 청동기 시대의 법률은 고대의 전쟁과 분리될 수 없었으며 통치자의 의지를 관철하기 위한 폭력적 수단이었으므로, '형'의 범위를 규명할 수 없었다. 이런 특수한 경험은 응고되어 사람들의 관념 속에 간직되고 제도에도 반영되면서 수천 년의 중국 법률의 발전에 근본적인 영향을 끼쳤다.

'형'은 전쟁과 함께 태어났고, 법은 형벌을 핵심으로 했다. 이것이 고대 중국의 법률이 밟아온 특수한 경로이자 형태임은 분명하나, 이런 법률을 실행하는 사회라고 해서 반드시 원칙 없이 폭력적인 것은 아니다. 가국을 통일하고 정교를 관통하는 종법 제도의 요지는 왕궈웨이王國維의 다음 언명에 잘 드러나 있다. "도덕에 위아래 사람을 모두 들이면 천자, 제후, 경, 대부, 사, 서민을 통틀어 도덕의 단체를 만들 수 있다." 삼대의 제도와 예는 모두 도덕의 도구이다. 예를 관철하려면 '형'의 보조가 필요했다. 이처럼 예와 형을 결합하여 도덕에 법률을 집어넣는 전통이 삼대에 만들어져 후세로 전해졌다.

청동기 시대의 법률 중 문헌에 이름이 남은 것은 우형禹刑[1], 탕형湯刑[2], 구형九刑, 여형呂刑[3] 등이 있는데, 아쉽게도 이러한 문헌은 모두 전해지지 않았다. 비교적 확실히 알 수 있는 것은 주나라의 법률 제도가 이미 상당한 규모를 형성하고 있다는 사실이다. 당시 이미 소송을 전담하는 형관이 있었고 확정된 소송 절차, 감옥 및 죄수 개조 제도가 있었을 뿐 아니라 성문법과 법률 공표 제도가 마련되어 있었다.

대체로 기원전 8세기에 철기가 출현하여 보편적으로 사용되면서 청동기 시대는 종말에 가까워졌다. 중국의 고대 사회도 그에 따라 극심한 변동의 전환기로 접어들었다. 이 시기의 특징은 기존에 종속적 지위였던 제후, 대부, 사 계층이 굴기했다는 점이다. 권좌를 찬탈하여 자신을 군주에 책봉하고 실력으로 서로 겨루었다. 기존의 예교와 형벌은 그 권위를 상실했다. 그에 따라 청동기 시대의 구도는 해체되어 갔다. 이는 사회 관념과 사회 제도의 극심한 변이를 초래했다. 변화의 시대를 살아가던 신흥 통치자들은 부국강병이라는 목표를 내걸고 상공벌죄賞功罰罪를 수단으로 하면서 자연히 법률의 운용을 더욱 중시하기 시작했다. 이 시기의 법제 개혁은 신흥 군주의 합법성을 증명하기 위해서건, 군주의 의지를 관철하여 새로운 정치를 펼치기 위해서건 더욱 공개적이고 명확하며 실효

---

1) 하나라
2) 상나라
3) 수나라

성을 중시하는 방향으로 나아갔다. 전국 시기(기원전 475~기원전 221년) 정나라의 형서刑書, 진晉나라의 형정刑鼎은 새로운 법제의 대표적인 예이다. 전국 말기 위나라의 이괴李悝는 각국의 법률을 종합하여「도법(盜法)」,「적법(賊法)」,「수법(囚法)」,「포법(捕法)」,「잡법(雜法)」,「구법(具法)」의 6편으로 이루어진『법경(法經)』을 편찬했다.『법경』은 이미 오래전에 실전되었지만, 고대의 법전이 후세에 영향을 끼쳐 하나의 전통을 형성한 예로『법경』이 가장 먼저 거론되곤 했다. 비록 완비된 형태의 성문법을 창안하지는 못했지만, 바로 이런 이유로 이괴는 고대 중국의 법전 편찬의 개척자로 꼽힌다.

청동기 시대에 학습은 관청에서 이뤄졌다. 예악이 붕괴된 춘추 전국 시기가 되면 사학이 발흥하여 자유로운 사상가들이 배출되었다. 그들의 법률에 관한 사유와 담론은 후대에 많은 영향을 끼쳤다. 그 의의는 이괴의『법경』이 후대의 법제에 미친 영향에 뒤지지 않는다. 당시 법치法와 예치德의 대립과 논쟁이 있었다. 논쟁의 초점은 법률의 실제 효용, 즉 법에 기대어 이상사회를 실현할 수 있는가의 문제에 집중되어 있었다. 그러나 법은 형벌이고, 군주의 폭력적 도구에 속한다는 것은 도전받지 않는 전통으로 굳어져 논쟁의 와중에서도 합의되었다. 선진 사상가와 입법가들은 이처럼 창조적으로 전통을 계승하는 동시에 다가올 새로운 시대를 열었다.

기원전 4세기 중반, 진나라의 재상이 된 상앙商鞅은『법경』6편으로 진을 다스리면서 법法을 율律로 바꾸어 중국 법률사의 '율통律统'을 개척했다. 이는 중국의 고대 법률이 3단계로 진입한 표지가 되는 성과이다. 이 단계에서 고대의 법률 체계는 점차 완비되어 큰 틀을 갖추게 되었다. 이는 청말에 법제의 변혁이 있기 전까지 세계 법제사에 우뚝 서는 독특한 면모이다.

기원전 221년, 진시황이 중국을 통일하여 이후 2천 년간 이어질 대통일 제국의 새로운 틀의 기반을 다졌다. 춘추 전국 5백 년의 사회적 대변혁을 거친 후 어떻게 옛 전통과 새로운 경험을 흡수하고 융합하여 새로운 질서를 세울 것인지가 진나라와 한나라 사람들의 최우선 목표였다.

진 제국의 통치는 20년도 존속하지 못했지만, 그들이 고안한 다양한 법령은 사회생활의 각 영역에 스며들었다. 후인들에게 진나라가 남긴 이 경험은 굉장히 값진 것이었다. 한나라는 우선 진의 제도를 계승했다. 한의 재상인 소하蕭何는『법경』6편의 기반 위에 흥율興律, 구율廐律, 호율戶律을 덧붙여 '구장율九章律'을 편찬했다. 한대의 법률은 이 구장율 위에서 발전해 나갔다. 이후 위진남북조의 수백 년을 거치며 법률은 부단히 개선되고, 법률의 원칙은 더욱 성숙하였으며, 법전의 체제 또한 점차 확정되어 갔다. 수당대에 이르러서는 이전의 경험을 종합하여 완성된 형태의 법전을 집필할 수 있게 되었다. 이것이 현존 최초의 고대법전인 당률^{唐律}의 탄생 배경이다. 중국 법률사에서 당률은 앞 시기의 전통을 이어 획일된 규범을 후세에 계승했다는 점에서 중요한 위치를 점한다. 당률의 기본정신은 당률의 기본 원칙에 구현되어 있으며, 당률의 구조와 체례 및 당률에서 확정된 일반적인 법률 개념 등은 명청 시기까지 큰 변화 없이 그대로 활용되었다. 뿐만 아니라 그 영향력은 국경을 넘어 베트남, 조선, 일본 등에까지 전파되어 하나의 법체계를 이룩하였다.

당률이 대단하긴 하나 무에서 창조된 것이 아니라 수율^{隋律}(583년)을 계승 발전시킨 것이다. 수율은 북제율^{北齊律}(564년)에 기반하였고, 북제율은 북위율^{北魏律}(431년)에서 나왔으며, 북위율은 한율^{漢律}을 계승한 것이다. 이로써 중국 고대 법률의 원류인 『법경』과 한율의 중요성과 고대 중국의 '율통'의 연속성을 잘 알 수 있다.

한대에 입법 활동이 전개됨과 동시에 법률에 대한 연구, 해설, 및 강의 또한 점차 발전하기 시작했다. 이 와중에 중국 고대의 법학과 법률가가 탄생했다. 진나라는 사학을 없앴으므로 법률을 배우려면 관리를 스승으로 삼아야 했다. 그러나 한대에는 법률을 연구하고 강의하는 일을 가업으로 삼는 경우까지 생겨났다. 특히 일부 유학의 대가들은 경학가의 입장에서 법률을 주해하는 업적을 남김으로써 법률을 더욱 발전시켰다. 중국 고대의 법률학은 한말의 전성기를 뒤로 하고 쇠퇴하긴 했지만 그 유풍은 면면히 이어졌다. 당대 법률의 소의^{疏議}와 청대 율례의 강의^{講義}에서 그 흔적을 발견할 수 있다.

한대의 유생은 (숙손통^{叔孫通}처럼) 입법에 참여하거나 (동중서^{董仲舒}처럼) 사법에 참여하기도 했고, (정현^{鄭玄}의 경우에서 볼 수 있듯) 법률 연구의 조류를 선도하기도 했다. 이미 선진 시기 유가와 법가가 벌인 덕^德과 형^刑의 논쟁처럼 완벽하게 대립되는 형국은 아니었다. 한대에는 (삼대의 구전통을 기반으로 한) 초기 유가의 이론과 (춘추 전국 시기의 새로운 경험을 위주로 한) 법가의 주장이 어떤 융합에 이른 것이다. 예교를 본^本으로 하고 형벌을 용^用으로 하여, 형벌이라는 보조 수단을 갖춘 예교를 기반으로 도덕적 질서를 확정한 것이다. 이는 한대에 이르러 개조를 거친 신시대의 구전통으로, 이후 세대의 노력은 이 전통에 충실하여 더욱 풍부하게 한 것에 지나지 않는다. 세대에 걸친 이러한 개선 끝에 당율에 이르러 완성된 형태를 갖출 수 있게 된 것이다.

현대인이 중국 고대법을 언급할 때 주로 다음 두 입장을 자주 만나게 된다. 하나는 중국에서는 법률을 중시하지 않으며, 중국 사회는 그야말로 '예치'의 사회라는 입장이다. 다른 하나는 고대 중국인들은 사건을 판결할 때 엄격하게 법률에 의지하지 않으며, 추상적이고 모호한 '정리'로 대신한다는 관점이다. 이러한 논의들은 비록 완전히 근거가 없지는 않지만 역사적 사실과는 꽤 거리가 있다. 중국 고대법의 진정한 정신은 중국 문화적인 구상과 틀로 인식해야 하며 그 자체의 경험에 의거하여 해석해야 한다. 따라서 중국 고대법의 본질적인 특징은 다음과 같이 묘사할 수 있다.

철학적 입장에서 볼 때, 고대 중국인들은 법을 만들 때 자연을 본받아 법률의 응용으로 자연 질서의 화해를 추구했다. 고대 중국인은 사회 제도의 일종인 법률이 대자연의 규칙에 따라 자연스레 그 근거를 가지게 될 것으로 믿었으므로 법률의 활용을 자연과 서로 조화되게 했다. 형벌의 집행을 가을과 겨울에 행한 것이 그 예이다. 다른 한편 고대 중국인은 천도와 인사가 인과 관계를 공유하고 동일한 법칙으로 움직이며, 정치가 올바르지 않으면 반드시 하늘의 질책을 받게 될 것이라 믿었다. 이 때문에 재해를 입으면 범죄자를 사면했다는 기록이 역사서에 끊이지 않았던 것이다. 죄와 벌의 상응성은 자연적이면서 철학적인 필연성을 획득하고 있었다.

사회적인 면에서 중국 고대법률은 윤리를 강령으로 했으므로, 기본적으로 일종의 '윤리법'이라 할 수 있다. 사회생활에서 가족 조직의 중요성이나 정치 생활에서 효제孝悌의 원칙이 차지하는 중요성은 청동기 시대 이래로 유지되어 온 가국합일과 정교불분의 전통에 기반하고 있다. 이러한 전통에서 성장한 법률이니 사실상 예와 형의 결합이라 할 수 있다. 그리하여 혈연관계의 친소원근을 나타내는 '복제도服制圖'가 법률상의 정죄와 양형의 주요한 근거 중 하나가 되었다. 사회의 윤리적 요구가 법적인 강력 집행의 원칙이 된 것이다. 『사고전서총목제요(四庫全書總目提要)』에서 '예를 유일한 표준으로 삼았다準乎禮'.라고 평가한 당율이 이러한 윤리법의 전범이라 할 수 있다.

문화적 측면에서 논하자면, 법률은 문명사회의 필수적인 요소임에도 불구하고 고대 중국인은 문화적인 이상에서 출발하여 법률의 사용을 가능한 최저한도까지 억제하려 했다. 고대 중국의 법률은 윤리에 기반하여 사회관계의 조화를 목적으로 하였으며, 개인적인 주장을 배제함으로써 이러한 사회적 조화를 실현해 왔다. 사회적 조화를 취지로 하는 법률은 많지만, 권리와 의무를 근간으로 한 법률은 단지 사후에 분쟁을 해결할 뿐인데, 중국의 경우 예의를 중시함으로써 사전에 분쟁을 해소하려 한 것이다. 권리를 중시하는 법률에서는 소송이 많아지는 것을 이상하게 보지 않지만, 중국 고대법의 정신은 소송이 없는 상태에 도달하는 것을 목표로 했다. 어떤 민족의 법률도 그 민족의 문화가 추구하는 방향에 종속되기 마련이다. 중국 고대법이 보여주는 면모도 바로 이런 중국 고대 문화의 기본적인 구상인 것이다.

마지막으로 기술적인 측면에서 보자면, 중국 고대법은 역사가 유구하고 변화 다단하여 다양한 면모를 노정한다. 그러나 변화하는 중에도 변하지 않는 요소가 있고, 번다한 조항 속에 통일성을 함축하고 있다. 기원전 4세기에 상앙이 법法을 율律로 바꾼 이래로 '율'은 중국 고대법률의 근간이 되었다. 이외에도 령令, 격格, 식式, 전典, 과科, 비比, 칙敕, 례例 등을 법률의 구성요소로 볼 수 있는데, 이들이 조정하는 사회관계의 영역이 지극히 광범하고 그 효력 또한 시대에 따라 달라져 왔다. 현대 학자들은 손쉽게 이들 모두를 '형법'에 귀속시킬 수 있다. 그러나 사실상 현대적인 의미의 형법과 반드시 대응하는 것도 아니다. 중국 고대의 법률은 공법公法과 사법私法의 구분이 없었고, 형률 외에 민법이라 할 만한 것도 없었다. 게다가 형률에서 민사 행위에 관계되는 조항에는 모두 형벌이 부가되어 있었다. 현대적 법률 개념이나 구조와는 전혀 다른 이러한 면모 뒤에 중국 고대법 자체의 통일성이 내포되어 있다.

고대법은 예를 최후의 근거로 삼았으니 자연히 사건을 판결하는 통일된 기준이 부족했다. 이 기준에서 출발하여 도덕적인 중요도에 따라 행위를 평가하고 죄명을 세웠으며, 그것으로 다섯 등급의 양형 기준4)을 나눴다. 이런 식으로 적당히 촘촘하고 조리가 정연한 도덕의 법망(이른바 '예에서 벗어나면 형刑에 들이는')을 만들어 냈다. 이러한 이상적인 법률이 효력을 발휘하기 위해서는 통치자가 형벌의 경중에 따라 사법상의 관할권한의 등급을 확정해야 한다. 구체적으로 말해 낮은 등급의 사법(및 행정) 기구는 법에 따라 도덕적으로 엄중하지 않은 죄행(재산 분쟁, 구타 등)을 자체적으로 처리할 수 있으며, 태형이나 장형 같은 가벼운 형벌을 사용할 결정권을 가진다. 중형 및 중형에 상응하는 엄중한 죄행(도덕적으로 중요하게 인식되는 죄)은 상급 사법 기구로 이관한다. 통상 사형에 대한 결정은 황제가 직접 심의하도록 올린다. 이와 상응하여 경범죄의 처리는 절차가 간단하고 임의성의 가지며, 중형의 경우 수속이 번잡하고 엄격하게 법률 조항에 따라 처

---

4) 태형(笞刑), 장형(杖刑), 도형(徒刑), 유형(流刑), 사형(死刑)의 오형(五刑)

형해야 한다. 끝으로 사법과 행정이 분리되지 않았으므로 사법의 통일성은 통일된 행정에서 자연히 생겨났다. 오랫동안 제국의 각급 관료는 일정한 자격을 갖춘 독서인이 충당했다. 이들 독서인은 비록 기술 전문가는 아니었지만 시서를 폭넓게 읽었고 옛 성현의 가르침을 꿰고 있었으므로 자신의 수양으로 법률 지식의 부족을 메웠으며, 도덕적으로 공유된 인식에 기반하여 중국 고대법의 통일을 실현했다.

19세기 중반 이후 중국은 서양 문명의 도전에 직면하여 제도의 개혁과 부강의 추구가 필연적인 시대적 요구로 다가왔다. 그 결과 일어난 청말의 법률 개혁에 따라 고대법의 수천 년 전통은 마침내 종언을 고했다. 전통과 현대의 경계 또한 이에 따라 생겨났다. 오늘날의 중국인에게 지나간 전통은 그저 지난날의 기억에 불과한 것이 아니라 여전히 삶의 배경이 되고 있다. 그것이 오늘날 우리에게 주는 의미는 우리 자신의 판단과 취사선택, 그리고 노력에 의해 결정될 것이다.

6

신사 계층

장중리(張仲禮)

고대 중국의 신사 계층은 교육을 받은 사회 상층 집단으로, 공인된 정치, 경제, 사회적 특권을 지녔으며, 특수한 생활 방식을 유지하고 있었다. 신사 계층은 무수한 평민들 위에 군림하며 민간의 사회와 경제생활을 지배하였다. 정부 관료는 모두 이 계층에서 배출되었다.

신紳의 문자적 의미는 허리띠나 장식띠로, 고대의 사대부들이 예복 바깥에 매던 큰 띠를 가리키는 말이었다. 그러다 공명이 높은 사람이나 퇴직한 시골 관료를 가리키는 말로 변화하였다. 사士는 춘추 시대 이전에는 가장 낮은 귀족 계층으로, 보통 육예六藝 교육을 받아 문무에 능하였다. 춘추 시대에 접어들어 그들은 육예에 대한 지식을 기반으로 정치에 종사하거나 제자를 양성하는 등 활약상이 두드러졌다. 그리하여 춘추 시대 중기 이후에는 귀족에서 분리되어 나와 상층 지식인을 통칭하는 말이 되었다. 중국 고대 사회 후기에 사신士紳 혹은 신사紳士와 같이 한 단어로 묶여 교육을 받은 모든 상층 집단을 다른 집단과 구별하는 말로 사용되었다.

한무제의 '독존유술獨尊儒術' 정책으로 유가만을 숭상하면서 신사 계층은 유학의 교의에 따라 확정된 윤리 강상의 수호자이자 추진자 및 대표자가 되었다. 유학의 교의는 중국의 봉건 사회 및 인간관계의 행위규범을 규정했다. 신사는 유학 체계의 교육을 받았으며, 이를 통해 사회를 관리하는 지식을 획득했다. 이러한 지식을 구비하는 것은 그들이 중국 봉건 사회에서 지도적 역할을 담당하는 선결 조건이었다.

수나라 이후의 봉건 왕조는 시험을 통해 관료를 선발하는 과거 제도를 실행했다. 따라서 신사의 지위는 학위, 공명, 관직의 취득을 통해 획득되었다. 이러한 신분에 속하는 사람은 자연히 신사 계층의 구성원이 되었다.

학위는 과거 시험을 통과하면 취득하게 된다. 이 시험은 교육받은 사람의 자격을 증명하는 공식적인 방식이었다. 이처럼 과거 시험을 거쳐 신사가 되는 사람을 가리켜 정도正途, 즉 '바른길'이라 불렀다.

그런데 공명은 기부를 통해서도 획득할 수 있었다. 비록 공명을 산 사람도 문화적 수준이 있거나 일정한 교육을 받은 사람이지만, 그들은 과거 시험을 통해 신사 자격을 취득한 것이 아니다. 이러한 신사를 이도異途, 즉 '샛길'이라 불렀다.

제국 시대 후기의 몇몇 조대에서는 신사의 지위와 조건이 고정되었다. 정부가 장악한 과거와 공명 제도는 신사 계층의 인원수를 기본적으로 확정하였으며, 이리하여 신사 계층은 식별과 구분이 쉬워졌다. 일련의 명문으로 규정된 특권은 그들이 신체 노동에 종사할 필요가 없게 하였으며, 그들에게 관부와 소통할 수 있는 특수한 지위와 명망을 부여했다. 신사의 특권은 다음과 같다.

첫째, 지방관과 동등한 대우를 받을 수 있다. 평민 백성들과 달리 신사는 자유롭게 관료를 만날 수 있었다. 어떤 신사가 관료를 만날 때 평민은 반드시 행해야 하는 무릎을 꿇는 예를 행할 필요가 없었다.

둘째, 특정한 표지로 특수한 지위를 표시할 수 있다. 관료와 마찬가지로 특수한 칭호, 장신구, 모자 장식, 복장 등이 평민 백성과 달랐다. 예를 들어 신사와 관료의 모자에는 모두 정자頂子가 장식되어 있었다. 이 정자는 모자를 쓴 자의 지위에 따라 재질과 형상이 달랐다. 상층 신사는 금정金頂을 사용할 수 있었고, 하층 신사는 은정銀頂을 썼다. 복장 또한 구별되었다.

셋째, 일부 의례에 참가할 수 있는 특권을 가졌다. 예를 들어 신사 신분을 지닌 사람만 문묘文廟의 관방 전례에 참가할 수 있었다. 가문의 제례도 반드시 신사 신분인 자가 주관하였다.

넷째, 법적으로 침해받지 않을 수 있는 특권을 향유했다. 평민이 신사를 때리고 욕하면 중형으로 처벌받았다. 신사는 평민과 소송이 벌어졌을 때 직접 출정할 필요 없이 가족을 대리로 세울 수 있었다. 신사는 범죄를 심문받을 때 육형을 면제받을 수 있었으며, 형을 판결받더라도 보통은 보석금을 내고 풀려날 수 있었다.

다섯째, 굉장히 중요한 경제적 특권을 누렸다. 우선 신사는 모든 부역에서 면제되었다. 이 원칙 때문에 신사는 인두세, 즉 정세^{丁稅} 또한 면제되어 부역을 대신하는 세금 또한 내지 않았다. 사실상 그들이 가진 이점은 더욱 거대했다. 그들은 특권적 지위를 활용하여 가혹하게 부가되던 잡세를 내지 않았을 뿐 아니라 마땅히 납부해야 하는 토지세^{田賦} 또한 조금만 내거나 아예 납세하지 않았다.

위에서 서술한 내용을 통해 확인한바, 신사가 향유한 특권은 그들을 다른 계층과 구별 지었다. 명청 교체기의 사상가인 고염무^{顧炎武}(1613~1682년)는 이에 대해 다음과 같이 지적하고 있다. "한 번 이 지위를 획득하면 평민들이 지는 부역에서 면제되고, 지방 서리에게 침해를 받지 않고서 의관을 동등하게 하여 상급 관료와 예법을 지키며 접견할 수 있으며, 태형의 치욕을 받지 않는다. 따라서 요즘 생원이 되고자 하는 자는 반드시 공명을 동경해서라기보다는 자기 한 몸을 보전하려는 것일 따름이다"[1]

상류층의 지위에서 각종 특권을 향유하는 사회 집단인 신사 또한 약간의 사회적 책임을 지기도 했다. 그들은 자기 고향의 복지 증진과 이익의 보호를 자신의 임무로 생각했다. 관료를 상대로 그들은 현지의 이익을 대표했다. 그들은 문화적으로 지도적 역할을 했다. 유학적 사회의 모든 가치관을 선양하고 이러한 관념이 구체적으로 실현되도록 추진하는 일이 이에 포함된다.

신사가 책임지는 일을 신사가 맡지 않으면 관료가 처리해야만 했다. 그러나 관료가 움직일 수 있는 속관이 너무 적고 경비가 부족하여 필요한 업무 일체를 떠맡을 수 없었다. 게다가 관료는 임기가 너무 짧고 현지 상황에 익숙하지 않아 처리하기가 힘들었다. 정부 조례에 관료가 특정 지역에 재임하는 시간을 제한하고 있으며, 본인의 원적지는 반드시 회피하도록 규정되어 있다. 이는 관료가 지방 세도가나 여러 관계망과 결탁하는 것을 방지하는 역할을 했지만, 여러 업무를 지방의 신사가 담당할 수밖에 없는 이유가 되었다. 신사가 담당한 주요 업무는 다음과 같다.

> 1. 전통적인 윤리 강상의 수호: 이는 신사가 중국 고대 사회에서 행한 가장 주요한 역할 중 하나이다. 신사는 전 생애에 걸쳐 중국 문화의 경향성을 재현하는 일에 힘을 다했다. 예를 들어 그들은 많은 재물을 기부하여 서원을 건립했다. 서원의 수장은 모두 '정도' 출신의 상층 신사였다. 신사가 진정한 학자가 되고 싶다면 이러한 서원

---

1) 『정림문집(亭林文集)』 卷一, 17~18쪽.

에 들어가 책을 쓰고 학설을 세워야 했다. 가장 정심한 학문이 이들 서원에서 창출되곤 했다. 신사는 또한 문묘나 선현사(先賢祠) 등을 보수하는 데 자금을 아끼지 않았다.

2. 공적인 토목 사업에 참여: 신사가 도로 정비, 교량 가설, 운하 건설과 제방 축조 및 수리(水利) 사업 등 공적인 토목 사업을 통해 사회 복지 사업에 참여한 것은 지방지의 무수한 기록에 잘 드러나 있다. 한 신사는 수리 정비 공사라는 직책에 대해 다음과 같이 말한 바 있다. "선현이 만든 것을 후인들이 지키지 못한다면 그 고을 신사의 과실이다."2)

3. 상평창(常平倉) 주관: 많은 지역에서 신사는 상평창의 설치와 관리 업무를 맡았다. 상평창에 일정한 곡물을 저장하고 유지하는 일은 농산품의 가격을 안정시키고 필요할 때 빈민을 구제하기 위해서였다.

4. 지방 복지사업 총괄: 신사는 지방 복지 사업에서 중요한 역할을 하여, 빈민을 구제하는 제빈(濟貧) 사업, 연고 없는 자의 의장(義葬), 고아를 거두는 육영당(育嬰堂) 등의 조직을 건립했다. 청대 강소순무(江蘇巡撫) 정일읍(丁日邑, 1868∼1870년 재임)은 소동파의 말을 빌려 말단 서리들이 "귀함을 얻을 수 없으니 오직 부유함만 추구한다."라고 한 바 있다. 다시 말해 각종 자선사업은 서리보다 신사에게 운영을 맡기는 것이 훨씬 횡령이 적다고 생각한 것이다.

5. 분쟁 조정: 엄격한 의미에서 신사에게는 사법권이 없다. 그러나 그들은 중재자 자격으로 많은 민사 분쟁을 조정했다. 따라서 신사가 해결하는 분쟁 사건이 지방관보다 훨씬 많다고 단언하곤 했다.3)

6. 관학의 시설이나 공원(貢院)의 유지 보수: 『박백현지(博白縣志)』 같은 지방지에 따르면 관학 보수의 역사는 당대까지 소급된다. 초기에는 지현(知縣) 같은 지방관이 책임지던 이 직책을 청대가 되면 신사가 도맡게 된다. 현지의 과거 시험을 위해 만들어진 공원의 유지 보수 또한 일반적으로 신사의 책임이다. 타지에 거주하는 신사는 동향 조직인 회관(會館)의 건립에 자금을 기부하여 과거 응시생을 포함하여 동향이 머무는 공간을 마련하기도 하였다.

7. 지방지 편찬: 신사 계층은 지방지의 편찬자였다. 신사들은 지방지 편찬이 도덕 규범의 유지와 그들의 명망을 드높이는 데 도움이 된다고 생각했다.

8. 치안 유지: 봉건 사회의 상대적인 안정기에는 정부가 군대와 치안 권력을 통제했다. 그러나 위기가 닥쳤을 때는 신사가 영향력을 발휘했다. 예를 들어, 거의 모든 청말민초의 지방지에 19세기 중반의 지방 자위 조직인 단련(團練)에 대한 기록이 담겨 있다. 이 비정규 무장 조직을 만들고 이끈 우두머리는 대부분 신사였다. 위기를

---

2) 『임장현지(臨漳縣志)』 卷十六, 26쪽.
3) 『보정현지(保定縣志)』 卷六十三, 15쪽; 『천진부지(天津府志)』 卷四十四, 64쪽.

타개하지 못하던 정부는 급증하던 이 세력을 좌시할 수밖에 없었으며, 그들을 이용하여 당시 창궐한 태평천국군 및 다른 무장봉기 세력을 진압해야 했다.

19세기 중반, 봉건 정부가 위기를 맞았을 때 신사 계층의 지원을 받기 위해 신사의 수를 대대적으로 확대했고, 그에 따라 신사 권력 또한 확장되었다(태평천국 이전 전국의 신사는 약 110만 개였는데, 태평천국 이후 약 230만 개로 두 배 이상 증가하였다). 신사 계층의 확장된 권력은 다음 몇 측면에서 잘 드러난다.

1. 농민의 무장을 통제하거나 진압하는 성과가 지방관을 압도했다. 봉록과 작위의 기간, 승진과 강등 등 지방관의 명운이 지방 신사의 판단에 따라 결정되곤 했다.
2. 직간접적으로 지방 행정에 관여했다. 어떤 주현의 경우 신사가 실권을 완전히 장악하기도 했다. 지방 신사는 "득이 되면 흥하게 하고 해가 되면 제거한다. 작은 일은 작은 신사가 말하게 하고 큰일은 큰 신사가 말하게 한다. 지방관을 압박하는 것은 피할 수 없는 추세였다."[4]
3. 지방 사법권에 관여하여 좌지우지했다. 일부 지역의 경우, "어떤 사건이든 지방의 세도가에게 시비곡직을 밝히도록 물어야 하며 …… 지방 세도가가 판단할 수 없는 때만 비로소 관청에 청원하는 것이 허락되었다."[5]
4. 지방 재정을 장악하여 가혹한 세금을 징수하고 농민을 수탈했다. 교통의 요지에서 농민과 상인에게 통과세를 강탈하던 각지의 이금국(釐金局) 또한 대부분 신사의 수중에 장악되어 있었다.
5. 지방의 개간권을 장악하여 농민을 약탈했다. 재산을 정리하고 개간자를 모집하는 등의 기구는 모두 그들의 손에 조종되고 있었다. 그들이 없다면 "관청은 세금을 징수할 수 없었고, 백성은 경작에 종사할 수 없었다."[6]

위의 서술은 중국 고대 사회의 마지막 몇십 년 동안 일어났던 신사 계층의 어떤 특징인데, 제도 전반의 급격한 쇠퇴가 가져다준 영향을 쉽게 발견할 수 있다. 1905년에 과거 제도가 폐지되고 학교 교육이 추진되면서, 중앙 왕조가 시험을 통해 구성원의 자격을 확정시켜 주던 신사 제도는 더 이상 존재할 수 없게 되었다. 민국 시기의 신사는 토호나 지주 집단을 가리키는 말로 주로 사용되었다.

---

4) 이주(李舟), 『목면기략(牧沔紀略)』 卷下, 4쪽.
5) 『조보(早报)』, 광서 19년 3월 29일자.
6) 『경보(京报)』, 광서 8년 4월 10일자.

7

비밀 결사

저우위민(周育民)

중국의 비밀 결사는 그 역사가 유구한데, 대부분은 명청 시기에 출현했다. 농업과 상공업이 발전하고, 지역 간 경제적 연결망이 강화되면서 인구의 급증과 이동 및 변경 개발이 가속화되었다. 건륭 중기 이후의 인구 급증과 토지 겸병의 확대로 인해 대규모 실업 유민이 등장하였고 사회에 대한 정부의 통제력이 대대적으로 축소되었다. 이러한 요소가 곳곳에서 비밀 결사가 일어나는 사회적 조건이 되었다.

중국 역사상 세 유형의 사회 조직이 존재했는데, 그것은 가족, 동업 조직行幫, 종교 단체로 대표될 수 있다. 중국의 비밀 결사는 그 종류가 잡다하지만, 대체로 이들 전통적 사회 조직의 변형이라 볼 수 있다.

황권을 공고히 하기 위해 정치와 종교의 정점에 황제를 두는 신권 체계를 형성하여 민간의 조상 숭배, 제사 및 여타의 종교 신앙을 체제 안으로 복속시키려는 다양한 시도가 있었다. 그러나 한대에 중국에 전래된 불교와 토착적인 도교의 교의가 당송 시기 이후 민간에 유포되면서 황제가 통제하던 세속적인 신권 체계와 충돌을 일으켰다. 남송 시기에 형성된 백련교白蓮教, 백운교白雲教 등의 민간 종교는 송과 원 등 역대 왕조에 의해 금지되었다. 이러한 정책의 결과 민간의 종교 단체는 점차 정통 종교의 가르침에서 벗어나 통치자들이 금지하던 미륵교彌勒教, 마니교摩尼教 등 각종 이단의 교의를 수용하고 유불도의 '삼교합일'을 제창했다. 강동降僮1), 부계扶乩, 점복占卜 등의 주술까지 섞여 들며 명대 중기

---

1) 신내림

이후 독특한 성격의 민간 종교의 교의를 형성하게 되었다. 이러한 교의는 몇몇 민간 종교가 편찬한 보권寶卷 같은 경서에 잘 기록되어 있다.

민간 신앙의 핵심은 무생노모無生老母 숭배와 삼겁설三劫說이다. 명말의 『고불천진고증용화보경(古佛天真考證龍華寶經)』에는 다음과 같이 전한다. "원시 이래로 하늘과 땅이 없었고 밝은 태양도 없었으며 사람도 없었다. 진정한 공허真空에서 무극천지고불無極天真古佛이 나타났다." 그 후 무생노모가 출현하였다. 그녀는 많은 영아嬰兒와 차녀姹女, 그리고 인근노조人根老祖를 낳았다. 그렇게 태어난 복희伏羲와 여와女媧가 짝을 이루어 96억의 아들딸을 낳았다. 이들은 무생노모가 거주하는 진공가향真空家鄕을 떠나 "동토東土로 와 홍진 세상에 미혹되었다." 이들이 믿는 삼겁설에 따르면, 인류의 역사는 청양靑陽, 홍양紅陽, 백양白陽의 세 단계로 구분되며 각각 연등불燃燈佛, 석가불釋迦佛, 미륵불彌勒佛이 각 단계의 세상을 다스린다. 매번 '천반天盤'이 전환될 때마다 인류는 가공할 만한 겁난을 겪게 된다. "무생노모는 가향에서 아이들이 생각날 때면 눈에 눈물이 가득 고여" 부처에게 인류를 구제해 달라고 요청했다. 청양기의 용화龍華 초회와 홍양기의 용화 2회에서 각각 2억을 구제했으며, 남아 있는 92억은 홍양 말겁이 도래할 때 노모의 명을 받들어 미륵불이 여러 부처와 신들을 이끌고 함께 내려와 구제한다. 그리하여 인류는 가향에 높이 올라 영원히 삶과 죽음이 없게 된다. 홍양 말겁 이후의 미륵불이 다스리는 백양기는 무한히 아름다운 세계이다. 그러나 불경에 따르면 미륵불이 강림할 때 우선 법왕法王의 보조를 받아 불교로 국가를 교화한다. 중국 민간 종교에서 이 법왕은 이른바 진명천자真命天子의 형상과 중첩되어 있다. "말겁의 시대에 전쟁이 일어난다." 따라서 일단 해당 종파에서 홍양 말겁이 도래했다고 판단하면 종종 무장봉기를 일으켜 현재의 통치자를 전복시키고 그들이 선정한 '진명천자'를 옹립하여 미륵불의 강림을 영접하려 했다. 이처럼 정치 전복적인 성격을 띤 교의로 인해 통치자들은 위협을 느꼈으며, 원나라 왕조는 백련교의 봉기로 인해 전복되기까지 했다. 때문에 명청 시기의 통치자들은 백련교를 위시한 민간 종교의 활동을 엄금했다. 일부 종파의 경우 운기연단運氣煉丹과 성명쌍수性命雙修를 통해 장수하고 신선이 되는 것을 목표로 삼았을 뿐 정치적 전복과는 무관하지만 금지되곤 했다. 이로 인해 민간종교는 어쩔 수 없이 비밀스러운 상황으로 내몰리게 되었다.

명청 시대에는 송대부터 유행하던 백련교 외에도 또 다른 새로운 교파가 흥성했는데, 그중 나교羅敎의 영향력이 가장 두드러졌다. 나교는 명대 산동성 즉묵即墨 출신인 나몽홍羅

夢鴻(1442~1527년)이 창건하였다. 그는 13년의 수행 끝에 선종의 교의를 흡수하여 『고공오도권(苦功悟道卷)』, 『탄세무위권(歎世無爲卷)』 등 다섯 부의 경전을 편찬하면서 자신의 교파를 만들었다. 청대에 유행한 청다문교淸茶門教, 노관재교老官齋教, 청련교靑蓮教, 청진교眞空教 등은 모두 나교와 그 뿌리가 얽혀 있다. 나교의 뒤를 이어 불교와 섞여 있되 도를 존숭하는 황천도黃天道와 홍양교紅陽教가 출현했다. 황천도는 직례성 흥녕興寧 출신인 이빈李賓2)이 1558년에 만들었고, 홍양교는 직례성 곡주曲周 출신 한태호韓太湖3)가 1594년에 만들었다.

민간 종교의 여러 교파의 경전은 상호 간의 차용과 전파 과정에서 교의가 점점 융합되어 갔다. 청대의 주요한 민간 종교인 청다문교, 팔괘교八卦教, 청련교 등은 그 뿌리가 제각각인데도 교의가 대동소이한 것은 바로 이런 이유에서이다. 청다문교의 원래 명칭은 문향교聞香教로 명대 만력 연간에 창건된 이래, 직례성 란주 석불구灤州石佛口 출신의 왕씨 가문에서 대를 이어 200년 가까이 명맥을 이었다. 궁장弓長이나 방영승方榮升의 원돈교圓頓教가 모두 그 지파이다. 팔괘교는 산동성 단현單県 출신의 유좌신劉佐臣이 강희 초년에 창건한 후 오훈수원교五葷收元教, 청수교淸水教, 천리교天理教 등의 이름으로 불렸으며 화북 지역 일대에서 강한 세력권을 형성했다. 화남 지역에서는 강희 중엽 운남성 대리부大理府의 계족산雞足山을 중심적인 활동 지역으로 삼는 장보태張保太(1659~1741년)가 만든 대승교大乘教가 대표적이다. 건륭 중반 이후에는 혼원교混元教, 수원교收元教가 출현했다. 강서 지역의 대승교에서 파생된 청련교靑蓮教는 도광 중엽에 몇 개의 작은 종파로 분열되었다가, 민국 시대에 강력한 세력을 가진 일관도一貫道, 귀근도歸根道, 동선사同善社 등으로 발전하였다.

명청 시대에 곳곳에서 잡다하게 출현한 이들 민간 종교는 사회적 모순의 격화와 천재지변 등을 이용하여 세상에 종말이 닥쳐온 듯 봉기를 일으켰다. 명대에는 백련교가 가장 적극적이었다. 청대에는 여러 신흥 교파들이 빈번하게 무장봉기를 일으켰다. 팔괘교만 해도 4차례 일으켰고, 수원교나 혼원교의 봉기는 다섯 개 성으로 확장되어 10년에 걸쳐 일어났다. 민국 이후 이들 교파의 교주나 우두머리는 군벌이나 정객과 결탁하여 합법적인 지위를 얻기도 했다.

비밀 결사의 조직은 『삼국지연의』나 『수호전』에서 의형제로 결의를 맺는 이야기를 모방하였다. 그중 가장 유명한 것은 천지회天地會와 가로회哥老會이다.

---

2) 도호는 보명(普明)
3) 도호는 표고(飄高)

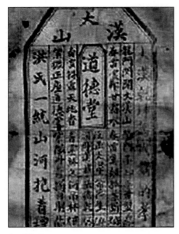

〈그림 1〉
천지회 도덕당道德堂의 회원증

　자체적인 문헌 기록에 따르면 천지회는 강희 13년 (1674년)에 창건한 반청복명 조직이다. 그러나 현존하는 청대의 공식자료를 검토한 바에 의하면 건륭 26년(1761년) 복건성 장주漳州 운소雲霄 출신의 홍이화상洪二和尚 제희提喜가 천지회를 창건하였다. 가경 연간이 되면 천지회의 조직 구조는 기본적으로 형태를 갖추지만, 그 명칭은 부단히 변화하여 첨제회添弟會, 삼합회三合會, 삼점회三點會 등으로 불렸으며, 결의형제를 맺고 나면 모두 홍洪씨 성을 가지게 되었으므로 홍문洪門이라고도 했다. 그 우두머리는 대가大哥4)로 불렸으며, 그 아래로 군사軍師5), 백선白扇, 초혜草鞋 등의 직책이 있었다. 입회 장소는 목양성木楊城이라 불렸으며, 산간벽지나 심산의 옛 절에 임시로 설치했다. 6명의 회원이 칼을 들고 3겹의 문을 설치했으며, 문밖에는 해자護城河를 상징하는 불 대야를 놓았다. 신입 회원인 신정新丁은 불 대야를 뛰어넘어, 세 관문을 건너면 충의당忠義堂에 도착한다. 충의당에는 관우關帝의 화상과 홍문오조洪門五祖의 신위가 모셔져 있고, 삼군사명三軍司命의 깃발 등이 설치되어 있다. 신입 회원은 대가에게 자원하여 입회함을 선언한 후 신위에게 예를 올리고 삽혈歃血6)로 맹세한다. 그런 다음 향주에게서 회규會規, 연락 암호, 회원증飄布 등을 받는다. 천지회는 주로 화남 지역에 분포해 있었으며, 해외의 화교 사회로까지 퍼져 나갔다.

　가로회의 전신은 사천 지역의 부랑자나 도적 단체인 괵로嘓嚕7)이다. 도광 연간에 일부 괵로들이 천지회의 색채를 띤 청련교의 금단도金丹道와 융합하여 가로회로 탈바꿈하였다. 가로회는 산山, 당堂, 향香, 수水의 명목으로 조직을 건립했다. 예를 들어 1891년 홍강회洪江會8)의 우두머리인 마복익馬福益이 호남성에서 만든 조직에는 곤륜산昆侖山, 충의당忠義堂, 여래향來如香, 거여수去如水의 이름이 사용되었다. 우두머리는 용두龍頭라 칭했고, 그 밑으로 부용두, 좌당坐堂, 배당陪堂, 형당刑堂, 집당執堂, 명증明證, 향장香長의 이른바 '내팔당內八堂'이 있었는

---

4) 혹은 홍곤(洪棍)
5) 혹은 선생(先生)이나 향주(香主)
6) 입술에 피를 묻히는 의식
7) 괵로(嘓嚕)와 가로(哥老, 哥佬)는 사천 방언으로 같은 말이며, 결의형제나 유협을 가리키는 말이다.
8) 가로회의 지파

데, 이들에게 모두 별도의 지부에 해당하는 산당^{山堂}을 개척할 자격이 부여되었다. '외팔당^{外八堂}'은 심복^{心腹}, 성현^{聖賢}, 당가^{當家}, 홍기^{紅旗}, 순풍^{巡風}, 강구^{江口}, 요만^{腰滿} 등 10개의 등급으로 나뉘어 있었는데, 이 중 네 번째, 일곱 번째 등급은 여자만 맡을 수 있었으며 각각 금봉^{金鳳}, 은봉^{銀鳳}이라 했다.

개산의식^{開山儀式}은 부근의 여러 산당의 용두 나리들을 모두 초청하여 아주 성대하게 치러졌다. 각 두목들은 '해저^{海底}'⁹⁾에서 규정한 대사를 마치 연극 무대처럼 읊으며 등장한다. 그 후 삽혈 맹세, 입회 종지^{宗旨} 선포, 회규 천명, 직무 할당 등의 절차가 이어진다. 개산의식이 끝난 후 두목들은 회원을 입회시키는 '방표^{放飄}'를 할 수 있었다. 가로회의 각 산당들은 서로를 통제하지 않았으며, 회원 간의 연락방식은 천지회와 대동소이했다. 이들 중 일부가 태평천국 시기에 증국번의 상군^{湘軍}에 편입되면서 가로회는 상군을 위시한 청나라 군대에 스며들기 시작했다. 이후 상군이 해체되고 청나라 군대가 이주하면서 가로회는 전국으로 퍼져 나갔다. 장강 하류 지역에서는 현지의 청방^{青幇}과 뒤섞이기도 했다.

청방은 조운을 담당한 선원들의 동업 조직^{行幇}에서 시작된 비밀 결사이다. 명말 청초에 나교의 교도였던 옹^翁씨, 전^錢씨, 반^潘씨의 3인이 조운 선원들에게 포교를 펼치면서, 항주와 소주의 나교 암자에서 조운 선원들에게 숙소, 상호부조, 장례 등의 도움을 제공하기 시작했다. 1696년, 청 정부는 병졸이 조운을 담당하던 정책을 버리고 대대적으로 선원을 모집하면서, 이들은 종교 자선 기구에서 조운 선원의 동업 조직으로 탈바꿈하게 되었다. 1768년 '사교^{邪教}'에 대한 공포로 인해 청 정부가 각지 선원의 나교 암자를 철폐하자 조운 선원의 동업 조직과 종교적 유대는 끊어지게 되었다. 원래부터 나교의 파벌이 달랐으므로 선원의 동업조직은 옹씨, 전씨, 반씨의 3대 방파로 분열되었다. 1853년 태평천국 군이 남경을 점령하여 남북 대운하의 조운 운수선이 끊어지면서 수만 명의 조운 선원들이 실업자가 되었다. 그러면서 선원의 동업 조직은 비밀 결사 조직으로 바뀌게 되는데, 이를 '청방'이라고 불렀던 것이다. 이들 중 반문^{潘門}이 '널리 의사들을 모집'하면서 옹씨와 전씨의 방파 세력을 압도하게 되었다. 청방의 배분은 24자로 나뉜다. 입방을 원하는 제자가 먼저 "모모 노사님의 문하에 경배한다."라는 명첩을 보내면, 인견사^{引見師}와 전도사^{傳道師}가 명첩에 서명한 후 향당 의식^{香堂儀式}을 거쳐야 정식으로 입방할 수 있다. 향당에는 나

---

9) 비밀결사 조직의 내부문건으로 각급 수장들만 접근할 수 있었다. 반청 복명의 근거지인 대만이 청에 의해 침공당할 때 관련 문서와 유물을 철갑에 싸서 해저에 침몰시킨 것에서 『해저(海底)』라는 제목이 유래하였다.

조羅祖의 화상과 옹, 전, 반 등 삼조三祖의 위패가 모셔져 있다. 의식을 시작할 때 먼저 향과 초를 피워 신을 청한 후 사부本門師가 착석하면 인견사가 제자들을 이끌고 향당으로 들어와 신위를 향해 예를 해하고 사부에게 인사를 드린다. 사부의 훈화가 끝난 후 전도사가 '통초通草'10)를 수여하고 삼방구대三幫九代11)의 성명을 알려준다. 이러한 '배사拜師' 의식을 통해 제자는 사부에게 종속적인 관계에 들게 되며, 그 관계는 사부가 죽은 후에도 사라지지 않았다. 따라서 청방의 내부에는 사부를 중심으로 한 각각의 방파가 형성되었다. 각 방파의 세력 크기는 그들의 제자가 얼마나 많은가에 따라 결정되었다. 배분이 높은 이는 방 내에서 존경을 받았다. 19세기 말 일부 청방은 가로회의 산당 개설 방식을 모방하기도 했다.

비밀 결사와 청방은 조직 형태가 다르긴 하지만, 모두 전통적인 가족 제도의 원칙에 따라 만들어졌다. 천지회와 가로회는 '삼십육서三十六誓', '십금十禁', '십형十刑'으로 내부 기율을 유지했고, 청방은 '십대방규十大幫規'로 구성원을 제약했다. 이러한 기율과 맹세는 비밀 결사가 표방하는 '강호의 의리義氣'의 기본 내용을 구성했다. 여기에는 방파의 내부 구성원 사이와 구성원과 방파 조직 사이의 관계를 상세히 규정하고 있다. 예를 들어 같은 방파 형제들의 처나 딸, 자매를 희롱하거나 욕보이는 행위, 방파 형제의 재산을 사기치거나 착복하는 행위, 형제의 조직을 팔아먹는 배반하는 행위 등을 금지하고, 부모에 효도하고 상부상조할 것 등의 규정을 담고 있다. 청방은 배분의 위계가 나뉘어 있어 부자가 같은 사부를 모시는 것을 금지하는 규정도 있다. 이러한 제도는 가족 제도를 모방하여 기존의 혈연에 기반한 윤리 원칙과 충돌을 최대한 피하였다. 기율을 위반하면 벌금, 태형, 신체 일부를 스스로 훼손하거나 심하면 익사, 생매장 등의 극형까지 '가법'에 따른 엄격한 처벌을 받게 된다. 예를 들어 마복익의 한 측근은 형제의 처와 통간하여 어쩔 수 없이 마복익이 직접 그를 강에 던져 죽였다.

유민 계급의 특성에 발맞춰 각 비밀 결사 조직 사이에는 일종의 특수한 강호의 규칙이 형성되었다. 예를 들어 방파의 구성원이 타지에서 망했을 때 현지의 방파에서 그 신분을 알아본 후 반드시 숙소를 제공하고 여비를 지급해야 했다. 한 방파가 다른 방파의 근거지에서 일 처리를 할 때는 반드시 그 방파의 두목에게 동의를 받아야 했다. 청방에 소속

---

10) 청방의 비급
11) 본문사, 인견사, 전노사 각각의 3대

된 자는 홍방에 가입할 수 있었지만, 홍방에 소속된 자는 청방에 가입할 수 없었다. 방파 간의 관계를 적절하게 처리할 능력이 되는 두목은 강호에서 존중받았으며 높은 사회적 지위를 획득할 수 있었다.

청대에는 인구가 과도하게 증가하고 내우외환이 극심해져 비밀 결사에 가입하는 구성원들은 주로 파산한 농민이나 수공업 노동자, 탈영병 및 실업 유랑자들이었다. 그들은 생계를 잃었기 때문에 비밀 결사 조직을 기반으로 소금 밀매, 아편 판매, 부녀자 유괴, 약탈이나 도둑질, 사기, 도박, 시장 독점 등의 불법적인 활동으로 재물을 얻었다. 이렇게 축적된 재물의 대부분은 조직의 수장이 좌지우지했다. 일부 비밀 결사의 수장은 현지의 악질 지주가 되거나 흉악한 토비 두목으로 변질되기도 했다. 비밀 결사 간의 근거지 쟁탈전도 끊이지 않았다. 이는 당시 사회가 치안이 무너지게 된 주요한 원인의 하나였다.

근대 역사에서 비밀 결사는 불안정한 정치적 투쟁에서 중요한 역할을 하기도 했다. 태평천국 시기에 복건성과 상해를 뒤흔든 소도회小刀會, 광서성과 광동성 지역의 천지회 등은 대규모의 무장봉기를 일으켰다. 1891년 청방의 우두머리인 이홍李洪은 장강 중하류의 청홍방 이삼십여 개의 산당과 연합하여 일련의 교안敎案을 일으키며 대규모로 일을 벌일 준비를 하였다. 신해혁명 중에 비밀 결사 조직은 혁혁한 공을 세웠다. 민국 이후 상당수 비밀 결사의 두목이 사회의 상층부로 올라서거나 혹은 군벌이나 정객의 도구가 되었다. 상해의 비밀 결사 세력은 조계의 비호하에 악질적으로 팽창하여 황금영黃金榮, 두월생杜月笙, 장소림張嘯林 등 이른바 '대형大亨'이 출현했다. 중일 전쟁 시기, 각지의 비밀 결사 조직은 급속하게 분화되었다. 상옥청常玉淸, 장소림 등의 조직은 두목이 일본에 투항하여 매국노로 타락했다.

그러나 1949년 이후 가혹한 진압의 결과, 전통사회의 와해 과정에서 출현한 대안적 사회 조직인 비밀 결사는 역사의 무대에서 물러나게 되었다.

3장

————

도시와 건축

1

성곽과 장성

왕루샹(王魯湘)

성은 중국문명의 특색 중 하나이다. 중국을 통일한 진나라는 봉건제를 폐지한 후 군현제郡縣制를 실시했다. 군현의 관공서가 있는 지방행정의 중심에는 통상적으로 성을 축조했다. 현성縣城의 아래로 청廳, 군軍, 보堡, 성城, 진鎭 등의 성이 있었다. 이 밖에 민간에서 자위책으로 만든 보堡나 채寨도 있었다.

중국인의 축성 역사는 상고시대로 거슬러 올라간다. 섬서성 임동臨潼에서 출토된 강채薑寨 유적을 살펴보면, 당시 사람들은 일족이 모여 살았으며, 마을 바깥에 마을을 에워싼 도랑을 판 후 별도로 남겨둔 몇 개의 출입구로만 출입했다. 이는 아마도 최초의 '해자'池일 것이다. 기록에 따르면 하나라는 성곽과 해자를 건설했다. 지반을 다지는 기술이 발전하고 도시가 흥성하면서 축성 사업은 보편적으로 시행되는 공적인 토목공사가 되었다. 춘추시대의 통치계급은 궁궐을 중심으로 한 크고 작은 도시를 건설했는데, 성벽은 흙을 다져 축조했고 궁궐은 대부분 높게 다져진 대 위에 세워졌다.『좌전』의 기록에 의하면, 축성 공사는 사도司徒의 지시하에 면밀한 계획에 따라 진행되었다. 춘추시대에는 100여 개의 나라가 있었다. 당시 성과 그 주변 지역이 하나의 나라인 셈이었다. 성을 건설하는 것은 사실상 나라를 건설하는 것이었고, 성을 잃으면 나라가 망하는 것이었으므로 통상적으로 성城을 국國이라고 부르기도 했다.

난공불락의 거대한 성벽을 쌓고 성벽을 둘러싼 해자를 파서 성벽의 견고함을 배가시킨 후 성벽의 외부에 외성인 곽郭을 축조하는 것은 통치자가 백성과 나라를 지키는 주요한 수단이었다. 맹자도 말했듯이 성을 잘 쌓고 해자를 잘 파 놓기만 해도 백성들이 군주를 대신하여 목숨을 버리지 차마 성을 버리고 도망가려 하지 않았다. 이렇게 해야 성 안의 통치자도 사람들을 붙잡아놓을 수 있는 것이다. 중국은 농업을 나라의 근본으로 삼았으므로 농민이 편하게 농사를 지을 수 있도록 보호하는 것이 국가의 전부였다. 진 이후 현의 소재지에는 모두 성곽을 건설했다. 사방에 성문과 곽문을 설치하고 주야로 순찰하며 철저히 수비하여 의외의 사태에 대비했으며, 강도에게 노략질을 당하지 않도록 현 전체의 양식을 지켰다. 농민들은 평시에 성 밖으로 나가 농사를 지었으므로 사방의 들판에는 간단한 울타리를 친 위채圍寨를 지어 잠깐의 안전을 도모할 수 있게 했다. 일단 적 침입 경보가 울리면 성으로 돌아가 방어에 힘썼다. 성에서도 병력을 파견하여 약탈당하는 성 밖 향촌을 적시에 지원하였다. 이처럼 도적에 대한 방비와 백성과 양식을 보호하는 것이 성의 가장 원시적인 기능이었다.

성의 주요 역할은 요충지에 주둔하여 국경을 수비하고 백성을 보호하는 것이다. 성은 기본적으로 방어적인 성격을 띠고 있다. 따라서 이 기능을 수행하기 위한 부속 건축물 또한 아주 많다. 예를 들어 옹성甕城, 성첩城堞, 장병동藏兵洞, 적루敵樓, 포대炮臺, 마도馬道 등이 이에 해당한다. 대규모 성문은 모두 전후의 두 겹으로 되어 있다. 즉 전루箭樓[1]의 아래와 성루의 아래에 각각 성문이 설치되는데 그 중간에 옹성이 있다. 전쟁이 일어나면 두 개의 문을 활짝 열어 적을 맞으러 돌진하되, 만약 불리해지면 퇴각하여 문을 굳게 닫고 성 안에서 수비한다. 적이 전문前門을 돌파하면 옹성에서도 적을 섬멸할 수 있으니, 이른바 독 안에 든 쥐甕中捉鱉의 형국이 되는 것이다. 명대 남경성 취보문聚寶門[2]이 좋은 예이다. 성은 장방형으로 남북의 길이는 128미터, 동서의 너비는 90미터, 총면적은 11,720평방미터이다. 복잡한 구조와 거대한 규모의 이 성은 중국에서 현존 최대이자 가장 온전하게 남아 있는 보루옹성堡壘甕城이다. 첫 번째 옹성은 동서 양측에 각각 마도가 설치되어 군기마가 성 위로 올라갈 수 있게 하였다. 사중으로 구성된 성에는 네 개의 공문拱門[3]이 있으며, 각 성문에는 철판으로 감싼 여닫이 목재 대문과 함께 천근갑千斤閘까지 설치되어 있었다. 또한 장병동藏兵洞 27개가 설치되어 수성 부대가 휴식을 취하고 군수물자를 저장하는 용도로 사용했다. 성첩城堞은 치첩雉堞이라고 불렸으며[4], 성벽 상단에 덧쌓은 이빨 형상의

---

1) 화살 쏘기 위한 감시구가 있는 망루
2) 지금의 중화문(中華門)
3) 아치형 문
4) 성첩은 여장(女墻), 여첩(女堞), 타(垜), 성가퀴 등 다양한 명칭이 있다.

엄폐물로, 성을 지키는 병사들이 첩구^{堞口5)}에서 활을 쏘거나 도창류로 적에게 반격을 가할 수도 있고 성벽을 오르는 적을 장병기로 찌를 수도 있었다. 성벽의 마면^{馬面6)} 위에 설치된 망루인 적루^{敵樓}와 포대에서도 적을 공격할 수 있다. 해자⁷⁾는 진공의 난이도를 증가시켰다.

방어적인 측면에서 성은 전략적인 요충지일 뿐 아니라 험난한 지세를 이용하는 것이 좋다. 일설에 따르면, 주원장이 남경성의 성벽을 완성한 후 아들과 신하들을 데리고 종산^{鍾山}에 올라 회심에 찬 표정으로 자신의 의도대로 만들어진 도성에 대해 의견을 물었다. 신하들은 모두 칭찬해 마지않았다. 그런데 고작 14세였던 왕자 주체^{朱棣8)}는 다음과 같이 지적했다. "자금산^{紫金山}에 대포를 설치하면 쏘는 족족 자금성^{紫金城9)}을 격중시킬 겁니다." 그는 단 한마디로 도성 건설의 결함을 설파한 것이다. 주원장은 주체의 지적을 듣고 종산, 우화대^{雨花臺}, 막부산^{幕府山} 등의 감제고지가 성밖에 있어 방어에 불리하다는 점을 깨닫게 된다. 이에 외곽성^{外郭城}을 축조할 것을 지시한다. 외곽은 주로 도성 밖을 둘러싼 황토 언덕을 이용하여 축조하였다. 때문에 "남경에는 산이 있으면 모두 성곽이 감싸고 있다^{曰下有山皆繞郭}"는 유명한 시구가 전해진 것이다.

군사 방어의 측면에서 냉병기 시대에 성곽과 그 부속 군사시설은 공성에 나선 적을 상대로 일정 시간 동안 대치국면을 유지하는 데 확실히 효과가 있었다. 그러나 천하에 공략하지 못하는 성은 없다. 성을 근거로 사투를 벌이다 성이 격파되어 몰사하는 비장한 이야기는 역사서에 부지기수이다. 서기 1082년(송 원풍^{元豐} 5년), 북송은 미지성^{米脂} 무정하^{無定河} 인근에 영락성^{永樂城}을 축조한 후 재물과 양식을 가득 채웠다. 이후 서하^{西夏}가 30만에 달하는 군사를 이끌고 서쪽에서 쳐들어와 보름 동안 영락성을 포위했다. 성에서는 물이 부족하여 갈증으로 죽은 자가 대부분이었다. 병사들은 어쩔 수 없이 말오줌을 받아 마셨다. 서하군은 비 오는 야밤에 영락성을 함락한 후 송군을 전멸시켰다. 그날 하룻밤에 군사와 부역 일꾼까지 20만이 죽었다.

---

5) 타구(垛口)라고도 한다. 성첩의 이빨과 이빨 사이의 끊어진 구멍을 가리킨다.

6) 성벽 바깥에 덧붙여 쌓은 직사각형의 돌출부 방어시설. 직선으로 뻗은 성벽에서는 사각지대인 적의 측면을 마면 위의 망루에서 공격할 수 있었고, 성벽을 강화하는 기능도 했다. 한국에서는 치(雉), 혹은 치성(雉城)이라고 하는데, 중국어에서 치(雉)는 성첩(치첩)을 의미한다.

7) 중국어에서는 호구(濠溝)나 호성하(護城河) 등을 사용하는데, 특정한 경우가 아니면 '해자'로 통일한다.

8) 영락제

9) 북경에 있는 자금성(紫禁城)과 한자가 다르다. 종산, 즉 자금산 자락에 위치한 남경의 황성을 당시 자금성(紫金城)으로 불렀던 것으로 보인다.

성의 두 번째 기능은 정치적인 것이다. 성의 규모는 대부분 정치적 지위에 의해 결정된다. 정치적 지위가 높을수록 성의 규모가 컸다. 규모가 크면 성문이 많아지고 성루城樓 또한 거대하고 웅장했다. 망루의 주요 기능은 군사적인 것이 아니라 정치적 위엄의 상징이었다. 따라서 성루는 일반적으로 헐산중첨歇山重簷10)이나 무전중첨廡殿重簷11) 형식의 지붕을 사용하여 높은 성벽 위에 우뚝 솟아 위협적인 기세를 자랑하게 했다. 성문의 명칭은 대부분 정통적이고 길하며 안정적인 느낌의 의미를 취했다. 예를 들어 원나라 대도大都12)의 11개 성문의 이름은 다음과 같다. 건덕健德, 안정安貞, 광희光熙, 숭인崇仁, 제화齊化, 숙청肅淸, 화의和義, 평칙平則, 순승順承, 여정麗正, 문명文明.

일부 성에는 자성子城, 즉 큰 성 안에 작은 성을 만들기도 했다. 자성은 일반적으로 군사행정기구의 소재지라 특별히 중요하게 여겨 별도의 성벽을 쌓아 호위한 것이다. 자성의 기능은 적의 공격을 방어하는 것이 아니라 첩보에 대한 방비, 즉 치안을 위한 것이다. 자성은 대체로 춘추전국 시기의 성城에 해당하고, 성은 당시의 곽郭에 해당한다. 북경의 자금성은 자성 중에서 으뜸이라 할 수 있으며, 북경성은 자금성을 보호하기 위해 축조된 것이다. 당대의 수도인 장안성長安城은 삼중 성벽으로 구성되는데, 가장 바깥이 곽성廓城이고, 중간의 황성皇城이 있으며, 가장 핵심에 궁성宮城이 위치하고 있다. 명덕문明德門, 주작문朱雀門, 승천문承天門으로 이어지는 연속선이 장안성의 중심축이 되며, 이 세 성문은 삼중 성벽의 정남문이기도 하다. 궁성 안은 궁정의 금지이고, 황성에는 대臺, 성省, 시寺, 위衛 등 중앙 관서가 있으며, 곽성 안에는 가방街坊과 동서 양쪽의 시장이 있었다.

성의 규모와 범위는 일정하지 않았다. 도성을 예로 들면, 한대의 장안성은 둘레가 45리였고, 동한과 위진 시기의 낙양성은 둘레가 30리, 명대 남경성은 둘레가 63리, 명대 북경성은 둘레가 62리였다. 수당대 장안성의 둘레는 73.4리였으니, 고대 중국이나 세계 전체에서 규모가 가장 거대한 성이었다.

성벽은 처음에는 판축版築13)으로 흙을 쌓다가, 이후 흙벽돌과 벽돌 성벽이 보편화되었다. 기원전 4세기의 연나라 하도下都 및 금나라 중도中都의 토성은 모두 판축으로 흙을 다져 만든 성벽이다. 명대 서안부西安府의 성벽은 먼저 판축으로 다진 흙을 사용했다가 나중에

---

10) 겹처마로 된 팔작지붕을 말한다. 북경의 천안문(天安門)이나 서울의 경복궁 근정전이 대표적인 예이다.
11) 겹처마로 된 우진각지붕을 말한다. 북경 고궁의 태화전(太和殿)이나 서울의 숭례문이 대표적인 예이다.
12) 현 북경
13) 판축은 일정한 간격으로 세운 기둥 사이에 판을 평행으로 세워 그 가운데 흙을 다져서 쌓는 축성 공법이다. 중국의 황토지대에 적합하다.

서야 벽돌을 사용했다. 명대 남경성은 거대한 장방형의 조석僚石으로 토대를 쌓고 커다란 벽돌을 쌓아서 만들었다. 일부 구간은 전부 조석을 쌓아 올렸다. 성벽에는 찹쌀(혹은 수수쌀)을 섞은 석회 충전재를 접합제로 사용했으며, 일부 구간은 동유桐油를 바르기도 해서 아주 견고했다.

성벽의 범위를 더욱 확장하여 국경까지 축조하면 변보邊堡 혹은 이른바 장성長城이 된다.

춘추전국 시대에 각국의 제후는 상호간의 방어를 위해 험준한 곳에 성벽을 쌓았다. 최초로 축조한 것은 초나라의 방성方城으로 기원전 657년에 지어졌다. 제나라도 기원전 6~5세기에 성을 쌓았으며, 연, 조, 진, 위, 한나라도 잇달아 장성을 쌓았다. 연나라 북쪽에 쌓은 장성은 동호東胡와 누번樓煩을 경계로 했으며, 남쪽 국경에 쌓은 장성은 제나라를 경계로 했다. 조나라는 서북방의 음산陰山에 장성을 쌓아 흉노, 누번, 임호林胡와 경계를 이루었다. 위나라는 정鄭 지방의 서북에서 위하渭河를 건너고 낙수洛水를 동안을 따라 상군上郡에까지 이르는 국경에 장성을 쌓아 진나라와 경계를 이루었다. 각국이 북부에 쌓은 장성은 북방 유목민족의 소요에 대비하기 위해서다.

진나라가 중국을 통일한 후 몽괄蒙恬 장군을 파견하여 흉노를 음산 이북으로 축출한 후 연나라, 조나라, 진나라의 장성을 연결하고 더욱 연장시켰다. 이것이 그 유명한 만리장성이다. 만리장성은 서쪽은 임조臨洮에서 시작하여 동쪽으로 요동까지 이어졌다. 보다 구체적으로 살펴보면, 감숙성 민현岷縣의 임조에서 시작하여 황하 동안을 끼고, 고란皐蘭의 동쪽, 영하성 은천銀川의 동쪽, 오가하烏加河의 남쪽을 거쳐 동쪽으로 도림陶林 이북, 상도하上都河14) 북쪽, 내몽고 적봉현赤峰縣 북쪽을 지나, 하북성 건평建平에서 연나라 장성과 나뉘며 동북쪽으로 바로 뻗어간다.

한무제는 위청衛青 장군을 파견하여 흉노를 치게 했다. 진나라 장성을 보수하면서 감숙성 경태현景泰縣에서 서쪽으로 무위武威, 장액張掖, 주천酒泉, 돈황敦煌의 4군의 북쪽을 거쳐 신강성 로프노르羅布諾爾까지 장성을 쌓은 뒤 '차로장遮虜障15)'이라 이름하였다. 또한 이에 대해 '장성 축조'라 하지 않고 '요새 건설起塞'이라고 말했다. 이른바 전쟁을 하지 않고도 흉노의 오른팔을 차단했다고 했으니, 바로 이를 가리키는 말이다.

북위北魏도 장성을 건설했다. 서쪽으로 섬서성 신목神木에서 출발하여 황화를 넘어 산서

---

14) 다륜(多倫)
15) 오랑캐를 막는 장벽

성 대동^{大同} 북쪽을 거쳐 동쪽으로 내몽고 적성^{赤城}에까지 이르렀으니, 거리가 아주 길지는 않다. 북제^{北齊}는 북위 장성을 이어 적성에서 동쪽으로 성을 쌓아 연산^{燕山}의 거용관^{居庸關}까지 연결시킴으로써 동쪽 해안으로 이르게 했다. 북주^{北周}와 수나라는 이 두 장성을 보수하긴 했으나, 진흙을 다진 판축으로 축성하여 비바람에 침식되거나 인위적인 훼손에 취약하여 오래 보존될 수가 없었다. 이 시기의 장성은 중국이 남북으로 분열되어 있던 상황에서 북방 왕조가 축조한 것이다. 자연히 그 규모와 길이는 통일된 중앙집권 왕조인 진, 한, 명나라가 수축한 장성에 비할 바가 못 되었다.

장성은 일반적으로 농경 문명을 이룬 한족이 쌓았다. 그러나 소수민족 정권이 쌓은 장성도 있다. 예를 들어 북위의 탁발씨^{拓跋氏}나 여진족의 금나라 등이 이에 해당한다. 이 두 민족은 순수한 유목민족은 아니기 때문이다. 여진족의 경우 일종의 요새를 짓고 사는 부족 민족으로, 마을^{村寨}에 모여 살면서 평소 사냥을 즐겨 하지만 농경도 중시하였다.

금나라가 축조한 장성은 몽고족을 방어하기 위해서였다. 먼저 돌로 만든 방어용 보루인 조보^{碉堡}을 설치하고, 이어서 참호^{界壕}를 파서 파낸 흙으로 참호 뒤에 성을 쌓았는데, 이를 보장^{堡障}이라 했다. 끝으로 보장을 강화하기 위해 그 위에 성첩(여장女牆)과 부제^{副堤}를 쌓아 세 노선의 장성이 완성되었다. 그것은 '북장성선^{北長城線}'16), '중장성선^{中長城線}'17), '남장성선^{南長城線}'18)이다. 그러나 금나라의 장성은 몽고 기병의 침입을 막을 수 없었다. 1211년 7월, 칭기즈칸은 대군을 이끌고 장성을 우회하여 금의 서북측 장성의 서쪽을 돌아 백등성^{白登城}을 공격했으며, 공략 후 금의 서경인 대동^{大同}을 공격했다. 동시에 제베^{哲別} 대장의 별동대가 오사보^{烏沙堡} 배후의 오월영^{烏月營}을 기습하여 단번에 금나라 군대를 대파했다. 곧이어 회하보^{會河堡}에서 펼쳐진 금나라 군대와의 결전에서 소수로 다수를 제압하였다. 금나라 군대는 장성 안으로 퇴각하여 거용외변보 바깥 지역을 모두 상실하게 되었다. 제베는 1211년 9월 말에서 10월 초, 기마유격대를 여러 무리로 나누어 거용외변보 장성의 여러 소로를 통해 장성 너머에서 집결시킨 후 곧바로 금나라의 중도(현재의 북경)로 접근했다. 그러다 방향을 틀어 금나라의 동경인 요양을 습격하였으며, 기지로 성문을 열어 한달여 가량 약탈한 후 돌아갔다.

명대 이전의 장성에는 벽돌이 사용되지 않았다. 대부분 토담이거나 산세, 암석, 계곡

---

16) 장춘외변보(長春外邊堡)라고도 한다.
17) 거용외변보(居庸外邊堡)라고도 한다.
18) 거용변보(居庸邊堡), 혹은 중경외보(中京外堡)라고도 한다.

등 지형지물을 이용하는 식이었으며, 도로에 나무 울타리나 수문을 설치하고 보루를 쌓아 요새를 만들어 지킬 따름이었다. 명나라는 개국 이후 몽고의 공격에 대비해야 했다. 이에 주원장은 홍무 2년(1369년)에 서달^{徐達}에게 거용성^{居庸城} 축조를 명하였는데, 돌을 쌓아 관문을 만듦으로써 험난함을 강화했다. 홍무 14년(1381년)에는 다시 서달에게 산해관^{山海關} 축조를 명하였는데, 마찬가지로 돌을 쌓아 만들었다. 영락제는 수도를 남경에서 북경으로 천도하면서 몽고에 대해 적극적으로 공격하는 전략을 취했으며, 여러 차례 직접 정벌에도 나섰으므로 장성 축조와 같은 방어책은 생각지도 않았다. 얼마 후 유명한 '토목보^{土木堡}의 변'이 일어나면서 국면은 달라졌다. 몽고 오이라트 부족이 토목보에서 영종^{英宗}을 포로로 잡아 영종을 끼고 북경으로 쳐들어가 5일 동안 포위한 후 돌아간 것이다. 이는 명나라 황제와 대소 관료들에게 굉장히 소극적인 심리적 효과를 발생시켜 공격에서 수비 위주로 전략을 바꿀 수밖에 없게 했다. 사실 '토목보의 변' 이후로 몽고 또한 내분이 일어나 명나라가 북방에서 받던 압력은 이미 대부분 해소된 상황이었다. 그러나 명나라 조정은 몽고의 허실을 파악하지 못하고 있었으므로 수도가 포위당한 사건만 놓고 모든 국력을 아끼지 않고 변방에 구변보^{九邊堡} 장성을 축조하였다.

헌종^{憲宗}이 황위를 이은 성화^{成化} 연간부터 벽돌로 장성을 연결하기 시작한 이래 가정^{嘉靖} 연간에 이르러 명나라는 구진^{九鎮}을 골간으로 한 북방 변경의 방어체계를 완성하기에 이른다. 구진은 구변^{九邊}이라고도 하는데, 동쪽에서 서쪽 방향으로 차례대로 나열하면 요동진^{遼東鎮}, 계주진^{薊州鎮}, 선부진^{宣府鎮}, 대동진^{大同鎮}, 태원진^{太原鎮}, 연수진^{延綏鎮}, 영하진^{寧夏鎮}, 고원진^{固原鎮}, 감숙진^{甘肅鎮}의 9개 군사진지를 가리킨다. 명나라 사람들은 장성이라는 말을 꺼려서 '구변보'라고 이름하였다. 이를 중단, 동단, 서단의 세 구간으로 나눌 수 있다. 중단은 산해관에서 영하진까지이고, 동단은 요동 부근이며, 서단은 영하진에서 가욕관 부근까지이다. 요동의 장성이 지나는 구간을 대략적으로 기술하면 다음과 같다. 산해관 북쪽에서 광녕^{廣寧}19)에 이르러 남쪽으로 꺾어 운하를 넘어 동북쪽으로 가다가 요양^{遼陽}, 심양^{沈陽}, 철령^{鐵嶺} 등지의 외곽을 휘감으며 개원^{開原}에 이른다. 다시 무순^{撫順}에서 동남쪽으로 봉성^{鳳城}, 단동^{丹東}을 거쳐 압록강변에 다다른다. 동단 구간의 이 장성은 간소하게 축조되어 유조변^{柳條邊}20)이라 칭해진다. 중단의 장성이 지나는 지역은 대체로 산해관에서 시작하여 연

---

19) 현재 요녕성 북진현(北鎮縣)

20) 버드나무로 엮은 울타리. 한족의 만주 지역으로의 이주를 금하는 봉금정책에 따라 설치되었으며, 유성(柳城), 유장(柳墻), 성경변장(盛京邊牆)이라고도 한다.

산의 남쪽 기슭을 따라 서쪽을 향하며 희봉구喜峰口, 고북구古北口, 거용관居庸關, 선부宣府, 대동大同, 편관偏關을 거쳐 하곡河曲에서 황하를 넘은 후 서쪽으로 부곡府谷, 신목神木, 유림榆林, 횡산橫山, 정변靖邊, 정변定邊을 거쳐 영하寧夏에 이른다. 중단 장성의 이 노선을 외변外邊이라 칭한다. 중단의 또 다른 노선을 내변內邊이라고 하는데, 북경의 거용관에서 남쪽을 향해 뻗어 나가 하북성 이현易縣의 자형관紫荊關, 당현唐縣 서북쪽의 도마관倒馬關, 부평현阜平縣의 용천관龍泉關, 산서성 번치현繁峙縣의 평형관平型關, 대현代縣의 안문관雁門關, 영무현寧武縣의 영무관寧武關을 거쳐 편관현偏關縣의 편두관偏頭關에 이른다. 서단의 장성은 영하진에서 황하를 따라 서남쪽을 향해 뻗어 나가 난주蘭州, 무위武威, 장액張掖을 거쳐 가욕관에 이른다. 명대의 장성은 드넓은 초원지대, 광대한 사막지대, 우뚝 솟은 산악지대를 거쳐 발해의 해변까지 전장 6,700킬로미터, 즉 13,400리에 이르니, 만리장성이라 부르고도 남을 정도이다.

장성은 세계적으로도 가장 어렵고 거대한 규모의 토목공사 중 하나였다. 그 중심을 이루는 성벽은 대부분 구불구불한 산맥의 분수령 위에 건설되었다. 구간별로 돌벽, 석재벽, 흙은 다진 항토벽夯土牆, 벽돌벽 등 여러 종류로 나뉜다. 특수한 지대에서는 산 절벽을 이용하여 치첩을 세우거나 절벽을 쪼개어 성벽을 삼기도 했다. 예를 들어 금산령金山嶺 구간의 망경루望京樓와 고북구古北口 장성 같은 경우가 그러하다. 요동에서는 목판이나 버드나무로 만든 성벽도 있었으며, 황하 접경에는 겨울에 빙벽을 만들기도 했다. 성벽의 높이는 지세의 변화에 따라 결정되었는데, 대략 3~8미터 정도이고, 너비는 약 4~6미터 정도이다. 성벽 위에는 30~100미터 간격으로 망루敵臺[21]를 설치했다. 망루는 내부공간의 유무에 따라 실심實心과 허심虛心의 두 종류가 있고, 네모난 것과 둥근 것으로 형태가 나뉜다. 실심 망루는 꼭대기에서 멀리 사격하는 것만 가능하다. 허심 망루는 그 아래 사람이 머물 수 있고, 꼭대기에서 멀리 사격하는 것도 가능하다. 봉화대烽堠는 경보용의 돈대墩臺 건축으로 모두 산봉우리의 가장 높은 곳에 지어졌으며, 거리는 약 1.5킬로미터 가량 떨어져 있다. 상부에는 치첩과 관측소를 설치하고, 땔나무를 보관하고 있다가 적의 동정이 발견되면 낮에는 연기를 피우고 밤에는 불을 피워 정해진 노선에 따라 순식간에 지휘부인 영보營堡로 전달된다. 봉화대와 유사한 것으로 화포 돈대火炮墩臺가 있다. 봉화 돈대의 본부 부근에는 높이 1.7미터, 길이 2.6미터 가량의 낮은 벽은 종횡으로 교차되게 쌓아 기병의 접근을 막았다. 장성이 통과하는 험난한 지대에는 모두 관문을 설치했다. 관문은 중

---

21) 초루(哨樓)

요한 군사 도로이므로 방어시설이 지극히 치밀했다. 일반적으로 관문에는 영보^{營堡}를 설치하는데, 돈대와 성벽을 추가로 세워 종심^{縱深} 방어를 강화했다. 중요한 관문에는 성벽을 수 겹으로 쌓았다. 기동성이 뛰어나고 약탈로 살아가는 유목민족의 기마대를 상대하기 위한 농경민족의 방어선인 장성은 상상조차 하기 힘들 정도의 인력과 물자를 투입했다는 점에서 세계 군사공정과 토목 건축사상 유례를 찾기 힘든 장관이라 할 수 있다.

그러나 청나라 군대가 산해관을 넘은 이후의 장성은 군사적, 정치적 의미가 퇴색되었다. "천하는 한 가문으로 내외가 따로 없으니, 봉화가 멈추고 전쟁을 이야기하지 않는다"라고 한 강희제의 말이 이를 잘 보여준다. 장성이 후세에 남긴 것은 가슴 아픈 통절함 뿐이다. 성곽이니 장성이니 하는 것들은 모두 인류 공동체가 자신의 생존 공간을 확정하는 수단으로, 땅을 지키고 사람들을 보호하기 위한 목적을 수행하며 농업에 기반한 국가에 안전과 안정을 가져다주었다. 그런 의미에서 장성이라는 군사시설은 그것의 방어전략 배후에 숨겨진 평화를 사랑하는 유가 문화의 가치관을 잘 보여주고 있다. 그러나 또한 바로 이러한 점에서 장성의 축조는 한족의 약점을 보여주는 것이기도 했다. 왜냐하면, 진한 시기의 장성이 소극적인 방어적 의미에 더하여 어느 정도는 적극적으로 영토를 확장하려는 진취적 정신이 깃들어 있다면, 명대의 장성은 진취적 기상보다는 방어에만 치중하여 시대적 추세를 읽지 못한 혼탁한 정치의 상징이기 때문이다. 게다가 군사적인 측면에서 고려했을 때 방어시설로서의 성곽은 어느 정도의 합리성과 실용성을 지녔지만, 장성은 기본적으로 크기만 했지 쓸모가 없어 국력을 소모할 따름이었다. 소규모의 약탈 뿐 아니라 대대적인 중원 침략에서도 장성이 초원을 호령하던 유목민족의 남침을 정말로 막아준 적은 한 번도 없다.

그렇지만 다른 측면에서 봤을 때 다른 위대한 고대의 건축물이 그러하듯 성곽과 장성의 실용적 의미가 점차 퇴색되어 사라져 버렸지만, 그것의 심미적 가치는 더욱 부각되고 있다. 특히 드높은 하늘을 나는 한 마리 용처럼 하늘과 땅이 만나는 산등성이를 휘감은 만리장성의 경우, 광활한 대자연에 인공적인 장식을 더함으로써 인류의 지혜와 능력이 얼마나 위대한지를 잘 보여주고 있다. 장성에 대해 어떤 신기한 해석을 내린다 해도, 그 옛날 무수한 병졸과 인부들이 흘린 피땀에 경외감을 품지 않을 수 없을 것이다.

2

도시와 시장

장융진(张勇进)

중국의 역사와 문헌에 등장하는 최초의 '성城'과 '시市'는 두 가지 다른 개념이었다. 중국 고대의 '성'은 권력의 필요에 따라 외부의 침략을 방어하고 정치 및 군사 권력을 수호하기 위해 만들어진 시설이다. 중국 역사에서 이야기되는 "성을 쌓아 군주를 보호하고, 외성郭을 만들어 백성을 거주시킨다"라는 말에서 성의 역할을 알 수 있다. 이른바 '시市'는 농업과 수공업의 분업 및 상업 활동의 출현에 따라 형성된 상품 교환장소이다. 원시사회로 거슬러 올라갔을 때 성의 출현이 '시'의 출현보다 빨랐다. 왜냐하면 외부와의 교환 수요가 낮은 씨족 부족에게서도 축성을 통한 방어 수요가 있었기 때문이다. 그러나 성시城市라는 단어의 사용과 도시[1]의 발전은 생산력의 발전과 상품교환 범위의 확대에 따라 경제적 문화적 중심인 '시'가 정치 및 군사 중심인 '성'과 서로 섞이고 결합한 결과이다. 따라서 우리는 먼저 시장에서 이야기를 시작하려 한다.

중국의 시장集市은 노예사회 말기에 처음으로 출현했다. 농업문명의 흥기로 수렵 유목 생활이 농업경작의 정주적 생활 방식으로 대체되면서 잉여 농산품이 생겨났고 수공업 생산 또한 비약적인 발전을 이뤘다. 이에 따라 사람들 간의 교환 수요가 나타났다.

처음으로 '시장'에 대해 해석한 것은 『주역』이다. 『주역』·「계사전」에 따르면, "한낮에 시장을 만들어 천하의 백성들을 오게 하고 천하의 재화를 모아서 교역하고 물러가 각

---

1) 현대중국어에서 성시(城市)는 '도시'라는 의미이며, 도시(都市)는 일반적으로 '대도시'라는 의미로 사용된다. 한편, 성(城)과 시(市) 또한 '도시'라는 의미로 사용될 수 있다. 번역에서는 일반적인 의미일 때는 구분 없이 '도시'를 사용하고, 각 한자의 의미를 살려야 할 때는 원어를 사용하고 한자를 병기하도록 한다. 한편 표제어의 '집시(集市)'는 시장으로 번역했으며, '시'는 그 맥락에 따라 도시나 시장으로 번역해야 하는 경우를 제외하면 '시'를 그대로 사용한다.

각 제 살 곳을 얻게 하였다." 주나라 시기에 시장 무역은 이미 초보적인 형태를 갖춘 상태였다. 『주례』「지관」에서는 "50리마다 시장을 갖췄다"라고 총괄한 후 다음과 같이 구체적으로 묘사했다. "대시^{大市}는 한낮에 열리는 시장으로 백성들 위주였다. 조시^{朝市}는 아침에 열리는 시장으로 상인들 위주였다. 석시^{夕市}는 저녁에 열리는 시장으로 행상인 위주였다." 이를 통해 중국 고대에 이미 교역을 직업으로 하는 사람을 상인^{商賈}이라 칭하고, 구매한 물건을 이 시장 저 시장으로 옮겨 다니며 내다 파는 사람을 행상인^{販夫販婦}이라 칭하고 있음을 알 수 있다.

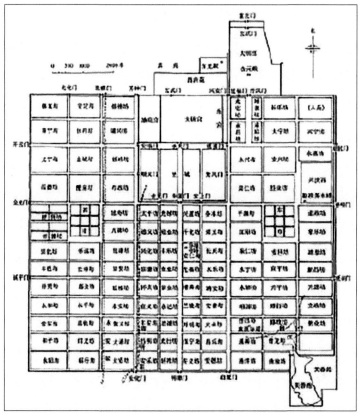

〈그림 1〉
당대 장안 약도

옛 전설에 춘추 시기 위나라의 거상인 백규^{白圭}를 상인의 시조로 받든다. 그는 시장의 시세 변화를 잘 파악했으며, 다양한 방식으로 대책을 세운 뒤 손자가 군대를 부리거나 상앙이 법을 시행하듯이 과감하게 결단을 내림으로써 상인들의 모범이 되었다.

당 이전의 시장은 대부분 민간에서 자생한 것으로, 생산된 계절, 풍속이나 습관, 종교, 경축일 등에 따라 정기적으로 혹은 부정기적으로 시장을 열어 생산품과 생활용품을 교환했다. 당대에 시령관市令官을 설치하기 시작했는데 그 주요한 기능은 시장의 교역을 관리하는 것이었다. 또한 오시에 북을 삼백 번 치면 상인들이 시장에 진입할 수 있었고, 해가 지기 7각 전에 징을 삼백 번 치면 시장을 파하였다. 이처럼 관청이 시장 관리를 주도한 것은 주로 당대에 상품교환이 발달하고 규모가 확대되었기 때문에 일어난 일이었다. 이는 시장 관리의 최초의 형식이다.

중국 고대 시장은 형식은 다양하며, 명칭도 염시鹽市, 곡시穀市, 초시草市, 우마시牛馬市, 화시花市, 사시紗市, 묘시廟市 등 제각각이었다. 그중 묘시가 가장 정식이었으며 규모도 컸다. 묘시는 묘회廟會라고도 했는데, 종교활동과 경제활동을 하나로 결합한 종합적인 대형 시장이었다. 당연히 각지의 묘회는 여러 형태를 띠고 있었다. 1년에 1차례 보름 동안 열리는 근대 상해의 정안사靜安寺 묘회 같은 것도 있었고, 1년에 수차례, 심지어 매월 열리는 묘회도 있었다. 송대는 묘회가 성행하여 규모가 거대했고 상품 또한 지극히 풍부했다. 변경汴京의 성황묘시城隍廟市에서는 중국 각지의 특산품 뿐 아니라 외국 상품까지 있었으니, 국제적 시장 무역의 초기 형태라고 할 수 있다.

명청 시대는 농업생산 기술의 개선으로 인구가 폭증하였으며, 그와 함께 명대 초기부터 봉건 통치자들이 변병을 강화하고 조세를 확대하기 위해 수차례 이주 정책을 펼쳐 인구의 분포가 확장되었다. 다른 한편, 농업과 수공업의 발전으로 사회경제 생활에서 상품경제가 발전하면서 자급자족의 자연경제에서 '자본주의의 맹아'가 출현하게 되었다. 이러한 것들이 상품교환을 주기능으로 하는 시장의 급속한 발전을 가져왔으며, 특히 태호太湖 지구를 위시한 일부 경제 발달지역에서는 대체로 3~5리마다 시市가, 10여 리마다 진鎭이 형성되었다.[2] 지방지의 기록에 따르면 명대 정덕正德 연간 이전에 태호 지구에 37개 시진市鎭이 있었는데, 청초에서 아편전쟁 직전까지 크고 작은 시진이 150여 개로 신규 증가하였다. 그중에는 전문적인 시진도 상당수 출현했다. 이러한 시진의 발전 추세는 근대에 들어서 제국주의 세력의 침입과 함께 더욱 강화되었다.

중국의 시장은 주로 농촌에 흩어져 있었다. 이들은 그 지역 농촌 생산품의 집산지가

---

2) 여기서 시(市)는 소규모 기층 시장, 진(鎭)은 여러 촌락의 경제적 중심지에 있는 중간 시장을 가리킨다. 둘을 합친 '시진'은 읍, 혹은 농촌의 소도시 정도 규모의 마을을 가리키는 말로 사용된다.

되었으며, 그에 따라 농촌경제의 중심을 형성했다. 경제가 번영하고 사회가 안정되면서 사람들의 시장에 가는 횟수가 늘어났고 교역의 공간적 범위가 확장되었다. 가장 발달한 시장 형식은 매일 열리는 시장이었다. 이처럼 매일 행해지는 교역과 정기 시장으로 인해 점점 시진을 형성하게 되는데, 이들 중 일부 시진은 성시城市 혹은 도시都市 탄생의 기초가 되었다.

중국의 도시는 대략 4천여 년의 역사를 가지고 있다. 고고학적 발굴에 따르면 하남성의 용산龍山 문화 단계에 이미 최초의 도시가 출현했다. 예를 들어 하남성 언사偃師 지구의 이리두二裏頭 유적에서 동서로 100여 미터, 남북으로 너비 100미터에 달하는 남북향의 항토夯土 토대가 발견되었는데, 그 규모와 기둥 구멍으로 짐작할 수 있는 당堂, 처마廡, 정원庭, 문門의 배치를 통해 그것이 궁전식의 건축이었음을 알 수 있다. 그 부근에는 크기가 다양한 항토 토대가 다수 발견되었고, 석판과 자갈을 깐 도로와 토기로 만든 배수관이 있어 상당한 규모의 건축군을 형성하고 있었다.

상나라에서 서주 시기까지는 중국 도시발전의 초기단계로, 궁전, 종묘, 각종 수공업 작업장, 귀족과 평민의 주거지가 드문드문 흩어져 존재하고 있었다. 도시 내부의 각종 활동, 특히 경제활동은 비교적 이후의 도시에 비해 아주 느슨했다. 당시 규모가 비교적 크고 기술이 복잡한 수공업 노동장소가 도시에 집중되어 있었지만, 주민들은 대부분 근교에서 농업에 종사했다. 이 시기는 아직 도시와 농촌이 분명하게 구별되지 않는 분화의 초기 단계였다.

춘추 말기부터 전국 중기까지 토지 사유제가 확립되고 수공업과 상업이 발전함에 따라 일군의 도시가 출현했다. 이와 동시에 제후가 할거하여 제후들의 영지에 궁전을 중심으로 한 대도시가 발전하기 시작했다. 제나라의 임치臨淄, 조나라의 한단邯鄲, 주나라의 성주成周, 위나라의 대량大梁, 초나라의 언영鄢郢, 한나라의 의양宜陽 등을 예로 들 수 있다. 『사기』·「소진열전(蘇秦列傳)」에 따르면, "임치 땅에는 7만 호가 살고 있는데, …… 성년 남자가 3명보다 적은 호가 없으니, 3 곱하기 7은 21만 명이다. …… 임치는 매우 부유하고 풍족하여 백성들 중에 우竽를 불고 슬瑟을 두드리거나, 금琴을 타고 축筑을 두드리거나, 투계鬪雞나 개경주를 하거나, 육박六博이나 공차기踏鞠 등을 즐기지 않는 자가 없다. 임치의 도로에서는 수레바퀴끼리 서로 부딪히고, 사람들의 어깨가 서로 닿았다. ……" 이 시기의 도시는 빈번한 전쟁으로 인해 대부분 견고한 성곽과 해자 등 방어시설을 축조했으며, 제왕의 위엄과 주민을 통제 편의를 위해 일반적으로 궁궐을 도시의 중심축 선상에 배치했다. 이후 중국의 도시 계획과 건설의 기본적인 원칙이 이 시기에 이미 드러나 있었다.

한대에는 철기의 보급으로 농업과 수공업의 비약적인 발전을 이뤘으며, 이들 간의 분업이 확대되었다. 이에 따라 신흥 도시가 출현하게 되었다. 그중 수공업 도시의 대표로 소금 생산의 임공臨邛과 안읍安邑, 자수 생산의 양읍襄邑, 칠기 생산의 광한廣漢, 철 생산의 완宛과 임공臨邛이 손꼽힌다. 유명한 상업 도시로는 낙양洛陽, 한단, 완宛, 강릉江陵, 성도成都, 오吳, 합비合肥, 번우番禺 등이 거론되며, 임치는 춘추 및 전국 시기의 토대 위에 이 시기에는 비단 생산과 상업의 번성으로 이름났다. 서한의 수도인 장안長安은 당시 중국의 정치, 문화 및 상업의 중심이었으며, 그 이전까지의 왕조를 통틀어 규모가 가장 큰 도시였다.

삼국 시기에서 남북조에 이르는 시기는 장기간의 전란으로 인해 도시의 경제발전이 정체되었다. 그러나 북방 유목민족이 침입하여 각자의 왕조를 건립하면서 중국의 서북 지역과 북방 지역에 새로운 도시가 출현하였다. 수당 시기는 중국 사회발전의 전성기였다. 당나라는 수나라의 토대 위에 수도인 장안과 동도東都인 낙양을 세웠다.

장안은 당시 세계에서 가장 큰 도시 중 하나였다. 질서정연한 계획에 따라 80여 평방킬로미터에 달하는 거대한 규모로 지어졌으며 백만에 달하는 인구가 거주한 장안은 당시 중국의 정치, 경제, 문화의 중심이었다. 동시대에 다른 유명한 수공업 및 상업도시로 성도成都, 유주幽州[3], 남창南昌, 강릉江陵, 양주揚州, 단도丹徒, 소흥紹興, 항주杭州, 천주泉州, 광주廣州 등이 있다. 그러나 당대 초기에 도시의 각종 활동은 당시의 정치경제적 면모를 충분히 반영하지 못했다. 왜냐하면 서한 후기부터 토지 소유자에 대한 농민의 종속적 관계가 날로 강화되면서 농촌은 점차 자급자족의 자연경제 단위를 형성하게 되었기 때문이다. 설령 도시라 할지라도 자연경제와 신분 제도의 영향으로 인해 도시 생활이 과거와 마찬가지로 밀폐 상태에 머물러 있었으며 등급에 따라 거주지가 엄격하게 나뉘어 있었다. 그러다 당대 중후기에 상품경제가 새로운 기반 위에서 활기를 띠기 시작하면서 도시 경제는 새롭게 발전하기 시작했다. 도시 상공업이 발전하고 종속적 관계와 신분 제도가 느슨해지기 시작하면서 상업이 번영한 일부 도시에서 야시장(예를 들어 양주)이 출현하여 정기적, 집중적으로 진행되던 상업활동의 금제를 돌파했다. 이밖에 일부 시장 부근에는 임대형 휴식공간이 등장하여 현지의 풍속이 깃든 다양한 활동이 펼쳐지기도 했다.

---

3) 지금의 북경

북송이 오대십국의 할거 국면을 종식시키고 통일왕조를 건립한 후 부세를 균등히 하고 수리水利를 정비하며 황무지를 개간하자 농업이 신속히 회복하기 시작했다. 농촌의 많은 정기 시장이 이로 인해 시진이 되었다. 송대에는 수공업의 분업이 세밀해졌고 과학기술과 생산도구가 발전하여 작업방의 규모가 확대되었다. 이런 것들이 도시의 번영을 촉진했고 이에 더하여 국제무역이 활발해지면서 원래 당대에 십여 개에 불과했던 10만 호 이상의 도시가 북송 시기에는 40여 개로 증가하였다. 이후 북송은 요나라와, 남송은 금나라, 원나라와 대치하던 시기에 전국 각지에서 몇몇 중형 도시들이 출현했다. 이 시기에 대외무역의 발전으로 연해의 광주, 명주4), 천주泉州 등의 도시가 당대의 기반 위에 더욱 번영하여 중국과 해외를 연결하는 중요한 기지가 되었다.

송대에는 도시의 구조 또한 변화하였다. 한-당대 이래로 도시는 대부분 리방里坊 제도를 실행하여 거주민들을 정자형井字形 거주구역 안으로 제한하였으며, 수공업 작업방이나 상업 점포를 고정된 시장 안에 집중시켰다. 그런데 북송은 수도인 동경東京 변주汴州5)에 도성을 재건하면서 가도변에 상점을 설치하고 리방 제도와 당대 이래로 시행되어 오던 야금夜禁 제도를 취소함으로써 업종별로 길거리가 조성된 개방형 시장을 형성하였다. 이에 따라 상점邸店, 주루酒樓 및 즐길거리를 위한 건축물이 대대적으로 길거리를 따라 지어지기 시작했다.

송대의 도시생활은 향락적인 생활방식의 영향으로 다양한 모습을 노정하였다. 송대 문인 맹원로孟元老의 『동경몽화록(東京夢華錄)』에 따르면, 송대 개봉의 시민들은 정월 대보름元宵節을 쇨 때 집집마다 떠들썩하고 와자지껄하여 도시 전체에 음악이 흘렀으며 등불이 눈부시게 밝혀져 유람객들이 모기처럼 붐볐다고 한다. 개봉은 당시 중국 최대의 도시로 인구가 백만에 달하였다. 이 도시의 번화함은 다양한 문자기록 뿐 아니라「청명상하도(清明上河圖)」의 화폭에 생생하고 구체적으로 담겨 있다. 그림을 따라가 보면 관청 건물, 시가지의 생활상, 즐비하게 늘어선 상점들이 이어져 있으며, 특히 길거리를 오가는 마차, 시끌벅적한 사람들, 줄지어 운하를 오가는 선박들이 수도의 번화한 모습을 잘 보여주고 있다. 시민들의 생활 또한 그림에 생생하게 표현되어 있다. 멜대나 수레에 짐을 가득 싣고 시장으로 향하는 사람들, 말이나 가마에 올라 교외로 유람가는 사람들, 술

---

4) 현재 절강성 영파시
5) 현재의 개봉시

집에 앉아 노닥거리며 한담하는 사람들, 물건을 사고파는 장사치들, 일없이 길거리를 어슬렁거리는 사람들, 성문 앞에서 구걸하는 거지까지 모두 모여 한 폭의 세속적 화면을 생동감 있게 조합해 내고 있다.

원나라는 송을 멸망시킨 후 대도^{大都}6)에 당대 장안 이후 가장 큰 규모와 가장 잘 계획된 도성을 건립했다. 현대 북경성의 기반이 이로부터 다져지게 된 것이다. 원 중엽 이후로 중원, 강남 및 연해의 일부 도시가 번영하기 시작했다. 수상운송을 원활하게 하기 위해 원은 산동성 경내의 운하를 개축하여 북쪽으로 고구^{沽口}7)까지 직통으로 연결하여 운하 주변 지역의 번영을 촉진했으며 몇몇 새로운 도시를 탄생시켰다.

명청 시기는 중국사회가 회복기에서 정체기를 지나 붕궤에 이르던 시기였다. 이 시기의 도시는 수도인 남경과 북경의 건설 및 송원 이래의 일부 오래된 성을 확장한 것에 더하여 신흥 수공업, 상업 및 대외무역 도시와 지방도시가 출현했다. 동시에 중앙정부는 지방의 부^府, 주^州, 현성^{縣城}의 건설과 계획을 중시하기 시작했다. 남방의 도시와 북방의 도시는 지리적 위치, 기후, 지형 등이 다르고 구조적으로도 나름의 특징이 도드라지긴 했지만, 일반적으로 서원^{書院}, 동향 회관^{會館}, 종사^{宗祠}, 희원^{戱院}, 여관^{旅店}, 식당^{餐館} 등 공공 건축물이 증가했고 개인 원림^{園林} 또한 발전하기 시작했다.

중국 도시의 발전에 영향을 미친 요소로 아래 몇 가지를 꼽을 수 있다.

1. 수공업, 상업 및 대외무역의 발달로 인한 도시의 형성.
2. 교통의 요지에 위치하여 도시가 된 경우.
3. 대량의 인구가 한 곳에 모여 거주지역을 형성하면서 상공업 중심이 된 경우.
4. 정부가 군사요지에 방위시설을 설치하면서 도시로 발전한 경우.
5. 정부가 선택한 각급 행정 중심 소재지, 특히 도성의 선택이 대도시 형성에 지극히 중요했다.

물론 중국 역사에 등장한 여러 도시는 행정적 지위에 따라 등급이 나뉘어 있었다. 예를 들어 명청 시기의 도시는 행정 등급에 따라 성성^{省城}, 부성^{府城}, 주성^{州城}, 현성^{縣城}으로 구분되었다. 각급 도시는 지리적 분포 면에서 대체로 일정한 규정에 따랐으며, 도시의 규모와 배치 또한 일반적으로 행정 등급에 의해 결정되었다. 모든 도시 중 가장 높은 지위

---

6) 현재의 북경시
7) 현재의 천진시

를 가진 것은 도성이었다.

도성은 국가의 수도이다. 중국 최초의 도성은 전설로 전해지는 하 왕조의 수도인 양성陽城8)으로 이미 4천여 년 전에 만들어진 것이다. 상 왕조의 수도인 박毫9) 또한 3천 5백여 년의 역사를 자랑한다. 서주 이후 중원 지역의 생산력이 제고되어 인구가 급격히 증가하였고 지역 내부와 지역 간 연계가 갈수록 긴밀해지면서 각지의 도시가 신속히 발전했다. 춘추전국에서 진, 한, 위진남북조 시기에는 여러 국가가 할거했고 왕조의 흥망과 대체가 빈번해지면서 수도의 자격을 갖춘 대도시가 전국적인 범위에서 현저히 증가했다. 6세기 초의 『수경주(水經注)』의 기록만 놓고 봐도, 상고 시대부터 북위 시기까지의 성읍城邑의 수는 3천여 개에 달했는데, 이 중 고도古都는 약 180개였다. 북위에서 청나라까지도 여러 왕조가 교체되면서 새로이 많은 고도가 추가되었다. 중국 역사상 모든 왕조의 수도 중 특히 유명한 것은 북경, 서안, 낙양, 개봉, 남경, 항주 등 6곳으로, 이들을 중국 6대 고도라 칭한다. 이들 도시는 세계적인 수준에서도 일류에 속하는 국제 대도시라 할 수 있다.

6대 고도 중에서 북경은 역사적 지위와 보존된 고대 건축물로 인해 중국 제일의 도성으로 손꼽힌다.

북경성의 역사는 기원전 1000년에 남겨진 문자기록으로까지 거슬러 올라간다. 당시의 명칭은 계성薊城으로, 주 왕조의 분봉국인 연나라의 도성이었다. 진시황이 중국을 통일하여 중앙집권 국가를 건립하면서 천하를 36군으로 나눴을 때, 계성은 광양군廣陽郡의 행정 중심이었다. 이후 위진남북조를 거치면서 전후 800여 년 동안 북방에서의 계성의 역할이 점점 중요해져 군사 요충지이자 무역 중심의 지위를 다져 나갔다. 수나라는 계성을 탁군涿郡의 행정중심으로 삼았으며, 당나라는 유주幽州로 통칭했다. 938년 북경에서 흥기한 요나라는 계성을 배도陪都로 삼은 뒤 남경南京으로 개칭했으며, 연경燕京이라 부르기도 했다. 금나라가 요나라를 이은 후 1153년에 정식으로 천도하면서 중도中都라 불렀다. 이때부터 북방의 군사 요충지인 계성이 전국의 정치 중심지로 변모하였다. 원나라는 중도의 교외에 새로운 성을 건설하여 대도大都라 불렀는데, 이것이 이후 북경성의 기본적인 골격이 되었다. 명나라는 대도를 재건하면서 처음으로 북경이라 칭하였다. 오늘날 북경 자금성의 건축물 대부분은 명나라의 유물이다. 청나라는 북경을 도읍으로 삼은 후 추가로

---

8) 현재 하남성 등봉현(登封縣) 동쪽
9) 현재 산동성 조현(曹縣) 남쪽

황실 원림과 이궁離宮을 건설하였다.

　북경성의 설계에는 황권의 지고무상한 이상이 잘 구현되어 있다. 도성의 배치는 황궁을 중심으로 이뤄졌는데, 도시 전체의 중축선中軸線에 황궁을 위치시킨 후 좌우대칭과 전체적인 배치의 단정함을 추구했다. 다른 한편 위계 질서의 차이를 보여주기 위해 건축의 형식적인 면에서도 상이한 공정을 강조했다. 예를 들어 태화전太和殿은 자금성에서 최상위의 위계를 상징하는 건축으로, 겹처마 우진각지붕重簷廡殿, 3층의 대리석 기단, 11칸의 가로 폭面闊 등의 형식을 채택했다. 이를 기준으로 다른 건물들은 지붕이나 건물의 폭 등을 위계에 맞게 줄여야 했다. 붉은색의 담장, 기둥 및 내부장식과 황색 유리기와는 황궁 건축만이 전유하는 색채였다. 명청 시기의 고궁 건축은 중국 고대 건축예술의 위대한 성취를 반영한 것으로, 세계에서 가장 우수한 건축물 중 하나이다.

　북경은 중국 도시 발전의 축소판으로 볼 수 있다. 북경을 통해 중국 도시 흥쇠의 원인을 찾을 수 있고, 중국 도시와 서양 도시의 상이한 특성도 발견할 수 있다. 고대 그리스는 도시국가였으며 모든 도시가 고도의 자치를 행하였고 시민들은 직접 민주권을 향유했다. 그에 반해 중국의 경우 도시의 행정권은 시종 중앙정부가 임명한 관리의 수중에 장악되어 있었고 인민들은 지방 관리를 부모관父母官으로 간주하여 도시 관리에 민주적인 참여를 한다는 생각은 아예 입에 담지도 못했다. 중세 유럽의 도시에서도 계속하여 자치권이 보장되었다. 따라서 도시에서의 상업과 수공업이 보호받았고, 주변의 봉건 영지와는 상대적으로 독립되어 있어 시민계급의 형성과 발전을 촉진하였다. 이런 것들이 근대 부르주아의 탄생에 기본적인 조건을 제공하였다. 그런데 중국의 도시는 시종일관 특정 지역의 행정 중심이었으며, 도시에서 거둔 세금과 농민에 대한 수탈에 의지하여 유지되었다. 때문에 시민계층의 불안정을 야기하여 중국에서 근대 부르주아가 탄생하는 것을 저해하는 요인이 되었다. 교회 또한 유럽 도시의 발전에 아주 중요한 역할을 했다. 정치적 영향, 경제적 수입 및 사상 통제 등 여러 요소를 고려하여 교회는 일반적으로 활동의 거점을 도시에 마련하였다. 그에 따라 교회는 도시에 학교나 예배당 건물 같은 공공시설을 제공하는 역할을 하기도 했다. 그러나 중국의 도시 생활에서 종교활동은 주도적인 역할을 차지한 적이 없다. 따라서 중국의 도시 생활은 세속화의 경향이 더 강하였다.

　중화문명의 일부로서 중국의 도시 문명은 세계문명사에서 당당히 한 자리를 차지하고 있다.

3

궁전과 왕릉

왕위짜이(王語哉)

중국 건축은 세계에서 가장 역사가 길고 가장 특수한 건축체계이다. 절강성 여요현^{餘姚}^縣 하모도^{河姆渡} 유적 제4 문화층에서 장부^榫와 장부구멍^卯이 있어 요철 형태로 끼워 맞추는 목조 건축물 잔해가 대량으로 발견되었다. 방사성탄소 C-14의 연대측정에 따르면 대략 지금으로부터 6900여 년 전에 중국 건축체계의 맹아가 만들어진 것이다. 진한대에는 목조건물 위주의 중국 건축체계가 이미 완성되었다. 궁전과 왕릉은 중국 고건축 중에서 가장 거대하고 중요하게 취급되던 건축으로, 역사상 수많은 감동적인 이야기가 이를 둘러싸고 연출되어 왔다. 물론 건축에 대한 심미 판단은 권세에 좌우되지 않는다. 명성이 자자한 황실의 화원이 수수하게 꾸며진 무석^{無錫}의 기창원^{寄暢園}보다 항상 더 나으리라는 보장은 없다. 그러나 궁전과 왕릉은 계획, 설계, 건설 등 분야의 당대 최고의 숙련공이 심혈을 쏟아부어 높은 문화적 가치를 지니고 있으며, 중국 고건축의 미학 정신을 잘 구현하고 있다는 점은 분명하다. 서양건축사는 그야말로 종교건축사라 해도 될 정도이다. 노트르담 드 파리, 쾰른 대성당 등 종교 건축이 서양 고건축의 전범이다. 그에 비해 중국건축사의 주인공은 궁전과 왕릉이었다.

중국 고건축의 미학정신은 쭝바이화^{宗白華}의 다음 한 마디로 개괄할 수 있다. "유한에서 무한을 보고, 무한에서 다시 유한으로 회귀한다." 궁전이나 왕릉 등의 건축은 좋은 환경을 조성하고 천시^{天時}, 지리^{地利}, 인화^{人和}의 길한 것을 겸비하여 천인합일의 최고의 경지에 이르는 우주적인 도안을 구현하곤 했다. 세계 건축문화와 비교했을 때 중국의 전통적인 건축문화에서 가장 두드러진 특징은 부지 선정, 계획, 설계 및 건설에 이르는 여러 건축 활동의 거의 대부분에서 풍수 이론의 영향을 강하게 받는다는 점이다. 고대의 장인들은 풍부한 경험의 축적과 이론적인 사유 및 고대 과학, 철학, 미학, 윤리학, 종교, 민속 등 여러 분야의 지혜를 흡수 융합하여 풍부한 함의의 종합적이고 체계적인 풍수 이론을 형성시켰다. 풍수에는 중국 전통건축의 과학과 예술적 지식이 집약적, 전형적으로 반영되어 있다. 궁전도 마찬가지지만 특히 왕릉의 건설에서 풍수 이론의 주도적인 역할을 확인할 수 있다.

『예기』에는 다음과 같은 말이 나온다. "옛날 선왕 시절, 아직 집을 짓지 않았을 때 겨울에는 동굴에서 살고 여름에는 나뭇가지를 쌓은 보금자리 위에서 거주했다."[1] 1959년 하남성 언사현偃師縣 이리두二里頭 마을에서 발견된 상대 초기의 궁실 유적, 호북성 황파현黃陂縣 반룡성盤龍城에서 발견된 상대 중기의 궁실 유적은 잘 알려진 '전조후침前朝後寢'식 배치의 실례이다. 전국 시기의 『고공기(考工記)』에 기재된 주대의 궁전은 전조와 후침의 두 부분으로 나뉘어 있으며, 명확한 중축선을 가지고 있었다. 『고공기』는 서한 중기에 재발견되면서 한대 이후의 궁전 건축에 지대한 영향을 끼쳤다.

중국건축사에서 궁실 건설의 1차 고조기는 진대이다. 진시황은 전국을 통일한 후 함곡관函谷關 안에 궁전 300개를 건설했고, 함곡관 바깥에는 400개를 건설했다. 기원전 212년에는 또한 주요 조회를 집행할 궁전을 위수 남쪽에 새로 건설하기 시작했다. 이 궁전의 정전前殿이 바로 그 유명한 아방궁阿房宮이다. "먼저 정전인 아방궁을 지었는데, 동서의 길이는 500보이고 남북의 길이는 50장이었다. 그 위에는 만 명이 앉을 수 있고, 아래에는 5장 높이의 깃발을 세울 수 있었다. 주위에는 말이 달릴 수 있는 각도閣道를 만들어 전각 아래에서 곧바로 남산에까지 이를 수 있었다. 남산 꼭대기에 궐을 세워 표지로 삼았다. 구름다리 모양의 복도復道를 만들어 아방궁에서 위수를 건너 함양과 이어지게 하였다. 이리하여 북극성과 각도성閣道星이 은하수를 건너 영실성營室星까지 이르는 형상을 나타냈다." 이처럼 자연환경 뿐 아니라 우주의 삼라만상을 기획과 설계의 근거로 삼았다는 점에서 감탄을 자아내게 한다.

현재 학술계에서 아직 한대 궁전의 배치 특성에 관해 상세하게 파악하지는 못하고 있지만, 역사에 기록된 장락궁長樂宮, 미앙궁未央宮, 건장궁建章宮 등 한대의 궁전 또한 걸작이라

---

1) 昔者先王未有宮室, 冬則居營窟, 夏則居檜巢: 진 이전에는 왕과 평민이 사는 건물을 모두 궁(宮)이라 불렀으며, 진한 이후에 제왕의 거처를 궁이라고 특정하게 되었다.

불릴 만큼 웅장했다. 한대의 궁전은 '동서 2당과 남북 2궁'이라는 평면 배치 방식을 만들어냈다.

수당 시기는 중국 건축사상 궁전 건설의 2차 고조기이다. 수나라는 한대 이후의 전통에서 벗어나 주대의 제도인 삼조오문三朝五門[2] 형식을 다시 채택했다. 궁전과 궁문이 종렬로 이어지는 이 구조를 이후의 여러 왕조들도 그대로 좇았다. 당나라의 대명궁大明宮은 이 시기의 대표작이다. 서기 634년, 당 태종 이세민이 태상황인 이연李淵을 위한 여름궁전으로 영안궁永安宮을 지었는데, 이연의 사후 대명궁으로 개칭하였다. 662년, 당 고종 이치李治가 증축[3]한 뒤 당대 황제가 정무를 처리하고 거주하는 가장 주요한 장소가 되었다가, 이후 당말의 전란으로 훼멸되었다. 대명궁은 장안성 동북쪽의 용수원龍首原에 위치하여 장안성 전체를 조감할 수 있고 멀리 종남산終南山을 마주보고 있다. 대명궁은 명확하게 외조外朝와 내침內寢의 두 부분으로 나뉘어 있다. 외조는 남북향 축선을 따라 세 궁전이 일렬로 늘어서 있는데, 함원전含元殿이 대조大朝이고, 선정전宣政殿이 일조日朝이고, 자신전紫宸殿이 상조常朝이다. 내정의 건물 배치는 비교적 자유로웠다.

송대의 궁전은 규모는 작았지만, 당대 궁전에 비해 화려했다.

중국 건축사상 제3차 궁전 건설의 고조기는 명청 시기였다. 명청대의 황궁인 자금성紫禁城은 중국 고대 건축의 보물이며, 세계적으로도 현존 최대의, 가장 온전하게 보존된 고대 목구조 건축군이다. 명대 북경의 황궁은 1406년에 시작하여 1420년에 기본적으로 완성되었으며, 명대 후기에 증축하였다. 청대에는 부분적으로 재건하고 개축하였다. 신화 전설에서 자미원紫微垣은 천제가 머무는 곳이며, 황궁은 금지禁地이다. 따라서 자금성이라 칭하였다. 1925년, 자금성을 이용하여 고궁박물원故宮博物院을 만들면서 이후 고궁故宮으로 칭해졌다.

자금성은 72만 평방미터의 부지를 점유하며, 약 15만 평방미터의 건축면적에 구천여 칸의 궁전이 현존한다. 자금성은 외조外朝와 내정內廷으로 나뉜다. 외조는 태화전太和殿, 중화전中和殿, 보화전保和殿의 삼대 전각을 주체로 하며, 내정에는 건청궁乾淸宮, 교태전交泰殿, 곤녕궁坤寧宮 등이 포함된다. 태화전은 금란전金鑾殿이라고도 하는데, 자금성에서 가장 큰 건축

---

2) 삼조오문(三朝五門):『周禮』에 따르면 천자의 궁은 고문(皋門), 고문(庫門), 치문(雉門), 응문(應門), 노문(路門)의 다섯 개의 문이 일직선으로 배치되어, 외조(外朝), 치조(治朝), 연조(燕朝)의 영역을 구분함으로써 고대 종법사회의 질서를 체현했다.
3) 봉래궁(蓬萊宮)으로 잠깐 명칭이 변경되기도 했다.

물이며 중대한 전례를 모두 여기서 거행했다.

자금성의 건축 구조는 아주 엄밀하다. 천안문에서 신무문神武門에 이르기까지 자금성 남북의 중축선을 일직선으로 관통하며, 중축선에 전삼전前三殿과 후삼궁後三宮 등 주요 건물이 배치되어 있다. 세상에 다시 없을 이 중축선에 제왕적 권위의 정신적 위세가 잘 드러나 있다. 더욱 절묘한 것은 자금성의 중축선이 북경성의 중축선과 중첩된다는 점이다. 북경성의 중축선은 외성의 최남단인 영정문永定門을 기점으로 하여, 기나긴 대로를 지나 내성의 첫 번째 거점인 정양문正阳門을 향한다. 거기서 다시 대청문大淸門, 천보랑千步廊, 천안문, 단문端門, 오문午門을 거쳐 자금성의 주요 궁전을 통과한 후 신무문으로 빠져나가면 북쪽에 '기이한 봉우리가 우뚝 솟은' 경산景山이 있고, 다시 지안문地安門을 경유하여 고루鼓楼와 종루钟楼에 다다른다. 북경성 남북을 관통하는 이 중축선의 길이는 약 8km로, 세계에서 가장 웅장한 중축선이다. 북경은 '도시계획 최고의 걸작'으로 손꼽히는데, 그중에서도 이 거대한 중축선이 최고 걸작의 화룡점정이라 할 수 있다.

자금성은 『예기』, 『고공기』 등 옛 제도를 따라 전체적인 설계를 진행했다. 대청문에서 태화문에 이르는 다섯 개의 문이 '오문' 제도를 상징하고, 태화전, 중화전, 보화전의 전삼정이 '삼조' 제도를 상징하는 것이 대표적인 예이다. 내정의 건청궁과 곤녕궁은 천지를 상징하고, 건청궁 동서쪽 행랑의 일정문日精門과 월화문月華門은 일월을, 동서육궁東西六宮4)은 12진十二辰을, 건동오소乾東五所와 건서오소乾西五所5)는 천간天干을 상징하는 식이다.

자금성은 또한 건물이 몇 칸짜리인지와 지붕의 형식으로 위계를 구분하였다. 칸수는 11칸이 가장 많았고, 지붕의 등급은 우진각지붕廡殿, 팔작지붕歇山, 맞배지붕懸山, 경산식硬山6) 등으로 나뉘고, 겹처마重檐로 올리는 경우 더 중요한 건물이다. 예를 들어 오문午門, 태화전, 건청궁, 곤녕궁 등은 모두 겹처마 우진각지붕이며, 칸수는 11칸 혹은 9칸이다. 이것이 최상위 등급이며, 다른 건물은 위계에 따라 차례로 체감한다.

궁전 건축에는 고차원의 예술적 수단을 동원했으며, 중국 고대사회의 종법 관념과 등

---

4) 동서육궁: 후삼궁의 동서 양쪽에 후비들이 머무는 여섯 궁이 각각 배치되어 있다. 동육궁은 승건궁(承乾宮), 경인궁(景仁宮), 종수궁(鍾粹宮), 경양궁(景陽宮), 영화궁(永和宮), 연희궁(延禧宮)을 가리키고, 서육궁은 영수궁(永壽宮), 익곤궁(翊坤宮), 저수궁(儲秀宮), 함복궁(咸福宮), 장춘궁(長春宮), 계상궁(啟祥宮; 태극전太極殿)을 가리킨다.
5) 건동오소는 동육궁 북쪽에 위치하여 '북오소(北五所)'라고도 하며, 청초에는 황자들의 거소였다가 후에 여의관(如意館), 수약방(壽藥房), 경사방(敬事房), 사집고(四執庫), 고동방(古董房) 등 궁내 업무용 공간으로 변했다. 건서오소는 건륭제가 유년에 머물던 곳(乾西二所)을 개조하면서 수방재(漱芳齋), 중화궁(重華宮), 중화궁 주방, 건복궁(建福宮) 및 건복궁 화원으로 개축하였다.
6) 맞배지붕의 형식이되, 지붕 측면의 끝부분에 처마가 있는 쪽이 현산식, 처마가 없이 바로 벽으로 연결되는 쪽이 경산식이다.

급제도를 집중적으로 구현함으로써 제왕의 위엄과 황권의 지고무상함을 잘 드러내 보여주었다.

만약 궁전 건축이 사회학적 색채가 더 짙다면, 왕릉 건축은 사회학적 색채 뿐 아니라 미학적인 함의도 풍부하게 담겨있다.

왕릉, 즉 능침^{陵寢}은 고대의 제왕과 왕비가 사후에 안장되는 비궁^{閟宮}으로, 제왕의 자손과 신하가 제사를 올리고 그 공적을 기리는 성지이다. 고대 중국에서 능침 건축은 역대로 "능을 쌓을 때 산의 형상을 하거나" "산을 이용하거나 산에 의지하여 능을 만들어" 왔다. 중국과 서양의 건축문화 전통을 비교한 많은 서양 학자들은 명청 시기의 능침 건축을 고찰하면서 다음과 같은 점에 민감하게 반응했다. 산천의 자연적 형세가 가진 완미함을 한껏 추구하여 자연경관의 아름다움이 인문경관의 아름다움에 유기적으로 결합되도록 세심히 탐색함으로써 전체 환경의 경관에 강력한 예술적 감수성을 부여하여 신성하고 영원하고 숭고하고 엄숙하면서도 생기로 충만한 기념비의 분위기를 조성하였다. 이는 중국 고대 능침 건축의 예술적 성취가 가장 부각되는 지점이다. 사실 산천의 형세가 가진 완미한 경관의 뛰어남은 능침이라는 건축예술의 소재에 그치는 것이 아니라 결정적인 역할을 하는 본질적 요소이다. "요컨대 땅의 전체적인 아름다움을 중시하였으니, 궁전의 장려함은 사치한 외관에 있지 않았다." 자연적 아름다움을 흡수하여 능침 건축이 "영산의 푸르름을 닮아 만만년 안락한 거처가 되고" "공덕을 새긴 비석이 하늘의 해와 같이 빛나는" 경지에 이를 것을 기원한 것이다.

하나라의 제왕릉에 관한 전설적 기록이 사서에 기재되긴 했지만 대부분은 근거가 부족하다. 주나라의 능묘 또한 정확한 지점이 발견되지 않았으므로 그것이 어떤 식으로 만들어졌는지 분명하지 않다. 전국 시기의 능묘는 거대한 봉분을 고정된 구역에 설치하기 시작했다.

진시황릉은 중국 역사를 통틀어 규모가 가장 거대한 제왕릉이며, 세계 최대의 능묘라 해도 전혀 손색이 없을 정도이다. 진시황릉의 위치는 섬서성 임동^{臨潼}이며, 남쪽으로 여산^{驪山}을 등지고 북쪽으로 위하^{渭河}에 맞닿은 평야에 자리 잡았다. 시황제는 즉위한 지 얼마되지 않아 "여산을 뚫어 무덤을 만들기 시작했으며, 천하를 통일하자 전국의 죄수 70여만 명을 파견하여 샘(지하수층)을 세 번 뚫을 정도로 지하 깊숙이 구덩이를 파 내려가 구리를 붓고 관재를 놓았다." "무덤 전체를 금석으로 뒤덮었으며, 내부는 구리물을 부어 봉쇄시키고 외부는 옻칠한 후 주옥을 입히고 비취로 장식했다." "수은으로 온갖 개울, 강, 바다를 만들고, 기계를 이용하여 서로 흘러가도록 만들었다. 천장에는 하늘의 모습을 장식하고, 바닥에는 땅의 형상을 갖추었다. …… 무덤 위에 풀과 나무를 심어 산처럼 꾸몄다." 진시황릉은 1974년 부장품인 병마용이 먼저 세상에 드러났다. 진짜 사람이나 말과 같은 크기의 수천에 달하는 도용陶俑이 도열하여 '세계 8대 불가사의'로 불리는 이 병마용만 놓고 봐도 황릉과 능원 전체가 어느 정도의 규모일지, 얼마나 장관일지 짐작할 수 있다. 진시황릉은 후세의 능침 건축에 심대한 영향을 주었다.

당대의 왕릉은 산을 이용하여 축조하여 기세가 웅장했다. 당 건릉乾陵7)은 산천의 장점을 성공적으로 활용하여, 흙을 쌓아 산처럼 거대한 봉분을 만드는 이전 세대의 왕릉보다 훨씬 웅장했다.

일반적으로 송릉宋陵이라 하면 북송의 태조를 위시한 7대 황제 및 태조의 부친의 능묘를 주로 가리키는데, 하남성 공현鞏縣의 숭산嵩山 북쪽 기슭과 낙하洛河 남안 사이의 고원에 분포하고 있는 중국 최초의 집중적으로 배치된 왕릉 구역이다. 송릉은 풍수 이론에 근거하여 터를 골랐다.

명십삼릉明十三陵은 완벽하게 계획되고 주종이 분명한 거대 능묘군이다. 북경성 창평구昌平 천수산天壽山 산록에 위치하고 있으며, 영락제의 능을 중심으로 13대 황제의 능이 둘러싸듯 조성되어 있다. 십삼릉은 지형과 결합하여 각 왕릉이 서로 호응하며 조화를 이루고 있다. 과학사가 조지프 니덤은 십삼릉을 가리켜 "최대의 걸작"이라 칭한 바 있다. "누대에 오르면 계곡 전체의 풍경을 감상할 수 있다. 유기적인 평면 위에서 장엄한 경관을 숙고하자면, 그 사이의 모든 건축이 풍경과 융합되어 인민의 지혜가 건축가와 건설 노동자의 기교를 통해 훌륭하게 표현된 것을 볼 수 있다."

청대의 왕릉은 청나라가 북경으로 천도한 후 조성한 동릉東陵8)와 서릉西陵9)이 대표적이다. 이들은 명 십삼릉과 함께 중국 왕릉 건축의 중요한 형식을 대표한다. 즉 산에 의지하여 능묘를 조성하고 여러 왕릉이 서로 호응하는 능묘군을 형성하되 장엄한 건축 군락을 곳곳에 배치하여 건축의 경관과 자연 풍경이 아름답게 결합하도록 했다.

청대의 왕릉을 살펴보면 중국 고대 왕릉 예술의 미학적 성취와 문화적 가치를 확인할

---

7) 섬서성 건현(乾縣)에 위치, 684년 당 고종이 건릉에 안장되었으며 706년 측천무후(武則天)가 합장되었다.
8) 하북성 준화(遵化)에 위치
9) 하북성 이현(易縣)에 위치)

수 있다. 청대 왕릉에 관한 의례에서 건축 체제는 지극히 중요한 구성요소이다. 신분의 질서에 따라 제릉^{帝陵}, 후릉^{后陵}, 비원침^{妃園寢}으로 구분되는데, 그에 따라 등급, 규모, 수량 및 구조에 차등을 둔 건축물을 배치했다. 각각의 건축물은 엄격한 공간적 서열에 따라 명확한 축선으로 조성하여 상대적으로 독립적이면서도 제위 계승자인지 예속 관계인지를 드러내고 있어 청 왕조의 종법제도가 얼마나 엄격하게 지켜졌는지를 잘 보여주고 있다.

건축 체제도 물론 중요했지만, 왕릉 조성 계획의 핵심적인 주제는 '만년길지^{萬年吉地}'의 선정이었으므로 오직 "터가 완벽하게 훌륭하기를 바랐다^{地臻全美}." 전체 환경의 유기적 구성을 고려하여 건물을 배치했으며, 전체적인 설계는 기본적으로 산천의 형세를 따르고 풍수 이론의 제약을 받았다. "전례의 규제를 준수하되 산천의 형세와 어울리는지"를 고려해야 했으므로, 풍수의 지형이 적절한지를 따져서 지세를 이용하여 왕릉을 조성했다.

왕릉 건축은 예법과 기념비적 성격이 강한 대규모 건축 군집이다. 건축의 구도에 있어 중축선의 조직은 '중심에 자리한 것을 존중'한다는 전통적 관념을 표현한 것으로, 건축의 공간적 배치에서 서열을 나타내는 데 결정적인 역할을 했다. 청대 왕릉 건축에서 이 중축선은 풍수 이론의 분금^{分金}을 통해 확정한 왕릉의 좌향[10]을 기준으로 설치한다. 왕릉의 좌향은 묘터의 산수적 형세, 다시 말해 이른바 용혈사수^{龍穴砂水}의 전체적인 균형을 중시한다. 청대 동릉의 주릉인 효릉^{孝陵}은 좌향이 남쪽으로 "금성산^{金星山} 한 봉우리가 우뚝 솟아 있는데 도톰한 모양이 종을 뒤집어놓은 형상이며, 정남향을 향해 단정히 읍을 하는 것이 홀을 잡고 하늘을 배알하는 형세"를 띠었다. 북쪽으로 창서산^{昌瑞山} 주봉은 "옥계단으로 천자의 궁궐에 오르는 듯하고 별자리는 자미^{紫微}에 부합하며," "봉우리의 굴곡은 봉이 날개를 펴고 용이 웅크린 듯" 했다. 이 산은 "전후좌우의 모든 산이 읍을 하고 모든 물이 나뉘어 흐르며, 아홉 빛깔 안개가 자욱하고 만년의 수려함이 왕성하게 모였다." 금성산과 창서산에서 일직선으로 연결된 좌향으로부터 제어되고, 이 좌향이 관통하는 전체적인 산천의 형세와 서로 어울리도록 모든 왕릉 건축군은 기본적으로 다음과 같이 배치되었다. 남쪽으로 금성산의 북쪽 기슭에 위치한 다섯 칸^{五間} 육주^{六柱} 십이루^{十一樓}의 석패방^{石牌坊}에서 시작하여 북쪽을 향해 순서대로 하마패^{下馬牌}, 대홍문^{大紅門}과 풍수장^{風水牆}, 구복전구^{具服殿}, 신공성덕비정^{神功聖德碑亭}과 화표^{華表}를 거쳐 영벽산^{影壁山}을 우회하여, 다시 석망주^{石望柱}, 상생^{象生}, 용봉문^{龍鳳門}을 향하며, …… 월아성^{月牙城} 앞의 유리영벽^{琉璃影壁}[11]에 도달하면 구조가

---

10) 묘의 뒤와 앞의 방향을 각각 좌(坐)와 향(向)이라 한다. 원문에서는 산향(山向)이란 용어를 사용했다.

제각각이고 다채로운 모양의 크고 작은 수십 개의 건축물이 나타난다. 총길이 6000미터에 달하는 신로^{神路}12)가 이를 관통하여 막힘이 없으며, 기세가 웅장하고 서열의 층차가 풍부한 왕릉 건축의 중축선을 형성한다.

(순치제의) 효릉의 좌향과 왕릉 건축의 중축선은 강희제의 경릉^{景陵}, 효동릉^{孝東陵}, 경릉비원침^{景陵妃園寢}, 경릉쌍비원침^{景陵雙妃園寢}, 건륭제의 유릉^{裕陵}, 유릉비원침^{裕陵妃園寢}, 함풍제의 정릉^{定陵}, 정릉비원침^{定陵妃園寢}, 정동릉^{定東陵}, 동치제의 혜릉^{惠陵}, 혜릉비원침^{惠陵妃園寢}을 거치면서 더욱 충실하게 강화되며, 나아가 청 동릉^{淸東陵}이란 거대한 왕릉 구역 전체의 핵심적인 축선이 된다. 그것이 현시하는 바 천인합일의 우주적 도안이 상징하는 유기적 질서, 그것의 기세와 기백, 공간예술 효과 등은 모두 웅장한 위엄과 다채로움을 보여주고 있다.

청대 왕릉의 계획 과정에서 풍수이론의 "천 척^{千尺}의 긴 산은 세^勢를 살피고, 백 척^{百尺}의 산은 형^形을 살핀다"와 같은 형세의 원리를 준수하여 건축군의 공간적 배치를 세심하게 안배했다. 사람에게 적절한 척도, 변환이 풍부한 구성, 아름다운 시각 효과를 통해 의미가 무궁한 공간적 분위기를 창출해 내었으며, 강렬한 예술적 감화력을 구비하게 하였다.

풍수 이론에서 인간의 생사는 그저 자연계의 순환과정 중 하나일 뿐이다. 산수에 덕을 빗대는 비덕산수^{比德山水}의 예술철학에 비추어 "장^葬이란 뿌리로 돌아가 귀장^{歸藏}하는 것으로 오토^{五土}를 배합하여 조상에게 제사하고 청산과 한 몸이 되게 하는 것"이라는 개념을 추구한다. 이러한 추구는 높은 수준의 정신적 경지이다. 바로 이러한 이유로 중국 고대의 왕릉은 영원히 매력적인 예술적 성취를 만들어낼 수 있었던 것이다.

궁전과 왕릉은 중국 건축 시스템의 특징과 수준을 대표한다. 근대 일본의 학자 이토 주타^{伊東忠太}는 중국 건축의 가장 큰 특징을 다음과 같이 이야기했다. 기술과 예술 모두 제왕이 사용한 궁전 등의 건축과 도성에 집중적으로 표현되어 있다. 중국 고대의 왕릉 건축 또한 고대 장인의 고도의 지혜와 심오한 기예를 반영하고 있어 사람들을 신복하게 한다. 조지프 니덤은 황릉이 중국 건축에서 아주 중요한 성취라 평가했다. 궁전과 왕릉은 고대의 장인들이 도성을 구획함으로써 치리의 근본을 닦고, 바른 방위를 판별하여 정밀히 건설한 걸작으로, 중국 고대건축사에서 중요한 한 페이지를 구성하는 중국문명의 기념비라 할 만하다.

---

11) 지궁(地宮)의 입구)
12) 용로(甬路)

4

사묘와 고탑

왕루샹(王魯湘)

중국인의 종교는 다신숭배, 즉 토템숭배, 만물숭배, 군신群神 등에서 시작되었다. 이후 윗사람을 존중하고 조상을 공경하며 덕행을 쌓은 자를 숭상하는 유교의 교화로 이동하여 '하늘과 인간을 통합하고 만물을 포용'하게 되었다. 사묘寺廟는 신상을 모셔 신도들이 제례를 드리는 장소이자 건축물이다.

사寺의 원래 의미는 관서로, 관공서의 소재지를 가리키는 말이었다. 이러한 관서에는 태상시太常寺, 태복시太僕寺, 홍려시鴻臚寺 등이 포함된다. 중국 최초의 불사佛寺인 낙양의 백마사白馬寺는 의례와 빈객을 담당한 관공서인 홍려시에서 개명한 것이다. 상국사相國寺는 원래 신릉군信陵君의 옛 집터에 북제 시기에 건국사建國寺를 세웠으며, 전쟁으로 훼손되어 당나라 초기에 정경鄭景의 저택이 되었다가 당 예종睿宗 때 승려 혜운慧雲이 중건하였다. 따라서 본래 사람이 거주하던 관사가 나중에 승려들이 머무는 장소를 가리키는 말로 변한 것이다.

묘廟는 원래 종묘宗廟를 가리키는 말로 조상을 제사 지내던 곳이다. 고대의 묘는 반드시 별도의 건물을 세워야 하는 게 아니라 살아있는 사람의 침대맡에 묘가 있었으며, 게다가 주로 침실 위주로 사용하는 공간이었다. 물론 묘를 위주로 한 공간도 있었다. 침寢은 사람이 머무는 곳이고, 묘는 신이 머무는 곳이다. 묘는 앞에 위치하고 침은 뒤에 위치한다. 살아있을 때와 똑같이 사자가 거처한다는 의미에서 침과 묘를 겸비하였다. 나중에는 신을 모시는 곳을 일반적으로 묘라고 부르게 되었다.

사묘의 유래를 보면 중국에서는 사묘가 일반적인 주택이나 궁실과 원래 같은 것이었음을 알 수 있다. 이는 중국인의 관념상 귀신이 한때는 인간이었고 신과 인간이 일체라고 생각해 왔기 때문이다. 따라서 사람을 대하는 방식 그대로 신을 대한 것이다. 묘의 체제 또한 일반적인 궁실과 차이가 없었으며, 신위를 안치하는 방식도 순전히 신을 모시는 사람이 편하고 적합한 식으로 운용하였다.

중국의 사묘는 대체로 다음 세 가지로 개괄할 수 있다. 첫째, 유가에서 성현, 조상, 제왕, 천지를 제사하는 사당이다. 둘째, 도교 사원[1]이다. 셋째, 불교 사원인 절이다.

첫 번째 부류인 사당에서 천지와 자연을 제사할 때는 단을 쌓고 주위에 나무를 심었다. 북경의 천단天壇, 지단地壇, 월단月壇, 일단日壇, 사직단社稷壇 등이 대표적이다. 제왕이 조상에게 제사하는 곳인 태묘太廟는 건축양식이 일반적인 궁전과 똑같은데, 단지 정전의 한가운데 조상의 위패를 모시고 좌우의 곁채配殿를 이에 예속시켰을 뿐이다.

최초의 도교 사원은 아마 왕망王莽이 서기 9년에 궁중에 건립한 팔풍대八風台일 것이다. 그러나 도교 건축이 발달한 것은 위진 시기 이후이다. 도관道觀의 건축양식은 전통적인 전목磚木 장방형 구조이며 차례대로 여러 겹으로 되어 있다. 예를 들어 북경 백운관白雲觀의 구조는 여러 사합원이 합쳐진 식으로 구성되는데, 중축선을 따라 순서대로 패루, 산문, 연못, 다리가 놓여 있고, 불교의 대웅보전에 해당하는 주전主殿인 옥황전玉皇殿의 앞뒤로 영관전靈官殿[2] 과 지율전志律堂[3]이 위치한다. 대체로 도관(사원)은 불사(절)와 비슷한데 내부 디테일이나 장식이 도교적인 양식을 채용했을 따름이다.

세 가지 건축 중 불교의 사묘인 절이 가장 많다. 북위 시기에는 3만여 개의 불사가 있었으며, 낙양만 해도 1,367개에 이르렀다. 남조 시기 건강建康[4]에도 400여 개가 있었다. 평면적인 배치를 놓고 봤을 때 초창기 중국의 불사는 인도와 대체로 동일했다. 탑은 사리를 보관하는 곳으로 신도들이 숭배하는 대상이다. 따라서 탑은 절의 중앙에 위치하여 절의 핵심인 주체 건축물이 되었다. 낙양의 영녕사永寧寺는 이 시기 불사 배치의 전형이다. 동진 초기에 이르러 쌍탑雙塔이라는 형식이 출현했다. 남북조에서 당대에 이르기까지 불사의 숫자는 점점 확대되었으며, 불상을 모시는 불전이 점차 절의 주체 건축물이 되어갔다. 송대에 이르러서는 탑을 불전의 뒤에 세우는 구조가 생겨났다. 송대의 선종 계통의 불사는 '가람칠당伽藍七堂'이란 제도로 발전했다. 이른바 '칠당'이란 불전佛殿, 법당, 승방, 식

---

1) 신선과 귀신을 모시는 잡사(雜祠)도 여기에 포함된다.
2) 불교의 천왕전에 해당한다.
3) 불교의 장경루에 해당한다.
4) 현재의 남경

당庫廚, 산문山門, 측간西淨, 욕실 등을 가리킨다. 원래의 인도식 가람이나 정사精舍는 이미 모두 중국식의 전당이나 정원 양식의 배치로 대체되었다. 불사 배치에 나타난 이 변화는 중국 고유의 정원 건축 배치에서 영향을 받았다. 중국은 주나라 시기 이전부터 다층적인 정원이 조합된 가옥의 건축 배치를 형성시켜 나가고 있었다. 이처럼 깊은 전통을 가진 정원식 배치방식은 강력한 외래종교의 개입에도 쉽게 바꿀 수 없는 것이었다.

불교가 중국화되면서 유불도의 3교는 충돌의 단계를 지나 점차 조화를 이루어 삼교일 가의 새로운 문화를 형성하였다. 이는 각각의 사묘가 공통되는 형태를 가지게 된 것에서도 어느 정도 짐작할 수 있다. 어떠한 종교의 사묘일지라도 일반적인 주택과의 차이는 크지 않으며, 단지 신이 거주하는 곳이라는 점이 다를 뿐이다. 그런데 신이 거주하는 방식은 사람과 조금 다른데, 이는 황제와 평민의 생활 환경이 다른 것과 마찬가지이다.

일반적으로 중국의 사묘는 아래와 같은 몇 가지 건축적인 특징을 가지고 있다.

첫째, 건축 재료는 목재를 위주로 하며, 보와 기둥으로 이루어지는 가구식架構式을 원칙으로 한다. 기본적으로 기둥을 세우고, 기둥 위에 들보를 올리고, 들보 위에 서까래, 서까래 위에 지붕널을 올리며, 벽돌을 쌓아 벽을 만들고, 기와를 올려 지붕을 완성한다. 이는 기독교나 이슬람의 건축과 구조적으로는 동일하다.

둘째, 두공枓栱을 목구조의 핵심으로 삼았다. 사묘 대전의 지붕과 추녀飛簷에는 모두 두공을 얹어 기둥과 들보, 들보와 처마를 결합함으로써 구조적, 역학적으로 완벽한 경지를 이룬다. 지붕을 떠받치고托, 치켜세우고飛, 들어 올리고栱, 바깥으로 길게 빼伸 주는 역할을 하는 두공으로 인해 중국의 사묘는 궁전처럼 장엄하고 화려한 모습을 갖출 수 있었다. 그야말로 역학과 미학이 결합된 걸작이라 할 수 있다.

셋째, 다른 모든 의례성 건축과 마찬가지로 사묘의 평면 배치 또한 중심에 터를 잡고 균형적으로 설계되었다. 대체로 중축선을 기준으로 사합원 식으로 배치했는데, 경우에 따라서는 종심으로 확장하기도 했다. 정전正殿을 중심으로 앞뒤에 각각 전각이 배치되고 좌우에도 배전配殿을 두었다. 대부분은 정전 하나에 두 곁채를 두었으며, 종루鐘樓와 고루鼓樓를 양쪽 측면에 평행하게 위치시켜 좌우의 배치를 가지런히 했다.

넷째, 자연미를 추구하여 원림의 경관을 보여준다. 일반적으로 큰 규모의 사묘는 중축선 좌우의 정원에 높이를 달리하는 정자와 누각, 연못과 돌다리, 가산假山과 돌무더기 등을 설치하여 원림의 분위기를 냈다.

다섯째, 색채와 미술적 장식을 중시했다. 지붕에 올린 유리기와는 붉고 푸른 빛을 흩뿌리고, 기둥이나 벽은 단청으로 장식했다. 창이나 문은 조각을 하거나 그림을 그렸으며, 천장은 다채로운 무늬로 장식하고 대들보는 화려한 부조와 색채로 꾸몄다.

사묘는 중국 전통사회에서 상당히 중요한 역할을 담당했다. 경제적 교환, 정치적 우열, 사회적 안정 등이 모두 사묘와 관련되어 있다.

경제적으로 봤을 때, 사묘는 묘회廟會 같은 시장을 제공하는 장소였다. 여러 사묘의 앞에 마련된 광장에서는 오락과 교역이 펼쳐진다. 예를 들어 소주의 현묘관玄妙觀, 남경의 성황묘城隍廟, 북경의 전진관全眞觀, 남경의 호국사護國寺 등은 모두 노천시장으로 유명하다. 하북성의 약왕묘藥王廟는 약왕의 탄신일마다 묘회가 열려 사묘 전체가 전국 약재의 교역 시장이 된다. 중국의 전당포, 계會, 경매, 복권 판매 등 자금 조달의 네 가지 제도는 모두 사묘와 관련이 있다.

정치적으로 봤을 때, 관원들이 임시로 사무를 보거나, 의병團練을 훈련시키거나, 정치적인 의례를 집행하는 장소로 사묘가 활용되었으며, 각종 정치 집단이 봉기를 시작할 때 군사를 집결하는 장소로 사용되기도 했다.

사회적으로 봤을 때, 사묘가 담당한 역할은 더욱 뿌리 깊다. 첫째, 사묘는 사회적 구호를 펼치는 장소로 사용되었다. 예를 들어 측천무후는 각 주에 대운사大雲寺를 건립하고 절 안에 비전원悲田院을 설치하여 고아와 노약자를 수용하게 했으며, 양병원養病院을 설치하여 환자를 수용하도록 지시했다. 소요되는 경비는 정부에서 지불하되, 관리와 경영은 절에서 담당하도록 했다. 이는 9세기까지 실행되었다. 이밖에 각지의 자선가들도 사묘를 구제원이나 수용소로 활용하여 재해를 입거나 불우한 처지의 난민을 수용하곤 했다. 둘째, 사묘는 문화 활동의 중심지였다. 고관대작이나 문인 명사들은 사묘를 회합 장소로 활용하곤 했다. 예를 들어 혜원慧遠이 여산의 동림사東林寺에 머물 때 당시의 명사 123인이 그를 흠모하여 몰려들었다. 당대의 자은탑慈恩塔[5])에는 진사급제자의 이름을 탑 아래 써 붙여 '안탑제명雁塔題名'이란 말이 중국문학사의 미담이 되기도 했다. 평시에 사묘는 지역사회의 문화적 중심이었다. 따라서 매번 명절마다 온갖 오락 활동이 펼쳐졌다. 원대 이후에는 사묘 앞에 희대戲臺가 설치되기 시작하면서 사묘는 민간 문예의 보존 장소가 되었다. 셋째, 사묘는 학술 교육의 장소이기도 했다. 사묘의 편전이나 곁채에는 서당이 설치되어

---

5) 즉 대안탑(大雁塔)

교실이나 기숙사로 활용되었다. 일부 서원은 사묘 안에 자리 잡기도 했다. 이와 동시에 사묘는 자체적으로 특정한 교육적 기능을 보유하고 있었다. 예를 들어 사묘에 그려진 역사적 인물에 대한 이야기는 일종의 역사와 도덕의 보급 및 교육적 역할을 수행했다. 넷째, 사묘의 종교적 기능은 사람들의 심리를 편안하게 하고 삶을 안정시키는 힘을 가지고 있었다. 전통 시기 중국에서는 어느 정도 규모의 지방도시라면 참배객들로 붐비는 사묘를 한두 개씩은 보유하고 있어 백성들이 향을 피우며 기도를 올리고 소원을 빌고 길흉을 점치곤 했다. 이밖에 장례를 치를 때 제물을 차리고 조문객을 받을 때도 사묘를 활용했다. 다섯째, 사묘는 문화유산을 보존하는 장소였다. 사묘 건축물 자체가 문화유산인 데다, 그 안에 장식된 조각, 회화, 서예, 비문, 대련 등을 따져봤을 대 사묘는 현지의 박물관이라 할 수 있다. 일부 사묘에서는 경전의 번역, 판각, 출판을 하기도 하여 문화사업을 더욱 풍성하게 확장시키는 역할을 수행했다.

사묘에 대한 이야기를 하다 보면 자연히 고탑古塔이 연상되기 마련이다. 탑은 불교가 전래된 이후 출현한 새로운 건축 유형이다. 인도의 탑은 두 종류이다. 하나는 사리나 부처의 유골佛骨 등을 매장하는 스투파窣堵波; stūpa로, 이는 일종의 무덤 같은 것이었다. 다른 하나는 내부에 사리를 안치하지 않은 이른바 지제支提; Caitya나 제저制底라는 것인데, 사당으로 사용되었기 때문에 탑묘塔廟라고 불렸다. 이 두 종류의 탑이 중국에 전래된 후 중국 고유의 건축형식 및 문화적 전통과 결합하여 변화하고 발전한 것이다.

중국의 탑은 주로 다음 세 부분으로 나뉜다. 첫째는 사리와 부장품을 매장하는 지궁地宮인데, 용궁龍宮, 혹은 용굴龍窟이라고도 불린다. 지궁의 형식은 벽돌을 쌓아 사각형, 육각형, 팔각형, 원형 등으로 만든 지하실이다. 둘째는 탑신부(기단부를 포함)이다. 기단부는 탑의 하단에 위치하여 탑신을 받치는 기초이며 지궁을 덮는 역할을 한다. 초창기의 기단부는 일반적으로 수십 센티미터 정도로 낮은 편이었다. 당대 이후 탑의 기단부가 급속히 발전하여 기대基臺와 기좌基座의 두 부분으로 분리되었다. 기대는 초창기 탑의 하부에 위치한 비교적 낮은 기단이다. 기대 위에 탑신을 떠받치는 받침 부분을 추가했는데 이를 기좌라 한다. 기좌는 갈수록 화려해져 탑 전체에서 조각 장식이 가장 풍부한 부분이 되어갔다. 건축적 효과의 면에서 이 부분은 탑신을 더욱 장엄하게 부각시키는 역할을 했다. 탑신부는 탑의 핵심 부분으로 탑의 유형을 분류할 때 탑신의 모양에 따라 구분한다. 탑신의 내부 구조는 속이 비어 있는지 아닌지에 따라 두 가지로 나뉜다. 속 채워진 탑은 벽돌을 채우거나 흙을 다져 넣는 식으로 내부에 빈 공간을 남기지 않는다. 속이 비어 있는 탑의 내부 구조는 탑의 모양에 따라 달라진다. 누각식 목탑은 보통 목조 누각과 동일한 방식으로 건조되어 계단으로 층을 오르내린다. 누각식 전탑의 탑신 내부는 원통처럼 비어 있으므로 계단이 대개는 벽에 붙어 있어 나선형으로 오르내리게 되어 있다. 탑신 가운데를 거대한 나무기둥이 꼭대기부터 탑을 관통하여 땅속으로 뚫고 들어가는 형태의 목중심주탑木中心柱塔도 있다. 전석탑심주탑磚石塔心柱塔은 벽돌을 쌓아 만드는데, 계단, 마루판, 회랑, 지붕돌 등등 모든 부위가 벽돌로 되어 있다. 탑의 중심에는 꼭대기에서 바닥까지 대형 벽돌 기둥이 있고 이 기둥을 회전하며 오를 수 있게 계단이 설치되어 있다. 탑신부의 외형은 중국 고탑의 풍부하고 다양한 미학적 형상을 그대로 보여준다. 탑의 세 번째 부위인 상륜부를 탑찰塔刹이라 한다. 탑찰은 탑의 꼭대기를 가리키는데, 뾰족한 것도 있고 둥근 것도 있으며, 벽돌을 쌓거나 금속으로 제작하는 등 형식이 다양하다. 탑에서 가장 숭고한 부분인 탑찰은 탑을 대표하는 얼굴이라는 점에서 지극히 중요하다. 찰刹은 토지라는 뜻으로 국토를 대표하여 절 땅을 불국佛國이라고 하기도 했다. 따라서 절佛寺을 찰이라고 부르기도 하는 것이다. 탑찰 부위 또한 하나의 작은 탑이므로, 그 구조가 찰좌刹座, 찰신刹身, 찰정刹頂으로 명확하게 구분되며, 내부에는 찰간刹杆이 전체를 꿰뚫고 있다. 경우에 따라서는 찰기刹基의 내부에 지궁 같은 구멍을 뚫어 사리나 여타의 기물을 매장하는 용도로 사용하기도 했다. 찰좌의 형상은 대부분 수미좌須彌座 혹은 앙련좌仰蓮座로 쌓았는데, 간혹 평평한 받침도 있다. 찰신의 주된 형상은 찰간이 바퀴 모양의 원환을 연속으로 꿰는 모양인데 이를 상륜相輪이라 했다. 금반金盤이나 승로반承露盤이라고 부르는 것도 있었다. 탑을 올려다볼 때 표지가 되는 부위여서 부처를 경배하고 예불하는 데 중요한 역할을 했다. 상륜 위에는 화개華蓋, 혹은 보개寶蓋를 설치하여 상륜부의 찰신에서 관 장식의 역할을 했다. 찰정은 탑 전체의 꼭대기로, 보개의 위에 위치한다. 일반적으로 앙월仰月과 보주寶珠로 구성된다. 화염火焰과 보주로 구성되는 경우도 있는데, 화재를 연상하는 화火를 꺼렸으므로 이를 수연水煙이라 하기도 했다.

탑의 외관 구조는 다음 몇 가지 종류로 구분된다. 화탑花塔, 복발식탑覆鉢式塔, 금강보좌식탑金剛寶座式塔, 과가탑過街塔 및 탑문塔門, 보협인경탑寶篋印經塔 등이 있고, 이 외에도 여러 형식의 탑과 탑림塔林이 있다.

누각식樓閣式 탑은 역사가 가장 오래되었고 체형이 거대하며 보존된 수량이 가장 많다.

밀첨식密檐式 탑은 지붕이 여러 층으로 되어 있고 조밀하여 거의 층수를 알기가 힘들 정도이다. 또한 탑신에는 창문이나 기둥 등 누각의 구조물이 없다. 하부 제1층의 비율이 특히 크며, 대부분의 경우 탑 위에 올라 조망할 수 없다. 이 형식의 탑은 제1층이 탑신의 핵심이므로 장식이 집중된다.

정자식亭閣式 탑은 모두 단층인데, 일부의 경우 꼭대기에 작은 누각을 추가하기도 한다. 탑신 안에 감실을 설치하여 불상이나 묘지 주인의 소상塑像을 안치한다. 대부분 고승이나 스님이 채용하는 묘탑墓塔이다.

화탑은 탑신의 상반부를 복잡다양한 여러 무늬로 장식하여 거대한 꽃송이처럼 보인다.

복발식탑은 라마탑喇嘛塔이라고도 하며, 원대에 네팔로부터 전래되었다. 탑신 부분이 반구 형태인 복발형이고 그 위에 기다란 탑찰을 안치한다. 탑신 아래에는 높은 수미좌 기단을 설치하여 탑신을 떠받치게 했다.

금강보좌탑은 밀종密宗에 속하는 탑으로 금강계金剛界 오부주불五部主佛의 사리를 모시는 탑이다. 탑의 기단이 아주 높고 기단 위에 다섯 개의 작은 탑이 있는데, 중간에 위치한 탑이 약간 크고 네 모서리의 탑은 약간 작다.

과가탑은 길거리나 큰길가에 세워진 탑이다. 이런 식을 탑을 설치한 까닭은 길을 오가는 행인이 예불을 드릴 수 있도록 하기 위해서이다. 이 탑의 아래를 지나는 사람은 모두 부처에게 예불을 드린 셈이므로, 불교신자들에게 엄청난 편의를 제공하는 수단이 되었다.

탑은 종교적인 역할 뿐 아니라 다른 용도로도 사용되었다. 우선 높이 올라 멀리 조망하는 용도로 적당했다. "높디높은 구름가에서 난간에 기댄다"라는 시구가 말하는 것은 탑에 올라 조망하는 것이다. 탑은 중국 시인들에게 특별한 시점을 제공했다. 다시 말해 중국시의 의경을 확장하는 데 탑이 크나큰 역할을 했음이 분명하다. 다음으로, 적의 동정을 살피는 목적으로 사용했다. 하북성 정현定縣의 요적탑料敵塔과 산서성 응현應縣의 석가탑釋迦塔은 송나라와 요나라가 각각 변경에서 군사적 목적의 전망탑으로 설치한 것이다. 이밖에 선박을 유도하려는 목적으로도 사용되었다. 복건성 복주福州에 위치한 마독강馬尾의 나성탑羅星塔은 일찍이 세계 항해지도에서 중요한 항해의 표지 중 하나로 손꼽힌다. 안휘성 안경安慶의 영강사탑迎江寺塔은 장강이 꺾이는 지점에 우뚝 서 있어 멀리서도 또렷이 볼 수 있다. 탑신에 수백 개의 등감燈龕이 설치되어 저녁에 불을 붙이면 장강을 환하게 비춘다.

불탑에는 세속적인 의미도 담겨있는데, 이는 특히 과거제도와 관련이 깊다. 인문적인 기풍이 높은 지역에서는 문풍이 번성하는 상징으로 불탑이 사용되곤 했다. 이른바 문성탑文星塔, 문풍탑文風塔, 문봉탑文峰塔, 규성루奎星樓 등은 그 지역의 수구水口에 해당하는 곳에 설치하곤 했다. 대개는 동남 방위에 위치했다. 여러 지방지에서 문봉탑을 짓고 나서 재물이 늘고 문운文運이 흥하여 잇달아 과거에 급제한 이야기를 기록하고 있다. 현대의 건축공간 미학적 관점에서 볼 때 문봉탑의 설치는 산천의 형세에서 부족한 점을 보충하여 경관에 균형과 조화의 미를 부여함으로써 환경에 대한 사람들의 완성도를 추구하는 심리를 만족시켰다고 할 수 있다. 탑은 자연에 장식을 추구하는 역할을 했다. 불탑은 이후 풍수 이론의 길흉에 대한 관점과 결합하여 이른바 용수龍首를 제압하거나, 영기를 모으고 살기煞氣를 차단하는 데 활용되었다.

불탑은 원래 외국에서 중국으로 전래된 종교적 건축물이다. 그러나 실용적 가치가 전무한 순수 종교건축을 사람들의 생활환경 속으로 끌고 들어옴으로써 중국의 불탑은 신성의 영역이 아니라 인간의 건축이 되었다. 여기에는 신성한 빛이 아니라 인간적 정서가 응축되어 있다. 탑에는 인정미가 깊게 배어 있다. 중국인들은 조형예술을 실천적 관점에서 접근하여 명확성, 질서, 논리, 기능을 숭상했다. 따라서 중국의 고탑은 목탑의 엄격한 논리적 기능 및 전탑의 비교적 자유로운 조형적 표현 모두 종합적이고 조화로운 내재적 힘을 추구했다. 개념이 명징하고 풍격이 분명했으며, 비율에 균형이 잡히고 선조가 간결하고 명확했으며, 윤곽은 안정되고 단정했으며 친근하고 조화로운 리듬으로 과장하지 않고 억지를 부리지 않고도 인간의 이성적 아름다움을 굳건히 보여주었다. 숭악사탑嵩嶽寺塔의 심오함, 대안탑大雁塔의 단정한 중후함, 소안탑小雁塔의 아리따움, 풍부한 장식을 가진 송대의 무수한 팔각형 탑이 가진 청아한 수려함 등은 모두 당시 사람들의 신선한 창조력을 잘 보여주고 있다. 중국의 대지에 우뚝 솟아 하늘을 찌를 듯 서 있는 탑은 횡축선으로 겹겹이 확장되는 중국 건축의 서열적 리듬을 타파함으로써 거의 모든 지역의 도시와 명승지를 대표하는 중요한 표지가 되었다.

5

고대의 교량

류시링(劉西陵)

교량에서 교橋와 량梁은 같은 뜻으로 서로의 글자를 설명하는 호훈互訓의 관계에 있다. 『설문해자』에서 '교'는 '수량水梁'이라고 풀이하고, '량'은 '수교水橋'로 풀었으며 나무로 물을 건너간다는 뜻으로 사용된다고 했다. 가장 간단한 교량은 외나무다리인데, 옛날에는 각榷이라 불렀다. 『설문해자』에서 '각'은 "물 위에 횡으로 나무를 놓아 건너갈 수 있게 한 것"이라 설명했다. 여기에서 "건너갈 수 있게" 하는 것이 교량의 기본적인 기능임을 알 수 있다. 그런데 교량은 건너는 용도에 그치는 게 아니다. 수많은 중국의 고대 교량은 건너는 기능이 특별히 훌륭하다거나 창의적으로 잘 설계되어서가 아니라 그 속에 응축된 인문적 요소 때문에 유명해졌다. 파교설류灞橋雪柳, 노구효월盧溝曉月, 풍교야박楓橋夜泊과 같은 말에서 우리는 사람들의 정신이 파교, 노구교, 풍교와 같은 교량으로 인해 자연과 소통하여 하나로 녹아드는 장면을 상상할 수 있다.

춘추전국 시기의 기본적인 다리 형태는 양주식교梁柱式橋, 즉 형교beam bridge였다. 진한 교체기에는 이미 거대한 규모의 연속보 방식의 다과양주식교多跨梁柱式橋가 출현했다. 이러한 다리의 건설은 단순히 경제적, 군사적, 일상적 목적에 그치지 않는다. 진나라가 함양에 도읍을 정한 것은 천상天象을 본뜬 것이라고 역사는 기록하고 있다. "위수가 도읍을 관통하게 하여 은하수를 상징하였고, 횡교를 남쪽으로 건너게 한 것은 견우성을 본뜬 것이다渭水貫都以象天漢, 橫橋南渡以法牽牛." 견우성을 본뜬 이 횡교橫橋를 위교渭橋라 부르기도 했다. "다리 넓이는 6장이고 남북으로 길이가 380보이며, 68칸(교각 사이 구멍 숫자)과 750개의 기둥에 122개의 보로 구성되어 있다. 다리의 남북에 제방을 두어 돌기둥을 세워 물결이 부딪히게 했다." 횡교는 서안 지역에서 이러한 교량 형식의 전형이 되었다. "진나라는 위교를 만들 때 나무로 된 보를 사용했고, 한나라는 파교灞橋를 만들 때 돌로 된 보를 사용했다." 한나라는 진의 제도를 계승하였으므로 파교도 위교의 형태를 이었는데, 다만 보의 재료를 돌로 바꾸었을 뿐이다. 그 후 어느 시점인가에서 다시 나무 보로 바뀌었다. 왕망王莽의 지황地皇 3년(서기 22년)에 불에 타 중건되었고, 수나라 개황開皇 3년(서기 583년)에 다시 돌 보를 사용하였다. 송대 이후로도 파교는 여러 차례 무너져 중건되었다. 따라서 청대에 이르러 "이 다리는 송대 이후 대략 60년마다 한 번씩 무너졌으니, 마치 수명이 있는 것 같았다"라는 말이 돌곤 했다. 현존하는 파교는 청대 도광 13년(1833년)에 중건한 나무 보에 석축 기둥 다리로, 길이 134장, 너비 약 2장이고, 다리 아래 구멍은 67공, 보는 408개이다. 서안 인근의 산교滻橋나 풍교灃橋의 구조도 파교와 유사하다. 파교는 중국문화사에서도 유명한 다리이다. 한나라 시기에 손님을 배웅할 때 동쪽으로 장안을 나와 파교에서 버드나무 가지를 꺾으며折柳 송별했는데, 후세에 이것이 풍속이 되어 대대로 이어졌다. 『개원유사(開元遺事)』의 다음 구절이 이를 잘 보여준다. "파릉灞陵에 있는 다리에서 손님을 맞이하고 송별하니, 이곳에 가면 슬프고 침울한 마음이 들었다. 그리하여 사람들은 파교를 소혼교銷魂橋라 불렀다." 이로써 "해마다 버들 빛 짙어지는 봄날이면, 파릉에서 슬피 이별하는 사람들年年柳色, 灞陵傷別"이라는 이백의 시구가 보여주는 정서가 얼마나 구슬픈지 알 수 있다.

역사에 따르면 진시황이 전국을 통일한 후 동쪽으로 순행하여 제나라에 이르렀을 때 "바다에 돌다리를 짓고 싶어 하니 해신이 기둥을 세웠다"고 하였다. 그러나 결국 다리를 완성하지는 못했다. 북송 황우皇祐 5년인 1053년에는 복건성 천주泉州의 낙양강洛陽江이 바다와 합류하는 지점에 돌 보와 교각으로 만든 긴 다리를 건설하기 시작했다. 이는 바다에 인접하여 물이 깊고 폭이 넓으며 조수가 교차하는 곳에 다리를 건설한 선례를 연 것이다. 기술적으로 현대적 교량 공사에서 말하는 부대기초筏形基礎; raft foundation 식의 새로운 기법을 창안하였는데, 교량의 종축선을 따라 강바닥에 다량의 돌덩이를 던져 넣어 횡으로 얕은 제방이 되게 하여 교각의 기반을 만들었다. 낙양교의 부대형筏形 교각 기초는 너비 약 25미터, 길이 500여 미터이며, 강의 지표를 약 3미터 이상 올려놓았다. 가우嘉祐 4년인 1059년에 완공했는데, 길이 260척, 너비 1장 5척이며 다리 아래 구멍은 47공이다. 특히 건설 공정의 창의성을 발휘한 점은 교각 받침대에 굴을 키워 이음새를 견고히 한 점이다. 낙양교가 완성된 후, 남송 초기에 문화적 중심이 남방으로 이동하게 되면서 천주 지역에 다리 건설의 열풍이 불었다. 150여 년 사이 대형과 중형 석조 교량이 수십 개 건설되어 총 길이가 50여 리에 이르렀다. 그중 길이가 5리 이상인 대교는 34개였다. 당시에 심지어 육지와 섬을 연결하는 교량도 건설되었으니, "복건성 천주의 교량은 천하에서 으뜸이다"라는 말이 있을 정도였다.

현존 최장의 안평교安平橋는 천주 지역에서 만들어진 대교의 전형이다. 다리의 길이가 5리여서 오리교라는 별명으로도 불린다. 다리의 동단은 진강현晋江縣에 속하고 서단은 남안현南安縣에 속한다. 다리 위에는 다섯 개의 정자가 설치되어 있는데, 중간지점에 위치한 수심정水心亭이란 명칭의 정자는 두 현의 분기점이 되었다. 361개의 교각은 물길의 깊이와 속도에 따라 각기 모양을 달리하여, 선박형 교각(양쪽 끝이 뾰족하다), 반선박형 교각(한쪽은 뾰족하고 다른 쪽은 평평하다), 직사각형 교각(양쪽 끝이 평평하다)의 세 종류의 형상으로 건설되었다. 이밖에 유명한 해상대교인 반광교盤光橋, 무미교無尾橋, 동양교東洋橋, 옥란교玉瀾橋(안평교보다 200장 더 길다) 등은 무너져 현존하지 않는다. 천주의 석재 교량이 유명한 이유는 뛰어난 기술자와 함께 지리적 이점도 이용할 수 있었기 때문이다. 현지의 남안농석南安襲石은 품질이 균일하고 조직이 치밀하며 견고할 뿐 아니라 광택과 색깔이 마치 벨벳과도 같았다. 청대 이후에는 해외에도 그 이름을 날려 기념비적 건축물에 종종 사용되곤 했다. 석교 건설에는 언제나 승려들이 참가했는데, 이들 대부분은 교량 건설에 정통한 기술자였다. 천남泉南 지역은 불국佛國이란 말이 있을 정도로 천주는 불교가 홍성한 지역이다. 선종 남파의 승려들은 "일체의 중생을 제도하는 것은 교량을 건너게 하는 것과 같다"는 신념을 가지고 있었으며, 교량과 도로 건설을 깨달음으로 나아가는 수행으로 생각했다.

감숙성과 사천성의 경계에 백수강白水江을 가로지르는 음평교陰平橋는 삼국 시기 위나라의 장수인 등애鄧艾가 몰래 건너 촉나라를 멸망시킨 것으로 유명하다. 현존하는 다리는 청말의 독특한 신비목량교伸臂木梁橋이다. 산지나 하곡 지역에서 골짜기가 깊고 유속이 급하면 교각과 받침대가 지탱하기 힘들다. 골짜기 사이에 교각을 설치할 수 없으니 넓은 경간을 지탱하게 하는 방식으로 아치형의 다리를 만든 것이다. 이러한 유형의 교량 구조가 가진 특징을 구체적으로 묘사하면 다음과 같다. 둥글거나 각진 나무를 종횡으로 서로 중첩시켜 강의 중심을 향해 층층이 내어쌓기를 한다. 따라서 나무 보의 층이 올라갈수록

수 척에서 1장 정도로 길게 쌓고 세로 받침목의 앞쪽을 조금씩 위로 향하게 하여 마치 팔을 전상방으로 뻗은 것 같은 모양이다. 이러한 이유로 이 교량의 이름에 신비伸臂라는 말이 붙은 것이다. 교량 양쪽에서 강이나 골짜기 가운데로 내어쌓기를 해나가다 5~6미터 정도의 간격이 남았을 때 긴 나무 보를 올려 연결하면 다리가 완성된다. 일찍이 서기 3세기 초에 감숙성 서북부의 강족羌이 150보의 신비목량교를 만들었는데, 이를 '비교飛橋'라고도 불렀다. 『수경주(水經注)』에 따르면 동진 의희義熙 연간에 지금의 감숙성 임하臨夏 경내에 너비 40장에 이르는 강 위에 비교를 건설한 바 있다. 전상방으로 내어쌓기를 하여 층을 이루며 뻗어 나가므로 이 다리의 높이는 50장에 이르러 그야말로 장관이었다고 한다. 이 유형의 다리는 청해성, 사천성, 티베트, 운남성 등지에서 주로 볼 수 있는데, 그중에서 감숙성 감남甘南의 여러 다리, 난주蘭州의 낭교廊橋와 악교握橋, 청해성의 찰마륭교紮麻隆橋, 사천성의 목리교木里橋, 운남성의 팔자탱가교八字撑架橋 등이 유명하다. 하곡이 너무 넓은 경우 중간에 교각 받침대를 설치하기도 하는데, 그중 나무를 쌓아 바구니처럼 엮어서 그 안에 자갈을 채워 받침대를 만든 것이 독특하다. 티베트의 운남교雲南橋와 가옥교嘉玉橋가 유명한데, 후자는 길이가 99미터에 이른다.

구조는 간단하지만 독특한 나무다리로 각도閣道를 거론할 수 있다. 이에 대한 최초의 기록은 전국 시기로 소급된다. 『전국책』·「진책」3편에 따르면 "잔도로 1000리를 뻗어 촉과 한중까지 통하게 했으며棧道千里於蜀漢," 『전국책』·「제책」6편에 따르면 "잔도와 목각을 만들어 성양산 속으로 찾아가 왕과 왕후를 모셔왔다爲棧道木閣而迎王與後於城陽山中." 인용한 두 각도는 종류가 다르다. 전자의 잔도棧道는 협곡이나 절벽 같은 위험한 곳에 암석을 뚫고 선반을 걸쳐 허공에 벼랑길을 내는 것이다. 후자의 목각은 아마 후대의 이른바 복도復道라는 것으로, 『회남자』에서 말한 "높은 누대를 이어 잔도를 만들었다延樓棧道"에서와 같은 형태의 구름다리를 말한다.

잔도는 서남부 지역의 협곡이나 절벽에서 주로 볼 수 있다. 역사적으로 가장 유명한 것은 진나라가 촉 땅을 취하려 경유한 포사도褒斜道와 이 길에 바로 이어져 사천성 검각劍閣으로 통하는 금우도金牛道이다. 한초에 유방은 포사도를 지난 후 장량의 계책에 따라 불태워 끊어버림으로써 다시 돌아올 마음이 없음을 천하에 알리고 항우를 안심시킨 바 있다. 항우가 떠난 후엔 더욱 험난한 사도四道[1]로 회군하였다. 삼국 시기 제갈량 또한 이곳을 통

---

1) 촉 땅으로 연결되는 대표적인 잔도인 음평도(陰平道), 고도(故道), 연운잔(連雲棧), 사락도(斜駱道)를 가리킨다.

해 위나라를 정벌했다. 이 길은 이미 사라져 암벽에 난 구멍만 남아 있다. 전형적인 잔도는 기둥과 보로 구성된다. 횡목의 한쪽 끝을 암벽의 구멍에 끼워 넣고 다른 한쪽은 물속에 기둥을 세운 후 그 위에 나무 보를 걸치면 완성된다. 너무 험난한 곳에서는 기둥이 생략되기도 한다. 이보다 더욱 아슬아슬한 것은 잔도조차 없이 절벽 위에 구멍을 뚫려 있는 곳이다. 이 경우 행인들이 각각 막대기 네 개를 잡고 구멍에 끼워 넣으며 "반복해서 올라 온종일 걸려 겨우 지나갔다展轉相攀, 經日方過"고 한다. 정말이지 "원숭이가 건너가려 해도 잡고 오르기를 걱정한다猿猱欲度愁攀援"는 이백의 시구가 맞아떨어진다.

다른 형태의 각도인 복도는 속칭 천교天橋라고도 하는데, 모양이 특별했다. 진시황의 궁전에는 복도가 많았다. 『사기』·「진시황본기」 26년의 기록에 따르면 "전옥과 복도와 주각이 서로 이어지게殿屋復道周閣相屬" 했으며, 35년의 기록에 따르면 "(아방궁의) 사방 둘레에 각도를 만들어 궁전 아래에서 곧장 남산까지 도달하게 하였다周馳爲閣道, 自殿下直抵南山." 진나라의 궁전의 복도는 하늘의 형상을 본떠 북극성과 각도성이 은하수를 가로질러 영실성營室星에 이르는 천체를 상징하게 하였다. 한과 당은 진의 제도를 답습하였다. 이후의 역대 왕조의 궁전이나 누각 사이에도 복도로 통하게 하는 경우가 많았다.

북송의 화가 장택단張擇端의 「청명상하도(淸明上河圖)」가 정교하게 묘사한 개봉의 무지개다리虹橋는 이미 흔적을 찾을 수 없다. 무지개다리는 역사서에서 비교飛橋라 칭했는데, 청주靑州2)에서 처음으로 출현했다. 이 지역은 매년 여름 홍수가 일어나 기둥이 있는 다리는 물결에 휩쓸려 무너지므로 심각한 우환거리였다. 북송 명도明道 연간에 지방관이 퇴역한 옥졸을 고용하여 거석을 쌓아 강변을 견고히 한 뒤 큰 나무 수십 개를 종횡으로 꿰고 교차시켜 기둥이 없는 비교를 가설하였는데, 50여 년간 무너지지 않았다. 이후 십여 년간 진희량陳希亮이 숙주宿州에서 청주의 비교를 모방하여 성공한 후 변수汴水, 분수汾水, 사수泗水 등 여러 하천으로 확대되었다. 이러한 교량은 형교梁橋와도 다르고 아치교拱橋와도 다른 형식인데 두 교량 형식의 사이에 끼어 있다고 말할 수도 있으므로, 요즘에는 첩량공疊梁拱 혹은 목공교木拱橋라 부른다. 기술적으로 봤을 때 무지개다리의 가장 큰 특징은 간단하다는 점이다. 주요 아치의 뼈대가 아주 간명한데, 각각의 건축부재가 종횡으로 이어져 서로를 떠받치며 뻗어가 허가虛架를 형성하고 있다. 부재의 가공 및 가설 또한 비교적 간단하다. 부재가 작은 편이라 적절한 길이로 미리 제작이 가능하고 설치와 해체가 용이하

---

2) 현재의 산동성 익도(益都)

여, 어느 정도 범위 안에서 다양한 길이로 다양한 하중을 버틸 수 있는 구조물을 건축할 수 있다. 예술적으로 봤을 때 다리가 무지개처럼 휘어지는 모습의 우아한 아름다움은 별다른 설명을 필요로 하지 않는다. 장택단이 「청명상하도」를 그릴 때 구도의 핵심으로 삼은 것도 이 때문이다.

진화론적 관점에서 고대 중국 교량의 발전을 살펴보면 미궁에 빠진다. 구조가 더 복잡한 석조 아치교가 목조 아치교보다 최소한 800년 전에 출현했다. 『수경주』에서 석조 아치교에 관한 최초의 기록은 진 태강太康 3년인 서기 282년에 낙양의 교외에 만들어진 여인교旅人橋이다. 그러나 서한 시기 무덤에 이미 돌로 쌓은 아치형 지붕이 선보였고, 동한 시기의 무덤에서는 벽돌을 쌓아 만든 둥근 지붕이 보편화되었다. 이는 석조 아치교가 『수경주』의 기록보다 앞서 시작되었음을 알 수 있는 근거가 된다.

현존하는 최초이자 동서고금에서 가장 유명한 아치교는 하북성 조현趙縣의 효하洨河를 가로지르는 조주교趙州橋[3]이다. 이 다리는 수나라 대업大業 원년인 605년에 뛰어난 기술자인 이춘李春의 주도하에 건설되었다. 조주교가 가장 주목받는 구조적 특징은 단공坦拱[4], 즉 일반적으로 볼 수 있는 반원형 아치가 아니라 원호형(약 87도)인 결원아치segmental arch라는 점이다. 중심부에 위치한 주요 아치의 양쪽 어깨에 2개씩, 총 4개의 보조 아치가 뚫려 있다는 점도 독특한데, 이를 창견공敞肩拱 혹은 오픈 스팬드럴 아치open spandrel arch라 한다. 이러한 구조의 교량은 결원아치를 채택하여 다리의 높이를 낮추어 도로를 평평하게 하였으며, 창견공을 설치하여 다리의 하중을 가볍게 하고 방수량을 증대시켜 물결이 다리에 주는 충격을 감소시켜 주었으므로 천년이 넘도록 무너지지 않을 수 있었다. 창견공 같은 보조 아치의 활용은 후세에 다양한 방식으로 모방했으며, 서양에서는 14세기에야 등장한 기법이다.

현존하는 석조 아치교 중에서는 조주교를 제외하면 송대에 만들어진 다리가 비교적 이른 시기로 손꼽히고, 대부분은 명청 시기의 산물이다. 게다가 그중 절대다수는 반원형 아치교이며, 조주교의 성취를 뛰어넘은 다리가 없었다. 따라서 대대로 조주교의 건설에 관한 여러 전설이 전해졌다. 고대 교량의 건설은 지역적 특성에 맞추어 진행되었다. 반원형 아치교는 형상이 가장 간단하고 시공이 쉬워서 어디에서나 쉽게 찾아볼 수 있다.

---

3) 안전하게 건너게 한다는 의미의 '안제교(安濟橋)', 혹은 '대석교(大石橋)'라고도 불렸다.
4) 혹은 편공(扁拱)

남방은 선박의 운행이 많아 다리의 아치를 반원형보다 크게 만들어 말굽형이 되기도 한다. 청 건륭 연간에 만들어진 운남성 건수현建水의 쌍룡교雙龍橋는 17개의 아치를 모두 뾰족아치尖拱로 만든 다리이다. 뾰족아치는 협곡 사이의 높은 다리에 특히 적합한데, 예를 들어 섬서성 삼원현三原의 청하清河에 위치한 용교龍橋는 수면에서 다리까지의 높이가 19미터에 이른다. 수많은 석조 아치교 중에서 건축적으로 뛰어날 뿐 아니라 역사적으로 유명한 다리도 상당히 많다. 북경 교외의 영정하永定河를 가로지르는 노구교盧溝橋는 11개의 아치로 이뤄진 화북에서 가장 긴 고대 석교로 금나라 대정大定 19년인 1189년에 건설되었다. 매년 봄 얼음 녹은 물이 홍수처럼 밀려 내려올 때 참용검斬龍劍5)이 얼음 조각을 깰 수 있고 물의 흐름을 완화할 수 있다.

고대의 교량은 예禮에 편입되기도 했다. 『시경』·「대아」편에 따르면 "위수에서 친영할 때, 배를 만들어 다리를 삼았다親迎於渭, 造舟爲梁"고 했다. 주 문왕이 신부를 맞을 때 위수에 부교를 설치했음을 알 수 있는 시구이다. 조造의 고문자는 조艁이며, 배를 잇대어 연결한 후 그 위에 판자를 설치한 것을 뜻한다. 문왕이 창안한 것으로, 주대에 '조주영친造舟迎親'은 천자의 예법이 되었다. 『이아』·「석수(釋水)」편에 따르면, "천자는 배를 만들고, 제후는 배를 엮고, 대부는 배를 잇대었다天子造舟, 諸侯維舟, 大夫方舟"고 했다. 여기서 '배를 엮는다維舟'는 말은 네 척의 배를 연결시켜 만든 다리로, 조주造舟보다 규모가 작았다(아마도 병렬시키는 것이 아니라 종렬로 길게 연결했을 것이다.). '배를 잇댄다方舟'는 것은 배 두 척을 나란히 대서 만든 다리를 가리킨다.

큰 강이나 넓은 수면에 부교를 가설한 고대의 기록은 굉장히 많다. 최초의 기록은 『좌전』·「소공 원년」(기원전 541년)으로 진秦의 후자后子인 침鍼이 진晉으로 달아날 때 "황하에 배로 다리를 만들었다造舟于河"고 했다. 그 후 주 난왕赧王 28년인 기원전 287년에는 "진나라가 황하에 부교를 놓기 시작했다." 진 소양왕昭襄王 50년인 기원전 257년의 기록에는 "진이 처음으로 하교河橋를 만들었다"고 했는데, 이 다리는 한대 이후 포진교蒲津橋로 불려왔다. 위나라 태조인 조조는 이 다리를 야밤에 건너 서쪽으로 마초를 정벌한 바 있다. 당 개원 12년인 서기 724년에는 쇠사슬로 배를 엮어 다리를 만들었는데, 양쪽 기슭에서 철산鐵山, 철주鐵柱, 철인鐵人, 철우鐵牛로 닻을 내려 쇠사슬로 묶인 배를 고정시켰다. 당시 "천하에 배로 만든 다리가 넷"이 있었으니, 황하의 포진교蒲津橋, 태양교太陽橋, 하양교河陽橋 및 낙수洛水

---

5) 선박형 교각인 분수첨(分水尖)에 설치된 삼각형의 철제 막대

의 효의교孝義橋는 모두 전략적 요충지에 설치되었다. 송대에 이르러 부교는 더욱 많아졌는데, 대부분은 대나무 줄로 묶었다. 서진西晉 말년에 큰 나무상자에 돌을 채워 침수시킨 뒤 다리를 묶는 석별石鼈이 창안되었으며, 명대의 닻으로 고정한 난주부교蘭州浮橋의 경우 연결된 배의 숫자만큼 석별을 달았다. 난주의 진원교鎭遠橋를 위시한 일부 부교는 분해와 개폐가 가능했다. 광동성 조주의 한강韓江의 광제교廣濟橋는 더욱 절묘한 구조의 다리다. 돌보로 만든 형교와 배를 연결한 부교를 결합한 구조의 이 다리는 남송 시기에 56년에 걸쳐 만들어졌다. 다리 길이는 500미터인데, 다리 동쪽에 12개의 교각을 설치하고 서쪽에 8개의 교각을 설치했으며 강의 중간은 "물결이 급하고 깊어 교각을 설치할 수 없어 24척의 배를 설치하여 부교를 만들었다." 개폐가 가능하여 배수와 선박 통행이 편리했다. 장강에서도 몇 차례 군사용 부교를 설치한 바 있다. 동한 건무建武 연간에 광무제가 공손술公孫述을 정벌할 때 양측 모두 부교를 만들었는데 상대방에 의해 끊어지거나 불태워졌다. 900여 년 후 송나라 태조가 채석기采石磯에서 부교를 건너 남당을 멸한 바 있다. 다시 900년이 흘러 태평천국군은 무한 부근에서 부교를 건설하여 무창武昌, 한양漢陽, 한구漢口의 세 도시를 연결한 바 있다.

기원전 3세기에 이빙李冰이 다목적 댐인 도강언都江堰을 건설할 때 7개의 다리를 만들었는데, 그중 하나가 착교笮橋 즉 대나무 동아줄로 만든 죽삭교竹索橋이다. 중국 서남부의 협곡 지대는 높은 절벽과 빠른 물살, 그리고 위험한 여울 등의 이유로 교각을 세울 수가 없어 예로부터 밧줄에 매달려 건너가곤 했다. 초기의 삭교는 주로 등나무나 대나무를 꼬아 만든 동아줄을 사용했는데, 고서에서는 이를 착笮이라 했다. 춘추전국 말기와 진한 교체기 즈음에 쇠사슬로 만든 줄을 사용하기 시작했다. 한초의 대장군 번쾌樊噲는 한중漢中 포성褒城의 한계寒溪에 쇠사슬로 삭교를 만든 바 있다. 가장 간단한 삭교는 류통교溜筒橋 혹은 류삭자溜索子라 부르는 형태인데, 밧줄로 양쪽 기슭 사이를 가로지르게 걸친 후 죽통이나 목통을 밧줄에 꿰어 건너는 사람이 거꾸로 매달리거나 나무판에 걸터앉아 밧줄을 타고 미끄러지듯 건너가므로 굉장히 위험했다. 이러한 형태의 다리는 일방향인가 쌍방향인가로 나뉘고, 평평하게 미끄러지는가 비스듬히 미끄러지는가로 구분된다. 운남 난창강瀾滄江에도 류통이 있었으므로, 이 강을 속칭 류통강溜筒江이라 한 것이다. 더욱 간담이 서늘해지는 다리는 쌍삭교이다. 이는 아래위로 약 150cm 정도 떨어트린 두 줄의 밧줄을 설치하여 건너는 사람이 윗줄을 손으로 잡고 아래줄을 발로 밟으며 건너는 다리이다. 이러한 방식의 다리는 이미 남아 있지 않다. 삼삭교三索橋는 1미터 거리로 밧줄 두 개를 걸친 후 두 밧줄의 아래쪽으로 밧줄을 매달거나 아래 밧줄 위에 나무판을 설치하는 식인데, 주로 티베트와 사천성에서 발견할 수 있다. 운남성에도 "현지인만 건널 수 있는" 이러한 형태의 다리가 있다. 비교적 안전한 방식은 거미줄처럼 밧줄을 얽어서 만든 다리다. 야로장포강雅魯藏布江에는 수면에서 40미터 높이에 130여 미터 길이의 등삭교藤索橋가 설치되어 있는데, 이는 허공에 걸쳐진 수십 개의 등나무 동아줄을 20개의 굵은 등나무로 통 모양으로 고정한 후 다리의 발판을 가는 등나무를 엮는 방식의 다리이다. 가장 유명한 죽삭교는 도강언 입구의 주포교珠浦橋6)로 민강岷江의 내강과 외강을 가로지르는 다리다. 다리의 길이는 100장이고 너비는 1장이며 교각으로 나뉜 다리 아래 구멍은 8공이다. 대오리를 꼬아 만든 5촌 두께의 대나무 동아줄 24개를 사용하였다. 그중 10개의 동아줄로 바닥을 만들고 그 위에 목판을 깔아 도로의 발판을 만들었다. 2개는 목판 양쪽을 고정하는 용도이며, 나머지 12개는 양쪽으로 나누어 난간을 만들었다. 명청 시대에는 서남 지역에 쇠사슬로 만든 삭교 수백 개가 만들어진 바 있다. 세계적으로 유명한 노정교瀘定橋는 청나라 강희 44년인 1705년에 건설되었으며 강희제가 어필로 다리 이름을 쓰고 비문을 남겼다. 다리의 길이는 30장, 너비 8척 가량이며, 약 40장 길이의 쇠사슬 13개가 양쪽 기슭을 가로지르고 있다. 바닥으로 사용한 9개의 쇠사슬 위에 깔판을 종횡으로 깔아 사람과 가축이 통행할 수 있게 했다. 나머지 4개는 양쪽으로 나누어 난간을 만들었다. 쇠사슬은 890개의 고리를 엮어서 만들었으며, 고리의 외경은 3촌에 이른다. 서양에서는 18세기에 쇠사슬 삭교가 출현한 후 줄곧 중국식 현수교의 영향을 받았다.

고대 교량의 구조는 각양각색이며, 다리의 장식 또한 다채롭다. 대체로 목재 형교, 그중에서도 특히 신비목량교는 주로 높이 치솟은 비첨 처마의 기와지붕에 들보와 난간을 화려하게 색칠한 교옥橋屋을 특징으로 한다. 광서성 삼강三江의 정양교程陽橋, 사천성 아미산의 해탈교解脫橋, 호남성 신녕新寧의 강구교江口橋 및 티베트 라싸의 유정교瑜頂橋는 이러한 형식의 다리 중에서도 특색이 있다. 돌다리는 주로 조각으로 장식한다. 돌다리에 조각을 장식한 원래 의도는 물요괴를 진압하여 다리를 보호하기 위해서이다. 이러한 예는 일찍이 "(도강언을 만든) 이빙이 돌로 만든 무소 다섯 마리로 물귀신을 복종시켰다"는 기록에서도 보인다. 후세에는 주로 소를 사용하여 교량을 장식했다. 예를 들어 노정교 같은 경우

6) 안란교(安瀾橋)라고도 한다.

〈그림 1〉
명대 오위(吳偉)의 「파교풍설(灞橋風雪)」

도 쇠로 만든 소 한 마리가 엎드려 있다. 열두 띠의 동물 중 소는 축丑이며 오행에 따르면 축은 토土에 속한다. 소로 물을 진압하는 것은 '토극수土克水'의 의미를 취한 것이다. 현재로선 대부분의 교량 돌조각의 원래 의도를 파악하기가 힘들지만, 최소한 당시 사람들의 심미적 취향은 살펴볼 수 있다. 예를 들어 조주교에 새겨진 여러 자태의 용 장식, 노구교의 표정이 제각각인 돌사자, 창주滄州 등 영교愁瀛橋의 먼 곳을 조망하는 돌원숭이, 하북성 제미교濟美橋와 복건성 낙양교洛陽橋의 수호신 등은 모두 다리의 몸체와 하나로 융합되어 입신의 경지에 이르렀으므로 모방하는 것조차 쉽지 않다. 고대 교량에 부조로 새겨진 각종 우의적 도안의 경우 너무 많아 일일이 살펴보기 힘들 정도이다.

만약 고대의 교량이 한 수의 시, 한 폭의 그림, 혹은 한 권의 책이라면 다리의 이름은 제목에 해당할 것이다. 수많은 다리의 이름이 고금을 관통하고 사람의 마음을 닮아 의미가 심원했다. 오래전에 이미 사라진 다리라 할지라도 시문에 이름이 인용되면서 천고의 세월을 격하여 여전히 유전되곤 한다.

고대 교량의 유적은 풍수쟁이가 풍수를 살펴 자연적인 조화의 미를 보충해야 하는 경우도 있다. 다리를 짓는 것은 많은 경우 불길한 풍수를 개선하기 위함이기도 했기 때문이다.

6

원림 예술

차오쉰(曹汛)

원림 건축, 즉 조원造園은 중국문명의 풍류와 우아함을 보여주는 표지의 하나이다. 그
것은 독특한 공간예술 언어로 조화와 담백한 고요를 숭상하는 중국인의 정신을 잘 구현
하고 있다. 원림의 본질적 특징은 대자연의 산수에 손질을 가하는 것이다. 그에 더하여
조용한 교외 지역이나 시끌벅적한 도시에서 산수를 모방함으로써 시적 정취와 그림 같
은 구도가 충만한 삶과 휴식의 환경을 재현하는 것을 추구한다. 천인합일의 관념에 기반
하여 원림 건축은 인류와 자연의 친화력을 잘 구현하였다. 따라서 원림을 조성할 때 최
상위 원칙은 『원야(園冶)』에서 잘 지적했듯 "비록 사람이 짓더라도 마치 자연적으로 만
들어진 것처럼" 디자인하는 것이다. 이러한 원칙하에 조성된, 유람과 거주가 동시에 이
뤄지는 인공 산수는 현실을 살아가는 인간의 이상을 구현시킨 천당이다. 심지어 명대 장
대張岱의 『도암몽억(陶庵夢憶)』에 따르면 천당조차 가볍게 뛰어넘고 있다. 두 노인이 지
극히 아름다운 개원岕園을 서성이다가 "한 노인이 '실로 봉래산의 선경이로구나!'라고 감
탄하자, 다른 노인이 혀를 차며 '그쪽이라고 어찌 이와 같겠는가?'라 응수했다."

중국 고대의 원림은 주로 ① 자연풍경 구역, ② 읍교 원림邑郊園林, ③ 사묘 원림寺廟園林, ④
황실 원림皇家園林, ⑤ 개인 원림私家園林의 다섯 가지로 분류할 수 있다. 원림 예술의 발전 경
과에 착안한다면 이 중에서 주류는 황실 원림과 개인 원림이라 할 수 있다.

황실 원림의 연원은 은나라 말기 주 문왕文王의 영대靈臺와 영소靈沼 및 춘추 시기 제후들
의 원유苑囿로 소급된다. 진시황이 중국을 통일한 후 6국의 왕실을 함양원咸陽原으로 옮겼
는데, 그 규모가 웅장했다. 한대에 건장궁建章宮과 상림원上林苑을 건설하여 장안 일대의 황

실 이궁離宮과 별원이 마주보게 했다. 건장궁 북쪽의 태액지太液池 안에는 봉래蓬萊, 방장方丈, 영주瀛洲의 세 신산神山의 상징물을 세웠다. 이러한 일지삼산一池三山 구조는 후세 궁중 정원에 산과 연못을 조성할 때의 기본 모델이 되었다.

진한 이전에는 황실 정원이 절대적 우위를 차지했다. 한대에 개인 정원이 출현했는데, 양 효왕梁孝王이 만든 토원兔園, 대장군 양기梁冀, 무릉茂陵의 부민인 원광한袁廣漢 등이 만든 개인 정원은 모두 황실 원림을 모방했는데 규모가 상당히 컸다. 위진남북조 이후 개인 원림이 점차 흥성하여 중원中園이란 단어가 출현했으며, 황실의 상원上苑에 맞먹었다. 이때부터 개인 원림이 황실 원림과 나란히 발전해 나갔다. 이후 고위관료나 대지주 뿐 아니라 말단 관료나 문인 사대부들도 개인 원림을 만들기 시작하여 소원小園이라 표방했다. 유신庾信은 「소원부(小園賦)」에서 소원의 강령을 세운 바 있다. 수당 시기에도 황실 원림이 여전히 성행했으며, 개인 소원과 황실의 상원이 서로 경쟁하며 발전해 나갔다. 송원 시기에는 개인 원림이 성숙 단계에 접어들어 우위를 점하기 시작했다.

명청 시기에는 황실 원림이 개인 원림의 뒤를 따를 수밖에 없는 상황이라 개인 소원의 정화를 취하여 집경식集景式의 황실 원림을 만들었다. 이러한 집경식의 황실 원림은 원명원圓明園이 대표적인데, 건륭제는 "하늘을 옮기고 땅을 축소하여 그대의 품에 안긴다"라고 자찬했지만, 조설근曹雪芹은 이에 대해 그 땅이 아닌데 억지로 그런 것처럼 만드니 아무리 정교하다 해도 딱 들어맞지 않는다고 에둘러서 비판한 바 있다. 이 시기의 황실 원림은 사실상 이미 쇠락의 길로 접어들고 있었다. 황실 원림과 개인 원림의 상호 참조와 성쇠의 세 역사적 단계를 살펴보면 중국 원림 예술의 최고 성숙기는 개인 원림이 가장 성숙한 시기로 표지된다. 다시 말해 중국의 원림은 유럽처럼 황제나 국왕에 의해 좌우된 것이 아니라 중국인의 문화생활에 스며든 수천만 명의 지혜에 의해 창조된 것이다.

중국의 자연산수 정원은 천연의 산수를 재현하는 것을 주요한 취지로 한다. 따라서 산을 포개고疊山 물길을 다스리는理水 것이 원림 예술의 핵심이 되었다. 중국의 원림 예술사는 산을 포개 만든 가산의 예술사와 궤를 같이하고 있다. 원림에 사용되는 가산 예술 또한 역사적으로 세 가지 발전단계를 밟았다. 중국의 인공 가산의 연원은 상당히 빨라 선진 시기의 문헌인 『상서』나 『논어』에도 관련 기록이 등장한다. 진시황은 "흙을 쌓아 봉래산을 만들었고", 한대의 건장궁은 "궁궐 내원의 흙을 모아 산을 만들었으며", 양 효왕의 토원에는 백령산百靈山이 있었고, 원광한이 "돌을 얽어 만든 산은" "몇 리에 걸쳐 이어졌다”고 한다. 큰 산을 만드는 풍조는 위진남북조까지 이어졌으며 수법 또한 점차 세밀해지기 시작하여 “원래 있었던 것처럼” 만드는 경지에 이르렀다. 진대 회계왕會稽王 사마도자司馬道子의 저택에 있는 토산이 진짜 산과 같아서 황제가 친히 행차했을 때도 흙으로 쌓아 만든 것임을 알아보지 못할 정도였다. 이 단계의 가산은 실제 산을 모방한 것이므로 크기 또한 최대한 산에 가깝게 만들었다. 갈홍葛洪이 말한 “숭산嵩山이나 곽산霍山에 준하게 토산을 만들었다起土山以准嵩霍”에서 “준하다”라는 표현만 봐도 이 시기 가산이 가진 풍격적 특징을 개괄하기 충분하다. 이러한 수법은 자연주의와 비슷하며 호방하긴 했지만 정교하지는 못했다.

위진 시기 중반이 되면서 일반적인 관료 사대부들도 중원中園이나 소원小園을 만들었는데, 노장사상의 영향으로 객관적인 산수 세계 뿐 아니라 주관적인 심령의 세계에 대한 발견이 가속화되었다. “밖으로 조화를 배우고, 안으로 마음의 근원을 얻는다” 하였으니, 사람들은 “마음속의 산수가 멀리 있지 않음”을 깨닫게 되었다. 그리하여 작은 정원과 작은 산으로도 충분히 신유神遊를 즐길 수 있었다. 대략 소원小園이라는 말과 동시에 소산小山이란 말이 출현했으며, 이후 ‘소산가경小山假景’이란 말이 등장한 후 ‘가산假山’이라는 단어로 정착했다. 가산도 실제 산을 모방하여 갖출 것은 다 갖췄지만 크기가 굉장히 축소되었다. 당대 이화李華는 「약원소산지기(藥園小山池記)」에서 “정원에 숫돌 재료와 주춧돌에 사용되는 옥을 쌓아 형산衡山이나 무산巫山의 형상을 띠었다”라고 했다. 여기서는 앞서 말한 “준하다”와 대비되는 “형상象”이라는 말이 가산의 풍격을 개괄한다. 이처럼 “작은 것에서 큰 것을 보는” 가산의 기법은 사의寫意적이고 상징적이며 낭만주의에 가깝다.

가산 예술의 세 번째 단계에서 또다른 기법이 주류가 되었다. 이 단계에서는 작은 것에서 큰 것을 보는 사의적인 기법에 반대하여 사실성을 회복하기를 주장했다. 실제 크기로 진짜 산처럼 만들어 “가산撰山이 진짜인지 가짜인지 분간하지 못하게” 했다. 그렇지만 또 첫 단계처럼 거대한 산골짜기 전체를 재현하기보다는 산기슭 일부를 선택하여 산마루와 언덕, 굽이친 봉우리를 만든 다음 “돌을 얽어 낮은 울타리를 두르고 빽빽한 대나무로 가렸다.” 이런 식으로 산림의 의경意境을 창조하여 일종의 예술적 환각을 불러일으킴으로써 마치 “기이한 형상의 깎아지른 듯 우뚝 솟은 봉우리가 창밖으로 첩첩이 쌓여”, 자신의 원림이 마치 “거대한 산맥의 기슭에 놓인” 듯한 느낌을 주었다. 사실주의적인 이러한 가산 기법의 출현은 가산 예술의 마지막 성숙기를 상징하며, 중국 원림 예술의 마지막 성숙기를 상징하는 것이기도 하다.

중국의 원림은 자연의 산수를 재현하는 것을 취지로 하여 초창기에 이미 상당한 성취를 이뤘지만 이후 끊임없이 발전시켜 나갔으며, 시정詩情과 화의畫意을 추구하는 단계로 나아갔다. 따라서 문인과 화가들이 원림 예술 영역에서 자신의 실력을 펼쳤으며, 나중에는 직업적인 조원가들이 시화의 의경을 추구하면서 원림 예술의 마지막 성숙기를 이룩하였다. 중국 원림에 펼쳐진 시정과 화의의 발전 또한 세 가지 발전단계를 밟았다.

첫 번째 단계는 문인, 그중에서도 주로 시인과 산문가들이 원림 예술을 주도했다. 산수 원림과 산수시, 전원시는 거의 동시에 출현했다. 시로 형상화된 사령운謝靈運의 산장山莊이나 도연명陶淵明의 전원田園은 원림에 대한 사람들의 생각에 영향이 없을 수 없었다. 원림 조성을 주관하여 대가가 된 시인 중 지대한 영향을 끼친 대표적인 인물은 왕유王維와 백거이白居易이다. 왕유는 시와 그림 모두에 능하여 "시 안에 그림이 있고, 그림 안에 시가 있다"라 칭해진 바 있다. 그는 망천별서輞川別墅를 만들어 배적裴迪 등과 함께 사물의 성정을 체득하고 풍경에 빠져 시를 창화하는 것을 낙으로 삼았다. 망천에서의 생활은 완전히 시적 정취로 가득했다. 따라서 후세의 문인 사대부들이 원림이나 별장을 지을 때 망천을 모방하는 것을 최고의 우아함으로 여겼으며 시사나 문장으로 이를 풀어내곤 했다. 백거이는 산수와 원림을 몹시 사랑하여 항주에 부임했을 때 서호西湖를 손질한 바 있다. 또한 소주에 부임한 후에는 「태호석기(太湖石記)」를 지어 원림 예술에 크나큰 영향을 미쳤다. 그가 여산廬山에 지은 초당은 나무 기둥에 단청을 입히지 않고 벽에 회칠하지 않은 채 주위 환경에 융화되었다. 또한 「초당기(草堂記)」에서는 거처하는 모든 곳에 "늘상 삼태기로 흙을 부어 대를 만들고, 돌멩이를 모아 산을 만들며, 물을 둘러 연못을 만들었으니, 산수를 좋아하는 기벽이 이와 같았다"라 말하였다. 백거이는 낙양 이도리履道里에 백련지白蓮池를 가꿨는데, 이는 강남 분위기가 농후한 수경水景 장원이다. 여기에 수재水齋를 지어 흐르는 물과 돌을 실내로 끌어들여, "머리맡에서 학이 목욕하는 모습을 보고, 침대 아래로 물고기가 노니는 것을 보았다枕前看鶴浴, 床下見魚遊." 이러한 시도는 당시 많은 사람을 놀라게 했다. 유우석劉禹錫은 이에 대해 "낙양의 인재를 독점한다고, 모두가 오군의 태수를 꾸짖었다共議吳太守, 自占洛陽才"라고 읊었다. 당대 낙양의 원림은 천하에서 으뜸이었다. 백거이와 동시기에 사대부가 지은 개인 원림으로 배도裴度의 집현리 택원集賢里宅園과 오교장 별서午橋莊別墅, 이덕유李德裕의 평천산장平泉山莊, 우승유牛僧孺의 귀인리 택원歸仁里宅園과 남장 별서南莊別墅 등이 대표적이다. 이처럼 일개 시인이 원림의 조류를 주도하는 영수 집단이 되었다. 건축을 주관하고 기획하는 수준을 넘어 구체적인 기술을 장악하는 경우도 있었다. 시인 왕건^{王建}은 동굴을 만드는 데 능하여 "평지에 깊은 동굴을 파낼 수 있다"라고 장적^{張籍}이 칭찬하기도 했다.

산문가들 또한 이에 뒤지지 않는다. 유종원^{柳宗元}의 「영릉삼정기(零陵三亭記)」와 「유주동정기(柳州東亭記)」, 번종사^{樊宗師}의 「강수거원지기(絳守居園池記)」는 모두 버려진 연못과 낡은 땅을 손질하여 원림으로 개발한 기록으로 원림 조성에 관한 정밀한 견해를 담고 있다. 송대에는 원림 문학이 전성기에 이르렀다. 구양수^{歐陽修}의 「취옹정기(醉翁亭記)」, 소순흠^{蘇舜欽}의 「창랑정기(滄浪亭記)」는 모두 원림을 옆에서 방관한 기록이 아니라 직접 참여한 묘사로 가득하다. "낙양의 원림은 문을 닫지 않는다", "원림은 손님이 구경하는 것에 기댄다"라는 말이 있다. 따라서 송대부터 유명한 정원을 묘사하고 평론하는 글이 편찬되기 시작했는데, 북송 이격비^{李格非}의 『낙양명원기(洛陽名園記)』, 남송말 원초 주밀^{周密}의 『오흥원림기(吳興園林記)』가 대표적이다. 문인의 원림 건축은 후세에도 계속하여 전승되었다. 청대의 저명한 원림 평론가 전영^{錢泳}은 "정원을 짓는 것은 시문을 짓는 것과 같다"라는 결론을 도출하기도 했다. 왕춘전^{汪春田}, 즉 왕위림^{汪爲霖}은 이런 시를 남기기도 했다. "꽃 울타리를 바꾸고 돌난간을 보수하니, 정원을 고치는 게 시를 고치는 것보다 어렵구나. 만약 자구를 읊을수록 탄탄해지는 것과 같다면, 자그마한 정원인들 봐도 봐도 물리지 않겠지^{換卻花籬補石闌, 改園更比改詩難, 果能字字吟來穩, 小有亭台亦耐看}." 왕춘전은 청대의 시인인데, 직접 문원^{文園}과 녹정원^{綠淨園}을 지은 바 있으므로 원림에 대한 이해가 매우 깊었다.

두 번째 단계는 화가가 원림을 주도한 시기이다. 화가에 의한 원림 또한 시와 그림에 능했던 왕유로 소급된다. 그러나 왕유는 스스로 "현생에는 시인으로 잘못 태어났으나, 전생에는 응당 화가였을 터"라고 말한 것처럼 화가라는 신분에 대해 대놓고 시인하기보다는 겸허하게 사양하는 태도를 취했다. 송대의 사마광^{司馬光}, 왕안석^{王安石}, 소식^{蘇軾} 등도 시와 그림 모두에 능했는데, 사마광의 독락원^{獨樂園}, 왕안석의 반산원^{半山園}은 그 명성이 천하에 전해진 바 있다. 소식은 원림에 대한 뛰어난 견해를 자랑했으며, 접었다 펼 수 있는 장치로 어디에나 가설할 수 있는 택승정^{擇勝亭}이란 이름의 정자를 만들기도 했다. 송대의 시인 중에서 화가를 겸하며 원림 건설에도 종사한 인물의 대표로 조무구^{晁無咎}, 즉 조보지^{晁補之}를 꼽을 수 있다. 그의 재능이 너무나 뛰어나 소식은 나이를 접고 아들뻘인 그와 교류했으며 이격비 또한 그와 교류했다. 후에 당쟁에 휩싸여 유배되었다가 귀환 후에는 귀거래원歸去來園을 수리하여 귀래자歸來子라는 호를 사용했으며, "스스로 큰 그림을 그려 그 위에 글을 적었다." 남송의 유징俞徵은 완전히 화가의 신분과 안목으로 원림 건설에 종사한 인물이다. 유징의 자는 자청子淸이며, 문인화가였다. 대나무와 돌 그림은 맑고 부드러웠으며 문동文同과 소식의 의경을 이었다. 주밀의 『계신잡지(癸辛雜識)』에 따르면, "유징은 골짜기만큼 깊은 식견을 품고 있으며, 그림을 잘 그렸다. 따라서 마음속의 정교하게 설계된 솜씨를 뽑아낼 수 있었다." 원대의 문인화는 더욱 발전했다. 많은 문인화가가 원대의 통치에 불만을 품은 채 소극적으로 은거하며 원림의 즐거움에 빠져들던 시기였다. 따라서 화가에 의한 원림 건설이 전성기를 이뤘다. 곤산昆山의 화가 고중영顧仲瑛: 顧瑛은 옥산초당玉山草堂을 지었고, 송강松江의 화가 조운서曹雲西: 曹知白는 채소밭을 가꾸고 대나무를 길렀다. 원대 4대 화가의 하나로 손꼽히는 무석無錫의 예찬倪瓚의 그림은 어디에도 구애받지 않는 은일한 생각을 아무도 없는 고적한 풍경 속에 표현하였다. 그가 거처한 청비각淸閟閣은 속세와 단절된 그윽한 곳으로 난초나 국화 등이 수려하게 무성히 피어 있었다. 그는 또한 소주의 사자림산원도獅子林山園圖를 그려준 바 있는데, 이로 인해 후세에 사자림을 예찬이 만든 것으로 잘못 전해지기도 했다. 원대 4대 화가의 산수화는 원림 예술에 많은 영향을 끼쳤다. 황공망黃公望의 암석磯頭이나 예찬의 수구水口는 후세에 원림의 가산을 쌓고 물을 다스릴 때 밑그림 역할을 했다. 황공망, 왕몽王蒙, 예찬, 오진吳鎭 등 4대가의 산수화는 저명한 원림 가산 예술가인 장남원張南垣에 많은 영향을 주었다. 장남원이 가산을 쌓음에, 사람들은 "황공망, 왕몽, 예찬, 오진이 하나하나 그대로 재현된다"고 상찬했다. 장남원이 전겸익錢謙益을 위해 만든 불수산장拂水山莊과 이봉갑李逢申을 위해 만든 황운산장橫雲山莊은 황공망의 「지란실도(芝蘭室圖)」와 많은 부분에서 유사하다. 『양주화방록(揚州畫舫錄)』 권4의 중녕사重寧寺 동원東園에 대한 묘사는 다음과 같다. "여덟아홉 번 꺾인 모습의 구멍 난 태호석의 꺾인 곳에 깊은 못을 여러 개 만들었다. 눈발이 뿌리고 우레가 치듯 폭포의 물길이 절벽을 가르고 떨어져, 구불구불 이어지며 돌과 더불어 길을 다툰다. 그 싸움에서 이긴 물은 돌 위로 넘쳐 나와 철썩거리는 소리를 내고, 이기지 못한 것들은 들쭉날쭉한 모양을 서로 받아들이며 맴돌아 퍼지거나 돌아서 거슬러 올라간다. 어떤 것들은 돌 밑으로 흘러 들어가 금방 숨었다가 금방 나타나기도 하면서 연못 입구에 이르면 힘차게 솟아올라 곧장 연못 속으로 뿌려진다. 이것은 예찬의 필법 속에 담긴 뜻을 잘 배운 사람이 만든 것이다."

세 번째 단계에서는 직업적으로 원림을 건설하던 장인이 주도하던 시기이다. 원림을 만들고 가산을 쌓던 장인은 예전부터 존재했으며 송대에 원림 건설가를 지칭하던 "오흥의 산장吳興山匠", "주면의 자손朱勔子孫"이라는 말이 있었지만, 대부분의 장인은 이름을 남기지 않았다. 직업적인 원림 건설가이면서 후세에 이름을 남긴 인물 중 명대 전여성田汝成의 『서호유람지(西湖遊覽志)』에 기록된 항성杭城의 육첩산陸疊山이 가장 이르다. 육첩산은 장녕張寧과 함께 명 성화成化 시기 전후의 인물이다. 정덕正德, 만력萬曆 연간 상해의 저명한 원림 건설가 장남양張南陽은 반윤단潘允端에게 예원豫園을, 진소온陳所蘊에게 일섭원日涉園을, 태창太倉의 왕세정王世貞에게 엄산원弇山園을 지어 주었다. 만력, 숭정 연간 송강松江에서 가장 저명한 원림 건설의 대가인 장남원張南垣(1587~약 1671)을 배출했다. 장남원은 어려서 그림을 배워 인물 초상을 잘 그렸으며 산수화에도 능했다. 그에 따라 산수화의 의경으로 원림을 건설하고 가산을 쌓았으며, 형호荊浩, 관동關仝, 동원董源, 거연巨然 등 오대의 화가 및 황공망, 왕몽, 예찬, 오진 등 원대 4대 화가의 화풍을 그대로 재현하여 장강 남북에서 50여 년간 이름을 떨쳤다. 그가 지은 원림은 부지기수인데, 현재 가장 유명한 것으로 송강 이봉신李逢申의 횡운산장橫雲山莊, 가흥嘉興 오창시吳昌時의 죽정호서竹亭湖墅, 서필달徐必達의 한사루漢槎樓, 주무시朱茂時의 방학주放鶴洲, 태창太倉 왕세민王時敏의 낙교원樂郊園, 남원南園 및 서전西田, 전증錢增의 천조원天藻園, 오위업吳偉業의 매촌梅村, 욱정암재鬱靜岩齋 앞의 가산, 상숙常熟 전겸익錢謙益의 불수산장拂水山莊, 금단金壇 우래초虞來初; 虞大復의 예원豫園, 오현吳縣 석본정席本禎의 동원東園, 가정嘉定 조홍범趙洪範의 남원南園 등이 손꼽힌다. 장남원의 가산은 "기존 방식을 모두 바꾸어", 못을 파고 언덕을 쌓고 형태에 따라 배치하여 흙과 돌이 뒤섞여 있으니 자못 진실한 의취를 얻었으며, 사람들이 보자마자 묻지 않고도 장남원의 가산임을 알아보았다. 다수의 평론가들이 장남원의 원림과 가산을 두고, 천하제일, 해내의 으뜸, 신공神工으로 의심할 정도라는 등의 평을 내놓았다. 장남원의 네 아들은 모두 가업을 이어받았다. 강희제가 창춘원暢春苑을 조성하려고 장남원을 불렀으나 그는 연로함을 핑계로 둘째 아들인 장연張然을 보냈다. 창춘원 외에도 남해南海의 영대瀛臺, 옥천산玉泉山의 정명원靜明園 등의 황실 원림이 장연에 의해 조성된 것이다. 대학사 풍부馮溥의 만류당萬柳堂, 병부상서 왕희王熙의 이원怡園 또한 장연이 만든 것이며, 북경의 여러 왕공 귀족의 원림은 모두 장연의 손을 거쳤다. 장연은 황실 원림의 총책임자로 궁정에서 28년간 활동했으며, 그의 아들인 장숙張淑이 이어받았다. 따라서 북경에는 (원림 건설 장인을 가리키는 산자장(山子匠)을 변용시킨) 산자장山子張의

"가업이 100년 동안 바뀌지 않았다"라는 말이 있을 정도였다. 장남원의 셋째 아들인 장 웅張熊은 강남 지역에서 활동하여 꽤 이름을 떨쳤으며, 조카인 장식張鉽 또한 장남원의 기술을 배웠다. 현존하는 강남의 개인 원림 중 최고의 전범으로 꼽히는 무석의 기창원寄暢園이 장식의 대표적인 걸작이다.

앞에서 기술한 것처럼 개인 원림과 황실 원림은 서로 영향을 주고받으며 성쇠를 거듭하다 개인 원림이 우위를 점하기 시작했다. 황실 원림이 개인 원림 예술가를 책임자로 초빙하려 할 때 가장 먼저 장남원을 선택했다. 가산 예술의 최후 단계인 실제 크기로 거대한 산골짜기의 산기슭, 산마루와 언덕, 굽이친 봉우리를 재현하는 양식 또한 장남원이 개창한 것이다. 원림 예술에 시정과 화의를 추구한 끝에 시정과 화의에 정통한 직업적인 조원가가 원림 건설을 주도한 것 또한 장남원이 가장 두드러지며 가장 우수한 대표적인 인물이다. 어떤 각도에서 보더라도 장남원이라는 사람에게 초점이 맞춰진다. 그는 한 시대를 열어젖힌 사람으로 중국 원림 문화에 가장 위대한 공헌을 했으며, 그의 성공이 중국 원림 예술의 마지막 성숙을 상징한다. 그의 원림 건설은 주로 17세기 초기와 중기에 이뤄졌다. 17세기는 세계 정원의 역사에서도 황금시대였으니, 장남원과 거의 동시대에 프랑스에서 가장 유명한 정원사인 앙드레 르 노트르André Le Nôtre(1613~1700)가, 영국에서 가장 유명한 조경사인 랜실롯 브라운Lancelot Brown(1715~1783)가, 일본에서 가장 유명한 조원가인 코보리 엔슈小堀遠州(1579~1647)가 출현했다. 세계 조원의 거장이 일시에 앞다퉈 배출되었는데, 이러한 거장들 중에서도 장남원은 제작의 면에서 가장 풍부했고 이론적으로 가장 정밀했으며, 그 공헌과 영향 또한 가장 거대했다.

장남원은 고립된 인물이 아니었다. 장남원과 함께 원래 문인화가 출신으로 중년 이후 직업 조원가로 전향한 계성計成이 있다. 계성은 1582년에 태어났으니 장남원보다 다섯 살이 많다. 그러나 조원 사업에 종사한 것은 장남원보다 한참 늦었다. 계성은 상주常州의 오현吳玄을 위해 동제원東第園을, 의징儀徵의 왕기汪機를 위해 오원寤園을, 양주揚州의 정원훈鄭元勳을 위해 영원影園을 건설하였다. 또한 오원을 건설할 때 짬을 내어 자신을 경험을 총정리하여 1634년에 조원 이론서인 『원야』를 집필했는데, 내용 중 일부 견해에는 장남원의 영향이 투영되어 있다.

장남원의 영향을 받아 청대 가경, 도광 연간에 상주에서 또 다른 유명한 조원 전문가인 과유량戈裕良이 등장했다. 그가 건설한 유명한 원림으로 소주 호구虎丘의 일사원一榭園, 양주 진은복秦恩復의 의원意園의 소반곡小盤谷, 상주 홍량길洪亮吉의 서포西圃, 여고如皋 왕춘전汪春田의 문원文園, 녹정원綠淨園, 소주 손균孫均의 환수산장環秀山莊, 남경 손성연孫星衍의 오송원五松園과 오묘원五畝園, 의징 파광고巴光誥의 박원樸園, 상숙常熟 장인배蔣因培의 연곡燕谷 등이 있다. 과유량은 장남원의 조원 예술을 계승하고 발전시켰다. 따라서 홍량길은 다음과 같은 시로 그를 기린 것이다. "장남원과 과유량은 삼백 년 역사에 남을 두 발군이다."

유구한 역사를 지닌 채 독자적으로 발전해 온 중국의 원림 예술은 서아시아, 고대 그리스와 함께 세계 정원사의 3대 체계 중 하나이다. 그것은 이른 시기부터 일본, 한국, 베트남 등 이웃 나라에 영향을 끼쳐 왔다. 일본의 정원은 중국 원림 예술의 정화를 바탕으로 자신만의 독특한 것을 발전시켰다. 예를 들어 '고산수枯山水'1)가 가장 유명하다. 유럽에 시누아즈리chinoiserie가 유행했을 때 중국의 원림 예술 또한 점차 전파되었다. 프랑스 선교사가 중국의 원림을 가장 먼저 유럽에 소개했다. 스코틀랜드의 윌리엄 챔버스William Chambers는 영국에 유럽 최초의 중국식 정원인 큐 가든스Kew Gardens를 디자인했다. 독일인 루트비히 운처Ludwig A. Unzer는 『중국 원림 예술(Ueber die Chinesischen Gärten)』(1773)에서 중국의 성취를 "모든 정원 예술의 모범"이라 상찬한 바 있다. 중국의 원림 예술은 영국의 조지프 애디슨, 알렉산더 포프, 프랑스의 디드로, 볼테르, 루소, 독일의 칸트, 괴테, 실러 등 18세기의 가장 걸출한 사상가와 문학가들에게까지 영향을 주었다.

20세기에도 중국 원림에 대한 열기는 세계적으로 식지 않았다. 독일의 여성 원예가 말리아네 보이홀트Malianne Beuchlt는 『중국 원림』(1983)이란 책에서 중국의 원림이 "세계 정원의 어머니"라 칭한 바 있는데, 이 말은 이미 모두가 공인하는 명언이 되어 있다. 최근 각국에서 경쟁적으로 중국의 조원가를 초빙하여 중국식 원림을 조성하려 하고 있다. 예를 들어 미국 뉴욕 메트로폴리탄 박물관 2층의 명헌明軒, 캐나다 밴쿠버의 일원逸園, 호주 시드니의 중국원中國園, 독일 뮌헨의 방화원芳華園, 일본 삿포로의 심방원沈芳園 등이 대표적이다. 현대의 기계 문명과 고층 빌딩에 짓눌린 현대인에게 중국의 원림 예술은 자연에 더 가까이 다가가게 하는 문화적 원천의 하나로 앞으로도 계속 중시될 것이다.

---

1) 가레산스이, 혹은 당산수(唐山水)라고도 한다. 돌과 모래만으로 산수를 표현하는 정원

7

민간 정원

자오궈원(趙國文)

발돋음하듯 치켜 오른 처마,
화살처럼 곧게 뻗은 서까래,
새가 깃을 펼친 듯한 추녀,
오색 꿩이 나는 듯 화려한 색채,
……
평평한 뜨락 안에
곧게 뻗은 기둥들이 있고
시원하게 열린 바깥채와
아늑한 안채가 있다.
(如跂斯翼, 如矢斯棘, 如鳥斯革, 如翬斯飛……殖殖其庭, 有覺其楹, 噲噲其正, 噦噦其冥.)

　이 시는 『시경』·「소아」편의 「사간(斯干)」에 나오는 구절로, 주나라 시기의 초창기 건물의 치솟은 지붕에 대한 외부 이미지와 그윽한 내부 모습을 시적으로 묘사한 것이다. 기둥과 대들보로 지탱하고 주춧돌로 바닥을 다지고 지붕에는 풀이나 청기와를 올린 중국의 목구조 건축형식은 지중해 연안이나 남유럽의 라틴식 석재건축, 라틴 아메리카에서 볼 수 있는 나무를 엮고 돌을 쌓아 올린 토제 건축土制建筑, 러시아나 북유럽 게르만 계통의 건축과 상당한 차이를 보인다. 상고 시기에 씨족사회가 발원했을 때부터 수천 년의 변화와 발전을 거쳐 현재에 이르기까지 여전히 전통적인 구조와 기본 형상을 탁월하게 보존하고 있다.

중국 땅을 살아가던 인류의 최초의 거주방식은 산정동인[山頂洞人1)]이 머물던 천연 동굴을 제외하면 대체로 두 가지 기원을 들 수 있다. 『맹자』·「등문공(滕文公)」편에 따르면 "낮은 지역 사람들은 둥지를 만들었고, 높은 지역 사람들은 굴을 파고 살았다[下者爲巢, 上者爲營窟]." 다시 말해 습한 저지대에 사는 사람들은 나무를 엮어 집을 지었고 건조한 고지대에 사는 사람들은 흙을 파서 굴을 만들어 살았던 것이다. 또한 『한비자』·「오두(五蠹)」편에는 다음과 같은 내용이 기재되어 있다. "상고 시대에는 사람이 적고 짐승은 많으니 사람이 짐승들을 이길 수가 없었다. 그때 한 성인이 나무를 엮어 집을 올리는 방법을 개발하여 여러 해로움을 피할 수 있게 하였으니 사람들이 좋아하며 그를 왕으로 추대하여 세상을 다스리게 했다. 그를 일러 유소씨라 하였다[上古之世, 人民少而禽獸衆, 人民不勝, 禽獸蟲蛇. 有聖人作, 構木爲巢以避群害, 而民悅之, 使王天下, 號曰有巢氏]." 추측건대, 선사 시기의 전설에서 등장하는 성인 유소씨가 창조했다는 나무 둥지는 장강 유역에 퍼져 있었을 것이며, 지금은 서남부 지역 소수민족의 호상 가옥[干欄式建築]에서 그 흔적을 볼 수 있다. 이런 식의 가옥은 나무 기둥으로 지면이나 습지 위에 집을 건설함으로써 안전하고 쾌적한 상층 거주공간을 확보할 수 있게 된 것이다. 기원전 5800년 절강성 여요[余姚]의 하모도 유적이 이에 속한다. 선사 시기에 허공에 나무로 엮어 만든 가옥은 그 흔적도 찾기 힘들지만, 지하 혈거[穴居]는 고고학적으로 발견된 유적이 꽤 많은데, 주로 황하 유역의 평원지 구릉의 황토가 풍부한 지역에 분포해 있다. 현재 감숙성, 섬서성, 하남성 등지에서 민간의 거주용으로 사용하고 있는 동굴집[窰洞]에서 흐릿하게나마 원시 혈거의 대략적인 정황을 확인할 수 있다.

대체로 앙소[仰韶] 문화, 용산[龍山] 문화에서 전설상의 하나라(기원전 5000년~기원전 1600년)를 거치면서 지하 혈거는 점차 반지상 및 지상에 나무 기둥과 흙벽에 초가지붕을 올리는 가옥으로 변해갔다. 『사기』에 기재된 "걸이 기와집을 지었다[桀作瓦室]"는 중국 최초의 기와로 지붕을 올린 기록이다. 이 시기의 주요한 고고학적 발굴로 15km 거리의 서안 반파[半坡] 유적, 임동강채[臨潼姜寨] 앙소 문화의 모계 씨족사회의 유적 등이 있다. 그중 강채 촌락의 거주지역은 다섯 그룹의 가옥으로 구성되는데, 각각의 그룹은 한 동의 큰 집을 핵심으로 하고 대문의 방향은 중앙 광장을 바라보며 환상[環狀]으로 배치되어 있다. 추측해 보자면, 이 중에서 가장 작은 거주 단위는 여성을 개체로 한 소가구이며, 이들로 이뤄진 그룹의 가옥이 모계 대가구를 이루고 다섯 개의 모계 대가구가 하나의 모계 공동체를 구성

---

1) 산동인(上洞人)

하며, 광장 주위에는 공동체 전체가 소유하는 지하실과 창고가 분포해 있다. 촌락은 고지대에 위치하여 물을 내려다보고 있고 사방이 탁 트여 있다. 중앙의 대광장은 아마도 전체 공동체 구성원들이 모여서 춤을 추고 신과 조상에서 제사를 지내는 장소이다. 이로써 인간의 거주지역과 신의 거주지역이 통합되어 복합적인 완전체를 형성하게 된 것이다. 부계 사회의 용산 문화 시기가 되면, 예를 들어 하남성 탕음현湯陰縣의 백영 유적白營遺址에서는 중앙 대광장은 더 이상 존재하지 않는다. 촌락의 배치는 전체적으로 뿔뿔이 흩어진 식이며, 마을의 중심이 되는 큰 집은 전당후실前堂後室 형식으로 발전하였다. 이 시기의 '전당'이 공무를 논의하고 인격신을 제사하는 두 기능을 보유했는지의 여부를 단정하기 힘들다. 그러나 비슷한 시기 그리스의 방Oecus은 사람과 신이 같이 머무는 곳이었다.

하나라(기원전 21세기~기원전 17세기)를 시작으로 중국은 점차 문명사회로 접어들었다. 전설이나 문헌 기록에 따르면 하나라는 성곽과 해자를 건설하였고, 궁전宮室과 누각臺榭을 지었으며, 감옥을 만들었다. 또한 하남성 복양濮陽에 현궁玄宮을 축조한 바 있다. "전욱은 남정중에게 하늘을 맡아 신을 다스리게 하고, 화정려에게 땅을 맡아 백성을 다스리게 했다帝顓頊使南正重司天以屬神, 使火正黎司地以屬民." 확실한 증거가 발견된 것은 상나라(기원전 16세기~기원전 11세기)가 하나라를 멸망시킨 후 궁전과 종묘 건축을 거주용 건축물과 서로 분리하였다는 점이다. 그러나 이 시기의 궁전과 종묘는 비교적 간소한 편이다. 하남성 안양安陽의 은허殷墟에서 여러 건축물과 그 배치방식이 계속하여 새롭게 생겨나 변화 발전한 흔적을 대략적으로 이해할 수 있다. 주나라(기원전 1046~기원전 771년)는 건축물의 형식과 의미가 이 시기에 기본적으로 확정되었다는 점에서 중국건축사에서 상당히 중요한 시기이다. 중국 청동기 시대 건축의 최고 수준을 보여주는 총결산임과 동시에 후세를 위해 이상사회의 모범을 수립했다는 점에서 그러하다. 전국 시기에 유행한 『주례』·「고공기(考工記)」에서는 건축에 있어 하·상·주 3대의 차이를 역술한 뒤 주례의 제도를 확정한 바 있다. 축성, 배치, 개별 건축물에서부터 문이나 창의 설치에 이르기까지 일정한 규칙을 정하여 씨족사회의 유풍에서 벗어나 국가 단계로 진입한 뒤 법률적 형식에 구속되는 상황을 잘 반영했다. 기술적인 면에서 목구조 건축이 전반적으로 성숙하여 기둥, 대들보, 장부, 장부구멍, 두공과 액방額枋2) 및 점토를 구워 만든 송수관, 바닥 벽돌, 각종 기와 장식 등이 이미 사용되고 있었다. 구조적인 면에서 섬서성 기산岐山의 봉추

---

2) 상인방

鳳雛 유적에서 확인할 수 있듯, 이미 상당히 엄정한 중축선의 서열 구조 및 봉쇄형 사합원 **四合院** 방식의 배치가 시도되고 있다. 사상 및 제도적인 측면에서 보자면, 살아가는 세계로서의 천^天, 지^地, 인^人, 신^神의 네 가지 방면이 관념에서든 건축물에서든 대체로 확정되었음을 확인할 수 있다. 이는 제단^坛, 사^社, 묘^廟, 궁전, 민가 등 구체적인 건축물 및 이들 간의 상호관계에 반영되어 있다.

인류의 천지에 대한 인식, 천지와 인간의 관계에 대한 인식은 사회제도의 변천, 자연과학의 진보 및 철학적 사유수준과 긴밀하게 연관되어 있다. 여러 부락이 통일됨에 따라 다신교에서 일신교로 수렴되며, 유일한 지존무상의 신인 천^天이 등장하였다. 건축적인 면에서 이는 제천의식을 거행할 노천의 교외 제단3)"라 한 것은, 바로 인격신이기 때문에 집을 지어 그들이 머물게 한 것이다. 종족 혈연관계의 씨족사회 전통이라는 면에서 종묘 **宗廟**는 도읍을 건설할 때 반드시 갖춰야 하는 법도였다. 한대 이후에는 군에도 묘를 설치했다. 사대부 가문에는 가묘를 설치했는데, 이후 이를 사당^{祠堂}이라 불렀다. 주택의 동쪽에 설치했으므로, "좌측에 가묘를 모시고 우측에 침실을 배치했다^{左廟右寢}"라 한 것이다. 그런데 일반 민가에서는 조상의 제단을 본채에 모셨으므로 사람과 신이 섞여 살았다고 할 수 있다. 평민은 스스로 천지에 제사를 올릴 수 없었다. 이를 어기면 법도에서 벗어난 것으로 여겨졌다. 따라서 민가가 자연과 맺는 관계는 송대 이후 풍수나 원림의 배치에서 반영되기 시작했다.

신과 인간의 건축적인 관계 또한 마찬가지이다. 인간과 인간의 건축적의 관계는 각종 등급제도와 종법 윤리를 통해 구현되었다. 등급제도는 주로 건축물의 형식, 규모, 색채와 무늬의 사용 등 여러 방면으로 실체화되었다. 『춘추곡량전(穀梁傳)』·「장공(莊公) 23년」조에 "예에 따르면, 천자와 제후는 기둥을 검게 칠하고 벽을 흰색으로 칠하며, 대부는 푸른색으로 칠하고, 사는 황색으로 칠한다^{天子諸侯黝堊, 大夫蒼, 士黈}"라고 규정했으니, 일반 민가에서는 그저 거무스름한 색을 쓸 수밖에 없었다. 종법 윤리는 주로 건축물 군집의 정원 배치를 통해 드러났다.

춘추 시기 이후 "예악이 붕괴되면서" 제후들이 일어나고 사대부의 지위가 상승하였다. 이에 따라 이전까지 궁전과 종묘에 사용되던 정원 배치가 사대부의 주택에도 등장하

---

3) 예를 들어 『주례』의 환구(圜丘)의 설치에서 드러나는데, 이것을 할 수 있어야 국가라 할 수 있고 제왕임을 칭할 수 있었다. 『주례』에서 "조상의 신주를 모신 종묘는 좌측에, 토지와 곡식의 신을 모신 사직단은 우측에 세운다(左祖右社)

기 시작했다. 춘추 시기 사대부 주택은 대체로 기원전 3세기 그리스의 폐쇄형 정원주택과 비슷한데, 꽉 막힌 담장으로 둘러싸인 전면부에 3칸의 대문이 있고, 대문 안에는 정원이 있으며, 중축선의 끝부분에 안채堂가 있다. 중당中堂은 일상생활과 손님 접대 및 각종 의례를 거행하는 곳이다. 안채의 좌우에 곁채[4]를 배치하고 안채 뒤쪽에 침실을 두었다. 당시에는 실내 바닥에 돗자리(席)를 깔고 좌식생활을 했으며, 돗자리 아래에는 거적筵을 깔았다. 『고공기(考工記)』에서 알 수 있듯, 거적은 실내의 면적을 계산하는 기본단위이기도 했으니, 일본 주택의 다다미가 이와 비슷하다.

진나라는 춘추전국 시기 각지의 건축 경험을 대규모로 끌어모아 건축 제도를 통일시켰다. 한나라 시기의 수백 년에 걸친 건축 활동 또한 진의 기초 위에서 전개된 것이다. 한나라의 주택은 무덤의 배장품인 명기明器와 도루陶樓[5], 석각과 화상전畫像磚 등에 새겨진 시각적 자료를 통해 고찰할 수 있다. 가옥 구조는 주로 나무로 틀을 짰으며, 일부는 내력벽承重墻을 사용했다. 지붕은 주로 맞배지붕懸山 식의 물매지붕坡頂 혹은 부른지붕囷頂이다. 창문의 형식은 정방형, 장방형, 혹은 원형으로 이뤄졌다. 가옥 군집의 배치는 담장을 둘러 정원을 만들거나, 가옥을 삼합원 혹은 사합원으로 조합하여 정원 안에 나무를 심고 가금류를 사육하여 규모가 확대되고 일상화되는 주택 군집 내부에 자연경관이 스며들었음을 반영하고 있다. 사천성에서 출토된 화상전에 그려진 주택 그림은 한 지주의 저택을 보여준다. 또한, 하남성 정주에서 출토된 공심전空心磚에 그려진 주택 도형은 한 귀족 저택의 웅장하고 생기 넘치는 모습을 보여주고 있다.

불교가 중국에 전래된 이후 출현한 사원 건축 및 그에 상응하여 생겨난 도교 건축은 기본적으로 주택 정원住宅庭院의 복제라 할 수 있으며, 종교적 색채는 대체로 종교 관련의 장식 문양을 통해 실현된다. 수, 당 및 오대 시기에 서북 지역 소수민족과의 문화적 교류를 통해 실내 가구에 중요한 변화가 일어났다. 이에 따라 좌식생활 풍습은 거의 사라지고 의자나 침대 같은 가구로 대체되었으며, 문이나 창문의 형식도 그에 맞춰 조정되었다. 그러나 주택의 구조적인 측면에서는 크게 변화하지 않았다.

민가만 놓고 보면 송대는 대서특필할 정도로 굉장히 화려하고 다채로운 시기였으며, 또한 제왕이나 귀족 주택의 중압에서 벗어나 자유롭게 번영하는 전환점이 된 시기였다.

---

4) 동상(東廂)과 서상(西廂)
5) 도자기로 만든 누각

이후부터 평민들은 자신만의 방식으로 새롭고 경쾌한 분위기를 중국 사회에 가미하기 시작했다. 이와 함께 사합원식 주택과 연방식連房式 주택이 하층 사회로 이동하여 상인과 시민들의 일반적인 거주 형식이 되었다. 「청명상하도(淸明上河圖)」에서 북송 시기 도성인 개봉開封의 민가의 풍부하고 다양한 형식을 확인할 수 있다. 도시의 거리 또한 시민의 일상적인 교류를 펼치는 장소로 탈바꿈되기 시작했다.

우선 도성의 배치 측면에서 당대 이후로 유지되던 이방제里坊制의 구속에서 벗어나 길을 따라 배치되는 방식으로 변화했다. 이로써 1층의 상점과 2층의 거주공간이 결합한 새로운 도시 주택이 생겨났다.

다음으로, 건축 기술과 공장工匠 제도가 발전하면서 민간 건축에도 영향을 끼쳤다. 송대의 장인은 목장木匠, 니장泥匠, 유장油匠, 화장畫匠, 죽장竹匠, 찰장紮匠, 등장藤匠, 석장石匠의 여덟 가지 항목으로 세분되며, 행회行會 제도를 통해 높은 수준의 장인을 양성하였다. 주택 건설을 기술한 『목경(木經)』과 『영조법식(營造法式)』이 출판되어 건축 기술이 사회 전반으로 널리 보급되었다. 당시의 여러 회화작품에 등장하는 도시의 소형 주택을 살펴보면, 주로 장방형의 형태에 기둥, 난간, 현어懸魚, 약초若草 등 소박한 자재를 탄력적으로 사용했음을 알 수 있다. 지붕은 맞배지붕 혹은 팔작지붕 형태의 기와지붕인데 간혹 환기창을 내기도 했다. 약간 규모가 있는 주택은 외부에 문옥門屋6)을 만들었으며, 내부의 정원에 벽돌을 깔고 꽃과 나무를 길렀다. 일부 부유한 상인의 주택은 채색된 유리 기와 장식을 대대적으로 사용하기도 했다. 그 다음으로, 하늘과 인간의 관계의 측면에서 선진 시기 이후로 지속된 '칙천則天'7)과 '순천'8) 사상이 송대의 건축 스타일에 미친 영향은 지대하다. 전자는 민가의 원림화와 관련된 것으로, 주로 문인이 돌이나 대나무와 같은 외부 사물에 성정을 기탁하는 것으로 표현된다. 후자는 민가의 풍수설과 관련되는데, 주로 농민이 지세의 방향, 부적이나 진석鎭石에 기대어 길을 좇고 흉을 피하는 것으로 표현된다. 일반적으로 도시 민가는 이 둘을 겸비했다.

송나라와 금나라가 중국의 남북을 양분한 이후 남방과 북방의 문화적 차이가 형성되었다. 이어지는 원, 명, 청 시기에 강남 일대에서는 송대의 작풍을 계승하여 뛰어난 원림식 민가 건축과 소박하고 자연스러운 수향水鄕 민가 군락이 대규모로 형성되었다. 북방에

---

6) 일주문
7) 하늘의 법도를 본받다.
8) 하늘이 이치를 따르다.

서는 이민족에 의한 복고적 통치 사상의 영향으로 종법 윤리를 구현한 질서정연한 민가 건축이 발전했는데, 그 대표가 북경의 사합원이다. 이 시기에 한족들은 대거 남방으로 이주함에 따라 남방의 각 지역에서 여러 종류의 객가客家 주택이 생겨났다. 정방형 또는 원형의 토루土樓 주택이 그것이다. 지역과 민족적 습속의 차이에 따라 현재 확인할 수 있는 민가를 나열하면, 사천의 산지 주택, 운남의 일과인一顆印 주택, 하남 및 감숙성의 요동窯洞9), 신강 및 티베트의 조방碉房, 몽고의 전방氈房10), 동북 지역의 정간식井幹式 주택 등이 있다. 16세기 이후 진행되어 온 동서양의 문화교류의 여파로 강남 일대의 민가가 영향을 받기도 했다. 주산舟山, 마카오 등지의 양방洋房 및 양주揚州 민가의 서양식 인테리어 등이 그 예이다. 소설 『홍루몽』에도 서양식 실내장식에 대한 묘사가 일부 등장한 바 있다. 아편전쟁 이후 중국의 민간 주택은 새로운 역사적 조류에 편입되었으며, 앞으로 어떻게 발전해 나갈지 계속 관찰해 나갈 필요가 있다.

이상의 내용을 개괄하자면, 중국의 민간 정원 건축의 특징은 첫째, 정식화 및 체계화를 이룬 양주식 목조 구조라는 점, 둘째, 정원 군집이 사회 관념과 자연 관념을 반영한 공간 배치를 구현했다는 점이다. 중국의 건축이 왜 목구조를 채용했는지에 대해서는 의론이 분분하다. 그러나 대체로 씨족사회의 옛 제도가 국가 제도에 잔류한 것과 관련된 것으로 본다. 즉 초기의 목구조 건축 형상이 문명사회로 편입된 후 법률적 형식으로 보존된 것이다. 그리스에서는 옛 종교와 씨족사회의 구제도가 힘을 잃으면서 목구조가 와해되고 석구조가 뒤를 이어 탄생했다. 그러나 중국에서는 "주나라가 비록 오래된 나라지만 그 명은 새롭다周雖舊邦, 其命維新"에서 알 수 있듯 옛 제도를 유지했다. 석구조와 벽돌구조의 가능성은 목구조의 신성한 형상의 그림자에 가려져 있었다.

중국 건축의 정원 배치는 제왕의 궁전에서 사대부의 저택과 귀족 주택을 거쳐 민간으로 전해졌다. 그 속에는 존비, 본말, 내외 등 혈연적 종법 제도가 두텁게 침전되어 있다. 어쩌면 유가 사상에서 따지는 신분이나 질서가 너무 엄중하여 그와 상대적인 개념인 자연식 원림을 형성시켜 세속의 소란스러움을 피하고 성정을 도야하며 유유자적한 경지에 도달하고자 하였을 것이다. 옛 사람들의 거주 세계의 이미지이자 본질이 되어 온 풍수사상은 음양, 오행, 팔괘, 원기元氣 이론의 세속적 판본으로, 민가에서 종종 볼 수 있는

---

9) 토굴
10) 파오

용마루 장식, 조각, 문신門神, 연화年畫, 전지剪紙 및 편액 글씨 등과 함께 가정의 평안과 자손의 번창, 액막이 등 상상적 기능을 지니고 있었다. "하늘의 도는 멀고 인간의 도는 가깝다天道遠, 人道邇"라는 말이 있는 것처럼, 현세의 생존을 중시하고 자기 후손의 영속과 번창을 중시하는 것이야말로 중국 민간 정원의 정신이었다.

8

가구와 실내장식

장융진(張勇進), 왕이(王毅)

상고 시대에는 사회 생산력이 낮아 먹고 쉬는 행위를 모두 땅바닥에서 했고, 잠잘 때도 짐승 가죽이나 나뭇잎 등을 땅에 까는 정도였다. 이런 상황이니 당연히 가구라 할 만한 게 없었다. 이후에 사람들이 편직 기술을 습득하게 되면서 나뭇잎, 갈대, 대오리^{竹篾} 등의 원료로 돗자리를 만들어 바닥에 깔게 되면서 보다 위생적인 생활을 영위하게 되었다. 따라서 돗자리는 가장 오래되고 가장 원시적인 가구라 할 수 있다.

돗자리에서 발전하여 최초의 침상이 등장했다. 상床의 이체자는 '상牀'이다. 상대의 갑골문에서는 '너'(실제로는 옆으로 눕혀 II과 비슷한 모양일 것이다)으로 썼다. 한대의 유희劉熙가 지은 『석명(釋名)』·「석상장(釋床帳)」에서는 다음과 같이 설명하고 있다. "사람이 앉거나 눕는 곳을 상床이라 한다. 상은 싣다裝라는 뜻이니, 무언가를 적재하는 용도이다.人所坐臥曰床, 床, 裝也, 所以自裝載也." 중국 역사에서 고증이 가능한 침상의 역사는 2500년 전인 춘추전국 시대로 거슬러 올라간다. 춘추 시기 중기에 편찬된 『시경』에 다음과 같은 시가 등장한다. "시월에는 귀뚜라미가 내 침상 아래로 들어온다十月蟋蟀, 入我床下." 고고학적으로 발견된 중국 최초의 목제 침상은 1957년 하남성 신양시信陽 장대관長台關의 전국 초묘戰國楚墓에서 출토되었다. 이것은 보존이 양호한 칠목상漆木床으로 길이 2.18미터, 너비 1.39미터이며, 침상 다리는 19센티미터에 불과하여 상당히 낮은 편이었다. 침상 주위에는 난간을 둘렀으며, 양쪽 난간에는 침대 위로 오르내릴 수 있는 곳이 마련되어 있었다. 침상의 몸체에는 검은 칠을 바르고 붉은색의 사각무늬로 장식했으며, 여섯 개의 침대다리에는 장방형의 권운문卷雲紋[1])을 조각했다. 침대 틀은 가로대 2개와 세로도 1개로 고정되며, 그 위에 대나무로 엮어 만든 상붕床繃2)를 깔고 머리맡에 대나무 베개를 두었다. 이러한 기물에 장식된 도안 디자인은 굉장히 풍부하며 조각도 아주 정교하여 중국 고대의 고아한 심미적 취향과 뛰어난 공예 수준을 증언하고 있다. 또한, 중국 고대의 가구가 상당히 다양했음을 보여주고 있다.

궤几는 일종의 나지막한 소형 탁자로, 그 역사가 탁자에 앞선다. 옛날에는 바닥에 자리를 깔고 앉거나 낮은 침상에 앉았기 때문에 편의를 위해 다리가 짧고 수용면적이 넓은 궤에서 밥을 먹고, 책을 보고 글씨를 썼으며, 쉬거나 물건을 올려두곤 했다. 『석명』·「석상장」에서는 이에 대해 다음과 같이 해석하고 있다. "궤는 시렁(즉 저장하다)이라는 뜻이다. 물건을 올려두는 용도이다几, 庋也, 所以庋物也." 따라서 물건을 올려두는 것이 궤의 기본 기능인 것이다. 그러나 또 다른 용도의 궤가 있는데, 이는 사람이 오래 앉아 피곤할 때 그 위에 기대도록 만든 팔받침으로 이를 빙궤凭几라 한다. 하지만 평소에도 궤에 기대고 있으면 나태하고 엄숙하지 않은 행위로 여겨졌다. 궤는 제왕이 신하에게 하사하는 예물로 사용되기도 했는데, 이로써 연로한 대신을 우대하는 의미를 담았다.

안案은 좁고 긴 탁자인데, 식안食案과 서안書案으로 구분되었다. 식안은 장방형도 있고 원형도 있다. 바닥에 내려놓을 수 있다. 식안은 몸체가 크지 않고 다리가 짧아 사실상 음식을 나르던 소반으로 사용되었다. 서안은 일반적으로 장방형인데, 양 끝의 넓은 다리가 안쪽으로 아치 형태로 휘어져 있으며 높지 않다. 그러나 남북조 시기에 이르러 다리가 점점 높아지면서 낮고 휘어진 다리에서 곧은 형태로 변화했다. 안은 오늘날의 책상의 최초의 형식이다.

상자箱子는 의복을 보관하는 기물로, 전국 시기에 이미 출현했다. 하남성 장대관의 전국 초묘에서 출토된 것 외에도 호북성 수현隨縣의 증후을묘曾侯乙墓에서도 칠목 장방형의 상자 다섯 개가 발견되었다. 전국 시기 이후 상자의 외형은 기본적으로 별다른 변화는 없었다. 그러나 재료와 제작 공예의 측면에서는 갈수록 정교해졌다. 명청 시기에 최상등급의 상자는 일반적으로 홍목紅木, 장목樟木 등 진귀한 목재로 제작되었으며, 정밀한 도안 장식을 새겨 넣어 실용적인 가치와 함께 관상용 가치도 지닌 예술품이었다.

병풍屛風은 주대에 처음 출현했으며 한대에 폭넓게 사용되었다. 병풍은 가구임과 동시

---

1) 말린 구름무늬
2) 매트리스

에 일종의 장식품으로 간주되었다. 기본적으로 병풍은 바람과 추위를 막아주는 기능을 했으며 병풍 위에 틀을 설치하여 물건을 걸 수 있는 가구였다. 다른 한편 병풍은 실내공간을 분리할 수 있었으며, 일상생활이나 손님을 만날 때 정숙한 배경을 조성할 수 있었다. 특히 예술적 처리를 거친 병풍은 실내 분위기를 조정하고 환경 자체를 돋보이게 할 수도 있었다.

하지만 위진남북조 시기 이전, 즉 높은 형태의 가구가 출현하기 전에는 침상이 실내에 두는 주요한 가구였다. 다른 가구는 모두 침상 주변에 배치하는 것들이었으며, 인간의 실내 활동은 대부분 침상에서 진행되었다. 예를 들어 『사기』·「진승상세가(陳丞相世家)」에는 다음과 같은 내용이 있다. "(한 고조가) 진평陳平의 계책을 써서 강후絳侯 주발周勃을 침상 아래로 불러 조칙을 내렸다." 또한 『한서』「진만년전(陳萬年傳)」에서는 "진만년이 일찍이 병들어 누웠을 때 아들 함咸을 불러 침상 맡에서 가르치고 경계시켰다"라 하였다. 침상 위에 궤나 안을 올려 기대거나 식사하는 용도로 사용했으며, 쓸 때만 폈다가 끝나면 치우는 식이라서 아주 편리했다.

서한 및 동한 시기에 침상의 변종인 탑榻이 등장했다. 북경 대보대大葆台 서한묘에서 출토된 탑은 발이 네 개이고 낮으며 목상木床과 유사한 형태의 침구인데, 단지 난간이 없다는 점이 침상과 달랐다. 탑은 크기에 따라 구분되는데, 큰 것은 앉거나 누울 수 있는 용도이고 작은 것은 앉는 용도로만 사용된다. 간섭을 피하고 쾌적함을 추구하기 위해 어떤 탑에는 양쪽(뒤쪽과 왼쪽, 혹은 오른쪽)에 낮은 병풍을 두르기도 했다. 탑 앞에는 안을 두어 먹을거리를 올려둘 수 있었다. 나중에는 탑의 세 면에 모두 병풍을 두르기도 했다. 산서성 대동大同에 위치한 북위 시기 사마금룡묘司馬金龍墓에서 출토된 목판칠화木板漆畫에 이런 형식의 좌탑坐榻이 그려져 있다. 그러나 침상 위에서건 탑 위에서건 고대에는 모두 꿇어앉는 자세를 취했다. 이는 아마 당시 예법의 규정을 따른 것으로 보인다.

동한 시기에 북방 유목민으로부터 호상胡床이 전래되었는데, 그 영향이 지대했다. 호상은 승상繩床 혹은 교상交床이라고도 불렀는데, 두 나무를 서로 교차하여 뼈대를 만들고 위쪽에는 줄을 얽어 앉을 수 있도록 한 것이다. 호상은 유목민족의 생활 특징에 맞게 접을 수 있고 휴대하기도 아주 간편했다. 고대 사람들이 호상에 앉는 자세는 현대인들이 의자에 앉는 자세와 똑같다. 따라서 호상은 훗날의 교의交椅와 흡사하며 오늘날의 휴대용 접의자와 비슷한 의자의 조상이라 할 수 있다.

위진남북조 이후 생산기술의 진보에 힘입어 건물이 갈수록 높아졌고, 실내공간이 확대되면서 가구에도 변화가 일어났다. 가구의 종류가 증가했을 뿐 아니라 높이도 공간에 맞게 높아졌다. 예를 들어 진대의 대화가인 고개지顧愷之가 그린 「여사잠조(女史箴圖)」에 등장하는 침상은 이미 그 높이가 오늘날의 침대와 거의 비슷했다. 그 주위에는 분해가 가능한 낮은 병풍이 있고, 침상 앞에는 다리가 구부러진 곡족안曲足案을 두어 침상에 오르내리고 신발을 두도록 했다. 당시에는 자리를 깔고 바닥에 앉는 습속이 아직 바뀌지는 않았지만, 침상의 높이가 높아졌으므로 예전처럼 침상 위에 꿇어앉는 것 말고도 침댓가에 다리를 늘어뜨리는 식으로 앉기도 했다. 이 시기에 서북 지역의 유목민이 대거 중원으로 진입하면서 동한 말에 전래된 호상이 민간으로까지 보급되었을 뿐 아니라 의자椅子, 방등方凳, 원등圓凳 같이 걸터앉는 가구도 유입되었다. 이는 한족들의 일상적 습관이 바뀌고 각종 가구가 변화하는 데 많은 영향을 끼쳤다.

수당 시기 가구의 가장 현저한 변화는 탁자와 의자의 광범한 사용이다. 탁자의 형상이 처음으로 발견된 것은 하남성 영보현靈寶의 동한묘東漢墓에서 출토된 도자기 모형의 제기이다. 녹유綠釉를 입힌 탁자의 상면은 사각형이고 네 다리가 꽤 높은 편이며, 다리의 단면은 곱자矩尺 형태이고 다리 사이는 호를 이루어 외형이 현대의 사각 탁자와 동일하다. 그러나 당시에는 널리 사용되지 않았다. 당대에 이르러 탁자가 많아졌으며, 관련 이미지가 당대 묘장 벽화에 대거 등장했다. 당대의 의자 또한 상당히 특색이 있었다. 호상은 점차 교의交椅로 변화하였으며, 소요의逍遙椅라고 불리기도 했다. 돈황 막고굴에 보존된 당대 벽화를 보면, 대형 연회에서 여러 사람이 줄지어 앉을 수 있는 긴 탁자長桌와 긴 의자長凳 같은 것을 확인할 수 있으며, 팔걸이가 의자扶手椅, 등받이 의자靠背椅 등의 형상도 출현했다.

탁자와 의자의 사용 확대는 오랫동안 유지되어 온 좌식 습관을 변화시켰으며, 이와 함께 사람들의 다른 생활 습관도 변화하기 시작했다. 독서, 글쓰기 및 식사와 연회 등에서 의자에 앉아 탁자를 사용하기 시작하면서 침상에서의 제한된 활동에서 벗어나게 되었다. 이로써 상床은 여러 기능을 가진 용구에서 오롯이 잠잘 때 사용하는 가구로 축소된 것이다. 더욱 중요한 것은 이러한 생활방식의 혁신이 일련의 생활용품의 변화를 초래했다는 점이다. 예를 들어 남당의 고굉중顧閎中이 그린 「한희재야연도(韓熙載夜宴圖)」에는 의자, 탁자, 고등鼓凳, 낮은 궤矮几, 목상木床, 병풍 등이 등장한다. 묘사된 조형을 통해 살펴보면 가구의 비율이나 크기를 잘 조율한 것을 알 수 있다. 그 기능이나 크기는 이미 발을 늘어뜨리고 입식으로 앉는 생활 습관에 아주 잘 맞았다. 물론 당시에 이렇게 완비된 가구를 사용하는 이는 아직 통치 계층의 극소수에 국한되어 있었다. 일반 백성들은 완비된 가구를 사용할 수 없었다.

송대는 다리가 높은 가구가 민간으로 널리 보급된 시기이다. 당시의 가구는 종류가 더욱 증가하여 침상, 탁자, 의자, 걸상凳, 고궤高几, 장안長案, 거櫃, 의가衣架3), 건가巾架4), 병풍, 곡족분가曲足盆架5), 경대鏡臺 등이 있었으며, 제작의 측면에서도 적지 않은 변화가 일어났다. 이러한 점에서 명청 시기 가구의 발전을 위한 기초를 다졌다고 할 수 있다.

수공업이 발전함에 따라 명대의 소주蘇州, 청대의 광주廣州, 양주揚州, 영파寧波 등지는 가구 제작의 중심이 되었다. 이 시기 가구의 유형과 양식은 기본적인 일상생활의 필요를 만족시키는 것에 더하여 건축과 더욱 긴밀한 관계를 맺기 시작했다. 일반적으로 대청, 침실, 서재는 상응하는 각각의 가구 배치를 구비해야 했으므로, 한 세트로 모두 갖추는 가구라는 개념이 생겨났다. 궁정과 고관 저택에서는 가구를 실내 설계의 중요한 구성요소로 보기도 하여, 집을 지을 때 건축물의 깊이, 칸, 사용 요구에 따라 가구의 종류를 결정하고 크기나 양식을 따져서 한 벌을 통으로 맞추곤 했다.

이 시기에는 해상교통의 발달로 동남아 일대의 목재인 화리花梨, 자단紫檀, 홍목紅木 등이 계속하여 중국으로 수입되었다. 열대에서 생산된 이들 목재는 목질이 단단하고 강도가 높으며 색채와 무늬가 아름다웠다. 따라서 가구를 제작할 때 더 작은 자재의 단면을 사용하여 정밀하게 장부榫卯를 끼워 맞출 수 있었으며, 세밀한 조각 장식 및 선각線腳6) 가공을 진행할 수 있었다. 이러한 물질적 조건이 갖춰진 데다 수공예의 발전이 더해지면서 명청 가구는 조형예술의 측면에서 많은 새로운 창조를 이루었다.

명청 가구의 특징은 우선 자재 사용이 합리적이라는 점이다. 재료가 가진 잠재력을 충분히 드러냈을 뿐 아니라 재료 본연의 색채와 무늬가 가진 아름다움을 이용하고 잘 표현하여 구조와 조형의 통일을 이루었다. 틀로 짜여진 구조는 역학적 원칙에 부합하며, 우아한 입체적 윤곽을 형성하였다. 조각 장식은 주로 보조적인 부자재에 집중되었는데, 견고함에 영향을 주지 않는 선에서 장식적 효과를 달성하였다. 따라서 모든 가구가 체형이

---

3) 옷걸이
4) 수건걸이
5) 곡선 다리의 대야 받침
6) 가구의 절단면 가장자리를 선형으로 마감한 장식

묵직하고 비율이 적당하며 선이 깔끔하여, 단정하면서도 생동적인 특징을 구비하였다.

가구의 발전 측면에서 볼 때 명대 가구는 간결하고 우아한 것으로 이름났다. 청대 가구는 조형과 구조의 측면에서 명대의 전통을 계승하였지만, 궁정 가구를 제작할 때는 번잡해지는 경향이 있었다. 이 경우 공예 미술의 성취를 흡수하여 조칠雕漆, 전칠塡漆, 묘금描金의 칠가구를 제작하였다. 다른 한편, 목가구의 장식과 조각이 대폭 증가하였으며, 옥석, 도자기, 법랑, 문죽文竹, 패각貝壳 등을 상감하여 장식하기도 했다. 그러나 이러한 조각은 가구의 전체적인 형상을 파괴하여 비율과 색조의 조화에 나쁜 영향을 주기도 한다. 이러한 경향은 청대 후기에 더욱 현저해졌다. 하지만 민간에서 가구는 여전히 실용성과 경제성이 위주여서 이러한 폐단은 거의 없었다.

수천 년의 중국문명사에서 가구의 발전과 함께 진행된 것은 실내장식과 진열이 점차 풍부해지고 변화되었다는 점이다. 진열은 실내의 각종 장식품과 그것을 배치하는 방법을 가리키며, 중국 전통 실내장식의 중요한 구성요소이다. 또한, 종합적인 성격이 강한 독립된 예술인데, 이를테면 원림의 환경, 건축 인테리어, 문방구, 분재, 생활용품 등이 모두 그와 밀접한 관련을 맺고 있다. 관련된 이들 문화예술 부문이 진열 예술의 기초를 제공하였다. 역으로, 진열은 이들에게 끊임없이 새로운 심미적 경지로 발전할 가능성을 제기했으며, 게다가 여러 예술 부문을 하나로 취합하여 그들 서로를 조영하고 서로의 장점이 빛나게 하였다.

진열 예술의 발전은 대체로 다음 세 단계로 나뉜다. 상주商周에서 한당에 이르는 초창기에는 기나긴 세월이 흐르는 동안 진열 예술의 발전은 비교적 완만한 편이었다. 그 원인은 주로 다음과 같다. 이 시기에는 오랫동안 바닥에 자리를 깔고 앉는 좌식 습관을 유지하고 있었으며, 가구 또한 단출하여 후세의 탁자, 의자 등이 아직 등장하지 않았다. 따라서 실내 진열 예술이 빠르게 성장할 수 없었다. 초창기 진열 예술의 주요한 특징은 낮은 다리의 침상과 궤 등 간단한 가구나 식기, 주기酒具, 등구燈具, 향로, 병풍, 휘장 등 실용성이 강한 기물에 집중적으로 구현되었으며, 아직 자체적인 예술을 형성하지는 못했다는 점이다. 이 시기의 가구와 식기, 주기 등이 진열 예술의 요소를 가질 수 있었던 이유는 중국 고대에 있어 음식이 제례나 예교 등 문화적 기능을 지니고 있었기 때문이다. 식기가 풍부한지, 정교한지의 여부와 진열이 제도에 부합하는지의 여부는 제사 예법에 직접적으로 관련된 것으로 매우 심상치 않은 의미를 지니고 있었다. 선진 시기 경전에 이에 대한 언급이 누차에 걸쳐 등장한다. 예를 들어 『주례』에는 소종백小宗伯의 직분을 다음과 같이 서술한다. "여섯 종류의 제기인 육이7) 가운데 뛰어난 물품을 판별하여 강신제를 대비한다. 여섯 가지 술잔인 육준8) 가운데 뛰어난 것을 판별하여 제사와 빈객 접대에 대비한다辨六彛之名物, 以待果將, 辨六尊之名物, 以待祭祀賓客." 또한 다음과 같이 기술하고 있다. "사준이는 육준과 육이를 놓는 위치를 관장한다. 술을 따르는 일을 알리며, 제사별로 사용하는 제기와 따르는 술의 종류를 판별한다司尊彛, 掌六尊, 六彛之位, 詔其酌, 辨其用與其實." 이상의 내용만 봐도 주대에 이미 다양한 용도의 식기를 진열하는 제도가 상당히 복잡하며, 전담 관원을 설치하여 그 일을 관장하도록 했음을 알 수 있다. 진한 시기에는 청동기 예술이 주대 이전에 비해 대대적으로 쇠락했지만, 가벼운 칠기가 그를 대신하여 폭넓게 사용되었다. 마왕퇴 한묘에서 출토된 칠기가 가진 풍부함과 아름다움은 감탄을 금치 못하게 한다. 수많은 한대의 화상전畫像磚과 화상석에 묘사된 실내 풍경을 통해 볼 때, 식기와 주기 및 이들을 나르는 안9)이 당시의 중요한 진열의 대상이었다.

등구燈具가 장식성이 강한 실내 공예품으로 보편화된 것은 동주 시기 이후이다. 하북성 평산현平山의 전국 말기 중산왕묘中山王墓에서 출토된 십오연잔동등十五連盞銅燈은 높이가 84.5센티미터이고, 큰 나무 모양으로 생겼으며 원숭이 무리가 올라타고 노닐고 있는 나뭇가지 끝에 등잔이 달려 있다. 같은 곳에서 출토된 은수인용동등銀首人俑銅燈의 높이는 66.4센티미터이고, 그 조형은 두루마기를 입은 남자가 왼손으로 이무기螭蛇로 연결된 두 층의 등잔을 잡고 있고 오른손은 이무기로 연결된 등잔 하나를 높이 치켜들고 있는 형상이다. 이처럼 비대칭의 우아함을 보여주는 디자인은 여러 높이의 조명 수요를 만족시키면서도 강한 실용성을 지녔으며, 조형의 풍부한 변화와 대비는 상당한 예술성마저 구비하고 있다. 진한 시기 이후 등구는 더욱 변화무쌍하게 발전했다. 『서경잡기(西京雜記)』의 기록에 따르면 진나라 궁전에 "청옥오지등靑玉五枝燈10)이 있었는데, 높이는 7척 5촌이며 아래에 반리蟠螭를 만들어 입에 등을 물고 있게 했다. 등불이 켜지면 반리의 비늘이 모두 움직이며 밝기가 무수한 별이 방안을 가득 채우는 듯했다." 이어서 다음과 같이 기술하고 있다. "장안의 뛰어난 장인인 정완丁緩이 항만등恒滿燈을 만들었는데, 아홉 마리의 용과 다섯

---

7) 육이(六彛)는 계이(雞彛), 조이(鳥彛), 가이(斝彛), 황이(黃彛), 호이(虎彛), 유이(蜼彛)를 가리킨다.
8) 육준(六尊)은 희준(犧尊), 상준(象尊), 착준(著尊), 호준(壺尊), 태준(太尊), 산준(山尊)을 가리킨다.
9) 현대의 소반과 비슷한 짧은 다리의 소형 가구
10) 주마등의 일종

마리의 봉황이 새겨져 있고, 그 사이에 부용이나 연꽃 등이 끼어 있었다." 하북성 만성한묘滿城漢墓; 中山靖王墓에서 출토된 장신궁등長信宮燈은 궁녀가 꿇어앉은 채 등을 잡고 있는 형상인데, 몸체를 통으로 유금鎏金 기법으로 도금했으며 등갓을 여닫을 수 있었다. 따라서 등불이 비치는 방향과 조도를 마음대로 조절할 수 있었다. 궁녀의 오른쪽 팔 안쪽이 연기 통로와 통하여 그을음이 이쪽으로 등 내부로 모이게 함으로써 실내의 청결함을 유지할 수 있게 했다. 최근 들어 이처럼 발상이 정교하고 실용성, 과학성, 예술성을 겸비한 한대의 각종 등구가 대량으로 출토된 바 있다.

등구와 유사하게 향로 또한 위진 시기 상층사회에서 보편적으로 애호한 진열 품목이었다. 왜냐하면 이 시기에는 봉래蓬萊와 관련된 신화가 유행하여 사람들이 득도와 우화등선을 추구했기 때문이다. 따라서 향로를 등선하는 산의 형상으로 만들곤 했다. 예를 들어 고시古詩에 다음과 같이 묘사하고 있다. "동향로 이야기를 들어보라, 그것의 형상은 남산처럼 높다. 위로 가지는 송백과도 같고, 아래로 뿌리는 동 쟁반에 의지한다. 조각한 무늬는 제각기 다양하고, 정교하게 새겨진 장식이 서로 이어져 있다. 누가 이 기물을 만들 수 있겠는가? 공수반公輸班이나 노반魯班 같은 명장뿐이리請說銅爐器, 崔嵬象南山, 上枝似松柏, 下根據銅盤, 雕文各異類, 離婁自相連, 誰能爲此器, 公輸與魯班." 당시 사람들이 보기에 이러한 향로는 뛰어난 솜씨를 지닌 장인만 착수할 수 있다고 믿었음을 알 수 있다. 만성한묘에서 출토된 색채가 화려한 착금박산로錯金博山爐는 바로 이러한 향로 중에서도 정선품이다.

등이나 향로와 비교했을 때 병풍, 휘장, 발簾櫳은 또 다른 주요 실내 장식품이다. 바람을 차단하고 추위를 막는 애초의 기능에 더하여 이들의 기본적인 역할은 실내공간을 분할하는 것이다. 중국 전통건축의 주요한 방식인 목구조는 재질과 구조의 제한으로 실내공간의 구성이 어느 정도 정해져 있는 경우가 대부분이다. 따라서 실내 환경을 다른 스타일로 조성하려면 주로 실내공간을 분리하는 특정한 방법에 의존해야 했다. 실내를 작은 목재로 장식하던 소목작小木作이 발달하지 못한 한당 이전에는 병풍과 휘장이 이러한 용도에서 아주 중요했다. 따라서 이들은 이른 시기부터 장식예술품으로 취급되어 다양한 방식으로 꾸며졌다. 예를 들어 호북성의 강릉초묘江陵楚墓에서 출토된 채회목조소좌병彩繪木雕小座屏에는 사슴, 매 등 50여 마리의 동물이 새겨져 있는데, 그들의 상호 조합이 물 흐르듯 생동적이다. 형태가 장중하고 도안이 대칭인 스타일 속에 치열한 삶의 분위기를 잘 녹여냈다. 한대에는 칠병漆屛 외에 옥병풍玉屛風, 운모병풍雲母屛風 등의 명품이 있었다. 한대 이후에 병풍에 그림을 그리는 것이 유행하면서 장식성을 크게 증가시켰다. 예를 들어 사적에 따르면, 한성제漢成帝가 "그림 병풍을 펼쳐 보이니 술에 취한 주왕紂王이 달기妲己를 타고 앉아 밤을 새우며 즐기는 그림이었다"거나, 광무제光武帝의 "어좌에 놓인 새로운 병풍에 열녀의 그림이 그려져 있다"는 등의 기록이 있다. 산서성 대동의 북위 낭야왕묘琅琊王墓에서는 채회열녀도병풍彩繪烈女圖屏風이 출토되었는데, 네 개의 지극히 정미한 석조 방좌方座가 배치되어 있고, 방좌 위에는 천부조淺浮雕, 고부조高浮雕, 입조立雕 등 여러 기법으로 인동忍冬, 악기樂伎, 반룡蟠龍, 복련覆蓮 등의 도안이 새겨져 있다. 이는 이 시기의 병풍류의 실내장식이 그 부속 가구조차 이미 고도로 예술화되어 있음을 알려 준다. 고굉중의 「한희재야연도」, 왕제한王齊翰의 「감서도(勘書圖)」 등의 회화작품에서도 오대 시기에 이르기까지 각양각식의 병풍이 주요한 실내장식품임을 알 수 있다.

송원 시대는 진열 예술이 신속하게 발전한 시기이다. 그 원인은 주로 다음 두 가지이다. 첫째, 북송을 시작으로 탁자와 의자 같은 입식 가구가 점차 보급되었다. 가구의 보급은 실내공간을 더욱 예술적으로 변화시켰을 뿐 아니라 병풍이나 휘장 이외의 소형 장식품을 진열할 공간이 생겨 더욱 발전하게 된 것이다. 둘째, 송대는 사대부의 문화예술이 고도로 번영한 시기이다. 회화, 서예, 원예 등 관련 예술의 번영은 실내장식의 발전을 촉진시켰다. 특히 송대 사대부들은 고대 기물을 각별히 애호했다. 골동품의 종류 또한 매우 많아 종정鐘鼎 같은 청동기 유물, 서화, 거문고, 바둑, 문구, 도자기, 기암괴석 등이 모두 사대부들이 자기 주변에 진열해 놓고 종일 감상하던 대상이 되었다. 이는 당연히 실내장식을 더욱 풍부하고 정취 있게 만드는 요소였다. 예를 들어 남송의 김응계金應桂는 "만년에 서호에 은거하여 '손벽산방蓀壁山房'을 지었는데, 좌측에 현악기를 두고 우측에 항아리를 두었으며, 중간에 그림과 서적, 고대의 기이한 기물을 진열했다. 손님이 오면 쓰다듬으며 세세히 완상했다." 송대 유송년劉松年의 「사경산수도(四景山水圖)」, 「추창독서도(秋窓讀書圖)」, 무명씨의 「수각도(水閣圖)」, 「심당금취도(深堂琴趣圖)」, 「소하도(消夏圖)」, 원대 유관도劉貫道의 『소하도권(消夏圖卷)』 등 수많은 송원의 회화를 보면 이 시기의 실내장식을 어느 정도 파악할 수 있다. 탁자 위에는 제기鼎彝류의 청동기 골동품이 놓여 있거나, 분재나 문구, 죽간이나 두루마리 등을 올려두었고, 실내는 대형 병풍을 둘렀는데 위에 그려진 것은 산수화나 화조화였다. 병풍 앞에는 주로 평상坐榻을 두었고, 그 옆의 작은 궤에는 거문고나 바둑, 혹은 화병을 올려두었다. 요컨대 격조가 청아하며 지극히 학자풍이었다. 이는 한당 시대의 실내장식이 보여주던 소박한 풍격과는 선명한 대비를 이루는 것이었다.

〈그림 1〉
원대 유관도(劉貫道)의 「소하도(消夏圖)」 부분

　명청 시대는 송원 시대를 이어 진열 예술이 고도로 성숙된 시기였다. 이 시기 상류사회의 거실에는 칸막이落地罩, 박고가博古架, 서가 등 각종 '소목작' 실내장식이 폭넓게 운용되었다. 이들 소목작은 재료 선정이 엄밀하고 공법이 정교하다는 점은 기본이고, 실내의 전체적인 구조와 통일되게 설계하여 변화가 풍부한 공간적 리듬과 함께 막힌 가운데 통하고 통하는 가운데 막혀 있는 듯한 예술적 효과를 추구했다. 탁자와 같은 입식 가구를 이어 소목작 실내장식의 성숙은 진열이라는 행위가 자질을 드러낼 더 많은 기회를 부여했으며, 각종 칸막이, 서가, 가구 등의 풍부한 조합 기능을 통해 실내공간 전체와 예술적 격조를 하나로 융합할 수 있게 했다. 따라서 명청 시대의 진열 예술에서 하나의 예술품이 아름답고 고아한 것도 요구되었지만, 여러 예술품 사이의 조화, 골동품이나 서화가 가구 및 방과 어울리는지, 더 나아가 정원의 격조와 조화를 이루는지를 더욱 중시했다. 『병사(瓶史)』, 『장물지(長物志)』 등 명청 시기의 미학 서적에서는 모두 진열 예술에 관한 이론이 상세히 서술되고 있다. 예를 들어 이어李漁의 『한정우기(閑情偶寄)』·「기완부(器玩部)」 가운데 '위치'를 서술한 장을 살펴보면 다음과 같다.

"완상용의 기물을 취득하지 못했으면 찾아서 구입할 때 꼼꼼히 따져야 한다. 그것을 취득하고 난 후에는 어떻게 적절한 위치에 배치할 것인지 꼼꼼히 따져야 한다. 완상용 기물의 위치를 배치하는 것은 인재를 배치하는 것과 동일한 원리다. 관직을 설치하여 직무를 부여하는 것은 인물이 지역과 잘 맞는지에 달려 있다. 기물을 안치하는 것은 종횡의 교차가 타당하도록 힘써야 한다."

진열이 합당한지와 예술품 자체의 품질이 똑같이 중요하다는 점을 알 수 있다. 따라서 그는 이어서 "짝을 지어 배치하는 것을 기피할 것", "자유로운 변화" 등 구체적인 진열의 원칙을 열거하고 있다. 또한 그는 서화를 벽에 거는 예술에 대해 논하고 있다. "대청의 벽이 너무 소박하면 적합하지 않지만, 너무 화려한 것도 피해야 한다. 명인의 뛰어난 서화는 벽에 없어서는 안 될 요소이다. 그러나 반드시 농담濃淡이 적절해야 하고 서로 섞어서 배치해야 운치가 있다. 내 생각에 족자로 표구하는 것은 직접 벽에 붙이는 것만 못하다." 조설근曹雪芹 또한 『홍루몽(紅樓夢)』에서 등장인물의 입을 빌려 실내장식이 "속되어 보일까만 걱정하면 좋은 물건이 있어도 잘못 진열하게 된다"고 말한 바 있다.

진열이 실내장식 예술과 맞물린 유기적인 부분이 되어가면서 점점 더 실내의 격조와 분위기, 나아가 거주자의 예술적 품격을 빚어내는 중요한 수단이 되었다. 『홍루몽』에서는 여러 거실에 대한 다양한 묘사가 등장하고 있어 예시로 들 만한 좋은 구절이 많다. 예를 들어 영국부榮國府 안채正堂의 진열에 대해서는 다음과 같이 서술하고 있다.

방 안으로 들어서 머리를 들어 바라보니 쪽빛 바탕에 적금으로 아홉 마리 용을 그린 편액이 눈에 들어왔다. 편액에는 '영희당(榮禧堂)'이란 세 글자가 큼지막하게 씌어 있었다. 그 뒤에 한 줄로 '모년 모월 모일, 영국공 가원(賈源)에게 글을 하사한다'라고 쓴 작은 글자와 만백성을 다스리는 천자의 친필임을 표시하는 옥인이 찍혀 있었다. 방안 정면에는 다홍색 단향목으로 용을 조각해 만든 팔선상(八仙床) 위에 높이가 3척이나 되는 청록색의 골동품 동정(銅鼎)이 놓여 있고, 벽에는 비 오는 바다에서 밀물을 따라 몸을 틀어 일으키는 용을 그린 커다란 그림이 걸려 있었다. 또 그 한쪽 옆에는 착금이(鏨金彝; 조각 후 도금한 제사용 술잔)가 놓여 있고 다른 한쪽 옆에는 유리 대야가 놓여 있었다. 바닥에는 또 벽을 따라 열여섯 개의 녹나무 의자가 놓여 있었으며, 벽에는 대련이 양쪽에 걸려 있었다. 흑단목을 새겨 금으로 도금한 대련 글씨의 문구는 다음과 같았다.

좌상의 주옥으로 만든 염주는 해와 달처럼 빛나고
당상의 무늬 돋친 예복은 노을같이 화려하도다
座上珠璣昭日月
堂前黼黻煥烟霞

여기에 등장하는 진열품목은 천자가 하사한 편액에서 골동품 가구, 서화의 낙관 내용, 대련의 문구 등은 모두 주인의 헌앙하고 존귀한 귀족적 기상과 천자의 총애를 뽐내는 문화적 심리가 곳곳에 녹아들어 있다. 그 뒤로 묘사되는 진가경秦可卿의 방이 보여주는 요염함, 가보옥賈寶玉의 이홍원怡紅院 실내의 사치스러움, 탐춘探春 방의 시원시원함, 설보채薛寶釵 방의 검소함과 임대옥林黛玉 방의 청아함 등 각종 예술적 분위기는 서로 다른 용도와 재질과 격조를 가진 수많은 진열품을 통해, 그리고 다양한 진열 방식 및 건물 전체의 구조, 정원의 풍격 등 여러 요소와 결합하여 다 같이 어우러져 빚어낸 것이다. 이러한 형상화를 통해 당시의 심미관, 사상, 윤리적 정조 등의 문화정신이 구체적으로 표현되고 있다.

4장

수리(水利)와 교통

1

수리공정(水利工程)

장치런(張啓人)

중국은 크고 작은 하천이 만 개가 넘게 있는데, 그 중 유역 면적이 1,000㎢를 넘는 곳도 1,500여 개가 된다. 전국 하천의 연평균 유량은 약 2조 6,500억㎥로 세계 연평균 유량의 5.6%에 해당한다. 그러나 서북쪽이 높고 동남쪽이 낮은 중국의 지형으로 인해 서북부의 황토 고원은 일년 내내 가뭄이 들어 수분과 토양의 유실이 심각하였고, 동부와 동남부는 항상 수해가 발생했다. 이 때문에 재해를 막기 위한 수리 공정은 필연적으로 중화 문명의 발생과 발전에 시종일관 영향을 주었다.

대체로 역사적으로 피해가 막대했던 재해는 주로 황하黃河·화이허淮河·하이허海河 유역에서 일어났기 때문에, 이 세 하천의 수역이 예로부터 지금까지 수리 시설 건설의 중심지가 되었다. 그 중 특히 중화 문명의 "어머니 강"이라 불리던 황하는 모래 함량이 세계의 하천에서도 높은 순위를 차지하고 있는데, 유역의 매년 토양 침식량이 17억t에 달해 홍수철에 모래가 30% 이상 포함되어 하류의 하도河道에 심각한 토사 침적이 일어나고 있다. 현재 연평균 토사 높이는 0.1~0.2m이며 제방은 해마다 높아지고 있다. 역사 기록에 의하면, 2,000여 년 동안 황하는 모두 1,600번 넘게 제방이 터졌다고 한다(사료에 기록되지 않은 것은 포함하지 않았다). 제방이 터져도 막지를 않아 종종 물길이 바뀌기도 하였다. 이것은 세계 수리水利 역사상 유례없는 수해로 위의 세 하천 유역의 농업 발전에 상당한 지체 요소가 되었다. 중화 문명은 이러한 요람에서 길러졌기 때문에, 중국의 전체 민족의 성격 역시 이 거친 강물과 불가분의 관계에 있을 것임은 상상하기 어렵지 않다(제12장 "명산과 대천" 참조하기 바람).

고대 전설에서 이미 치수를 치국의 가장 중요한 일로 여겼다. 기원전 22세기 요순堯舜 시대에 황하 유역에 큰 홍수가 발생하여 여러 차례 물길이 바뀌게 되었다. 순임금은 먼저 공공共工과 숭백곤崇伯鯀에게 황하의 홍수를 다스리게 하였다. 두 사람은 제방을 쌓아 물을 막는 방식을 취하였는데, 결과적으로 황하의 물이 범람하며 9년 동안 성과가 없자 순임금은 그들을 쫓아내었다. 우禹는 곤의 아들로 아버지의 일을 계승하였지만, 물길을 터 막힌 물을 통하게 할 것을 주장하여 홍수가 점차로 잦아들게 하였다. 우는 이 일로 인해 왕위를 잇게 되었다.

기원전 16세기 상商대에서는 농지에 수리 시설이 건설되기 시작했다는 문헌 기록이 있다. 기원전 11세기 서주西周에서는 농지 수로 공정이 이미 상당히 발달하였다. 기원전 7세기 이후 춘추 전국春秋戰國 시대에는 중원 지역에서 이미 규모가 비교적 큰 수로 공정이 나타났다. 초 장왕楚莊王 때(기원전 613~기원전 591년)의 영윤令尹 손숙오孫叔敖는 안후이安徽에서 허난河南 일대에 이르는 기사피期思陂와 작피芍陂와 같은 제방을 축조하였다. 위문후魏文侯는 기원전 422년 서문표西門豹를 업령鄴令으로 삼아 장허漳河를 따라서 12개의 관개 수로를 건설하게 하여 "하백의 첩을 구하는河伯娶婦"것과 같은 미신 행위를 일소하였다. 이것이 바로 역사상 유명한 하이허 유역의 인장십이거引漳十二渠 수리 공정이다. 이 시기 동안 선박 수송, 수분과 토양 보존, 수공水工 기술에서 모두 일정 정도의 발전을 이루었다. 옛사람들은 이미 "백성들은 먹는 것을 하늘로 여기고, 먹는 것은 물을 우선으로 여긴다民以食爲天, 食以水爲先."라는 이치를 알고 있었다. 물은 농업의 생명이었다.

〈그림 1〉
대우치수화상석(大禹治水畫像石)

기원전 221년 진秦이 제齊를 멸망시키고 천하 통일을 완성하였다. 진시황은 수리 공사를 크게 일으켜 농업을 발전시킴으로써 오랜 기간 태평성대를 구가하려는 웅대한 뜻을 지니고 있었다. 한漢나라에 이르러 수리가 더욱 경제 발전의 중심이 되었는데, 한무제 때에 최고조에 달하였다. 이때 중국 최초의 수리에 관한 통사通史인『사기(史記)·하거서(河渠書)』와 세계 최초의 수리 전문서인『한서(漢書)·구혁지(溝洫志)』가 세상에 나왔다. 이 두 문헌은 각각 당시 황하에서의 치수와 인공 수로 건설의 상황을 기술하고 있다. 예를 들면 다음과 같다.

도강언(都江堰)

진(秦) 소양왕(昭襄王) 51년(기원전 256년)에 촉군(蜀郡) 태수 이빙(李冰)은 수십 번의 여름과 겨울을 지낸 후에 지금의 쓰촨(四川) 관현(灌縣) 서쪽에서 민강(岷江)의 물을 끌어다가 청두(成都) 평원에 관개를 하였고 또한 선박 수송에도 이용하였다. 그리고 송대(宋代)에 이르러 도강언이라는 이름을 갖게 되었다. 관거의 시작은 장강(長江)의 지류인 민강의 왼쪽 기슭에 위치하였고, 어취(魚嘴), 비사언(飛沙堰), 보병구(寶瓶口) 3개의 주요 공정으로 이루어졌다. 즉, 민강을 물고기의 주둥이와 같은 형태인 어취(魚嘴)라는 제방을 통해 2개로 쪼갠다. 이렇게 외강(外江)과 내강(內江)으로 갈라지게 한 뒤, 내강에다 보병구라는 수로를 만들어 주변 지역에서 농업용수로 끌어드리도록 한다. 또한 내강에는 외강으로 연결되는 비사언이라는 제방을 하나 더 설치하여 홍수가 나 내강이 범람해도 이곳을 통해 물과 토사가 외강으로 빠져나가게 해 수량이 안정되게 만들었다. 이처럼 지세와 수리학 원리에 의지해서 홍수기와 갈수기 모두 수로에 적절한 수량을 유지할 수 있게 하였다. 도강언은 여러 차례 수리 과정을 거쳤지만 설계 원칙으로 삼은 "강바닥은 깊게 파고, 제방은 낮게 만들라(深淘灘, 低作堰)."라는 6자 격언을 어기지는 않았다. 관개 면적은 보통 300만 무(畝) 정도였다. 이 도강언은 이천여 년 동안 쇠하지 않고 유지되면서 쓰촨을 명실상부한 "천부지국(天府之國, 땅이 기름지고 물산이 풍부한 지역)"으로 만들었다. 이것은 세계 수리사에서 기적으로 칭송받았다.

정국거(鄭國渠)

진시황 원년(기원전 246년)에 한(韓)나라 치수 전문가 정국에게 관중(關中)에서 경수(涇水)의 물을 끌어들여 대규모 관개 수로의 건조를 명하였는데, 이것이 정국거이다. 수로의 길이는 300여 리였고 십여 년의 기간에 걸쳐 완공되었다. 한무제 태시(太始) 2년(기원전 95년)에 경수를 끌어들여 또 하나의 수로를 완성하였는데 이것이 백공거(白公渠)로 정국거와 서로 연결되었다. 이들은 2,000여 년이 지나면서 현재의 경혜거(涇惠渠)가 되었다.

오르도스 관개 지구

네이멍구(內蒙古) 오르도스 관개 지구와 닝샤(寧夏) 관개 지구는 진나라 말에서 한나라 초(기원전 200~기원전 100년)에 건설되었다. 한무제는 북쪽의 흉노를 막기 위해 둔전을 크게 일으켰고, 변방으로 백성을 이주시켜 오르도스를 개발하였다. 그래서 후에 "황하의 아홉 구비가 부의 부유한 하나의 오르도스가 되었다(黃河九曲, 爲富一套)."라는 말이 생겨나게 되었다. 필자는 1963년 봄에 네이멍구 바엔나오얼맹(巴彥淖爾盟)의 오르도스에 깊이 들어갔지만, 수로망이 종횡으로 교차하여 장관을 이루는 것만을 보았다. 당시에는 마침 수문을 열어 황하의 물을 끌어들이는 것을 보게 되었는데, 수로의 물이 위로 솟구쳐 거의 길을 잃을 지경이었다. 고대인의 설계술이 뛰어남에 탄복할 따름이었다. 닝샤 관개 지구는 기존의 한거(漢渠), 한연거(漢延渠)가 각각 100리에 달하였고 100만 무의 밭에 물을 대 주었다.

진한 시기에는 농지와 수리 시설의 발전이 매우 빨랐는데, 크고 작은 관개 지구가 거의 장강 이북에 분포되어 있었다. 신장新疆의 용수거龍水渠와 카레즈Karez의 개발, 한수漢水 유역의 백기거白起渠와 목거木渠, 화이허 유역의 홍극피鴻隙陂 등을 예로 들 수 있다. 그러나 당시 강남의 수리 시설은 여전히 빈약하여 지금의 샤오싱紹興 시내에 있던 900여 경頃을 관개하던 감호鑒湖 수리 시설만이 언급할 가치가 있다. 강남 각지에 분포되어 있던 소형의 연못과 제방은 예로부터 있었다. 윈난雲南 전지滇池의 수리 시설은 기원후에 이미 개발되었지만, 규모는 겨우 2,000여 경에 지나지 않았다.

동한, 삼국, 진晉, 남북조, 수, 당에서부터 1,100년의 북송 시기까지 황하와 해하 유역의 수해는 끊이지 않자, 농지와 수리 시설은 기본적으로 낡은 것을 수리하고 새로운 것을 보충하는 상황에 접어들었다. 그래서 강 양안에 100개 이상의 제방과 관개 지역이 건설되었지만, 전체 유역에 대한 규제가 없었기 때문에 대규모 수리 사업이 이루어지지 않았다. 북방에서 수리 사업에서 부침이 있었을 때, 남방의 수리 사업은 비교적 발전을 이루었다. 당나라 정관貞觀 연간의 태평성세에 전국의 경제가 번영하자 수리 시설도 큰 강의 남북에 생겨나게 되었다. 이 이후 500년간 황하의 수해는 계속해서 심해졌고, 수년간의 전쟁으로 많은 강과 수로가 황폐화되었는데, 이는 중국 수리 역사에서 혼란스러운 기간이었다. 북송은 황하를 다스리는 데 온 힘을 기울였지만 큰 성과를 거두지는 못했다. 수상 운송 사업은 창장長江과 하이허에서 큰 발전을 이루어 동서 대운하의 골간이 되었고, 당송 시대에 온 힘을 다해 이것을 경영한 결과 선박 운송사의 황금시대가 찾아왔다. 이 시기에 치수 기술은 매우 큰 중시를 받았는데 이에 대한 상세한 기록이 남아 있다. 황하 수문학, 소공堰工, 각종 수리 시설 설계, 여공旅工, 관리 방법 등을 예로 들 수 있다. 농지 수리 시설 면에서 남방은 많은 수역의 둑으로 둘러싸인 밭을 개발하였는데, 북방에서는 토사 방류와 토사 관개만 확대하였다. 선박 운송에서는 서양에 비해 몇백 년 빠른 많은 신형 수문과 선박 수송 시설이 나타났다.

남송에서 명말에 이르는 500년 동안 북방의 농업은 점점 쇠락하여 수리 시설이 오랜 기간에 걸쳐 손상되었지만, 남방의 수리 시설은 이미 창장 유역에서 주장珠江 유역으로까지 발전하였다. 남송 초기에 황하의 둑을 무너뜨려 금나라 군대를 저지하였는데, 이때부터 황하는 동쪽으로 흘러 화이허로 들어갔다. 금나라 말(1234년)에 원나라 군대가 황하의 둑을 무너뜨려 송나라 병사를 몰살시키자 황하는 다시 남쪽으로 방향을 바꾸어 와양渦陽과 영상潁上으로 들어갔다. 이것은 황하가 거의 100년 동안 중원에 넘쳐흐르게 만들었고, 또한 300년 이상 동안 물을 남쪽으로 밀어 올렸다. 그래서 홍수는 황하, 화이허, 해하이의 대평원에서 보편적으로 발생하였으며, 이로 인해 백성들은 생활을 영위할 수 없게 되었다. 이 기간 동안 남송은 강남의 농업에 의지해서 정권을 유지했기 때문에, 창장을 따라 태호太湖, 소호巢湖, 파양호鄱陽湖, 동정호洞庭湖 같은 큰 호수에 제방을 건설하였는데, 한때 "호남과 호북에 풍년이 들면 천하가 풍족해진다兩湖熟, 天下足."라는 말이 있을 정도였다. 이때 장수江蘇, 저장浙江, 푸젠福建의 수리 시설 또한 도처에 건설되었고, 광동廣東과 광시廣西의 수리 시설은 원명 시기까지 계속해서 증가하였다. 동남 연해 지역의 어함축담御咸蓄淡 관개 공정과 함께 저장과 광동의 제방을 쌓아 만든 저수지에 대하여 후대인들은 "천만을 헤아릴 정도였다."라고 묘사하였다. 장시江西와 후난湖南의 피용陂墉과 계단식 밭은 명대에 이미 어디에나 존재하였다.

원명 시기에는 또한 많은 유명한 수리 과학자들이 계속해서 나타났다. 이 중 가장 유명한 사람은 원대의 곽수경郭守敬(1231~1316년)으로, 그의 가장 큰 공적은 수만 리를 답사한 후에 고대에 최초로 만들어진 남북 길이가 11,000리, 동서 너비가 6,000여 리에 이르는 황하 유역의 지형에 대한 측량도를 완성하였다는 것이다. 수리 공정과 기술, 계획에서 이룬 곽수경의 공적은 모두 정사에 기록되어 있다.

17세기 청대 전기에는 수리에 대해 매우 중시하여 강희康熙, 건륭乾隆 두 황제는 수리 공사를 직접 지휘하기까지 하였다. 황하 등을 치수하는 대공사에는 언제나 흠차대신을 파견하여 독려하였다. 그러나 군주에서부터 말단 관리까지 계속해서 심리적인 압박을 주어 기술자들은 오히려 능력을 발휘하지 못하였으며, 관료들의 부패와 불법적인 행위로 인해 옹정雍正 이후 매번 큰 효과를 거두지 못하고 거액의 비용을 사용할 뿐이었다. 아편전쟁 이후에는 서방의 수리 기술을 받아들여 창장의 치수에서 비교적 큰 발전을 이루었다. 본래 원, 명, 청 시대에 이미 점차 창장의 본류와 지류에 제방을 완성하였는데, 청말부터 민국 시기까지는 주로 수로 준설을 목적으로 하여 열강의 침입을 막고자 하였다. 주장의 치수는 최초로 송대에 시작되어 삼각주 개발에 집중하였다. 서북쪽의 강 수계에는 북송 지도至道 2년(996년)에 고요현高要縣의 금서제金西堤, 명 홍무洪武 초(1368년)에 수기제水磯堤, 그리고 북송 대관大觀 연간(1107~1110년)에 남해현南海縣에 거대한 공정의 상원위桑園圍 등이 건설되었다.

전체 중화 문명사를 살펴보면, 중국 민족은 수해와의 투쟁 중에서 생존을 모색하는 역사라 할 수 있으며, 수리 시설의 건설 중에서 발전한 역사라 할 수 있다. 홍수와의 싸움에서 중국인들은 큰 희생을 겪고 고통을 당했으며 또한 풍부한 수리 경험을 축적하여 수리를 중시하는 역사적인 전통을 형성하였다. 이처럼 중국 수리사는 또한 염황炎黃의 후손들이 대대로 이어온 불굴의 영웅적 역사이기도 하다.

2

고대의 도로

왕즈진(王子今)

교통은 문명의 발생과 발전의 역사에서 두드러진 역할을 하였는데, 도로는 가장 기본적인 교통 조건이다.

더 나은 생활 조건을 선택하고 조성하고 서로의 사회적 유대를 강화하기 위한 소통 활동에서 고대 조상들은 최초의 길을 개척했다. 가시덤불을 헤쳐나가는 도로 위에서 화하華夏 문명은 점점 성숙해 나아갔다. 전설에 따르면 고대의 성군이 역사를 발전시킨 공적 중에는 "소를 길들이고 말을 타고서 무거운 짐을 끌고 먼 곳에까지 이르러 천하를 이롭게 한다服牛乘馬, 引重致遠, 以利天下."라는 것이 포함되어 있었다(『주역(周易)·계사하(繫辭下)』). 요가 후계자를 고를 때 일찍이 순을 시험하며 "순에게 깊은 산림과 하천, 연못에 관한 일을 맡겨보았는데, 폭풍과 뇌우 속에서도 순은 한번도 그 일을 그르치지 않자 요는 순을 성인으로 보았다使舜入山林川澤, 暴風雷雨, 舜行不迷, 堯以爲聖." 그리하여 순을 "제위에 오르게登帝位" 하였다(『사기(史記)·오제본기(五帝本紀)』). 이를 통해 당시 사람들은 길을 열고 분별하는 능력을 성인이 가져야 할 천성으로 여겼다는 것을 알 수 있다.

『사기·하본기(夏本紀)』를 보면, 우(禹)가 치수를 위해 사방으로 분주히 다닐 때 "육로는 수레를 타고 다녔고, 수로는 배를 타고 다녔으며, 진창길은 썰매를 타고 다녔고, 산은 바닥에 쇠를 박은 신발을 신고 다녔다陸行乘車, 水行乘船, 泥行乘橇, 山行乘欙."라고 했으니, 다른 지리 조건에서는 다른 도로의 형식이 있었다는 것을 알 수 있다. 우는 "구주九州를 개척하고 구도九道를 소통시키며 구택九澤을 축조하고 구산九山에 길을 뚫어開九州, 通九道, 陂九澤, 度九山", "온 나라를 잘 다스린萬國爲治" 성군이 되었다. 그의 역사적 공적에는 교통 도로의 건설을 시행한 것도 포함된다.

은股과 상商 왕국의 통치하에서는 "넓이 천 리의 왕기는 백성들이 머물러 사는 곳인데, 여기서부터 세상을 다스리시니, 온 세상 제후들이 몰려오네邦畿千里, 維民所止, 肇域彼四海, 四海來假." (『시경(詩經)·상송(商頌), 현조(玄鳥)』)라고 이야기되었다. 고고학 자료에 근거하면 은상 문화의 분포 범위는 이전의 상상을 훨씬 초월한다. 많은 방국方國과 중원과의 관계는 당연히 원활한 교통로에 의지해서 유지되었다. 갑골문 "行"자는 "＋"로, 사통팔달의 길을 상징한다. 『이아(爾雅)·석궁(釋宮)』에서도 "行은 길이다行, 道也."라고 하였다. 복사卜辭 중에 보이는 "永行", "回行", "辈行" 등도 모두 지방에서 명명한 도로이다.

서주 시기에 주 왕조는 각지에 분봉된 제후들이 왕실을 수호하는 것에 의지하여 천자의 통치를 유지하였다. 이런 정치 구조는 각 지역이 국도國都와 밀접한 관계를 유지할 것을 요구하였다. 거병車兵이 군대의 주력인 당시의 상황에서 각 지역을 연결하는 평평하고 넓은 도로는 국방과 치안을 유지하는 필수 조건이었다. 서주의 문헌 자료와 청동기 명문銘文에서는 당시 주 왕실이 건설을 주도한 각 지역을 연결하는 도로를 "주행周行" 혹은 "주도周道"라고 불렀다. 『시경·소아(小雅), 대동(大東)』에는 "외로운 공자께선 저 주도를 가는데佻佻公子, 行彼周行", "주도는 숫돌처럼 평평하고 곧기가 화살같네周道如砥, 其直如矢."라는 구절이 있다. 서주 말기의 청동기 산씨반명문散氏盤銘文에는 "棗도에서 봉해지고, 원도原道에서 봉해지며 주도에서 봉해졌네(封于棗道, 封于原道, 封于周道)."라는 내용이 있다. "주도周道"와 "주행周行"은 당시 국가급 간선 도로 넓고 평평했으며 길옆에는 나무가 심어져 있었다.

춘추 시대에는 교통로 건설에서 새로운 발전이 있었다. 대체로 이 시기에는 태행산太行山과 진령秦嶺과 같은 험산 준령에 모두 이미 수레가 다닐 수 있는 도로가 생겨났다. 주 정왕定王 때에 선양공單襄公이 사신의 명을 받고 송나라에서 초나라로 가는 길에 진陳나라로 거쳐 갔는데, 도로가 닦여지지 않은 것을 보고 진나라가 곧 멸망할 것이라고 예언하였다(『국어(國語)·주어중(周語中)』). 이것에서 교통로의 건설 여부가 당시 조정의 행정 효율을 보여주는 지표였다는 것을 알 수 있다. 진평공晉平公이 정사를 맡았을 때에 진나라 국도에 도로를 건설하지 않아 정나라 정치가 자산(子産)의 비판을 받은 일도 있었다(『좌전(左傳)·양공(襄公) 31년』). 『주례(周禮)·지관(地官), 유인(遺人)』에는 주대의 교통 제도에 대해 다음과 같은 기록이 있다. "무릇 국야國野의 길에는 10리마다 여廬가 있고, 여에는 음식이 있다 30리마다 숙宿이 있고 숙에는 노실路室이 있는데, 노실에는 작은 창고인 위委

가 있다. 50리마다 시市가 있고 시에는 후관候館이 있는데 후관에는 큰 창고인 적積이 있다 (凡國野之道, 十里有廬, 廬有飮食, 三十里有宿, 宿有路室, 路室有委, 五十里有市, 市有候館, 候館有積)." 당시에 도로를 기간으로 삼아 일련의 부속 시설을 포함하는 교통 시스템을 이미 형성했던 것을 볼 수 있다.

전국 시기 각 지역의 교통은 각각 "거도巨塗", "소도小塗"라는 다른 등급의 도로가 서로 연결되어 있었다. 역사서에 기록된 유명한 중요 도로로는 "성고지로成皐之路(『전국책(戰國策)·진책(秦策)』3)", "하로夏路(『전국종횡가서(戰國縱橫家書)』24), "석우도石牛道(『화양국지(華陽國志)·촉지(蜀志)』)", "우도牛道(『전국책·조책(趙策)』2)와 지역 단위성 도로인 "避道, 『석고문(石鼓文)·오수(吾水)』), "지도軹道(『사기·백기왕전열전(白起王翦列傳)』)" 등이 있다. 당시의 강국들은 "백 만의 군사와 천 대의 수레, 만 필의 말"을 가진 대군을 거느리고 전쟁을 했기 때문에, 이들의 통행이 편리한 도로가 기본 군사 시설이었다. 도로를 두고 벌인 쟁탈과 봉쇄가 당시 군사 행동의 주요 내용이었다.

진시황은 6국을 병합하고 통일을 실현한 후 즉시 역사적으로 "거동궤車同軌[1]"를 통한 대규모 교통로를 건설하여 진 제국이 "두루 온 천하를 안정시키고周定四極", "멀든 가깝든 모두 다스려지는遠近畢理" 조건을 갖추게 만들었다. 진시황 27년(기원전 220년)에는 치도馳道를 건설하였다. 한나라 초 사람인 가산賈山은 "동쪽으로는 연과 제로 통했고, 남쪽으로는 오와 초로 통했으며, 바닷가에서 보이는 것들이 모두 다 이르렀다東窮燕齊, 南極吳楚, 瀕海之觀畢至." 라고 했다. 치도를 위주로 하는 간선로가 종횡으로 연결되어 있어 전국 교통망의 근간을 이루었다. 치도는 일반 도로와 구별되는 고속 도로로 "도로의 너비는 50보에 3장마다 가로수를 심었으며, 그 밖으로는 축대를 두껍게 쌓아 철추를 가지고 암살하려는 자객을 피하려고 했다. 나무는 모두 청송으로 했다道廣五十步, 三丈而樹, 厚築其外, 隱以金椎, 樹以靑松."(『한서(漢書)·가산전』). 여기에서 암살하려는 자객을 피하기 위해 축대를 두껍게 쌓고, 기본적으로 흙으로 만든 도로의 배수 기능을 완비하였는데, 이는 서구에 비해 여러 해를 앞서 나타난 것이다. 진 왕조의 주요 정책 결정자 중의 하나였던 좌승상 이사李斯는 조고趙高에 의해 옥에 갇혔을 때 상소를 올려 자신이 행했던 주요 공적을 아뢰었는데, 그중에는 "수레가 달릴 수 있는 도로를 닦고 지방 순시를 즐겁게 하여 황제를 의기양양하게 했습니다治馳道, 興遊觀, 以見主之得意."라는 내용이 포함되어 있다(『사기·이사열전(李斯列傳)』). 치도의 건설이 단명한 진나라의 행정 활동에서 중요한 내용 중 하나임을 알 수 있다. 진 왕조는 또한 함양

---

1) 수레의 바퀴의 폭을 같게 하는 것

^{咸陽}에서부터 북쪽으로 1,800리 떨어져 있는 변방 방어의 중요 요지인 구원^{九原}에 이르는 직도^{直道}를 건설하였다. 직도는 상당히 긴 직선 도로로 노반은 남북으로 뻗어 있는 자오령^{子午嶺} 위에 건설되었는데, 방향이 곧고 일직선이었기 때문에 홍수의 위협 또한 피할 수 있었다. 사마천은 이 직도의 전체 여정을 지나면서 감개에 차 "나는 북쪽 변경 지방에 갔다가 직도를 통해서 돌아왔는데, 길을 가면서 몽염이 진나라를 위해서 쌓은 장성의 요새를 보니 산을 깎고 골짜기를 메워 직도를 통하게 하였는데, 백성의 노고를 가벼이 여긴 것이다_{吾適北邊, 自直道歸, 行觀蒙恬所爲秦築城城亭障, 塹山堙谷, 通直道, 固輕百姓力矣}."라고 이야기하였다(『사기 · 몽염열전(蒙恬列傳)』). 이 거대한 규모의 도로 중 지금 남아 있는 구간의 폭이 50m를 넘는다.

한나라는 도로 건설에서 새로운 발전을 이루었다. 진나라 때의 도로를 수정 보완하여 변방 지역으로 건설해 나아간 것 외에 도시 도로와 농지 도로의 계획, 건설과 유지 면에서도 더 높은 수준에 도달하였다. 서한의 도성 장안에는 12개의 성문을 건설하였는데, 각각 3개의 대로가 함께 놓여 "3갈래의 큰 도로를 개통하였고 12개의 통행하는 성문을 세웠네_{披三條之廣路, 立十二之通門}."(반고(班固), 「서도부(西都賦)」), "각 면에 3개의 문이 열려 있고 문 앞의 세 길은 평탄하고 곧아 수레를 나란히 하여 12대가 갈 수 있으며, 성안의 거리는 서로 교차하는 모양이었다_{旁開三門, 參塗夷庭, 方軌十二, 街衢相經}."(장형(張衡), 「서경부(西京賦)」)라고 전하였다. 그리고 성안에는 "팔방으로 통하는 거리와 구방으로 통하는 거리_{八街九陌}"가 교차하고 있었다(『장안지(長安志) · 한양의(漢陽儀)』). 고고학 발굴을 통해 각 성문에 "참도_{參道}"와 "3개의 넓은 길"이 나란히 있었다는 기록을 실증하였다. 성문마다 모두 3개의 문도^{門道}가 있었는데, 직성문^{直城門}의 중앙 문도는 너비가 7.7m였고, 양옆의 문도는 너비가 각각 8.1m였으며 다른 성문에서 발견된 모두 너비가 8m 정도였다. 장안성 안에는 모두 8개의 큰길^{大街}이 있었는데, 긴 것은 5,500m, 짧은 것은 850m, 너비는 모두 45m 정도였다. 한나라와 위^魏나라 낙양성^{洛陽城} 문도는 너비가 31m에 달하였고, 성안 큰길의 너비는 50m를 넘는 것도 있었다. 농지 도로는 "밭 사이의 길^{阡陌}" 역할을 해 당시 중시되었다. 1979년 쓰촨 칭촨^{青川}의 진나라 묘에서 출토된 진나라 무왕^{武王} 때에 만들어진 전률^{田律} 목간에서는 농지 도로인 천^阡, 맥^陌, 진^畛의 개통과 유지에 대해 율령의 형식으로 엄격한 규정을 하였다. 이 제도는 대대로 계승되었다. 한문제 때에 조조^{晁錯}는 북쪽 변방에 군^郡을 건설하는 것을 계획하면서 "밭 사이의 길을 통하게 하고 천맥의 경계를 바르게 할_{通田作之道, 正阡陌之界}"(『한서 · 조조전』) 것을 강조하였다. 랴오양^{遼陽} 산다오하오^{三道壕}의 서한 촌락 유적지에서

발견된 포석 대로^{鋪石大路}는 농지 도로에서도 조건을 갖춘 곳에서는 이미 석질의 노면이 출현했다는 것을 설명해 준다.

수^隋 양제^{煬帝} 때에도 치도를 건설하는 공역이 있었는데, 많은 백성을 동원한 대규모의 도로 건설이었다. 그렇지만 중국 고대 도로의 발전이 최고조를 이룬 시기는 당대^{唐代}이다. 당나라는 "30리마다 역을 두고 역에는 장(長)이 있었다. 온 천하 사방에 도달하기 위해 1,639개의 역을 두었다^{凡三十里有驛, 驛有長, 擧天下四方之所達, 爲驛千六百三十九}."(『신당서(新唐書)·백관지(百官志)』) 당시 교통 도로가 이미 완비되어 "동으로는 바다에 이르고 남으로는 산에 이르렀으며^{東至于海, 南至于嶺}", "여행자가 양식을 가지고 가지 않아도 될^{行旅不齎糧焉}"(『구당서(舊唐書)·태종본기하(太宗本紀下)』) 정도에까지 이르렀다고 한다.

송, 원, 명 시기에는 각각 역도^{驛道}망의 건설과 관리에서 새로운 발전을 이룩하였다. 원대의 역도는 동북쪽으로는 누르간^{Nurgan} 지역,[2] 북쪽으로는 키르기스 부락,[3] 서남쪽으로는 오사장선무사^{烏思藏宣撫司} 관할 지역에까지 이르러 그 범위가 이전 시대를 뛰어넘었다. 청대^{淸代}의 도로 시스템은 3등급으로 나뉘는데, 1등급이 "관마대로^{官馬大路}"로 북경^{北京}에서 부챗살 모양으로 사방으로 뻗어나가 각 성의 성 소재지에 이르렀다. 2등급은 "대로^{大路}"라 하였는데 성 소재지에서 지방의 중요 도시를 연결하였다. 3등급은 "소로^{小路}"라 하였는데, 대로 혹은 각지의 중요 도시에서 각 시진^{市鎭}을 연결하였다. "관마대로"는 동북로, 동로, 서로와 중로 4대 간선으로 나뉘었는데, 전체 길이가 2,000㎞에 달하였다.

수천 년의 문명사를 회고해 보면 역대 통치자들이 대부분 교통로 건설을 중시했다는 것을 발견할 수 있다. 이들 공역은 주로 최고 통치 집단의 계획에 의해 시작되었으며, 착공과 준공에 대한 기록은 또한 정사^{正史} 제기^{帝紀}에 종종 수록되었다.

역사적으로 태평성세는 일반적으로 교통이 비약적으로 발전한 시대이다. 교통질서와 교통의 효율은 봉건 왕조가 "대치^{大治}"를 실현하는 중요한 조건이었다. 도로는 정치 문화에 중요한 역할을 하였고, 그 결과 "도"와 "로"는 행정 기관과 행정 구역의 명칭으로 직접 사용되기도 하였다. 거시적 문화의 관점에서, 사람들은 고대 중국의 도로가 정치적 안정을 유지하고, 지역 간 연결을 실현하며, 통일된 문화 시스템을 구축하고, 강력한 국가 단결을 형성하는 데 중요한 역할을 한 것에 관심을 가졌다.

---

2) 헤이룽강(黑龍江) 입구 일대
3) 예니세이강 상류

지형이 매우 복잡하고 산지와 고원의 면적이 매우 큰 비중을 차지하는 것이 중국 자연지리의 기본적인 특징 중 하나이다. 고대 중국의 도로 건설에서 노선 선택과 시공이 첫 번째로 직면한 난제는 산이 많은 험준함을 극복하는 것이었다. "각양閣梁"의 방식으로 험준한 산을 넘어가는 잔도는 중국 고대의 도로 건설에서 태어난 위대한 창조물이다. 전국 시기 진秦나라 혜왕惠王은 관중에서 파촉巴蜀으로 통하는 포야잔도褒斜棧道를 처음으로 건설하였다. 가파른 절벽에 구멍을 뚫은 후, 그 구멍에 받침대를 넣고 받침대 위에 나무판을 놓아 만든 이 특수한 길은 일찍이 문화사의 발전 과정에 영향을 주었다. 진나라 사람들이 이 길을 통해 진령秦嶺을 넘어 파촉 지역을 점령한 것이 국력이 강성해지는 전환점이 되었고, 이로부터 동방의 6국을 압도하는 전략적 우세를 점하게 되었다.

역사적으로 유명한 잔도로는 고도故道, 무관도武關道, 자오도子午道, 당락도儻駱道, 음평도陰平道 등이 있다. 진령 파산巴山 잔도의 많은 구간은 지금까지도 그 흔적이 남아 있다. 잔도를 개통하려면 산의 돌을 깎아 구멍을 내고 높은 곳을 낮게 만들어 높낮이를 평평하게 하고 굽은 곳을 곧게 만들어야 했다. 또한 종종 절벽에 보를 끼우고 물속에 기둥을 세우는 등 공정이 특히 험난하였다. 포야잔도의 포성 북쪽에 있는 유명한 석문은 세계 최초로 수레가 지나갈 수 있던 인공 터널이었다. 석문의 내벽에서는 구멍을 뚫는 도구를 사용한 흔적을 찾을 수가 없는데, 돌이 단단해서 도끼로 구멍을 뚫을 수 없었기 때문에 석공이 불로 단련하여 석문을 열었다고 한다. 석문 동굴의 벽은 비교적 균일하였고 굴착량이 과도하게 많지 않았으며 방향이 직선인 편이었다. 석문의 공정 수준은 고대 중국 도로 개척자들의 지혜와 의지를 충분히 보여주고 있다.

고대 중국의 도로 설계자는 일찍이 다른 특수한 도로 형식을 창조해 냈는데, 입체 교차로인 "복도復道"와 양옆에 벽을 쌓아 안전한 통행을 보증한 "용도甬道" 등을 그 예로 들 수 있다. 다리는 강과 운하를 통과하는 도로의 필수 형태로 고대 중국의 교통 발전의 수준을 보여준다.

『관자(管子)·지도(地圖)』에서는 "군대를 통수하는 사람은 반드시 먼저 지리의 형세를 조사하여 알아야 한다凡主兵者, 必先審知地圖."라고 강조하는데, 그 속에서 "꼬불꼬불한 험한 산길과 전차를 뜨게 하는 물길輞轍之險, 濫車之水", "큰 계곡과 강通谷經川"이 있는 위치와 "노정의 멀고 가까움道里之遠近" 등에 대해 명확하게 알아야 한다고 이야기하고 있다. 톈수이天水 방마탄放馬灘의 진나라 고분과 창사長沙 마왕퇴馬王堆 한나라 고분에서 출토된 고지도에는 모두 두드러진 방법으로 도로가 표시되어 있다. 동한 초에 마원^{馬援}은 유수^{劉秀}를 위해 군사 작전을 계획하면서 "쌀을 산과 골짜기처럼 쌓아놓고서 지형을 그림처럼 보여 주었고 많은 군사들이 왕래할 길을 열어 보여 주었으며 그 사정을 분석하여 일목요연하게 할 수 있게 해 주었다^{聚米爲山谷, 指畫形勢, 開示衆軍所從道徑往來, 分析曲折, 昭然可曉}."(『후한서(後漢書)·마원전(馬援傳)』) 근대의 모래로 만든 지형 모형과 유사한 방법으로 "많은 군사들이 왕래할 길"을 보여 주었다는 데 관심을 가져야 한다. 당시에 지형과 도로에 대해 이처럼 정확한 인식을 할 수 있었다는 것은 선진적인 측량 기술이 있었기 때문이라는 데 의심의 여지가 없다. 이 기술은 자연스럽게 도로의 측량과 노선의 선택에 응용되었다. 고대 중국의 도로가 사방으로 뻗어 있고 배치가 비교적 합리적이었던 까닭은, 도로를 건설하는 사람들이 험준한 산악 지형을 극복하는 데 능숙하였기 때문으로 진시황이 장장 1,800리에 달하는 직선 도로를 건설하는 것과 같은 성취를 이룰 수 있게 하였다. 이는 당시 세계에서 선두에 있던 응용 측량학 덕분이었다.

고대 중국의 도로는 대대로 엄격한 제도하에 관리되었다. 옛날에는 "사공이 도로를 시찰한다^{司空視塗}.", "우기가 끝나면 도로를 정비하고, 물이 마르면 다리를 완성한다^{雨畢而除道, 水涸而成梁}.", "나무를 줄지어 심어서 도로를 표시하고, 변방에 숙식을 제공하는 집을 두어 길 가는 사람을 지킨다^{列樹以表道, 立鄙食以守路}."(『국어·주어중(周語中)』)와 같은 제도가 있었다. 한무제가 감천궁^{甘泉宮}에 행차했을 때, 길이 정비되어 있지 않음을 보고 분노하여 우내사^{右內史} 의종^{義縱}을 꾸짖었다. 얼마 되지 않아 의종은 기시^{棄市}되었다(『한서·혹리전(酷吏傳), 의종』). 한나라 때는 구경^{九卿}의 자리에 있으면서 여러 능현^{陵縣}을 관리하던 태상^{太常}도 관할 지역의 도로 상황이 좋지 못하여 좌천된 적이 여러 차례 있었다(『한서·고혜고후문공신표(高惠高后文功臣表)』).

진한 시대의 치도에 대한 규정에 의하면 치도 중앙의 3장은 천자 전용으로 관리들이 지나다니는 것을 금하였다. 한나라 평제^{平帝} 때 "명광궁과 삼보를 잇는 치도를 폐지하였는데^{罷明光宮及三輔馳道}"(『한서·평제기』), 치도 중앙으로 다니는 것을 금지하던 제도가 마침내 폐지된 것으로 이해할 수 있다. 그러나 후대에도 궁성 부근에는 여전히 일반인의 통행을 금하는 도로가 있었다. 삼국 시대 조식^{曹植}은 "수레를 타고 치도를 지나가^{乘車行馳道中}" 조조^{曹操}의 노여움을 사 총애를 잃어버렸다고 한다(『삼국지(三國志)·위서(魏書), 진사왕식전(陳思王植傳)』). 고대에는 또한 경필 제도^{警蹕制度}라는 것이 있었는데, 즉 황제가 출행할 때

길의 경계를 삼엄하게 하는 것이다. 관리가 출행할 때에도 의장을 갖춘 군졸들이 앞에서 호령하며 행인들을 피하게 하는 제도가 있었는데, 이를 "갈도喝道"라고 하였다. 샨시陝西 뤼에양略陽의 영애사靈崖寺에는 중국에서 현존하는 가장 이른 시기의 고대 교통 법규를 반영하는 자료로 송나라 순녕淳寧 연간에 석각한 「의제령(儀制令)」이 보존되어 있다. 그곳에는 다음과 같은 규정이 있다. "천한 이들은 귀한 이들에게 길을 양보하고 젊은이는 노인에 길을 양보하며 가벼운 화물을 가진 자는 무거운 짐을 진 자에 양보하고 성을 나가는 자가 드는 자에게 양보하라賤避貴, 少避長, 輕避重, 去避來.", "천한 자가 귀한 자에게 양보한다." 라는 것은 고대 도로 관리에서의 가장 기본적인 원칙으로 전통의 계급 제도가 도로 사용의 권리에도 영향을 준 것이다.

3

내륙 하천 조운

장치런

고대 중국 문명의 초기 발전에서 전체 영토에 고루 분포되어 있는 1,000개가 넘는 크고 작은 하천은 가장 큰 영향력을 발휘하였다. 고대 장거리 운송에서 수로를 이용하는 것은 거의 유일한 방법이었다. 도로와 도구의 제약을 받은 고대의 육로 운송은 수운을 보충하는 것에 지나지 않았다.

춘추 전국 시대 이전에 조운은 수운의 동의어였다. 진한 시대에 이르면 경성으로는 황실의 식량을, 전쟁터로는 군량미를 운반하는, 즉 세곡을 운송하는 것이 수운의 중심이었다. 이로부터 조운은 수로를 통해 세곡을 운반하는 전문적인 명칭이 되었다. 청나라 도광道光 연간에 이르러서는 세곡의 대부분을 바다로 운송하거나 은으로 징수[1]하는 것으로 바꾸어 조운이 쇠퇴하기 시작하였다. 청나라 동치同治 12년(1873년)에 대부분의 세곡이 기선을 통해 운송되어 실질적으로 하천 운송이 중단되었다. 광서光緖 이후에는 세곡이 전부 절색折色으로 바뀌면서 조운은 폐지되었다.

2,000년의 역사를 가진 조운에서 수로 개통, 선박 제조, 부두 건설, 하역 조직, 선원이 배를 끌 수 있는 작은 물길의 개통, 백성의 동원, 부세의 강화, 운송을 감독할 관리의 배치 등의 조치가 파생되어 사회 경제적으로 상당한 영향을 주었다. 중국 조운사는 실제로 역대의 정치, 군사, 경제, 문화를 살펴볼 수 있는 거울인 것이다.

기원전 11세기에서 기원전 8세기까지 서주 시대로 거슬러 올라가면, 중국에 이미 대규모의 수운이 있었다. 춘추 전기(기원전 647년)에 도옹都雍[2]에 있던 진秦나라 식량을 당

---

1) 절색(折色)이라고 함.

시 도강都絳,3)의 진晉나라로 옮겨 재난을 구해 주었는데, 바로 웨이수이渭水를 통해 황하를 거처 펀수이汾水로 들어가는 수로로 식량을 운반한 것이다. 역사에서는 이를 "범주지역泛舟之役"이라 부른다. 춘추 후기에는 창장과 화이수이淮水 유역의 조운이 이미 발달하여, 오吳, 월越, 초楚에 모두 잘 훈련된 수군이 있었다. 전국 시기와 그 이전 시기의 전국의 주요 수로에 대해서는 『우공(禹貢)』에 잘 기록되어 있다. 이 책에서는 지금의 산시山西 남부를 중심으로 수로 유역에 따라 전국을 기주冀州, 연주兗州, 청주青州, 서주徐州, 양주揚州, 형주荊州, 예주豫州, 양주梁州, 옹주雍州의 구주九州로 나누었다. 당시에는 호수가 많고 강이 거침없이 흐르던 창장과 화이수이 일대의 수운이 특히 번성하였다.

춘추 시기에는 인접한 강과 호수를 연결하기 위한 인공 수로가 이미 도처에 있었는데, 화이허의 지류인 샤수이沙水와 루수이汝水를 연결한 진채陳蔡 수로, 오나라가 건설한 태호太湖 수로, 통해通海 수로 등을 예로 들 수 있다. 역사 기록에 의하면 수운을 목적으로 한 최초의 인공 운하는 춘추와 전국 시대 교체기인 기원전 486년에 오나라가 건설한 한구邗溝로, 지금의 양저우揚州에서 화이인淮陰까지 이르는 창장의 수계와 화이허의 수계를 연결하였다. 한구가 개통되고 3년 후에 오나라는 또 "상로지간商魯之間"에 하수荷水라는 운하를 개통하였다. 기원전 361년에 위魏나라는 또한 개봉開封 부근에 황하와 화이허의 지류인 잉수이潁水를 연결하는 홍구鴻溝를 개통하여 장강, 회수, 황하의 3대 수계에서 배가 다닐 수 있게 하였다. 옛 한나라에서는 이를 낭탕거狼湯渠라 불렀다.

진과 한 왕조는 천하 통일의 국면을 유지하기 위해 창장, 화이수이, 황하, 지수이濟水에서 수운을 완비한 것 외에 남북으로의 수운망을 확대하려고 했다. 기원전 219년에 진나라는 영거靈渠 운하를 건설하여 주강장珠江 수계와 장장 수계-리수이漓水와 샹장湘江을 연결하였다. 이때 황하와 화이수이, 창장과 화이수이江淮, 타이후太湖, 치엔탕장錢塘江이 이미 연결되어 배를 통한 운송이 황하를 거쳐 웨이수이에 이르러 직접 관중 땅에 도달하게 되었다. 서한이 관중 땅에 도읍을 세우자 일찍이 조운을 통해 식량이 관동關東에서 장안에 이르렀지만 매년 수십 만석에 지나지 않았다. 무제 때(기원전 140년)에 이르러 변방이 안정되고 내정이 번창하게 되자 조운도 백여 만 석으로 증가하였다. 그러나 웨이수이의 수로가 우회하는 까닭에 만족할 만한 양을 가져오지 못했다. 그래서 원광元光 6년(기원전 129년)에 운하를 파서 황하에서 웨이수이에 이르는 거리를 단축해 직접 장안에 이르게

2) 지금의 섬서 봉상현(陝西 鳳翔縣) 남쪽
3) 지금의 산서 익성현(山西 翼城縣) 동쪽

하였다. 이후 매년 관중에 도착하는 조운이 400만 석에 달하였고 최고일 때는 600만 석에 이르렀다. 동한 때는 낙양으로 천도하여 동쪽의 조운은 황하를 거쳐서 뤄수이^{洛水}로 들어온 후 다시 뤄수이에서 인공 운하인 양거^{陽渠}를 통해 낙양에 도착하였다. 당시 낙양성 동쪽에 황실의 창고가 있었는데, 창고 아래에서는 1,000여 척이나 되는 조운선이 장관을 이루었다.

서한 때에 황하의 동쪽으로 항해하여 영양현^{榮陽縣} 북쪽에 도착하면 형구^{榮口}에서 홍구^{鴻溝, 狼湯渠} 수계에 진입하여 회수와 황하가 서로 연결되었다. 동쪽에 있는 하나의 지류를 변거^{汴渠}라고 하는데, 팽성^{彭城, 4)}를 거쳐 쓰수이(泗水)로 들어가 화이허와 연결되었다. 동한 말년(3세기 초)에 조조가 북쪽에 백구^{白溝}, 평로거^{平虜渠}, 천주거^{泉州渠}, 신하^{新河}, 이조거^{利漕渠}와 같은 일련의 운하를 파 황하와 하이허, 루안허^{灤河}의 수계를 통하게 하였다. 이때 북쪽의 루안허에서부터 배를 타고 곧장 주장에 도착할 수 있었다. 광동과 광시, 후베이^{湖北}와 후난^{湖南}의 쌀은 배를 이용해서 직접 중원으로 운송되어 후에 삼국 정립에 필요한 수요를 만족시켜 주었다.

수, 당, 북송(581~1127년) 시기는 중국의 수리 역사에서 수운과 인공 수로 개척의 전성 시기였다. 수와 당은 장안에 도읍을 정하고 음식과 의복, 군량미는 주로 강남에서 가져왔기 때문에 동서와 남북의 수운을 강화하는 데 힘을 쏟았다. 수나라는 서한의 조거, 동한의 변거와 백구, 한구 등 이전에 개통한 운하를 바탕으로 계속해 장안에서 동관^{潼關}에 이르는 광통거^{廣通渠}, 양주에서 회안^{淮安}에 이르는 산양거^{山陽渠}, 낙양에서 사주에 이르는 통제거^{通濟渠}, 진강^{鎭江}에서 항주에 이르는 강남운하^{江南運河}를 개통하여 서에서 동으로, 동에서 남으로 향하는 대동맥을 형성하였는데, 후대에는 이를 변하^{汴河}라고 하였다. 이어서 또한 심하구^{沁河口}에서 탁군^{涿郡5)}으로 통하는 영제거^{永濟渠}를 개통하여 서에서 동북으로 향하는 또 하나의 동맥을 형성하였다. 당송 시기에는 조운로가 더욱 개선되고 확장되었다. 수양제 당시 강남을 순행한 노선은 장안에서 배를 타고 갈 수 있었다. 당나라는 안사의 난으로 인해 8년 동안 변하에서 배의 운행이 멈추고 토사가 쌓였었는데, 대종^{代宗}이 즉위하고 3년째에(764년) 유안^{劉晏}에게 변하의 복구를 명하였다. 그래서 유명한 조운 제도가 구축되었고, 30년 이상 관리되는 동안 매년 변하를 거쳐 110석의 식량을 수송할 수 있었다.

---

4) 오늘날 서주(徐州)
5) 지금의 베이징

송나라가 변경(汴京6))에 도읍을 정하자 인구가 집중되고 수십 만의 금군이 경성에 주둔하게 되었는데, 이들이 먹는 것은 모두 창장과 화이허의 조운에 의지하였다. 운하가 잠시라도 불안해지면 종종 사람들은 당황하였다. 송 태종太宗 때(976년) 매년 변하汴河에 의지해서 강회江淮의 쌀 300만 석, 콩류 100만 석, 기타 식량 150만 석을 운반하였다. 후에(995년)는 580만 석에 달하였다. 송 인종仁宗 이후(1023년)에는 최대 800만 석에 달하였다. 영종英宗 때(1064년)의 통계에 의하면 세곡 외에 돈과 면포, 끈에 꿴 돈 1,173만이 창고로 들어갔으며, 도성의 서쪽 지역과 섬서, 하남 지역에 장작 1,713근, 숯 1억 근이 운반되었다. 다음으로 조운을 보증하기 위해 매년 각 주에서 2,000~3,000척의 배를 건조해야 했다. 회남淮南에서 변하로 들어가는 배가 6,000척이나 되었으며, 각 배마다 천 석의 세곡을 싣고 있었다. 개인 소유 배의 운송량 1,600석에 달했기 때문에 적재량이 100t이 넘는 큰 배가 필요하였다.

수나라 양제가 대업大業 6년(610년)에 용선을 만들어 강남 지역을 유람할 때 개통된 강남운하는 북송 때까지 주요한 조운의 수로가 되었다. 항저우에서 쩐장鎭江에 이르는 총 길이 641리의 강남운하는 더욱 완비되었다. 이 밖에 하북 지역의 주요 운반로였던 영제거는 북송 시대에도 여전히 북쪽으로 식량을 운반하는 중요한 수로였다.

원나라가 북경에 도읍을 정하자 조운의 방향도 동서에서 남북으로 바뀌었다. 명청 시대에도 계속 이어져서 이러한 구조가 더욱 강화되었다. 이 시기에는 벌어진 주요 공사로는 다음과 같다. 지원至元 28년(1291년) 곽수경이 책임을 맡아 개통한 베이징과 톈진을 잇는 통혜하通惠河7), 남북을 연결하는 중요한 사업이었던 지원 13년(1276년)에 판 제주濟州,8)와 수성須城9)을 잇는 길이 130여 리의 제주하濟州河와 지원 25년(1288년)에 개통된 안산安山 이북에서 임청臨淸에 이르는 길이 265리의 회통하會通河이다. 이 둘을 '회통하'라고 부르기도 한다. 다시 개별 구간의 보수를 거친 후 징항京杭 운하는 현재 전 구간이 개통되었다. 명나라 초에는 남경南京에 도읍을 건설하여 징항운하의 남단이 조운의 중요 노선이 되었고, 북단은 이용량이 줄어들자 보수를 하지 않아 진흙이 쌓여 막히게 되었다. 그러다 성조成祖 주체朱棣가 북경으로 천도를 하자 다시 재개통되었다. 이후 400여 년 동안 매년 전

---

6) 지금의 개봉(開封)
7) 길이 164리
8) 시금의 제영시(濟寧市)
9) 지금의 동평(東平)

체 길이가 거의 1,800㎞에 달하는 징항운하를 통해 400만 석의 세곡이 통저우^{通州}와 베이징으로 운반되었다. 이 사이에 운하는 부분적인 노선 변경과 보수만이 있었을 뿐 큰 변화가 없었다. 청나라 옹정^{雍正} 연간(1723년 이후)에 쓴 『행수금감(行水金鑑)』에는 긴 두루마리에 운하의 상세도가 그려져 있다.

역사서의 기록에 근거하며 명나라 때에 각지에서 세곡을 바친 상황을 살펴보면 아래 표와 같다(단위: 만석).

浙江	江西	河南	山東	湖廣	蘇州府	松江府	常州府	應天府	鎭江府	安慶等府
63	57	48	37	25	70	23	17	13	10	36

총계 400만 석 세곡 중에 강남의 각 성과 부가 80%를 부담하였다. 이 숫자는 창고로 들어가는 양만을 규정한 것이고, 운반 도중이 손실량이나 각급 관부의 거듭된 착취와 탐관오리들의 약탈을 포함한 것은 아니다. 명말에는 명목상으로 400만 석이었지만 실제로 농민으로부터 1,400만 석을 거두었다. 운송비와 소모되는 양을 더하면 황실의 창고에 한 석을 넣기 위해 10여 석 혹은 수십 석의 대가를 지불해야 했다.

명나라 성조 영락^{永樂} 초에 해운을 시도하였지만 심각한 손실이 발생했다. 영락 원년(1403년)에 해운을 통해 강남에서 직고^{直沽}로 총량 60만 1,230석의 세곡을 옮기는 도중에 11만여 석을 잃어버린 것을 예로 들 수 있다. 성조는 어쩔 수 없이 영을 내려 운하를 준설하도록 하였는데, 그리하여 영락 13년(1415년)에 3,000척의 화물선을 건조하여 하천을 통한 운송을 더욱 강화하였고 해운은 중지하였다.

조운 초기에는 민간 운수가 주를 이루었는데, 이후 점차 군용 운수로 바뀌었다. 군용 운송 시에는 연안의 백성들이 항상 동원되었는데, 심지어 과로로 목숨을 잃기도 하였다. 이런 일들은 조운사에 많이 기록되어 있다. 다른 한편으로 조운은 전부^{田賦} 징수의 한 형식이었기 때문에 역대의 조운 제도 속에서 비교적 융통성 있는 정책 규정이었다. 예를 들어 명대에는 "조운선에 토산품을 싣는 것을 허락하며 세금을 징수하는 것을 면하였다^{許運船附載土宜, 免徵稅鈔}." 청나라 초에는 조운선당 토산 물자 60석을 부수적으로 가지고 가는 것을 허락하였다. 옹정 4년(1726년)에 제한액은 100석으로 완화되었다. 이 밖에 조운의 발전에 따라 상인들의 이동이 활발해져 운하 연안에는 수공업과 상업이 발달한 성진^{城鎭}이 생겨났다. 이것은 이후 소농 경제 해체에 적지 않은 역할을 하였다.

청대의 조운은 옛 제도를 계승하여 연간 400만 석을 부가하였다. 조세의 부담이 가장 무거웠던 이들은 장쑤江蘇의 농민들이었고, 그다음이 저장浙江, 안후이安徽, 장시江西, 후베이, 후난, 허난, 샨둥山東과 같은 성이었다. 만청 시대의 장쑤와 안후이에서 매년 조세로 백미10) 143만 석 이상과 조운선 65방幇을 거두었는데 방마다 20척으로 이루어졌다. 항저우, 쟈싱嘉興, 차오저우潮州의 세 부에서는 매년 61만여 석과 상백미 6만여 석, 세곡선 25방을 징수하였다. 장시에서는 매년 79만여 석과 배 14방을 징수하였다. 세곡은 매년 음력 2월에서 3월 사이에 운송을 시작하여 가을 추수가 끝났을 때 종료되었다. 이어서 다음 조운을 준비하였는데, 매우 바쁘게 진행하였으며 조금이라도 나태하면 최소 중벌을 받거나 심하면 참수형을 당했다. 청대 후기 청강포淸江浦의 통계에 의하면, 도광 연간에 황하와 회수를 지나 북상한 조운선이 항상 90~100방에 달했다고 한다. 선두 그룹은 대략 음력 2월 중순에 배가 운하 입구에 도착하고 6월 중순이 되어야 비로소 마지막 그룹이 지나간다. 9월 하순에 빈 채로 놀아오는 선두 그룹이 남하하여 운하의 입구에 도착하고 11월 중순에 마지막 그룹의 빈 배가 지나간다. 선두와 마지막이 거의 끊어지지 않고 이어지는데, 이는 운하 수로의 이용 효율이 높았다는 것을 설명해 준다.

명청 시대의 조운은 비록 한때 흥성했지만, 조운선이 점점 커질수록 흘수 부분이 점점 깊어져 4척 남짓까지 증가하였다. 그러나 연안의 토양과 수질을 보존하는 과학적 방법이 부족하였고, 거기에 황하와 화이수이의 홍수가 근심거리였는데 홍수가 한 번 일어나면 하상에 진흙이 퇴적되어 배가 지나다니는 데 장애가 되었다. 그래서 역대 왕조에서는 항상 거액의 돈과 많은 인력을 동원하여 강을 보존하려고 하였다. 도광 5년(1825년)에 황하가 역류하여 진흙이 200여 리를 막았는데, 한 번에 준설할 방법이 없어 바다로 우회해야만 했다. 청나라 조정은 이를 위해 운송비로 140만 냥의 백은을 지불해야 했다.

조운아문은 청나라의 전형적인 부패의 장소로 만청 때는 이미 적폐를 바로잡기 어려워져 되돌릴 힘이 없었다. 동치 12년(1873년)에는 금은으로 외국 기선을 고용해 곡물을 바다로 운송하기 시작하여 강을 통한 운송량은 10만 석으로 급격하게 감소하였다. 광서光緒 27년(1901년)에는 곡물로 바치던 세금을 전부 은으로 징수하는 것으로 바꾸어 중국에서 600여 년간 유지되던 징항운하를 통한 조운이 종말을 고하게 되었다.

---

10) 궁중과 귀족에게 바치는 상(上) 백미

4

실크로드

양홍(楊泓)

기원전 126년 한나라 사신 장건張騫은 13년만에 서역에서 도성 장안으로 돌아왔다. 그가 사신으로 받은 명은 본래 흉노를 협공하기 위해 월지와 동맹을 맺는 것이었는데, 뜻밖에도 이 목적은 실현되지 못했다. 그렇지만 전혀 뜻하지 않은 더 위대하고 빛나는 업적을 이룩하였다. 그것은 바로 중국과 서양, 유럽과 아시아를 잇는 유명한 역사적 통로를 공식적으로 연 것이다. 이 길이 바로 이후 10여 세기 동안 중국과 서양이 교류한 주통로인 "실크 로드"이다.

그러나 이 무역로를 "실크 로드"라고 공식적으로 명명한 것은 비교적 최근의 일이다. 1877년 독일의 학자 리히트호펜Ferdinand von Richthofen은 이 도로가 주로 중국 비단을 운반하는 데 사용되었음을 강조하기 위해 앞에 "비단"이라는 이름을 붙인 것이다. 주지하듯이 중국은 세계에서 최초로 양잠을 하여 실을 뽑아 비단을 만든 국가이다. 일찍이 전국 시대에 아름다운 중국 비단이 이미 유라시아 초원의 유목민족을 통해 서방과 북방으로 전해졌다. 남시베리아 파지리크 고분(기원전 5~기원전 3세기)에서 발견된 중국의 비단과 자수들이 이를 실증해 준다. 이는 실크 로드가 개통되기 전에 이미 중국의 비단이 다른 나라로 수출되어 다른 민족들의 애호를 받았다는 것을 설명해 준다. 서한 시기에 비단은 특히 로마 귀족들의 사랑을 받아 그들이 경쟁적으로 비단을 구매하려고 하여 로마에서는 중국의 비단이 황금과 같은 가치를 가지기도 하였다. 이러한 이유로 중국과 서양 사이의 이 상업로는 처음에는 비단에 대한 서양의 수요를 만족시키기 위해 개통되었고, 비단이 중국과 서양의 교역에서 중요한 자리를 차지하고 있었을 것이라는 상상은 어려운 일이 아니다. 오늘날 신장 지역의 허텐和闐 동쪽의 니야尼雅 유적, 뤄푸현洛浦縣의 사이와커賽依瓦克 고분과 로프 노르와 같은 실크 로드 연선 지역에서는 모두 한대의 비단이 출토되었나. 이것은 고대 실크 로드의 확실한 "도로 표지판"이라 할 수 있다.

한 왕조는 흉노와의 전쟁에서 승리를 거두어 그 위엄이 서역 각국에까지 알려지게 되었으며, 이것은 실크 로드의 통행에 대한 군사적인 보장을 의미하였다. 동시에 중국은 실크 로드를 통해 안식安息1), 신독身毒2), 조지條支3) 등과 같은 서역 각국에 끊임없이 사신을 보내 이 길의 번영을 촉진하였다. 당시의 실크 로드는 육로만 해도 길이가 7,000㎞를 넘었는데, 장안을 동쪽의 기점으로 해서 샨시陝西, 간쑤甘肅, 신장 등지를 지나 서쪽으로 연장되어 오늘날의 파키스탄, 아프가니스탄, 이란과 티그리스-유프라테스강 유역을 지나 지중해 동쪽 연안에 도착한 후, 다시 지중해를 건너 이탈리아반도로 들어가 로마 제국에 이르렀다. 도중에 많은 초원, 사막, 고산, 큰 호수를 지나게 되어 여정이 매우 힘들고 많은 시일이 소요되었는데, 이는 현대의 교통수단을 소유한 사람들의 상상을 초월하는 것이었다.

동한 말년에 중국 대륙이 군웅할거의 국면이 빠져든 이후 서진이 잠시 통일하였지만, 이어 16국부터 남북조에 이르는 300년 동안의 분열의 국면이 나타났다. 그러나 중국과 서양의 교통을 유지했던 실크 로드는 이로 인해 끊어지지는 않았다. 16국 시기에 여광呂光이 군사를 거느리고 서역의 구자국龜茲國에서 동쪽으로 돌아왔을 때, "낙타 2만여 마리에 외국의 진귀한 보물과 기이한 잡기와 연희, 특이한 금수 천여 종과 준마 만여 필을 가지고 왔다以駝二萬餘頭致外國珍寶及奇伎異戲, 殊禽怪獸千百餘品, 駿馬萬餘匹." 어떤 상단도 낙타를 만 필 이상 소유할 수 없었다는 점에서 당시에 동쪽으로 가져온 서역의 빼어난 공예품이 유례없이 많았다고 볼 수 있다. 북위가 중국을 통일함에 따라 실크 로드의 동쪽 기점이 그 도성이었던 평성平城4)으로 옮겨졌으며, 이후 다시 낙양으로 이동하였다. 수당 시기에는 사회 경제의 급속한 발달에 따라, 실크 로드에도 공전의 번영이 나타났다. 동시에 실크 로드의 동단이 다시 장안이 되었다.

실크 로드의 원활한 소통은 중국의 비단이 계속해서 서방으로 수출되었을 뿐만 아니

---

1) 지금의 이란
2) 지금의 인도
3) 지금의 디그리스-유프라테스강 유역
4) 지금의 산시 대동시(山西 大同市)

라, 서방으로부터 모직물, 향료, 보석, 금은 동전, 금은기金銀器, 유리기玻璃器 등이 수입되었다. 금은 동전을 예로 들어보면, 중국 내의 실크 로드 연선과 각 왕조의 도성 부근에서 사산조 페르시아 은화와 비잔틴 제국의 금화가 계속해서 발견되고 있고, 또 시대가 조금 늦은 우마이야 왕조의 아라비아 금화도 발견되었다. 이 중 사산조 페르시아의 은화가 특히 많았는데, 약 40년 동안 1,200개 정도 출토되었다. 여기에는 샤푸르 2세(310~379년 재위)부터 사산조 마지막 왕이었던 야즈데게르트 3세(632~651년 재위)까지 약 350년 동안 12명의 국왕이 재위하던 시기의 모든 은화가 다 포함되어 있었다. 이것은 당시 두 나라 사이의 교류가 밀접하고 빈번했다는 것을 설명해 준다.

중국은 금은 동전 외에도 실크 로드를 통해 많은 아름다운 서역의 공예품이 수입했다. 이것들은 당시 상층 사회의 사치품이었다. 16국부터 북조를 거쳐 수당에 이르는 동안 각 왕조와 각 민족 통치 집단의 고관들은 종종 과시할 만한 서역의 수공예품을 구하였고, 사후에는 그것들을 무덤으로 가져갔다. 16국 시기 북연北燕의 천왕天王 풍발馮跋의 동생 풍소불馮素弗(415년 사망)은 질박하면서도 투명하며 담갈색 혹은 짙은 녹색의 유리기 몇 점을 부장품으로 삼았는데, 이것들이 바로 서역에서 수입된 진귀한 물건 중 하나였다. 그 중 가장 사람들의 관심을 끄는 것은 틀이 없이 자유롭게 불어 만든 오리형 유리기로, 형태는 1~2세기 지중해 지역에서 유행한 로마의 새형 유리기와 비슷하고 장식 수법 또한 유사하였다. 또한 성분 분석을 통해 소다 석회 유리임이 입증되어 로마 유리의 기본 성분과 정확하게 부합함을 알 수 있다. 아름다운 이들 로마 유리기는 바로 실크 로드를 따라 중원에 유입되었고 다시 방향을 바꿔 북로를 따라 북연으로 들어가게 된 것이다. 실크 로드를 통해 유입된 사산조 페르시아의 유리 제품으로는 시안西安 허자춘何家村의 당대 지하 저장고에서 출토된 약간 황록색을 띤 볼록한 고리 무늬 유리잔을 대표로 삼을 수 있다. 얼마 후에 또한 색채가 선명한 이슬람 유리기가 수입되었다. 샨시陝西 푸펑扶風의 법문사탑法門寺塔의 당대 지하궁에서 출토된 꽃무늬가 새겨진 유리刻花琉璃는 석류문 황색 유리 쟁반石榴紋黃玻璃盤, 포도문 남색 유리 쟁반葡萄紋藍玻璃盤 등과 같이 모두 이슬람 초기 유리기 공예의 특색을 보여주고 있다.

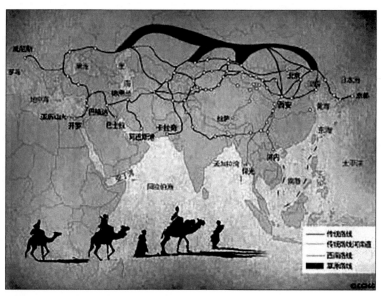

〈그림 1〉
"실크로드" 안내도

　아름다운 서방의 금은 그릇 또한 끊임없이 실크 로드를 통해 중국 내륙으로 유입되었다. 따퉁^{大同}의 북위 지하 저장고에서 발견된 3점의 높은 다리를 가진 유금 동잔^{高足鎏金銅杯}과 1점의 꽃무늬가 새겨진 은주발^{刻花銀碗}은 모두 강한 헬레니즘 스타일을 가지고 있었는데, 아마도 로마의 제품일 것이다. 이 밖에 입구가 8개의 곡선으로 된 해수팔곡은세^{海獸八曲}^{銀洗} 또한 분명히 사산조 페르시아 제품이다. 이 밖에 북위의 봉화돌^{封和突} 묘에서 출토된 사산조 페르시아에서 만든 야생 돼지를 수렵하는 무늬를 가진 유금은 쟁반^{狩獵野猪紋鎏金銀盤}, 북제^{北齊}의 이희종^{李希宗} 묘에서 출토된 물결과 연 무늬가 있는 단련된 은 주발^{鍾雕水波蓮紋銀碗}, 북주^{北周} 이현^{李賢}의 묘에서 출토된 유금 은호병^{鎏金銀胡瓶} 등은 모두 제작 기술이 빼어난 공예품이다. 당대 이후에는 계속해서 실크 로드를 통해 서역은 금은기가 유입된 것 이외에도 중국의 공장^{工匠}들 역시 서아시아 금은기의 영향을 받아 각종 새로운 금화은기^{金銀器}를 설계 제작하여 중국의 물질문명이 한 단계 도약하도록 도왔다.

　실크 로드를 따라 또한 새로운 품종의 식물과 동물이 유입되었는데, 특히 오손^{烏孫}의 "서극마^{西極馬}"와 대원^{大宛}의 "천마^{天馬}"와 같은 우량 말 품종이 유명하다. 이들은 고대 중국의 말 품종 개량에 매우 큰 영향을 주었다. 간쑤^{甘肅} 우웨이^{武威} 레이타이^{雷臺}의 동한 시대 묘에서 출토된 많은 청동 준마 소상^{塑像} 중 특히 "마답비준^{馬踏飛隼}"은 품종 개량은 거친 중국

준마의 모습을 반영하고 있다.

　불교는 한나라 말 중국에 전래되었지만 큰 중시를 받지는 못하다가 서진이 멸망한 후에 비로소 널리 전파되기 시작했다. 외국의 고승들이 실크 로드를 통해 동쪽으로 왔으며, 동쪽의 구법승들이 또한 실크 로드를 통해 서역으로 갔다. 동시에 석굴을 조성하고 불상을 만드는 풍조 또한 서북쪽으로부터 점차 중원으로 들어왔다. 현재까지 알려진 최초의 석굴은 간쑤성 용징현永靖縣 병령사炳靈寺 석굴의 169굴로, 서진西秦 건홍建弘 원년(420년)에 만들어졌다. 북위가 북방을 통일한 이후 도성인 평성 부근에서는 석굴을 조성하고 불상을 만드는 일이 최고조에 달하였다. 황실의 전폭적인 지지 아래 화평和平 연간 사문통沙門統5) 담요曇曜가 운강석굴雲崗石窟을 건립하여 하서河西 지역 실크 로드 연선 지역에서 석굴 조성과 불상 건설의 바람을 일으켰다. 그래서 현존하는 중요한 석굴6) 속에 모두 북위와 북주 말기의 조소와 회화 작품이 대량으로 보존되어 있어 중국 예술의 보고가 되었다. 실크 로드 연선에서 석굴이 흥성했던 상황은 당시에 이 상업로가 소통되고 번성했음을 반영해 준다.

　당대에 이르면 여전히 "진경眞經"을 구하기 위한 구법자들이 실크 로드를 왕래하였는데, 그중 가장 유명한 사람이 현장玄奘 법사이다. 그는 중국 불교의 발전에 큰 공헌을 했을 뿐만 아니라, 그가 보고 들은 138개 국가, 도시 국가, 지역의 역사, 지리, 민속, 산물, 종교 등을 기술한 『대당서역기(大唐西域記)』를 저술하여 고대 인도와 중앙아시아 지역을 연구하는 데 중요한 자료를 제공해 주었다. 인쇄술, 화약 등과 같은 고대 중국의 많은 중요한 발명품도 이 교역로를 통해 서방으로 전파되었다.

　송대 이후 중국의 경제 중심이 남쪽으로 이동하고 조선 항해 사업 또한 매우 큰 발전을 이루어 해상 항로를 통한 이동이 편리해졌다. 그래서 사람들은 사막과 높은 산을 횡단하는 험난한 여정의 육로를 점진적으로 포기하여 실크 로드를 통한 교역은 나날이 쇠퇴해갔다. 원명 시대 이후 서방 세계가 더 이상 중국과 서쪽을 잇는 중책을 맡을 의사가 없었기 때문에 중국과 서쪽을 잇는 주맥으로써 실크 로드는 역사적 위치를 잃어버려 점차 쇠락해가다 끝내는 황폐화되었다.

　실크 로드를 통해 중국으로 유입된 서역의 공예품이 당나라와 고대 일본 간의 교역을

---

5) 종교 장관
6) 돈황 막고굴(莫高窟), 천수 맥적산(麥積山), 영정 병영사(炳靈寺) 등

통해 동쪽 일본으로 수출되었다는 점은 반드시 언급할 필요가 있다. 현재 일본의 쇼소인正倉院의 소장품 중에는 남색 고리 무늬를 가진 손잡이가 높은 잔藍色環紋高柄杯, 흰유리병白琉璃瓶 같은 서아시아에서 유입되거나 서아시아 그릇 형태를 모방한 유물들이 보존되어 있는데 모두 중국을 통해 일본으로 전해진 것이다. 따라서 실크 로드가 당나라 수도 장안에서 동쪽으로 연장되어 당시 일본의 도성 나라奈良에까지 이르렀다고 말할 수 있다. 쇼소인에 소장된 여러 진귀한 유물이 바로 이에 대한 실증이 된다.

5

전 세계를 항해하다

리리(李力)

2,000㎞가 넘은 중국의 해안선은 중화 문명의 생명선 중 하나라고 말할 수 있다. 상고 시기 중국의 해안선은 서쪽으로 많이 치우쳐 있었기 때문에, 베이징의 산정동인^{山頂洞人}, 산동^{山東}의 대문구인^{大汶口人}, 저장^{浙江}의 하모도인^{河姆渡人} 같은 중국 대륙 최초의 원시 인류는 당시에 모두 강이나 바다를 끼고 살았다. 중국인들은 오랫동안 바다와 접해 왔기 때문에 점차 바다에 대해 이해하게 되었고 조선술도 배우게 되었다. 또한 항해 기술도 익히게 됨으로써 바다가 그들의 생산과 생활에 큰 역할을 하게 만들었다.

고대 중국의 조선과 항해의 역사는 7,000~8,000년 이전으로 거슬러 올라갈 수 있다. 1977년 저장 위야오^{餘姚}의 하모도 신석기 시대 유적지에서 통나무를 깎아 만든 노가 출토되어 늦어도 약 7,000년 전에 이미 독목선^{獨木船}을 사용했다는 것을 입증하였으며, 또한 중국에서 배의 출현이 수레와 말을 사용한 것보다 수천 년 빨랐다는 것을 설명해 주었다. 춘추 시대에 강과 바다의 해안에 위치했던 오^吳나라와 월^越나라는 강력한 수군을 보유했을 뿐만 아니라 대익^{大翼}, 소익^{小翼}, 모돌^{冒突}, 누선^{樓船}, 교선^{橋船}과 같은 각종 전선^{戰船}으로 무장하고 있었다. 전쟁 시에 대익은 육군의 중거^{重車}, 소익은 경거^{輕車}, 교선은 경기병에 해당하였다. 이처럼 다른 유형, 다른 용도의 전함으로 구성된 강력한 해군은 마치 오늘날 각종 함정으로 구성된 혼합 함대와 유사하였다. 오와 월의 수군은 고대 중국의 최초의 해군이라 할 수 있다.

진나라와 한나라는 차례로 중국 영토에 나타난 통일 봉건 왕조이다. 강성한 국력은 진한 시기에 항해 사업이 비약적으로 발전하게 했다. 진시황은 전국을 통일한 후에 산동 6

국의 선진 조선 기술과 인재를 모아 많은 크고 작은 배를 건조하여 강에서부터 바다까지 항해하였다. 1974년에 광저우^{廣州}에서 거대한 규모의 진한 시기 조선소 유적이 발견되었는데, 그 중앙에 3개의 대형 선대^{船臺}가 나란히 자리 잡고 있었으며, 선대 아래에는 길이가 88m가 넘는 경사진 물길이 있었다. 그중 2호 선대에서는 길이 30m, 폭 8m, 적재 중량 60t이 넘는 대형 선박을 제조했을 것으로 추정된다. 만약 1호 선대와 2호 선대에서 함께 건조했다면 더 큰 선박을 만들 수도 있었을 것이다. 이 조선소는 한나라 때까지 줄곧 사용되었다. 이때의 항해자는 많은 선박 운항과 기상 관측의 경험으로 이미 변화무쌍한 바다에서 천문을 관찰하는 능력을 습득하였다. 그들은 12진풍^{辰風}의 계절과 풍향을 총괄하여 무역풍 변화의 기본적인 규칙을 파악하였으며, 또한 해류와 조석 간만의 차이를 이용하는 항해의 이점을 알고 있었다. 이런 조선 수준과 항해 기술의 기초 위에 진시황은 방사^{方士} 서복^{徐福}이 상소에서 바다에 있는 봉래^{蓬萊}, 방장^{方丈}, 영주^{瀛州}의 선산^{仙山}에 불로장생의 신약이 있다고 말힌 것을 듣고 수천 명의 동남동녀^{童男童女}로 이루어진 대규모 선단을 보내 바다로 가 불로초를 찾아오게 한 것이다. 한무제 역시 여러 차례에 걸쳐 바다에서 위세를 떨쳤다. 남월^{南越}을 평정하기 위한 전쟁에서 그는 강회^{江淮} 이남의 선단 10만을 동원하였다. 원봉^{元封} 2년(기원전 109년)에 또한 누선장군^{樓船將軍} 양복^{楊僕}에게 5만의 군사를 주어 산동으로부터 발해를 건너 조선을 공격하게 하였다. 후에 그 역시 바다에 불로초가 있다는 전설을 믿어 수차례에 걸쳐 수천 명으로 구성된 선단을 바다로 보냈으며, 또한 일곱 차례에 걸쳐 친히 해변에 이르러 순시하며 독촉하였다. 마지막 해상 순시에서 한무제는 문무 대신들의 조언을 듣지 않고 직접 배를 타고 바다로 나갈 것을 고집하였다. 다만 당시에 10일이 넘게 큰바람이 불어 풍랑이 심하게 일었기 때문에 출항을 할 수 없어 그만두었다. 한나라는 넓은 연안 항로를 개척했을 뿐만 아니라, 대담하게 세계를 향해, 먼바다를 향해 나아갔다. 중국의 배는 이때 멀리 인도 남부와 실론[1])에까지 이르렀으며, 이를 통해 당시 동양과 서양의 대제국이었던 로마와 연결되어 해상 실크 로드의 기초를 닦았다.

삼국 시대에 이르면 동중국해의 최전선에 있어 해상 교통의 우월함을 가지고 있던 오나라가 로마 제국의 상인과 직접 교역을 시작하였다. 로마의 상인들은 오나라의 통치자 손권^{孫權}을 배알하고 환대를 받았다. 로마 상층 사회의 사치품이 된 중국의 비단은 육로가

---

1) 지금의 스리랑카

아닌 해로를 통해 서방으로 전달되기 시작했다.

수나라 이후 몇백 년 동안 전란과 분열 속에 있던 나라가 다시 통일이 되어 경제 문화의 발전이 더욱 가속화되었으며 조선 기술도 상당히 높은 수준에 도달하였다. 수양제가 강남에 갈 때 탄 "용주龍舟"는 높이가 45척, 길이는 200척에 달하였으며, 배 안에 4층의 누각이 있었고 수백 명이 양쪽 언덕에서 줄을 당겨야 비로소 나아갈 수 있었다. 618년 유례를 찾아볼 수 없이 강력하고 번성했던 당나라가 중국에서 탄생했다. 거의 이와 동시에 중국 영토의 서쪽에서 아라비아 제국이 흥성하기 시작했는데, 그들은 동서 무역에서 반드시 지나야 하는 길에 위치하고 있으면서 매우 빠르게 무역 대국으로 발전하였다. 아라비아 카라반들은 낙타 방울 소리와 함께 일년내내 중국 서쪽의 광활한 사막을 왕래하였다. 아라비아 해상 상인들도 배를 타고 중국에 와서 광저우, 취앤저우泉州, 양저우와 같은 항구도시에 장기간 머물렀다. 당나라 때의 지리학자 가탐賈耽은 『광주통해이도(廣州通海夷道)』에서 광저우에서 출항하여 싱가폴, 스리랑카, 페르시아만을 거쳐 오늘날의 동아프리카 다르에스살람에 이르는 당시 세계에서 가장 긴 여정의 항로를 자세하게 기록해 놓았다. 가탐은 또한 『해내화이도(海內華夷圖)』의 편찬을 주관하였는데, 지도의 길이와 너비가 대략 3장이었으며 비율이 정확한 대형 지역 세계 지도와 같았다. 해상 실크 로드의 개통으로 중국의 비단과 자기 등이 대량으로 서아시아와 아프리카에서 판매되었다. 오늘날 이집트 카이로 남부 교외의 푸스타트Fustat 유적에서 당나라에서 송나라 초기까지의 수만 개의 깨진 도자기 파편이 발굴되었다. 시리아의 사마라Samara 유적에서도 대량의 당삼채唐三彩 도자기와 청자, 백자가 발굴되었다. 파키스탄과 인도, 이란에서도 당나라 월주요越州窯 유물이 보존되어 있다.

송나라는 당나라에 비해 원양 항해 방면에서 큰 발전을 이루지는 못했지만, 조선 수준과 항해 기술에서는 획기적인 개선과 혁신이 있었다. 이때의 선박 건조는 이미 홈을 만들어 끼우고 못을 박아 고정하는 목공 기술과 수밀격창水密隔艙과 같은 선진 기술을 광범위하게 응용하여 선박의 디자인과 부속 제품의 설치 기술이 나날이 발전하였다. 1974년 여름, 푸젠福建 취앤저우 호우주항後渚港에서 길이 30m, 폭 10.5m, 흘수선 길이 26.5~27m, 배수량 400~450t, 적재 중량이 약 250t인 송나라 고선박 1척이 출토되었다. 전체 선박은 12개의 격벽에 의해 13개의 수밀 격실로 구분되었는데, 이 수밀 격실은 두 가지 뛰어난 장점이 있었다. 첫째, 배가 뜻밖에 암초에 부딪히는 사고를 당했을 때 하나 또는 두 개의 선실이 파손되더라도 다른 선실은 물에 들어가지 않아 선체는 여전히 부력이 있으므로 침몰하지 않는다. 둘째, 수밀 격실의 여러 격벽과 선체가 못으로 단단히 고정되어 있어 선체의 횡적 지탱력과 압력에 저항하는 능력이 향상되었다. 이런 이유로 당시에 다른 나라의 배들은 암초에 부딪혔을 때 종종 급속히 침몰했지만, 중국의 배는 안전하게 항구로 돌아가 수리할 수 있었다. 18세기 말이 되어서야 다른 나라들이 중국의 이 선진 기술을 받아들여 배에 수밀 격실을 설치하기 시작했다.

취앤저우에서 출토된 선박은 특징적인 형태를 가지고 있었는데, 배의 상부는 평평하고 넓으며 바닥은 좁고 앞은 뾰족하고 꼬리는 네모지며 선수와 선미는 높아 선체 단면이 "V"자 모양이었다. 송나라 사람의 기록에 의하면, 당시 남쪽 지역의 배는 "위는 저울같이 평평하고 아래는 칼날같이 비스듬히 기울어져 파도를 뚫고 나아가는 것을 귀히 여겼다上平如衡, 下側如刃, 貴其可以破浪而行."라고 하였다. 선체가 넓고 평평하면 배의 안정성을 강화할 수 있고, 바닥과 선미가 뾰족하면 좁은 수역에서 파도를 뚫고 나아갈 때 저항이 적어 속도를 내기에 적합하였다. 실물과 문헌을 통해 옛사람의 기록이 정확했다는 것을 입증하였다. 취앤저우의 고선박에서는 강진향降眞香, 침향沈香, 단향檀香, 용연향龍涎香과 후추, 빈랑, 주사朱砂, 대모玳瑁와 같은 많은 향료와 약재도 출토되었다. 이들은 아라비아 각지와 남양南洋 일대가 원산지로 당송 시대의 주요 수입물이었다. 이 밖에 갑판에 붙어있던 조개껍데기와 좀조개 역시 모두 남양 지역의 해양 생물이었다. 이를 통해 이 고선박이 남양과 아라비아 일대를 항해한 원양 선박이라 추측할 수 있다.

항법 기술에 있어 송나라가 거둔 획기적인 성취는 나침반을 24자리 항해 나침반으로 개량한 것이다. 나침반을 항해에 사용한 것에 대한 최초의 기록은 남송 주욱朱彧의 『평주가담(萍州可談)』에 보인다. 그는 이 책에서 자신의 부친이 북송 연간에 항해할 때 배의 방향과 위치를 파악하기 위해, 밤에는 별자리를 관찰하고 낮에는 태양의 위치를 관찰하였으며, 날씨가 흐릴 때는 나침반을 사용했다고 기록하였다. 이것은 나침반이 늦어도 북송 이전에 항해에 사용되었음을 설명해 준다. 중국 선박이 나침반을 사용한 지 얼마 되지 않아 아라비아 선박도 사용하기 시작하였으며, 이 기술은 빠르게 서쪽으로 전파되었다. 이후 나침반은 실제 항해 중에 계속해서 개발 보완되어 24자리 항해 나침반이 만들어졌으며, 이는 항해의 방향 정확도를 크게 높여 주었다. 항해 속에서 나침반의 사용은 인류를 유지와 해안의 속박에서 벗어나 바다에서 자유롭게 이동할 수 있게 만들어 주었다.

13~14세기에 중국의 항해업은 절정에 이르렀다. 원세조 쿠빌라이는 수십 만의 대군과 수천 척의 전함을 파견하여 동쪽으로는 일본, 남쪽으로는 자바와 점성占城을 공격하여 강한 항해 능력을 보여 주었다. 그리고 명 전기 특히 성조가 재위한 30여 년간은 중국의 원양 항해 사업이 전대미문의 전성기를 구가한 시기였다. 성조는 해외 각국에서 명나라의 위상과 영향력을 높이고 또한 자신의 황권을 공고히 하기 위해 모두 7차례에 걸쳐 자신의 측근이자 대태감大太監이었던 정화鄭和에게 대선단을 이끌고 해외로 나가도록 하였는데, 이것이 역사적으로 유명한 "정화의 대항해鄭和下西洋"2)이다.

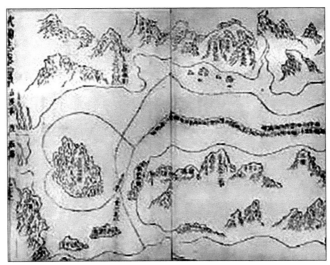

〈그림 1〉
정화 항해도(부분). 출처: 명(明) 모원의(茅元儀) 편『무비지(武備志)』권240

정화가 대항해를 했을 때 중국의 조선 수준과 항해 기술은 이미 당시 세계에서 최고 수준이었다. 정화는 매번 100척이 넘는 선단을 거느리고 출항을 하였는데, 그중 대형 보선寶船이 반 이상을 차지하였으며, 그 밖에 양선糧船3), 마선馬船4), 좌선坐船5) 등의 보조 선박이 있었다. 대형 보선은 길이가 대략 150m, 폭이 60m였고 배 위에는 대형 돛과 닻, 키가 있었으며 이 배를 움직이는 데 2~300명이 필요하였다. 1957년 난징南京 명나라 보선 조선소 유적에서 출토된 보선의 방향타의 길이가 10m 이상이었기 때문에 갑판의 높이가 대

---

2) 정화가 서쪽 바다로 나아감
3) 곡물수송선
4) 화물운반선
5) 병력 운반선

략 6m, 폭이 7m 이상이었을 것으로 추측된다. 이처럼 거대한 방향타를 위아래로 들어 올리려면 윈치winch로 제어했을 것이다. 이런 윈치의 부품이 난징에서도 발견되었다. 이처럼 거대하고 성능이 뛰어난 선박과 수준 높은 항해 기술이 있었기 때문에 정화의 함대는 "노니는 용과 같이 거대한 풍랑 속에서 배를 몰舟行巨浪若遊龍"(마환(馬歡), 「기행시(紀行詩)」) 수 있었다. 정화 선단의 수행원이었던 공진鞏珍은 자신이 지은 『서양번국기(西洋番國記)』 서문에서 선단의 향해 기술에 대해 개괄적인 설명을 통해 정화 함대가 선박 위치 측정, 계절풍과 해류의 이용 방면에서 최고의 수준에 도달했음을 보여주었다. 배는 기본적으로 미리 설계된 항로를 따라 광활한 바다를 항해하기 때문에, 특정 해역에서 선박 자체의 정확한 위치를 항상 파악하는 것이 필요하다. 정화 함대는 주로 바다의 깊이를 측정하는 방법, 주변 사물을 관찰하는 방법, 천문을 통한 방법 등 3종류의 방법으로 선박의 위치를 측정하였다. 이 중 천문을 통한 방법 중 하나인 "견성술牽星術"이 유명하였다. 명나라 선덕宣德 연간에 완성된 『정화항해도(鄭和航海圖)』 속에 붙어있는 네 폭의 「과양견성도(過洋牽星圖)」에는 함대가 도착했던 해외 각국 항구의 별의 고도가 표시되어 있다. 함대가 항해 중에 측정한 별의 고도를 이들 목적지 항구의 별의 고도와 비교하고 또한 이를 해도의 항해 방향과 결합하여 목적지 항구까지 안전하게 항해할 수 있게 해 주었다. 「견성도」상의 각 항구의 별의 고도인 "지指"수6)를 현대의 위도로 환산하면 오차가 겨우 4, 5해리에 지나지 않는다. 이 밖에 계절풍과 해류를 이용하여 배의 속도를 높이고, 항로의 오차를 정확하게 바로잡는 것들 역시 당시 중국 높은 항해술 수준을 보여준다.

정화의 대항해는 영락永樂 3년부터 선덕 8년까지(1405~1433년) 28년 동안 30여 개의 국가와 지역을 방문하였다. 이 기간 동남아시아와 동아프리카 각지를 두루 항해한 것은 15세기 초 세계 항해사에서 거둔 공전이 성과이다. 이 거대한 선단은 당, 송, 원 시기에 이룩한 항해 성과의 기초 위에서 아시아와 아프리카의 각 지역의 항로를 전면적으로 연결하여 서태평양과 인도양을 연결해 주었다. 정화 선단은 네 번째 항해에서 인도의 구리7)에 도착한 후 계속해서 북상하여 페르시아만에 이름으로써 가탐이 이야기했던 항로를 실제로 항해하였다. 동시에 실론에서 출발한 다른 함대는 몰디브를 거쳐 인도양을 횡단하여 아프리카 동해안의 소말리아 모가디슈에 도착하였다. 이때부터 항해에 참가한

---

6) 별의 고도의 계산 단위
7) 코지코드, 옛 이름은 켈리컷

선단이 줄곧 실론을 인도양 횡단의 출발지로 삼아 페르시아만, 아라비아반도의 홍해 연안과 아프리카 동해안으로 향하는 많은 항로를 개척함으로써 중국이 세계 각국과 경제 및 문화를 교류하는 데 중요한 공헌을 하였다.

명나라 중후기부터 청나라 때까지 강력한 해금海禁 정책을 실시했기 때문에 중국의 경제 발전과 과학 기술이 점차 위축되기 시작하였으며 항해 활동 역시 정체기에 접어들었다. 서양 각국은 부르주아 혁명 이후 전례 없는 생산력 향상과 과학 기술의 급속한 발전을 이룩하였고, 마침내 아편 전쟁에서 강력한 군함과 대포로 중국 제국의 문을 열었다. 항해업의 발달 여부와 그에 따른 대외 개방 여부가 중화 민족의 흥망성쇠와 관련이 있다는 것을 역사가 증명해 주었다. 이 점을 우리는 기억해야 할 것이다.

5장

———

문학과 예술

1

시가 왕국

장보웨이(張伯偉)

중국과 서양의 문학 전통을 비교했을 때, 서양의 서사시나 비극과 어깨를 나란히 하면서 중국 문학의 전통을 대표할 수 있는 장르는 시이다. 더욱 엄밀히 말하자면, 시가로 대표되는 중국의 문학 전통은 사실상 서정抒情 전통이라 할 수 있다.

구두로 창작하던 고대 민요는 각 민족의 문화에서 까마득한 원고 시기까지 거슬러 올라간다. 그러나 문자 기록에 한정하자면 중국의 시가는 『시경(詩經)』에서 시작되었으니, 대략 기원전 1100~기원전 600년 사이인 서주 초기에서 춘추 중엽까지가 그 탄생 시점이다. 믿을 만한 고대 문헌에 따르면 처음으로 '시詩'라는 글자가 출현한 것도 『시경』이다. '시'라는 명사의 출현은 아마 새로운 개념의 창안을 나타내며 동시에 문예 비평이 싹트고 있었음을 의미한다. 문자학자들이 해석하는 '시'의 원래 의미는 다음과 같다. "시는 뜻志이다. 뜻은 말에서 발원한다. 말을 따르고(言은 의미 부분이고), '사'1)의 소리이다(寺는 발음 부분이다)."2) 춘추 전국 이후 보편적으로 유행한 '시언지詩言志'3) 개념에서 앞의 문자학적 설명에 대한 문예학적 증거를 쉽게 발견할 수 있다. 『시경』에는 음악적 언어로 표현한 인간 내면의 기쁨과 애상으로 충만하다. 음악 리듬의 언어에 내면적 의지의 독백을 얹었다는 면에서 서정의 양대 요소를 잘 구현시킨 것이다. '시'에 대한 문예학적 해석인 '뜻을 말한다言志.'와 문자학적 해석인 '말을 따른다從言.'는 설명은 시가가 내면에서 발

---

1) '시'의 고문자는 訨인데, 여기서 소리 부분인 㞢는 志(뜻), 寺와 발음이 같다.
2) 詩, 志也. 志發於言, 從言寺聲: 허신許愼의 『설문해자(說文解字)』
3) 시는 뜻을 말한다

생한 감정이나 의지와 밖으로 표현되는 언어 문자를 고도로 융합한 것이라는 옛 중국인들의 인식을 잘 반영하고 있다.

후세에 끼친 영향의 깊이와 넓이를 고려했을 때 중국 시가의 역사에서 그 무엇도『시경』에 비견될 만한 책은 없을 것이다. 305편의 작품 중에서 「대아(大雅)」편과 「주송(周頌)」편을 제외한 대다수의 작품은 종교적 미망이나 신화적 환상과는 거리가 있다. 게다가 제사를 표현한 작품이라 할지라도 신에 대한 의존보다는 도덕적 요소가 강조되곤 했다. 이런 식으로 중국 시가는 인문적 사유를 핵심으로 내용을 전개하는 기초를 다졌다. 공자가 시를 인간 행위의 교범으로 손꼽은 것을 시작으로 한대에 '오경五經'의 하나로 포함되기까지 하자『시경』은 역대 사대부의 기본적인 필독서가 되었으며, 그에 따라 이 책의 권위가 더욱 커졌다. 또한 이 과정에서 문학과 경학을 겸비하게 되었다. 이 때문에 전통적인 문학사상은 문학에서 정치적 득실이나 풍속의 성쇠를 고찰하는 것을 강조하는 경향을 띠게 되었다.『시경』에는 풍風, 이雅, 송頌, 부賦, 비比, 흥興의 육의六義가 있는데, 그중에서 특히 비와 흥이 가장 중요했다. 시인은 이러한 수법을 사용하여 서정적인 단구 형식으로 자신의 순간적인 느낌을 표현했다.『시경』이후『초사(楚辭)』, 한대의 악부樂府, 당시唐詩, 송사宋詞 등 중국 문학의 걸작으로 거론되는 작품은 거의 모두 비와 흥을 잘 운용하였다.

『시경』은 중국 시가의 서정 전통의 기반을 다졌다. 그러나 이 전통을 힘있게 밀어 올리고 찬란한 빛 뿜은 것은 전국 시기 굴원屈原이 창작한『초사(楚辭)』이다.『시경』의 대다수 작품은 작자의 성명을 알 수 없다. 그런데『초사』는 강렬한 개인적 색채를 품고 있다. 「이소(離騷)」를 위시한『초사』의 작품에 굴원은 자신의 변화다단한 심리적 역정을 묘사하여 처음으로 시가에 개인과 사회의 모순 문제를 선명하게 제시하였다. 예를 들어 조국에 대한 그리움, 운명에 대한 저항, 세상 사람들에 대한 연민 등 복잡한 감정을 감동적인 자기 성찰에 녹여냄으로써『시경』보다 더 강렬한 서정성을 체현했다. 이에 발맞춰 형식적으로 4자를 기조로 한『시경』의 작시 양식에서 탈피하여 6자구의 '소체騷體'를 선보였다. '비흥' 수법의 계승과 발전은『초사』의 또 다른 특징이다. 중국 문학사에서 '향초미인香草美人'4)의 비흥으로 기탁하는 전통은 굴원에서 시작되었다. 위진 시기의 조식曹植이나 완적阮籍, 당대의 진자앙陳子昻이나 이백李白 같은 시인은 모두 비흥 전통의 뛰어난 계승자였다.

---

4) 충군애국(忠君愛國)을 상징하는 표현을 문학작품에 사용하는 것을 지칭한다.

이들은 남녀에 관한 표현으로 풍자하는 것에 능했다. 이러한 수법은 전통 문학 비평의 한 특징을 형성하기도 했다.

중국 문학사의 양대 원류인 『시경』과 『초사』는 이후 상호 보완적으로 병존하며 풍소風騷 전통을 형성했다. 육조 시기에서 명청 시기에 이르는 시 이론가들이 후세의 모든 시는 『시경』과 『초사』에서 나왔다고 인식한 것은 어느 정도 '옛것에 대한 숭상'의 심리도 없지 않겠지만, 다음과 같은 사실을 말해주는 것이기도 하다. 즉, 중국 시가의 기본적인 발전 방향 및 예술적 기교는 『시경』과 『초사』에서 이미 대체로 확정되어 있었다고 할 수 있다.

그런데 중국 시가의 형식을 대표하는 것은 『시경』의 사언이나 『초사』식의 소체騷體가 아니라 오칠언으로 구성된 고체시와 근체시이다. 이 두 종류의 시체5)가 성립되어 성숙한 시기는 대체로 1세기에서 5세기 중엽, 즉 서한 말에서 남조의 송나라 시기이며, 율체시律體詩6)가 완성된 것은 7세기 초엽인 초당 시기이다.

오언과 칠언 시체의 형성은 주로 악부체 민가에서 나왔다. 문인이 민간의 창작을 모방하여 규범화하는 것은 중국 문학 체재의 통상적인 변화 발전 방향이다. 문인 오언시의 성숙을 알려 주는 대표적인 작품은 「고시십구수(古詩十九首)」인데, 건안建安 시기(196~219년)의 조조曹操 부자를 중심으로 한 업하鄴下 문인 집단의 노력을 거치면서 마침내 오언시는 중국 시사에서 가장 유행하는 시체의 하나로 올라섰다. 칠언시의 형성은 조금 곡절이 있다. 장형張衡이 「사수시(四愁詩)」에서 소체 형식을 섞어 쓴 것에서 조비曹丕의 「연가행(燕歌行)」에 매 시구마다 압운을 사용하는 등의 시도가 있었으나 이후 문인들에게 거의 계승되지 않았다. 그러다 '재주는 뛰어나지만 미천한 신분의' 시인이었던 포조鮑照가 북방 민가의 형식을 흡수하여 자유롭고 유연한 시구로 자신의 격앙된 기개와 자유분방한 감정을 표현하는 성숙한 칠언시체를 보여주면서 당대 시인들에게 영향을 주었다.

오언시와 칠언시는 고체시와 근체시로 나뉘는데, 근체시는 율체시라고도 한다. 율시律詩의 형성 과정에는 5세기 중엽 심약沈約 등 시인들이 시가의 음률을 발견하고 시가의 사성四聲과 팔병八病을 인위적으로 규정한 것이 결정적이었다. 초당의 문인들이 시가의 격률을 더욱 개선하면서 율시의 형식이 정형화되었다. 이로써 격률과 대우법對偶을 중시하는

---

5) 오언 및 칠언
6) 혹은 근체시

율시는 고체시와 확연히 갈라서게 되었다. 또한 율시는 대부분 4련 8구로 구성되어 글자 수에도 명확한 규정이 있었다. 오언과 칠언의 절구絶句는 위진남북조의 악부 민가에서 시작되어 당대에 율시의 영향을 받은 후 격률이 점차 정돈되어 갔다. 또한, 율시를 기초로 오언 및 칠언 배율排律이 생겨나면서 시가의 포용 범위를 확장했다.

중국 시가의 정신적 기조는 의심할 여지 없이 『시경』과 『초사』에서 가다듬어졌다. 역대의 수많은 시가를 살펴보면 민생의 고초에 대한 우려, 삶의 희로애락에 대한 토로, 정치적 이해득실에 대한 관심, 자연의 신비에 대한 깨달음 등은 언제나 중국 시인들이 가창해 온 주선율이었다. 조금만 주의해서 귀 기울이면 아래에 예시한 선창자들이 어떠한 조류를 이끌었는지 쉽게 식별할 수 있을 것이다.

완적阮籍(210~263년)의 오언 「영회시(詠懷詩)」 82수는 중국 시사를 통틀어 사대부가 어두운 정치에 대해 울분, 고민, 두려움, 연민하는 감정을 가장 찬란하고 환상적으로 묘사한 결정체일 것이다. 이 작품에서는 인류를 향한 보편적인 동정과 공감받지 못함에 의한 강렬한 고독감이 일체가 되고, 강개격앙한 감정과 은밀하고 모호한 표현이 일체가 되어 있다. 따라서 "눈과 귀의 안에 말이 있지만, 그 감정은 아득히 먼 바깥세상까지 기탁言在耳目之內, 情寄八荒之表"[7]하는 심미적 특징을 형성하였다. 이 작품은 후대의 연시 형식으로 영회詠懷와 감우感遇를 읊은 시에 영향을 주었으며, 이들 작품은 당시의 정치와 연관되어 있는 경우가 많았다.

자연을 노래한 가장 위대한 시인은 도잠陶潛(365~427년)이다. 그의 작품이 보여준 것은 속박을 감내하지 않는 자유로운 영혼이 어떻게 하면 "세상을 통틀어 참됨을 회복하려는 자가 적은擧世少復眞", 암흑과 허위의 관료 사회에서 벗어나 은거의 길로 나아가 "다시 자연으로 돌아오는復得返自然" 기쁨을 노래할 것인지였다. 그의 시에는 사람과 자연의 친화와 융합이 처음으로 충분히 '자연'스럽게 표현되었다. 대체로 중국의 자연시는 단지 자연 그 자체의 객관적인 묘사에 그치지 않고 자연 풍경 속에 어떤 현묘한 이치를 깨닫게 하는 것을 중시한다. 중국 시인의 눈에 자연은 사유의 이미지를 전달하는 원천일 뿐 아니라 주관적인 숙고나 깨달음의 대상이었다. 다시 말해 자연은 '도道'의 구체적인 현현이었다. 도연명陶淵明의 전원시田園詩는 남산을 지긋이 바라보는 와중에 "이 속에 참된 의미가 있음此中有眞意"을 깨닫는 것을 중시했다. 그에 비해 사령운謝靈運의 산수시는 풍경을 유람할 때

---

7) 종영(鍾嶸)의 말

"감춰진 참된 의미를 누가 전할 것인가^{蘊眞誰爲傳}"라는 질문을 던지는 것을 중시했다. 이러한 전통은 당대 시인 왕유^{王維}에 이르러 더할 나위 없이 완벽한 표현을 성취하게 되었다. 그러나 왕유의 붓끝에서 도연명, 사령운의 석양, 하늘을 나는 새, 모래톱, 흐르는 물에 함축된 현학적 '참된 의미'는 공산^{空山}과 그윽한 골짜기가 드러내는 선^禪의 깨달음으로 대체되었다. 중국 문화에서 유불도 사상에서 표현된 자연에 대한 감상과 애호는 아마도 중국 시가 자연에 애착을 두는 근본적인 원인일 것이다.

중국시를 통틀어 오직 두보^{杜甫}(712~770년)만이 시성^{詩聖}이라는 미명으로 불리니, 시의 왕국에서도 최상의 계관^{桂冠} 시인이라고 할 만하다. 맹자는 유가의 종사인 공자를 '성^聖'이라 일컬었는데, 두보의 시 또한 유가 정신을 집중적으로 구현하고 있다. 두보의 시는 매 구절마다 인류의 광휘가 번뜩이고 곳곳에 널리 사랑하는 마음이 넘실거린다. 그는 사랑에서 출발하여 처자식, 형제, 친구, 국가, 민중을 사랑하였으며 주위의 모든 초목과 화조를 사랑하였다. 아름다운 사물을 진실로 사랑하고 있었기에 추악한 현상에 대해 뼈저린 미움을 가지게 된 것이다. "어린 소나무가 천 척 높이로 자라지 못함을 통한하니, 함부로 자란 대나무는 만 그루라도 잘라내야 한다^{新松恨不高千尺, 惡竹應須斬萬竿}." 두보는 평생 인^仁을 마음에 품고 유가의 절개를 실천하며 살았기에 유가의 정신이 예술적 형상 속에 생동적이고 구체적으로 현현할 수 있었던 것이다. '시성'이라는 명예와 더불어 두보에게는 '집대성'이라는 칭호가 따라붙는다. 맹자가 공자를 칭송하기 위해 사용한 이 말을 두보에게 사용함으로써 문학사상 이전 세대를 계승하여 발전시킨 그의 업적을 기린 것이다. 두보는 한대에서 성당 시기에 이르는 시인들의 예술적 경험을 흡수하여 "거짓된 형식의 시를 가려내어 없애고^{別裁僞體}" "널리 여러 옛 스승을 구함^{轉益多師}"으로써 "고금의 체재를 모두 습득하여 개개인의 개성을 겸하는" 시학의 최고봉에 오를 수 있었다. 두보는 또한 풍부한 학식으로 중국시의 대구^{對偶}, 전고^{用典} 등의 분야에서 높은 성취를 이룩하여 송대의 시인들에게 깊은 영향을 끼쳤다. 문학 전통의 측면에서 두보는 선택적으로 계승함으로써 계승에서 창조로 나아갔다. 두보의 창작 방식은 유가 문화의 정신에 뿌리를 두고 있어 당 이후의 중국 시인이 반드시 따라야 할 이상적인 경로가 되었다.

두보와 쌍벽을 이루는 시인은 '시선^{詩仙}' 이백^{李白}(701~762년)이다. 그런데 이백은 사람들의 생각만큼 표일^{飄逸}하거나 초탈^{超脫}한 것은 아니었다. 만약 두보가 인생의 고통을 한마음으로 짊어지려는 태도를 보였다면, 이백의 시는 끝없는 고통 속에서 필사적으로 초월하려 해도 끝내 벗어날 수 없어 불안하고 애타는 영혼을 그려내고 있다. 이백은 유선시遊仙詩에서도 철학적 사변이나 종교적 깨달음은 찾아볼 수 없다. 그에게는 단지 생명의 무상함에 대한 읊조림만 있을 뿐이다. 격렬하게 삶의 덧없음을 애상하거나, 혹은 느긋하고 소탈한 필치로 삶의 영원함에 대한 환상을 풀어낸다. 중국시에서 인생의 희로애락에 대한 표현을 이백만큼 솔직하고 진지하게 강렬한 목소리로 노래한 시인은 없을 것이다. 이백은 진정한 낭만주의 시인이다. 그는 자신의 주관적인 것을 개인에서 사회로 확대할 수 있었고, 자신의 영혼으로 세계 전체를 감싸 안았으며 미래에 대해 갈망하는 태도를 버리지 않았다. 이백의 작품이 수많은 당시唐詩 작품 중에서 이채를 자아내고 영원한 매력을 뿜어낼 수 있었던 것은 바로 이런 이유에서이다.

중국시는 서정시 위주이다. 그러나 서사와 설리說理를 배척하지 않는다. 특히 고대 시가에서 철학적 사변을 논하는 '설리'는 서정과 모순되지 않았을 뿐 아니라 서정을 강화하는 일종의 유효한 수단이기도 했다. 『시경』과 『초사』에 이미 논리적으로 따지는 의론적 요소가 적지 않게 포함되어 있다. 그러나 설리를 시가의 예술 기법으로 대대적으로 채택한 것은 한유韓愈에서 시작되었고 송대에 크게 흥성하였다. 인생에 대한 철학적 탐구를 시로 가장 잘 표현한 시인은 소식蘇軾(1036~1101년)이다. 소식은 중국 문학사상 최고의 기재이다. 그는 시, 사詞, 문장을 통틀어 모두 '대가'의 경지에 이르렀다 할 수 있다. 유불도 삼가의 전적에 대한 깊은 이해는 어떠한 인생의 우여곡절 앞에서도 여유롭게 응대할 힘을 그에게 가져다주었다. 소식의 시는 사실 그가 인생 행로에서 추구하고 의심하고 진저리 내고 해탈한 경험의 진실한 기록이다. 그 속에는 깊은 비애와 함께 지혜로운 이치가 풍부하여 중국시의 중요한 한 측면을 대표하고 있다.

20세기 이전까지 오칠언의 고체시와 근체시는 언제나 중국시의 주류였다. 그런데 시사詩史의 흐름을 살펴보면, 오직 당송 시기(618~1279년)만이 고대시의 황금시대라 할 수 있다. 이 두 시대의 시는 각각 자기 고유의 풍격을 보여주고 있다. 개괄하자면, 당시는 서정을 위주로 했고 송시는 의리를 위주로 했다. 당시는 화려하고 낭만적인 분위기가 많았고, 송시는 평담하고 소박한 스타일이 많았다. 당시가 감정의 순간적인 연소를 추구했다면, 송시는 감정의 이성적인 반성을 추구했다. 이 때문에 시구를 조탁할 때 당시는 풍만하고 수려한 시구를 사용하고, 송시는 생경하고 엄준한 시구를 주로 사용했다. 송대 이후의 시인들은 당시에 뜻을 두기도 하고, 송시를 모범으로 받들기도 했다. 따라서 당송

시의 특징과 경향이 중국시의 일반적인 특징과 경향을 대표하게 된 것이다.

　오칠언의 고체시와 근체시는 송대 이후에는 새로운 절정기가 출현한 적은 없지만 계속하여 창작되고 새로운 시도 또한 끊이지 않았다. 20세기 들어 신문화 운동이 일어나며 백화시白話詩가 시의 중심이 되긴 했지만, 고전시는 여전히 감정을 풀어내고 자신의 뜻을 전하는 수단으로 많은 사람에게 사랑받으며, 적지 않은 아름다운 작품이 창작되고 있다. 시인의 삶의 표현이라는 시의 본질은 그 표현의 매개가 문언인지 백화인지와는 필연적인 관계가 없다. 이는 중국시의 변화 과정을 전체적으로 관찰하면 자연히 얻을 수 있는 결론이다.

2

고대 음악

친쉬(秦序)

공자는 냇가에서 다음과 같이 탄식했다. "흘러가는 것이 이와 같구나! 밤낮을 멈추지 않으니." 음악은 연주되는 순간 흘러가 버리니, 그 속도가 흐르는 물보다 빠르다. 다행히 음악은 여전히 수만 리를 관류하는 강물처럼 역사의 강물 위에, 그 세월의 충적지에 여러 흔적을 남겨 놓았다. 셀 수 없이 많은 중국 고대 문헌과 간간이 출토되는 지하의 음악적 문물들, 그리고 지금까지 전해져 온 여러 민족의 전통 음악이 그러한 흔적이다. 이를 바탕으로 그 기원을 탐색해 보면 고대 음악이 그 시절 어떠한 모습이었는지 어느 정도는 엿볼 수 있다.

1. 중국 고대 음악의 서장

유구한 역사를 지닌 중국의 음악 문명은 언제 탄생했을까? 상고의 문헌 기록에만 의지하던 과거에는 황제나 여와 등 전설 시대까지 거슬러 올라가도 분명하게 남은 것이 없어 이집트 문명과 비견할 만한 것을 황하 문명에서는 찾을 수 없었다. 따라서 일부 학자들은 중국의 7성 12율이 그리스와 바빌론에서 기원한 것으로 여기기도 했다.

최근 몇십 년의 음악 고고학의 발굴로 원시 시대의 음악에 대한 정보가 늘어나면서 상술한 편면적인 관점이 변화하기 시작했다. 서안시 반파半坡의 앙소仰韶 문화 유적과 절강성 여요餘姚의 하모도河姆渡 문화유적 등에서 신석기 시대의 도초陶哨[1], 골초骨哨[2], 도훈陶塤, 도각

陶角3), 도구陶球4) 등 여러 종류의 원시 악기가 발견되었다. 6,000~7,000년 전의 이 악기들 가운데 일부는 당시의 소리를 재현하는 것도 가능하여 상고의 음악 수준을 재평가할 수 있게 해주었다. 청해성의 대통大通에서 출토된 5,000년 전의 무용문양 채도 화분彩陶舞蹈紋盆 은 시공의 한계를 초월한 원시 예술의 매력을 강렬하게 느낄 수 있게 해 준다. 음악에 맞춰 춤추는 장면에서 당시 사람들이 이미 자각적으로 미美를 창조해 왔음을 확인할 수 있다.

지금까지 가장 중요한 최근의 발굴은 하남성 무양현舞陽縣 가호촌賈湖村의 배리강裴李崗 문화 유적에서 무더기로 출토된 종취 골적豎吹骨笛이다. 몇 년 전 음악가들이 이 악기들을 놓고 테스트를 진행하였다. 정밀한 측정을 거쳐 제작된 7공 골적은 궁宮, 상商, 각角, 치徵, 우羽, 변궁變宮, 변치變徵의 7개 음계를 불 수 있었다. 이것으로 하북 지역 민가인 「소백채(小白菜)」 등의 악곡을 성공적으로 연주해 내기까지 했다. 7,000~8,000년 전 신석기 시대 초기의 이 악기는 이 시기의 음악이 이미 복잡한 음계 형태를 구현하였음을 증명한다.

세계 고대 음악사에서 중대한 이 발견을 통해 우리는 중국의 상고 시대 음악에 대해 재평가하게 되었으며, 중국 고대 음악의 서장을 탐색하는 시선을 7,000~8,000년 전보다 더 먼 고대까지 거슬러 올라갈 수 있게 되었다. 만약 이 시기를 중국 고대 음악의 발단으로 간주한다면, 태어나면서부터 흰 수염이 있었다는 노자의 전설처럼 중국음악이 처음부터 완성되어 있었다는 말이기 때문이다.

관련 문헌과 민족지학 자료를 결합해 보면, 상고 시대의 노래, 춤, 음악은 거의 혼연일체임을 알 수 있다. 이는 고대인의 노동과 밀접한 관련이 있으며, 또한 원시 주술 및 종교활동과도 긴밀히 엮여 있었다. 생산의 효율을 위한 일종의 수단이자, 희망과 위안을 기탁하던 것이었기에 광범하고도 중요한 기능을 맡고 있었다.

원시 사회의 말기의 음악과 춤은 크게 발전하여 많은 새로운 악기가 출현했다. 산서성 양분현襄汾縣 도사촌陶寺村 및 문희현聞喜縣 남송촌南宋村, 하남성 언사시偃師市의 이리두二里頭 등지에서 석경石磬, 도령陶鈴, 도종陶鍾 등이 출토되었고, 악어피를 씌운 채색 목고木鼓 및 금속으로 된 동령銅鈴도 발견되어 청동기 시대의 도래가 임박하였음을 예시하고 있다.

---

1) 도기 호루라기
2) 뼈 호루라기
3) 도기 나팔
4) 타악기

청동기 시대 이후 중국 고대 악기의 발전은 대체로 아래의 세 단계로 나눌 수 있다.

> 1. 편종(編鍾), 편경(編磬) 등 '금석 악기'로 대표되는 선진(先秦) 음악 시대
> 2. 가무 대곡(大曲)으로 대표되는 중고 기악(伎樂) 시대(한에서 당까지)
> 3. 희곡 음악으로 대표되는 근세 속악 시대(송에서 청까지)

아래에서 하나씩 나누어 서술하도록 한다.

2. 금석 음악 시대

청동기 문화의 흥망성쇠와 시작과 끝을 함께 한 선진 시기의 음악은 중국 고대 음악 발전의 첫 번째 전성기였다. 이는 세계 음악사에 휘황찬란한 한 페이지를 남긴 시기였다.

금석 음악의 초기는 하나라, 상나라에서 춘추 시기 말까지이다. 이 시기에 가장 중시된 것은 궁정에서 귀족들이 제사용으로 사용하던 음악이다. 대표적인 작품은 황제黃帝 이후 역대 통치자의 공덕을 칭송한 사시史詩 성격의 고전 악무 '육악六樂'이다. 하우夏禹 시기의 「대하(大夏)」, 상나라의 「대호(大濩)」, 주초에 제작된 「대무(大武)」 등이 이에 속한다. 은허의 갑골문 복사卜辭를 통해 밝혀진 것처럼, 상나라 궁정에는 이미 각종 전담 악관樂官이 있어 「대호」를 비롯한 「상림(桑林)」, 「개(祴)」, 그리고 기우제 등 종교활동에 필요한 음악을 연주하였다. 서주의 통치자들은 예악의 제정制禮作樂을 매우 중시하여, 각종 의례 음악을 사회 등급에 따라 엄격하게 규정하였다. 『주례』에 따르면, 당시 대사악大司樂이 이끄는 궁정의 악사와 악공은 1,400여 명에 달했으며, 육대악무六代樂舞와 각종 소무小舞 및 민간과 외부 부족의 음악을 연출하였다. 중국 문학의 기점으로 칭해지는 『시경』은 당시 각종 악기와 춤을 곁들여 부르던 악가의 가사였다. "시 삼백 편을 연주하고, 시 삼백 편을 노래하고, 시 삼백 편을 춤춘다弦詩三百, 歌詩三百, 舞詩三百."라는 말이 『묵자』에 전하고 있는 것도 이런 이유에서이다. 『시경』의 풍風, 아雅, 송頌의 분류도 음악에서 나온 명칭이다. 이들은 풍간諷諫, 송미頌美, 전례典禮에 사용되었을 뿐 아니라 일상생활 및 정치나 외교 활동에서도 의도를 전달하는 일종의 특수한 '음악 언어'가 되었다.

〈그림 1〉 호남성 영향시(寧鄕市)에서 출토된 상대 후기의 청동 악기 코끼리 문양 징(鐘)

〈그림 2〉 섬서성 부풍현(扶風縣)에서 출토된 서주 후기의 청동 악기 극박(克鎛)

상대에 이미 편종과 편경이 출현했다. 일반적으로 3개 1조로 편성된다. 이 밖에도 토강피고土腔皮鼓, 쌍면동고雙面銅鼓, 호랑이 문양과 용 문양의 대형 석경石磬 및 훈塤 등의 악기가 출현했다. 주초에는 이미 '팔음八音'이 갖춰졌으니, 금金5), 석石6), 사絲7), 죽竹8), 포匏9), 토土10), 혁革11), 목木12)에 해당하는 여덟 종류의 악기가 있었던 것이고, 기록된 악기가 70여 종에 달하였다. 가장 중요하게 취급된 것은 통치자의 지위와 권력을 상징하는 금석 음악이다. 서주의 편종은 1조에 8개로 편성되었으며, 모든 편종이 두 가지 다른 음을 낼 수 있었다.

금석 음악 시대의 후기는 춘추 전국 교체기에 시작된다. 당시 사회는 급격한 변화 속에서 예악의 붕괴 때문에 각국의 제후가 경쟁적으로 사치스러운 의례 악기를 제작하였다. 1978년 호북성 수현隨縣의 증후을묘曾侯乙墓에서 거대한 규모의 금석 악기가 출토되었다. 124개의 악기 중 가장 주목을 끈 것은 64개로 구성된 거대 편종으로, 총 중량이 약 2,500kg에 달했으며 약 3m 높이의 정교한 종걸이에 걸려 있었다. 모든 편종은 단3도 혹은 장3도의 두 가지 음을 낼 수 있다. 총 음역은 다섯 개의 8도(A1-c4)를 뛰어넘는데, 중심 음역 부분은 12율이 모두 갖춰져 있어 선궁旋宮13)으로 변조하는 것이 가능했다. 편종

---

5) 쇠
6) 돌
7) 실
8) 대나무
9) 박
10) 흙
11) 가죽
12) 나무
13) 궁성(宮聲)이 십이율 안에서 자유로이 변할 수 있는 것을 가리킨다.

에 새겨진 총 2,800여 자의 명문에는 각 편종이 내는 두 가지 음, 증^曾나라와 초^楚, 제^齊, 진^晉, 주^周 등 나라의 음률과 음계, 변화음의 대응 관계가 기록되어 있어 선진 시기 악률학^{樂律學}의 높은 수준을 보여주고 있다. 편종의 소리는 울림이 아름다워 같이 출토된 편경, 슬^瑟, 금^琴, 배소^{排簫}, 생^笙, 고^鼓, 지^篪 등과 함께 전국 초기의 궁정 악무의 찬란한 장면을 생동감 있게 보여주고 있다. 그야말로 세계 음악사의 기적이라 할 만하다.

이 시기에는 민간의 속악이 크게 흥성하여 궁정에까지 도입되었다. 공자는 "학문은 관부에만 있다^{學在官府}."라는 구질서를 타파하고 "시서예악^{詩書禮樂}"으로 제자를 가르칠 때 "풍속을 변화시키는^{移風易俗}" 음악의 교화 작용을 상당히 중시했다. 그러나 공자는 아악^{雅樂}을 숭상하고 속악은 배척했다. 신흥 사^士 계층에서도 백아^{伯牙} 등 저명한 음악가가 배출되었다. 그들은 많은 민간 음악가들과 함께 음악의 새로운 조류를 이끌었다.

3. 중고 기악 시대

청동기 시대가 종식됨에 따라 금석 음악도 진한 시기에 쇠락하였다. 전국 시기 이후 각지에서 흥성한 민간의 속악, 그중에서 특히 굴원의 위대한 창작에 자양분을 제공한 남방의 '초성^{楚聲}'은 중앙 집권 국가에서 설립한 악부^{樂府} 등 민가 수집 기구의 노력으로 풍부하고 다채로운 면모를 드러내게 되었다.

악부와 함께 귀족이나 관료들이 즐기던 기악^{伎樂}은 당시 음악 가무 공연의 대표였다. 악부에는 고취악^{鼓吹樂}, 상화가^{相和歌}, 가무백희^{歌舞百戲} 및 각종 기악^{器樂}이 있다. 고취악은 북방 변경의 소수 민족으로부터 기원한 것으로, 궁정에 도입된 후 주로 조회^{朝會}나 군중에 사용되어 군악의 특성을 띠고 있다. 길거리에서 불리던 노래에서 발전한 상화가는 주로 오락과 감상용으로 사용되었다. 처음에는 무반주의 '도가^{徒歌}'였다가 한 사람의 노래에 여러 사람이 창화^{幫腔}하는 '단가^{但歌}'로 발전하였고, 다시 "현악기와 관악기로 반주하고, 타악기로 박자를 맞추는 자가 노래하는^{絲竹更相和, 執節者歌}" 형식으로 발전하면서 명실상부한 상화가가 되었다. 상화대곡^{相和大曲}은 그중 최고의 형식으로 노래도 있고 춤도 있으며 음악까지 곁들인 대형 공연이다. 음악은 성격이 다른 해^解14), 염^艷15), 추^趨16), 란^亂17) 등의 부분으로

---

14) 가창하지 않고 기악 연주를 하거나 기악으로 반주하는 춤 부분
15) 주로 대곡의 도입부에 사용되는 화려하고 부드러운 서정적 음악
16) 대곡의 말미에 사용되는 긴장되고 빠른 가곡 부분

구성된다. 생동감이 넘치면서 활발한 이 예술 공연은 폭넓은 환영을 받았다.

위진남북조는 중국 역사가 동란과 분열로 접어든 시기이다. 진晉 왕실이 강남으로 천도하면서 북방의 상화가는 남방의 민가에서 발전한 애정 주제의 오성吳聲, 서곡西曲18)과 결합하여 청신하고 아름다운 풍격의 청상악淸商樂이 되었으며, 점차 음악 분야의 주도적 지위를 차지했다. 수문제가 중국을 통일한 후 청상악은 전문 부서를 두어 관리하기까지 했으니, 수당 시기의 아악雅樂과 번성했던 연악燕樂에 중요한 영향을 미쳤다.

이 시기에는 실크 로드를 따라 서역(서북 변경의 소수 민족 지역을 포함한) 음악이 유입되어 중국 음악 문화에 신선한 바람을 불러일으키며 큰 영향을 주었다. 일찍이 한초에 강적羌笛, 함각률咸角篥, 공후箜篌, 비파 등의 악기와 「마가두륵(摩訶兜勒)」 등의 악곡이 전래되었다. 불교가 전래되면서 궁정, 고관의 저택, 지주의 장원을 넘어 불교 사원이 점차 음악 공연의 중요한 장소가 되었다. 불곡佛曲의 속화와 속악의 불교화, 그리고 청상악과의 결합으로 "그 소리가 청아하면서도 아악에 가까운" 법곡法曲을 형성했는데, 이는 수당 시기 연악의 중요한 부분이었다. 여러 민족의 대이동과 융합이 일어난 위진남북조 시기에 서역의 선비족, 구자龜兹19), 소륵疏勒, 고창高昌, 강국康國 및 천축天竺, 안국安國 등의 음악이 잇달아 중국으로 들어왔다. 이들 '호악胡樂'은 남북조 시기의 음악을 풍성하게 했을 뿐 아니라 수당 시기 연악의 번영을 위한 조건을 만들어 주었다. 실크 로드 연선에 위치한 돈황 막고굴이나 쿠차의 키질 천불동 등 사원 석굴의 다채롭고 아름다운 벽화와 조각상은 종교적, 세속적 음악 활동을 잘 묘사하고 있어 실크 로드의 음악 교류의 살아있는 증인이다.

수당 시기에는 국력이 강성하고 경제적인 번영을 구가하여 국내외 각 민족의 음악을 수용하여 화려한 '연악燕樂'20)으로 대표되는 찬란한 음악 문화를 꽃피웠다.

수나라 초기에 제정된 궁중 예악은 호악, 속악을 정리하여 칠부악七部樂과 구부악九部樂으로 편성했다. 당나라 초기에는 이를 더욱 발전시켜 십부악十部樂, 즉 연악燕樂, 청상악淸商樂, 서량악西涼樂, 천축악天竺樂, 고려악高麗樂, 구자악龜兹樂, 안국악安國樂, 소륵악疎勒樂, 강국악康國樂, 고창악高昌樂으로 편성했다. 이 밖에 부남扶南21), 백제百濟, 돌궐突厥, 신라新羅, 왜국倭國, 남조南詔 등의 다양한 기악伎樂까지 갖춤으로써 굉장히 풍부하고 다채로운 음악을 완성했다. 이후 궁

---

17) 악곡의 마지막에 총결하는 연주. 춘추 시기의 기법을 계승한 것으로 대곡에서 많이 사용되지는 않았다.
18) 초 지역 민가(荊楚西聲)
19) 쿠차
20) 궁중 속악
21) 고대 캄보디아의 프놈 왕국

중 연악을 다시 입부기^{立部伎}와 좌부기^{坐部伎22)}로 나눴는데, 여기서 연주한 악곡은 당태종 및 당고종 시기에 창작한 「파진악(破陣樂)」, 「경선악(慶善樂)」, 「대정악(大定樂)」 등 초당 삼대 무곡과 무측천, 당현종 시기에 제정된 악무^{樂舞}들이다. 이들은 아악의 성격을 지닌 연악이다.

연악은 성악, 기악, 춤, 그리고 산악^{散樂}, 백희^{百戲} 등을 포함하고 있으며 가무 음악이 중심이다. 당대의 민가와 악곡의 기초 위에 한대 이후의 청악 대곡 전통을 계승하고 발전시킨 연악 대곡(법곡을 포함한)은 가무 음악의 대표였다. 방대하고 복잡한 구조를 가진 연악은 크게 산서^{散序}, 가^歌, 파^破의 세 부분으로 나뉜다. 각 부분은 몇 개의 악절로 구성되는데, 예를 들어 산서에는 삽^颯, 가²³⁾에는 가두^{歌頭}, 전^攧, 정힐^{正攧}, 파²⁴⁾에는 입파^{入破}, 허최^{虛催}, 실최^{實催}, 곤편^{袞遍}, 헐박^{歇拍}, 살곤^{煞袞} 등이 있다. 당대에는 대곡이 아주 많아 「예상우의(霓裳羽衣)」, 「적백도리화(赤白桃李花)」, 「량주(涼州)」 등의 저명한 대곡 작품에 대해 백거이^{白居易}를 위시한 많은 당대 시인들이 훌륭히 묘사한 바 있다.

수당 시기 궁중에서 아악을 대대적으로 제정한 것은 사실이나, 정말로 중시한 것은 오락용의 연악²⁵⁾이었다. 당나라는 방대한 규모의 대악서^{大樂署}, 고취서^{鼓吹署} 등의 음악 기구 외에 속악을 전문적으로 관장하는 교방^{教坊}을 설치했다. 저명한 황제 음악가인 당현종의 재위 시절 장안과 낙양의 내외 교방은 5곳이었으며, 법곡을 전문적으로 연습하는 이원^{梨園}은 3곳이었다. 이원은 당현종이 직접 지도했다. 따라서 기예가 뛰어난 예인은 '황제의 이원제자'라는 칭호로 불렸다. 그야말로 궁중 연악의 최전성기로, 상술한 기구의 악인이 수만에 달하였다. 이러한 시절이었기에 외래의 호악이 전통적인 속악과 충분히 융합될 수 있어 중국 고대 음악의 또 하나의 최고봉을 형성했던 것이다.

기악 또한 수당 시기에 대거 발전했다. 수많은 외래 악기가 뿌리를 내리고 꽃을 피웠으며 비파와 갈고^{羯鼓}는 가장 중요한 악기가 되었다. 위진 이래로 문사들의 많은 사랑을 받았던 금악^{琴樂}은 '초한의 옛 소리'를 보존하면서도 창신을 이루어 수많은 금 연주자를 배출하였으며, 금곡^{琴曲}을 기록한 금보^{琴譜}를 개선하여 지금까지 전하고 있다. 20세기 초에

---

22) 당 아래에서 서서 연주하는가, 당 위에서 앉아서 연주하는가에 따라 좌부기와 입부기로 나눴다(『신당서(新唐書)·예악지(禮樂志)』 12: 堂下立奏, 謂之立部伎: 堂上坐奏, 謂之坐部伎). 좌부기가 등급이 더 높았으며, 난이도가 높은 기교의 음악을 연주했다. 좌부기에서 탈락하면 입부기로, 입부기에서 탈락하면 아악을 연주하게 했다(太常閱坐部, 不可教者隸立部, 又不可教者, 乃習雅樂).

23) 중서(中序)나 박서(拍序)라고도 한다.

24) 무편(舞遍)이라고도 한다.

25) 속악

돈황 막고굴 장경동에서 저명한 『돈황곡보(敦煌曲譜)』가 발견되었는데, 이를 해석하여 당대의 비파 악곡을 일부 재현할 수 있게 되었다.

고도로 번영한 수당 시기의 음악 문화는 일본, 조선 등에 많은 영향을 끼쳤다. 일본의 견당사들은 음악을 배우고 당나라의 악기, 악곡, 악서를 가지고 돌아갔다. 그중 일부가 지금까지 보존되고 있어 중일 양국의 유구한 음악 문화 교류의 증인이 되고 있다.

당말에는 궁중 음악이 쇠퇴하고 민간의 가무, 곡자 및 산악백희散樂百戲가 점차 대두되며 중국 고대 음악의 새로운 발전 시기를 준비하고 있었다.

4. 희곡 음악 시대

송, 금, 원 시기에는 농업 및 수공업이 발전하고 상품 경제가 활성화되면서 도시가 번영하고 시민 계층이 성장하였다. 도시에는 오락을 위한 장소가 대거 출현하여 민간의 직업 예인들을 불러 모았다. 북송 개봉의 상품 교역 거점에는 구란勾欄이나 유붕遊棚 등 민간 음악 공연장이 50여 곳에 달했으며, 그중에는 수천 명의 관객을 수용할 수 있는 곳도 있었다. 예인들은 비가 오나 눈이 오나 매일같이 표창嘌唱, 창잠唱賺 등의 가곡이나 무검舞劍, 무선舞旋 등의 가무, 고자사鼓子詞, 제궁조諸宮調 등의 설창說唱, 대악大樂, 세악細樂 등의 기악을 공연했다. 괴뢰희傀儡, 영희影戲, 잡분雜扮, 잡극雜劇, 완본院本 등의 희곡 또한 갈수록 발전하여 많은 사랑을 받았다.

문학, 음악, 춤, 미술 등 여러 요소를 포괄하는 종합 예술인 희곡은 원시 시대에서 한당 시기에 이르는 길고 긴 맹아 단계를 거쳐 송원 시기에 크게 발전하고 성숙해져 갔다. 이 당시 북방에는 당대의 가무희歌舞戲나 참군희參軍戲의 전통을 계승한 잡극이 있었다. 잡극은 염단豔段, 정잡극正雜劇, 산단散段26)의 세 부분으로 구성되며, 음악은 곡자曲子와 가무대곡歌大曲의 제재를 주로 사용했다. 원대에 이르러 잡극은 최고조로 발전했으며 음악도 일정한 격식을 형성하게 되었다. 당시 잡극은 통상 4절四折로 구성되는데, 서두와 중간에 설자楔子를 추가하기도 한다. 각 절의 음악은 각각 다른 투수套數를 사용하는데, 단旦27)이나 말末28)의 주인공 혼자서 전곡을 노래하고 나머지 배역은 노래 없이 대사만 한다. 음악은 주로 7

---

26) 혹은 잡분(雜扮)
27) 여자배역
28) 남자배역

성 음계의 긴박한 멜로디와 강건한 풍격을 지닌 북곡北曲을 사용하는데, 주로 피리笛, 북鼓, 박판板으로 반주한다.

남방에서는 북송 시기 절동의 영가永嘉29) 지역에서 형성된 남희南戲가 있는데, 이를 영가잡극이라고도 한다. 남희는 절의 숫자 제한이 없으며 각 절을 하나의 궁조로 하는 제한도 없다. 모든 배역이 노래할 수 있으며, 독창, 대창對唱, 돌림 노래輪唱, 제창齊唱 등 여러 형식을 사용한다. 음악은 5성 음계의 완려婉麗한 풍격과 느린 멜로디를 지닌 남곡南曲을 사용했으며, 남방 지역에서 빠르게 퍼져 나갔다.

남곡과 북곡은 서로 교류하며 장점을 흡수하였다. 이는 남희와 잡극에 모두 '남북합투南北合套'가 있는 것만 봐도 잘 알 수 있다. 남곡과 북곡은 점차 가무대곡을 대체하는 가장 중요한 음악 형식이 되어 갔다.

악기 쪽으로는 계금稽琴30) 같은 찰현 악기擦弦樂器가 두각을 나타내기 시작했다. 금악琴樂은 궁중에서 중시되면서 여러 금파의 우수한 금 연주가와 작품이 쏟아져 나왔다. 예를 들면, 절파금가浙派琴家 곽면郭沔의 「소상수운(瀟湘水雲)」이 대표적이다. 당시 민간에는 여러 기악 합주가 있었는데, 그중 일부는 오늘날 민간에서 연주되는 일부 전통 기악 합주에까지 영향을 주고 있다.

명청 시기에 북방 잡극은 점차 쇠퇴해갔으며, 남희는 명대에 이르러 전기傳奇로 불리며 전성기를 맞았다. 남희는 북곡의 장점을 흡수하여 더욱 발전시켰을 뿐 아니라 보다 중요하게는 전파 과정에서 남방의 여러 지역의 민간 음악과 결합하여 각양각색의 희곡 곡조聲腔를 파생시켰다. 가장 유명한 것은 해염강海鹽腔, 여요강餘姚腔31), 익양강弋陽腔32), 곤산강昆山腔33)이다. 익양강은 명초에 특히 광범위하게 유행했으며, 청대에 성행한 경강京腔을 위시한 고강高腔 계통의 극에 영향을 주었다. 곤산강은 명 중엽에 개량을 거쳐 섬세하고 부드러운 수마강水磨腔이란 신곡조를 만들어냈으며, 『완사기(浣紗記)』의 상연을 거치면서 명대 사회에 널리 유행했다. 청대에 이르러 곤산강은 곤곡昆曲이라고도 불렸으며, 남곡과 북곡을 집대성하고 『장생전(長生殿)』, 『도화선(桃花扇)』 등의 작품을 만들어내면서 강희, 건륭 연간에 최전성기를 구가했다.

---

29) 현재의 온주(溫州)
30) 당대의 해금(奚琴)
31) 이상 절강(浙江)
32) 강서(江西)
33) 강소(江蘇)

그러나 예술의 숲에는 언제나 신진대사가 있다. 지나치게 문아함과 문구의 조탁을 추구한 곤곡은 어느덧 쇠락하여 각지에서 왕성하게 흥성한 성강에 자리를 내줄 수밖에 없었다. 가장 큰 영향을 끼친 것은 익양강, 방자강梆子腔, 피황강皮黃腔이었다. 익양강은 전술한 명초 4대 곡조의 하나인데, "그 리듬이 고무적이고 곡조가 시끌벅적한" 것이 곤곡의 완려함과는 대비가 되므로 시대적 분위기와 잘 맞아 곤곡의 부족함을 메웠다. 방자강34)은 딱따기梆子로 박자를 맞추어 노래했으며 음악은 강렬하며 격앙된 스타일이었다. 피황강은 서피西皮35)와 이황二黃36)의 두 곡조를 합친 명칭이다. 이 두 곡조는 간결한 음악적 소재로 기민하게 변화 발전하는 '판강체板腔體' 구조로 진행하여, 상이한 곡패曲牌를 연결하여 투곡套曲을 만드는 잡극이나 곤곡 같은 '곡패체曲牌體' 구조에 비해 더욱 희극성이 풍부했으며 감상과 학습이 쉬웠다. 이러한 새로운 곡조의 출현은 희곡 음악 발전의 중요한 전기였다.

18세기 말에서 19세기 초, 휘반徽班과 한반漢班의 예인들이 각각 이황과 서피를 북경으로 가지고 왔다. 이 두 곡조의 결합에 곤산강, 방자강 등 여러 곡조의 유익한 요소를 혁신하여 피황강을 주요 곡조로 하고 경호京胡, 이호二胡, 적자笛子, 삼현三弦 및 북鼓, 징鑼, 요발鐃鈸 등의 악기로 반주하는 경극이 탄생했다. 200여 년의 부단한 노력을 거치면서 정장경程長庚, 담흠배譚鑫培, 매란방梅蘭芳 등 우수한 표현 예술가를 배출하고 수천 종의 전통 희곡 레퍼토리를 축적한 결과 전국적으로 손꼽히는 극이 만들어진 것이다.

곤곡과 경극이 각각의 특색을 유지한 채 수백 년간 유행하는 한편 각종 지방희와 민간 소희小戲도 활발하게 흥성하였다. 최근의 통계에 따르면 현존하거나 역사적으로 고증이 가능한 극의 종류는 300여 종인데, 대부분 이 시기에 형성되었다. 이 중에는 소수 민족의 희극도 포함되어 있다. 이들은 각각의 고유한 특징을 지니는데, 음악적 스타일의 차이가 가장 주요한 표지의 하나이다.

명청 이래로 민가民歌, 소곡小曲, 가무歌舞, 곡예曲藝, 악기樂器 및 악률樂律, 음악서樂書, 음악론樂論 등이 모두 엄청난 발전을 이루었다. 이들은 상고 이래로 면면히 흐르던 각종 음악적 요소를 거대한 물결로 모았으며, 오늘날 여러 민족의 전통 음악의 각 부문과 직접적인 전승 관계를 맺고 있다. 다른 전통문화와 마찬가지로 음악이 우리를 훈도하고 배양하고 있음을 시시각각으로 느낄 수 있다.

---

34) 처음에는 서진강(西秦腔)이라 했다.
35) 방자강이 호북성 양양(襄陽)에 유입된 후 변화 발전된 곡조
36) 안휘성, 호북성 일대에서 형성된 곡조

3

서예 예술

가오밍루(高名潞)

문자 쓰기를 일종의 예술로 발전시킨 서예書法는 중국 특유의 현상이다. 서예가 오랜 역사를 지닌 예술 형식이 될 수 있었던 까닭은 중국 문자 자체의 형상적 특징에 기인하고 있다. 초기 인류가 거주한 여러 지역의 문자는 모두 상형적 요소를 가지고 있다. 고대 이집트의 도형 문자가 대표적인 예이다. 그러나 이집트의 도형 문자는 기원전 500년 전후에 표음 문자의 기능을 가지게 되었지만, 중국 문자는 지금까지도 추상적인 상형적 요소를 보존하고 있다. 이처럼 한자의 형상적인 구조가 서예 예술에 구조적인 기반을 마련했다. 이에 더하여 모필의 운용으로 필법筆法과 장법章法 등의 규칙이 만들어지고, 전서篆書, 예서隸書, 해서楷書, 행서行書, 초서草書 등의 서체가 생겨났다. 또한 서예의 우열에 대한 품평과 서예의 특징에 대한 평론 및 타인의 서예를 논하는 저작 등 서학書學에 대한 연구까지 생겨났다.

그러므로 중국 서예의 형성과 발전은 중국 문자의 탄생 및 발전과 긴밀히 연결되어 있다. 서書의 출현은 한 사람에 의한 것이라고들 했는데, 사황史皇, 황제黃帝, 저송沮誦을 내세우는 설도 있지만 창힐倉頡에 의한 것이라는 설이 대다수이다. 당연히 서 혹은 문자가 한 사람에 의해 창조된 것일 수 없다. 그러나 어쨌든 일부의 사람들이 상고의 각종 기사記事와 기호를 귀납하고 정리했을 것이다. 『설문해자』 서에 따르면 창힐은 황제의 사관이었다고 하니 어쩌면 창힐이 이런 일을 한 전문가일 수 있다. 옛 기록에 따르면 창힐 시대의 문자는 "글과 그림이 이름은 달라도 실체는 같은 것"이라 하니, 즉 "글과 그림은 같은 원류"라는 말이다. 예를 들어 안광록顔光祿은 다음과 같이 말하고 있다. "그림이 담고 있는 뜻은 다음 셋이다. 첫째, 이치에 대한 그림이니, 괘상^{卦象}이 그러하다. 둘째 지식에 대한 그림이니, 자학^{字學}이 그러하다. 셋째 형상에 대한 그림이니, 회화가 그러하다." 따라서 옛 사람들은 점술 성격의 괘상 부호, 기호의 성질을 지닌 계^契1), 상형적 요소의 부호2)가 모두 한데 섞여서 분리될 수 없는 도형 기호로 인식했다고 할 수 있다.

세상에 전해진 실물 문자는 신석기 시대(약 1만~4천 년 전)로 소급된다. 서안의 반파, 대문구^{大汶口} 문화 유적에서 출토된 채색 도기에는 문자 기호와 유사한 도상이 발견된 바 있다. 그러나 제대로 성숙한 문자는 은상 시대(약 기원전 1300~기원전 1046년)의 갑골 문^{甲骨文}과 금문^{金文}을 꼽아야 한다. 스타일 면에서 초기의 무정^{武丁}, 조갑^{祖甲} 시기의 문자는 크고 웅장하고, 중기인 늠신^{廩辛}, 강정^{康丁}, 무을^{武乙} 시기의 문자는 작고 절도 있으며, 후기 인 문정^{文丁}, 제을^{帝乙}, 제신^{帝辛}3) 시기의 문자는 작으면서 엄정하여 금문의 특징을 가지고 있다. 금문은 갑골문과 거의 동시에 탄생했다. 상대(약 기원전 16~기원전 11세기)의 초 · 중기 청동기에는 토템 족휘^{族徽}와 도형 문자가 새겨져 있다. 은상 시기에 이르러 청동기 에 명문^{銘文}이 새겨지기 시작했는데, 처음에는 두세 글자이다가 상나라 말기가 되면 일부 청동기 명문의 길이가 40여 자에 달하기도 했다. 금문은 종정문^{鍾鼎文}이나 대전^{大篆}으로 칭 해지기도 한다. 전해지는 갑골문과 금문을 통해 우리는 초기 서예4)에서 상형, 서계^{書契}, 점치는 각종 부호가 서로 뒤섞여 있다는 특징을 확인할 수 있다. 아마도 이 시기의 문자 는 주로 실용적인 기록의 교류와 점술 및 의례적 도구로 출현하는 단계라 순수하게 심미 적인 서예라는 개념은 아직 형성되지 않았던 것으로 보인다. 갑골문과 금문에 더하여 석 고문^{石鼓文} 또한 남아 있는 최초의 석각 문자 중 하나인데, 소전^{小篆}의 모태이며 대략 기원 전 375년에 만들어진 문자이다.

진한 시대는 중국 서예가 고문자와 고별하고 성숙기와 자각기로 나아간 시기였다. 이 시기에 이사^{李斯}가 대전체를 개량하여 소전체를 만들었으며, 정막^{程邈}이 예서체를 창시했 다고 전한다. 이 말의 사실 여부와는 무관하게 더욱 간편한 실용적인 문자와 더욱 순수 한 서예 예술 형식을 발전시키는 것은 시대적 요구였다. 한대에는 예서가 유행하면서 장 초^{章草}나 금초^{今草}5) 같이 더욱 자유로운 서체가 새로이 파생되었으며, 전문적인 서예가가

---

1) 문자
2) 그림
3) 즉, 걸(紂) 임금
4) 혹은 문자
5) 초서의 일종

출현하기 시작했다. 채옹蔡邕을 위시한 일부 문인 사대부가 이 시기에 서론書論을 편찬하기 시작했다. 그러므로 동한에서 위나라에 이르는 시기는 중국 서예 예술의 자각기라고 할 수 있다. 대표적인 서예가로 두탁杜度, 최원崔瑗 및 최식崔寔 부자, 장지張芝 등이 있는데, 이들은 장초와 금초의 명가였다.

화상석畫像石이나 화상전畫像磚의 유행과 맞물린 현상으로 보이는데, 동한(25~220년) 시기에는 비문을 새기는 풍조가 크게 성행하였다. 문하생과 옛 부하 관료, 효자와 현손이 분분히 일어나 옛 주인과 조상의 공덕을 찬양하기 위해 그들의 전기를 써서 비석을 세웠다. 그중 이름난 것으로 「화산묘(華山廟)」, 「사신(史晨)」, 「을영(乙瑛)」, 「예기(禮器)」, 「조전(曹全)」, 「장천(張遷)」, 「석문(石門)」, 「선우황(鮮于璜)」 등의 비문이 손꼽히는데, 그 풍격이 수일전아秀逸典雅하거나 박졸웅혼樸拙雄渾한 것도 있고, 평정강직平正剛直하거나 석초기흉石峭奇譎한 것도 있지만, 여러 서체를 모두 구비하여 제각기 찬란히 빛난다고 할 만하다.

이처럼 비석碑碣이 유행하는 현상은 '진육석秦六石'에서 시작되었다. 진시황은 6국을 멸망시킨 후 전국을 순시하면서 역산嶧山, 태산泰山, 낭야대琅琊臺, 지부芝罘, 갈석碣石, 회계會稽의 여섯 지역에 비석을 새기고 봉선封禪의 전례를 올렸으며, 그 글씨는 승상 이사의 것이었다. 이때부터 서예는 처음으로 죽간이나 비단, 금속, 갑골에서 벗어나 천연의 바위나 절벽과 결합하여 역사를 기념하는 임무를 가지게 되었다. 이는 서양 문화에서 건축(예를 들어 로마의 개선문)이나 조각(예를 들어 그리스의 승리의 여신)이 담당하던 기념비의 형식과 현저히 다르다. 어쩌면 중국인의 자연관이나 천인합일의 관념이 이것에 결정적으로 작용했을 수 있다. 진육석이 갑골이나 청동기에서 벗어난 원인에 대해서는 아마 공자진龔自珍의 말이 적절할 듯하다. "돌은 천지의 사이에 있으니 그 수명이 금속에 필적하지 못한다. 그런데 그 재료가 거대하고 형체가 풍부하며 옮기는 것 또한 어려워 수명이 금속에 버금가는 것이 있으니, 이 때문에 옛사람들이 금속을 마다하고 돌에 새긴 것일진저."

그러나 강건한 '북비北碑'의 서풍書風은 진대(265~420년)에 새롭게 일어난 '남첩南帖'의 서풍에 압도되었다. 이 시기의 회화가 벽화에서 두루마리로 옮겨간 것과 마찬가지로 서예 또한 비석에서 서첩으로 이동하였다. 이는 문인 사대부들이 묵적墨跡을 숭상했기 때문이며, 내용 또한 경전이나 명문銘文보다는 임의성이 강한 서간이 많아졌기 때문이다. 이에 더하여 위진 이후의 문인들은 청신하고 간결함을 숭상하고 공허를 이상으로 품고 있어, 겉모습을 꾸며 말을 하고 운치로 서로 승하게 하더라도 붓을 대는 순간 화려한 수식을 흩트러 의도하지 않아도 물 흐르듯 자연히 소탈瀟灑하고 표일飄逸한 아취가 드러나게 하였다. 현존하는 가장 이른 시기의 명인 묵적은 서진의 육기陸機가 쓴 「평복첩(平復帖)」이다.

남첩의 흥기는 동진의 이왕二王6)이 이정표가 된다. '이왕'을 탄생시킨 동진은 중국 서예사에 있어 황금시대라 할 수 있다. 후세 문인들에게 왕희지王羲之가 서예에서 차지하는 위치는 공자에 맞먹을 정도이니, 천고에 둘도 없는 서성書聖이라 칭해졌다. 명대의 항목項穆은 다음과 같이 말하고 있다. "공자와 왕희지는 하나는 도통道統이요 다른 하나는 서원書源이니, 서로 통하지 않을 바가 없다." 이에 앞서 당대의 장회관張懷瓘은 이렇게 말한 바 있다. "왕희지는 운치가 지극히 아름답고 지극히 빼어나다고 할 만하다." 다시 말해 왕희지의 서예가 표현하고 있는 것은 조화中和의 미라는 의미이다. 송대의 황정견黃庭堅은 "황희지의 필법은 맹자가 성선설을 논하고 장자가 무위자연을 말하듯 거침없이 표현해도 마음에 부합되지 않는 것이 없다."라고 했다. 원대의 조맹부趙孟頫는 왕희지의 글씨가 "백가의 솜씨를 총괄하고 여러 서체의 묘리를 정점으로 끌어 올렸다."라고 말하기도 했다. 후세의 온갖 유형의 서예가들은 그들이 법도를 중시하든, 서정적인 낭만이나 유미주의를 중시하든, 불교의 공을 중시하든, 무위자연과 평담을 중시하든 상관없이 모두 왕희지로 소급될 수밖에 없었다. 그러나 왕희지의 진적真跡은 지금 하나도 남아 있지 않다. 현존하는 묵적은 모두 모본摹本이나 임본臨本이다. 예를 들어 「쾌설시청첩(快雪時晴帖)」, 「평안첩(平安帖)」, 「여하첩(何如帖)」, 「봉귤첩(奉橘帖)」, 「상란첩(喪亂帖)」, 「상우첩(上虞帖)」, 「십칠첩(十七帖)」 등의 서첩이 대표적인데, 특히 「난정서(蘭亭序)」가 가장 추앙받는 작품이다.

그러나 그 뒤를 이은 서예의 전성기인 당대는 결코 '이왕'의 시대에 만족하지 않았다. 물론 이세민이 왕희지를 애호하여 크게 제창했고,7) 당초의 구양순歐陽詢, 우세남虞世南, 저수량褚遂良, 설직薛稷 등 4대 서예가가 '이왕'의 의발을 계승한 것은 부정할 수 없다. 그러나 우선 당대의 서예는 지극히 이성적이고 법도가 엄밀한 해서가 중심이었다. 당초의 사대가는 각자의 방식으로 당대의 해서가 중흥할 수 있는 물길을 열었다. 더하여 굉장히 자유분방한 낭만주의적 서풍書風이 유행했다. 바로 장욱張旭과 회소懷素로 대표되는 광초狂草였다. 한대의 장초와 금초에서 당대의 광초에 이르기까지 면면히 흘러온 중국 서예의 일맥은

---

6) 왕희지와 그의 아들 왕헌지(王獻之)를 아울러 '이왕(二王)' 또는 '희헌(羲獻)'이라 일컬었다.
7) 당태종은 왕희지의 서예 작품을 두루 모았으며, 「난정서」는 무덤까지 가져간 바 있다.

생명과 일심동체를 이루어 도도하게 표현해 내는 면에서 극치를 이룬 예술이었다. 이처럼 지극히 낭만주의적인 예술 정신은 오직 당대에만 출현할 수 있었다. 사막의 전장에서 취해 눕거나, 물속에서 달을 건지는 것 따위가 시적 정취에 국한되지 않고 현실이었던 시대가 당대였다. 현종 때는 이백의 시, 배민裴旻의 검, 장욱張旭의 글씨를 당삼절唐三絶이라 불렀다. 두보는 「음중팔선가(飮中八仙歌)」에서 "이백은 술 한 말에 시 백편을 짓는다李白斗酒詩百篇."라고 했고, "장욱은 석 잔 술을 마시면 초서의 성인이라 전해지니, 왕공의 앞에서도 모자 벗고 정수리를 드러내지만, 붓을 휘둘러 종이에 떨어진 글씨가 구름안개 서리는 듯하다張旭三杯草聖傳, 脫帽露頂王公前, 揮毫落紙如雲煙."라고 했다. 이는 상무적 기풍, 호풍胡風, 시서화詩書畵의 전문화 및 신선과 부처를 숭상하는 세속적 종교관 등 여러 요소에 의해 이루어진 것이다. 이처럼 특정한 시대적 배경에서 출현한 장욱의 광초는 중국 서예의 역사에서 절창으로 손꼽힌다.

중당 시기의 안진경顔眞卿은 해서의 서법을 바로잡았다. 그는 초당 사대가의 기운차고 빼어난 풍조를 되돌려 전문篆文과 주문籀文의 필법을 행하고, 가늘고 딱딱한瘦硬 서체를 풍만하고 웅혼하게 변화시켰으며, 팽팽하고 거센 기운緊勁을 넉넉하고 활기차게 변모시켰다. 글씨를 통해 대당의 기백과 안진경 본인의 호방하고 강경한 인격을 잘 드러낸 것이다. 사실상 안진경의 글씨는 중국 서예사에서 윤리 지상의 유가적 서풍을 대표하고 있다. 안진경의 글씨가 '이왕'과 맺고 있는 관계는 두보에게 도연명, 사령운이 가지는 의미에 비견된다. 안진경이 만당, 오대, 북송에 끼친 영향은 왕희지라는 서예대가 다음으로 지대했다. 그러나 안진경의 영향력은 원, 명, 청에 이르러 점차 쇠퇴했으며, 심지어 그의 글씨가 '촌부'의 것이라 폄하되기까지 했다. 즉, 그들이 보기에 충분히 수려하고 표일하지 않다는 뜻이다.

북송(960~1127년)의 서예는 문인의 의기意氣를 잘 보여주고 있다. 이른바 "진나라는 운치를 숭상하고, 당나라는 법도를 숭상하고, 송나라는 의기를 숭상했다."라는 개괄에서 역대의 특징이 잘 드러난다. 여기서 의기란 개성을 드러내는 것이다. 송은 당의 엄정한 법도를 버렸으며, 장욱의 낭만적 정취를 계승하지도 않았다. 그보다는 안진경이나 오대의 양응식楊凝式 같은 서정적인 행서의 영향을 상당 부분 수용하였다. 북송의 사대가는 소식蘇軾, 황정견黃庭堅, 미불米芾, 채양蔡襄이다. 이 중 채양은 당의 법도를 고수했지만, 나머지 사람들은 서예를 각자의 인격 및 개성과 통일시켜 옛사람의 서풍에 속박되지 말고 자기

뜻대로 표현할 것을 주장했다. 소식은 다음과 같이 말했다. "내 글씨는 뜻 가는 대로 창조하여 본디 법도랄 게 없으니, 점과 획을 손에 맡길 뿐 이것저것 따지는 것을 귀찮아 했다." 소식처럼 자유롭고 제멋대로 창작하는 서예가는 확실히 드물다. 왜냐하면 그는 형식을 따지지 않아 붓 잡는 법도 규칙에 어긋났으며, 도처에 낙서처럼 휘갈겨 놓기도 했기 때문이다. 소식과 이름을 나란히 하는 황정견은 성정의 토로를 주장하는 것에 더하여 선종의 공부를 요구했다. 특히 초서를 쓸 때 깨달음에 깊이 잠겨 있어야 한다. 황정견의 행해行楷는 웅경雄勁하고 기굴奇崛했으며, 그의 초서는 준일雋逸하면서도 우아瑰麗했다. 대표작은 「이백억구유시(李白憶舊遊詩)」, 「제상좌첩(諸上座帖)」 등이다.

대체로 송대에는 평화와 한적함을 중시했다. 그러나 단지 추구하기에 그쳤을 뿐, 사회 정서와 시대적 분위기로 인해 송대 문인은 무사 평안히 지내기 힘든 상태에서 선비의 의기를 드러내지 않기란 어려웠다. 이런 형국이니 그들의 글씨 또한 날카롭고 호방한 풍격을 피할 수 없었으며, 지극한 선정禪靜의 경계에 들 수가 없었다. 미불의 서예가 그 좋은 예이다. 그는 이렇게 이야기했다. "글씨는 붓을 놀리는 것이 아니다. 붓을 놀리는 것은 먹물을 움직이게 하는 것일 뿐, 순채蓴絲가 가늘게 뽑혀 나오듯 자연스럽게 이루어져야 한다." 미불은 감상하는 안목이 높아 전대의 작품을 혹평하는 경우가 많았으며, 안진경이나 유공권柳公權을 놓고 "후세의 나쁜 글씨의 조상"으로 치부하기까지 했다. 그는 비록 '이왕'의 소쇄하고 표일한 평담平淡을 상찬했지만, 새로운 돌파를 추구하여 옛사람들의 질박한 정취까지 거슬러 올라가 살폈다. 미불의 서예는 활시위를 당긴 듯 팽팽한 긴박감으로는 송대의 인물들 가운데 단연 최고였다. 그의 글씨는 자유롭게 도약했으며 강건하고 시원시원했다. 운필에서는 중봉中鋒과 측봉側鋒을 병행하여 사용하였으며, 필획의 구조는 들쑥날쑥하면서도 수려하여 송대 서예 중 제일의 풍류라 칭할 만하다. 그러나 당시에 이미 황정견 같은 인물들은 미불이 지나치게 드러낸다며 "공자를 만나기 전의 자로子路와 같다."라고 비판했다. 엄우嚴羽 또한 평담을 기준으로 다음과 같이 평가했다. "소식과 황정견 등의 시는 미불의 글씨와 같아서, 필력이 강건하지만 공자를 모시기 전의 자로 같은 드센 기상이 있다." 이와 유사한 평가가 원대에는 더욱 성행하였다. 훗날 강유위는 송대의 서풍 혁신을 평가하면서 다음과 같이 격렬하게 말했다. "황정견과 미불이 연이어 배출되면서 의기의 자태가 새로워졌지만, 비뚤어지고 시원스럽지 못해 송의 필적은 끝내 쇠망해져 갔다."

남송의 서예는 북송에 비해 점점 더 쇠락하여 황정견과 미불의 울타리를 넘어서는 서예가가 없었다. 조금이나마 변화를 이룬 이는 오직 장즉지^{張即之}뿐이었다.

서예사에서 송대가 갖는 중요성은 총첩^{叢帖}의 간행에 있다. 송 태종 시기에 역대 명가의 서예를 집대성은 『순화비각법첩(淳化秘閣法帖)』을 간행한 후 총첩을 판각하는 풍조가 송에서 명청 시기까지 유행을 이어갔다. 이로써 옛 묵적을 보존하고 전파하는 데 지대한 공적을 남긴 것이다. 그러나 거듭된 번각으로 인해 본래 모습을 잃게 되면서 후학들에게 안 좋은 영향을 미쳤고, 옛것을 모방하는 풍조를 부채질하기도 했다. 명말에 이르러 법첩을 숭상하는 첩학에 반대하여 반첩학^{反帖學}이 일어난 것도 이러한 이유 때문이었다.

원대(1271~1368년)는 중국 서예의 복고 시대였다. 원초 조맹부^{趙孟頫}를 필두로 송과 당을 넘어선 고전주의적 서풍이 크게 일어났다. 원대에는 송의 서예를 배우는 자가 거의 없었으며, 대부분은 '이왕'을 모범으로 삼았다. 이는 조맹부가 몸소 체현하여 실행한 것과 관련이 있다. 조맹부는 온 힘으로 '이왕'을 추종하였지만, 사실 '이왕' 글씨의 수미^{秀媚}한 측면의 성취가 높을 뿐 준경^{遒勁}하고 광활한 측면은 잃었다. 그러나 조맹부의 유미적이고 복고적인 취향은 원명 시기 문인 취향의 주류를 대표하는 것으로, 원명 두 조대에 많은 영향을 끼쳤다. 예를 들어 명대의 장축^{張丑}은 "조맹부의 필력은 힘이 넘쳐 오백 년 사이 이러한 분이 없었다."라고 했다. 조맹부는 일찍이 「난정서」만여 본을 임모했으며 진서, 행서, 전서, 예서를 모두 잘 썼다. 그 운치가 풍염^{豐豔}하고 원활 준려^{遒麗}하여 조체^{趙體}라 칭해지며 후세에 새로운 흐름을 열었다. 그러나 힘찬 기세를 중시한 후인들은 그의 글씨가 지나치게 수미^{秀媚}하다면서, 개성 없이 모방한 '노예 글씨^{奴書}'라고 조롱하기도 했다. 조맹부는 현존하는 작품이 꽤 많아서 비각도 남아 있고 묵적도 남아 있다. 「두타사비(頭陀寺碑)」,「전후적벽부(前後赤壁賦)」,「낙신부(洛神賦)」 등이 대표적이다. 조맹부가 개창한 '이왕'을 모범으로 한 고전주의 서풍이 풍미하기 시작하면서 우집^{虞集}, 구원^{仇遠}, 주치^{周馳}, 황공망^{黃公望}, 원명선^{元明善}, 게혜사^{揭傒斯} 등이 그 뒤를 따랐다.

원대의 서예 중 몇 가지는 언급할 필요가 있다. 조맹부의 서예와 비교했을 때 선우추^{鮮于樞}의 서예는 골세^{骨勢}가 웅강^{雄強}하여 당시 사람들이 '하삭의 웅위한 기운^{河朔偉氣}'이라 일컬었다. 강리자산^{康里子山}의 장초는 웅기^{雄奇}하고도 강건하여 원대를 통틀어 기굴^{奇崛}함에 있어 독보적이었다. 이외에도 원대 서단에서 장우^{張雨}, 오진^{吳鎮}, 예찬^{倪瓚}, 양유정^{楊維楨} 등 후세에 새로운 바람을 몰고 온 물결도 있었다. 그들은 옛 법식에 구애되지 않은 채 변화를 통해 '일기逸氣'를 추구했다. 이들의 서풍은 '이왕'의 서예가 가진 평담과 공적空寂의 정수를 이어받아 명대 동기창董其昌 등 선禪적 의상을 구현한 서예의 단초가 되었다.

조맹부의 복고적 기풍은 명대 초·중기 서단에까지 그림자를 드리웠다. 많은 문인 서화가가 위진 및 당대 서예를 모범으로 삼아 정교한 소해자小楷字를 쓰는 것에 진력했다. 명 중기에는 '대각체臺閣體'가 홍기했는데, 전아하고 법도에 맞았으나 개성이 부족했다. 뛰어난 자로 심도沈度, 심찬沈粲 형제를 꼽는다. 이 서체에 열중한 사람들은 대부분 중서성 관리들이 많았으므로 '중서격中書格'이라고도 불렀다. 이는 청대에 황실에서 제창한 '관각체館閣體'와도 같은 맥락이었다.

명대(1368~1644년)의 서예는 명 후기에 번창하였다. 오문서파吳門書派에서 여러 인재가 쏟아져 나왔는데, 그중 축윤명祝允明, 문징명文征明, 왕총王寵이 뛰어났다. '명대 제일'로 불리는 축윤명은 해서楷書는 위진의 것을 배웠으나 대초大草에 특히 능하였다. 문징명은 네 서체를 모두 잘 썼는데 특히 소해小楷와 행초行草가 훌륭하여 당시 '옥판성교玉版聖教'라 불렸다. 문징명과 축윤명의 뒤를 이어 동기창董其昌이 선의 묘리로 서화를 해석했는데, 그 취향은 미불을 계승했으나 미불에 비해 수일청탈秀逸清脫했다. 동기창의 서예와 이론은 명말 청초에 한 시대를 풍미했으니, 강유위의 말에서 잘 드러난다. "동기창이 등장하여 조맹부의 자리를 가져갔다." 그러나 건륭이 조맹부를 좋아하여 조맹부의 서체가 다시 정종의 자리를 되찾았다.

명대에는 대부분 대초大草를 좋아했는데, 명말에 그것이 더욱 심해졌다. 그러나 명의 대초는 장욱의 광초와는 달랐다. 장욱의 초서는 생명의 율동이었는데, 명의 대초는 장욱에 비해 지나치게 이성적이었다. 심학心學의 주관론의 영향을 받아 표현을 중시했다는 측면에 기인하기도 했고, 다른 한편 사회적 환경에 의해 초래된 억압적 분위기를 이를 빌어 승화시킬 필요도 있었다. 황도주黃道周, 예원로倪元璐, 부산傅山 등의 서예는 모두 인물됨을 중시하였으니, 그 인물이 혹은 열사이거나 혹은 청에 투항하지 않았다. 따라서 그 서풍이 초매超邁하고 창응蒼凝했다. 이 일파는 청대에 이르러 주탑朱耷[8], 석도石濤, 귀장歸莊, 사계좌査繼佐 등 명 유민의 서풍으로 전환되었으나, 명대를 걸쳐 이어져 온 대초 또한 이들을 끝으로 사라져 갔다. 명대에는 서위徐渭만이 신체적으로든 정신적으로든 일반 사람들과 달

---

8) 팔대산인(八大山人)

라던지라 그의 초서가 장욱과 같은 출신입화^{出神入化}의 경지에 오를 수 있었다.

청대(1644~1911년)의 서예가 이목을 끄는 지점은 비학^{碑學}의 성행이다. 청초의 예서에 대한 관심이 비학의 남상이었다. 왕시민^{王時敏}, 주이존^{朱彝尊}, 정수^{程邃}, 석도^{石濤}, 고기패^{高其佩} 등이 이 분야에 정통하였다. 건륭·가정 연간의 완원^{阮元}은 「북비남첩론(北碑南帖論)」에서 다음과 같이 논한 바 있다. "원명의 서예가는 대부분 「각첩(閣帖)」(「순화비각법첩淳化秘閣法帖」)에 구애되어 「계첩(禊帖)」 외에는 딱히 서법이랄 게 없었으니 어찌 조잡하지 않을 수 있었겠는가?" 훗날 포세신^{包世臣}의 『예주쌍즙(藝舟雙楫)』과 강유위의 『광예주쌍즙(廣藝舟雙楫)』이 이러한 풍조에 기름을 부어 비학이 첩학^{帖學}의 쇠퇴를 넘어 중흥할 수 있게 되었다. 청말에는 비학에서 파생된 금석학^{金石學}이 성행하기도 했다. 이 분야의 대가로는 금동심^{金冬心}, 이병수^{伊秉綬}, 등석여^{鄧石如}, 하소기^{何紹基}, 조지겸^{趙之謙}, 오석창^{吳昌碩} 등이 있다. 청대 인물들이 비문^{碑版}과 금석을 숭상하고 첩학을 억누른 의도를 고찰해 보면, 사실 비문의 웅장함을 빌어 첩학의 퇴미^{頹靡}함을 구제하고자 함이었다. 그러나 결국 풍격 논쟁에 그쳤을 뿐 서예의 표현 정신을 쇄신하는 것에 이르지 못했으며, 더욱이 새로운 시대의 서예 풍격을 창조하지도 못했다. 아마도 건륭·가정 연간의 고증학적 풍조와 맞물려 고대에서 새로운 것을 탐색하려 했던 때문으로 보인다. 광서 25년(1899년)에 은허에서 갑골문이 출토되면서 서예 분야는 금석학에서 고고학으로 확장되었다. 돈황의 발굴이 진행되면서 목간에 근거하여 새로운 행서와 초서를 시도하기도 했다. 이러한 여러 시도는 모두 비학의 성행에 기인한 것이다.

요컨대 중국 서예는 중국 특유의 예술이다. 서예에는 풍부한 중국적 정신과 심미 취향이 응축되어 있다. 그러나 오늘날 그에 대한 인식이 충분하지 않으며, 여전히 발전시킬 여지를 남겨 놓고 있다.

4

문인 회화

가오밍루

중국 회화사는 사실상 두루마리 그림^{卷軸畵}이 주를 이루며, 두루마리 그림은 주로 문인 화^{文人畵}이다. 따라서 중국 회화사는 중국 문인화의 역사에 상당히 편중되어 있다.

중국의 문인화[1]는 일찍이 위진남북조 시기(220~589년)에 형성되기 시작하여 직업 화가의 그림과 다른 길을 걸었으며, 갈수록 회화의 주류가 되어 갔다. 반면, 서양 미술사 에서는 19세기 초반까지 줄곧 직업 화가가 주류를 이루었다. 르네상스 3대 거장으로 잘 알려진 레오나르도 다빈치, 라파엘로, 미켈란젤로만 해도 그들의 신분은 고급 장인이자 궁정 화가에 불과했다.

바로 이런 이유로 인해 중국의 문인화는 서양 회화와는 달리 서사적 주제를 표현하거 나, 종교적 교의에 봉사하는 그림보다는 대부분 자연 의식, 의인화 및 성정의 표현에 편 향되어 있다. 이는 중국 문인의 철학관과 인생관에 기인한 것이지만, 이 또한 여러 단계 를 거쳐 발생하고 발전해 왔다.

1. 신선의 세상

지금 우리가 볼 수 있는 진한(기원전 221~220년) 시기의 회화는 소수의 묘장 백화^{帛畵} 를 제외하면 무덤에서 출토된 벽화 및 화상전^{畵像磚}, 화상석이 대부분이다. 한대 회화에 표

---

1) 사부화(士夫畵)라고도 한다.

현된 형상은 잡다한데, 대체로 천지인^{天地人}의 세 층위로 나뉘며 그것은 하나의 총체적인 질서 안으로 수렴된다. 한대 사람들이 보기에 천^天은 자연 상태의 하늘이 아니라 만물의 조상이자 모든 신의 수장이었다. 자연법칙은 신성의 표현이며, 천당은 인간 질서와 유사하게 그려지고 있다. 지상 만물의 자연 또한 신성의 표현이다. 이처럼 낭만적인 환상이 한대 사람들의 시각에서는 현실이자 진실한 것이었다. 이 속에는 원시 종교적 의미에서의 초개체적인 보편 신앙과 경외가 담겨 있었다. 그러나 그것을 서술하고 묘사할 때는 사실을 매개로 하기도 하지만 현실에 대한 낙관적이고 주관적인 분석과 통합을 포함하는 경우도 있다.

위진남북조 시기가 되면 회화에서 신적인 것이 점차 신선에 관한 것으로 변화한다. 무덤 벽화와 화상전 및 화상석을 넘어 사대부가 그린 두루마리 그림이 출현하기 시작하였다. 예를 들어 동진 시기 고개지^{顧愷之}(346~407년)가 그린 것으로 알려진 「여사잠도(女史箴圖)」, 「낙신부도(洛神賦圖)」가 지금까지 전해지고 있다. 당대 장언원^{張彦遠}은 『역대명화기(歷代名畫記)』에서 다음과 같이 말하고 있다. "위진 이래로 세간에 있는 명작은 모두 보았다. 그중 산수를 그린 그림을 보면, 무리를 지은 산봉우리의 형세가 마치 나전으로 상감한 무소뿔 빗과 같았다. 물은 배를 띄울 수 없을 정도였으며, 사람을 산보다 크게 그리곤 했다. 그러면서 대개 나무와 돌을 추가하여 그 공간과 어우러지게 하는데, 늘어선 나무의 형상이 마치 팔을 뻗어 손가락을 펼친 것 같았다. 옛사람들이 이렇게 한 의도를 살피자면, 자기가 잘하는 것을 현시하는 것에 전념할 뿐 세속의 변화를 따르지 않았던 것이다." 비율이 맞지 않는 이러한 화풍은 모종의 범례화된 '신격'에 기반하고 있는데, 이를 유치하다거나 무능하다는 식으로 추앙 또는 폄훼해서는 안 된다. 여기서 그려진 신선이 사는 섬^{仙島瓊瑤}, 옥수^{玉樹}와 산호^{珊瑚}, 폭풍과 폭우 등은 현실의 형상에서 추출한 개괄이라기보다는 현실에 대한 본질적인 믿음이라 봐야 한다. 그 믿음은 '선심^{仙心}'에서 나온 것이다. 이는 당시의 시단과 유사한데, 이른바 "(위진 시기의) 정시체^{正始體}는 도를 밝히는 것에 뜻을 두어 시에 선심이 뒤섞였다."라는 평가가 이를 반증한다. 유가의 정통적인 소재를 다룬 고개지의 「여사잠도」만 하더라도 귀신의 분위기가 가득 퍼져 있다. 이 시기의 여러 회화에 나타난 인물의 조형 양식(예를 들어 죽림칠현^{竹林七賢}), 도구의 진열, 사람과 사람 간의 관계 등에서 모두 '우화등선'의 의미를 암시하고 있는 것으로 보인다.

당대(618~907년)의 회화는 앞 시기의 허구적 세계에 더욱 완벽한 질서를 부여하여,

신선 세계의 등급과 배치에 현실 세계의 여러 층위가 스며들었다. 이사훈李思訓, 이소도李昭道 부자는 수대의 전자건展子虔이 「유춘도(遊春圖)」에서 단서를 보인 장점을 극대화하여 산수화풍을 일변시킨 금벽청록산수金碧青綠山水를 창시했다. 연하선성煙霞仙聖의 경지가 이 시기에 이르러 고정된 양식이 되었고, 신격 또한 정형화되었다. 그림 속의 산과 돌은 사람이 살기 힘들 정도로 험준하게 우뚝 솟은 가산으로, 산세의 근맥이 의도적으로 거듭하여 중첩되고 금박으로 윤곽을 그리고 층층이 칠을 하였다. 구상의 웅장함과 구조의 현란함을 통해 신선이 머무는 곳임을 표방하고 있다. 마치 이래야만 옛 신선이 산다던 삼신산三神山이나 오신산五神山답다는 듯이 말이다. 선계나 초월적 장소에 대한 지향이 현세의 물질에 대한 점유욕과 뒤섞여 어우러진 것이 당대 회화의 특징이었다.

진한, 위진남북조, 당대의 회화에는 각 시기 사람들의 자연과 외부 세계에 대한 주관적 상상과 함께 그것을 귀납하여 통제하고 싶다는 바람이 표현되어 있다. 따라서 이 시기의 회화 이론에는 서정적 관념보다는 '창신暢神', 즉 신2)의 막힘없는 펼침에 대한 염원이 주를 이루었다. 예를 들어 종병宗炳(375~443년)이 「화산수서(畫山水序)」에서 묘사한 이상적 경지는 다음과 같다. "높고 험준한 산봉우리와 아득히 펼쳐진 구름 낀 숲은 옛 성현이 시대를 뛰어넘어 비추는 것이니, 이 모든 풍취가 그들의 정신에 융화되어 있다." 이러한 경지를 기다린 끝에 작자는 다음과 같이 한탄한다. "내가 무엇을 더 할 수 있겠는가? 창신暢神할 따름이다."

2. 의인화한 우주

우주는 시공간이다. 『장자·경상초(庚桑楚)』편에서는 다음과 같이 전한다. "실재하지만 정해진 장소가 없는 것을 공간宇이라 하고, 오래 지속되지만 시작과 끝이 없는 것을 시간宙이라 한다." 또 다음과 같이 말하기도 한다. "네 방향과 위아래를 공간宇이라 하고, 예로부터 지금까지를 시간宙이라 한다." 물론 고대 동양의 신비주의적 우주관과 현대 물리학에서 말하는 우주관은 인지의 경로나 범주 면에서 상당한 차이가 있다. 동양의 우주관은 인간과 외부 세계의 투쟁을 이성과 지능이 물화한 형태, 즉 과학 기술의 발전으로 이끌지 못했다. 그보다는 더욱 추상적이고 공허한 종교적 도상3)과 예술적 도상 속에 이 우

---

2) 도, 신화적 환상

주관을 응축시켰다.

오대와 송대(907~1279년)의 회화, 특히 산수화에서 이러한 우주관을 비교적 잘 구현하고 있다. 그러나 종교적 도상과 다른 점이 있다. 종교 도상이 신비로운 관념을 개념화한 기호나 도해라면, 송대의 회화는 그 관념을 현실적인 경지에 은은하게 기탁함으로써 일종의 독특한 '의경意境'을 창조했다.

미술사가 왕쉰王遜은 다음과 같이 말한 바 있다. "안개 피어나는 신선의 성지煙霞仙聖와 산수에서 소요함泉石嘯傲은 완전히 다른 두 관점인데, 오대 산수화의 제재에서 병렬되었다가 점차 후자가 우위를 점하게 되었다." 다시 말해 위진에서 당대에 이르는 회화가 지향한 신선들의 세계가 오대를 기점으로 이상적인 의인화와 자연 풍경으로 전환되기 시작했다. 관동關仝, 동원董源, 거연巨然과 함께 북송 4대가의 일인으로 칭해지는 형호荊浩는 「필법기(筆法記)」에서 노인의 말을 빌어 어떻게 도를 품은 채 사물을 그려낼 것인지, 어떤 식으로 그림을 통해 우주 본원의 회화 이론과 화법을 탐구할 것인지를 강술하였다. 그는 서화 기교를 형태를 모사하는 기법이 아닌 현묘한 우주의 본원을 탐구하는 가장 중요한 수단으로 간주했다. 현존하는 형호의 「광려도(匡廬圖)」에서 그 과도기적인 전환을 확인할 수 있다. 그는 적묵법積墨法을 사용하여 위로 치솟아 오르는 구름 속 산봉우리를 그려냄으로써 상서로운 구름이 흩날리고 금벽청록金碧青翠이 갈마든 이사훈, 이소도 부자 풍의 선산仙山이 표방해온 '신격'을 타파했다. 오대와 북송 시기의 화가들은 고요한 사색의 결핍에 의해 야기된 당대의 낭만적 정취를 종식시키고, 우주에 대해 이성적으로 숙고하고 살아가는 세계에 대해 수정하기 시작하였다. 따라서 오대와 북송의 산수화는 중국 회화사에서 가장 사색적이고 웅혼한 한 페이지를 장식했다. 북송 시기에 진행된 세상의 진리에 대한 탐구욕의 결과 일종의 '전全, 다多, 대大'의 이상적 산수가 탄생하였다. 송대 원체院體화조화花鳥畫의 사생寫生 또한 단순한 외형의 모사가 아닌 자연 만물의 이치에 대한 탐색을 체현했다.

만약 형호, 관동, 동원, 거연 및 이성李成, 범관范寬의 작품이 천지 공간의 탐구와 재건을 주요한 목적으로 하여 천지가 처음 개벽했을 당시의 혼돈한 기상을 묘사하는 것에 더 주목했다고 한다면, 희녕熙寧(1068~1077년) 연간의 곽희郭熙를 필두로 자연의 다층적인 광대함을 인간의 현실적인 정감의 삶이 가진 풍부한 요구와 서로 대응시키기 시작했다. 다

---

3) 팔괘, 태극도 등

시 말해 주산에게 객산이 읍을 하듯 늘어선^主^{次朝揖} 산수, 질서 있게 순환하는 사계절, 맑고 흐린 날씨 등이 펼쳐진 '전^全, 다^多, 대^大'의 다층적 세계는 마찬가지로 다양성과 질서를 가진 주체[4]의 정감과 의지로 통괄하고 귀납되어야 했으며, 그런 다음 분류와 규범화를 거친 법칙에 따라 큰 산과 큰 물 위주의 전경산수^{全景山水}로 종합되었다.

곽희의 이론과 창작에 기초한 법칙은 남송(1127~1279년) 시기에야 실제로 활용되었다. 남송의 화가들은 우주의 법칙을 현세의 정감적 필요 아래로 편입시키는 경향을 더욱 추구했다. 유송년^{劉松年}, 이당^{李唐}, 마원^{馬遠}, 하규^{夏珪} 등 남송 사대가, 그중 특히 마원과 하규은 '변각의 풍경^{邊角之景}'[5]이라 불리는 구도의 산수화 및 송대의 소품^{小品}에서 많은 사랑을 받은 추강명박^{秋江暝泊}, 유안풍하^{柳岸風荷}, 유계방목^{柳溪放牧} 등을 소재로 한 산수화는 화면의 한 모서리를 차지하는 부분적 세계에 세상 전체의 질서를 펼쳐내고자 했다.

〈그림 1〉
북송 시기 범관(范寬)의 「계산행려도(溪山行旅圖)」

송대 회화는 우주의 묘사에서 정감과 의지의 표현으로 전환하였다. 송대 성리학이 우주 본원을 탐구하고 외부 세계의 이치를 인지하는 것에서 출발하여 윤리 도덕과 자기 성찰로 나아간 것과 마찬가지로 일종의 공간, 자연, 우주를 의인화하는 과정이었다. 범신에서 범정^{泛情}으로, 이념화에서 정취화^{情趣化}로 나아간 중국 고대 회화의 이러한 전환의 마디가 되었던 시기이자 앞 시대의 정점과 다음 시대 유행의 시작이 집중된 시기가 송대였다.

---

4) 사대부 계층
5) 마원과 하규는 화법이 비슷하여 '마하(馬夏)'로 병칭되며, '마일각(馬一角)', '하반변(夏半邊)'으로 불리는 대각선 구도의 여백이 많은 화면을 구성한 산수화로 유명했다.

3. 자족적 세계

문인화가 중국 회화의 역사에서 마지막으로 확립된 것은 원대(1271~1368년)였다. 당대의 직업 화가와 송대의 궁정 화가 중에서 수많은 대가가 배출되어 사대부 화가와 자웅을 겨루었다. 원대에는 문인화가가 완벽히 화단을 장악했다. 그 후 직업 화가는 회화사에서 자취를 감추었다. 직업 화가 출신으로 문인화 스타일로 그들과 같은 위치에 오른 화가는 거의 드물었다.

원대의 문인화는 문인화 중에서도 정점에 올랐으며, 명청 회화를 위한 기초를 다졌다.

한 차례 악전고투 끝에 원대 문인들의 부서진 마음은 '삼교합일'이란 접착제로 메워졌다. 기력은 부족하지만 서생의 의기로 충만했던 송대 문인들의 일촉즉발의 느낌이 원대 화가에게서는 보이지 않았다. 원대 화가들은 각종 소극적이고도 적극적인 대립 요소를 융합하여 "비어 있어 모든 것을 받아들일 수 있는空故納萬境" 심리 상태를 가지고 있었다. 송대 화가들이 이성적으로만 그랬다면 원대 화가들은 정감적으로도 내면의 세계를 정화하고 완성하는 것에 온 힘을 다하였다. 이러한 자아 완성의 경계가 원대 회화의 온화한 조화의 기조를 결정지었다.

그에 더하여 원대 화가들은 자연 산천에 대해 강렬한 인식적 목적과 점유의 욕망을 상실했다. "방에서 나가지 않은 채 그 자리에 앉아 샘물과 계곡의 풍광을 마음껏 즐기고자" 한 송대 화가들의 산림에 대한 생각은 원대에 이르러 이미 현실이 되었다. "샘물과 바위에서 자유로이 노래하며, 물가를 마주하고 홀로 앉거나" 산림을 이리저리 떠도는 것은 원대 문인 생활의 중요한 하나의 요소였다. 따라서 산천 또한 자아의 통일체로 인식되었고, 우주적 공간과 자연 산천의 법칙 또한 개체의 내면세계로 이끌어졌다. 그리하여 새로운 산수화의 법칙이 만들어졌다. 이것이 바로 "격분하거나 애쓰지 않아도 저절로 고원해지는" 원대 회화의 풍격이었다.

원초의 조맹부趙孟頫, 고극공高克恭, 전선錢選은 앞 시대를 계승하여 새로운 시대를 연 대가였다. 그들이 있었기에 이후 원 사대가로 칭해지는 황공망黃公望, 오진吳鎭, 예운림倪雲林6), 왕몽王蒙이 뒤이어 호응할 수 있었다.

원대 회화의 특징은 '쓰기寫'이다. 서예가 회화에 들어옴으로써 선적인 표현력이 더욱

---

6) 예찬(倪瓚)

풍부해졌다. 종이가 고대의 명주나 비단 등 직물을 대대적으로 대체한 것 또한 먹물의 층위를 더욱 풍부하게 해 주었다. 건습농담乾濕濃淡, 경중완급輕重緩急, 정봉正鋒, 측봉側鋒 등 각종 다양한 필법이 원대 화가들에 의해 자유롭게 운용되면서 더욱 완벽해져 갔다.

원대 회화의 우아한 스타일과 고즈넉한 의경은 명청 시기 문인들의 찬탄을 불러일으켰다. 예운림이나 황공망에 대한 환호가 명청 시기 화단에 울려 퍼졌다. 수백 년간 무수한 화가들이 원대에 만들어진 지반 위에서 제자리걸음을 했다. 간혹 몇몇 대가가 풍조를 바꿔보려 했지만, 어째서인지 끝내 새로운 풍조를 빚어내지는 못했다. 명대(1368~1644년) 화단에는 절파浙派, 오문吳門, 송강松江 등의 화파가 즐비했지만, 대부분 옛사람의 틀에 갇혀 있어 풍격이나 정취의 면에서 경쟁했을 뿐 특별히 독창적인 자는 드물었다.

명말의 동기창董其昌(1555~1636년)은 명말 청초 교체기에 그 영향력이 지대했다. 특히 그가 주창한 '남북종南北宗' 이론은 원명 문인화뿐 아니라 진당의 회화까지를 개괄적으로 분류하여 공개적으로 명확하게 문인화의 기치를 내걸었다. 그는 선가禪家의 남북종으로 그림의 남북종을 나누었는데, 남종화를 상찬하고 북종화를 폄하했다. 또한 '선의禪意'를 문인화의 정수로 받들었다.

동기창은 『화선실수필(畵禪室隨筆)』에서 다음과 같이 말하고 있다. "그림의 도를 깨쳐 이른바 우주를 손에 장악한 사람은 눈앞에 생기 아닌 것이 없다. 따라서 그들은 오래 사는 경우가 많다. 너무 세밀하고 조심스럽게 그림을 그리느라 조물주에게 부림을 당하는 자는 수명이 상할 수 있으므로 대체로 생기가 없다……(구영, 문징명 등 단명한 화가는) 그림으로 뜻을 기탁하고 그림으로 즐기지 못하였다. 그림에 즐거움을 기탁한 것은 황공망이 이 유파를 개척하면서부터 시작되었다." 여기에는 다음과 같은 공식이 있다. 그림의 도=우주=생기=생명(장수)=즐거움. 그런데 이 '즐거움'에는 기준이 있다. 반드시 '생생하고生', '졸렬하고拙' '우아하고雅', '수려하고秀', '대충대충荒率' 하면서도 '천진天眞'한 것이어야 한다. 이것이 동기창과 명청 문인화가 대다수가 추구한 '자연'과 '선의禪意'이다. 이들의 도에 대한 관점, 우주에 대한 관점은 이미 진한 시기, 위진남북조와 당대, 북송 시기와 너무 멀어졌다. 명청 시기 화가들에게서 수신修身과 양성養性은 수명을 늘릴 수도 있고 도를 깨우치게 할 수도 있는 것이었다. 인간이 자아의 완성을 상상하는 것이 우주적 완성의 결과이니, 외부 세계에 저항하고자 하는 욕망은 철저히 사라지게 되었다.

만약 원대 회화가 개인적 내면세계의 완성을 추구했다면, 명청 회화는 마지막 남은

'생명의 완성'을 추구했다.

청대(1644~1911년) 화단은 정통적 지위를 가진 화가인 '사왕오운四王吳惲'이 대표한다. 즉, 왕시민王時敏, 왕감王鑒, 왕휘王翬, 왕원기王原祁, 오력吳歷, 운격惲格 등 청초 6대 화가는 청대를 통틀어 조야가 함께 상찬한 인물이었다. 이들의 화풍은 위로 동기창의 사상을 계승하고 아래로 우산虞山, 누동婁東, 소사왕小四王7) 등 화파의 화풍을 이끌었다. 이들은 모두 원대 황공망, 예운림8) 등을 추앙하여 본받았다.

청대 재야의 화가로는 사승四僧9), 양주팔괴揚州八怪10), 금릉팔가金陵八家11)가 대표적이다.

그러나 사왕이든 사승이든 양주팔괴든, 이들은 모두 원대 회화가 추구한 조화로운 의취의 계승자였다. 사승이나 양주팔괴의 작품은 이단적 성격이 있었다. 그러나 이들의 '이단'은 대부분 스타일 뒤집기와 정서적 반역에서 나왔지 이성적 사색이나 예술 자체의 혁신에서 기인한 것이 아니었다.

주탑12)과 석도는 사승 중에서도 특출났다. 그런데 주탑의 새로움은 철근을 박은 듯 힘 있는 화면 구성에 있었고, 석도의 공적 또한 풍부하고 다정한 선묘에 있었을 뿐, 이들 모두 무언가 새로운 정신을 표현하지는 못했다. 석도의 '기묘한 산봉우리를 모두 찾아다녔다.13)'와 '일획론一畵論14)'15)은 서로 모순적이라 결국에는 탈속通脫과 우연한 조우隨遇에 기댈 수밖에 없었다.

금릉팔가의 수장인 공현은 청대 화단에서 손에 꼽히는 인물이다. 그는 "마음은 만물의 원류를 밝히고, 눈은 산천의 기세를 남김없이 살필" 것을 주장했으며, 위진, 당, 송을 본받고 원명 시기를 멸시하였다. 자연히 이러한 시대적 제한으로 인해 그는 고대의 시각에서 벗어날 수 없었다. 그러나 우주의 신비를 탐구하고자 한 그의 정신, 모종의 자연법칙과 어우러진 층층의 적묵법, 고삽古澀하면서도 웅후한 산석임목山石林木 등 그의 작품은 이성적 초월의 신념을 잘 보여주었다.

---

7) 왕욱(王昱), 왕소(王愫), 왕구(王玖), 왕신(王宸)
8) 예찬
9) 석도(石濤), 주탑(朱耷), 홍인(弘仁), 곤잔(髡殘)
10) 금농(金農), 정판교(鄭板橋) 등
11) 공현(龔賢) 등
12) 팔대산인(八大山人)
13) 搜盡奇峰: 귀납적 시도
14) 연역적 시도
15) 석도의 『고과화상화어록(苦瓜和尙畵語錄)·일획장(一畵章)』에 따르면 "일획이란 모든 존재의 본원이요 만상의 뿌리(一畵者衆有之本, 萬象之根)"이며, "일획의 법이 세워지면 만물이 드러난다(一畵之法立, 而萬物著矣)."

청말에서 20세기로 넘어오면서 유구한 역사를 자랑한 문인화는 서양 회화의 충격을 받아 최정상의 위치에서 추락하여 한쪽 모퉁이에서 명맥만 유지하고 있다. 그러나 그런 와중에도 오창석吳昌碩, 황빈홍黃賓虹, 제백석齊白石 등 몇몇 걸출한 대가를 배출시켰다. 또한, 중국과 서양 화법의 융합을 꾀한 임백년任伯年, 임풍면林風眠, 서비홍徐悲鴻 등의 화가도 언급할 만하다.

요컨대, 중국의 문인화를 총괄하며 그 정신적 여정을 다음과 같이 정리할 수 있다. 적극적으로 신에 기탁한 환상을 추구하고 외부로 확장되는 생각을 낙천적 자아 완성으로 탈바꿈시켰다. 우주의 의인화를 통해 인간은 우주 속에서 자신의 위치를 과장하기도 했다. 어떤 면에서 문인화의 역사는 고대 문인들이 점차 속세에 찌들어 쇠락해온 기록이기도 하다. 근대 이후의 개혁가들은 '중체서용'이란 이름으로 서양의 방식을 끌어들여 새로움을 추구하기도 했고, 전통을 고수하여 부흥을 꾀하기도 했다. 그러나 결국 길은 달라도 목적지는 같은 법이니, 전통 문인이 추구한 완성에 이르는 길을 다시 밟게 될 것이다.

5

고대 조각

가오밍루

중국 고대의 조소^{雕塑}는 고대 서양의 조소와 마찬가지로 유구한 역사를 자랑한다. 이들의 공통점은 동서를 막론하고 고대 조소사는 어떤 면에서 종교나 의례가 발전해 온 역사적 궤적이기도 하다는 점이다. 종교 조각과 능묘 조각은 고대 조각의 양대 구성요소이다. 중국에서는 왕조 제도가 안정적으로 유지되어 왔으므로, 능묘 조각 또한 연속성을 가지고 계속 발전해 왔다. 따라서 능묘 조각은 서양에 비해 상대적으로 발달했다고 할 수 있다. 중국의 종교 조각이 주로 불상에 국한된 반면, 서양의 경우 이집트, 그리스, 로마를 필두로 신을 주제로 조소를 제작해 왔다(이러한 신성 주제는 실존 인물과 더욱 직접적으로 관련된다). 따라서 서양의 조소는 대부분 사실적이고 지상에 세워졌다. 중국의 조소는 불상(및 도교와 유교의 우상)이나 배장명기^{陪葬明器}가 대부분을 차지하여 형식이 과장되었고, 서양의 조소처럼 노천 공공장소 한가운데 설치되는 경우보다는 지하나 동굴, 사원 등 사람들의 시선에서 멀리 떨어진 곳에 안치되는 경우가 많았다. 일반적으로 조소의 기능은 세 가지인데, 종교적 우상, 기념비, 건축 장식이 그것이다. 그런데 고대 중국에서 기념비의 기능, 즉 비석을 세워 공적을 칭송하는 행위는 모두 서예가 도맡아 왔다. 청동기 명문에서 태산의 석각에 이르기까지, 더 나아가 도처에 산적한 묘비명 같은 것들이 좋은 예이다. 이는 중국과 서양의 조소가 크게 차이를 보이는 지점이다.

고대 중국의 조소는 건축과 마찬가지로 이름 모를 수많은 장인에 의해 만들어져 왔다. 문인 사대부는 이 분야를 경시했으므로 조소와 건축의 지위는 문인의 서화에 비해 굉장히 낮았다. 고대 서양의 조소와 회화 모두 장인(고급 궁정화가를 포함한)에 의해 제작되었으므로 이러한 차별은 존재하지 않았다.

'조소'라는 단어의 본래 의미는 제작 수법을 가리킨다. 조雕는 칼이나 기타 경질의 금속 도구를 가지고 그에 비해 연약한 질료에 새기거나剗 깎는削 기법이고, 소塑는 진흙 등 연질 재료를 직접 빚거나 두드려 형상을 만드는 방식이다.

중국은 일찍이 신석기 시대(1만~4천 년 전)에 제작한 도기의 소조는 일종의 조형 활동으로 간주할 수 있다. 많은 도기에 새, 짐승, 사람의 조형이 빚어져 있었다. 이들 형상은 일반적으로 용기와 뚜껑에 빚어져 있으며, 용기 전체가 동물 모양으로 조형된 것도 있다. 대부분의 조형은 비사실적이며, 그 기능은 장식적인 목적과 함께 신성 숭배의 의미를 지니고 있다. 그 하위 범주로 자연 숭배[1], 토템 숭배[2] 및 조상 숭배[3]도 포함된다. 최근 출토된 요서遼西 우하량牛河梁 홍산紅山 문화 유적의 「여신」 조소상은 바로 숭배받던 조상의 형상을 대표한다.

상·주·전국 시대(기원전 16세기~기원전 221년)의 조소는 청동기 예술이 대표적이다. 청동기의 조식雕飾은 평조平雕, 부조浮雕, 부분 원조(圓雕), 전체 원조 등 네 가지 형태가 있다. 청동기 위에 새겨진 다양한 문양은 대체로 다음 네 모티프로 분류할 수 있다.

> ① 도철(饕餮) 문양: 상대 청동기에서 가장 보편적인 장식 이미지이다. 얼굴, 몸통, 신체 부위의 조합과 변형 등 각종 변이된 형태의 도철 형상이 등장한다.
> ② 용 문양: 몸을 드러낸 용, 고개를 돌리는 용, 부리를 가진 용, 날개 있는 용, S자형 용 등
> ③ 기타 동물 형상: 새, 뱀, 소, 매미 등
> ④ 도형 문양: 안대(眼帶), 권대(圈帶), 회문대(回紋帶), 소용돌이 문양, 삼각형 문양 등이 있다.

앞의 세 종류는 동물 문양이라 부를 수 있다. 동물은 전국 시대 이전의 청동기 조소에서 가장 주요한 모티프였다. 이들의 예술 스타일은 세 단계로 나눌 수 있는데, 궈모뤄郭沫若는 고전기, 퇴화기, 중흥기로 나누었고, 베른하르드 칼그렌高本漢은 고전식, 중주식中周式, 회식淮式의 세 시기로 구분했다.

고전기(고전식, 기원전 1400~기원전 950년)에는 주로 도철 및 기타 신이한 동물의 문

---

1) 식물이나 산수 문양
2) 동물
3) 인물

양으로 장식했다. 그 조형은 신기하고 괴이했으며 공포와 함께 장엄함을 상징하여 강력히 지배하는 신성한 힘을 갖추고 있었다. 그에 비해 문양에 나타난 인간의 지위는 피동적이며 예속적이었다. 퇴화기(중주식, 기원전 950~기원전 650년)에는 상당수의 문양이 경직되고 고정화되는 경향을 보였다. 그 형상이 표현하는 신화적 의미와 초자연적인 힘이 눈에 띄게 쇠락하였으며, 고전기에 주도적 지위를 점하던 도철 문양은 거의 사라졌다. 중흥기(회식, 기원전 650~기원전 221년)가 되면 도철 문양을 포함한 고전기의 여러 동물 문양이 다시 등장한다. 그러나 이들 형상은 단지 전통을 그대로 모방하여 규격화했을 뿐 신기한 힘을 상징하지는 않는다. 이와 동시에 몇몇 사실적인 짐승 문양獸紋이 새로이 출현하였다. 설명하자면, 주대 후기가 되면서 신에 대한 경외, 다시 말해 동물의 신화적 힘에서 벗어나 인간이 도전자의 자세로 등장하기 시작했다고 볼 수 있다. 이는 "주대 후기에 진행된 지식의 보급과 심화 및 당시 유가로 대표되는 인문주의의 흥기"[4]로 인한 것이다.

전국 시기(기원전 475~기원전 221년)부터 순장인 대신에 인형俑을 사용하면서 중국의 조소는 청동 시대에서 능묘 조소 시대로 진입하기 시작하였다.

진한(기원전 221~서기 220년) 시기에는 요업制陶業이 발달하면서 도용陶俑이 대규모로 출현했다. 예술적 성취와 규모의 면에서 도용을 대표하는 것이 바로 진시황릉의 병마용兵馬俑이다. 일종의 시대적 풍격이라 할 수 있을 진시황릉 병마용의 사실적 특징은 전 시대를 통틀어 으뜸이라 할 수 있다. 우선 구체적으로 병마의 소조를 살펴보면, 병용兵俑과 전차, 전마, 병기 등을 모두 실제 사람과 사물의 크기대로 본떴으며, 보병 도용의 성격과 신분까지 하나하나 있는 그대로 형상화하였다. 그다음으로 진용의 전체적인 배치를 살펴보면, 수천에 달하는 도소陶塑 병마가 질서 있게 배열되어 엄격하게 진지를 구축하고 있다가 언제든 뛰쳐나갈 준비가 끝난 상태를 잘 보여주고 있다. 세 개의 거대한 용갱俑坑이 능묘의 동쪽에 위치해 있으며, 병사와 거마가 모두 동쪽을 바라보고 있다. 이는 전국을 통일한 후에도 역외의 이적과 역내의 6국에 대한 진시황의 우려가 여전히 사라지지 않았음을 반영하고 있다. 진시황릉의 병마용은 다름 아니라 내부의 '만리장성'이었던 셈이다. 동시에 이와 같이 실제 사람과 인간의 힘에 대한 모방은 새로운 왕권 사회로 진입한 이후의 '왕도王道'의 의지를 반영하는 것이기도 했다.

---

4) 양콴(楊寬)의 말

한대(기원전 206~서기 220년)에는 각종 도용과 명기明器가 더욱 풍부해졌다. 동시에 능묘를 장식하는 지상의 대형 석조도 대규모로 설치되었다. 특히 묘실 조식彫飾용의 화상석畵像石과 화상전畵像磚이 대량으로 출현했다. 한대는 중국 능묘 조소의 전성기였다.

〈그림 1〉
1954년 서안(西安)에서 출토된 서한불수무녀도소(西漢拂袖舞女陶塑)

『봉씨문견기(封氏聞見記)』에 따르면, "진 이후 제왕의 능묘에는 석기린石麒麟, 석벽사石辟邪, 석시石兕, 석마石馬 등이 있고, 관료의 무덤에는 석인石人, 석호石虎, 석주石柱 따위가 있는데, 이들은 모두 무덤을 장식하는 생전의 시위 같은 것이었다." 왕릉을 장식하는 석수石獸는 신비롭고 고귀하며, 관료의 무덤에 설치된 석조는 좀 더 현실적이고 생동적이며 자연적이다. 한무제의 서역 원정군 장군이었던 곽거병霍去病의 섬서성 홍평興平의 묘지에 설치된 동물 석상군은 관료의 무덤 조각을 대표하며, 한대의 지상 대형 석조 중에서도 손에 꼽을 정도로 특출났다. 동물 석상군 전체와 무덤은 '기련산祁連山'을 상징하는 봉분에 설치되어 있다. 천연 화강암을 사용한 이들 석상은 인공적인 조탁은 살짝만 가미하여 느낌만 살리는 식으로 말, 소, 호랑이 등의 동물을 질박하면서도 중후한 이미지로 다듬었다.

한대 사람들의 관념을 가장 풍부하게, 그리고 가장 잘 표현한 것은 하남, 산동, 사천, 산서, 강소, 섬서 등 각지의 수많은 묘실에 퍼져 있는 화상석과 화상전이라고 단언할 수 있다. 이들은 모두 음각법 혹은 감지법減地法으로 조각한 석각화로, 한대 평민 묘장의 기풍을 잘 반영하고 있다. 산동의 무량사武梁祠 비문에서는 다음과 같이 전하고 있다. "효자와 효손이 자식의 도리를 공손히 닦아 가문의 모든 것을 다하였다……명산을 선택하여 남산의 남쪽에서 노란 얼굴이 없는 좋은 돌을 골랐다……훌륭한 장인인 위개衛改가 문양을 조각하고 그림을 새겨 줄을 맞춰 늘어놓았다. 그는 기교를 마음껏 발휘하여 만족스러운 자태가 드러났다." 화상석과 화상전의 소재는 대단히 풍부하여 신화전설에서 역사 사건에 이르기까지, 진귀한 짐승에서 현실 생활에 이르기까지, 천문과 신의 세계에서 산천과 건축에 이르기까지를 망라한다. 그 속에는 예교와 효도에 대한 중시, 하늘과 신령에 대한 숭상, 부귀와 사치에 대한 과시 등 한대 사람들의 3대 인생 주제가 잘 표현되어 있다.

표현 형식의 면에서는 천, 지, 인의 세 부분 혹은 상중하가 서로 대응되게 배열되거나 한데 뒤섞여 있었다. 아무리 잡다하게 묘사되었다 해도 그것이 함축하고 있는 것은 천인합일의 내재적 질서였다.

1965년 섬서성 양가만楊家灣에서 출토된 반 m 정도 높이의 채색 기사용騎士俑과 문무시종용文武侍從俑 수천 기는 진시황릉 병마용과 마찬가지로 갱 내에 가지런히 묻혀 있었는데, 다만 이들 도용은 크기가 상대적으로 조금 작았다. 그 외에도 각지의 한대 묘지에서 대량의 무사용, 문신용, 시종용, 무용舞俑, 악용樂俑, 요리사용庖廚俑, 설창용說唱俑, 잡기 도용雜耍俑 등이 출토되었다. 동물 도용動物俑 또한 온갖 종류를 망라했으며, 건축 모형이나 기구 모형 등도 다량으로 발견되었다. 묘실 안에는 실제 생활 물품을 모방한 도용이 웬만한 것은 다 있다고 봐도 무방하다. 한부漢賦나 화상석, 화상전에 묘사된 세계가 그러하듯 인간의 의례 및 일상생활의 질서가 도용의 세계에서 남김없이 표현된 것이다.

한대의 미학 사상은 선진 시기 유가의 이선위미以善爲美와 도덕 교화를 요지로 하던 사상을 신비화하였고, 그 결과 천인감응설을 형성시켰다. 이러한 신비화는 질박함과 간소함을 숭상하던 도가 사상과 융합되면서 사실적이고 자연적인 근거를 갖게 되었다. 한대의 조소가 신비하면서도 친근한 의미를 담고 있는 이유이다. 이와 동시에 한대의 조소는 상대나 주대의 조소처럼 전체적인 형상을 포착하면서 추상적으로 개괄할 수 있는 능력을 갖추면서도 은밀하고 위압적인 함의는 약화시킴으로써 자연스러우면서도 소탈한 자신만의 스타일을 완성시켰다. 이는 위진남북조 시기 불교 조소의 소탈하고 표일한 운치에도 영향을 끼쳤다.

위진에서 수당에 이르는 시기(220~907년)는 중국 불교 조소의 전성기이다. 동한 영평永平 연간에 불교가 전래되면서 불교 조상도 함께 중국으로 수입되었다. 위진남북조(220~589년) 시기에는 마애석굴 조상이 중국 전역을 풍미했다. 『법원주림(法苑珠林)·경불편(敬佛篇)』에는 "부처님께서 열반하신 뒤로 천년이 지나 서방의 불상을 만드는 법이 중국으로 흘러들었다. 비록 경전에 의거하여 주조함에 각기 비슷하게 하려 애쓰고, 이름나고 특출난 장인이 심혈을 기울여 만들었지만 (그 정묘함이 뛰어나지 못했다)." 감숙성 돈황의 막고굴莫高窟, 영정현永靖縣의 병령사炳靈寺 석굴, 천수시天水市의 맥적산麥積山 석굴, 산서성 대동大同의 운강雲崗 석굴, 태원太原의 천룡산天龍山 석굴, 영하회족자치구 고원시固原市의 수미산須彌山 석굴, 하남성 낙양의 용문龍門 석굴, 하북성 한단시 봉봉광구峰峰礦區의 남북

향당산響堂山 석굴, 남경의 서하산棲霞山 석굴 등 여러 지역의 석굴에 비교적 초창기에 개착한 동굴 감실窟龕과 불상이 있다.

불교 조소는 천여 년에 이르는 발전을 거치면서, 형식적 기교, 풍격의 기품, 종교적 주제 등 여러 방면에서 인도 불교가 점차 중국식으로 토착화되는 과정을 이미지적으로 잘 보여주고 있다. 북위 시기의 불상은 대부분 알렉산더 대왕의 원정 과정에서 도입된 그리스 조각 스타일인 인도 간다라 양식을 모방했다. 그런데 중국으로 전래된 후 이 양식은 수골청상秀骨淸像5)과 조의출수曹衣出水6)를 특징으로 하는 스타일로 융화되면서 청준하고 공활한 양식을 형성하게 되었다. 나아가 이 양식은 당대에 들어와 풍만하면서도 단정한 스타일로 변화되어 자세, 옷차림, 조형 등 모든 요소가 완전히 중국화되었다. 대표작품은 용문 석굴 봉선사奉先寺의 노사나대불盧舍那大佛7)인데, 웅장하면서도 편안하고 자애로운 그 기품은 유가와 도가를 대표하는 온유돈후溫柔敦厚와 영정치원寧靜致遠의 두 심미적 지향을 겸비했다. 불상을 흐르는 선은 온유하고 자연스러우며 완곡하면서도 막힘 없이 흘러 남북조의 강건하고 직선적인 조각에서 부드러움으로 넘어가는 과도기를 완성했다. 감실 형식의 경우 북위 시기에는 부처 하나에 보살 둘이었다면, 당대에는 부처 하나, 제자 둘, 보살 둘, 천왕 둘, 역사 둘로 변화했다. 이러한 배치는 불경에 별다른 근거가 없으며, 당시 조정에서 볼 수 있는 군신의 배치를 그대로 반영한 것이다. '보살은 궁녀를 닮았다.'라는 당시의 비유에서 잘 드러나듯 성당 시기의 보살 조각은 고난을 구제하는 자비의 마음을 잘 보여주는 온화하고 자애로운 여성 형상이었다. 당대의 불굴감佛窟龕이란 형식과 벽화에서 무수히 등장하는 「서방정토변(西方淨土變)」은 황실과 대중이 얼마나 정토종淨土宗에 매혹되었는지를 잘 보여준다. 또한 선종의 흥기는 문인 사대부의 사상과 염원을 대표하는 것이었다. 이 두 요소가 다음 시대의 조소 스타일에까지 많은 영향을 미쳤다.

그러나 위진에서 당에 이르는 시기에 불교 조소가 흥성했다고 해서 능묘 조소가 쇠락한 것은 아니다. 남경 등지에 현존하는 육조 능묘의 석조가 보여주는 웅혼 강건함은 한대 조소의 유풍을 계승한 것이다. 당대에는 풍부한 물질적 기반에 걸맞은 성대한 장례厚葬가 일반화되어 능묘 조소의 발전을 위한 조건이 갖춰졌다. 이러한 상황을 『당회요(唐會

---

5) 남북조 시대에 특징적으로 나타난 인물과 복장 표현양식. 육탐미(陸探微)에 의해 완성된 이 스타일은 남조의 귀족을 모델로 맑고 빼어난 인물 형상을 이상화했다.
6) 북제(北齊) 시기 조중달(曹仲達)이 창안한 스타일로, 물속에서 막 나온 듯 옷이 몸에 달라붙어 몸의 선이 그대로 드러나는 조각 기법이다.
7) 비로자나불

要)』는 다음과 같이 기록하고 있다. "최근 왕, 공, 백관이 앞다퉈 성대하게 장례를 치르면서 사람 인형과 말의 형상을 살아있는 듯 생생하게 조각하여 장식했다. 공연히 행인에게 과시하기 위해서일 뿐 본래 마음에서 우러나 예를 다한 것이 아닌데도 더욱 서로 부추겨 가산을 탕진하여 파산할 지경에 이르렀다. 이러한 풍속이 아래로 서민들에게까지 유행되었으니, 만약 금지하지 않는다면 날로 사치가 늘어날 것이다." 서안 주위의 여러 산에 분포된 당대 제왕의 능침陵寢은 웅장하고 휘황찬란하며, 능묘의 장식 또한 반듯하고 아름답다. 이세민李世民의 군마를 소재로 한 「소릉육준(昭陵六駿)」은 이 시기 조소 예술의 성취를 대표하는 작품이다.

귀부인, 무사, 준마, 낙타 등은 당대 명기明器 예술의 주요한 소재였다. 마치 세상 만물을 포괄하려는 욕망을 잃어버린 듯 이런저런 모든 것을 망라하지 않았다는 점에서 도용과는 달랐다. 그러나 당대의 생활과 취향의 핵심을 응축하였으며, 화려하면서도 충실한 이 심미적 취향은 독특한 당삼채唐三彩 예술을 낳았다.

당대 중후기에 성행하기 시작한 선종은 오대에서 양송 시기(907~1279년)에는 주도적인 위치를 점하였다. 그에 따라 오대와 양송 이후의 불교 조소는 기본적으로 선종 조소가 되었다. 이 시기에 접어든 이후에는 앞 시대 사람들처럼 대형 석굴에 거대한 석상을 건설하는 데 집착하지 않았다. 그보다는 항주 비래봉飛來峰 일대의 석굴 조상처럼 자연적인 바위나 천연 종유동을 이용하여 감실을 만들었다. 또한 감실을 차지하는 불상에 나한 군상羅漢群像이 대폭 증가했다. 특히 아무 걱정 없이 활짝 웃고 있는 미륵상이 감주龕主가 되는 경우도 많아, 기존의 엄격한 종교적 질서와 신비하고 위엄 있는 기세를 버리고 친근하고 일상적인 모습으로 변화되었음을 보여주었다. 송대의 대족석각大足石刻 불상에는 수월관음水月觀音, 정병관음淨瓶觀音, 보주관음寶珠觀音 등 각종 화신의 관음과 나한이 주로 등장했다. 그리고 기존에 통상적으로 벽화에서 표현되던 「부모은중경변(父母恩重經變)」 같은 세속적인 제재가 대거 조소로 넘어왔다. 지금껏 까마득히 높은 곳에 위치해 올려다보기도 힘들었던 종교 우상이 이제 세속 대중의 소원과 기도, 액땜과 구원의 요구를 만족시켜 주는 현세의 은인이 되었다. 조소 수법은 사실적인 경향으로 나아가 최대한 사람의 표정과 비슷하게 본뜨려 했다. 예를 들어 산서성 대동의 상하 화엄사華嚴寺의 보살상은 손을 들어 합장하고 발을 내민 자세로 이빨을 드러내며 활짝 미소 지어 기존 불상 소조의 금기까지 깨부수었다. 산서성 진사晉祠의 민간 전설을 소재로 제작한 점토 소조 시녀상은 그 용모가 현지의 민간 아낙과 똑 닮았는데, 이 또한 이러한 경향을 대표한다.

송대 이후에는 원적한 승려의 육신을 모태로 한 채색 소조 불상이 등장하기도 했다. 명청 양대의 사원 불상은 채색이 지나치게 화려했을 뿐 아니라 실제 사람의 모발로 불상의 수염이나 눈썹을 만들기도 했다. 우상의 숭고미는 완전히 사라졌으니, 생기가 전혀 없이 용속한 찌꺼기만 남게 되었다.

명청 이후에는 능묘 조각 또한 쇠락의 길을 걸었다. 왕릉의 석인과 석수는 여전히 규모를 자랑했지만, 신수는 고양이나 강아지처럼 온순한 모습이라 쓸데없이 형식만 갖췄을 뿐 위세를 드러내지는 못했다.

송, 원, 명, 청 시대에 활짝 꽃핀 분야는 공예 조각이다. 황실 진상품, 문인의 취미, 민간의 상품 등 다양한 수요에 발맞춰 공예 조각은 품종, 형식, 재료 등 여러 방면에서 크게 발전하였다. 자소관음瓷塑觀音, 달마상, 근조나한根雕羅漢, 수성상壽星像 등 문인이 책상머리에 놓고 완상하던 소품과 죽필통竹筆筒, 석연합石硯盒 등 문방 용품에 새겨진 정교한 조각, 창문이나 대문 등 건축 장식 조각, 강남의 전조磚雕, 목조木雕, 북방의 유리 유조琉璃釉雕 등등이 모두 기존의 전통 기예를 종합 발전시켜 극치에 이르렀다.

무수히 많은 소품 가작들이 이 시대의 주인공이 되어 기존의 종교 및 능묘 조각과 우열을 다퉜다.

앞 시대의 거대 조소가 가진 웅장한 스타일을 버리고 인간에게 다가간 친근한 스타일로 나아가는 방향은 중국과 서양의 조소가 공통으로 보이는 특징이다. 그러나 서양은 르네상스 이후 조소의 모티프가 날로 풍부해져 공공장소, 자연 풍경 등 더욱 개방적인 공간으로 나아갔다면, 중국의 근세 시기 공예 조소는 이와 상반되게 갈수록 서재와 책상으로 들어와 정교하고 섬세한 손바닥 위 소품으로 변해갔다. 이처럼 상이한 두 경향은 중국과 서양의 근세가 가진 인문 정신과 문화적 심리 상태를 그대로 드러내고 있다.

6

고대 무용

왕커펀(王克芬)

고대 중국에는 예로부터 '시·악·무 동원설詩樂舞同源'이 있었다. 이에 따르면 인체의 동작을 주요한 표현 수단으로 하는 춤은 시가나 음악과 함께 중국 역사상 가장 이른 시기에 탄생한 종합적인 원시 예술 형식이다. 사실 원시사회의 사람들에게 물질적 생산과 구별되는 최초의 정신 활동은 서로 뒤엉켜 나누어지지 않은 상태였다. 훗날 분화를 거치는 시詩, 가歌, 악樂, 무舞, 극劇 등의 모든 예술 장르는 처음에는 유일한 원시 이데올로기였던 무巫의 의례에 혼재되어 있었다. 바로 이런 이유에서 원시 무용은 원시 종교 생활의 여러 분야에 관련된다.

상고 전설에 "석경石磬을 치고 두드리니 온갖 짐승이 어울려 춤을 추며"(『서경·익직(益稷)』)라는 말이 있는데, "신과 사람이 조화를 이루는 것"을 목적으로 한 이 춤은 분명 무당의 의례 활동에 사용된 토템 가무의 일종이었을 것이다. 운남, 내몽골, 신강 등지에 남은 상고 암벽화에는 머리에 깃털을 꽂고 어깨에 깃털 망토를 걸치거나 꼬리 장식을 한 춤꾼의 이미지가 적지 않다. 특히 청해성 대통현大通縣에서 출토된 신석기 시대의 무도문도분舞蹈紋陶盆에는 꼬리 장식을 한 채 손을 맞잡고 춤추는 춤꾼이 그려져 있다. 이들 이미지는 "온갖 짐승이 어울려 춤을 추고", "봉황새도 날아와 법식에 맞춰 춤을 추었다.", "간척干戚[1]을 들고 우모羽旄로 장식하여 그 위용을 드러냈다." 등의 역사 기록을 생생하게 증명하고 있다. 사자무獅舞, 용무龍舞, 공작무孔雀舞, 죽마무竹馬舞 등 새나 짐승을 모방한 춤은 지

---

1) 방패와 도끼 모양의 무구(舞具)

금까지도 중국 내 여러 민족 사이에 성행하고 있다. 전통 무용 용어에도 쌍인연雙人燕, 대붕시大鵬翅, 호도虎跳, 상양퇴商羊腿 등 새와 짐승의 자세를 모방한 것이 많다. 물론 원래 이들 춤에 내포되어 있던 격렬하고 착란에 가까운 종교적 의미는 약화되거나 잊혀졌다.

씨족의 번성을 기원하는 생식 숭배는 원시 종교의 중요한 요소였다. 고고학자 왕빙화王炳華가 발견한 신강성 호도벽현呼圖壁縣 당가석문자唐家石門子 생식 숭배 암벽화는 원시 가무와 생식 숭배 신앙과의 밀접한 관련을 잘 보여주고 있다. 성별 특성이 명확한 남녀가 교접하고 있는데, 그 아래에는 일치된 동작으로 춤추는 수십 명의 소인小人이 새겨져 있어 씨족의 왕성함과 생명의 연장을 상징하고 있다. 원시 사회에서 제사 활동 중에 남녀가 교합하거나 짝을 찾았다는 기록은 수많은 고문헌에서 찾아볼 수 있다. 오늘날 각 민족들에게 유전된 사랑 노래나 춤에서도 상고 시대 구애무의 흔적과 변형을 발견할 수 있다.

춤의 신비한 감염력은 사람들에게 춤으로 신과 통할 수 있고, 신을 즐겁게 할 수 있다고 믿게 하였다. 따라서 춤은 제례 의식의 중요한 구성 요소가 되었다. 이를 무제舞祭라 한다. 무제의 목적은 신에게 복을 기원하는 것에 있다. 중국 최초의 문자인 갑골문과 금문에는 제사에 사용된 춤에 대한 수많은 기록이 있는데, 그중 상당수가 무당이 기우제를 지내는 것과 관련된 것이다. 이러한 무무巫舞는 상대에 매우 성행했다.

전설상의 상고 무용에는 전쟁을 반영한 '형천씨의 음악刑天氏之樂', 건신健身의 기능을 갖춘 '음강씨의 음악陰康氏之樂', 천지와 조상을 칭송하고 사람과 가축의 번성과 오곡의 풍년을 축원하는 '갈천씨의 음악葛天氏之樂' 등이 있는데, 이들은 모두 인류의 생존과 발전에 밀접하게 관련되어 있다.

원시 무용은 신을 즐겁게 하기 위한 것이었다. 하지만 바로 첫 시작부터 오락적인 요소를 가지고 있어서, 즉 사람들이 춤을 추며 감정을 쏟아내고 즐거움에 도취되어 망아의 경지에 이르도록 하기 때문에 춤은 신령과 통할 수 있었던 것이다. 그런데 사회가 진보하고 종교 관념이 약화되면서 전통적인 제사 활동은 점차 명절 축하 의식이나 집단적 오락으로 변해 갔고, 신을 즐겁게 하는 종교 무용 또한 단순히 스스로 즐기거나(집단적인 춤) 남을 즐겁게 하는(공연용 춤) 예술 형태로 발전하게 되었다. 그러면서 전문적으로 악무樂舞 창작에 종사하거나 악무를 공연하는 노예, 즉 최초의 전문 무용가가 출현했다. 하나라 걸왕 시절에는 여악女樂이 3만 명이 있었다고 전해지는데, 그 심미적 특징은 "클수록 아름답고 많을수록 볼 만하다以鉅爲美, 以衆爲觀."라고 여겨 웅장하고 화려하게 많은 사람이 공연하는 춤을 숭상하였다. 상나라 주왕 시절의 그 유명한 "기녀들의 요염한 춤北里之舞"과 "퇴폐적인 음악靡靡之音"이란 것도 주왕의 향락을 위해 제공되던 악무였다.

주대는 인문 정신이 활발하던 시대였다. 건국 초기에 주공 단의 주도하에 전대의 전통 악무를 수집하고 정리하여 예악 제도의 체계를 수립했다. 당시에 편성된 육무六舞, 즉 「운문(雲門)」, 「함지(咸池)」, 「대소(大韶)」, 「대하(大夏)」, 「대호(大濩)」, 「대무(大武)」 중에서 주 무왕을 노래한 「대무」를 제외한 나머지는 모두 전대의 영웅을 기리는 악무였다. 「불무(帗舞)」, 「우무(羽舞)」, 「황무(皇舞)」, 「모무(旄舞)」, 「간무(幹舞)」, 「인무(人舞)」 등 소무小舞도 편성했는데 이는 공경대부의 자제를 교육시키는 데 사용되었다. '육무'의 설립으로 고대 중국의 '아악雅乐'의 체계가 세워졌다. '소무'의 편성으로 중국에서 가장 오래된 악무 교재가 마련되었다. 악무를 심미 교육의 내용 중 하나로 채용한 역사가 이미 삼천 년이 넘은 셈이다.

춘추 전국 시기는 사회적 대변혁과 사상적 역동성으로 백가쟁명의 국면을 맞아 문화 예술이 크게 번영하였다. 춤 또한 이 시기에 크게 발전하였다. 판에 박힌 듯 경직된 '아악'은 날로 쇠락하였고, 각지의 민간 무용이 약진하였다. "둥둥 북을 친다, 겨울도 없고 여름도 없이.", "삼베 길쌈 일 팽개치고, 저잣거리에서 빙빙 춤만 춘다네." 등의 『시경』 구절은 자유분방하게 춤을 추는 장면을 묘사하고 있다. 전국 시기 옥조무녀玉雕舞女와 청동 기나 칠기에 새겨진 춤꾼의 문양에서 볼 수 있는 긴 소매 하늘거리며 끊어질 듯 얇은 허리로 표일하게 춤추는 자세는 전국 시기 춤 기예의 높은 수준을 방증한다. 유명한 춤꾼인 선연旋娟이나 제모提嫫가 공연한 「영진(縈塵)」, 「집우(集羽)」, 「선회(旋懷)」는 중국 최초의 무용 제목이다. 춤 이름을 보면 이 춤의 특징이 경쾌하고 부드러움을 알 수 있다. 이러한 심미적 풍격이 일부 중국 춤에 전승되고 있다. 이와 함께 역귀를 쫓는 가면무인 나儺에 대한 기록도 보인다.

악무에 관한 이론적 논쟁이 이 시기의 성취 중 하나이다. 유가에서는 악무를 제창하며, "무릇 음악이 일어나는 것은 사람의 마음에서 생기는데, 사람의 마음을 움직이는 것은 외부의 사물이 자극하기 때문이다."라고 생각했다. 묵가는 악무에 부정적인 태도를 보였는데, 하층 인민의 입장에 서서 탐욕적으로 즐거움을 추구하는 귀족의 향락적인 생활을 반대한 것이다.

진나라가 전국을 통일한 기초 위에서 한대의 춤은 다른 문화 예술과 함께 크나큰 진보를 이루었다. 당시 가장 광범하게 유행하던 음악, 춤, 잡기, 환술, 무술 등의 공연이 뒤섞인 '백희百戲'에는 기예 수준이 꽤 높았던 「칠반무(七盤舞)」[2], 「건무(巾舞)」, 「어무(魚舞)」, 「건고무(建鼓舞)」, 그리고 서남부 지역 소수민족의 「파유무(巴渝舞)」 등이 포함되어 있었고, 또한 각종 「용무(龍舞)」를 통해 기우제를 지냈다는 기록도 남아 있다.[3] 분장한 인물의 '총회선창總會仙唱'과 희극의 줄거리를 가진 「동해황공(東海黃公)」은 후세 희곡의 맹아가 된다. '어룡만연지희魚龍曼衍之戲'는 상고 시대의 "온갖 짐승이 어울려 춤을 추고", "봉황새도 날아와 법식에 맞춰 춤을 추었다."와 같은 전통을 계승하여 여러 소수 민족의 조수를 모방한 춤의 전파에 영향을 주었다. 한대 화상석에는 '백희'의 공연 모습이 매우 풍부하게 새겨져 있다.

한대에 출현한 기예가 뛰어난 춤꾼으로는 한고조의 총애를 받던 척부인戚夫人과 성제의 황후인 조비연趙飛燕 등이 유명하다. 척부인은 허리를 뒤로 꺾어서 추는 춤과 초나라 춤楚舞을 잘 추었다. 조비연은 "몸이 제비처럼 가벼워 손바닥 위에서 춤을 출 수 있었다."라는 말이 전할 정도로 춤이 나긋나긋했다. 자그마치 2천여 년 전에 이미 유연한 허리기술과 도약에 숙달되어 있었고 호흡을 통제한 데다, 심지어 기공에서 말하는 '경공술'까지 춤에 응용할 수 있었으며 독특한 무보舞步와 같은 고난도의 기교를 창조했던 것이다. 한대는 춤의 기예적인 부분에서 중대한 진전을 이룩한 시대였다.

삼국 시기와 위진남북조 시기는 사회적 동란으로 터전을 잃고 쫓겨나 뒤섞여 살면서 여러 민족의 악무 문화 간의 교류가 빈번하게 이뤄졌다. 이는 수당 시기, 특히 당대의 춤이 고도로 발전할 수 있는 조건을 마련해 주었다.

581년에 수나라가 건립된 후 수문제는 남조와 북조의 악무를 종합하여 궁중 연악宴樂인 「칠부악(七部樂)」을 제정했고, 이는 이후 「구부악(九部樂)」으로 증편되었다. 618년에 당나라가 건립된 후 중국은 전성기를 맞았다. 이 시기에 남조의 중국 전통 악무와 북조의 여러 소수 민족의 악무를 수집하였고, 국내외 여러 민족의 민간 악무를 기초로 풍부하고 화려한 당대 무용을 창조하였다. 전례, 의례, 감상, 오락의 성격을 겸비한 궁중 연악인 「구부악」과 「십부악(十部樂)」이 대표적이다. 당나라의 흥성함을 노래한 연악燕樂과 중국 전통의 청상악淸商樂 말고는 대부분 서량악西涼樂, 천축악天竺樂, 고려악高麗樂, 구자악龜玆樂,

---

2) 혹은 반고무(盤鼓舞)라고도 했다.
3) 『춘추번로春秋繁露』

안국악^{安國樂}, 소륵악^{疎勒樂} 같이 나라 이름이나 지명으로 악곡의 제목을 삼았다. 이들은 모두 지방 특색과 민족적 스타일이 농후한 악무였다. 이와 별도의 유명한 당대 궁중 연악은 입부기^{立部伎}와 좌부기^{坐部伎}이다. 이는 초당에서 성당에 이르는 시기에 각 민족의 민간 악무를 흡수하여 편성한 것이다. 그 내용이 당대의 황제를 찬양하는 것이었으니 규모가 거대하고 화려했다. 가장 널리 알려진 「파진악(破陣樂)」, 정교하게 설계한 춤으로 옷을 바꿔가며 황제의 천수를 기원하는 글자를 완성하는 「성수악(聖壽樂)」, 사자춤인 「태평악(太平樂)」 등은 공연하는 인원수가 백여 명에 달했다. 규모가 좀 작고 인원수가 많지 않은 좌부기 춤으로 삼인무인 「조가만수악(鳥歌萬壽樂)」, 우아한 화무^{花舞}인 「용지악(龍池樂)」 등이 있다.

공연용 춤 중에 건무^{健舞}, 연무^{軟舞} 및 가무 대곡^{大曲}의 명성이 가장 높았으며, 전파된 지역이 넓었으며 오랫동안 유행하였다. 그중 꽤 많은 춤이 오대에서 송대를 거쳐 지금까지 전승의 흔적을 발견할 수 있을 정도이다. 건무와 연무는 춤의 스타일에 따라 분류한 것이다. 건무는 날래고 씩씩하여 양강^{陽剛}의 미가 풍부하고, 연무는 우아하고 부드러워 서정에 능하다. 건무로는 「검기무(劍器舞)」, 「호선(胡旋)」, 「호등(胡騰)」, 「자지(柘枝)」 등이 유명하다. 이 중에서 「검기무」는 일반적으로 춤꾼이 검 같은 병장기를 들고 용맹하고 호방한 자태로 기세가 충만하게 춤을 춰 사람들의 혼을 쏙 빼놓았다. 이름난 교방 기녀^{舞伎}인 공손대낭^{公孫大娘}의 「검기무」는 당시 명성이 자자했다. 이 춤의 표일하게 변화하는 기세는 초서의 대가인 장욱^{張旭}과 회소^{懷素}의 영감을 자극하여 그들의 서예를 크게 진척시키기도 했다. 공손대낭의 공연은 유년 시기의 시인 두보에게 잊을 수 없는 기억을 남긴 바 있다. 52년이 지난 후, 그는 공손대낭의 제자가 추는 「검기무」를 보고서 감개무량하여 「공손대낭의 제자가 춘 검기무를 보고 노래함(觀公孫大娘弟子舞劍器行)」이라는 시를 짓기도 했다. 「호선무」, 「호등무」, 「자지무」는 서역에서 중국으로 전래된 민간의 춤이다. 명랑, 활발, 유쾌, 수려하며 하늘하늘 변화가 풍부한 춤 동작은 사람들에게 깊고 선명한 인상을 남겼다. 이러한 정서는 당대의 격앙되고 개방적인 시대 정신에 매우 잘 부합하는 것이었다. 사람들은 이들 춤에 그야말로 미친 듯이 심취했다. 시인 백거이^{白居易}는 다음과 같이 개탄한 바 있다.

천보 말년에 변란이 움틀 무렵,

신하고 부인이고 모두 빙글빙글 도는 춤을 배웠는데,

궁중에는 양귀비, 궐밖에는 안녹산이 있어,

두 사람이 가장 호선무에 능하다고들 했다.

양귀비는 배꽃 피는 정원에서 귀비로 책봉되고,

안녹산은 금빛 닭 그려진 병풍 아래에서 양자로 입적됐다.

안녹산의 호선무는 임금의 눈을 흘려,

병사들이 황하를 건너도 반란이 아니라고 생각하였고,

양귀비의 호선무는 임금의 마음을 현혹하여,

죽어서 마외역(馬嵬驛)에 버려져도 그리움은 더 깊어졌다.

이로부터 나라의 법도도 빙글빙글 돌아,

오십 년 지나도 멈출 줄 모른다네.

　빙글빙글 선회하는 춤의 유행을 통해 어지러운 시대를 풍자한 이 시에「호선무」가 한 시대를 풍미한 상황이 잘 드러나 있다.「자지무」는 오랫동안 중국에서 유행하는 과정에서 중국인의 심미적 관습에 맞게 변화하여, 원래의 소수 민족 스타일의 독무에서「쌍자지(雙柘枝)」란 이름의 쌍인무로 발전하였다. 이후 큰 연꽃 속에 두 여자아이가 숨어 있다가 꽃이 피어나면 그 속에서 나타나 서로 마주하여 우아하게 춤을 추었다. 그 연출에 사용된 복식 또한 중국화되었다.

　연무 가운데「녹요무(綠腰舞)」는 긴 옷소매를 특징으로 한다. 때로 두 소맷자락을 천천히 돌리며 몸을 낮춰 선회하는 춤을 추면 일렁이는 연꽃 파도 같고, 때로 소맷자락을 급하게 휘둘러 눈발이 바람에 휘날리는 것 같았다. 끊어지지 않고 완만한 동작이 진행되다가 경쾌한 리듬의 춤사위가 이어지는 식의 복잡한 춤동작을 민첩하고 경쾌하게 펼쳐 "놀란 기러기를 쫓아 날아가는" 기세를 가졌다. 음악은 새 울음소리를 본뜬「춘앵전(春鶯囀)」을 사용했는데, 이는 연무 중에서 비교적 유명한 작품이기도 하다. 장호張祜가 지은「춘앵전」의 시구인 "궁녀가 춘앵전을 부르니, 꽃 아래 사근사근 연무를 추며 나오네."라는 궁중 무기舞伎의 부드러운 노래와 춤사위를 잘 묘사하고 있다. 사발을 들고 춤추는「양주(涼州)」는 연무 가운데 가장 오랫동안 유행한 악무이다.『무림구사(武林舊事)』에 기재된 남송 시기 관본 잡극의 곡목官本雜劇段數 중에 7종의 다른 명칭의 '양주'가 있다.

　대곡大曲은 통일되고 엄정한 구조를 가진 여러 단락의 대형 조곡이다. 악기 연주, 가창,

춤을 결합하여 산서散序, 중서中序, 파破의 세 악무 단락으로 이루어진 대곡은 기예가 정심하고 오랫동안 전파되어 송대의 이야기 줄거리를 가진 '대곡'과 후세의 희곡 예술에까지 깊은 영향을 주었다. 지금까지 전해지는 대곡의 곡목은 약 4~50종에 이르는데, 일부 대곡은 이미 고증할 수 없다. 이 중에서 가장 대표적인 것은 예상우의곡霓裳羽衣曲이다. 이 악곡은 당현종이「바라문곡(婆羅門曲)」을 부분적으로 편곡한 것으로, 환상적인 선계仙境를 묘사하는 데 치중했다. 때문에 당명황唐明皇, 즉 현종이 월궁月宮을 유람한 뒤「예상우의곡」을 지었다는 전설이 뒤따른다. 선녀로 분장한 춤꾼들의 복식은 독특하고 우아하면서 화려했다. 산서散序에서는 춤을 추지 않았고, 중서中序에 박자가 가미되면서 춤을 시작하는데 동작이 가볍고 표일했다. "표연히 선회하니 눈송이가 나부끼듯 가볍고, 유영하는 용이 놀라는 듯 어여삐 너울거린다. 소수수小垂手 춤을 마치니 버들가지가 힘이 없는 듯, 비스듬히 옷자락 끌어당기니 구름이 일렁이는 듯하다."[4] 입파入破가 시작된 후 리듬이 빨라지고 춤동작이 격렬해져 변화가 빈번하였다. "복잡하고 빠른 리듬의 예상파霓裳破 12편이 전개되면, 구슬과 옥이 구르는 듯 낭랑하게 울려 퍼진다." 마지막으로 갑자기 "학이 우짖듯 한 소리 길게 뽑는" 느린 리듬 속에서 끝을 맺는다.「예상우의곡」은 당대 궁중의 대표적인 춤곡으로, 그 공연 형식은 독무, 쌍인무, 수백 명의 대형 군무로 나눌 수 있다.

당대에는「답요랑(踏謠娘)」과 같이 인물과 이야기로 구성된 가무희歌舞戲도 연출되었다. 춤은 사회생활의 여러 방면에 깊고 넓게 스며들어, 상술한 다양한 연악과 공연 춤뿐만 아니라「답가(踏歌)」와 같이 군중이 명절에 즐기는 춤이 한 시대를 풍미하여 농촌과 지방 소도시로 퍼져 나갔다. 왕실의 귀족, 공주와 귀비, 문신과 무장, 문인 학사 등은 종종 즉흥적으로 춤을 추기도 했는데, 기예를 선보이거나 춤을 빌어 감정이나 뜻을 밝히는 용도로 사용했다. 궁기宮伎, 관기官伎, 관기館伎, 가기家伎 등 전문 가무 기인伎人은 당대의 춤이 고도로 발전하도록 추동한 주력군이었다. 그러나 그들 대부분은 사회적 지위가 낮은 노예였다. 일종의 분업화된 '황실 가무 잡기단'이라 할 수 있는 교방教坊, 이원梨園, 태상시太常寺 등 당대 궁중에 설치된 각종 악무 기구에서는 전문 예인들을 집중적으로 배양시켜 당대 춤의 발전에 무시할 수 없는 역할을 했다.

755년 '안사의 난' 이후 궁중 악무 기구는 해산되거나 축소되어 기예 수준이 높은 예인들이 대거 민간으로 흩어졌다. 이는 민간 춤의 수준이 높아지게 된 중요한 요소이다.

---

4) 백거이,「예상우의가(霓裳羽衣歌)」

오대십국은 당의 춤이 송으로 이행하는 과도기가 되는 시기이다. 송은 당의 춤을 계승하는 한편 춤을 희곡 예술 속에 융합하여 무용 예술의 발전에 전환점이 되는 변화를 일으켰다.

907년 거란이 요나라를 건국한 것은 북송의 건국보다 50여 년 앞섰다. 요나라는 자국의 악무를 '국악國樂'이라 칭하고, 통치 범위에 있던 기타 민족의 악무를 '제국악諸國樂'이라 칭했다. 그리고 이른바 '대악大樂'은 당대에서 유전되어 온 '대곡'과 연악 중의 일부 악무를 가리켰다. 요나라는 대곡을 연주할 때 대부분 빠른 리듬 단락인 '곡파曲破' 부분만 연출했다. 『요사(遼史)·악지, 대악(樂志·大樂)』에 따르면, 요나라의 궁중에서는 당대 연악인 「경운」 4부, 즉 「경운악(景雲樂)」, 「경선악(慶善樂)」, 「파진악(破陣樂)」, 「승천악(承天樂)」이 보존되어 있었다. 춤꾼은 4~8인으로 균등하지 않았는데, 이는 당대 좌부기의 편제와 동일했다. 요나라 거란인의 춤은 회전과 같은 고난도의 기교는 없었으며, "자유로이 변화하지 못하고 손발을 신축시킬 따름이다."라고 평가되었다. 북방 소수 민족의 춤은 여전히 웅건하고 소탈한 풍격의 기질을 간직하고 있다. 북경 운거사雲居寺의 석당石幢과 나한탑에는 요나라 거란 춤꾼의 씩씩한 자태가 새겨져 지금까지 잘 보존되어 있다.

중원 지역의 춤은 획기적으로 변화했다. 성리학이 일어나면서 송대 상층 사회에서는 이제 춤을 잘 추는 것을 자랑하기보다는 부끄러운 것이라 여기기 시작했다. 궁중 전례에서 사용되던 연악은 대형 군무로 연출했는데, 여제자대女弟子隊와 소아대小兒隊로 나눌 수 있다. 춤을 추는 인원수는 소아대는 72인, 여제자대는 153인이었다. 그중 상당수 악무의 제목은 당대와 대체로 비슷했다. 예를 들어 자지대柘枝隊, 검기대劍器隊, 호등대胡騰隊, 혼탈대渾脫隊, 보살만대菩薩蠻隊, 예상대霓裳隊 등이다. 공연 형식은 다소 변화하였다.

송대에는 당의 '대곡'을 계승하면서 더욱 발전시켰다. 일부 대곡은 단순한 음악 무용의 상연에 그치지 않고 노래에 이야기를 담거나, 인물과 줄거리를 연기하는 단락을 끼워 넣었다. 예를 들어 「검기대곡(劍器大曲)」의 경우 초한이 패웅을 겨루던 시기의 홍문연鴻門宴 고사와 당대 초서가 장욱이 공손대낭의 검기무를 관람하는 줄거리를 삽입했다. 천여 년의 거리를 격한 두 역사 고사를 하나로 묶은 것이다. 남송의 관본 잡극의 곡목에는 「육요(六么)」[5], 「검기(劍器)」, 「양주」[6] 등과 같이 당송 가무대곡의 명목이 많다. 이는 희곡

---

5) 비슷한 음인 '녹요(綠腰)'를 줄여서 쓴 것이다.
6) 梁州, 혹은 涼州

예술이 형성 및 발전하는 과정에 전대의 음악과 무용을 흡수했음을 분명히 보여주는 중거이다.

　새로 흥기한 희곡 예술에 융합되는 과정에서 전통 무용이 발전한 측면도 없지 않지만, 독립된 공연 예술로서의 춤은 쇠락하는 추세를 보였다. 그러나 민간에서 명절에 군중 오락 활동의 일환으로 즐기던 춤7)은 상당히 흥성했다. 지방 소도시의 행회行會 조직이나 향촌 등이 개별적으로 '무대舞隊'를 보유하여 「한룡선(旱龍船)」, 「죽마아(竹馬兒)」, 「박호접(撲蝴蝶)」, 「좌화상(要和尙)」, 「저가(杵歌)」 등을 연출했는데, 원·명·청을 거쳐 지금까지 전해지고 있다. 송대는 민간의 무용 활동에 관한 기록이 가장 풍부한 시기이다. 이와 동시에 도시의 번영으로 와사瓦舍나 구란勾欄 등 각종 기예 공연을 전문으로 하는 고정된 장소가 만들어졌다. 예인들이 당대와는 달리 황실 귀족의 종속에서 벗어나게 된 것이다. 구란과 와사에서 그들은 스스로 창작하고 공연하여 살길을 도모했으며 기예를 전수하고 서로 경쟁하는 기회를 획득했다. 여러 기예 공연 중에 「무선(舞旋)」과 같은 무용 제목도 있었지만, 주도적인 위치를 점한 분야는 잡극, 잡기雜要, 설창說唱 등 새로 유행하던 것들이었다.

　송과 대립하던 정권은 요나라 외에 금나라와 서하가 있었다. 금은 여진의 악무 전통에 더하여 요나라의 춤을 계승하고 송나라의 춤을 융합했다. 금의 원본院本은 초기 북잡극北雜劇인데, 출토된 금묘잡극전조金墓雜劇磚雕를 살펴보면 자세와 손동작에 춤의 미감이 풍부하게 들어있다. 서하 사람들은 귀신을 섬겼으므로 무속 활동의 일환으로 신을 즐겁게 하고 신에게 기원하는 무무巫舞를 곁들이곤 했다. 돈황 막고굴이나 안서安西 유림굴楡林窟 등의 석굴에 보존된 서하의 춤 그림이 보여주는 강건한 춤사위가 서하 무용의 풍모를 어느 정도 반영하고 있다.

　중국 고대 사회의 후기인 원·명·청 3대의 최고 통치자는 각각 몽골족, 한족, 만주족이었다. 그러나 이 시기 춤의 발전 추세는 서로 일치하고 있었다. 춤(이전 세대의 전통 춤과 민간 가무백희 등을 포함한)은 계속하여 각종 희곡 공연에 흡수, 융합되었다. 원 잡극雜劇, 명 전기傳奇, 명말 청초의 곤곡昆曲, 청대에 형성 및 발전한 경극, 주로 민간 가무에서 기원한 각종 지방 희곡 등의 공연에 춤의 요소가 함유되어 있었다. 희곡 공연의 네 가지 연기 수단, 즉 4공四功을 각각 창唱, 염念, 주做, 타打라 하는데, 이 중 '주'와 '타'는 춤의 성격이

---

7) 송대에는 무대(舞隊)라고 칭했다.

아주 강하다. 주의할 점은 아무리 춤의 성격이 강한 공연이라 할지라도, 극중 인물의 성격을 형상화하고 이야기의 줄거리를 보여주기 위해 춤이 사용된다는 점이다. 희곡이 발전해 나감에 따라, 역대 희곡 예인들은 완성된 공연 양식과 신체의 훈련 방법을 창조하여 중국 고전 무용의 체계에 견실한 기초를 마련하였다. 따라서 희곡 공연에 융합된 춤은 고도로 발전하여 빛나는 성취를 이룰 수 있게 되었다.

그러나 독립된 공연 예술로서의 춤은 여전히 쇠락을 길을 걸었다. 비록 가기家伎의 춤에 대한 단편적인 기록이 있긴 하나, 사회 전체로 봤을 때 전문적인 무용 연출 단체와 상황별로 공연할 무용 예술은 이미 사라졌다. 춤에 능한 자는 모두 각종 희곡 배우들이었다. 그런데 비록 중원의 한족 상층 사회에서는 춤으로 즐기고 의례에서 춤을 추는 풍조가 끊어진 것이 분명하지만, 민간의 춤은 민간 풍속, 명절, 제사 등의 활동에서 군중들에게 대대로 전해져 왔다. 조정에서 민간의 춤을 금지하는 명령을 반복해서 내렸지만, 각 부족의 민간 춤은 완강한 생명력을 보이며 전승되어 온 것이다. 지금까지 전해진 춤은 다음과 같다. 한족의 민간 춤인 「사자무(獅舞)」, 「용무(龍舞)」, 「앙가(秧歌)」, 「고교(高蹺)」, 「한선(旱船)」, 「죽마(竹馬)」 등이 있고, 위구르족의 고전 가무로 「무캄(木卡姆)」, 「새내무(賽乃姆)」 등이 있고, 몽골족의 「도라(倒喇)」[8], 장족(藏族)의 「과장무(鍋莊舞)」, 만주족의 「망세무(莽勢舞)」, 요족瑤族의 「장고무(長鼓舞)」, 묘족苗族의 「노생무(蘆笙舞)」, 장족壯族의 「편담무(扁擔舞)」, 다이족傣族의 「공작무(孔雀舞)」, 대만 고산족高山族의 「저무(杵舞)」[9], 조선족의 「부채춤(扇舞)」 등이 있다.

빛나는 중국의 춤은 여러 민족이 공동으로 창조한 귀중한 문화유산이다. 지금도 여전히 강한 생명력을 발산하는 중국 춤은 자신의 다채롭고 독특한 심미적 자태로 세계 각국의 많은 사람에게 사랑을 받으며 인류 무용의 보고에 찬란한 구슬 하나를 더하였다.

8) 공연 형식이 유사한 것은 현재의 「사발춤(盅碗舞)」과 「등무(燈舞)」
9) 혹은 「저악(杵樂)」

7

중국 희곡

루하이보(路海波)

고대 중국의 희극은 고대 무속과 원시종교 가무에서 기원했다. 은상 시기 갑골문 복사^{卜辭}에 등장하는 무^巫와 무^舞가 같은 글자라는 사실을 놓고 보면 지금으로부터 2~3천 년 전에 시작되었다고 추측할 수 있다. 그런데 내몽골 음산^{陰山} 암각화에 그려진 무속적 성격의 풍년 기원 가무와 사냥 가무는 약 1만 년 전의 그림이다. 이를 고대 중국 희극의 기원으로 간주할 수 있다.

무무^{巫舞}와 기타 원시 종교의 의례를 형식으로 하는 중국의 원시 희극은 당연히 유치하고 단순했지만, 관객들 앞에서 공연을 하고 출연자와 관객이 감정적 교류를 한다는 희극의 가장 본질적인 모습을 갖추고 있었다. 무당과 의례에 참가한 다른 사람들은 때로 신내림이라는 방식으로 신령의 역을 하기도 하고, 때로 짐승으로 분장하여 사냥의 승리를 기원하기도 한다. 이러한 원시 종교 의례 형식의 원시 희극은 중국에서 꽤 오래전부터 유행하였다. 내몽고 음산 암각화만큼 규모가 큰 것으로 운남 창원^{滄源} 암각화, 광서성 화산^{花山} 암각화 및 청해성 대통^{大通}에서 출토된 짐승 꼬리를 장식하고 춤추는 사람이 그려진 5천 년 전의 무도문채도분^{舞蹈紋彩陶盆} 등이 이를 방증한다.

『시경』의 국풍에는 춘제^{春祭} 의식에서 애정을 주제로 모두가 광희에 휩싸여 가무를 즐기는 내용이 다수 등장한다. 남녀가 대창^{對唱}하고 섬세하고 곡절 있는 내용을 표현하며 마지막에서 단체 도하 의식으로 끝맺는 이 춘제 가무에는 질박한 희극적 요소가 포함되어 있었다. 이 밖에 진한 시기 궁중과 민간에서 가면을 쓰고 역귀를 쫓는 의식인 '대나무^{大儺舞}', 진한 궁중의 연악^{宴樂} 가무, 각종 잡기와 백희^{百戱} 및 배우가 분장하여 제왕을 풍자하는 고대 희극의 흔적은 역사 서적 곳곳에서 찾아볼 수 있다.

당대는 중국 고대 희극의 형성과정에서 중요한 과도기이다. 당현종 때는 궁중에 궁중 가무 예인을 훈련시키는 전문적인 기관인 '이원梨園'이 만들어지기까지 했다. 당 현종은 직접 가르치기도 할 정도의 애호가였기에 이들 예인을 '황제의 이원제자皇帝梨園弟子'라고 칭하기도 했다. 이 때문에 후대에도 극단인 희반戲班을 이원이라 불렀고, 희극 예인들을 이원제자라고 칭했던 것이다. '이원'은 희곡의 별칭이기도 했다. 당대 희극은 그 종류가 다양했는데, 「난릉왕(蘭陵王), 「답요랑(踏搖娘)」, 「발두(撥頭)」와 같은 가무희와 익살스러운 문답과 탐관오리를 풍자하는 참군희參軍戲는 기본적인 줄거리와 서사를 가지고 있어 송원 시기 희곡의 성숙에 중요한 영향을 끼쳤다.

송대에는 와사瓦舍나 구란勾欄으로 불리는 시민들이 집중적으로 즐길 수 있는 공간이 출현했다. 이곳에서는 종종 밤새도록 잡극雜劇, 잡기雜技, 괴뢰희傀儡戲, 영희影戲, 설서說書, 설창說唱, 강사講史, 춤, 제궁조諸宮調 등을 공연했다. 서회書會는 와사, 구란의 흥행에 뒤따라 생겨난 전문적인 작가 조직이다. 서회에서 화본話本, 희본戲本, 곡사본曲詞本 등을 집필하는 전업 작가들을 당시에는 '재인才人'이라 불렀다. 와사, 구란 및 서회에서 행한 각종 공연 창작 활동을 통해 당시 예술가들은 서로 배우고 교류할 수 있는 유리한 조건을 갖출 수 있게 되었다. 중국 희극의 발전이란 측면에서 송대의 각종 공연 예술 중에서 가장 중요한 의미를 갖는 것은 잡극이다. 남송 이전의 잡극은 엄격한 범위가 정해지지 않은 상태이다. 잡극은 통상 괴뢰희, 각저희角抵戲, 골계희滑稽戲, 심지어 백희잡기百戲雜技 등과도 별 구분 없이 통칭되었으며, 간혹 「목련구모(目連救母)」처럼 연속적으로 공연할 수 있는 장편 서사극 장르를 가리키기도 했다. 남송 이후 희극은 점차 엄격한 범위가 정해지게 되었는데, 주로 두 종류의 희극 형식을 가리켰다. 하나는 대사 위주의 골계희이고, 다른 하나는 가무희였다. 이들은 비록 형식이 달랐지만, 서사성이 강하고 완성된 줄거리를 갖췄다는 공통적인 특징을 공유한다. 기록에 따르면 남송의 비교적 유명한 골계희로 「삼십육계(三十六計)」, 「천령계(天靈蓋)」, 「이성환(二聖環)」 등이 있다. 골계희는 당대 참군희의 영향을 받았는데, 여기서 거론된 작품들은 자기 목숨을 위해 나라를 팔고 적국을 섬긴 동관童貫이나 진회秦檜 같은 간신들의 추악한 행위를 풍자하고 조롱한 것으로 유명하다. 가무희 중에서는 「인면도화(人面桃花)」, 「앵앵육요(鶯鶯六么)」[1], 「뇌방전(賴房錢)」, 「타조박미(打

---

1) 『서상기西廂記』 이야기

調薄媚)」, 「목련구모」 등이 유명하다. 가무희는 여러 곡조에 춤을 결합한 것인데, 간간이 서사를 말하거나 이야기를 노래한다는 특징이 있다.

남송 광종(1190~1194년) 이후 송 잡극은 절강성 영가永嘉, 즉 지금의 온주溫州 지역에서 온전한 희극 형식의 일종으로 변화 발전하여 '남희南戲' 혹은 '희문戲文'이라 칭해졌다. 남희는 과科, 백白, 곡曲 등 여러 표현 수단을 갖추고 있었으며, 곡과 백을 사용하여 이야기의 줄거리를 연출하고 개성 있는 인물을 빚어냈다는 점에서 이미 희극 형식을 상당히 완비하고 있었다. 「조정녀(趙貞女)」, 「왕환(王煥)」, 「왕괴(王魁)」 등 초기 남희의 극본은 지금 남아 있지 않다. 「소손도(小孫屠)」, 「장협장원(張協狀元)」, 「환문자제착입신(宦門子弟錯立身)」, 「목양기(牧羊記)」, 「살구기(殺狗記)」, 「비파기(琵琶記)」, 「형채기(荊釵記)」, 「백토기(白兔記)」, 「배월정(拜月亭)」 등 현존하는 남희 극본의 대부분은 명대에 개편을 거친 것이다. 그러나 남희가 희극 형식을 제대로 갖췄다는 점에서 의심의 여지는 없다. 남희는 중국 고대 희극 최초의 성숙된 형식으로, 이후의 발전 과정에서 북방에서 성행한 원 잡극雜劇과 함께 중국 남북 희극의 두 흐름을 대표한다. 이 국면이 고착화되기에 앞서, 송 잡극과 중국 북방의 금 원본院本이 융합하여 원 잡극의 형성에 직접적인 영향을 주었고, 그에 따라 중국 고대 희극의 황금시대라 할 수 있는 원 잡극의 시대가 열리게 되었다.

원나라는 중국 역사상 최초로 소수 민족인 몽골족이 중국 전체를 통치한 시기이다. 원의 통치자들은 민족 차별 심리로 인해, 몽골 귀족의 정치적 통치권의 순수성을 보장하기 위해 과거 제도를 폐지하였다. 이 조치는 원 잡극의 발흥에 중대한 의미를 가진다. 수많은 한족 지식인이 이로 인해 벼슬길이 막혀 하층 사회로 추락하게 되면서 예술에 대한 자신의 취향과 문화적 우위를 이용하여 민간 예술가의 창작에 참여하게 되었기 때문이다. 당시 북경2)에는 옥경서회玉京書會나 원정서회元貞書會와 같이 하층 문인과 민간 예인이 공동으로 진행한 전업 창작 단체가 출현했다. 북경에는 또한 일류급 배우와 희반을 대거 보유하고 있었으며, 서회들 간에 경연 행사를 펼치는 일도 자주 있었다. 많은 공연에는 여러 극본이 필요했으므로, 이 과정에서 전업 극작가가 대거 배출되었다. 현재 파악된 바로 이름을 남긴 원대 극작가는 대략 2백여 명이며, 원 잡극의 극본은 약 730~740종에 이른다. 원말 하정지夏庭芝가 집필한 『청루집(靑樓集)』에서 1백여 명의 희곡 가무 배우에 관한 일화를 확인할 수 있는데, 그중 주렴수珠簾秀, 취하수翠荷秀, 새렴수賽簾秀, 희춘경喜春景 등

---

2) 원대의 대도(大都)

이 당시 이름을 날렸다. 한 가지 언급할 것은 원나라 초기에는 남송 정벌에 치중하였으므로 북방의 대도, 진정眞定3), 평양平陽4) 등의 도시는 전쟁이 없어 사회가 안정되어 번영을 구가했다는 점이다. 북방 유목 민족에 속하는 원나라 통치자들은 문학적 수양이 부족하여 시사를 즐기기보다는 가무기악歌舞伎樂을 좋아했다. 이 또한 잡극의 성행에 아주 유리한 기반이었다. 이러한 여러 요소가 원 잡극의 발전을 이끌었다.

원 잡극 이전에 송 원본에서 이미 상하장문上下場門5)으로 나누는 무대 연출 형식을 채용했으며, 세밀하게 배역을 분담하고, 춤, 격투武打, 삽과타원插科打諢6) 등 여러 연기 수단 및 각 배역에 적합한 복식과 얼굴 화장 기술 등을 갖추고 있었다. 이러한 희극의 표현 수단을 참고하고 북송 이래 유행한 각종 북방의 곡조와 민간 가무 잡기를 융합하여, 일종의 북곡北曲을 연창하는 방식으로 이야기를 가창하고 연출하는 희곡 예술이 원 잡극이다. 따라서 원 잡극을 북곡 혹은 북곡잡극北曲雜劇이라고도 부른다.

현존하는 원 잡극의 극본을 보면 그 체제가 이미 상당히 완비되어 있음을 알 수 있다. 원 잡극은 구조상 일반적으로 4절折 1설楔로 나뉜다. 설자楔子는 일반적으로 1절의 앞에서 서막의 역할을 하며, 극이 시작하기에 앞서 극적 모순이 일어나는 필수적인 배경과 인물을 소개한다. 혹은 절과 절 사이에서 막간극으로 앞뒤를 연결하는 역할을 하기도 한다. 설자는 원 잡극의 극적 구조를 더욱 긴밀하게 하여 완성도를 높여준다. '제목정명題目正名'의 사용은 원 잡극 극본의 또 다른 특징이다. 이른바 '제목정명'은 2구 혹은 4구의 대구로 극의 전체적인 줄거리를 개괄하는 역할을 하는데, 극본의 앞이나 끝에 붙어 있다. 보통 대구의 마지막 구 혹은 마지막 구의 마지막 몇 글자가 그 극본의 정식 명칭이 되는 경우가 많다. 예를 들어 관한경關漢卿의 극본 「감천동지두아원(感天動地竇娥冤)」의 제목정명은 "염방사7)가 거울처럼 저울처럼 공평하게 재심한 것은, 두아의 원혼이 천지를 울려서라네秉鑒持衡廉訪法, 感天動地竇娥冤."인데, 이 중에서 뒤 구절을 극의 명칭으로 삼은 것이다. 제목정명은 관객 모집용으로 희초戱招8)에 적는 광고 선전 문구로 사용되기도 했는데, 간단한 몇 마디 말로 극의 주제와 내용을 밝히고 있기 때문에 많은 관객의 환영을 받았다.

---

3) 하북성 정정(正定)
4) 산서성 임분(臨汾)
5) 극중 배우의 출입문 역할을 하는 무대 장치. 배우의 등장과 퇴장을 통해 시공간의 전환, 줄거리 전개 등을 처리하므로 상하장문은 중국 희극 무대에서 아주 중요한 역할을 한다.
6) 우스꽝스러운 동작과 말
7) 두아의 억울한 사건을 재심한 아버지 두천장(竇天章)의 관직이 염방사(廉訪使)였다.
8) 공연 광고

원 잡극은 공연에 아주 적합하며, 관한경, 왕실보王實甫, 양현지楊顯之 등 명가의 극본을 포함한 대다수의 극본이 통속적이고 생동적인 자연스러움을 장점으로 한다. 이러한 희극은 당시 도시의 희대戲臺에서 공연하기도 하고, 시골의 영신새회迎神賽会 같은 마을 축제 때 묘대廟臺에서나 집단으로 관람할 수 있는 공터 같은 곳에서 공연하기도 했다. 대부분의 공연 장소는 협소하고 별다른 무대 장치가 없었다. 이러한 공연 장소의 특성은 설창 예술의 영향과 더불어 중국 희곡 고유의 장면 처리 기법을 형성시켰다. 극 중의 장면 변화나 시공의 전환 및 인물의 행동을 표현할 때 주로 배우의 상징적인 동작의 암시를 통해 관객의 상상을 유발하는 식으로 진행되었다. 따라서 시공의 제한을 받지 않고 가상의 동작으로 뜻을 표현하는 중국 희곡의 미학 전통이 형성되었다.

원 잡극은 가창을 위주로 하면서 중간중간 과科9)와 빈백10)와 독백白이 섞여 있다. 창법은 아주 독특했다. 4절로 구성된 한 편의 극본에 궁조가 다른 4투套의 곡자曲子를 노래하는데, 한 배우가 주도적으로 노래한다. 이것은 또한 단본旦本과 말본末本으로 구분되는데, 전체 극을 정단正旦이 혼자 끝까지 노래하면 '단본', 정말正末이 혼자서 노래하면 '말본'이라고 한다. 다른 배역은 투곡 전체를 부르지 않고 가끔 소령小令 한두 곡만 불렀다. 만약 정단과 정말이 무대에 동시에 등장하면 그중 하나만 노래할 수 있었다. 이를 일인주창一人主唱이라 한다.

원 잡극에 사용되는 제재는 아주 광범위하다. 또한 소재를 춘추, 삼국, 오대 시기에서 딴 역사극이든, 당 전기 같은 전대의 문학 작품을 개편한 것이든, 아니면 당시의 일상생활에서 소재를 딴 극작이건 상관없이 하나의 공통된 특징이 있다. 그것은 강렬한 인도주의적 정신 및 인성과 생명에 대한 소박한 긍정을 노래한다는 점이다. 어떤 의미에서 이는 원 잡극이 수백 년 동안 변함없이 사람들의 사랑을 받은 근본적인 이유이다. 정리하자면 원 잡극의 특징은 주로 다음 몇 방면에 집중된다. 첫째, 모욕과 박해를 받는 여성의 선량함, 총명함, 용감함 등 아름다운 품성을 보여주는 작품으로, 관한경의 「금선지(金線池)」, 「구풍진(救風塵)」, 석군보石君寶의 「곡강지(曲江池) 등이 대표적이다. 둘째, 보통 사람의 자기희생 정신 및 악한 세력에 의해 삶이 괴멸당할 때의 불공평함을 표현하는 작품으로, 관한경의 「두아원」이 가장 유명하다. 셋째, 청춘 남녀가 자유로운 인성과 순수한

---

9) 동작
10) 대화(賓)

사랑을 끝없이 추구하는 작품으로, 백박白樸의 「장두마상(牆頭馬上)」, 관한경의 「배월정(拜月亭)」, 왕실보王實甫의 「서상기(西廂記)」 등이 대표적인데 이 중 「서상기」가 가장 많은 영향을 끼쳤다.

원 잡극은 쿠빌라이 칸의 중국 통일 전후의 삼사십 년 사이에 가장 번영했으며, 대부분의 유명 작가와 대표작이 이 시기에 배출되었다. 원대 중엽 이후 남방의 경제가 신속하게 회복되어 사회적 발전이 북방에 비해 빨라지면서 잡극 공연의 중심이 점차 남쪽인 임안臨安11)으로 이동하게 되었다. 그런데 남방의 관객들은 북방의 언어와 악곡으로 연출된 북극北劇에 적응하기 어려워했다. 그러면서 원래 남방에서 유행하던 희곡에 원 잡극의 여러 장점을 융합시키고, 원 잡극의 1본 4절 및 일인주창이란 형식과 단순한 줄거리라는 한계를 극복하여 몇몇 우수한 북극을 남희南戲로 개편하면서 남희가 널리 사랑받게 되었다. 이런 상황에서 경쟁력을 상실한 원 잡극은 점차 쇠락하였다.

남희는 원말에 크게 발전했는데, 고명高明의 「비파기(琵琶記)」와 원대 사대 명희名戲로 불리는 「형채기(荊釵記)」, 「유지원(劉知遠)」12), 「배월정(拜月亭)」, 「살구기(殺狗記)」가 대표작이다. 명대 이후 남희는 점차 새로운 희곡 형식인 전기傳奇로 변화해 갔다. 명청 시기를 통틀어 전기는 주도적인 희곡 공연 형식이다. 명청의 전기는 굉장히 다채로워 2천여 종의 작품이 알려졌으며 600여 종이 현존한다. 저명 작가 중 가장 뛰어난 인물로 탕현조湯顯祖, 이옥李玉, 홍승洪昇, 공상임孔尚任, 고렴高廉, 풍몽룡馮夢龍 등을 손꼽을 수 있다. 통칭 '임천사몽臨川四夢' 혹은 '옥명당사몽玉茗堂四夢'으로 불리는 「자채기(紫釵記)」, 「모란정(牡丹亭)」, 「남가기(南柯記)」, 「한단기(邯鄲記)」 등 4대 전기로 유명한 탕현조는 현대 연구자들에 의해 '16세기 중국의 셰익스피어'라 불리기도 한다.

청대 중엽 즈음해서 전기는 여러 성강(聲腔)이 같이 경쟁하던 것에서 곤곡崑曲이 독존하는 국면으로 변화하였다. 청대 후반이 되어 곤곡 또한 지나치게 대중에게서 멀어져 무대를 잃게 되면서 각종 신흥 민간 지방 희곡에게 자리를 넘겨주게 되었다.13) 18세기 말 경극京劇을 포함한 각종 지방 희곡이 흥성하면서 중국 희곡에 새로운 생명력을 불러일으켰다.

---

11) 항주
12) 일명 「백토기(白兔記)」
13) 이를 화아지쟁(花雅之爭)이라 하는데, 여러 지방 희곡은 그 성강이 다채로우므로 '화부(花部)'라 불렀고 곤곡은 궁정화, 산층화되어 고아함으로 유명했으므로 '아부(雅部)'라 불렀다.

중국 소설

천핑위안(陳平原)

　　고대 중국에서 '소설小說' 개념은 상당히 모호하다. 『장자·외물(外物)』편에 이미 '소설'이라는 단어가 등장하지만, 그것은 장르적 의미에서 사용한 것이 아니라 '자질구레한 말'이나 '하찮은 도리'를 가리킨다. 반고班固의 『한서(漢書)·예문지(藝文志)』에는 '소설' 15가家가 수록되어 있는데, 이어서 다음과 같이 덧붙이고 있다. "소설가 무리는 대개 패관稗官에서 나왔으며, 길거리와 골목의 이야기나 길에서 듣거나 말하는 것으로 지었다." 이 말의 영향력은 심대했지만, 여전히 정의가 명확하지 않았다. 명대의 호응린胡應麟이나 청대의 기윤紀昀 같은 후대 사람들이 '허虛―실實' 같은 이론적 척도로 소설과 역사를 구분하려 시도하기도 했다. 그러나 중국의 '소설'이 선천적으로 타고난 개념적 모호성은 근본적으로 바꿀 수 없었다. 시기별로 '소설'의 개념이 변화하기는 했다. 그런데 동일한 시대 안에서도 상이한 문학 전통을 수용한 작가와 비평가가 떠올리는 '소설' 개념이 서로 너무나도 달랐다. 대체로 중국 고대의 문언소설文言小說은 현대의 장르로 접근했을 때 소설에서 개념적으로 크게 벗어나 있었다.[1] 그리고 중국 고대의 백화소설白話小說은 현대의 장르에서 말하는 소설보다 개념적으로 좁을 것이다.[2]

　　중국 고대 소설은 문언소설과 백화소설의 양대 계통으로 구분할 수 있다. 20세기 이전의 옛 문인들은 이 둘을 같은 층위에서 취급하는 것이 불가능하다고 봤다. 그러나 단지 그 이유로 인해 이를 고수하는 것은 아니다. 사용하는 언어의 차이 및 다른 문학적 기

---

1) 즉, 현대인이 보기에 대부분의 문언소설은 소설이 아니다.
2) 즉, 송대의 설화사가(說話四家) 중 하나에 불과한 것이 소설이다.

원3), 다른 문학 형식4), 그리고 이와 연관되는 다른 표현 방식과 심미적 정서라는 측면에서 이 양자의 구분은 여전히 중요하다. 문언소설과 백화소설이 상대적인 독립성을 지키며 평행 발전해 온 것이 중국 소설의 가장 큰 특징이다. 따라서 이 양자는 어느 정도 서로 대치하면서 영향을 주고받는 한편 각자 흥망성쇠를 반복해 왔다는 점이 중국 소설 발전의 중요한 한 측면을 구성하고 있다.

문언소설이든 백화소설이든 중국 문학 전체 구도에서 보면 주변적인 지위에 처해 있었다. 중심적인 지위를 차지한 문학의 맹주인 시문詩文에 비해 소설은 언제나 천박하고 통속적인 읽을거리에 불과했다. 오랫동안 굳어져 온 사대부 일반의 편견으로 인해 중국 소설은 민간의 실제 삶이나 대중이 즐기는 취향에 다가가 문체가 가볍고 서사성이 강하며 오락적인 색채가 농후했다. 소설의 지위가 낮았으므로 재능 있는 작가는 이 분야에 발을 담그려 하지 않았고, 아마도 그것이 이 장르의 발전을 막은 측면도 있다(예를 들어 설서 스타일에 오랫동안 머물러 있었던 것이 좋은 예이다). 그러나 반대로 주류 이데올로기에서 벗어나 있었으므로 문이재도文以載道5)의 관념적 속박을 받지 않고 예술적 혁신을 펼칠 자유도가 높았다는 장점도 있었다. 명청 시기 문인들도 소설을 경시했다고는 하나, 후세의 문학사가들이 볼 때 명청 시기의 소설 예술의 발전은 정통적인 시문보다 더 자랑할 만했다.

복잡한 서사 구조를 가진 거대한 편폭의 서사시가 없던 고대 중국의 경우, 오랜 시간 동안 서사 기교는 역사서의 전유물이 되다시피 했다. 중국 소설을 논할 때 『사기』로 거슬러 올라가곤 하는 것 또한 이런 이유에서이다. 다른 한편 시의 나라인 중국에서는 그 어떤 문학 형식도 문학의 중심에 편입되고 싶다면 시가의 서정적 특성을 참고하지 않을 수 없었다. 그렇지 않으면 독자의 눈에 들 수가 없었다. 따라서 이 두 요소의 결과로 탄생한 '사전史傳' 전통과 '시소詩騷' 전통은 중국 소설의 내재적 발전에 지극히 중요한 역할을 하였다. 전자는 정식 역사에서 누락된 내용을 채워 넣어 글을 쓰는 방식으로 나타났으며 실록의 춘추필법春秋筆法이나 기전체의 서사 기교가 동원되었다. 후자는 작가의 상상과 허구를 부각시키는 것으로 구체화되었는데, 서사에 의미를 담거나 서정적인 정서를 펼치기도 했고 대량의 시사를 직접 수록하기도 했다. 다양한 시대의 다양한 작가가 이 양자

---

3) 문언소설은 주로 역사나 사부(辭賦) 전통에서, 백화소설은 주로 설서(說書) 예술에 연원을 두고 있다.
4) 문언소설은 단편 소설 쪽에 성취가 있고, 백화소설은 장편 소설 쪽으로 뛰어나다.
5) 글에 이치를 담아야 한다.

의 영향을 동시에 받아들였는데, 각자의 심미적 선택에 따라 실제 창작에서는 치중하는 바가 다소 달랐다.

20세기 이전의 중국 소설은 그 발전 방향에 따라 다음과 같은 다섯 단계로 나눌 수 있다.

당 이전의 신화, 전설, 지괴志怪와 지인志人 소설은 서사 기교와 이야기의 소재 면에서 후세의 소설에 심대한 영향을 끼쳤다. 그러나 지괴 작가가 실록을 추구했든 "귀신의 도리가 허황되지 않음을 밝히기"[6] 위함에서였든 지괴는 "의식적으로 기이한 이야기를 만들거나", "마음껏 허구적인 이야기를 풀어낸"[7] 당대 소설에는 미치지 못하였다. 실록 서사에서 허구로의 전환을 중국 소설이 역사史部에서 벗어나 독립된 장르로 성립하는 기준으로 본다면 위진남북조 시기는 중국 소설의 맹아 시기에 불과했다고 할 수 있다. 진정한 의미의 소설은 당대에 정식으로 등장했다.

최초의 당대 소설唐人小說이라 할 수 있을 왕도王度의 『고경기(古鏡記)』가 7세기 초에 출현하긴 했지만, 당대 전기傳奇의 진정한 성숙은 8세기 중반 이후로 봐야 한다. 소설이 표현하는 내용에 따라 당 전기는 다음 세 분류로 나눌 수 있다. 첫째는 언정言情류이다. 여기에 속하는 작품은 「앵앵전(鶯鶯傳)」, 「이와전(李娃傳)」, 「곽소옥전(霍小玉傳)」 등이다. 둘째는 신괴神怪류이다. 여기에 속하는 작품은 「침중기(枕中記)」, 「남가태수전(南柯太守傳)」 등이다. 셋째는 호협豪俠류이다. 여기에 속하는 작품은 「섭은랑(聶隱娘)」, 「무쌍전(無雙傳)」, 「규염객전(虯髯客傳)」 등이다. 당대 소설은 많은 변화를 거쳤으며 작품에 따라 내용과 예술 스타일이 판연히 다르지만, 대체로 줄거리에 변화가 많고 기발하며 서술이 함축적이고 문장의 표현에 공을 들였으며 인물의 형상화에 주의했다는 특징을 공유한다. 따라서 예술 형식의 면에서 바로 앞 시기의 지괴나 지인 소설과는 분명 달랐다. 그중 몇몇 뛰어난 작품의 경우 천년이 지난 지금도 넘어서기 힘든 수준의 정감을 보여주고 있다. 송대의 홍매洪邁는 다음과 같이 평가하고 있다. "당대 소설은 소소한 애정 사건을 처연하고 애간장이 끊어지게 구성하여 자기도 모르게 신묘한 경지에 들어서게 하니, 당시詩律와 더불어 한 시대의 뛰어남이라 칭할 만하다."

송대에도 전기를 지었지만 당의 것을 계승하기만 했을 뿐 새로운 발전은 없었다. 게다가 지나치게 교훈을 중시하여 평범하기만 할 뿐 문체와 상상력이 부족했다. 송대의 공헌

---

6) 간보(干寶)의 「수신기서(搜神記序)」)
7) 호응린(胡應麟)의 『소실산방총서(少室山房筆叢)』

은 설화^{說話}와 그것에서 파생된 화본소설^{話本小說}이다. 당대에도 이미 직업 예인들에 의한 설서^{說書}와 사원의 승려들에 의한 속강^{俗講}이 있었으며, 설창(說唱) 형식이 전기 작가들의 창작욕을 자극하여 전기의 발전에 일정 정도 영향을 주었다. 그러나 양송 시기 도시의 번영과 직업으로서의 설화가 급속히 발전한 이후에야 화본소설의 성숙이 가능할 수 있었다. 「연옥관음(碾玉觀音)」, 「착참최녕(錯斬崔寧)」, 「양사온이 연산에서 옛 친지를 만나다(楊思溫燕山逢故人)」 등 우수한 초기 백화소설에는 설서의 흔적이 분명하게 남아 있으며 서사 또한 굉장히 생동적이었다. 다만 현존하는 송대의 화본은 그 작자와 창작 연대를 증명할 명확한 문헌적 증거가 부족하며, 상당 부분 명대에 첨삭과 정리를 거쳤을 가능성을 배제할 수 없다.

명대 풍몽룡^{馮夢龍}는 앞 시대의 화본과 여러 전설을 기반으로 『유세명언(喻世明言)』, 『경세통언(警世通言)』, 『성세항언(醒世恒言)』 등 삼언^{三言}으로 통칭되는 백화단편소설집을 가공 또는 창작했으며, 능몽초^{凌濛初} 또한 양박^{兩拍}으로 불리는 『초각박안경기(初刻拍案驚奇)』와 『이각박안경기(二刻拍案驚奇)』를 창작했다. '삼언양박^{三言兩拍}'의 출판은 17세기 중국 백화단편소설의 예술적 수준을 대표하며, 이 문학 형식의 기본적인 틀을 안착시켰다. 원명 양 시대를 통틀어 가장 중시되는 문학 현상은 장회소설^{章回小說}의 탄생이다. 원간 전상평화^{元刊全相平話} 다섯 종이 발견되면서 학술계는 송원 교체기 설서인들의 강사^{講史}가 장회소설의 형성에 어떠한 영향을 끼쳤는지에 대해 명확하게 이해할 수 있게 되었다. 나관중^{羅貫中}의 『삼국연의(三國演義)』가 역사서와 설서인의 창작에 상당한 영향을 받았다고는 하나 작가가 허구적으로 가공한 부분도 굉장히 많았으며, 예술적으로도 『삼국지평화(三國志平話)』에 비할 수 없이 훌륭했다. 이후에 쏟아진 무수한 역사 소설 중 『삼국연의』를 뛰어넘은 작품은 없었다. 시내암^{施耐庵}의 『수호전(水滸傳)』 또한 역사적 사실과 전설을 바탕으로 했지만, 작가의 예술적 창작이 더 많이 투영되었으며 임충^{林冲}, 노지심^{魯智深}, 이규^{李逵} 등 몇몇 영웅의 형상화는 특히 성공적이었다. 오승은^{吳承恩}의 『서유기(西遊記)』와 난릉소소생^{蘭陵笑笑生}의 『금병매(金瓶梅)』는 작품이 지닌 예술적 가치도 뛰어나지만, 그에 더하여 전자는 세상을 조롱하는 유희적 필치의 창작 태도에서, 그리고 후자는 완전한 허구에서 작품을 탄생시킨 예술적 개성이란 측면에서 장회소설이 역사의 속박에서 벗어나 진일보를 모색하도록 하였다는 점에서 의미가 있다. 『서유기』로 대표되는 신마소설^{神魔小說}과 『금병매』가 열어젖힌 인정소설^{人情小說}은 명청 시기에 크게 유행하여 중국 소설의 예술적 성취에 결정적인 역할을 했다.

청대 소설은 다른 모든 청대의 문화와 마찬가지로 집대성의 길을 걸어, 기존의 소설 형식 모두가 기본적으로 어느 정도는 계승되고 확장되었다. 문언단편소설은 상당 기간 침체 일로였다가 청대에 다시 크게 꽃피웠다. 포송령蒲松齡의『요재지이(聊齋志異)』와 기윤紀昀의『열미초당필기(閱微草堂筆記)』가 청대 문언소설의 두 가지 기본적인 경향을 대표했다. 전자는 전기의 방식으로 지괴를 지어 묘사가 정밀하고 구성지다는 특징이 두드러졌으며, 후자는 위진 시기의 문풍을 쫓아 화려함을 버리고 질박함을 추구하여 서술이 온화하고 담백했다. 백화단편소설은 전후로 이어李漁와 애납거사艾衲居士가 수작을 남겼으나 17세기 이후 쇠락하는 이 장르 자체의 운명을 바꾸지는 못했다. 청대에 가장 주목할 가치가 있는 소설 형식은 여전히 장회소설이다. 오경재吳敬梓의『유림외사(儒林外史)』는 신랄하면서도 완곡한 풍자적 필치로 온갖 세태와 인정을 남김없이 폭로했다. 짧은 삽화의 조합으로 연결된『유림외사』의 구조는 이후 많은 소설에 심대한 영향을 주었다. 조설근曹雪芹이 저술한『홍루몽(紅樓夢)』의 출현은 중국 고대 소설 예술이 닿을 수 있는 최고봉을 대표하는 것이었다. 루쉰이 말한 것처럼 "『홍루몽』이 출현한 이후 전통적인 사상과 작법이 모두 타파되었다."[8] 그 이후 중국 소설의 발전은 상대적으로 정체되었다. 이여진李汝珍의『경화연(鏡花緣)』과 한방경韓邦慶의『해상화열전(海上花列傳)』에서 창의적인 시도가 있었지만, 단지 부분적인 기교의 개량에 머물렀을 뿐이다.

19세기 말에서 20세기 초에 이르러 중국 소설은 새로운 전기를 맞게 된다. 외국 소설의 자극을 받으며 중국 소설은 구조적인 전환을 이루어 고전적 형태에서 현대적 형태로 변화하기 시작했다. 이때 만들어진 새로운 중국 소설이 지금까지 이어지고 있다.

---

8)『중국 소설의 역사적 변천』

9

잡기와 마술

리진산(李金山)

잡기와 마술[1]은 중국 고대 문명에서 환상적인 색채를 지닌 전통 기예이다. 그것은 상고 시대에 이미 악무의 핵심적인 요소였으며, 이후 여러 세대의 예인들이 고안하고 단련하여 점차 중국과 변경 부족들의 스타일을 융합하고 서역과 서양의 기예까지 흡수한 결과 오늘날의 다양하고 이채로운 풍모를 형성하게 되었다.

잡기는 주로 완력의 크기[2], 정교한 힘擲准[3], 짐승 조련 및 싸움 붙이기, 상무象舞[4], 소리 흉내 내기[5], 힘의 평형[6] 등을 보여주는 공연이다. 요컨대 신기하고 아름다운 고난도의 새로운 볼거리를 중심으로 사람들을 깜짝 놀라게 하는 것을 목표로 한 기예이다. 중국의 잡기는 춘추 전국 시기나 그 이전 시기에 싹이 터 진한 시기에 자리를 잡았다. 그러나 잡기라는 단어는 『수서·음악지』의 "널리 잡기雜技를 수집하여 백희百戲를 정돈했다."라는 구절에서 처음 등장했으며, 당대에 들어서 점점 많이 사용하기 시작했다.

환술은 원래 잡기의 한 종류였는데, 신기하고 불가사의한 공연을 보여주는 것에 더 치중하여 무에서 유를 만들어 내거나, 있는 것을 사라지게 하였다. 예를 들어 술잔을 던져 새로 변화시키는 '척배화조擲杯化鳥'라든지, 대형 환술인 '어룡만연魚龍曼延', '동해황공東海黃公' 같은 것들은 연출이 신묘하고 기괴막측한 것으로 유명했다. 환술은 기민하고 빠른 수법

---

1) 즉, 환술(幻術)
2) 타정(打鼎), 각력(角力), 씨름(摔跤), 납궁(拉弓)
3) 공 던지기와 칼 던지기(耍弄球劍), 반원(攀援)
4) 사자 등 짐승을 모방한 춤, 섬희(蟾戲), 죽마놀이(跑竹馬)
5) 새와 짐승의 소리를 모방한 기술
6) 등(蹬), 정기(頂技), 장대타기(爬杆), 줄타기(走索), 마희(馬戲)

(크고 작은 도구의 도움을 받기도 함.)으로 각종 고난도의 기예를 공연한다는 점에서 신체의 동작과 힘으로 연출하는 잡기와는 다소 달랐다. 그것을 보고 있으면 아름답고 기이하고 새로우면서도 환상적이라는 느낌을 관객에게 선사하는데, 그와 함께 사람들의 생각을 깨우치게 하는 기능도 있었다.

잡기가 치우의 전쟁에서 기원했다는 설도 있다. 황제黃帝와 치우蚩尤의 전쟁에서 비록 황제의 승리로 막을 내렸지만, 치우의 용맹무쌍함은 사람들에게 깊은 인상을 남겼다. 그 치열한 전쟁 장면은 훗날 '치우희蚩尤戲'의 원형이 되었다. 관련 기록은 남조 양임방梁任昉의 『술이기(述異記)』에 처음으로 등장한다. "(치우)의 머리에 뿔이 있어, 헌원씨와 전쟁할 때 뿔로 사람들을 들이받았다……오늘날 기주冀州에 치우희라는 악명樂名이 있다." 기주는 현재의 하북성 중부 지역으로, 잡기의 고향으로 불리는 오교吳橋가 이 일대에 위치해 있다.

처음에는 민간 악무에서 사용되던 각저희角抵戲는 진대에 궁중에 진입하여 제도로 정착했다. 『사기·이사열전(李斯列傳)』에 이사가 이세 황제를 알현하러 갔지만, "이세 황제는 감천궁에 머물며 한창 각저희를 관람하고 있던 터라" 끝내 만나지 못했다. 이는 각저 백희의 제도가 진대에 이미 초보적으로 갖춰져 있었음을 보여준다.

진 이세 황제가 백희를 즐기다 망했다고 여겼으므로, 한고조 유방은 즉위한 후 진을 귀감 삼아 각저희의 폐지를 명하였다. 그러나 『한무고사(漢武故事)』에 따르면 "진이 천하를 통일한 후 각저희도 널리 보급되었다. 한이 흥한 후 폐지하긴 했지만, 모두 없애지는 못했다." 모두 없애지 못한 이유는 객관적인 수요 때문이다. 우선 통치자 자신의 오락적 필요 때문이다. 예를 들어 유방의 아버지가 이를 즐겼다. 둘째, 국세가 홍성해짐에 따라 조정에서 각종 축전을 거행할 때 입궁한 국빈을 영접하면서 잡기와 환술 공연이 빠질 수 없었다. 예를 들어 방사方士들이 창작한 '어룡만연', '동해황공' 등이 성행했다. 어룡만연은 (사자춤이나 용춤을 추는 것처럼) 예인이 채찰彩扎로 만든 동물 속에 사람이 숨어 있다가 길상의 동물이 연못의 물고기로 변하고 다시 하늘을 나는 용으로 변하는 대형 환술이었다. 동해황공은 황공이 백호와 싸우는 내용의 환술인데, 사람과 짐승이 겨루는 장면에서 환상적인 색채가 풍부하다. 한 원봉 3년(기원전 108년)에는 "각저희를 하니 300리 안 사람들이 모두 와서 구경"했을 정도로 성황을 이루었다.[7]

장건張騫은 한무제가 서역의 사자로 파견되어(기원전 139년 출사) 13년을 머문 뒤 귀국

7) 『한서·무제기(武帝紀)』

할 때 서역의 환술을 가지고 왔다.『사기 · 대완열전(大宛列傳)』에서 다음과 같이 말하고 있다. "한나라의 사신이 돌아오니, 그들도 사자를 보내 한나라의 사자를 따라와서 한나라의 광대함을 관찰하고, 큰 새의 알과 여헌黎軒[8]의 마술사를 한나라에 바쳤다." 또한『사기 · 장건열전』에 따르면 안식安息[9] 등의 나라에서 식과植瓜[10], 종수種樹[11], 도인절마屠人截馬[12] 등을 도입했다. 한말에 전란이 빈번하게 일어나며 "백희 또한 쇠하여졌다." 위나라 때 조씨 부자들은 모두 잡기와 환술을 즐겼다. 조조曹操는 거듭하여 잡희와 백희를 늘릴 것을 명령하였고, '척배화조'와 '동반조로銅盤釣鱸'[13]로 유명한 좌자左慈와 같은 환술가를 문객으로 받았다. 조비曹丕는 무술 동작과 공 던지기 기술이 포함된 파유희巴渝戲를 수정하여 아악으로 승격시켰다. 당시 '각저기희角抵奇戲' 같은 환술이나 여러 괴물[14]을 전시하는 것 등이 백희의 주요한 요소가 되었음을 알 수 있다.

수당 시기, 특히 국력이 강대하고 평화가 지

〈그림 1〉
동한 시기 삼인도립잡기용관(三人倒立雜技俑罐),
하남성 낙양문물공작대(洛陽文物工作隊) 소장

속된 당대는 잡기와 백희가 더욱 번영할 수 있는 좋은 기반을 제공했다.

수나라 초기에는 백희를 금지했다. 이후 수양제가 즉위하면서 외족인 칸을 맞을 때 누차에 걸쳐 "크게 백희를 펼쳤는데", 그 규모가 방대했으며 노랫소리가 "수십 리 밖까지 들렸다." "현을 퉁기고 관악기를 부는 자만 해도 1만 8천 명"이고 '어룡만연'희는 "온 거리에 물을 뒤길" 정도였으니, "백희의 성대함이 자고로 비교할 바가 없었다."[15]

8) 로마
9) 현재의 이란
10) 씨를 심어 참외를 즉석에서 자라게 하는 환술
11) 나무를 순식간에 자라게 하는 환술
12) 사람이나 말을 토막 낸 후 다시 살리는 환술
13) 대야에서 농어 낚시하는 환술
14) 기형인, 괴수 등

당나라 초기에 "백희를 해체하여 들이지 않았으며" 예인들은 민간으로 돌려보냈다. 그러나 궁중에서 대당의 창업자의 문치와 무공을 송덕하는 '십부악十部樂'을 제창할 때 전통 잡기와 환술의 정화를 수집하지 않을 수 없었다. '파진악破陣樂'에는 잡기 중의 무술 기교武技를 수용했으며, 무측천武則天을 찬양하는 「성수악(聖壽樂)」은 중국만의 특색을 지닌 환술무幻術舞라 할 수 있다. 150여 가무 예인이 대형의 변화에 따라 '황제만세皇帝萬歲'나 '국운이 더욱 번창하리寶祚彌昌' 등의 글자를 선보이다가 극이 고조되었을 때 예인들이 입고 있던 옷 색깔이 갑자기 바뀐다. 다음과 같은 시에서 이 장면을 잘 묘사하고 있다. "홀연 눈을 드니 자주색이 휘감고, 다시 몸을 돌리니 붉은색이 드리우네."16) 그 신묘한 변화에 관객들은 신기해 하지 않는 이가 없었다.

당 중기에 출현한 궁중 감상용 '좌부기'와 '입부기'에서도 잡기를 채용하여 악무를 풍부하게 했다. 좌부기는 당상에서의 악무로, 연주자가 비교적 적지만 우아하고 정교하다. 입부기는 백 명이 연출하는 호방하고 웅장한 공연 예술이다. 입부기에 대해 백거이는 다음과 같이 노래하고 있다. "입부기를 시작하며, 고적 소리 울리자, 쌍검무를 추고, 일곱 개의 공을 던진다." 중당 이후 입부기는 잡기로 변화하였다.

당대 잡기 연출의 규모는 상당히 거대하여 예인이 만 명에 달할 때도 있었으며, 마희馬戲를 펼치는 여자 예인과 답구踏毬 예인만 해도 수백 명 이상이었다. 당현종은 낙양의 천진교天津橋 부근에서 문예 공연과 유사한 성격의 연회인 '대포大酺'를 개최하기도 했는데, 출연자와 종목의 숫자가 전대미문이라 할 정도로 많았다. 성당 시기에는 삼백여 국가와 외교를 맺었으며 외국의 잡기 예인들 또한 다수 유입되었다. 이 시기에 궁중 잡기와 환술이 전성기에 이르렀다.

변경 민족들이 중원을 장악한 16국 시기에 중원과 변경 각 부족의 문화가 융합되면서 잡기에도 북방 민족의 호방하고 용맹한 스타일이 섞여 들었다. 16국의 후조後趙는 북방 잡기 스타일의 유명한 마상 잡기인 '원기猿騎'를 만들었다. 말이 빠르게 질주하는 가운데 기수가 말머리에 서거나 말 등에 섰다가 등자로 몸을 숨기기도 하는 식의 잡기였다. '치상동齒上橦'도 있는데, 이는 예인이 두 개의 긴 막대를 가지고 갑자기 정수리로 옮겼다가 이빨에 물기도 하는 등의 묘기를 부리는 잡기였다. 북위에는 '오병각저五兵角抵', '외수畏獸'

---

15)『수서·음악지』
16) 소진(邵軫), 「운운악부(雲韻樂賦)」

등이 대표적인데, 오병각저는 말에 올라탄 예인이 다섯 종류의 병기를 부리는 잡기이고, 외수는 사나운 야수로 변장하는 잡기였다. 이들은 모두 서북 지역 유목민의 용맹과 강건함을 표현하고 있어 남방의 세밀하고 부드러운 기술과 스타일상 선명하게 대조를 이룬다.

당이 쇠락함에 따라 궁중 잡기도 쇠퇴하기 시작했다. 이러한 추세는 송을 포함한 이후 여러 조대의 기본적인 경향이었다. 그 원인을 따져보면 대체로 다음과 같다. 1. 시민 계층이 점진적으로 발전해 나감에 따라 시민들 고유의 문화 오락과 이를 즐길 수 있는 오락 장소가 필요했다. 2. 송명 시기에는 성리학의 흥성으로 상무^{尚武}를 정신의 부수적인 잡기로 치부하여 궁중에서 중시하지 않았다. 3. 잡기 예인을 양성하는 교방^{教坊}이 전란과 경제적 어려움의 이중고로 규모가 대대적으로 축소되었다. 원래 민간에서 기원한 잡기가 다시 민간으로 되돌아가게 된 것이다. 수많은 잡기 예인, 특히 절기를 보유한 예인들이 민간에서 새로운 잡기 단체를 만들었는데, 이를 '사화^{社火}'라 불렀다. 수십에서 수백 명으로 구성된 것이 '사^社'이고, 몇 명이 모여 결성한 것이 '화^火'인데, 각자 전문적인 종목을 맡아 탄력적으로 훈련하고 연출했다. 이들이 송 이후에서 청말에 이르기까지 잡기 활동의 주요한 형식이 되었다.

변량^{汴梁}, 임안^{臨安} 등 대도시에서 '사화' 단체는 광장에서 희루^{戲樓}의 전신인 와사나 구란을 임시로 설치하거나, 혹은 상인의 접객실에서 소규모 공연을 펼쳐 시민들을 즐겁게 했다. 『동경몽화록(東京夢華錄)』에서는 이를 다음과 같이 기록하고 있다. "무사가 사궁답노사^{射弓踏弩社}에 있어 모두 활을 당기고 쇠뇌를 쏠 줄 알았다.", "폭죽이 울리니 연기가 용솟음쳐 사람의 얼굴이 서로 보이지 않았다. 연기 사이에 일곱 명이 있는데……서로 격투를 벌이고 검을 휘둘러 얼굴을 부수고 심장을 가를 기세를 만들었다. 이를 '칠성도^{七聖刀}'라 불렀다.", "기술이능^{奇術異能}과 가무백희가 다채롭게 시작하니 노랫소리가 십수 리 너머로 떠들썩했다." 또한 '수상백희^{水上百戲}'도 있는데, 배 두 척을 서로 맞대어 무대를 만들고 그 위에서 각종 잡기를 연출하였다. 용선 경기를 펼치기도 하는 등 그 규모가 궁중의 잡기 공연에 뒤지지 않았다.

드넓은 민간을 유랑하는 예인들도 많았다. 이들은 이 마을 저 마을 옮겨 다니며 갈림길이나 시골 가게에서 공연을 펼쳤다. 청말의 떠돌이 곡예인^{走馬賣藝}이 그들의 후계자들이다. 이 시기에 시골과 광장에서의 공연에 맞춤하여 민간 예인들은 중국 특색의 민간 마술^{戲法}을 창안했는데, 짧지만 근사하고 독창적인 요소로 가득 차 사방에 관중들이 에워싸곤 했다. 서양의 극장 무대에서 펼치는 마술과는 판이하게 달랐는데, 이렇게 열린 공간에서 공연했으므로 뒤에서 구경하는 것을 꺼리지 않았다. 예인들은 자기 손기술만으로 '선인적두仙人摘豆', '구련환九連環', '오채희법五彩戲法' 등의 절기를 연출했다. 이러한 종목들은 몇 차례 전란을 거치며 상당 부분 소실되었다.

원과 청의 통치자는 잡기 예인이 백성들과 결탁하여 모반을 일으키는 것을 막기 위해 칼이나 봉 같은 무기로 무예 기교를 연출하는 것을 단속하는 법령을 시행하곤 하였다. 이에 잡기 사업이 타격을 입는 경우가 많았고 억울한 옥살이를 하는 경우도 잇달았다. 그러나 일반 군중이 즐기는 이들 기예는 겉모습을 바꾸고 원명의 잡극, 청대 희곡 및 각종 지방희에 흡수 융합되어 그것의 유기적인 한 구성 요소가 되었다. 예를 들어 곤곡昆曲이나 경극京劇 및 몇몇 지방희 속의 격투 장면武打, 공중제비翻斤門, 칼을 삼키고 불을 내뿜는 기예, 맹수 분장으로 사람과 격투하는 장면, 솨사자무耍獅子舞 등의 연출은 모두 잡기에서 자양분을 흡수한 것이다. 천극川劇의 항목 중 기묘막측하게 얼굴을 변환하는 '변검變臉' 또한 잡기의 기술을 개량한 예이다.

『세계마술』이라는 책에 한 중국인 마술사가 서양인 동료와 함께 공연하는 모습을 담은 15세기 삽화가 실려 있다. 이 중국인이 공연한 항목은 서양에서 '중국환'[17]이라 부르던 것이다. 이는 중국과 서양의 마술이 서로 교류한 흔적을 보여주는 좋은 예이다. 19세기 말 프랑스의 특급 마술사 로베르토 오딘Jean-Eugène Robert-Houdin(1805~1871년) 또한 '중국환'을 장기로 했다.

19세기 말에는 궁핍한 생활을 하던 일군의 중국인 잡기 예인들이 서양 각국으로 유랑하기도 했다. 천진시 양류청진楊柳青鎮 출신의 마술사 주련괴朱連魁, Chee Ling Qua(1854~1922년)는 '칭링푸金陵福, Ching Ling Foo'라는 예명으로 1899년 뉴욕에서 공연한 바 있다. 그의 동양풍 마술 스타일은 서양의 관객을 사로잡았다. 그가 공연한 중국 오채희법五彩戲法은 양탄자 아래에서 각종 물건을 끄집어내는데 동작이 매우 흥미롭고 깔끔했다. 마지막에는 물고기가 헤엄치는 투명한 어항을 꺼내어 관객들을 놀라게 하였다. 미국의 저명한 마술사 알렉산더 헤르만Alexander Herrmann(1844~1896년)의 조수 윌리엄 로빈슨William Ellsworth Robinson(1861~1918년)은 주련괴에서 기예를 배웠으며, '칭링푸'의 이름을 모방한 '청링수Chung ling-soo, 陳靈蘇'[18]를 예명으로 사용했다. 로빈슨의 공연 상황에 대해 1983년 영국에서 출판된 한 책에

17) 즉, 구연환(九連環)

서 다음과 같이 전하고 있다. "공중에서 금붕어를 낚시하는데, 이는 청링수가 중국에서 도입한 마술이다. 바늘이 달린 낚싯줄을 관중에게 던지면 갑자기 살아서 펄떡펄떡 뛰는 금붕어가 낚싯바늘에 나타났다. 마술사가 물고기를 잡아 어항에 집어넣으면 금붕어가 즐거이 헤엄쳤다." 청링수는 세상을 떠들썩하게 한 세계적인 마술사가 되었다. 1890년에서 1914년의 제1차 세계대전이 발발하기 전의 시기는 '서양 마술의 황금기'로 불렸다. 바로 이 시기에 미국과 서양에 전해진 중국의 잡기와 환술은 이 '황금기'에 뜻밖의 활력을 불어넣었던 것이다.

1917년 잡기의 고장으로 유명한 하북성 오교현吳橋縣의 손복우孫富友가 조직한 중국 최초의 대형 서커스단(약 140명)이 미국으로 출국했다. 그 후 중국 잡기 예인이 세계 각지에서 공연하는 풍조가 생겨났다. 그 뒤를 이어 오교현의 손봉림孫鳳林이 조직한 '봉림반鳳林班'이 미국, 쿠바를 방문했고, 사덕준史德俊이 조직한 '북경반北京班'이 동유럽과 북유럽 여러 나라를 방문했다. 중국의 잡기와 환술은 근대 시기에 서양 각국과 기예를 교류함으로써 중국의 찬란한 문명 및 중국인의 예술적 재능과 솜씨를 세계가 조금 더 이해할 수 있는 길을 열었다.

---

18) 남아 있는 소개 사진과 화보를 확인하면, 청링수(Chung Ling Soo)에 대응하는 한자는 程連蘇로 표기하고 있다.

6장

___

학술과 교육

1

경학의 연혁

류팡디(劉放第)

고대 중국의 주류 이데올로기는 대부분 '경서'에 실려 있다. 서한 시기의 학자 유흠^{劉歆}의『본략(本略)』에서 청대에 황제의 명령으로 편찬된『사고전서총목(四庫全書總目)』에 이르기까지 모두 '경'을 여러 서적의 첫머리[1]에 분류하였다. 이른바 육경^{六經}이란 명칭은『장자 · 천운(天運)』편에 처음으로 보인다. "공자가 노담[2]에게 말했다. 저는 시, 서, 예, 악, 역, 춘추의 육경을 공부해 왔습니다." 육경은 전국 시기 제자백가가 공히 자유롭게 끌어다 썼으며 유가의 전유물인 것은 아니었다. 게다가 당시 각국의 문자가 통일되어 있지 않았으므로, 육경의 본문 텍스트도 서로 일치하지 않았다. 이른바 '경학^{經學}'이란 육경을 해석해 온 기반 위에서 발전한 학문으로, 한무제가 제자백가를 축출하고 여러 사상 중 유가만을 숭상하는 문화 대통일 정책을 펼친 것이 경학 형성의 계기가 되었다. 이후 2천여 년의 변화와 발전을 거치며 '금문 경학과 고문 경학 논쟁^{經今古文之爭}', '한학과 송학 논쟁^{漢宋學之爭}' 등 사상 학술 논쟁을 펼치며 서로 정통의 지위를 다투었다.

진시황 34년(기원전 213년)에 육경은 '분서'의 재난을 입는다. 이때는 진나라가 망하기 고작 7년 전이다. 진의 통치자가 문화를 훼멸하는 엄혹한 조치를 취했지만, 경전 전부를 모조리 없애지는 못했다. 시황제가 분서를 명했을 때 제남 사람 복승^{伏勝}은 경서를 벽 사이에 숨겼다. 이렇게 위험을 무릅쓰고 숨긴 경서는 '고문^{古文}', 즉 전국 시기 육국^{六國}의 문자로 작성된 것이다. 이와 대응되는 '금문^{今文}'은 진대의 예서^{隸書}로 작성된 문서로, 대부

---

1) 경사자집(經史子集)
2) 노자

분 '갱유'에서 살아남은 유생이 기억을 더듬어 만든 것이다. 이들 사이에 아주 중대한 차이가 있긴 하지만, 고문경古文經과 금문경今文經 사이에 아직 물과 기름처럼 서로를 용납하지 못하는 지경에 이르지는 않았다.

'책을 소지하는 것을 금하는' 진대의 문화 말살책인 '협서율挾書律'은 한초에 이르러 청정 무위를 신봉하던 도가와 백성의 생계와 관계된 새로운 정치사상에 의해 유명무실화되었다. 한초의 저명한 사상가인 육가陸賈는 한고조 유방劉邦의 면전에서 『시경』과 『서경』을 언급하곤 했다. 유방의 아들인 혜제惠帝는 '협서율'을 폐지함으로써 사회 부흥 정책의 추진을 표방하였다. 육경은 공개적으로 유통되기 시작했고, 학자들은 다시 민간에서 제자를 가르쳤다. 그들의 학설이 다시금 사회 발전에 영향을 주기 시작한 것이다.

한무제가 즉위한 후 동중서董仲舒의 "제자백가를 축출하고 여러 사상 중 유가만을 숭상罷黜百家, 獨尊儒術"하자는 제안을 받아들여 오경박사五經博士를 설치하고 태학太學에서 오경3)을 제자들에게 가르쳤다. 오경박사는 관직임과 동시에 학과 전공이었다. 시수施讐, 맹희孟喜의 역학易學, 신배申培의 노시학魯詩學, 원고생轅固生의 제시학齊詩學, 한영韓嬰의 한시학韓詩學 등 시경학, 구양화백歐陽和伯의 상서학書學, 후창后蒼의 예학禮學, 공양가公羊家의 춘추학春秋學 등이 일시에 흥성하여 장관을 이루었다. 이상의 관립 박사는 모두 금문 경학今文經學에 속했다. 고문 경학古文經學의 경우, 비씨費氏와 고씨高氏의 역학, 공안국孔安國의 『고문상서(古文尚書)』, 모형毛亨의 시경학詩學, 좌구명左丘明의 춘추학春秋學 등이 민간에서 유행하였다. 오경박사에 포함된 금문 경학은 그 지위가 민간의 고문 경학에 비해 백 배는 높았다. 오경박사를 배운 학자에게 '독서를 통한 관직 등용'의 기회가 부여되었으며, 오경의 유일하고 정확한 해석자로 자임했다.

이들 오경박사는 다른 학파를 강하게 배척하고 공격했지만, 사상적 반대파는 계속하여 출현했다. 처음으로 그들에게 제동을 걸며 도전한 이는 유향劉向의 그의 아들 유흠劉歆이었다. 이에 앞서 한성제成帝 때 유향은 황명으로 장서를 교감校勘하는 과정에서 예기치 않게 한초 이래로 민간에서 바친 '고문경古文經'을 열람하게 되었다. 그는 고문경과 금문경의 학설을 비교한 결과 전자가 후자보다 뛰어나다는 생각이 들었다. 한애제哀帝 초년에 유흠은 '고문 경학'으로 새로운 오경박사를 설립할 것을 조정에 건의했지만, 노박사들의 강한 반대에 부딪혔다. 그는 「이서양태상박사(移書讓太常博士)」를 저술하여 금문 경학

---

3) 『역』, 『서』, 『시』, 『예』, 『춘추』. 육경 중 『악경』은 분서 이후 실전되었다.

가를 비판했지만, 정부 고위 관료와 유생들의 노여움을 사 하내태수河內太守와 오원태수五原太守로 좌천되었다. 이로써 2천여 년 동안 지속된 금문 경학과 고문 경학의 논쟁이 시작된 것이다. 이후 왕망王莽이 집권한 후 유흠을 임용하여 『모시』, 『일례(逸禮)』, 『고문상서』, 『좌씨춘추』, 『주례(周禮)』 등 고문경 오박사를 설립했다. 얼마 후 유흠은 왕망으로 인해 죽게 된다. 그러다 왕망의 사후에는 고문경의 공식적 지위도 취소되었다. 후세의 정통 학자들은 유흠이 왕망의 조정에서 관직을 받았으므로 고문경은 왕망의 왕위 찬탈의 정당성을 위한 여론을 조성하려는 목적으로 유흠이 위조한 것이라 여겼다. 그러나 유흠의 동시대 사람들은 일반적으로 그가 "옛 제도를 바꾸어 어지럽혔다."라고 질책했을 뿐, 위조를 닿하지는 않았다. 동한 시기 금문 경학가 하휴何休 또한 의리義理를 따지는 입장에서 유흠의 『좌전』을 논박하고 『주례』가 "육국이 음모한 책"이라 질책했을 뿐이다.

동한 초기의 오경학은 서한 때의 옛 제도로 복귀했다. 그러나 고문 경학은 지식계 상층 인사들에게 중시를 받기 시작했다. 진원陳元 등은 광무제에게 『좌전』으로 박사를 설립할 것을 건의했으나, 범승范升 등의 격렬한 반대에 부딪혀 실시되지 못했다. 그러나 많은 저명한 학자들은 이미 고문 경학이 금문 경학보다 우월하다고 인식하게 되었다. 장제章帝는 건초建初 3년에 조서를 내려 유생들을 백호관白虎觀으로 집결시켜 오경의 같고 다름을 토론하게 했다. 그러자 금문 경학가와 고문 경학가가 모두 참석했다. 이러한 수용은 사실상 고문 경학에 대한 승인과 다름없었다. 고문 경학의 저명한 학자로는 정흥鄭興, 가규賈逵, 마융馬融 등과 함께 『설문해자(說文解字)』를 지은 허신許慎이 대표적인데, 이들 모두 학술 사상 조류의 전환을 가속시켰다. 금문 경학으로 저명한 인물은 많지 않았다. 이러한 새로운 분위기에서 고문과 금문의 장점을 겸하여 집대성한 정현鄭玄이 나올 수 있었다. 정현은 금문 경학파인 하휴도 비판하고, 고문 경학파인 허신도 비판했다. 이러한 학술 태도로 인해 특정 문파에 귀속된 견해에 얽매이지 않을 수 있었다. 『의례(儀禮)』를 주해할 때 그는 금문과 고문을 서로 대조하여 그중 좋은 것을 취사선택했다. 어떤 주석은 현대의 교정 후기와 유사하여 이를 읽고 나면 금문과 고문의 차이를 이해할 수 있게 된다. 그는 경적에 두루 해박하였고, 금문과 고문의 경학을 융합하고 관통할 수 있어 후세 학자들에 의해 유학의 정종으로 받들어졌다. 정현의 역사적 지위는 그의 사후에 달라졌다. 그의 사후 삼국 정립鼎立이 기정사실이 되면서 유학 사상계의 독존적 지위는 갈수록 쇠락해갔다. 이러한 유학의 정체기를 맞아 정현은 경계비의 역할을 하는 최후의 대학자로 자리매김했다.

물론 정현에게도 적수가 없지는 않았다. 예를 들어 왕랑王朗의 아들 왕숙王肅이 지은『성증론(聖證論)』은 오롯이 정현의 학설을 논박한 저술이다. 오경에 대한 그의 주석은 현존하지 않지만, 일부 남아 있는 일문佚文을 통해 보건대, 그의 견해는 정현에 뒤지지 않는다고 할 수 있다. 그러나 그의 학술과 인품은 정현에 미치지 못해 종종 위서를 조작하여 자신의 학설의 증거로 삼았다. 예를 들어『공자가어(孔子家語)』같은 책은 그의 위작으로 고증되었으며, 남조 시기 유행하던 '위고문상서僞古文尙書' 또한 그의 손에서 이루어졌을 것이다. 이로써 경학에 새로운 사건 하나가 추가되었다. 왕숙과 정현의 논쟁은 경서에 대한 이해의 차이에서 일어났지만, 그래도 유학이란 범주 안에서 펼쳐졌다.

완전히 새로운 위진 학풍을 대표하는 저작은 왕필王弼의『주역주(周易注)』와 하안何晏의『논어집해(論語集解)』이다. 저명한 이 두 사상가는 유가 경전에 해박했지만, 중심은 노장사상 쪽으로 완전히 경도되었다. 그 결과 도가 사상으로『주역』과『논어』를 해석함으로써 전인들이 드러내지 못한 것을 밝힌 상당히 창의적인 것이었다. 이후 학술 사상계는 거대한 자리바꿈이 일어났다. 유학이 쇠퇴하고 현학玄學이 흥성하는 것이 기정사실화되었다. 사대부들은 현담玄談을 숭상하였으며,『주역』을 연구하는 이들은 모두 왕필의 학설을 추종했다. 한대의 유생들은『주역』해석은 상수象數에 매여 있었지만, 왕필의 해석은 의리義理를 중시했다. 현학이 경학에 스며든 것은 우연이 아니었다.

영가의 난永嘉之亂과 민족 대이동을 거치며, 양한 시기의 학파에 속한 양구씨梁丘氏4), 시씨施氏, 경씨京氏5)의 역학易學, 제齊·노魯 이파의 시경학詩學, 구양씨歐陽氏, 대소하후씨大小夏侯氏6)의 상서학書學은 대부분 산실되었다. 맹희의 역학과 한시韓詩 등 일부 학파의 전적이 남았으나 이를 계승하는 학자는 없었다. 진晉이 설립한 박사는 왕필의 역학, 모씨의 시경학, 정현의 상서학, 주례 및 예기학, 복건服虔과 두예杜預의 춘추좌전학을 종지로 하여 금문 경학파의 학설은 태학에서 축출되었다. 남조에서 설립한 경학은 대체로 이를 따랐다.

고문 경학이 역사적으로 승리했다고 해서 그것이 진리임을 증명하는 것은 아니다. 반대로 수많은 위조가 여전히 '고문'이란 이름을 빌미로 유행하였다. 하나만 예를 들어 보면 다음과 같다. 동한 시기 공안국이 조정에 바친『고문상서』가 학자들 사이에서 차츰

---

4) 梁丘賀
5) 경방(京房)
6) 하후승(夏侯勝), 하후건(夏侯建)

전파되고 있었다. 마융, 정현 등이 이에 근거하여 연구를 진행했다. 한말의 전란으로 이 책이 소실되어 버렸다. 그러다 동진 초 매색梅賾이 이 사라진 경전을 '헌상'한다. 이것이 바로 현재 통용되는 『상서』이다. 그러나 송명 이래 일부 학자들에 의해 이 『고문상서』가 위서라는 의혹이 제기되어 왔으며, 청초에 이르러 염약거閻若璩, 혜동惠棟 등의 고증을 거쳐 위작임이 밝혀졌다.

장강 이북의 중원 지역은 5호 16국의 혼전 끝에 북위가 통일했다. 북위의 문화 정책은 남조와 달리 한대의 학술을 숭상하고 위진의 현학을 경시했다. 이러한 보수주의적 태도는 당시의 사분오열된 중국 문화를 보존하는 것에 긍정적인 작용을 했다. 수나라는 군사적으로 북방이 남방을 정복한 형국이었지만, 문화적으로는 남방에 의해 북방이 정복된 시기이다. 예를 들어 저명한 학자 육덕명陸德明은 남조 출신이다. 육덕명의 『경전석문(經典釋文)』은 남조의 진陳대에 지어졌다. 당태종의 명으로 『오경정의(五經正義)』를 편찬한 공영달孔穎達은 북방 출신이지만, 『오경정의』를 편찬하면서 온전히 남방의 관례를 따랐다. 예를 들어 『주역』은 왕필 주를 취하고, 『좌전』은 두예의 주를 취했으며, 경전의 해석도 주로 남방의 견해를 인용하였다. 공영달은 "주해가 경전을 위배하지 않고, 소가 주해를 위배하지 않을 것注不駁經, 疏不駁注"을 주장하여 경학에 끼친 독창적인 견해는 거의 없었다. 당대에는 오경을 공부할 때 『오경정의』에 기반했지만, 원류와 훈고訓詁를 가르칠 때는 『경전석문』에 근거했다. 경학에서는 남방 사람들의 천하라 할 수 있었다.

송초의 경학은 여전히 당대의 『오경정의』식 학풍을 고수했다. 인종 경력慶曆 연간 이후 학풍이 차츰 변화하기 시작했다. 구양수歐陽修의 『모시본의(毛詩本義)』는 『모시서(毛詩序)』와 『모시전(毛詩箋)』에 의문을 제기하고 자신의 학설을 천명했다. 뒤이어 소철蘇轍이 지은 『시집전(詩集傳)』은 『모시(毛詩)·소서(小序)』의 첫 구절만 남기고 나머지는 모두 삭제하였다. 북송의 저명한 개혁가인 왕안석王安石의 경학은 원래 변법의 이론적 근거를 위한 것이었으므로 개혁이 실패한 후 그의 『삼경신의(三經新義)』 또한 산실되었다. 그러나 학술을 정치의 직접적인 시녀로 충당했다는 점에서 송대 관료 사회의 폐단을 연 인물이다. 그러하니 왕안석과 대립하던 각 학파도 공론을 내세우거나 새로운 학설을 세우기를 좋아했다. 예를 들어 소철이 『주례』에 의문을 제기한 것은 정치적 수요의 테두리 안에 한정되었다. 왕안석은 신법을 돋보이게 하려고 『주례』를 자주 인용했으므로 반대 파들은 『주례』의 제도가 실행될 수 없음을 증명해야 했고, 그러려면 먼저 『주례』가 주공의 제도가 아님을 증명해야 했다. 이 논쟁의 약점은 변법과 반변법 쌍방이 모두 숭고파崇古派였으며, 모두 "육경으로 내 관점을 해석六經注我"하려는 입장에서는 같았다는 점이다.

송대 경학에서 정말로 독창적인 견해를 세운 것은 정이程頤의 『이천역전(伊川易傳)』이다. 이 책은 이학理學 저작의 선구였으며, 점복과 관련된 상수象數 역학을 반대하여 『주역』을 순수하게 철리哲理적으로 해석했다. 그러면서도 왕필의 『주역주』와는 달랐다. 왕필이 현학으로 『주역』을 해석했다면, 정이는 이학으로 『주역』을 풀이했다. 그 후 많은 성리학자들이 이를 따랐다. 자신의 학설로 오경에 주를 달아 집대성을 이룩한 이는 남송의 주희朱熹였다. 주희의 『역본의(易本義)』, 『시집전(詩集傳)』 등의 저술은 지금까지도 여전히 유행하는 판본이다. 성리학자들이 경학에 끼친 가장 큰 공헌은 『맹자』를 자서子書에서 경經으로 승격시켰으며, 『예기』에서 『대학』과 『중용』을 뽑아내어 『논어』, 『맹자』와 함께 '사서四書'를 만든 것이다. 주희의 『사서집주(四書集注)』는 후세의 모범이 되었다. 송대 경학에서 주희의 지위는 동한 시기의 정현에 비견할 수 있다. 그는 비록 오경을 두루 주해하지는 않았지만, 사상계에 끼친 주희의 영향은 정현보다 더 깊다. 이학 사상에서 출발하여 당송 이래로 진행된 경전에 대한 해석 전통을 선택적으로 다루었다. 예를 들어, 『모시서』에 대한 수많은 견해를 주희는 모두 배제했다. 대신 명물의 훈고는 정현의 『모시전(毛詩箋)』과 공영달의 소孔疏의 해석을 그대로 계승했다. 그리고 자신의 독창성은 시편의 의미에 대한 이해에 국한되어 있었다. 이처럼 분별력 있는 태도는 앞 시기의 정초鄭樵의 영향을 받았음이 분명하다. 그와 동일한 방법으로 『시경』을 연구한 것으로 왕질王質의 『시총문(詩總聞)』이 있으며, 반대 의견으로 모시와 정현의 옛 견해를 고수한 이는 여조겸呂祖謙의 『여씨가숙독시기(呂氏家塾讀詩記)』가 대표적이다. 주희의 학문은 송대 경학의 주류를 대표한다. 송대에는 경전 연구에 옛 학설에 구애되지 않아 텍스트에 대한 이해가 이전 세대를 능가했다. 예를 들어 주희의 『시집전(詩集傳)』은 시편의 의미에 대한 해석이 『모시서』를 넘어섰다. 명청 시기의 과거 시험에서는 모두 주희의 해석을 근거로 삼았다. 따라서 정주학程朱學은 남송 이후 600여 년간의 대일통 사회에서 가장 영향력 있는 학문이자 관학이 되었다. 원명 시기의 경학은 대체로 송대의 학설을 계승한 바탕에서 거의 발전하지 못했다. 특히 명대 중기에 왕양명王陽明의 심학心學이 일어난 후 태주학파泰州學派의 왕간王艮 등은 극단으로 치달아 모든 것을 자신의 사상으로 귀속시켜 경사經史 연구 분야의 성취가 크지 않았다.

명대 후기의 성리학자들이 견지한 성명지학性命之學과 반전통적 입장으로 인해 전통 경학은 급속히 쇠퇴하였다. 이는 사실 대일통제국이 팔고문八股文으로 관리를 뽑고 경학의 독립성을 취소시킨 것에 대한 저항이기도 했다. 결과적으로 사상 학술계의 분위기는 지나치게 급진적이어서 견실함이 부족했다. 명청 교체기의 걸출한 사상가의 대표인 고염무顧炎武, 황종희黃宗羲, 왕부지王夫之 등은 모두 팔고문으로 관리를 선발하는 제도의 비판자였다. 망국의 침통한 경험을 딛고 실패에 대한 통렬한 성찰을 펼치면서 사상 학술계의 분위기는 일변하여, 복고와 견실함을 추구하는 경향을 띠기 시작했다. 고염무는 고증에 힘써『음학오서(音學五書)』,『일지록(日知錄)』등의 저작을 집필함으로써, 청대를 지배한 문자학, 훈고학, 음운학 및 고증학의 새로운 물결을 열었다. 염약거閻若璩, 모기령毛奇齡 등 한 시대를 풍미한 대가들이 고증에 정통한 것으로 이름을 날렸다. 염약거의『상서고문소증(尚書古文疏證)』은 수많은 증거를 찾아내고 세밀한 논증을 거쳐 동진 시기 매색梅賾이 바친 '고문'『상서』와 '공안국전孔安國傳'은 후인이 이름을 사칭한 위작임을 밝혔다. 모기령은『시경』,『주역』등 경전을 깊이 있게 연구하고 검토한 결과, 주희의 권위 있는 학설과는 현저히 다른 입론을 세워 한대 유학의 경향으로 복귀하였다. 이 밖에 진계원陳啟源의『모시계고편(毛詩稽古編)』, 호위胡渭의『우공추지(禹貢錐指)』,『역도명변(易圖明辨)』등이 모두 한대 학자들의 관점으로 복귀하여 주희로 대표되는 '송학宋學'과 대립각을 세웠다. 이는 사실상 정주이학程朱理學을 존숭하는 관방의 문화 정책에 대한 저항이기도 했는데, 단지 청대 유생의 방식이 명대 유생들과 달랐을 뿐이다. 청대 초기의 학자들이 보인 '존한尊漢' 경향은 옹정, 건륭 연간에 이르러 훈고와 고증을 특징으로 하는 '한학漢學'의 홍기를 불러왔다.

한학은 오파 경학吳派經學과 환파 경학皖派經學의 두 학파로 나뉜다. '오파'의 창시자는 저명한 혜주척惠周惕, 혜사기惠士奇, 혜동惠棟의 조손 3대의 학자들이다. 그들은 한학에 경도되어 송학을 배제했다. 혜동의 성취가 가장 높았으며,『주역술(周易述)』,『고문상서고(古文尚書考)』,『춘추보주(春秋補注)』,『구경고의(九經古義)』등을 저술했다. 그 뒤를 이은 전대흔錢大昕, 왕명성王鳴盛 또한 오파의 거물들로 고증학에 정통했다. 그들이 보기에 한대의 경학은 고대와 가까운 시기였으므로 가장 믿을 만했으며, 현학이 발흥하기 전이고 불교가 전래되기 전이어서 여러 학술이 더욱 순수하다고 여겼던 것이다.

'환파'는 '오파'보다 시기적으로 늦었으며, 창시자는 걸출한 고증학자인 대진戴震이다.

그의 저작은 그야말로 다채롭고 풍부했다. 『모정시고정(毛鄭詩考正)』, 『의례정오(儀禮正誤)』, 『고공기도(考工記圖)』, 『이아문자고(爾雅文字考)』, 『방언소증(方言疏證)』 등 대표적인 저작들은 당시 사람들에게 굉장한 찬탄을 이끌어 냈다. 대진의 유명한 제자로는 『설문해자주(說文解字注)』의 저자 단옥재段玉裁와 『독서잡지(讀書雜誌)』, 『광아소증(廣雅疏證)』의 저자 왕념손王念孫 등이 있는데, 이들도 모두 고증학과 훈고학에 정통했다. 왕념손의 아들 왕인지王引之는 가학을 계승하여 한학에 특출났으며, 『경전석사(經傳釋詞)』, 『경의술문(經義述聞)』 등을 저술했다. 왕념손의 친구인 양주학파揚州學派의 왕중汪中 또한 대진의 영향을 받아 송학을 반대했다. 『한학사승기(漢學師承記)』의 저자 강번江藩이 오파와 환파의 대표적인 인물의 전기를 쓰면서 공개적으로 '한학'이란 명칭을 표방한 것도 일맥상통한다.

　이들 한학가들은 대부분 건륭, 가경 연간에 활동했으므로 '건가박학乾嘉樸學'이라 불렀다. '박학'의 학풍은 견실하고 입론에 근거가 있다는 점이다. 이 학풍은 청말의 손이양孫詒讓, 유월俞樾을 경유하여 민국 시기의 장병린章炳麟, 황간黃侃에까지 영향을 미쳤다. 동한 시기 고문 경학에 대한 한학가들의 존중은 생각지 못한 후과를 불러왔다. 시대적으로 앞선 것에 근거하여 옳고 그름을 고증하는 존고尊古의 논리를 따른 결과, 일부 학자들은 서한 시기의 '금문 경학'이 동한의 '고문 경학'보다 앞선 시기이므로 그들의 학설이 경전의 원래 의미에 더 가깝다고 판단한 것이다. 따라서 그들은 열심히 금문 경학의 학설을 수집하였으며, 나아가 금문 경학을 존중하고 고문 경학에 비판적 입장을 취했다. 이 학파의 대표 인물이 대부분 상주常州 사람이어서 이들을 상주학파常州學派라고 불렀다. 얼마 후 복주福州 사람 진수기陳壽祺, 진교종陳喬樅 부자는 서한 시기 금문 경학파의 『상서』와 『시경』에 관한 학설을 모아 『금문상서경설고(今文尙書經說考)』, 『삼가시유설고(三家詩遺說考)』 등을 저술하였다. 이후 사회 개혁 사상을 견지한 공자진龔自珍, 위원魏源 등은 경학 연구의 면에서 금문 경학을 부흥시킨 상주학파의 전통을 계승하였다. 마지막으로 강유위康有爲는 변법 유신을 창도하는 과정에서 금문 경학파의 사상을 충분히 흡수하여 발전시킨 결과, 19세기의 격변기에 사상적 폭풍을 불러일으킨 저작인 『공자개세고(孔子改制考)』와 『신학위경고(新學僞經考)』를 집필하였다.

2

역사 편찬의 전통

옌부커

중국인은 역사에 각별한 흥미를 보여 왔다. 따라서 역사 기술 활동의 시작은 상당히 오랜 옛날로 소급해 올라갈 수 있다. 기나긴 역사적 경과 중에 역사서 편찬은 하나의 깊은 전통을 형성했다. 사관史官, 사서史書, 사법史法 및 역사를 거울삼는 '사감史鑒'의 태도는 문화적 가치와 사회적 규범을 전하는 중요한 방식인 동시에 인간, 사회, 자연, 우주에 대한 중국인의 독특한 관점을 집중적으로 구현하고 있다.

삼황오제 시기에 이미 전적이 있었다고 전해지는데, 그 명칭은 '삼분三墳'과 '오전五典'이었다. 황제의 사관은 이름이 창힐倉頡이었다. 비록 이를 정확한 역사로 믿을 근거는 없다. 그러나 중국인의 어떤 태도를 반영하고 있는데, 그것은 역사 편찬이 문명과 함께 태어난 활동의 하나라고 인식하는 것이다. 『설문해자』에 따르면 '사史'는 "사건을 기록하는 자"이다. 또한 '고古'는 "고故이며, 십十과 구口를 따른다. 이전의 말을 인식하는 것이다."라고 했다. 중국인들이 보기에 역사는 옛 사건을 전하고 기록하는 행위이다. 고대의 역사를 전하는 방식은 서書와 송誦으로 구분된다. 이른바 "사관은 놓치지 않고 썼고, 악관은 놓치지 않고 낭송했다史不失書, 矇不失誦."라고 했으니, '송'은 주로 맹인이 맡았던 악관의 구두로 전달하는 것이고 '서'는 전적에 보이는 글로 된 기록이다. 서면으로 작성된 역사 기술은 두 종류인데, 하나는 '기주記注'이고 다른 하나는 '찬술撰述'이다. '기주'는 발생한 사건이나 사적에 대한 1차 기록이고, '찬술'은 보다 숙성시킨 역사 저작이다.

최초의 문자 기록은 대략 은대 정인貞人이 관장한 갑골문 복사卜辭 및 은대와 주대의 금문金文 이명彝銘까지 거슬러 올라갈 수 있다. 『상서』의 "그대들에게 은나라 선인들의 책과 문서가 있으니"라는 구절을 놓고 보면, 아마도 은나라는 이미 전적으로 된 문헌이 있었을 것이다. 주대에 들어와서 전적이 날로 풍부해졌으며 종류도 다양해졌다. 오늘날 볼 수 있는 이 시기의 고문헌은 선왕의 사적과 훈계를 기록한 『상서』, 역사시를 포함한 노래 모임집인 『시경』, 그리고 제왕, 제후, 대부의 세계와 성씨를 기술한 『세본(世本)』[1] 같은 것들이 있다. 전문적으로 각국의 편년체 역사를 기록한 문헌도 있었다. 공자는 노나라의 역사에 근거하여 『춘추』를 작성했다고 한다. 이른바 노사魯史란 노나라의 편년사 실록인 것이다. 『춘추』는 연월일시로 사건을 엮어 중국 역사서에서 편년체의 장을 열었다. 최소한 춘추 시기 이후에는 각 제후국에 이러한 체제의 역사서가 있었을 것이다. 당시 사람들과 후인들이 확인한 것만도, 주나라의 춘추, 연나라의 춘추, 송나라의 춘추, 진나라의 춘추, 초나라의 도올檮杌 등이 있어 '백국춘추百國春秋'라는 명칭이 붙었다.

전국 시기 이후 사회와 문명이 진보함에 따라 역사서 편찬 또한 발달하기 시작했다. 이제 문헌을 고찰하고 견문을 취하여 역사를 편찬하게 되었다. 그중 가장 저명한 것은 『좌전(左傳)』, 『국어(國語)』, 『전국책(戰國策)』 등이다. 『좌전』은 좌구명左丘明이 지은 것으로 전해지며, 60권, 18만여 자가 현존하는데 노 은공隱公에서 도공悼公에 이르는 259년의 역사를 기술하였다. 그 문장이 우아하며, 상세하면서도 간명하였다. 『좌전』은 『춘추』의 편년체가 가진 한계를 넘어서게 발전시켜 중국 역사 기술이 정식으로 탄생한 표지가 되는 작품이라 할 수 있다. 『국어』와 『전국책』은 국가별로 나누어 사건을 기술하여 개별 왕조사의 선구가 되었다.

서한 시기에는 위대한 역사 저작인 사마천司馬遷의 『사기(史記)』가 출현했다. 『사기』의 원래 명칭은 『태사공서(太史公書)』이며, 다섯 부분으로 나뉘어 있다. 본기本紀에서 제왕을 기록하고, 세가世家에서 제후를 기록하고, 열전列傳에서 인물을 기록하고, 서書에서 의식과 제도에 관해 기록하고, 연표인 표表를 부가하였다. 이 책은 십여 년의 시간을 들어 완성되었는데, 광범하게 채록하여 내용이 풍부하고 구조가 조밀했다. 위로는 제왕장상에서 아래로 유협과 배우에 이르기까지 포괄적으로 다루었으며, 정치, 경제, 문화, 사회생활의 제반 영역을 망라했다. 삼황오제에서 한무제에 이르는 삼천 년 역사를 하나로 녹여낸 『사기』는 '기전체紀傳體'라는 새로운 역사 기술 체제를 세움으로써 이후 2천 년간 지속된 중국 역사서 편찬의 전범을 다졌다.

---

1) 집본(輯本)

그 후 반고班固 등이 이어서『한서(漢書)』를 집필했다. 그 체제는『사기』를 이으면서도 약간의 변화가 있었다. 또한, 한 왕조의 사건만을 다룬 중국 최초의 기전체 단대사이다. 그 이후로 중국 고대의 역사 기술 활동은 날로 활발해졌다. 유향劉向의『칠략(七略)』을 바탕으로 작성한『한서・예문지(藝文志)』에서는 문헌을 육예략六藝略, 제자략諸子略, 시부략詩賦略, 병서략兵書略, 수술략數術略, 방기략方技略의 여섯 부류로 나누었다. 역사서는 육예략에 부속된 춘추가春秋家 아래에 425편만 실려 있었는데, 그중에 사마천 이전에 지어진 것은 고작 191편뿐이었다. 이는 전문적인 역사서가 아직 발달하지 않았음을 보여준다. 위진 시기에 출현한 문헌 분류법인 갑을병정 사분법에서는 사부史部가 독립하여 처음에는 병부에, 나중에는 을부에 귀속되었다.『수서(隋書)・경적지(經籍志)』에서는 경사자집經史子集으로 분류했는데, 사부의 서적이 16,585권에 달하였으니 수백 년 사이 40배가 증가한 셈이었다.『명사(明史)・예문지』의 사부에 포함된 서적은 1,316부, 30,051권이었다.『사고전서총목(四庫全書總目)』의 사부는 2,174부, 37,049권(존목 합계)에 달하였다. 그 수량의 방대함에 입이 벌어질 정도이다.

이러한 과정을 거치면서 역사서의 체제는 날로 풍부하고 다양해졌다. 편년체는 한대에 순열荀悅의『한기(漢紀)』가 뒤를 이었다. 송대 사마광司馬光이 지은『자치통감(資治通鑑)』294권은 전국 시기에서 오대까지 1362년의 역사를 서술했는데, 정사, 야사, 전장傳狀, 문집, 보록譜錄 등 200여 종의 풍부한 자료에서 정화만을 선별하여 집대성한 걸작이다. 남송 원추袁樞가 지은『통감기사본말(通鑑紀事本末)』은『자치통감』의 기사를 항목별로 분류한 기사본말체라는 새로운 체제를 만든 저작이다.『수서・경적지』의 사부 서적은 13류로 분류되었다.『사고전서총목』의 사부는 정사, 편년, 기사본말, 별사別史, 잡사雜史, 조령주의詔令奏議, 전기傳記, 사초史抄, 재기載記, 시령時令, 지리地理, 직관職官, 정서政書, 목록目錄, 사평史評의 15류로 분류되었다. 여기에 보첩譜牒까지 추가하면 대체로 중국 고대 역사서의 모든 유형을 개괄한 셈이다. 체제 분류의 세밀함은 중국 고대사학이 어느 정도 발달했는지를 알려주는 지표이기도 하다.

여러 부류의 역사서 중에서도 '정사'는 특별한 지위를 가진다.『수서・경적지』에서는 기전체 역사서를 '정사'로 봤고,『송지(宋志)』에서도 이 관점을 채택했다. 청대에는『사고전서』를 편찬할 때 건륭제의 흠정을 거쳐 역대의 기전체 역사서 24종을 '정사'로 확립했다. 이로 말미암아 시작된 이른바 '이십사사二十四史'는 각각 다음과 같다.

『사기』,『한서』,『후한서(後漢書)』,『삼국지(三國志)』,『진서(晉書)』,『송서(宋書)』,『남제서(南齊書)』,『양서(梁書)』,『진서(陳書)』,『위서(魏書)』,『북제서(北齊書)』,『주서(周書)』,『남사(南史)』,『북사(北史)』,『수서(隋書)』,『구당서(舊唐書)』,『신당서(新唐書)』,『구오대사(舊五代史)』,『신오대사(新五代史)』,『송사(宋史)』,『요사(遼史)』,『금사(金史)』,『원사(元史)』,『명사(明史)』.

'이십사사'는 끊임없이 교체되어 온 중국의 역대 왕조를 수미가 맞물린 하나의 서사로 연결시켰으며, 각종 다른 체제의 수많은 역사서를 통괄할 수 있는 강령의 역할을 했다.

중국 고대 역사서의 오랜 연원, 방대한 수량, 완비된 체제 등의 특징은 세계 역사에서도 독보적이라 칭할 만하다. 그에 상응하여 중국인의 역사 관념도 유달리 깊고 두텁다. 『사기』를 집필할 때 사마천은 "추상적인 말로 기재하는 것보다 실제로 일어난 일을 보여주는 것이 훨씬 절실하고 명백히 드러난다載之空言, 不如見之行事之深切著明."라고 술회한 공자의 원칙을 따랐음을 천명하였으며, 역사 기술을 통해 "하늘과 사람의 관계를 탐구하고, 과거와 현재의 변화를 꿰뚫으려究天人之際, 通古今之變" 했다. 천인관계에 나타난 의리義理라는 등의 추상적인 말은 반드시 고금의 변화를 보여줌으로써만 절실하면서도 분명히 드러나는 것이다. 역사는 과거에서 현재까지 있었던 실제 사건에 기탁하는 것이지 현실에서 동떨어진 것이 아니다. 중국인은 순수한 사변으로 유추한 이론에 대해 태생적으로 신뢰하지 않는다. 그보다는 옛 사건을 뒤져서 얻어낸 깨우침을 가장 믿을 만하다고 생각한다. 한대의 금고문 경학이 경쟁할 때 금문 경학파는 의리를 중시하고, 고문 경학파는 고증을 중시했다. 그러나 금문 경학 또한 근거 없이 의리만 이야기한 것이 아니라 『공양전』의 예에서 확인되듯, 역사 문헌의 해설을 통해 '미언대의微言大義'를 밝히려 했다. 물론 사상의 발전으로 인해 의리의 연구와 역사 고증은 필연적으로 별개의 분야로 분화되었지만, 역사를 버리고 의리를 취한다고 비평하는 식의 반발 기류가 줄곧 형성되었다. 『사고전서총목』의 「사부」 '서'의 다음과 같은 구절은 이러한 사유 방식이 반영된 것이다. "만약 역사적 사적이 없다면 공자가 『춘추』를 지을 수 없었을 것이다. 만약 사적을 알지 못했다면 비록 공자가 『춘추』를 읽어도 포폄할 곳을 알지 못했을 것이다. 유생들이 큰 이야기를 하기를 즐겨 전傳을 버리고 경經만을 취한다면 그들의 학설은 반드시 통하지 않게 된다." 청대 장학성章學誠은 "육경이 모두 역사六經皆史"임을 제창하여, '역사'로 '경전'을 바라보아야 함을 강조한 바 있다. 그의 논점은 다음과 같다. "육경은 모두 선왕이 제위에 올라도를 행하고 우주를 다스린 자취이므로 추상적인 말에만 의탁할 수 없다."

역사를 다루는 이러한 태도는 중국 역사의 연속성이나 문화의 현실성과 인과 관계에 있다. 역사가 경전을 보완하는 위상을 획득한 것은 역사서가 역사적 사실을 제공해 줌으로써 추상적인 말을 인간의 현실에 안착할 수 있게 해 주기 때문이다. 중국인의 역사 기술에 대한 열정은 바로 이러한 '사감史鑑', 즉 역사를 거울삼는 태도에 기반한다. 가장 오래된 문헌인 『상서』에서 이미 "우리는 하나라를 살펴보지 않을 수가 없고, 또한 은나라를 살펴보지 않을 수 없다."라고 했다. 『시경』의 "은나라가 거울삼을 시대가 멀리 있지 않았으니殷鑑不遠"라는 구절은 실패를 교훈으로 삼으라는 관용어가 되었다. 이처럼 주초의 통치자들은 종종 하나라와 은나라의 사적에서 흥망성쇠의 이유를 탐색하곤 했다. 전국 시기 유가는 "삼대의 도를 기술하고, 문왕과 무왕의 법도를 밝혔으니" 과거에서 법도의 모범을 취했다. 법가는 변혁을 숭상하였지만, "과거의 제왕들도 서로를 답습하지 않았다."나 "세상을 다스리는 데는 하나의 길만 있는 게 아니다."라는 구절에서 드러나듯 역사적 발전 과정 중에서 변혁의 증거를 찾았다. 송신종神宗은 사마광의 거작에 '자치통감資治通鑑'이란 제목을 내리며 다음과 같이 말했다.

> 이 책에 기록된 내용은 눈 밝은 군주와 현명한 신하가 통치술에 대해 갈고 닦아 의론한 뛰어난 말씀, 도덕과 형벌에 대한 좋은 제도, 하늘과 인간 사이의 조화로운 관계, 길흉과 선악의 현상에 대한 근원, 권력과 복록이 흥망성쇠하는 원인, 이로운 것과 해로운 것을 계획하는 효과, 우수한 장수의 전략, 원칙을 지키는 뛰어난 관원의 정책, 잘못된 것을 바로잡는 태도로 내린 결단, 치세와 난세를 통해 파악한 요지, 글에 드러난 해박하고 충실한 문체, 권고나 간언에 깊이 새겨진 의미 등까지 매우 잘 갖추어 놓았다.

역대의 군주와 신하, 유생과 학자들 가운데 역사서의 상술한 내용 속에서 수신제가치국평천하의 큰 이치를 취하지 않은 이가 없다.

이는 역사기술 활동에 대한 존엄한 태도와 신실한 요구를 추동시켰다. 고문자에서 사史, 사事, 리吏는 원래 한 글자였다. 사史는 사무관을 지칭했는데, 그 업무가 전적과 문서에 바탕하고 있었기에 훗날에는 직무를 맡은 자는 리吏가 되었고 사건을 기록하는 자는 사史가 되었던 것이다. 사관은 처음에는 축祝, 무巫, 복卜과 비슷하게 제사, 음양, 역상曆象, 복서卜筮와 관계된 일을 겸했으며, 그 직책이 존중받아 '천관天官'으로 받들어졌다. 한대에 이르기까지 조회에서 태사령太史令의 위상이 승상보다 앞서 있었다. 주대에 사상이 발전해감에 따라 천도天道에서 인간의 현실로 초점이 이양되면서 점차 사람들은 사건의 관점에서 역사를 바라보기 시작했다. 사관의 지위는 추락했다. 그러나 사감史鑒 관념 및 그에 따른 '믿을 만한 역사信史'에 대한 요구가 커지면서 역사 편찬자들은 자신만의 특별한 존엄을 지키고 유지할 수 있게 되었으며, 독특한 도덕과 원칙을 형성하게 되었다.

『좌전』에서 그러한 기록을 확인할 수 있다. "조천趙穿이 진 영공을 죽였다."라는 항목에 대해 태사太史는 "조돈이 자신의 군주를 시해했다趙盾弑其君."라고 직서直書했다. 조천이 죽였지만, 망명을 떠났으되 국경을 벗어나지 않은 상태였고, 임금이 시해되자 역적을 토벌하지 않은 채 돌아와 새로운 임금을 세웠으니 조돈이 시해에 뜻을 함께한 것이나 다름없다는 이유에서이다. 동호직필董狐直筆로 유명한 태사 동호董狐에 대해 공자는 "법도대로 써 사실을 숨기지 않았다書法不隱."라고 평가했다. 또한, 제나라의 태사는 "최저가 자신의 군주를 시해했다."라고 사실대로 썼다가 죽임을 당했다. 태사를 계승한 형제들이 연이어 죽임을 당했지만 굽히지 않았다. 결국 이 사실은 역사에 남게 되었다. 비록 이러한 존엄과 독립성을 침범하거나 파기시키는 자가 역대로 적지 않았지만, 그것을 존중하고 지키는 것이 전통이 되었다. 믿을 만한 역사는 사실을 추구하고 진실을 고찰하는 정신이 필수적이다. 『한서·사마천전(司馬遷傳)』의 찬贊에 따르면, 『사기』는 "그 글이 곧고, 사건의 기록이 충실하며, 거짓으로 미화하지 않고, 잘못을 숨기지도 않았으니, 따라서 실록이라 일컬을 만했다其文直, 其事核, 不虛美, 不隱惡, 故謂之實錄."

『자치통감』은 소재가 광범위하여 하나의 사건을 서술함에 종종 서너 가지 자료 중에 좋은 것을 택하여 따랐으니, 후인들이 받들어 법식으로 삼았다. 위수魏收는 『위서(魏書)』의 집필을 사사로운 보답과 앙갚음의 기회로 삼았기에, 사람들은 그에 대해 '예사穢史'2)라 칭했던 것이다. 『진서(晉書)』는 "황당하고 기이한 일을 채집하기를 즐겨" 비판을 받은 바 있다. 저명한 역사비평가 유지기劉知幾는 "좋은 역사는 실록을 직서하는 것을 귀하게 여긴다."라고 했다. 이 경지에 이르는 것은 작자의 문학적 재능, 학문적 지식, 그리고 판단을 내릴 식견에 의해 좌우된다. 훗날 장학성은 유지기가 제시한 역사 기술의 원리에 '사덕史德', 즉 '역사가의 덕'을 추가했다. 이 모두는 고대 중국의 역사 기술의 법칙에 대한 주도면밀한 총화이다. 이상의 서술만 봐도 고대 중국이 남긴 수많은 역사서가 다른 고대

---

2) 더러운 역사서

문헌에서 찾기 힘든 신뢰성을 갖추고 있음을 알 수 있다.

　그러나 '믿을 만한 역사' 혹은 '실록'은 중국인의 역사 기술 활동에 있어 유일한 원칙은
아니다. 역사를 거울로 삼으려면 옳고 그름과 잘잘못에 대한 평가가 따르지 않을 수 없
다. '다스림에 도움이 되고자' 한 '자치資治'의 목적은 오히려 역사 기술의 원칙史法에 영향
을 주었다. 『좌전』은 '군자'의 말을 인용하여 다음과 같이 말했다. "『춘추』의 서술은 글
이 은미하되 뜻은 분명하고, 말은 완곡하되 시비를 분명히 가렸으니, 윗사람이 능히 이
『춘추』의 대의를 밝힌다면 착한 사람을 권장하고 악한 자를 두렵게 할 수 있다. 이 때문
에 군자가 그것을 귀중히 여기는 것이다." 공자가 『춘추』를 지음에 대의를 밝혀 설명함
으로써 난신적자를 두렵게 했다고 한다. 역사학의 도덕적 기능과 사회적 기능에 대한 강
조는 물론 역사학자들의 사회적 책임감을 구현한 것이지만, 군주 시대의 이른바 대의란
존귀한 군주와 비천한 신하로 위계화된 전제적 예법에 다름이 없다. 역사 기술의 원칙과
방법은 그 목적에 적응하지 않을 수 없었다. 중국 고대 사학에는 '서법書法'이 있다. 후인
들은 공자가 지은 『춘추』의 자구 하나하나에 모두 깊은 포폄褒貶의 평가가 들어 있다고
생각했다. 예를 들어 (『춘추공양전』에서) "왕정월王正月"이라는 세 글자에 "대일통大一統"의
의미가 담겨 있다고 해석하거나, "주의보邾儀父"[3)를 자字로 일컫고 작위로 부르지 않은 것
을 두고 "칭찬한 것이다褒之也."라고 평가하는 식이다. 연호의 시작이 평년인지 윤년인지
와 호칭의 구별 같은 것이 예법에 기반한 포폄을 드러내는 글이 되어 '사법'의 중요한 내
용을 이루었다. 게다가 이로 인해 '직접적인 서술直書'이나 '숨기지 않는다不隱.'와는 서로
어긋나는 원칙이 제시되기도 했다. 『공양전』은 다음과 같이 천명했다. "『춘추』에서는
존귀한 자를 위해 숨겼고, 친한 자를 위해 숨겼고, 어진 자를 위해 숨겨 주었다." 명대의
유기劉基는 그 의미를 다음과 같이 해명했다. "그 공적을 기록하면서 그 죄를 널리 알리지
않은 것은 사람들이 의심할까 걱정한 것이니 교의를 세우는 도리인 것이다." 이는 예법
과 명교名教의 필요에 끼워 맞추느라 곡필曲筆에 허울 좋은 이유를 제공하는 셈이다.

　역사서에서 포폄의 기능은 하나의 문화 권력을 의미한다. 고대 중국에서 이러한 권력
은 유난히 강력했다. 따라서 왕조와 군주들은 결국 그것을 장악하려 했다. 중국 고대 역
사서는 '관찬官修'과 '사찬私修'으로 구별된다. 춘추 이전의 '기주記注'를 문서화하는 책임은

---

3) 주(邾)나라의 10대 군주로 시호는 주안공(邾安公)이다. 주의보의 이름은 극(克)인데, 자가 의(儀)이고 보(父)는 남자의 미
　칭이다.

사관에 귀속되며, 사관에는 태사太史, 소사小史, 외사外史, 내사內史, 좌사左史, 우사右史 등의 관직명이 있었다. 춘추 말기에서 전국 이후 학문을 관부에서 독점하던 상황에서 벗어나 개인에 의한 강학이 성행하면서 처음으로 민간에서 사사로이 역사를 찬술하기 시작했다. 만약 공자가 『춘추』를 지었다는 사실을 믿을 수 있다면 중국 최초로 개인이 역사를 기술한 셈이다. 한대 이후에도 여전히 전담 관원이 기주를 책임졌는데, 이렇게 기록된 것, 혹은 그 사관을 '기거주起居注'라 했다. 또한 그 기록을 편년체로 정리한 이른바 '실록實錄'도 있다. 『사기』와 『한서』는 개인이 편찬한 것이며, 위진남북조 시기는 역사학이 번영하여 이 시기에 편찬된 역사서도 십중팔구는 '사찬'에 해당한다. 물론 이른바 '사찬'이란 것도 대체로 왕조의 관료에 의한 저작이며, 관방의 장서를 이용하기도 했고 나중에는 심지어 군주의 허가나 위탁을 받기도 했다. 게다가 왕조에서 점점 역사 편찬을 중시함에 따라 역사 편찬을 전문으로 한 저작랑著作郎이라는 관직을 설치하기까지 했다. 북조의 위나라, 제나라는 수사국修史局이나 사관史館을 설치하여 고위 관료가 국사史를 감수했다. 수당 시기에는 정식으로 사관史館에서 역사를 편찬하는 것을 영구적인 제도로 만들었으며, 이는 그 이후 대대로 중단되지 않고 계승되었다. 관련 기구도 점차 완비되어 한림원翰林院, 실록관實錄館, 기거원起居院 등에서 역할을 분담했다. 관찬 역사서의 직접적인 장점은 인력, 재력 및 자료가 풍부하다는 점이다. 그러나 집필자가 많아 책임이 특정되지 않았으며, 황명으로 집필되었기에 금기시되는 점이 많아 독립적인 사상이나 창의성을 발휘할 만한 부분이 적었다. 따라서 자기주장을 세울 수 있는 명가는 여전히 대부분 사찬 역사서에서 나왔다. 문제는 그뿐 아니다. 특히 중요한 지점은 조정에서 역사 편찬을 주관하므로 이전 왕조의 잘잘못을 논평하고 지금 왕조의 업적을 드높이게 된다는 점이다. 이는 역사의 선악을 재단하는 최종적 권위가 황제라는 의미가 된다. 역사는 정통성의 중요한 상징이자, 왕조의 '문치'를 드러내는 표지가 된다.

중국인이 보기에 역사는 끊임없이 흘러가는 강물과 같다. 그것은 과거와 현재를 소통시키고, 미래 또한 소통시킨다. 그러나 멈추지 않는 이 강물은 방대한 역사서의 페이지 사이를 흘러가는 것 같다. 사람들은 그 속에서 자신의 과거의 모습을 간절히 찾아 헤매고, 자신의 미래의 운명 또한 맡겨 본다. 건국에 나선 군주는 자신을 탕임금이나 무왕과 비교하고, 중흥에 나선 왕은 광무제 유수劉秀에 견주며, 문신은 제갈공명에 감정을 싣고, 무신은 악비에게 마음이 쏠린다. 군주의 폐위와 옹립을 행하고 싶다면 곽광霍光의 법도를 따르고, 참역^{僣逆}을 지적할 때는 왕망^{王莽}이라고 꾸짖으면 되며, 자애로운 어미를 찬양하고자 한다면 맹모^{孟母}에 빗대거나, 효자를 칭찬하려면 그를 이 시대의 증자^{曾參}라고 추켜세우면 된다. "이름이 청사에 길이 남는다."라는 말은 성공한 인생을 보여주는 최고의 표지로 간주되었다. "법도를 후세에 드리우는 것"은 제왕의 행동거지에 있어 좌우명과 같았다. 옛 현인을 본받아 의로움을 위해 목숨을 바친 지사들도 자신의 이름이 역사책에 남겨질 것을 떠올리면 황천에서도 미소를 지을 것이다. 조대를 거듭한 역사 편찬 활동은 중국의 전통을 이어 주었다. 망망대해처럼 많은 역사책 속에 중국인의 불후한 영혼이 담겨 있다.

3

관학과 사학

류팡디

중국 문명은 교육을 중시하는 것으로 잘 알려져 있다. 다른 문명이 신권 정치 시기인 단계에서 중국은 세속화된 학교를 설립했고, 정치 제도와 관련된 교육 제도를 제정하였다. 이것이 '관학(官學)'이다. 이와 동시에 민간에서도 점차 각종 교육 기구를 세워 유구한 역사의 '사학私學' 전통을 형성했다.

은허의 갑골문에는 이미 교육 활동에 관한 대량의 기록이 보인다. 즉, 은대에 이미 학교가 만들어져 있었다는 말인데, 다만 그 구체적인 학제는 고증할 수 없다. 주대에는 중앙 왕조와 제후국에서 세운 국학國學과 지방에서 만든 향학鄕學이 있었다. 사료의 기록에 따르면, 당시 정치 제도상 25가구를 려閭라고 했는데, 려에는 숙塾이 있었다. 500가구를 당黨이라 했는데, 당에는 상庠이 있었다. 2,500가구를 주州라 했는데, 주에는 서序가 있었다. 12,500가구를 향鄕이라 했는데, 향에는 교校가 있었다. 숙, 상, 서 교 등은 모두 향학 범주에 속한다. 수도 인근인 경기 지역의 벽옹辟雍, 제후국의 반궁泮宮 등은 국학[1]에 속한다. 국학의 소학小學은 궁의 남쪽에 설치되어 있었다. 각 제후국의 반궁은 이와 동일하지만 규모가 조금 작다.

주대의 국학에서는 관리를 교사로 삼았으며, 사씨師氏니 보씨保氏니 하는 교사의 명칭이 남아 있다. 국학의 학생을 국자國子라 했고, 향학의 교사는 지방의 학식 있는 고령자長老가 담당했다. 국학의 교육은 시, 서, 예, 악이 위주가 되었다. 『주례·지관, 사도(地官·司徒)

---

1) 즉, 대학

』편에 따르면, "사씨는 삼덕三德2)으로 가르쳤고, 보씨는 육예를 가르쳤다." 향학의 교육은 육덕六德, 육행六行, 육예六藝가 위주가 되었다.

국학은 격년 단위로 심사했으며, 시험에 통과하면 '소성小成' 혹은 '대성大成'으로 평가했다. 시험에 통과하지 못하면 처벌을 내렸다. 향학에서는 우수한 자를 선발하여 선사選士라 불렀고, 선사 중에서 우수한 자를 준사俊士라 불렀으며, 준사 중에서 우수한 자는 요역徭役에서 면제되며 조사造士라 불렀다. 대악정大樂正이 조사 중 우수한 자를 선발하여 왕에서 천거하는데, 이를 진사進士라 불렀다. 진사 중에서 선발한 어진 인재에게 관직을 맡긴다.

춘추 전국 시기에는 주 왕조의 국학이 쇠퇴하여 관학의 교사가 각지의 제후국으로 흩어졌다. 이른바 "천자가 직관 제도를 잃으니, 배움이 사방에 있다天子失官, 學在四夷."라는 국면이 형성되었는데, 이는 문화가 주변으로 퍼져 나간 현상의 결과이다. 민간의 사학이 이 시기에 흥성했다. 공자가 그 창시자로 전해졌으니, 제자가 3,000명에 달했다. 그 후 공자를 뒤이어 묵자, 맹자, 장자, 순자 등이 모두 사학을 설립하여 학파를 형성했다. 이러한 새로운 기상과 상대되는 제후국의 국학은 상존하고 있었는데, 노희공魯僖公의 반궁이 그 예이다. 동시에 제선왕齊宣王이 설립한 직하학궁稷下學宮은 관학임과 동시에 각파의 사학을 수용한 최초의 위대한 실험이었다. 민간의 향교鄕校 또한 적극적으로 사회 활동에 참여했는데, 예를 들어 『좌전·양공 31년』편에 정나라 사람들이 향교에 모여 정사를 논의했지만 재상인 자산子産은 비판의 당사자이면서 이를 금지하지 않았다.

진대의 교육은 관에서 민간으로 황명을 전달하는 법제 교육으로 전락했으며, 교사는 생살여탈권을 가진 혹리酷吏로 변했다. 그러나 민간에서는 여전히 시와 서를 가르쳤으니, 사학이 완전히 단절되지는 않았음을 알 수 있다. 얼마 후 진 제국이 단명으로 무너지면서 선진 시기의 옛 제도는 부활하기 시작했으며, 문경지치文景之治3)의 시기에는 이미 교육 부흥의 기초가 완비되었다.

한대의 태학太學은 한무제 시기에 창설되었으며, 태상시에 예속된 최고의 교육 기관이었다. 태학의 교사는 '오경박사'로 불렸다. 박사 위에는 복야僕射가 있었는데, 동한 시기에 좨주祭酒로 고쳐 불렀다. 여러 경전의 박사는 애초에 7명을 두었다가 한선제宣帝 이후 14명으로 늘어 금문경今文經 14박사十四博士 체제를 형성했다. 이들은 맹희孟喜의 『역경(易經)』, 노

---

2) '삼덕'은 지덕(至德), 민덕(敏德), 효덕(孝德)의 세 가지 덕목을 가리킨다. 이 밖에 효행(孝行), 우행(友行), 순행(順行)의 삼행(三行)을 교육시켰다.
3) 한 문제와 경제 시절의 치세

시魯詩, 제시齊詩, 한시韓詩, 대소하후大小夏侯씨의 『상서』, 대대례기大戴禮記와 소대례기小戴禮記, 엄팽조嚴彭祖의 『춘추공양전』 등의 경전을 각각 하나씩 맡아 전문적으로 연구했다. 서한 시기에는 각파의 학자를 초빙 또는 천거하여 박사로 임용했으며, 동한 시기에는 시험을 통하는 방식으로 바뀌었다. 연령이 50세 이상이며 신체가 건강하고 품행이 단정한 자만이 선발될 수 있었다.

서한 시기에는 태학의 학생을 '박사제자博士弟子'라 불렀는데, 동한 시기에는 '제생諸生' 혹은 '태학생太學生'이라 불렀다. 태학의 학생은 처음에는 50명 정도였다가, 왕망王莽의 집권 시기에는 만여 명으로 늘었다. 동한은 낙양으로 천도한 후 교육에 더욱 힘썼다. 한순제順帝 시기에는 태학을 더욱 확장하여 건물이 240채에 방이 1,800여 칸이나 되었다. 한질제質帝 시기가 되면 태학의 학생이 3만여 명에 달했다.

태학에서는 유가 경전을 가르쳤다. 제자들은 박사에게서 경전 하나씩을 전문적으로 연구했으며, 『논어』와 『효경』은 필수 과목이었다. 교학 방법은 정식 수업과 함께 고학년 학생이 보조 교사로 저학년 학생을 가르치기도 했으며, 성적의 우열에 따라 갑을甲乙 두 반으로 나누었다. 선생은 적고 학생은 많아 자습을 권장했다. 태학 학생의 입학 연한은 정해져 있지 않았다. 동한 시기에는 다방면에 정통한 통재通才를 권장하여 정통한 경전이 많으면 직위가 높아졌다. 따라서 많은 사람이 전공으로 택한 경전 외에 다른 경전도 같이 공부했다. 장형張衡이나 최원崔瑗 같은 학자는 자연 과학 분야까지 파고들었다.

태학에서는 가법과 학파의 사승 관계를 중시했으므로 제자들은 다른 학파의 스승을 모실 수 없었다. 경전 스승들은 해박함을 자랑하기를 즐겨 백만 자가 넘는 경서 해설도 있었으며, 어떨 때는 한 글자의 해석에 수만 자를 동원하기도 했다. 태학생들끼리 종종 정치를 토론하여, 애제哀帝 시기에는 왕조 말기 특유의 태학생 운동이 펼쳐지기도 했다. 당시 외척의 전권과 능력에 관계없이 자기 사람을 뽑는 관행에 대해 직언하던 포선鮑宣을 구하기 위해 태학생 왕함王咸은 학생 천 명을 모아 거리에서 시위했다. 그들은 승상의 마차를 가로막고서 황제에게 바치는 청원서를 상소한 결과 포선은 사형을 면하게 된다. 동한 말기 태학생의 영수인 곽태郭泰, 가표賈彪 및 지식 엘리트 진번陳蕃, 이응李膺 등은 국시를 논평하며 정치 개혁을 도모했다. 그들은 일부 공경대부와 많은 태학생들의 지지를 받았지만, 조정을 비방하는 '당인黨人'이라 모함받았다. 두 차례에 걸친 잔혹한 진압과 천여 명의 체포와 투옥으로 귀결된 이 사건을 역사는 '당고지화黨錮之禍'라 칭했다. 이 사건은 동한 정권이 무너지는 도화선이 되었다.

한영제^{靈帝}가 설립한 홍도문학^{鴻都門學}은 사부^{詞賦}, 소설, 회화, 서예, 척독^{尺牘} 등 문예를 전문으로 가르친 학교이다. 이 학교를 졸업한 학생들은 곧바로 중임을 맡게 되었으니, 어떤 의미에서 시문으로 관리를 선발한 당대 과거제의 선구라 할 수 있다. 지방의 관학은 비교적 덜 중시되었다.

양한 시기에 민간의 사학은 아주 성행하여, 학생 수가 천 명에 달하는 학교도 있었으며 태학에 맞먹는 곳도 있었다. 이들을 정사^{精舍} 혹은 정려^{精廬}라 불렸다. 소학에 해당하는 학교는 몽관^{蒙館} 혹은 서관^{書館}으로 불렸다. 사학의 교사 중에는 관학에서 배제된 고문 경학에 정통한 마융^{馬融}이나 정현^{鄭玄} 같은 대학자가 많았다. 그들의 학문 방법은 고증과 훈고를 중시하였으며, 후세에 '한학^{漢學}'이라 불리는 학파를 대표했다.

위진남북조는 사회의 대혼란으로 인해 중국 교육사를 통틀어 관학과 사학이 모두 크나큰 침체기를 맞게 된 시기였다. 그러나 이렇게 침체 상태인 와중에도 의미 있는 몇몇 새로운 사건이 일어났다. 우선, 서진 정권이 태학과 별도로 국자학^{國子學}을 설립하여 5품 이상 관료의 자손을 입학시켰다는 점이다. 따라서 태학은 6품 이하 관료의 자제가 들어가는 학교로 전락했다. 후세의 '국자학'이라는 명칭은 여기에서 시작됐다. 다음으로, 송 문제^{文帝}가 유학, 현학, 사학, 문학 등 4개의 학관을 설립했다는 점이다. 이들은 오늘날 대학에 설치된 4개의 학과와 비슷하다. 명제^{明帝}는 총명관^{總明觀}을 설치하여 4개 학과를 총괄하게 했다. 이것이 당대의 분과 교육의 기원이 되었다. 마지막으로, 북위의 귀족 정권은 민간 사학을 금지시키고, 대, 중, 소 각 군의 박사와 조교, 학생의 인원수를 엄격하게 제한함으로써 이후 여러 조대에 원용될 지방 교육의 기본 모델을 세웠다.

남북조의 대혼란이 안정되면서 수문제^{文帝}는 교육을 창도하여 국자시^{國子寺}를 설치했는데, 이는 현대의 교육부에 버금가는 것이었다. 중국 정부가 설치한 최초의 교육 관청인 국자시에서는 국자학^{國子學}, 태학^{太學}, 사문학^{四門學}, 서학^{書學}, 산학^{算學} 등 5학을 전문적으로 관할했다. 그러나 시행된 지 얼마 지나지 않아 이 시도는 중지되었으며, 각 학교도 다시 폐지되었다.

단명한 수대의 시도를 뒤로 하고, 당대에 이르러 중국의 교육은 황금기를 맞이한다. 태종에서 현종에 이르는 시기에 처음으로 분과에 따라 학교를 설립했으며, 전문적인 학과가 중시되었다. 앞 시기처럼 유학에만 한정하던 시대는 다시 재현되지 않았다. 예를 들어 서학書學의 경우, 석경石經, 『설문해자』, 『자림(字林)』을 전공으로 하면서 다른 자서字書를 같이 학습했다. 산학算學의 경우 『구장산술(九章算術)』, 『주비산경(周髀算經)』, 『철술(綴述)』 등의 저작을 교본으로 삼았다. 율학律學에서는 50명의 학생을 받아 당율령唐律令을 전공으로 했다. 학습 기한은 율학이 6년, 산학은 11년이며, 다른 과목은 9년이다. 입학 연령도 제도화하여 율학은 18~25세이고, 다른 과목은 14~19세이다.

이러한 보통 교육 기구 이외에 문하성門下省에서 홍문관弘文館을 설치하고 동궁東宮에는 숭문관崇文館을 설치하여 저명한 학자를 초빙하여 교육을 맡겼으며, 3품 이상 관원 및 귀척貴戚의 자제 60명을 수용하여 경經, 사史, 서법을 학습시켰다. 홍문관과 숭문관은 교육적 기능에 더하여 전제專題 연구의 사명까지 부여하여 그야말로 공자가 말한 '교학상장'의 장을 열었다. 관학으로는 태의서太醫署 예하에 의학교를 설치하고, 분과는 의과, 약과, 침구과, 안마과 등으로 나누었다. 천문 및 역수曆數를 담당한 사천대司天臺에는 천문학, 역수학曆數學, 누각학漏刻學[4]을 설치했다. 거마를 장관하던 대복시太僕寺 예하에는 수의학을 설치했다. 군대 계통의 둔영屯營이나 비기飛騎에도 각자의 전문학교가 있었다.

당대에는 국제적인 교류가 빈번해지면서 이상의 각급 학교에서 일본, 고려, 고창국, 토번국 등의 귀족 자제들도 입학을 받아 주었다. 순시旬試, 월시月試, 세시歲試 및 졸업 시험 등 시험 제도를 보편적으로 추진했다. 당대 학교의 분위기는 한대 유학이 사수하던 가법을 폐기하고 창의적인 정신으로 가득 찼다. 지방 관학은 경학과 의학의 두 종류가 있었으며, 학생 정원은 각지의 인구수에 따라 차등을 두었다.

당대의 중앙 정부는 넘치는 자신감에서 개인의 학교 설립을 크게 격려했다. 따라서 민간 교육도 상당히 보급되었다. 유종원柳宗元, 한유韓愈 등 많은 유명한 학자가 관직에도 나가고 강학도 병행했다. 혹은 안사고顏師古나 공영달孔穎達처럼 먼저 강학을 하다가 관직에 오른 경우도 있고, 유작劉焯처럼 은퇴 후 강학에 나선 경우도 있다. 그들이 설립한 학관은 근대적인 사립 학교에 비할 바는 아니나 교육을 진흥시킨 공로는 무시할 수 없다.

송대의 관학은 대체로 당의 제도를 계승하여 율학, 서학, 의학, 산학을 유지했다. 더하여 무학武學, 군감학軍監學, 화학畫學 등을 창설했다. 황족 자제를 위해 종학宗學을 개설했으며, 외국인이 집중한 지역인 광주나 천주泉州의 지방 관청에서는 번학蕃學을 설립하기도 했다.

송대는 중국 역사를 통틀어 상대적으로 자유로운 문치의 시기라 할 수 있다. 따라서

---

4) 시간 측정 기술

관학은 대체로 불황이었다. 학자들은 이익보다는 학술을 더 중시했다. 이러한 분산화 추세를 반전시키기 위해 중앙 집권적 사회 개혁을 주도한 왕안석은 더 예전의 전통을 회복시키려 시도했다. 학술을 다시금 정치의 궤도 안에 들이려 한 것이다. 사상 통일을 위해 그는 재상이라는 지존의 자리에 있으면서 친히 『시경』, 『상서』, 『주례』 등 세 고경전의 '새로운 의미新義'를 편찬했으며, 이로써 변법에 학술적 근거를 제공하고자 했다. 왕안석의 국가주의적 시도는 배척을 받았다. 그러나 있는 힘껏 그를 배척한 이들도 알게 모르게 영향을 받았다. 사회정치와 긴밀히 연계되었던 송학宋學의 기조가 이와 함께 형성되었다.

송대의 관학 학생들도 국가 정치에 관심을 가지고 관여하는 이 전통을 유지했다. 흠종欽宗 때 금나라 군대가 개봉을 포위한 상황에서 주전파인 이강李綱은 화친파 이방언李邦彦에 의해 핍박을 받았다. 태학생 진동陳東 등은 상소를 올려 이방언을 '사직의 적'이라 질책하며 이강의 복직을 요구했다. 수만에 달하는 동조자들이 거리 시위를 하며 황궁을 에워싸고 청원했다. 흠종은 여론의 격분을 무마시키려 이강을 복직시켰다. 남송의 국학생 양굉중楊宏中 등 6인은 권력자를 비판하는 상소를 올렸다가 먼 곳으로 폄적編管되기도 했다. 당시 사람들은 이들을 '육군자六君子'라 칭했다.

한대의 정사精舍와 당대의 학관學館의 기초 위에 송대에 새롭게 등장한 서원書院은 최고 수준으로 발전했다. 북송의 5대 서원은 다음과 같다.

① 여산(廬山)의 백록동서원(白鹿洞書院): 전신은 남당(南唐)의 학관이며, 송초에 학생이 수천에 이르렀다.
② 등봉(登封)의 숭양서원(嵩陽書院): 후주(後周) 시기에 건립되었으며, 송초에 태실서원(太室書院)이란 사명(賜名)을 받은 바 있다.
③ 장사(長沙)의 악록서원(嶽麓書院): 송초에 주동(朱洞)이 창건했다.
④ 상구(商丘)의 응천부서원(應天府書院): 평민인 조성(曹誠)이 창건했다.
⑤ 남경(南京)의 모산서원(茅山書院): 인종 시기에 후유(侯遺)가 창건했다.

남송의 서원은 더욱 발전을 구가하여 반쪽짜리 천하에 5,000여 개에 달하는 서원이 생겨났다. 주희朱熹, 육구연陸九淵 같은 저명한 사상가들이 서원을 맡아 관학을 능가하는 영향력을 발휘했다. 서원은 개인이 기증한 도서를 교재로 삼았으며, 가르치고 관리할 사람을 자유롭게 초빙했다. 서원의 원장에게는 산장山長이나 동주洞主와 같은 도교적 색채가 농후한 칭호가 붙었다. 또한, 계급에 상관없이 학생을 받아들였으므로 평민 자제를 대대적으로 흡수할 수 있었다. 서원은 한 지역이나 학파의 중심인 경우가 많았으며, 사용하는 교재가 중요한 학술 저작으로 이름나기도 했다. 서원에서 학술 토론이 자주 진행되었으니, 이를 회의會議라 이름했다. 토론 과정에서 서로 갈고 닦는 이 귀중한 전통은 여전히 기념할 만한 가치를 품고 있다.

서원에는 학규學規가 있어 학생들에 대한 요구가 엄격했지만, 후학들을 장려하는 데 힘썼으며 창신을 중시하고 독립적인 사유와 지행합일을 추구하여 사생 간에도 서로 힐난에 가까울 정도로 논박을 주고받았다. 유가 경전을 학습했을 뿐 아니라 수많은 당대의 저작들도 검토하고 회람했다. 서원을 핵심으로 형성된 지식 체계를 역사학자들은 송학宋學이라 칭했다. 송학은 한대 고문 경학파의 고증학적 소양은 부족했지만, 위진 이후 제창된 의리義理를 해석하는 풍조를 계승하여 (단지 '학술' 연구에 그치지 않고) 중국 사상의 발전을 대대적으로 이끌었다는 점에서 그 공이 지대하다.

명청 시대에 이르러 사회적 일원화가 강화되면서 교육 또한 경직되거나 위축되기 시작했다. 국자학과 태학은 '국자감國子監'으로 통합되었다. 그러나 국자감의 직능은 축소되었다. 명대에는 북경과 남경에 각각 국자감이 있었지만, 청대에는 북경의 국자감만 남았다. 3품 이상 관원의 자제는 음감蔭監 혹은 음생蔭生이란 명목하에 정식 시험을 거치지 않고 추천으로 국자감에 입학할 수 있었다. 심지어 상인들도 돈을 써서 입학 자격을 살 수 있었다. 동시에 입학 자격의 계급적 제한도 약화되었다. 그러나 이러한 '평민화' 경향은 귀족의 특권이 약화된 기반 위에 입각해 있긴 하지만, 서양처럼 제3계급이 성장한 결과가 아니라 중국식 중앙 집권의 결과이다.

국자감의 주요 커리큘럼은 흠정欽定한 송대 정주학의 주석본『사서』와『오경』및 각종 율령, 어제대고御制大誥5) 등이었다. 팔고문八股文의 필수 과목이자 학습의 목적이 되었다. 독서를 통해 관직에 임용되는 것이 지식의 최고 가치가 되었다. 학술은 완전히 정치화되었다. 이와 일치하는 경향으로, 정부 당국은 학생에 대한 사상 통제를 강화하였다. 대대6)로 이어져 온 태학생의 정치 참여 활동은 청대에 이르러 결국 완전히 소멸되었다. 대대

---

5) 법률 문건
6) 한, 송, 명대 등

로 전해져 온 언론, 결사, 상소의 권리도 취소되었다. 청 정부는 오직 눈 가리고 귀 막은 순종적인 노예만을 원했지만, 결국에는 다른 형식의 지식인 정치 운동이 폭발했다. 바로 무술변법戊戌變法의 전주곡이 되었던 공거상서公車上書이다. 그러나 그 주인공은 이제 관학의 학생이 아니라 과거에 합격하여 거인擧人의 칭호를 획득한 '지식 엘리트'였다. 청대에도 팔기관학八旗官學이 있어 팔기군 자제를 교육함으로써 만주족의 통치를 강화하고 한족의 저항을 진압했다. 그러나 이 또한 대청국大淸國의 멸망을 저지할 힘은 없었다.

명청 시기에도 서원은 여전히 발전했지만, 자유로운 강학 전통, 학파 체계, 정치를 토론하는 풍조 등은 중앙 집권 정부로부터 누차에 걸친 규탄을 받았다. 명대 가정, 만력, 천계 연간에는 전후로 네 차례에 걸쳐 서원 금훼禁毀 사건이 발생했다. 무석無錫 동림서원東林書院의 고헌성顧憲成, 고반룡高攀龍 등은 대담하게 선비의 기개와 독립적 인격을 제창하여 지록위마指鹿爲馬를 일삼는 패권 정치를 비판하였다. 전제 정부의 통치하에서는 반란 선동과 맞먹을 죄목이었다. 환관의 위법한 전횡이 먼저 있었기에 사대부들이 사회 비판을 한 것이지만, 그 창끝이 향하는 것이 황제의 측근인 환관이었으므로 당국은 이를 갈았다. 결국 대역무도한 무리로 모함받아 체포되거나 유배를 당했고, 각지의 서원도 동림당 사건의 여파로 일소되었다.

청나라가 들어선 이후 만주족에 의한 서원 교육의 진압 수법은 더욱 매서워졌다. 그들은 각 성의 서원을 통일시켜 관비로 운영하게 하여 모든 서원을 정부의 감독하에 두었으니, 실제 목적은 팔고문으로 서원의 전공을 충당하려는 것이었다. 이런 식의 서원은 관학에 종속된 처지로 퇴화된 셈이니, 송명 시기의 서원과 동일한 위상을 가질 수 없게 되었다. 단지 극소수의 개인 서원만이 송명 시대의 전통을 유지하고 있었다. 그중 하나는 안원顔元이 가르친 장남서원漳南書院으로, 문사文事, 무비武備, 경사經史, 예능藝能[7] 등 경세에 관한 학문을 중시했다. 다른 하나는 고증학을 중시한 완원阮元의 고경정사詁經精舍이다. 그 학문적 전통은 저명한 학자 유월兪樾의 관할하에 유지되었다. 더하여 문학詞章을 중시한 요내姚鼐의 중산서원中山書院도 유명했다.

팔국 연합군이 북경을 휩쓴 이후 청 정부는 마음을 다잡아 팔고문을 폐지하고 신식 양학당洋學堂을 설립했다. 이 조치가 왕조의 최후를 늦추는 데는 별 도움이 되지 않았지만, 현대적인 교육을 위한 통로를 열었다는 의미는 있다. 북경에 가장 앞서 신식 교육 기관

---

7) 수학(水學), 화학(火學), 공학(工學) 등의 과목

인 경사대학당京師大學堂을 설립하자, 각지에서 벌떼처럼 이를 따랐다. 성도省會의 대서원은 고등학당으로 바꾸고, 부성府城의 서원은 중학당으로 바꾸었으며, 주현州縣의 서원은 소학당으로 개명하는 식이었다. 그러나 실질적인 교육 현대화는 느리고도 더디게 진행되었다.

4

과거 제도

옌부커

과거 제도는 왕조에서 개설한 시험 과목科에 선비들이 응시하는 것을 특징으로 하는 관리 임용 제도이다. 초보적인 형태에서 과거 시험이 중지될 때(수당 시기에서 청말)까지 그 역사는 1,300여 년에 달한다. 이 중 명청 시기가 가장 전성기였다. 중국의 정치 문화 구조에서 과거 제도는 중심적인 지위에 속한 제도 중 하나였다.

과거 제도의 형성은 기나긴 과정을 거쳤다. 전국 시기 이전의 종법제 봉건 사회에서는 세경세록世卿世祿 제도를 실행하여 종법제의 친족 체계의 원칙에 따라 관리를 선발했다. 전국 시기 이후에는 국가가 신속하게 관료제로 변해 갔다. 진한 제국 시기에는 전문적인 직능을 갖춘 봉급 관료가 행정의 핵심을 구성했다. 한대의 찰거제察擧制에서 지방에서 추천받은 인재를 등용하는 거현擧賢의 원칙을 충분히 제도화하였다.

찰거제는 일종의 추천 제도로, 지방 장관(및 일부 중앙 고관)이 정기적 혹은 부정기적으로 수재秀才, 효렴孝廉, 현량賢良, 방정方正 등의 과목科目으로 중앙에 임용할 선비를 추천한다. 그러나 이 제도에는 시험의 요소도 존재하고 있었으며, 갈수록 중요해졌다. 예를 들어 현량과 방정은 대책對策 잘 작성하는지를 시험한 후 등용했고, 명경과明經科는 시경試經을 거쳐야 했으며, 가장 중요한 효렴과孝廉科도 동한 순제順帝 시기에 대책에 관한 시험을 채용했다. 이후 추천이라는 항목은 약화되고, 시험은 갈수록 중요해졌다. 그에 따라 지방 장관의 책임도 점차 응시할 선비를 모으는 것으로 변해 갔다. 수대에는 이전 시기의 수재, 효렴, 명경 등의 과목을 계승했는데, 수양제 시기에 문장으로 관리를 선발하는 진사과進士科를 신설했다. 당대 초기에 고관의 추천 없이 자유롭게 응시할 수 있는 '투첩자진投牒自進'이

허락되면서 정원 제한을 타파하였고, 그에 따라 응시자와 합격자의 수가 같은 등액等額 시험에서 등수에 따라 선발하는 경쟁시험 방식으로 변화하였다. 마침내 과거제가 정식으로 자리 잡게 된 것이다.

당대 초기의 시험 과목은 수재秀才1), 진사進士2), 명경明經3), 명법明法4), 명자明字5), 명산明算6) 등이었다. 진사와 명경이 주요 과목이었으며, 그중 진사가 가장 주목을 받았다. 이 밖에 부정기로 실시하는 제과制科가 있었다. 진사 시험의 내용은 시부詩賦, 책론策論, 잡문雜文 등이고, 명경은 『역경』, 『시경』, 『서경』, 삼례三禮7), 『춘추』 삼전三傳 등을 시험했다. 응시자는 각급 학교의 학생인 생원生員과 학교를 거치지 않고 자유롭게 응시하는 향공鄕貢으로 나뉘는데, 그들은 먼저 학교나 주현州縣에서 실시하는 예비 시험을 통과해야 했다. 과거 시험貢擧은 매년 1차례 장안에서 거행되며, 예부에서 주관했다. 시험에 합격하면 '급제及第'라고 했고, 1등을 '장원狀元'이라 했다. 이부에서 이들에 대해 다시 한차례 시험選試을 거친 후 합격자에게 등수에 따라 8~9품 정도의 관직을 수여했다.

송대에는 과거 제도가 다시 한 차례 발전했다. 송초의 시험 과목으로는 진사과와 명경과 외에 제과制科, 사과詞科 및 구경九經, 오경五經, 삼사三史, 삼례三禮, 삼전三傳, 학구學究, 명법明法 등의 제과諸科가 있었다. 왕안석의 변법 이후 제과諸科를 중지하여 진사에 병합하면서 제과는 통합되는 추세였다. 또한 시부詩賦의 시험을 폐지하고 경의經義와 책론策論의 내용으로 발탁했다. 이후 시부 시험은 부활과 폐지를 거듭하여 그 제도가 일정하지 않았다. 이 밖에 송대의 과거는 점차 3년에 1차례를 실시하는 방식으로 변화했고 이부의 선시는 폐지되었다. 예부에서의 성시省試8) 후 황제가 친히 시험하고 등수를 정하는 전시殿試는 점차 제도로 확립되었다.

명청 시기는 과거제가 가장 성숙하고 발달한 시대이다. 이 기간 동안 시험 제도가 더욱 엄밀하고 복잡해졌다. 과거에 통과해 벼슬길에 나서려는 선비의 입장에서 보면, 먼저 지현에서 주관하는 현시縣試와 지부知府가 주관하는 부시府試에 참가하여 동생童生의 자격을

---

1) 재능과 능력
2) 문학
3) 경전
4) 서예
5) 서예
6) 산술
7) 『주례(周禮)』, 『의례(儀禮)』, 『예기(禮記)』
8) 명대 이후에는 회시

획득해야 했다. 동생이 된 후에는 학정學政이 주관하는 원시院試에 참가해야 하는데, 급제하면 생원生員, 즉 속칭 수재秀才가 된다. 이로써 국가의 정식 학생인 셈이며, 부학府學 혹은 현학縣學에 들어가 공부(명의상의 공부인 경우도 있다.)를 하고 국가에서 전량錢糧을 수령한다. 따라서 생원이 되는 것을 '진학進學'이라고도 한다. '진학' 이후에는 세시歲試가 있으며, 등수에 따라 상벌이 있다. 그러나 더욱 중요한 것은 과시科試이다. 과시를 통과하면 3년마다 성도에서 거행하는 향시鄕試에 참가할 수 있다. 향시는 중앙에서 파견한 관원과 각성의 순무巡撫가 주관하는데, 일반적으로 가을에 거행해서 '추위秋闈'라고 불렸다. 이 시험은 3회에 걸쳐 진행되며, 시험 내용은 팔고문 및 논論, 판判, 조詔, 고誥, 표表, 경사經史, 시무책時務策, 시첩시試帖詩 등이다. 급제하면 거인舉人의 칭호가 붙었고, 그중 1등을 '해원解元'이라 칭했다. 거인이 되면 관리에 임용될 자격을 갖추게 된다.

각성에서 거인으로 선발된 자들은 향시 이듬해에 수도에서 치르는 회시會試에 참가한다. 회시는 3월에 실시하므로 '춘위春闈'라고 불렸으며, 황제가 1품과 2품 대신을 총감독관과 부감독관으로 임명하여 시험을 관리하게 했다. 회시를 보는 곳은 공원貢院이며, 시험 방식과 내용은 대체로 향시와 동일하다. 회시에 합격하면 공사貢士가 되며, 1등을 회원會元이라 불렀다. 공사는 회시복시覆試를 거친 후 전시殿試에 참가하는데, 황제가 주관하며 책문策問 하나만 시험한다. 전시의 합격자는 삼갑三甲으로 나뉘는데, 1갑은 황제로부터 직접 진사급제進士及第라는 학위를 하사받으며, 1갑에 든 세 명을 각각 장원狀元, 방안榜眼, 탐화探花라 불렀다. 2갑은 진사출신進士出身을 하사받으며, 2갑의 1등을 전려傳臚라 했다. 3갑에게는 동진사출신同進士出身을 하사한다. 삼갑에 든 자를 모두 진사進士라 했다. 전시가 끝나면 재시험 형식의 조고朝考가 실시되며, 그 후 복시, 전시, 조고의 성적에 근거하여 관직이 주어졌다. 수여받은 관직은 한림원수찬翰林院修撰, 한림원편수編修, 서길사庶吉士, 육부주사六部主事, 지주知州, 지현知縣 등이다.

이처럼 여러 단계의 시험을 거쳐 관리를 뽑는 제도의 결과 선비가 관직에 오를 수 있는 유일한 제도적 경로는 본인의 재능에 의지하는 것뿐이었다. 당대에 매년 과거에 참가하는 선비의 수는 수천에 달했다. 명경과 급제자는 열에 한둘이었고, 진사과 급제자는 백에 한둘에 불과했다. 당시 진사 급제자를 백의경상白衣卿相이나 일품백삼一品白衫이라 했는데, 이는 "마의가 눈발처럼 분분히 도성의 사거리를 채운다麻衣如雪, 紛然滿於九衢."라고 할 정도로 당시 응시자들이 일반적으로 백마삼포白麻衫袍를 입고 시험을 쳤기 때문이다. 재상 중에 진사 출신이 아닌 자는 결국 신통치 않다고 여겨졌으므로, 당시 "선비 중에 문학으로 급제하지 않고 관직에 든 자가 있으면 담론하는 사람들이 수치로 삼았다." 송대에 과거에 참가한 자는 많을 때는 수만 명에 달했으며, 진사 급제 정원도 십여 배로 증가하여 보통은 이삼백 명, 많을 때는 오륙백 명이었다. 명청 시기의 회시 합격자도 많을 때는 사백여 명에 달했으며, 전국의 향시 합격자는 일반적으로 천 명 정도였다. 당시 진사가 아니면 한림원에 들 수 없었고, 한림원 출신이 아니면 내각에 입각할 수 없었다. 진사에 급제하여 서길사가 된 자를 '저상儲相'이라 별칭했는데, 바로 미래의 재상이라는 의미이다. 과거제 초기에는 각종 관리 선발 경로가 있어 과거로 입사한 자가 다수를 차지하지 못했지만, 사회적 명성과 정치적 지위가 수직 상승하여 곧바로 최고의 관직에 올랐다. 대체로 과거를 거쳐 관직을 얻은 자가 왕조 정치와 행정의 가장 주요한 담당자를 구성하게 되었다.

과거는 왕조의 인재 선발의 대전, 즉 '윤재대전掄才大典'이 되었다. 제국이 관리를 선발하는 주요 수단으로 시험을 택했다는 점에서 문관 제도의 자유 경쟁, 공개 시험, 인재주의의 원칙이 잘 드러나 있다. 과거제의 탄생으로 인해 한대의 임자任子, 위진남북조 시기의 구품중정제九品中正制, 당대의 문음門蔭, 송대의 은음恩蔭 등 가문의 세력과 제왕의 은총에 기대어 관리를 선발하는 방식이나, 한대의 자선貲選, 청대의 연납捐納처럼 재력을 통한 관리 선발 방식이 최소한 제도적인 차원에서는 부차적인 지위에 놓일 수 있게 되었다. 명청 시대의 고관 자제들도 임관에서의 특권이 있었지만, 이 또한 과거제의 발달로 인해 '음감蔭監'이란 형식으로만 남았다. 즉, 그들은 가문의 음덕으로 시험을 거치지 않고 국자감에 입학할 수 있었으며, 수재를 거치지 않고 향시에 참가할 수 있었다. 그러나 과거 혹은 국자감의 시험을 거치지 않는다면, 관리가 되어도 명성이 과거 출신에 비해 떨어졌다.

과거제의 전신인 찰거제에서도 거현擧賢, 즉 인재의 발탁을 핵심으로 했다. 그러나 이는 지방 장관의 추천에 의지할 수밖에 없어 개인의 호오에 좌우되거나, 심하면 사리를 취하려 농간을 부릴 소지도 많았다. 또한 찰거제는 주로 효자, 현인, 명사名流, 의사義士 등을 추천 대상으로 하는데, 현賢의 표준이 지나치게 원시적이고 폭넓었다. 그에 비해 과거제는 구체적으로 파악하기 힘든 효제孝悌니 고은高隱이니 하는 비전문적인 덕행이라는 기준을 대폭 약화시키고, 고작 몇 항목의 문화 지식의 시험으로 사람을 뽑았다. "모든 것은 정문程文9)만으로 등락을 결정"하니, 객관적인 평가와 엄밀한 심사를 할 수 있었고, 검증

---

9) 과거용 일정한 격식이 있는 문장

가능하고 통제 가능했으며, 양식화 및 표준화가 가능했다. 찰거제에서 과거제로의 발전은 행정의 합리적 수준에 있어 크나큰 진보였다.

물론 과거를 둘러싼 부패와 암흑은 피할 수 없었다. 고시관과 응시생의 부정행위를 방지하기 위해 별시別試10), 미봉彌封, 호명糊名11), 등록謄錄12) 등 일련의 엄격하고 복잡한 제도를 발전시키긴 했지만, 부정이 끊이지 않았다. 당대에는 "시험 책임관이 공정하지 못하고 감독관이 뇌물을 받은" 소란을 일으켜 낙방한 자가 이따금 출현하곤 했다. 유사한 사건이 후세에도 발생하곤 했다. 예를 들어 청대 강희 연간의 강남 향시 사건의 경우, 감독관이 뇌물을 받고 청탁을 들어줘 수천 명의 응시생이 몰려와 항의했으며, 재신財神을 부학府學의 명륜당에 들고 들어와 공원貢院의 편액을 '매완賣完13)'으로 바꿔 버렸다.

그렇다고 해도 '공평'은 여전히 과거 제도 자체가 가진 기본 정신이었다. 그것은 제국 정부가 끊임없이 제도를 정비하고 법률을 수호하기를 촉구했다. 또한 평민이 그것에 기대어 관리에 임용될 수 있는 기회를 다툴 수 있게 했다. 다른 역사적 조건에서라면 그들은 아마 이러한 요구를 하지 못했을 것이다. 과거제하에서는 "아침에는 농사꾼으로 지내다 저녁에 천자의 궁전에 오르는" 일도 결코 허구만은 아닐 수 있었다. 교육을 받는 과정에서 사회적 불평등이 존재하고, 관리가 된 뒤에도 관료들만의 특권상의 불평등이 있을 수 있다. 그러나 지식을 기반으로 관직을 부여받는다는 점에서, 고관들에게 여전히 특권이 있다 할지라도 과거제가 상당히 평등한 기회를 보증했다는 점은 확실하다. 그것은 더 큰 사회적 유동성에 대응했다. 즉, 평민도 통치 계급으로 발돋움할 수 있는 기회가 생겼으며, 관원의 소질과 재학습이 보장되는 관료 체제를 유지함으로써 더 많은 활력을 제공했다.

과거제의 시험 내용은 학자들에게 엄혹한 비판을 받았다. 사람들은 군사, 형벌, 경제, 농업兵刑錢穀 등에 관한 전문적인 행정 기술을 고과를 매겨 전형하는 것이 아니라는 점을 지적해 왔다. 사실 당대에는 시부詩賦를 시험했고, 송대에는 경전과 대책을 시험했으며, 명청 시기에는 팔고문을 평가했다. 시험하는 항목은 모두 고전 인문적 성격의 문화 지식이었고, 답안은 아름다운 문장 스타일을 강조했다. 특히 팔고문의 경우, 제목은 사서오

---

10) 감독관의 친족이나 문객을 모아 별도로 시험을 치르게 한 별두시(別頭試)
11) 봉미(封彌), 호명은 답안지의 성명과 관적을 밀봉하여 일련번호를 부여하는 절차
12) 응시생의 필체를 식별하지 못하도록 심사용 부본을 만드는 절차
13) 매진

경에서 출제했고, 성리학의 의리에서 벗어나면 안 되었으며, 기승전결의 각 부분을 모두 정해진 형식에 맞춰야 했으므로, 이처럼 경직된 죽은 글은 아무짝에도 쓸모가 없어 더욱 이 많은 비판을 받아 왔다. 과거 시험의 학습과 실용의 어긋남에 대한 비판은 거의 이 제도가 시행되는 내내 따라다녔다. 일찍이 당대에 조광^{趙匡}은 과거제의 "배운 것은 쓸모가 없고, 쓸모있는 것은 배우지 않는" 폐단에 대해 지적한 바 있다. 명말 청초의 고염무^{顧炎武}는 나아가 팔고문의 해악이 "분서^{焚書}와 맞먹을 정도"라고 비판했다. 역대로 이에 대한 개혁 시도가 잇달았다. 예를 들어 송대 왕안석은 경전과 책론으로 시부를 대체했으며, 법령 시험과 명법과^{明法科}를 늘려 시험의 실용성을 제고시켰다. 그러나 그 결과는 미봉책에 그쳐 "수재를 학구로 바꾸었을"14) 따름이었다. 청대 건륭 연간에 서혁덕舒赫德 또한 관리 선발에서 살펴야 할 것은 "그 관직에서 마땅히 해야 할 직무"라는 이유로 팔고문 위주의 과거를 개혁할 것을 주청했다. 그러나 "선비를 취하는 방법은 (천여 년간 지속되어온) 이것일 따름"이라는 반대 의견이 많아 결국 흐지부지되었다.

중국의 관료 정치는 문사 학인이 정무를 담당하는 일종의 사대부 정치이다. 왕조는 반드시 지식 계층 중에서 관리를 뽑아야 했다. 따라서 관리 선발의 기준은 이 계층의 문화 전통과 문화적 소질의 영향을 받지 않을 수 없었다. 시험으로 관리를 뽑는 과거라는 형식은 전형적인 관료제 방식인데, 시험 내용은 문인을 겨냥하고 있었으며, 심지어 원래 실용적인 시험 또한 나중에는 문인화되었다.15) 바로 여기에 사대부 정치의 본질적인 특징과 내재적 모순이 반영되어 있다. 그러나 시험용 필독서인 사서오경은 특정한 정치 문화의 맥락에서 확실히 치국평천하의 방법과 이치를 담고 있으며, 관원이 반드시 알아야 할 정통 이데올로기를 포함하고 있다. 동시에 시험으로 검증하는 방식에 지나친 기대를 품을 수 없다. 과거제는 단지 가정일 뿐이다. 체계적인 학습을 거쳐 복잡한 시험을 통과한 자는 비교적 높은 지력을 가졌음이 분명하다는 가정 말이다. 따라서 관리에 임명된 후 직무 요구 사항 및 고과 상벌의 압력을 받으면서도 빠르게 행정적 임무를 맡을 수 있음이 분명했다. 만약 전반적인 정치 문화가 관료 체제의 선순환을 보장하기만 하면, 과거제에 내재된 학문과 실용의 모순 또한 상당 부분 메워질 수 있는 성질의 것이었다.

과거라는 독특한 형식의 시험 제도는 단지 인재를 평가하는 목적에 그치지 않는 다른

---

14) 문학으로 평가하는 수재를 덜 뽑고, 경전을 연구하는 학구(學究)를 더 뽑았다는 말
15) 예를 들어 책(策), 판(判) 등의 시험도 미문(美文) 평가로 바뀌었다.

여러 중요한 기능이 있다. 예를 들어 찰거제에서 관리가 되려는 선비는 우선 지방 장관의 추천에 기대야만 했다. 따라서 선비는 지방관과 '고리故吏'16)라는 밀접한 관계를 맺을 수밖에 없다. 이는 위진 시기처럼 분권화되고 할거하던 시기의 사회적 조건을 형성하기도 했다. 그런데 과거제 시대의 선비들은 피라미드식의 시험 체제를 따라 중앙으로 향했다. 따라서 그들은 이제 지방관의 '옛 부하'가 아니라 '천자의 학생'이 되었다. 과거제는 상대적으로 객관적이고 합리적인 기준을 확정했으며, 사회 상하층의 활발한 순환을 보장했다. 더하여 과거제는 행정과 함께 교화를 책임진 사대부 계층의 존속을 유지시켰다. 그리고 이 계층이 중국 사회를 정합시키는 역할을 하는 주요한 힘이었다. 과거제는 문화 자원을 통제함으로써 관료제식의 집단적 전제 정치를 강화하는 유력한 수단이다. 그 우열에 대한 평가는 사회 전체의 정치 문화가 운행하는 메커니즘 안에서만 이해될 수 있다.

〈그림 1〉
청말의 공원(貢院)

  사회적 변천으로 인해 중국 전통의 정치 문화 질서가 와해되던 시기에 과거 제도 또한 종지부를 찍었다. 청말의 사회적 변동의 와중에 유신파와 개혁 인사들은 과거를 개량 혹은 폐지할 것을 주장하였다. 이 개혁은 먼저 팔고문의 적폐를 겨냥하여 새로운 정치, 경

---

16) 문생고리(門生故吏), 즉 천거받은 사람은 천거해 준 관리의 학생이자 옛 부하와 같이 종속된다는 의미

제, 법률 및 국제적 지식을 시험 내용으로 할 것을 요구했다. 나아가 고도로 집중된 피라미드식의 시험 체제의 완전한 폐지를 주장했다. 마지막 과거 시험은 1904년에 거행된 진사 시험이다. 이 시험을 통해 최후의 장원을 배출한 후 이 제도는 완전히 수명을 다하였다.

그러나 과거제가 폐지되었다고 해서 시험으로 임용하는 방식이 완전히 폐기된 것은 아니다. 그보다는 시험 방식과 원칙이 새로운 형태로 새로운 교육 체제와 문관文官 체제에 융합된 새로운 조건하에서 합리화되었다고 말하는 것이 좋겠다. 현대적 문관 체제는 여전히 시험 제도에 의거하고 있었다. 주지하다시피 19세기 영국의 문관 제도 개혁은 중국 과거제에서 시사받은 것이다. 게다가 일부 학자들에 따르면, 이러한 영향은 더 이른 시기로 소급할 수 있다. 예를 들어 17세기 말 프로이센의 문관 시험(유럽 최초)은 아마도 과거제에 영향을 받은 것으로 보인다. 의사 시험제도는 12세기에 이미 중국에서 바그다드를 거쳐 루제로 2세King Roger II가 통치하던 시칠리아에 전파되었다. 신성 로마 제국의 황제 프리드리히 2세Friedrich II가 루제로 2세의 외손자이다. 이게 사실이라면 과거제의 영향은 세계적인 것이었다고 할 수 있다. 과거제가 중국 고대 사회에 끼친 다방면의 중요한 역사적 역할은 학계의 중요한 연구 과제의 하나이다.

5

고적과 판본

리무(李穆)

중국 문명은 수천 년을 존속하며 대단히 풍부한 고전 문헌을 축적했다. 『상서·다사(多士)』편에 "그대들에게 은나라 선인들의 책과 문서가 있으니"라는 구절이 있으니, 일찍이 상대에 전적이 존재하고 있었음을 설명한다. 하남성 안양^{安陽}의 은상^{殷商} 유적에서 발견된 대량의 갑골문 또한 그 증거이다. 상주^{商周} 시대의 전적은 관에서 관리했으며, 국가가 전문적으로 그 일을 맡은 관원을 두었다. 춘추 전국 시대에 이르러 공자가 개인 신분으로 학교를 열었는데, 관방의 문헌을 바탕으로 육예를 정리하여 유가학파의 경전이 되었다. 이 시기 각종 학파의 여러 대가들이 분분히 책을 저술하고 학설을 세워 일시에 수많은 학술 저작이 배출되었다. 진시황이 중국을 통일한 후 자신의 통치를 보호하기 위해 '분서갱유' 정책을 취한 후 진 이전의 전적은 막대한 손실을 입었다. 한초에 이르러 조정이 전적의 정리와 수집을 중시하여 서적 진헌^{進獻}의 길을 널리 열었으며 장서의 대책을 세워 일부 선진 시기의 고적^{古籍}이 전해질 수 있었다. 이들 전적은 중국 학술사상 지극히 중요한 위상을 점유하며, 후세의 정치, 철학, 문학 등 제반 영역에 중요한 영향력을 끼치는 경전으로 받들어졌다.

한대 이후 끊임없이 왕조가 교체되고 천하의 혼란이 빈번했지만, 고적의 수량은 계속 증가했다. 한성제^{成帝} 이후 유향^{劉向}, 유흠^{劉歆} 부자는 비각^{秘閣}의 도서를 교감하고 정리하여 13,000여 권을 확보했다. 서진 시기 순욱^{荀勗}이 궁정의 장서를 정리했을 때 그 수는 29,945권이었다. 남조의 송 원가^{元嘉} 8년에 사령운^{謝靈運}은 국가의 서목을 편찬하면서 64,582권의 서적을 수록했으며, 수나라가 중국을 통일한 후 소장한 남북조의 도서는

14,466종, 89,666권에 달한다. 조판 인쇄술이 발명되면서 당송 이후의 전적의 수는 날로 증가했으며, 청대 건륭 연간에 『사고전서』를 편찬할 때 수록한 도서는 3,461부, 79,309권이며, 존목存目은 6,793부, 93,551권이었다. 이 시기 조정에서 관리하던 전적은 총 10,254부, 172,860권이었다.

전적의 증가는 한대 이후 역대의 통치자들이 문치를 숭상하여 유생과 경전을 존중하고, 학관을 개설하고 해당 관직을 설치했으며, 도서를 수집하는 정책을 시행해 왔기 때문이다. 또한 통치자들이 문화를 제창하여 학자들에게 대형 총서와 유서를 편찬하게 하여, 당시와 이후의 사회 문화를 촉진시키는 기능을 수행했기 때문이기도 하다. 예를 들어 북송 시기에 편찬한 『태평광기(太平廣記)』는 500권이고, 『태평어람(太平御覽)』, 『문원영화(文苑英華)』, 『책부원구(册府元龜)』는 각각 1,000권이며, 명대에서 편찬한 『영락대전(永樂大典)』은 22,877권에 달한다. 청대에 편찬한 『고금도서집성(古今圖書集成)』 10,000권 및 『사고전서(四庫全書)』까지 이들 모두는 문화사상 불후의 업적이 되었다.

그러나 고적은 역대로 심각하게 유실되어 왔다. 그 주요한 원인은 왕조 교체기의 전란 때문이기도 하고, 통치자가 정치적 목적으로 도서를 훼손했기 때문이기도 했다. 예를 들어 청대에 『사고전서』를 편찬하는 과정에서 책에 조정을 비방하는 내용이라 여겨지는 부분이 있으면 일괄적으로 폐기했는데, 그 종류와 수량이 거의 『사고전서』에 수록한 책과 맞먹었다. 이 밖에 근대 이후 서양 제국주의 세력의 침략 또한 중국 고적의 대량 유실을 초래했다. 예를 들어 팔국연합군이 북경을 침략했을 때 『영락대전』은 거의 남김없이 산실되다시피 했다. 1932년 1·28사변[1] 당시 일본군은 상해에서 518,000책에 달하는 장서를 보유하여 '아시아 제일'로 유명했던 동방도서관東方圖書館을 전소시켜 대량의 고적 진본珍本이 하루아침에 사라졌다.

중국 고적의 현존 수량에 대한 정확한 통계는 없지만, 전문가의 추산에 따르면 약 7~8만 종에 이른다고 한다. 그 종류와 수량의 거대함과 함께 체계적인 보존과 연속성을 봤을 때 세계에서 필적할 만한 것이 없다. 역대의 정사正史를 합친 '24사二十四史'만 해도 3,000여 권인데, 명대 이전 중국의 각 역사 시기를 포함하고 있다는 점은 세계 사학사에서 유례를 찾을 수 없다. 고적의 학습과 연구에는 책의 바다를 운행할 때 나침반의 역할을 할 목록의 도움이 필수적이다. 중국은 일찍이 서한 시기에 자신만의 독특한 목록 체

---

1) 제1차 상해 사변

계를 만들었다. 당대 위징魏徵은 다음과 같이 말한 바 있다. "옛 사관들은 전적을 관리함에 무릇 목록으로 기강을 삼았다." 서한 성제成帝 시기 유향은 궁중 비밀 장서의 교정을 명령받아 전적의 정리를 책임졌을 때, 당시 남아 있는 책의 내용에 따라 도서를 여섯 종류로 분류했다. 유향은 책의 교정이 끝날 때마다 정본을 작성한 후,「서록(敍錄)」을 편찬하여 전체 편목을 열거하고, 책의 유래, 작가 소개, 저서의 대의에 관한 설명 등을 추가하여 책과 함께 진상했다. 이후 각 책의「서록」을 하나로 편찬한 것을『별록(別錄)』이라 칭했으며, 총 20권이었다. 유향의 사후에 그의 아들인 유흠이 서적 교정 업무를 이어받아,『별록』을 바탕으로 중국 최초의 종합적인 도서 분류 목록인『칠략(七略)』을 편찬했다.

『칠략』은 집략輯略, 육예략六藝略, 제자략諸子略, 시부략詩賦略, 병서략兵書略, 술수략術數略, 방기략方技略으로 구성되었다. 육예략은 역, 서, 시, 예, 악, 춘추, 논어, 효경, 소학의 9종으로 나뉘는데, 주로 유가 경전과 학습용 경전의 기초 독본이다. 제자략은 유가, 도가, 음양가, 법가, 명가, 묵가, 종횡가, 잡가, 농가, 소설가의 10종으로 나뉘는데, 주로 철학, 정치, 경제, 법률 등 분야의 서적이다. 시부략은 굴원부屈原賦 부류, 육가부陸賈賦 부류, 손경부孫卿賦[2] 부류, 잡부雜賦, 가시歌詩 등 5종이다. 병서략은 병권모兵權謀, 병형세兵形勢, 병음양兵陰陽, 병기교兵技巧의 4종이다. 술수략은 천문天文, 역보曆譜, 오행五行, 기구蓍龜, 잡점雜占, 형법形法의 6종이다. 방기략은 의경醫經, 경방經方, 방중房中, 신선神仙의 4종이다. 가장 앞에 배치된 총론격의 집략은 "여러 서적의 총 요강"이자 "육략의 전체 개요"인데, 육략에 포함된 38종의 도서 분류의 의의와 학술적 원류에 대해 설명하였다.『칠략』은 단지 도서 목록에 그치는 것이 아니라 당시의 학술적 연원과 사상을 반영하고 있어, 사실상 선진에서 한대까지를 포괄하는 학술사로 간주되고 있다. 그중에서 육예략이 육략의 첫머리에 실린 것은 한무제 이후의 '돈존유술獨尊儒術' 정책이 반영된 것이다.

『칠략』의 원전은 오늘날 확인할 수 없다. 그러나 그 편집 원칙, 체제 및 방법은 후세 목록학에 깊은 영향을 끼쳤다. 동한의 저명한 역사학자 반고班固는『칠략』의 분류법을 계승하되, '집략'을 없앤 후 집략의 내용은 나누어 총서의 형태로 육략의 앞머리에 배치하고, 대소서大小序는 육략과 38종 목록의 뒤에 배치했다. 이를 통해 우리는『칠략』의 대체적인 형태를 엿볼 수 있다. 또한 반고의『한서・예문지(藝文志)』는 정사에서 관방의 장서를 목록으로 편제하는 선구가 되었다. 수당 시기 이후 정사에 포함된「경적지(經籍志)

---

2) 손경은 순자(荀子)의 별칭이다.

」나「예문지」에서는 한 왕조의 장서를 기록하거나, 한 왕조의 저술을 기록하고 있어 고적 목록 연구에 중요한 지위를 점하고 있다.

『칠략』의 분류 원칙은 후세에 수용되었지만, 분류 방식은 다소 변화하였다. 그중 가장 저명한 것은 전통적인 사부분류법四部分類法이다. 사부분류법은 삼국 시기 위문제 때 비서랑 정묵鄭默이 편찬한 도서 목록인『중경(中經)』에서 이미 초보적인 형태를 선보였다. 진무제武帝 함녕咸寧 연간(275~279년)에 비서감秘書監 순욱荀勖은『중경』에 근거하여『중경신부(中經新簿)』[3]를 편찬하여 도서를 갑을병정의 4부로 분류하였다. 갑부는 경서인데, 역, 서, 시, 예, 악, 춘추, 효경, 논어, 참위讖緯, 소학의 10목으로 구성된다. 을부는 자서子書인데, 유가, 도가, 법가, 명가, 묵가, 종횡가, 잡가, 농가, 소설가, 병가, 천문가, 역술가, 오행가, 의방醫方의 14목으로 구성된다. 병부는 사서史書인데, 정사, 고사古史, 잡사雜史, 패사霸史, 기거법起居法, 구사舊事, 직관職官, 의주儀注, 형법刑法, 잡전雜傳, 지리地理, 보계譜系, 부록簿錄의 13목으로 구성된다. 정부丁部는 집부서集部書인데, 초사楚辭, 별집別集, 총집總集의 3목으로 구성된다. 이 외에 도경부道經部와 불경부佛經部를 두어 도교와 불교의 경전을 수록하였다. 이 분류법은 『칠략』에서 병서략, 술수략, 방기략을 제자략에 병합하여 자부子部를 만들었으며, 역사서를 단독으로 분류함으로써 이 시기 역사 저작의 증가를 수용하였다. 동진 초에 이르러 이충李充이 편찬한『진원제사부서목(晉元帝四部書目)』은 4부 분류 중에서 을부와 병부의 위치를 바꾸어, 갑부에는 경서, 을부에는 사서, 병부에는 자서, 정부에는 집부서를 수록했다. 이리하여 경사자집經史子集의 사부분류법이 중국 고적의 전통 분류법으로 확정되었다.

중국 고대 목록학의 주요 목적은 "학술을 구별하여 그 원류를 밝히는辨章學術, 考鏡源流" 것에 있다. 목록학은 치학治學에 들어서는 입구로 간주되었다. 청대 학자 왕명성王鳴盛은 다음과 같이 말했다. "독서에서 가장 중요한 것은 목록학이다. 목록에 밝아야 책을 잘 읽을 수 있으며, 밝지 않으면 결국 제멋대로 읽게 된다." 고대의 도서 목록 중 전해져 내려오는 것이 적지 않다. 정사에 포함된 예문지 외에 가장 유명한 것은 청대 건륭 연간에 완성된『사고전서총목(四庫全書總目)』이다. 『사고전서』는 황제의 명으로 대신大臣이 총감독하고, 전국 각지의 저명한 전문가와 학자를 초빙하여 약 10년에 걸쳐 완성된 대형 총서이다. 사고四庫에 수록된 책은 매우 광범하며, 채용된 저본 또한 대부분 진귀한 선본서善本書였다. 이에 더하여 각 분류의 책임자는 모두 정통한 전문가였다. 따라서 편집의 질이 유

---

3)『진중경부(晉中經簿)』라고도 한다.

례를 찾기 힘들 정도로 높았다. 『사고전서총목』에 수록된 서적은 기본적으로 건륭 시기 이전의 고적인데, 각 서적에 덧붙인 제요提要는 정밀한 고증으로 후세에 크나큰 영향을 주었다. 이 밖에 청대 완원阮元 등이 『사고미수서목제요(四庫未收書目提要)』를 편찬하기도 했다. 근대 시기 쑨뎬치孫殿起가 편찬한 『판서우기(販書偶記)』 및 그 속편은 이후에 출판된 서적과 판본을 기록하여 『사고전서총목』의 보유補編로 간주된다.

고적을 열람할 때는 목록도 신경 써야 하지만, 판본 또한 중시해야 한다. 청말 장지동張之洞은 학문을 구하는 선비들을 위해 편찬한 『서목답문(書目答問)』에서 다음과 같이 말한 바 있다. "요령을 모르고 독서하면 헛심만 쓰고 아무런 성과가 없다. 어떤 책을 어떻게 읽어야 하는지 알지만 정교하게 교정한 정확한 주석본을 구하지 못하면 배로 노력해도 절반의 성과만 얻게 된다." 이는 판본의 중요성을 잘 지적하고 있다.

판본은 어떤 책의 다양한 출간 형태를 가리킨다. 주로 조판 인쇄된 각종 서적이 대부분이지만, 인쇄술이 발명되기 이전의 각종 필사본과 이후의 초본鈔本, 수고본稿本 등이 포함된다. 판본의 명칭은 다양한데, 서적을 판각한 시간을 기준으로 하면 당사본唐寫本이나, 송·원·명·청의 각본刻本 등으로 분류한다. 판각한 기관으로 따지면, 관각본官刻本은 중앙이나 지방의 어느 관아에서 판각했는가에 따라 나뉘고, 개인 판각본私人刻本은 사가에서 찍어낸 가각본家刻本 혹은 가숙본家塾本이 있으며, 상업용 판각본坊賣書은 방본坊本이나 서붕본書棚本 등으로 나뉜다. 판각한 지역에 따라 절본浙本, 민본閩本, 촉본蜀本 등으로 나뉘기도 한다.

조판 인쇄는 당 중기에 시작되었으며, 그 이전에는 필사본만 있었다. 당대에서 오대까지 조판 인쇄한 책은 지금까지 전해지는 것이 거의 없다. 따라서 판본을 논할 때 보통 송대부터 시작한다.

북송의 판각은 주로 관각官刻과 방각坊刻으로 나뉘며, 당시 서적의 판각 비용은 굉장히 비쌌으므로 개인이 판각한 가각家刻은 매우 적었다. 관각은 국자감이 가장 두드러지는데, 판각한 서적은 대부분 유가 경전, 역사서, 산서算書, 『문선(文選)』, 『문원영화(文苑英華)』 등이었다. 이를 북송 감본監本이라 부른다. 그런데 정강靖康의 난이 일어나면서 감본 서적들을 금나라에서 약탈해 갔다. 현재 남아 있는 북송의 판본이 매우 적어서, 장서가들은 대부분 남송의 번각본翻刻本을 수록했다. 남송은 항주에 국자감을 재건하여 소량의 북송 감본을 보존했으며, 이후 계속하여 출판하여 부족분을 메워 나갔다. 남송의 관각본에는 숭문원崇文院이나 덕수전德壽殿 각본이 있으며, 양절동서로兩浙東西路4)의 다염사사茶鹽使司 등 지방 정부에서도 적지 않은 책을 찍었다. 송대의 관각본은 교감이 정밀하고 오류가 적어 송대 각본 중 최상으로 친다. 남송 시기에는 개인의 서책 판각 풍조가 일었는데, 악비의 손자인 악가岳珂와 장서가이기도 한 요영중廖瑩中 등이 유명하다. 악가가 판각한 오경五經은 표준 독본으로 간주되었으며, 요영중이 판각한 구경九經은 자신이 소장한 수십 종의 서적과 비교하고 백여 명의 교정을 거쳐 굉장히 정밀했으나 다만 경전의 주석이 삭제되고 누락되어 애석하게 여기는 이도 있었다. 송대의 방각본 중 정밀한 것은 관각이나 가각본에 뒤지지 않았으나, 상점은 영리를 목적으로 하는 법이라 일부 서적은 날림으로 판각하여 노魯와 어魚가 뒤섞이는 식의 오류 범벅이었다. 송대의 각서는 주로 절강浙, 복건閩, 사천蜀의 세 지역이 중심이었는데, 절강의 것이 가장 훌륭했고, 복건은 종이 생산지여서 인쇄업이 가장 성행했지만 품질로 따지자면 송대 판본 중 가장 하등품이었다.

요나라는 서적을 금하여 판본이 거의 전하지 않는다. 금나라는 북송의 서판과 각공刻工을 취하여 북송의 전통을 계승하였다. 서적 판각의 중심지는 산서성 평수平水인데 정밀하기가 송 판본에 뒤지지 않았다.

원나라는 각서 사업이 비교적 성행하던 시기이다. 관각과 사각 모두 송대의 유풍을 이어 판각이 정밀했으니, 송 판본과 엇비슷한 수준이었다고 할 수 있다. 후세의 장서가들은 대부분 송과 원을 병칭했다. 원대의 관각은 국자감과 함께 홍문서興文署에서 조판 인쇄를 주관했으며, 각 로路의 유학儒學이나 향학 등 지방 학교에서도 서적을 간행했는데 특히 서원이 가장 두드러졌다. 원대의 서원은 최소 100개 이상이었으며, 서원을 관장하는 산장山長은 대부분 학식이 풍부하여 꼼꼼하게 교감을 했으며, 서원의 경비가 풍족하여 판각 공정을 정밀하게 할 수 있었다. 원대의 개인 각서刻書는 주로 명인의 친필을 판각한 것이 많았다. 방각본은 절강, 사천, 복건 및 평수 등지에 집중되어 있었는데, 이윤을 좇아 민간에서 필요로 하는 의학서, 희곡, 소설 등을 판각함으로써 결과적으로 수많은 진귀한 문화유산을 보존할 수 있었다.

명대의 관판官版은 남북 국자감의 감본, 경창본經廠本 및 각 관청의 각본 등이 있다. 경창본은 환관이 감수하였는데, 큰 판형에 정밀히 판각했지만 교감이 정밀하지 못했다. 명대 관각본은 송대에 미치지 못했다. 그러나 번왕부에서 찍어낸 번부각서藩府刻書 중에는 자못

---

4) 현재 절강성 전역과 강소성 및 복건성 일부를 포함한 지역 명칭으로, 남송 시기에 절강동로와 절강서로의 분할이 고정되었다.

훌륭한 판본이 많았다. 개인에 의한 판각은 가정嘉靖 연간 이전에는 그런대로 신중하게 이뤄졌지만, 정덕正德 연간 이후 송판의 복각覆刻은 거의 진품과 혼동될 정도였다. 가정 연간 이후의 각서는 글자를 제멋대로 고치고 삭제하는 풍조가 성행하여, 전하는 책이 많지만 정밀한 판본은 지극히 적다. 상숙常熟에 위치한 모진毛晉의 급고각汲古閣에서 가장 많이 찍었는데, 학술계에 도움이 되긴 했지만 정밀한 판본이 많지 않았다. 명대의 방각본은 여전히 복건성이 가장 성행했다. 조판 기술은 명대에 이르러 크게 진보하였는데, 정밀한 판각은 주로 소주와 휘주徽州에서 나왔다.

청대의 관각은 송·원·명 삼대를 넘어설 정도로 많았으며, 정밀함에 있어서도 첫손가락에 꼽는다. 활자판이 광범하게 응용되었는데, 예를 들어 동활자로 인쇄한 『고금도서집성(古今圖書集成)』만여 권은 무영전武英殿에서 수많은 송원의 선본善本 등을 동활자로 조판 인쇄했다. 건륭제는 활자가 이름이 우아하지 않다고 여겨 취진판聚珍版으로 바꿔 부르게 했다. 조정에서 판각한 책은 지극히 정미精美하였는데, 예를 들어 『서청고감(西清古鑒)』같은 책은 전대미문의 경지에 올라섰다고 평가된다. 수도 이외의 관각은 많지 않았는데, 동치 연간 이후 각 성에 처음으로 서국書局을 설립하여 대량으로 인쇄하기 시작했다.

청대에는 교감학이 크게 성행하였다. 이에 개인 각서에서도 장서가와 교감가의 판각이 가장 두드러졌으며, 여러 판본 전문가와 관련 저작들이 등장했다. 예를 들어 전증錢曾이 편찬한 『독서민구기(讀書敏求記)』등이 대표적이다. 가경, 도광 연간의 개인 각서 중 가장 저명한 것은 포정박鮑廷博, 노문초盧文弨, 황비열黃丕烈, 고광기顧廣圻의 4대가이다. 이들의 학문이 해박하고 고정考訂 또한 정밀하여 고적 교각校刻의 정밀함이 앞 시대를 능가했다.

판본을 감정하려면 우선 역대 판각본의 특징을 명료하게 꿰고 있어야 한다. 송판宋版 서적의 글자체는 다양한데, 절강본은 구양순歐陽詢체, 복건과 강서본은 유공권柳公權체, 사천의 촉본은 안진경顏眞卿체가 많았다. 각공의 도법刀法이 정밀하여 글자체의 풍격을 잃지 않았다. 절본과 촉본은 주로 백마지白麻紙를 사용했고, 복건의 민본은 주로 황마지黃麻紙를 사용했다. 먹은 향기가 나고 맑았다. 송판 서적은 피휘避諱가 상당히 엄격했다. 판식版式은 초기에는 사주단변四周單欄이 많았는데, 뒤로 갈수록 상하단변上下單欄이나 좌우쌍변左右雙欄에 행이 넉넉하고 글자 간격이 넓었으며, 백구白口에 단어미單魚尾였다. 판심版心에는 주로 각공의 성명과 글자 수가 새겨졌다. 책의 후미書尾에는 간기刊記 패기牌記를 부가하여 출간 상황을 밝히는 경우가 많았다. 장정은 주로 호접장蝴蝶裝이었는데, 남송 시기에는 포배장包背裝도 사용했다.

원판元版 서적의 글자체는 조맹부趙孟頫체가 많았으며, 방각본은 속자를 많이 사용했다. 종이는 황마지를 많이 썼다. 방각본은 죽지竹紙를 많이 썼고 먹은 조금 탁했으며 피휘하지 않았다. 판식은 사주쌍변四周雙欄에 행이 좁고 글자가 촘촘했으며 흑구黑口와 화문어미花紋魚尾를 많이 사용했다. 판심의 위쪽에는 글자 수를 새기고 아래에는 쪽수 혹은 각공의 성명을 새겼다. 장정은 포배장을 위주로 했다.

명대 초기의 글자체는 연체자軟體字, 즉 해서를 사용했는데, 선덕 정통 연간에 송본을 모방한 방송본仿宋本이 많았고, 경태 연간에는 방원본仿元本이 많았다. 명대 중기의 서적의 글자체는 대부분 방송체仿宋體였는데, 후기로 가면서 글자체가 길어져 장송체長宋體가 되었다. 명대에는 대부분 면지棉紙를 썼는데, 간혹 마지麻紙, 죽지竹紙, 모변毛邊, 모태毛太 등도 사용했다. 명대 초기에는 피휘를 하지 않다가 천계, 숭정 연간에 피휘가 엄격해지기 시작했다. 명초의 판식은 사주쌍란에 정흑구精黑口가 많았고, 소수의 세흑구細黑口도 있었다. 정덕 이후에는 방송판仿宋版의 백구가 많았고, 만력 이후에는 백구가 많고 흑구가 일부 있었으며, 단변과 쌍변이 모두 있었다. 가정 이전의 장정은 포배장이 많았는데, 만력 연간에 이르러 점차 선장線裝으로 변화되었다.

청대의 판각본은 일부가 경체방송자硬體仿宋字였고, 일부는 연체해자軟體楷字5)였다. 종이는 다양했고 피휘가 꽤 엄격했다. 판식은 일반적으로 좌우쌍변을 사용했는데, 사주쌍변 혹은 단변도 있었다. 대부분 백구였지만 소수의 흑구도 있다. 표지 안쪽 면에 판각 장소, 패기 및 시기가 새겨져 있다. 장정은 선장으로 했다.

독서를 할 때는 선본善本을 구하려고 욕심을 냈다. 선본서는 고본古本, 족본足本 및 정교하게 교정하고 주석을 달아 판각한 판본을 가리킨다. 명대 가정 이전의 판각본은 시기가 오래되어 모두 선본으로 간주했지만, 가정 이후에는 졸렬한 판각이 너무 많아 자세히 감별해야 했다.

---

5) 연체자는 모필의 곡선을 살린 글씨체이고, 경체자는 석각이나 판각의 날카로움이 살아 있는 글씨체이다.

7장

———

과학기술과 공예

1
천문과 역법

세쑹링(謝松齡)

───────

　천문과 역법은 중국의 문화사에서 가장 오래되고 찬란한 성과들 가운데 하나이다. 지금으로부터 6,000여 년 전 신석기 시대 사람들은 이미 천문 관측에 관한 지식을 실생활의 여러 방면에 사용하기 시작했다. 서안 반파半坡 유적지의 가옥 방향을 비롯해 강소江蘇 비현邳縣 대돈자大墩子 유적지의 고분 방향은 모두 당시에 북극성 관측과 막대기를 이용한 해그림자의 관측을 통해 동서남북의 방위를 결정했다는 사실을 보여준다. 기록에 따르면, 사람들은 이미 4,400년 전부터 안타레스 자리大火를 관측해 봄이 오는 시기를 추정하고 있었다. 그리고 안타레스 자리가 천구상의 남쪽 중앙에 위치하는 시기를 하지夏至로 정한 것은 은상殷商 시대 때부터다.

　문자 기록이 시작된 이래로 중국의 천문학은 '관변적' 성격을 띠었다. 은상殷商 시기 별자리 역법과 관련된 업무는 무당이 담당했는데, 『상서(尙書)·요전(堯典)』에는 "요임금이 희羲씨와 화和씨에게 명하길, 경건한 마음으로 하늘을 따르라, 해와 달과 별들의 움직임을 살펴 공손하게 사람들에게 때를 알려 줄 지어다."라는 기록이 보인다. 이는 오랜 과거부터 최고 통치자가 선발한 전문 인력이 천문 관측과 책력冊曆 제작을 관장했다는 사실을 보여준다. 따라서 천문 현상을 관측하는 천문대의 축조 역시 도성 내에서만 가능했다. 기록에 따르면, 하夏 왕조 당시 천문대는 청대淸臺로 불렸고, 상商 왕조 때는 신대神臺, 주周 왕조 때는 영대靈臺로 그 명칭이 바뀌었으며, "제후와 그 밑의 지위를 지닌 자는 천문 관측을 해서는 안 되므로 영대를 가질 수 없다."라는 내용이 확인된다. 춘추 시대에 이르면 왕권의 쇠락으로 제후들도 천문대를 만들기 시작한다. 『좌전(左傳)』에는 희공僖公 5년(기원전 655년) "정월 신해일 초하루에 해가 남극점에 이르자, 노^魯 희공이 합삭^{合朔}을 관찰한 후 관측대에 올라 하늘을 살펴 기록으로 남기니 예^禮이니라."라는 내용이 보인다. 이것은 군주의 천문 현상 관측이 하나의 예법이었으며 그를 통해 군주가 역법 제정이라는 통치 권력을 장악하고 있었다는 사실을 확인시켜준다.

서한^{西漢} 시대 장안^{長安}에 축조된 천문대는 처음에는 '청대^{淸臺}'로 불리다가 이후에는 '영대^{靈臺}'로 마지막에는 다시 '후경지대^{候景之臺}'로 그 명칭이 바뀌었다. 그와 함께 혼천의^{渾天儀}와 규표^{圭表}, 풍향계가 함께 설치됐다. 이후 왕조들은 천문대를 축조했는데 현존하는 가장 오래된 관측대는 원^元나라 초기의 것으로 전설 속에서 "주공^{周公}이 토규^{土圭}로 해의 그림자를 관측했다."라고 전해지는 하남^{河南} 등봉^{登封} 고성현^{告成縣}에 위치해 있다. 명^明나라 정통^{正統} 연간에 축조가 시작된 북경^{北京}의 관상대에서는 근 500년 동안 지속적으로 천문 관측이 이뤄졌는데 이는 현존하는 전 세계의 고대 천문대 가운데서도 가장 긴 연속 관측 기록이다. 이런 천문 관측기구는 나라의 보물로 간주됐으며 대략 세 가지로 나뉜다. 첫째는 해 그림자를 관측하는 규표^{圭表}로, 방향, 시간, 절기는 물론 회귀년의 길이 측정에까지도 사용됐으며, 그 기원은 약 3,500년 전으로 거슬러 올라간다. 둘째는 의^儀와 상^象이다. '의'는 천구상의 좌표 측정 기구로 '혼의^{渾儀}'라고도 부르는데, 일찍이 한무제^{漢武帝} 당시 낙하굉^{落下閎}에 의해 제작된 적이 있었다. 원대에는 곽수경^{郭守敬}이 간의^{簡儀}를 만들었는데 명나라 정통 연간에 원대의 것을 모방해 제작된 것이 현재까지 전해지고 있다. '상'은 천구상에 천체의 시운동을 표시해 주는 기구로 '혼상^{渾象}'이라고도 부른다. 동한^{東漢} 당시 장형^{張衡}이 동력 전달 기계와 누호^{漏壺}를 결합해 제작했다는 누수전혼천의^{漏水轉渾天儀}가 그 최초의 형태로 기록돼 있는데 이후 조대를 거치면서 수력 관측 기구의 개량이 이루어졌다. 셋째는 시간 측정 기구인 누각^{漏刻}으로, "헌원^{軒轅} 때부터 하상^{夏商} 때까지 사용됐다."라는 기록이 역사서에 남아 있다.

고대 천문 관측의 목적은 두 가지였다. 하나는 점성술을 통해 길흉화복을 점치는 것이고, 다른 하나는 역법을 제정해 백성들에게 계절과 절기를 알려 주는 것이다. 이 둘은 모두 왕조의 흥망성쇠와 천하의 존망에 관련된 것이었다. 중국은 농업 국가였기 때문에 정확하고 정밀한 역법은 농사철과 수확 시기를 맞추는 데 있어 필수 불가결한 것이었다. 하지만 그 의의가 거기에만 그치는 것은 아니었다. 중국에는 고대로부터 '삼정^{三正}'의 설이 전해지고 있는데, 하정^{夏正}은 1월^{寅月}을 정월로, 은정^{殷正}은 12월^{丑月}을 정월로, 주정^{周正}은

11월ᵀ月을 정월로 정하는 것이다. 왕조가 바뀌면 새로운 역법이 시행됐는데 이를 '개정 삭改正朔)6)이라고 불렀다. 이른바 '왕이 된 자가 정권을 잡으면, 자기로부터 시작됨을 보이기 위해, 옛것을 고쳐 새것을 사용한다.'는 것이다. 이처럼 누구의 정삭正朔이 받들어지는지에 따라 통치의 주체가 결정됐기 때문에 역법은 통치 권력의 상징이 됐다. 이와 함께 희귀한 천문 현상 역시 왕조 교체의 징조로 여겼다. 『한서(漢書)·천문지(天文志)』에는 "한漢 원년元年 10월에 오성五星이 동정東井에 모였다."라는 기록이 보이는데 한고조漢高祖가 하늘의 명을 부여받았다는 상서로운 징조로 여기는 내용이었다. 역사적으로 점성과 역술에 정통한 관료가 천체의 이상 현상 출현을 이유로 황제에게 간언하거나 개혁을 요구하다가 사형당하고 멸족의 화禍를 입는 사례도 적지 않았다. 이렇듯 고대 시기 천문은 지극히 비밀스러운 지식이었다. 따라서 역대 왕조에서는 사적으로 천문을 배운다거나 천문을 담당하는 관원官員이 외부인과 왕래하는 것을 명문화된 법령을 통해 엄격하게 금지했고, 천문 관련 도해서圖解書들이 민간에 전해지는 것 역시 허용되지 않았다. 명明대에 이르면 사적으로 역법을 익히는 것이 더욱 엄격하게 금지되어, 개인적으로 역법을 익히다 발각되면 유배를 당했고 함부로 책력을 제작한 자는 사형에 처해졌다. 천문 관측과 역법 제정의 권한이 최고 통치자의 수중에 완벽하게 귀속돼 있었던 것은 통치를 공고히 하기 위한 중요한 수단이었다. 이 때문에 역대 사서에는 모두 『천문지(天文志)』와 『역지(曆志)』가 수록됐으며, 그것은 다시 다른 다양한 천문 점성 관련 서적들과 함께 고대 천문 및 역법 사이에 오랜 기간에 걸쳐 연속성을 유지시킴으로써 다른 그 어떤 민족과도 비교할 수 없는 뛰어난 성과를 거두게 된다.

고대 중국인들은 하늘의 항성恒星을 군집 별로 나누고 각각을 서로 한데 묶어 '별 무리'7)라 불렀다. 각각의 별 무리는 다시 더 거대한 시스템을 이루는데, 이렇게 삼원三垣 이십팔수二十八宿로 나뉜 체계는 근대 시기에 이르기까지 계속 사용됐다. 삼원 이십팔수는 각각 인간사를 모방한 것이다.

삼원 중 자미원紫微垣은 중원中垣으로 모두 37개의 별 무리를 거느린다. 좌우 양측의 두 원은 궁전의 담장을 호위하는 듯한 형상을 띠고 있으며, 북신北辰이라고도 불리는 중앙의 북극성은 태자, 황제, 서자, 후궁을 나타낸다.

---

6) 정(正)은 한 해의 처음, 삭(朔)은 한 달의 처음
7) 중국어 원문 '星官'

삼원 중 상원上垣인 태미원太微垣은 '천자정天子庭'으로 20개의 별 무리가 있다. 그중에 오제좌五帝座와 십이제후부十二諸侯府가 있고 태미원太微垣의 외부에 명당明堂과 영대靈臺8)가 위치한다.

천시원天市垣은 확정 시기가 다소 늦는데, 삼원 중 하원下垣으로 19개의 별 무리가 있다. 제좌帝座를 중심축으로 좌우 두 원의 별들에는 열국列國이라는 이름이 붙었고, 그 중앙에는 열사列肆, 동사東肆, 도사屠肆, 시루市樓 같은 별 무리가 자리하고 있다.

28수宿는 이미 춘추 말년에 그 개념이 정립돼 청룡9), 주작10), 백호11), 현무12)의 사상四象과 서로 결합했다. 모든 궁宮은 칠수七宿로 이뤄져 있다. 그중 동궁칠수東宮七宿의 하나인 심수이心宿二13)는 은상殷商 시기에 천문 현상 관측의 기준이 됐던 별로, 용심龍心을 닮았다 하여 다시 명당明堂과 천자天子의 지위를 지니게 됐다. 다른 성수星宿 역시 각각 관부官府와 국사國事를 모방한 것이다. 아울러 각각의 28수는 모두 천하의 각 나라와 지역에 대응하는데, 이를 이른바 '분야分野'라고 한다. 이것이 천문 현상을 관찰하는 법칙이었다. 이에 별 무리의 체계를 살펴보는 것은 흡사 고대 중국 사회의 어느 한 단면을 들여다보는 것이나 마찬가지라는 점을 알게 될 것이다.

이른바 점성占星이란 천문 현상의 변화에 대한 관측 결과를 근거로 인간의 길흉화복을 판단하는 것이다. 『춘추(春秋)』에는 매년 발생한 사건에 관한 기록이 손에 꼽을 정도로 적어 몇 개 되지 않는 반면, '일식日蝕' 현상에 관한 기록은 37차례나 등장한다. 태양은 임금을 상징한다. 따라서 일식은 '임금이 질서를 잃는 것(예를 들어 군주가 유능한 인재를 시기하는 것)' 또는 '신하가 모반을 꾀하는 것'을 상징하는 것으로 여겼다. 『한서·천문지』는 그것을 '36차례의 군주 시해, 52차례 망국'이라는 개념과 연결시켜 적고 있다. 한대漢代 이후 일식 같은 기이한 천체 변화가 발생하면, 보통은 황제가 조서를 내려 스스로를 책망하면서 '하늘의 꾸짖음'에 대한 책임을 지고자 했다. 그러나 반대로 황제가 자신의 책임을 신하들에게 돌리려 한다거나 다른 희생양을 찾고자 했던 사례들 역시 그 기록이 끊이지 않고 여러 역사서에 전해진다. 『한서(漢書)·오행지(五行志)』에는 한성제漢成帝 하평河平 원년元年(기원전 28년) 당시에 관찰된 태양의 흑점에 관한 내용이 등장하는데 이것은

---

8) 천문대
9) 동쪽
10) 남쪽
11) 서쪽
12) 북쪽
13) 안타레스

전 세계적으로 공인된 가장 오래된 흑점 관련 기록이다. 이와 같은 천체 현상들은 당시에는 군주의 실정失政으로 인해 서한西漢이 멸망할 것이라는 징조로 생각했다. 이를 통해 왜 유사 이래로 중국에서 일식과 월식에 관한 자세하고 정확한 기록이 거의 1,000회에 가깝게 남겨졌는지 어렵지 않게 이해할 수 있다.

목木, 화火, 토土, 금金, 수水의 5대 행성14)은 별점의 주요 대상이었다. 갑골문에는 이미 '태세太歲', 즉 목성에 관한 기록이 존재한다. 장사長沙 마왕퇴馬王堆 3호 한묘漢墓에서 출토된 백서帛書인 『오성점(五星占)』은 서한西漢 초기(기원전 170년 전후)에 간행된 책으로 현존하는 가장 오래된 천문서다. 책에 기록된 금성의 회합 주기는 584.4일로 이는 현대 천문학에서 측정한 값인 583.92일에 비해 겨우 0.48일이 더 긴 것이다. 토성의 회합 주기는 377일로 현재의 측정값보다 1.09일이 짧고, 30년으로 기록된 항성의 주기는 현대의 29.46년보다 고작 0.54년이 더 길 뿐이다. 2,000여 년 전 5대 행성에 대한 관측 수준이 이미 놀라우리만치 높았다는 사실을 확인할 수 있는 대목이다. 역사서에는 유명한 오성점五星占에 관한 기록들도 남아 있다. 『위서(魏書)ㆍ최호전(崔浩傳)』에는 북위北魏 원명제元明帝 시기에 태사太史가 어느 날 밤 갑자기 형혹熒惑15)이 사라져 그 위치를 알 수 없다고 보고했다는 기록이 남아 있다. 점성 이론에 따르면 형혹熒惑이 특정한 수宿에 오래 머물면 그에 해당하는 나라는 재앙을 맞게 되는데, 그 기간이 3달이면 재난이 발생하고, 5달이면 적국의 침략을 받게 되며, 9달이면 나라의 절반을 잃는다고 전한다. 사도司徒였던 최호崔浩는 경오庚午와 신미辛未 양일에 흐린 하늘 속으로 화성이 사라졌을 때 경오庚午는 진秦에 대응하고, 신辛과 미未는 각각 서방의 간干괘와 정수井宿에 해당한다고 판단해 화성이 진秦을 침공할 징조로 보았다. 80여 일이 지난 후 다시 나타난 화성은 정말로 서방의 정수井宿에 위치해 있었다. 정수에 해당하는 분야는 진秦이었고 몇 년 후 요씨姚氏의 후진後秦은 결국 멸망했다. 천문 역학에 뛰어났던 최호의 별점은 당시에 '신점神占'으로 여겨졌고, 이는 화성의 운동을 정확하게 예측한 사례 중 하나로 꼽힌다.

하늘에 나타나는 가장 눈에 띄는 천재지변天變의 징조는 바로 혜성彗星이었다. 중국에서 신뢰할 만한 혜성에 대한 기록이 처음 보이기 시작한 것은 『좌전(左傳)ㆍ문공(文公) 24년』 (기원전 613년)에서부터였다. "가을 7월에……혜성 하나가 북두北斗를 향해 들어갔다."라

---

14) 오위(五緯)로도 불림
15) 화성(火星)

는 내용이 있는데 이것이 바로 핼리혜성에 대한 가장 빠른 기록이다. 진시황秦始皇 7년(기원전 240년)부터 청선통淸宣統 2년(1910년)까지 2,000여 년 동안 핼리혜성은 29차례에 걸쳐 하늘에 출현했고, 중국에서는 매번 상세한 기록을 남겼다. 청말淸末에 이르면 다양한 혜성에 관한 기록이 360여 회 이상에 이르게 된다. 패성孝星, 불성拂星, 소성掃星으로도 불렸던 혜성은 '낡음을 없애고 새로움을 세우는 것'을 상징했다. 그 때문에 혜성은 별점에서 아주 중요한 의미를 지니고 있었다. 『좌전』에는 노문공魯文公 14년에 출현했던 (핼리)혜성에 관한 기록이 남아 있는데, "주周 내사內史 숙복叔服이 말하길, 7년 안에 송宋, 제齊, 진晉의 임금들이 모두 난亂 때문에 죽을 것이다."라는 내용이었다. 비록 불길한 예언이 적중한 경우였지만, 후인들은 과거의 사건을 기억해 정확한 기록으로 남겼다. 이외에도 신성新星16)에 관한 기록들이 갑골문에서 발견되기 시작한다. 17세기까지 신성과 관련된 믿을 만한 기록은 무려 60여 차례가 넘게 남아 있다. 신성은 항성이 폭발하여 그 밝기가 수천 배에서 수억 배에 이를 정도로 급격하게 증가하는 현상인데, 원래는 육안으로 볼 수 없었던 별이 불쑥 나타나는 것이 마치 불청'객'처럼 보여서 하늘의 질서를 어지럽히는 존재로 인식됐다. 형태와 색깔에 따라 어떤 것들은 서성瑞星으로 여겨졌지만 대부분 요성妖星으로 생각했다. 유성우流星雨에 관해서 믿을 만한 가장 이른 기록은 『춘추(春秋)·장공(庄公) 7년』(기원전 687년)에 보이는데, "여름 4월, 신묘 밤, 항성은 보이지 않고, 밤중 성운星隕이 비처럼 쏟아졌다."라 적고 있다. 고대에 유성우에 관한 기록은 약 180여 차례가 넘게 남아 있는데, 이는 유성우가 임금이 실정失政을 하고 아랫사람이 반역을 꾀하여 백성들이 유랑하게 될 징조로 해석됐기 때문이다. 운석隕石이 땅에 추락한 유성이라는 사실은 중국에서는 춘추 시대부터 이미 알고 있었다. 그러나 유럽에서는 18세기에 이르기까지 심지어는 프랑스의 위대한 과학자로 평가받는 라부아지에조차 운석이 땅을 뚫고 튀어나온 것이지 하늘에서 떨어진 것은 아니라고 생각하고 있었다. 고대 중국의 천문학적 성취는 확실히 세계적으로도 유일무이한 것이었다.

고대의 역법은 정치적으로 중요한 의미를 지니고 있었을 뿐만이 아니라 일식과 월식 및 5개 행성의 운행에 관한 예측 같은 천문학적 내용들도 내포하고 있었다. 역사적으로 수차례에 걸쳐 이뤄진 개력改曆의 직접적인 원인은 바로 일식에 대한 예측상의 오류였다. 따라서 고대의 편력編曆은 천체력天體曆의 제작에 상당하는 것이었다. 하夏나라의 역법을 기

---

16) 한대부터 '객성(客星)'이라고 부름

록한『하소정(夏少正)』은 중국에서 가장 오래된 과학 문헌 가운데 하나로 알려져 있다. 그것은 하력夏曆의 12달 순서에 따라 매월 나타나는 천문 현상과 계절의 변화 및 농사 시기에 관한 나라의 법령을 구분해서 기록하고 있는데 여전히 자연력의 성격을 띠고 있었다. 그러나『요전(堯傳)』에는 북두칠성의 자루 부분인 두병斗柄과 기존의 조鳥, 화火, 허虛, 앙昴과 같은 성수星宿들의 조석 출몰 및 남중[17] 현상에 대한 관측 결과를 기반으로 절기와 계절이 결정됐고 그에 따라 역법이 제정됐다는 기록이 보인다. 이를 '관상수시觀象授時'라고 하는데『하소정』에 비해 한층 더 발전된 것이었다. 아울러 현대 천문학 연구에 의해『요전』의 기록이 바로 은상殷商 시대의 천문 현상이라는 점이 밝혀지기도 했다. 이에 연구자들은 갑골문의 기록을 근거로 늦어도 은상殷商 시기부터는 이미 분分과 지至에 대한 측정이 가능했을 것으로 확신하고 있다. 또한 갑골문에는 '춘春'과 '추秋' 두 글자가 발견되는데 조鳥와 화火 같은 별들을 신으로 모셔 제사를 지내고 풍년을 기원했음을 알려 준다. 은나라 사람들은 하루의 시각을 명明/旦, 대채大采, 대식大食, 중일中日, 측昃, 소식小食, 소채小采, 모暮 등의 구간으로 나누었다. 그때 처음 만들어진 간지干支와 날짜 기록 방법은 오늘날까지도 사용되고 있으며 세계에서 가장 오래된 시간 표시법이다. 열흘을 1순旬으로 삼아 갑甲에서 출발해 계癸에 이르면, 그 계癸가 새로운 1순旬의 첫째 날이 되는 식이다. 또한 태음太陰으로 달月을 기록하고 태양太陽으로 연年을 기록하는 음양력陰陽曆이 채택됐는데, 신월新月, 즉 초승달이 출현할 때를 한 달의 시작으로 삼아 달이 차고 기울었고, 연年은 평平과 윤閏으로 나뉘어 연年의 끝에 윤달을 배치하여 평년은 12달이고 윤년은 13달로 삼았다.

서주西周의 역법에서는 달의 위상이 더욱 중시됐다. "시월에 접어드는, 초하루朔日 신묘辛卯일에……"라는『시경(詩經)·소아(小雅)』의 내용은 중국 고대 전적들 가운데 가장 먼저 삭일朔日에 대해서 언급하고 있는 것이다. 삭일朔日은 해와 달이 합삭合朔[18]하는 날을 말하며, 신월新月의 출현보다 하루나 이틀 정도 빠르다. 주대周代에는 '고삭告朔'이라 불리는 성대한 의례가 치러졌는데, 천자가 매년 음력 12월에 이듬해 12달의 달력과 계획을 제후들에게 알리면, 제후들은 이를 받들어 조상의 사당에 모셔 두고 매월 초하루朔日에 제사를 올렸다. 노魯나라 문공文公 때에 이르면 삭朔 자체는 중시하지 않은 채 사당에 양을 제물로 바쳐 제사만 지내기 시작한다. 이 때문에 후대인들은 '고삭희양告朔餼羊'이라는 표현을 빌

---

17) 자오선을 지남
18) 회합, 일직선으로 배치됨

려 일을 형식적으로 대강 해치우는 것을 비유했다. 이것은 춘추 시대 이전에 이미 한 달의 시작이 신월에서 삭일로 바뀌었다는 사실을 말해 준다. 항성월^{恒星月}, 즉 기준점이 되는 별에서 출발한 달이 다시 원래 그 별의 위치로 돌아올 때까지의 운행 주기인 27.32일은 28일로 측정된다. 따라서 28수는 달이 매일 하나씩 수^宿의 위치를 이동해 '머묾'을 기준으로 하여 구분한 것이다.

춘추 시대 후기에 등장한 사분력^{四分曆}은 1회귀년을 365와 1/4일[19]로, 1삭망월을 29와 499/940일로 잡아 '19년 7윤'을 윤의 주기로 삼는 역법이었다. 당시 모든 제후들은 자신의 통치 권력을 과시하기 위해 사분력을 사용했다. 하지만 각 나라에서 새해가 시작되는 시기는 서로 달랐다. 노^魯나라에서는 동지가 있는 자월^{子月}, 즉 11월을 새해의 시작으로 삼아 주정^{周正}[20]이라 하였고, 진^晉나라에서는 인월^{寅月}, 즉 1월을 새해의 시작으로 삼고 진^晉이 하^夏의 땅에 있다고 하여 하정^{夏正}[21]이라고 하였다. 역법 계산의 기점인 '역원^{曆元}' 역시 나라마다 모두 달랐다. 역원은 책력을 제정할 때 특정 날짜의 야간 자시^{子時}에 해와 달이 합삭^{合朔}하여 동지가 되는 시기를 정확하게 추산해 내서 어떤 역^曆의 기점으로 삼는 것을 말한다. 역원^{曆元}의 개념이 등장한 이후 매년 동지와 합삭^{合朔}의 시기를 계산하는 것이 매우 편리해졌다.

진^秦나라가 중국 대륙을 통일한 이후 사분법^{四分法}에 따른 『전욱력(顓頊曆)』이 반포되어 시행됐다. 이른바 '수덕^{水德}'의 상서로움을 확실하게 얻어내기 위해서 10월을 설날로 정했는데[22] 이는 고대 역법 역사에 있어 전무후무한 것이라 할 만하다.

한무제 때 반포되어 시행된 『태초력(太初曆)』은 비교적 완전한 체계를 갖춘 중국 최초의 역법으로, 11월 갑자일^{甲子日} 자정 즈음 한밤중에 합삭^{合朔}과 함께 동지가 되는 대단히 이상적인 역원^{曆元}이다. 이에 무제는 조서를 내려 개력^{改曆}을 진행했다. 원봉^{元封} 7년을 태초^{太初} 원년^{元年}으로 하여 24절기가 도입했으며 연말에 윤달을 넣는 방식을 폐지한 후 중기^{中氣}가 없는 달을 윤달로 정해 오늘날까지 전해지고 있는데, 이를 '하력^{夏曆}'이라고 한다. 24절기에 관한 기록은 이미 『회남자(淮南子)·천문훈(天文訓)』에서부터 찾아볼 수가 있는데, 태양의 운행을 기준으로 그 사이를 12중기^{中氣}와 12절기^{節氣}로 나누어 놓았다. 12중기

---

19) 사분력의 명칭이 여기에서 유래됨
20) 건자(建子)
21) 건인(建寅)
22) 건해(建亥)

에는 춘분, 추분, 동지 등이 있고, 12절기에는 입춘, 입하, 입추, 입동 등이 있다. 이는 중국의 역법만이 지닌 독창적인 특징 중 하나다.

제왕이 천명을 받으면 반드시 역법이 제정됐다. 하지만 모반이나 왕위 찬탈 시에도 역법의 제정은 꼭 필요한 것이었다. 서한^{西漢} 말년에 유흠^{劉歆}은 태초력에 삼통설^{三統說}을 접목시켜 『삼통력(三統曆)』이라고 이름을 지었는데 이는 왕망^{王莽}이 한나라 왕위를 찬탈하는 이론적 근거가 됐다. 그러나 역대 제왕들은 매번 새로운 역법을 제정하면서도 역법이 천문 관측에 더욱 부합하여 '순천지도^{循天之道23)}'가 되기를 원했기 때문에 역법에 대한 끊임없는 개선과 개조 작업이 이어졌다. 삼국^{三國} 시대 손오^{孫吳}는 건상력^{乾象曆}을 만든 직후 달의 공전 속도에 근거한 지질력^{運疾曆}의 개념을 도입했다. 조위^{曹魏}가 만든 경초력^{景初曆}은 일식과 월식의 시기를 추산하는 데 있어 독창성을 보여 줬다. 남조^{南朝} 유송^{劉宋}의 원가력^{元嘉曆}에서 선보인 소위 '조일법^{調日法}'은 후대의 수많은 역술가들이 널리 사용했다. 대명력^{大明曆}을 만든 소량^{蕭梁}의 조충지^{祖沖之}는 동진^{東晉}의 우희^{虞喜}가 발견해낸 세차^{歲差}를 역법 계산에 적용시켰는데, 그가 계산한 교점월의 일수^{日數}는 현대 천문학의 계산 수치와 불과 10만분의 1밖에 차이가 나지 않는다.

대대로 이어진 역법의 제정에는 정치 권력 투쟁이 뒤따랐는데 특히 수^隋나라부터 당^唐나라 초까지가 극심했다. 당시에 만들어진 역법은 그 수가 적지 않았음에도 불구하고 대부분 채택되지 못하거나 오래지 않아 폐지되곤 했다. 당^唐나라 개원^{開元} 연간에 『인덕력(麟德曆)』이 일식을 예측하는 데 실패하자 황제 현종^{玄宗}은 승려 일행^{一行}에게 조서를 내려 새로운 역서의 편찬을 명한다. 일행이 『주역(周易)·계사(繫辭)』의 대연수^{大衍數}를 근거로 새로운 역서를 편찬했기 때문에 『대연력(大衍曆)』이라는 이름 붙었다. 『대연력』에는 매우 독창적인 요소들이 많았는데, 태양의 움직임은 동지^{冬至}에 가장 빠르고 하지^{夏至}에 가장 느리며 춘분^{春分}과 추분^{秋分} 때 가장 평균적이라는 관측 결과를 바탕으로 절기의 '정기^{定氣}' 구분법을 발명해낸 것이 좋은 예다. 또한 『대연력』은 후대까지 전승시킬 목적으로 나름 질서정연한 체계를 갖추고 있기는 했지만, 『주역·계사』의 상수^{象數}에 부합하도록 제정된 것이었기 때문에 일부 수치들은 실제 천문 현상과는 잘 맞지 않았다. 일행은 『대연력』에 근거해 두 차례 일식을 예측했으나 모두 실패하고 말았는데, 당시에는 관측상의 오류 때문이 아닌 현종의 덕행에 감명을 받은 하늘이 내린 결과로 받아들였다.

---

23) 하늘의 법도

송대^{宋代}는 가장 많은 역법이 반포되어 시행됐던 시기이다. 이는 천문 관측 기술의 발달에 따른 결과임과 동시에 내우외환이 끊이지 않았던 당시의 상황을 말해주는 것이기도 하다. 송나라 당시에는 모두 18번의 역법이 반포됐는데 평균적으로 17~8년에 한 번씩 개력^{改曆}이 이루어진 셈이다. 북송^{北宋}의 기원력^{紀元曆}은 고대 역법 중에서 삭망월^{朔望月}의 수치가 가장 정확한 것이었다. 연간 오차가 0.17초 이하로 16세기 서구에서 채택된 티코의 수치보다도 훨씬 작았다. 남송^{南宋}의 통천력^{統天曆}은 회귀년의 길이가 365.2425일로 현재 국제적으로 통용되고 있는 그레고리력과 완전히 일치하지만 무려 300여 년이나 일찍 시행됐다.

요^遼나라와 금^金나라 때에도 여러 차례 역법이 제정됐다. 원대^{元代}의 천문 기구 제작과 천문 현상 관측 기술은 공히 최고 수준에 달해 그를 기반으로 고대 시기 가장 정확한 역법인 『수시력(授時曆)』이 탄생한다. 그리고 명대^{明代}의 『대통력(大統曆)』은 『수시력』의 체제를 그대로 가져온 것이었다. 이 둘은 실질적으로는 동일한 역법으로 도합 364년 동안 시행됨으로써 중국 역사상 사용 기간이 가장 길었다. 그러나 명대^{明代} 200년간 여러 차례 발생한 일식과 월식에 대한 예측에는 상당한 오차가 있었다. 명나라 말엽 서구의 역법 체제를 들여와 『숭정역서(崇禎曆書)』가 편찬되었지만 그 반포 및 시행을 앞두고 명 왕조는 멸망하고 만다. 이때의 관측 수치는 더욱 정확해져 회귀년의 길이를 현재의 정확한 값과 비교해 보더라도 1년에 불과 2.3초의 오차밖에 나지 않는다.

『숭정역서』는 청^淸나라 초엽 선교사의 개정을 거쳐 『서양역법신서(西洋曆法新書)』라는 제목으로 조정에 헌상됐는데 이를 바탕으로 편찬된 『시헌력(時憲曆)』이 오늘에까지 이르고 있다. 결국 서구의 역법 체제가 수입된 이후 기존의 중국 역법의 정치적 의미와 기능은 더 이상 남아 있지 않게 됐다.

2
산학(算學)의 발전

선빈(沈彬)

중국 산학의 맹아기는 4,000여 년 전으로 거슬러 올라간다. 전국戰國 시대 시교屍佼가 저술한 『시자(屍子)』에는, "옛날 수倕1)는 규規2), 구矩3), 준準4), 승繩5)을 본떠 세상의 법도를 만들었다."라는 기록이 보인다. 이는 그 당시에 이미 '원, 네모, 평면, 직선' 등과 같은 형태의 개념이 존재했다는 사실을 말해 준다. 사마천의 『사기(史記)』는 "하夏나라의 우禹(기원전 2,000여 년)가 치수治水를 할 당시에 "왼손에는 수준기와 먹줄을, 오른손에는 걸음쇠와 곱자를 들었다."라 적고 있다. 은殷대의 갑골문에도 십진 표기법에 대한 기록이 아주 분명하게 남아 있는데 기수법記數法과 관련된 13가지 기호들은 다음과 같다.

이 중에서 앞의 1부터 9까지는 숫자 기호이고 뒤의 4개는 위치 기호로, 각각 10, 100, 1,000, 10,000을 나타낸다. 그리고 10, 100, 1,000, 10,000의 배수(倍數)는 기호들끼리 서로 결합해 표시한다. 예를 들면 다음과 같다.

---

1) 황제 헌원 또는 요임금 시대 인물
2) 걸음쇠
3) 곱자
4) 수준기
5) 먹줄

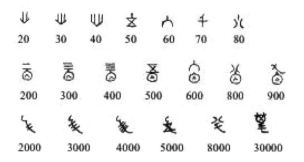

숫자 기호와 위치 기호를 서로 결합하면 수가 표시된다. 가령 아라비아 숫자인 '242'를 갑골문으로 표시하면 ⌂Ψ⌐。가 된다.

서주西周(기원전 11~기원전 8세기) 시기 종정문鐘鼎文의 숫자 기록 부호 글자체를 갑골문과 비교해 보면 약간의 변화가 발견된다. '4'는 '⌂' 또는 '⌂'로, '10'은 '┿'로 표시돼 있는데, 그럼에도 불구하고 숫자 기록의 방식은 여전히 갑골문과 크게 다르지 않다.

산가지 표기법의 탄생은 산학의 발전에 있어 커다란 진전을 의미했다. 산가지는 대부분이 대나무로 제작됐지만 짐승의 뼈나 철 또는 상아로도 만들어졌다. 절단면은 주로 원형인 것이 많았지만 정사각형 또는 삼각형인 것도 있었다. 산가지는 늦어도 춘추 시대(기원전 8~기원전 5세기)에는 이미 보편적으로 사용된 것으로 보인다. 산가지 숫자 표기 방법에는 두 가지 배열 방식이 있다.

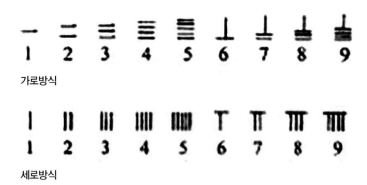

산가지 표기법은 특정 위치에 해당하는 기호를 사용하는 대신 자릿수를 표시하는 방식을 채택했다. 한 자리 숫자는 보통 세로로 표시하고 그 외의 나머지 숫자는 가로와 세로로 번갈아 표시하는 식이다. 예를 들어, '5431'은 '≣‖‖＝|'으로 배열한다. 만약 가로와

세로로 번갈아 표시하는 규칙이 없다면 'ⅢⅢⅢⅠⅠ'처럼 배열되어 숫자를 제대로 파악할 수 없기 때문이다. 산가지 표기법에서 숫자 '0'은 빈자리(산대를 놓지 않음)로 나타낸다. 가령 '306'은 '三⇑'로 표시한다. 대략 송^宋대 이후 산가지로 표기된 숫자를 문자로 옮겨 적으면서 '0'이라는 기호가 등장하여 그 값을 나타내기 시작했다. 3세기에 이르러 '산가지 셈법'은 당시 중국의 주요한 계산법으로 자리 잡게 된다.

4	9	2
3	5	7
8	1	6

기원전 1세기의 『대대례(大戴禮)』에는 상서로운 징조를 상징하는 '하낙서종횡도(河洛書縱橫圖)', 즉 '구궁산법(九宮算法)'에 관한 기록이 보이는데, 이는 현대 '조합론'[6]의 가장 오래된 발견으로 여겨진다.

양한^{兩漢} 시기부터 중요한 관련 저서와 학자들이 속속 등장하기 시작하면서 정식으로 성립된 중국 산학은 이후 약 1,000년 동안 다양한 부문에서 전 세계 선두를 차지하게 된다.

『주비산경(周髀算經)』은 현존하는 가장 오래된 천문^{天文} 역산^{曆算} 저작이다. 대략 기원전 100~기원전 50년 사이에 간행된 것으로 보이는 이 책에는 상당히 복잡한 분수^{分數} 계산법과 방정식의 제곱근풀이 방법이 담겨 있는데, 현존하는 고대 산술^{算術} 서적 가운데 가장 일찍 피타고라스 정리를 소개하고 있다. 전하는 바에 따르면, 고대 그리스의 수학자 피타고라스는 자신의 이름이 붙은 피타고라스 정리를 증명해 냈을 때 소 백 마리를 잡아 축하했다고 한다.

『주비산경』에 피타고라스 정리가 인용된 이유는 측량 때문이다. 이 책에는 다양한 측량 방법들이 기록돼 있는데, 예를 들면 측량 막대를 세워 늘어진 해그림자의 길이 변화를 근거로 태양의 고도를 측정하는 방법이 그것이다. 물론 이런 방법으로 측량된 천문 현상 수치로 정밀한 결과를 얻어내는 것은 당연히 쉽지 않은 일이었지만, 지상에서 거리나 높이를 정확히 측량하는 데에는 전혀 무리가 없었다. 『주비산경』의 기록에 따르면, 당시 사람들은 이미 이런 방법을 활용하여 지표면상의 각종 수치들을 측량하고 있었다.

이 때문에 중국의 산학은 그 출발부터 천문 역산과 지리 측량 같은 생산 활동을 비롯

---

6) 이산수학

한 사람들의 실생활과 긴밀하게 연관된 것이 특징이었다. 이처럼 아주 오랜 기간 동안 중국의 산학 저서들은 대부분 문제집 형식을 채택하고 있었는데 서구의 『기하원본(幾何原本)』처럼 몇 가지의 간명한 공리에서부터 출발하는 엄격하고 추상적인 연역 체계는 나타나지 않았다. 이는 중국 문화가 세계를 파악해온 근본적 태도와 관련된 것이라고 할 수 있다.

초창기 중국 산학의 최대 성과는 『구장산술(九章算術)』에 구체적으로 드러나 있다. 한漢나라 때 출간된 것으로 알려진 이 책은 모두 246가지 응용문제에 대한 해법을 수록하고 있는데 다음의 9개 장(章)으로 구성되어 있다.

① 방전(方田): 평면 도형의 면적 계산을 다루며, 분수의 연산 법칙과 평면 도형의 면적 계산 공식을 기록하고 있다.
② 속미(粟米): 각종 양식(糧食)을 교환하는 계산법을 다루며, 비례 분배의 계산법을 서술하고 있다.
③ 쇠분(衰分): 일정 비율로 분배하는 방법을 다루며, 비례 분배 및 등차수열과 등비수열의 계산법을 기록하고 있다.
④ 소광(小廣): 이미 알고 있는 면적과 구체의 부피로부터 각각 변의 길이와 지름을 계산하는 방법을 설명하며, 제곱근의 풀이법과 세제곱근의 풀이법까지 다루고 있다.
⑤ 상공(商功): 다양한 입체의 부피를 구하는 법을 다루며, 여러 종류의 입체 도형과 관련된 계산 공식을 기록하고 있다.
⑥ 균수(均輸): 합리적인 운수와 균등 분담 문제를 설명하며, 배분 비율과 복비례 및 등차수열 등과 같은 수학적인 내용까지 다루고 있다.
⑦ 영부족(盈不足): 산술에서 남거나 부족한 것에 대한 문제의 계산법을 다루며, 보편적인 의미를 지닌 해법인 영부족(盈不足術)의 개념을 제시하고 있다.
⑧ 방정(方程): 연립 일차 방정식을 이용한 응용문제의 풀이법을 다루며, 양수와 음수의 개념 및 그 연산 방법까지 서술하고 있다.
⑨ 구고(句股): 직각 삼각형의 두 직각변의 응용과 간단한 측량에 관한 문제 및 일원 이차 방정식의 해법까지 다루고 설명하고 있다.

『구장산술(九章算術)』의 풍부하고 다채로운 내용은 모두 농업 생산 같은 실생활과 밀접하게 연관된 것이었다. 특히 음수 개념을 비롯해 음수와 양수의 덧셈과 뺄셈에 관한 법칙은 전 세계적으로도 상당한 의미를 지닌 성과로, 인도의 수학자들에게는 7세기 이후에나 가능한 일이었고 유럽에서는 16세기 이후에야 비로소 나름의 명확한 음수 개념이 등장했다. 연립 일차 방정식의 보편적 풀이법에 관해서 프랑스 수학자들은 16세기에 들어서야 겨우 유사한 해법을 찾아냈다. 이런 이유로『구장산술』은 중국 수학사에서뿐만 아니라 세계 수학사에 있어서도 매우 중요한 업적으로 평가받고 있으며 현재에는 여러 언어로 번역 출간돼 있다.

삼국 시대 유휘劉徽가 집필한『구장산술』의 주해서는 중국 수학 역사상 가장 중요한 수학 관련 문헌으로 손꼽힌다. 이 책에서 유휘는 처음으로 '십진 소수' 개념을 제시한 것은 물론 분수의 나누기 연산에서 제수除數를 뒤집어 곱하기로 바꾸는 방법을 사용했다. 또한 그는 대수代數에서 다원 연립 방정식을 푸는 '호승상소법互乘相消法'7)을 선보이고 양수와 음수의 개념 및 표기법에 대한 정확한 설명을 내놓았다. 아울러 유휘는 양수와 음수 및 '영零'8)의 가감연산법을 제시했을 뿐 아니라 기하幾何에서는 원圓 면적의 근사치를 구하는 '할원술割圓術'을 개발해 $\pi = 3.14$9)라는 결론을 도출하고 각 면적과 체적에 관한 공식을 증명해 냈다. 그는 수학적 명제는 반드시 증명돼야 한다고 주장한 최초의 인물이기도 했다.

삼국 시대 이후 남북조 시대에는 장기간에 걸친 혼란으로 인해 대규모의 인구가 남방으로 이주했다. 위대한 과학자 조충지祖沖之(429~500년)가 바로 이 시기에 태어났다. 박학다재했던 그는 다양한 분야의 저술을 남겼다. 수학 분야에서는『철술(綴術)』6권,『구장산술의주(九章算術義注)』9권,『중차주(重差注)』1권을 집필한 것으로 전해지는데 대부분 실전되고 말았다. 다만 역사서의 기록에 따르면 조충지는 상당한 수학적 성과를 거뒀던 것으로 보인다. 첫째, 원주율을 '$3.1415926 < \pi < 3.1415927$'로 계산해냈다. 다음으로 분수를 이용한 원주율 수치 표시법 2가지를 찾아냈는데, 상대적으로 보다 정밀한 것을 '밀률密率', 다른 하나를 '약률約率'로 불렀다. 그리고 '밀률＝305/133', 약률은 '22/7'와 같이 나타냈다. 이 중 밀률은 π와의 오차가 매우 작고 쓰고 외우기에도 편한 π의 '가장 적절한 근사치 분수'라 할 수 있다. 조충지가 찾아낸 밀률은 서구보다 무려 1,000여 년이나 앞선 것이었다. 원래 원주율은 소수점 아래 4자리까지만 계산해도 충분히 정확하고 응용이 가능하다. 그렇다면 그보다 더 아랫자리로 계산을 해나가는 것은 무슨 의미가 있을까? 역사적으로 여러 나라의 수많은 수학자들이 더욱 정밀한 원주율을 구하기 위해 노력

---

7) 서로 곱해서 빼기
8) 0
9)『구장산술』에서는 π를 3으로 잡아 계산

을 기울여 왔기 때문에 원주율의 정밀도는 한 국가의 수학적 발전의 수준을 가늠해 볼 수 있는 척도이라는 점에서 의미가 조충지의 연구는 의미가 있다. 그리고 조충지의 수학 연구는 실용적인 내용에만 한정되지 않았다. 다만 아쉬운 부분은 중국 역사상 조충지 같은 수학자들의 수가 그리 많지 않았다는 점이다. 조충지의 아들 조일항^{祖日恒} 역시 유명한 수학자였다. 그는 천재적인 재능을 활용해 조조^{曹操}가 건국한 위^{曹魏}나라의 수학자 유휘가 남긴 문제를 해결하면서 구체의 부피를 구하는 정확한 공식을 구해냈다. 이는 시기적으로 유럽에 비해 다소 늦은 것이기는 했지만 학술적으로는 매우 정교한 방식이었다.

수^隨나라 시기에는 대운하 건설 같은 대규모 토목 공사가 활발하게 이뤄졌는데, 그것이 수학적으로 반영된 것이 바로 삼차 방정식에서 양수의 근을 구하는 문제였다. 당^唐나라 초기 왕효통^{王孝通}이 집필한 『집고산경(緝古算經)』은 제방 축조 시에 발생하는 상하부 사이의 너비 차이나 제방 양쪽 끝의 높이 차이 같은 부피 관련 문제들을 다루고 있다. 이런 문제들을 해결하면서 왕효통은 처음으로 일반 삼차 방정식의 해법을 도입해 삼차 방정식에서 양수의 근을 구하는 문제까지 풀어내게 된다. 그는 자신의 이 책이 필생을 바친 수학 연구의 결정체라고 생각했다.

막강한 국력을 자랑했던 당나라 시기 산학의 수학적 발전은 실로 대단한 것이었다. 이른바 '산경십서^{算經十書}'는 당나라 초기 수학 교육을 위해서 선정된 10종류의 산학 서적을 가리키는데 역대 산학 관련 전적^{典籍}을 집대성해 놓은 것이다. 거기에는 『주비산경』, 『구장산술』, 『해도산경(海島算經)』, 『손자산경(孫子算經)』, 『하후양산경(夏侯陽算經)』, 『장구건산경(張丘建算經)』, 『철술』, 『오조산경(五曹算經)』, 『오경산술(五經算術)』, 『집고산경』 등 10가지 책이 포함되어 있으며 당시에 제시된 '분자', '분모', '제곱근풀이', '음양', '방정식' 같은 다양한 수학 용어들은 오늘날까지 사용되고 있다.

산학은 송^宋대에 이르러서도 지속적인 발전을 이루었으며, 12~13세기에 걸쳐 가헌^{賈憲}, 진구소^{秦九韶}, 이치^{李治}, 주세걸^{朱世傑} 같은 뛰어난 수학자들이 다수 배출되었다. 양휘^{楊輝}의 『상해구장산법(詳解九章算法)』에서는 가헌이 저술한 '개방작법본원도^{開方作法本源圖}'10)와 '증승개방법^{增乘開方法}'11)에 관한 내용이 확인되는데, 이는 1819년 영국의 수학자 호너^{Horner}가 제시한 '호너의 법칙'과 동일한 것으로 그 시기가 무려 700여 년이나 앞서 있다.

---

10) 이후에 '가헌의 삼각형' 또는 '양휘의 삼각형'으로 불림, 현대의 '파스칼 삼각형'
11) 다항 방정식 해 구하기

남송南宋의 진구소秦九韶(약 1202~1261년)가 1247년에 펴낸『수서구장(數書九章)』에는 일차 합동 방정식의 풀이법인 '대연구일술大衍求一術'12)과 고차 방정식의 해를 구하는 '정부개방술正負開方術'이 제시돼 있는데, 이는 당시로서는 전 세계를 선도하는 성과였다고 할 수 있다. 그는 또한 삼각형의 세 변의 길이(a, b, c)로부터 면적(A)을 도출해 내는 '삼사구적술三斜求積術'13)도 제시했다.

$$A = \sqrt{\frac{1}{4}\left[a^2b^2 - \left(\frac{a^2+b^2-c^2}{2}\right)^2\right]}$$

이치李治(1192~1279년)의 주요 수학 저작은『측원해경(測圓海鏡)』12권(1248년)과『익고연단(益古演段)』3권(1259년)으로, 두 책 모두 중국의 독특한 다항 미지수 방정식인 '천원술天元術'을 체계적으로 소개하고 있다.『측원해경』에 수록된 170개의 문제들은 모두 '천원술'을 응용해서 원이 직각 삼각형에 내접할 때의 상호 관계라고 할 수 있는 '구고용원句股容圓'의 문제를 다루고 있다. '천원天元'은 미지수를 대표하는 개념으로 현대 수학의 'X'와 같다. '천원술'은 현대의 다항 방정식에 해당하는데, 고대 산가지 수식이 모두 세로줄이었기 때문에 삼차 방정식 'x^+3ax^2+3a^2x+a^=0'을 천원식天元式으로 표기한 형식은 아래와 같았다.

오른쪽에 '태太'자로 표시한 항은 미지수를 포함하지 않는 항으로, 지금은 '절대항'이라고 부른다. 그 위의 항은 미지수 X를 포함하는 일차 항이며 다시 더 위에 있는 항들은 순서에 따라 X의 이차 항과 삼차 항 등으로 이어진다. 미지수 X를 포함한 일차 항의 오른쪽에 '원元'14)자로 표시된 항이 있는데, 그 밑은 절대항이 되고, 그 위로는 미지수 X를 포

---

12) 나머지 정리
13) 중국의 '진구소 공식', 현대의 '헤론 공식'
14) 천원

함한 일차 항, 이차 항, 삼차 항 등이 된다. '천원술'은 곧이어 다시 '사원술四元術'로 확장되는데, 이는 '천지인물天地人物' 4개의 글자를 '원元'으로 하여 4가지의 미지수를 나타낸다. 현대 수학에서 미지수로 'x, y, z, u'를 사용하는 것과 같은 원리이다. 원元나라의 주세걸朱世傑에 이르면 이미 이 방법으로 '다원 고차 연립 방정식'의 답을 구할 수 있게 됐는데 당대 산학의 주요 성과로 평가받는다.

송宋나라와 원元나라의 학자들은 대수학의 '연립 일차 합동 방정식의 풀이' 영역을 비롯해 기하학의 '원의 내접 평면' 및 '구의 내접 구면' 등과 같은 영역에서 커다란 성과를 거뒀다. 그중에서 연립 일차 합동 방정식의 경우 유럽에서는 18세기에 들어서야 일부 저명한 수학자들에 의해 발견된 것으로 시기적으로 볼 때 중국에서의 발견보다 상당히 늦은 편이었다. 서구권의 수학 서적에서는 일반적으로 이것을 '중국잉여정리中國剩餘定理'라고 부른다.

14세기 중엽 이후 나날이 복잡해져 가는 계산 업무의 부담을 고대의 산가지 셈법은 더 이상 감당하지 못한다. 이에 결국 새로운 계산 도구인 '주산반珠算盤'15)이 등장하게 된다. 1578년 출간된 가상천柯尚遷의 『수학통궤(數學通軌)』에 기록된 13자리짜리 주판 그림은 '초정산도식初定算圖式'이라고 불리는데 현대에 사용되는 주판과 그 형식이 완전히 같다. 수학자 정대위程大位가 1592년에 완성한 18권짜리 『직지산법통종(直指算法統宗)』에는 모두 595문제가 포함돼 있는데 대부분 고대로부터 전해 내려오는 수학 서적의 내용을 기록한 것으로, 현존하는 것들 가운데 주산珠算에 대한 가장 체계적인 소개가 담긴 책이다. 이 책에 수록된 주산과 관련된 다양한 구결 역시 주산의 보급에 끼친 영향이 지대했다.

한편 주판은 조선, 일본, 베트남, 태국 등지로 전파되기도 했는데 이들 국가의 수학 발전에도 중대한 영향을 주었다.

명나라 말부터 청대에 걸쳐 중국 산학의 수준은 서구에 비해 현저하게 뒤쳐지게 된다. 비록 당대 중국의 산학 학자들도 과거의 성과를 바탕으로 꾸준한 발전을 이뤄나가고는 있었지만 새로운 돌파구는 여전히 마련되지 못했다. 그들은 서구의 수학 서적들을 번역하는 데 모든 정력을 쏟아붓고 있었다. 이 시기의 가장 중요한 수학자 중 한 명인 서광계徐光啓(1562~1633년) 역시 마찬가지였다. 그는 『기하원본(유클리드 '기하원론')』(1607년)과 『측량전의(測量全義)』(1607년)를 이탈리아의 선교사 마테오 리치와 함께 번역해 서

---

15) 주판

구의 측량 방법을 소개하는 한편 서구에서 사용되는 삼각법과 측량술을 중국에 도입했다. 아울러 명明나라와 청淸나라 시기에는 '필산筆算', '대수학代數學', '대수술對數術'16), '기하학幾何學', '할원술割圓術'17), '평면과 구면 삼각법', '삼각 함수표' 및 일부 '원곡선圓曲線 함수' 개념까지 지속적으로 유입된다.

청나라 옹정雍正 연간에는 황제에 의해 또다시 쇄국 정책이 시행된다. 이런 시대적 분위기로 인해 수학자들의 관심은 고대 중국의 수학을 정리하는 방향으로 옮겨 갔고 결국 '산경십서'와 송宋나라와 원元나라 당시의 산학 저서들이 재발간되기에 이른다. 진세인陳世仁과 항명달項名達 등은 과거로부터 전해져 내려온 '잉여정리剩餘定理', '정수론整數論', '방정식', '급수론級數論' 등에 대한 상세한 해설과 논술을 통해 풍부한 연구 성과를 거두게 된다. 비록 유럽에 비해 시기적으로 다소 늦기는 했지만 이런 성과는 나름대로 독립적인 연구의 과정을 통해서만 얻어낼 수 있는 것들이었다.

결국 중국 전통 산학의 발전은 상대적으로 실용성을 강조한 것이 가장 큰 특징이라고 할 수 있다. 중국 산학은 구체적인 문제에 대한 실제적인 해결책과 같은 명확하고 확실한 결과와 답안을 중시했다. 그로 인해 추상적이고 연역적인 이론 체계를 구축하는 데는 상대적으로 부족한 것이 사실이었다. 반면 주로 산술, 기하, 대수, 삼각법 등의 영역에서는 나름의 발전을 이루기도 했는데 그 내용은 기본적으로 초급 수준의 수학 범주에 한정된 것들이었다.

---

16) 로그 함수
17) 원 내접

3

제지와 인쇄

차오샤오천(曹曉晨)

종이는 인류가 글을 쓰고 사건을 기록하며 사상과 감정을 전달할 수 있도록 하는 이상적인 재료이다. 종이가 발명되기 이전 중국의 선민先民들은 사건의 기록이 가능한 재료를 찾기 위해 줄곧 더디고도 지난한 행보를 이어 가야만 했다. 고대의 '퇴석堆石 기록'이나 '결승結繩 기록' 등은 기억을 일깨워 주는 가장 원시적인 방법이었다. 기원전 5000년에서 기원전 3000년에 이르는 앙소 문화仰韶文化를 시작으로 도기陶器에 기호를 새겨 넣는 기록 방법이 발명된다. 은상殷商 시대에는 거북의 등딱지와 동물의 뼈에 문자를 새겼다. 제련製鍊 기술이 발전함에 따라 문자는 다시 청동기에 새겨지게 되는데, 이것이 '종정문鐘鼎文'이다. 이후에는 옥과 돌이 사건 기록의 재료로 사용됐다. 갑골甲骨은 희소했기 때문에 보급이 어려웠고, 금석金石은 무겁고 단단해 시간과 품이 많이 들뿐더러 다루기도 힘들었다. 그래서 '죽간竹簡'1)과 비단 포가 다시 문자 기록의 소재로 채택된다. 하지만 비단은 가격이 비쌌고 죽간은 무거워서 여전히 이상적인 사건 기록의 소재로는 어울리지 않았다. 이런 까닭에 식물의 섬유질로 만들어진 종이의 발명은 문자 기록의 역사에 있어 하나의 혁명적이고 상징적인 사건으로 자리매김하게 된다.

제지 기술의 발생은 이른바 고대의 '표서법漂絮法' 덕분이라고 할 수 있다. 『설문해자(說文解字)』에서는 "종이는 솜으로, 대나무 편이다. 부수는 系 소리는 氏를 따른다(紙, 絮 - 笘也. 從系, 氏聲)."라고 설명하고 있다. 종이, 솜, 댓조각이라는 세 가지 소재 사이의 내

---

1) 장방형의 대나무 조각

재적인 연계성은 섬유질 원료가 초목^{草木}을 태운 재가 섞인 물에 담겨 증해^{蒸解} 과정을 거쳐서 정제되고, 물에서 분해된 섬유질이 투수성^{透水性} 기구로 여과된 이후, 다시 평평하고 매끄러운 박편^{薄片}으로 만들어진다는 점을 통해 확인되는데, 이것이 바로 제지술의 발생을 촉진시키는 사상적 배경으로 작용했다.

표서법이 종이 제조에 관한 최초의 아이디어였다는 사실은 제지 기술의 '서구 기원설'에 빌미를 제공해주기도 했다. 서구권의 일부 학자들은 중국의 고대 문헌에 기록된 '서지^{絮紙}'2)나 '잠견지^{蠶繭紙}'3) 또는 '면지^{棉紙}'4) 등과 같은 일정하지 않은 명칭과 모호한 인식을 근거로 중국의 종이가 실제로는 단지 실과 면으로 만들어진 것에 불과하며, 마^麻와 낡은 천을 이용하여 종이를 만드는 기술은 14~15세기에 이르러 독일 혹은 이탈리아에서 처음 개발된 것이라고 주장했다. 영국의 선교사 에킨스^{Joseph Edkins}(1823~1905년)는 "어째서 종이와 먹이 서양에서 중국으로 전해졌다는 사실을 다시는 언급하지 않게 된 것인가? 이들 두 가지 문화적인 성과물은 중국에서 알고 있는 것보다 몇 백 년 이전에 유럽에서 이미 사용되고 있었다."라고 말한 바 있다. 그러나 근대 고고학 연구를 통해서 실제 유물들의 출토가 이뤄지고 더 나아가 서한^{西漢}과 동한^{東漢} 당시에 사용됐던 옛 종이가 발견됨으로써 중국인들이 종이에 기록을 남길 당시에 서구에서는 여전히 양가죽이 사용되고 있었다는 사실이 입증됐다.

종이의 발명은 보통 중국 동한 시기의 환관 채륜^{蔡倫}의 공로로 알려져 있다. 『후한서(後漢書)·채륜전(蔡倫傳)』에는 "옛날부터 문자 부호로 사물을 표시할 때는 많은 경우 죽간이 사용됐고, 얇고 하얀 비단 천인 소견^{素絹}도 같이 사용됐는데, 이것들을 모두 일컬어 종이라고 한다. 비단은 비쌌고 죽간은 무거워서 사람들이 사용하기에는 불편했다. 채륜이 이에 뜻을 세우고서 나무껍질, 마, 낡은 천, 어망을 사용해 종이를 만들었다……고로 세상에서는 모두 '채륜의 종이'라고 불렀다."라는 기록이 있다. 채륜이 발명한 종이는 글을 쓰고 적기 쉬워 죽간을 대체할 수 있는 이상적인 소재로 인식됐다. 그는 동한^{東漢} 화제^{和帝} 원흥^{元興} 원년(서기 105년) 황제에게 종이를 진상하여 큰 총애를 받았다. 이후 그는 다시금 나무껍질5)을 이용한 최초의 종이를 만들어 종이 원료의 범주를 확대시킴으로써 세상

---

2) 솜 종이
3) 누에고치 종이
4) 면 종이
5) 닥나무 껍질

사람들이 '종이의 신'이라 부르며 존경해 마지않는 인물이 된다.

한편 20세기 고고학의 새로운 발견으로 채륜 이전에도 이미 종이가 존재했다는 사실이 더욱 잘 설명되기 시작한다. 1933년 중국의 저명한 고고학자인 황문필黃文弼이 신강新疆 나포羅布 호수의 한대漢代 봉수정烽燧亭 유적에서 고대의 종잇조각 하나를 발견한다. 감정 결과 이 종잇조각은 마麻로 제조됐으며 채륜의 종이에 비해 150년 정도 이른 것으로 밝혀졌다. 1957년 5월 8일 섬서陝西 서안의 패교灞橋 고묘古墓에서 발굴된 서한 시대 당시의 종이 88장은 패교 종이로 불리는데 이것의 제조 연대는 더욱 일러 전 세계에 현존하는 종이 가운데에서 가장 오래된 식물성 섬유질 종이로 알려져 있다.

그러나 오랜 관례에 따라 채륜이 종이를 발명했다는 전설은 여전히 국제 사회로부터 보편적인 인정을 받고 있다. 예를 들어, 1990년 8월 18일부터 22일까지 벨기에 남부 도시 말메디Malmedy에서 개최된 제20회 국제 제지 역사 협회International Association of Paper Historians 대표 회의에서는 유럽과 미국 및 아시아 10개국에서 참석한 60여 명의 전문가들이 모여 채륜이 제지 기술의 위대한 발명자라는 사실을 다시 한번 공식적으로 인정한 바 있다. 비록 최초의 종이 발명에 관한 논쟁은 여전히 진행 중이지만 서한 시기 마麻로 제조된 종이가 거칠고 투박하여 문자 기록용으로 사용하기에는 어울리지 않았다는 사실에 비추어 볼 때, 채륜이 문자 기록용 종이를 창시한 인물이라는 입장에는 이견이 있을 수 없다.

고대 중국 종이 제조의 역사는 ① 맹아기, ② 급속 성장기, ③ 전성기, ④ 완만한 발전기의 4단계로 나뉜다.

서한부터 동한까지는 제지 기술의 맹아기로, 채륜 이후에 점진적으로 정형화되기 시작한 일종의 제지 공예 시스템이 등장한다. 그와 관련된 기술은 대체로 ① 원료 분리, ② 펄프 반죽, ③ 제조, ④ 건조의 4단계로 나눌 수 있다. 한대 이후로 중국 제지 공예의 완성도는 지속적으로 높아졌지만 주된 절차는 거의 바뀌지 않았다. 제조 기술과 가공 기술은 물론 제지 설비에 이르기까지 이미 완전한 기술적 체계를 이루고 있었고 현대 제지 기술의 주요 내용 일부까지 포함돼 있었기 때문에 현대 제지 기술의 원시적인 형태라고 부르기에 손색이 없다. 현대의 습식 제지 기술은 기본적으로 중국 고대 제지법의 주된 가공 기술과 공정에 연원을 둔 것으로 볼 수 있다.

채륜의 종이에 이어 동한 말엽에는 '아름답고 찬란한 빛'이라 극찬받은 '좌백左伯의 종이'가 발명된다. '좌백의 종이'는 '장지張芝의 붓', '위탄韋誕의 먹'과 더불어 당대 최고급 필기구의 대명사로 일컬어졌다. 그러나 여전히 소견素絹을 비싸다고 여긴 상류 사회의 문인들은 한나라 말엽에 이르러서까지도 죽간과 비단 그리고 종이를 동시에 사용하고 있었다.

위진남북조 시기 중국의 제지 산업은 급속한 성장을 이룬다. 종이는 당시 조정의 정식 기록 소재로 채택된다. 이에 따라 동진 이후 종이는 가장 주요한 기록의 소재가 됐고 국가 기구의 의견서나 공문서 심지어는 민간 서화에까지 사용되기에 이른다. 이런 시대적 상황으로 죽간과 비단이 도태되면서 종이의 사용과 보급은 더욱 가속화된다. 더욱이 당시 사회적으로 불어닥친 장서藏書 열풍에 필사筆寫가 성행하면서 종이 사용량은 폭발적으로 증가했고 이에 따라 제지 산업은 비약적인 성장을 맞이하게 된다. 이후로도 제지 공예 기술이 날로 정교해지면서 이른바 명인名人들의 등장이 이어진다.

〈그림 1〉
고대 제지공예 공정도

그중에서도 가장 유명한 인물은 남조南朝 시대의 장영張永이다. 『송서(宋書)・장영전(張永傳)』의 기록에 따르면, "장영은 예서隸書에 능하고 재주가 기발해 종이와 먹을 모두 스스로 만들었다."라고 전해진다. 이때부터 종이 제조 기술은 새로운 출발점에 서게 된다.

날로 증가하는 종이 사용량으로 인해 종이 원료는 상대적으로 부족해졌고, 이에 사람들은 마麻와 같은 단순한 소재를 넘어 뽕나무껍질이나 등나무껍질 같은 식물 껍질의 섬유소를 활용하는 단계로까지 제지기술을 발전시키게 된다. 이렇게 종이 제조 원료의 공급원이 확대되자 '뽕나무 껍질 종이'나 '등나무 껍질 종이'를 비롯하여 나무껍질과 마를 혼합해 만든 여러 다양한 종이들이 등장하게 된다. 제지 기술과 시설 측면에서 보면 전통 공예에 일종의 혁신이 이루어진다. 종이 제조 과정에서 풀을 먹이는 기술이 사용되기 시작했는데, 식물에서 추출한 전분을 가열해 종이 펄프와 혼합하면 광택 처리가 된다. 그 작용을 이용해 종이에 글을 쓸 때에 먹물이 빠져나가거나 번지는 현상을 해결하게 된 것이다. 이와 같은 응용 기술은 시기적으로도 유럽에 비해 무려 1,400여 년이나 이른 것이었다. 아울러 종이가 좀먹는 것을 방지하는 '황염법黃染法'6) 역시 바로 이 시기에 탄생한다. 이러한 기술들은 고대 중국의 수많은 역사서들이 지금까지 전해질 수 있었던 데 큰 도움을 주었다. 제지 시설이 효율성을 제고시키는 방향으로 꾸준히 발전을 거듭한 것이 바로 진대晉代 제지 산업의 가장 두드러진 특징이다. '염상簾床7) 제지기'의 발명은 종이 제조 역사에서 획기적인 이정표였다. 고정된 수치의 발틀로 생산되어 최초로 일정한 규격을 갖추게 된 종이의 표면은 얇고 균질했으며 높은 품질을 유지하면서도 제조 공정에 시간과 품이 덜 들어 제조 효율은 대폭 증가했다. 현대의 재래식 종이 제조용 발틀은 바로 이런 형태가 이어져 내려온 것이라고 할 수 있다.

수隋, 당唐, 송宋에 이르는 시기는 종이 제조 산업의 전성기였다. 그중에서도 특히 당나라를 최전성기로 볼 수 있다. 수隋나라 초기 안정적인 사회적 분위기 속에서 백성들은 근심 없이 생업에 종사할 수 있었고 이에 제지 산업은 장족의 발전을 이루게 된다. 당唐나라 당시에는 관영官營은 물론 민영民營 제지소도 여러 곳 생겨남에 따라 종이의 종류 역시 매우 다양해진다. 송宋나라 때 소역간蘇易簡(958~996년)의 『문방사보(文房四寶)』에는 '촉蜀8) 사람들은 마麻로, 민閩9) 사람들은 연한 대나무로, 북北10) 사람들은 뽕나무 껍질로, 섬계剡溪11) 사람들은 등나무로, 해海12) 사람들은 이끼로, 절浙13) 사람들은 밀가루(줄기)와 볏대

---

6) 황벽나무 즙과 자황을 섞은 것에 종이를 넣었다 꺼내서 말리는 염색법
7) 발틀
8) 사천성
9) 복건성
10) 하북성
11) 절강성
12) 광동성

로, 오롯14) 사람들은 누에고치로, 초楚15) 사람들은 닥나무로 각각 종이를 만들었다.'고 기록되어 있다. 이는 민간에 종이가 보급되는 추세가 날로 가속화되어 여러 지역에서 현지의 특산품을 원료로 사용해 종이가 제조되었다는 사실을 알려주는 것이다. 종이 제조 기술이 발전함에 따라 제조 단가가 하락하고 종이 제품의 용도가 점차 확대되면서 방직 제품을 대체하기에 이른다. 종이 옷, 종이 이불, 종이 장부, 종이 갑옷과 투구가 등장한 것은 바로 그 때문이었다. 또한 송宋나라 때는 종이가 장부 제작, 풀칠한 창문, 초롱과 우산, 폭죽을 만드는 데 사용됐다. 아울러 종이 가공 기술도 점차로 발전해 고품질의 종이 제품들이 속속 등장하게 된다. 당나라 당시에 말 그대로 한 시대를 풍미했던 종이인 '완화전浣花箋'은 연꽃 껍질을 원료로 제조하여 색감이 화려했던 까닭에 우수한 시화詩畵 작품들을 다수 탄생시킴으로써 시인과 묵객들로부터 큰 사랑을 받았다. 당나라의 시인 이하李賀는 "완화전의 종이 빛깔은 복숭아색, 반듯하게 제시題詞를 붙여 왕균王約을 노래하네."라며 시를 지어 완화전의 아름다움을 찬미한 바 있다. 완화전의 발명자로 문단에서 이름을 날린 여성 시인 설도薛濤는 후대인들의 칭송을 받기도 했다. 중국은 물론 외국에도 널리 이름을 알린 선지宣紙 역시 당나라 당시 선주宣州에서 제작된 진상용 종이로 그 유래가 거슬러 올라간다. 선지를 사용해서 그린 인물화는 이목구비가 또렷하고 필선이 자연스러워 생동감이 넘쳤기 때문에 "기품과 붓의 흐름을 잃지 않는다."라는 평가를 받곤 했다.

북송北宋에 이르면 양자강 유역에서는 대나무를 통으로 사용해 종이를 만들기 시작한다. 과거 목본木本 식물의 인피靭皮만으로 종이를 만들던 것에서 발전해 벼와 보리 줄기의 섬유질을 사용하는 단계로까지 발전하게 되면서 제지 원료 공급원의 새로운 경로가 개척된 것이다. 재생 종이인 '환혼지還魂紙'의 출현은 북송 당시 제지 산업의 수준이 새로운 정점에 도달했음을 말해주는 지표라고 할 수 있다.

원元, 명明, 청淸 시기는 종이 제조의 경험이 집대성됐던 시기로 비록 발전의 속도가 더디기는 했지만 과거 종이 제조의 경험을 근거로 다양한 개선책이 마련됨으로써 종이 제조 공정을 점차 합리적인 방향으로 바꿔놓게 된다. 제지 기술은 수隋나라와 당唐나라 시기 즈음 동쪽으로는 조선과 일본, 서쪽으로는 인도와 페르시아 및 아라비아, 남쪽으로는 동남아 각국으로 전해졌고, 마지막으로는 아프리카와 유럽에까지 전파됐다.

---

13) 절강성
14) 강소성
15) 호북성

'현대문명의 모체'로 평가받고 있는 인쇄술은 중국 문명이 전 세계에 공헌한 또 하나의 탁월한 업적이다. 인쇄술은 일정한 물질적 조건 아래에서 발명된 것이었다. 예를 들어, 동한東漢 시기 채륜의 종이와 좌백의 종이, 그리고 3세기 당시의 위탄의 먹은 인쇄술에 반드시 필요한 물질적 조건이었다. 또한 은상 시기의 갑골문과 진대晉代 음양문陰陽文16)에 사용된 점자點字 기예는 글자를 새기고 방향을 뒤집어 찍어내는 인쇄 방법에 중요한 아이디어와 참고할 만한 방향성을 제시해 주었다.

고대 인쇄술의 발전은 크게 목판 인쇄술과 활자 인쇄술 두 단계로 나뉜다. 목판 인쇄술의 발명 연대는 아직까지 정확한 결론이 나지 않고 있다. 지금까지 발견된 세계 최초의 목판 인쇄물은 당나라 시기의 목판 『다라니경(陀羅尼經)』(704~751년)이고, 중국에서 발견된 것 중 명확한 날짜가 표기된 가장 이른 시기의 목판 인쇄물은 당唐나라 의종懿宗 함통咸通 9년(868년)에 편찬된『금강경(金剛經)』이다. 이 둘은 모두 당唐나라 시기에 목판 인쇄술이 이미 보급되어 있었다는 사실을 증명해주고 있다. 당唐나라 시기 조판雕版17)은 대부분 불교 경전을 비롯해 점성술이나 점몽술占夢術 등의 서적 인쇄에 사용됐다. 그러나 일부 유명 시인들, 예를 들어 백거이白居易나 원진元稹 등의 작품이 간행되어 민간에서 상품으로 판매되기도 했다. 목판 인쇄술은 급속한 발전이 이루어진 오대五代 시기를 거쳐 송대宋代에 이르면서 절정기를 맞이하게 된다. 명明나라의 학자 고겸高謙은 "송宋 당시에는 조판雕版할 때, 글자 새김에 소홀함이 없고, 교열에도 잘못됨이 없어, 글자체의 굵고 가늚이 규칙적이니 인쇄가 깔끔하다. 고로 宋의 것이 제일이다."라고 평가하기도 했다. 또한 송宋나라 당시 인쇄물의 글자체는 수차례의 개선 작업을 거치면서 점차 "깔끔하면서 아름답고, 구조적으로 단단하며, 필획의 가로세로가 단정하면서, 합리적인 배열을 구비한" 독특한 스타일을 지니게 됐다. 송나라에 이르러 매우 편리해진 조판과 인쇄 관련 기술은 오늘에까지 이어지고 있다. 송나라 당시 간행된 서적들이 고대 인쇄물 중에서도 진서珍書로 손꼽히는 이유가 바로 여기에 있다.

조판 인쇄 공예의 과정은 상당히 간단한 편인데, 먼저 인쇄판에 먹물을 듬뿍 바르고 그 위로 종이를 덮어 찍었다가 떼어 내면 인쇄물이 완성되는 방식이다. 하지만 인쇄판의 제조 과정은 상대적으로 매우 복잡했다. 첫째는 판목 재료 선택 단계로, 세밀한 무늬를

---

16) 오목 글자와 볼록 글자
17) 판목에 글자를 새기는 기술

지닌 단단한 질감의 목재를 골라 가공을 거쳐 일정한 규격의 목판을 만든다. 둘째는 글자 작성 단계로, 서적의 판본 조건에 맞춰 원고의 내용을 얇고 투명한 종이에 정밀하게 필사한다. 셋째는 글자 조각 단계로, 목판에 풀을 발라 필사한 원고를 정면으로 평평하게 붙인 이후 또렷하게 보이는 좌우가 반전된 글자의 모습대로 목판에 정밀하게 새기면 '양문반자梁文反字'18)가 솟아 올라오게 된다. 이렇게 제작된 인쇄판은 현대의 황동판과 상당히 유사하다.

목판 인쇄술에는 많은 시간과 노력이 필요했기 때문에 빠른 속도로 발전해 나가는 문화적 추세와는 필연적으로 잘 어울릴 수 없었다. 결국 목판 인쇄술의 사회적 역할은 날로 줄어들었고 점차 간편하고 빠른 속도를 갖춘 보다 선진적인 활자 인쇄술로 그 자리가 대체되기에 이른다.

활자 인쇄술은 북송北宋 경력慶歷 시기(1041~1048년)에 평민인 필승畢昇이 발명했다. 북송 심괄沈括의 『몽계필담(夢溪筆談)·활판인쇄(活板印刷)』에는 "경력慶歷 연간 평민 필승畢昇이 활판을 만들었다. 그 사용법은, 돈닢처럼 얇게 만든 점토 하나에 글자 하나씩을 새겨서 불에 굽고 굳힌다."라고 기록되어 있다. 또한 이 책은 조판組版 인쇄의 방법과 관련해 "먼저 철판을 하나 놓고 그 위에 송진, 밀랍, 종이 재 같은 것들을 바른 후에 인쇄할 때는 하나의 철재로 된 틀을 철판 위에 놓고 글자들을 빽빽하게 배열한다. 이렇게 철판을 가득 채워서 한 판을 만들고 불로 굽는다. 약품이 녹으면 평평한 판으로 그 위를 눌러 철판 위의 글자들을 평평하게 만든다. 두세 권만을 인쇄하기에는 간단치 않은 방법이지만, 만약 수십, 수백, 수천 권을 인쇄한다면 아주 빠른 방법이다."라고 설명하고 있다. 활자 인쇄는 사용하기에 편하고 비용도 저렴했을 뿐만 아니라 보존하기에도 간편했기 때문에 활자들을 운韻으로 분류해서 '목격木格'19)에 보관해 두면 그 효율이 목판 인쇄보다 훨씬 높았다.

필승畢昇 이후로 많은 사람들이 교니(점토) 활자를 지속적으로 개선해 나갔다. 원元나라 농학자 왕정王禎은 『조활자인서법(造活字印書法)』에서 두 가지 방법을 제시하고 있다. 하나는 필승의 방법과 대동소이한 것으로 묽은 역청瀝靑으로 송진과 밀랍 그리고 종이 재를 대신했다는 점만 달랐다. 다른 하나는 얇은 점토 위에 활자를 배열하고 가마에 넣고 구

---

18) 볼록한 좌우 반전 글자
19) 활자 상자

워 도자기 인쇄판 하나로 만들어서 인쇄하는 방법이었다. 왕정^{王禎}은 자체적으로 '전륜배자법^{轉輪排字法}'을 발명하였는데, 이는 목활자를 정한 순서대로 미리 분류해 놓고서 조판할 때 글자판을 돌려서 채자^{採字}를 하는 문선^{文選} 작업이 상당히 간편해지는 방법이었다.

목활자 인쇄는 청대^{淸代}에 이르러 커다란 발전을 이룬다. 김책^{金策}이 바로 이 시기를 대표하는 인물이다. 청^淸나라 건륭^{乾隆} 연간 『사고전서(四庫全書)』와 『영락대전(永樂大典)』의 편집 책임자였던 김책^{金策}은 자신의 명령에 따라 인쇄공이 만든 목활자 203,500개를 사용해 실전^{失傳}됐던 130여 종 총 2,300권에 이르는 책들을 간행하고 『무영전취진판총서 (武英殿聚珍版叢書)』라 명명한다. 아울러 그는 직접 저술한 『흠정무영전취진판정식(欽定武英殿聚珍版程式)』을 통해 활자 제조의 경험과 기술적인 세부 과정에 관해 논의하는 것은 물론 활자 배열 기구를 개선하고 활자 보관용 궤까지 개발해 낸다. 현대적인 활자 보관함의 원류를 바로 여기에서 찾아볼 수 있다.

주석^{朱錫} 활자는 중국에서 가장 일찍 고안된 금속 활자다. 원^元나라 초 중국에서는 이미 틀을 만들어 주조하는 방법으로 주석 활자를 제조해 책을 인쇄했다. 이는 서구 활자 인쇄술의 비조로 평가받는 독일 구텐베르크의 금속활자보다 무려 100년에서 200년이나 앞선 것이다. 그러나 주석으로 만든 활자는 먹물이 잘 먹지 않았고 성질이 무른 편이라 내마모성이 떨어졌을 뿐만이 아니라 인쇄 품질도 낮아 인기를 얻지 못했다. 반면 구리 활자는 크게 환영받았는데, 특히 명대^{明代}에 화씨^{華氏} 가문의 회통관^{會通館}이 가장 유명했다. 화수^{華燧}(1439~1513년)는 회통관에서 『금수만화곡(錦繡萬花谷)』, 『백천학해(百川學海)』을 비롯해 송^宋나라 반자목^{潘自牧}의 『기찬연해(記纂淵海)』, 사유신(謝維新)의 『고금합벽사류전집(古今合璧事類前集)』 등의 책과 화수 본인의 『구경운람(九經韻覽)』, 『십칠사절요(十七史節要)』를 차례로 출간한다. 그의 숙부 화리^{華理} 역시 구리 활자로 남송의 시인 육유^{陸游}의 『위남문집(渭南文集)』과 『검남속고(劍南續稿)』를 발간한다. 조카 화건^{華堅}은 가업인 인쇄 사업을 물려받아 난설당^{蘭雪堂}을 설립하고 활자 동판으로 한대^{漢代} 채옹^{蔡邕}의 『채중랑집(蔡中郎集)』, 당^唐나라 시인 백거이^{白居易}의 『백씨문집(白氏文集)』, 원진^{元稹}의 『원씨장경집(元氏長慶集)』 등을 간행한다.

명^明나라 당시 비교적 명망이 높았던 안국^{安國}(1481~1534년)의 구리 활자는 화씨 집안의 것에 비해 다소 늦게 등장했다. 안국이 설립한 계파관^{桂坡館}이 발행하는 활자의 수량은 회통관 다음으로 많았다. 이 밖에도 금란관^{金蘭館}, 오운계관^{五雲溪館}, 오천정사^{五川精舍} 등에서

구리 활자 인쇄가 이뤄졌다. 이는 명나라 당시에 이미 구리 활자판이 상당한 규모를 갖추고 있었다는 사실을 설명해 주는 것이다.

청淸나라 당시 구리 활자로 인쇄된 가장 방대한 자료집인 『흠정고금도서집성(欽定古今圖書集成)』은 청 황실 최대의 인쇄 작업이었다. 전체 분량 10,040권 약 1.6억 글자에 이르며 당시 『대영백과사전』[20]보다 훨씬 방대한 규모를 자랑하고 있다. 이런 대작을 찍어 내는 데에 고작 3년밖에 걸리지 않았을 뿐만 아니라 인쇄 품질도 월등하게 향상되어 '정신을 그리면서 정확함까지 지켜 낸다.'는 명성을 얻게 된다. 이는 청대 구리 활자 기술의 정밀함을 입증해 주는 대표적인 사례라고 할 수 있다. 하지만 결과적으로 이런 구리 활자 시스템이 서적의 인쇄 대신에 금전 주조의 운명으로 전락하게 된 것은 중국 인쇄술의 역사에서 참으로 유감스러운 일이 아닐 수 없다. 아편 전쟁 이후에는 서구의 납 활자가 중국에 유입되어 현대 중국 금속 활자 인쇄의 주류로 자리 잡게 된다.

---

20) 현재의 브리태니커 백과사전

4

화약의 응용

야오다리(姚大力)

약 10세기 초엽 초석, 유황, 목탄을 혼합해 제조된 연소와 폭발이 쉬운 물품 하나가 조용하게 방사^{方土}의 연단실로부터 고대 중국의 병기 제작소에 전달됐다. 이 사건은 전 세계 병기^{兵器} 역사에서 인류사회가 냉병기^{冷兵器} 시대로부터 화기^{火器}의 시대로 이행하는 중요한 시발점이 되었다. 그러나 양송^{兩宋} 시대의 지식인들은 평화로운 시대를 살고 있었다. '출처 없는 글자는 없다^{無一字無來處}.'란 신조를 추종하며 글자를 선택해 시를 창작할 정도로 사물의 기원에 대해 높은 관심을 지니고 있었던 그들이지만, 어느 누구도 이런 폭발물이 도대체 어떻게 발견됐는가에 대해 연구해 봐야겠다는 생각에 이르지는 못했다. 현대인도 역시 '화약^{火藥}'이라는 명칭이 몇몇 연단술 관련 서적의 내용 여기저기에 등장한다는 사실을 근거로 그것이 이른바 '복이^{服餌}'[1] 양생법과 관계됐을 것이라고만 추정하고 있을 뿐이다.

글자 자체만 놓고 보면 '화약'은 '불이 붙어 탈 수 있는 약'을 의미한다. 옛날 사람들은 약을 상·중·하 세 등급으로 나누고, "상급 약은 사람을 신체 건강하고 장수하도록 만든다 …… 중급 약은 사람의 마음을 다스리게 한다. 하급 약은 병을 없앤다."라고 했다. 단사^{丹砂} 같은 상급 약은 도사들이 '장생' 선단^{仙丹}을 만드는 주요 재료이다. 그들은 심산유곡에 은거하며 단사^{丹沙}, 금은, 버섯류, 오옥^{五玉}, 오운^{五雲} 등과 함께 다른 약물들을 배합하여 '불후의 선단을 만들고 팔석의 정수를 제련'했다. 도사들은 아주 오랜 시간 동안 공을 들

---

1) 단약술

였다. 심지어 도사들 중에는 몇십 년 동안 불을 때서라도 "가마를 열면 오색 빛이 실내를 가득 채우고 복용하면 삼혼三魂이 동천洞天을 누비는" 신비로운 선약을 만들어낼 수 있기를 갈망하는 이들도 있었다. 이런 선단 배합의 기술은 '철로 금을 만들기' 위해 노력했던 '황백술黃白術'과 서로 관련된 발명이라고 볼 수 있다. 각종 약물과 금속에 이른바 '복화伏火'2) 같은 기법을 적용해 모양과 성질을 변화시키는 과정에서 도사들은 이들 물질 간의 상호 작용이 일으키는 화학 반응들을 반복해서 관찰하게 된다. 격렬한 화학 반응으로 치솟아 오르는 불길 때문에 대규모 화재가 발생하는 일이 잦았다. 세간에서는 "연단을 하려다 패가망신하는" 사람들이 끊이지 않자, 선단을 제조하는 가마를 가리켜 '화냥 불'이라고 부르기도 했다. 선단 제조 과정에서 발생한 화재들이 아마도 창조의 환상을 가득 품고 있었던 당시의 신비주의 화학자들을 점차 화약 발견의 길로 이끌었는지도 모를 일이다.

5~6세기경 도홍경陶弘景은 점화 후에 불꽃이 청자색으로 변하는지의 여부로 초석과 박초朴硝3)를 구별해 냈다. 100여 년 후 손사막孫思邈은 『단경내복류황법(丹經內伏硫黃法)』에 처음으로 초석과 탄소가 포함된 식물인 쥐엄나무에 숯으로 만든 유황을 이용해 '복화'하는 방법을 기록해 놓았다. 하지만 당시 사람들은 자신들이 사실상 이미 화약을 발명해 냈다는 사실을 알아차리지 못했다. 다시 100~200년이 흐른 당唐나라 중엽, 연단술 서적인 『진원묘도요략(眞元妙道要略)』은 "초석, 웅황4), 유황, 꿀5)을 배합해 불을 붙이면 강한 화염이 발생하기 때문에 손과 얼굴에 화상을 입을 수 있음은 물론 집을 태울 수도 있다."라며 엄중하게 경고하고 있다. 바로 이 기록이 세간에 알려진 최초의 '원시 화약' 제조법으로 여겨진다.

당나라 말엽에서 송나라 초엽까지 화염을 일으키는 약물의 제조 비법이 이른바 술가術家들로부터 병기 제조업자들에게 전파됐고, 그렇게 만들어진 물질이 빠른 속도로 실제 전투에 사용되면서 '화약'이라는 명칭은 널리 세상에 알려지기 시작한다. 북송 초기에 이르면 전문적인 화약 제조 작업장도 등장한다. 1044년에 편찬된 『무경총요(武經總要)』에는 당시에 이미 실전에 투입되고 있던 3가지 화기의 제조법이 기록되어 있다. 이것이

2) 일정 화력의 불로 일정 시간 가열하는 것
3) 황산나트륨
4) 삼황화 이비소
5) 불이 붙으면 이산화탄소 배출

현재까지 알려진 문헌에서 확인이 가능한 최초의 본격적인 화약 제조법이다.

북송 시기의 화약은 초석의 함량이 여전히 매우 낮았다. 당시의 화기는 주로 적진을 불태우고 연무와 유독 가스를 퍼뜨릴 목적으로 사용됐다. 남송과 금金나라가 대치하던 시기에는 폭발성 화기인 '철화포'[6]가 점차 양측 부대에 보급됐다. 대나무 관이나 일명 '칙황지敕黃紙'로 만든 관 속에 초석 성분이 함유된 약재 내지는 초석을 제외한 여타의 약재를 채워 넣고 불을 붙여 전방으로 화염을 뿜어내는 관형管形 화기인 화창火槍도 바로 이 시기에 전쟁에 투입됐다. 송나라 사람들이 화약 무기에 관심을 갖게 된 것은 실제 전투에서 상당 수준의 살상력을 발휘했다는 점뿐만이 아니다. 화약 무기는 그 자체로 적진에 커다란 위협이었다. 그들은 벽력포나 진천뢰 같은 화기의 성능에 대해 "우레 같은 소리가 100리 밖까지 들린다."라며 감탄해 마지않았다. 심지어는 화기의 폭발음에 적들이 '놀라 죽을' 수도 있다고도 생각했다. 이런 식의 전통적 관념은 이후에도 몇백 년 동안 사람들의 생각에 영향을 준다. 원나라 후기에는 구리로 제작된 총기에 "백 곳을 쏘아 뚫고, 소리가 구천에 울린다."라는 문구를 새겨 넣기도 했다. 적군을 혼비백산하게 만드는 화기의 폭발음은 화기 본연의 기능인 관통력에 버금갈 정도로 중요한 것이었다. 명나라 때는 군사 작전 중에 '종이로 만든 공포탄' 같은 무기가 사용되기도 했다. 명나라 말엽 송응성宋應星은 화약이 폭발할 때 발생하는 충격파만으로도 인명 살상이 가능하다고 언급한 바 있다.

화약이 공격과 야전 및 화기 전투에 대규모로 응용되기 시작한 것은 대략 원말元末 명초明初부터이다. 명나라 초엽에 편찬된 병서兵書 『화룡신기진법(火龍神器陣法)』에는 자주 사용되는 10여 종의 화기와 화약 제조법이 기록되어 있는데, 그중 일부는 근대 시기의 흑색 화약의 제조법과 상당히 유사하다. 구리 화포로 발사해 적진에 투하하는 비폭발성 포탄은 시간이 지나면서 점차 폭발성 포탄으로 발전되어 갔다. 분통噴筒과 화약통火藥筒은 해상에서 '해적들을 소탕하는 요긴한' 물건이었다. 명나라 전기에는 무게가 400~500근에 달하는 화포가 대량으로 사용됐다. 그러나 이런 화기들은 탄약을 장전하는 데 오랜 시간이 걸려 발사 간격이 너무 길었다. 정통正統 연간에는 단일 발사관 총기 여러 개를 이어 붙여 합체하는 방식으로 제작된 양두총兩頭銃과 다관총多管銃이 등장했다. 하지만 실제 전쟁에서의 효력은 여전히 한계가 많았다. 이후 명나라 중·후기에 이르러 서양의 총포

---

6) 다른 이름은 진천뢰, 적진으로 투척하는 화약 철관

가 수입될 때까지 중국 화기의 형태와 구조에는 큰 변화가 없었다. '정교한 기계 장치를 경계하는 것'이 일반화된 문화적 분위기 속에서 개별적인 기술 분야의 발전은 제한적일 수밖에 없었고, 관련 기술자들 역시 그럴듯한 구상만 있을 뿐 실제 기술 개발로까지 발전시킬 의지를 지니지 못했다. 다른 한편, 당시 사람들의 관념으로 볼 때 화기는 "화살과 돌을 대체하고, 북과 나팔 소리를 낼 수 있으며, 정찰의 신호로도 사용할 수 있는" 그야말로 1석 3조의 너무나도 신기한 물건이었다. 전쟁에서 사용되던 화살과 돌덩이가 화기로 대체될 수 있다는 안일한 인식이 화기의 전술적 성능을 높이려는 기술 발전에 대한 보다 진보된 생각들에 제약으로 작용했던 것은 아닌지?

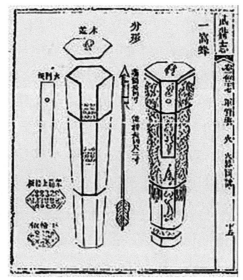

〈그림 1〉
14세기에 제작된 화전(火箭)인 '일와봉(一窩蜂)'과 구조도

　혹은 그와는 정반대로 당시에 사용된 화기들이 지니고 있던 제한적인 전술적 성능이 그 자체로 사람들에게 안일한 인식을 심어주었던 것일까? 그 명확한 내막을 알아내기는 쉽지 않다. 다만 두 정황 사이에 실제로는 상호 인과 관계가 존재할 가능성이 매우 높아 보이는 것은 사실이다.

　명나라 가정嘉靖 연간에서 근대에 이르는 대부분의 시기에 중국의 화기 제작은 줄곧 서양 총포의 기술적 영향 아래에서 발전하게 된다. 16세기 전반에는 포르투갈인들이 사용하던 '불랑기포佛狼機砲'가 중국에 전해진다. 이 포는 자포子砲와 모포母砲를 결합해 제작한 것으로 모포의 관 길이는 5~6자로 내부에 분리가 가능한 자포가 장착돼 있고 그 내부에 탄약이 장전된다. 탄약이 발사된 후에는 자포를 분리하고 미리 장전된 예비 자포를 모포 안에 넣고 계속 발사한다. 자모子母 구조는 장전과 점화가 느리다는 중국 화기의 단점을 시의적절하게 보완해 주었다. 명나라 군대는 점차 구식 화포를 버리고 불랑기포를 모방해 화기들을 개조하기 시작했다. 일본에서 들어온 조총鳥銃은 발사관 등에 한 쌍의 가늠쇠가 장착돼 있었고 그를 이용해 새를 쏘면 10발에 8, 9발은 명중시킬 수 있었다. 숲속을 날아다니는 새까지도 쏘아 떨어뜨릴 수 있었기 때문에 '조총'이라는 이름을 얻게 된 것이다. 조총은 빠른 속도로 보급돼 명나라 군대가 보유한 가장 효율적인 화기로 자리 잡게 된다. 가정嘉靖 연간 화기로 무장한 왜구[7]가 침입하자 그에 대항하기 위해 척계광戚繼光은 연해 지역에 보병 부대, 기병 부대, 전차 부대를 편성한다. 그 과정에서 화기를 지급받은 병사의 수는 전체 전투병 중 절반 정도였다. 이어서 명나라 말엽에는 네덜란드의 '홍이포'가 수입된다. 당시 사람들에게 홍이포는 불랑기포를 '뒤떨어진 물건'으로 취급할 정도로 신통방통한 무기였다. 대형 홍이포는 무게가 5,000근 정도에 이르렀는데, 이는 청나라 군대가 중국 전역에 대한 정복 전쟁에서 공성전의 주요 무기로 사용됐다.

청나라 중엽에 이르면 중국 화기의 성능은 서구에 비해 현저히 뒤쳐지게 된다. 아편전쟁을 비롯해 그 이후 연이어 벌어진 외국과의 전쟁에서 불랑기포와 홍이포를 기반으로 한 청나라 화기의 위력은 그 이름이 무색할 정도로 서양의 신식 총포와는 상대가 되지 않았다. 동치同治 중엽에 이르러 서양의 후미 장전식 총포가 중국에 도입되기 시작한다. 현대적인 총포가 전해지면서 중국 군대는 비로소 기존 화기와 전투 장비의 혁신을 꾀할 수 있게 됐다.

명청明淸 시기 중국인들을 놀라게 만든 서양의 화기들은 사실 최초에 중국의 화약이 서구로 전해지면서 발전해 온 것이었다. 대략 13세기 초 중국의 초석硝石이 서아시아로 전해지면서 이슬람 사회에는 초석과 관련된 옛 명칭들이 상당히 많이 남아 있게 됐다. 바로 'na-mak-i chini'[8]나 'tha'j al-sin'[9] 등이 그 예인데, 이것들은 처음에는 약에 쓰이거나 불꽃의 발화에 사용됐다. 서아시아 현지에서 초석을 군사용 화약으로 배합해 사용했던 기록은 1280년 이후에 편찬된 병서兵書『기마술과 전쟁 책략 대전(馬術與戰爭謀略全書)』

---

7) 일본 낭인들과 중국 해적들
8) 페르시아어로 '중국 눈'이라는 뜻
9) 아랍어로 '중국 소금'이라는 뜻

에 처음 등장한다. 몽골은 서역 원정에 나서면서 서아시아 등지에서 중원으로 들어온 화약 무기들을 사용했다. 1253년 훌라구 칸旭烈兀은 황제皇弟의 신분으로 군대를 이끌고 아랍 제국 정벌에 나선다. 당시 그의 군대에는 중원에서 징발된 'naft 발사군' 부대가 있었다. 아랍어에서 'naft'는 원래 메소포타미아 지역의 역청瀝靑 순정품을 지칭했는데 나중에는 역청을 주요 성분으로 하는 군사용 화염 분사액인 '그리스의 불'을 가리키는 말로 사용됐다. 초석이 서양으로 전해진 후 naft는 다시 초석, 불꽃 발화, 폭발 화약 등을 가리키는 개념으로 사용됐다. 중국 화북지역에서 징발된 naft 부대가 사용한 화기는 우마리Umari가 자신의 『안력제국행기(眼歷諸國行紀)』에서 언급했던 화약barud이 장전된 'naft관'이었다. 또 다른 이슬람 사료史料에 기술된 몽골인이 바그다드성城 아래에 던져 놓았다는 '철제 병瓶'은 중국의 '철화포' 또는 진천뢰였다. 군사적 목적으로 화약을 사용해 폭발을 일으키는 방법은 이란에 주둔했던 중원의 naft 부대를 통해 이슬람 세계로 전해졌다고 추정된다.

서구 사회는 이슬람 세계와 갈등을 겪는 과정에서 화약 무기를 얻게 되었던 것이 분명해 보인다. 유럽 문헌 중에서 화약에 관한 정확한 기록은 13세기 후반에 처음 등장한다. 하지만 화약이 군사 분야에서 보편적으로 사용되기 시작한 것은 14세기의 일이었다.

서구 사회에서 화기가 사용되기 시작한 시기가 다소 늦은 것은 사실이지만, 결국 매우 빠른 속도로 발전을 거듭함으로써 중국 화기의 성능을 넘어서게 된다. 서구권의 화기가 정교함과 예리함 측면에서 중국을 추월할 수 있었던 것은 18세기 자본주의 사회를 중심으로 발생한 산업 혁명 덕분임이 분명하다. 청淸 왕조 내내 정통파 사대부들이 고집하며 내세웠던 전형적인 군사 정책이 앞서 언급된 두 문화권 사이의 화기 성능의 격차를 더욱 크게 벌려 놓은 원인이라고 보아야 할 것이다. 그것은 "마술馬術과 궁술弓術은 만주의 근본"이라는 청나라의 국책國策과 "용감한 병사는 재주를 숨긴 채 서투른 척하며, 옛것을 따르고 새것을 멀리함으로써 오래도록 생존할 수 있다."라고 주장했던 증국번曾國藩의 태도를 통해 여실히 드러난다. 18세기 말 주중 영국 대사大使 매카트니Macartney는 광둥廣東 지역에서 청의 지방 장관을 상대로 분당 20~30발을 발사할 수 있는 화총을 선보인다. 하지만 그 자리에 배석한 중국의 관리들은 한결같이 대수롭지 않다는 듯한 반응을 보였고 그 장면을 목격한 매카트니는 적잖이 의아했다. 이런 사례를 통해서도 중국 화기의 성능이 서구권에 비해 낙후하게 된 원인을 일부 확인할 수 있다.

최초에 화약은 군사 분야에 사용됐다. 하지만 시간이 흐르면서 자연스레 경축 행사나 오락 활동에도 사용되기 시작한다. 북송北宋 연간에 처음 등장한 폭죽과 연화煙火가 바로 그 예이다.

『동경몽화록(東京夢華錄)』에는 북송의 궁중에서 연극 공연이 열리면 한 마당이 끝날 때마다 "느닷없이 벼락 치는 소리가 울려 퍼지는데 그것을 폭죽10)이라고 부른다."라는 기록이 보인다. 명明나라 사람들은 "무릇 어전의 진상품은 모두 장仗11)이라고 부르니, 따라서 폭발물 역시 장(仗)이라고 한다."라는 주해注解를 남긴 바 있다. 남송南宋 시기의 지리서에는 폭죽은 "유황을 폭약으로 사용하니 소리가 특히 경쾌하다."라고 기록돼 있다. 초석이 섞이지 않은 유황만으로 제조된 '폭약'은 불을 붙여도 폭발음이 그리 크지 않다. 따라서 폭죽의 제조에는 초석의 함량이 상대적으로 높지 않은 화약이 사용되었던 것으로 볼 수 있다. 한편 북송의 궁중에서는 다양한 연극 공연과 함께 폭죽놀이가 열리는 경우가 많았다고 한다. 예를 들어 "섣달그믐날 밤 궁에서 폭죽이 터지니, 산을 울리는 소리가 멀리에서도 들린다."라는 기록을 통해 궁중 연극 공연에 폭죽이 사용됐다는 사실을 확인할 수 있다.

고대인들에게는 정월 초하루 "닭 우는 소리를 듣고 일어나 마당에 폭죽을 터뜨려 악귀를 물리친다."라는 의미가 담긴 풍습이 있었다. '폭죽'이란 원래 "불에 타면서 번쩍이는 빛과 함께 폭발음을 내는 대나무"를 가리켰다. 고대인들은 바로 그 폭죽을 사용하면 학질을 옮기는 악귀인 '산조山臊'를 놀라게 하여 쫓아낼 수 있다고 믿었다. 이런 민간 신앙이 그믐날 밤 잠들지 않고 밤을 새며 새해를 맞이하는 풍습과 결합되면서 새해가 밝기 직전 계속해서 폭죽을 터뜨리는 고대 사회의 문화가 생겼던 것이다. 북송 시기에 이르러서도 일반 백성들 사이에서는 여전히 대나무를 불태워 악귀를 쫓는 풍습이 남아 있었다. 반면에 궁중에서는 이미 화약을 함유한 폭죽이 사용되기 시작했고 이에 기존 형태의 폭죽은 대체되기에 이른다. 다만 당시 궁중에서 사용됐던 폭죽은 아직 화기 수준의 폭발력을 지니지는 못했기 때문에 불에 태우더라도 그 폭발음이 궁궐 밖으로까지 퍼져나가지는 않았다.

한漢나라 말엽에 이르면 소위 '호풍胡風'12)이 유행한다. 당시 황제였던 영제靈帝가 의복과 군막軍幕 형식은 물론 호상胡床이나 호좌胡坐 같은 이異 문화의 산물들을 선호하기 시작하면

---

10) 중국어 원문은 '暴仗'
11) 병기의 총칭
12) 이민족의 풍습

서 호풍을 일으켰던 것처럼, 폭죽도 역시 북송의 궁중에서 점차 민간으로 전해졌다. 남송 시기 백성들은 여전히 그믐날 밤 폭죽을 터뜨리며 복을 기원했지만 간혹 새롭고 더 강력한 폭죽을 사용하는 경우도 있었다. 원명元明 시기부터 폭죽은 화약을 넣은 화기의 동의어 개념으로 사용되기 시작한다. 그와 함께 '종이 폭탄'13)이나 '해맞이 울림'14) 같은 명칭들도 함께 사용됐다. 그믐날부터 새해 첫날까지 펼쳐졌던 당시의 풍경에 대해 기록들은 이렇게 전한다. "집집마다 밤낮으로 폭죽이 터지고, 하늘빛이 어두울수록 폭죽 소리는 더욱 커져만 갔다.", "……의관을 갖추어 잠시 누웠다 아침에 뜨는 해가 창을 비추면 폭죽 소리가 귓가에 울리니, 도성 곳곳 울리는 소리에 기와가 무너지고 돌멩이가 깨지는 듯했다." 예전에는 그믐날 밤 육신六神을 배웅하고 맞이하기 위한 의미로 오색 종이돈을 만들어 폭죽 안에 말아 넣고서 불을 붙여 터뜨렸다. '세상천지 어디에서나 금전을 밝게 되는 복'을 기원하는 풍습이 생겨난 것이다. 원래 폭죽을 터뜨리는 기간은 그믐날부터 정월 초하루 사이까지로 한정되어 있었지만 이후에는 각종 경축일로까지 확대된다.

연화煙火도 북송 시기에 등장한다. 『동경몽화록』의 묘사에 따르면, 임금이 관람하는 공연에서는 귀신으로 분장한 배우의 입에서 불꽃이 튀어나오거나 무대 위로 화염이 치솟아 오르기도 했다고 한다. 폭죽과 함께 문헌에 기록된 것으로 보아 연화 제작에도 화약이 사용된 것이 분명하다. 이러한 연화는 북송 시기에 폭죽보다 앞서 민간에 전해졌다. 하력夏曆 6월 6일 최부군(崔府君)의 생일, 당시 동도東都15)에서는 묘식廟食 행사가 한창이었다. 시내에서는 각종 공연이 열렸는데 "장대 끝자락에 횡목을 올리고 그 위에 선 광대가 귀신으로 분장한 채 불꽃을 뿜어내니 그 위협적인 모습에 사람들이 놀라서 자빠졌다."라는 기록이 전해진다. 대보름날 연화를 피우는 풍습은 남송 시기에 시작됐다. 북송 당시 어느 문인은 대보름날 저녁 광경을 묘사한 시에서 '연화'나 '보석 같은 화염'이라는 시어들을 사용하기도 했는데, 이는 다채로운 색깔의 오색등을 가리키는 것이었다.

남송 시기 궁궐에서 거행됐던 대보름 등불 감상 행사는 심야에 등불 100개를 밝히는 것으로 마무리되었다. 도성에 거주하는 고위 관리와 귀족들은 집 주변에 오색등을 걸어 두고 감상하기를 즐겼다. 또한 그 사이사이에 우아하고 고상한 장난감이나 불꽃들을 배치해 꽃밭과 강변으로 영롱한 등불이 가득한 장관이 연출되기도 했다. 당시 연화의 종류

---

13) 원문은 '紙砲'
14) 원문은 '響歲'
15) 개봉

는 다양했는데 '입신 바퀴'[16), '바느질 실'[17), '화구 돌리기'[18), '물 폭탄'[19) 같은 것들 이외에도 불이 붙으면 땅바닥에 붙어서 뱅글뱅글 도는 두더지 같은 모양의 것도 있었다. 송^宋나라 이종^{理宗}은 즉위 초 청연전^{清燕殿}에서 연회를 열고 대보름을 즐기면서 불꽃놀이를 벌였다. 그런데 불이 붙은 두더지 모양의 연화가 전혀 예상치 못하게 태후^{太后}의 자리로 옮겨 가고 말았다. 너무 놀란 나머지 태후가 '옷자락을 털며 자리에서 벌떡 일어나'는 바람에 연회는 중단됐다. 남송 당시 임안^{臨安}[20)에는 '소경기^{小經紀}'라는 이름의 시장이 있었는데 그곳에는 전문적인 불꽃놀이 용품 판매점이 있었다. 불꽃놀이는 대보름 저녁에만 국한되지 않고 설날이나 동지 그리고 황성^{皇城}에서 큰 행사가 거행되는 기간에도 이어졌다. 한 기록에 따르면 "저녁 연회가 경서전^{慶瑞殿}에서 열리면, 불꽃놀이를 보고, 저잣거리 음식도 먹고, 등불까지 감상할 수 있었으니, 마치 대보름날 같았다."라고 했다. 남송의 어느 지방 관리는 전문적으로 연화를 제작하고 공연을 연출하는 예인을 고용하기도 했다. 그의 재임 기간 동안 나랏돈을 들여 거행된 연회와 불꽃놀이의 횟수는 무려 20~30회에 달했다.

명^明나라 성화^{成化} 연간에는 '그믐날 밤 오산^{鰲山} 불꽃놀이'로 황태후의 환심을 사기도 했다. 융경^{隆慶} 연간에 해마다 거행되는 것으로 정해졌던 불꽃놀이는 이후 만력제^{萬曆帝}에 이르러 폐지된다. 그러나 민간에서는 대보름날 등불을 감상하며 연화를 피우는 풍습이 더욱 성행했다. 연화는 선반 위에 얹은 것과 통에 담긴 것이 판매됐다. 통에 담긴 형태로는 삼광조 틀[21), 포도 시렁[22), 진주 주렴[23), 상야탑[24) 등이 있었다. 명나라 후기에 발간된 『완서잡기(宛署雜記)』에는 당시 도성에서 사용됐던 폭죽의 종류에 대한 자세한 설명이 담겨 있다. "큰 소리가 나는 것은 메아리 폭죽[25), 불꽃이 솟구쳐 오르는 것은 말썽쟁이 폭죽[26)이라고 부른다. 그리고 말썽쟁이 폭죽 중에서 소리가 연이어 나는 것은 삼단 파도[27), 소리를 내지도 않고 불꽃이 위로 솟구쳐 오르지도 않으면서 땅바닥을 뱅글뱅글 맴

---

16) 중국어 원문은 '起輪'
17) 중국어 원문은 '走線'
18) 중국어 원문은 '流星'
19) 중국어 원문은 '水爆'
20) 지금의 항저우
21) 중국어 원문 '槭壽帶'
22) 중국어 원문 '葡萄架'
23) 중국어 원문 '珍珠簾'
24) 중국어 원문 '長明塔'
25) 중국어 원문 '響炮'
26) 중국어 원문 '起火'
27) 중국어 원문 '三級浪'

돌기만 하는 것은 두더지 폭죽[28]이라고 한다. 불꽃놀이가 펼쳐지는 무대는 공간적 대비를 바탕으로 폭죽의 종류와 배치까지 감안해 구성된다. 잔디나 꽃 혹은 사람 모양을 한 것은 꽃불[29]이라고 하는데 그 이름만 수백 가지다. 그리고 진흙 상자에 담긴 것은 뚝배기[30], 종이 상자에 든 것은 만화경[31], 광주리에 담아 놓은 것은 화분花盆이라 부른다. 이들 모두를 통틀어 연화煙火라고 한다. 권문세도가에서는 갖가지 정교한 폭죽들을 선반 위에 모아 놓고 차례로 불을 붙이면서 밤새도록 즐기곤 했는데 그런 식으로 한 번 노는 데만 금金 수백數百 냥이 들었다."

청나라 때는 황궁은 물론이고 민간에서도 대보름을 전후로 거행되는 등불 행사에서 불꽃놀이가 펼쳐졌다. 폭죽을 제조하는 공장은 폭죽 움막집[32]이라고 불렸다. 폭죽의 종류에는 '모란 잇기'[33], '진흙 연꽃 금판'[34], '낙월 포도 시렁'[35], '쌍 불 깃발'[36], '울림 비천'[37], '다섯 귀신 응징 꽃불'[38], '팔각 폭죽 상양 침공'[39] 등이 있었다. 이런 다양한 폭죽과 관련해 "부유한 권세가에서 서로 다투며 구입하고, 찬란한 불꽃과 등불의 광채가 사람들을 환히 비추었다."라는 기록이 전해지고 있다.

현대 사회에서 공사장 발파용으로 사용되기 이전 강력한 파괴력을 지닌 화약은 흉악한 물건으로 여겨졌다. 사실 화약은 불로장생의 방법과 연단술鍊丹術을 탐구하던 도사道士들에 의해 최초로 발명된 것이었다. 중국인에 의해 발명된 화약은 그 막강한 폭발력에도 불구하고 중세 유럽에서는 귀족들의 공성전에서만 효과적인 무기로 사용됐을 뿐이었다. 군사적으로 볼 때 중국 사회의 화기火器 시대로의 이행이 가능했던 것은 서양 총포의 수입과 그에 대한 모방 및 제작 과정을 거쳤기 때문이다.

고대 중국의 정통파 이데올로기는 '극도로 교묘한 기물'에 대한 숭상을 금기시했다. 따라서 중국의 선조들이 자유롭게 화약의 성능을 구현해 낼 수 있는 범주는 어디까지나

---

28) 중국어 원문 '地老鼠'
29) 중국어 원문 '花兒'
30) 중국어 원문 '砂鍋兒'
31) 중국어 원문 '花筒'
32) 중국어 원문 '花炮棚子'
33) 중국어 원문 '線穿牡丹'
34) 중국어 원문 '水澆蓮金盤'
35) 중국어 원문 '落月葡萄架'
36) 중국어 원문 '旗火二踢脚'
37) 중국어 원문 '飛天十響'
38) 중국어 원문 '五鬼鬧判兒'
39) 중국어 원문 '八角子炮打襄陽城'

폭죽이나 딱총 제작에만 한정되어 있었다. 이는 어쩌면 화약에 관한 이야기 속에 우리가 여전히 풀어내지 못한 중국 문화의 어떤 비밀이 감춰져 있음을 암시해 주는 것일지도 모른다.

5

나침반의 발명

류시링(劉西陵)

    고대 중국인들에게 방향을 구별하고 결정하는 것은 매우 중요한 의의를 지닌 일이었다. 그것은 일상생활 곳곳의 물질적인 부분과 연관된 것일 뿐 아니라, 우주의 질서와 인간의 길흉화복 등의 관념과도 긴밀하게 연결되어 있었다. 섬서성 서안 반파^{半坡} 유적지의 가옥과 강소성 비현^{邳縣} 대돈자^{大墩子} 유적지의 고분은 6,000여 년 전 사람들이 이미 방향을 구별하는 방법을 파악하고 있었다는 사실을 알려 준다. 그리고 은허의 발굴은 남북으로 놓인 은대 궁궐터의 방향이 지금의 나침반이 가리키는 방향과 차이가 없었음을 보여준다.

    고대 중국의 4대 발명품 가운데 하나로 불리는 나침반이 정확히 언제 발명됐는지는 고증할 수 없다. 다만 동한^{東漢} 이후 "황제^{黃帝}와 치우^{蚩尤}의 탁록지전^{涿鹿之戰}에서 치우가 사흘 동안이나 큰 안개를 부려 황제의 병사들이 모두 정신이 혼미해지자, 황제가 풍후에게 명을 내려 북두칠성 자루를 본뜬 지남차^{指南車}를 만들도록 하니, 사방을 분별할 수 있게 되어 마침내 치우를 잡을 수 있었다."라는 이야기가 전해진다. 그리고 동한^{東漢}의 장형^{張衡}, 조위^{曹魏}의 마균^{馬鈞}, 남제^{南齊}의 조충지^{祖沖之}도 지남차를 만든 적이 있다고 하는데 그 구체적인 방법은 전해지는 바가 없다. 한편 북송의 연숙^{燕肅}이 지남차의 모양과 구조에 대해 남긴 자세한 기록은 현재까지 남아 있다. 지남차는 차동^{差動} 톱니바퀴의 원리를 기반으로 제작된 장치가 장착된 기계이다. 그런데 지남차는 자석이 지구 자기장을 따라 남북을 가리키는 극성을 활용해 만든 지남침과는 그 성질과 원리가 완전히 다르다. 역대 풍수가들이 지남침의 발명자로 황제를 지목했던 것은 사실상 전혀 근거가 없었다. 지남침이 단번에 만들어지지 않았을뿐더러 시기에 따른 발전의 양상이 달랐고 다양한 모양 및 명칭들이 존재했기 때문이다.

　현존하는 고대 서적들 중에서 가장 먼저 지남 기구를 언급하고 것은 전국 시대 말기의 『한비자(韓非)·유도(有度)』이다. "선왕께서 사남司南을 만들어 조석朝夕을 바로잡았다."라는 내용이 등장하는데, 조석은 태양의 그림자를 측량할 수 있는 시계이고, 조석을 바로잡는다는 것은 동서 방향을 정하는 것이므로 바로 사방을 정한다는 의미였다. 사남은 고증 가능한 근거가 있는 최초의 '지남침指南針'으로 천연 자석을 연마해 만들었다. 국자 모양으로 밑 부분은 동그랗고 매끄러우며 자남극의 한쪽 끝은 긴 손잡이 모양이다. 왕충王充은 『논형(論衡)·시응(是應)』에서 "국자 모양인 사남을 지地에 던지면 그 손잡이가 남쪽을 가리킨다.'고 묘사했다. 여기에서 '지(地)'는 점치는 데 필요한 '지판'을 말하는데, 사각형 모양으로 네 방위에 오행설에 따라 8간干1), 12지支2), 4유維3)의 24방향을 새겨 넣는다. 지판의 중심에는 반들반들하고 동그란 면이 있는데, 그 위에 사남을 놓으면 자유롭게 돌다가 멈추게 된다. 그때 손잡이가 가리키는 방향이 바로 남쪽이다. 여기서 우리는 점을 치는 지판과 함께 사용됐던 사남이 바로 나침반의 이전 형태라는 것을 알 수 있다.

　사남은 자석이 남극과 북극을 가리키는 현상의 발견을 기반으로 발명됐다. 『관자(管子)·지수(地數)』에는 "위쪽에 자석이 있으면 아래로는 구리쇠가 있는데, 마치 어미4)와 자식5)이 서로를 사랑하는 것과 같다."라는 설명이 나온다. 『산해경(山海經)·북산경(北山經)』에도 "서쪽에서 물이 흘러와 검은 못으로 들어가는데 그중에는 자석이 많다."라는 기록이 보인다. 이런 발견들은 대부분 감여堪輿의 기술과 관계되어 있다. 사남도 처음에는 풍수를 알아보기 위한 발명품이었다. 사남은 그 구조적 특징으로 인해 수평면에서만 사용이 가능했기 때문에 항해에는 전혀 활용되지 못했다.

　천연 자석을 가공해 제작된 사남으로는 정확한 극의 방향을 찾는 것이 쉽지 않았다. 게다가 사남은 진동이나 고온 때문에 극성이 약해지거나 아예 사라져버리기도 했다. 이에 제작이 더욱 간편하면서도 측정의 정확도가 높은 지향 기구의 필요성이 대두되기 시작한다. 왕충이 사남에 대해 기술한 지 1,000년이 지난 뒤인 북송 시대, 심괄沈括은 『몽계필담(夢溪筆談)·자석지남(磁石指南)』에 "전문가가 자석을 갈아 바늘처럼 만들면 남쪽

1) 갑을병정경신임계(甲乙丙丁庚辛壬癸)
2) 자축인묘진사오미신유술해(子丑寅卯辰巳午未申酉戌亥)
3) 건곤손간(乾坤巽艮)
4) 자(磁)
5) 철(鐵)

을 가리키게 된다."라는 기록을 남긴다. 이후 또 어떤 사람은 "음양가들이 자석을 바늘 모양으로 만들어 남북을 정한다."라고도 했다. 자석을 바늘 모양으로 만드는 것은 한대 이후부터는 일반적인 상식이 되었다. 하지만 당시 사람들은 극의 방향을 조절할 수 있는 자침의 제작 방법을 제대로 파악하지 못하고 있었다. 자침의 바늘 끝이 남쪽을 가리킬 수 있다는 것에만 신경을 썼을 뿐 다른 한쪽 끝이 북쪽을 가리키는 성질이 있음은 몰랐던 것이다. 이 때문에 심괄은 "자석이 남쪽을 가리키는 것은 마치 측백나무가 서쪽을 가리키는 것과 마찬가지이나 그 원리를 알아낼 수는 없다."라고 했다. 그렇지만 이것은 중국 고대 문헌은 물론 전 세계의 모든 관련 기록들에 이르기까지 인공적인 자화磁化 방법을 통해서 제작된 지남침에 관한 최초의 기록이다. 19세기에 들어 현대적인 전자석電磁石이 출현하기 이전까지 전 세계 모든 곳에서 바로 이런 방법으로 지남침이 제작됐다. 1940년대 말까지도 중국 민간 사회에서는 여전히 이 방법으로 풍수용 나침반을 제작하고 있었다. 현재 지남침의 종류는 매우 다양해졌지만 대부분 여전히 이런 자침을 기본 원리를 바탕으로 제작되고 있다.

『몽계필담』에는 지남침을 배치하는 4가지 방법이 설명되어 있다. 첫째는 자침으로 등불의 심지를 가로 방향으로 꿰뚫어 물 위에 띄우는 방법이다. 둘째는 자침을 손톱 위에 놓고 회전하는 것을 보면서 방향을 정하는 방법이다. 셋째는 자침을 그릇의 가장자리에 놓고 회전하는 것을 보면서 방향을 정하는 방법이다. 넷째는 실에 자침을 수평으로 매달아 방향을 정하는 방법이다. 첫 번째 방법은 이후 습식 나침반 제작에 적용된다. 두 번째와 세 번째 방법은 더 이후에 등장하게 되는 건식 나침반의 중심 고정 원리에 가까운 것이었다. 그리고 네 번째 원리는 현재까지도 다양한 마그네틱 기기에 응용되고 있다.

심괄 이전에는 증공량曾公亮이 『무경총요(武經總要)』에서 자석 조각으로 만든 지남어指南魚를 물 위에 띄워 행군에 필요한 방향을 결정할 수 있다는 기록을 남겼다. 그의 설명에 따르면 지남어의 자화磁化 방법은 지남침의 제작법과는 달랐다. 증공량의 지남어는 2.5촌 크기의 물고기 형태로 자른 얇은 철판을 숯불로 빨갛게 달궈 철제 집게로 머리 부분을 집어 꺼내, 꼬리 부분을 자위子位6)로 향하게 한 뒤 물이 든 대야에 몇 분 동안 담갔다가 다시 '비밀 용기'에 넣어두는 방식으로 제작됐다. 사실 이런 제작 방법은 오행설에 기초한 것이었다. '꼬리 부위를 자위에 맞추면 머리는 정확하게 오위午位7)를 가리키게 된다. 꼬리

---

6) 북쪽, 오행에서 '水'에 해당

부분을 물에 집어넣어 담금질을 시작하면 아주 짧은 순간에 색깔이 검게 변하는데, 머리 부분은 여전히 빨간 상태로 남아 있게 된다. 이런 식으로 얻은 일종의 '천지조화의 기운' 같은 것이 얇은 철판에 '기氣'로 스며들어 자성이 생긴다는 것이다. 하지만 무엇보다 철판 조각을 '비밀 용기에 보관'한다는 마지막 절차가 아마도 자화의 핵심이었을 것이다. 그리고 비밀 용기 안에는 천연 자석이 들어 있었을 것으로 추정된다. 그러나 『무경총요』는 이와 관련된 언급을 꺼리면서 신비로운 기술이라고만 기록하고 있다.

이후에 등장한 풍수지리가 같은 방술사들은 철 성분을 띤 물질이 자연적으로 자화되는 현상에 대해서 이미 잘 알고 있었다. 이예형李豫亨의 『청조서언(靑鳥緖言)』에는 "철제 지팡이를 크기에 상관없이 끈에 묶어 매달고 손으로 쳐서 돌리면 회전이 멈출 때 필시 남쪽을 가리키게 되는데 이것이 바로 나경羅經을 사용하는 방법이다."라는 기록이 보인다. 명대의 풍수지리가들은 종종 끈에 매달린 철제 막대가 남쪽을 가리키는 현상을 활용하는 방법으로 나침반의 기능을 대신하곤 했다.

남송 진원정陳元靚의 『사림광기(事林廣記)·신선환술(神仙幻術)』에는 당시에 환술 기구로 민간에서 유행하던 목각 지남어指南魚와 목각 지남 거북指南龜에 대한 기술이 남아 있다. 이 둘은 모두 천연 자석을 몸체 안에 넣어 방향을 정하는 원리가 같았고, 장치의 형식만 달랐다. 목각 지남어는 자유롭게 수면을 떠다니며 머리로 남쪽을 가리켰다. 반면에 나무 거북이는 고정된 받침점을 가지고 있었다. 거북의 배에 작은 구멍을 하나 뚫어 대나무로 만든 침 위에 올려놓고 회전시키면 멈출 때 꼬리로는 남쪽을 머리로는 북쪽을 가리켰다. 목각 지남 거북의 원리는 이후 서양에서 수입되는 나침반과 유사한 것이었다.

심괄은 자침이 지닌 지남 성질에 대해서 "그 원리를 알 수 없다."라고 했다. 하지만 그이후의 학자들은 대부분 음양오행설로 해당 현상을 설명하고자 했다. 예를 들어, "자석은 태양의 기를 받아 만들어진 것이기 때문에 자석이 철을 끌어당기는 현상 역시 태양의 기로부터 생겨나는 것이고, 남쪽은 후천팔괘後天八卦 중에서 이離에 해당하고 태양의 진짜 불에 속하며, 자석은 철의 어머니로 음양과 전후 구분이 있으니 침이 남북을 가리키는 것은 음양 감응의 필연적인 결과"라는 식이었다. 명 만력萬曆 시기 서양의 둥근 지구 설과 지동설이 중국 사회에 전해진다. 그때부터 지구 표면의 기의 흐름이 동서 방향의 자전 때문에 발생한다는 믿음이 생겼다. 이에 사람들은 지구가 동서로는 움직이지만 남북으

---

7) 남쪽, 오행에서 '火'에 해당

로는 멈춰 있고, 또 모든 물체는 멈춘 이후에 그 방향이 정해지게 되므로 자침이 남북을 가리키는 현상은 지구가 남북 방향으로는 멈춰 있기 때문이라는 식으로 이해하게 된다.

사남과 지남침을 사용하기 위해서는 지판과 방위판이 필요했다. 자침과 방위판이 일체화된 최초의 지향 기구인 나경은 풍수용 나침반의 하나였다. 남송 증삼이^{曾三異}의 『인화록(因話錄)』에 최초로 '지라^{地螺}'라는 표현이 등장하는데, 여기에서 '라^螺'는 '나^羅'의 가차^{假借}로 '지라^{地螺}'는 곧 '지라^{地羅}'를 가리킨다. '지라^{地羅}'는 '방향을 정남북으로 구별'하고 '방위 및 각도 측정' 등에 사용됐기 때문에 '나경^{羅經}'이라고 불렸다. 나경은 자침과 방위판의 결합 구조에 따라 '침반^{針盤}', '반침^{盤針}', '정반침^{定盤針}'이라는 명칭도 지니고 있었다. 그 기능과 방향 구별 방법을 기준으로는 '자오반^{子午盤}'이나 '향반^{向盤}'으로도 불렸다. 침반의 구조적 차이에 따라서는 '수라반^{水羅盤}'8)이나 '한라반^{旱羅盤}'9)으로 불렸고, 제작된 지역에 따라 '휘반^{安徽 新安}', '건반^{福建 漳州}' 등으로 불리기도 했다. 나반의 분도^{分度} 기법은 한대 사남의 지판에서 유래됐다. 한대의 지판은 방위, 8천간, 12지지로 위치를 구분해 명칭을 정하고, 거기에 다시 4유^維10)를 더해 24방위를 표현했다. 남송 이후에는 '천간이 천반을 받쳐주고'^圓, '지지가 지반으로 나뉘는'^方 이른바 '반제^{盤制}'가 출현하게 되는데 후에 '합국^{合局}'11)의 영향을 받아 원판으로 구현되어 자리를 잡는다. 24방위 분도 기법은 역대 풍수가들과 항해자들이 계속해서 사용해온 것이다. 아울러 심괄은 지반 24방위를 이용해 지도 제작법을 발명해 낸다.

나침반을 처음으로 제작하고 응용하는 과정에서 현대 지구 자기학에서 말하는 '편각^{偏角} 현상'이 발견된다. 심괄은 『몽계필담』에서 지남침이 남쪽을 가리키기는 하지만 "언제나 약간 동쪽으로 치우쳐 있어서 완전히 남쪽을 가리키는 것은 아니다."라고 기술하고 있다. 『인화록』에도 "지라에는 '자오 정침'이 있기도 하고, '자오 병임 봉침'을 사용하기도 한다."라는 기록이 있다. 여기서 '자오 정침'이란 자침으로 지구 자기장의 남북극 방향을 확정하는 것이고12), '자오 병임 간의 봉침'은 해그림자로 지리상의 남북극 방향을 확정하는 것13)을 가리킨다. 이 두 방향 사이에는 미세한 각의 차이가 발생하는데 이것이 바로 '편각'이다. 이 발견은 1492년 콜럼버스가 해상 탐험을 할 때 발견한 편각보다 400

---

8) 수침반(水針盤)

9) 한침반(旱針盤)

10) 건곤손간(乾坤巽艮)

11) 8천간과 12지지와 4유가 하나의 원형 고리를 이루는 것

12) 자기극의 자오

13) 해시계의 자오

여 년이나 이른 것이었지만 처음에는 풍수에 응용되는 데 그쳤다. 풍수가들은 정침과 봉침으로 하늘과 땅을 나누어 '천반'14)을 구분했다. 이후 천문의 남북극 방향15)를 '중침中針'으로 하여 '삼침설三針說'이 만들어지고 중점을 두는 분야에 따라 각종 학파들이 분리되기 시작한다. 그리고 삼침을 합해 "정침은 방위와 음양을 분별하고, 중침은 천성天星의 귀천貴賤을 관찰하며, 봉침은 오행과 생사를 점칠 수 있으니, 3가지 반盤을 합쳐 쓰게 되면 자연적으로 일관되게 이어진다."라는 해설이 등장하기도 한다. 이런 다양한 기법들이 상호 영향을 주고받으면서 응용되는 과정에서 전형적인 중국식 나경 방위반이 만들어졌다.

과거에 제작된 나침반 도면을 보면 모두 7개 층으로 나뉘었는데, 1층은 천지16), 2층은 후천팔괘, 3층은 정침, 4층은 십이지지, 5층은 봉침, 6층은 천성, 7층은 중침으로 구성되어 있었다. 그것은 천문지리와 합쳐서 하나의 반盤을 이루는, '감여堪輿'의 뜻17)에 정확히 부합됐다. 편각은 지역에 따라 다르게 나타나는 현상으로 풍수에 응용되었으며 그 명확한 기록이 남아 있다. 『인화록』은 "천지 남북의 정확성은 자오子午를 사용해야 하나, 강남 지리의 편차에는 자오를 쓰기 어려워 병임丙壬을 참고했다.'라 기록하고 있다. 즉, 자기 자오선과 지리 자오선이 일치하는 지역에서는 자오 정침을 사용하는 것만이 가능하지만, 강남 연해 일대에서는 자기 자오선과 지리 자오선이 좁은 각을 이루고 있어 병임 봉침을 참고해야 했다. '강남 지리의 편차'뿐만 아니라 『명사(明史)·천문지(天文志)』에도 지남침 기술로 측정해 보니 북경도 5도 40분 정도 동쪽으로 기울었다는 기록이 남아 있다.

풍수설(감여의 학설)은 최소한 2,000여 년의 역사를 자랑하지만, 나침반의 사용은 명대부터 성행하기 시작해 청대에 이르러 비로소 집대성된다. 나침반이 발명되기 이전에는 24방위로 길흉화복을 점쳐서 음양을 맞추었다. 『한서(漢書)·예문지(藝文志)』는 이른바 '형법形法'이란 개념을 참고해 풍수를 설명하고 있는데, "'형법'으로 구주九州의 형세를 받들어 성곽과 방과 집을 짓는다."라고 하면서 『감여금궤(堪輿金匱)』14권과 『궁택지형(宮宅地形)』20권을 함께 기록하고 있다. 『관자』에서도 성을 세우고 터를 고르는 여러 원칙들에 관한 설명을 발견할 수 있는데, 오늘날 만연해 있는 오해와는 완전히 반대되는 내용으로 풍수나 귀신과는 전혀 관계가 없었다. 심지어 『한서·예문지』에서는 "귀신이 있는 것이 아니라 저절로 운수數가 그런 것이다."라고 설명하고 있다. 여기서 말하는 '수

---

14) 앞에서 말한 천지반
15) 북극 자오
16) 가운데가 빈 원
17) 감여는 천지의 촉칭임, 허신(許愼)은 '감(堪)'은 하늘의 도(道)이고 '여(輿)'는 땅의 도(道)라 했다.

數'란 24방위를 나타내는 것이다. 풍수설에 따르면 건축물의 고도와 형태, 도로와 교량의 방향은 모두 산악과 하천의 기세, 형태와 방향 등과 같은 해당 지역의 특수한 지세와 조화를 이루면서 하나로 융화되는 것이었다. 고대 왕조에서 수도의 터를 선택했던 기준을 예로 들자면, 산으로 둘러싸이고 물을 안고 있으며 범이 웅크리고 앉은 듯하고 용이 서려 있는 듯이 험준한 지세가 바로 '제왕의 터'였다. 크고 작은 마을들이 조성되는 터도 종종 산이 좋고 물이 좋은 곳에 자리 잡고 있었다. 반대로 '불길한 땅'에서는 도랑을 파서 해자를 만든다거나 산을 뚫어 길을 내고 건물과 교량을 개조하는 방법 등으로 나쁜 기운을 막아 냈다. 여기서 이른바 '감여'에 미학적 내용들이 상당 부분 포함되어 있다는 사실을 확인할 수 있다. 중국의 고대 도시와 궁전들을 둘러보면 절로 감탄하게 된다. 농지, 가옥, 시골, 도시, 도로, 교량 같은 훌륭한 유적들이 너무 많아 그 수를 일일이 헤아리기조차 어렵다. 그런 유적들 대부분이 풍수만으로도 충분히 설명 가능했기 때문에 이른바 풍수설이 근대 서양인들의 관심을 불러일으켰던 것은 어찌 보면 당연한 일이었다.

현대인들에게 가장 익히 알려진 나침반의 사용 용도인 항해술도 고대 방술의 하나였다. 고대 문헌 가운데 지남침이 선박 항해에 사용됐다는 최초의 기록은 북송 주욱朱彧의 『평주가담(萍州可談)』에 보인다. 당시 선박은 여러 가지 방법으로 방향을 식별했는데 그와 관련해 "수군이 지리를 파악하려면, 밤에는 별을 보고 낮에는 해를 본다. 어둡고 흐린 날에는 지남침을 보거나 10장 길이의 줄로 해저의 진흙을 긁어와 냄새를 맡아보고 위치를 확인한다. 바다에는 비가 없고, 비가 있으면 산이 가깝다."라는 기록이 남아 있다. 여기서 당시 지남침의 사용이 상당히 제한적이었음을 알 수 있다. 날씨가 좋지 않아 해와 달, 별이 보이지 않을 때 지리를 파악하는 몇 가지 방법 중 하나였을 뿐, 방향을 구분하는 것은 여전히 천문지식에 의존하고 있었다. 그때 당시에 지남침이 어떤 구조와 형식을 갖추고 있었는지는 아직까지 밝혀지지 않았다. 그러나 '침반針盤'이라는 명칭은 북송 때는 보이지 않았다. 선화宣和 5년(1123년, 북송 말년) 외교 사절 신분으로 영파寧波를 출발해 고려를 방문한 서긍徐兢은 『고려도경(高麗圖經)』에 "어두컴컴할 때는 물에 뜨는 지남을 사용해 남북 방향을 추측했다."라면서 당시 항해용 지남침이 물에 띄우는 방식으로 사용됐다는 최초의 기록을 남겼다.

항해에 나침반이 사용됐다는 기록은 남송 오자목吳自牧의 『몽량록(夢梁錄)·강해선함(江海船艦)』에서 처음으로 발견된다. 기록에 따르면 당시에는 이미 침반이 있어서 비바람이 치고 날씨가 안 좋을 때는 '그것만'을 사용했다고 하니 이미 정확도가 상당히 높아졌다는 사실을 충분히 짐작할 수 있다. 원대에 이르면 나침반은 항해에서 더욱 중요한 요소가 된다. 『해도경(海道經)』에는 "침을 의지하여 북쪽을 바라보고" "침을 의지하여 정북방으로 향한다."라는 기록이 남아 있다. 심지어 주야나 맑고 흐린 날씨를 가리지 않고 모든 항해가 나침반에 의해 이뤄지면서 전문적인 나침반 침로가 완성된다. 『대원해운기(大元海運記)』에는 "침로만을 따라서 방향을 결정하고 배를 운행한다."라는 설명이 보이는데, '침로'란 배가 어느 방향으로 가는지 또 어떤 식으로 침의 방위가 선택되어야 하는지에 관한 정보가 하나하나 명확하게 표시된 항로를 가리킨다. 온주溫州의 주달관周達觀은 『진랍풍토기(眞臘風土記)』의 서문에서 "온주에서 바다로 나갔는데, 정미丁未 침으로 방향을 잡고, 푸젠福建과 광둥廣東을 비롯한 바다 밖의 여러 곳을 거쳐 갔다."라고 기록하고 있다. 여기서 정미 침은 서남향을 가리키는데, 이는 배가 온주에서 남양南洋으로 향하는 항로에 올랐기 때문에 선택된 것으로 보인다. 명나라 초기 정화鄭和에 일곱 차례에 걸친 서양 항해 당시에도 배가 강소성 유가劉家항에서 출발하여 수마트라섬 북단에 이를 때까지 모든 항로에 나침반 침로를 표시했다. 특히 수마트라섬을 경유할 때는 다시 나침반 침로와 견성술牽星術을 함께 사용해 운항함으로써 인류 항해 역사에 전무후무한 업적을 남기게 된다. 당시의 항해사들은 정침과 봉침을 변통해서 사용했다. 그들은 풍수가 못지 않게 24침위를 중시해 24방위에 여러 신을 모시고 제사를 올렸으며 출항 전에는 반드시 축문을 써서 고사를 지냈다.

명대에 풍수와 항해라는 두 가지 방술에 대한 수요가 각각 달라지면서 나침반은 두 종류의 행태로 발전한다. 풍수용 나침반은 삼침설의 영향을 받아 앞서 언급된 '삼침합도반三針合圖盤' 같은 다층적 형태로 발전해 나갔지만 실제 항해에서는 대부분 24방위 나침반이 사용됐다. 그러나 이 두 나침반은 모두 물에 띄우는 나침반으로 남북의 방향을 구분해 내는 형태만 존재했다. 12세기와 13세기가 교차할 무렵에는 물 위에 띄우는 방식의 나침반이 해상 항로를 통해 먼저 아라비아로 다시 유럽으로 전해지게 되는데, 실제 항해에 사용하기에는 상당히 불편했다. 명대 가정嘉靖 연간에 이르러서야 비로소 건식乾式 나침반이 등장하는데 고정된 받침점이 있어 수면을 떠돌지 않아 습식 나침반에 비해 사용법이 월등히 편리했다. 명대 이래로 남겨진 각종 문헌 기록을 통해 건식 나침반이 외국에서 수입된 것이란 사실이 분명해졌다.

6

채광과 야금

다이위민(戴裕民)

중국 고대 광업의 시작은 약 4,000여 년 전으로 거슬러 올라간다. 심지어 동광석의 채굴은 은殷대에도 어느 정도의 규모를 갖추고 있었다. 춘추 전국 시대 사람들은 이미 노두露頭와 광상鑛床 사이의 관계까지 모두 이해하고 있었다. 『관자(管子)·지수(地數)』는 "산 표면에 붉은 흙이 있는 곳은 그 아래에 철이 있고, 납이 있는 곳은 그 아래에 은이 있다. 표면에 붉은 모래가 있는 곳은 그 아래에 황금이 있고, 자석이 있는 곳은 그 아래에 구리가 있다."라고 기록하고 있다.

광물 탐사 기술은 채광의 발전을 촉진시켰다. 춘추 전국 시대에 광갱鑛坑은 이미 수갱竪坑과 사갱斜坑 두 종류로 나뉘어 있었는데, 그 깊이가 최대 40~50m에 달했다. 채굴 작업 시 수갱은 수송 통로로 이용됐다. 갱도 내의 광석과 지하수를 지면으로 빼내고 갱도 아래에 지보支保를 설치했는데, 보통 수갱 하나를 뚫으면 수평갱 하나를 같이 파게 된다. 각각의 수평갱마다 활차滑車를 설치하여 광석을 채굴한 이후 구간별로 운반 작업을 이어가며 운송을 마무리한다. 갱도가 무너져 내리는 것을 방지하기 위해 각각의 수평갱은 서로 방향을 다르게 잡았고, 갱도의 폭도 달리했는데, 최대 폭 2m, 높이 1.56m였다. 사갱과 수평갱은 그 기능도 다르다. 광층鑛層의 표면에서부터 바닥까지 사갱을 뚫는 것은 주로 탐사를 위한 것이고, 수평갱을 뚫는 것은 채굴한 광물을 광층 바닥에서부터 상층부로 운반하기 위한 것이다. 채굴된 광석은 일단 갱도 아래에서 선광選鑛 작업을 거치게 된다. 이후 폐석과 빈광貧鑛으로 광물이 채굴되고 남은 빈 공간이 채워진다. 이런 작업 과정을 거치면서 가능해진 선택적인 채굴로 광석의 품질 등급이 향상된 것은 물론 운송의 효율성까지 높아졌다. 선광 작업을 할 때는 배 모양의 목판 같은 기구로 중력 선광을 시행해 광석의 품질 등급을 확정하고 채굴의 방향을 결정했다. 통풍 문제를 해결하기 위해 광부들은 갱 구들 사이의 기압 차를 이용해 자연 기류를 만들고 폐쇄된 갱도를 밀폐해 기류가 채굴 방향을 따라 흘러 최심부 작업장에까지 이를 수 있도록 조치했다. 갱도에 설치되는 지보 문제는 맞물림과 겹침 두 가지 방식을 결합한 목재를 사용해 반압盤壓, 측압, 기저압을 효과적으로 견딜 수 있게 하는 방식으로 해결했다. 갱도 내 배수 문제는 목재 수조로 갱의 내부에 배수 구조물을 만들어 물을 끌어와 저장하고 갱도 하부에 설치된 수갱과 통 모양 구조물을 통해 갱도 밖으로 배출해 내는 공정을 통해 해결됐다.

춘추 전국 시대 이후부터 채굴되는 광종鑛種은 상당히 다채로워진다. 예를 들면, 천연 소금물, 천연가스, 석유, 석탄 같은 매우 다양한 자원들이 채굴됐다. 전국 시대 이빙李冰이 처음으로 염정鹽井 굴착을 시작한 이래로 동한東漢 시기에 이르면 입구가 넓고 깊이가 얕은 형태의 대규모 염정으로 발전하게 된다. 진晉나라 용강永康 원년(300년) 당시 염정의 깊이 는 이미 30장仗에 달했다. 당나라 능정陵井은 그 깊이가 80장仗에 이르렀다고 한다.

서한西漢 시기에는 하남河南 등지에서 이미 탄전炭田 채굴이 시작됐다. 송대宋代에는 이미 일정 수준 이상의 탄광 채굴 기술이 확보되어 있었다. 탄광 내의 유해가스 배출을 위해 큰 대나무 중앙을 파내고 그것을 석탄에 꽂아 독가스가 빠져나가도록 했던 것이 바로 그 예이다.

채광업의 발전은 탐광 지식의 수준과 분리해서 생각할 수 없다. 노두를 기반으로 탐사 를 진행하는 것 이외에도 고대 중국인들은 이미 식물 탐광의 경험을 축적해 놓고 있었 다. 선진先秦 시대『순자(荀子)·권학편(勸學編)』에서 "옥이 산에 있으면 초목에 윤기가 흐 른다."라고 한 것을 필두로, 양대梁代의『지경도(地境圖)』에 이르면 더욱 충실한 내용들이 발견된다. "2월에 초목이 자라나 아래로 늘어지면 그 밑에는 좋은 옥이 있다. 5월에 초목 의 잎이 푸르고 튼튼해져서 가지가 아래로 늘어지면 그 땅에는 옥이 있다."라든지 "산 위 에 파가 있으면 그 아래에는 은이 있는데 빛이 은은하고 매우 희고, 풀줄기가 붉은색을 띠면 그 아래에는 납이 있고, 노란색을 띠면 그 아래에는 구리가 있다." 같은 내용들이 전해진다. 당대唐代의『유양잡조(酉陽雜俎)』16권에서는 "산에 염교薤가 있으면 그 아래 에는 금이 있고, 산에 생강이 있으면 그 아래에는 구리와 주석이 있다."라는 내용을 볼 수 있다.

한진漢晉 시대에는 이미 천연가스정井을 60여 장 깊이까지 굴착할 수 있었으며 이를 이용하여 소금을 구워내기도 했다.

북송北宋 인종仁宗 경력慶歷부터 황유皇裕 연간(1041~1053년)에 굴착된 '탁통정卓筒井'1)은 그 깊이가 몇 십 장에 이르렀지만 오히려 입구는 작은 사발 정도 크기였기 때문에 둥근 형태의 칼날이 착굴용 끌로 사용됐다. 이런 둥근 형태의 칼날은 근대에 굴착용으로 사용되는 각종 끌의 원형原型으로 깊은 갱을 굴착하는 데 필수적인 도구다. '탁통정'에서는 굵은 대나무로 만든 갱막이로 담수를 분리시키고 작은 대나무 통을 갱의 내부에 설치한 후 통 하나에 물을 몇 말씩 담아 기구로 끌어 올리는 방식으로 염정 채굴 작업이 이뤄졌다.

송대宋代에는 유색 금속과 흑색 금속 채굴이 상당한 규모를 갖추게 된다. 당시 전국에 개설된 금광 작업장이 14곳, 은광 작업장이 56곳이 있었는데, 규모가 큰 곳은 10만여 명의 작업 인원을 수용했다.

광정鑛井의 깊이가 깊어지면서 각지에서 석유층이 뚫리기 시작한다. 중국은 명대明代 정덕正德 16년(1521년) 사천 아미산 부근 가주嘉州2)에서 처음으로 석유 수갱을 굴착해 내는 데 성공하게 되는데 그 깊이가 수백 m에 이르렀다. 청대淸代 도광道光 연간(1821~1850년) 사천 천연 유정 지역의 광갱 전문가는 대나무와 목재, 굴착날을 결합한 굴착기를 사용해 사천 가스전田의 주요 지층을 뚫고 들어가 깊이 1,000m 이상의 가스정井을 건설함으로써 천연가스 채굴의 새로운 지평을 이룩했다.

광산 채굴은 명청明淸 시기에 이르러 규모와 생산량 및 기술 분야 모두에서 매우 높은 수준에 도달하게 된다. 최대 규모의 탕단湯丹 구리광 작업장은 연간 생산량이 무려 1,300만kg에 달했다. 명대에는 철제 드릴과 망치 등으로 두드려 깨는 방법 외에도 연소 발파3)와 화약 발파'4)를 이용하는 방법이 발명될 정도로 채광 기술이 발전한다. 연소 발파는 보통 불로 광상을 태운 후에 물을 뿌려 열팽창과 냉수축의 변화를 이용하여 광상을 터뜨린 후에 채굴을 진행하는 방식이었다. 그리고 화약 발파는 말 그대로 화약 폭파 기술을 채굴 작업에 사용한 것이었다.

채광 산업은 제련 기술의 기초를 마련해줬다. 청동 제련에서 시작된 중국의 야금술은

---

1) 입구가 좁고 깊은 염정
2) 현재의 낙산(樂山)
3) 중국어 원문 '燒爆'
4) 중국어 원문 '火爆'

석기의 가공과 도요陶窯 산업을 기초로 발전해 나갔다. 도기 제조에 관한 풍부한 경험은 청동 제련 공정에서 가마 온도를 올리고 내화재를 사용하는 등의 관련 지식을 축적할 수 있는 기반이 됐다. 흑도黑陶의 굽기 온도는 대략 950~1,050°C에 이르는데 이는 구리의 녹는점과 유사하다. 또한 제련용 용광로들은 모두 도기질 재료 또는 그와 유사한 재료로 만들어진다. 연료용 목탄 역시 도기 제조 과정에서 발견된 것이다.

가장 오래된 청동 제련 기술은 신석기 시대 후기로 거슬러 올라가는데 당시 사람들은 동광석에 주석이나 납을 첨가·혼합해 청동을 제련했다. 주요한 제련 설비로는 소위 '장군 가마'5)라고 불린 제련용 도가니를 비롯해 일명 '큰 입 도준'6)이라 불린 것도 있었다.

상商나라 중기부터 서한西漢 초기까지는 청동 제련은 전성시대였다. 당시에는 내경內徑이 80cm에서 1m에 이르는 용광로가 있었는데 내부 온도를 1,200°C 정도까지 올려 불순물이 섞이지 않은 순수한 납과 주석을 제련해 낼 수 있었다. 동시에 당시 사람들은 구리를 제련할 때 불꽃의 상태를 관찰함으로써 제련의 단계를 판단하는 기술까지 이미 파악하고 있었다. 춘추 전국 시기『주례(周禮)·동관고공기(冬官考工記)』에는 "쇠를 주조하는 상태를 보자면, 쇠와 주석은 검고 탁한 기운이 다하면 누렇고 흰 기운이 다음이고, 누렇고 흰 기운이 다하면 푸르고 하얀 기운이 다음이며, 푸르고 하얀 기운이 다하면 푸른 기운이 다음이니, 그런 후에야 주조가 가능하다."라는 기록이 남아 있다.

점진적으로 전문화되어 가는 청동 제련 과정을 거치면서 축적된 원료 투입 비율에 대한 경험을 기반으로 당시 사람들은 주석과 청동을 배합하는 6가지 규칙을 완성하게 된다. 그 구체적인 내용은 다음과 같았다. "금金7)에는 6제齊8)가 있다. 쇠를 6등분하고 주석을 1/6 넣으면 '종정제鐘鼎齊', 쇠를 5등분하고 주석을 1/5 넣으면 '부근제斧斤齊', 쇠를 4등분하고 주석을 1/4 넣으면 '과극제戈戟齊', 쇠를 3등분하여 주석을 1/3 넣으면 '대인제大刃齊', 쇠를 5등분하여 주석을 2/5 넣으면 '삭살시제削殺矢齊', 쇠와 주석을 절반씩 넣으면 '감수제鑑燧齊'라고 한다."『주례·동관고공기』에서 "쇠를 몇 등분한다."고 할 때의 '쇠金'는 적동赤銅을 가리킨다. 이는 세계에서 가장 오래전에 발견된 합금 기법으로 합금의 성능과 성분 사이의 관계에 대해 밝히고 있는 최초의 내용이다.

---

5) 중국어 원문 '將軍盔'
6) 중국어 원문 '大口陶尊'
7) 청동을 말함
8) '劑'와 같으며 조제·조제 분량의 뜻

춘추 시대에 이르러 중국에는 제철업이 등장한다. 처음에는 온도가 800~1,000℃ 정도인 불로 광석을 제련했다. 목탄 환원법으로 직접 숙철熟鐵을 얻어낼 수 있었는데, 이를 '덩어리 제련 철9)'이라고 한다. 그러나 이런 방식으로 제조된 철은 제련 후에 용광로 바깥으로 흘려보내기가 매우 어려웠기 때문에 제련 공정을 한 차례 거친 이후에는 용광로 자체를 부숴버려야 비로소 철 괴를 꺼낼 수 있었다. 이런 방식으로는 생산효율이 지극히 낮았을 뿐만 아니라 완성품의 굳기도 너무 물렀다. 이에 제철 업자들은 신속하게 단면이 은백색인 생철生鐵을 제련해 내는 쪽으로 관련 산업 전반의 방향을 전환하기에 이른다. 이 생철은 1,150~1,300℃ 조건에서 제련됐는데, 용광로에서 흘러나오는 액체 상태의 쇳물을 이용하면 연속 생산과 주조 성형이 가능했고 성질 역시 단단했다. 덩어리 제련 철에서부터 생철에 이르는 여정은 중국 제철 기술의 역사에서 한 단계 도약을 이뤄낸 순간이었다. 전국 시대 중후기에 이르면 생철로 고온의 불로 유화柔化하는 과정을 거쳐 고강도의 가단주철可鍛鑄鐵을 만들어 낼 수 있었다. 이런 철물들은 일정 정도의 가소성可塑性과 충격내구성을 가지게 되는데 열처리 조건의 변화에 따라서 백심白心 가단주철과 흑심黑心 가단주철로 구분된다. 이후에는 가단주철보다 품질이 더욱 뛰어난 구상흑연주철球狀黑鉛鑄鐵을 만들어 냈는데 강도와 인성靭性 및 가소성이 모두 높았다. 이는 야금 기술 발전의 역사에 큰 획을 긋는 도약의 과정을 보여주는 사례들로 서구에 비해서도 무려 2,000여 년이나 앞선 것이었다.

진한秦漢 시기에 들어서 제련 기술의 수준은 더욱 성숙된 단계에 도달한다. 제련로, 용광로, 원료 배합조, 주조갱, 담금질갱, 철보관갱 등과 같은 일련의 설비를 바탕으로 합리적인 제련 체계가 만들어졌고 선광, 원료 배합, 용광로 투입, 용융 제련, 출하 등의 각종 공정들이 완성된다. 당시의 수많은 용광로는 병렬 형태로 제작됐는데 각 노爐의 연통들이 서로 연결되어 있어서 배기 성능이 대단했다. 노爐 내부의 화력도 셌고 온도도 높았다. 노의 몸체도 더욱 커져 노 바닥의 면적이 8.4㎡까지 늘어났고 용적 역시 약 40~50㎥에 이르렀다.

용광로의 온도를 높이기 위한 풀무 기술도 빠르게 발전했다. 초기의 제련은 주머니10)를 풀무로 사용했다. 제련로 하나에 주머니 몇 개를 일렬로 늘어놓았기에 '자루 풀무'11)

---

9) 중국어 원문 '块炼铁'
10) 가죽 주머니
11) 중국어 원문 '排囊'

라고 불렀다. 처음에는 인력으로 조종했기 때문에 '인력 풀무'[12]라고 불렀지만, 이후 축력畜力을 사용하기 시작하면서 '말 풀무'[13]나 '소 풀무'[14]라고 불렀다. 동한東漢 초년 남양南陽 태수太守 두시杜詩가 개발해 낸 물로 작동하는 수력 풀무[15]는 기존의 풀무에 비해 효율이 3배나 높았다. 이 수력 풀무는 나무 바퀴의 배치 방법에 따라 입륜식立輪式과 와륜식臥輪式으로 나뉘었다. 이 둘은 모두 윤축輪軸과 연결봉을 사용하거나 동력 전달 띠를 이용해 원주 운동을 직선 왕복 운동으로 전환하여 풀무를 개폐하며 바람을 불어 넣었다. 수륜水輪이 한 번 회전할 때마다 풀무가 여러 차례 개폐됐고 풀무의 속도를 올리면 풍량과 풍압도 높아졌다. 이런 식으로 풍력의 노爐 내부 침투력을 올리면 제련 강도를 높일 수 있었다. 동시에 화로 단지의 크기를 키우고 용광로의 본체를 높게 만들 수도 있었기 때문에 유효 용적이 증대됐다.

서한 말년 중국에는 이미 '휘젓기 제련'[16] 기술이 있었다. 이는 제련 과정에서 지속적으로 쇳물을 쇠막대기로 휘저어 주어야 했던 까닭에 그 모습이 마치 음식을 볶고 조리하는 듯한 모습으로 보여 얻게 된 명칭이다. 생철을 가열해 액체 상태 내지는 반액체 상태로 만들어 풀무질을 하거나 직접 정광精鑛 분말을 배합해 규소와 망간, 탄소에 산화를 일으키면 탄소 함량이 0.05%에서 2%에 달하는 강鋼을 만들어 낼 수 있었다. 휘젓기 제련 방식으로 생산된 제품의 대다수는 저탄강低炭鋼이었기 때문에 다루기가 쉬웠고 중탄강中炭鋼이나 고탄강高炭鋼 또는 숙철을 얻어 낼 수도 있었다.

동한東漢 시기 중국에서는 휘젓기 제련 방식을 기반으로 이른바 '백련강百鍊鋼'을 생산해 냈는데 탄소 함량이 0.6%~0.7%에 이르는 금속을 반복적으로 단접해 얻는다. 송宋나라 심괄의 『몽계필담(夢溪筆談)·연강(鍊鋼)』에는 "철鐵의 종류 중에 강鋼이라는 것이 있는데, 이는 밀가루 반죽 속에 포함되어 있는 부질麩質[17] 같은 것이다. 부드러운 밀반죽을 여러 번 씻으면 이른바 부질이라는 것이 나타나게 되는데 강철을 제련하는 것도 이와 같다. 반드시 품질이 좋은 철을 가져와 100여 차례 제련하면서 매번 무게를 재어 보면 제련한 후에는 무게가 가벼워지게 된다. 그러나 이것을 여러 차례 반복하게 되면 어느 순

---

12) 중국어 원문 '人排'
13) 중국어 원문 '馬排'
14) 중국어 원문 '牛排'
15) 중국어 원문 '水排'
16) 중국어 원문 '炒鋼'
17) 글루텐

간 더이상 무게가 줄지 않게 되는데, 그것이 바로 순수한 강鋼으로 수백 번이나 제련하더라도 다시는 줄어들지 않는다."라고 기록되어 있다. '백련강'은 단접된 겹이 늘어나고 주물을 두드리는 횟수가 많아지면 내부에 포함된 불순물이 줄어들고 분산되어 크기가 작아지면서 분자의 분포가 균일해진다. 탄소의 분포 역시 점차 균일해져 탄소층이 고르지 못한 경우는 잘 생기지 않게 된다. 가공 과정 중에 탄소 주입의 필요 여부는 원료로 사용된 철 본연의 탄소 함량과 제품의 품질에 대한 요구치에 따라 결정된다. 원자재가 고탄강이면 탄소 주입은 필요치 않고 저탄강이나 숙철일 경우 무른 상태를 보완하기 위해 탄소를 주입하게 된다.

남북조南北朝 동위東魏 기간(550년 전후) 중국에는 '주조 제련 기법[18]'이라고 불린 제련 기술을 통해 탄소 함량이 매우 높고 우수한 강鋼이 탄생한다. 이 기법은 제련 시에 생철을 가열해 '무른 광석'[19]이라고 불리는 가단철 원료에 붙인다. 이런 과정을 몇 번 반복하면 바로 '주조 생산 금속'이 된다. 이렇게 주조 제련 방식으로 만들어진 칼을 '숙철도宿鐵刀'라고 부르는데, 동물의 기름과 오줌으로 담금질하면 '갑옷을 30장 베는 것'도 가능했다.

제련 공예의 발전에 따라 '주조 제련 기법'에도 몇 가지 제작법이 나오게 된다. 첫째는 생철과 숙철 조각을 묶어 진흙으로 감싸 용광로에 넣어 가열과 두드리는 과정을 반복적으로 거쳐 서로 섞이게 만드는 기법으로 이를 '단강團鋼'이라고도 부른다. 둘째는 생철을 상단에 숙철을 하단에 놓고 생철이 먼저 녹아 숙철 안쪽으로 침투해 들어가도록 하는 기법이다. 셋째는 '소강蘇鋼' 제련법인데, 이는 주조 제련 기법의 발전 과정에서도 고급 단계에 속한다. 제품을 생산할 때 원료 철을 용광로에 넣고 풀무질로 가열한 후에 생철의 한쪽 끝을 비스듬히 노爐 입구에 놓고 가열하는 방식인데, 노 내부 온도가 1,300℃ 정도까지 오르면 노의 안쪽에서 계속 아래로 쇳물 방울이 흘러나와 원료 철이 부드러워진다. 이때 생철 덩어리가 밖으로 노출되어 있는 부분을 집게로 잡고 쇳물이 골고루 원료 철에 묻게 하면서 계속해서 뒤집어 준다. 이렇게 하면 급격한 산화 작용이 일어나게 되는데 보통 두 번 정도 같은 과정을 거친다. 이렇게 제련된 강鋼에는 다량의 산화 혼합물이 포함돼 있어 규소, 망간, 탄소 등의 원소 함량이 균일하게 높은 편이었고, 원료 철 조직이 성기게 변해 불순물과 철을 안정적으로 분리시킬 수 있었으며, 원료 철 가운데 철의 산화

---

18) 중국어 원문 '灌鋼'
19) 중국어 원문 '柔鋌'

물이 생철 내부의 탄소에 산화를 일으키는 과정을 거쳐 만들어지기 때문에 생산품의 불량률까지 떨어뜨릴 수 있었다.

수당오대^{隨唐五代} 시기에 이르면 금속 제련의 규모와 품종 및 생산량 모두 이전 시기를 능가하게 된다. 당시 전국의 연간 금속 생산량은 '은 12,000냥, 구리 26만 6천 근, 철 207만 근, 주석 5만 근, 납 정해진 분량 없음' 수준이었다. 당시에는 특히 유색 금속의 제련에 새로운 유행이 일었다.

이 시기에는 이른바 '회취법^{吹灰法}'20)을 이용한 은 제련이 널리 전파되면서 광쇄석^{鑛碎石} 21)을 얻어낼 수 있게 된다. 그와 관련해 "절구로 빻고 다시 갈아 아주 가늘게 만들어 물로 일면 노란 것은 돌이니 버린다. 검은 것은 은이니 여기에 납덩어리를 넣고 불로 제련하여 크게 만들어 창고에 넣어 두고 2~3일을 기다렸다가 다시 불로 가열하면 은 조각이 만들어진다."라는 기록이 전해진다. 회취법은 납과 은이 서로를 용해시키는 원리를 이용한 것으로 은의 제련 과정에서 충분한 양의 금속 납을 첨가하여 광석 안의 은을 전부 추출해 낼 수 있었다. 그리고 납의 비중이 더 큰 성질을 이용해 광재^{鑛滓}22)를 분리해 냈다. 그런 후에 계속해서 은과 납의 합금을 제련하여 납을 산화시킨 산화납을 만들면 은으로부터 분리가 된다. 회취법은 은의 순도와 회수율을 높여준 고대 시기에서 가장 발전된 형태의 은 제련 기법이었다.

송대에 보편적으로 사용됐던 '담동법^{膽銅法}'은 중국 고대 제련 기술의 역사에서 걸작 중의 하나로 손꼽히는데 전 세계의 습식 제련 기법의 기원으로 알려져 있다. 담동법은 담반^{膽礬} 용액으로 동을 제련하는 방법이다. 일찍이 서한의 『회남만필술(淮南萬畢術)』에는 "증청^{曾靑}이 철을 만나면 동이 된다."라고 나와 있고, 동한의 『신농본초경(神農本草經)』에는 "석담^{石膽}이……철을 녹이면 동이 된다."라는 기록이 있다.23) 그러나 송대에 들어서야 담동법은 비로소 야금 작업에 널리 적용되기 시작했다. 담동법은 철을 담반^{膽礬}24) 용액에 담가 담반 속의 동 이온이 금속 철에 의해 동으로 환원되어 바닥에 침전되는 현상을 활용한 동 제련 기법이다. 담수^{膽水}가 위치한 장소의 지형과 높낮이에 따라 홈통을 만들어 돗자리 같은 것을 바닥에 깔고 생철을 깨뜨려 홈통에 쭉 깔아 놓고 담수를 끌어와

20) 연은 분리 기법
21) 광물 조각
22) 슬래그
23) 증청(曾靑)과 석담(石膽)은 모두 천연상태의 황산동을 가리킨다
24) 황산동

물에 잠기게 한 후 칸막이용 나무판으로 막아 가두면 계단식 형태가 나온다. 동과 철의 색깔이 다르기 때문에 색이 변할 때까지 놔두면 담수의 동 이온이 철에 의해 환원되며 그 후에 물을 빼내고 돗자리를 걷으면 그 위에 침전된 동을 모을 수 있게 된다. 또 다른 방법으로는 이른바 '전오법^{煎熬法}'이 있는데, 담수를 철제 용기에 넣고 끓이는 것으로 여기에서 용기는 도구이자 동시에 원료가 된다. 일정 시간 이상 가열하면 철제 용기에서 동을 얻게 되는 방식이다.

〈그림 1〉
명 송응성(宋應星)의 『천공개물(天工開物)』철 제련도

송나라와 원나라 때는 목재로 만들어진 부채 풀무를 사용해 송풍 작업을 하게 되는데, 이것이 목재 풀무의 전신^{前身}이다. 풀무의 덮개 부위에 밸브를 설치하고 나무 상자와 송풍 관을 연결한 부위에 제어 장치 하나를 더 장착해 하나는 바람이 들어가게 하고 다른 하나는 바람이 나오도록 한다. 덮개가 움직이면 두 개의 제어 장치가 교차로 개폐된다. 이 때 부채 두 개가 교대로 사용되어 연속적으로 풀무질을 할 수 있어 풍량과 풍압이 확실히 증가해 노의 온도를 크게 높일 수 있었다.

노의 온도를 높이려면 노를 만들 때 반드시 좋은 품질의 내화재를 사용해야 한다. 원대에는 보편적으로 병사^{甁砂}25)나 백점토26) 혹은 재 부스러기 등을 사용했는데, 여기에다

---

25) 도자기가루

밀 싹을 보충재로, 진흙을 접착제로 사용해 노를 제작하면 노재(爐滓27))의 침식을 막고 고온에도 잘 견딜 수 있게 된다. 거기다가 가마 입구는 작게 가마 내부는 크게 만들면 열 손실도 작고 내부 원료들이 정상적으로 이동되어 쇳물이 적체되거나 굳어버리는 경우를 방지할 수도 있었다.

송대에는 석탄이 이미 제련의 연료로 널리 사용되었고 명대 전후로는 초석의 제련법이 발명됐다. 그와 동시에 송풍 설비 방면에서도 발전이 이뤄졌는데 제어 장치 방식의 풀무가 부채 풀무를 대체하여 노의 아궁이를 더욱 크게 만들 수 있었고 제련의 강도도 높일 수 있었다. 이런 제련 기술의 발전은 한대에 마련된 제련 기법들이 새로운 절정기를 구가할 수 있도록 해주었다.

송나라 사람들이 구리와 아연의 합금인 황동을 만들기 시작한 이후로 명대에 이르면 순수한 아연을 제련할 수 있게 된다. 당시에는 이를 '왜연(倭鉛28))'이라고 불렀는데 '왜연'의 제련과 관련된 설명이 문헌에 남아 있다. "불에 들어가면 즉시 연기가 되어 날아가 버리는 것을 방지하기 위해 노감석(爐甘石29)) 10근을 '진흙 항아리'에 집어넣고 '단단하게 꼭 막아'서 겉을 반들반들하게 만들어 천천히 바람으로 말리는데, 이때 갈라져서 터지는 것을 막기 위해 결코 불에 구워서는 안 된다. 여기에다 석탄을 한 층씩 쌓아 항아리 밑에 깔고 그 아래에 땔감을 넣어 불로 빨갛게 구우면 항아리 안의 노감석이 '녹아서 덩어리를 이루게' 된다. 그것을 식힌 후에 '항아리를 깨뜨려서 꺼내면' 얻게 되는 것이 바로 왜연(倭鉛30))이었다. 이 기법은 현대의 수평 레토르트법과 매우 유사한 것으로 유색 광물 제련의 발전을 상징한다.

---

26) 흰색의 내화토
27) 노 부스러기
28) 함석
29) 탄산 아연
30) 함석

7

비단 염직

다이위민

비단은 중국의 특산품으로 고대부터 시작됐다. 중국의 비단은 높은 공예 수준과 정교하고 아름다운 품질로 전 세계적인 호평을 받아왔다. 심지어 고대 그리스와 로마 제국에서는 중국을 '비단의 나라'라고 불렀다. 비단은 중국 각 시대의 주요한 의복 재료였을 뿐만 아니라 중국 고대 무역의 핵심 상품이기도 했는데, 그 유명한 실크 로드와 동남부의 항구를 통해 멀리는 서아시아와 유럽까지 판로를 개척해 서구로부터 대단히 큰 환영을 받았다. 비단의 빛깔은 사람들의 눈길을 단번에 사로잡았다. 사람들은 비단을 기묘한 솜씨가 여러 차례 들어간 진귀한 물건으로 여겼고, 그런 물건을 소유하고 있다는 사실에 즐거워하며 절대적인 호사스러움을 만끽할 수 있었다.

오랜 역사를 지닌 중국의 비단 직조 기술은 신석기 시대 후기부터 시작됐다. 처음에는 야잠사野蠶絲[1]가 비단의 원재료로 사용됐지만 대략 5,000여 년 전부터 가잠사家蠶絲[2]가 쓰이기 시작하면서 당시 민간에서는 뽕나무 재배와 누에치기가 널리 유행했다. 『대대례기(大戴禮記)·하소정(夏小正)』에 나오는 "3월에 첩과 자식은 누에를 키우기 시작하고"와 "누에치기를 담당한다."라는 말에서 '궁宮'은 바로 '잠실蠶室'을 가리킨다.

원시 시대부터 사람들은 이미 두 가지 방사紡紗 방법을 알고 있었다. 한 가지는 비벼 꼬기 및 이어 붙이기로, 준비된 섬유를 두 손을 이용해 비벼 꼬아 연결하는 것이었다. 다른 하나는 원시적인 방사 도구인 '방추紡錘'와 '방전紡塼'인데, 섬유를 한데 합쳐서 이어 붙이는

---

1) 들누에 실
2) 집누에 실

것이었다. 방전은 도자기나 석재를 사용해 원형圓形에 가깝게 만든 접시로 전반磚盤이라고도 불렸다. 한가운데 뚫린 구멍에는 전간磚杆이라는 막대기 하나를 꽂아 사용했다. 실을 짤 때는 우선 재료가 되는 섬유를 적당량 꼬아 전간에 묶고 아래로 늘어뜨린다. 그 후 한 손으로는 막대기를 잡고 원판을 돌려 왼쪽이나 오른쪽으로 회전시키면서 섬유를 당겨 늘여 꼬아서 일정한 길이까지 짠 후에 다시 이미 짠 실을 전간에 감는다. 방전에 실이 가득 감길 때까지 이런 작업이 반복된다. 하지만 이런 방사 방법은 속도가 느리고 힘이 많이 드는 데다 실이 꼬인 상태도 균일하지 않아서 생산량과 품질이 모두 낮았다.

방사의 발전과 동시에 신석기 시대에는 이미 본격적인 직조 기술이 출현했는데 소위 '수경지괘手經指掛'[3]라는 것이었다. 최초에는 자리 짜기처럼 두 손을 사용해서 짰는데 이에 대해 『창힐편(倉頡篇)』에서는 "편編은 직織이다."라고 설명하고 있다. 뒤이어 원시적인 기구를 활용한 직조 기술이 출현하게 되는데 초기적인 형태의 요직기腰織機와 씨줄을 당기는 뼈바늘을 이용한 직조 기술이었다. 신석기 시대 후기에는 이미 매 ㎝마다 경사經絲와 위사緯絲가 48가닥씩 균일한 밀도로 직조된 제품을 생산할 수 있었는데 배열이 균일하고 촘촘하면서 표면이 매끄러운 견(絹)이 만들어졌다.

상商나라와 주周나라 시기에 이르면 직조 기술은 더욱 두드러진 발전을 이루게 되는데, 당시에 이미 증繒, 백帛, 소素, 련練, 환紈, 호縞, 사紗, 견絹, 곡縠, 기綺, 라羅, 금錦 등과 같은 다양한 직물이 존재했다. 또한 생직生織, 숙직熟織, 소직素織, 색직色織 이외에도 다채롭고 화려한 직조물인 금錦이 출현한다. 직물의 구조 역시 점점 복잡해졌다. 평문平紋 이외에도 사문斜紋, 변형 사문, 중경 조직重經組織, 중위 조직重緯組織 등이 있었고 잉아가 여러 개인 무늬 직조기와 직조 기술이 출현하면서 더욱 복잡하고 화려한 무늬의 직물들이 직조되기 시작했다. 『역(易)・계사하(繫辭下)』에 "셋씩 다섯씩 변화를 주고, 여러 가지를 뒤섞어 모아, 그 변화를 통해 마침내 천하의 무늬를 이룬다."라고 언급된 것처럼, 당시에는 이미 '삼삼오오'의 규칙에 따라 보편적으로 보다 복잡한 문양의 직물을 직조하는 것이 가능했다.

당시에는 이미 염색이 전문적인 직종으로 자리 잡고 있었다. 장염초掌染草라는 관직도 설치됐는데, 『주례(周禮)』에는 "장염초는 봄과 가을에 염료가 되는 풀들을 거둬들이는 일은 관장하며, 저울이나 자로 받아들였다 때를 기다려 물들이도록 나누어 준다."라고 기록되어 있다. 값비싸고 귀한 사나 견직물을 염색할 때는 '폭련暴練'[4]이라 불리는 사전

---

3) 손가락에 걸어 짜기

가공 과정을 거쳤다. 『주례(周禮)·동관고공기(冬官考工記)』에 그와 관련된 제작 기술이 기록되어 있다. 먼저 "명주실을 재로 거른 물[5]에 7일간 담갔다가 땅에서 한 자 정도 높이에 걸어 햇볕을 쪼인다. 그 후에 낮엔 햇볕을 쬐고, 밤엔 우물 위에 걸어 놓는데 도합 7일 동안 밤낮으로 한다. 견직물은 비단실보다 촘촘하기 때문에 폭련^{暴練}을 할 때 '난목^{欄木}'으로 재를 만들어 비단을 담그면 흰색이 되는데, 반질반질 윤택이 나는 그릇에 채워서 조개껍질을 태운 잿물에 담근다. 이런 작업을 7일 밤낮으로 한다." 여기서 말하는 세수^{涚水}와 난목^{欄木} 재는 모두 염기성이 풍부한 식물의 재로 만든 액체[6]이다. 또한 조개껍질을 태워서 나온 재 역시 염기성이 아주 강했다. '폭련'은 대개 봄철에 행해졌는데 이후에는 "여름에는 분홍 염색을, 가을에는 5가지 색깔 염색을^{夏纁元, 秋染夏}"하는 대규모 염색 작업이 실시되었다.

염료는 대부분 다양한 종류의 광물 및 식물 안료로 구성됐는데, 노랑, 빨강, 보라, 파랑, 초록, 검정 등의 색으로 염색할 수 있었다. 광물 원료를 이용해 색을 입히는 것을 '석염^{石染}'이라고 불렀다. 붉은색은 적철광이나 주사^{朱砂}로, 노란색은 석황^{石黃}으로, 흰색은 견운모^{絹雲母}로, 녹색은 공청^{空靑}으로, 파란색은 석청^{石靑}으로 염색했다. 염색 방법에는 '침염^{浸染}'과 '화회^{畵繢}' 두 가지가 있었다. 침염은 착색 재료를 곱게 갈아 만든 미세 분말을 물에 섞은 후 거기에다 사^紗나 실을 담가서 광석 분말이 섬유에 흡수·부착되도록 하는 염색 방법이다. 화회는 접착 용액을 풀처럼 풀어 만든 안료를 직물에 바르는 염색 방법인데, 한 가지 색으로 할 수도 있고 여러 가지 색으로 무늬를 만들 수도 있다. 식물 염료로 처음에는 전람^{靛藍}[7]이 사용됐는데, 전람은 공기 중에서 산화 과정을 거친 쪽풀을 통해 얻어지는 산화환원 염료의 일종이다. 그 작업 과정은 이렇다. "쪽 풀을 베서 구덩이에 거꾸로 집어넣고 물을 부어 주는데, 돌이나 나무로 눌러 줘서 쪽 풀이 전부 물에 잠기게 한다. 뜨거운 물에는 하루 동안 찬물에는 이틀 동안 담가 둔다. 후에 걸러서 나온 액체를 항아리에 넣고 열 섬짜리 항아리에 석회 한 말 다섯 되 비율로 석회를 섞어 강하게 저으면서 물 속에 용해된 쪽 물감(인디고) 성분이 공기 중의 산소와 화합된 뒤 생기는 침전물을 가라앉혀 수분을 제거한다." 이외에 또 다른 방법도 있었는데, "작은 구덩이에 쪽 풀을 저장

---

4) 현대의 정련 공정에 해당
5) 세수(涚水)
6) 탄산칼륨
7) 인디고

해 놓은 것들 중 하나를 골라 수분이 증발한 후에 뻑뻑한 죽같이 되면 용기에 담아 남색(인디고) 염료로 만드는 것"이었다.

직물을 염색할 때는 "한 번씩 침염할 때마다 색깔이 점점 깊어졌는데, 꼭두서니로 붉은색 복합 염색을 할 때는 옅은 붉은색에서 짙은 붉은색까지 나른 색깔들이 나타났다."고 한다. 또한 "첫 번째 염색을 전緹, 두 번째 염색을 탱竀, 세 번째 염색을 훈纁이라 하고 세 번 염색한 것은 훈纁, 다섯 번 염색한 것은 추緅, 일곱 번 염색한 것은 치緇"라고 한다는 내용이 문헌을 통해 전해진다. 하지만 그 이후로는 꼭두서니로 붉은색을, 자초로 보라색을, 조개풀[8]이나 지황, 황벽나무로 노란색을, 쥐엄나무로 검은색을 염색하는 방법만이 주로 사용됐다. 이런 다양한 염료들은 대부분 매염 염료에 속한다. 예를 들어, 꼭두서니에 포함된 붉은색을 나타내는 알리자린alizarine은 섬유에 직접 착색될 수가 없고 매염제가 있어야만 불용성 색소 침전물이 생성되어 섬유 위에 고정된다. 당시에 사용된 매염제는 대부분 칼슘과 알루미늄을 많이 포함하고 있는 명반[9]이었는데 꼭두서니와 함께 사용해야만 붉은색을 나타낼 수 있었다. 이 밖에도 알루미늄염을 많이 포함한 사스레피나무와 참죽나무재도 매염제로 자주 사용됐다.

춘추 전국 시대에는 완전한 소사繅絲[10] 기술이 존재했다. 누에고치를 풀기 위해 고치를 고온의 물에 넣고 끓인 뒤 따뜻한 물로 실에 붙어 있는 세리신을 제거하고 나면 잠사蠶絲[11] 특유의 부드럽고 가늘며 기다란 모양과 아름다운 광택이 드러났다.

실을 켜는 작업을 할 때는 수온과 물속 세리신의 농도에 따라 은근한 불로 상황에 따라 냉수를 첨가했다. 과열되면 세리신이 균일하게 제거되지 않거나 실이 풍성해도 상처가 많이 생기고, 과냉되면 실마리가 풀려서 날리거나 추후에 실을 풀어내기 어려워지기 때문에, 이를 방지하기 위해 끓는 물에 '게눈 같은 기포가 생기도록' 했다. 적당한 시간에 맞춰 물을 갈아주어야 하는데, 너무 자주 갈면 잠사蠶絲가 희어지기만 할 뿐 광택이 나지는 않게 되고, 또 반대로 너무 오랫동안 갈아주지 않으면 실이 광택만 날 뿐 희게 되지 않는다. 실을 뽑을 때는 작은 나무막대기를 이용해 몇 번 풀어져서 떠다니는 실을 솥에서 감아올린 뒤 몇 가닥씩 합쳐 하나의 타래로 만든다. 가늘고 길어진 것들끼리 합쳐서 가

---

8) 물감풀
9) 백반
10) 실켜기
11) 누에실

는 실타래로 만드는데 처음에는 가닥의 수가 그리 많지 않은 편이다. 몇 번씩 실 잇기를 거치고 나면 굵은 실타래가 되는데 그때부터는 실 가닥의 수가 조금씩 많아진다. 마지막으로 끊어진 실을 합쳐 자으면 실 가닥의 수가 더욱 풍성해진다.

잠사의 품질을 보증하기 위한 양잠 기술 역시 빠른 발전을 거듭한다. 전국戰國 시기『관자(管子)』에는 "백성들 가운데 누에치기에 통달하여 누에가 병들지 않게 하는 사람은 황금 한 근을 상으로 주는데 양식 8석의 가치이다. 그들의 말을 잘 경청해서 기록하여 관청에 보관하며, 전쟁 때 부역을 면하게 해 준다."라는 내용이 보이는데, 이를 통해 양잠에서 방역이 지극히 중시됐다는 사실을 알 수 있다.

진한秦漢 연간에 이르러 뽕나무 심기, 양잠, 실켜기, 천 짜기가 보편적인 농가의 부업이 됐다. 당시 사람들은 서주西周 시기에 씨를 뿌려 뽕을 심는 방식을 씨앗을 휘묻어 심는 방법으로 대체함으로써 이전에 비해 뽕나무의 성장 기간을 현저히 단축시켰다. 이와 동시에『사승지서(氾勝之書)』,『진관잠서(秦觀蠶書)』,『유풍광의(幽風廣義)』,『광잠상설(廣蠶桑說)』,『잠상집요(蠶桑輯要)』,『야잠록(野蠶錄)』,『저견보(樗繭譜)』 등과 같은 잠상 전문 서적들도 등장했다. 사람들은 첫해에는 상심자桑椹子와 기장 씨를 교배하고 뽕나무가 기장만큼 자랄 때를 기다려 평지면을 분할하여 뽕나무를 심었다. 그러면 이듬해에 뿌리에서 새로 가지가 뻗어 나오는데 이렇게 자란 뽕나무는 가지가 부드럽고 잎에 영양분이 풍부해 양잠에 유리했다.

누에알을 준비하는 과정은 양잠에서 가장 중요한 부분의 하나다.『예기(禮記)·제의(祭儀)』에 나오는 "알을 받아와서 냇물에 씻고"라는 내용은 누에알을 세척하고 선별하는 과정을 의미한다. 진한 이래로 사람들은 맑은 물로 누에알의 표면을 깨끗하게 씻어 누에알을 보호하는 과정에서 출발해 주사朱砂 용액이나 소금물, 석회수 및 기타 소독 효과가 있는 약물로 알 표면을 소독하여 의잠蟻蠶[12]이 병균의 침습을 받지 않게 하는 방법을 점차 발전시켜 나갔다. 또한 양잠을 할 때는 적당히 높은 온도를 유지하고 풍부한 먹이를 주어 누에의 성장 발육에 유리하도록 만들어 발육 단계를 단축시켰다. 그리고 잠실蠶室의 갈라진 틈과 구멍을 없애 쥐의 습격을 막고 방풍 작업을 하는 등의 관리 작업을 통해 잠실의 내부 온도를 유지하기 위해 노력했다.

한원제漢元帝 영광永光 4년(기원전 40년) 산동山東 봉래蓬萊 액현掖縣 출신 사람이 야생 산누에

---

12) 아기누에

를 채집하여 사금^{紗錦}을 만들기 시작한다. 서한^{西漢} 전후로는 이화잠^{二化蠶}이 등장했다. 원잠^{原蠶}이 1년 사이에 한 번 더 고치를 만들어 내는 것은 1년에 단 한 번밖에는 누에를 키워낼 수 없었던 이전의 양잠 상황과 비교해 볼 때 잠사의 생산량을 대폭 증가시키는 커다란 변화였다.

진한^{秦漢} 시기에는 잠사를 켜고 정련하는 기술과 설비 및 그 운용 수준이 이전과는 비교할 수 없을 만큼 높아졌다. 견직물의 품질이 좋아졌고 실 가닥도 균일해졌으며 세로면은 윤택이 나고 깨끗했다. 일부 높은 품질의 소사^{素紗}는 매미 날개만큼이나 얇은 정도여서 오늘날의 나일론과도 견줄 만했다. 마왕퇴^{馬王堆} 한묘^{漢墓}에서 출토된 소사^{素紗}로 만든 선의^{禪衣} 한 벌은 전체 기장 160㎝, 양쪽 소매 기장 190㎝에 목둘레와 소맷부리에 모두 견^絹이 사용됐는데 그 무게가 고작 48g밖에 나가지 않았다. 견^絹의 경선^{經線} 밀도는 1㎝당 평균 80~100가닥 최대 164가닥에 달했고, 위선^{緯線}의 밀도는 대략 경선 밀도의 1/2에서 2/3 사이였다.

문직물^{紋織物}에서도 무색으로 짠 기^綺와 라^羅 및 여러 색실로 짠 금^錦이 등장했다. 무늬가 다양하고 아름다웠으며 능문^{菱紋}, 대조문^{對鳥紋}, 구문^{矩紋} 등이 있었다. 또한 기모^{起毛} 금직물도 출현했는데, 직조할 때 다소 굵은 경선^{經線}을 문양이 들어갈 곳에 짜 넣어 융 테두리를 만들었다. 이렇게 하면 문양이 직물 표면보다 위쪽으로 돌출되어 뚜렷한 입체감이 생기는데 이런 식으로 융기모 기술이 확보됐다.

정교하고도 아름다운 견직물은 우수한 방직 기계를 통해 생산됐다. 한대^{漢代}에는 이미 방사^{紡紗} 작업에 오랫동안 사용되어 왔던 방전^{紡磚}이 인력에 의해 돌아가는 방차^{紡車}13)로 대체됐는데 생산 능력이 이전에 비해 20배 가까이 올랐다. 이런 방차^{紡車}는 물레바퀴 하나와 방추14)를 끼우는 괴머리 하나로 구성되어 있었다. 물레바퀴와 괴머리가 각각 나무틀 양쪽에 부착되어 줄로 동력이 전달됐다. 방차를 이용하면 실을 추가로 꼬는 일이 가능했고, 합쳐진 실의 상태도 더 균일했다. 또한 방차에는 다른 사^絲나 줄의 정교한 사용도 요구됐다. 방차는 방사^{紡紗} 말고도 위사^{緯紗}용 실톳을 짜낼 수 있었기 때문에 이전에 사용됐던 방전^{紡磚}의 결함을 보완해 낸다.

방차의 발전에 발맞춰 견직기 역시 발을 내디뎌 종광^{綜絖}15)을 들어 올리는 방식의 사직

---

13) 물레, 쇄차(繀車)라고도 한다.
14) 물렛가락
15) 잉앗대

기斜織機 형태로 발전한다. 사직기에는 받침대가 설치되어 있었다. 수평 받침대가 경면經面과 50~60도 정도의 사각斜角을 이루고 있어 앉은 자세로 직조가 가능했고, 개구開口 운동을 하는 세로 면의 경선經線 장력이 균일해서 끊어진 곳이 없는지를 일목요연하게 살필 수 있었다. 직공이 서로 길이가 다른 발판 두 개를 발로 번갈아 가면서 밟아 작동시키면 발판에 따라 움직이는 줄이 '마두馬頭'16)를 당기게 된다. 그러면 마두의 앞은 내려가고 뒤는 올라가면서 종선縱線이 아래위로 교차된다. 이런 과정을 통해 경사經絲가 위와 아래의 두 층을 이루면 삼각형 모양의 직물면이 만들어진다. 사직기를 사용할 때는 손과 발을 함께 움직여야 했다. 하지만 원래는 손으로 해야 했던 힘든 종광 조종 작업을 두 발로 대체하는 것이 가능해짐으로써 두 손을 자유롭게 활용할 수 있게 됐다. 따라서 보다 신속하고 효과적으로 씨줄 당기기와 짜기가 가능했다. 이에 그 효율이 원시적인 직기보다 10배 이상이나 높아졌다. 이렇게 직물의 생산량이 크게 늘자 사직기는 널리 보급된다. 당시 무늬비단 직조용 문직기에는 무늬 넣기와 종광 조종이 구분된 장치가 이미 사용되고 있었는데 일반 경선과 기모起毛 경선을 구분해 짜는 쌍경축雙經軸 기기였다. 기기를 조작할 때 직공은 3척 높이의 누대에 앉아 설계한 대로 벌레, 새, 짐승 등의 문양을 넣으면서 제종提綜한다. 제종提綜이란 종광을 모아서 움직이는 줄衢線을 조작하는 작업인데 줄 아래에 연결된 대나무 봉은 구각衢脚이라고 하여 보통 1,000여 가닥으로 만든다. 직공이 제종 작업을 할 때는 마치 물고기가 위아래로 먹이를 다투듯 신속하고 민첩한 동작이 이어진다. 서로 다른 경사經絲를 당기면서 몸을 굽혔다 폈다 하는 모습을 옆에서 보면 마치 하늘의 별자리 그림을 그려 넣는 듯했다.

진한 시기에는 치자梔子를 이용한 황염黃染이 성행하기 시작한다. 또한 참나무, 오배자五倍子, 감, 동청엽冬靑葉 등 탄닌tannin이 풍부하게 포함된 식물에 녹반綠礬을 추가하여 매염제로 사용했는데 그 결과는 그리 좋지 않았다.

북위北魏 시기에는 황벽나무에 포함된 베르베린berberine 성분이 염색하기도 쉽고 살충 및 방충 효능까지 있다는 사실이 알려지면서 견사를 황색으로 염색하는 데에 황벽나무가 널리 쓰였다. 이에 예로부터 "황벽나무를 잘라 실을 노랗게 물들인다."라는 말이 전해지게 되었다.

비슷한 시기 부풍扶風 지역에 살던 마균馬鈞이라는 인물이 남다른 장인 정신으로 직기織機

---

16) 말머리 모양의 종광 부위

의 개선을 꾀하기 시작한다. 이전의 능직기綾織機는 "50종(綜)은 50번 밟고, 60종은 60번 밟아야 하는 것"이었다. 종綜은 경선經線을 일정하게 나눠 열었다 닫았다 하며 상하 운동을 반복시켜 북梭을 움직이기 편하게 만들어 주는 부속품이고 섭躡은 발로 밟는 기구이다. 이런 능직기는 속도가 느리고 작업의 효율도 낮아서 정력과 시간이 많이 소모됐다. 마균은 이를 개선하여 50섭躡과 60섭躡짜리 능직기를 모두 12섭으로 바꾸어 새로운 문직 능금綾錦을 만들어 낸다. 이런 능금을 사용하여 생산된 제품은 개성적인 무늬에 다채롭고 변화무쌍한 형태를 지니고 있었다. 게다가 직기의 조작이 간단하고 편리해 생산 효율이 높아졌고 이에 견직 산업의 발전 속도는 크게 촉진됐다.

빠른 속도로 발전해 나가는 직기의 성능에 뒤처지지 않기 위해서 동진東晉에 이르면 방차紡車에 대한 개조도 이뤄진다. 손으로 돌려 조작하던 원래의 방식을 기초로 하여 발로 밟는 방차와 수력 방치가 발명된 것이다. 편심륜偏心輪를 장착해 만든 디딤 방차는 방추 3개를 동시에 적용하여 방사紡絲17)의 효율을 크게 높였고 당시로서는 선진적이었던 직기들과 함께 방사와 직조가 함께 발전할 수 있는 기틀을 마련하게 된다.

우수한 품질의 견사를 얻기 위해 누에 농가에서는 누에알의 선별 작업에 관심을 기울이기 시작했다. 『제민요술(齊民要術)』에는 "견繭18)의 품종을 얻을 때 반드시 가운데 있는 것을 골라야 한다. 위의 것은 실이 얇고 땅에 가까운 것은 알을 적게 낳는다."는 기록이 보인다. 품종에 대한 선별 작업을 거치면 병약한 누에를 걸러낼 수 있고 새로 태어날 누에의 성장 발육 시간도 일치시킬 수 있어 사육과 관리가 매우 쉽다. 품종 선별에는 누에 고르기, 고치 고르기, 나방 고르기, 알 고르기의 4가지 과정이 포함된다. 그리고 양잠 과정에서는 위생 소독 작업을 특히 중시하여 누에의 각종 병충해를 예방했다. 춘잠春蠶19) 이외에도 하잠夏蠶20)과 추잠秋蠶21)까지 키워 1년에 몇 차례씩 누에치기를 했다. 이를 위해 다화성多化性 누에의 자연 번식을 이용하는 것 외에 저온최청低溫催靑 조절로 알을 얻는 방법도 개발해 냈다. 이는 저온 상태를 이용해 누에알을 억제시켜 부화 시기를 늦추는 방법인데 누에 한 마리를 1년 동안 여러 번 부화시킴으로써 생산품의 중복 출하가 가능해졌다.

당대唐代의 직조품은 능綾과 금錦 위주였다. 당시에 생산된 다량의 금錦은 위선緯線 두 줄과

---

17) 실잣기
18) 고치
19) 봄누에
20) 여름누에
21) 가을누에

경선經線 한 줄을 교차로 직조하여 무늬를 만들어 내는 위금緯錦이 대부분이었다. 위선으로 무늬를 구현하는 방식은 직기의 한계를 덜 받아 색채가 더욱 아름답고 문양도 훨씬 다양해졌다. 이런 직물은 아름답고 화려한 색감과 막대한 직조 난도로 인해 고대 사회에서 아주 귀중한 직조품으로 자리 잡게 된다. 이에 예로부터 "금錦(비단)은 금金과 같아서 작업이 힘들고 가치도 금金과 같다."라는 말이 생겨났던 것이다. 이와 함께 무늬 입히기 공예에도 보다 거대한 돌파구가 마련됐는데, 그중에서 교힐絞纈 계열의 무늬 염색 공예는 염색할 천에 여러 종류의 작은 꽃문양을 그려 넣고 실로 단단히 묶은 후 침염浸染 작업을 한다. 그리고 묶는 방식을 달리함으로써 실을 제거한 후에 다양한 무늬가 나타나도록 하는 방식을 활용한 작업이었다. 협힐夾纈은 나무 등의 재료에 원하는 도안을 새겨 넣어 만든 문양판을 제작 도구로 사용했다. 염색용 천을 두 개의 문양판 사이에 끼워 넣고 도안을 새긴 부분에 염료가 침투되도록 하여 원하는 무늬를 얻어 냈다. 또는 도안을 새기기 위해 파낸 부분에 방염제防染劑를 발라 목판을 제거한 이후 염색을 하면 무늬가 하얗게 올라오는 제품을 제작할 수 있었다. 납힐蠟纈은 대나무 잔가지를 도구로 사용해서 밀랍을 묻혀 천 위에 무늬를 그려 넣은 다음 염색을 하는 방식으로 밀랍의 방염防染 효과를 이용해 무늬를 만들어 냈다. 이 밖에 매개물을 이용한 염색도 이뤄졌다. 당나라의 직공들은 원래부터 사용해 오던 매염제 염색 공예를 더욱 발전시켰을 뿐만 아니라, 염기성 염료를 이용한 염색법과 무매無媒染 염색 기법까지 발명해 냈다. 이에 날염 기술은 전에 없는 수준으로 발전하게 된다. 그리고 그것이 현대 날염 기술의 원형原型이 됐다.

송원宋元 시기에 이르러서 방직기 분야에서는 문직에 사용되는 화기자華機子, 입직기立織機, 소포와기자小布臥機子, 라기자羅機子, 도화좌掉蕐座 등과 경사經紗를 꿰고 위사緯紗를 수선하는 데에 쓰이는 범상자泛床子 등의 다양한 기구들이 고안되어 방직 기술이 더욱 풍부해지고 다채로워졌다. 그에 따라 사紗, 능綾, 금錦, 단緞 같은 비단 직물의 직조법과 문직 공예 역시 역사상 최고 수준에 다다랐다. 당시 사紗와 라羅를 직조할 때는 경선經線을 2가닥이나 3가닥씩 나눠 균일하게 꼬아 만들었다. 이렇게 생산된 반들반들한 문직사紗는 경선이 성기고 위선은 촘촘해(15×21) 교사絞紗로서의 특징이 뚜렷했으며 뛰어난 투명도와 하늘거리는 효과를 지녔다. 라羅는 이전의 도안 위주로 문양을 만들어 내던 방식을 넘어서 각종 화초와 동물을 사실적으로 그려 넣는 방향으로 나아갔고 무늬 설계도의 제작은 더욱 세밀해졌다. 동시에 직기를 통과하는 실의 수도 그에 상응하게 증가해서 직물의 만듦새는 더욱 정교해졌다. 금錦류 직물은 40여 종에 달했는데 직조된 송금宋錦은 색감이 우아하면서도 묵직한 것이 장점이었다.

유명한 운금雲錦은 보통 중위조직重緯組織 방식으로 만들어졌는데 진한 색감에 묵직한 느낌을 주어 남다른 품격을 지니고 있었다. 당시 금실과 은실을 사용해 만든 문위사紋緯絲와 지위사地緯絲로 직조해 낸 금금金錦은 더욱 화려하고 아름다워 외국에서까지 유명했다. 단緞은 고대 중국에서 가장 화려하고 섬세한 직조물로 몸에 걸치면 사람을 우아하고 매혹적이며 눈부시게 만들어줬다. 송대 격사緙絲는 더욱 남다른 품격을 자랑하는 비단 직조품이자 예술품이기도 했다. 격사는 각사刻絲 또는 극사克絲로도 불리는 당시 중국 특유의 비단 직물이었다. 송宋의 격사 직조품은 산수, 누각, 새, 짐승, 화훼花卉 등을 대상으로 하는 당송唐宋의 명화를 짜 넣는 데에 많이 이용됐는데, 이런 빼어난 풍경을 그린 그림들이 한 치의 오차도 없이 고스란히 입혀졌던 까닭에 전 세계적으로 유명해진 격사화緙絲畵기 탄생했다. 이렇듯 높은 심미적 가치를 지닌 예술품들은 고대 중국의 방직 산업을 그 정점에 올려놓게 된다.

과거부터 현재까지의 역사를 전체적으로 개괄해 볼 때, 아름답고 화려한 중국의 비단 제품이 해외 여러 나라에 팔려 나가기 시작하면서 중국의 비단 직조 기술 역시 많은 나라로 전파됐다. 일찍이 기원전에는 일본이 가장 앞서 중국의 조사繰絲 기술과 나직羅織 기술을 철저히 전수받았다. 이후 서역으로 가는 길이 개척되면서 중앙아시아와 유럽의 여러 나라들도 중국의 방직 기구들을 모방하고 견직 기술을 흡수하기 시작했다. 일부 지역에서는 단도직입적으로 전문가를 현지로 초빙해 직조 기술을 전수받았다. 중국 견직 기술의 해외 전파가 세계 방직 산업의 발전에 불멸의 영향을 끼쳤다는 사실에는 의심의 여지가 없다. 중국의 비단은 찬란하게 빛나는 세계적 유산이다.

8

농업 기술

장중거(張仲葛)

대략 1만 년 전쯤 중국 문명은 신석기 시대로 접어들면서 농업 과학 기술의 맹아기를 형성한다. 당시 사람들은 오랜 기간 동안 야생 식물을 채집하는 생활을 하면서 여러 세대에 걸친 관찰과 탐색, 파종 경험을 통해 식용 가능한 야생 식물을 차차 작물로 키우기 시작했다. 그런 과정을 거쳐 결국에는 농업 기술을 개발하기에 이른다. 농업의 출현에 따라 가축의 사육도 함께 등장하게 된다. 이것이 바로 원시적인 농목 병행 시대이다. 이 시기에 이미 조와 벼는 황하와 장강 유역에서 재배되고 있었다. 섬서陝西 서안西安의 반파半坡 유적과 산서山西 만영萬榮의 형촌荊村 유적에서 6,000여 년 전의 조와 기장이 발견됐고 뒤이어 절강浙江 여요餘姚 하모도河姆渡 유적에서는 쌀알이 출토됐다.

농업이 발명되면서 당시 사람들은 이전보다 훨씬 많은 음식물을 더 쉽게 얻을 수 있게 되었다. 때때로 꽤나 많은 수의 야생 동물들을 한꺼번에 포획하는 경우도 있었는데 단번에 모두 소비할 수 없는 경우에는 아직 어린 동물이나 출산이 임박한 암컷들을 우리에 넣어 두고 기르면서 갑자기 필요하게 될 때를 대비했다. 이것이 바로 원시적인 초기 목축업의 시작을 알리는 신호탄이었다. 당시의 '육축六畜'은 '말, 소, 양, 닭, 개, 돼지' 여섯 종류의 동물들을 말하는데 대부분의 원시 사회에서 기르고 있는 것들이었다. 이 시기에 사람들이 목재와 석재, 골재와 조개 등으로 제작해 사용했던 농기구의 토지 이용률이 매우 낮았기 때문에 수확은 변변치 못했고 생활 역시 힘겨웠다.

신석기 시대 말엽 황하 중상류의 농업 지대가 문화적인 중심으로 발전하면서 최초의 계급 사회가 시작된다. 이후 하夏, 상商, 주周로 이어지는 고대 국가들이 연이어 등장하면서 농본 국가의 토대가 마련된다. 황토 지대는 토양이 푸석한 편이어서 원시적인 목재나 석재 농기구로도 개간이 비교적 용이했고 따라서 역사상 가장 먼저 농경 지대로 개발됐다. 하지만 황하 중상류는 강우량이 많지 않은 지역으로 밭작물의 성장에만 적합했다. 이런 자연환경의 특성 때문에 당시에는 밭농사가 선호됐고 이에 초기에는 밭농사 기술이 발전하게 된다. 이 시기의 중국은 인구는 적고 영토는 넓은 역사적 단계에 놓여 있었기 때문에 수많은 황무지에 방목이 가능했고 그에 따른 목축업 역시 비약적인 발전을 이루게 된다. 갑골문에 기록된 내용에 따르면 당시 단 한 차례의 제사에 사용됐던 소와 양의 수가 무려 300~400마리에 달하기도 했다.

이 시기 농업 분야에서는 청동기 제련 기술의 성과가 활용되고 있었다. 하^夏나라 문화에 해당하는 이리두二里頭 문화 유적지에서 발견된 다수의 청동기가 그 증거라고 할 수 있다. 제련 기술의 발전은 농업 생산의 발전을 촉진시킨다. 청동은 주석과 구리의 합금으로 순수한 동銅에 비해 단단했다. 청동으로 제작된 농기구가 사용됨으로써 당시의 농업 생산력은 크게 제고된다.

하^夏, 상^商, 서주^{西周} 시대에는 이미 십여 종의 농기구가 있었다. ① 뢰^耒, 사^耜, 산^鏟, 삽^臿, 곽^钁, 우^耰 같은 땅을 고르는 용도의 농기구, ② 전^錢, 박^鎛 등의 사이갈이와 제초용 농기구, ③ 렴^鐮, 질^銍 등의 수확용 농기구, ④ 저^杵, 구^臼 등의 가공용 농기구들이 그것이다. 이런 농기구들의 등장은 땅고르기에서부터 흙을 부수고 다지는 기술을 비롯해 경지 관리의 중경제초^{中耕除草} 기술에 이르는 모든 농업 기술들이 하, 상, 주 시기에 출현했다는 사실을 말해 준다.

전국 시대 후기 새로운 사회 체제 아래 기존의 노예들이 자유민이 되면서 자신들의 경지를 갖게 되자 정성을 기울이는 꼼꼼한 경작 기술이 발전하기 시작한다. 이 시기에는 철제 농기구들이 널리 사용되고 있었다. 철제 쟁기는 높은 효율이 장점이었지만 다른 한편으로는 그에 걸맞은 큰 동력을 필요로 했다. 철제 쟁기의 출현으로 쟁기를 끌 동력 문제의 해결이 급선무가 됐다. 이 때문에 소가 동력의 일환으로 농업 생산에 이용된다. 많은 학자들은 춘추 시대의 특징으로 농업 분야에서 철제 농기구가 사용됐다는 점과 소를 이용해 경작이 이루어졌다는 점을 꼽고 있다. 쟁기가 사용되면서 심경深耕이 시작됐고 이때부터 소가 농경의 주요 가축으로 자리 잡는다. 우경^{牛耕}의 개발로 농민들은 심경深耕이 가능해졌고 토지 이용의 효율이 높아졌을 뿐만 아니라 다경^{多耕}으로 경지 면적의 확대까지 이룰 수 있게 됐다. 즉, 이 시기는 사람의 노동력으로 이루어지던 경작이 우경牛耕으로 발전했고, 가축의 힘을 경작에 활용하게 되었으며, 편리한 농기구까지 사용하게 되면서 농업 기술의 일대 혁명을 이루었다. 이처럼 우경과 철제 쟁기의 사용은 춘추 전국 시대부터 진한 시기에 이르기까지 생산력 발전의 주요 요소 가운데 하나가 됐다. 우경과 철제 쟁기의 등장은 농업 생산의 면모를 바꿔 놓았고 이는 필연적으로 사회관계의 변혁을 이끌어 냈다. 사회 전반적으로 농촌 공사公社의 공유제가 무너지고 토지 사유제가 등장하였다. 이에 농업 생산은 집단적이고 산만했던 방식에서 탈피하여 소규모의 집중적인 경작 방식으로 전환된다. 그리고 그에 따른 개인 생산 방식의 발전이 촉진됨으로써 이후 농업 발전의 기초가 마련된다.

농업의 발전으로 수리水利와 관개灌漑 사업 역시 점차로 중시되기 시작한다. 사천四川 관현灌縣 도강언都江堰과 광서廣西 흥안興安 영기靈渠 등지에서는 수많은 대형 수리 공사가 시행됐다. 이 시기 관개 공사에 사용되는 새로운 도구로 지렛대의 원리를 이용해 물을 끌어올리는 '두레박'이 등장한다. 경작 기술 분야에서는 논밭을 깊게 갈아 잘게 다지는 기법[22]에 기초한 이른바 '정경세작精耕細作'[23]이 기본으로 자리 잡는다. 전국 시기에 경작 기술의 수준이 높아지면서 시작된 비료 사용과 농지 수리 공사의 시행은 토지 이용 방식을 완전히 바꿔 놓는다. 농번기가 끝나면 밭을 묵혀 놓기만 했던 기존 방식에서 탈피해 매년 파종이 가능하도록 발전시켜 개별 토지로부터 1년 내에 이모작이 거의 가능할 수준에까지 이르게 된다. 2,000여 년 전에 중국에서 이런 정도의 높은 토지 이용률이 유지되고 있었다는 사실은 세계 농업 역사에서도 매우 보기 드문 경우다.

목축업에서는 특히 춘추 전국 시대에 들어서면서 대량의 말과 소가 필요해졌다. 뿐만 아니라 당시에는 군사적인 이유 또는 생산량 증대를 목적으로 달리는 속도가 빠르고 짐을 끄는 힘이 좋은 우량 품종의 말이나 소가 더욱 절실하게 필요했다. 말과 소 같은 가축들의 상처와 질병에 대한 치료가 요구되면서 가축 감별 기술과 수의獸醫 기술의 발전이 촉진된다. 이런 추세에 발맞추어 중국 최초의 농학農學 저서들이 등장했다고 하는데, 문헌 기록상으로는 『신농(神農)』, 『야로(野老)』, 『신농교전(神農敎田)·상토경작(相土耕作)』 등이 있었지만 안타깝게도 이미 모두 실전되고 말았다.

---

22) 중국어 원문 '深耕熟耘'
23) 정성을 들인 꼼꼼한 경작

진한秦漢과 위진남북조魏晉南北朝는 북방 지역에서 밭농사의 기술 체계가 형성된 시기였다. 진한 시기에는 일반적으로 농민과 지주들이 모두 부업으로 가축을 키웠는데 나중에는 상품 생산에 종사하는 대지주와 목장주들이 등장한다. 당시에는 국가 역시 양마업養馬業을 기반으로 하는 대규모 목축업을 경영하고 있었다. 진나라와 한나라 두 시기에는 부역과 조세의 부담이 낮아져 인구가 늘었고, 상평창常平倉의 설치로 균수법이 시행됐다. 수리 시설 건설, 우경 보급, 농기구 개혁, 농업 장려, 백성의 변방 이주를 통한 황무지 개간 등의 조치는 당시 농업 생산의 발전에 지대한 영향을 주었다. 이로 말미암아 중국은 역사상 처음으로 농업 생산의 절정기를 맞이하게 된다.

진한 시기 황하 유역은 중국 경제의 핵심 지역이었다. 그리고 이 지역의 낮은 강우량과 가뭄 문제를 극복하기 위한 대규모 수리 시설이 건설된다. 그러나 이런 공사로도 일부 지역의 관개 문제만 해결이 가능했을 뿐, 근본적으로 황하 유역 전체의 문제를 해결할 수는 없었다. 이에 사람들은 다시 경작 방법에서 해결 방안을 찾고자 노력했다. 해당 지역의 환경적 특성에 적합한 경작 기술인 대전代田법이나 구전區田법 그리고 경耕, 파耙, 마耱를 중심으로 하는 소위 '항한보상抗旱保墒'24) 등의 조치는 바로 이런 이유 때문에 생겨난 것이었다. 그중 보상保墒법은 당시 개발된 토지 경작 기법 중에서도 가장 뛰어난 것 중의 하나였는데, 북방의 한작旱作 농업 지역에 가뭄에 대처하는 새로운 방향을 제시함으로써 중국 북방 지역 토지의 경작 기술의 기초를 다졌다.

중국인들은 수많은 경험을 통해 일찌감치 보상保墒, 시비施肥, 종자 처리 등과 같은 방법들을 도출해냈다. 가을에는 '축상蓄墒' 봄철에는 '포상跑墒'이 이뤄졌고, 파종할 때 강우량이 부족하면 밭이 축축할 때 심경深耕을 했다. 또한 작물의 생육 시기에 밭갈 토양이 얕으면 중경보상中耕保墒을 했고 강우량이 많아지면 깊은 사이갈이로 토양에 보습을 실시했다. 작물을 심을 때와 밭을 일굴 때는 콩과(科) 식물인 완두를 녹비로 사용했다. 물에 일고 진흙물로 고르고 바람에 날리는 등의 방법으로 쭉정이와 잡풀을 걸러 내고서 종자에 정제된 비료를 더해 파종을 했다.

한漢나라 조과趙過가 발명한 파종 기구인 '세 발 파종 쟁기三脚耬車'는 고랑 내기와 파종을 결합해 한꺼번에 작업을 마칠 수 있도록 한 것으로, 사람 한 명에 소 한 마리면 "하루에 한 경 심기日種一頃"가 가능해서 노동 효율을 크게 높여 주었다. 동한東漢의 필람畢嵐이 개발한

---

24) 가뭄에 견디고 토지 수분을 보존하는 기법

번거翻車는 삼국 시대에 마균馬鈞의 개선을 거쳐 농업에 적용되어 물을 대는 관개灌漑 도구인 수차水車로 발전하게 되는데 이는 서구보다 약 1,500년이나 이른 것이었다. 한대漢代에는 모종을 만들어 벼를 옮겨 심는 방법과 채소를 온실에서 재배하는 기술이 새롭게 개발됐다. 남북조 시기에는 수력을 이용해 곡물을 가공하는 기계인 수력 제분기가 개발됐고 과수果樹의 접붙이기 기술과 누에알의 저온최청低溫催青 기술도 개발됐다.

목축업 분야에서도 커다란 발전이 있었는데, 진한秦漢 시기부터 남북조 시기에 이르기까지 말과 돼지는 특히 목축업에서 중요한 위치를 차지했다. 말은 당시 군사적 용도와 교통수단으로 주요한 역할을 담당하고 있었고, 돼지는 농가에서 고기와 가축 퇴비의 주요 공급원이었다. 우량 품종의 말을 선별하여 이용하고 우량 품종의 돼지를 번식시키기 위해서 이 시기에는 가축 감별 기술의 발전이 이뤄진다. 그밖에 거세 기술도 상당한 발전을 이룬다. 특히 과거에 사용된 '화할법火割法'25)이 '수할법水割法'26)으로 발전한 것은 거세술의 커다란 변혁이었다. 한대漢代에는 말 사육을 대단히 중시했다. 서역에서 들여온 대완마大宛馬를 개량해 중국 품종으로 만드는 과정에서 우열 교배에 대한 연구가 발전된다. 이와 함께 범승지氾勝之, 가사협賈思勰 같은 저명한 농학자들을 비롯해『범승지서(氾勝之書)』,『제민요술(齊民要術)』등의 유명 농학 저서들도 등장한다.『제민요술』은 중국을 포함한 전 세계를 통틀어 현재까지 전해져 내려오는 가장 오래된 걸작 농학서이다. 오늘날의 관점에서 보더라도 이 책의 내용은 당시 중국의 농업이 여러 측면에서 상당한 기술적 수준에 도달해 있었으며 다른 나라들을 월등하게 앞서 있었다는 사실을 확인할 수 있는데, 오늘날에도 여전히 그 과학적인 가치가 대단하다.

수隋, 당唐, 송宋, 원元은 중국 남방의 논농사 기술이 보편적으로 발전한 시기이다. 589년 수문제隋文帝 양견楊堅은 전국을 통일하고 남북조의 장기간에 걸친 분열과 대치 국면을 종식시켜 남방 농업 생산의 급속한 발전을 불러일으켰다. 755~763년 '안사安史의 난' 이후 중국의 북방 지역은 심각하게 파괴되어 국가 재정과 경제적인 수입의 남방 지역 의존도는 날이 갈수록 높아질 수밖에 없었다. 나라의 전체 세금 중 9할이 남방 지역으로부터 충당되는 상황이 이어지면서 강남은 중국 경제의 중심지로 자리 잡게 된다.

장강 유역은 온화한 기후와 충분한 강우량으로 토지가 비옥하고 관개灌漑가 편리했다.

---

25) 인두로 혈관을 절제하고 지혈하는 법
26) 음낭을 째서 고환의 힘줄을 잘라내고 손으로 혈관을 절제해 찬물로 씻어 혈관 수축을 일으켜 지혈하는 법

수당隨唐 시기에 이르면 수리 시설 공사에도 큰 발전이 있었는데 당시에도 이미 수로水路의 갑문閘門 제작이 가능했다. 수차가 이미 보편적으로 이용되고 있었고 통차筒車27)와 고속 회전 통차筒車 및 수갱竪坑용 수차까지 개발되어 있었다. 중요한 농기구인 쟁기 또한 직원直轅28)에서 곡원曲轅29)으로 개선되어 조작이 더욱 편리해졌고 역학 원리에도 더욱 부합됐다. 정경세작精耕細作 방면에서 당나라 사람들은 토지를 간 이후에 파耙와 마耱 등의 작업을 실시했고 육독碌碡 또는 역택砬碡이라 불렸던 돌태들을 사용하여 땅을 더욱 부드럽고 세밀하고 갈아 농작물의 성장을 도왔다.

오래전부터 장강 유역은 중국에서 벼 생산이 가장 많은 지역이었다. 당나라 때 장강 유역이 개발됨에 따라 논농사 기술과 모내기를 중심으로 하는 벼 재배 기술이 형성되기 시작한다. 이에 발맞춰 볏논 경작에 필요한 곡원리曲轅犁30), 초耖31), 당䎶32) 등의 농기구들이 발명됐고, 용활차龍滑車나 통차筒車 같은 양수 설비들의 대규모 보급도 이루어진다.

송나라와 원나라 시기에는 경제 발전으로 인구가 폭증한다. 토지를 충실하게 이용하고 식량 생산을 증대시키기 위해서 송나라는 한작물旱作物 재배가 주를 이루는 북방으로 벼를 보급하는데, 이때부터 벼는 전국적으로 최고의 식량 작물이 된다. 원나라 때는 목화 재배가 서북부와 서남부에서 점차 강남과 중원 일대로 퍼져 나갔는데, 이는 중국의 여러 민족들의 의복 문제를 해결하였다는 데 큰 의미가 있다.

또 이 시기에는 우전圩田33)과 제전梯田34) 등의 토지 이용 방식을 비롯해 벼-보리 이모작 제도 등이 생겨났다. 이에 생산력의 발전과 다모작 비율 상승에 따른 비료의 수요가 대폭 증가했다. 따라서 퇴비 기술과 시비 기술의 발전이 촉진됐으며 이를 바탕으로 중국 고대의 토양 비료학 학설이라고 할 수 있는 이른바 '지력상신장地力常新壯'35) 이론이 만들어지게 된다.

송대에는 기존에 재배됐던 채소 이외에도 죽순의 종류가 90여 가지나 됐다. 배추 역시 백숭白菘, 자숭紫菘, 우두숭牛肚菘 등의 품종이 있었고, 무광無光 재배법이라는 신기술을 개발

---

27) 관개용 수차
28) 직선 끌채
29) 곡선 끌채
30) 곡선 끌채 쟁기
31) 써레
32) 써레
33) 둑으로 둘러싸인 논밭
34) 계단식 논밭
35) 지력을 항상 새롭고 신선하게 만듦.

하여 오늘날까지도 인기가 많은 콩나물과 구황부추를 키웠다.

송대宋代 이후 전국의 경제 중심이 동남부로 이동하면서 강남 지역은 인구는 많아진 반면 토지의 면적은 줄어들어 산지까지 농지로 개간해야 할 정도가 된다. 하지만 그런 와중에도 목축업에는 별다른 발전이 없었다. 따라서 군사적 목적의 양마업良馬業 또한 쇠락해 갔다. 이때부터 서북부의 초원 지역 외에는 목축업이 농민 가정의 부업으로만 운영됐다. 그러나 식량 작물과 채소 재배는 점진적으로 발전해 나갔다. 경작물의 품종이 늘고 품질도 향상되면서 이들을 양식으로 삼는 중국 민족의 전통 식습관이 형성된다.

원태조元太祖 쿠빌라이는 1279년 송을 멸망시키고 몽골의 오랜 제도를 개혁하면서 농업 생산을 중시해 농지와 수리 시설을 만들기 시작한다. 북경에서부터 항주까지 3,000여 리에 이르는 운하가 열려 남방과 북방의 경제적 혈맥을 잇는 데 큰 영향을 미치면서 남방의 식량 자원이 대거 북방으로 이동하는 새로운 국면을 맞게 된다.

원나라 왕정王禎의 『농서(農書)』는 황하 유역의 밭농사와 강남 지역의 논농사라는 두 종류의 농업 생산의 경험에 기초하여 집필된 저서이다. 「농상통결(農桑通訣)」, 「백곡보(百穀譜)」, 「농기도보(農器圖譜)」의 세 부분으로 구성되어 있는데, 특히 「농기도보」는 이 총서에서 가장 핵심적인 내용이 담긴 부분으로 중국에 현존하는 가장 오래된 농기구 도해서이다.

명나라와 청나라 시기에는 전통 농업 기술의 발전이 심화되고 그 수준이 지속적으로 높아졌다. 한편 인구는 많고 토지는 부족한 모순이 나날이 첨예한 문제로 대두됐다. 이를 해결하기 위해 한 해에 여러 번 수확하는 다모작 보급에 역점을 두면서 농민들에게는 가축 퇴비를 최대한 많이 만들어 성실하게 농작물의 경작에 매진하도록 장려함으로써 단위 면적당 생산량을 높이고자 했다. 이는 당시의 경지 부족을 해결하기 위한 주된 방법이었다.

명나라 중기부터 외국과의 교역 및 문화적 교류가 더욱 활발해지면서 신대륙이 원산지인 옥수수와 고구마 같은 고수확 작물, 땅콩과 담배 등의 특용 작물 등 수많은 중요 식량 작물과 채소 작물이 하나씩 중국으로 전해진다. 이런 작물들의 유입은 당시에 나날이 심각해지는 식량 공급 문제를 어느 정도 완화하는 데 도움을 주었다. 그리고 중국의 찻잎, 대두, 감귤, 비파, 은행 등의 작물도 앞다투어 외국으로 전해졌다. 명청明淸 시기 목축업에는 별다른 발전이 없었지만, 양돈과 양계 방면에서는 어느 정도의 성과가 있었다.

예를 들어, 광동저廣東猪가 영미권에 수출되어 유럽의 돼지 품종으로 개량되었고, 구근황九斤黃과 낭산계狼山鷄 역시 같은 시기에 영국, 미국, 일본, 호주 등지로 전해졌다.

하지만 경작지의 대량 개간과 다모작의 폭넓은 보급에도 불구하고 원래의 생태계 균형을 파괴하는 수재水災와 한재旱災, 충해蟲害36) 등이 끊임없이 발생했다. 이에 구황救荒과 비황備荒 문제가 이 시기에 가장 심각한 숙제로 대두됐는데, 그렇지만 야생 식물의 활용과 메뚜기 떼 방제와 같은 기술적인 발전을 통해서 전에 없는 발전을 이룩하기도 했다.

이 시기에 지역성 농서와 이론적 농서, 구황과 메뚜기떼 방제 관련 농서, 뽕나무 재배와 누에치기에 대한 농서들이 대량으로 등장한다. 이는 이전 시기에 나온 농서의 숫자를 월등히 넘어서는 분량으로 해당 시기 농학農學의 발전 양상을 상징적으로 보여주는 것들이다. 명나라 농학자 서광계徐光啓의 『농정전서(農政全書)』는 고대 중국의 가장 방대한 농서로 분량과 내용의 풍성함에 있어서는 더이상 설명이 필요 없다. 『농정전서』는 고대 농학의 중대한 성과 가운데 하나로 역대 중국의 전통 농업 기술들을 상당히 완전하게 개괄해 내고 있다.

모든 과학 기술의 성과는 선구자들의 업적을 바탕으로 이루어진 것이다. 근대의 농업 기술 또한 고대 과학의 계승과 발전으로 가능한 것이었다. 오랜 전통의 유서 깊은 고대 중국의 농업 기술이라는 유산을 배제한 채로 중국 농업의 현대화를 실현한다는 것은 사실상 불가능한 일이다.

---

36) 특히 메뚜기

8장

—

의학과 보건

1

망문문절(望聞問切)

우안얼(吳安爾)

통틀어 '사진(四診)'이라 일컫는 망望, 문聞, 문問, 절切은 중국의 전통 의학 체계에서 가장 기본적이면서도 중요한 진단법이다. 침술과 같은 고대 의학의 일부 치료 기술은 신석기 시대까지 그 기원을 찾아볼 수 있지만, 당시 어떤 방법으로 질병을 진단했는지 뒷받침할 실물 증거는 없다. 은허에서 출토된 갑골문 중 질병에 대해 점친 323편片, 415사辭에는 머리의 병疾首, 눈병疾目, 귓병疾耳, 치아의 병疾齒, 콧병疾鼻, 복부의 병疾腹, 다리의 병疾足, 소아병子疾, 산병疾育, 콧물감기出疾, 풍병風疾, 학질瘧, 옴疥, 기생충蠱, 충치齲 등의 단어가 있어, '진단'의 요소를 이미 갖추고 있었다. 여기에는 질병 부위와 성질, 병인 등 다방면에 걸친 판단이 수반되는데, 이는 눈으로 관찰하고, 손으로 만져 보고, 환자의 이야기를 듣는 등 경험적인 방법으로 얻은 것이었다.

주대에 무속과 의학은 점차 분리되기 시작했다. 춘추 시대에는 의관이 이미 망, 문 등 진단법을 사용했다고 되어 있다. 『춘추좌전, 소공 원년(昭公元年)』에는 의화醫和의 말이 기록되어 있다. "하늘에는 여섯 가지 기운六氣이 있어 땅으로 내려오면 오미五味가 생겨나고 오색五色으로 발현되며 오성五聲으로 나타난다." 그중 '오색'은 이후 망진望診의 내용이고, '오성'은 곧 문진聞診의 대상이다. 맥진[1] 역시 기록이 있다. 『사기, 편작창공 열전(扁鵲倉公列傳)』은 춘추 시대 명의 편작이 "맥을 짚고, 기색을 살피고, 소리를 듣고, 상태를 봄으로써 병의 원인을 말했다."라고 썼다. 그는 또한 맥을 짚어 5일 동안 인사불성이었던 조

---

1) 절진

간자^{趙簡子}가 사흘 내에 분명히 깨어나리라 예측했고, 망진을 통해 제환공이 피부와 혈맥, 위장, 골수에 병이 있어 치료하지 않으면 죽으리라고 추측했는데 그의 생각대로 되었다.

전국과 진한 시기에 의학 이론의 체계가 점차 형성되었고, 진단법이 체계화되기 시작했다. 『영추·사기장부병형(靈樞·邪氣臟腑病形)』에서 말하는 문閏, 견見, 안按, 문問은 곧 후대 사진법의 전신이다.

동한 말년 『난경(難經)』은 처음으로 망문문절에 대해 서술하고 있다. "기색을 보아 환자의 상태를 알면 신神이라 하고, 듣고 알면 성聖이라 하며, 질문하여 알면 공工이라 하고, 맥을 짚어 알면 교巧라고 한다." 이는 당시 사진법이 이미 성숙해 있었다는 사실과 함께, 진단하는 사람에 대해서도 꽤 높은 기준을 요구했다는 것을 보여준다. 고대인들은 명칭의 배열 순서를 매우 중요시했는데, 망, 문, 문, 절로써 병의 소재를 알고, 이를 각각 신, 성, 공, 교라고 하여 사진의 수행을 설명했다. 곧 공교의 기술을 숙달하는 한편 신성의 도리를 깨달아야 했다. 이는 중국 문화의 이도통기[2]의 정신과 궤를 같이하는 것으로써, 후세의 용의들이 기술만을 중시하고 배우기에 소홀한 경향과는 완전히 상반된다.

〈그림 1〉
공자묘(孔子廟)에 소장된 편작행의(扁鵲行醫) 화상석

의학은 한 나라 문화의 중요한 특징임을 알 수 있다. 고대 중국인에게 있어 병을 고치는 기술과 나라를 다스리는 법은 뿌리를 같이하는 것이었다. 그래서 『한서·예문지』에

---

2) 도로써 기교를 다스림

서는 방기^{方技}에 대해 언급할 때 "병과 나라에 대해 논하자면 본래 진단함으로써 어찌 다스릴지 알 수 있다."라고 하였다. '도^道'라는 것은 곧 근본적인 가치관으로, 의학에서도 충분히 구현될 수 있으며 그것이 곧 '시중^{時中}'이다. 춘추 시대 진^秦의 명의 의화는 진평공^{晉平公}의 불치병이 근본적으로 '절제하지 않고 때에 맞지 않는 생활^{不節不時}'에 기인하였다고 지적한 바 있다. 전국 진한 이후, '시중' 관념은 음양오행설의 형성에 따라 의학 이론 체계의 기초가 되었다. 이 학설에 따르면 천지만물은 음양오행의 기화로부터 이뤄지고 인체 역시 음양오행의 성질을 가지며, 그러므로 사람은 천지만물을 닮은 하나의 소우주이다. 인체는 우주의 운행과 같이, 만물의 생장과 같이 그 평소의 상태를 잃지 않아야 건강하다. 질병은 그저 인체의 음양이 조화를 잃고 오기가 어지러움을 보여주는 현상일 뿐, 그 근본 원인은 시기와 중도에 맞지 않기^{不時不中} 때문이다. 질병을 일으키는 직접적인 요인은 외감^{外感}3), 내상^{內傷}, 음식과 노동의 무절제에 있다. '하늘의 오기'인 풍^風, 서^暑, 습^濕, 조^燥, 한^寒은 본래 사람과 만물이 기대어 생장하는 조건이나, 만약 그때가 아닌데 그 기가 있다면4), 너무 많이 혹은 적게 발생한다면5), 곧 외감의 '음사^{淫邪}6)'가 된다. 사람은 노^怒7), 희^喜8), 사^思9), 우^憂10), 공^恐11)의 '오지^{五志}'가 있는데, 만약 발생하였으나 적절히 절제하지 못하면 '내상'을 일으킨다. 땅은 산^酸12), 고^苦13), 감^甘14), 신^辛15), 함^鹹16)의 오미가 있는데 만약 어느 하나에 치우치면 역시 병을 초래한다. 오기, 오미, 오지는 각자 음양오행의 성질을 가지고 있으며 이것들은 모두 사진의 근거가 된다.

그래서 『황제내경』은 "진단을 잘하는 사람은 기색을 살피고 맥을 짚어보며 먼저 음양을 분별한다."라고 했다. 『난경』은 더 나아가 사진의 내용과 효용을 이렇게 설명한다. "기색을 보고 안다는 것은 오색을 보고 그 병을 안다는 것이고, 들어서 아는 것은 오음을

---

3) 외부의 자극으로 인한 감각
4) 불시
5) 불중
6) 외부로부터 들어와 몸 안의 상태를 어지럽히는 사기
7) 성냄
8) 기쁨
9) 근심
10) 우울함
11) 겁냄
12) 신맛
13) 쓴맛
14) 단맛
15) 매운맛
16) 짠맛

듣고 그 병을 구별한다는 것이다. 질문하여 아는 것은 환자가 원하는 오미를 물어 그 병의 기인과 소재를 안다는 뜻이며, 맥을 짚어 아는 것은 환자의 촌구^{寸口}를 진단하고 허실을 살펴 그 병과 병이 어느 장부에 있는지를 안다는 뜻이다." 이는 지금까지도 이어지고 있는 사진의 대원칙이다. 오색, 오음, 맥상은 모두 체내의 오장육부, 기혈진액^{氣血津液}의 외형으로, 체내의 이상 상태는 그에 상응하는 인체의 변화로 나타날 수밖에 없다. 오색을 보고, 오음을 듣고, 원하는 오미를 묻고, 맥을 짚는 것의 의미는 바로 '외형을 봄으로써 그 속을 아는' 것이다. 중의학의 모든 진료 과정은 사진에서 시작되어 증상의 음양육변을 가려낸 뒤, 이에 맞게 약이나 침을 쓰되 과한 것은 덜어내고 부족한 것은 메꿔 중화를 추구함으로서 '음양의 평형^{陰平陽秘}'에 다다르는 것이다.

사진^{絲診}은 그 시기에 맞게 해야 한다. 『내경』은 진료의 시기에 대해서도 엄격하게 규정하고 있다. "진단은 보통 아침에 하는 것이 좋다. 음기가 아직 움직이지 않고 양기가 아직 흩어지지 않았으며, 음식을 먹지 않아 경맥이 왕성하지 않고, 경락이 균형 잡힌 상태로 기혈이 어지러워지기 전이다." 그 이론적 근거는 이렇다. 아침에 음양의 기운은 평화롭고 체내는 아직 어지러워지지 않은 상태이다. 한밤중에는 음이 쇠하고 양이 성하며 정오에는 양이 쇠하고 음이 성하니, 모두 진료하기에 적합하지 않다.

망, 문, 문, 절에 열거하는 순서가 있지만 역대 의학술사들은 모두 '사진합참^{四診合參}'을 강조했고 어느 한 가지 진단법에 얽매이지 않았다. 그러나 실제 응용은 망진과 절진에 비교적 편중되어 있다.

망진은 사진의 첫 번째 진단법으로 고대의 상술^{相術}에서 분화되어 나왔다. 이 둘은 서로 뒤섞인 부분이 많고 모두 음양오행으로 사람의 형^形, 성^性, 신^神, 색^色을 논한다. 전자는 질병과 생사에 관한 것에 중점이 있고 후자는 길흉휴구^{吉凶休咎}를 중시한다는 점에서 구별된다. 물론 질병과 생사 역시 길흉휴구 안에 포함된다. 망진의 범위는 상술과 동일하게 신, 색, 형, 태, 얼굴, 몸통, 사지를 포함한 사람의 전신에 걸쳐 있다. 그러나 예로부터 얼굴의 기색, 소위 '오색을 살피는' 데 중점을 두어 왔다. 이 역시 상술이 얼굴의 상을 주로 보는 것과 궤를 같이한다. 오색은 오장의 기운이 외부로 나타나는 것이다. "하늘이 사람에게 오기를 공급하고, 땅은 사람에게 오미를 제공한다." 오기와 오미가 들어가면 오장^{五臟}에 저장된다.[17] 오장의 정기가 올라가 얼굴의 기색으로 나타나는 것이 곧 오색이다. 그

---

17) 장(臟)은 장(藏)의 뜻이다. 오기와 오미를 저장한다고 하여 오장이라는 이름이 생겨났다

래서 기는 색의 근원이다.

　오색을 살피려면 먼저 부위를 정해야 한다. 음양오행학설에 따르면 사람은 천지의 상象으로, 오장, 사시, 사방은 모두 음양오행에 따라 생겨나며 각각 사람의 얼굴 부위에 상응한다. 간은 목木, 청색, 봄, 동방에 해당한다. 심장은 화火, 적색, 여름, 남방에 해당한다. 비장은 토土, 황색, 늦여름長夏, 중앙에 해당한다. 폐는 금金, 백색, 가을, 서방에 해당한다. 신장은 수水, 흑색, 겨울, 북방에 해당한다. 그래서 왼뺨은 간, 이마는 심장, 코는 비장, 오른뺨은 폐, 턱은 신장에 속한다. 『황제내경·소문, 자열(刺熱)』에서 얼굴 부위 망진의 의미를 이해할 수 있다. "간열병이면 왼뺨이 먼저 붉어진다. 심열병이면 이마가 먼저 붉어지고, 비열병이면 코가 먼저 붉어진다. 폐열병은 오른뺨이 먼저 붉어지고, 신열병은 턱이 먼저 붉어진다." 열병은 양증에 속한다. 적색[18]으로 나타나며 양기는 넘치고 음기가 부족한 증상이다. 이때 음양은 비록 어지러워도 병증이 심하지 않아 침술을 먼저 행해야 한다. "간열병이면 족궐음足厥陰과 소양少陽에 침을 놓는" 등의 방법으로 음양을 균형 있는 상태로 되돌리고 병이 나지 않게 할 수 있다. 그래서 "비록 병이 나기 전이지만 붉어진 것을 보고 침을 놓는데 이를 '병을 미리 다스리는 것治未病'이라고 한다." 망진을 통해 병을 미리 다스릴 수 있다. 병을 미연에 방지하는 것은 중국 의학의 주요 사상이며, 이는 나라를 다스리는 법과 상통한다.

　얼굴 부위의 오색은 주객의 구분이 있다. 상술과 망진은 모두 선천적인 오행 기운의 많고 적음에 따라 사람을 다섯 가지 유형으로 나눈다. 목木의 기운이 많은 사람은 목형인木形人으로 얼굴색이 다소 푸르다. 화형인火刑人은 붉고, 토형인土形人은 노랗다. 금형인金形人은 희고 수형인水形人은 검다. 또한 장기의 색臟色이 있는데 간은 푸르고, 심장은 붉고, 비장은 노랗고, 폐는 희고, 신장은 검다. 이를 주색主色이라고 한다. 이 외에도 "오색의 다름을 보고자 하면 사시四時의 변화를 관찰해야 한다." 사계절에는 각자의 색이 있는데 봄은 푸른색, 여름은 붉은색, 가을은 흰색, 겨울은 검은색이며 사계절 모두에 노란색이 있다. 이를 시색時色 또는 객색客色이라 한다. 객이 주를 이기면, 곧 사람이 사시에 따라 그 색이 변화하면 좋고 길한 것이다. 간에 병이 있으면 사계절 푸르고 심장에 병이 있으면 사계절 붉은데, 이처럼 때에 따라 변하지 않으면 나쁘고 흉한 것이다. 여기서 '때에 따른다.'는 말의 의미를 알 수 있다. 한 가지 색만 나타나거나, 부위와 시기에 맞지 않으면 병색病色이다.

---

18) 화(火)

오색은 오장의 기에 근원이 있다. 『내경』은 일찍이 오색에 기운이 있는지(밝고 윤택한지) 혹은 없는지(어둡고 건조한지)에 따라 생사의 징후를 판단하는 법을 확립했다. 이는 후세에 2천 년 동안 변하지 않고 이어지다가 청대에 이르러 의학자들이 '망색십법望色十法'을 주장하면서 증보되었다. 망색십법은 '그 색의 기를 분별하는' 것으로, 오색을 살펴 '그 기의 색을 판별하는' 것과는 구별된다. 십법은 전체적으로 생사를 판별할 뿐 아니라 병의 표리와 음양, 허실, 장단을 구별할 수 있다. 오색 진단법과 함께 사용되어 매우 복잡하므로 융통성 있게 운용하여야 한다.

문진聞診은 이론적으로는 오음五音과 오성五聲을 듣는 것이다. 오장은 각자 음과 성이 있어 밖으로 발산된다. 간은 각角음과 호呼성이고, 심장은 치徵음과 소笑성이다. 비장은 궁宮음과 가歌성, 폐는 상商음과 곡哭성에 해당하며, 신장은 우羽음과 신呻성이다. 오음과 오성을 듣고서 안다는 것은 그 오음을 듣고 병을 판별하는 것이다."라는 대목에 이렇게 주해했다. "오장에 성이 있고, 성에는 음이 있다. 간은 호성으로 각음에 해당하며 고르고 곧다. 음과 성이 상응하면 병이 없으나 각음이 어지러우면 간에 병이 있다. 심장은 소성으로 치음에 해당하며 조화롭고 길다. 음성이 상응하면 병이 없으나 치음이 어지러우면 심장에 병이 있다. 비장은 가성으로 궁음에 해당하며 크고 조화롭다. 음성이 상응하면 병이 없으나 궁음이 어지러우면 비장에 병이 있다. 폐는 곡성으로 상음에 해당하며 가볍고 움직임이 있다. 음성이 상응하면 병이 없으나 상음이 어지러우면 폐에 병이 있다. 신장은 신성으로 우음에 해당하며 무겁고 깊다. 음성이 상응하면 병이 없으나 우음이 어지러우면 신장에 병이 있다." 역대 의학자들은 모두 이를 문진의 기초로 삼았다. 그러나 오색의 망진에 비교하면 문진은 기계적이고 불확실성이 커서 숙달하기 쉽지 않다. 그래서 보통 말과 호흡, 기침, 구토 소리를 듣는 것으로 대체하곤 하는데, 비록 '경험에 의한 진단'이 대부분이지만 증세를 판별하기에는 매우 유용하다. 문진은 예로부터 귀로 듣는 것이었으나 근 몇십 년 사이 냄새를 맡는 내용이 추가되었고 이는 서양 의학의 영향임이 뚜렷하다.

문진問診은 환자가 원하는 오미를 묻는 것이다. 『내경』은 목신木酸, 화고火苦, 토감土甘, 금신金辛, 수함水鹹의 오미를 각각 오장에 결부시켰다. 그래서 좋아하는 맛, 입안의 맛을 통해 오장의 병을 알아낼 수 있다. 예를 들면 간에 병이 있으면 신맛을, 심장병은 쓴맛을 선호하고, 비장의 병이 있으면 단맛, 폐의 병은 매운맛을 선호하며 신장의 병은 짠맛을 찾게 된다. 평소와 다른 입속의 맛은 오장육부의 기가 경맥을 타고 입으로 올라와 발생하는데 이를 통해 오장육부의 병을 추측할 수 있다. 입이 신 것은 보통 간에 열이 있어서이고, 쓴 맛을 느낀다면 심장의 화기가 올라오거나 담기가 위로 넘치기 때문이다. 단맛은 비장의 탁기濁氣가 올라와서이며 매운맛은 폐의 열, 짠맛은 신장의 열에 기인한다. 입맛이 없다면 비위가 약하고 차가운 탓이다. 이러한 문진법은 편집적이라는 비판이 있지만, 역대 의약 학자들은 이 방법을 계속해서 사용해 왔다. 게다가 고대의 의료는 '구의求醫'라 하여, 환자 는 스스로 증상을 말하고 의사는 종종 묻는 대신 망, 문, 절에 의해서만 진단을 내림으로 써 의술의 고명함을 보였기에 문진은 거의 발전하지 못했다. 문진의 범위는 명대에 이르 러서야 이론적으로 확대되어 '십문十問'이 등장했다. 곧 오한과 발열 여부, 발한發汗 여부, 머리와 몸의 증상, 대소변, 음식, 가슴 통증, 청력, 갈증 여부, 이전의 병력, 병인에 대해 묻는 것이다. 이를 통해 음양과 표리, 한열, 허실을 구분하여 증상을 판단하는 중요한 근 거로 삼았다.

절진은 맥진脈診과 안진按診으로 나뉜다. 안진은 환자의 신체를 누르거나 접촉하여 질병 의 소재를 진찰하는 방법으로, 비록 오래전에 기원하였지만 잘 사용되지는 않았다. 맥진 법은 사진 중 가장 늦게 발달했지만 되려 가장 완전한 모습으로 발전했다. 고대의 사진 관련 전문서 중에는 맥진에 관한 책이 가장 많다. 맥진은 예로부터 정묘한 기술로 인정 받았다. 『내경』은 맥진하는 시간과 부위, 정상적인 맥박, 사계절의 맥박 차이와 병자 혹 은 임종을 앞둔 맥박에 대해 구체적이고 정교하게 묘사하고 있다. 그래서 『난경』은 진맥 으로 병의 소재를 찾는 것을 '공교하다.'라고 하였다. 동한 말년 장중경張仲景의 『상한론(傷 寒論)』은 맥상을 진단의 가장 주요한 근거로 보고, 맥진의 지위를 공고히 했다. 진대晉代 에 왕숙화王叔和가 저술한 『맥경(脈經)』은 맥학의 이론과 방법을 체계화한 최초의 맥학 전 문서이다. 『맥경』은 큰 영향력을 미쳤고 널리 전승되었다. 6세기에 조선과 일본, 이후 아랍까지 전파되었고 17세기에는 유럽 각국의 문자로 번역되었다. 그로부터 명청 시기 까지 의학자들은 맥진을 사진의 으뜸으로 두었고, 맥진에만 몰두하는 사람도 있어 역대 의 맥학 저작들이 등장했다. 명대 이시진李時珍이 지은 『빈호맥학(瀕湖脈學)』은 시의 형식 으로 부浮, 침沈, 지遲, 수數, 활滑, 삽澀, 허虛, 실實, 장長, 단短, 홍洪, 미微, 긴緊, 완緩, 규芤, 현弦, 혁革, 뇌牢, 유濡, 약弱, 산散, 세細, 복伏, 동動, 촉促, 결結, 대代의 27가지 맥상의 형상과 동태, 주요 병 증과 감별법을 나누어 서술함으로써 맥학의 발전 및 보급에 이바지했다. 이후 이중자李中

ᄎ가 이를 '질맥疾脈'으로 보강, 28맥을 제시하여 현재까지 사용되고 있다. 맥상을 글로 기술하면 종종 의미를 다 표현하지 못한다. 송대에 허숙미許叔微가 처음으로 맥상도를 그렸으나 이미 실전되었다. 그 후 시발施發이 『찰병지남(察病指南)』에 33개의 맥상도를 그려 맥진 형상 교학의 효시가 되었다.

또한 맥진법은 복잡했다가 점차 간소화되는 과정을 거쳤다. 『내경』 시대에는 '편진법遍診法'이었다. 진단 부위를 상(머리), 중(손), 하(발)의 삼부三部로 나누고, 매 부위를 다시 천, 지, 인의 삼후三候로 나눴기에 이를 '삼부구후법三部九候法'이라 했다. 이런 진단법은 매우 불편했고, 당시엔 특히 여성 환자들에게 부적합했다. 동한 말에 장중경이 이를 상중하 삼부에서 각각 일맥을 취하는 방식으로 고쳐 '삼부진법三部診法'이라고 불렀다. 진대 왕숙화에 이르러 한 걸음 더 나아가 손목의 맥만 짚는 '촌구진법寸口診法'으로 간소화하여 현재까지 이르고 있다. 사실 촌구진법은 『내경』에서도 연원을 찾을 수 있다. 『내경』은 촌구맥을 가리켜 '하나뿐인 오장의 주인獨爲五臟主'이라고 했고, 『난경』 역시 '모든 맥이 만나는 곳脈之大會'이며 "촌구만 진맥해도 오장육부의 생사와 길흉을 알 수 있다."라고 했다. 그러나 왕숙화의 『맥경』에서야 상세하게 그 진단법이 서술되어 널리 전파되었다. 촌구맥은 손바닥 어제혈 뒤 1촌 9분 지점의 동맥이다. 여기서 촌이란 '동신촌同身寸'이다. 사람의 신체는 각자 다르므로 각 사람의 중지 둘째 마디 안쪽의 두 가로금 사이를 1촌으로 한다. 촌구는 촌, 관, 척 3부로 나눠진다. 그중 앞쪽 6분은 촌부, 중간 6분은 관부, 뒤쪽 7분은 척부이고 두 손을 합쳐 6부이다. 매 부마다 절맥 시 누르는 정도의 경중에 따라 부浮, 중中, 침沈 3후로 구분하고, 이를 '삼부구후三部九候'라고 한다. 그러나 『내경』과는 이름만 같을 뿐 다른 의미이다. 촌구 6부는 각 장기에 속한다. 좌촌, 좌관, 좌척은 각각 심장, 간, 신장을 진단하고, 우촌, 우관, 우척은 각각 폐, 비위, 명문을 진단한다. 그래서 촌구 6부를 보면 오장육부를 알 수 있다.

맥상은 사시오행과 결부된다. 간목肝木은 봄에 해당하며 맥상이 곧고 길어 춘현春弦19)이라 부른다. 심화心火는 여름에 해당하고 맥상이 오는 힘은 센 반면 가는 힘은 약해 하홍夏洪20)이라고 한다. 비토脾土는 늦여름長夏으로 맥상은 느리고 완만하여 완맥이라고 한다. 폐금肺金은 가을에 해당하며 맥상은 가볍고 허해서 위로 향하며 추부秋浮21)라고 칭한다. 신수

---

19) 현맥
20) 홍맥
21) 부맥

腎水는 겨울에 해당하고, 맥상은 물속에 돌이 가라앉듯 무거워 동침沉沉22)이라고 한다. 맥상은 그 시기에 따라 나타나야 순조롭고 좋은 증상이다. 시기가 되었는데 그 맥이 없거나 심지어 상극인 맥이 나타나면 순리에 어긋나고 좋지 않은 증상으로 본다. 이것이 바로 '시'이다. 만약 오장五臟이 그 중화中和를 잃고 지나치거나 모자라게 되면 반드시 맥상에 나타난다. 그렇기에 『내경』은 "맥을 잘 짚는 자는 반드시 병을 종류에 따라 구별할 수 있다. 구별하지 못하면 밝히 알지 못하는 것이다."라고 했다.

절맥은 음양의 순역順逆을 알 수 있다. 일반적으로 부浮, 대大, 활滑, 홍洪, 수數맥은 양이고, 침沉, 미微, 삽澀, 세細, 지遲맥은 음이다. 양증양맥, 양증음맥은 순조로운 것으로 치료가 쉽다. 양증음맥, 음증양맥은 거스르는 것으로 치료가 어렵다.

색과 맥을 함께 봄으로써 생사를 알 수 있다. 『내경·영추, 사기장부병형』에서 "그 색이 보이나 맞는 맥을 얻지 못하고 도리어 상극의 맥이라면 죽는다. 상생의 맥이라면 병이 낫는다."라고 하였다. 이른바 서로 맞는 맥과 색은 다음과 같다. 간목은 청색과 현맥, 심화는 적색과 홍맥이고, 비토는 황색과 완맥, 폐금은 백색과 부맥이며, 신수는 흑색과 침맥이다. 만약 간의 병으로 청색이 보이는데 현맥이라면 맥과 색이 부합하는 것이다. 만약 그 색은 맞는데 맞는 맥이 아니라 극맥이 나오면 죽고, 생맥이 나오면 산다. 간의 병에 현맥이 아니라 부맥(금에 속함)이 보인다면, 상승의 맥 곧 극색의 맥(금맥은 목색을 억제함)이므로 역행하고 좋지 않은 증상이다. 침맥(수에 속함)이라면 상생의 맥(수맥은 목색을 만들어냄)이므로 순조롭고 좋은 증상이다. 물론 색과 맥은 문진聞診과 문진問診, 환자가 설명하는 병후와 함께 종합적으로 판단해야만 '완전'해질 수 있다.

느리게는 새벽에, 빠르게는 바로 진단하는 것이 사진의 '시'이고, 색과 맥, 증상을 모두 참고하여 어느 하나에 치우치지 않는 것이 사진의 '중'이다. 그 '시중'을 맞춰 오차가 없기를 바라는 마음, 이것이 바로 중의中醫 진단 및 치료법의 중요한 원칙이자, 중의학이 수천 년간 쇠퇴하지 않고 이어지며 민중의 건강과 삶을 지킬 수 있었던 근본적인 이유였다.

---

22) 침맥

2

침구와 중약

우안얼

침구와 중약은 모두 고대 중국인이 질병을 치료하던 도구이다. 이른바 중약에는 약초와 처방이 포함된다. 그리고 침구는 곧 침술과 애구^{艾灸1)}의 합성어이다. 이 둘은 먼 옛날부터 기원을 찾을 수 있고 지금까지도 활발히 사용되고 있다.

상고 시대 중국에서는 무속과 의술을 분리하기가 어려웠다. 가장 원시적인 치료법은 무속적 축원과 자혈^{刺血2)}, 화위^{火熨3)}를 같이 사용했다. 자혈은 폄석^{砭石4)}, 화위는 풀과 나무를 이용했는데 이것이 침구의 기원이다. 내몽골 둬룬의 신석기 유적에서 출토된 한쪽은 칼날, 한쪽은 송곳 모양의 돌침이 이에 대한 증거이다. 『산해경(山海經)·해내서경(海內西經)』에는 6명의 무당이 "모두 불사의 약을 가졌다."라고 했다. 이 중 무함^{巫咸}과 무팽^{巫彭}의 이름은 지금으로부터 3천여 년 전의 은나라 중엽 갑골문에 여러 번 등장한다.

갑골문에 '약^藥'이라는 글자는 보이지 않지만, '창기주^{鬯其酒}'라는 기록이 있다. 창^鬯, 곧 온갖 풀을 기장과 섞어 발효시켜 빚어낸 방향 약주로, 신내림을 받는 용도로 사용한다. 고대의 강신^{降神}을 위한 물품은 질병 치료에도 사용되었기 때문에, 술은 초기의 약이자 고대 의약에서 줄곧 중요한 위치를 차지하고 있었다. 『황제내경』에는 술의 작용에 대하여 "사기^{邪氣}가 때때로 이르면 이를 복용하여 나았다."라고 언급하고 있다. 후세에는 또한 '술은 백약의 으뜸^{酒爲百藥之長}'이라는 말이 생겨났다. 그래서 '의^醫'는 술을 뜻하는 '유^酉'에서

---

1) 쑥뜸
2) 피부를 찔러 피를 내는 치료법
3) 열 찜질
4) 돌침

나왔다. 또 다른 강신용 물건은 제사용 쌀인데, 역시 병을 고치는 데 사용되었다. "의원이 침과 돌을 쓰는 것과 무당이 제사용 쌀과 깔개를 쓰는 것은 구하는 바가 같다"고 하였다. 은대에 의약은 무속에 장악되어 있었고, 그래서 '의醫'는 또한 무당을 뜻하는 '의毉'로도 썼다. 고분인 『상서·설명(說命)』의 기록에는 은왕 무정武丁이 어지럽고 눈앞이 캄캄할 정도로 약을 쓰지 않으면 병이 낫지 않는다고 전하는데, 일종의 무속적 체험을 말한 것일 수 있다. 약물은 입에 쓰고 눈앞이 캄캄하거나 어지러운 증상을 유발할 때가 많아 후세에는 이를 흔히 '독약'이라고 불렀다. 민간에서도 신농씨가 각종 풀을 시험하면서 하루에 70가지 독(곧 70가지 약)을 접했다는 이야기가 널리 전해지고 있다.

주대에는 무속의 지위가 낮아지면서 의약 등의 방기方技는 조정 관원의 영역이 되었다. 춘추 시대에 관원이 제 역할을 하지 못하자 의술은 또한 민간으로 흘러들었고 사제 간에 전승이 되면서 발전해 나갔다. 『시경(詩經)』에서 사물을 가리켜 비유하면서 이미 오십여 종의 약물을 시로 읊었다. 『산해경』에도 백여 종의 식물, 동물, 광물 약재가 기록되어 있고, 먹고, 입고, 목욕하고, 몸에 차고, 감고, 바르는 등 다양한 약을 쓰는 법을 싣고 있어 수십 종의 병을 치료할 수 있었다. 전국 시대에 이르러 무속과 의술은 점차 분리되었다. 질병이 있으면 여전히 의술과 무속과 점복 세 가지를 함께 시도하곤 했지만, 침, 뜸, 약에 집중하되 무술巫術은 쓰지 않는 유의游醫가 이미 등장했다. 『사기(史記)·편작창공열전(扁鵲倉公列傳)』에는 편작이 '무술은 믿고 의술은 믿지 않는 것信巫不信醫'을 병의 '여섯 가지 고치지 못할 증상六不治' 중 하나로 보았다고 기록되어 있다. 편작은 오장육부를 꿰뚫어 보듯 병을 진단했고, 침술과 약물을 사용한 열 찜질을 함께 사용하여 천하에 이름이 널리 알려졌다.

『한서·예문지, 방기(藝文志·方技)』에는 '의경醫經'과 '경방經方'의 2가가 있다. 의경은 침, 뜸, 본초를 사용하고, 경방은 (고전적인) 처방을 위주로 한다. 경방에 수록된 문헌은 오늘날 모두 실전되었다. 의경은 『황제내경』 18권만이 전해져 내려오며 역대 의약 및 방기지사의 본보기가 되었다.

『주례』에 기록된 풀, 나무, 돌, 곤충, 곡식의 '오약五藥'은 서한 이후 '본초本草'로 불렸고 약물을 총칭했다. 본초가 가진 음양오행의 성질은 약물 자체와 생산지, 채집 시간, 제조 방법 등에 따라 결정되며, 약물의 사기오미四氣五味와 승강부침升降浮沉, 귀경歸經으로 표출된다. 승升과 부浮는 양이고, 침沈과 강降은 음이다. 사기는 사성四性이라고도 한다. 따로 '평平'

의 성질이 있어 실제로는 온溫, 열熱, 평平, 량涼, 한寒의 오성五性이다. 시고酸, 쓰고苦, 달고甘, 맵고辛, 짠鹹 오미五味와 함께 각각 사계절과 네 방위 및 목木, 화火, 토土, 금金, 수水의 오행에 대응된다. 그리고 오행 중 목화木火는 양, 금수金水는 음에 속한다. 약을 복용하는 것은 음양의 오기五氣를 들여보내는 것과 같음을 알 수 있다. 침구는 경락과 장부臟腑를 전문적으로 다루는데, '수태음폐경手太陰肺經', '족태양비경足太陽脾經', '수소음심경手少陰心經', '족소음신경足少陰腎經' 등 12경맥과 그 위에 분포한 365개의 혈 자리는 그 자체로 음양 오기를 지니고 있다. 그 자리에 침을 놓고 뜸을 뜨면 음양오기를 이끌어 내는 것과 같다. 침법은 또한 보사補瀉의 구분이 있다. 보법補法은 느리게 들어가 빠르게 나옴으로써 기를 넣어 주고, 사법瀉法은 빠르게 들어가 느리게 나옴으로써 기를 끌어낸다. 요컨대 "환자를 진단하는데 능한 사람은 먼저 음양을 구별하고", 그 후 "음병은 양으로 치료하고, 양병은 음으로 치료한다." '기가 부족하면 보補하고, 과도하면 사瀉하여 '중화中和'의 상태로 돌아가게 하는 것이다. 구체적으로 말하면, 양기가 성하여 열이 날 때는 한량한 약으로 그 양기를 눌러 주어야 한다. 한으로 열을 치료하는 '열자한지熱者寒之'의 방법이다. 음기가 성하여 한기가 있을 때는 온열한 약으로 음기를 눌러 주어야 하고, 이는 열로 한을 치료하는 '한자열지寒者熱之'의 방법이다. 간목肝木이 부족하면 신수腎水를 보해 주어 '자수함목滋水涵木'할 수 있다. 곧 신수로 간목에 영양을 공급하는 것이다. 심화心火가 과해져도 신수를 보해 주면 좋다. 신수로 심화를 안정시키는 것을 '자음강화滋陰降火'라고 한다.

『회남자(淮南子)』에 말하기를 "세속의 사람들은 대부분 옛것을 존귀하게 여기고 지금 것은 비천하게 생각한다. 그래서 도를 말하는 자는 반드시 신농씨나 황제와 같은 옛사람에 기대어야 말할 수 있다."라고 했다. 이는 중국의 고대 문헌이 저술된 시기가 늦을수록 더 오래된 사람의 명의를 빙자하는 현상을 잘 설명해 준다. 『황제내경』은 서한 때 쓰여졌고 그 중 「영추」편은 후세 사람들에 의해 『황제침경(黃帝鍼經)』으로 불렸다. 침구를 중점적으로 다뤘음을 알 수 있다. 『신농본초경(神農本草經)』은 동한 말년에 나타났는데 빌려 쓴 이름은 더욱 오래되었다. 이 두 가지는 전해져 오는 가장 이른 시기의 침구와 본초의 주요 저작이다.

침구는 비록 체외에서 치료하는 외치外治법이지만, 『내경』 시대에 벌써 상당히 발달해 있었다. 침구만 보아도 「영추」가 열거하는 '아홉 가지 침九鍼'은 각자 특수한 형태와 효용이 있다. 참침鑱鍼은 화살촉처럼 생겼고 얕게 찌르는 데 적합하다. 원침圓鍼은 침신鍼身이 기둥 같고 끝부분이 달걀처럼 둥글어 혈 자리를 안마하는 데 쓰인다. 시침^{鍉鍼}은 침신이 비교적 굵고 침끝이 살짝 무뎌서 누르는 데 쓰인다. 봉침^{鋒鍼}은 침 끝이 삼각져 있고 뾰족해서 피를 빼기 위해 사용된다. 피침^{鈹鍼}은 양날 검 모양으로 환부를 갈라 고름을 빼낼 때 쓰인다. 이침^{利鍼}은 침신이 살짝 굵고 끝이 둥글면서 날카로워 빠르게 찌르는 용도이다. 호침^{毫鍼}은 머리카락처럼 가늘고 가장 흔한 종류로 광범위하게 사용된다. 장침^{長鍼}은 길이가 7촌(23.5㎝)에 달하며 깊숙이 찌를 때 쓰인다. 대침^{大鍼}은 굵고 끝이 둥글며, 관절병 치료용이다. 서한 중산정왕묘에서 출토된 4개의 금침과 5개의 은침 중에 호침, 봉침, 시침과 비슷한 것이 있다. 「영추」는 음양과 허실, 한열, 영위^{營衛5)}에 따라 사용해야 할 서로 다른 침법을 규정하고, 맞는 침법을 쓰지 않으면 필경 후환을 초래한다고 지적했다.

서진 초기 침구의 대가 황보밀은 『소문』, 『영추』, 『명당공혈침구치요(明堂孔穴針灸治要)』(실전됨) 세 권의 주요 내용을 침구 전문서인 『황제삼부침구갑을경(黃帝三部針灸甲乙經)』 12권 128편으로 펴내, 오장육부와 정신혈기^{精神血氣}, 진액음양^{津液陰陽}, 맥진 등 기본 이론을 체계적으로 논술했다. 12경혈과 머리, 얼굴, 가슴, 등, 목, 귀, 어깨, 겨드랑이, 배 등 부위별로 혈을 정하고 647개의 혈 자리를 새롭게 정리했다. 또한 침도^{針道}와 침법^{針法} 및 금기를 명확히 서술했다. 침구의 발전사에서 선인을 계승하고 후인에게는 영감을 주어, 당송에 이르기까지 그 수준을 뛰어넘은 사람이 없었기에 후세에 그를 침구학의 시조로 불렀다. 5세기 후에는 해외에 전해져 큰 영향을 미쳤다.

이후 침구에 대한 저작은 전사^{轉寫}되면서 중복되거나 뒤섞이는 경우가 많았고, 경혈의 기술도 상당히 혼란해졌다. 중당 시기 명의^{名醫} 왕도^{王燾}는 일찍이 침을 잘못 놓았을 때의 위해를 역설하면서, 대개 경혈이 불명확하다는 근본 원인을 파헤치면 책은 있지만 그림이 없어서라고 하였다. 당나라 초기 손사막^{孫思邈}은 인체 앞면, 뒷면, 측면의 채색 경혈도를 그렸지만 후대에 유실되었다. 송 천성^{天聖} 4년(1026년) 왕유일^{王惟一}이 침구동인^{針灸銅人}을 주조하기 위해 경혈 전문서를 펴냈다. 후에 이름을 『신주동인수혈침구도(新鑄銅人腧穴針灸圖)』라고 했으며, 새롭게 정한 혈 자리 354개를 쓰고 그림과 설명을 추가했다. 그 글과 그림은 각각 높이 6척, 너비 2여 장의 돌비석 4개에 조각되었고 변량^{汴梁} 삼황묘^{三皇廟} 앞에 놓여 모든 사람이 볼 수 있도록 공개하였다. 이듬해 그는 황명에 따라 침구동인 2좌를 만들었고, 이것이 최초의 침구 모형이다. 동인은 인체와 동일한 키로, 장부의 12경락을

---

5) 체내를 흐르는 영기(營氣)와 위기(衛氣)로 영기는 영양을 공급하고 위기는 외부의 사기를 막아 보호하는 역할

나누고 옆에는 수혈腧穴이 만나는 자리를 주해 놓았으며 혈 자리마다 그 이름을 새겨 놓았다. 이때부터 침구와 수혈은 더욱 통일되고 명확한 표준을 갖게 되었고, 후대 사람들은 모두 송대를 따라 배우게 되었다.

침구동인은 당시에는 진귀한 물건이었다. 백 년 후 송나라가 금나라에 패하자 금나라 사람들은 공물로 침구동인을 바치는 것을 화의의 조건 중 하나로 내걸었다. 원대 지원至元 연간 침구동인과『침구도경(針灸圖經)』의 각석은 모두 대도(베이징)로 옮겨 태의원太醫院 내에 두었다. 사백여 년 후, 석각이 마모되고 동인 역시 희미해져 판별이 어려워지자 명 정통正統 8년(1443년)에 동인을 다시 주조하고『도경』을 새로 새겼다.

송대 침구의 또 다른 성취는 '자오유주子午流注' 침법의 창시이다. 정井, 형滎, 수腧, 경經, 합合의 오수혈五腧穴을 음양 오행에 대입, 천간 지지를 장부와 시간에 결부시켜 경맥과 기혈 흐름의 성쇠와 개폐를 추산함으로써 때에 맞게

〈그림 1〉 명대의 침구동인
높이 213cm, 전신에 모두 666개 침구 혈자리가 표시되어 있음.

혈을 취할 수 있게 되었다. 경혈과 장부는 각자 음양의 소식을 따르기에 오기의 성쇠로 인해 열고 닫히는 시간이 있고, 그래서 날마다 시간에 따라 침구로 혈도를 열어 주어야 효과가 있다. 개혈법으로는 '납간법納干法'과 '납지법納支法'이 있고, "날짜에 따라 시간의 간지를 추산하고 경맥을 따라 혈 자리를 찾는다. 시간 위에 혈이 있고 혈 위에 시간이 있다."라는 원칙을 따른다. 이는 현대의 시간생물학설과 매우 유사하다. 1960년대 베이징에서 출토된 송대『동인침구도경』의 각석 조각에는 뜸 치료를 시행하는 특정 시간이 기록되어 있다.『자오유주』침법은 금, 원대에 집대성되었다. 원, 명대의 침구 명가로는 고무高武와 양계주楊繼洲가 있다. 고무는 남녀와 아이 형태의 동인침구 모형을 각각 하나씩 만들었고, 양계주의『침구대성(針灸大成)』은 널리 유전되어 해외까지 전파되었다. 청대에 만주인이 침구를 경시하여 태의원에서 침구과를 폐지한 까닭에 그 뒤로는 발전하지 못했다. 그러나 이 요법은 여전히 민간에서 환영받고 있으며 그 기술도 뛰어나다.

체내 치료법으로써 본초는 한대漢代에 이미 보편적인 지식이었다.『회남자』,『이아(爾

雅)』, 『설문해자(說文解字)』는 모두 다양한 약물을 기록하고 있다. 그러나 전해지는 최초의 저술은 『신농본초경』이다. 『본초경』은 사기오미四氣五味, 군신좌사君臣佐使, 칠정화합七情和合 등 중약학설을 개괄하고, 365종의 약을 기록했다. 동중서董仲舒의 '성삼품性三品'과 『내경』의 군신좌사설을 차용하여 약효와 주로 치료하는 대상에 따라 상중하 3품으로 구분하고 이를 각각 천지인에 결부시켰다. 상품 120종은 '군君'으로 주로 양생의 효능이 있고 하늘에 대응된다. 독성이 없고 효력이 부드럽고 순하여 오래 복용하면 몸을 가볍게 하고 기운을 더해 주며 노화 방지와 수명 연장의 효과가 있다. 중품 120종은 '신臣'으로, 주로 성정을 다스리며 사람에 대응된다. 독성이 없거나 소량 포함되어 있어 잘 활용하면 병을 억제하고 부족한 기운을 보충할 수 있다. 하품 125종은 '좌사佐使'로 병의 치료가 주된 목적이며 땅에 대응한다. 독성이 다량 함유되어 오래 복용할 수 없고 한열과 사기邪氣의 제거 및 적취積聚 분해 효과가 있다. 여기에서 본초의 첫째 목표는 양생과 건강 유지이며, 본초를 질병의 치료 목적으로 쓰는 것은 하책下策임을 알 수 있다. 이렇게 '병을 미연에 방지하는' 사상은 『내경』에서 이미 확정되었다. 『본초경』이 기록한 약물이 치료할 수 있는 병증은 대략 170여 종인데, 기록한 약효 중 어떤 것들은 세계 의약사에서 최초로 발견된 사례이다. 예시로 마황麻黃은 기침을 멈추고 상산常山은 항말라리아 효과가 있으며, 황련黃連은 이질에 효과적이고, 해조류는 갑상선의 낭종을 치료하고, 고련자苦楝子는 방충 효과가 있으며 당귀當歸는 월경을 고르게 한다는 것 등이다. 아교阿膠는 지혈에 좋고 오두烏頭는 통증을 멎게 하며 수은과 비소제는 악창과 옴을 치료한다는 사실도 있다. 또한 약에 들어가는 풀의 부위에 대해 자세하게 설명하고 있는데, 마황의 줄기는 땀을 내고 뿌리는 땀을 멈추는 용도라거나 관동款冬은 꽃, 꽃다지葶藶는 씨, 당귀는 뿌리, 하고초夏枯草는 풀 전체를 쓴다는 것 등이다. 서로 다른 약성에 따라 제형은 환丸, 산散, 주酒, 고膏 등으로 다르게 선택한다.

초기의 약초 치료는 한 가지 약재만으로 한 종류의 병을 치료하는 이른바 '단미약시대單味藥時代'이다. 『신농본초경』은 이를 총결한 책이다. 『내경』에 기록된 약방도 역시 한두 가지 약재만을 쓰고 있다. 이 저작들은 모두 『한서·예문지』에 수록된 '의경醫經'류에 속하며, 또한 모두 상고 시대의 이름을 가져다 썼고 개인의 성명을 남기지 않았다. 「예문지」가 기록한 '경방經方'은 전하지 않으나, 모두 방서方書임은 의문의 여지가 없다. 동한 말년에 장중경이 고대 의학 서적의 정수를 모아 쓴 『상한잡병론(傷寒雜病論)』은 이론과 방법,

처방과 약물을 하나로 아울러 천고에 남을 '방서의 시조'로 자리매김했고, 의학의 길은 이를 통해 크게 바뀌었다. 이 책은 송대에 『상한론(傷寒論)』과 『금궤요략(金匱要略)』으로 나뉘었는데, 삼음삼양론三陰三陽論을 치료의 원칙으로 삼았다. 『상한론』에 기록된 처방은 113개이고 170여 종의 약재가 사용된 한편, 『금궤요략』에는 262개의 처방과 함께 214종의 약재가 사용되었다. 약의 포제炮制 과정과 처방의 배합, 제제製劑와 용법에 대해서도 상세하게 서술했다. 포제법의 경우 마황은 마디를 자르고 살구씨는 껍질과 씨끝을 제거한다든지, 감초는 꿀물로 볶고 부자는 잿불 등에 묻어 그을린다거나, 대황大黃은 술에 담갔다 말려서 쓰고 후박厚朴은 생강즙에 볶으라는 것 등이 기록되어 있다. 사용한 제형으로는 탕湯, 환丸, 산散, 주酒부터, 씻는 용도나 목욕용 약, 훈증燻蒸 약, 귀나 코로 넣는 약, 관장약, 연고, 항문 및 질 좌약 등이 있다. 제형마다 들어간 약재의 종류는 많지 않지만, 배합은 매우 치밀하고 정묘하다. 이를테면 마행석감탕麻杏石甘湯과 마황탕麻黃湯은 둘 다 4종류의 약재만 사용했고 마황, 감초, 살구씨로 기침을 멈추는 효과가 있다. 그러나 전자는 석고石膏와 배합했고 후자는 계지桂枝를 함께 썼는데, 이로 인해 이 둘의 효과와 주 치료 대상이 완전히 달라진다. 그래서 후대에 이 책에 기록된 처방은 '경방經方'이라 불렸고 대를 이어 계속 사용되었다. 또 장중경은 개인의 명의로 이 경전을 저술했기에 '의성醫聖'으로 칭송받았다. 오늘날에도 인진호탕茵蔯蒿湯으로 급성 황달성 간염을 치료하고 백호탕白虎湯으로 B형 뇌염을 치료하며, 또 마행석감탕으로 급성 기관지염 및 폐렴을 고치고 오매환烏梅丸으로 담도회충증을 없애는 등 여전히 효과가 있다. 이후 본초학 서적 및 종합 의서에는 방제를 함께 실었다. 그러나 장중경의 '경방'이 아닌 후세에 나온 책들은 모두 '시방時方'이라는 별도의 이름으로 불렀다.

　전하는 바로는 장중경은 일찍이 시중 왕중선王仲宣이 이십 년 후 눈썹이 빠지고 반년 후 죽으리라 예언하며 오석탕五石湯을 복용하도록 권했다. 왕중선은 탕을 받았으나 마시지 않았고, 이십 년 후 과연 눈썹이 빠지고 죽었다. 오석탕의 처방은 고증할 수 없으나, 모두 『신농본초』 중 상품의 약재였음은 의문의 여지가 없다. 위진 이래 도가의 장생구시長生久視와 신선황백지술神仙黃白之術이 성행했고, 섭양攝養과 위생衛生을 위한 연단鍊丹과 복석服石의 풍속이 널리 퍼졌다. 그중 한식산寒食散[6]이 가장 크게 유행했다. 한식산의 처방은 대체로 단사丹砂, 웅황雄黃, 운모雲母, 종유鍾乳 등을 제련하여 만든다. 역사에는 진애제晉哀帝와 북위北魏의

---

6) '오석산(五石散)'이라고도 함.

명원제^{明元帝}가 모두 한석산을 복용해서 죽었다고 쓰여 있다. 침구의 대가인 황보밀^{皇甫謐} 역시 중년에 복석으로 인해 '풍비^{風痺}7)'를 얻어 의술을 배운 것이다. 연단술의 기원은 전국 시기까지 거슬러 올라갈 수 있다. 동진에 이르러 도교의 대사인 갈홍^{葛洪}의 『포박자(抱朴子)』는 이를 집대성하였고 제약 화학의 발전을 촉진하는 한편 화학 약물의 응용 범위를 확대했다. 남량의 도사 도홍경^{陶弘景} 역시 연단에 능했고 『합단법식(合丹法式)』을 저술했다. 당대^{唐代}에 연단에 의해 처음 만들어진 경분^{輕粉}은 버짐을 치료할 수 있고, 홍승단^{紅升丹}은 살이 돋고 근육이 생기게 하며, 백강단^{白降丹}은 고름을 빼고 썩은 부분을 회복시키는데, 지금까지도 외과에서 자주 사용하고 있다.

갈홍은 처방 약 분야에도 공헌이 있다. 『주후구졸방(肘後救卒方)』은 후대인에게 핵심적인 임상 진단의 전서로 불렸다. 이 책은 천연두에 대해 최초로 기록하고 있다. 기록한 약방은 대부분 쉽게 구할 수 있고 가격이 저렴하면서도 효과가 있으며, 구급용 환약이나 가루약이 많다. 도홍경은 본초 분류법에서 큰 혁신을 이뤘다. 그는 『신농본초경』의 삼품 분류법을 타파하고 『본초경』의 배에 이르는 새로운 약재를 수집하여 『본초경집주(本草經集注)』를 저술했다. 기록된 약재는 730종이고, 약원에 따라 분류하면 옥석, 초목, 충수^{蟲獸}, 과일, 채소, 미식^{米食}, 이름은 있지만 사용되지 않은 7종류가 있다. 다시 주된 치료 작용에 따라 본초를 80여 종의 '제병통용약^{諸病通用藥}'으로 나누었는데, 풍에 통용되는 약으로는 방풍^{防風}, 방기^{防己}, 진교^{秦艽}, 궁궁^{芎藭}이 있고 황달에 통용되는 약으로는 인진^{茵陳}, 치자^{梔子}, 자초^{紫草} 백선^{白鮮} 등이 있다. 임상 처방을 쉽게 하기 위한 이런 방법은 후세 본초 서적들의 모방의 대상이 되었다. 이 외에도 유송^{劉宋} 뇌효^{雷斅}의 『포자론(炮炙論)』8)은 최초의 제약 전문서로, 포^炮9), 자^炙10), 외^煨11), 초^炒12), 단^煅13), 수비^{水飛}14), 증자^{蒸煮}15), 파^破16)와 같은 각종 약재의 포제 방법 17종을 서술하고 있다. 독성을 낮추고 성능, 곧 음양오행의 성질을 변화시켜 보관과 제형 가공을 쉽게 하는 것이 목적이다.

---

7) 풍한으로 습기가 침범하여 나타나는 사지의 통증 및 마비 증상
8) 이미 실전되었고 후세에 『뇌공포자론(雷公炮炙論)』으로 통합됨
9) 불 위에서 가열
10) 액체 보료와 함께 약불로 볶음
11) 젖은 종이나 밀가루 반죽에 싸서 잿불에 묻어 구움
12) 솥에 넣고 보료 없이 열로만 볶음
13) 벌겋거나 회백색이 될 때까지 달구는 방식으로 주로 광물성 약재에 사용
14) 물에 넣고 갈아서 미세한 분말로 만듦
15) 찌거나 삶음
16) 부숨

당송 시기에 가장 주목할 만한 점은 황명이 편찬한 본초서와 방서의 출현이다. 당현경 4년(659년)에 공표한 『신수본초(新修本草)』는 약도藥圖, 도경圖經, 본초本草의 세 부분을 포함한, 중국뿐 아니라 세계 최초의 약전藥典이다. 약도는 지역적 특성을 반영한 좋은 품질의 약재 표본을 묘사했고, 전 세계의 약학 저작을 제작할 때 그림과 설명을 대조하여 싣는 선례가 되었다. 백석白錫, 은박銀箔, 수은水銀을 혼합해 만든 은고銀膏를 치아의 충전재로 사용하는 법이 수록되어 있다. 이는 아말감으로 치아를 치료한 세계 최초의 기록으로 서방보다 1천여 년 앞서 있다. 송대에는 『개보중정본초(開寶重定本草)』(실전됨), 『가우보주신농본초(嘉祐補註神農本草)』(실전됨) 및 『정화경사증류비급본초(政和經史證類備急本草)』 등이 차례로 간행되었는데 당의 『신수본초』에 비해 배로 증가한 1,700여 종의 약을 기록하고 있다. 주요 방서로는 16,834개의 처방을 기록한 『태평성혜방(太平聖惠方)』과 2만여 개를 기록한 『성제총록(聖濟總錄)』이 있다.

관부의 역량을 과시하기 위해 약초와 처방은 갈수록 방대해지고 복잡해졌다. 송대에는 '어약원御藥院'과 '상약국尙藥局' 등 의약 정책을 위한 기구를 설치하고, 관립 약국인 태평혜민국太平惠民局과 화제국和劑局을 세워 약품을 통제하면서 관립 약국의 국방局方을 보급하는 한편 역병이 돌 때는 무료로 약을 제공했다. 동시에 약물의 감별과 채집, 재배, 포제 등의 기술도 크게 발전했다.

당송 양대에는 명의가 대대로 나와 민간의 본초와 방서도 매우 많아졌다. 초당 시기 손사막孫思邈은 모두 의학에 통달할 수 있다고 주장하며 『천금방(千金方)』을 저술했는데 간단하고 실용적이어서 '약왕藥王'이라는 명칭을 얻었다. 중당 시기 왕도王燾의 『외대비요(外台祕要)』는 6,000개의 처방을 기록하여 흩어져 있던 대량의 방서를 보존했다. 송대의 개인이 편찬한 『제생방(濟生方)』에 있는 귀비탕歸脾湯, 제생신기환濟生腎氣丸 등은 현대에도 이어져 쓰이고 있다.

꽤 많은 방서가 전문화되는 방향으로 발전되었다. 『소아약증직결(小兒藥證直決)』 중 소아의 발진 초기에 쓰는 승마갈근탕升麻葛根湯, 소아의 심열心熱 증상을 고치는 도적산導赤散, 비위가 허약하고 소화 불량일 때 쓰는 이공산異功散, 그리고 신장의 음기가 부족할 때 쓰는 육미지황환六味地黃丸 등은 모두 후대인이 즐겨 쓰는 효과 좋은 처방이다. 이후 금원학파 역시 적지 않은 좋은 처방을 만들어 냈다. '보토파補土派'의 승양익위탕升陽益胃湯, 보중익기탕補中益氣湯, 침향온위환沉香溫胃丸과, '자음파滋陰派'의 음기를 보하고 화를 가라앉히는 조국환越鞠丸,

대보음환大補陰丸, 경옥고瓊玉膏 등은 모두 치료 효과가 뚜렷하여 후대인의 인정을 받고 있다.

명대에는 본초학이 집대성되었다. 이시진李時珍은 30여 년 동안 뭇 책들을 섭렵하고 백가百家의 자료 800여 종을 모아, 직접 일일이 채집하고 관찰함으로써 그 참뜻을 체득하여 『본초강목(本草綱目)』을 완성했다. 책에 기록된 약재는 1,892종이고, 11,096개의 처방과 1,000여 장의 약도가 기록되었으며, 그 분량이 총 190만 자에 달한다. 칠방七方과 십제十劑, 기미음양氣味陰陽, 승강부침升降浮沈, 칠정화합七情和合, 장부의 표본標本 및 약물 복용의 금기를 총론히였고 각 과별로 온갖 병의 주요 치료 약을 열거하였다. 이 책은 가치가 적은 것부터 높은 것 순으로 분류되는 원칙에 따라 부 분류법을 채택했다. 본초를 수水, 화火, 토土, 금金, 석石, 초草, 곡谷, 채菜, 과果, 목木, 복기服器, 충蟲, 린鱗, 개介, 금禽, 수獸, 인人의 16부로 나눴고 부 아래에는 류類가 있었다. 수부水部 아래에 천수류天水類, 지수류地水類와 같이 총 62류가 있는 식으로, 당시 세계적으로 가장 완비된 분류 체계였다. 이 책에서는 또한 역대 본초의 오류도 많이 정정하였다.

전체 책의 내용은 식물학, 동물학, 광물학, 물리학, 천문기상학 등 광범위한 영역에 걸쳐 다양한 학술적 가치를 갖고 있다. 본초강목은 1607년 일본에 전해졌고 이후 다시 서유럽으로 들어가 최소 7종의 언어로 번역되었다.

『본초강목』은 송대 『정화류증본초(政和類證本草)』를 저본으로 하고 있는데, 명청 시기의 많은 본초학자들은 이 책이 원문을 잘라내어 임의로 수정했고 잡다한 학설을 끌어들여 내용이 너무 번잡하다고 여겼다. 게다가 『본초강목』이 인부人部를 만들고 사람의 두개골을 약으로 기록한 것에 반대하는 사람도 있었다. 그래서 이 책이 간행된 후부터 본초에 대한 복고적, 직접적인 연구 경향이 일어났고 그 성과도 나타났다.

침구와 중약은 일찍부터 해외로 전파되었다. 5세기에 『침구갑을경』이 국외로 전해졌다. 당나라를 전후로 인도에 '신주神州의 상약上藥'으로 인삼, 복령茯苓, 당귀, 원지遠志, 오두烏頭, 부자, 마황, 세신細辛 등의 다양한 약재가 수출되었다. 연단술은 여러 번 아랍으로 전해졌고 더 나아가 유럽까지 도달했다. 701년 일본은 당의 제도를 받아들여, 의술을 배우는 사람은 『소문』, 『황제내경』, 『침구갑을경』, 『신수본초』 등 책을 반드시 공부하도록 법률로 규정했다. 최근 수십 년간 유럽과 일본 여러 나라에서는 중약과 침구를 연구하는 사람의 수가 더욱 증가하고 있다.

3

식이와 약선

우안얼

식료^{食療}는 중국의 음식 의학이다. 자고로 '의^醫와 식^食은 근원이 같다.'라는 말이 있다. 무릇 먹을 수 있는 것은 음식이자 약이고, 약이면서 음식으로 모두 양생과 건강을 위해 이용된다.

역사에 따르면 상대 탕왕 시기 재상 이윤^{伊尹}은 어려서부터 요리사에게 길러져 음식을 만드는 데 정통했고, 약초를 이용한 탕약을 개발하여 의학과 음식에 대한 조예를 한 몸에 겸비했다. 『여씨춘추·본미(本味)』에 이윤과 탕왕이 조미하는 법에서 다스림의 도리를 논하며 "맛을 조절하는 것으로써 좋은 것은 양박^{陽朴}의 생강과 소요산^{招搖山}의 계피이다."라고 말한 내용이 기술되어 있다. 생강과 계피는 조미료이면서 자주 사용되는 약이다. 고금의 많은 경방에서 '계지탕^{桂枝湯}'과 요리를 서로 관련짓고 있다. 처방에는 계지, 백작, 감초, 생강, 대추의 다섯 가지 약재가 들어가는데 모두 일상적으로 요리에 쓰이는 것들이다.

주대에는 이미 상당히 완비된 의정 제도가 있었다. 의사^{醫師}[1], 식의^{食醫}[2], 질의^{疾醫}[3], 양의^{瘍醫}[4] 등의 직관을 두는 등 업무 분장이 명확했다. 직책은 음식을 조절하고 약물로 질병을 방지 및 치료하는 것이었다. 『주례·천관(天官)』의 기록에는 식의가 "왕의 여섯 가지 주식^{六食}, 여섯 가지 음료^{六飮}, 여섯 종류의 고기반찬^{六膳}과 각종 미식과 여러 장류, 여덟 가지

---

1) 상사
2) 중사
3) 중사
4) 하사

진귀한 요리^{八珍}를 알맞게 조절하는 것을 담당한다."라고 되어 있다. 질의는 오미^{五味}, 오곡^{五穀}, 오약^{五藥}으로 "모든 백성의 질병을 살피는 것을 담당한다."라고 하며, 오미와 오곡을 오약의 앞에 두었다.

전국과 진한 시기에 음양오행학설이 유행하자 약식동원^{藥食同源}의 이론이 완비되기 시작했다. 이 이론에 따르면 식물과 약물, 인체 및 천지 만물은 모두 음양오행의 기가 변하여 된 것이다. 그래서 약과 식물은 동일하게 오기에 근원을 두고 있으며, 각자 오미를 가지고 있다. 사람의 건강 상태는 곧 인체의 음양오기의 조화와 평형에 따라 결정된다. 일상적으로 음식의 오미를 섭취하는 것은 허기짐을 채우기 위해서이기도 하지만 그보다도 조화롭게 평형을 이루기 위해서이다. 약과 식물은 비록 동일하게 오기에서 기원했지만, 약물은 일상 음식에 비해 함유하고 있는 오기가 더욱 순수하고 깨끗해서 기운을 크게 빼내거나 보충하기에 적합하다. 그래서 가볍고 완만한 질병은 음식을 조절해 주기만 하면 된다. 이른바 "약으로 보하기보다 음식으로 보하는 것이 낫다."는 것이다. 증상이 심하고 급한 병이라면 먼저 약물로 병세를 꺾어 완화되기를 기다렸다가 다시 음식으로 몸을 조리한다. 그래서 『황제내경·소문』에서는 "허하면 이를 보해 주고, 약으로 제거하고, 이어서 음식으로 조리한다."라고 했다. 각종 음식 중, 오곡이 포함한 오기는 또한 비교적 순수하여 『논어·향당(鄉黨)』에는 "고기가 비록 많아도 주식보다 많이 드시지 않았다."라는 말이 있다.5) 이에 대해 「소문」에서는 "독약은 사기^{邪氣}를 공격하고, 오곡^{五穀}은 보양하고, 오과^{五果}는 도와주고, 오축^{五畜}은 이로우며 오채^{五菜}는 채워준다. 기와 미를 잘 배합하여 먹으면 정기를 보충하고 이롭게 할 수 있다."라고 하였다. 이러한 식양^{食養}과 식료^{食療}의 원칙은 중국인의 체질과 농업을 위주로 하는 생활 방식에 부합하여 2,000여 년 동안 사람들이 보편적으로 지켜왔다.

식양과 식료의 주요 원칙은 "사람은 천지와 함께 셋이 된다^{人與天地參}."라는 말과 『황제내경』에서 말한 "음양의 법도에 맞고 양생의 방법에 화합하는" 정신을 구현하고 있다. 이는 사람들의 마음에 깊이 뿌리내려 전통이 되었다.

첫째, 음식은 적절한 때에 먹고 사계절의 변화에 따라 달라져야 한다. 『여씨춘추』에서 말하듯 "정해진 시간에 음식을 먹으면 신체에 필히 질병이 없다." 오미로 이야기하면 "봄에는 기운이 발산되니 신 음식을 먹어서 모아 주어야 하고, 여름에는 풀어지니 쓴 음

---

5) 원문에서 주식을 가리키는 식기(食氣)의 기(氣)는 희(餼)와 같으며 곡식의 뜻이다

식을 먹어서 단단하게 해주어야 한다. 가을에는 기운이 수렴하니 매운 음식을 먹어서 발산시키고, 겨울에는 단단해지니 짠 음식을 먹어서 부드럽게 해야 한다(『주례 · 천관(天官)』)." 오성으로 말하면, 봄에는 서늘한 것이 좋고 여름에는 찬 것이 좋으며, 가을에는 따뜻한 것이 좋고 겨울에는 뜨거운 것이 좋다. 따뜻하지도 차갑지도 않은 평^{平}한 음식은 사계절에 모두 적합하다. 중국 민간의 죽 먹는 방법이 사계절에 따라 다른 것은 이 원칙을 반영한 결과이다. 예를 들면 봄에는 냉이죽을 먹고, 여름에는 녹두탕과 연잎죽을 먹는다. 가을에는 연근죽이나 지력죽을, 겨울에는 양고기죽과 용안대추죽을 먹는다. 이를 통해 사계절에 따라 음식으로 몸을 다스리는 것은 서로 반대되거나 도움이 되는 방법을 택해 계절의 변화에 적응하고 균형을 잃지 않도록 하는 것임을 알 수 있다.

둘째, 음식은 적절한 양을 먹어야 한다. 『내경』에서 이른바 "먹고 마시는 데에는 절도가 있어야 한다." 허기짐을 느끼면 먹되 과식하지 말아야 하고, 갈증이 있으면 마시되 과음하지 않아야 한다. 조금씩 여러 번 먹는 것이 좋고 한 끼에 지나치게 많이 먹는 것은 꺼려야 한다. 동시에 오미를 조화시켜야 한다. 오미 중 하나만 편식하면 한 장기의 기운이 과도해져 다른 기관에 나쁜 영향을 미친다.

셋째, 환자는 음식을 가려야 한다. 질병의 음양육변^{陰陽六變}에 근거하되 음식의 성질과 맛을 고려하여 정해야 한다. 『내경 · 영추』에는 일찍이 오행에 따라 일반적으로 다음과 같이 규정했다. "비장에 병이 났다면 멥쌀밥, 소고기, 대추, 아욱을 먹으면 좋다. 심장에 병이 있으면 보리, 양고기, 살구와 염교가 좋다. 신장병이 있다면 대두와 돼지고기, 밤, 콩잎이 좋고, 간에 병이 생기면 참깨, 개고기, 자두, 부추가 좋으며, 폐병은 기장과 닭고기, 복숭아, 파를 먹는 것이 좋다. 다섯 가지 금기로 간에 병이 생겼을 때는 매운 것을 금하고, 심장병에는 짠 것, 비장의 병에는 신 것을 금하며, 신장병에는 단것, 폐병에는 쓴 것을 금한다." '다섯 가지 금기^{五禁}'은 민간에서 '발물^{發物}'설로 발전했는데, 옛 병을 재발시키고 새로운 병을 가중시킬 수 있는 음식을 가리킨다. 닭 머리, 돼지머리, 해산물, 어류, 술, 파, 생강, 고추, 죽순 등등이 있다. 그러나 어떤 질병은 음식을 먹음으로써 병증을 끌어내어 '발산'시키는 것이 필요하다. 이 외에 또한 약을 먹을 때 조심해야 하는 음식이 있다. 복용하는 약과 상충하거나 상반되는 음식을 먹으면 안 된다. 민간에서 말하는 '금기식'이다.

넷째, 병증이 가볍고 느린 환자는 음식으로 치료하고, 급하고 위중한 환자는 음식과 약치료를 병행한다. 약을 통한 치료는 강력해서 일시에 효과를 볼 수 있고, 음식은 건강의 근본을 공고히 하므로 장기적인 방법이다. 이 때문에 이전부터 '기술이 좋은 의사'는 음식으로만 치료한다는 말이 있었다.

식료는 두 가지 방법이 있다. 첫 번째는 음식으로써 약을 먹는 것으로, 곧 일상 음식 중 하나 또는 몇 가지를 약으로 하여 '식료방食療方'을 만드는 방법이다. 두 번째는 약을 음식과 조화시키는 것으로, 하나 혹은 여러 개의 약재를 음식에 넣는 이른바 '약선藥膳'이다. 식료의 발전은 먼저 식료방이 나온 이후 점차 약선이 형성되었다. 약선은 보다 성숙한 식료의 형식으로, 그 형태가 매우 다양하여 쌀과 밀가루 음식, 요리, 음료, 국류, 즙류, 빵 및 과자류와 사탕, 정과와 기타 간식이 있다.

『한서·예문지』에 수록한 경방 11가 중 『신농황제식금(神農黃帝食禁)』 9권은 명백한 식료 전문 서적이나 이미 실전되었다. 장사 마왕퇴의 한묘 3호에서 출토된 백서帛書 『오십이병방(五十二病方)』은 진한 시기에 전서全書되었으며 현존하는 가장 오래된 의학 처방 전문서로 다수의 음식을 약으로 포함하고 있다. 처방에 기록된 약물 247종 중 곡식류 15종, 채소류 10종, 과일류 5종, 금류 6종, 수류 23종, 어류 3종으로 총 61종이다. 기재한 50여 종의 병 중 반수에 대해 주로 음식으로 치료 및 보양하도록 하고 있다. 동한 말년 '의성醫聖' 장중경의 『상한론』에 이미 간단한 식료방이 있다. 대표적으로 계지탕桂枝湯, 문합산文蛤散, 저부탕猪膚湯, 백합계자탕百合鷄子湯, 당귀생강양육탕當歸生薑羊肉湯 등으로 다양한 질병을 치료하는 데 사용되었다. 동시대의 『신농본초경』 중 '상품약'인 대추, 인삼, 구기자, 오미자, 지황, 율무, 복령, 더덕과 '중품약'인 생강, 파뿌리, 당귀, 패모貝母, 살구씨, 오매, 녹용 및 '하품약' 부자附子 등은 후세에도 식료방 및 약선에 자주 사용되었다.

위진남북조 시기 식료방의 종류 및 응용 범위는 크게 확장되었다. 이는 음식의 조리, 본초방약 및 연단술의 발전과 밀접한 관계가 있다. 『수서(隋書)·경적지(經籍志)』에 실린 식품, 약품의 재배, 양식, 식품 제조, 음식의 조리 및 식료 저작은 40종에 가깝다. 그중 식양과 식료에 관련된 책은 『선수양료(膳羞養療)』, 『논복이(論服餌)』, 『신선복식경(神仙服食經)』, 『신선복식약방(神仙服食藥方)』, 『노자금식경(老子禁食經)』, 『황제잡음식(黃帝雜飮食)』 등 11종이다. 비록 지금은 모두 실전되었지만, 같은 시기 도교 대사 갈홍의 『주후방』에서 그 일면을 엿볼 수 있다. 그중 해조주海藻酒로 혹6)을 치료하고, 돼지 췌장

---

6) 갑상선종

으로 소갈증[7]을 치료하는 등의 방법은 후대의 식료를 위한 본보기를 수립했다.

당대는 식료 발전에서 중요한 시기였다. 국경이 확대되어 대외 교류가 활발해지자 식료의 자원 역시 더욱 풍부하게 제공되었다. 일설에는 안록산이 당명황에게 식료의 명방 '녹신장귀탕鹿腎長龜湯'을 헌상했다고 전해진다. 위진 이래로 일어난 연단과 복석의 풍습은 당대에 이르러 더욱 성행했고 폐해가 매우 심했기에, 많은 의원들이 음식으로 병을 치료할 것을 주장했다. '약왕藥王' 손사막은 "의사가 된 사람은 먼저 병의 근원을 꿰뚫어 보고 그 범한 곳을 알아 음식으로 치료하되, 음식으로 낫지 않으면 그다음에 약을 쓴다."라는 치료 원칙을 강조했다. 그의 저작『천금요방(千金要方)』,『천금익방(千金翼方)』에는 당시 널리 응용되었던 복령소茯苓酥, 행인소杏仁酥, 지황주소地黃酒酥, 조감초소造甘草酥, 행자단杏子丹, 천문동환天門冬丸, 황정방黃精方과 같은 양성복이養性服餌의 처방이 있다. 노인의 식양 및 보양을 위한 처방으로는 기파탕耆婆湯과 우유를 마시는 처방, 저두猪肚[8]로 허약함과 무기력증을 보해 주는 처방 등이 있다. 곡백피斛白皮죽으로 발 냄새를 예방하고, 해조와 양엽羊靨, 새조개로 갑상선종을 방지한다든지, 동물의 간으로 야맹증을 예방하는 처방 등은 더욱이 현대 서양 의학에서도 효과가 입증되었다. 또한 내장(동물의 내장)으로 내장(사람의 오장)을 치료하는 방법은 후세에 광범위하게 사용되었다. 손사막의 제자 맹선孟詵의『식료본초(食療本草)』는 고대에 처음으로 음식과 본초를 한 책에 담은 식료 전문서로 241종의 음식을 수록했다. 그의 격언은 "몸을 보양하고 성정을 함양하려는 자는 항상 좋은 말이 입에서 떠나지 않게 해야 하고, 좋은 약이 손에서 떠나지 않게 해야 한다."라는 것으로, 그 주지主旨는 여전히 음식으로써 약을 먹는 것임을 알 수 있다. 그래서 각종 음식의 성질과 약용으로의 효능 및 과도하게 섭취했을 때의 위험을 상세하게 기술했다. 당대의 또 다른 중요한 식료 저작인『식의심감(食醫心監)』은 한 가지 식물 본초만 쓰는 것이 아니라, 각종 식료방을 전문적으로 기록했다. 담금주와 차약茶藥의 제방, 각종 기를 치료하는 식치食治 제방, 가슴과 배의 냉통에 대한 식료 제방, 소아병의 식치 제방, 부인과의 임신 및 산후 식치를 위한 제방 등이다. 식방의 제형 역시 비교적 다양하다. 죽, 갱羹, 요리, 술, 담금주, 차방茶方, 탕, 유방乳方, 국수, 환丸, 회, 즙, 산散 등이 있어 약선을 위한 대규모의 응용법에 기초를 다졌다.

---

7) 당뇨병
8) 돼지 위

송대는 식료 발전의 성숙기이다. 황제의 명에 의한 본초서와 방서의 간행, 관립 약국 창설, 도시 관리의 개방, 특히 요리 기예와 음식 산업의 고도화는 식료의 발전을 위한 조건을 제공했다. 또한 왕후장상과 고관대작들이 연단과 복석에 빠져들면서 "먹어서 보신하는進補" 풍습을 더욱 조장하였다. '사사육국四司六局' 같은, 본래 관부 후원의 음식 업무 체제가 이때에는 시중으로 옮겨와 연회를 주관하면서 대규모 연회에 대한 시민들의 요구를 채워 주었다. 원래 궁정 귀족의 전유물이었던 선식도 시중에 유행했고 강소 요리, 광동 요리, 사천 요리, 산동 요리의 4대 지방 요리가 형성되기 시작했다. 문헌 기록에 따르면 남송 임안 일대만 해도 시중에서 흔히 볼 수 있는 요리의 종류가 335개였고, 떡과 과자류가 70여 종, 사계절의 과일이 약 40종으로 각종 심심풀이용 간식은 더욱이 다 셀 수 없을 정도였다. 이때 유행한 식료방 및 약선은 대부분 관에서 발행한 '국방局方'에 담겨 있고, 민간의 식방서에도 적지 않은 기록이 남아 있다. 『태평성혜방(太平聖惠方)』 중 두 권은 식치에 대해서 전문적으로 다루었는데, 갱방羹方9), 죽방粥方, 반방飯方10), 병방餅方, 면방麵方, 혼돈방餛飩方11) 및 관장灌腸12), 관우灌藕13), 양저두釀猪肚14), 외신煨腎15), 약유藥乳, 엄지腌漬, 술, 탕, 즙 등 다양한 종류의 음식 처방이 있다. 동물 지방과 내장을 비교적 광범위하게 활용하고 있다.

남송 시기에는 더욱 성숙한 약선의 형태가 민간에서 발전하기 시작했다. 많은 삼림과 향촌의 일상 음식이 식양과 식료 전문서인 『산가청공(山家淸供)』에 수록되었다. 이를 통해 당시 민간에서 유행한 식양법을 알 수 있다. 그 주요 특색은 식물 본연의 효과를 더욱 중시하는 것으로, 약물과의 배합은 비교적 적다. 이러한 약선은 보기에도 아름답고 이름도 운치 있으며 셀 수 없이 많았다. 보건과 양생을 위한 것으로는 청정반靑精飯, 황금계黃金鷄, 소증압素蒸鴨, 백합면百合麵, 벽간갱碧澗羹, 황정과黃精果, 토지단土芝丹, 송황병松黃餅, 발하공拔霞供, 신선부귀병神仙富貴餅, 금반金飯, 봉고蓬糕, 옥연색병玉延索餅, 자애도自愛陶, 당단참當團參, 금옥갱金玉羹, 호마주胡麻酒가 있다. 병의 치료를 위한 것으로는 지황박탁地黃餺飥, 춘근혼돈椿根餛飩, 류엽구柳葉韭, 소경협酥瓊葉, 자영국紫英菊, 진현채進賢菜, 항해장沆瀣漿, 통신병通神餅, 여제채如薺菜, 나

9) 국
10) 밥
11) 만두의 일종
12) 양의 내장에 고기, 약재 등을 채움
13) 연근 속을 채움
14) 돼지 위장에 밥과 인삼, 귤피 등을 넣고 꿰매어 익힘
15) 돼지 콩팥과 감수(甘遂)를 이용한 식방

복면蘿葍麵, 하기죽河祇粥, 망우제忘懮齎, 우미리牛尾狸, 우방포牛旁脯, 다공茶供이 있다. 치료 효과가 있는 식품의 정선 및 제조에 대해 기록하여 후세에 쉽게 따라할 수 있도록 하였다.

금나라를 거쳐 원나라 시기까지 식료방과 약선의 완비는 '국방'을 남용하여 따뜻하고 건조한 성질의 약을 무분별하게 복용하는 풍조를 불러 왔다. 의학계에서는 이에 대한 반작용으로 '한량파寒涼派'와 '공하파攻下派'가 나타났다. 금대 공하파의 장이정張以正은 태의로서 온조溫燥한 보신법을 남용할 때의 폐해를 잘 알고 있었다. 그가 남긴 의료 기록에 한 남자가 십여 년을 병에 시달려 온갖 보약을 다 쓰고 뜸으로 혈을 보해 주었는데도 여전히 주름지고 야윈 모습에 정신을 잃고 발이 부어 있었다. 보약을 먹을 때는 음식을 가려야 하므로, 장이정은 이 음식의 금기가 지나쳐서 생긴 문제라고 보았다. 이에 약을 쓰지 않고 환자에게 (본래 금기되었던) 양의 간이 들어간 죽을 먹도록 하자 한 달여 만에 나았다.

원대에 궁정의 음식은 모두 약이 들어갔다. 궁정의 음선태의飲膳太醫였던 홀사혜忽思慧는 『음선정요(飮膳正要)』를 지어 관련된 식물 본초 314종을 그림과 함께 수록했다. 책 속에는 당시의 어선 제작에 대해 "본초 중 독이 없고 상반되지 않은 것, 오래 복용할 수 있고 약효를 증진시키며 음식과 잘 맞아 오미가 조화되는 것을 고른다……매일 사용된 것을 달력에 표시하여 이후의 효과를 검증한다."라고 기술했다. 모든 일상 식품의 양생 및 의료적 효과를 매우 중시하면서, 양생에 대한 금기, 임산부와 유모의 식기食忌, 음주의 금기 등을 모두 다루고 있다. 기재된 약선 요리는 94개, 탕약 56종, 신선 단약 24개, 식료방 61개 등이다. 그중 노화를 방지하는 약선이 29개로 원기를 보하고 따뜻하게 하여 기를 순조롭게 하는 고두탕苦豆湯, 허리와 등 통증 및 몸의 피로감, 식은땀과 식사량 감소를 치료하는 생지황계生地黃鷄, 비위가 허약할 때 먹는 즉어갱鯽魚羹 같은 것들이다. 이외에도 늑대의 고기, 가죽, 꼬리와 이빨로 치료할 수 있는 증상과 효과 및 일부 서역과 서북 소수 민족 지역에서 들어온 진귀한 음식방도 포함하고 있으며 몽골족의 특색이 매우 뚜렷하다.

명대의 본초 저작 중 식양과 식료는 선인이 미치지 못한 영역까지 나아갔다. 이시진의 『본초강목』은 역대 제가 본초학의 정수를 집대성했을 뿐 아니라, 많은 민간의 처방 약까지 채집했다. 기록된 식치방은 대부분 간단하면서도 효과가 좋다. 예를 들면 제호주醍醐酒는 중풍과 번열증煩熱症을 치료한다. 인포人胞16)는 오래된 간질과 정신병에 효과가 있고, 황자계黃雌鷄와 오자계烏雌鷄는 냉기를 치료하고 수척하여 누워 있는 병증에 좋다. 다진 부레

---

16) 사람의 태반

에 파와 술을 섞어 따뜻하게 한 음료는 숙취로 인한 두통을 낮게 해 준다. 여성의 월경 불순은 사슴피, 돼지 콩팥, 오골계, 단웅계丹雄鷄, 참새고기, 투구게 꼬리, 조개껍데기, 백합조개, 전복, 바다 조개, 아교, 양고기 등으로 치료한다. 이 외에도 허기를 없애고 질병 치료 효과가 있는 약죽 42종을 기록하였다. 같은 시기의 『구황본초(救荒本草)』, 『식감본초(食監本草)』, 『여초편(茹草編)』, 『야채박록(野菜博錄)』 등도 모두 식료에 큰 공헌을 하였다. 『준생팔전(遵生八箋)』은 중노년층의 건강을 위한 탕 32종과 죽 35종을 소개하고 있다.

청대 식료는 한 걸음 더 보급되어 황실 귀족들이 약선을 일상적으로 이용하기 시작했다. 전대에 비해 전문 저작은 더욱 많아졌다. 『식물본초회찬(食物本草會纂)』은 전인의 각종 본초 및 방서 중의 식료 관련 내용을 하나로 모았고 그림을 함께 실었다. 『수식거음식보(隨息居飮食譜)』는 음식의 절제와 식사 교육을 강조하면서 식물에 대한 가공과 식치의 작용을 상세하게 서술했다. 기타 각각 특색을 지닌 전문 서적은 『수원식초(隨園食草)』, 『음식십이합론(飮食十二合論)』, 『조질음식변록(調疾飮食辯論)』, 『식물비서(食物祕書)』, 『본초음식보(本草飮食譜)』, 『식양요법(食養療法)』 등이 있다. 또한 죽방 이백여 개를 기록한 『죽보(粥譜)』는 현존하는 최초의 약죽 전문 서적이다.

식료와 약선은 중국인의 기호에 맞았을 뿐 아니라 서양인에게도 주목받았다. 그러나 이는 결국 양생과 건강을 위한 방법으로, 생활 습관과 잘 맞아야만 실제적인 효과를 거둘 수 있다. 잘못된 습관과 지나친 욕구로 인해 발생한 신체의 손상을 되돌릴 힘은 더욱이 없다. 이에 대해 손사막은 "술을 마시고 토하는 것, 과로하여 땀이 나고 바람을 쐬어 습기가 찬 채 눕는 것, 배부르게 먹고 크게 소리치는 것, 무거운 물건을 들고 빠르게 뛰는 것, 말을 달리며 활시위를 당기는 것, 말하고 웃음에 절제하지 않는 것, 근심이 심히 깊은 것은 모두 수명을 줄인다."라고 했고, 더 극단적으로는 "밤에 배부르면 수명이 1일 단축되고, 밤에 취하면 수명이 1개월 줄어들며, 첩 한 명을 두면 수명이 1년 줄어든다."라고 했다. 그러므로 식료를 중시하는 것 외에도, 음식을 절제하고 규칙적인 생활을 하면서 과로하지 않는 것이 이양頤養의 도리라 할 수 있다.

4

고대의 체육

류둥

'체육' 두 글자를 들으면 곧바로 선수들이 뜨거운 환호성 속에서 기술을 겨루는 모습을 떠올리기 쉽다. 이것이 곧 현대의 미디어가 모두에게 주입하고 있는 이미지이기 때문이다. 그러나 사실 체육이라는 어휘의 뜻은 사람들이 자신의 체질과 그에 상응하는 기능을 증진시키는 자아 훈련이다. 이런 의미에서 본다면, 고대 중국에는 매우 발달한 체육 활동이 있었다고 해도 과언이 아니다. 비록 고대 문헌 중에서 '체육'과 같은 전문적인 명칭은 찾을 수 없지만, 신체 건강과 관련된 많은 단련 방법 및 교육 활동을 찾아볼 수 있기 때문이다.

다만 한 가지는 각별히 주의해야 한다. 중국 고대 체육의 일부는 분명히 현대에 유행하는 스포츠와 비슷한 부분이 있다. 그러나 이는 현대 체육 종목의 외연과 겹쳐 있는 과거의 신체 단련 활동을 망라하기만 하면 고대 체육의 전부를 설명할 수 있다는 뜻은 아니다. 사실 중국 특유의 체육 문화는 고대인에게 있어 잠시라도 빼놓을 수 없는 생활 방식이자, 고대의 사상과 융합되어 우주와 인생의 의미를 체득하기 위한 실천적 노력으로, 중국 문명 체계의 한 유기적 요소였다. 고대의 체육은 중국 문화의 총체적 배경 가운데 굳게 새겨져 있어, 외래의 체육 개념으로 환산할 수 없는 독특한 경지가 있다. 그래서 만약 중국 고대 체육활동을 관통하는 내재적 정신을 알지 못한다면, 이러한 활동의 상세한 사항을 모두 재현해 내더라도 그 참뜻을 파악했다고 할 수 없다.

그렇다면 중국 고대 체육 활동이 추구하고자 했던 경지는 대체 무엇인가? 감히 단언하자면 '음양조화'라는 4글자에 있다. 고대인은 인체 자체를 포함한 우주의 모든 것을 대립하는 힘의 성쇠에 따라 일어나는 변화의 운행으로 보았다. 또한 변천의 과정 가운데서 일종의 불변하는 평형 상태를 찾고 유지하고자 노력했다. 이처럼 독특한 가치 준칙 아래 자연스럽게 중국 특유의 건강 개념이 생겨났고, 이로부터 단계적으로 여타의 체육 체계 대비 상대적으로 폐쇄적이고 독특한 건신健身 체계가 형성되었다. 외부적 관계를 보면, 고대의 체육은 인간의 자연에 대한 독립과 도전, 대항을 호소하는 대신 양자 간의 동일성과 융화, 순응성을 강조하였다. 내부적 관계에서는 체육과 지력의 발전 사이에 뚜렷한 경계선을 긋지 않고, 신체와 정신이 동일한 과정 가운데 영위營衛를 얻고 이양頤養되기를 추구한다. 그래서 고대 중국에서 양생과 신체의 건강은 동시에 사람이 천도天道와 묵계를 이루는 길이자 정신적 즐거움을 얻는 방법이었다. 단련을 통해 "신체만 발달하고 지성은 떨어질" 가능성이 근본적으로 차단되어 있었고, 이는 중국의 고대 체육이 외래의 체육 문화와 본질적으로 다른 부분이다.

이러한 각도에서 출발하여 우리는 고대 중국의 체육 체계에 대해 더욱 깊고 분명하게 이해할 수 있을 것이다. 어떤 사람은 자꾸 현대 세계에서 유행하는 체육 활동을 잠재적으로 참고할 골조로 삼고 과거의 사료에서 억지로 비교할 만한 자료를 찾는다. 심지어 솔깃하지만 실제로는 아닌 '중국의 세계 최초'를 남발하기도 한다. 이 중 가장 대표적인 예시가 바로 호풍胡風을 타고 중국에 전래된 축국蹴鞠을 예로 들며 중국이야말로 '축구의 고향'이라는 주장이다. 이런 행태는 표면적으로 보면 마치 중국인의 체면을 살린 것 같지만 사실 그 기저에서는 서방의 체육 체계를 판단의 기준으로 삼고 있어, 결국 여전히 중국 고대 체육의 진정한 우수성과 특장점을 소홀히 하고 있다. 예를 들면, 사람들은 중국이 축구의 발원지라는 주장에 대해 이렇게 물을 수밖에 없다. 그렇다면 축구는 대체 왜 중국에서 전승되지 않았는가? 왜 중국인은 아직도 체질적으로나 심리적으로 이러한 활동에 있어 여러 방면에서 부족한 모습을 보이는가?

사실 이렇게 억지로 서방의 체계를 따라갈 필요가 없다. 서로의 체육 문화는 본뜻이 다르고, 각자 긍정적인 면과 부정적인 면이 있기 때문이다. 확실히 어떤 면에서 중국의 고대 체육은 본래 경쟁성을 별로 중요시하지 않기 때문에, 자연적인 상태를 초월하거나 타인의 감탄을 받을 만한 체격과 신체 능력도 굳이 추구하지 않는다. 그래서 현대적 체육 시설이 막 중국인에게 문을 열었을 때 그들은 당연히 적응하지 못하는 모습을 보였다. 심지어 중국 체육의 정신을 이해하지 못하는 자에게 유약한 '병부病夫'로 여겨질 수밖에 없었다. 그러나 각도를 조금 달리할 경우, 기왕 이러한 체육 활동이 내외 수양의 일치와 조화를 강조한다면, 경기장에서 인위적으로 정한 수치화된 지표만으로 실제 사람들의 건강 수준을 편협하게 판단하는 것을 거절할 만한 충분한 이유가 될 것이다. 특히 사람들이 신체 일부분의 과도한 발달을 위해 다른 부분의 정상적인 발육을 희생하는 상황이기에 더욱이 그렇다. 게다가 중국 고대 체육은 타인의 평가가 아닌 자기 자신의 체험을 통한 깨달음을 중시한다. 노인과 젊은이, 강자와 약자를 가리지 않고 직접 체험하고 힘써 행하는 것이다. 그러므로 이처럼 소박하고 과장되지 않은 단련 활동이 진정한 체육 정신에 오히려 더 가까울 수 있다. 최소한 체육이 '자신을 위한' 신체 활동에서 '남을 위한' 상업 행위로 변질되어, 대다수 사람이 적극적으로 운동에 참여하는 단련의 시간을 포기한 채, 소수의 인원이 경쟁을 위해 몸을 망가뜨리는 모습을 감상하거나 심지어 강요하게 되기는 힘들다. 물론 이처럼 극단적인 표현은 서로 다른 체육 체계 사이에서 억지로 우열을 가리려는 의도가 아니다. 그렇다기보다, 여기서 강조하고자 하는 것은 '이해'의 태도이다. 이런 태도가 있어야만 한 민족의 건강 상태와 체육 능력에 대해 실제적인 평가를 할 수 있고, 독자적인 체계가 있는 체육 전통에 대해서도 관점을 바꾸어 이해할 수 있으며 진정 가치 있는 기호 자원을 발견할 수 있다.

종적 측면에서 분석하면 중국의 고대 체육 체계를 배태한 원초적 요소는 매우 다양함을 알 수 있다. 대체로 두 종류로 구분되는데, 첫 번째는 원시 물질문명을 창조하는 데 필수적인 체질과 기능의 훈련이다. 원시적 생산 노동과 원시 부족 간 전쟁의 두 가지 내용을 포함하고 있다. 두 번째는 원시 정신문화에 반영된 최초의 가치관과, 이에 상응하여 함께 성장한 인류의 신체 활동에 대한 각종 요구이다(선사 시대의 무용 등). 이런 내용은 보통 원시의 교육, 의료, 오락을 하나로 모은 원시 종교 활동에 포함되어 있다.

횡적 측면에서 분석하면, 또한 중국 고대 체육 활동의 종류 역시 가지각색인 것을 볼 수 있다. 서술의 편의를 위해 이들을 고대 체육 문화에서의 중요성에 따라 간략하게 네 종류로 구분할 수 있다. 첫째, 오래된 의료 보건 활동에서 발전한 토납吐納, 도인導引류의 양생술이다. 둘째, 수렵과 격투, 군사의 전투 기능에서 변화되어 나온, 주대의 활쏘기와 말타기 교육에서 시작되어 대대로 이어진 무예武藝와 무예가의 후손으로 이어져 생긴 무술武術이다. 셋째, 춘추 시기부터 이미 상당히 보급되어 게임의 일종으로 계승되어 온 기류棋類 활동이다. 넷째, 기타 지방 색채를 지닌 체육 활동1)과 민족 간의 문화 교류에서 들어와 계속 발전되었던 체육 활동2)이다. 이 짧은 글에서 이러한 체육 활동의 역사와 현황을 빠짐없이 하나하나 살펴볼 수는 없고, 고대의 체육 정신을 가장 잘 반영하며 중국의 민족적 특색을 대표하는 일부 체육 활동을 선정하여 핵심적인 내용을 사례별로 분석할 수밖에 없다.

가장 오래되고 많이 기록된 것은 의심의 여지 없이 현대인에게 '기공氣功'으로 불리는 토납, 도인류의 양생술이다. 그 이유는 이후 각종 체육 요소가 융합되는 가운데 기공이 점차 다른 운동 종목의 기초가 됨으로써 중국 고대 체육 체계의 중심 위치를 차지했을 뿐 아니라, 가장 강한 생명력과 광범위한 대중성을 가진 체육 종목이기 때문이다. 기공은 오늘날까지도 생생하게 살아 있는 체육 전통이다. 애써 권장하지 않아도 민간에서 자생적으로 광범위하고도 지속적인 '기공 열풍'이 이는 반면, 축구의 진흥을 통해 국가의 발전을 드러내는 꿈을 이루려고 갖은 방법으로 지원해도 결국 실현되지 않고 있다. 이 사실만 보아도 토납 및 도인술과 축국 놀이는 중국 고대의 체육적 전통에서 그 위상을 애초에 비교할 수 없음을 깨달을 수 있다. 그렇기에 현대 중국인들이 이런 운동을 연습할 때 큰 능력 차이가 나타나는 것이다.

현존하는 사료가 제한되어 있기에 오랜 역사 속에서도 쇠퇴하지 않은 기공양생술이 과연 언제부터 시작되었는지를 정확하게 판단할 수는 없다. 『황제내경』에는 "내가 듣기론 고대에 병을 치료하는 법은 정精을 옮겨 기氣를 변화시키는 것뿐이라고 하였다."라고 기록되어 있고, 『여씨춘추』에는 요임금이 "백성들의 기운이 억압되고 막혀 있어 근골이 움츠러들고 펴지 못하니 춤을 만들어 이를 통하게 했다."라는 대목이 있다. 『장자·각의(刻意)』편에는 "숨을 내쉬고 들이마시며 묵은 공기를 토해 내고 새로운 공기를 받아들인다. 곰이 나무에 매달리고 새가 몸을 펴듯 하며 장수를 위해 할 뿐이다. 이는 도인하고 양생하는 사람, 팽조彭祖와 같이 장수하는 사람이 좋아하는 것"이라고 했다. 이런 문헌들에 근거하면, 그 역사의 실마리는 얼핏 상고 시대까지 거슬러 올라갈 수 있을 것 같다.

그러나 문제는 상술한 문헌이 모두 비교적 늦게 나왔다는 점이다. 전국 이후의 작가들이 고대인을 빙자해서 신빙성을 더하고자 했다는 의심을 면하기 어렵다. 그래서 만약 이처럼 기공에 대해 직접적으로 서술한 기록에만 시선을 매어 둔다면, 필경 그 기록이 대

---

1) 경도(競渡) 등
2) 축국, 씨름 등

체로 믿을 만하다는 사람과 그렇지 않다는 사람으로 나뉘어 기공의 기원은 의견이 분분한 채 미궁에 빠지게 될 것이다. 그럴 바에야 이 문제에 대해 다른 방식으로 접근하여, 한 가지를 보고 다른 것들을 유추해 내는 편이 더 정확할 수 있다. 잘 알려져 있듯이 중국만의 독특한 침폄鍼砭 의술의 기원은 매우 이르다. 『설문해자』에는 "폄砭은 돌로 찔러 병을 치료하는 것이다."라고 했고, 『광운』은 "폄은 돌침이다."라고 했다. 이처럼 금속이 아닌 돌로 의료 도구를 제작하는 방법은 석기 시대의 유습임이 분명하다.

그렇다면 상고 시대의 침폄 의술이 얼마나 투박한지와는 무관하게, 이를 발명한 의학적 근거는 무엇인가? 논리에 맞는 답변은 (아무리 모호하고 간단하더라도) 그 전에 원시인이 경락 현상을 이미 발견했다는 것뿐이다. 여기까지 생각하면, 앞서 말한 문자 기록들의 신뢰성을 통째로 의심하기는 힘들다. 왜냐하면 현재까지 기혈이 운행되는 통로를 확실히 파악할 수 있는 유일한 방법은 서양 의학의 외과적 해부법이 아니라 여전히 중국 기공의 기기氣機[3] 발동과 수시반청收視返聽[4]뿐이기 때문이다. 이시진은 『빈호맥학(瀕湖脈學)』에서 "신체 내부의 모습과 경락의 통로는 내면을 되돌아보는返觀 사람만이 느낄 수 있다."라고 했다. 그래서 만약 전설 속 복희씨가 "백 가지 약을 맛보고 아홉 가지 침을 만들었다."(황보밀, 『제왕세기(帝王世紀)』)는 말이 근거가 있다면, 선사 고고학의 폄석과 골침에 대한 발굴 보고가 믿을 만하다면, 상호 증명으로 원시 상태의 기공양생술이 원시 침폄술의 동시대 심지어 더 이른 시기까지 기원을 찾을 수 있다고 해도 무리는 아닐 것이다.

상술한 생각이 정확하지는 않아도 크게 틀리지 않았다면, 내친김에 문화 발전사의 중요하면서도 재미있는 현상을 살펴볼 수 있다. 한 민족의 기본 생활 태도의 정형은 그 철학적 경향의 정형에 앞서 나타나며 결정적인 영향을 미치는 것으로 보인다. 보통 중국 문화는 정적이고 화합을 중시하며 내향적인 반면, 서양 문화는 동적이고 분화를 중시하며 외향적이라고들 한다. 이러한 주장은 물론 근거가 있다. 그리고 야스퍼스가 제시한 바에 따르면 우리는 중국 문화의 이처럼 독특한 특징이 '축의 시대'에 형성되었다는 것도 이미 알고 있다. 그러나 이 단계까지 인식하게 되었다고 해도 고대인의 사고방식이 '그렇다'는 것만 알았을 뿐, '왜 그런가'까지는 모른다. 한 걸음 더 나아가 질문을 던져 보자. 왜 선진 시기의 제자諸子들은 그렇게 사상이 활발하게 발전하여 '백가쟁명'의 뜨거운

---

3) 장부와 경락의 기능 활동 등 인체 내의 기가 정상적으로 운행되는 기제
4) 보지 않고 듣지 않는다는 뜻으로 외부로부터 방해받지 않고 정신을 집중함

현상을 만들어 냈는데도, 라이프니츠식의 '예정 조화'를 드러내며 약속이나 한 듯 '천인합일天人合一', '기일원론氣一元論', '중용지도中庸之道', '내재초월內在超越'의 동일한 사상적 경향을 가지고 있는가? 그 답은 대전통(나타난 문화)을 창조한 고대인들도 이미 깊이 익숙해져 있었던 소전통(감춰진 문화)에서 찾을 수밖에 없다.[5][6] 아무리 위대한 문화적 창조라도 어쨌든 무에서 유가 나올 수는 없으며 전통에 대한 변용일 따름이다. 이는 역사 속에서 살아가는 인간의 한계인 동시에 그들이 성공하는 유일한 현실적 조건이라고도 할 수 있다. 그러므로 본문의 앞선 서술에 이어 우리는 놀라운 것을 주목하지 않을 수 없다. 원시 기공에 숨겨진 문화적 비밀 코드와, '축의 시대'에 농익은 중국 문명의 주된 경향 사이에 뜻밖에도 매우 가까운 '혈연관계'가 존재한다는 사실이다.

〈그림 1〉
장사 마왕퇴 한묘에서 출토된 한 백화(漢帛畵) 『도인도(導引圖)』의 복원도

문제의 관건은 여기 있다. 당초 사람들이 점차 배꼽 아래 기해氣海[7])의 기복을 자각하며 의식을 집중하기 시작했을 때, 뚜렷한 열기가 체내의 일정한 통로[8])를 따라 순환하는 것

---

5) 대전통(great tradition)은 미국의 인류학자 로버트 레드필드(Robert Redfield)가 제시한 용어로 사회 엘리트층의 세계관과 가치 이념이 담긴 아문화(雅文化), 상층, 주류, 관방의 전통에 해당한다. 소전통(little tradition)은 이에 반대되는 개념으로 일반 대중의 속문화(俗文化), 하층, 민속, 통속적 전통을 가리킨다.
6) 미국의 인류학자 클라이드 클럭혼(Clyde Kluckhohn)은 외부에서 쉽게 관찰할 수 있는 행위, 의식, 기물과 같은 나타난 문화(열린 문화, overt culture)에 대비하여, 그 기저에 깔린 신념, 가치관, 세계관 등을 감춰진 문화(잠재 문화, covert culture)로 정의했다.
7) 도가에서 말하는 단전(丹田), 의가의 소위 태식(胎息)하는 부위
8) 후세의 십이정경 및 기경팔맥

을 느꼈다. 이때 그들은 신체의 편안함과 맑은 정신, 질병 제거의 단련 효과를 얻었을 뿐 아니라 기공 상태에서 현대 물리학의 틀로는 이해할 수 없는 대·소우주에 대한 '원리적 동격'을 얻었다. 전국 시대『행기옥패명(行氣玉佩銘)』의 "기를 운행시킬 때 깊어지면 축적되고, 축적되면 뻗어 나가고, 뻗어 나가면 아래로 향하며, 아래로 내려와 안정되고, 안정되면 굳어진다. 굳어지면 싹이 트듯 나오고, 나와서 자라나며, 자라나면 물러나고, 물러나면 하늘로 향한다. 천기天機는 위로 향해 움직이고 지기地機는 아래를 향해 움직이며, 순응하면 살고 거스르면 죽는다."라는 짧은 문장을 통해 당시 사람들이 어떻게 깊고 안정적인 복식 호흡과 그것이 인체에 일으키는 신기한 효과에 기대어 내외 세계의 본질과 그 관계에 대해 총체적으로 이해하게 되었는지 알 수 있다.

이러한 승화의 과정이 선진 제자에게서도 발견되는 것은 아마도 우연이 아닐 것이다. 먼저『도덕경』을 보면, "혼과 백을 하나가 되게 하여 떨어지지 않게 할 수 있는가? 기를 집중하여 부드러움에 이르러 어린아이와 같이 될 수 있는가? 마음의 거울을 깨끗이 닦아 흠 없게 할 수 있는가?"라는 구절에서부터 "하늘과 땅 사이는 풀무와 같지 않은가? 비어 있지만 다하지 않고 움직일수록 더 많이 나온다.", "도라는 것은 미묘하고 알기 어렵다. 은은하고 흐릿한 그 가운데 모양이 있고, 흐릿하고 은은한 그 가운데 사물이 있다.", 그리고 "사람은 땅을 본받고, 땅은 하늘을 본받고, 하늘은 도를 본받고, 도는 저절로 그러함을 본받는다."라는 말까지, 연관성이 얼마나 뚜렷한지 볼 수 있다. 다시『장자』를 보면 "진인眞人은 발꿈치로 숨을 쉬고, 범인凡人은 목으로 숨을 쉰다.", "귀로 듣지 말고 마음으로 들으며, 마음으로 듣지 말고 기로 들으라.", "사람이 사는 것은 기가 모이기 때문이다. 기가 모이면 살고 흩어지면 죽는다. 만약 죽음과 삶이 붙어 있는 것이라면 내가 무엇을 걱정하겠는가? 그러므로 만물은 하나이다.", "중도를 따라 기준으로 삼으면 자신을 지키고 온전히 살 수 있으며 부모를 봉양하고 천수를 누릴 수 있다."라고 하였다. 사고의 전개 과정이 또한 얼마나 비슷한가. 마찬가지로『관자·내업(內業)』에도 "신령한 기운이 마음 속에 있어, 때로는 왔다가 때로는 사라지니 그 세밀하기가 안으로 더 작을 수 없고 그 크기는 밖으로 더 클 수 없다.", "정기가 몸 안에 있으면 자연히 생기가 돌아 그 모습이 편안하고 영화롭다. 안으로 간직하여 샘의 근원으로 삼으면, 광대하고 평화로워 기의 못이 된다. 못이 마르지 않으면 사지가 강건해진다. 샘이 마르지 않으면 아홉 구멍이 비로소 통하고, 천지에 달하며 사해에 미칠 수 있다.", "혈기를 고요하게 하고 한뜻으로 마음을 쏟으며 듣고 보는 것을 어지럽지 않게 하면 멀리 있어도 가까운 것과 같다."라는 구절이 있다. 혹은 『맹자』의 "나는 호연지기를 잘 기른다.", "그 기는 지극히 크고 강하며, 곧게 길러 해치지 않으면 하늘과 땅 사이에 가득하게 된다.", "만물의 이치가 다 나에게 갖추어져 있으니, 나를 돌아보고 성실하면 이보다 큰 즐거움이 없다."라는 구절에서도 공통된 관점을 찾을 수 있다. 여기서 더 자세하게 다루지는 않겠다. 요약하면 고대의 경계는 본래 심신과 물아를 나누지 않았기에, 기공과 같이 신법身法, 식법息法, 심법心法이 일체된 양생술은 매우 쉽게 그와 연관된 우주론과 인생관을 이끌어 낼 수 있었다. 하이데거가 고대 그리스의 주객체를 하나로 보는 원초적 경지를 동경할수록 고대 기공과 가장 밀접한 관계가 있는 도가 사상에 흥미를 보인 것도 이상한 일이 아니다.

이렇게 발생학적인 의미에서 우리는 '축의 시대'인 중국 문명의 '유전자 변이'에 대해 한층 더 이해하게 되었다. 이후 문명의 발전에 어떤 우여곡절이 있든지, 각종 문화 현상은 항상 그 본질이 바뀌지 않았다. 게다가 시간이 지날수록 다양한 문화적 요소가 문화적 유전자를 더 깊이 물들어 갔고, 그로 인해 한 총체로써의 중국 문화는 나날이 체계적으로 성숙하게 되었다. 그러므로 우리가 이 문명의 가치 중심에 있는 정신적 방향성을 확실히 파악하기만 한다면, 다른 문화적 현상을 이해하는 데도 어려움이 없을 것이다.

물론 이 짧은 글에서는 여전히 중국 고대 체육 체계의 전형적인 예시만 분석 대상으로 삼을 수밖에 없다. 중국 고대의 건신 활동은 매우 다양하고 풍부하지만, 다양한 기회 원인 중에 매우 깊은 필연성이 숨겨져 있음을 뚜렷하게 보여준다. 어떤 체육 활동은 중국 체육 정신의 허용 범위 내에서 활발히 발전하여, 얼마나 많은 독자적인 특성이 있는지와는 관계없이 결국 중국 문화의 가치 이념에 대해 플라톤식의 '공유'를 나타내 보이게 된다. 그렇지 않으면, 어떻게 해도 중국 체육 정신의 쳇눈에 걸려 상고 시대의 유물인지 혹은 해외에서 전래되었는지를 막론하고 점차 위축되어 사라질 뿐이다. 후자의 경우 앞서 이미 중국에서 축국의 운명을 들어 언급한 바 있으므로, 이후의 편폭에는 전자의 경우만 간단하게 분석해 보고자 한다.

먼저 중국 고대의 체육 정신을 '공유'한 것은 후세에 점차 형성된 각 문파의 기공 공법 자체이다. 필자와 기공 애호가인 친구의 불완전한 통계에 따르면 지금까지 현대인들이 발굴하여 직접 실천한 기공 공법의 수만도 340종에 달한다. 그 중, 여러 파의 장점을 융합하여 최근에 만들어진 종합 기공법 외에 역사적 전승의 내력을 비교적 명확하게 분석해낼 수 있는 6대 유파가 있다. 도가 공법, 의가 공법, 불가 공법, 유가 공법, 무술가 공법과 민간 공법이다. 표면적으로 이러한 기공 유파들은 구분이 뚜렷하고 서로 접촉점이 없어 보인다. 하지만 많은 세부적인 차이 뒤편에 사람들에게 아직 발견되지 않은 중국 문명 특유의 공통 전제가 숨어 있다. 이 중 줄곧 "마음을 지극히 비우고, 고요함을 두텁게 지키는" 것을 중시해 온 도가와, "욕심 없이 마음을 비워 깨끗하게 하면 진기가 이를 따라 흐른다. 내면에 정신을 집중하여 평정한 상태를 지키면 병이 어디서 오겠는가"라고 주장한 의가는 본래 기공의 발원지이자 정통인 까닭에 더 논할 필요가 없을 듯싶다. 의미가 남다른 것은 불가이다. 본래 '사대본공四大本空9)', '오온무아五蘊無我10)'를 강조하던 '서학西學'이 생을 귀히 여기는 성향을 가진 중국 문명의 토양에 파종되자, '몸에 대한 집착身執', '나에 대한 집착我執'을 초래할 위험성에도 불구하고 중국 불교의 특성을 가진 기공 공법이 생장했다. 아마도 본질적인 의미에서 "마음을 안정시켜 지혜를 얻는由定生慧" 불문 제자의 일상 과업은 육체에 공을 들이라는 의도가 아닐 것이다. 그들은 결코 제이의제第二義諦11)에 빠져 죽은 육체를 지키는 '수시귀守屍鬼'가 되려는 것이 아니다. 그저 육체를 벗어난 정신적 지혜의 영원성을 추구하는 것뿐이다.

그러나 다시 생각해보면, 사람의 몸과 마음은 어쨌든 서로 연결된 하나의 총체이다. 그래서 수양을 통해 내면을 향한 의념意念을 잘 다룰 수 있게 단련하기만 하면, 자신의 생명과 운동에 대한 조절, 운용, 제어 능력이 자연히 증가하여 신체와 두뇌의 건강 및 질병을 제거하고 수명이 증가하는 양생 효과를 볼 수 있다. 바로 이런 이유로 인해, 입문 수단으로써 본래 사람이 성불할 수 있는지 그리고 어떻게 성불할 수 있는지를 탐색하던 선정禪定의 방법이 중국 문화의 큰 환경 아래에서 "정신과 육체를 함께 수양하는性命雙修" 도교와 길은 다르지만 같은 결과로 이어졌다. 이로 인해 천태종, 선종, 정토종, 밀종 등 서로 다른 법도를 가진 기공 문파가 파생되었고 민간에 널리 보급되어 체육 단련에 사용되었다. 문화 전파 과정의 이러한 의도적인 오독 현상은 중국의 정신으로 외래 문화의 정보를 선별 및 새로이 구성한 생생한 예시이다.

---

9) 사대는 불교에서 만물을 구성하는 지(地), 수(水), 화(火), 풍(風)의 네 가지 요소로, 인연에 따라 모이면 물질이 생겨나고 흩어지면 없어진다. 끊임없이 변화하며 실체가 없기에 공(空)이라 한다.
10) 오온은 인간의 존재를 이루는 색(色), 수(受), 상(想), 행(行), 식(識)의 다섯 가지 요소이다. 색온은 물질적 육체, 수, 상, 행, 식의 4온은 정신적 작용에 해당한다. 불교에서 내가 인식하는 '나'라는 존재는 오온으로 인한 허상일 뿐, '나'라는 실체는 존재하지 않는다.
11) 불교의 궁극적 진리인 제일의제와 상반되는 개념으로 현실 세계의 이치에 비추어 올바른 세속 진리

다음은 화제를 무술가의 기공으로 돌려 볼 차례이다. 무술과 기공의 두 가지 체육 활동의 교차는, 또한 고대 체육의 또 다른 갈래가 어떻게 중국 문화의 기본 이념을 공유하는지 보여준다. 필자는 『상무정신(尚武精神)』(제11장에 수록)이라는 글에서 주로 사회 구조의 분석으로부터 접근하여, 한대 이후 통치자가 어떻게 진 왕조의 약민술弱民術을 계승하여 선진 시기에 성행했던 상무 정신을 사회의 끝자락으로 밀어냈고 그로 인해 사회 중심부의 엘리트층 가운데 점차 "문을 중시하고 무를 경시하는重文輕武" 풍조가 생겨났는지 언급한 바 있다. 그리고 이에 상응하여 본문에서 말하고자 하는 것은 바로 무술武術이다. "무를 배척하고 문을 행하며 힘을 폐하고 덕을 숭상하는去武行文, 廢力尚德" 역사적 추세에 기대어, 과거의 격투와 전투 기능으로부터 탄생한 실용 무예가 새롭게 문화적으로 해석될 가능성을 얻었고, 그로부터 고대 기공과 밀접하게 연관된 중국인 특유의 체조 형식인 무술로 변화되었다.

물론 송대 이후에 점차 발전하여 분화된 무술의 투로套路는 어쨌든 아직 격투의 기능을 조금이나마 보존하고 있다. 그러나 만약 그런 화려한 동작의 초식 하나하나가 모두 실전을 위해 설계되었다고 생각한다면 크게 속은 것이다. 사실 역사적으로 확인된 고대의 전쟁은 명청 소설에서 묘사한 것처럼 두 군대가 병사를 그대로 둔 채 각자 지휘관 한 명씩만 보내 일대일로 승부를 겨뤄 승패를 정하지 않았다. 그래서 집단의 전쟁을 위한 실용적 목적에 맞게 실제 무예 동작은 비교적 간결하고 단순했다. 무술이 점차 드넓은 전장을 떠나 좁은 집 안으로 들어왔을 때, 다르게 말하면 무술을 연습하는 단위가 군단이 아닌 개인이 되었을 때 비로소 연무演武 동작의 심미적 효과가 중시될 수 있었고, 각종 공연성을 지닌 격투 형식이 발전하게 되었다.

또한 이와 연관 지어 생각할 수 있는 것은 무술이 여러 계기를 통해 개인의 사적인 일이 되자, 무술의 기본적인 성격도 군사 훈련으로부터 체육 단련으로 전환되었다는 사실이다. 다시 말하자면 타인을 어떻게 살상하는지가 아닌, 자기 자신을 어떻게 보양하는지가 주요 관심사가 되었다. 이처럼 무술의 목적은 기공과 상당히 근접해 있었기에, 물이 흐르면 도랑이 생겨나듯 자연스럽게 하나로 융합되었다. 태극권, 팔괘장, 형의권 등 신체 건강을 위해서만 설계된 '양생권養生拳'을 예로 들지 않더라도, 격투의 기능을 보존하고 있는 무술의 투로 역시 "안으로는 한 모금 기를 단련하고, 밖으로는 근골과 피부를 단련하는" 것을 중시하여 무예 연습의 기초가 되는 참장站樁 기공법으로 각자 발전해 나갔다.

이러한 단련의 효과로 중국의 무림 고수들은 종종 동시에 양생의 대가인 경우가 많고, 외공 훈련만을 중시하는 무에타이 선수가 대부분 단명하는 것과 현저한 차이를 보인다.

마지막으로 유구한 기원을 가진 중국의 기류棋類 활동에 대해 간단히 분석하고자 한다.12) 공교롭게도 표면적으로 기류 활동은 앞에서 말한 무술과 매우 유사한데, 역시 고대 전쟁으로부터 생겨난 흔적을 볼 수 있다. '장將', '사士', '상相', '차車', '마馬', '포炮', '병兵' 등 구체적인 군사 용어가 중국 장기에 남아 있다. 이를 무시하더라도, 추상적 형식으로 나타난 '흑백黑白', '방원方圓'13) 역시 응양應瑒이 『혁세(弈勢)』에서 "바둑의 법도는 그 유래가 오래되었는데, 군대가 전쟁하며 진 치는 규칙과 비슷하다."라고 말한 것과 같다. 마융馬融은 『위기부(圍棋賦)』에서 "바둑을 엿보니 병사 쓰는 법과 같고 세 자 바둑판은 전쟁터와 같아, 진 치고 병사를 모으며 양쪽의 세력이 비등하다. 겁내는 자는 공이 없고 욕심내는 자는 먼저 패망한다. 먼저 네 귀를 선점하고 지키며 모서리에 의지한다."라고 하였고, 사조제謝肇淛는 『논기(論棋)』에서 말하기를 "그 개합과 조종, 진군과 후퇴, 취함과 버림, 기이한 것과 바른 것의 병용, 허실의 양용을 보니, 혹은 패함으로 공적을 세우고, 혹은 먼저 구하되 후에 반격하며, 혹은 자신을 보호하여 남을 이긴다. 변화가 다양하고 기회가 빠르게 바뀌니 상승의 병법이요 육도삼략의 귀중한 궤범이다."라고 하였다. 이처럼 고금에 수없이 많은 인용문에서 바둑을 병사에 비유하고 있다. 이런 화법은 이미 전장에서 용맹을 뽐내는 대신 바둑판 위에서 지혜를 겨루게 되었지만, 바둑이 여전히 중국 고유의 체육 활동 중에서 가장 경쟁적인 종목임을 상기시켜 준다. 그렇기에 또한 바둑은 모든 고대 체육 종목 중 가장 쉽게 현대 체육의 한 종목으로 "창조적 전환"되어 국제적인 시합으로 자리 잡았다.

그러나 텔레비전 화면에서 바둑 국수들이 초읽기 소리 속에 당황하며 수를 놓는 모습을 볼 때마다, 중국의 고대 체육 정신을 '공유'한 바둑이 이미 일본의 무사도에 의해 이질화되었음이 안타깝다. 왜냐하면 중국에서 바둑의 다른 이름인 '난가爛柯', '좌은坐隱'의 본뜻은 공교롭게도 바둑을 두는 사람이 시간의 흐름을 잊는다는 의미이기 때문이다. "바둑을 두니 세상이 변하는 줄 몰랐네(구양수, 『몽중작(夢中作)』)", "한가히 바둑돌을 두드리니 등불 심지가 떨어지네(사마광, 『유약(有約)』)"와 같은 시구들은 고대 중국에서 바둑이

---

12) 청대에 집본된 『세본(世本)』에 "요임금이 바둑을 만들었고 단주가 그에 능했다."라고 되어 있다
13) 모두 중국 바둑의 별칭

원래 여가를 보내고 성정을 수양하며 그 안에서 즐거움을 찾는 도구였음을 설명하고 있다. 전설에 공융孔融의 두 자식은 바둑을 두며 죽음을 피하지 않았고(『위씨춘추(魏氏春秋)』), 사안謝安은 바둑을 두느라 도적을 토벌한 기쁨을 드러내지 않았다(『진서(晉書)·사안전(謝安傳)』)는 이야기는 모두 이러한 세속의 정리를 잊은 경지를 보여주고 있다. 그래서 무예로부터 무술로 변화되는 과정과 같이, 바둑도 '병법의 종류(환담桓譚, 『신론(新論)』)'에서 '성정을 수양하는 팽조의 방법(반고 『혁지(弈旨)』)'으로 바뀌었고, 중국 체육에 내재된 정신에 의해 두뇌와 정신의 건강을 위한 활동으로 변화되었다. 사대부들이 심혈을 기울이는 예술 활동인 '금기서화'의 하나로써, 바둑은 기수가 크게 숨을 들이쉴 만큼 압박하지 않는다. 오히려 신중하고 우아한 '손의 대화手談'를 통해 여유 있고 안정된 상태가 되도록 한다. 물론 바둑을 두면 승패를 겨루게 된다. 그러나 중국 문화의 특수한 환경 아래서 우아한 바둑의 흥취는 이러한 '병가의 상사'를 멀리 뛰어넘는 것이었다. 황준黃俊은 『혁인전(弈人傳)』의 서문에서 바둑의 경계를 이렇게 묘사했다. "남과 내가 구분되지 않으니 승부가 없고, 승부가 없으니 기쁨과 성냄이 없다." 이 두 구절은 사실 모두 틀린 말이다. 만약 남과 내가 없고 승부가 없으며 기쁨과 성냄의 구분이 없다면, 사람들은 이 놀이에 전적으로 빠져들지 못한다. 그래서 이 방면에서는 결국 소식蘇軾의 수단이 가장 고명하다. "이기면 물론 기쁘고 져도 즐겁다(『관기(觀棋)』)"는 그의 시만이 바둑에 몰입한 경지를 표현해 냈다. 승패를 따지면서도 유유하고 한가로운 손의 대화를 통해, 대국을 하는 두 사람의 마음은 긍정적인 수양과 즐거움으로 정화될 수 있다. 오늘날 바둑판이 이미 명리의 장이 되어 이러한 고대의 체육 정신과 천양지차로 달라졌음이 아쉬울 따름이다.

5

방사(房事)와 양생

저우이머우(周一謀)

'음식과 남녀 간의 정은 사람의 가장 큰 욕망이다.' 고대 중국에서 남녀 간의 성생활은 매우 중요하게 여겨졌다. 음식과 같이 중시되었을 뿐 아니라, 양생 및 보건과 밀접한 관계가 있다고 인식되었다. 고대에 성생활은 방실생활房室生活로 불렸고 이를 줄여서 방사房事라 했으며, 입방入房 또는 행방行房이라고도 했다. 방중房中, 방위房幃, 은곡지사隱曲之事라고도 한다. 고대인은 "방사는 사람을 죽이기도 하고 살리기도 하여 잘 이용하면 양생할 수 있으나 그렇지 못하면 죽음에 이를 수 있다."라고 했다. 사람들은 신체를 더 보양하고 이롭게 하고자 하며 손상을 피하려 하는데, 그 관건은 '방중술'을 터득하는 데 있다. 곧 남녀 교합의 법도를 터득하고, 합리적으로 방사를 계획하는 것이다. 고대 중국에는 매우 풍부한 방중 의학 문헌이 있으며, 방사와 양생에 대해 매우 치밀하게 논술한 기록이 적지 않다.

일찍이 선진 양한 시기, 양생을 중시한 도가와 의학가는 청정염담清靜恬談과 정신내수精神內守를 주장하는 외에 특별히 방중술의 연구에도 주의를 기울였다. 『한서·예문지』는 『용성양도(容成陽道)』, 『무성자음도(務成子陰道)』 등 8종 186권의 방중서를 수록한 바 있으나 아쉽게도 이미 실전되었다. 장사 마왕퇴 서한묘에서 출토된 14종의 의서 중 방중 양생에 대해 전문적으로 논한 저작은 죽간서 『십문(十問)』, 『합음양(合陰陽)』, 『천하지도담(天下至道談)』 등 3종이다. 이러한 의서는 중국 초기 방중 의학의 성과를 반영하고 있다.

죽간 『십문』은 만약 음양이 서로 교합하지 않으면 정도精道[1]가 막혀 통하지 않으며 "백맥百脈에 병이 나게 된다."라고 하였다. 죽간 『합음양(合陰陽)』에서는 방사 생활이 "막힌 것을 뚫어 통하게 하고", "장부에도 전달되어 가득하다."라고 했다. 곧 전신의 기혈이 막힘없이 흐르고 오장육부에도 유익하다는 것이다. 중국 초기의 의학 저서 『황제내경』은 술에 취해 성관계를 갖는 것에 반대했고, 방사에는 일곱 가지 손실과 여덟 가지 유익七損八益이 있다고 언급했으나 내용은 구체적이지 않다. 오히려 죽간 『천하지도담』에서 방사의 '칠손'과 '팔익'에 대해 구체적으로 상세하게 설명했고, 팔익을 잘 이용하되 칠손을 제거하도록 요구하고 있다.

이른바 팔익은 기공도인氣功導引과 양성 간 성관계를 결합한 여덟 가지 단계 및 방법이다. 구체적인 방법은 아래와 같다. 일찍 일어나 좌정하고, 허리를 곧게 편 채 둔부의 긴장을 풀고 항문을 수축시키며 기를 아래로 향하여 음부에 이르게 한다. 이를 '치기治氣'라고 한다. 신선한 공기를 마시고 혀 밑의 진액을 삼킨다. 이를 '치말致沫'이라고 한다. 교합하기 전에 부부는 마음껏 유희를 즐기고, 양쪽 모두 강렬한 성욕을 느꼈을 때 관계를 가져야 한다. 이를 '지시知時'라 한다. 교합할 때는 기를 아래로 보내 음부가 정기로 가득하게 한다. 이는 '축기蓄氣'라 한다. 교합할 때 동작은 가볍고 부드럽게, 천천히 하여 음부의 분비물을 많게 한다. 이것을 '화말和沫'이라고 한다. 교합 시에는 지나치게 탐닉하여 연연하지 말고 음경이 아직 발기해 있을 때 성교를 멈춘다. 이는 '적기積氣'이다. 방사가 곧 끝날 때쯤 기를 거둬들여 등에 머물게 한다. 이를 '대응待贏'이라 하며, 가득 차기를 기다린다는 의미이다. 방사가 끝난 후 남은 정액을 다 쏟아 내고 제때 씻어 낸다. 이를 '정경定傾'이라 한다. 넘어진 물건을 일으켜 바르게 세우고 고정하는 것에 비유할 수 있다.

소위 칠손은 첫째, 교합할 때 음경이 아프고 사정관이 통하지 않거나 심지어 배출할 정액이 없는 경우를 '내폐內閉'라고 한다. 둘째, 교합할 때 땀이 그치지 않고 많이 나는 것을 '양기외설陽氣外泄'이라 한다. 셋째, 방사를 절제하지 않아 함부로 행하고 배출하여 정액을 소모하는 것을 '갈竭'이라 한다. 넷째, 교합할 때가 되었는데 음경이 유연한 수건처럼 되어 발기하지 못하면 '건불巾弗'이라 부른다. 다섯째, 교합 시 호흡이 가쁘고 정신이 혼미하며 기가 흐트러지면 '번憤'이라 한다. 여섯째, 여성의 성 충동이 수그러들면 남성은 기다릴 줄 알아야 한다. 만약 여성이 전혀 성욕이 없는데 남성이 강제로 교합하려 하면 쾌감이라 할 것이 없을 뿐 아니라, 여성의 심신 건강에 매우 큰 위해를 가하게 된다. 그래서 '절絶'이라고 부른다. 일곱째, 교합할 때 급하게 하여 빠르기만 바라는 것을 '비費'라 한다.

---

1) 사정관

공연히 정력을 낭비한다는 뜻이다. 이러한 내용은 여전히 사람들에게 많은 깨달음을 주고 있다.

위진남북조부터 수당 시기에는 도가 학설이 전파됨에 따라 많은 의약학자들이 도가에 영향을 받았다. 그들은 연단과 복식을 제창한 것 외에도 방중과 양생의 연구를 더욱 중시했다. 또한 상당한 양의 방중 서적을 저술하여 중국의 성의학 및 성 보건에 있어 진일보를 이뤘다.

진대의 도가이자 의약학자였던 갈홍은 『포박자』라는 책을 저술했다. 이 책의 내편內篇에는 방사와 양생에 대한 많은 기술이 있다. 갈홍은 방실 생활은 건강한 사람의 정상적인 욕구임을 명확하게 지적하며 "사람은 또한 방사를 완전히 끊어서는 안 된다. 방사를 하지 않으면 기혈이 막히고 잘 통하지 않는 병이 생긴다. 그래서 유폐된 자나 이성과 접촉하지 못하는 남녀는 질병이 많고 수명이 길지 않다."라고 했다. 방중술을 터득하면 재난을 피하고 화를 복으로 바꿀 수 있다고 말하는 사람도 있었다. 갈홍은 이러한 관점을 비판하면서, 방실 생활은 비록 일정 부분 유익한 작용을 하지만 이를 과장해서는 안 된다고 하였다. 그는 또한 방실 생활에는 절제가 따라야 하며, 적당한 수준이면 이로우나 과도하면 해가 된다고 지적했다. "절제와 배출의 중화中和를 이루어야만 손상이 없을 수 있다."

당대의 명의 손사막은 『방중보익(房中補益)』을 집필하고 그의 저서 『비급천금요방(備急千金要方)』 제27권에 수록하였다. 손사막은 방사의 관건은 정관을 튼튼하게 하여 쉽게 배출하지 못하도록 하는 것이라고 썼다. 그는 청년들에게 간곡히 권하길, 젊어서 기운이 왕성하다고 정욕에 방종하지 말아야 하며, 양기를 북돋우는 춘약을 남용하여 함부로 방사를 치러서는 더욱 안 된다고 하였다. 성 기능 장애가 있는 환자가 치료를 위해 급히 복용하는 경우 외에 건강한 사람은 방중 보약을 남용해서는 안 된다. 만약 "보약을 먹고 힘을 더해 방사를 치르면" 필연 원기를 상하게 되고 나이가 들기도 전에 먼저 늙게 된다. 심지어 "정기가 고갈되어 오직 죽음에 가까워진다." 그러므로 젊은이는 방사에 "지극히 신중해야 한다."

손사막은 또한 서로 다른 연령의 특징과 체질 조건에 따라 방실 생활을 계획해야 한다고 주장했다. 예를 들면 20대는 4일, 30대는 8일, 40대는 16일, 50대는 20일에 한 번이 적절하다. 이 숫자들은 물론 방사 빈도의 절대적인 기준은 될 수 없다. 실제로 체질이 건강한 사람은 이 숫자를 훨씬 초과할 수 있고, 몸이 약하고 병이 많은 사람은 이 숫자에 도달하지 못할 것이다. 그러나 나이가 들어감에 따라 매월 방사의 횟수는 감소해야 하고, 이것은 뜻밖에도 굉장히 중요한 사항이다. 그는 또한 허약하고 병이 많은 노인은 방사를 금하는 편이 가장 좋으나, 태생적으로 건강한 노인은 강제로 금욕해서도 안 되며 욕구가 채워지지 않으면 필경 막힌 데서 병이 생겨 오히려 독창류의 질병을 일으킬 수 있다고 지적했다. 손사막은 각종 방중의 금기도 열거하며 다음과 같이 말했다. "사람이 노하여 혈기가 안정되지 못했을 때 교합하면 독창이 생길 수 있다. 또한 소변을 억지로 참고 교합하면 안 된다. 임병淋病2)이 생길 수 있고 음경의 통증을 불러오며 얼굴의 혈색이 사라진다. 먼 거리를 여행한 후 몸이 피로할 때 방사를 치르면 오로五勞3)를 초래하고, 몸이 허약해져 손상을 입으며 아이를 많이 낳지 못한다. 또한 월경 중일 때 교합하면 여성에게 병이 생긴다." 손사막의 이러한 기록은 대부분 과학적 근거가 있는 것으로 지금까지도 긍정적인 의미가 있다. 그러나 꼭 지적해야 하는 것은, "여러 번 여자를 바꾸면 이로움이 많다.", "93명의 여자를 다스리면 장수할 수 있다."는 등 그의 소위 채음지설採陰之說은 터무니없는 말로써 참고할 만한 것이 못 된다는 점이다.

『의심방(醫心方)』은 종합 의학 저작으로 일본의 단바 야스요리丹波康賴가 982년에 펴낸 책이다. 이 책은 중국 당대 이전의 다양한 의서를 집록했고『옥방비결(玉房秘決)』,『옥방지요(玉房指要)』,『소녀경(素女經)』,『현녀경(玄女經)』,『동현자(洞玄子)』등 적지 않은 고대의 방중 서적을 포함하고 있다. 이러한 방중서는 대부분 이미 실전되었는데,『의심방(醫心方)』의 인용문에 의지해 그 주요 내용이 보존되고 있다. 후세에 상술한 각 서적의 집일본輯佚本을 정리하는 데 조력했다고 볼 수 있다.

『의심방』제28권은 '방내房內'로 방중 양생에 관해 논한 30편을 수록하였다. 그중「지리편(至理篇)」에서는『옥방비결』을 인용하여 말하기를 "무릇 사람이 쇠미衰微하는 까닭은 모두 음양 교접의 도가 상했기 때문"이라고 하였다.「화지편(和志篇)」은『동현자』를 인용하여 다음과 같이 말한다. "남자는 노래하고 여자는 화답하며, 위에서 행하면 아래에서 따르니 이는 사물의 기본적인 이치이다. 만약 남자가 몸을 흔드는데 여자가 응하지 않고, 여자가 몸을 움직이는데 남자가 따르지 않으면 남자에게만 손상이 있는 것이 아니

---

2) 소변이 잘 나오지 않는 병
3) 오장이 허약해서 생기는 다섯 가지 병

라 여자에게도 해가 된다." 부부간의 감정은 성생활에 있어 매우 중요하게 여기고 있다. 방사를 치르기 전 부부는 입 맞추고 포옹하면서 친밀하게 정을 나눠야 하며, 감정적인 교류가 있고 뜻이 통해야 호흡이 잘 맞을 수 있음을 강조한다. 만약 느끼는 바가 다르거나 한쪽이 원하지 않으면 관계를 갖기 어렵다. 억지로 교합하면 두 쪽 모두에게 무익하고 해가 될 뿐이다.

「구자편(求子篇)」은 교합하여 임신할 때의 주의 사항을 서술하고 있다. 이 편에서는 『산경(産經)』을 인용하여 "온병溫病이 아직 낫지 않았을 때"와 "근심하고 두려울 때", "놀라고 당황했을 때"는 교합하기 좋지 않으며, 아이를 낳는 것이 상서롭지 않다고 쓰고 있다. 또 『옥방비결』을 인용하며 "음양 교합의 일곱 가지 금기"에 대해 논했는데, 술에 취하거나 피로한 상황에는 방사를 금지해야 한다고 여겼다. 방사를 금하지 않으면 필연 신체 건강에 더 심각한 손상이 있을 것이기 때문이다. 다른 한편으로는 만약 이런 상황에 교합하여 아이를 가지면, 그 자녀는 꼭 바보나 미치광이, 장애인이 되는 법은 없으나 체질이 좋지 않고 지능도 떨어질 것이 분명하다는 이유였다.

송대에는 정주학程朱學의 성행으로 인해 성 의학의 발전이 제약을 받았고, 양생과 관련된 약간의 의학서적에서 가끔 언급되었을 뿐 방중서는 거의 전해지지 않았다.

원대 이후에 방중 양생을 연구하는 의학자와 의서들이 점차 증가하기 시작했다. 특히 명청 시기에 시민 생활 등을 반영한 언정소설言情小說이 계속 유행하면서 성문화도 일정한 발전을 이뤘다. 이 시기에는 또한 새로운 방중 의학 문헌이 적지 않게 출현했는데, 대부분 선인의 관련된 연구 성과를 계승하고 발전시켰다.

원대 이붕비李鵬飛의 『삼원연수참찬서(三元延壽參贊書)』는 양생학 전문서이다. 총 5권이며, 제1권이 방중 양생을 전문적으로 논하고 있다. 이 책은 「욕불가절(慾不可絶)」, 「욕불가종(慾不可從)」, 「욕불가강(慾不可强)」, 「욕유소기(慾有所忌)」, 「욕유소피(欲有所避)」 등 여러 전편을 수록했고, 상당한 양의 전대 방중 문헌을 인용하면서 새로운 관점을 더해 자신만의 확실한 견해를 가지고 있다. 그 중 「욕불가절」은 명확하게 말하기를 "성인도 화합지도和合之道를 끊지 않는다."라고 했다. 적절한 방실 생활은 인체의 음양을 조화시키는 중요한 수단이라는 관점이다. 「욕유소기」는 반면 주취와 대소변을 참았을 때, 큰 병을 앓고 난 후의 과도한 성생활이 초래하는 나쁜 결과에 대해 중점적으로 다뤘다. 이 편에서는 많은 고대의 예시를 들고 있다. 제나라의 한 시어사가 장기간 술에 취해 방사하여 독창을 앓고 결국 죽었다거나, 서한 시기 한 귀족 부인이 소변을 참은 채 성생활을 해서 야뇨증이 생겼다든지, 삼국 시기 돈자헌이라는 관리가 병이 막 나은 후 방사를 금하지 않았다가 3일 만에 급사했다는 이야기 등이다. 이런 사례들은 모두 경계할 만하다.

명대의 의학가 만전萬全은 그의 저작 『양생사요(養生四要)』에서 만혼과 절욕節慾을 특히 강조하며 "옛날 남자는 삼십 세에 아내를 취하고 여자는 이십 세에 시집을 갔다."라고 주장했다. 만전은 조혼을 극력 반대했는데, 건강에 해롭고 조로와 단명의 중요한 원인 중 하나라고 생각했다. 그는 "지금의 남자는 젊을 때 16세가 되기도 전에 여자를 거느리고 그 정기를 통한다. 정精이 차기도 전에 쏟아 내어 오장에 온전하지 않은 곳이 있으니 훗날 형용하기 어려운 병이 생긴다."라고 했다. 만전은 또 만혼과 절욕을 유지하는 자는 "아이를 낳으면 총명하고 장수한다."라고 여겼고, 조혼와 종욕從慾하는 자는 "아이를 낳으면 대부분 수명이 짧고 품행이 나쁘다."라고 했다. 만혼이 자신의 건강에도 좋을 뿐 아니라 아이의 건강과 양육에도 유리하다는 것이다. 조혼은 이른 노화를 불러오고, 후대의 번영에도 해를 끼친다.

청대의 의학자 석성금石成金도 방중 양생에 대해 연구하였다. 그는 저서 『장생비결(長生秘訣)』에서 색욕은 세상 사람들 중 싫어하는 자가 없으며, 고금이 모두 그러하되 본래 금할 수 없고 금할 필요도 없으나 필히 절제해야 한다고 말했다. 그는 춥거나 더울 때, 뇌우가 있을 때, 화가 날 때나 나이가 있을 때, 질병이 들었을 때는 방사를 삼가야 하며 그렇게 하지 않으면 위해가 적지 않다고 명확하게 지적하였다. 특히 노인들과 허약하고 병 많은 사람은 방사에 더욱 신중해야 한다고 하였다. 석성금의 관점에서 사람은 오십 세 이후에 혈기와 정신이 점차 감퇴하며 이때는 모든 일을 줄이는 것이 좋고 색욕도 마찬가지이다. "방사를 삼가고 정신을 견실하게 하면 자연히 모든 병이 사라지고 수명이 연장되어 오래 강건해진다. 신체가 허약한 사람에 대해서는, 나이가 비록 늙지 않았어도 정신이 이미 쇠약해졌으니 역시 욕망을 절제하여 굳게 지켜야 한다."

역대 제가들이 쓴 내용을 총람하면 이러한 이치를 집중해서 설명하고 있다. 방실 생활은 (청·중·노년을 포함한) 건강한 사람의 정상적인 욕구로 금지할 수 없으나 반드시 적정해야 하며 절제해야 한다. 알맞은 수준의 조화로운 성생활은 건강을 증진시키며 2세의 출생과 성장에도 유리하다. 이와 반대로, 방사를 절제하지 않고 정욕을 무분별하게 따른다면 수명을 단축시킬 뿐 아니라 자손의 번성에도 악영향을 끼친다.

9장

———

요리와 음식

1

황실 요리

왕쉐타이(王學太)

황실 요리는 궁중 생활과 함께 만들어졌다. 현재까지 남아 있는 기록과 유물을 통해 3~4,000년 전인 멀리 상商과 주周 시대의 황실 요리부터 살펴볼 수 있다.

먹는 것을 중시하는 중국인의 경향은 적도 상·주 시기 궁중 음식에서 그 단초를 찾아볼 수 있다. 그러나 최초의 인간들이 음식에 관심을 기울인 것은 맛있는 음식을 추구해서가 아니라 신과 소통하기 위해서였다. 음식은 제사 속에서 가장 중요한 공물이었다. 상나라 때는 중대한 제사에 300마리에서 1,000마리에 이르는 소를 사용하였다. 주나라 때의 제사에서는 제물의 정결함과 풍성함을 중시하였다. 제사 음식의 준비를 주관하는 사람은 정치적으로도 중요한 지위를 차지하고 있었다. 상나라 때의 총재冢宰, 주나라 때의 태재太宰는 본래 제사 때 동물을 도살하던 사람이었는데, 후에 "백관을 거느리는" 재상으로 변화하였다.

상·주 시대부터 통치 계급은 천자가 천하의 맛있는 음식을 모두 모을 권리가 있다고 주장해 왔는데, 이는 천하 통일을 상징하는 것이었다. 『여씨춘추(呂氏春秋)·본미(本味)』에는 "이윤伊尹이 아주 좋은 맛을 가지고 탕왕에게 유세했다伊尹以至味說湯."라는 고사가 기록되어 있다. 이윤은 탕왕이 천하를 차지하도록 돕기 위해 요리 이론을 가지고 그에게 유세를 하면서, "유사流沙 서쪽의" 봉황 알, "관수灌水"[1]에서 나오는 날치, "동정洞庭의 전어鱄魚", "동해의 이어鯉魚", "곤륜崑崙의 쑥", "운몽雲夢의 미나리", "양박陽朴의 생강" 등을 천하의

---

1) 땅의 서쪽 끝

뛰어난 맛의 예로 들었다. 이들은 모두 "먼저 천자가 되지 못하면, 갖출 수 없는 것들非先爲天子, 不可得而具"이었다. 상·주 시기의 천자는 실제로 서쪽에서 바친 맛있는 음식을 누릴 수 있었다. 「우공(禹貢)」에 구주九州에서 천자에게 바친 음식이 기록되어 있을 뿐만 아니라, 갑골문에도 이민족 부락이 상왕에게 바친 진귀한 음식에 대한 기록이 있다.

　궁중 음식은 풍부함과 맛뿐 아니라 최고 존재인 제왕의 지위를 드러내는 수단이었는데, 이것은 적어도 주나라 때 이미 제도화되었다. 『주례(周禮)』에는 주 천자를 섬긴 관리 약 4,000명이 기록되어 있는데, 그중에 음식을 관리한 이가 2,200여 명이었으며, 당시 궁중 연회의 배치도 알 수 있다. 주 천자의 "연식燕食2)"에는 26가지의 음식 항목이 있는데, 그중에는 "나해蝸醢"3)와 고사(苽食, 조호미밥)에는 치갱(雉羹, 꿩국)이며, 맥사(麥食, 보리밥)에는 포갱(脯羹, 포를 찢어 넣어 끓인 국)과 계갱(鷄羹, 닭고기 국)이며, 절도(折稌, 잘게 부순 찰벼로 지은 밥)에는 견갱犬羹4)과 토갱兎羹5)인데, 쌀가루를 섞어 넣고 여뀌를 넣지 않는다和糁不蓼. 어린 돼지를 삶는 데 안에 여뀌 입을 넣고 씀바귀잎으로 싸며濡豚包苦實蓼, 닭고기를 삶는 데 해장을 넣고 여뀌로 속을 채운다濡鷄, 醯醬實蓼. 생선을 삶되 곤장을 넣고 여뀌로 속을 채우며濡魚, 卵醬實蓼, 자라를 삶되 해장을 넣고 여뀌로 속을 채운다濡鱉, 醢醬實蓼. 단수腶脩6)에는 지해蚔醢7)요, 포갱에는 토해兎醢8)이며, 미부麋膚8)에는 어해魚醢9)요, 어회魚膾10)에는, 개장芥醬11)이요, 미성麋腥12)에는 해장醯醬이다. 도저桃諸13)와 매저梅諸14)에는 난염卵鹽15)이다."(『禮記·내칙(內則)』)

　당시 궁중의 연회에서는 그릇의 등급이 엄격하였다. 주·진·양한 시기 연회에서는 정鼎을 사용했는데, 정의 개수로 주인의 지위가 높고 낮음을 표시했다. 천자의 연회에서는 12개의 정을 사용하였고,16) 제후와 대부는 등급에 따라 그 수를 감하였다. 연회 석상에

---

2) 일상 음식
3) 달팽이장
4) 개고기 국
5) 토끼고기 국
6) 포를 두들긴 다음 새앙과 계피를 넣은 것
7) 개미 알로 만든 젓
8) 사슴 고기
9) 생선젓
10) 생선회
11) 겨자장
12) 날사슴 고기
13) 복숭아 장아찌
14) 매실 장아찌
15) 굵은 소금

서 음식과 안주를 담는 두豆17)에도 엄격한 규정이 있었다. "천자가 사용하는 두의 수는 26개, 제공諸公은 16개, 제후는 12개, 상대부는 8개, 하대부는 6개이다天子之豆, 三十有六; 諸公, 十有六; 諸侯, 十有二; 上大夫, 八, 下大夫, 六."(『예기·예기(禮器)』) 음식을 올릴 때의 예절이 후에 신분 지위를 나타내는 것으로 변화하였기 때문에, 한나라 때 주보언主父偃은 "사내대장부로 태어나 살아생전 오정식五鼎食을 먹을 수 없다면 오정에 삶아져 죽을 뿐이다且丈夫生不五鼎食, 死即五鼎烹."와 같은 말을 남기기도 했다.

정은 본래 취사도구이자 식기였으나, 이후 많은 청동기 식기와 함께 조상 숭배의 의례 용기로 혹은 권력을 상징하는 보물로 발전하였다. 이러한 변화는 이들 기물에 내재되어 있던 원인 이외에 제왕과 귀족들이 음식을 통한 여러 행위와 관계가 있다.『한비자(韓非子)·유로(喩老)』편에서 "옛날에 주왕紂王이 상아 젓가락을 만들자 기자箕子가 두려워하였다. 상아 젓가락이 있다면 반드시 흙 그릇을 사용하지 않을 것이며, 장차 무소의 뿔이나 옥으로 만든 그릇을 생각할 것이다. 상아 젓가락과 옥그릇이 있다면 반드시 콩잎으로 국을 끓이지 않을 것이고, 소나 코끼리와 표범 태 속의 새끼만을 먹을 것인데, 소나 코끼리와 표범 태 속의 새끼만을 먹는다면 짧은 베옷을 입으려 하지 않을 것이고 띠 집에서 살려고 하지 않을 것이니, 비단옷을 입고 구중궁궐이나 고대광실에 살려고 할 것이다. 나는 그 마지막이 두렵기 때문에 그 처음이 두려운 것이라고 하였다. 5년이 지나 주왕이 나무에 고기 안주를 널어놓고, 고기 굽는 포락을 만들고 술지게미가 쌓인 언덕에 오르며 술을 채운 연못에서 노닐다가 주왕은 마침내 망하였다昔者紂爲象箸而箕子怖, 以爲象箸必不加於土鉶, 必將犀玉之杯, 象箸玉杯必不羹菽藿, 則必旄象豹胎, 旄象豹胎必不衣短褐而食於茅屋之下, 則錦衣九重, 廣室高臺, 吾畏其卒, 故怖其始. 居五年, 紂爲肉圃, 設炮烙, 登糟邱, 臨酒池, 紂遂以亡)."라고 하였다. 은나라 주왕이 이미 여러 방면에서 식생활을 아름답게 하는 방법을 알고 있었다고 할 수 있는데, 맛있는 음식을 먹으려고 했을 뿐만 아니라 아름다운 식기를 갖추고 아름다운 옷을 입고 고대광실에서 먹으려고 한 것이다. 또한 음식을 먹는 중에 음악과 무용이 곁들여졌다는 것은 말할 것도 없다.

그러나 후대의 기록에 따르면 상·주의 요리 수준은 높지 않았다고 한다. 주왕이 매우 방탕한 생활을 했지만, 후대에는 그가 음식에 사치했다고 지적하면서도 그 죄상은 "주지육림酒池肉林"에 지나지 않았으니, 취한 음식의 양이 많았다는 것뿐이다. 주나라 때에도 이와 같았다. 위에서 언급한 천자의 "연식"과 연회 때의 규정 외에도 『주례』에는 주 천자

---

16) 뇌정(牢鼎) 9개, 배정(陪鼎) 3개
17) 옛날의 식기

의 식단에 대해 기록되어 있다. 그 내용을 보면, 식용 범위에 속하는 것으로는 "육축六畜", "육수六獸", "육금六禽", "육곡六穀"이 있었고, 음용하는 것으로는 "육청六淸", 120가지의 요리 항목과 120개의 장항아리가 있었다.[18] 그 중 주나라 때 궁중 요리의 최고 수준을 보여준 것은 "팔진八珍"으로 천자의 전용식이었다. 그러나 지금 사람의 눈으로 보면, 그것은 산해 진미가 아니고 요리 수단도 일반적이었기 때문에 "진珍"이라 하기에는 무리가 있다.

"팔진"에는 순오淳熬, 순모淳母, 포돈炮豚, 포장炮牂, 도진擣珍, 지漬, 오熬, 간료肝膋가 포함되어 있다. 이 여덟 가지 요리는 순서에 따라 네 조로 나뉜다. 제1조는 순오와 순모로 모두 육장肉醬을 밥 위에 뿌린 것인데, 하나는 기장밥이고, 다른 하나는 밭벼 쌀밥이다. 제2조는 "포炮" 요리라고 하는데, 포돈은 구운 새끼 돼지이고, 포장은 구운 새끼 양이다. 제3조는 연한 고기 요리로 "진도"는 연한 고기를 튀긴 완자이고, "지"는 생으로 절인 연한 고기 채이다. 제4조는 기타 요리로 "오"는 오늘날의 쇠고기 육포와 같은 것이고, "간료"는 구운 개의 간과 다진 쇠고기를 넣은 죽이 포함된 세트 요리이다. 이들은 모두 당시의 중원 지방의 음식 풍속을 반영하였다.

진한 시기부터 위진남북조에 이르기까지의 황실 요리는 선진 시대의 전통 위에서 변화를 추구하였다. 먼저 남방의 음식 풍속을 도입하였다. 한나라는 초나라의 제도를 계승하였기 때문에 궁중 요리도 초나라 문화의 영향을 받았다. 한나라 궁중의 식단은 전해지지 않지만, 매승枚乘의 「칠발(七發)」과 마왕퇴馬王堆 제1호 한나라 고분에서 출토된 죽간에 기록된 부장 음식은 모두 형초荊楚의 스타일이다. 후에 남방에 세워진 육조六朝도 이와 같았다.

다음으로 호인胡人의 음식 풍속이 궁중에 전해졌다. 서한의 장건이 서역에서 돌아오는 길에 포도, 수박, 오이, 마늘, 편두扁豆, 깨와 같은 많은 서역 식품을 가지고 왔는데, 이러한 새롭고 진기한 식품은 먼저 궁중으로 전해졌다. 사서에는 동한의 영제靈帝가 호빙胡餠[19]을 매우 좋아하자, 경사의 백성들도 이를 따라서 좋아하며 먹었다고 한다. 북조의 정권은 호인들이 세운 것으로 그 음식 풍속에도 호풍胡風이 있었는데, 『낙양가람기(洛陽伽藍記)』에 당시 궁중에서는 양고기와 낙장酪醬을 먹는 것이 일상화되었다.

셋째, 이때 맷돌이 발명되어 보리를 갈아 가루로 만들 수 있었고,[20] 동한 말기에는 또

---

18) 선진 시기에는 요리 과정 중에 대부분 조미를 하지 않고, 음식을 먹을 때 장으로 조미를 했기 때문에 장의 종류가 많다.
19) 호떡
20) 선진 시기의 이른바 "가루(粉)"는 찧거나 빻아서 부순 쌀 부스러기나 콩 부스러기를 가리켰다.

한 밀가루 발효법이 발견되어 찐빵, 만두, 국수, 혼돈자^{餛飩餈}[21) 같은 각종 밀가루 음식이 궁중으로 들어왔다.

넷째 청동으로 만든 식기가 점점 궁중에서 퇴출되었고, 고급 칠기와 진귀한 옥기, 그리고 각종 보석이 조각된 그릇 등이 그 자리를 대신하였다. 동한의 명제^{明帝}가 군신들과 화림원^{華林園}에서 연회를 벌일 때에 적하영^{赤霞瑛}을 쟁반으로 썼는데, 달빛 아래 보이는 쟁반이 앵두와 같은 색이었다.

남북조 시기에는 우선 최호^{崔浩}의『식경(食經)』, 가사협^{賈思勰}의『제민요술(齊民要術)』의 음식 부분, 우종^{虞悰}의『식진록(食珍錄)』, 사풍(謝諷)의『식경(食經)』과 같은 음식 전문 서적이 출판되었다. 이것들이 수·당·오대에 음식 문화가 크게 발전하는 기초가 되었다.

수당 이후의 궁중 요리는 이전 왕조의 소박한 특색에서 벗어나 화려한 요리가 많이 등장하였다. 그들은 진귀한 재료를 사용하였고, 요리법도 복잡하였으며, 외형적인 모양에도 주의를 기울였고, 또한 문화적 함의를 담고 있는 이름을 붙였다. 당나라 궁중의 유명한 요리 중에 "혼양몰홀^{渾羊歿忽}"이라는 것이 있는데, 다진 고기와 오향 찹쌀을 섞어 거위 배 속에 넣은 다음 거위를 양의 배 속에 넣은 후 배를 꿰매고 불에 구워 거위만 먹는 것이다. 또 다른 유명한 요리인 "소령자^{消靈炙}"는 양 한 마리에서 나오는 고기 중에서 4량만 얻을 수 있는 부위를 구워 완성하는 것으로, 이 고기는 "더위의 독성을 지나더라도 끝내 부패되는 냄새가 없다^{雖經暑毒, 終不敗臭}."라고 하였다. 이른바 "편지금장별^{遍地錦裝鱉}"은 거북이를 주재료로 해서 양망유^{羊網油}로 매우고 오리알 기름으로 쪄서 향기가 넘쳐 나면서 특이한 맛이 있었다. "낙봉자^{駱峯炙}", "홍규포^{紅虯脯}", "십수갱^{十遂羹}" 같은 것들은 모두 황실 주방이 자랑하는 요리였다. 궁중의 주식으로는 무측천^{武則天} 때의 "백화고^{白花糕}", 중당 경종^{敬宗} 때 청량함으로 더위를 잊기 위해 먹었던 "청풍반^{清風飯}", 중당 이후에 진사 급제자에게 하사한 "홍릉병담^{紅綾餅餤}"과 궁중에서 일상적으로 먹었던 "왕모반^{王母飯}" 등이 있었다. 그들은 명칭에서부터 제조법까지 모두 이미 현대적인 특징을 가지고 있었다.

이 시기에는 또한 식기의 정교함과 아름다움도 매우 중시하였다. 궁전의 식기는 주로 아름다운 도자기, 금은기, 옥과 수정으로 만들어진 것이 주를 이루었으며, 색과 형태 면에서 식기와 요리의 조화를 중시하였다. 두보^{杜甫}는 일찍이「여인행(麗人行)」에서 이에

---

21) 밀가루에 소금을 넣어 반죽하여 작은 덩이로 떼어 네 변을 매우 얇게 해서 밀어 돼지고기, 천초, 무, 간장 등을 섞은 것을 기름에 볶아 소로 해서 오무려 싸서 삶은 중국 물만두의 일종이다. 혼돈자는 껍질이 매우 얇고 소가 부드러우며 국물이 시원한 것이 특징이다

대해 "털이 자색인 낙타의 혹 요리를 비취색 솥에 담아 내놓고, 수정 쟁반에는 하얀 물고기 요리가 차려져 있네. 먹는 것이 싫증 나서 무소뿔 젓가락을 찍어 보지도 않는데, 공연히 방울 달린 칼로 잘게 써느라 부산만 떨었네^{紫駝之峰出翠釜, 水精之盤行素鱗, 犀筯厭飫久未下, 鸞刀縷切空紛綸}."라고 노래하였다. "취부^{翠釜}", "수정지반^{水精之盤}", "서근^{犀筯}" 등은 모두 귀한 식기를 나타낸다.

송나라 궁중 음식의 사치 정도는 전후 시기가 약간 달랐다. 북송의 초기와 중기는 간략한 편이었고, 후기와 남송은 화려한 편이었다. 북송의 요리는 주로 면류와 양고기였다. 남송 때는 이들 외에 또한 돼지고기, 수산물(해산물 포함) 등 다양한 요리에 관심을 가졌고, 재료도 풍부하였다. 북송 신종^{神宗} 때 여대방^{呂大防}의 말은 당시 궁중 음식의 스타일을 잘 보여준다. "음식은 특이한 맛을 귀히 여기지 않고 궁중의 주방은 양고기만을 사용할 뿐이다. 이것은 모두 조종^{祖宗}의 가법으로 태평성세를 이끌었다^{飲食不貴異味, 御厨止用羊肉, 此皆祖宗家法, 所以致太平者}."(『곡자치통감장편(續資治通鑑長篇)』) 송태조^{太祖}가 오월국^{吳越國}의 왕 전숙(^{錢俶}을 초청해 벌인 연회에서 첫 번째로 큰 접시에 나온 요리인 "선자^{旋鮓}"는 물고기 요리 이름인 것 같지만, 실제는 양고기를 절여서 만든 것이다. 송나라 인종^{仁宗}이 밤에 배가 고플 때 찾았던 것이 "소양^{燒羊}"이었다고 하니, 궁중 요리의 대부분이 양고기로 만들어졌다고 볼 수 있다.

휘종^{徽宗} 이후 사치의 풍속이 더욱 성했다. 고종^{高宗}은 남쪽으로 천도한 이후에 더욱 음식의 향락에 빠졌다. 『동경몽화록(東京夢華錄)』에는 일찍이 휘종의 수연^{壽筵} 때 많은 음식을 차렸을 뿐만 아니라 아홉 차례에 걸쳐 술을 권하였는데, 매번 술을 권하는 사이에 악기를 연주하며 축하하기, 노래하고 춤추기, 온갖 기예와 연극, 축국^{蹴鞠}과 씨름 같은 각종 공연도 하면서 대략 하루를 보냈다. 고종이 청하군왕^{淸河郡王} 장준^{張俊}의 집에 행차했을 때, 장준이 수백 종의 식품을 바쳤는데, 요리는 백여 종이 있었다. 그중에는 화취암자^{花炊鵪子}, 사어회^{沙魚膾}, 초사어친탕^{炒沙魚衬湯}, 선어초당어^{鱔魚炒薰魚}, 선하제자회^{鮮虾蹄子膾}, 세수해^{洗手蟹}, 하정회^{虾梘胘}, 수모회^{水母膾}, 강요작두^{江珧炸肚}, 강요생^{江珧生} 등이 있었다. 이것은 북송 궁중 식품에는 많이 보이지 않던 것이다.

송나라 궁중 음식 생활에는 분명한 특징이 있었는데, 궁궐에서 필요한 것들을 항상 궁 밖의 주점이나 음식점에서 조달했다는 것이다. 『시화총구(詩話總龜)』의 기록에 의하면 송나라 진종^{眞宗}은 사람을 주점으로 보내 술을 사 와서 군신들과 연회를 벌였다고 한다. 『소씨문견후록(邵氏聞見後錄)』에도 인종이 동경^{東京}의 음식점에서 식품과 요리를 사 와

서 신하들에게 하사했다는 기록이 있다. 남송의 고종 역시 항상 임안^{臨安}의 음식점에서 요리를 사왔다. 예를 들면「풍창소독(楓窓小牘)」에 그가 송오수^{宋五嫂}의 생선점에서 생선국을 사왔다는 기록이 있다.「서호유람지여(西湖遊覽志餘)」에도 그가 항상 사람을 보내 "이파파잡채갱^{李婆婆雜菜羹}, 하사락면장^{賀四酪面脏臟}, 삼저이호병^{三猪胰胡餅}, 과가첨^{戈家甜}"을 사 왔다는 기록이 있다. 이것은 변경^{汴京}과 임안의 음식업 발달이 불가분의 관계임을 보여 주는 것으로 송대 궁중 음식 제도가 청대처럼 엄격하지 않았다는 것을 보여준다.

몽골 기마 부대가 남아시아, 중근동, 중부 유럽으로 원정을 행한 이후, 원대의 궁중 음식은 방대하고 복잡해졌다. 그것은 몽골 음식을 위주로 하되 한족, 여진족, 서역, 인도, 아라비아, 터키와 유럽 일부 지역의 식품을 포함하였다. 원대 황실 요리를 비교적 전체적으로 잘 반영하여 홀사혜^{忽思慧}가 저술한『음선정요(飮饌正要)』에 들어 있는 요리 중에는 많은 이민족과 외국 식품이 포함되어 있었다. 예를 들어 "팔아불탕^{八兒不湯}"은 "서천^{西天}22)의 음식이고, "마사답길탕^{馬思荅吉湯}", "삭라탈인^{搠羅脫因}"은 위구르족 음식이었으며, "아길랄주^{阿吉剌酒}"는 아라비아에서 온 술로, 일부 요리는 이름이 중국식 요리인 것 같지만 전통적인 한족의 음식이 아니었다. 예를 들어 "웅탕^{熊湯}"은 보기에는 한족의 요리인 것 같지만 조미료를 보면 전형적인 '서양요리'이다.

원나라 궁중에서 음식을 올리는 예의도 한족의 풍속과 다른 점이 있었다. 도종의^{陶宗儀}의『철경록(輟耕錄)·갈잔(喝盞)』에는 다음과 같은 기록이 있다. "천자께서 연회를 베푸실 때, 한 사람은 술잔을 잡고 오른쪽 계단에 서 있었고, 다른 한 사람은 박자판을 잡고 왼쪽 계단에 서 있었는데, 판을 잡고 있는 자가 억양이 있는 소리로 고하며 '알탈^{斡脫}'이라 한다. 그러면 술잔을 잡은 자가 그 소리에 화답하는 것 같이 하며 '타필^{打弼}'이라 한다. 판을 잡은 자가 한 번 치면 이에 따라 왕후와 경들이 모여서 앉는 사람은 앉고 모여서 서는 사람은 서 있다. 이에 모두 음악을 연주한 이후에 술을 올리는데, 주상 앞에 이르러 주상이 술을 다 마시고 술잔을 주면 음악이 모두 그친다. 다른 연주곡이 술 마시는 관리들에 더해지는데, 그것을 '갈잔^{喝盞}'이라 한다. 대개 망한 금나라의 옛 예법으로 오늘날까지 폐하여지지 않았다^{天子凡宴饗, 一人執酒觴, 立於右階, 一人執拍板, 立於左階, 執板者抑揚其聲贊曰: '斡脫.' 執觴者如其聲和之曰: '打弼.' 則執板者節一拍, 從而王侯卿相合坐者坐, 合立者立, 於是衆樂皆作, 然後進酒, 詣上前, 上飲畢, 授觴, 衆樂皆止. 別奏曲以飲陪位之官, 謂之喝盞, 蓋沿襲亡金舊禮, 至今不廢.}" 유목 민족 출신인 몽골 통치자의 소박함과 그 궁중 예법이 번잡하지 않

---

22) 인도

으면서 군신 간에도 서로 격이 없음을 보여 주고 있다.

명나라는 영락제永樂帝 때부터 북경을 수도로 하였지만, 궁중 음식은 강한 남방의 색채를 가지고 있었다. 많은 남쪽의 식 재료들이 조운을 통해 북쪽으로 이르렀는데, 과일로는 여름밀감, 봉미귤鳳尾橘, 장주귤漳州橘, 올리브, 풍릉風菱, 취우脆藕 등이 있었고, 채소는 겨울 죽순, 쑥 죽순, 버섯, 태채苔菜, 황정黃精[23], 흑정黑精 등이 있었다. 그리고 해산물로는 석화해백채石花海白菜, 용수채龍須菜, 녹각채鹿角菜와 은어銀魚, 각종 새우 등이 있었다. 명대의 여러 황제들은 또한 남쪽 지방의 맛을 좋아하였는데, 『작중지(酌中志)』에 "선제天啓皇帝께서는 구운 무명조개, 새우튀김, 개구리 다리와 영계포를 아주 좋아하셨다. 또한 해삼, 복어, 상어 힘줄, 살진 닭, 돼지 다리 힘줄 등을 함께 끓인 '삼사三事'라고 하는 것을 항상 즐겨 드셨다先帝最喜用炙蛤蜊, 炒鮮蝦, 田鷄腿及笋鷄脯, 又海蔘, 鰒魚, 鯊魚筋, 肥鷄, 猪蹄筋盤共燴一處, 名曰'三事', 恒喜用焉."라는 기록으로 볼 때 황제의 취향이 궁중 음식에도 매우 큰 영향을 주었다고 할 수 있다.

명대의 궁중에서는 제철 음식을 먹는 것과 절기에 따른 음식 풍속을 매우 중시하였는데, 이러한 유풍이 오늘날 베이징 시민들의 삶 속에 부분적으로 남아 있다. 예를 들면 섣달그믐날 밤에 만두를 만들어 새해 아침에 먹는 풍습 같은 것이다. 이 밖에 위앤샤오元宵[24]를 먹는 것, 입춘에 무를 먹는 것, 월병을 먹는 것, 중양절에 화가오花糕[25]를 먹는 것 등은 모두 오늘날과 유사하다. 제철을 중시하는 것은 햇과일과 새로운 요리를 추구하는 데도 보인다. 예를 들어 2월에는 "혹은 밀가루를 묽지 않게 잘 반죽하여 잘 펴서 전병을 만드는데, '훈충薰蟲'이라 하였다或以麵和稀, 攤爲煎餅, 名爲'薰蟲'.", "이때는 복어를 먹고 노아탕蘆芽湯을 마셔 그 열을 없앤다是时食河豚, 飮蘆芽湯以解其熱." 4월에는 "맹물에 삶은 돼지고기를 먹는데, 겨울에는 '맹물에 삶아서는 안 되고 여름에는 쪄서는 안 된다.'라고 생각하였다吃白煮猪肉, 以爲'冬不白煮, 夏不燖'也." 5월에는 "여름에 복날이 되면 비마자草麻子 잎을 머리에 쓴다. '장명채長命菜'를 먹는데 곧 마치현馬齒莧이다夏至伏日, 戴草麻子葉, 吃'長命菜', 即馬齒莧也." 6월 복날에는 "과수면過水麵"을 먹고 9월에는 "국화주"를 마신다. 이러한 식사 방법은 시의적절할 뿐만 아니라 건강을 관리하는 특성도 가지고 있다.

청나라의 황실 요리는 예절, 규모, 비용, 요리의 다양성과 품질, 요리 기술 면에서 이전 시대를 능가하여 정점에 이르렀다. 청나라 황실의 식단을 담당했던 어선방御膳房은 방대

---

23) 둥굴레
24) 정월 대보름날 먹는, 소가 들어 있는 새알심 모양의 식품
25) 대추, 밤 따위를 겉에 박은 떡의 일종

하고 분업이 잘 되어 있을 뿐만 아니라 요리사들도 많았다. 또한 요리사들은 그 직을 대대로 이어와 풍부한 경험을 축적했다.

청나라 때의 황실 요리는 일반적으로 전기에는 검소했으나 후기로 갈수록 풍부해졌다. 순치順治, 강희康熙, 옹정雍正 대에는 비교적 소박했으나 건륭乾隆 이후 점점 과도해지다 내우외환으로 나라가 궁핍해지고 백성이 어려워진 청말에는 황제와 황후의 음식 사치가 극에 달하였다. 예를 들어 수십 년간 권력을 누린 자희태후慈禧太后는 매끼마다 먹는 요리가 100여 종에 달하였다.

청나라 황실 요리는 사용된 재료를 매우 중시했는데, 보통의 식 재료도 반드시 지역 특산품이어야 했다. 각 지방에서는 자신들이 생산한 최고의 식품에 "공貢"자를 붙여서 북경으로 보냈다. 예를 들어 동북의 비룡飛龍26), 쩐장鎭江의 시어鰣魚27), 허난河南의 유차油茶, 저장浙江의 밀조蜜棗28), 후이퉁會同의 은이 버섯 등은 모두 주된 공물이었다. 이 밖에 녹태鹿胎, 녹근鹿筋, 녹포鹿脯, 꿩, 곰 발바닥, 백조 같은 산해진미도 각지에서 공물로 들여와 궁중의 일상 식품으로 사용되었다. 일부 요리는 온 천하를 소유한 황제만이 특정한 재료를 가지고 요리를 하게 할 수 있었는데, 예를 들어 "청탕호단淸湯虎丹"은 소흥안령小興安嶺의 호랑이 고환으로 만들어야 했고, "일품기린면一品麒麟麵"은 "사불상四不象"의 전부두면全副頭麵으로 만들어야 했으며, "명월조금단明月照金丹"은 사슴의 눈을 사용해서 만들어야 했다. 이런 요리는 재료가 매우 진귀했을 뿐만 아니라, 그 만드는 과정도 매우 복잡한 수준 높은 요리이다.

궁중 요리는 조형미를 중시하였다. 청나라 궁중에서는 보통 두 개 또는 세 개의 식 재료를 함께 사용하였는데, 황실의 요리사들은 "황제께서는 과부의 요리를 드시지 않는다皇帝不吃寡婦菜."라고 이야기하였다. 이렇게 말하는 목적은 그릇 속에서 상서롭고 아름다운 이미지를 드러내어 보는 사람을 기쁘게 하려는 것이었다. 예를 들어 유명한 "용봉정상龍鳳呈祥"은 수정 새우와 황주에 찐 오리로 만든 것이었다.

청나라 황실 요리는 원재료 본연의 맛을 중시하는데, 예를 들어 닭을 주재료로 하는 요리에는 반드시 닭고기 탕과 닭고기 기름을 사용해야만 했다. 돼지, 양, 소, 오리 등을 가지고 하는 요리도 마찬가지였다. 청나라의 황실 요리는 전통을 지킬 것을 강조하여 재료 및 혼합, 조리법 등에 고정된 방식이 있었다. 어선방은 황제에게 요리를 바칠 때마다

---

26) 들꿩
27) 준치
28) 꿀에 잰 대추

사용한 재료와 조미료를 메뉴에 자세히 기록해야 했으며 임의로 조정해서는 안 되었다. 이런 음식은 몇 번을 만들어도 맛이 변하거나 변질되지 않았다. 이것은 표준화와 예술화를 통해 요리를 발전시킨 측면이 있었다. 그러나 이와 동시에 요리의 발전을 막는 장애 요소도 있었으니, 중국요리의 본질은 맛에 있었기 때문에, 뛰어난 솜씨를 지닌 요리사는 손님의 식사 습관, 식사하는 계절, 음식은 내는 순서를 충분히 고려한 후 재료와 부재료, 조미료의 능숙한 사용과 이에 더해 조리 시간도 고려해서 최고의 맛을 내는 것으로 자신의 실력을 드러내었다. 이는 유명한 시인이 격률에 얽매이지 않는 것처럼 유명한 요리사는 고정불변의 일정한 요리 방식에 구애받지 않았다. 그렇기 때문에 청나라 황실의 엄격한 규정은 유명한 요리사들이 자신의 장점을 발휘하기 어렵게 만들었다.

좋은 일을 추구하고 화를 피하는 것은 인지상정으로 궁중에서도 마찬가지였다. 따라서 황실 요리에도 수비남산壽比南山29), 궁문헌의宮門獻魚30), 욱일동승旭日東昇31), 회태계어懷胎桂魚32)와 같은 상서로움과 길함을 상징하는 이름을 붙였다.

새해를 축하할 때도 주요리의 이름을 몇 가지 요리를 합쳐 만들어 길함을 담고 있는 성어가 되도록 하였다. 광서光緒 원년(1875) 섣달그믐날 아침상에 "연와영자팔선압자燕窩迎字八鮮鴨子", "연와희자구마비계燕窩喜字口蘑肥鷄", "연와다자과소압자燕窩多字鍋燒鴨子", "연와복자습금계사燕窩福字什錦鷄絲" 등 4종류의 음식을 올렸는데, 모두 "즐거움과 다복함"을 상징하는 것이었다.

청나라 황실의 예의 제도는 매우 엄격하여 황제는 매번 혼자 식사를 해야 했다. 만약 황후나 비빈을 초대하여 함께 할 때는 매우 복잡한 예절을 거쳐야 했다. 예를 들어 음식이 나오기 전에 고두叩頭를 해야 했고, 술과 음식을 맛본 후에도 고두를 해야 했으며, 다 먹은 후에는 감사를 표하는 예를 올려야 했다. 황친과 귀족들에게 음식을 하사할 때도 예의 제도가 번거로웠기 때문에 황제는 혼자 식사할 때가 많았다.

궁궐에 천하의 맛있고 진귀한 식 재료를 다 모아 놓았고, 솜씨가 가장 훌륭한 요리사가 모여 있었으니, 황제는 세상에서 가장 맛있는 음식을 먹을 수 있었을까? 음식 속에서 물질적, 정신적인 만족감을 얻을 수 있었을까? 청나라를 예로 든다면 답은 부정적이다.

---

29) 남산과 같이 장수하라는 의미
30) 궁문에서 물고기를 바친다는 의미인데, 물고기는 풍요(餘)와 음이 비슷하여 이를 상징한다.
31) 아침 해가 동쪽에서 떠오른다는 의미
32) 귀함과 부요를 품고 있다는 의미, 桂는 貴와 음이 비슷하다.

그 주요 이유로 첫째, 궁궐의 예의 제도가 요리사를 제약하여 그가 자신의 장점을 온전히 발휘할 수 없게 했다. 둘째, 황제에게 바치는 음식이 지나치게 많은데다 어선방과 음식을 올리는 곳의 거리가 떨어져 있었기 때문에, 황제가 먹는 음식은 종종 미리 준비하여 불에 끓이면서 기다리거나 큰 시루에 넣고 쪄 내었다. 그렇기 때문에 맛이 뒤섞여 버려 보기에는 좋았지만 그다지 맛이 없었다. 마지막 황제 푸이溥儀는 궁중의 요리에 대해 "화려하지만 내실이 없고 돈을 쓰지만 이익이 없으며, 영양가는 있지만 영양은 없고, 담백하지만 맛이 없다華而不實, 費而不惠, 營而不養, 淡而無味,"라고 이야기한 바 있다. 막 볶은 요리라도 주방의 화덕에서 황제의 식탁에 오를 때까지 대부분 가장 맛있는 온도를 잃어버리게 되었다. 만주족 황족들도 황실 요리사가 만든 요리가 반드시 맛있는 것이 아니라는 것을 알고 있었으며, 심지어 어떤 사람들은 황제가 상으로 하사한 요리를 고통으로 받아들이기까지 하였다. 예를 들어 악창鄂昌은 시에서 "차라리 집에서 맛있게 먹는 명아주와 콩잎을 바치지, 천자 주방의 죽으로 제사 지내지 않겠네寧甘家食供藜藿, 不向天廚餽糜餕。"라고 하였다. 황제는 가족(비빈과 황자)과 함께 밥을 먹지 않았으니, 밥을 먹으며 느끼는 가족의 즐거움을 누리기 어려웠고, 연회 중에도 왕공 귀족과 술잔을 주고받을 수 없었으니, 음식을 빌어 함께 즐기는 행위를 할 수 없던 것이다. 이로 인해 평민들이 음식을 통해 누리던 많은 즐거움을 황제는 오히려 누리지 못했다.

2

주요 요리 계통

왕쉐타이

요리가 있어야 요리 계통이 만들어질 수 있다. 중국어의 요리를 뜻하는 글자 '菜^{cài}'는 본래 채소라는 의미였다. '채^菜' 자에 대해 『설문해자(說文解字)』에서 "채^菜는 먹을 수 있는 풀이다^{菜, 草之可食也}."라고 풀이하였다. 후에 점차 모든 요리의 약칭, 즉 주식에 대한 보완적 음식을 가리키는 것으로 변하였다.

일찍이 선진 시기에 사람들은 이미 주식과 부식의 개념을 만들었다. 사람들은 배고픔을 채워주고 인체에 대부분의 영양을 공급하며 곡물로 만들어진 익힌 음식을 주식으로 여겼다. 『황제내경(黃帝內經)』에 "오곡[1]으로 영양분을 삼는다^{五谷(稷黍麥菽麻)爲養}."라는 말이 있다. 이와 상대적으로 같은 책에 또한 "오과[2]를 보조로 삼고, 오축[3]을 도움으로 삼으며, 오채[4]를 보충으로 삼는다^{五果(棗李栗杏桃)爲助, 五畜(牛羊猪犬鷄)爲益, 五菜(葵藿薤葱韭)爲充}."라고 하여 명확하게 과일, 고기와 채소를 보조 식품으로 보았다. 사람들은 과일, 고기, 채소를 주재료로 하고, 오미[5]를 섞어 생으로 또는 익힌 음식을 통칭하여 요리라고 말한다. 그리고 이것을 만드는 과정이 바로 조리 과정이다.

선진부터 근대에 이르기까지 요리를 크게 세 시기로 나눌 수 있는데, 선진부터 한·위·육조까지가 첫 번째 시기이고, 두 번째 시기는 수·당·송·원 시대이며, 세 번째는 명·

---

1) 기장, 보리, 콩, 마
2) 대추, 자두, 밤, 은행, 복숭아
3) 소, 양, 돼지, 개, 닭
4) 해바라기, 콩, 염교, 파, 부추
5) 신맛, 쓴맛, 매운맛, 짠맛, 단맛

청 시기부터 근대까지이다.

첫 번째 시기의 요리 기술은 원시적인 편이었다. 당시 사람들이 불에 굽고, 물에 삶으며, 증기에 찌고, 기름에 볶는 기술을 익혔지만, 일반적으로 사용한 것은 굽고 삶는 방법이었다. 굽거나 삶는 것은 주로 가공된 고기를 사용하였는데, 큰 덩이의 익은 고기[6]를 얇게 썬[7] 다음 해(醢)[8]나 장에 찍어 먹었다. 각각의 고기마다 이와 어울리는 해와 장을 배합하였기 때문에 공자(孔子)는 "그 음식에 맞는 장이 갖추어지지 않았으면 드시지 않았다(不得其醬不食)."라고 말한 것이다. 큰 덩이의 "자(胾)"는 아무 맛도 없었기 때문에[9], "회(膾)"처럼 얇게 썰어야 제대로 된 맛을 낼 수 있었다. 그래서 공자가 "회는 가늘게 썬 것을 싫어하지 않으셨다(膾不厭細)."라고 한 것이다.

선진 시기에는 일반적으로 귀족들만이 고기를 먹을 수 있었기 때문에 그들을 "식육자(食肉者)"라 부른 것이다. 평민 백성들은 "식소자(食蔬者)" 또는 "식채자(食菜者)"[10]라 불렀다. 맹자(孟子)가 그의 "인정(仁政)"[11]의 이상적인 청사진을 설명하면서 "70살 된 사람이 고기를 먹을 수 있다(七十者可以食肉矣)."라고 하였는데, 평민 백성들이 고기를 얻기가 어려웠다는 점을 보여준다. 진 이후에는 약간의 변화가 있었지만, 역사 기록을 통해 보면 평민 백성이 손님을 초대하면 "기장밥에 닭 한 마리(黍飯只鷄)"를 대접할 뿐이었다. 평민들은 주로 절인 채소나 국을 끓여 반찬으로 삼았다.

국(羹)은 계급의 제한이 없는 음식이었다. 그래서 『예기・왕제(王制)』편에 "국과 밥은 제후 이하 백성에 이르기까지 차등이 없다(羹食自諸侯以下至於庶人, 無等)."라고 하였다. 지금은 국이라는 이름의 요리 대부분이 탕(湯)에 비해 약간 걸쭉하고 진하지만, 옛날의 국은 일반적으로 오늘날의 국보다 진하고 걸쭉하였다. 국은 이 시기의 가장 중요한 음식이었는데, 일반적으로 먹었을 뿐만 아니라 오미(五味)의 조화를 중시하며 만들었기 때문이다. 국은 『설문해자』에는 '죽(鬻)'으로 썼고, "오미가 조화를 이룬다(五味調盉)."라고 해석되었다. 이것은 사람들이 오미의 조미료를 사용하는 법을 안 후에 국을 만들 때 먼저 그것을 사용했다는 의미로, 후대에 국을 만드는 것을 '조갱(調羹)'이라고 한 것은 충분한 이유가 있다. 고급의

---

6) 당시에는 자(胾)하고 하였다.
7) 당시에는 회(膾)라고 하였다.
8) 육장
9) 굽거나 삶을 때 조미를 하지 않았다.
10) 둘 다 채소를 먹는 사람이라는 뜻
11) 어진 정치

국은 고기나 생선을 끓여 만들었는데, 국 속에는 약간의 조미료 가루를 넣어야 했다. 선진 시기 고문자로 '羹'을 "^羹"(「진공자언(陳公子匜)」에 보임)라고 썼는데, 이 속의 "∺"은 부스러진 쌀의 모습이다. 공자가 진陳과 채蔡나라에서 곤궁에 처해 식량이 떨어졌을 때, 명아주 국이 찰지지 않았다藜羹不糝는 것은 국 속에 명아주만 넣을 수 있었고 쌀가루는 넣을 수 없었다는 뜻이다.

먹고 즐기는 것은 선진 시기 사람들에게 가장 중요한 즐거움의 하나로, 특히 생활이 여유로웠던 통치자들은 맛있는 고기를 먹는 것이 최대의 즐거움이었다. 하나라와 상나라를 망하게 한 임금이었던 걸왕桀王과 주왕紂王은 사치스럽고 맛있는 음식을 좋는 것으로 후대에 비난을 받았다. 춘추 전국 시대의 혼란기에는 제후와 경대부들이 술과 음식의 향락을 즐기는 일이 많아졌으며, 맛있는 음식을 잘 만드는 역아易牙가 등장하였다. 『여씨춘추(呂氏春秋)·본미편(本味篇)』에서는 맛을 세밀하게 분석하여 물, 열, 조미료 사용량의 통일성을 강조하는 선진 요리사들의 경험을 요약하였다. 먼저 당시에는 국에만 조미를 했기 때문에, 물은 음식을 데우고 맛을 내는 매개체였을 뿐이다. 다음으로 물을 아홉 번 끓여서 아홉 번 변하게九沸九變 하는 것은 불의 크기에 따라 이루어지며 불이 적당하면 이상한 맛을 제거할 수 있었다. 마지막으로 맛있는 음식을 만드는 것은 또한 요리에서 일정량의 오미를 맞추는 데 달려 있다. 맛에 대한 추구는 중국 요리 이론의 핵심이다.

두 번째 시기에는 요리 기술이 큰 발전을 이루었다. 먼저 요리의 재료가 다양해져 해파리, 오징어, 상어 입술, 부레, 대모玳瑁, 새우, 시금치, 상추, 두부, 글루텐 등과 같은 해산물, 외국에서 들어온 채소, 콩 제품이 포함되어 요리의 종류 역시 다양해졌다.

이 시기에는 또한 스타일 요리도 등장했는데, 즉 빼어난 장식과 아름다운 외관, 우아한 이름을 지닌 요리를 말한다. 이들 요리는 색·향·맛·형태·그릇의 통일을 중시하였다. 예를 들어 "오생반五生盤"은 소·양·토끼·곰·사슴 등 5가지 고기를 칼로 얇게 썬 후 꽃무늬 접시에 담은 것이다. "영롱모단자玲瓏牡丹鮓"는 모란 모양으로 만든 생선 살이 익으면 부풀어 올라 처음 핀 모란처럼 약간 붉은빛을 띠는 것이다. 이 밖에 "저두춘箸頭春", "금령자金鈴炙", "연방어포蓮房魚包", "원앙자鴛鴦炙"도 모두 이런 종류의 요리이다. 이런 요리들은 시각, 후각, 청각 등 많은 방면에서 먹는 사람에게 즐거움을 주었다.

이 시기 요리사에서 가장 중요한 사건은 바로 '볶음 요리'의 등장이다. 팬에 소량의 기름을 두르고 팬 바닥이 가열된 후 고기나 채소를 넣은 후 계속해서 뒤척이며 익히는 것으로, 익히는 과정 중에 각종 조미료를 넣어 맛을 더하는 것이다. 볶음 요리의 재료는 일반적으로 잘게 썰기, 깍둑썰기, 채썰기, 슬라이스로 썰기, 둥글게 썰기 등을 하여 크기가 작았다. 볶음의 종류도 다양하여 한 가지 재료만 볶은 것, 반쯤 볶아 익히기, 센 불에 볶기, 약한 불에 볶기, 마르게 볶기, 부드럽게 볶기 등 다양하였다. 기름에 볶은 후 삶기, 약한 불에서 오래 끓이기, 주재료에 국물을 붓고 찌기, 볶은 후에 소량의 물과 전분을 넣어 만드는 것 등도 모두 볶는 것의 기초 위에서 나온 방법으로, 볶음 요리의 발전이라고 볼 수 있다. 볶는 것을 뜻하는 글자인 '초炒'는 늦게 나온 편이었고, 이 글자를 사용한 요리 이름은 더욱 늦게 나왔지만, 볶는 요리 방법은 1,500년 이전에 이미 나왔다. 『제민요술』에 소개된 "압전법鴨煎法"은 비교적 원시적인 볶음 요리로 현재의 차오로우모炒肉末와 비슷하였다. 송나라 때에 이르러서야 '초炒'자를 붙인 요리가 나오기 시작했는데, 생초페生炒肺, 초합리炒蛤蜊, 초토炒兔, 초계토炒鷄兔, 초해炒蟹(『동경몽화록(東京夢華錄)』에 보임), 초요자炒腰子, 초가페炒假肺, 초계심炒鷄蕈, 초선炒鱔(『몽양록(夢粱錄)』에 보임) 등이 그것이다. 볶음 요리에는 다양한 재료가 사용될 수 있었는데, 채소의 열매·잎·뿌리·줄기 등은 모두 그 대상이 되었고, 이 밖에 산해진미, 가금류, 두부 등 식물성 단백질에서 죽·밥·떡까지 모든 것이 재료가 되었다. 볶음 요리는 영양이 풍부하고 모든 재료와 잘 어울려 다양한 복합요리를 만들 수 있을 뿐만 아니라, 조리 시간이 짧아 영양분이 손실되는 것도 적었다. 볶음 요리는 고기나 채소를 볶을 수 있으며 또는 소량의 고기와 비교적 많은 채소를 섞어서 요리를 만들 수도 있었다. 이것은 삶기, 굽기, 찜, 튀김 등과 같은 조리 방법으로는 할 수 없는 것이다. "볶음"이 발명된 후 사람들에게 빠르게 받아들여지고 다양한 스타일을 가진 최고의 요리법으로 발전한 이유는, 농업을 기반으로 나라를 세운 중국인들의 음식 구조는 주로 곡물을 주식으로 삼고, "채소로 영양분을 보충하며", "육류로 보양"을 하려고 하였기 때문에 야채와 고기를 함께 볶는 것이 이러한 식습관에 적당했기 때문이다.

북송과 남송 시기 상업의 발전에 따라 몇몇 대도시의 큰 시장에 특색 있는 요리가 등장하기 시작했다. 예를 들면 변량汴梁과 임안臨安의 일부 식당에는 "호식胡食", "북식北食", "남식南食", "천미川味"와 같은 간판이 걸려 있어 각 식당의 요리가 독특한 풍미가 있음을 보여주었다. 이것이 음식 계통이 생기게 된 효시가 되었다.

이로 인해 세 번째 시기에는 요리 계통이 점진적으로 형성되었다. 엄격하게 말하면, 각 성, 각 지역에서 각 현에 이르기까지 모두 독특한 풍미를 지닌 요리를 가지고 있다 할 수 있다. 그러나 "요리 계통"이라고 하려면 독특한 풍미를 지닌 요리가 하나의 계열을 형성할 수 있어야 했는데, 재료의 선택, 조미료의 사용 및 조리 기술에 있어 고유한 특성을 가지고 있어야 할 뿐만 아니라 각종 요리들이 만들어질 때 일정한 내부적 연계가 있어야 했다.

또한 요리 계통의 형성은 도시의 발달로 인해 그 지역의 상업·교통·문화가 발달한 것과 관계가 있었다. 이러한 조건을 갖추고 있어야 많은 식당이 생기고 요리 기술을 널리 교환할 수 있었으며 각종 진귀한 식 재료를 모을 수 있었다. 이를 통해 많은 훌륭한 요리들이 탄생할 수 있었다. 요리 계통의 형성은 대대로 전승될 수 있는 일정한 수의 요리사를 필요로 했는데, 이것이 요리 계통 형성의 핵심이 되었다. 이 밖에도 높은 수준의 소비자와 문화 교양을 갖춘 미식가의 품평도 필요하였는데, 이것 역시 요리 계통 형성의 동력이 되었다.

명청 시대에는 수공업과 상업의 발달로 인해 여러 번화한 도시가 출현하였는데, 특히 연해의 각 성, 운하, 창장, 황하 양안에 크고 작은 도시가 밀집되어 분포하였다. 음식 영업 역시 번화한 도시의 상업 지역에 집중되어 있었고, 때때로 음식 시장이나 음식 거리를 만들기도 하였다. 베이징의 따자란大柵欄, 난징의 친화이허秦淮河, 항저우의 시후西湖, 카이펑開封의 샹구어쓰相國寺 등이 그것이다. 많은 술집과 식당들이 함께 모여 있어 서로 경쟁하며 장점은 본받고 단점은 고쳐 나간 것이 음식의 품질을 자연스럽게 향상시켰다.

요리 계통에 대한 이해의 차이로 인해, 중국의 요리를 몇 개의 계통으로 나눌 것인가에 대한 일치된 의견은 없다. 다음에서는 역사적 연원이 비교적 깊고 전국적인 영향력을 지니고 있으면서 독특한 문화적 배경을 가진 6가지 요리를 선택하여 소개하고자 한다.

1. 베이징요리(京菜)

수도로서 대략 700여 년의 역사를 지닌 베이징은 오랜 기간 동안 제왕, 귀족, 사대부들의 활동 중심지였다. 베이징요리는 귀족들의 연회, 관료들의 접대, 사대부들의 우아한 모임을 위한 것이었기 때문에 "귀貴"라는 글자를 연상시킨다.

베이징요리는 집대성의 성격을 지닌다. 베이징의 지리적 위치는 유목 지역에 가까웠고 역사적으로 요, 금, 원, 청 시기에 유목 민족의 통치를 받았기 때문에 통치 집단의 취향과 음식에 대한 요구가 베이징요리에 결정적인 영향을 주었다. 원대 홀사혜의 『음선정요』는 베이징에서 편찬되었는데, 그 속에 기록된 황실 요리는 소와 양고기를 위주로 하였다. 근대에 이르러 취앤양시全羊席, 샤오양러우燒羊肉, 카오양러우烤羊肉, 쉬안양러우涮羊六와 간식인 빠오두爆肚, 구오티에鍋貼는 모두 베이징요리 중에 가장 특색이 있는 것들이다. 청나라의 통치자인 만주족은 베이징으로 들어오기 전에 돼지고기를 즐겨 먹었고 요리 기술도 간단하고 소박하여 굽고, 끓이고, 찌는 것을 위주로 하였다. 그래서 청나라 이후 베이징요리는 돼지고기와 양고기를 함께 중시하게 되었다. 이를 보여주는 대표적인 요리로 카오루주烤乳豬, 바이주러우白煮肉 등이다.

이 밖에 베이징은 또한 각지의 사대부들이 모인 곳으로, 그들은 각 지역의 수준 높은 요리사들을 데리고 왔는데, 이로 인해 베이징요리는 각 지역의 장점을 흡수하여 자신만의 풍미를 풍부히 하였다. 베이징요리에 큰 영향을 준 것으로 산둥山東, 화이양淮揚, 장저江浙 요리를 들 수 있다. 산둥은 베이징과 비교적 가까워 청초부터 중엽까지 조정의 고관 중에는 산둥인이 많았다. 그래서 청대 베이징의 음식업은 산둥인들이 거의 독점하였는데, 동풍당同豊堂, 복수당福壽堂, 혜풍당惠豊堂과 같은 유명한 큰 음식점은 모두 산둥인이 영업하던 것이었다. 산둥 요리 중 "빠오爆"12)나 "구오타鍋溻"13) 같은 요리법과 파의 향과 맛을 잘 활용하는 조리 방법은 베이징요리에 큰 영향을 주었다. 빠오양러우爆羊肉와 구오타도우푸鍋溻豆腐 등은 모두 산둥 요리법과 조미의 특징을 받아들여 만든 베이징의 일반적인 요리이다.

이외에 화이양14)과 장저15)인들 중에 베이징에서 장사를 하거나 관직을 구하는 사람들이 유독 많았는데, 그들이 자신의 입맛에 맞는 요리를 요구하는 일도 잦아졌다. 이로 인해 베이징의 요리사들은 강남 지방에서 오지 않았더라도 "남방식 요리를 도맡아 한다包辦南席."라고 광고하기도 하였다. 그래서 쉬링샤오徐凌霄는 "분명히 옛 베이징의 등주관이지만, '고소姑蘇' 두 글자를 걸어야 했다明明是老北京的登州館, 也要挂'姑蘇'二字)."(『구도백화(舊都百話)』)라고 이야기하였다. 이것은 남방의 요리가 베이징 사람들의 생각 속에서 차지하는 지위를 설명해 준다.

남방 요리는 북상한 후 그 풍미에 변화가 생겼다. 화이양과 장저는 단맛과 담백한 맛

---

12) 끓는 물이나 기름에 살짝 데치기
13) 달걀과 밀가루를 개어 재료에 바르고 기름에 튀긴 다음 조미료를 넣고 약한 불로 익히는 요리법
14) 양저우(揚州)와 화이안(淮安) 일대
15) 쑤난(蘇南)과 저시(浙西) 일대

이 강하고 북방은 짠맛과 진한 맛이 강하였다. 남방 요리가 베이징에서 자리를 잡으려면 현지 사람들의 입맛에 맞아야 했기 때문에 조미상에 약간의 변화를 가져와 남북이 절충된 요리를 만들어 내었다. 예를 들어 만청 시기 반조음潘祖蔭이 생선과 양고기를 함께 삶아 만든 반선생어潘先生魚와 쑤저우蘇州 사람 오윤생吳閏生이 만든 오어편吳魚片 같은 것들이 장저 색채를 지닌 베이징요리에 속한다. 약 100년 동안 "세계 제1의 맛"으로 불린 베이징카오야北京烤鴨는 명나라 황실의 오리구이에서 시작된 것으로, 베이징에서 강제로 비육한 오리를 재료를 사용해서 화이양 일대의 빛깔과 광택을 중시하는 구이 기술을 받아들였고, 또한 먹을 때 조미료로 사용되는 달콤한 소스, 생파 및 연잎 모양의 전병 등은 모두 산둥식이니, 전형적인 베이징요리의 다원성을 드러내고 있다고 할 수 있다.

청나라 건륭 연간 이후에 최고의 격식을 갖춘 연회석으로 유행하기 시작한 만한전석滿漢全席은 약 200여 가지의 요리와 전채, 수십 가지의 후식으로 이루어져 있는데, 이는 베이징요리의 기원을 반영하였다. 이 연회석은 만주의 바비큐와 남방 요리 중 상어 지느러미, 제비집, 해삼, 오징어, 전복 등을 주요리로 삼고, 만주의 전통 빵과 화이양과 장저의 국과 탕을 보조 요리로 삼았다. 이것은 베이징요리를 집대성한 것으로 베이징요리의 기술과 풍미를 포괄적으로 반영하였다.

종합해 보면, 베이징요리는 중국에서 베이징이 차지하고 있는 지위와 마찬가지로 모든 요리의 종착지이면서 다른 것을 모두 받아들이는 포용의 성격을 지니고 있다. 이로 인해 베이징요리는 한 두 종류의 요리로 이름을 드러낸 것이 아니라, 수십 또는 수백 종의 독특한 스타일의 요리를 세상에 내놓았다. 그래서 간식에서부터 정식 연회에 이르기까지 다른 요리들은 절대 도달할 수 없는 수준에 이른 것이다. 이 밖에 베이징요리는 기이함이나 자극적인 것을 추구하지 않고, 평범한 재료를 가공하여 맛있는 요리를 만드는 데에 뛰어나, 그 맛이 일반인들에게 쉽게 받아들여졌다.

2. 산둥 요리(魯菜)

산둥 요리의 연원은 오래되어 멀리 춘추 전국 시대의 제나라와 노나라까지 거슬러 올라갈 수 있다. 북위 가사협의 『제민요술』에서 종합한 요리 경험 중 많은 것이 제나라와 노나라 지역에서 얻은 것이다. 그래서 산둥 요리의 특징은 "고古"라고 할 수 있는데, 특히 산둥 요리 중에서 최고로 꼽는 공부 요리孔府菜는 여러 옛날식 요리를 포함하고 있다.

산둥 요리는 주로 지난濟南 요리와 쟈오둥膠東 요리로 이루어져 있다. 지난 요리는 대명호大明湖의 교백茭白16)·양배추·연근, 쨩치우章邱의 대파, 황하의 잉어, 타이안泰安의 두부, 베이위앤北園의 채소 같은 산둥성의 중부, 서북부, 서남의 풍부한 식 재료에 바탕을 두고 있다. 지난의 요리사는 탕을 잘 끓이고 데치기, 볶기, 튀기기, 구이 등의 요리법에 능하였으며 주로 민물고기, 돼지고기, 채소를 재료로 사용하였다. 대표적인 요리로는 나이탕지위奶湯鯽魚, 탕추황하리위糖醋黄河鯉魚, 나이탕푸차이奶湯蒲菜, 구오샤오조우즈鍋燒肘子, 요우빠오슈앙추이油爆雙脆 등이 있다. 자오둥 요리는 해물 요리로 이름을 날렸는데, 상어 지느러미, 해삼, 제비집, 말린 조개 관자 같은 귀한 해산물뿐만 아니라 어류, 갑각류, 새우, 게와 같은 작은 해산물을 사용해서 섬세하고 맛있는 요리를 만들어 냈다. 대표 요리로는 씨우치우하이선繡球海蔘, 샤오우쓰燒五絲, 피파위춘鲅扒魚唇, 홍샤오간뻬이두紅燒乾貝肚, 푸롱샤런芙蓉蝦仁, 자리황炸蠣黄 등이 있다.

종합해 보면, 산둥 요리는 조리 기법에서 데치기, 볶기, 굽기, 삶기 등을 중시하며, 조리된 요리는 바삭하고 부드러우며 신선하고 매끄럽다. 조미를 할 때는 짠맛을 위주로 하고 신맛과 단맛이 보조가 되게 한다. 짠맛을 조절하기 위해 소금 외에 두시豆豉17), 장 등을 항상 사용한다. 산둥인들은 파를 먹는 것을 좋아하여 파기름을 내어 해삼이나 소, 양, 돼지 등의 발굽 근육, 고기를 볶은 총샤오하이선葱燒海蔘, 총샤오티진葱燒蹄筋, 총샤오러우葱燒肉와 같은 요리가 있다. 슈앙카오러우雙烤肉, 자쯔가이炸脂蓋 같은 산둥의 유명한 요리도 얇게 썬 파와 함께 제공된다. 튀기기, 볶기, 굽기, 녹말을 끼얹어 걸쭉하게 만드는 다양한 요리에도 산둥의 요리사들은 파기름을 사용해 음식에서 파의 향이 나게 한다.

3. 화이양 요리(淮揚菜)

당나라 이래로 양저우揚州는 부유한 많은 상인들이 모이는 곳이었고, 특히 명청 시대 양저우의 소금 상인의 부가 국가의 부에 비견할 정도였다. 그래서 건륭제조차 강남 지역을 순시할 때 소금 상인들의 음식 규모를 보고 깜짝 놀랄 정도였다. 대부분의 소금 상인

---

16) 줄의 어린줄기가 깜부기병에 걸려 비대해진 것
17) 콩을 발효시켜 말린 청국과 비슷한 식품

들에게는 모두 유명한 요리사가 있었는데, 그들은 종종 사람들을 놀라게 만드는 한두 가지 요리를 할 수 있었다. 그래서 소금 상인들이 사람을 초대해 연회를 열 때는 종종 각 집안의 요리사를 초청해 그들이 잘하는 요리를 만들게 하였다. 이로 인해 시장에서는 상상할 수 없는 호화로운 연회 자리가 만들어지기도 하였다. 그래서 이두(李斗)는 『양주화방록(揚州畵舫錄)』에서 "요리 기술은 각 집의 요리사들이 가장 뛰어났다烹飪之技, 家庖最勝."라고 말하기도 하였다. 화이양 요리는 소비 수준이 높은 부상富商들의 요구에 맞추어 성장해 왔기 때문에, 그 특징을 "부富"라고 할 수 있다.

양저우는 창장과 화이허 일대에 자리 잡고 있었기 때문에 생선, 자라, 새우, 게 및 각종 해산물과 채소가 풍부하였고, 이는 요리가 발전할 수 있는 풍부한 재료를 제공해 주었다. 산둥 요리가 센 불로 빠르게 볶아낸다는 장점이 있다면(이것은 음식 영업에 유리하기 때문이다.), 화이양 요리는 약한 불에 장시간 삶기, 약한 불에서 고아 내기, 찌기 등에서 장점을 보였는데, 모두 조리 시간이 긴 편이다(이것의 가정 요리의 풍류와 여유를 보여준다). 유명한 요리로는 산베이지三杯鷄, 둔진인티炖金銀蹄, 리즈황먼지栗子黃燜鷄, 허예쩡러우荷葉蒸肉, 빠바오야八寶鴨, 양저우스즈터우揚州獅子頭, 후디에하이선胡蝶海蔘 등이 있는데, 모두 위와 같은 특징을 가지고 있다.

화이양 요리는 원재료로 만든 탕과 소스를 중시하여 닭고기에는 닭고기 맛이, 생선에는 생선 맛이 나야 했다. 그래서 주재료의 본연의 맛을 살린 후, 부재료를 적절히 배합하여 서로의 장점을 살리고자 하였다. 엄격한 재료 선택과 칼 솜씨와 조형을 중시하고, 수박에 인물, 꽃, 벌레 등을 조각하는 것 등은 모두 부유하고 고상한 분위기를 더욱 드러내 준다.

화이양 요리는 단맛이 강하지만 지나치지 않을 뿐만 아니라, 종종 설탕과 소금을 함께 사용해 설탕으로 신선한 맛을 높이는 역할을 하게 함으로써 요리의 신선도를 유지하고 뒷맛이 이어지게 해 준다. 화이양 요리는 색깔도 중시하여 설탕을 기름에 볶을 때 나는 색, 멥쌀을 누룩에 쪄서 발효시킬 때 나는 색, 맑은 장의 색과 원재료 본연의 색 등을 이용하는 것을 잘하였다. 예를 들어 "쉬에리장쟈오雪裏藏蛟"는 쪄서 만들어진 눈처럼 흰 달걀 혹은 오리알 흰자의 거품을 기본색으로 하고, 검은색과 노란색이 나는 튀긴 장어채로 위를 덮어 대비가 선명하여 마치 진짜 눈 속에 교룡이 누워있는 것 같다. 화이양 요리의 색깔은 종종 음식의 맛과 일치하여, 색깔이 진하고 밝으면 맛도 강하고 국물도 진하다. 또한 색이 연하고 우아하면 맛도 신선하고 국물은 그릇이 밑바닥이 보일 정도로 맑다.

4. 장저 요리(江浙菜)

장저는 소남(蘇南[18])과 저시(浙西[19])를 가리키는 것으로, 이곳의 경제는 중당 이후로 점진적으로 발선해 왔다. 오대 이후 경제, 문화의 중심이 남쪽으로 이동하자 이 지역은 문인들의 집결지가 되었다. 화이양 일대의 요리 발전이 주로 부유한 상인들의 요구를 만족하기 위해서였다면, 장저 일대의 요리 기술의 발전과 특색은 사대부들의 흥취와 요구를 반영한 것이었다. 송 이후 음식에 관한 저작의 대부분이 저장 지역 사대부들에 의해 편찬되었는데, 후대의 채식에 많은 영향은 준 항저우 임홍(林洪)의 『산가청공(山家清供)』, 요리법에 정통했던 우현(吳縣) 한혁(韓奕)의 『역아유의(易牙遺意)』, 인체와 건강의 관계를 중시했던 치앤탕(錢塘) 고렴(高濂)의 『준생팔전(遵生八箋)』, 실용 가치가 풍부한 고렴의 『거가필비(居家必備)』, 남북의 요리법을 함께 기술한 자싱(嘉興) 주이존(朱彝尊)의 『식선홍비(食選鴻秘)』, 채식과 싱거운 식사를 주장한 항저우 이어(李漁)의 『한정우기(閑情偶寄)·음찬부(飲饌部)』, 전통의 요리 이론을 집대성하고 요리 체계를 구축한 치앤탕 원매(袁枚)의 『수원식단(隨園食單)』, 풍부한 요리를 수집한 자싱 고중(高仲)의 『양소록(養小錄)』이 그것이다. 사대부들은 맛있고 유명한 요리에 대해 품평을 하고 요리 경험을 요약하여 장저 요리 기술의 발전에 기초를 제공했다.

장저 요리의 특징은 채소를 중시한 데 있다. 『산가청공』에서는 주로 채소 요리를 모아 놓았고, 『한정우기·음찬부』에서는 죽순, 버섯, 밤, 순채 등에 대해 높은 평가를 하며, 이들이 있어야 신선한 맛을 낼 수 있다고 하였다. 이들 채소를 주재료로 하는 요리는 사람들이 일상적으로 먹던 것일 뿐만 아니라, 인기 있는 음식점의 요리이기도 하였는데, 지요우차이신(鷄油菜心), 난투이차이샨(南腿菜扇), 자오후이비엔순(糟燴鞭笋), 시후당추어우(西湖糖醋藕), 징샹도우푸(鏡箱豆腐)와 오래도록 유명세를 누린 순채국이 그것이다. 장저 요리는 또한 강, 호수, 바다 등에서 나오는 생선, 새우, 게 및 조개류를 중시하였다. 장저 일대는 바다 가까워 살기 좋은 곳으로, 생선과 새우를 바로 잡아 신선하게 먹을 수 있었다. 그래서 장저 요리 중에서는 생선과 새우를 주재료로 하는 유명한 요리가 많은데, 건륭 황제가 "천하제일의 맛"이라고 칭찬한 송슈꾸이위(松鼠鱖魚), 수백 년 동안 이름을 떨친 시후추위(西湖醋魚), 천년 넘도록 찬사를 받은 송장루위후이(松江鱸魚膾)와 같은 것들이다. 이 밖에 항저우의 롱징차(龍井茶)와

---

18) 쑤저우(蘇州)와 우시(無錫) 일대
19) 항저우와 후저우(湖州) 일대

배합한 롱징샤런^{龍井蝦仁}, 쑤저우의 순채와 배합한 춘차이당위피엔^{蓴菜塘魚片}도 유명하다.

장저 요리는 단맛과 담백한 맛이 주를 이루지만, 달면서 신맛이나 술지게미 맛이 나는 요리도 많다. 요리 방법은 화이양 요리와 비슷하지만 그 색과 형태는 대부분 인위적인 것이 아니라 소박하며 자연스럽다. 이 점에서 화려하고 웅장한 화이양 요리와 구별된다.

5. 쓰촨요리(川菜)

쓰촨요리 하면 일반적으로 사람들은 마라^{麻辣}, 위샹^{魚香}, 이상한 냄새 등을 떠올린다. 그러나 이런 맛이 만들어진 것은 불과 약 100년 전이며, 그것도 처음에는 주로 하류층에서만 유행하였다. 200여 년 전 쓰촨의 명사 이조원^{李調元}이 그의 아버지 이화남^{李化楠}을 위해 저술한 『성원록(醒園錄)』에는 백여 종의 요리가 수록되어 있는데, 고추를 사용한 요리가 없을 뿐만 아니라, 산초나 식수유 등으로 매운맛을 낸 요리도 많지 않아 지금 유행하는 요리와는 완전히 다른 순한 맛을 내는 요리들이 대부분이었다. 지금까지도 푸룽위츠^{芙蓉魚翅}, 이핀슝장^{一品熊掌}, 샤오바이^{燒白}, 총차오야즈^{蟲草鴨子}, 지멍쿠이차오^{鷄蒙葵草}, 쑤안니바이러우^{蒜泥白肉}, 카이수이바이차이^{開水白菜} 같은 고급 쓰촨요리는, 쓰촨을 대표하는 요리로 알려져 있지는 않지만 여전히 전통적인 쓰촨요리의 스타일을 유지하고 있다. 지금 유행하는 쓰촨요리는 매우면서 아린 맛, 이상하고 짠맛을 특징으로 한다. 진한 맛과 풍미가 풍부한 다양한 요리로 명성이 자자할 뿐만 아니라 사람들의 입맛을 돋우어 준다.

쓰촨은 예로부터 토지가 비옥하고 물산이 풍부한 지역이라 불려 왔는데, 해산물을 제외하고 가축류, 가금류, 민물고기와 새우, 채소 등 생산되지 않는 식재료가 거의 없었다. 쓰촨 사람들은 예로부터 좋은 맛을 추구해 왔기 때문에, 맛 좋고 순수하며 특색있는 조미 식품을 만들었는데, 쭝빠^{中壩}의 간장, 바오닝^{保寧}의 식초, 동촨^{潼川}의 두시, 푸링^{涪陵}의 짜차이^{榨菜}, 충칭^{重慶}의 고추장^{辣醬}, 피시안^{郫縣}의 콩짜개 된장^{豆醬}, 이빈^{宜賓}의 숙주나물 같은 것들이다. 요리사는 이런 조미료를 사용해 일반적인 생선과 육류를 재료로 하여 소박하고 경제적이면서 특색 있는 요리를 만들어 냈다. 이는 많은 쓰촨 사람들뿐만 아니라 다른 지역 사람들에게도 큰 호응을 얻었다. 후이궈러우^{回鍋肉}, 위샹러우쓰^{魚香肉絲}, 도우반지위^{豆瓣鯽魚}, 궁바오지딩^{宮煲鷄丁}, 마파도우푸^{麻婆豆腐}, 수이주러우^{水煮肉}, 러우모지앤도우^{肉末豇豆}, 쑤안니바이러우^{蒜泥白肉}, 마오두훠궈^{毛肚火鍋} 등은 맛있으면서 저렴하며 또한 식욕을 돋우어 준다. 따라서 쓰촨요리는 가장 대중적인 요리라고 할 수 있다.

　쓰촨요리는 복합적인 맛을 많이 사용하였는데, 예를 들면 짠맛과 신선한 맛, 단맛과 신맛, 맵고 아린 맛, 시고 매운 맛, 맵고 짠맛, 장향, 오향, 어향 등 수십 종류가 된다. 그리고 약간 지지거나 볶기, 식 재료 속의 수분을 사용해 볶거나 굽는 기술이 뛰어났다. 약간 볶는다는 것은 기름을 많이 쓰지 않고 팬을 바꾸지 않으면서 센 불에 짧은 시간 동안 볶아내는 것을 말한다. 차오간지앤炒肝尖, 차오야호화炒腰花 등은 모두 1분 정도 볶아 요리가 부드럽게 익도록 한다. 식 재료 속의 수분을 사용해 볶는 방법은 주로 쇠고기, 무, 여주, 강안콩처럼 섬유가 긴 편을 식 재료를 가공할 때 쓰인다. 쓰촨요리 중에는 또한 빵빵지棒棒鷄, 꽈이웨이지怪味鷄, 푸치페이피엔夫妻肺片, 덩잉니우러우燈影牛肉, 샤오롱쩡러우小籠蒸肉, 단단미엔擔擔麵 같은 간식이 중요한 위치를 차지하고 있다.

6. 광둥요리(粵菜)

　광둥廣東은 옛날에 백월百越의 땅으로 중원과 오랜 기간 단절되어 있었다. 그리고 3~400년 전에 가장 먼저 서양과 통상을 한 지역이다. 그래서 광둥의 식 재료, 요리 기법, 조미료 사용에서 모두 다른 지역과 차이가 있다. 이로 인해 광둥요리의 특징은 "괴怪"라고 할 수 있다.

　광둥은 영남嶺南에 위치하고 있으며, 산을 뒤로 하고 바다를 바라보고 있다. 그 거주민은 옛날의 백월족 외에도 진한 시기에 많은 중원 사람들이 이주해 왔다. 그래서 광둥의 음식 문화는 옛 백월족과 진한 시기의 풍속을 유지하고 있다. 『회남자(淮南子)·정신편(精神篇)』에서는 "월 지역 사람들은 염사髯蛇20)를 얻는 것을 최고의 요리로 여겼다越人得髯蛇以爲上肴."라고 하였다. 당나라 유순劉恂은 『영표이록(嶺表異錄)』에서 광둥 람들은 올빼미, 공작, 자고새, 코끼리 같은 온갖 야생의 맛을 좋아한다고 하였다. 남송의 주거비周去非는 『영외대답(嶺外代答)』에서 광둥과 광시廣西 사람들은 "뱀을 만나면 반드시 잡았는데, 길고 짧은 것을 가리지 않았으며, 쥐를 만나도 반드시 잡았는데, 크고 작은 것을 가리지 않았다. 혐오스러운 박쥐, 무서운 대합조개, 자그마한 곤충인 메뚜기 같은 것들은 모두 잡아 불에 구워 먹는다. 독이 있는 벌집, 더러운 삼벌레도 모두 볶아 먹는다. 메뚜기 알과

---

20) 수염뱀

물방개의 날개는 모두 젓을 담가서 먹는다遇蛇必捕, 不問短長, 遇鼠必執, 不別大小, 蝙蝠之可惡, 蛤蚧之可畏, 蝗蟲之微生, 悉取而燎食之, 蜂房之毒, 麻蟲之穢, 悉炒而食之, 蝗蟲之卵, 天蝦之翼, 悉鮓而食之."라고 하였다. 쥐, 박쥐, 메뚜기 알을 먹는 것은 모두 선진 시기 중원 사람들의 풍속이지만 오늘날 다른 지역의 한족들은 전혀 먹지 않는다.

광둥요리의 조리 기법은 다른 지역의 기법을 계승한 기초 위에 서양 요리의 조리법을 흡수하여 자신만의 독특한 스타일을 만들어 냈다. 소금에 찌기鹽焗, 술에 찌기酒焗, 냄비 구이鍋烤, 부드럽게 볶기軟炒와 같은 것이 그것이다. 소금 찌기는 음식 재료(예를 들면 닭)를 뜨거운 소금 알갱이 속에서 쪄 내는 것이다. 술에 찐다는 것은 식 재료를 가열하기 위해 알코올을 사용하는 것이다. 냄비 구이는 위아래에서 이중으로 가열하여 구워 내는 요리법이다. 부드럽게 볶는다는 것은 유동성 또는 반유동성 식품 재료를 가공할 때 빠르게 볶는 조리 방법을 말한다. 이들 요리법을 사용한 대표적인 요리로는 앤쥐지鹽焗鷄, 메이구이지우쥐슈앙허玫瑰酒焗雙鴿, 구오카오단鍋烤蛋, 루안차오니우나이軟炒牛奶 등이 있다.

광둥요리의 독특함을 보여주는 유명한 요리로 롱후도우龍虎鬪, 쥐화롱후菊花龍虎, 바오리후이산셔豹狸燴三蛇 등이 있다. 이들 요리는 뱀, 표범, 살쾡이 등을 주재료로 삼아 자라, 물개, 전복 등과 배합해서 만든다. 맛을 내는 보조 용도로 상용되는 하오요우蚝油21), 위루魚露22), 청요우蟶油23)과 샤차장沙茶醬24), 지에즈豉汁25) 등은 다른 요리 계통에서는 드물게 사용하는 조미료이다.

---

21) 굴기름
22) 생선으로 만든 소스
23) 맛조개 기름
24) 말린 새우, 생강, 땅콩에 고추기름을 넣어 풀처럼 이긴 중국 남방의 조미료
25) 워르채스터 소스

3

샤오츠(小吃)[*]의 특징

왕쉐타이

샤오츠는 정식 요리와 대비되는 간단한 음식으로 폭넓고 다양하여 서민들의 많은 사랑을 받고 있다. 이런 식품은 음식이 상업적으로 번성한 이후에 유행된 것으로 선진 시기에 처음으로 시작되었다. 『주례』에서는 "대나무 그릇에 담는 음식"[1]으로 "쌀밥을 볶아서 만든 구이와 가루 인절미인 분자^{糗餌粉餈}"를 포함하였다. 「초혼(招魂)」의 "동그란 중배끼와 달콤한 꿀떡^{粔籹蜜餌}" 등도 모두 이에 속한다. "구^糗"는 볶은 쌀가루, "분^粉"은 볶은 콩가루, "이^餌"와 "자^餈"는 모두 후대의 "츠바^{糍粑}"[2]와 비슷한 것이다. 동그란 중배끼와 달콤한 꿀떡^{粔籹蜜餌}은 후대의 요우지엔산즈^{油煎饊子}[3] 그리고 미마화^{蜜麻花}[4]와 비슷하였다. 이런 간단한 음식은 일반적으로 정찬^{正饌}에는 사용되지 않았고, 연회 석상에 놓인다 해도 자유롭게 간식으로 먹을 뿐이었다. 이 당시의 샤오츠는 대중적인 음식과 거리가 멀었고 즐기는 범위도 매우 제한적이었다.

서한부터 남북조 시기까지 샤오츠는 발전했는데, 그 원인으로 두 가지를 들 수 있다. 첫째, 음식업의 발전을 들 수 있다. 한나라 때 집필된 『염철론(鹽鐵論)』에서는 "옛날에는 익힌 음식을 팔지 않아 음식을 사 먹을 수 없었는데^{古者, 不鬻飪, 不市食}" 당시는 "익힌 음식을 늘어놓은 것이 뒤섞여서 줄지어 있어 시장을 이루었다^{熟食遍列, 殽旅成市}"라고 감탄하고 있다.

---

* 간식
1) 籩(대나무로 만든 식기)實
2) 찹쌀을 쪄서 이겨 떡 모양으로 빚어, 그늘에 말린 것
3) 기름에 지진 꽈배기
4) 꿀을 바른 꽈배기

시장에서 팔던 샤오츠로는 "두당^{豆餳}"5), "양엄계한^{羊淹鷄寒}"6)과 같은 것들을 들 수 있다.『사기』에도 한나라 초 이후 죽이나 "위포^{胃脯}"7)와 같은 샤오츠 팔아 공후^{公侯}에 비길 만한 부자가 된 사람이 기록되어 있다.

다음으로 밀가루 음식이 확대된 것을 들 수 있다. 한나라 말에 발효 기술을 밀가루 요리에 사용하게 되어 증편, 호떡, 찐빵, 만두 같이 휴대하기 편한 다양한 식품이 나오게 되었다.『동관한기(東觀漢記)』에는 동한의 개국 황제인 광무제^{光武帝} 유수^{劉秀}가 시연^{市掾}8) 제오륜^{第五倫}에게 어떤 사람이 그 어머니에게 전병 한 바구니를 선물했는지를 물어보았다는 기록이 있다. 여기에서 당시 시장에서 이미 전병을 팔았고 이것이 시장을 관리하는 관원들에게 뇌물로 사용되었다는 것을 알 수 있다.

사치한 생활을 하던 고위급 벼슬아치들도 이들 샤오츠를 즐겨 먹었다. 위진 시기 귀족 하증^{何曾}은 "증편에 십^十자가 만들어지지 않으면 먹지 않았다^{蒸餅上不作十字不食}." 오호 시기 후조^{後趙}의 폭군 석호^{石虎}는 "증편을 좋아하여 항상 마른 대추와 호두양으로 소를 넣었고 그것을 쪄서 겉이 갈라져야 먹었다^{好食蒸餅, 常以乾棗, 胡桃瓤爲心, 蒸之使坼裂方食}."(『태평어람(太平御覽)·조록(趙錄)』) 이렇게 소를 넣고 위가 갈라진 증편은 오늘날의 카이화만터우^{開花饅頭}9)와 비슷하다. 속을 채운 증편은 쉽게 바오즈^{包子}로 발전할 수 있었는데, 당시에는 만두라고 하였다. 진^晉나라 속석^{束晳}의 「병부(餅賦)」에 "당시에 연회에서는 만두를 반드시 놓아야 했다^{於時享宴, 饅頭宜設}."라는 구절이 있는 것으로 보아, 이것이 연회에서 빠질 수 없는 것이 되었다는 것을 알 수 있다.『사물원시(事物原始)』에서 "제갈량이 남쪽 지방을 정벌하고 노수^{瀘水}를 건너려 하는데 사람을 죽여 머리를 신에게 제사를 지내는 그곳의 풍속이 있었다. 제갈량은 양과 돼지로 대신하고 밀가루에 사람의 머리를 그려 제사를 지내라는 영을 내렸는데, 만두라는 명칭은 여기에서 시작되었다^{諸葛亮南征, 將渡瀘水土俗殺人首祭神, 亮令以羊豚代, 取麵畫人頭祭之, 饅頭之名始此}."라고 하였다. 우리가 현재 먹는 교자도 이때 시작되었다. 이러한 샤오츠는 주식과 부식이 하나가 된 것으로 휴대하기에 편리하였고, 시장에서 팔았으며, 귀족들이 먹던 것을 제외하고는 가격이 비싸지 않았기 때문에 일반 백성들에게 큰 환영을 받았다.

당나라부터 원나라 시기까지는 음식업이 나날이 발전하였다. 그 증거 중 하나가 샤오

---

5) 단콩국
6) 돼지고기 장조림과 익힌 닭고기
7) 소나 양을 고아서 여러 가지 양념을 넣어 건조시킨 것
8) 시장을 관리하는 관리
9) 꽃 찐빵

츠의 종류가 다양하고 풍부해졌으며 식료품 시장에서 대량으로 판매되어 소비 수준이 다른 사람들에게도 환영을 받았다는 점이다.

"화가오花糕"는 본래 궁중의 간식으로, 무측천 때 궁녀가 온갖 꽃을 따다 쌀가루와 섞어 빻아서 만든 떡이었다. 후에 시장으로 유입되어 사람들의 환영을 받게 되자 화가오를 만드는 가게가 많이 생겼다. 오대 시기에 개봉에서 어떤 이가 화가오를 팔아 부자가 된 후 돈을 기부하여 원외랑員外郎이 되자 사람들이 "화고원외花糕員外"라 불렀다. "리환당李環餳"은 엿기름으로 만든 단 음식으로 본래 귀족 이환李環의 집안에서 특별한 음식이었는데, 후에 이씨 집안의 요리사가 뤄양洛陽의 수복리綏福里에 가게를 열고 이것을 전문적으로 팔아 큰 환영을 받은 후 다른 지역에도 퍼지게 된 것이다. 샤오츠가 다양하게 된 것은 이처럼 다방면에서 교류가 밀접해진 것과 관계가 있다.

당시 일부 음식점은 사람들의 식습관을 고려하여 절기에 맞게 음식을 판매하였다. 당나라 때 장안 창합문閶闔門 밖 대로에서 장수미張手美가 운영하던 음식점은 손님의 요구에 따라 음식을 제공하면서, 절기 음식을 전문적으로 팔았다. 예를 들면 정월 초하루에는 "원양연元陽臠", 인일人日10)에는 "육일채六一菜", 상원절上元節11)에는 "유화명주油畵明珠", 2월 15일에는 "열반두涅槃兜", 한식에는 "동릉죽冬凌鬻", 4월 초파일에는 "지천준함指天餕餡"12), 5월 5일에는 "여의원如意圓", 복날에는 "녹하포자綠荷包子"를 팔았는데, 대다수가 샤오츠였다. 음식점이 제공한 이러한 서비스는 장안 백성들의 계절에 따른 요구를 반영한 것이었다.

이때쯤 대도시에 음식점이 급증하면서 샤오츠만을 전문적으로 파는 가게가 등장하였다. 예를 들어 당대 장안에는 비뤄饆饠13) 가게, 후빙胡餅14) 가게, 증편 가게, 훈툰餛飩15) 가게 등이 있었고, 송나라의 변량과 임안에는 거다미엔疙瘩麵 가게와 요우빙油餅 가게, 빠오즈包子 가게와 노점상들이 거리 깊숙이 들어왔다. 중당 시기의 재무 관리자 유연오劉晏ㅍ는 "조정에 들어갈 때 날씨가 추웠는데, 도중에 증편을 파는 곳에서 열기가 뿜어져 나오는 것을 보고, 사람을 시켜 사 오게 하였다. 옷소매와 모자로 그것을 받쳐서 먹으면서 동료에게 말하기를 '맛있음을 말로 다 표현할 수 없다. 맛있음을 말로 다 표현할 수 없다.'라고 했

---

10) 정월 7일
11) 정월 대보름
12) 채소로 소를 넣은 만두
13) '包子'와 비슷한 둥글납작하게 만든 소를 넣고 찐 빵
14) 호떡
15) 밀가루나 쌀가루를 반죽하여 둥글게 빚고 속에 소를 넣어 찐 떡

다入朝時寒, 中路見賣蒸餠之處, 熱氣騰輝, 使人買之, 以袍袖包裙帽底啖之, 且謂同列曰, ‘美不可言, 美不可言’).”(『유빈객가화록(劉賓客嘉話錄)』) 『수호전(水滸傳)』의 무대랑武大郎이 떡을 구워 판 것도 이동식 판매점이라 볼 수 있다. 북송 변경汴京의 아침 식사와 저녁 식사는 제때 공급되었다. 송 태조가 야간 통행 금지를 해제한 후 변경에는 “야시장은 3경(밤 11시~새벽 1시)이 되어서야 문을 닫았다가 5경(새벽 3시~5시)이 되자마자 다시 문을 열었고, 번화한 곳에서는 밤새도록 문을 닫지 않기도 하였다……삼경이 넘어서도 병에 차를 담아 파는 사람들이 있었는데, 대개 도성에서 공적이거나 사적인 일로 업무를 본 사람들이 밤이 깊어서야 집으로 돌아갔기 때문이다夜市直至三更盡, 才五更又復開場, 如要鬧去處, 通曉不絶……至三更方有提瓶賣茶者, 蓋都人公私營幹, 夜深方歸也.”(『동경몽화록(東京夢華錄)』) 이들 음식 장사 중에는 아이들 간식을 위주로 판매를 하여 돈을 버는 사람들도 있었다(풍속화 「화랑담(貨郎擔)」 참조). 손님을 끌기 위해 큰 소리를 지르거나 노래를 부르는 사람도 있었고 또한 가면을 쓰고 춤을 추는 사람도 있었으며, “장식한 수레에 반합과 그릇을 싣고 신선 청결함과 빼어남으로 사람들의 이목을 끄는裝飾車擔盤盒器皿, 新潔精巧, 以耀人耳目” 이도 있었다(『몽양록(夢粱錄)』).

샤오츠는 예쁜 포장에도 신경을 썼다. 예를 들어 가시연밥鷄頭米은 녹색의 연잎으로, 법두法豆는 오색의 종이봉투로 포장을 했다.

시장의 같은 업종들 사이에 경쟁이 치열해졌고, 여러 유명 상표의 샤오츠가 등장하였다. 북송과 남송의 도성에는 조파파육병曹婆婆肉餠, 태학만두太學饅頭, 왕루포자王樓包子, 위대도수육魏大刀熟肉, 과가첨식戈家甛食 등이 있었다. 이 중 많은 곳이 또한 황제의 관심을 얻었다.

넘치는 수요로 인해 샤오츠 생산도 전문화되어 일부 샤오츠 가게는 하루에 한 가지 음식만 만들었다. 예를 들어 변경과 임안에는 찐빵이나 구운 빵만을 파는 가게가 많았다. 이런 생산 방식은 샤오츠의 질을 크게 향상시켰다. 『본심재소식보(本心齋蔬食譜)』에서는 찐빵을 찬미하여 “저 둥근 옥을 잘라 쪼아서 네모난 벽돌을 만든 것 같네. 후추와 같은 향이 있고 소금을 얇게 뿌렸네截彼圓玉, 琢成方磚, 有馨似椒, 薄洒以鹽.”라고 하였다. 찐빵이 옥같이 희고 뜨거운 것을 자를 때 소금과 후추 향이 났으니, 고종이 임안으로 천도한 후 매일 찐빵을 먹으려고 했던 것은 이상한 일이 아니다.

명청 시대의 샤오츠는 이미 근대와 큰 차이가 없었다. 또한 거의 모든 지역이 자신들만의 상표를 가진 샤오츠와 특별한 음식을 가지고 있었고 이것들이 시장에서 크게 발전하여 많은 사람들에게 전파되었다. 가오요우高郵의 엄압단腌鴨蛋 16), 양저우揚州의 자간사煮乾

絲[17], 자싱嘉興의 종자粽子[18)19)], 쑤저우蘇州의 고단糕團[20] 등과 같은 많은 것들이 지역 특산품이 되어 그 지역 주민들을 자랑스럽게 만들었다.

이 점에서 샤오츠는 지역의 요리 체계보다 지역적 특색을 더 잘 드러냈다고 할 수 있다. 요리는 상품의 유통과 사람들의 여행으로 한 지방의 음식이 다른 지역으로 퍼지게 되고 이로부터 서로 다른 지역 음식들은 소통하고 영향을 미치게 된다. 이에 비해 샤오츠는 제조 원가가 싸고 대부분 그 지역에서 생산된 재료를 사용하며 유통에 번거로움으로 인해 이윤이 높지 않기 때문에 대다수의 음식이 지역의 경계를 넘기 어려웠다. 예를 들어 청대의 베이징에서는 화이양 요리는 먹을 수 있었지만 화이양의 샤오츠는 먹기 어려웠다. 베이징의 두줍豆汁[21], 샤오싱紹興의 튀긴 취두부臭豆腐, 광둥의 미지蜜唧 [22] 같은 몇몇 샤오츠는 지역색이 너무 강하여 다른 지역으로 전파되어도 그것에 대해 관심을 갖는 사람이 매우 적었다.

이 시기에 샤오츠의 종류는 점점 많아지는데 특히 말린 과일과 해바라기 씨, 복숭아씨 알갱이와 같이 심심풀이용 간식이 사람들의 식생활에서 한 자리를 차지했다. 『홍루몽(紅樓夢)』은 청대 상류층의 생활을 묘사하였기 때문에 이런 식품들이 작품 속에서 자주 보인다. 주인공들은 이들 식품을 사용해서 근심 걱정을 풀고, 시간을 보냈으며, 가족 간에 대화하거나 심지어 연모의 정을 표현할 때도 이들 식품을 사용하였다. 예를 들어 62회에서 가용賈蓉이 그 이모 우이저尤二姐와 사인砂仁을 먹는 모습을 묘사하고 있는데, 이저가 그 부스러기를 씹어서 가용의 얼굴에 뱉자 가용이 혀로 핥아먹는 것을 보여줌으로써 그 둘이 부적절한 관계임을 암시하고 있다.

모든 요리와 마찬가지로 샤오츠도 문화 정보의 전달자이다. 그러나 그것은 산해진미나 각 지역의 특색 있는 요리에서 보이는 부귀한 모습과는 달리 소박하고 겉으로 드러난 화려함보다 내실을 추구했다. 이들 샤오츠, 특히 배고픔을 달랠 수 있는 샤오츠는 대부분 가격이 싸고 경제적이어서 서민들이 즐겨 먹는 음식이 되었다. 백거이白居易는 일찍이

---

16) 소금에 절인 오리알
17) 말린 고기로 끓인 곰탕
18) 찹쌀에 대추 따위를 넣어 댓잎이나 갈잎에 싸서 쪄 먹는 단옷날 음식
19) 원래는 초나라의 굴원(屈原)이 강에 투신하여 죽은 것을 애도하여 이 음식을 강에 던져 물고기가 굴원(屈原)의 시신을 해치지 말도록 한 데서 유래하였다.
20) 떡, 찹쌀, 갈분(葛粉), 메밀 따위를 원료로 하여 만든 과자의 일종
21) 녹두로 가루를 만들 때 나오는 즙
22) 새끼 쥐를 꿀에 넣어 둔 것

직접 참깨병을 구워 다음 시 한 수와 함께 양경지楊敬之에게 보냈다. "이 참깨병은 경사京師풍으로 만들어져, 화로에서 바로 꺼내니 바삭바삭 구워진 것이 기름 냄새가 향기롭다. 먹고 싶어 하는 양대사楊大使에게 보내니, 고향인 보홍輔興의 호병 맛과 비슷한지 맛보십시오胡麻餅樣學京都, 面脆油香新出爐, 寄與饑饞楊大使, 嘗看似得輔興無." 이 시에서 "보홍輔興"은 장안 보홍방輔興坊으로 유명한 후빙집이 있었다. 그래서 시인은 친구에게 자기가 구운 참깨병을 맛보고 경사 보홍방의 것과 비교해 달라고 한 것이다. 이 시에는 장안에서의 생활에 대한 그리움과 두 사람의 우정뿐만 아니라 함께 좌천된 것에 대한 슬픔이 들어 있으며, 동시에 시인이 보낸 선물에서 그들의 자제력과 신중함을 볼 수 있다.

병이餅餌23)뿐만 아니라, 배고픔을 달래 준 많은 간편식 역시 서민의 생활을 반영해 주었다. 예를 들어 초미炒米는 강소 북부 지역에서 유행하던 간편식으로 쌀을 말린 후 볶아서 만들었는데, 물에 불려 죽을 끓이면 스모크 향이 났다. 청대의 정판교鄭板橋는 동생에게 보내는 편지에서 다음과 같이 이야기하였다. "날씨가 추워져 땅이 얼었을 때 가난한 친척과 친구들이 문 앞에 이르자, 먼저 큰 그릇에 초미를 불려 보내고 덧붙여서 작은 접시에 장과 생강을 보냈으니 늙고 가난한 사람을 가장 따뜻하게 할 수 있는 것이었다. 한가한 날에 미병米餅을 부수어 대충 죽을 쒀서 두 손으로 그릇을 받쳐 오니 목을 움츠리고 그것을 먹었고, 서리와 눈이 내리던 아침에 이것으로 인해 온몸이 따뜻해졌다. 아아! 나는 영원히 농부로 세상을 떠나리라天寒地凍時, 窮親戚朋友到門, 先泡一大碗炒米送手中, 佐以醬薑一小碟, 最是暖老温貧之具. 暇日咽碎米餅, 煮糊塗鷺, 雙手捧碗, 縮頭而啜之, 霜晨雪早, 得此周身俱暖. 嗟乎! 嗟乎! 吾其長爲農夫以没世乎." 이런 평범한 음식은 고관대작과는 전혀 상관이 없고 단지 "늙고 가난한 사람을 따뜻하게 해 주는" 것이었기 때문에 더욱 강한 인정미를 보여준다. 사람들은 일반적으로 값싸고 허름한 음식을 먹으면서 고생을 한 것이 인생에서 성공할 수 있는 밑거름이 된다고 생각한다. 그래서 "채소의 뿌리를 씹어 보았다면 모든 일을 할 수 있다咬得菜根則百事可作"는 말은 청빈한 사대부들의 도덕적인 교훈이 되었다.

샤오츠는 강한 지역성이 있어서 항상 나그네의 향수를 불러일으킨다. 초나라 때의 굴원은 진나라에서 객사한 회왕懷王의 혼을 불러낼 때 초나라의 온갖 음식24)을 나열하면서 회왕의 혼백이 고향에 대한 향수를 불러일으키기를 기대하였다. 진晉나라 때 오 지역 사

---

23) 밀가루나 쌀가루를 반죽하여 구워서 만든 과자나 떡의 총칭
24) 이 중에서 많은 샤오츠도 있었다.

람이었던 장한張翰은 낙양에서 관직을 지내면서 가을바람이 불면 고향의 순채국과 농어회를 그리워하면서 "인생에서 가장 귀한 것은 자신의 뜻을 따르는 것이니, 어찌 관직에 얽매어 수천 리 밖에서 명예와 관직을 구하겠는가?人生貴得適意爾, 何能羈宦數千里以要名爵?"라고 이야기하였다. 그리고는 마침내 수레를 타고 고향으로 돌아갔다.(『세설신어(世說新語)』) 여기에서 순채국과 농어회는 바로 고향을 대표하는 이미지로 그것들은 항상 고향을 쉽게 떠나지 않으려는 사람들의 마음을 더욱 옭아맨다.

또한 과거의 경험과 감정은 아름다운 면만을 드러내는 경우가 많은데, 사람들이 어린 시절의 고향 생활을 회상할 때도 마찬가지이다. 루쉰魯迅은 "나는 한때 어린 시절 고향에서 먹던 채소와 과일, 마름 열매, 잠두콩 줄풀 줄기, 참외 같은 것들에 대해 자주 생각하곤 했다. 이런 것들은 모두 대단히 신선하고 감칠맛이 있으며, 또한 모두 고향 생각을 일으켰다. 그 후 오랜만에 다시 먹어 보았더니 예전 같지는 않았다. 오직 기억 속에서만 지난날의 그 맛이 남아 있다. 이런 것들은 아마도 한평생 나를 속여 가며 가끔 지나간 일을 돌이켜 보게 할 것이다我有一時, 曾經屢次憶起兒時故鄕所吃的蔬果: 菱角, 羅漢豆, 茭白, 香瓜. 凡這些都, 是極其鮮美可口的: 都曾是使我思鄕的蠱惑. 後来我在久別之後嘗到了, 也不過如此: 惟獨在記憶上, 還有舊來的意味留存. 他们也許要哄騙我一生, 使我時時反顧."(『조화석습·소인(朝花夕拾·少引)』)

동생 쪼우쭤런周作人은 더욱 이러한 감상에 빠져 헤어날 수 없었다. 비록 그는 고향인 샤오싱에서 10년밖에 살지 못하고 베이징에서 40년 이상을 살았지만, 그는 고향에서 먹었던 음식, 특히 샤오츠를 종종 산문과 시 속에서 언급하였다. 고향의 거위 구이燒鵝, 향긋한 떡香糕, 고소하고 바싹한 떡香酥餅, 구운 떡炙糕, 찹쌀 음식糯米食, 복령으로 만든 떡茯苓糕과 연근, 연밥, 마름 열매, 누에콩 등에 대한 흥미진진한 이야기는 상상할 수 있지만 도달할 수 없는 감정이 있어 깊은 향수를 드러낸다. 그는 또한 「취몽록(醉夢錄)」을 인용해 소흥 사람 모위앤잉(莫元英)이 북경에서 30여 년을 거주했던 일을 이야기하며 시에서 "오월의 양매와 3월의 죽순이 있는데, 어찌하여 사람들이 산음에 머물지 않겠는가?五月楊梅三月笋, 爲何人不住山陰?"라고 하였다. 이것은 고향으로 돌아가지 못한 슬픔이 고스란히 드러난 것이다.

물론 이런 지역성을 가진 음식이 향수의 감정을 표현하는 데만 사용한 것은 아니다. 고향과 고국, 그리고 비교적 오래 머물렀던 지역을 그리워하는 것에도 사용되었다. 육유陸游는 쓰촨 지방에서 관직 생활을 할 때는 항상 고향의 순채, 냉이, 가시연밥, 창황倀偟25),

---

25) 맥아당

고리 모양의 떡을 그리워했는데, 고향으로 돌아온 후에는 쓰촨의 음식을 그리워했다. 그는 『겨울밤에 부암주(溥庵主)와 쓰촨 음식을 이야기하면서 재미 삼아 짓다(冬夜與溥庵主說川食戲作)』에서 다음과 같이 이야기하였다. "당안의 율무 열매는 옥같이 희고, 한가의 마른 목이버섯은 고기보다 맛있네. 구황야완두가 막 나오니 누에 목욕하는 것 같고, 새 완두가 점점 익어가는 것이 보리쌀이 익어가는 것 같네. 용학으로 국을 끓이니 솥에서 향기가 나고, 종려나무 꽃을 데쳐 절여 그대 배를 채웠네. 국수와 국에 만 밥을 논하지 않는다면, 홍조26)와 부죽27)을 가장 좋아하였다네. 동쪽으로 와서 7년을 앉아 지켜보았지만, 아직도 젓가락을 들 때면 내가 촉에 있을 때를 잊은 적이 없네唐安薏米白如玉, 漢嘉桐脯美勝肉, 大巢初生蠶正浴, 小巢漸老麥米熟. 龍鶴作羹香出釜, 木魚淪葅子盈腹, 未論索餅與饋飯, 最愛紅糟與焦糳, 東來坐閱七寒暑, 未嘗舉箸忘吾蜀, "

청말의 학자 유월兪樾은 고향에 돌아온 후에 베이징의 샤오츠 뤄보스요우수샤오빙蘿卜絲油酥燒餅28)을 잊지 못해 「경사를 생각하다(憶京都)」라는 사를 지어 다음과 같이 말했다. "경사를 생각하기에는 차와 간식이 가장 적합하네. 양쪽의 복령 노점에서는 전병을 만들고 한 무더기의 무를 채 썰고 있네. 이 사이에서 못된 장난을 하는 것 같지 않아, 입 가득 표면에 입힌 설탕을 씹고 또 씹네憶京都, 茶點最相宜. 兩面茯苓攤作餅, 一團萝卜切成絲. 不似此間惡作劇, 滿口糖霜嚼復嚼, "

만약 나라가 망했다면 조국의 많은 아름다운 것들이 나라의 상징이 되고 사람들의 사랑의 대상이 될 것이다. 북송 멸망 후 『동경몽화록』의 작가는 "경사를 떠나 남쪽으로 와 장강 동쪽에서 피난 생활을 했습니다. 마음을 기탁할 곳이 없었고 점점 나이만 들어 갔습니다. 가만히 당시를 생각해 보니, 사계절의 경치가 뛰어났고, 인정도 많았는데, 지금은 슬픔과 원한만 생깁니다出京南來, 避地江左, 情緒牢落, 漸入桑楡, 暗想當年, 節物風流, 人情和美, 但成悵恨, " 그래서 변경의 샤오츠는 그의 꿈에서 최고의 추억이 되었다.

육유의 『노학암필기(老學庵筆記)』에서도 금나라 사신으로 가던 진장경陳長卿과 전개錢愷가 연산燕山에 이르렀을 때 어떤 사람이 튀긴 밤 열 꾸러미를 가지고 와 바치면서 스스로를 이화아李和兒라고 했다는 기록이 있다. 이화아는 변경의 말린 과일을 팔던 유명한 가게의 주인으로 튀긴 밤으로 이름을 날렸다. 이화아가 남송의 사신들에게 튀긴 밤을 선물한 것은 사신들에게 금나라가 점령한 중원의 옛 땅을 기억해 달라는 부탁의 의미를 드러낸 것이다. 훗날 사람들이 "연산의 버드나무 색 매우 처량하고 슬픈데, 고향을 이야기하니

---

26) 쌀 누룩을 원료로 만든 조미료
27) 온갖 재료를 넣어 끓인 죽
28) 페스트리 같은 빵 안에 무채를 넣고 구운 전병

한 줄기 눈물이 흐르네. 오래도록 행인에게 튀긴 밤을 바치며, 가장 상심했던 이가 이화 아라네燕山柳色太凄迷, 話到家園一淚垂, 長向行人供炒栗, 傷心最是李和兒."라는 시를 짓기도 하였다.

샤오츠는 지역 문화의 중요한 부분이며 그 특성의 많은 부분이 지역 문화에서 확장되었다. 음식의 재료가 점점 더 풍부해지는 상황에서 샤오츠는 더욱 다채로워질 것이다.

4

음주 문화

류둥

서로 다른 생산지와 유산을 가진 중국술은 다양한 풍미와 거대한 제품군을 형성하여 사람들에게 중화 민족이 오랜 역사와 광활한 영토를 가졌다는 것을 알려준다. 예부터 지금까지 사람들을 유혹하는 지앤난劍南의 샤오춘燒春, 항저우杭州의 치우루바이秋露白, 산사山西의 양가오주羊羔酒, 루저우瀘州의 쩐주훙珍珠紅, 샹저우相州의 쑤이위碎玉, 시징西京의 진쟝라오金漿醪 같은 명주의 이름만 들어도 술맛이 당기고 심지어 몇 분 안에 술에 취한 기분이 들기도 한다. 다행스럽게도 수천 년의 세월의 풍파를 겪으면서도 많은 명주들은 오늘날까지 사라지지 않고 전해지고 있다. 조조曹操가 "무엇으로 근심을 풀까? 오직 두강주만이 있을 뿐이네何以解憂, 唯有杜康."라고 말한 두강주杜康酒, 이백李白이 "난릉의 미주는 울금향이 나고, 옥 그릇에 담으니 호박빛이 나는구나蘭陵美酒鬱金香, 玉碗盛來琥珀光."라고 말한 난릉주蘭陵酒, 두목杜牧이 "주막이 어디에 있느냐 물으니, 목동은 멀리 살구꽃 핀 마을을 가리키네借問酒家何處有, 牧童遙指杏花村."라고 말한 살구꽃 핀 마을의 분주汾酒 등은 오늘날까지 시적인 향기를 풍기며 사람들의 사랑을 받고 있다.

질과 맛의 면에서 이러한 유서 깊은 전통 명주는 물론 눈에 띄는 많은 현대 명주도 물론 각각의 특성과 장점이 있다. 대곡장향형大曲醬香型의 마오타이주茅台酒와 랑주郎酒, 대곡청향형大曲淸香型의 펀주汾酒와 시펑주西鳳酒, 대곡농향형大曲濃香型의 우량예五糧液, 젠난춘劍南春, 루저우라오쟈오瀘州老窖, 구징공주古井貢酒, 그리고 양허따취洋河大曲, 약향형藥香型의 주예칭竹葉靑과 황주黃酒 중의 샤오싱쟈판紹興加飯과 화디아오花雕 등은 모두 최상품이다. 그러나 아쉽게도 필자가 아무리 술맛을 잘 아는 품평가라고 해도 그것을 맛볼 때 느끼는 묘한 느낌을 글로 풀어 독자들과 공유하기는 어려울 것 같다. 그래서 중국인이 술을 마실 때 형성되는 독특한 "술 문화"에 이 글의 주안점을 두려고 한다. 이들 술에서 형성된 특이한 행동 패턴과 문화적 분위기가 중국 술의 독특한 맛보다 중국적인 색채가 더 강하다고 해도 과언이 아니다. 또한 음주 문화의 출현과 발전 과정은 끊임없이 진화하는 중국 문명사의 축소판이기도 하다.

음주 방식이 역사의 발전을 따라 다른 문화의 패러다임에 포함되어 다른 문화적 함의를 부여받았던 까닭은 실제로 술의 특성과 관련이 있다. 『설문해자』에서는 "주酒"자에 대해 두 가지로 해석하고 있다. 하나는 "나아간다就也"는 의미로 "사람의 본성을 선과 악으로 나아가게 한다就人性之善惡."라는 뜻이고, 다른 하나는 "만들다造也"는 의미로 "길흉을 만들 수 있다吉凶所造起也."라는 뜻이다.

이것은 당연히 "酒"자의 진정한 기원을 설명하기에는 부족하다. "酒"자는 갑골문甲骨文과 금문金文의 자형에서 "유酉"자와 통하여 도기와 밀접한 관계가 있다는 것을 보여주기 때문이다. 그러나 술 자체의 성질을 가지고 본다면 허신許愼이 한 위의 해설은 상당히 합리적이다. "사람의 본성을 선과 악으로 나아가게 한다."라는 것은 다음과 같은 의미를 담고 있다고 할 수 있다. 술은 흥을 돋우는 물건으로 사람의 원래 마음 상태를 바꿀 수는 없지만, 신경 중추계의 자극을 통해 이런 마음 상태를 강화시킬 수는 있다. 기쁠 때는 "한낮인데도 마음껏 노래 부르며 술을 마실白日放歌須縱酒"(두보杜甫, 「관군이 하남과 하북을 수복했다는 소리를 듣고(聞官軍收復河南河北)」) 수 있고, 우울할 때는 "술을 들어 시름 녹여도 시름 더욱 깊어擧杯消愁愁更愁"(이백李白, 「선주의 사조루에서 교서랑 아저씨 이운을 전송하며(宣州謝朓樓餞別校書叔雲)」)질 수 있다. 또한 흥분될 때는 소순흠蘇舜欽처럼 "『한서』를 읽으며 술을 마실 수도 있고漢書下酒", 의기소침했을 때는 도잠陶潛처럼 관직을 버리고 은거하며 술을 마실 수도 있다.

"길흉을 만들 수 있다."라는 것은 약성藥聖 이시진李時珍의 말로 설명하고자 한다. "술은 하늘이 내려준 녹봉이다. 밀가루로 만든 누룩으로 만든 술은 소량으로 마시면 혈분을 고르게 하고 기를 잘 돌게 하며 정신을 굳게 하고 추위를 막아 주고 근심을 없애 주며 흥을 더해 준다. 지나치게 많이 마시면 정신을 상하고 혈분이 손상되며 위가 상하고 원기가 사라지게 되니 병이 생기고 화가 일어난다. 소요부邵堯夫가 시에서 '맛있는 술을 마시고 약간 취한 후'에 라고 하였는데, 이것은 음주의 묘를 체득한 것으로 이른바 술에 취한 즐거움이요, 별천지인 것이다. 만약 주색에 빠져 도가 없고 술에 위한 것이 일상인 자는 가벼운 경우 병이 일으키고 악행을 하게 되며 심한 자는 나라를 잃고 집안을 망하게 하며 목숨까지 잃게 되니 그 해를 이루 다 말할 수 있겠는가?酒, 天之美祿也, 麯蘗之酒, 少飮則和血行氣, 壯神御寒, 消愁遣興, 痛飮則傷神耗血, 損胃亡精, 生疾動火, 邵堯夫詩云, '美酒飮教微醉後', 此得酒之妙, 所謂醉中趣, 壺中天者也, 若夫沈湎無度, 醉以爲常者, 輕則致疾敗行, 甚則喪邦亡家而殞軀命, 其害可勝言哉?,,

사람마다 주량의 차이는 있지만, 현대 의학이 증명하기를 혈중 알코올 농도가 0.05%~0.1%에 이르면 신경 중추 계통에 흥분 작용을 일으켜 사람을 기분 좋고 편안하게 만들지만, 혈중 알코올 농도가 0.2%~0.3%로 상승하면 사람은 술로 인한 억제 작용, 즉 술에 취하게 되어 무기력하게 된다고 한다. 이 규칙은 예외 없이 모든 사람에게 해당하는 것이다. 술은 인간에게 이처럼 복잡하고 변화무쌍한 영향을 미친다. 따라서 다양한 해석 가능성을 가진 문화와 정보의 전달자로써 그 역할을 하기에 충분했다. 그래서 인류 문명 각 단계의 다양한 요구에 적용하였다.

중국에서 누가 술을 발명했는지 분명히 밝히기 어렵다. 전통적으로 주류업에서 숭배하는 조상은 일반적으로 두강杜康과 의적儀狄이다. 진晉나라 때 강통江統의 『주고(酒誥)』에서는 "술이 흥성하게 된 것은 군주에게 술을 바친 것에서부터 시작되었다. 어떤 이는 의적이라고도 하고 두강이라고도 한다酒之所興, 肇自上皇. 或云儀狄, 一曰杜康."라고 하였다. 그러나 자세히 살펴보면, 위의 견해는 대부분 와전된 것에 근거를 두고 있다. 송나라의 고승高承은 『사물기원(事物紀原)』에서 이미 "두강이 어느 시대 사람인 줄도 모르면서 예나 지금이나 대부분 그가 처음으로 술을 만들었다고 이야기한다不知杜康何世人, 而古今多言其始造酒也."라고 하였다. 허신의 『설문해자』에서는 "옛날 소강이 처음으로 기추箕帚1)와 출주秫酒2)를 만들었다. 소강은 두강이다古者少康初作箕帚, 秫酒, 少康, 杜康也."라고 하였다. 이 견해에 따르면 두강은 하나라 제5대 왕으로 우왕禹王에게 '지주旨酒'를 바친 의적보다 더 나중 사람이니 근본적으로 술의 발명자가 될 수 없다. 더군다나 우왕과 동시대 사람인 의적은, 5,000여 년 전의 용산문화龍山文化 초기의 주기酒器에 비해 천 년 이상 지난 후인 지금부터 4,000여 년 전에 살았던 사람으로 역시 술의 시조가 될 수 없다.

5,000여 년 전으로 거슬러 올라가면 독자들은 자연스럽게 그 당시에는 문자로 된 기록이 없을 것이라고 생각할 것이다. 그래서 누가 술을 발명했는지와 관계없이 후손들은

---

1) 쓰레받기와 비
2) '황주(黃酒)'의 옛 이름

알 방법이 없다. 대충 유추할 수 있는 것은 술의 발견이 어렵지 않다는 점[3]과 '酒'자의 원형이 도기와 관계가 있다는 것을 고려할 때 중국 술의 탄생은 원시 도자기 사업의 등장에서 결코 멀리 떨어지지 않았을 것이다. 따라서 적어도 6,000년 이전이라고 본다.

다행스러운 것은 본서에서 술의 정확한 탄생 연도를 밝히는 것은 중요하지 않다는 점이다. 대신 술이 탄생한 후 중화 민족의 성격에 미친 지대한 영향에 대해 정확하게 아는 것이 더욱 중요하다. 술과 민족성과의 관계는 문화 인류학자들이 중시하는 분야이기도 하다. 루스 베네딕트[Ruth Benedict]는 『문화의 패턴(Patterns of Culture)』에서 이에 근거해 원시 문명을 "디오니소스형"과 "아폴론형" 두 가지로 나누었다.

그녀는 디오니소스 문명 속에서 "사람들은 지극히 종교적인 축복 상태를 얻기 위하여 거대한 선인장의 과즙을 발효시킨 것을 의식적으로 사용했다……취한다는 말은 그들의 관행이나 시에서는 종교와 동일한 의미이다. 흐릿한 환상과 통찰력이 뒤섞이는 현상은 종교와 동일한 의미이다. 술에 취한 상태는 종교와 결합된 환희를 모든 부족 사람들에게 준다."라고 말하였다. 이것을 기준으로 해서 구분하면 중화 문명의 최초 단계는 일종의 "디오니소스 단계"라고 말할 수 있다.

현재 남아 있는 유물들은 상나라 사람들이 원시적인 무속을 믿었고, 이때 성행했던 무속이 음주 풍속과 불가분의 관계였다는 것을 보여준다. 나진옥羅振玉 등이 고증한 갑골문과 금문에서 무속의 성행과 관련 있는 "제祭", "전奠", "예禮"와 같은 글자는 모두 "주酒"자에서 나온 것이다. 그 이유에 대해 장꽝즈張光直은 「상대의 무와 무속(商代的巫與巫俗)」에서 "한편으로 술은 조상과 신들이 흠향하도록 바치는 것이었고, 다른 한편으로는 무당들이 신과 통하는 정신 상태에 도달하는 것을 도와주었다酒也是一方面供祖先神享用，一方面也可能是供巫師飲用以帮助巫師達到通神的精神狀態的."라고 추측하였다.

이 때문에 후대인이 하와 상 왕조, 특히 후자를 모두 천명을 맹목적으로 숭배하는 왕조이자 술에 취한 듯 꿈과 같이 흘러간 왕조라고 본 것은 논리적이다. 전설에 의하면, 하나라를 멸망으로 이끈 걸왕桀王은 "술 연못酒池"을 만들어 향락을 즐겼다고 하는데, 그 연못은 배를 띄울 수 있고, 제방을 10리를 바라볼 수 있었다고 한다(『신서(新序)·자사(刺奢)』). 또한 상나라를 멸망으로 이끈 주왕紂王은 "고기 숲肉林"을 만들어 "밤새도록 술 마시

---

3) 예를 들면 『주경(酒經)』에서 "빈 뽕나무 숲에 먹다 남은 밥과 기장과 보리로 빚어 맛있는 술을 만들었는데 이것이 술의 시작이다(空桑穢飯, 醞以稷麥, 以成醇醪, 酒之始也)."라고 한 것

는長夜之飲" 것을 도왔으며, "남녀가 나체로 그 사이에서 서로 뒤쫓게 하는 등 술에 취해 음탕한 생활을 즐겼다令男女裸而相逐其間, 是爲醉樂淫戱."(『논형(論衡)·어증(語增)』) 심지어 『상서·주고(酒誥)』에서는 상나라 왕이 "술에 너무 빠졌을惟荒腆于酒" 뿐만 아니라 신하와 백성들도 "무리를 지어 술을 마셔庶羣自酒" 그 더러운 기운이 하늘에 전해졌기 "때문에 하늘이 은나라에 벌을 내렸다故天降喪于殷."라고 하였다. 은나라가 망한 것이 순전히 술 때문이었는지에 대해서는 논의의 여지가 있다. 그러나 "디오니소스 단계"에 있던 이 나라가 혼란 속에서 원시 종교에 사로잡혀 있다가 합리적이고 이성적인 국가였던 주(周)에게 멸망당한 것은 전혀 이상한 일이 아니다.

"은나라 멸망의 사례에서 멀리 떨어져 있지 않아殷鑑不遠" 깊은 우환 의식을 가지고 덕으로써 하늘의 뜻을 따르려던 주나라 사람들은 광적인 경험을 필요로 하는 종교에 덜 집착하고 냉정하게 처리해야 하는 인사 문제에 더 많은 관심을 가졌다. 이는 막스 베버Max Weber의 표현을 빌리면 마술이 대대적으로 제거된 것이다. 이런 사유 방식의 변화 속에서 필연적으로 주공周公이 예악을 완성하게 된 것이다. 이때부터 '예'에 담긴 이성, 규범, 절제로 '악'을 통섭하는 것이 강조되었고, '악'자에 담긴 감정적 희열이 더 이상 방종과 도취, 그리고 자유롭게 망상에 빠지는 것을 의미하는 것이 아니라 조화롭고 중용을 잃지 않으며 마음 내키는 대로 행해도 법도를 어기지 않는 것을 의미하게 되었다. 리쩌호우李澤厚는 『중화미학(華夏美學)』에서 "'예악'의 전통을 아폴론형이라고 말하지 않더라도 적어도 디오니소스형은 아니다即使不說 '禮樂' 傳統是日神型, 但至少它不是酒神型的."라고 지적하였다.

은·주 시기에 "디오니소스형"에서 "비디오니소스형"으로의 변화는 중화 문명의 문화적 유전자상의 돌변으로, 그것은 중화 민족의 정신 면모에 일정한 변화를 가져왔으며, 현재 "중국인이 중국인이 된 까닭"으로 여겨지는 많은 성격적 특성을 형성하였다. 그러나 이러한 문화적 유형의 큰 변화가 당시에 중요치 않아 보이던 술에 대한 사람들의 태도 변화와 불가분의 관계가 있을 것이라고 누가 생각이나 했겠는가?

『전국책·위책(魏策)』에 노군魯君[4]이 술자리에서 "옛날 우임금의 딸이 의적에게 명하여 술을 빚게 하였는데, 맛이 정말 훌륭하여 우왕에게 바쳤습니다. 우왕이 이를 맛보고 달다고 여기면서도 끝내 의적을 멀리하여 그 좋은 술을 끊어버리면서 '뒤에 틀림없이 이 술 때문에 나라를 망치는 일이 있을 것이다.'라고 하였습니다昔者, 帝女令儀狄作酒而美, 進之禹, 禹飲而甘

---

4) 노군공(魯共公)이라고도 함

之, 逐疏儀狄, 絕旨酒, 曰: '後世必有以酒亡其国者'."라고 한 말을 기록하고 있다. 이 이야기의 내용은 가탁일 가능성이 높은데 국가의 창시자인 우왕에게 '망국'의 경험이 있을 수 없기 때문이다.

그러나 노군의 이야기 자체는 '디오니소스 단계' 이후의 사람들이 가졌던 술에 대한 일반적인 경계심과 일치하기 때문에 역사로 읽을 수 있다. 앞에서 언급했던 「주고」에서도 주공은 사람들에게 "언제나 술을 마시지 말고無彝酒", "오직 제사 때만 마시라고 하며飮惟祀", 지난날에 늘 사람들의 생각과 의지를 파괴하는 술은 제례를 거행하는 특정한 경우에만 마실 수 있도록 제한하는 것을 통해, 사람들의 행동거지와 사상 감정이 모두 전통적인 예의 범주 안에 포함되기를 바랐다. 여기에서부터 주나라의 술 마시기는 예酒禮로 발전하였다. 『예기·악기(樂記)』에서 "돼지를 기르고 술을 빚는 것은 화를 만들려고 하는 것은 아닌데, 옥사와 송사가 더욱 많아짐은 술의 병폐가 화를 만들어 낸 것이다. 이런 까닭으로 선왕이 술 마시는 예를 만들되 한 번 술을 권하는 예에 손님과 주인이 백 번 절하고 마시는 예를 만들어 종일토록 술을 마셔도 취하지 않게 하셨으니, 이는 선왕이 술의 화를 대비하신 것이다豢豕爲酒, 非以爲禍也, 而獄訟益繁, 則酒之流生禍也. 是故先王因爲酒禮. 一獻之禮, 賓主百拜, 終日飮酒而不得醉焉, 此先王之所以備酒禍也."라고 하였다.

지금까지 『의례(儀禮)·향음주례(鄕音酒禮)』의 규정을 통해 '한 번 술을 권하는 예一獻之禮'를 거행한 과정을 희미하게나마 볼 수 있다. 양콴楊寬은 「"향음주례(鄕飮酒禮)"와 "향례饗禮"의 새로운 탐구("鄕飮酒禮"與"饗禮"新探)」에서 이를 6개의 단계로 나누어 정리하였다.

1. 모빈(謀賓, 손님의 명단을 상의하다.), 계빈(戒賓, 손님에게 고지하다.), 속빈(速賓, 손님의 초대를 재촉하다.), 빈객지예(賓客之禮, 손님을 맞이하는 예)
2. 헌빈(獻賓, 주객이 서로 권하는 것)의 예
3. 작악(作樂): 승가(升歌), 생주(笙奏), 간가(間歌), 합악(合樂)의 네 단계로 나뉜다.
4. 여수(旅酬): 지위에 따라 순서대로 술을 주고받는다.
5. 무산작(無算爵)·무산악(無算樂): 술을 마시는 동안에는 작악이 끊이지 않다가 취한 후에 멈추고 즐거움이 다하면 파한다.
6. 손님을 전송하고 다음날 감사의 예를 표한다.

이러한 향음주례의 풍습은 사대부들에 의해 오래도록 전해 내려와 청나라 오경재吳敬梓의 『유림외사(儒林外史)』에서도 이런 장면을 볼 수 있다. 대부분의 사람들은 그것이 단지 번거롭고 불필요한 예절이라고 생각할 수 있다. 그러나 전해지는 말에 의하면, 공자도 그 배후에 존재하던 상호의존적인 요점을 보았다는 것이다. 첫째는 '귀천'과 어른을 공경하는 등급 질서를 명확히 할 수 있고, 둘째는 사람들이 "화락하지만 어지럽지 않고^{和樂而不流}", "잔치가 편안하지만 문란하지 않게^{安燕而不亂} 만들 수 있었다는 것이다. 이 둘을 종합하면 거의 "예악 문화"의 정수라고 할 수 있기 때문에 공자가 "나는 향사례를 보고서 왕도가 쉽고도 쉽다는 것을 알았다^{吾觀于鄕, 而知王道之易易也}."(『예기·향음주례』)라고 이야기한 것이다.

본문의 관점에서 더욱 주의해야 할 것은 과거의 술에 취한 문화 모델이 문명의 진보와 함께 부정되자 술 자체에 새로운 가치를 부여하여 새로운 문화적 기능을 수행하게 했다는 점이다. 술로 인해 생성된 형태와 정신의 분리에 대한 황홀한 환각은 더 이상 인간과 신 사이의 소통을 추구하는 데 사용되지 않았다. 대신 인간과 인간 사이의 소외와 차이를 해소하는 데 사용되었다. 위계가 엄격하고 예법에 융통성이 없지만 규칙을 지키면 결국 사람들은 술을 마시고 서로 화목하고 즐겁게 지내다가 헤어질 수 있다. 여기서 적당한 술은 여전히 쾌락을 주기에 충분하지만, 이것은 비이성적인 쾌락이 아닌 이성의 한계 내의 쾌락이 되었다.

독자들은 다양한 문화적 요구 사항에 대한 술의 광범위한 적응성에 감탄할 것이다. 그러나 더욱 놀라운 것은 같은 문명 구조, 심지어 같은 상황에서도 언어 환경이 바뀌면 술의 의미가 매우 다를 수 있다는 점이다. 이것의 가장 극단적인 예는 처음 볼 때는 모순이 없어 보이는 『주례』의 규정이다. 향대부^{鄕大夫}의 임무는 3년마다 한 번씩 사람들의 덕행과 학문, 재능을 조사하여 선발된 현인과 능력 있는 자에게 향음주례를 거행하여 치하하는 것이었다. 그리고 여서^{閭胥}의 임무는 이러한 의식을 거행할 때 예를 잃어버리는 사람에게 벌주를 내리는 것이었다. 그러니 눈 깜짝할 사이에 술의 맛이 마법처럼 변할 것이다.

이처럼 같은 자리에서 술에 정반대의 의미가 동시에 부여된다는 것은 이해하기 어려운 문제이다. 그러나 자세히 살펴보면 술의 상벌 기능이 모두 예악 문명의 동일한 논리에서 나왔음을 발견하는 것은 어렵지 않다. 문제의 핵심을 다음과 같다. 예법은 존경을 표시할 때 "반드시 현주⁵⁾를 올려야 하지만^{必上玄酒}", "야인에게 연향할 때는 모두 술만 사용한다^{唯饗野人旨酒}."라고 규정되어 있다. 다른 한편으로 예법에서 축하하는 술을 마실 때는 비교적 작은 잔인 작^爵을 사용하고 벌주를 내릴 때는 비교적 큰 잔인 광^觥을 사용하였다(『

---

5) 술 대신 쓰는 맑은 찬물

고공기(考工記)』와 『석문(釋文)』 등에서는 이 두 술잔의 용량이 1승升 5두斗 또는 1승 7두라 하였다).

예약을 만든 사람의 입장에서는 술의 유혹과 피해에 대해 이성적인 절제와 경계를 유지하는 것이 실질적인 문명의 징표였을 것이다. 그렇다면 후대 사람들이 보기에 어느 한 사람이 전문적으로 술을 담는 큰 그릇을 가지고 독한 술을 지나치게 마시기 해 그 행동거지가 중용의 잣대를 벗어나게 만든다면, 그것은 일종의 모욕적인 처벌일 것이다. 향음주례라는 특별한 자리에서 벌로 인한 육체적이고 정신적인 고통은 실로 가벼운 술 한 잔을 즐기는 사람들과 극명한 대조를 이룰 것이다.

상빙허(尙秉和)는 『역대사회풍속사물고(歷代社會風俗事物考)』, 『예기』, 『안자춘추(晏子春秋)』, 『회남자(淮南子)』, 『세설신어』에서 술을 형벌로 삼은 사례를 들면서 곤혹스러워하며 다음과 같이 이야기하였다. "무릇 술은 사람이 좋아하는 것인데, 이것으로 벌을 받고 형벌을 대신한다면, 술을 좋아하는 사람을 만난다면 더욱 의기양양하지 않겠는가? 그런데 이 풍속이 지금까지 없어지지 않고 있다. 이런 관습이 이해되지 않을 뿐이다(夫酒者人所喜歡, 而以是爲罰, 且以酒代刑, 倘遇嗜飮者, 不愈得意乎? 然其風至今未已. 此等習慣殊不可解已)."

그러나 이제까지 위의 분석을 통해 우리는 "존경해도 술을 마시고 벌을 줄 때는 술을 마시는敬也飮酒罰也飮酒" 관습이 실제로 중국인의 예악 전통상의 특이한 고유의 풍조에서 유래한 것으로, 그들의 술에 대한 경계와 절제가 관련이 있음을 이미 알게 되었다. 당연히 술로 벌을 주던 관습은 이후에 점점 사라졌다. 그러나 그 유풍으로 인해 중국인은 후대에 술을 서로 권하고 술을 배포하는 관습을 만들어 냈다. 사람들은 모두 술을 절제해야 하기 때문에, 그들은 한사코 서로 너무 은근하게 심지어 강온을 섞어서 술을 권했으며, 누가 술기운에 못 이겨 추태를 부리며 방어선이 무너지는지 살폈다. 이처럼 술을 활용하여 웃고 떠드는 사소한 장난은 술로 벌을 주던 고대 의례의 유물이자 축적물이며 가장 중국적인 문화 정서이기도 하다.6) 말할 것도 없이 이런 술을 권하는 풍조는 끝을 맺을 수 없고 화목한 분위기를 크게 상하게 하는 관주灌酒7), 뇨주鬧酒8), 투주鬪酒9)로 이어지는 중국 특유의 낡은 풍속이 되었다.

---

6) 만약 러시아인이 동석했다고 가정을 한다면, 그는 분명히 좋은 의도로 받아들여 배우려고 할 것이다.
7) 억지로 술을 부어 권하는 것
8) 술에 취해 떠드는 것
9) 술 마시기 시합

그러나 이러한 강압적인 음주 방식은 각양각색의 흥미로운 주령酒令으로 나타나기도 하였다. 활쏘기, 투호, 바둑, 시사詩詞, 대련, 우스운 이야기, 수수께끼 등은 모두 주흥을 돋우는 놀이였다. 이런 유희는 당연히 아속雅俗의 구분이 있었는데, 전자는 이백의 "만약에 시를 짓지 못하면, 벌로 옛날 석숭石崇이 금곡원金谷園에 벌로 술 석 잔을 내린 것을 따르리라如詩不成, 罰依金谷酒數."와 같은 것이고, 후자는 『홍루몽』에서 설반薛蟠의 "여아락……(女兒樂……)" 같은 것이다. 그러나 어쨌든 엄숙하고 장중했던 고대의 의식이 여기에서는 편안하고 시끌벅적한 오락으로 변하여, 진 사람은 와자지껄한 속에서 기쁜 마음으로 이백의 술잔을 받았을 것이다.

애석하게도 언젠가는 끝날 술자리에서 옛사람들은 인생의 즐거운 모임이 제한적이기에 짧은 것에 대한 흥취를 불러일으켰다. "술을 마주하고 노래하세. 인생 그 얼마나 되리오! 마치 아침 이슬같이 짧지만, 지나간 나날 고난이 적지 않았지對酒當歌, 人生幾何, 譬如朝露, 去日苦多." 덧없는 세상에서의 즐거움에 대한 연모와 집착은 오히려 중국 역사에서 즐거움이 다하면 슬픔이 생기듯 하이데거의 실존주의적인 주제를 몰아냈다. 그러나 공교롭게도 술의 광범위한 적응성 때문에 죽음에 대한 관대함으로 인한 생명에 대한 자각은 곧바로 그것과 밀접하게 연결되었다.

> "단약을 먹고 신선이 되고자 해도, 많은 사람이 단약에 의해 잘못되었네. 차라리 맛있는 술 마시며, 흰 비단 입는 것이 더 나으리(服食求神仙, 多爲藥所誤, 不如飮美酒, 被服紈與素)."
>
> (「고시십구수(古詩十九首)」)

> "분개하고 탄식하며 노래하여도 근심을 잊기는 쉽지 않으니, 어찌 근심을 잊을까? 오로지 술 뿐일세(慨當以慷, 憂思難忘. 何以解憂, 唯有杜康)."
>
> (조조, 「단가행(短歌行)」)

> "오화마, 값진 갖옷, 아이 불러내다가 맛있는 술과 바꾸어서, 그대와 함께 만고의 시를 녹여보세(五花馬, 千金裘, 呼兒將出換美酒, 與爾同銷萬古愁)."
>
> (이백, 「장진주(將進酒)」)

> "남들은 삼국 시대의 전장에 와서 이런 감상에 빠진 나를 비웃는데, 어쩌면 이런 내 성격이 머리를 더 빨리 희게 한 것인지도 모른다. 생은 한바탕 꿈과 같아, 술 한잔을 강물에

비친 달에게 건네니, 나와 같이 취해 보자꾸나(故國神游, 多情應笑我, 早生華髮. 人間如
夢, 一尊還酹江月)."

（소식(蘇軾),「염노교(念奴嬌)·적벽회고(赤壁懷古)」）

한나라와 위나라 이후 이 명구들을 줄곧 맴돌고 있는 공통 음조는 매우 복잡하다. 술
이 가져다준 즐거움도 있지만 인생의 유한함에 대한 개탄, 그리고 다시 오지 못하는 청
춘에 대한 그리움 때문에 더욱 술을 빌어 근심을 잊고자 한 것이다.

술이 중국 문화사에서 차지하는 함의가 더욱 깊어졌다. 하나라와 상나라 시기에는 술
을 빌어 인간과 신 사이의 관계를 강화하려 한 것이라면, 서주 시기에는 사람과 사람 사
이의 관계를 강화시키는 데 술을 사용했다. 위진남북조 시기에 이르면 문인들로 인해 술
의 주요한 기능은 다른 사람과 자신의 관계를 체험하도록 돕는 것으로 바뀌었다. 이때
술은 사람들을 모든 종류의 사회적 속박에서 벗어나 자유롭게 생각하도록 촉진했기 때
문에 진晉나라 사람 장한張翰은 "내 죽은 뒤에 이름을 남도록 하는 것은 즉시 한 잔의 술을
마시는 것만 못하다使我有身後名, 不如卽時一杯酒."라고 말한 것이다. 또한 이백이 "천자가 불러도
배에 오르지 않고, 자칭 나는 술의 신선이라 하였다네天子呼来不上船, 自稱臣是酒中仙."라고도 했다.
그것은 알코올의 마취가 장자식의 초월을 만들어 내 세계에 대한 환각이 일으켰기 때문
이 아니라, 음주로 인해 개체가 가진 생명의 본진성本眞性과 대체 불가능성을 깨달았기 때
문이다.

"명성을 떨치기를 근심하는 자 그 누가 하루라도 한가할 수 있을까? 나는 친구가 없어
술잔을 잡고 청산을 마주하네(憂憂馳名者, 誰能一日閑. 我來無伴侶, 把酒對靑山)."

（한유(韓愈),「술잔을 잡고(把酒)」）

"날마다 끝이 없는데 구차하게 이 몸만 한계가 있구나. 만약 한 잔의 술이 없다면 어찌
천진함을 기탁할까?(日日無窮者, 區區有限身. 若非杯酒裏, 何以寄天眞)."

（이경중(李敬中),「술을 권하며(勸酒)」）

이렇게 술을 마신다면 마시면 마실수록 술이 깰 것이라 말할 수 있다.

5

다도

쭝췬(宗群)

중국은 세계에서 최초로 찻잎을 발견하고 생산한 국가 중 하나이다. 소동파의 "명[1]은 희단[2]에서부터 시작되었는데, 동군[3]의 기록이 점점 퍼져 나간 것이네名從姬旦始, 漸播桐君錄."(「주안유에게 차를 부치며(寄周安孺茶)」)라는 시구를 통해 중국차의 역사는 기원전 11세기 서주 시기까지 거슬러 올라간다는 것을 알 수 있다. 진晉나라 때 상거常據의 『화양국지(華陽國志)』에는 주나라 무왕武王이 은나라 주왕紂王을 칠 때 남방에 있는 8개의 나라가 군사를 보내 도왔는데, 그 중 참전했던 파촉巴蜀 사람이 쓰촨의 차를 무왕에게 공물로 바쳤다는 기록이 있다.

중국 역사상 최초로 차를 재배하고 품평하는 방법을 종합적으로 정리하여 "다성茶聖"이라 불리는 당나라의 육우陸羽는 그의 『다경(茶經)』에서 "차를 마시게 된 것은 신농씨神農氏 때에 시작되었고, 노나라 주공 때에 알려졌다茶之爲飮, 發乎神農氏, 聞于魯周公."라고 하였다. "신농이 100가지의 풀을 먹다가 어느 날 72종류의 독에 중독됐지만, 차를 먹고 해독했다神農嘗百草, 日遇七十二毒, 得飮茶而解."라는 전설은 중국에서 차의 발전과 이용이 아주 오래되었다는 것을 보여준다. 많은 나라에서 중국의 "차茶"자의 발음을 음역하여 찻잎에 해당하는 발음으로 사용하고 있다. 예를 들어 러시아어의 uaü, 영어의 Tea, 독일어의 Tee, 일본어의 Cha, 프랑스어의 Thé가 그것이다. 이런 음역어는 모두 푸젠福建이나 파촉의 음이 변한 것이지만,

---

1) 차 이름
2) 주공 단
3) 황제(黃帝) 때 사람으로 일찍이 약을 캐며 도를 구하여 동려현(桐廬縣)의 동산에서 살았다고 한다.

차의 본래 의미라는 것은 의심의 여지가 없으니, 이들 나라의 차가 최초로 중국에서 들여온 것임을 알려준다.

중국의 차 문화를 이해하려면 『다경』을 언급하지 않을 수 없다. 『다경』은 8세기 중후반에 나왔지만, 이 책 이전에 이미 차를 언급한 많은 문헌들이 있었다. 『화양국지』 외에 서주 초 사마상여司馬相如의 「범장편(凡將篇)」에는 도라지, 패모貝母, 작약이 포함된 약방문에 바로 천타荈詫4)가 나열되어 있었다. 서한의 양웅揚雄과 왕포王褒 역시 차에 대한 언급한 적이 있다. 동한말의 대의학자 화타華佗는 「식론(食論)」에서 "씁쓸한 차를 오래도록 마시면 사색에 도움이 된다苦茶久食, 益意思."라고 하였다.

『다경』은 전체 6,200여 자에 지나지 않으며 상·중·하로 나뉘어 총 10절로 구성되어 있다. 상권에는 「다지원(茶之源)」, 「다지구(茶之具)」, 「다지조(茶之造)」 3편이 수록되어 있으며, 차에 대한 식물학적 설명과 문자적 기원, 차 만드는 도구, 차를 수확하고 덖고 가공하는 도구, 차를 만드는 방법과 좋은 차를 구별하는 방법을 설명하고 있다.

중권은 「다지기(茶之器)」 1편이 수록되어 있다. 여기에는 차를 음용하기 위한 여러 도구들에 대하여 설명하고 있다. 여기에는 풍로, 숯 광주리, 부젓가락, 솥 걸이, 집게, 차를 보관하는 주머니, 가루차를 거르는 체, 양을 조절하는 도구, 물을 거르는 자루, 익은 물 사발, 개수통, 행주, 차 도구 수납함 등에 대하여 쓰임새와 모양, 재료를 상세히 설명하고 있다.

하권에는 「다지자(茶之煮)」, 「다지음(茶之飲)」, 「다지사(茶之事)」, 「다지출(茶之出)」, 「다지략(茶之略)」, 「다지도(茶之圖)」 등 6편이 수록되어 있다. 차를 달이는 법, 차를 마시는 법, 차에 관련된 역사적 이야기와 일화들, 차가 생산되는 각 지방, 차를 마시는 때와 장소, 상황에 따른 절차와 소요되는 다기 등을 설명하고 있다.

이 책이 지닌 정밀한 탐구와 차 문화에 대한 포괄적인 요약은 중국뿐만 아니라 전 세계에 영향을 미쳤다. 『다경』의 탄생은 차를 마시는 문화가 당나라 때 이미 보편화되었음을 보여준다. 『봉씨문견기(封氏聞見記)』에는 당현종 개원開元 연간에 산둥·허베이河北에서 장안에 이르는 "도시에서 각각 차를 파는 가게들이 영업을 하며 차를 끓이고 차를 팔고 있었다. 이 차들은 강회에서 온 것으로 운반하는 배와 수레가 이어져 산더미처럼 쌓여 있었다凡城市各開茶店鋪, 煎茶賣茶, 其茶來自江淮, 舟車相繼, 所在山積."라고 기록되어 있다.

---

4) 북방어의 '川茶'

당나라 사람들의 차 마시는 문화는 이미 변경 지역에까지 전파되었는데, 역사 기록에 의하면 신장^{新疆}과 시짱^{西藏}5)의 왕공 귀족들은 모두 친저우^{秦州} · 슈저우^{舒州} · 꾸쭈^{顧渚} · 치먼^{祁門} · 창밍^{昌明} · 용후^{灉湖} 같은 내륙의 유명한 차 산지의 차를 저장, 보관하고 있었다. 윈난^{雲南} · 꾸이저우^{貴州} · 쓰촨뿐만 아니라, 후난^{湖南}과 후베이^{湖北} · 허난^{河南} · 푸젠^{福建} · 광둥^{廣東}과 광시^{廣西} · 샨시^{陝西} 등지에서도 이미 보편적으로 차가 생산되고 있었다. 백거이가 「비파인병서(琵琶引幷序)」에서 "장사꾼은 이익만 중히 여기고 이별은 가벼이 여겨, 지난달 부량^{浮梁}으로 차를 사러 떠났습니다^{商人重利輕別離, 前月浮梁買茶去}."라고 말한 것은 당나라 때의 차 상인과 차 교역 시장의 상황을 반영하고 있다고 볼 수 있다. 덕종 때는 차가 생활필수품이 되어 옻칠, 대나무, 나무와 함께 징세의 대상이 되었다.

〈그림 1〉
타이베이 고궁박물원 소장 「궁락도(宮樂圖)」(다른 이름 회명도(會茗圖)

당나라 때는 도처에 차밭에 생겨나 차를 더욱 많이 심었고, 찻잎을 덖는 기술과 차를 우려 마시는 방법이 더욱 발달하여 차 시장이 크게 활성화되었다. 송나라 때는 차가 대외 교역에서 고급 상품의 지위를 차지하였다. 명청대에는 사회에서 차 마시는 문화가 더욱 성행하여, 일상생활에서 음식을 먹고 교제하는 데에 차가 빠질 수 없는 필수 요소가 되었다. 라오서^{老舍}가 쓴 유명한 희곡 『차관(茶館)』의 배경과 유사한 찻집들이 도시와 시골 마을 도처에 생겨났다. 특히 쓰촨, 후베이와 후난, 장쑤와 저장, 푸젠, 광둥과 광시 등

5) 티베트

에는 거리 곳곳에 차관茶館이 있어 차를 마시려는 사람들이 이른 아침부터 밤까지 몰려들었다. 차관은 식사를 하고 교제를 하며 오락을 즐기는 장소였으며, 나아가 사업에 대해 이야기를 하고 계약을 하는 곳이기도 했다.

몇몇 유명한 차관은 중국 차 문화의 정수가 모여 있는 곳이 되었는데, 지난날 청두成都의 금춘루차관錦春樓茶館의 당관堂倌6)이었던 주마자周麻子는 찻물을 따르는 솜씨가 일품이라서 '용성일절蓉城一絕'이라는 칭호까지 얻게 되었다. 그는 오른손에는 반짝이는 자줏빛 구리 주전자를, 왼손에는 은색 주석 받침과 백자 그릇을 들고 다니면서, 왼손을 한 번 들면 한 꾸러미의 차 받침이 손에서 떨어져 나와 몇 바퀴를 돌면서 한 사람 앞에 하나씩 놓였다. 받침이 제자리에 놓이면 그 위에 찻잔을 놓았는데, 동작이 빠르고 정확하여 찻잔 안에는 각 사람이 주문한 차가 절대로 잘못 담기지 않았다. 그는 또한 1m 밖에서 찻주전자로 찻잔에 물을 가득 따르면서도 한 방울의 물도 튀지 않았다. 이어 그는 앞으로 한 걸음 나아가 새끼손가락으로 아주 조심스럽게 찻잎 한 덩이를 넣었는데, 물을 한 방울도 흘리지 않았다. 이런 고급 기술을 보고 사람들은 감탄을 금치 못했다.

〈그림 1〉
타이베이 고궁박물원 소장 원나라 조원(趙原)의 「육우팽차도(陸羽烹茶圖)」

---

6) 차관에서 일하는 종업원

차를 마시는 것은 일반 백성들에게 흔한 일이었을 뿐만 아니라, 많은 정신적인 우아한 정취도 담고 있는 행위였다. 특히 사대부들은 차 마시는 모임을 표현한 여러 훌륭한 사와 산문 작품을 남겼다. 당나라 때의 대시인 원진元稹은 특이한 형식의 「한 자에서 일곱 자에 이르는 시(一字至七字詩)」에서 차의 놀라운 의미를 이야기하고 있다. "차, 향기로운 잎, 부드러운 싹, 시인들이 사모하고, 스님들이 사랑하네. 맷돌은 백옥에 조각했고, 채는 붉은 명주로 짰네. 차 솥에서 황색으로 끓더니, 잔에서는 국진화로 바뀐다네. 밤에는 밝은 달님 모셔 들이고, 새벽에는 아침노을 바라보네. 예부터 사람들의 권태를 씻어 주니, 취해 본 뒤 어찌 자랑하지 않으랴茶, 香葉, 嫩芽, 慕詩客, 愛僧家, 碾雕白玉, 羅織紅紗, 銚煎黃蕊色, 碗轉麴塵花, 夜後邀陪明月, 晨前命對朝霞, 盡洗古今人不倦, 將知醉後豈堪夸。"

또한 차를 마신 후의 경험과 감흥에 대한 시도 많이 찾아볼 수 있다. 당나라 시인 노동盧仝의 「옥천차가(玉川茶歌)」를 예로 들어 보자. "흰 꽃 같은 차 거품은 빛을 내며 찻잔 가에 맺히네. 처음 한잔은 입술과 목을 부드럽게 적셔 주고, 둘째 잔은 외로운 번민과 고민을 씻어 털게 한다. 셋째 잔은 마른 창자를 고르게 하니, 오로지 문장이 5천 권에 이르네. 넷째 잔은 땀을 내 평생 불평스럽던 일들을 털 구멍으로 내보내고, 다섯째 잔은 살과 뼈를 정하게 하고, 여섯째 잔은 선령仙靈과 통하게 하며, 일곱째 잔은 채 마시지도 않았는데 양 겨드랑이에서 시원한 바람이 솔솔 숫는 것을 느낀다. 단지 느끼나니 겨드랑이에 솔솔 맑은 바람 일어남을, 봉래산이 어디메뇨, 나 옥천자께서 바람 타고 가고자 하노라……白花浮光凝碗面. 一碗喉吻潤, 兩碗破孤悶, 三碗搜枯腸, 惟有文字五千卷, 四碗發輕汗, 平生不平事, 盡向毛孔散, 五碗肌骨清, 六碗通仙靈, 七椀喫不得, 唯覺兩腋習習清風生, 蓬萊山, 在何處, 玉川子, 乘此清風欲歸去……"

당나라 때의 유명한 승려 교연皎然은 차의 효능을 세 가지 단계로 나누었다. "한 모금만 마셔도 혼미함이 씻겨나가 마음이 하늘 가득 찬 듯 상쾌하고, 두 모금 마시자 정신이 맑아져, 비 뿌려 먼지를 씻어낸 듯하네. 세 모금 마시자 문득 도를 터득하니, 번뇌를 없애고자 마음 쓸 일이 없네一飲滌昏寐, 情思爽朗滿天地, 再飲清我神, 忽如飛雨洒輕塵, 三飲便得道, 何須苦心破煩惱。"

차의 심오한 기능은 신비해 보이는 것 같지만 일반적인 기능은 일반인에게 잘 알려져 있는데, 우리는 때때로 찻주전자 뚜껑에 "야也, 가可, 이以, 청淸, 심心" 다섯 자가 써 있는 것을 볼 수 있다. 이것은 일종의 회문체回文體로, 시계 방향으로 읽으면 '마음을 맑게 해 줄 수 있다.'라는 의미가 되니 차를 마시는 이점이 표현하고 있다는 것을 알 수 있다.

당나라 때 시인 유정劉貞은 차를 마시면 좋은 점을 '10덕德'으로 개괄하였다. "차는 울적한 기분을 흩어 버릴 수 있고, 졸음을 깨울 수 있으며, 생기를 기를 수 있고, 병의 기운을 제거할 수 있으며, 예와 어진 마음을 갖게 할 수 있고, 공경함을 나타낼 수 있으며, 맛을 분별할 수 있고, 몸을 건강하게 할 수 있으며, 도리를 다하게 할 수 있고, 우아한 뜻을 가지게 할 수 있다以茶散鬱氣, 以茶驅睡氣, 以茶養生氣, 以茶除病氣, 以茶利禮仁, 以茶表敬意, 以茶嘗滋味, 以茶養身體, 以茶可行道, 以茶可雅志." 송나라의 오숙吳淑은 「다부(茶賦)」에서 "차는 번뇌를 없애 주고 갈증을 치료하며, 뼈를 튼튼하게 하고 몸을 가볍게 해 준다. 찻잎의 이로움은 생각을 심사숙고하게 해 준다其滌煩療渴, 換骨輕身, 茶荈之利, 其功苦神."라고 이야기하였다.

차를 칭송하고 사랑하는 것은 차 문화의 일부분이 되어 중국 전통문화 속에 융화되었다. 당송 이래로 창작된 다시茶詩, 다부茶賦, 다가茶歌, 다화茶畵는 이루 다 헤아릴 수 없는데, 육유陸游만 해도 300여 수의 다시를 남겨 놓았다. 이들 시, 사, 가歌, 부들은 차에 대한 찬미, 품종에 대한 선호와 아름다움에 대한 작가의 감정이 가득 차 있다. 다경 육유는 차 사업에 일생을 바쳤고, 관직과 재물을 부러워하지 않고 오로지 차만을 사랑했다. 그는 「육선시(六羨詩)」에서 "황금으로 된 술병이 부럽지 않고, 백옥으로 된 술잔이 부럽지 않고, 아침에 문안 받는 것이 부럽지 않으나, 천 번 만 번 부러운 것은 서강의 물이니, 이미 경릉성으로 내려왔구나不羨黃金罍, 不羨白玉杯, 不羨朝入省, 不羨暮登臺, 千羨萬羨西江水, 曾向竟陵城下來."라고 이야기하였다. 그가 부러워한 것은 오직 좋은 물로 우러낸 차 한 잔뿐이라는 것에서 차에 대한 그의 사랑이 어떠했는지를 알 수 있다.

청나라 건륭제 역시 차 마시는 것을 좋아하였는데, 말년에는 더욱 차에 매료되었다. 그는 85세 때 가경제嘉慶帝에게 양위할 계획을 알리자, 당시에 몇몇 노신老臣들이 이러한 움직임에 대해 애석함을 드러내었다. 한 궁의宮醫는 면전에서 "나라에 하루라도 임금이 없어서는 안됩니다國不可一日無君."라고 이야기하였다. 건륭제는 손으로 자신의 흰 수염을 쓰다듬으면서 크게 웃고는 "임금에게는 하루라도 차가 없어서는 안 된다君不可一日無茶啊."라고 말하였다고 한다.

명나라 태조가 연회를 마친 후에 국자감國子監으로 순시를 가자, 요리사가 향기로운 차 한 잔을 바쳤다. 이 차는 마시면 마실수록 향기와 맛이 더욱 좋아지자 태조는 기분이 좋아져 이 요리사에게 관과 띠를 상으로 내렸다. 그곳에 있던 공생7)이 납득하지 못하고 일부러 "10년 동안 학문에 정진한 것이 어찌 차 한 잔만 하겠는가?十載寒窓下, 何如一盞茶?"라고 읊

---

7) 명청 시대 각 성에서 제1차 과거 시험에 합격한 사람

조렸다. 많은 사람들이 그의 말에 동의하였다. 주원장朱元璋은 오히려 웃으면서 "그의 재주가 너만 못하고, 너의 운명이 그만 못하다他才不如你, 你命不如他."라고 하였다. 공생은 운명에 순응할 수밖에 없었다.

차가 신비한 효능을 가진 이유는 찻잎에 포함된 특수한 성분 때문이다. 현대의 과학은 찻잎에 포함된 300여 종의 성분이 건강과 질병의 치료에 도움이 된다는 것을 증명하였다. 예를 들어 그 속에 포함된 미네랄, 질소, 인, 칼륨, 철, 불소, 망간, 알루미늄, 셀레늄 등은 인체에 필요한 요소 중 일부이다. 차의 폴리페놀 성분은 인체에 다양한 약리 작용을 하는데, 그중 풍부한 단백질과 20여 종의 아미노산 자체가 영양물질이다. 이 밖에 방향성 물질, 카페인, 당 화합물, 비타민 등도 모두 다양한 약효를 생성하고 인체의 신진대사를 향상시킨다.

차를 마시는 것이 사람들에게 끝없는 즐거움을 가져다 주는 이유는 매우 우아한 다기와 차를 끓이거나 우리는 과정에 있다. 각 방면에서 최고를 추구하면서 차를 마시는 데 더욱 빛을 발할 수 있었기 때문이다.

당연히 차의 맛을 즐기려면 먼저 좋은 차를 선택해야 한다. 사람들의 사랑을 받는 차로 시후西湖의 룽징龍井, 둥팅洞庭의 비뤄춘碧螺春, 황산黃山의 마오펑毛峰, 루산廬山의 윈우雲霧, 쥔산君山의 인쩐銀針, 꾸주顧渚의 쯔쑨紫笋, 우위앤婺源의 밍메이茗眉, 타이핑太平의 호우쿠이猴魁, 리우안六安의 과피앤瓜片 등이 있다.

차를 마실 때는 또한 물을 중히 여긴다. 『다경』에서 차를 끓이기에 가장 좋은 물은 산의 물이고 강의 물이 그다음이며 우물물이 가장 나쁘다고 하였다. 산의 물로는 종유석에서 떨어지는 물이나 돌 웅덩이에서 천천히 흐르는 물을 최고로 여겼다. 육우는 그가 경험한 20종의 물의 우열을 평가하였다. 첫 번째는 여산 강왕곡康王谷 폭포수, 두 번째는 무석현無錫縣 혜산사惠山寺의 석천수石泉水, 세 번째는 기주蘄州 난계석蘭溪石 아래의 물, 네 번째는 섬주陝州 선자산扇子山 아래 하마구蝦蟆口의 물, 다섯 번째는 소주蘇州 호구사虎丘寺 석천수, 여섯 번째는 여산 초현사招賢寺 아래 방교담方橋潭의 물, 일곱 번째는 양자강揚子江 남령수南零水, 여덟 번째는 홍주洪州 서산西山 서동폭포천西東瀑布泉, 아홉 번째는 당주唐州 백암현柏巖縣 회수淮水의 근원지, 열 번째는 여주廬州 용지龍池의 산령수山嶺水이다. 송나라 휘종徽宗은 『대관차론(大觀茶論)』에서 "물은 맑고 가벼우며 달고 깨끗한 것을 최고로 삼는데, 가볍고 단 것은 물의 원래의 성질이지만 얻기가 어려울 따름이다水以淸輕甘潔爲美, 輕甘爲水之自然, 獨爲難得."라고 하였다. 강물도 좋은 것이 있었는데, "양자강 중앙을 흐르는 물과 몽산 정상의 차揚子江心水, 蒙山頂上茶"가 사람들의 칭송을 받았다.

양질의 차와 물을 갖춘 후에는 물을 끓이는 온도와 차를 우리는 온도에도 주의를 기울여야 한다. 같은 물이라도 끓이는 온도가 다르면 우러나는 차의 맛도 달라진다. 『다경』에서는 물이 끓을 때 물고기 눈과 같은 큰 기포가 나고 작은 소리가 나면 일비一沸라 하고, 솥의 가장자리에 마치 구슬을 꿴 것과 같은 기포가 올라오면 이비二沸라 하는데, 이비가 차를 넣기에 가장 좋을 때라고 한다. 수면에서 파도가 용솟음치면 삼비三沸라고 하는데, 삼비 이후에는 물맛이 나빠진다고 하였다. 물을 오래 끓이거나 덜 끓이는 것 모두 차를 우려내는 데에 좋지 않다. 『자천소품(煮泉小品)』에서는 덜 끓인 물을 "영탕嫩湯", 너무 오래 끓인 물을 "만수탕萬壽湯"이라 하였다. 또한 "물을 덜 끓이면 차 맛이 우러나지 않고, 지나치게 물을 오래 끓이면 차 맛이 부족하게 된다湯嫩則茶味不出, 過沸水老而茶乏."라고 하였다. 이처럼 물을 끓이는 온도를 습득하도록 노력하는 것을 "후탕候湯"이라고 한다. 송나라 사람 채양蔡襄은 『차보(茶譜)』에서 "물을 끓이는 것을 살피기가 어려운데, 덜 끓이면 물거품이 뜨고 지나치게 끓이면 차가 가라앉는다. 이전 사람들이 말한 물을 거품이 나도록 끓이는 것이 지나치게 끓인 것이다. 솥에 차가 잠겨 있는 상태에서 그것이 끓는지를 판별할 수 없기 때문에 물을 끓이는 것을 살피기가 어렵다고 한 것이다候湯難, 未熟則沫浮, 過熟則茶沈, 前世之謂蟹眼者, 過熟湯也, 沈瓶中煮之不可辯, 故曰候湯最難."라고 하였다. 오늘날 사람들은 일반적으로 물을 끓인 후 약간 식혀 물의 온도가 80℃일 때가 차를 우려내기 가장 좋은 때라고 이야기한다.

높은 수준의 차 마시기는 또한 물을 끓이는 도구와 연료에도 주의를 기울인다. 차를 끓이거나 우리는 데는 좋은 물만 있어서는 안 되는데, 만약 물을 끓이는 도구와 연료에 문제가 있다면 마찬가지로 좋은 결과를 얻을 수 없다. 소이蘇廙의 "십육탕품十六湯品"은 이에 대해 다음과 같이 자세히 설명을 하고 있다. 그는 금이나 은으로 된 그릇으로 끓인 찻물을 "부귀탕富貴湯"이라 하였는데, 이 물은 좋을지라도 가난한 사람을 즐길 수 없었다. 돌로 된 그릇으로 끓인 찻물을 "수벽탕秀碧湯"이라 하였는데, 이 물은 빼어난 기운이 있기 때문이다. 구리나 철, 주석으로 된 그릇으로 끓인 물은 악취가 나 차의 물로 쓰기에는 적합하지 않다. 또한 "고급 차인 경우 땔감은 숯이 아니면 안 된다沃茶之湯, 非炭不可."라고 하며 "일백탕一百湯"이라고 하였다. 만약 연기가 나는 연료를 사용하여 물을 끓이면 규율을 어긴 것이기 때문에 "법률탕法律湯"이라 하였다. 분뇨를 땔감으로 사용하여 끓인 물로 차를 우리면 나쁜 성분이 그대로 남아있기 때문에 "소인탕^{宵人湯}"이라 하였다. 대나무 조릿대나 나무의 끝 가지를 말려서 땔감으로 하여 물을 끓여도 좋지 않기 때문에 "적탕^{賊湯}"이라 하였다. 땔감을 태워 짙은 연기가 방안을 뒤덮으며 차 맛에 손상을 주기 때문에 "마탕^{魔湯}"이라 하였다.

마지막으로 차를 마시는 데 필요한 다구가 있어야 한다. 상품^{上品}의 차는 "차를 우려내면 맛이 변하지 않고, 차를 보관할 때 변색되지 않으며, 차를 담았을 때 변질되지 않는^{泡茶不走味, 貯茶不變色, 盛茶不易餿}" 상품^{上品}의 다구가 있어야 했다. 각종 재료의 다구 중에 아마도 도자기의 역사가 가장 오래되었고, 품질도 가장 뛰어날 것이다. 중국은 도자기의 고향이다. 수천 년의 도자기 역사를 통해 유례없는 제품을 생산했는데 다구도 그중의 하나였다. 이싱^{宜興}의 자사도^{紫砂陶} 다구와 징더쩐^{景德鎮}의 경자^{景瓷} 다구는 양대 산맥이라 할 수 있다. 이는 다구로써의 뛰어난 물리적 기능뿐만 아니라 조형미, 정밀한 세공, 아름다운 장식 면에서도 높은 예술적 가치를 보여주었기 때문이다. 이 둘 외에도 독특한 풍격을 지닌 다른 다구들도 있었다. 유리 다구를 예로 들 수 있는데, 그것은 투명했기 때문에 차를 우릴 때 찻잔 속이 안개가 피어오르듯 자욱해지면서 색이 변하며 찻잎이 펼쳐지면서 위아래로 오르락내리락하는 모습 등을 직접 볼 수 있다. 이것은 보는 사람에게 상쾌함과 만족감을 주는 역할을 한다.

중국은 땅이 넓어 차를 마시는 풍습이 지역마다 달랐는데, 이것이 차를 마시는 즐거움과 매력을 더해주었다.

푸젠성은 세련된 차와 다양한 차 품종으로 국내외에서 잘 알려져 있습니다. 민난^{閩南}[8) 지역 사람들은 티에관인^{鐵觀音}, 마오시에^{毛蟹}, 후앙단^{黃旦} 같이 가장 좋은 차를 손님에게 권한다. 뿐만 아니라 차를 우려내는 방식에도 신경을 써서, 우릴 때는 찻주전자보다 30㎝ 이상 높은 곳에서 물을 붓고 우린 차를 따를 때는 손을 찻잔 바닥에 가깝도록 낮게 하였는데, 현지 사람들은 이를 "고충저짐^{高冲低斟}"이라 한다. 이렇게 우려낸 차는 색이 좋고 향기가 빨리 퍼질 뿐만 아니라 차의 맛이 좋으면서 긴 여운을 준다. 차를 따를 때는 손님이 손에 화상을 입는 것을 방지하기 위해 가득 따라서는 안 되고 7할 정도만 따라야 했기 때문에 차는 7할, 술은 8할이라는 규칙이 생겨나게 되었다.

푸젠의 팅저우^{汀州}, 장저우^{漳州}, 취앤저우^{泉州}와 광둥 차오저우^{潮州}의 공푸차^{功夫茶}는 차를 우

---

8) 푸젠성 남부

려내는 기술이 다른 지역의 것보다 더욱 특이하였다. 공푸차는 우롱차烏龍茶를 사용하였는데, 다구가 특히 아름다웠다. 지름이 7인치, 깊이가 1인치 정도 되는 직사각형의 도자기 차관茶盤에 주전자 하나와 4개의 잔이 들어 있었으며, 주전자는 구리 제품이나 이싱의 자사호紫砂壺를 사용하였는데, 크기가 주전자는 손바닥만 하였고 잔은 호두만 하였다. 차를 마시는 방법도 매우 정교하였다. 손님이 와서 차를 대접할 때 먼저 찬물로 다구의 먼지를 헹구고 깨끗이 닦은 후 찻주전자에 찻잎을 넣고 1/3 정도 뜨거운 물을 붓고 뚜껑을 덮은 후 뜨거운 물을 천천히 주전자 위에 붓다가 물이 차관 위로 넘치려고 할 때 수건으로 주전자 위를 덮는다. 시간이 한참 지난 후 수건을 벗기고 차를 찻잔에 따라 손님에게 드린다. 손님은 찻잔을 머금으며 천천히 조심스럽게 마시면서 그 맛을 즐겨야 하는데, 급히 마시면 주인은 손님이 차 맛을 모른다고 생각하고 안타까워한다. 일반 차는 3번, 고급 차는 4~5번 우려야 하는데 공부차의 마시는 방법은 지금까지 변함이 없다.

공푸차와 선명한 대조를 이루는 것은 산둥의 하오차薅茶이다. 산둥은 중국 북부에서 차를 가장 많이 마시는 성으로, 산둥 북부의 평원 일대에서는 남자들만 차를 좋아하는 것이 아니라 여자들도 차를 마시는 습관이 있었다. 그들은 하루에 세 번 차를 마셨는데, 차를 충분히 마시고 일을 하였다. 어떤 가정에서는 시어머니와 며느리의 찻주전자가 따로 있었는데, 그렇지 않으면 차를 충분히 마실 수 없었기 때문이다. 그래서 현지 속담에 "두 번째 재물보다 첫 번째 소를 포기한다.[9]"라는 말이 있는데, 이는 차를 두 번 우려야 맛이 진해져 버릴 수 없다는 뜻이다.

청두와 광저우는 차관茶館이나 차루茶樓에 앉아서 차를 마시는 것으로 유명하였다. 청두의 차관은 오랫동안 이어져 왔는데, 차루에 앉아 수다를 늘어놓는 것이 큰 즐거움이었다. 광저우의 차를 마시는 사람들은 대부분 차루나 차관에서 차 마시는 것을 좋아하였다. 광저우의 음식점에서는 식사 전후에 차가 제공되었는데, 일반적으로 손님은 세 종류의 차를 선택할 수 있었다.

중국에서 소수 민족들이 거주하는 변방 지역에도 다양한 차를 마시는 풍속이 있다. 윈난雲南만을 예로 들어 보아도 라후족拉祜族의 "카오차烤茶", 와족佤族의 "샤오차燒茶", 부랑족布朗族의 "칭주차青竹茶", 타이족傣族의 "주통차竹筒茶", 바이족白族의 "레이샹차雷響茶", 나시족納西族의 "롱후차龍虎茶" 등 이루 다 셀 수가 없다.

---

9) 치리리 소 한 마리를 버릴지언정, 두 번째 물건을 버리지 않는다(情願舍頭牛, 不舍二頭貨)

10장

———

기물과 애완물

1

청동 기구

저우융전(周永珍)

기나긴 석기 시대를 보낸 후 사람들이 가장 먼저 알게 된 금속은 아마 자연동^{自然銅}일 것이다. 그러나 당시에는 여전히 석기가 우세했기 때문에 이 시기에는 아직 동과 석기를 같이 사용했다. 이후 홍동^{紅銅}에 주석을 적당히 넣어 녹는 점을 낮추고 경도를 높이는 동 제련 기술이 발명되었다. 이러한 합금으로 만든 기구가 바로 청동기이다. 청동기의 대량 출현과 그에 따른 정치 변혁으로 인류 사회는 청동기 시대로 접어들었다.

중국의 초기 동기^{銅器}는 황하 유역의 마가요^{馬家窯} 문화, 용산^{龍山} 문화, 제가^{齊家} 문화에서 발견되었는데, 그중 가장 이른 것은 약 기원전 3000년 전의 것이다. 종류로는 도^刀, 부^斧, 착^鑿, 추^錐, 환^環, 경^鏡 등 작은 도구와 장식품이 있으며 재질로는 홍동, 청동^{靑銅}이 있다. 제작 방법으로는 냉간 단조^{冷間緞造}도 있고 단범^{單範}으로 주조하는 것도 있다. 산시^{山西}성 샹펀^{襄汾}현 도사^{陶寺} 유적에서 출토된 영형기^{鈴形器}[1]는 합범^{合範}으로 주조한 홍동기로 당시 이미 상당한 수준의 주조 기술이 있었음을 보여준다.

합범 주조법은 중국 청동기 시대 주조 공정의 주요 특징이며, 주형은 대부분 점토와 모래로 만든 도범^{陶範}[2]이다. 주물을 주조할 때, 먼저 기물의 이모^{泥模}[3]를 만든 다음, 이모로 거푸집을 뜨고 거푸집은 주물에서 떼어낼 때를 생각해 몇 개의 조각으로 나눈다. 이모 위의 장식 무늬도 역시 거푸집에 새겨진다. 그리고 기물의 두께에 맞게 흙을 깎아 심

---

1) 방울 형태의 기구
2) 도기 모형
3) 진흙 모형

지를 만든다. 거푸집과 심지는 건조, 굽기의 과정을 거친 후 합범 주조에 사용된다.

역사서의 기록에 따르면 중국은 하夏나라 초기에 동기를 만들기 시작했지만, 고고학적 발견으로 미루어 보면 이리두二里頭 문화에서 이미 청동기 시대로 접어든 것을 확인할 수 있다. 허난河南성 옌스偃師현 남서쪽에 있는 이리두 문화 유적은 1959년 이래 30여 년의 지속적인 노력 끝에 2개의 대형 궁궐터와 넓은 주거지, 가마터, 동기 주조 유적 그리고 수많은 묘지를 발굴해 대량의 도기, 청동기, 옥석기 등의 유물을 확보했다. 현재 학계에서는 이 문화의 정체에 대한 의견이 갈리고 있다. 어떤 이는 이 문화가 바로 하 문화라고 하지만, 어떤 이는 이 문화의 초기는 하 문화이지만 후기는 대형 궁궐터로 볼 때 상商나라 탕왕湯王 시기 수도 서박西亳 유적이므로 상 문화라고 주장한다. C-14 탄소 연대 측정법에 따르면 유적에서 나온 목탄 표본의 연대는 기원전 1900년에서 기원전 1500년 사이에 해당한다.

이리두 문화 후기에 이미 상당한 규모의 동기 주조 유적이 있으며 다량의 도기 모형과 용재 덩어리가 출토되었다. 청동기의 종류도 비교적 다양하다. 도구로는 도刀, 분錛4), 추錐, 착鑿, 낚시 바늘이 있고 무기로는 과戈5), 척戚6), 족鏃7)이 있다. 장식품과 악기로 녹송석綠松石을 상감한 패식牌飾과 영鈴8) 등이 있으며 예기禮器로는 작爵9), 가斝10), 정鼎11), 화盉12) 등이 있다. 이 중에서 예기와 녹송석 동 패식이 가장 주목을 받는다. 예기란 제사에서 사용한 음식 그릇과 악기로 가장 신성하고 진귀한 유물이며 주조 공법도 다른 기물보다 복잡하기 때문에 당시 주소 기술과 공예의 수준을 가장 잘 나타낸다.

이리두 문화의 청동 예기 중 출토된 수가 가장 많은 것은 작爵으로 지금까지 10여 점이 발굴되었다. 작은 크기가 작은 술잔으로 형태는 허리가 잘록한 모양에 바닥은 평평하고 입을 대는 부분이 길쭉하게 빠졌으며 세 개의 가느다란 다리가 있고 단판單板이다. 입 대는 부분이 시작하는 지점에 작은 기둥이 달린 경우도 있다. 가斝와 화盉도 모두 주기酒器로 대부분 작爵과 함께 발굴되었으며 수량은 적다. 정鼎은 단 하나밖에 발굴되지 않았다. 평

---

4) 자귀
5) 창
6) 도끼 비슷한 무기
7) 화살촉
8) 방울
9) 참새의 부리 모양과 비슷하며 발이 세 개 달린 제사 때 쓰던 술잔
10) 옥으로 만든 주둥이가 둥글고 다리가 셋 달린 술잔
11) 발이 셋 있고 귀가 둘 달린 솥
12) 술을 데우는 데 사용하던 세 개의 발이 달린 주전자 모양의 청동 그릇

평한 바닥에 냄비 형태이고 세 다리는 추형錐形으로 비어 있으며 양쪽 윗부분에 두 개의 귀[耳]가 있다. 이리두의 청동 예기는 모두 태胎13)가 얇고 일반적으로 무늬가 없다. 어떤 경우에는 기형이 정연하지 않고 가공도 정밀하지 않다. 보통 기물의 표면에 주조하며 이은 흔적이 남아 있는데 당시 주조 기술의 수준이 높지 않았음을 보여준다. 그러나 녹송석을 상감한 패식은 정교하게 만들어졌는데 녹송석으로 짐승의 얼굴 문양을 만들어 능숙한 상감 기술을 보여준다.

이리두 문화를 이어서 다음으로 나타난 것은 정저우鄭州 상대商代 유적의 청동기이다. 정저우 상대 유적은 대형 도성 터로, 성벽은 물론 내부 북동쪽에는 궁궐터가, 성밖에는 동을 주조하고 도자기를 만든 작업장이 발견되었다. 그 밖에 묘지와 동기를 저장한 교장窖藏14) 등도 있다.

이곳에서 출토된 청동기는 많은 발전과 변화를 보인다. 청동 예기로 말하자면 그 수가 눈에 띄게 늘어났고 종류도 십여 종으로 늘어나 방정方鼎, 원정圓鼎, 역鬲15), 작爵, 고觚, 가斝, 존尊, 뇌罍16), 유卣, 화盉, 반盤 등이 있다. 주조 기술에도 큰 진전이 있어 이미 대형 예기를 주조하는 기술이 발달했다. 대형 방정의 경우 높이가 1m에 달하고 무게는 86.4kg이다. 대부분 표면에 도철문饕餮紋과 유정문乳釘紋이 장식되어 있다. 이러한 변화들로 찬란한 청동 문화의 기초가 다져졌다.

이와 동시에 장강 유역에도 청동 문화가 크게 흥성했다. 후베이湖北성 황피黃陂구17) 반룡성盤龍城 유적에서 둘레가 1km가 넘는 성벽과 성안 북동쪽의 궁궐터, 그리고 성밖의 주거지와 묘지가 발견되었다. 유적의 연대는 정저우 상대 성터와 비슷한 시기로 보인다. 반룡성에서 출토된 청동기는 대부분 무덤에서 나왔다. 약간 큰 무덤에는 모두 청동 예기가 부장되어 있었다. 기물의 종류에는 정鼎, 작爵, 고觚, 가斝가 있으며 이는 가장 흔히 보이는 예기 조합이다. 대형 무덤에 부장된 예기로는 정鼎, 역鬲, 언甗18), 궤簋19), 작爵, 고觚, 가斝, 화盉, 유卣, 뇌罍, 반盤 등이 있다. 이외에 권력을 상징하는 동월銅鉞20)과 청동 무기 등이 있다.

---

13) 기물의 장식적 요소 등을 제외한 기본 골격이 되는 본체를 가리킨다.
14) 지하실, 땅광
15) 발이 바깥쪽으로 굽어서 벌어진 세 발 달린 솥
16) 단지처럼 생긴 예기
17) 우한(武漢) 시내 북동쪽의 행정 구역
18) 시루의 일종으로 주방에서 요리할 때 쓰던 물건이었으나 이후 예기로 사용되었다.
19) 제사를 지낼 때 서직(黍稷)을 담던 귀가 달린 나무 그릇
20) 큰 도끼 모양의 무기

이러한 청동 예기에도 마찬가지로 모두 표면에 도철무늬 등 문양이 장식되어 있으며 어떤 기물은 크기도 비교적 크다. 크기와 무늬 그리고 주조 기술 측면에서 보았을 때, 정저우 상대 성터의 청동기와 기본적으로 같다. 반룡성 유적은 상나라 초기 장강 중류의 중요한 주변 제후국이었을 가능성이 높다.

1989년 쟝시^{江西} 신간^{新干}현에서 청동기가 대거 발견되었는데 아마도 하나의 대형 무덤에서 나온 것으로 보인다. 여기에는 방정^{方鼎}, 원정^{圓鼎}, 역^鬲, 언^甗, 유^卣, 뇌^罍, 두^豆, 진^甔, 요^鐃 등의 예기와 대형 동월^{銅鉞}과 병기 그리고 남방 지역의 특징이 있는 도구가 있었다. 여기서 나온 방정^{方鼎}은 정저우에서 나온 것과 같으며 양 귀에는 호랑이 모양이 장식되어 있다. 원정 중에서 어떤 것은 다리가 납작하고 호랑이 형태이고 양 귀에 역시 호랑이 장식이 있다. 언^甗의 높이는 115㎝로 보기 드문 대형 기물이다. 요^鐃도 비교적 크며 남방 지역의 특색을 가진 악기로 황하 유역에서는 이러한 악기가 아직 발견되지 않았다. 이들 청동기는 모두 표면이 문양으로 장식되어 있는데 도철무늬, 유정무늬, 원와^{圓渦}[21]무늬 등이 있다. 이들 청동 예기의 풍격은 정저우 상대 성터 유물과 비슷하고 시기적으로는 약간 늦다. 청동 예기에 모두 호랑이 모양 장식이 있는 것을 살펴볼 때, 아마도 상나라 때 호방족^{虎方族}이 남긴 유물이 아닐까 한다.

상대 황하 유역 혹은 창장 유역 청동 문화의 급격한 발전으로 대량의 동과 주석 등 금속 원료가 필요했다. 이 원료들이 어디에서 왔는지 이전에는 분명하지 않았다. 1970년대 이후 창장 연안의 후베이^{湖北}성 다야^{大冶}시 퉁뤼산^{銅綠山}, 쟝시성 루이창^{瑞昌}시, 안후이^{安徽}성 퉁링^{銅陵}시와 난링^{南陵}시에서 모두 큰 규모의 고대 채광 유적이 발견되었다. 채굴을 위한 수직갱, 수평 갱도 등 유적과 각종 채굴 도구가 있었으며 동을 정련할 때 쓰는 용광로 유적 등도 있었다. 이러한 채광 유적 중 연대가 가장 이른 것은 대략 정저우 상대 성터 유적과 시기가 비슷하다. 바로 이러한 원료 공급이 충분히 있었기에 상대의 청동기 문화는 가장 번영했던 단계인 상대 말기 안양^{安陽} 은허^{殷墟} 시대에 들어설 수 있었다.

안양 은허는 상대 말기 상왕 반경^{盤庚}이 은^殷으로 천도한 이후의 도성 유적으로 갑골문이 최초로 발견된 곳으로 유명하다. 1928년 발굴이 시작된 이래, 소둔촌^{小屯村} 북동쪽의 궁전 종묘 건축 유적이 발굴되었고, 후가장^{侯家庄} 북서쪽 언덕에서 상나라 왕릉과 제사를 지낸 자리가 발굴되었다. 또 묘포^{苗圃} 북쪽의 대규모 동기 주조 유적과 기타 각종 수공업

---

21) 소용돌이

작업장 등이 있어 상대 말기 도성의 규모를 잘 보여주고 있다.

은허에서 출토된 청동 예기는 일찍이 북송 시기부터 기록에서 확인되며 청대 이래로 더 많이 보인다. 청대 말기와 민국 시기 초에는 도굴의 바람이 거세게 불어, 이를 틈타 외국인들이 유물을 사들이면서 중요한 청동기들이 해외로 많이 유출되었다. 1928년 은허 발굴 이후에서야 과학적 발굴을 거친 은허의 청동기가 지금까지 약 천여 점이 나왔다. 1976년 발굴된 부호묘婦好墓에서 나온 청동 예기만 210점에 이르는데, 이는 은허 청동기가 번영한 시기의 한 단면을 보여준다.

상나라 말기에 청동기의 종류가 또 늘었다. 이전 시기에 있던 기물 외에 새로 추가된 것으로 부瓿, 호壺, 광觥, 치觶, 증甑, 방이方彝, 방가方斝, 방호方壺, 방뢰方罍 그리고 각종 새와 짐승 형상의 존尊이 있다. 부호묘에서 출토된 방이는 덮개가 전당殿堂식 지붕 모양으로 주조되었다. 삼련언三聯甗은 다리가 여섯 개인 언甗 위에 세 개의 큰 증甑이 올라간 구성이다. 이들은 모두 이전 시기에서는 볼 수 없던 기물이다. 방정의 형태도 확연히 달라져 종전의 방두형方斗形에서 장조형長槽形으로 변해 이후 방정의 고정된 형식이 되었다. 악기로는 요鐃와 고鼓가 있다. 요鐃는 모두 세 개 혹은 다섯 개가 한 벌을 이루며 형태가 같고 크기는 점차 줄어드는 편요編鐃이다. 고鼓는 목고木鼓[22])를 모방해 주조되었으며 북 면 위에 타피鼉皮[23]) 무늬가 있다. 청동기의 문양 역시 점차 번잡해져 뇌문雷紋을 바탕 무늬로 하고 그 위에 주요 문양을 돋보이게 넣었다. 문양 양식으로는 각종 도철문, 기문夔紋[24]), 조문鳥紋[25]), 선문蟬紋[26]), 효문鴞紋[27]), 잠문蠶紋[28]), 구문龜紋[29]) 등이 있으며 대체로 기물의 본체를 가득 채우고 있다.

돌출된 비릉扉棱[30])과 희수犧首[31])도 장식으로 많이 사용되었다. 상나라 말기의 청동기는 대부분 태가 두껍고 무게가 나가 장엄하고 돈후한 풍격을 보여준다. 안양安陽 서북강西北岡 왕릉구대묘王陵區大墓에서 출토된 사모무대방정司母戊大方鼎은 무게가 875kg에 달한다. 이런 대

---

22) 나무 북
23) 악어 가죽
24) 기(夔)는 전설에 나오는 다리가 하나이며 용과 비슷한 동물의 일종
25) 새 문양
26) 매미 문양
27) 부엉이 문양
28) 누에 문양
29) 거북이 문양
30) 청동기 위의 장식으로 일반적으로 돌출된 선형(線形)이다. 기물 위의 연속된 도안을 분할하는 역할을 했으며 이후에는 단순히 기물을 장식하는 용도로 쓰였다.
31) 제사에 쓰이는 가축의 머리

형 기물을 주조하는 데는 매우 높은 수준의 기술이 요구된다. 사모무대방정은 정 본체와 네 다리가 일체형으로 주조되었고 정의 귀는 주조가 완료된 본체 위에 모형을 만들어 본 뜬 후 다시 주조해서 만들어졌다. 주조할 때 반드시 한 번에 충분한 양의 원료를 녹일 수 있는 대형 용광로가 있어야 하며, 구덩이를 파서 흘려보내는 방법으로 주조했을 가능성이 있다.

상나라 말기 청동기의 또 다른 특징은 명문銘文이다. 새기려는 문자를 모형 심지 외벽에 번각해 기물 내부에 주조하여 표지로 삼았다. 비교적 이른 시기의 명문은 매우 적은 몇 개의 글자만 있었으며 대부분 부족의 표지나 인명 혹은 아버지나 할아버지의 이름이었다. 예를 들어 '부호婦好'와 같은 것이 있다. 상대 말기가 되어서야 30, 40자로 이루어진 긴 명문이 나타난다. 대부분 상을 받아 아버지를 위해 기물을 만들었다는 내용이다. 안양 후강後岡 제사항祭祀坑에서 출토된 수사자정戌嗣子鼎에 30자로 된 명문으로 상왕商王이 패화貝貨 20붕朋을 상으로 내려준 기념으로 부친을 위해 기물을 만들었다는 내용이다.

안양 은허로 대표되는 고도로 발달한 청동기 문화는 필연적으로 주변 지역에 큰 영향을 미쳤다. 현재 상나라 말기의 청동기가 발견된 지역은 허난河南, 허베이河北, 산둥山東, 산시山西, 산시陝西, 후베이湖北, 후난湖南, 안후이安徽, 쟝시江西, 쓰촨四川 등 각지에 널리 퍼져 있다. 이 중에서 산둥성 익도益都현32), 산시山西성 스러우石樓현, 산시陝西성 청구城固현, 쓰촨성 광한廣漢시, 후난성 닝샹寧鄕시에서 출토된 청동기는 상나라 말기 주변의 각 제후국에서 남긴 유물일 가능성이 있다.

주나라는 상나라를 멸망시키기 전에 상 왕조 서쪽의 한 방백으로서 분명히 상나라 청동 문화의 영향을 받았을 것이다. 따라서 1972년 치산岐山현 경당공사京當公社에서 발견된 동기銅器는 주나라 사람이 상나라 전기에 이미 상나라식의 동기를 만들었음을 보여주는 유물일 수 있다. 그러나 상나라 후기에 이르기까지 주나라 사람의 청동기 주조 기술은 아직 매우 발달했다고는 말할 수 없는데, 지금까지 주 문화 유적과 고분에서 발견된 청동기의 수량이 그리 많지 않기 때문이다. 다만 상나라가 멸망한 후에 주나라가 높은 수준의 동 주조 기술과 상나라의 장인들, 그리고 충분한 동, 주석 광산 자원을 장악하면서 서주西周의 청동기는 급속히 발전했다.

서주 초기의 청동기는 분명하게 상나라 말기 청동기의 전통을 계승해서 두 왕조의 청

---

32) 지금의 산둥선 칭저우(靑州)시이다.

동 예기는 기물의 유형, 형태, 장식, 조합 등 측면에서 기본적으로 유사하다. 그러나 서주 초기의 청동 예기를 종합해서 보면 여전히 주나라만의 특징을 발견할 수 있다. 예를 들면 방좌궤方座簋와 사이궤四耳簋는 주나라 초기에 등장한 새로운 형식의 청동기이며 예기를 진열하는 데 쓰는 금禁은 전에 없던 것이다. 서주 초기가 끝나갈 무렵에는 세 점이 한 벌인 편종編鐘이 등장했다. 무늬 측면에서도 간소한 양식이 나타나, 현문弦紋이나 선형의 무늬 장식으로 기물의 목 부분과 권족圈足 둘레를 감싸 장식했다. 예기의 기본 조합 또한 전대와 같지 않다. 상나라 후기에 가장 흔히 보이는 조합은 작爵과 고觚의 조합이었다. 그런데 서주 초기에는 정鼎과 궤簋의 조합이 보이며, 주기酒器가 있다 하더라도 대체로 고觚가 치觶로 대체되어 있었다. 존尊과 유卣도 종종 같이 출토되었다. 어떤 곳은 존 하나와 유 둘로 이루어져 있었는데, 유 둘은 모양은 같고 크기가 달랐다. 기물 형태의 경우, 서주 초기가 끝날 무렵의 정鼎, 존尊, 유卣 등의 기물은 일반적으로 복부가 활처럼 휜 형식을 띠고 있다. 이와 같은 특징들은 모두 서주 초기 청동기 예기를 식별할 수 있게 해주는 표지이다.

또한, 서주 초기 청동 예기에 장문의 명문이 많아지고 역사적 사실에 관한 내용이 많아지면서 서주 청동기의 사료적 가치가 크게 증대했다. 예를 들어 이궤利簋에 새겨짖 주 무왕이 상나라를 이긴 기록, 하존何尊에 성왕이 성주成周33)를 관리한 기록, 문방정豊方鼎의 주공周公이 동쪽을 정벌한 기록, 극화克盉와 극뇌克罍가 처음 연나라 제후를 봉한初封燕侯 기록, 의후시궤宜侯矢簋 영토와 백성을 준授土授民 기록, 소우정小盂鼎에 있는 귀방鬼方을 정벌한 기록 등은 모두 문헌 기록의 부족한 부분을 보완하는 서주 역사 연구의 중요한 자료이다.

서주 말기 청동기에 큰 변화가 일어났다. 초기에 자주 보였던 작爵, 고觚, 치觶, 존尊, 유卣, 화盉, 가斝, 굉觥, 방정方鼎, 방이方彝가 거의 보이지 않게 되었고 대신 수盨, 보簠, 형鉶, 이匜가 나타나기 시작했다. 기존의 기물 종류와 형식도 바뀌어 정의 다리는 주상족柱狀足34)에서 제상족蹄狀足35)으로 달라졌고 궤簋에는 덮개가 생겼고 권족圈足 아래에 다시 세 개의 작은 다리가 달렸다. 도철문饕餮紋, 기문夔紋, 조문鳥紋 등 초기의 문양은 거의 자취를 감추었고 절곡문竊曲紋, 중환문重環紋, 수린문垂鱗紋, 환대문環帶紋, 와문瓦紋이 유행했다. 이러한 청동기의 변화는 당시 귀족 계층의 생활상이 변화한 것을 반영할 뿐만 아니라, 그들의 미학 관념의 변화를 반영한 것이기도 하다.

---

33) 지금의 허난성 뤄양(洛陽)이다. 동주 때 수도가 되면서 낙읍(洛邑)으로 불렀다.
34) 기둥 모양
35) 말발굽 모양

서주 말기의 청동 예기는 교장窖藏36)에서 발굴된 경우가 많으며, 그중 주원周原37)에서 발견된 양이 가장 많다. 주원은 주나라의 옛 도읍이다. 최근 몇 년 동안의 고고학적 발굴로 이곳에서 많은 건물 터가 발굴되었는데, 폐쇄적인 내외 이중의 정원도 있었고 분산적인 그물 형태의 기둥이 있는 건물 무리도 있다. 이곳의 귀족들이 살았던 대규모의 저택이 물고기 비늘처럼 빽빽이 지어져 있었음을 나타낸다. 청동기를 저장한 지하실은 대체로 이러한 건물 부근에 있었다. 추측하자면, 아마도 서주 말기에 유왕幽王은 무도하고 견융犬戎38)이 침입하자 귀족들이 황급하게 피난을 가면서 청동 예기를 지하에 묻어 놓았을 가능성이 있다. 교장의 청동기는 대부분 서주 말기의 것으로 어떤 것은 일가의 여러 대의 유물이다. 예로 미微씨 일족의 동기는 강소康昭 시기부터 공의共懿 시기까지 4대의 기물들로, 서주 청동기의 단대 연구에서 중요한 의의를 지닌다.

서주 말기의 청동기 중에 장문의 명문이 있는 것이 적지 않다. 내용은 토지 제도, 노예 교환, 형법 소송, 정벌 전쟁, 책명冊命 제도 등에 이르며 서주 말기의 사회를 연구하는 데 중요한 자료가 된다. 선왕宣王 때의 모공정毛公鼎은 현존하는 명문이 가장 긴 청동기로 전문이 499자에 달하며 한 편의 완정한 책명冊命이다. 구위사기裘衛四器의 명문은 토지의 배상과 교환에 관한 내용이다. 홀정曶鼎에는 말 한 필과 실 한 묶음을 다섯 명의 노예와 맞바꾼 정황이 기록되어 있다. 이匜에는 소송, 판결, 형벌의 전 과정이 상세하게 기록되어 있다. 괵계자백반虢季子白盤은 험윤玁狁을 토벌해 승리를 축하한 역사적 사실이 기록되어 있다. 이 유물들을 통해 서주 후기에 생산력이 증대되고 사회 구조가 더욱 복잡해진 모습을 살펴볼 수 있다.

평왕平王이 동쪽으로 천도하고 왕실이 쇠퇴했기 때문에 동주東周 시기에는 각 제후국의 청동기 수량이 급격히 증가했다. 제齊, 노魯, 진晉, 진秦, 초楚, 오吳, 월越, 채蔡, 증曾, 중산中山 등의 제후국의 동기가 모두 발전했다. 제후국들의 경제가 균형 있게 발전하지 않았고 생활 풍습이 서로 달랐기에 각 지역의 청동기는 그 지역 고유의 특색을 지녔다. 전반적으로 볼 때, 동주 청동 예기의 종류에는 정鼎, 격鬲, 언甗, 궤簋, 수盨, 보簠, 두豆, 돈敦, 호壺, 뢰罍, 주舟, 감鑒, 화盉, 반盤, 이匜 등이 있다. 정의 형식은 복부가 둥글고 귀가 있으며 제족蹄足에 뚜껑이 있고 뚜껑 위에는 세 개의 꼭지鈕가 달렸다. 정은 대부분 수량에 정해진 규칙이 있고

---

36) 지하실
37) 서주의 수도. 지금의 산시(陝西)성 푸펑(扶風)현과 치산(岐山)현에 위치했다.
38) 주나라 때 활동한 부락으로 이후 서융(西戎)으로 불렸다.

대체로 궤簋와 짝을 이루었다. 예를 들어 9정 8궤, 5정 4궤 등으로 신분의 높고 낮음을 나타냈다. 악기에는 편종編鍾과 편박編鏄이 있었다. 전국 시대 초기의 증후을묘曾侯乙墓에서 출토된 한 벌의 편종은 지금까지 발견된 편종 중 수량이 가장 많고 보존 상태가 가장 좋은 것에 속한다. 유종鈕鍾 19점, 용종甬鍾 45점 외에 초왕楚王이 증정한 박鏄을 합해 총 65점이다. 당시 중曾나라가 결코 대국이 아니었음에도 통치자가 이렇게 사치스러웠으니 그 시대의 풍조를 알만하다. 동주 청동기의 무늬도 크게 변화하여 반리문蟠螭紋, 반훼문蟠虺紋이 유행했다. 연회, 사냥, 수륙 공방전 등 귀족 생활을 사실적으로 그려낸 도안 장식도 종종 동기에서 발견할 수 있다.

동주의 청동기는 주조 기술과 공예에서 모두 새로운 발전을 이루었다. 분주分鑄 기술이 널리 사용되었고, 미리 주조된 기물 본체와 부속품을 용접하는 방법을 쓰기도 했다. 춘추 시대 중엽 이후에 실랍법失蠟法 주조 기술이 등장했다. 밀랍과 같은 재료로 모형을 만들어 무늬를 조각한 후 부드러운 진흙을 발라서 주형으로 삼고 이 주형이 마르면 온도를 올려 밀랍 모형을 녹여 흘려보낸 후 형태를 갖추게끔 주조한다. 이러한 방법으로 주조한 청동기는 무늬가 섬세하며 기물이 정교하고 아름답다. 허난河南성 시촨淅川현 샤쓰下寺 초묘楚墓에서 출토된 동금銅禁과 후베이湖北성 수이隨현 증후을묘曾侯乙墓에서 출토된 존尊과 반盤이 모두 실랍법으로 주조된 상등품이다. 또한 상감鑲嵌, 유금鎏金, 착금은錯金銀, 선조線雕 등 공예도 광범위하게 활용되어 동주 청동기의 장식 문양을 한층 더 화려하고 아름답게 만들었다.

동주의 청동기와 그 주조 기술이 비록 크게 발전하였지만, 이 시기에 철을 제련하는 새로운 기술이 이미 등장했다. 늦어도 춘추 시대에는 이미 인공으로 제련된 철기가 존재했다. 전국 시대 중후반에 이르러 제철 기술은 더욱 향상되었다. 철제 농기구와 수공 도구가 보편적으로 사용되었고, 생산 영역에서 지배적인 위치를 점했으며, 철제 병기 또한 다수 발견되었다. 심지어 앞에서 언급한 중산왕정中山王鼎 역시 몸체는 동이고 발은 철이다. 제철 기술의 등장과 발달로 역사는 청동기 시대에서 초기 철기 시대로 접어들었다. 청동기 시대의 상징인 청동 예기는 발생, 발전, 번영의 시기를 지나 쇠퇴하고 철기와 칠기 등 다른 새로운 기물과 공예로 대체되었다.

2

옥기 문화

양보다(楊伯達)

옥기는 중국 문화사에서 특수한 지위를 차지하며 사람들의 주목을 받아 왔다. 그러나 '중국 옥기 문화'는 근대 후기에 와서야 생긴 개념이다. 이와 같은 특수한 문화 현상을 연구하는 목적은 중국 옥의 함의와 옥기가 발생하여 발전해 온 유구한 역사적 과정 및 공예적 특징, 그리고 예술적 풍격을 분석하고, 옥기와 서법, 회화 및 각종 공예 미술의 상호 관계를 지적하고, 그 사회적 기능의 다양성, 지속성, 사회생활에 미치는 광범위한 영향과 중요한 역할을 밝히는 데 있다.

옥기 문화는 중화 문화의 중요한 구성 요소로 중국 정치, 경제, 종교, 사회 관계가 반영되어 있다. 그것은 미개 시대 조상들의 자연, 집단생활에 대한 소박한 이해를 응축하고 있다. 옥기 문화는 문명 시대 선민들의 생산과 생활에서의 실천을 함축하고 있으며, 선인들의 미학, 도덕, 이상을 품고 있다. 그리고 시장의 물질과 정신생활에 영향을 미쳤다.

옥기 문화 현상은 매우 복잡하여 이 새로운 연구 과제 또한 매우 어려운 과제이다. 옥기 문화는 자연 과학과 사회 과학 아래 여러 학과에 관여되어서 지질학, 암석학, 역사학, 고고학, 미학 그리고 공예사, 예술사 등의 분야의 전문가가 모두 필요하다. 여기서 필자는 옥기 문화에서 옥, 옥기, 옥기 감상이라는 세 가지 측면에 대해서만 간략히 서술하고자 한다.

1. 옥의 함의

옥기 문화의 중요한 물질적, 정신적 전제로서 우선 옥의 함의를 탐구해야 할 필요가 있다. 옥기 문화는 옥의 함의에 대한 사람들의 이해가 점차 심화되며 다져진 토대 위에 세워졌기 때문이다.

옥의 함의에 대해 『설문해자(說文解字)』에서는 "옥은 아름다운 돌로 오덕五德이 있다."라고 풀이한다. 이는 한대漢代 유학자들이 선진先秦 시기 유학자의 옥과 덕에 대한 관점, 즉 옥덕관玉德觀을 비판적으로 계승하고 다듬어서 내린 결론이다. 선진 유학자의 옥덕관에는 어떤 내용을 담겨 있을까? 이것은 공자가 옥에 열한 가지 덕이 있다는 설명에 요약되어 있다. 주목할 만한 것은 공자가 그의 제자에게 옥에 열한 가지 덕이 있다고 가르칠 때 "예로부터 군자는 덕을 옥에 비유했다."라고 말했다는 점이다. 여기서 공자 역시 윗대에서 오래전부터 전해오는 군자가 덕을 옥에 비유한다는 규칙을 따르고 있다는 사실을 알 수 있다. 화전옥和闐玉의 보이고 들리고 믿을 수 있는 여러 특성으로 유가의 각종 윤리 규범을 밝히고 형상화, 통속화함으로써 옥이 유학의 정신인 덕의 상징이 되게 만들었다.

더 거슬러 올라가면, 유가의 옥덕관이라는 개념이 형성되기 전에 옥은 후대에는 전하지 않는 더욱 광범위한 여러 함의를 지니고 있었다. 도구, 노리개[1], 서신瑞信[2][3], 부富[4], 염장殯葬[5] 등 크게 여섯 가지 함의 및 사회적 기능이 있다. 이는 모두 고고학 출토 자료와 문헌 기록에 의해 고증되었다. 놀라운 점은 상술한 옥의 함의들이 모두 선민이 문명의 문턱에서 헤매기 전의 원시 사회 후기에 생겨나 완성되었다는 사실이다. 이러한 사실은 중국 옥기 문화의 근간을 이루는 옥의 함의가 그 시기에 이미 상당히 성숙했음을 알려준다. 지금으로부터 70만 년에서 20만 년 전의 '베이징 원인'은 그곳에서 2km 떨어진 화강암 언덕에서 수정으로 만든 도구를 구해 왔다. 구정은 예부터 수옥水玉이라 불렸는데 의심의 여지 없이 '베이징 원인'의 옥이다. 지금으로부터 2만 년 전 '산정동인'은 흰 석회암 구슬, 타원형의 황록색 마그마 암 자갈돌 덩어리로 장식했다. 이 작은 돌 구슬, 작은 돌덩어리들도 '산정동인'들 마음속의 옥과 옥기임에 틀림없다. 따라서 '베이징 원인'부터 시작

---

1) 산정동인(山頂洞人)의 옥관식(玉串飾), 제기이옥사신(以玉事神)
2) 옛날 천자가 제후에게 수여하여 신표로 삼은 규옥(圭玉)
3) 양저문화(良渚文化)의 옥월(玉鉞), 홍산문화(紅山文化)의 구운형기(勾雲形器)
4) 양저문화의 옥벽(玉璧)
5) 양저문화, 홍산문화의 옥장(玉葬)

해 지금으로부터 6,000~4,000년 전 원시 사회 후기까지는 선민이 옥을 발견하고 점차 옥을 깊이 인식하고 그 내면을 해석하는 최초의 단계이다. 이때 옥은 집단의 정치, 제사, 장식, 장례 등 중요한 사회적 생활에서 뚜렷한 역할을 하였는데, 이는 옥에 대한 인식과 그 사용이 다른 어떤 공예 미술보다 훨씬 앞서 있었음을 보여준다.

오랜 세월 동안 원시 부족(연맹)들이 각자의 거주지 근처에서 찾아낸 옥은 품종, 질감과 색상, 명칭이 다양했고 오직 그 부족 내에서만 통용되었다. 『설문해자』, 『옥편』, 『광운』, 『집운』 등 서적에서 주석을 단 '옥' 부수의 형성자는 매우 많다. 규^{珪}, 강^{珥}, 타$^{玉+毛}$, 자$^{玉+子}$, 구^{玖}, 기^{玘}, 법$^{玉+尹}$, 강^{珙}, 사$^{玉+巿}$, 막$^{玉+叟}$, 전^{玪}, 단^{玬}, 휼$^{玉+术}$, 부^{玸}, 소$^{玉+斥}$, 현^{玹} 등이 있으며 모두 옥 이름으로 해석된다. 이와 같은 옥 이름은 각기 다른 원시 부족에서 먼저 생겨났다가 문자가 출현한 후에 다시 음성에 따라 글자를 만들어 전해졌을 가능성이 높다.

이후, 곤륜옥^{崑崙玉}이라고도 불리는 화전옥이 마침내 내륙으로 들어온 것은 옥기 문화사에 획기적인 사건이었다. 화전옥은 재질이 우수해 많은 사랑을 받았으며, 오랜 기간 선별을 거쳐 '진짜 옥'으로 확인됐다. 화전옥은 옥의 세계 고유의 균형을 깨고 여러 아름다운 것들을 압도하며 주인공의 자리를 차지했고 다른 지역의 옥은 그보다 못한 위치를 견뎌야 했다. 선진 시기 유가는 왕실, 공후^{公侯}, 사대부 등 지배자의 마음속 깊이 이미 자리 잡고 있는 화전옥을 움켜쥐고 그것을 유학 규범에 비유함으로써 심오한 유학의 개념을 형상화 하였다. 더불어 화전옥을 덕성화^{德性化}하여 그것의 주류로서의 위치를 더욱 공고히 하였다.

여기서 더 깊이 생각해볼 점이 있다. 청대 전성기를 살았던 문학의 대가 조설근은 예교에 반항하는 가보옥^{賈寶玉}이라는 인물의 형상을 만들었는데, 가보옥은 갓 태어날 때부터 어머니의 뱃속에서부터 보옥을 지녀 보옥은 그의 정식 이름이자 생명과도 같이 귀한 것이 되었으며 항시 몸에 지녔다. 가보옥이 보옥을 잃어버린 후 그는 영혼과 지성을 잃은 어리석은 사람이 되어 버린다. 혹시 보옥이 중화 문화의 '생명과도 같이 귀한 것'은 아닐까?

화전옥의 광물학적 속성은 프랑스인 다무르$^{Augustin\ Alexis\ Damour}$가 프랑스 침략군이 2차 아편 전쟁 기간에 원명원에서 약탈한 화전옥 옥기를 이용해 검사하였다. 그에 따르면, 화전옥의 주요 화학 성분은 나트륨, 알루미늄, 규산염으로 각섬석옥^{角閃石玉}이며 경도는 모스 6°-6.5°, 비중은 2.9-3.1이며 미세구조는 섬유형을 주요 특징으로 한다. 이와 같은 분석 결과는 20세기 초반에 중국에도 전해졌다.

그러나 옛사람들은 옥을 암석으로써의 요소와 더불어 미적, 종교적, 정치적, 도덕적 요소의 결합체이며 그 중 정신적 속성을 중심으로 그 함의를 이해했다. 선인들은 광물학적 견지에서 자연 과학적 결론을 내리지 않고 경험과 감각에서 출발하여, 먼저 옥을 돌중의 아름다운 돌로 인정하고 다음으로 옥에 여러 문화적 의미를 부여했다. 중국의 옛문화는 이처럼 옥 및 옥기와 함께 성장하며 나날이 발전해 왔다. 옥은 중국 문화의 초석일 뿐만 아니라 문화 발전의 사다리이자 그 중요한 내용이기도 하다.

비취翡翠는 지금의 미얀마 북부 산간 지역에서 생산되며, 대략 한대漢代에 중국 옥의 세계로 들어왔다. 비취의 유리 같은 재질과 초목이 물을 머금은 듯한 녹색은 일부 문인들의 사랑을 받아 비취새처럼 아름다운 '비취'라는 이름을 얻게 되었다. 이후 역대로 소량의 비취가 중국에 유입되었지만 많은 관심을 끌지는 못했다. 그래서 비취는 종종 벽옥이나 녹옥으로 오해를 받는다. 청대淸代 건륭제乾隆帝 시기에 이르러 비취의 유입이 많아졌고 건륭 연간 말기에는 많은 사람들에게 알려지기 시작했다. 가경嘉慶, 도광道光 연간 이후 비취의 몸값은 나날이 높아져 화전옥 가격을 뛰어넘었다. 서태후는 특히 비취 장신구를 좋아하여 자주 월해관粤海關6)을 통해 비취를 구하였다. 프랑스인 다무르의 검사 결과, 비취의 주성분은 나트륨, 알루미늄, 규산염으로 이루어진 휘석輝石 계열 광물로 2.22의 비중을 보였다. 경도는 7°이고, 미세 구조는 섬유형이다. 비취의 경도가 화전옥보다 높기 때문에 경옥硬玉이라고도 하며 화전옥은 이에 상응하여 연옥軟玉이라고도 부른다.

비취가 청대 후기에 유행한 데는 두 가지 원인이 있다. 첫째, 화전옥이 내재된 함축미를 지닌 것과 다르게 비취의 아름다움은 외향적이고 자극이 풍부한 보석과 같은 아름다움에 있다. 이것이 비취 고유의 조건이다. 둘째, 도광 연간 신장新疆 지역에서 일어난 장격이張格爾의 반란과 러시아 제국의 침공으로 신장 화전옥의 유통 경로가 끊기자 내지의 옥재가 부족하여 수암옥岫岩玉, 남양옥南阳玉으로 보충하였고, 비취가 그 빈틈에 들어와 옥계의 뛰어난 신예가 되었다. 물론 비취에 위에서 서술한 화전옥과 같은 함의는 부여받지 못했고 단지 화려하고 아름다운 옥재일 뿐이었다.

2. 옥기 예술

중국에서 옥을 사랑하고 숭상하는 전통과 옥이 지닌 함의 및 역할의 확장은 옥기 조각

---

6) 옛날 광둥성(廣東省)의 세관(稅關)

공예의 성장을 촉진하였다. 물레[7]의 사용으로 옥을 다루는 효율이 높아짐으로써 옥공예는 석기 공예에서 벗어나 독립된 수공예의 영역으로 자리 잡게 되었다. 후세에 '연옥작^{碾玉作}' 혹은 '옥행^{玉行}'으로 불리는 참신한 옥기 공예가 탄생한 것이다. 물레는 회전형 원반 도구로, 수조금강사^{水調金剛砂}를 움직여 옥재를 다듬어 옥기를 만든다. 상대^{商代} 부호묘^{婦好墓}에서 출토된 옥기가 바로 물레로 만들어진 것으로, 당시의 물레가 꽤 효율이 높아 이미 완숙한 형태로 옥을 다듬을 수 있는 수공 도구였음이 판명되었다. 이러한 사실을 미루어 보아, 원시 물레는 원시 사회 말기인 홍산문화, 양저문화의 전성기 때 생겨난 것으로 추정된다. 이 두 원시 문화의 옥기에서 물레를 사용한 흔적이 보이기 때문에 원시 물레가 그 당시에 등장했다고 생각된다. 물레의 발명, 개선 및 보급은 옥기 공예가 독립적인 발전의 길로 나아가는 중요한 기술 조건이다. 물레를 사용하지 않고 돌을 다듬는 구식 공예를 그대로 적용했다면 옥기 예술이 발전하기 어려웠을 뿐만 아니라 석기 공예에서 분리되어 독립하지 못하였을 것이다.

또 다른 옥기 예술의 발전을 촉진한 요인은 바로 화전옥의 유입과 보급이다. 앞서 서술한 바와 같이, 화전옥은 지금의 신장위구르자치구의 허톈^{和闐}, 야르칸트^{葉爾羌}에서 출발하여 황량한 사막과 허시회랑^{河西走廊}[8]을 거쳐 관중^{關中}으로 들어가 중원에 이른다. 이 옥석 길은 비단길보다 약 천여 년 앞서 동서 문화를 연결하는 다리였다. 화전옥의 아름다움은 함축적인 것으로 중화 민족의 성격과 문화적 면모와 잘 맞아떨어져 금방 사람들에게 받아들여지고 사랑을 받았으며 신비화, 정치화, 덕성화되었다. 이때부터 화전옥은 양저문화의 옥, 홍산문화의 옥 등 각 지역의 옥을 능가하며 옥계를 지배했다. 지금까지 출토된 여러 원시 문화 옥기와 화전옥을 비교해보면 고운 윤기, 광택, 깨끗함, 치밀함 등 모든 면에서 화전옥과 비교될 수 없다는 점을 쉽게 발견할 수 있다. 이것이 바로 화전옥이 각 지역의 옥을 압도하는 지점이다. 결론적으로 말해, 화전옥이 주는 미감과 덕성이라는 함의는 옥기 미술이 발전하는 미학적 조건과 정신적 지주가 되었다.

옥기 미술은 중국 공예 미술의 한 갈래로 발전과 쇠락을 함께 해 왔으며 기본적인 맥락과 공예의 격조도 왕왕 일치하며 서로 통한다. 그러나 또한 옥기 예술은 개성이 뚜렷

---

7) 일명 '가리틀' 또는 '수등'이라고 한다. 물레는 옥을 세공하는 기계라고 할 수 있는데, 두 발을 이용하여 발판을 밟아 절단 및 연마하는 시설이다. 이것을 '갈기' 또는 '연마기'라고 부른다.

8) 간쑤(甘肅)성 서북부의 치롄산(祁連山) 이북(以北), 허리산(合黎山)·룽서우산(龍首山) 이남, 우차오링(烏鞘嶺) 이서(以西)에 이어져 있는 좁고 긴 지대. 동서 길이 약 1,000km, 남북 길이는 단지 100~200km에 달하며 황하(黃河) 서쪽에 위치하므로 허시 회랑이라 불리움. 예로부터 신장(新疆)과 중앙아시아를 왕래하는 요도(要道)였음.

하고 특색도 두드러진다. 개성과 특색의 요인은 다음과 같다.

첫째, 옥의 다양한 사회적 기능으로 인해 옥기의 형태도 이에 따라 풍부하고 변화무쌍해졌지만 간추려 보면 원곡계(圓曲系9), 직방계(直方系10), 원직절충계(圓直折中系11), 초상계(肖生系12)) 등 네 종류로 요약된다. 이는 원시 사회에 기초를 둔 것으로 오랜 기간을 거쳐 서로 얽히며 발전하고 변화했지만 그 기본적인 줄기에서 벗어나지는 않았다. 원(圓), 직(直) 두 계열의 옥기는 두께가 부족하여 종종 납작한 형태로 앞뒷면이 모두 도안으로 장식되어 있다. 이는 석기의 흔적과 옥재의 제약으로 만들어진 결과이다. 새롭게 떠오른 절충형13), 초상계 두 가지 옥기는 부피가 늘었지만 원(圓)·직(直) 두 계열의 흔적이 보인다.

〈그림 1〉
내몽골 옹우특기(翁牛特旗) 삼성타랍촌(三星他拉村)
유적지에서 출토된 신석기 시기 옥룡(玉龍)(홍산문화)

〈그림 2〉
장수(江蘇)성 무진사돈(武進寺墩) 유적에서 출토된
신석기 시기 동물 얼굴 문양 옥종(玉琮)(양저문화)

둘째, 옥의 영성과 덕성은 그 예술적 표현에 있어서 '좋은 옥에는 무늬를 새기지 않는다(良玉不瑑).'를 골자로 조금만 다듬어 옥기의 본질을 충분히 나타내는 옥기를 만들어냈다. 이와 반대되는 것이 세밀하게 조각한 옥기이다. 전자는 양저문화의 옥벽(玉璧)과 후세의 예제(禮制)에 사용된 옥기가 대표적이다. 후자는 양저문화의 옥종(玉琮)과 이후의 노리개, 진열품 류의 옥기가 전형적인 예이다. 이 두 부류의 서로 다른 가공법과 예술적 표현법은 옥기 예술사의 시작부터 끝까지 관철되었다.

셋째, 옥을 금처럼 아끼고, 재료의 특성에 맞추어 공예를 펼친다. 화진옥은 저 멀리 곤

---

9) 벽(璧)
10) 부(斧)와 규(圭)
11) 종(琮)
12) 사람, 짐승(獸), 날짐승(禽)
13) 진열품, 그릇

륜산 북면에서 나는 영성과 덕성이 있는 진귀한 재료이므로 화진옥을 다룰 때는 매우 신중하고 세밀하게 계산해야 한다. 옥을 세공할 때 옥재의 모양과 재질에 따른 제약이 불가피하며, 특히 강변이나 모래에서 채취하는 자옥^{子玉}은 그 제약이 강하고 초상옥^{甲生玉}과 옥산자^{玉山子}에서 더욱 두드러지게 나타난다. 옥색이나 겉면을 교묘하게 이용하는 것을 '초색^{俏色}' 혹은 '교색^{巧色}'이라고 한다. 옥의 흠집이나 석성^{石性} 등 문제점을 장점으로 살려 수공을 하는 것을 '교작^{巧作}'이라 한다. 물론 옥을 금처럼 아끼고 재료의 특성에 맞추어 공예를 펼친다는 말에 지나치게 얽매이면 손발이 묶이고 오히려 반대 방향으로 가게 되어 옥기 예술은 재앙이 된다.

넷째, 물레로 다듬은 옥기는 칼이나 끌로 조각한 공예품이나 예술품과 다르게 독특한 운치를 지닌다. 물레는 잘 갈린다. 갈아낸 옥기는 평평하든 입체적이든 형태에 관계없이 어느 정도 울룩불룩한 질감이 생겨서 칼로 조각한 것처럼 재주를 부릴 수 없다. 하지만 갈아낸 옥기는 순박하고 원숙한 고운 자태가 그 장점이라 할 수 있다. 볼품이 없는 것은 종종 갈린 자국이 남아 있는데 칼의 흔적과는 다르다.

다섯째, 방고^{倣古}[14] 옥은 독자적인 체계와 독특한 미술적 가치가 있다. 방고^{倣古}는 송대 이후 각 분야 예술이 낳은 공통된 경향이지만, 옥기 방고에는 특수성이 있다. 서^書, 화^畵, 동^銅, 자기^{瓷器}의 방고에는 모두 명확한 대상이 있어서 매우 정교하게 모방해서 진품보다는 못하지만 충분히 사람들을 헷갈리게 만들 정도이다. 반면 옥기의 방고는 종종 대상이 불분명하며 옛 격식에 구애받지 않고 새로움을 만들어 내기도 하며 심지어는 출처가 확실하지 않은 가상의 대상을 빙자하기도 한다. 방고의 유행 속에서 상상과 절충과 풍부한 개성이 있는 새로운 형식의 옥기가 만들어졌다. 옥공들은 종종 잡색옥, 변피^{邊皮}, 각료^{脚料}에 인공적인 손상이나 염색 등의 방법을 가해 침식되고 닳은 옛 옥기를 모방하여, 방고 옥에 퇴색미[15], 결핍미 그리고 고즈넉한 운치를 더했다.

이상 다섯 가지 이유로 옥기 예술은 뚜렷한 개성과 특색을 지니게 되었다. 이러한 특색은 비록 시대에 따라 변화하고 있지만, 소박하고 원숙한 격조와 함축되고 전아^{典雅}한 기질 그리고 일엽지추의 시각적 효과는 언제나 역대 옥기 예술의 정수였다.

---

14) 고기(古器)를 본떠서 만드는 것

15) 원문은 심색미(沁色美). 심색은 옥기가 흙 속에 오래 묻혀 있어 옥 자체의 물질과 흙 속의 물질이 반응하여 변화한 색을 가리킨다.

3. 옥기의 감상

옥기 문화가 오랜 기간 발전하고 누적되면서 필연적으로 옥기는 감상의 대상이 되었다. 옥기에 어떤 사회적 기능이 있든 모든 옥기에는 정도만 다를 뿐 심미적 가치가 있다. 신통력이 있는 종^琮, 계급을 나타내는 규^圭 등 장엄하고 고아한 옥기라 할지라도 어느 정도 미적 요소가 담겨 있다. 그러나 이러한 옥기는 어디까지나 보기^{寶器}여서 감상용으로 쓰일 수 없었다.

그러나 옥 감상의 기원 역시 유구해서 상^商나라 왕실에서 이미 나타났다. 은허부호묘^{殷墟婦好墓}에서 출토된 옥궤인^{玉跪人}, 옥호^{玉虎}, 옥상^{玉象} 등 초상옥은 장식하거나 공양하기 위한 옥기가 아니므로 지금까지 알려진 최초의 관상만을 위한 옥기라 할 수 있다. 또 상나라 주왕^{紂王}은 대량의 옥기를 소장했는데 주^周나라 무왕^{武王}에게 노획된 보옥만 14,000점, 패옥도 80,000점이나 될 정도로 상나라 사람들은 옥을 사랑하고 옥을 즐기는 민족이었음을 알 수 있다. 유감스럽게도 무왕은 상나라를 멸망시킨 후 주나라의 농경 문화를 상 지역에 강요하여 상 민족의 옥 사랑과 옥 감상의 전통을 억누르고 주 민족의 옥재관^{玉材觀}을 널리 보급함으로써 옥을 정치화하고 신비화해 사실상 옥의 예술화를 지연시켰다. 그 후 유가^{儒家}는 옥에 덕성을 부여하여 옥기 감상의 발전을 더욱 지연시켰다. 중국에 불교가 들어온 이후에도 옥을 붙들고 놓지 않으면서 옥불을 만들어 공양하였는데 이 역시 옥기 감상의 발전에는 좋을 게 없었다. 그렇지만 송대^{宋代} 이후 삶의 정취와 인간미가 넘치는 산수, 인물, 금수, 화훼 등을 소재로 한 옥기가 적지 않게 등장했는데 그중에 옥의 감상도 부족하지 않았다.

한편 송대부터 수집가들도 고옥^{古玉}의 수집과 보존에 눈을 돌렸다. 어떤 수집가는 서화와 동자^{銅瓷}를 수집하는 동시에 고금의 옥기를 수집하기도 하였다. 송고종^{宋高宗} 조구^{趙構}의 총애를 받은 청하군왕^{淸河郡王} 장준^{張俊}은 42점의 신·구 옥기를 진상하였는데 그중에 고검근체^{古劍瑾彘} 등 구옥기가 있었다.

상행하효^{上行下效}로 고옥을 긁어모으는 풍조는 더욱 거세졌다. 송대 여대림^{呂大臨}은 『고고도(考古圖)』(1092년)에 고옥 14점을 수록하였다. 원대^{元代} 주덕윤^{朱德潤}이 편찬한 『고옥도(古玉圖)』는 전문적 옥기 도록의 원조이다. 명대^{明代} 조소^{曹昭}의 『격고요론(格古要論)』, 고염^{高濂}의 『준생팔전(遵生八箋)·연한청상(燕閑淸賞)』 등 문완 감상에 대한 전문적 저서에는 모두 고옥기에 대해 서술한 글이 있다. 청대 금석학의 발전에 따라 옥기 고증도 진전을 보였다. 건륭제乾隆帝 홍력弘曆은 청대의 가장 부유한 옥기 수집가일 뿐 아니라 고옥 감상가이자 고증가였다. 그는 옥기에 대한 시를 700수 가까이 남겼으며 대부분 작품에 작가의 감흥이 드러나 있고 묘사, 감상, 고증 등의 내용이 포함되어 있어 연구할 가치가 있다. 청대 후기 오대징吳大澂이 편찬한 『고옥도고(古玉圖考)』는 경학經學을 통해 고옥의 이름, 형태, 기능을 고증했다. 19세기말에서 20세기 초·중반기 사이에는 옥기의 변별, 염색에 관한 전문서인 『옥설(玉說)』, 『옥기(玉器)』, 『고옥고(考玉考)』, 『고옥변(考玉辨)』 등이 잇따라 발표되어 고옥의 수집, 감상, 연구가 활발하게 발전했음을 보여준다.

송대 이래로 다양한 사회적 기능을 가진 고옥은 모두 문완文玩이 되어 옥기 애호가들에게 소장되었다. 고옥의 감상에는 감상과 감별 두 가지가 모두 포함되며, 고상하고 학술적 분위기가 가득한 문화 향유로서 식견을 넓히고 마음을 편안하게 하는 목적을 달성하였다. 명·청대 이래로, 특히 청대에 고옥을 감상하면서 동시에 새로운 옥기도 감상하였다. 건륭제가 이 분야의 대표적인 인물 중 하나로 그의 시편에는 소주蘇州와 양주揚州 두 지역의 옥공소에서 다듬은 각종 옥기를 노래하는 작품이 적지 않다. 그는 소주 전제항專諸巷16)에서 조각한 '동음사녀도桐蔭仕女圖'를 본 뒤 시를 지어 "여랑이 조언하고 장인이 심령을 움직인다女郎相顧問, 匠氏運心靈."라고 칭찬하였다. 양주揚州 옥공소에서 다듬은 가장 유명한 대옥大玉은 『대우치수도산자(大禹治水圖山子)』이다. 이 산자는 건륭 53년에 완성되었고 건륭제가 1,800여 자에 이르는 어제시御製詩 및 해설문을 제(題)하였다. "드넓고 유구하니 장관이로구나博大悠久稱觀止."라고 칭찬하며 이 대옥을 제작한 목적은 "이 진귀한 작품을 만들어 옛 왕과 성인의 자취를 얻고자 하니, 눈과 귀를 즐겁게 하는 취미와 비할 것이 못 된다獲此巨珍以博古王聖跡, 非耳目華囂之玩可比也."라고 밝혔다. 그가 완물玩物하면서도 지志를 잃지 않았음을 보여준다.

이렇듯 눈과 마음을 즐겁게 하고 배움이 함축된 취미 활동은 특수한 문화 현상이다. 이는 중국의 옥과 옥의 함의 때문에 생긴 것으로 중국 문화의 전통에서 파생된 일종의 고상한 문화생활이다. 고옥에 대한 감상 활동은 긴 세월 동안 쇠퇴하지 않고 중국의 옥기 공예와 옥기 문화를 한 단계 더 높이 끌어올렸다.

옥기 문화는 강한 생명력을 지니고 있어 중국의 과거와 현재에 영향을 미쳐왔을 뿐만 아니라 미래에도 영향을 미칠 것이다.

---

16) 소주 고성(古城)의 서부에 위치한 내성하(內城河)와 성벽에 바로 붙어 있는 거리

3

자기의 나라

장샤오저우(張小舟)

세계인의 눈에 자기는 중국과 뗄 수 없는 관계로 영어에서 '자기^china'와 '중국^China'은 같은 단어이다. 확실히 자기의 발명은 중국인이 세계 문명에 기여한 공로로 그 영향은 널리 알려진 사실이다.

최초의 자기는 동한^東漢 때 나타났다. 그전까지 도기^陶器에서 자기까지 긴 발전 단계를 거쳤다. 일찍이 신석기 시대 초기에 선조들은 도기 제작 기술을 익혔고 상주^商周 시대에는 불의 세기와 시간이 높고 길며 표면에 청록색 혹은 황록색의 얇은 유약을 바른 도기가 등장했다. 이 도기는 이미 자기의 일부 특징을 갖추고 있었기 때문에 '원시 청자^原始靑瓷'라고 불린다.

일반적으로 진정한 자기는 다음과 같은 특징을 가진다. 자^瓷를 태^胎[1]로 하며 소결^燒結 온도가 높고 물을 흡수하지 않으며 반투명하고 두드렸을 때 금석 소리가 나야 한다. 저장^浙江성 상위^上虞현 일대의 동한 후기 가마 유적에서 발굴된 자기는 이미 이 수준에 이르렀다. 자기를 굽는 것은 재료를 구하기 쉽고 공정이 간단하지만 구워서 나온 완성품은 천 가지 풍류와 만 가지 운치가 있어 이를 두고 '점토성금^點土成金'이라고 표현하는 것은 조금도 지나치지 않다. 자기보다 먼저 나타난 청동, 금은, 칠기 등은 장엄하거나 화려하거나 고상하나, 원료의 사용이 정교해 공정이 복잡하여 오직 귀족만 향유할 수 있었다. 반면 자기는 "천하에 귀천이 없이 두루 사용했다^天下無貴賤通用之." 도기에 비해 자기는 내구성과 청결

---

1) 자기의 가장 겉면에 발린 유약 바로 밑에 바탕흙(胎土)으로 만들어진 부분

함 그리고 눈과 마음을 즐겁게 하는 장점이 있어 세상에 나오자마자 인기를 끌었고 양쯔강 남북으로 빠르게 보급되어 가장 보편적인 일상생활의 용품이 되었다.

자기의 생산지에 대해서는 남청북백^{南靑北白}이라는 말이 있는데 남방은 청자를 주로 제작하고 북방은 백자 제작에 뛰어나다는 뜻이다. 물론 엄밀하지 않은 구분이지만 당대^{唐代} 이전의 상황은 대체로 그러했다.

남방의 많은 청자 공방 중 월요^{越窯}의 것이 가장 뛰어나다. 월요라는 이름이 가장 먼저 등장하는 문헌은 당대^{唐代} 육우^{陸羽}의 『다경(茶經)』으로, "월요의 자기는 옥과 같다^{越瓷類玉}."라는 말이 나온다. 그 요장^{窯場}은 월주^{越州} 경내의 상우^{上虞}, 여요^{餘姚} 등지에 모여 있다. 사실 당대 이전에도 이 지역은 청자 제작의 중심지였다. 따라서 동한부터 당송까지 천여 년의 시간 동안 월요의 청자 제작은 맥이 끊기지 않고 이어 내려왔다고 말할 수 있다. 서진^{西晉} 시기에 월요의 자기 산업은 빠르게 성장해 요장이 늘어났다. 상우 지역에서만 가마 유적이 60여 군데 발견되었다. 물건의 품질도 눈에 띄게 좋아졌다. 장쑤^{江蘇}성 이싱^{宜興}현의 강남 대문벌 사족인 주씨^{周氏} 집안 묘에서 출토된 신수존, 방호, 벼루, 훈로, 혁^槅[2] 등은 정교하게 제작되어 유약층이 균일하고 유약의 색이 푸른 청회색이며 기물의 형태가 장정하고 중후하여 자기 제작이 높은 수준에 이르렀음을 알 수 있다.

육조^{六朝}를 거쳐 당^唐에 이르면 월요의 청자는 더욱 완벽해지고 원료의 가공과 제작이 정교해진다. 태가 얇고 튼튼하며 유약의 빛깔이 촉촉하여 얼음이나 옥처럼 은은하게 광이 나 '천봉취색^{千峯翠色}'이라고 칭송받았다. 형태는 단정하고 날렵하며 준수하다. 당시에 차를 마시는 풍조가 성행하여 사대부와 문인들이 차 마시기를 고상하고 멋이 있다고 여겼다. 차를 마실 때는 찻잎의 색, 향, 맛과 차를 우리는 방식만을 따졌을 뿐만 아니라 다구의 아름다움도 신경을 써 다구가 차의 색과 어울리는지도 고려했다. 그런데 월요 자기의 청록 빛깔이 찻물의 색깔과 잘 어울려 서로를 더욱 돋보이게 하였다. 다성^{茶聖}으로 후대에 불린 육우^{陸羽}는 "완^碗은 월주^{越州}가 뛰어나다. 월주의 자기는 푸른색이어서 차를 더욱 보기 좋게 해 준다."라고 평가했다. 시견오^{施肩吾}는 『촉명사(蜀茗詞)』에서 "월완에 처음 담긴 촉의 차는 새롭고, 옅은 연기 가볍게 만져 고르게 젓네^{越碗初盛蜀茗新, 薄煙輕處攪來勻}."라고 읊었는데 월완과 신차가 서로 잘 어울리는 정취를 표현하였다.

완 외에 구^甌도 당대^{唐代}에 유행했던 다구이다. 육우의 묘사에 따르면 "구^甌는 입술은 말

---

2) 층층으로 된 선반

려 있지 않고 바닥은 말려 있으면서 얇으며 반 승^카을 담을 뿐이다." 이미 발견된 당대의 자기와 대조해 보면 구^甌가 곧 잔^盞임을 알 수 있다. 맹교^{孟郊}의 "몽명의 옥화가 다 떨어져, 월구의 연잎이 비었구나^{蒙茗玉花盡, 越甌荷葉空}."라는 시구는 구와 차의 의존 관계를 증명한다.

당대에는 술 또한 사람들 특히 문인들의 사랑을 받았다. 당시에 술을 담던 주전자를 주자^{注子}라고 불렀다. 영파^{寧波}에서 출토된 당대의 월요 주자는 다섯 종류의 서로 다른 형태가 있는데 물이 나오는 부분이 길거나 짧고, 손잡이가 휘거나 곧고, 복부는 대부분 오이 모양으로 만들어졌으며 오이의 파인 곳에 유약을 두껍게 발라 색이 진하고 튀어나온 부분에 유약을 얇게 발라 색이 연하다. 이렇게 함으로써 같은 기물 안에서 색의 깊이에 변화가 있어 더욱 리듬감이 생긴다.

만당^{晩唐} 시기에 월요에서 구운 황실 전용 어용자^{御用瓷}를 비색자^{秘色瓷}라고 불렀다. 송대 사람의 기록에 따르면 비색자는 오대^{五代}에 출현했다고 알려져 있으며 오월 정권의 전씨의 명령으로 만들어져 민간에서는 사용하지 못하게 한 것으로 유명했다. 그러나 1987년 산시^{陝西}성 푸펑^{扶風}현 법문사^{法門寺} 당대^{唐代} 탑기^{塔基}의 지궁^{地宮}에서 비색자기 10여 점이 출토되었다. 이 청자들이 비색자로 판명된 근거는 지궁 안의 석각 기물장^{器物帳}에 명확하게 '비색자'라는 글자가 적혀 있었기 때문이다. 이로써 당말에 이미 비색자기가 있었음을 알 수 있다. 이 발견으로 도자사의 오랫동안 풀리지 않았던 수수께끼가 풀렸다. 10여 점의 비색자 중에는 팔릉정수병^{八棱淨水瓶}, 완^碗, 반^盤 등이 있었는데, 기형이 비교적 크고 유약의 색은 차분한 초록빛 호수색이며 부드럽고 윤기가 있어 옥과 같은 느낌이 든다. 월요는 송대에 공납용 자기^{貢瓷}를 만들기도 하였으나 여러 이름난 공방들 생겨나면서 점차 쇠락하였다.

당나라 때 남방 지역에 청자를 굽는 유명한 공방이 많았다. 『다경(茶經)』에서 언급된 것만 해도 월주요 외에 정주요^{鼎州窯}, 무주요^{婺州窯}, 악주요^{嶽州窯}, 수주요^{壽州窯}, 홍주요^{洪州窯}가 있다. 역사서에서 찾을 수 없으나 특색 있는 자기를 생산했던 공방이 있었는데 바로 오늘날 후난^{湖南}성 창사^{長沙}시 교외에 위치한 장사요^{長沙窯}이다. 고고학 발굴을 통해 장사요 일부 가마터에서 2,200여 건의 유물이 출토되었다. 당나라 자기 공방에서는 보기 드물게 자기의 양식이 다양했다. 주요 기물로 호^壺, 완, 반, 문방 용품 및 완구 등이 있다.

장사요의 자기에서 가장 두드러지는 점은 장식 예술이다. 우선 첩화^{貼花}가 가장 큰 특징이다. 첩화는 대체로 호와 같은 기물의 복부에 장식되며 그 문양에는 인물, 동물, 과일

나무 등이 있으며 독특한 것으로 호인 악무胡人樂舞 무늬를 들 수 있다. 기물의 첩화 부위에는 종종 갈색 반점을 입히고 표면에 다시 청황색 유약을 발랐다. 이외에 장사요 자기는 최초로 유약 밑에 채색하는 기법을 창안하여 청자의 단일한 색조를 벗어나 생동감 있는 붓 터치로 갈색이나 녹색으로 놀고 있는 아이, 물새, 동물, 화목 등을 그려내 풍부한 정취를 자아냈다. 이러한 자기에는 시구나 민가도 적혀 있었는데 대부분 다음 구절과 같이 이별의 슬픔에 대한 내용이었다. "이별하고 천릿길 떠나 돌아올 날 기약 없으니 한 달 삼십 일 그리워하지 않는 밤이 없다네." 장사요의 호 복부에는 "천하에 유명한 변가의 소구卞家小口天下有名"라고 적혀 있는데 이는 요장窯場의 주인이 자신을 위해 구운 자기로 광고를 하는 것으로 상업적 의미가 뚜렷하다.

〈그림 1〉
『흠정고금도서집성(欽定古今圖書集成)』
판화 「자기요도(瓷器窯圖)」

백자를 굽는 공예는 청자보다 복잡해서 좋은 불과 태와 유약 속 철의 발색을 장악해야 한다. 이러한 이유로 백자의 출현은 청자보다 늦다. 북방 지역에서 발견한 최초의 백자기는 허난河南성 안양安陽시의 북제 범수묘北齊範粹墓에서 출토되었다. 수나라 고분에서 출토된 백자기는 이미 높은 수준에 이르렀다. 그 안에는 높고 큰 채색 자용瓷俑이 있었다.

당대에 들어서면서 북방에는 남방 월요와 이름을 나란히 하는 백자를 굽는 형주요邢州窯가 등장한다. 이조李肇의 『국사보(國史補)』의 '내구백자구'에 관한 기록에 근거해 30여 년 넘게 내구 경내에서 형요 유적을 찾았지만 소득이 없었다. 형요 가마터는 1980년에야 허베이河北성 린청臨城현 치춘祁村에서 발견되었다.

고중에 따르면 가마터가 있는 자리는 당나라 때 형주邢州 내구內丘에 속하지 않았고 조주趙州 임성臨城에 속했다. 하지만 내구와 인접해 있어 『국사보』에서는 대략적인 위치로 언급한 것이었다. 형요 백자는 태질胎質이 섬세하고 유약의 색이 희고 윤기 있어 "은과 같고 눈과 같다類銀類雪." 육우는 차를 품평하는 시각에서 월주 자기를 높이 평가했지만 "어쩌면 형주가 월주 위이다."라는 의견을 기록하기도 했다.

형요 백자와 월요 청자는 당나라 자기의 쌍벽이라 말할 수 있겠다. 형요 유적에서 출토된 백자는 완, 호, 작은 자소瓷塑 등으로 완의 수가 가장 많으며 가장 대표적이다. 그중 옥벽玉璧형 바닥 중심에 유약을 바른 완은 정교하고 섬세하게 만들어진 제품이다. 백자의 등장은 훗날 다양한 채색 장식의 발달을 가능케 하였다는 점에서 자기 발달사에서 중요한 의의를 지닌다.

오대를 지나 송대宋代가 되면 자기 발전의 번영기를 맞이하면서 정定, 여汝, 관官, 가哥, 균鈞의 오대 명요名窯가 정교함과 아름다움을 다투었다. 이외에 요주요耀州窯, 용천용龍泉窯, 길주요吉州窯, 자주요磁州窯 등 역시 빛을 발했다.

정요定窯는 당나라 때 생겼는데 이곳이 흥하자 전부터 이름을 날리던 형요가 쇠락하여 송대 사람들은 정요만 알고 형요를 알지 못했다. 정요 유적은 지금의 허베이성 취양曲陽현 지엔츠춘澗磁村에 위치하며 당나라 때 딩저우定州에 속했다. 정요의 백자는 태가 얇고 유약은 상아 백색이다. 장식 기법으로 각화刻花, 획화劃花, 인화印花 등이 있다. 문양에는 각종 화훼, 연작燕雀, 희영戲嬰 등이 있다. 무늬가 섬세하고 번잡함이 없으며 화려하면서도 고풍스러움을 잃지 않았다. 정요 자기는 복소覆燒 방법을 사용해 완, 반 등 기물을 하나하나 엎어서 쌓아 가마에 넣어 굽는다. 이렇게 가마에 넣는 방법은 생산량이 많으나 구워낸 기물의 입구 가장자리에 유약이 없는 것이 특징으로, '망구芒口'라고 부른다. 일부 자기는 자기의 완벽한 아름다움을 추구하기 위해 망구 부분에 금, 은, 동 등의 금속을 입혀 금구金扣, 은구銀扣 그리고 정장정기定裝定器라고 불렀다. 기록에 의하면 정요는 백자 외에도 다른 유약 색의 자기를 구웠는데 그중 진귀한 자정紫定이 근래 정요 유적지에서 발견되었다.

전해지기로 송나라 휘종徽宗은 정요의 기물에 망구가 있는 것을 싫어하여 루저우汝州에 자기를 공납하라 명하였고 이때부터 여요汝窯가 유명해졌다. 하지만 여요 자기는 거의 전해지지 않아 어떤 이는 그것이 실제로 존재했는지 의문을 품을 정도였다. 1987년 허난성 바오펑寶豐현 청량사淸涼寺에서 여요의 가마터가 발견되었다. 여요 자기의 특징으로, 태가 청회색이고 유약에 마노瑪瑙를 섞어 표면에 감청색이 돌고 아름답게 갈라진 무늬가 있다.

송대의 관요官窯는 관부官府에 설치된 궁중 전용 자기를 제작하는 요장이다. 북송 선정宣政 연간에 서울인 변량汴梁3)의 관부에 자체적으로 요장을 두면서 '관요'라는 명칭이 생겼다. 북송 관요 유적은 지금으로서는 아직 발견되지 않았으며, 현존하는 관요 자기는 일부 여요 자기와 비슷해서 여요가 바로 관요였다고 주장하는 사람도 있다. 사실상 관요와

---

3) 지금의 허난성 카이펑(開封)시

여요는 둘 다 존재하긴 했으며 여요가 관요에 큰 영향을 미쳤다.

송고종^{宋高宗}이 남도^{南渡}한 후 항주에 새로운 요장을 세웠는데 이것이 남송 관요이다. 남송 엽치^{葉寘}의 『탄재필형(坦齋筆衡)』에 "고종이 도강한 후, 옛 궁궐의 제도를 계승해 수내사에 요를 설치하고 청자기를 제조하는 곳을 내요라 명했으며 이후 교단 아래에 별도로 새로운 요를 세웠다^{中興渡江, 襲故宮遺制, 置窯於修內司, 造靑瓷器名內窯, 後郊壇下別立新窯}."라고 적혀 있다. 교단^{郊壇}4) 관요 가마터는 지금의 항저우 남쪽 교외 구산^{龜山} 일대에 위치하며 출토된 자기는 태가 얇고 태의 색이 흑회색 혹은 흑갈색이며 기록에 적힌 "자구철족^{紫口鐵足}"에 부합한다. 유약색은 분청색, 미황색 등이 있고 유약을 비교적 두껍게 발랐다. 기물 중에 상주^{商周}, 진한^{秦漢} 시기의 동기와 옥기를 모방한 것이 많았는데 당시의 복고 풍조에 영향을 받은 것으로 보인다.

가요^{哥窯}에 대해서 "가요와 용천요^{龍泉窯}는 모두 처주 용천현에 있다. 남송 때 장생일^{章生一}, 생이^{生二} 형제가 각각 한 요장의 주인이었으며 생일이 가요를 맡았는데 그가 형이라 가요^{哥窯}5)라는 이름이 되었다. 생이가 맡은 곳이 용천요인데 이는 지명에서 온 이름이다. 두 군데 자기의 색은 모두 푸르나 농담이 다르다. 그 족^足은 모두 철색이고 역시 농담이 같지 않다. 가요는 단문^{斷紋}이 많아 '백급파^{百圾破}'라 불렸다."라는 기록이 있다. 가요 가마터는 지금까지 발견되지 않았고 전해지는 기물을 보아 가요 자기는 태에 흑회색, 연회색, 토황색이 있고 유약에는 분청^{粉靑}, 월백^{月白}, 유회^{油灰}, 청황^{淸黃} 등 여러 색상이 있어, 전해지는 가요 자기들이 하나의 가마에서 구워진 것은 아닐 것이라는 가능성이 제기되고 있다. 그 산지에 대해서는 룽취안^{龍泉}, 징더전^{景德鎭}, 지안^{吉安}, 항저우^{杭州} 등으로 다양하게 추측하고 있다. 가요 문제는 도자사^{陶瓷史}의 현안이다.

균요^{鈞窯}는 허난성 위^禹현에 있다. 균요 자기의 특징은 불투명한 우윳빛 유약으로 소결 후 기물의 유약 색이 변화무쌍하고 푸른빛 안에 붉은빛을 띠는 빛깔이 흡사 푸른 하늘에 내린 저녁놀 같아 시적인 정취가 가득하다. "저녁놀의 자줏빛과 푸른빛 어느덧 산안개를 이루네."라는 구절은 균자^{鈞瓷}의 화려한 색을 잘 묘사하고 있다. 균요의 공납 자기 밑바닥에 숫자가 새겨져 있는 것을 발견할 수 있는데, 이 숫자의 의미에 대해서는 청대^{淸代}부터 여러 추측이 있었다. 가마터 기물의 연구를 통해 이 숫자는 기물 크기의 호수를 나타낸

---

4) 제사를 위해 세운 흙단(土壇)으로 남쪽 교외에 설치되었다.
5) 형의 요장

것이며 '일'이 가장 큰 것이고 '십'이 가장 작은 것이다.

송대까지의 자기가 가지는 전반적 특징은 기형이 단순하고 장식이 적으며 유약의 색으로 승부를 보고 예스럽고 소박하며 자연스러운 풍격을 추구하는 것이다. 오대 명요 외에 요주요耀州窯 자기의 감람색, 용천요龍泉窯 자기의 매실 푸른빛, 경덕진景德鎭 자기의 영청影靑, 건요建窯 자기의 토호兔毫와 자고반鷓鴣斑은 모두 각자의 매력이 있다. 송대 이후 중국 자기의 발전은 새로운 단계에 들어선다.

원대元代에는 청화자기靑花瓷器를 구워내는 데 성공해 자기 장식에 큰 변화가 나타났다. 코발트로 자기의 태 위에 그림을 그린 뒤 투명한 유약을 입혀 구우면 뚜렷한 남백색의 예술적 효과가 나타난다. 청화자의 산지는 징더전景德鎭이다. 이후 징더전의 자기 사업은 빠르게 발전한다.

청화자는 옥과 같은 바탕에 푸른색 골격이 있으며 단아하고 정숙하여 중국 회화 기법과 자기 공예의 완벽한 결합이라 할 수 있다. 원대에는 고족배高足杯, 절복완折腹碗, 능화구대반菱花口大盤, 개관蓋罐, 옥호춘병玉壺春瓶, 관이병貫耳瓶 등 다양한 청화자기가 있었다. 무늬가 비교적 번잡하고 층차가 많으며 화면이 가득 차 있지만 주된 것과 부차적인 것이 분명히 구분되고 혼연일체를 이룬다.

청화의 기원에 대해 학계에는 두 가지 의견이 있다. 혹자는 페르시아에서 전해졌다고 하고 혹자는 중국에서 자체적으로 만들어 냈다고 주장한다. 청화를 굽는 데 필요한 두 가지 공예 기법인 유약 밑에 그림을 그리는 것과 코발트를 활용하는 것은 당나라 때 이미 갖추어져 있었다. 원대에 이르기까지 이미 400년 정도의 역사가 있으므로 청화자기는 전대 자기 제작의 기초 위에 탄생했다고 볼 수 있다.

명대明代 자기 생산은 여전히 청화가 주를 이뤘지만 채자彩瓷가 유행하기 시작했다. 성화成化 연간에 유약 아래의 채색과 유약 위의 채색을 조합한 투채鬪彩를 구워내는 데 성공한다. 투채는 청화를 기본으로 하여 서너 가지 이상의 색상을 가진 유약을 입혀 산뜻하고 발랄한 풍격이다. 채자의 등장은 고품질의 백자를 전제로 한다. 가정嘉靖·만력萬曆 연간의 오색은 청화에서 색상을 주요 요소로 삼게 했다. 다양한 유약에 색을 조합하여 색조가 짙고 선명하다. 이 시기에 청화 장식은 더 이상 기물에서 주요한 위치를 차지하지 않게 되었다. 징더전이 명대에 전국 자기 제조업의 중심지가 된 것은 그 당시 그보다 정교하고 아름다운 자기가 나오지 않았기 때문이다.

채자의 등장은 사람들의 심미적 취미의 변화를 자극했다. 청대^{淸代}의 채자는 명대 채자의 기초 위에서 크게 발전했는데 민간 오채, 법랑채^{琺瑯彩}, 분채^{粉彩}, 투채^{鬪彩}, 소삼채^{素三彩} 등의 종류가 있다. 청대 자기의 또 다른 성과는 자기를 여러 색을 가진 유약으로 구워내는 데 성공한 점이다. 송대의 유명한 요장의 자기를 모방한 자기는 진품과 구분이 안 될 수준이었다. 명대에 한때 자취를 감춘 동홍유^{銅紅釉}를 복원해 낭요^{郎窯}의 아름다운 깊은 붉은 색을 구워 냈다. 청대에 새로 창안된 색 유약으로는 연지수^{胭脂水}, 산호홍^{珊瑚紅}, 추규록^{秋葵綠}, 오금유^{烏金釉}, 천람유^{天藍釉} 등이 있다.

청대 자기는 공예 방면에서 지극히 정교했는데 누공투병^{鏤空套瓶}, 전경병^{轉頸瓶}, 청화영롱자^{靑花玲瓏瓷}가 모두 청대를 대표하는 기물이다. 『도설(陶說)』에서 당시의 자기 제조계는 거의 모든 수공예품을 모조했다고 다음과 같이 기술하였다. "창금^{戧金}, 누은^{鏤銀}, 탁석^{琢石}, 휴칠^{髹漆}, 나전^{螺鈿}, 죽목^{竹木}, 포여^{匏蠡} 등 모든 작업을 도자로 만들지 않은 것이 없으며 똑같이 모방했다." 청대 자기에는 다양한 길상 문양이 유행했다. 모란^{牡丹}, 석류^{石榴}, 복숭아나무^桃, 소나무와 학^{松鶴}, 사슴^鹿, 박쥐^{蝙蝠} 등의 문양이 있었는데 각각 부귀, 다산, 복, 녹봉^祿, 장수 등을 상징한다. 청대 자기는 교묘한 풍격을 추구해 공예 수준을 전례 없이 끌어올려 중국 자기 발전사에서 송대를 뒤이은 또 하나의 최고봉으로 꼽힌다.

4

문방사우*

장마오룽(張懋鎔)

문방사우는 붓, 먹, 종이, 벼루로 문인의 서재에서 자주 쓰이는 네 가지 필기도구이다. 문자의 보존과 전파를 돕는 기물로서 중국에서는 일찍이 등장하여 빠르게 발전하였고 품종이 많으면서 정교하게 제작되어, 세계에서 보기 드문 경우이다.

문방사우가 언제 시작되었는지 지금은 아직 단언할 수 없다. 몽염蒙恬이 붓을 만들었고 채륜이 종이를 만들었다는 말은 이미 정설로 굳어졌다. 다만 한 가지 분명한 것은 문방사우 혹은 그중 한두 가지는 거의 중국 문자의 탄생과 발걸음을 같이 뗐기에 중국 문명 시대의 시작을 알리는 표지 중 하나이다.

현재 학계의 정설에 따르면, 상대商代 후기의 갑골문甲骨文은 체계적이고 성숙한 문자이다. 그 전으로는 원시 사회 말기로 거슬러 올라간다. 문자가 싹트는 긴 시기로 문방사우가 바로 이때 처음으로 모습을 드러낸다. 문방사우의 '우두머리'인 붓이 가장 먼저 등장했다. 중국 신석기 시대의 채문 도기彩文陶器에는 예스럽고 소박한 몇 가지 도안 혹은 동물형 무늬가 들어가 있는데, 행필을 분석해 보면 붓을 사용해 제작했을 가능성이 매우 높다. 안양安陽시 은허殷墟에서 발견된 상대의 갑골에는 조각되지 않고 남아 있는 붉은색 혹은 검은색의 글자가 있는데 그 획이나 둥글게 돌림이 자유자재이거나 획의 끝을 빼는 부분이 굳세고 강해서 붓으로 쓴 것이 아니라고 보기가 어렵다. 다만 아쉽게도 실물은 발견되지 않았다. 지금 우리가 볼 수 있는 최초의 붓의 실물은 1954년 후난湖南성 창사長沙시

---

* 원문은 '문방사보(文方四寶)'.

좌가공산左家公山 전국묘戰國墓에서 출토된 대나무붓 한 자루이다. 붓은 기다란 죽관竹管 안에 보관되어 있고, 붓대는 속이 비지 않고 매우 가늘며 길이 18.5㎝, 굵기 0.4㎝이다. 붓촉은 고급 토끼털로 만들어졌으며 길이 2.5㎝로, 붓대의 쪼개진 끝부분에 끼워 가는 실로 감고 겉에 도료를 칠해 고정했다.

비록 초기의 붓은 찾을 수 없었지만, 벼루의 선조는 발견되었다. 시안西安시 반파半坡 유적, 바오지寶鷄시 북수령北首嶺 유적에서 앙소仰韶 문화 시기의 연마기가 발견되었는데, 비록 형태가 단순하고 만듦새가 조잡하지만 벼루의 시초로 꼽힌다. 1980년 산시陝西성 시안시 린통臨潼구의 강채姜寨 유적에서 석연石硯이 출토되었는데, 위에는 돌 덮개로 덮여 있고 덮개를 열면 벼루의 오목한 곳에 돌로 된 갈이 막대가 있고 그 옆에는 검은색 안료1)가 몇 개 놓여 있었다. 이것이 현재로서 가장 오래된 벼루로 약 5,000년 전에 사용된 것이다. 1975년 후베이湖北성 윈멍雲夢현 수호지睡虎地 진묘秦墓에서 발견된 돌벼루는 벼루와 연마석이 모두 제각각인 자가로 가공되어 만들어졌다. 벼루와 연마석 모두 사용한 흔적과 쓰고 남은 묵의 흔적이 관찰되었다. 초기 벼루의 발견은 붓이 최소한 벼루가 발명되기 이전에 존재했음을 보여주는 증거이기도 하다.

먹의 등장도 비교적 이르다. 전해지기로 서주西周 선왕宣王 때 형이邢夷라는 사람이 먹을 만들기 시작했다고 한다. 그러나 사실은 적어도 상나라 때 이미 먹이 있었으니 갑골문의 먹글씨가 바로 그 증거이다. 다만 실물이 발견되지 않아 천연 광물을 사용했는지 아니면 그을음을 원료를 사용해서 먹을 만들었는지는 분명하지 않다. 1954년 후난성 창사시 양가만楊家灣 전국묘戰國墓에서 묵으로 글씨가 적힌 죽간이 출토되면서 검은색 흙덩어리가 가득 담긴 대나무 광주리가 같이 발견되었는데 이 흙덩어리가 중국 먹의 원형으로 분석된다. 만듦새가 거칠고 글씨를 쓴 것처럼 매끄럽지 않아서 당시의 먹물 제작 수준이 이보다 높았을 것으로 추측된다. 1975년 호북성 운몽현 수호지 진묘에서 출토된 원기둥꼴 먹 조각은 직경 2.1㎝, 길이 1.2㎝로, 처음 형태를 갖춘 연묵煙墨 실물이다. 그러나 이 시기의 먹은 그저 손으로 작은 원형 조각을 만들었을 뿐, 아직 모형을 이용해 형태를 고정하지는 않았다. 그래서 손으로 먹을 잡고 갈 수 있는 형태가 아니었고, 연석硯石2)으로 벼루를 눌러 가루를 만들고 여기에 물을 타서 희석하여 먹물을 만들었다. 따라서 함께 출토

---

1) 산화망간
2) 벼룻돌

된 유물에는 종종 벼루를 가는 벼룻돌이 있다.

종이의 등장은 비교적 늦다. 고고학적 발견이 알려준 바에 따르면 서한西漢 시기에 중국에서는 이미 식물 섬유로 종이를 만들었다. 1933년 고고학 작업자가 신장新疆 로프노르羅布淖爾의 한대漢代 봉수烽燧 유적에서 서한의 마지麻紙를 발견했는데, 이는 문헌에 기록된 동한東漢 채륜蔡倫의 종이 발명보다 한 세기가 넘게 이른 시기이다. 1957년 산시陝西성 시안시 바차오灞橋구 서한 묘장西漢墓葬에서 80여 편의 마지 꾸러미가 출토되었는데 로프노르의 종이보다 연대가 더 이르다. 1972~1976년 간수甘肅성 에치나額濟納의 한대漢代 유적에서 두 장의 마지 파편이 출토되었다. 한 장은 한나라 선제宣帝 감로甘露 2년(기원전 52년), 다른 한 장은 애제哀帝 건평建平(기원전 6년~기원전 3년) 이전의 것이다. 1978년 산시陝西성 푸펑扶風현 중옌춘中顔村 서한 요장西漢窯藏에서 마지 세 장이 발견되었는데, 어느 정도 광택이 있고 질겨서 '중안지中顔紙'라고 불리게 되었다. 마찬가지로 서한 선제 시기의 생산품이다.

종이가 붓, 벼루, 먹보다 늦게 출현한 것은 놀랍지 않다. 종이가 발명되기 전에 종이의 대역인 죽편, 목판, 겸백縑帛이 모두 글쓰기와 회화의 재료로 널리 사용되고 있었기 때문이다. 그 외에도 거북이 등딱지, 동물 가죽, 도기 조각, 옥 조각, 돌 조각이 모두 중국의 문자를 담는 매체였다. 상대商代부터 전국 시대까지 천여 년 동안 이들은 잠시 종이를 대신해 붓, 벼루, 묵과 어깨를 나란히 하며 중요한 역할을 수행했다.

진한秦漢부터 중국은 통일된 대국이 되었고 정치적 필요와 경제 발전으로 인해 문화 영역이 활기를 띠었으며 문방사우의 제작도 나날이 완벽해졌다. 진秦 이전의 석연石硯이 순수하게 사용 가치를 고려해 다듬지 않았다면, 양한兩漢의 벼루는 조각 기술이 이미 정밀하고 섬세했다. 해방 이후 출토된 수량이 상당했던 한나라 벼루는 글쓰기 전용 벼루가 이미 보편적으로 사용되고 있었음을 보여준다. 벼루의 재질로는 돌 외에도 도기, 옥, 금속, 칠漆 등이 사용되었다. 벼루의 형태는 원형이나 길쭉한 형태가 대부분이었고 그 외에 산 모양, 거북이 모양 등이 있다. 쟝수江蘇성 쉬저우徐州에서 출토된 동한의 동합연銅盒硯은 벼루의 면 부분에 돌조각을 박아 넣은 것을 제외하면 벼루 뚜껑은 동물의 몸통이고 전체에 금을 입혀 각종 보석과 붉은 산호를 박아 정교하게 만든 것으로 한나라 벼루의 대표적인 작품이다.

위진남북조魏晉南北朝 시대가 되면 자기瓷器 제작 공업이 발전함에 따라 자연瓷硯이 새롭게 등장했다. 수량이 꽤 많으며 주로 원형이다. 이 시기에는 석조연石彫硯도 나타났다. 1970

년 산시山西성 다퉁大同시에서 출토된 북위北魏 시기의 석조방연石彫方硯은 벼루 중심부 양측에 이배형耳杯形의 못水池과 네모난 필첨筆舔3)이 부조浮彫되어 있고, 양 끝에는 새와 길짐승이 물을 마시는 모습이 있고 주변에 짐승을 타고 있는 모습, 씨름하는 모습, 춤추는 모습, 원숭이 네 가지 도안이 조각되어 있다. 벼루를 만든 예인藝人은 벼루의 네 변과 벼루 밑바닥까지 놓치지 않고 날짐승, 화훼 등을 조각해 놓았는데 공예 솜씨가 감탄을 자아낼 정도이다.

위진남북조 벼루의 완정한 형태를 바탕으로 당唐나라에서는 '사대 명연四大名硯'으로 불린 산둥 노연山東魯硯, 광둥 단연廣東端硯, 안후이 흡연安徽歙硯, 간쑤 조연甘肅洮硯이 등장했다. 노연 중 으뜸은 청주홍사석연靑州紅絲石硯으로, 돌의 색깔이 아름답고 구름무늬, 물결무늬 등 무늬가 많아 물을 잘 머금고 마르지 않아 먹이 잘 만들어졌다. 유명한 서예가 유공권柳公權은 "축연蓄硯은 청주가 으뜸이다."라고 칭찬하였다. 단연은 돤저우端州4)에서 생산되어 이에 따라 이름을 얻었다. 단연은 먹을 갈 때 소리가 나지 않고, 먹이 부드럽게 갈려 조금의 손상도 없다는 것이 특징이다. 그중의 상등품은 공물로 분류되어 황가의 자손이나 조신들이 사용하였다. 흡연의 특징은 석질이 단단하고 투명하고 깨끗하다는 점이다. 그중에서도 용미연을 상품으로 꼽는다. 용미연은 마치 옥진玉振처럼 걸고 소리가 맑고 물을 잘 머금어 열흘이 지나도 마르지 않는다. 조연은 석질이 단단하면서 매끈하고 푸른빛을 띠며 먹이 빠르게 갈리며 붓을 쓰기가 좋아 문인 학사들의 사랑을 받았다. 사대 명연의 등장은 중국의 벼루 제조 예술이 완전히 성숙한 단계에 접어들었음을 나타낸다.

진나라부터 붓 제작 기술도 많이 향상되었다. 1975년 후베이성 윈멍현 수호지 진묘에서 붓 세 자루가 출토되었는데, 붓대 한쪽 끝을 쪼개지 않고 구멍을 내어 붓털을 그 안으로 넣었다. 겉에는 테를 둘러 고정력을 강화했다. 이는 아마도 몽염蒙恬이 붓에 일정한 개조 작업을 했음을 설명한다. 이는 진나라의 문자 통일과 서체 미화에 일조했다.

양한 이후에 붓 제작의 명수들이 나타났다. 한나라 때 '초성草聖'으로 불렸던 장지張芝는 '금초今草' 창제로 유명할 뿐만 아니라 본인이 바로 붓을 제작하는 명장이었다. 동한의 문학가이자 서법가였던 채옹蔡邕은 평생 장지의 붓을 즐겨 썼다.

당대唐代에 이르러 전문적인 붓 장인과 공방이 생겨나면서 붓의 제작은 상당히 정교해졌다. 당시 쉬안저우宣州5)는 전국 붓 제작의 중심이 되어 그 시대 이름을 널리 알린 선필宣

---

3) 붓끝에 먹을 골고루 묻히기 위해 붓끝을 대어 가다듬는 작은 그릇 같은 기물
4) 지금의 광둥(廣東)성 자오칭(肇慶)시 동쪽 교외
5) 지금의 안후이성 쉬엔청(宣城)현

筆을 생산했다. 선필은 높은 질량의 토끼털을 재료로 정교하게 제작되어 역대 문인 소객들로부터 많은 찬사를 받았다. 당나라 시인 백거이^{白居易}는 인구에 회자가 되는 「자호필(紫毫筆)」이라는 작품을 써 이렇게 말했다. "자호필은 송곳처럼 뾰족하고 칼처럼 예리하구나. 강남석^{江南石} 위에 토끼가 있어 대나무를 먹고 샘물을 마시니 자호^{紫毫}가 자란다네. 선성^{宣城}의 사람이 붓을 위해 채취할 때에 천만 가닥 털 중에서 한 가닥의 가는 털을 고른다. 털이 비록 가벼우나 공^貢은 매우 중하구나. 붓통에 이름을 세겨 진상하니 군^君이여, 신^臣이여, 가벼이 사용하지 마소서."

진당^{晉唐} 때 아직 입식 탁자와 의자가 유행하기 전, 사람들은 앉은 자리에서 글을 써 종종 현완법^{懸腕法6)}으로 글을 썼다. 따라서 필봉이 곧아 토끼털을 쓰기에 쉽다. 북송^{北宋} 이후 신식 입식 탁자가 보급되자 글쓰기 자세가 넓고 대범해졌다. 이에 따라 진당의 곧고 강함을 높이 산 붓 제작법을 바꾸고 붓의 재료와 성질을 다양화하는 것이 요구되어 부드러운 털이 점차 우위를 점했다.

남송^{南宋} 때에 중국 경제 문화의 중심이 남쪽으로 이동하면서 붓 제작의 중심도 점점 안후이성 쉬엔청^{宣城}에서 저장성 우싱^{吳興}현 일대로 옮겨갔다. 원대^{元代}가 되자 이 일대가 후조우^{胡州}에 속하게 되었고 이 지역 '가흥로^{嘉興路}'에서 나는 산양의 털이 가장 명성이 높았다. 이 산양 털로 만들어진 붓은 선필^{宣筆}보다 부드러워 글을 쓰는 데 매우 적합했다. 이 때문에 이후 '호필갑천하^{胡筆甲天下}'라는 명성을 얻게 되었다. 명^明에 들어와서도 호주는 줄곧 전국 붓 제작의 중심이었다.

먹의 제작은 동한 시기에 크게 발전한다. 그 형태는 작은 둥근 조각에서 묵정^{墨錠}의 형태로 변화해 먹을 직접 잡고 갈 수 있게 되었다. 이때부터 벼루의 부속품이었던 벼룻돌은 자취를 감추었다. 동시에 규모가 큰 묵 제작 공방이 생겨났다. 생산량이 크게 증가하였기 때문에 당시 조정에서는 매달 관리에게 먹을 나눠줄 수 있는 여건이 되었다.

동한 때 송연^{松煙}은 이미 먹의 주요 원료였다. 송연은 소나무에서 태운 그을음을 옻과 아교로 버무려 만든다. 허난^{河南}성 산^陝현 유가거^{劉家渠} 동한묘^{東漢墓}에서 출토된 먹 다섯 정의 파편은 송연으로 만들어진 것으로 판명되었다. 송연으로 만든 먹은 검은색에 재질이 부드러우며 중량이 가벼워 갈기 편하다. 송연묵의 흥기는 서법 예술의 발전에 좋은 조건을

---

6) 팔에서 팔꿈치를 모두 들고 책상에 대지 않는 방법을 현완법이라고 한다. 팔에서 팔꿈치에 이르는 부분을 책상에 대지 않고 들고서 글씨를 쓰게 되면, 온몸의 힘이 붓 끝까지 미칠 뿐만 아니라 붓도 곧바르게 되어 종횡으로 움직일 때마다 자유자재로 할 수 있다.

제공하였다. 서진西晉의 육기陸機가 쓴 『평복첩(平復帖)』은 1,600여 년이 지났지만 여전히 글씨가 선명하다.

동한 이후 먹의 질이 끊임없이 향상되어 점차 완전해지고 있었다. 삼국三國 시대 위탄韋誕이 만든 묵은 매우 정미하다. 채취한 송연을 물에 띄우고 체를 거르는 과정을 통해 불순물을 제거하고 사향, 얼음 조각, 아교 등 귀한 약물을 가공하여 제작하였기에 먹이 좀 먹고 부패하는 것을 방지하며 독특한 향이 코를 찌른다. 그가 만든 묵은 '일점여칠一點如漆'이라는 명성을 얻었으며, 그는 후대 사람들에게 묵 제조의 창시자로서 존경받았다.

당오대唐五代 묵 제조의 고수로는 해초奚超, 해정규奚廷珪 부자를 들 수 있다. 이들이 만든 묵은 "윤기가 풍성하고 옻칠처럼 검어서", 남당南唐 후주後主 이욱李煜에게 인정받아 '이李'라는 국성國姓을 하사받고 이정규李廷珪는 묵관墨官이 되기도 했다. 당시의 이묵李墨은 만천하에 명성을 떨쳐 "황금은 쉽게 구하나 이묵은 구하기 어렵다."라는 말이 있을 정도였다. 이씨 부자는 안후이安徽성 서歙현에 살았다.

송대宋代가 되면 흡주歙州는 후이저우徽州로 이름이 바뀌면서 이때부터 '휘묵徽墨'이 전국 제일로 일컬어졌다. 송대 묵 제조의 질은 전대에 비해 더 향상되었다. 당시에 동유桐油, 석유石油, 마유麻油, 지유脂油로 태운 그을음을 원료로 사용하는 방법을 개발했는데 품질이 우수해 점차 인기를 얻었다. 북송의 저명한 과학자 심괄沈括은 『몽계필담(夢溪筆談)』에서 석유 그을음으로 만든 묵은 "묵 빛이 칠과 같으니 송연으로 만든 묵이 이에 미치지 못한다."라고 언급하였다. 이때의 발명은 중국 묵 제조 역사에서 빛나는 한 페이지를 차지하게 되었다.

종이는 서한 때 등장했지만 전반적으로 거칠고 쓰기 불편해 죽간과 비단을 완전히 대체할 수는 없었다. 동한 화제和帝 때 상방령尙方令 채륜이 나무껍질, 어망, 해진 천으로 종이를 제작했는데 종이의 품질을 높였을 뿐 아니라 원료 공급원을 확대한 덕분에 종이 생산량이 대폭 증가했다. 동한 때 이미 종제 제작은 성숙한 단계에 들어섰다 할 수 있다.

위진남북조에 제지의 원료는 지푸라기, 밀짚, 덩굴 껍질, 뽕 껍질까지 확대되었고, 제지의 기술적인 면에서도 잿물로 삶고 찧는 과정을 강화하여 품질과 생산량을 모두 향상시켰다. 동시에 색지, 도포지塗布紙, 시교지施膠紙 등 가공지가 등장했으며 외관이 희고 깨끗하며 표면이 매끄러워 크게 인기를 얻었다. 이 시기에 종이는 기본적으로 죽간과 비단의 자리를 대체하여 글쓰기의 유일한 재료가 되었다. 현존하는 최초의 서예 진적眞迹인 『평복첩(平復帖)』이 바로 백마지^{白麻紙} 위에 글씨를 적은 것이다.

수^隋나라 이후 제지 원료는 계속해서 확대되어 서향피^{瑞香皮}, 잔향피^{棧香皮}, 목부용피^{木芙蓉皮}, 청단피^{靑檀皮} 등 인피^{靭皮} 섬유를 원료로 하여 부드럽고 얇으며 섬유가 고르게 교차하는 종이를 제조하였다. 특히 청단피로 만든 선지^{宣紙}는 질감이 부드럽고 깨끗한 흰색에 매끄러움이 균일하며 빛깔과 광택이 오래가고 흡수력이 뛰어나다는 특징을 지녔다. 특히 중국 서화에 사용되는 수제지 중 상등품이었다.

송나라 승당서^{承唐緖}는 대나무를 원료로 종이를 만들었다. 당시 남방 지역에는 대나무가 많아 제지업의 발전에 풍부한 물질적 조건을 제공하였다. 이에 따라 송대의 죽지^{竹紙} 생산량은 갈수록 늘어났다. 동시에 종이 소비량이 늘자 제지공들은 폐지를 원료로 가공해서 사람들이 '환혼지^{還魂紙}'라고 불렀던 일종의 '재생지'를 만들어 쓰레기 재활용의 전례를 만들었다. 송대 이후의 제지는 대부분 식물 점액[7]으로 '종이약[紙藥]'을 만들어 펄프의 재질을 고르게 하고 종이 품질을 더욱 높였다.

붓, 먹, 종이, 벼루가 각자 성숙한 단계에 접어들면서 '문방사보^{文房四寶}'라는 명칭이 굳어졌다. 1974년 난창^{南昌}시 동진묘^{東晉墓}에서 사각형 목재가 발견되었는데 그 위에 필^筆, 묵^墨, 지^紙, 연^硯이라는 글자가 적혀 있었다. 이를 보면, 네 가지 문방구의 정형화는 진^晉나라 때 이미 기본적으로 완성되었다. 수당 이후로 문인들의 제창과 개입으로 '문방사보'의 함의는 더욱 명확해졌다. 무측천^{武則天} 때 이교^{李嶠}가 종이, 묵, 벼루, 붓을 읊은 시가 세상에 알려지면서 문방사우는 시단에 올라 널리 퍼지게 되었다. 남당^{南唐} 시기 사람들은 징심당^{澄心堂}의 종이, 이연규^{李延珪}의 먹, 제갈씨^{諸葛氏}의 붓, 무원^{婺源}의 용미연^{龍尾硯}[8]을 합쳐 '문방사보'라고 불렀다. 북송 때 처음으로 체계적으로 문방사보를 소개한 전문서인『문방사보(文房四寶)』가 세상에 나왔다. 남송 시기의 제왕은 서화에 밝았고 지방 관리들은 황제의 환심을 사기 위해 '문방사보'를 공물로 올리곤 했다. 명청^{明淸} 때의 '문방사보'는 절강^{浙江} 호주^{胡州}의 호필^{胡筆}, 안휘 선성^{宣城}의 선지^{宣紙}, 안휘 휘주^{徽州}의 휘묵^{徽墨}, 광동^{廣東} 조경^{肇慶}의 단연^{端硯}을 특정하여 가리켰는데 이 함의가 오늘날까지 계속 사용되고 있다.

'문방사보'는 고대 문인 학사들이 많이 사용하였기 때문에 오랜 시간이 지나자 문인들이 종종 제작에 참여하게 되었다. 예를 들어 유명한 가공지인 '설도전^{薛濤箋}'은 당나라의

---

7) 양도(楊桃) 덩굴, 닥풀 등의 침출액
8) 장시(江西)성 우위엔(婺源)현 용미산(龍尾山)에서 생산된다.

여성 시인 설도薛濤가 장인을 지도하여 제작법을 수정해 만든 것이다. 또 송대의 전형적인 벼루로 추앙받는 초수연抄手硯의 경우 대문장가인 소식蘇軾이 고안했다고 한다. 문인들이 보기에 문방사우는 서화의 도구일 뿐만 아니라 진귀한 예술품으로서 감상하고 소장할 가치가 있었다. 이러한 관념이 퍼져 송대 이후 문방사우는 자연히 감상품, 공예품으로서의 외양이 중요해졌다. 붓의 경우 품질을 따질 뿐만 아니라 붓대의 소재를 고르는 문제도 매우 엄격했다. 일반적인 대나무 붓대 외에도 귀한 단향, 강향과 같은 목재 붓대와 금, 은, 옥석, 상아, 대모玳瑁가 사용된 진귀한 붓대가 있었다. 붓대에 새겨진 조각 예술도 나날이 정교해져서 명언경구 외에도 각종 산수, 화조, 인물을 조각, 상감, 채색하여 정교한 감상품이 되었는데, 이는 명청明清 두 시대에서 가장 두드러졌다.

명청 시기 묵정墨釘의 품질은 이전 시대를 능가할 뿐만 아니라 정교하고 아름다운 먹의 양식으로 세상에 알려져 있다. 문인들이 먹 제작에 참여했기 때문에 먹의 제작은 '정감묵精監墨'과 '가장묵家藏墨' 두 가지 방향으로 나아갔는데 전자는 감상하는 용도이고, 후자는 소장하거나 친구에게 선물하는 용도였다. 청대 조공소曹功素의 『경상응세묵(經常應世墨)』은 도안이 섬세하고 조형이 아름답다. 이 중 '자옥광紫玉光'은 먹 면 위가 황산黃山 36봉으로, 36정錠의 먹을 각 봉우리의 형태로 조합해 먹 하나가 봉우리 하나로, 각각 독립적으로 감상할 수도 있고 모아서 전체적으로 감상할 수도 있어 예술적 재미가 있다.

종이 위에 복잡한 그림을 그려놓을 수는 없지만 풍부한 색채와 무늬는 사람들을 매료시키기에 충분하다. 송대 이후 가공지 중에 색색의 납전蠟箋9), 이금泥金, 냉금冷金10), 나문羅紋11), 아화砑花12) 등 새로운 품종이 등장해 오색찬란하게 빛나며 사람들의 눈을 어지럽혔다. 선지宣紙는 당대唐代에 생겨났지만 명대에 이르러 문단을 뒤흔들었다. 명나라 선덕宣德 연간에 문인 묵객들이 앞다투어 사들이면서 한때 선지 부족 현상이 나타났다. 이 역시 선지가 소장 가치가 있기 때문이었다.

명청대의 벼루는 모양이 다양할 뿐만 아니라 연식硯式이 풍부하여 산수, 인물13), 화조, 어충, 짐승에 이르기까지 다양하다. 청대 초기 강남江南 벼루 조각의 명수 왕수군王岫君이 조각한 산수연山水硯은 앞뒷면에 원석의 자연적 형태를 살려서 산수를 조각한 구도가 기

---

9) 밀랍을 먹인 종이
10) 금가루를 뿌려 만든 종이
11) 결 무늬가 있는 종이
12) 도안이 그려진 인피로 만든 종이
13) 선불(仙佛)을 포함

묘하다. 이 시기에는 또한 벼루 위에 시를 새기거나 제명題銘을 쓰기도 했다. 진귀한 벼루에 명사의 명문銘文을 새김으로써 예술적 감상의 가치가 한층 더해졌다.

붓, 먹, 종이, 벼루가 발전해 온 궤적이 중국 고대 문화 발전의 축소판이었다면 '문방사우'가 공통으로 담고 있는 심미적 가치는 중국 고유의 민족적 성격의 축적이다.

5

고대의 화폐*

리쉐친(李學勤)

화폐는 중국 고대 문물의 중요한 한 부문으로 고대 화폐를 연구하는 학문 분과를 고전학古錢學이라고 한다. '고전古錢'이라는 단어는 관습적으로 금속 주화를 주로 가리키는데 '전폐錢幣'의 함의는 더욱 넓어져야 할 필요가 있다.

은殷나라와 상商나라 그리고 서주西周 시기에 조개껍질貝은 가장 많이 사용되던 화폐였다. 사용된 조개껍질은 화패貨貝라고 불리는 작은 바다 조개로 열 개의 조개껍질을 일 붕朋이라고 했다.

중국이 언제부터 금속으로 만든 화폐를 사용하기 시작했는지는 아직 제대로 파악되지 않는다. 사마천司馬遷의 『사기(史記)』와 같은 고서에 따르면 우禹·하夏 시대에 이미 '금金'을 화폐로 삼았다고 한다. 여기서 '금'은 황금, 백은, 동銅 세 종류를 포함한다. 이것이 사실이라면 금속이 화폐를 충당한 시기는 기원전 2000년 전으로 거슬러 올라간다. 안타깝게도 이런 기록은 고고학적 근거로 증명되지 않았다. 상나라 말기의 갑골문과 금문을 보면 왕이 때때로 신하에게 금속[1]을 하사했는데 아마도 당시에 이미 금속을 화폐로 사용했을 것으로 보인다. 동시에 안양安陽 은허殷墟 등지의 상나라 말기 고분에서 동으로 주조된 조개들이 발견되었는데 이것이 화폐인지 아니면 일종의 장식품인지 판별할 수 있는 증거가 없다. 서주의 금문에서 '금'[2]이 화폐로 사용되었다는 사례가 있고 '금'은 조개껍

---

* 절 제목 '화폐'에 해당하는 원문은 '전폐(錢幣)'이다. 본문에서는 '전(錢)'이라는 글자에 대한 설명이 나와 상황에 따라 독음 그대로 옮겼다.
1) 동정(銅錠)일 가능성이 있음
2) 동을 가리킴

질과 서로 환산할 수 있었다. 그러나 이때의 '금'은 여전히 열鎰3) 단위로 계량되었기에 아직 주화는 아니었다고 생각된다.

현재로서 확실하게 금속 주화 사용되었다고 판단되는 가장 이른 시점은 춘추 전국 시기이다. 여러 나라가 존재했기에 주화의 형태도 각양각색이었는데 전반적으로 볼 때 포布, 도刀, 엽전4), 동패銅貝, 금판金鈑 다섯 가지이다. 앞의 네 가지는 동으로 주조했다. 포는 삽 모양으로 상단 삽자루 부분을 '수首', 그 아래 삽체 부분의 위쪽 가장자리를 '견肩', 아래쪽에 양 끝으로 갈라져 뾰족한 끝부분을 '족足' 그리고 두 족 사이를 '과胯'라고 불렀다. 도형刀形은 좁고 긴 작은 칼처럼 생겼으며 손잡이에 고리를 만들었고 칼날 부분을 '수首'라고 불렀다. 엽전은 원형으로 납작하고 중심에는 '천穿'이라고 불리는 구멍이 있다. 동패는 통상 '의비전蟻鼻錢'이라고 불렸는데 모양은 조개껍데기처럼 생겼고 한쪽 끝에 작은 구멍이 뚫려 있다. 금판은 황금으로 주조하였으며 네모 혹은 허리가 잘록한 형태이다.

『국어(國語)』에 춘추 시대 주周나라 경왕景王 21년(기원전 524년)에 큰돈을 주조했다고 기록되어 있다. 경왕 이전에 이미 돈이 유통되었고 자子, 모毋로 나뉘었다. '전錢'이라는 글자의 본뜻은 일종의 삽 모양의 공구로『국어』에서 가리키는 것은 포폐布幣이다. 고고학적 발견으로 춘추 시대 중기 이후에 주나라에서 확실히 포폐를 사용했음이 확인되었다. 그 머리 부분의 중간이 비어 있어 공수포空首布라는 이름이 붙었다. 주나라 공수포에는 평견平肩과 사견斜肩이 있고 문자가 적혀 있는데 초기 것에는 주조한 표기가 있고 비교적 후기에 만들어진 경우는 지명이 적혀 있다. 예로 "삼천근三川釿", "동주東周" 등이 있는데 '근釿'은 포폐의 단위이다. 전국 시대의 엽전에는 둥근 구멍5)이 있고 '서주西周', '동주東周' 등 글자가 새겨져 있다.

춘추 전국 시대 초기에 진晉나라에서도 공수포를 썼는데 그 특징은 견肩이 올라가 있고 족足이 뾰족하다는 것이다. 글자가 적힌 것도 있었으며 마찬가지로 '근釿'을 단위로 삼았다. 전국 시대가 되면서 진나라는 한韓, 조趙, 위魏 세 나라로 나뉘었고 모두 포폐를 주로 사용했으며, 주周나라를 포함해 포폐권이 되었다.

위나라의 포폐는 평견방족平肩方足 혹은 원견방족圓肩方足의 원과포圓胯布로 반 근釿, 1근, 2근의 세 등等으로 나뉜다. 지명은 '안읍安邑', '양진陽晉' 등 다양했다. 그 외에 '양정폐梁正幣', '양

---

3) 무게 단위, 6⅔냥兩
4) '엽전'에 해당하는 원문은 '원전(圓錢)'이다. 원문의 원전은 모두 엽전으로 번역하였다.
5) '둥근 구멍'에 해당하는 원문은 '원천(圓穿)'으로, 화폐 중간에 뚫린 구멍의 형태가 원형인 것을 가리킨다.

기근^{梁奇新}' 두 가지 원과포가 있었는데 기원전 361년 위나라가 대량으로 천도해 만든 것으로 마찬가지로 세 개의 등이 있다. 또한 둥근 구멍이 있는 엽전이 있었는데 '공순적금^{共純赤金}', '칠단일근^{漆壇一新}' 등의 글자가 적혀 있다.

조나라의 포폐는 어깨가 올라가 있고 발이 뾰족하며 주조 지역은 '진양^{晉陽}', '평위안^{平原}' 등 다양하며 두 개의 등으로 나뉘며 작은 것에 '반^{半}' 자를 붙였다. 또 원수 원족^{圓首圓足} 포가 있는데 화폐 정면에 새겨진 문자인 면문^{面文}으로는 '인^{藺}' 혹은 '이석^{離石}'이 있고 뒷면에는 기수^{紀數}가 있으며 두 개의 등으로 나뉜다. 여기서 발전한 것이 삼공포^{三孔布}로 원수 원족 위에 각각 둥근 구멍이 있으며 뒷면에는 '십이수^{十二銖}' 혹은 '일냥^{一兩}' 등 기중^{紀重}이 있고 수^{首} 부분에 기수^{紀數}가 있다. 면문에는 '상곡양^{上曲陽}', '북구문^{北九門}' 등이 있으며 포폐 중 가장 진귀한 것이다. 조나라에도 둥근 구멍이 있는 엽전이 있었고 문자는 '인^{藺}' 등이 있다. 그리고 직도^{直刀}라고 불리는 등 부분이 곧은 도폐^{刀幣}가 있었으며 면문에는 '감단^{邯鄲}', '백인^{柏人}' 등이 있다.

한나라의 포폐는 소형의 방족^{方足}포이다. 소형 방족포는 전국 후기 한, 조, 위 그리고 주나라에 모두 있었던 포폐 유형으로 지명이 매우 많다. 이는 당시 화폐가 통일되는 상황을 반영한다.

연^{燕}나라, 제^{齊}나라의 전폐는 모두 도폐가 주를 이루어, 이 두 지역은 도폐권을 형성했다.

연나라의 도폐는 이른 시기의 것은 앞머리가 뾰족하고^{尖首} 등이 활처럼 휘어 있으며^{弧背} 주조의 표기 문자가 있다. 연나라에서 가장 많이 볼 수 있는 명도^{明刀}는 첨수도^{尖首刀}에서 발전한 것으로 보인다. 면문으로 '명^{明}'자가 있고 뒷면에는 각종 표기자가 있다. 이른 시기의 것은 호배^{弧背}이고 늦은 시기의 것은 경절형^{磬折形}이다. 연나라에는 포폐와 엽전도 있었다. 방족포^{方足布}는 작고 정교하며 문자는 '양평^{襄平}', '익창^{益昌}' 등이 있다. 엽전에는 네모난 구멍6)이 있고 문자는 '명도^{明刀}', '일도^{一刀}' 등이 있다.

제나라의 도폐는 명도보다 두껍고 무거우며 면문으로 '제법화^{齊法貨}', '제지법화^{齊之法貨}', '즉묵지법화^{卽墨之法貨}'7) 등등이 있다. 드물게 '거방^{莒邦}'이 주조한 것이 있다. 거^{莒} 지역에서 주조한 또 다른 종류의 명도와 비슷한 도폐는 '박산도^{博山刀}'라고 통칭한다. 제나라에도 네모난 구멍이 있는 엽전이 있었으며 문자는 '애화^{蹘化}' 등이 있다.

---

6) '네모난 구멍'은 원문에서 '방천(方穿)'이라고 나오며, 엽전 중앙의 네모난 구멍을 가리킨다.
7) '법화'는 원래 '거화(去化)'인데 '대도(大刀)'로 해석되나 아직 확실하지 않다.

초나라는 '의비전蟻鼻錢'과 금판金鈑을 동시에 사용했다. '의비전'에는 '군君'과 '행行' 등 몇 가지 문자가 있는데 대부분 해석이 어렵다. 또 좁고 긴 방족포方足布가 있는데 두 개의 등으로 나뉜다. 문자의 해석에 대해서는 아직 정론이 없다. 금판 위에 '염칭郢稱', '진칭陳稱' 등 문자가 찍혀 있으며 절단하여 저울로 재서 유통할 수 있었다.

진秦나라는 엽전과 '포布'를 동시에 사용했다. 여기서 '포'는 진짜 직물로 진나라의 법에 따르면 길이 8척, 너비 2척 5촌은 엽전 12매枚로 환산된다. 진나라의 엽전은 네모난 구멍이 있으며 면문은 '반량半兩'이다. 면문이 '양치兩錙'인 경우도 있는데 양치도 반량과 같다. 이외에 '문신文信', '장안長安' 등의 엽전 있는데 진의 봉군封君을 위해 주조한 것으로 매우 드물다. 또 번호가 매겨진 '일수중일냥一銖重一兩' 원천전圜穿錢이 있는데 화폐인지 아닌지 아직 판단하기 어렵다.

진의 통일로 선진 시기 화폐의 혼란이 끝나고 반냥전半兩錢이 유일한 법정 화폐가 되었다. 이때부터 네모난 구멍이 있는 둥근 엽전인 방공원전方孔圓錢이 주요 형태로 자리 잡았다. 고서의 기록에 따르면 진의 반냥전은 지름이 1촌 2분이고 무게가 12수銖이나, 실물은 크기나 무게에서 모두 확연한 차이를 보인다. 서한西漢 초기에 진나라 화폐를 계속해서 사용했으나 돈의 크기와 무게에 대한 규정과 문자의 서체가 모두 서로 달랐다. 여후呂后 시기에 주조한 8주 반냥은 비교적 얇고 작으며 문자의 서체는 예서隸書의 느낌을 띠었고 표준적인 전서篆書가 아니었다. 문제文帝 시기에는 또 사수 반냥四銖半兩을 주조했는데 문자가 더욱 간소해졌다. 이 시기에는 유협 반냥楡莢半兩 같은 아주 작은 것도 등장했으며 아마 불법으로 유통된 듯하다.

한무제武帝 즉위 초에 '삼수三銖'를 주조했으나 널리 사용되지 않았다. 원수元狩 5년(기원전 118년)에 '오수五銖'를 주조했고 유통이 잘되어 그 시대의 화폐로 확립되었다. 오주전 역시 방공원전이고 안팎에 테두리郭가 있다. 고고학 발굴에서 얻은 유물을 통해 문자 형태의 변천 과정을 알 수 있다. 예를 들어 '오五'자의 교차하는 획이[8] 직선에서 곡선으로 변했고 '수銖'의 부수 '금金'의 상단이 점점 삼각형이 되었다. 무제는 또 인지麟趾, 요제裊蹄 두 가지 금폐金幣를 제정했다. 근래에 유물이 출토되었는데 각각 원병圓餠형과 중앙이 빈 말굽형이다.

왕망王莽 시기 화폐는 복고를 지향한다. 처음에는 대천大泉, 계도契刀, 착도錯刀 세 가지를

---

8) '오(五)'의 전서체는 글자 중간이 X자처럼 교차하는 형태이나.

만들어 오수五銖와 함께 사용했다. 대천은 엽전 50매의 가치를 지니고 계도와 착도는 도폐로 각각 500, 5,000의 가치를 지닌다. 머지않아 '육천 십포六泉十布'가 시행된다. 즉, 6등等 엽전과 10등 포폐로 각각의 명칭을 사용하였다. 마지막으로 화폐 제도를 고쳐 무게가 5수에 달하는 엽전 '화천貨泉'과 25전에 해당하는 포폐 '화포貨布'를 사용했다. 왕망은 여러 차례 화폐 제도를 고쳐 복잡하게 만들었지만 주조한 전폐는 상당히 정교하게 잘 만들어졌다.

왕망이 멸망한 후, 동한은 다시 오수전을 사용했다. 이때 전에 적힌 '오五'자는 더욱 휘어졌고 '수銖'자의 '주朱' 상단이 둥글게 바뀌어 서한의 전과 달랐다. 오수전은 변화가 많았다. 예를 들어 영제靈帝 시기에 주조한 것은 뒷면 내곽의 네 모서리마다 선이 뻗어 있어 사출오수四出五銖라고 불리는데 이와 같은 사례가 많아 모두 서술할 수 없다.

위진남북조 시대에는 정권이 많고 화폐 제도도 변화가 많았지만 결국 한나라 화폐의 영향에서 완전히 벗어나지는 못했다. 예를 들어 촉한蜀漢에서 오수전을 이어서 주조하면 '직백오수直百五銖' 혹은 줄여서 '직백'이 나왔다. 동진東晉의 심충沈充은 소전小錢을 주조했는데 문자를 '오주五朱'라 하였고 심랑오수沈郎五銖라고 불렀다. 북위北魏에서 주조한 전 중에는 '태화오수太和五銖', '영안오수永安五銖'와 같이 연호를 추가한 것들이 있었다. 유송은 '사수四銖'를 발행했는데 나중에 연호를 더해 '효건사수孝建四銖', 줄여서 '효건'을 만들었다. '경화景和'도 있으며 이들은 실상 이수전二銖錢이다. 양나라도 오수전을 주조했는데 구멍 위아래에 네 개의 별이 있는 것은 사주오수四柱五銖라 불렀고 별이 두 개이면 이주오수二柱五銖라 하였다. 진陳나라에서 발행한 오수전은 매우 작아 계목오수鷄目五銖라고 불리며 나중에 또 '태화육수太和六銖'를 주조했다. 이들은 모두 오수전의 자손이다. 또 왕망 시기의 화폐와 비슷한 것으로 손오孫吳가 주조한 '대천오백大泉五百', 후조後趙에서 주조한 '풍화豊貨', 북주北周의 '포천布泉', '오행대포五行大布'9) 등이 있다.

수나라는 여전히 오수전을 주조했으며, 외곽이 비교적 넓고 '오五'자의 교차하는 부분이 곧은 점이 특징이다. 말기에 주조한 전은 색이 비교적 희어서 오수백전五銖白錢이라 불렀다. 당나라 고조高祖 무덕武德 4년(621년)에 '개원통보開元通寶'를 주조하면서 오수전 계열은 종말을 고했다.

'개원통보' 역시 네모난 구멍이 있는 엽전으로 돌려서 '개통원보'로 읽을 수도 있으며 글자는 구양순歐陽詢의 손글씨라고 전해진다. 당대에는 줄곧 이러한 전을 주조했으며 당

---

9) 엽전

현종唐玄宗 때 연호인 개원開元과 특별히 관계가 없다. 당고종唐高宗은 '건봉천보乾封泉寶', 숙종肅宗은 '건원중보乾元重寶', 대종代宗은 '대력원보大曆元寶', 덕종德宗은 '건중통보建中通寶'를 만들어, 후세에 연호에 '~보寶'를 붙이는 문자 양식을 시작한 선두주자였다.

오대십국 시대의 화폐는 당나라의 전통을 답습했지만 정권이 변하고 뒤섞이면서 종류가 아주 많았다. 그중 일부는 연호를 적지 않고 국호를 적어 국호전國號錢이라 부른다. 후주後周의 '주원통보周元通寶', 남당南唐의 '당국통보唐國通寶'와 '대당통보大唐通寶'가 그 예이다. 송대에도 '황송통보皇宋通寶'와 같은 국호전이 있었지만, 연호전年號錢이 주를 이루었으며 품종과 수량이 많고 자체도 다양했다. 그중에는 유명한 서예가의 손글씨도 있었고, 송휘종宋徽宗의 숭녕崇寧, 대관전大觀錢과 같은 황제의 친필 글씨로 된 어서전御書錢도 있었다. 요나라와 금나라도 연호전을 발행했는데 금으로 만든 것이 많았다. 서하西夏의 전은 서하 문자를 사용하였다. 원대에서 명대 말엽까지 계속해서 전을 주조하였으나 지폐를 대량 발행해 전의 수량은 비교적 적었다. 가정嘉靖, 만력萬曆 연간 이후가 되어서야 점차 늘어났다. 청대의 각 황제는 명나라의 화폐 제도를 이어받았으며 국局을 설치해 전을 주조했다. 이는 신해혁명 때까지 이어진다. 지금 쉽게 볼 수 있는 '선통통보宣統通寶' 소전小錢은 동전 질이 조악하고 문자가 흐릿해 방공원전(方孔圓錢)의 쇠락을 드러낸다.

동전銅錢 이외에 철전鐵錢, 연전鉛錢도 있었다. 철전이 가장 많이 보이는데 한대에는 이미 철제로 된 반냥과 오수가 있었다. 남방에서 주조한 철전이 비교적 많은데 소량蕭梁에서 철전을 대량으로 사용했던 것이 그 예이다. 송대에는 동전과 철전을 병행하고 사천에서는 전용 철전을 사용하도록 규정하였다. 연전은 한대에 이미 출현하여 후세에 여러 차례 제조되었지만 철전보다 훨씬 적었다. 이들은 여전히 방공원전의 전통에 속한다.

방공원전은 조선, 일본, 베트남 등 중국 주변 나라에도 영향을 미쳤다. 어떤 나라에서는 중국의 전을 모조하고 어떤 나라에서는 자체적으로 주화를 주조했는데 형태가 중국전과 유사했으며 이들을 통칭하여 외국전이라 부른다. 역사적으로 일부 외국전은 중국에서 중국전과 함께 유통되었고 수집가들은 쉽게 식별할 수 있었다. 물론 중국전과 형태가 다른 외국전이 중국에 들어오기도 했는데 동로마의 금화, 페르시아의 은화 등이다.

방공원전은 중국 고전古錢의 종가로 연구자들은 일반적으로 그 연대, 재질, 형태, 문자, 문양 등에 따라 방공원전을 분류하고 묘사한다. 일부 전에는 주조된 일시, 장소, 전국錢局 등이 적혀 있어 분류의 근거가 되기도 한다. 수집가와 연구자가 전과 관련해 예로부터 사용하는 용어가 있다. 예를 들어 돈의 앞면을 '면面'이라고 하고 뒷면을 '배背' 혹은 '막幕'이라고 한다. 전의 본체는 '육肉'이라고 하며 구멍은 '호好'라고 하며 가장자리의 테두리는 '외곽外郭'이라고 하고 구멍의 테두리는 '내곽內郭'이라고 한다. 전의 바깥에 잘린 부분은 '전변剪邊'이라고 하고 잘라내진 겉의 고리는 '연환綖環'이라고 한다. 전 위의 문자를 반대로 쓴 것을 '전형傳形'이라고 한다. 문자를 중복한 것을 '중문重文'이라고 하고 양면에 모두 면문이 있는 것을 '합배合背'라고 하며 양면이 모두 배背인 것을 '합면合面'이라고 한다. 전의 본체 서로 연결된 것을 '연전連錢'이라고 한다. 어떤 종류의 전은 서로 다른 두 가지 글자체가 사용되었는데 이를 '대전對錢'이라고 한다. 한 벌을 이루는 돈은 '투전套錢'이라고 한다. 1에 해당하는 전을 '평전平錢' 혹은 '소평전小平錢'이라고 하며 2 이상은 '절이折二', '절삼折三', '절오折五', '절십折十'이라고 했다. 절오 이상은 통상적으로 '대전大錢'이라고 불렀다. 번사법翻沙法10)으로 전을 주조할 때의 모형을 '모전母錢'이라고 한다. 모전도 주조한 것일 경우 모전을 만들 때 사용한 모형은 '조전祖錢'이라고 부른다. 시험 주조하여 상납하거나 하달하는 견본이 되는 전은 '양전樣錢'이라고 한다. 특별히 기념하거나 재앙을 면하고자 하는 목적으로 주조된 대전은 '진고전鎭庫錢'이라고 부른다.

또 하나의 전 유형으로는 '압승전壓勝錢'이 있다. 압승전은 사실 진짜 돈이 아니라 명절, 경사, 제사 같은 상황에서 사용되는 것을 말한다. 놀이, 전신傳信, 벽사 등의 용도로 특별히 제조되었다. 형태는 대체로 진짜 돈과 똑같으며 아름다운 문양과 장식이 많아 수집가들의 사랑을 받고 있다. 또 순장을 위해 제작되는 전용 전인 '명전冥錢'이 있었다.

엽전 외에 금, 은은 당나라 이래로 여전히 화폐로 쓰였다. 근래 발견된 당나라의 금정金鋌과 은정銀鋌, 금병金餠과 은병銀餠은 대부분 관식欵識이 있다. 그중 금정과 은정는 길쭉한 네모 모양이다. 송대의 은정에도 관식이 있으며 형태는 허리가 잘록한 모양으로 후에 '원보元寶'로 통칭되었다. 원, 명, 청대 원보의 형태는 대체로 비슷한 모두가 잘 알고 있는 모양이다. 또 소정小鋌이 있었는데 통칭 과자錁子라고 한다.

지폐의 출현은 북송 진종眞宗 때 사천 지역의 교자交子라는 지폐에서 시작됐다. 교자는 원래 상인이 사용하다가 후에 관에서 사용했다. 송휘종 때 전인錢引으로 바뀌었는데, 오백 문五百文과 일 관一貫 두 가지가 있었다. 남송 고종高宗 때는 관자關子와 회자會子를 만들었다. 회자의 종류로는 이백 문, 삼백 문, 오백 문과 일 관 등이 있다. 금나라에도 교초交鈔라는 지

---

10) 모래 뒤집기법

폐가 있었으며 대초大鈔와 소초小鈔로 나뉘었다. 소초는 일백 문에서 칠백 문까지이고, 대초는 일 관부터 십 관까지이다. 수나라 이후에는 정우보권貞祐寶券, 흥정보천興定寶泉 등의 이름이 있었다. 원나라 초에는 금제金制를 계승하여 중통보폐中統寶幣가 있었으며 10등으로 나뉜다. 이후 지원보초至元寶鈔를 발행했으며 오 문에서 이관 십일 등까지 있다. 명대의 지폐는 대명통행보초大明通行寶鈔라 불렸으며 십 문에서 일 관 십일 등까지 있다. 청대에도 보초가 있었고 호부 관표戶部官票도 있었는데 가치는 한 냥부터 오십 냥에 이른다.

은원銀元과 동원銅元은 모두 청나라 말기 광서光緒 연간부터 주조되었는데 이미 고대 화폐의 범위를 벗어났기에 여기에 서술하지 않겠다.

화폐를 수집하고 연구하려면 먼저 위조품 판별에 주의해야 한다. 고대 화폐는 계속해서 수집가의 관심을 받아 오고 있어 희귀한 물품은 가격이 매우 비싼데 위조 비용은 적게 들기 때문에 위품이 많이 나타났다. 위조하는 방법은 많은데, 완전히 위조하여 주조하는 것도 있고 진품에 근거하여 복제하는 것도 있고, 마음대로 고쳐 새기는 것도 있다. 가짜 녹을 만드는 데는 더 많은 갖가지 수법이 있다. 옛 돈의 진위를 감정하려면 각 시대 화폐의 특징과 풍격을 이해해야 한다. 재질, 공예, 형태, 문화 등 여러 방면에서 종합적으로 고찰해야 하므로 긴 시간 경험이 축적이 필요하다.

중국의 화폐 연구는 매우 오랜 역사를 가지고 있다. 현재 알려진 최초의 화폐학 전문서는 『유씨전지(劉氏錢志)』로 남북조 소량小梁 때 사람인 고훤顧烜이 이미 인용한 책이다. 『전지(錢志)』가 바로 『수서(隋書)』에 실린 유잠劉潛의 『천도기(泉圖記)』라는 주장이 있다. 유잠은 제齊·량梁 시기인 서기 5세기와 6세기 사이의 사람이다. 고훤의 유명한 저서는 『전보(錢普)』로, 후세에 사람들에게 높은 평가를 받았다. 유잠과 고훤 두 사람의 저서와 수나라 이후의 몇몇 작품들은 모두 일찍이 소실되었으며 산실된 문장만 남아 전한다. 현존하는 최초의 책은 송나라 홍준洪遵의 『천지(泉志)』이다. 다른 문물에 관한 학문과 마찬가지로 화폐학은 송대에 크게 성하고 원명元明 때 쇠퇴하였으며 청대에 이르러 다시 성행하여 유명한 수집가와 학자들이 대거 등장하고 많은 저술이 남겨졌다. 청나라 말기 이좌현李佐賢의 『고천회(古泉會)』가 이를 집대성한 저서이다. 신해혁명 이후 화폐학에 새로운 진전이 있었다. 1930년대 말에 딩푸바오丁福保가 편찬한 『고전대사전(古錢大辭典)』은 여러 학설을 모아 내용이 풍부했다. 70년대에 미국의 츄원밍邱文明이 『중국 고금천화폐사전(中國古今泉幣辭典)』을 편찬했지만 아쉽게도 7권밖에 출간되지 않았다. 최근 베이징의 문물출판사에서 출판한『중국고전보(中國古錢譜)』와 상하이 인민출판사에서 출판하기 시작한 12권의『중국역대화폐대계(中國歷代通貨大系)』는 모두 그 이전의 저서들을 능가한다. 특히 최근 고고학에서 발굴된 고전이 나날이 많아져 체계적인 정리 연구의 여건이 마련되면서 화폐학은 지금도 진화 중이다.

6

의복의 변천

이푸(易夫)

──────────

오랜 옛날 원시인은 처음에는 자연에서 얻은 동물의 가죽, 나무껍질, 풀잎 등으로 몸을 가렸을 것이다. 청대 『전검기유(滇黔記遊)』(전검: 윈난과 구이저우의 약칭)에는 윈난 지역 소수 민족이 '잎을 꿰어 옷을 해 입는다初葉爲衣.'라는 기록이 있다. 타이완 고산족 또한 파초 잎 등으로 옷을 지었다. 북방의 어룬춘鄂倫春, Oroqen과 같은 민족은 육지 동물 혹은 어류의 가죽으로 옷을 만들었다. 이와 같은 사실에서 상고 시기 의복의 모습을 어느 정도 그려볼 수 있겠다. 신석기 시대의 앙소仰韶, 하모도河姆渡, 양저良渚 등 문화 유적에서 신석기 초기의 칡이나 마로 된 직물과 원시 방직기 부품이 출토된 바 있다. 5,000~6,000년 전 사람들이 이미 식물 섬유로 의복의 재료를 직조할 수 있었으며 의복이 생활의 필수 요소가 되었음을 알 수 있다.

잠사의 발견과 이용은 중화 민족의 조상이 남긴 중요한 업적 중 하나이다. 저장浙江성 우싱吳興현의 전산양錢山漾 유적지에서 5,000년 전의 견직물이 발견되었다. 이는 당시 사람들이 이미 양잠을 시작했고 고치에서 실을 뽑는 기술과 두 가닥의 실을 꼬아 하나의 실로 만드는 기술을 보유하고 있었음을 말해 준다.

이와 같은 훌륭한 옷감을 토대로 후손들은 상주商周 시기에 완정한 의복 양식을 형성했다. 안양安陽 은허殷墟에서 출토된 옥으로 조각된 인물상, 광한廣漢 삼성퇴三星堆에서 출토된 청동 인물상 등 유물과 문헌 기록에서 알 수 있듯 상주 시기에는 신체와 비슷한 길이의 포복袍服은 물론 상의와 하의가 분리된 한 벌 옷도 있었다. 상의에는 편임便衽, 대금對襟1), 직령直領 등 몇 가지 양식이 있으며 일반적으로 소매가 좁다. 하의는 발목까지 오는 치마에 허리는 끈으로 묶고 복부에는 직사각형의 폐슬蔽膝 보불黼黻을 단다. 아래에 바지를 입지 않고 종아리에만 각반을 감는다. 옛날 사람들은 이를 사폭邪幅 혹은 斜幅이라 불렀다. 겨울에는 각종 동물의 가죽으로 된 모구毛裘2)를 덧대어 입었다. 귀족은 갖옷 위에 '체裼'라는 솜옷을 입었다.

관冠은 고대 남자 특히 귀족 남자가 반드시 써야 했던 고대의 모자, '두의頭衣'이다. 관은 하나의 관권冠圈과 별로 넓지 않은 관량冠梁으로 이루어지며 이것으로 머리카락을 고정한다. 관권이 떨어지는 것을 방지하기 위해 관권 양쪽으로 명주실로 만든 끈으로 영纓을 달아 턱 아래까지 늘어뜨린다. 영으로 매듭을 짓고 남은 장식 부분은 위緌라고 한다. 혹은 명주실 끈 하나를 사용해 아래턱을 싸매고 양 끝을 관권에 묶을 수도 있으며 이를 횡紘이라 한다. 관과 머리를 고정하기 위해 계笄나 잠簪과 같은 비녀 모양의 머리 장식을 쓰기도 했다.

상商·주周 시기에 이미 사람들은 다양한 소재의 신발을 신었다. 칡, 마로 엮은 갈리葛履, 마혜麻鞋3)도 있었고 가죽신도 있었다. 제후 귀족들은 풀솜으로 만든 신을 신었으며 밑창이 두툼한 이 신은 '석舃'이라 불린다.

전국戰國 시기에 중원의 복식에는 두 가지 큰 변화가 일어난다. 하나는 북쪽의 조나라 무령왕武靈王이 제창한 '호복胡服'이고 또 하나는 중원의 여러 나라에 널리 유행한 '심의深衣'이다.

폭이 넓은 옷은 당시에 이미 중원 의복의 특징이었다. 그러나 전차를 중심으로 전투를 치렀던 춘추 시기에는 간신히 입을 수 있었지만 보병과 기병 중심의 전투가 잦았던 전국 시기에는 이러한 복식이 전투에 적합하지 않았다. 조나라 무령왕은 부국강병을 위해 북방 유목 민족의 기마 전투 기술을 배웠고 전국에 호복을 입도록 영을 내렸다. 치마 형태의 하의를 폐지하고 가랑이가 나뉘는 긴 바지를 입게 했으며, 발목 위가 없는 신 대신에 발목 위가 긴 가죽신을 신게 했다. 상의 또한 소매가 좁고 옷깃을 왼쪽으로 여민 짧은 포袍를 입어 전투에서 말을 탈 때 편리하게 했다. 이는 중원 전통 복식과 충돌하였으며 진한 시기 의복에도 적지 않은 영향을 미쳤다.

심의深衣는 상의와 하의 하나로 합쳐진 장의長衣이다. 츄잔中山 왕국 유적과 초묘楚墓 등지에서 출토된 동인銅人이나 나무 인형에서 모두 이러한 소매가 넓고 옷깃이 교차되고 하의

---

1) 대설
2) 갖옷
3) 삼신

의 옷섶은 삼각형의 곡거曲裾로 이어져 몸을 감싼다. 이러한 옷은 입기 편하고 몸을 빈틈없이 감쌀 수 있어 서한 시기까지 대단히 유행했다.

진한 시기에 포복袍服과 심의는 가장 대중적인 의복 양식이 되었다. 여성들의 일상 복장은 다시 상·하의가 따로인 군裙4)과 유襦 복장으로 돌아갔다. 유는 옷깃이 교차하거나5) 나란히 아래로 떨어지는6) 상의이다. 길거나 짧은 종류가 있으며 홑겹으로 입고 여러 겹으로도 입는다. 평민 계층에서도 흔하게 상의로는 기장이 복부를 겨우 가리는 정도의 짧은 유를 입고 하의로는 고袴7)를 입거나 사폭8)을 감았다. 이들의 옷은 거친 베옷이나 삼베로 만들어져 '의갈衣褐'과 '포의布衣'는 평민 백성들의 별칭이 되었다. 평민 남자들은 종종 '곤褌'이라는 짧은 바지 하나만 입고 일을 하곤 했다. 산둥山東성 이난沂南현 화상석에서는 '독비곤犢鼻褌'을 입은 남성의 모습도 볼 수 있다. 독비곤은 다리 사이를 단단히 둘러싸는 짧은 바지이다. 한대漢代의 문인 사마상여司馬相如가 임공臨邛에서 술을 팔 때 이 옷을 입었다.

한대 관의 양식은 매우 다양하다. 관리들이 쓴 관에는 장관長冠, 위모관委貌冠, 고산관高山冠, 진현관進賢冠, 법관法冠, 무관武冠, 갈관鶡冠 등이 있다. 평민들은 수건으로 머리를 감싸거나 모자와 거의 비슷한 '책幘'을 썼다. 한대 후기가 되면 복건幅巾과 책대幘戴가 널리 퍼지면서 문인과 관리들도 이 두 가지 모자를 자주 썼다.

위진남북조魏晉南北朝 시기에 들어 의복에 중요한 변화가 온다. 위진 명사들의 풍격이 만들어낸 '포의박대褒衣博帶'9)식의 한족 복장이 이미 널리 유행했다. 이 시기의 복장은 넓고 풍성한 장포長袍와 장군長裙으로 이루어졌다. 옷소매도 매우 풍성하며 허리에는 가는 실로 짠 넓은 허리띠를 묶는다. 바람이 불면 허리띠가 나풀거리며 멋스럽다. 남북으로 나뉜 후 남조는 기본적으로 이러한 전통 복장을 유지했다.

반면 북방 유목 민족이 점령한 중원 지역은 호인胡人의 의복에 영향을 받았다. 고습袴褶, 즉 긴 바지와 가죽신 그리고 소매는 넓고 몸통은 붙는 기장이 짧은 상의로 이루어진 호복胡服이 북방 백성들이 일상적으로 입는 의복 양식이 되었다. 또한 돌기모突騎帽, 합환모合歡帽와 같은 다양한 가죽 모자가 일반적으로 쓰는 모자가 되었다. 북방 유목 민족의 통치자

---

4) 치마
5) 교령(交領)
6) 직령(直領)
7) 바지
8) 각반
9) 헐렁한 옷에 넓은 띠

는 한족의 저항을 억누르기 위해서 호복 착용을 강제 시행한 바 있다. 북위의 효문제^{孝文帝}가 풍속을 한족 문화로 변화시키기로 결심하면서 한족의 의관을 입게 하였다. 북방의 의복은 곧 남방과 가까워졌다. 남북조 후기가 되자 소매가 넓은 장포인 한족의 예복과 개조를 거친 고습복^{袴褶服}이 공존하였다. 관계^{冠笄} 제도가 남북에 보급되었다. 남방 한족 여성의 의군^{衣裙} 양식이 주였던 여성복이 북방 호복의 일부 특징을 흡수하여, 상의는 짧고 몸에 붙고 소매는 가늘고 길고 긴 치마는 가슴까지 오게 변하였다. 피백^{披帛}10)과 장포식의 피풍^{披風}11) 등도 돈황^{敦煌} 막고굴^{莫高窟} 북조 벽화의 여성 공양인이 입고 있는 모습이 보인다.

수^隋·당^唐 시기는 중국 고대 사회의 전성기이다. 제왕과 관리의 복장에서도 제복^{祭服}, 조복^{朝服}, 공복^{公服}, 상복^{常服} 네 가지 양식에서 완정한 등급 제도가 형성되어, 각기 다른 무늬와 색상으로 등급을 구분하기 시작한다. 황제의 의복은 상징성이 더 강화되어 면복^{冕服}만 여섯 종류가 있다. 가장 화려한 곤면복^{袞冕服}은 금과 옥류^{玉旒} 장식을 한 면류관, 일^日·월^月·성^星·용^龍·화충^{華蟲}·화^火·종이^{宗彝}를 수놓은 흑색 상의, 백사^{白紗}로 된 중의, 조^藻·분미^{粉米}·보^黼·보^黻를 수놓은 홍색 장군^{長裙}, 폐슬^{蔽膝}, 대대^{大帶}, 금석^{金鳥} 등으로 이루어진다. 관리들의 조복도 관, 상의와 군상^{裙裳}, 폐슬 등으로 구성된다. 상복은 둥근 옷깃에 좁은 소매인 장삼 즉 난삼^{襴衫}으로 바뀌었고 머리에는 복두^{幞头}를 썼다.

복두는 당나라 때 새로 등장한 형태의 모자로, 건백^{巾帛}을 머릿수건으로 쓰던 풍조에서 비롯되었다. 건백에 네 개의 끈을 달아 두 개는 머리 뒤로 묶고 나머지 두 개는 반대로 머리 위 상투나 쪽 앞으로 묶으면 복두가 된다. 복두는 가볍고 편안하기 때문에 금방 유행하여 가장 대중적인 두의^{頭衣}가 되었다. 당나라의 조각이나 초상화 등에 나타난 인물 형상에서 다양한 형태의 두의를 쉽게 볼 수 있다.

당나라의 남성 의복은 난삼과 포복^{袍服}을 주로 하며 호복 양식의 장포 또한 널리 유행했다. 고습복을 입는 경우도 있었지만 상대적으로 군상을 입는 경우는 적었다. 당나라의 여성 의복은 지극히 풍부하고 다채로워 역사상 가장 아름다운 복식이 되었다. 기본적인 구성은 '삼^衫, 군^裙, 피^帔' 세 가지이다. 단삼^{單衫}12)과 협오^{夾袄}13)는 모두 짧고 좁게 만들어졌으며 소매는 가늘고 옷깃의 위치는 매우 낮다. 반면 군은 길고 풍성하여, 아래는 땅에 끌

---

10) 어깨에 걸치는 긴 비단
11) 바람을 막는 용도의 외투
12) 적삼
13) 겹저고리

리는 정도이고 일반적으로 여섯 폭의 천을 이어 붙여 만든다. 피자^{帔子}는 어깨에 걸치는 색감이 화려한 비단으로 페르시아 등 지역의 복장의 영향을 받아 형성되었다. 당나라 여성은 상의로 반비^{半臂}14)를 즐겨 입기도 했다. 신장^{新疆} 아스타나 당대^{唐代} 고분에서 반비와 피백^{帔帛}을 입은 여성 인형을 볼 수 있다. 이 시기 여성복에서 다채롭고 화려한 비단을 많이 사용했기에 당대 벽화에서 이목을 끄는 여성복을 자주 발견할 수 있다.

당나라 여성들은 무척이나 남장을 즐겼다. 이들이 입은 호복은 소매가 좁고 밖으로 접힌 깃이 있으며 두 섶이 겹치지 않고 가운데를 여미는 장포와 통이 좁은 바지 그리고 가죽신을 포함한다. 호모^{胡帽} 역시 여성들이 자주 착용하던 것으로 권첨전모^{卷檐氈帽}, 면모^{錦帽}, 피모^{皮帽} 그리고 망사처럼 짠 천으로 머리부터 전신을 덮는 멱리^{冪䍦} 등이 있다.

당대 후기가 되면 여성 의복에 다시 중요한 변화가 일어난다. 호복이 배척되고 풍성한 적삼과 치마가 부활하여, 한족의 전통 색채가 우위를 점하게 된다. 이 시기 여성의 복장은 옷소매와 치맛자락의 폭이 매우 넓으며 상의는 짧고 치마는 길다. 신으로는 포리^{布履}나 포리^{蒲履}15)가 화혜^{靴鞋}16)를 대체했다. 남장을 하는 풍조가 여전히 존재하기는 했으나 매우 드물었다.

〈그림 1〉
당대(唐代) 주방(周昉) 『잠화사녀도(簪花仕女圖)』

---

14) 상의의 맨 위에 입는 소매가 없거나 아주 짧은 겉옷
15) 짚신이나 미투리처럼 식물을 엮어 만드나 비단과 같이 가늘게 엮어 매우 정교하게 만든 신. 가벼운 착용감으로 당나라 때 크게 유행했다.
16) 가죽신

송대의 의복은 엄격한 계급의 제한을 받으면서 수수하고 소박하며 단순하고 보수적인 방향으로 변해 갔다. 남성의 일상복은 두 종류로 나뉜다. 문인, 관리, 시전의 상인들은 대부분 머리에 복두나 수건을 쓰고 옷깃이 교차하는 폭넓은 포袍나 둥근 옷깃의 난삼을 입었다. 난삼의 통은 몸에 적당히 맞으며 양식에 약간의 변화가 있다. 노동 계층의 경우 대부분 짧은 유襦와 고자袴子[17]를 입고 머리에 두건을 쓰며 마혜를 신었다. 날이 더울 때는 양당兩當 형식의 민소매나 대금對襟[18], 반비半臂만을 입기도 하였고 심지어 상반신을 노출하고 짧은 바지만을 입기도 하였다. 옷의 색도 담백하고 조화롭게 변하였다.

송대 관리가 쓰는 복두幞頭에는 큰 변화가 왔다. 부드러운 수건 소재가 딱딱한 사모紗帽로 변하였으며 양쪽의 뿔이 길고 곧아졌다. 문인 사대부 사이에서는 복건幅巾이 유행하였으며 수많은 새로운 디자인이 만들어졌다. '동파건東坡巾'[19]이 가장 유명한 복건이었다.

송대에 새롭게 유행한 배자褙子는 남녀 모두가 입을 수 있는 의복의 일종이다. 배자는 반비가 발전한 형태로 직령直領에 대금對襟이나 소매가 길어 장포와 비슷하다. 배자의 특징은 옷의 앞, 뒷자락이 봉합되어 있지 않고 옷의 양옆 겨드랑이까지 트여 있다는 점이다. 그래서 반드시 허리께에서 앞, 뒷자락을 속백束帛이나 끈으로 묶어줘야 한다. 남자는 외출 시 배자를 정식 복장으로 입을 수 없다. 여자의 경우 배자를 겉옷처럼 걸칠 수 있어 여성용 배자의 양식이 많은 편이다. 송대 『청명상하도(淸明上河圖)』와 진사晉祠 성모전聖母殿의 궁녀 채색 흙 인형 등에서 모두 여성용 배자의 구체적 양식을 확인할 수 있다.

원대元代에는 몽골인의 복장이 다시 중원으로 유입되었다. 원형 혹은 사각형의 갓모자와 판선辮線 오자襖子를 흔하게 입었다. 판선 오자는 허리 부분에 많은 가로 주름이 있는 짧은 포袍로, 어느 정도 신축성이 있어 무사들에게 인기가 많았다. 몽골의 대표적인 복식은 몽골 귀족들이 입었던 질손복質孫服과 고고관顧姑冠이다. 질손복은 상·하의가 연결된 일종의 포袍 형식의 의복으로 옷맵시가 좁고 허리에 잔주름이 많으며 색상과 장신구에 따라 다양한 종류로 나뉜다. 고고관은 여성들이 쓰는 높은 모자로, 모자 위 솟은 부분의 높이가 수 척이며, 가는 원통 모양에 보석 등 장신구를 얹었다. 현존하는 원나라 소예순성황후 차브이[20]의 초상화에서 이 모자를 볼 수 있다.

---

17) 바지
18) 상의의 두 섶이 겹치지 않고 가운데에서 단추로 채우게 되어 있는 옷
19) 송대 소식(蘇軾)이 착용하면서 그의 이름으로 널리 알려졌다. '동파'는 소식의 호이다.
20) 철백이(徹伯爾)라고도 부른다.

명대는 복장에 대한 제한이 많아, 옷의 길이와 모자 모양 등을 모두 황실이 규정할 정도였다. 민간의 의복은 품이 넓은 관포寬袍와 넓은 소매의 전통적인 복장으로 돌아갔다. 둥근 옷깃을 오른쪽으로 여미는 관포도 있었고 옷깃이 곧은 직령의 직철直裰과 치마나 바지가 공존했다. 일반 백성의 복장으로는 단오短襖, 단고短褲, 포군布裙, 장말長襪 등이 있었으며 근대의 의복과 유사하다.

명대 관리의 복장에는 관등을 나타내는 새로운 표식인 보자補子가 등장했다. 보자는 특정 동물무늬를 수놓은 사각형의 견직물로 관리의 상복常服 가슴과 등에 박는다. 이 때문에 관복은 보복補服으로도 불린다.

명대에 새롭게 떠오른 복식으로는 민국 시기 초기까지 과피모瓜皮帽로 계승되어 사용된 육합일통모六合一統帽, 사각형의 검은 면사로 된 높은 모자인 사방평정건四方平定乾, 머리카락을 고정하는 망건網巾, 쌍량雙梁 형태의 중검혜重臉鞋 그리고 여성들이 입었던 비갑比甲, 두고頭箍, 봉관하피鳳冠霞帔 등이 있다. 비갑은 민소매에 옷깃이 없는 대금對襟 장의長衣로 몽골 군인의 호신용 외투에서 유래했다. 두고는 망건에서 발전한 이마에 묶는 장식품이다. 봉관하피는 귀부인들의 예복 전용 덧옷이다.

청淸의 군대가 입성한 후 만주족의 복장을 위주로 한족에게 머리를 깎고 옷을 바꾸도록 강요하여 전혀 다른 의복의 규정이 형성되었다. 만주족 복장은 대표적으로 원정관모圓頂冠帽, 포괘袍褂, 마제수馬蹄袖, 장고長褲, 화혜靴鞋 등이 있다. 만주족의 포는 한족의 포와 다르다. 상의 몸통이 좁고 옷소매도 가늘며 소매 끝에는 전수箭袖21)가 덧대어져 있고 옷깃이 둥글고 오른쪽으로 여민다. 일부 포자는 하반신은 앞뒤 좌우가 트여 있고 소매가 팔꿈치까지만 오며 길이도 허리를 넘지 않아 말을 탈 때 입기 적합하여 마괘馬褂라고 불린다. 마괘는 청대에 널리 퍼져 색상과 양식이 유행 따라 수시로 변하는 청대 사람들의 중요한 장식 의류였다.

청대 여성의 의복은 상당히 특색이 있다. 기장旗裝은 만주족 여성의 예복으로 장포를 주로 하며 옷깃이 둥글고 오른쪽으로 여미나 트여 있지 않으며 마르고 길어 보인다. 소매 끝은 활짝 열려 있으며 비교적 폭이 넓다. 귀부인의 기장에는 대부분 위건圍巾22)과 마갑馬甲23)을 더한다. 마갑은 마괘와 비슷하며 소매가 없고 겉면에는 여러 겹으로 자수를

---

21) 활을 쏘는데 편리하도록 위로는 손등을 덮고 아래 손바닥쪽은 비교적 짧은 긴 옷소매
22) 스카프처럼 목에 두르며 대부분 하얀색이다.
23) 조끼 형태로 포 위에 덧입는 옷

박아 놓아 매우 화려하다. 청대 초기에 한족 여성들은 대금^{對襟} 단삼^{短衫}, 군^裙, 비갑^{比甲} 등 명대의 의복 양식대로 계속해서 입었다. 이후 만주족 복장의 영향으로 점차 오^襖, 삼^衫, 고자^{褲子}, 피풍^{披風}과 장배심^{長背心} 등으로 변하였다. 옷의 몸통과 소맷단이 비교적 넓고, 옷깃은 대부분 둥근 형태로 기장의 영향이 나타났다. 청대 후기에 여성 의복은 최대한 장식적 요소를 늘리는 방향으로 발전하여 옷의 가장자리, 바짓단, 소맷단 등 테두리에 각양각색의 무늬를 넣었는데 색다르고 독특하여 품이 많이 들었다. 청나라가 멸망한 뒤 이러한 복식은 도태되고 서구의 현대 의복이 유입되면서 중국의 의복은 새로운 단계로 접어들게 되었다.

7

민간의 장난감

리춘쑹(李寸松)

중국의 민간에는 풍부한 장난감이 있다. 사시四時와 팔절八節[1]마다 있고 새해와 명절에는 더 많다. 나이가 조금 있는 사람들은 눈을 감으면 바로 어린 시절에 갖고 놀았던 작은 장난감들이 떠오를 것이다. 예를 들어 흙 인형, 천 호랑이, 도훈陶塤[2], 가면, 목우木偶[3], 연, 풍차, 꽃등, 화포, 나무 새, 나무로 만든 오리, 대나무 활과 대나무 화살, 나무 공과 종이 공, 유리구슬 등 말이다. 이런 작은 장난감들은 눈에 띄지 않아서 예로부터 주의를 기울이는 사람이 드물었다. 그래서 이 물건들의 역사를 묻고자 하면, 고서에 기록된 바가 적어 조금씩 찾을 수 있을 뿐이다. 그러나 주의를 기울이면 중국 민간 장난감의 역사가 매우 오래되었음을 알 수 있다.

"대나무를 자르고 대나무를 잇고, 흙을 날려 고기를 쫓는다斷竹, 續竹. 飛土, 逐肉."(동한東漢 조엽趙曄, 『오월춘추(吳越春秋)』) 이러한 구절이 나오는 「탄가(彈歌)」라는 상고 시대의 작품은 간결한 언어, 즉 여덟 글자만으로 먼 옛날 선민들이 활을 만들고 탄알을 사용해 사냥하는 광경을 묘사한다. 동시에 대나무 활과 진흙 탄이 그 시대에 이미 있었음을 말해 준다. 후대 어린이들이 가지고 놀던 대나무 활과 화살의 '조상'이기도 하다.

탄환에 대해 말하자면, 신석기 시대 앙소仰韶 문화 시안西安 반파半破 유적(기원전 4800~기원전 4300년)에서 출토된 유물 중 석구石球와 도구陶球가 적지 않은데, 지름이 가장 큰 것

---

1) 춘하추동과 입하·입추·입동·춘분·추분·하지·동지, 일 년 사계절의 각 절기.
2) 고대에 주로 사냥감을 유인하기 위해 사용한 소리를 내는 도구로 중국에서 가장 오래된 취주 악기이다.
3) 나무 인형

은 3cm이고 가장 작은 것은 1.1cm이며 정밀하게 가공되어 있다. 형체가 작고 가벼워서 탄환이라면 실용적이지 않으니 마땅히 장난감으로 분류해야 한다. 반파 유적 152호의 5, 6세 여자아이의 무덤에서는 부장품으로 도기, 석구石球, 석주石珠, 귀고리, 골주骨珠 등 79점이 출토되었다. 이런 작은 구슬들은 지금으로부터 6,000여 년 전의 물건이다. 또 쓰촨四川 우산巫山 대계大溪 유적(기원전 4400년~기원전 3300년), 후베이湖北 징산京山 굴가령屈家嶺 유적, 천문天門 석가하石家河 유적(기원전 3000년~기원전 2600년)에서 모두 도자 구슬이 출토되었다. 쓰촨 대계 유적에서 출토된 도자 구슬에는 각화刻畵, 비점篦點, 착인戳印 등의 장식 무늬가 있었고, 굴가령 유적에서 출토된 도자 구슬은 40여 점에 달하며 지름이 큰 것은 8~9cm, 작은 것은 3~4cm이며 더욱 정교하게 가공되어 있었다. 구슬 위에는 그물 무늬, 십十자, 미米자, 삼각, 마름모꼴 꽃잎 등 다양한 도안이 있었다. 이러한 아름다운 도자 구슬은 탄환이 아니라 분명하게 장난감에 속한다. 오래된 탄환이 오늘날 어린이들이 갖고 노는 유리구슬의 원조임을 알 수 있다.

앙소 문화 반파 유형인 린퉁臨潼 강채姜寨 유적에서 각각 구멍이 하나, 세 개인 도훈이 출토되었다. 후자는 높이가 5cm이고 구체의 중앙이 비어 있고 불어서 네 가지 음을 낼 수 있다. 도훈은 신석기 시대 하모도河姆渡 유적(기원전 5000~기원전 3300년), 허난河南성 후이輝현의 은묘殷墓, 정저우鄭州의 상대商代 유적 등에서 모두 발견되었다. 진대晉代 『습유기(拾遺記)』에 "포희庖犧[4]가……뽕나무에서 실을 자아 슬瑟을 만들고 흙을 구워 훈壎을 만드니 이로써 예악禮樂이 흥성하였다."라고 기록되어 있다. 복희가 훈을 만들었다는 이야기는 단지 전설이다. 신석기 시대 유물의 발견을 통해 훈의 역사가 오래되었다는 사실이 증명된다.

훈은 원시인이 사냥을 하면서 시작되었을 가능성이 높다. 뤼순旅順 철산진鐵山鎭에서 출토된 신석기 시대의 말안장 모양의 도적陶笛[5]은 위에 두 개의 구멍이 있고 불면 날카로운 소리를 낸다. 위에서 서술한 반파 유적의 구멍이 하나인 도훈은 지금 불어도 여전히 삑삑 소리가 난다. 훈은 오래된 악기로 오늘날까지 전해지고 있다. 동시에 일종의 장난감으로서 몇 천 년 동안 줄곧 민간에 널리 퍼져 있다.

오늘날 민간의 장난감 중에는 훈의 후예를 여전히 볼 수 있다. 하남 회양淮陽에서는 '소리루小梨嘍[6]라고 불리는 구멍이 2개, 3개, 5개인 흙으로 구운 초哨가 있는데 거의 신석기

---

4) 복희(伏羲)를 가리킴
5) 도초(哨)
6) 새소리가 나는 작은 배

시대의 도훈, 도초와 똑같다. 또 산둥^{山東} 양구^{陽谷}의 '고고충^{咕咕蟲}7), 허난 쥔^浚현의 '이고고^{泥咕咕}'8) 등도 모두 고대 훈과 초가 변천하며 전해 내려온 것이다. 도훈의 소리를 내는 원리를 활용해 제작된 부는 장난감은 농촌에 널리 퍼져 있다. 도기, 자기, 흙, 돌, 대나무, 나무로 된 각종 다양한 초가 널리 유행해 중국 전통 소리 장난감의 주요 품목이 되었다.

신석기 시대 하모도 유적, 호북^{湖北} 경산^{京山} 굴가령^{屈家嶺} 유적, 산둥^{山東} 대문구^{大汶口} 유적(기원전 4300~기원전 2500년)에서는 10㎝가량의 사람의 얼굴, 새, 닭, 양, 돼지, 물고기 등의 도기 조소들이 무더기로 발견되었다. 반파 유적에서도 사람의 두상(높이 4.6㎝), 새 머리(높이 7㎝), 동물 모양 손잡이(높이 4㎝) 등 도기 재질의 소품이 출토되었다. 이러한 진귀하고 오래된 예술 소품은 중국 도자 장난감의 선구자이다.

출토되어 세상에 전해지는 고대 장난감 중 도자로 된 것의 비율이 높다. 뤼순시나 허난성 등의 박물관에 상대 도제^{陶製} 장난감인 도기 호랑이, 도기 양 머리, 토끼 도훈 등이 소장되어 있다. 동한^{東漢} 왕부^{王符}의 『잠부론(潛夫論)』에는 "흙으로 된 수레, 질흙으로 된 강아지, 기마병, 노래하고 공연하는 사람을 만드니 모두 어린아이와 놀아주는 도구로 아이들이 속을 만큼 교묘하다^{或作泥車瓦狗, 馬騎倡俳, 諸戲弄小兒之具, 以巧詐}."라고 나온다. 한대에 손으로 빚어 구운 장난감이 이미 보편적이었음을 보여준다.

산시^{陝西}성 박물관에는 수나라 때의 이씨 어린이 묘^{李小孩墓}에서 출토된 작은 닭, 개, 사람, 키^{簸箕} 등의 흙을 구워 만든 장난감이 소장되어 있다. 당나라 때 구워 만든 장난감은 더욱 보편적으로 남아 있는 유물이 꽤 많다. 후난성 박물관은 당대 장사요^{長沙窯}에서 만든 작은 사람, 새, 동물 등의 도자 장난감 수십 점을 소장하고 있다. 상하이^{上海} 박물관에는 당대 공요^{邛窯}에서 만든 자기 동물, 자기 새, 자기 방울 등 작은 장난감이 소장되어 있다. 뤼순 박물관에는 당대 삼색 개, 도기 뱀, 도기 원숭이, 도기 새, 도기 방울 등의 장난감이 소장되어 있다.

송대는 도자의 전성기로 전해지는 도자 장난감이 상당히 많다. 허난, 안후이^{安徽}, 상하이, 저장^{浙江} 등 성·시 박물관에 모두 소장품이 있다. 청대^{淸代} 시윤장^{施閏章}의 『구제잡기(矩齋雜記)』에는 "송대 강서요^{江西窯}에서 노릉^{廬陵} 영화^{永和} 시장에 나왔는데 서^舒씨옹이 완구를 잘 만들었으며 옹의 딸은 더욱 잘 만들어 서교^{舒嬌}라고 불렸다."라는 기록이 나온다. 장난

---

7) 구구하는 새소리가 나는 벌레
8) 진흙 구구

감 제작자를 이렇듯 두드러지게 서술하는 것은 드문 경우이다. 1975년 수저우^{蘇州}의 송대 평강부^{平江府} 평권방^{平權坊} 유적에서 흙 장난감을 만드는 석제 모형과 그것으로 만들어진 흙 장난감이 출토되었다. 문양으로는 생황을 들고 앉아 있는 아이, 생황을 받쳐 들고 있는 아이, 공을 빼앗는 아이, 수월관음^{水月觀音}, 문관^{文官}, 고승^{高僧}, 모란, 꽃송이, 공을 갖고 노는 사자, 호랑이 머리, 새, 거북이 등등이 있는데 생동감이 넘치고 정교하다. 산둥 보산^{博山}과 닝양^{寧陽}의 송대 도자 가마터에서도 모형으로 만들어진 장난감이 출토되었다. 보산 유물에는 '인마평안'이라는 글자, 거북이, 개, 개구리 무늬가 있었고, 닝양 유물에는 기어가는 아이, 오리, 개구리, 물고기 등 무늬가 있다. 극히 일부의 예를 들었지만 송대 도자 장난감의 다채로움을 알 수 있다.

명대의 청화 자기는 또 하나의 완구의 최고봉으로 풍격이 송대와 달랐다. 명·청대 이후 청화 자기로 된 장난감이 매우 많이 퍼졌고 고품질의 좋은 작품도 어렵지 않게 볼 수 있었다. 근대 민간 요장이 각지에 분포했는데 각 요장은 도기 그릇을 제작하는 동시에 모두 어린이 장난감을 함께 만들어 팔았다. 자기의 도시 징더전^{景德鎭}과 도기의 도시 이싱^{宜興} 등에서는 과거에 모두 도자 장난감을 생산했다. 이상의 개략적인 서술에서 이미 중국 도자 장난감의 역사가 유구함을 알 수 있다.

"여와가 흙으로 사람을 빚어낸다."라는 이야기는 비록 먼 옛날의 신화이지만, 흙으로 사람 모형의 장난감을 빚는 역사가 오래되었음을 반영한다. 흙은 쉽게 풀리는 재질이고 먼 옛날의 흙 인형의 흔적을 찾을 수는 없으나 그것이 도기 조각보다 더 오래되었음을 알 수 있다. 『사기(史記)·은본기(殷本紀)』에서 말하길 상나라의 "무을제가 무도하여 사람 형상을 만들어 이를 '천신^{天神}'이라 불렀다. 천신과 박^博9)을 하며 다른 사람에게 심판을 보게 했다. 천신이 지면 바로 그를 모욕하고 죽였다. 가죽 주머니에 피를 가득 채우고 높이 매달아 쏘고 이를 '사천^{射天}'이라 불렀다^{帝武乙無道, 爲偶人, 謂之天神, 與之博, 令人爲行, 天神不勝, 乃僇(戮)辱之, 爲革囊, 盛血, 卬(仰)而射之, 命曰'射天'}."라고 하였다. 이 일은 전설일 수도 있지만 흙 인형에 관한 비교적 이른 시기의 기록이다.

흙 인형에 대한 기술은 송대에 많아진다. 당시에 작은 흙 인형을 '마후라^{摩睺羅}' 또는 '마갈락^{磨喝樂}'이라고 불렀다. 송대 금영^{金盈}의 『취옹담록(醉翁談錄)』, 주밀^{周密}의 『무림구사(武

---

9) 고대의 도박성(賭博性)을 띤 놀이의 일종으로, 후에 도박으로 범칭(泛稱)된다. 말판에 12갈래의 길이 있으며, 말은 흑백 각각 6개이다. 상고(上古) 때 오조(烏曹)가 발명하였다 한다.

林舊事)』, 방원영龐元英의 『담수(談藪)』, 축목祝穆의 『방여승람(方輿勝覽)』과 원대 진원정陳元靚의 『세시광기(歲時廣記)』 등의 책에 모두 관련된 기록이 있다. 맹원로孟元老의 『동경몽화록(東京夢華錄)』에 "칠월 칠석에는 반루가潘樓街, 도성 동쪽의 송문宋門 밖 와자瓦子, 도성 서쪽 양문梁門 밖 와자瓦子, 북문北門 밖과 도성 남쪽 주작문외가朱雀門外街 및 마행가馬行街 안까지 모두 흙을 이겨 만든 조그만 토우인 마갈락을 팔았다七月七日潘樓街東宋門外瓦子, 州西梁門外瓦子, 北門外, 南朱雀門外街及馬行街內, 皆賣磨喝樂, 乃小塑土偶耳."라고 나오는데 당시에 '마갈락'이 얼마나 성행했는가를 잘 알려준다. 1976년 장쑤성 전장鎭江시 송대 유적에서 흙 아이 인형 한 벌이 출토되었다. 높이는 10㎝가량으로 인형 위에 '오군 포성조吳郡包成祖'10), '평강 손영平江孫榮'11)라고 새겨져 있다. 흙 아이 인형은 총 다섯 명으로, 씨름 놀이를 하며 노는 모습이다. 생동감 있는 표정, 각기 다른 자세, 짙게 드러나는 생활상에서 송대 민간의 '마후라'의 면모가 드러나는 매우 귀중한 유물이다. 당대唐代 단성식段成式의 『유양잡조(酉陽雜俎)』에 "제공의 한 살배기 죽은 아이는 마후라처럼 옻칠이 되어 있었다齊公所喪一子, 漆之如摩睺羅."라는 기록이 있는데 이러한 흙으로 빚은 아이 인형이 당나라 때 이미 있었음을 알 수 있다.

여와가 흙을 빚어 사람을 만드는 이야기는 신화이나 허난성 화이양淮陽의 예인들은 "우리가 '이니구泥泥狗'12)를 만드는 손기술은 인조人祖인 할아버지(복희)와 고모할머니(여와)13)로부터 전해져온 것이다."라고 말한다. 물론 그대로 믿을 수는 없으나 조사해보니 '이니구'는 예로부터 전해 내려온 흙 장난감 중 가장 오래되었다.

화이양 현지에는 '복희릉伏羲陵'이 있는데 매년 음력 2월 2일부터 3월 3일까지 '인조묘회人祖廟會'가 열린다. 묘회에서는 '이니구'라는 흙 장난감을 판매한다. '이니구'는 소박하고 독특한 아름다움이 있으며 오늘날에는 극히 드물게 보인다. 이니구는 복희, 여와 신화와 연관되어 작품 중 토템이나 이름을 붙일 수 없는 괴물과 같은 형상이 많다. 사람을 닮기도 원숭이를 닮기도 한 '인조人祖', 원숭이 머리에 새의 몸을 한 '후두연猴頭燕' 그리고 머리가 둘인 개, 새, 원숭이, 사람 인형 등이 있다. 이런 한 몸에 머리가 둘인 작품은 『산해경(山海經)』에 실린 머리가 둘인 짐승 '병봉幷封' 혹은 '병봉屏蓬'과 비슷하다. 또 복희, 여와 두 뱀(용) 꼬리가 교차하고 있는 도상과도 비슷한 구도이며, 우연히도 신석기 시대 하모도

---

10) 오군: 수저우의 옛 이름
11) 평강: 수저우의 옛 이름
12) 흙으로 만든 개 인형
13) 전설에서 복희와 여와가 오누이로서 혼인을 맺었다는 전설 때문에 '고모'라고 부른다.

유적에서 출토된 도기 재질의 머리가 둘인 돼지상과도 구도가 일치한다. 그래서 '이니구'를 '살아있는 유물'이라고 부른다.

지금도 여전히 흙 장난감을 생산하고 있는 유명한 생산지로는 또 산시^{陝西} 평샹^{鳳翔}, 허난 쥔^濬현, 쟝수 우시^{無錫} 등지가 있다. 평샹은 선진^{先秦} 시기 19대 군주가 도읍을 정한 땅으로 민간 장난감의 양도 많고 질도 우수하다. '이노호^{泥老虎}'14), '이괘호^{泥掛虎}'15)가 평샹의 대표적인 흙 장난감이다. '이노호'는 현지에서 일종의 부적처럼 외할머니나 외삼촌이 태어난 지 얼마 안 된 외손주나 외조카에게 선물하는 풍습이 있다. '이괘호'는 집의 악귀를 몰아내는 용도로 걸어둔다. 민간에서 전해지기로는 명나라 초기에 주원장^{朱元璋}의 수비병이 흙으로 만든 호랑이 머리를 쓰고 원나라 군사를 물리쳐 평샹에 안정과 행복을 가져왔다고 한다.

평샹의 흙 조각은 색채가 아름답고 대비가 강렬하며 진강^{秦腔}16)에서 노랫소리가 낭랑하고 우렁찬 것과 비슷한 운치가 있다. 또 그 문양에 주나라, 진나라의 흔적이 엿보인다. 허난성 쥔^濬현의 옛 이름은 여양^{黎陽}으로 수나라 말 와강^{瓦崗} 의병이 이곳에 모여 수나라 군사와 크게 전투를 벌였다. 흙 장난감은 성문 바깥쪽 일대인 양기둔^{楊玘屯} 마을에서 집중적으로 생산되었다. 이 마을의 이름은 와강군 대장 양기가 병사를 주둔한 데서 유래했다. 당시에 와강군이 전우를 그리워하며 작은 흙 인형을 만들었는데 이것이 오늘날까지 전해져 왔다고 한다. 흙 장난감으로 울부짖는 군마, 기마 병장, 옛날 군대의 신호나팔로 쓰인 소라에서 발전한 '이고고' 등이 대표적이다.

쥔현의 흙 장난감이 수당 시기에 시작되었는지는 아직 확실하게 고증되지 않았다. 장쑤성 우시^{無錫}시의 흙 인형은 널리 이름을 알렸는데 특히 '대아복^{大阿福}'이 가장 유명하다. 전해지기로 옛날 하늘에서 '모래 아이'가 내려와 산속의 맹수와 독사를 삼켜 없애 우시 지역 사람들에게 평안을 가져와 '대아복'을 만들었다고 한다. 명대 장대^{張岱}의 『도암몽억(陶菴夢憶)』에 따르면, 당시 우시의 상점에서는 이미 흙 인형을 팔고 있었다. 예인들 사이에서 그들의 개조는 전국시대 손빈^{孫臏}이라고 전해진다. 손빈은 방연^{龐涓}을 이기기 위해 흙으로 사람을 빚어 진을 펼쳤다. 신석기 시대 작은 도소^{陶塑} '인면^{人面}' 등 유물에 근거하면 먼저 토기가 있고 후에 도기가 있었다는 사실로 추론할 때 작은 흙 인형을 빚은 역사는

---

14) 흙 호랑이
15) 걸어 놓는 흙 호랑이
16) 중국 산시(陝西)성에서 시작된 희곡(戲曲)의 하나

최소 7,000년 이상이다.

대나무는 썩기 쉬워 전해지는 대나무 장난감이 거의 없다. 그래서 뤼순 박물관에 소장된 나무로 만든 오리는 매우 귀중한 유물이다. 허난 난양南陽의 한대 화상석 「허아구화상묘지명(許阿瞿畫像墓志銘)」에 무덤의 주인인 허아구가 생전에 세 아이가 목구木鳩[17]를 끌거나 타는 것을 감상하는 모습이 새겨져 있는데, 이를 통해 한대에 이미 꽤 정교한 나무 장난감이 있었음을 알 수 있다. 신석기 시대 하모도 유적지에서 출토된 목어木魚[18]는 지금으로부터 5,000에서 6,000년 전에 목조 소품이 있었음을 충분히 증명해 준다.

대나무는 일찍이 선조들에 의해 사용되었다. 신석기 시대 시안 반파半坡 유적에서 출토된 도발陶鉢의 밑바닥에 또렷하고 세밀하게 당시의 돗자리 무늬席紋가 새겨져 있었다. 『서안반파(西安半坡)』라는 책의 주석에서 "당시에 편직 방법이 다양했다."라고 나온다. 여기서 대나무 장난감의 출현이 너무 늦지는 않았을 것이라 판단할 수 있다. 근대에 들어 대나무 장난감의 종류는 상당히 많아졌다. 현재 생산하는 양이 비교적 많은 산지로 나무 장난감은 산둥성 탄청郯城현과 허난성 쥔浚현을 들 수 있고, 대나무 장난감은 남방 지역에 대나무 산지 쪽이 많은데 저장성, 쓰촨성, 후베이성 등지에서 생산되었을 것으로 보인다.

천 장난감은 민간에서 즐겨 사용한 장난감의 큰 갈래 가운데 하나이다. 고대의 천 장난감은 아직 유물이 발견되지 않았지만 자수 관련 사료에서 그 증거를 찾을 수 있다. 송대 고승高承의 『사물기원(事物紀原)』에 다음과 같은 기록이 나온다. "『제왕세기(帝王世紀)』에서 말하길 '복희씨께서 구침을 만드니 침이 여기서 시작되었다太昊制九針, (針)由此始.'라고 하였다.", "순임금께서 자수를 시작했다帝舜始爲繡." 1958년 창사長沙 초묘楚墓에서 출토된 춘추 시기의 정교한 자수품으로 당시 민간에 천 장난감이 있었음을 추측할 수 있다. 천 장난감을 만드는 일은 농촌 여성들의 특기로, 대대로 전해 내려오는 장난감 만드는 방법이 농촌 각지에 퍼져 있었다.

어린이가 작은 목우를 갖고 노는 것은 목우희木偶戱를 모방한 것이다. 목우희가 바로 괴뢰희(傀儡戱, 인형극 또는 꼭두각시 놀음)이다. 송대 작자 미상의 『백자희춘도(百子嬉春圖)』에는 어린이가 괴뢰들 갖고 노는 모습이 묘사되어 있다. 전국 시대 『열자(列子)·탕문(湯問)』에는 서주(기원전 1046~기원전 771년) 시기에 솜씨가 뛰어난 직공인 언사偃師

---

17) 나무 비둘기
18) 나무 물고기, 높이 3.5㎝, 높이 11㎝

가 자신이 만든 '창자^{倡者}'19)를 데리고 주 목왕^{穆王}을 알현하러 갔다는 기록이 보인다. "목왕은 그것이 진짜 사람이라고 생각해 여러 미인을 거느리고 구경하고 있었다. 공연이 다 끝날 즈음에 노래하고 춤추던 이가 눈을 깜빡이더니 왕 곁에 있던 시첩들에게 수작을 걸었다. 왕은 크게 노해 즉시 언사를 베려 했다. 언사는 크게 두려워하면서 바로 그자의 몸을 부수어 임금에게 보여주었다. 그자는 가죽, 나무, 아교, 옷칠과 흰색, 검은색, 붉은색, 파란색을 칠하고 붙여 모아 만든 것이었다^{王以爲實人也, 與盛姬內禦並觀之, 技將終, 倡者瞬其目招王之左右侍妾, 王大怒, 立欲誅倡師, 倡師大懼, 立剖散倡者以示王, 皆傅會革‧木‧膠‧漆‧白‧黑‧丹‧青之所爲.}" 3,000년 전에 이미 목우를 진짜 사람처럼 다루었으며 표현이 과장되었을 수 있으나 당시에 정교하게 만들어진 목인이 있었음을 보여준다. 미술 고고학자 창런샤^{常任俠} 선생의 고증에 따르면 목우희는 원시 사회의 '방상구숭^{方相驅祟}'에서 유래하였으며 "방상씨^{方相氏}가 재주가 특출나^{魁坌20)} 뛰어오르며 연기를 했기에 괴뢰희라고 부르게 되었다."라고 한다. 여기서 목우 장난감의 역사 또한 짧지 않다는 사실을 알 수 있다.

그림자 인형^{皮影}은 종이로 만든 것과 나무로 만든 것 두 종류가 있다. 오늘날 산시^{陝西} 평상의 것은 나무로 만든 것이다. 그림자 인형의 역사라고 하면 일반적으로 서한(기원전 206~기원후 25년) 시기로 거슬러 올라간다. 한무제^{武帝}가 먼저 세상을 떠난 이 부인을 그리워하여 제나라 사람인 방사^{方士} 소옹^{少翁}이 "밤에 촛불을 밝히고 장막을 쳐서^{夜張燈燭, 設帷帳}" 한무제가 장막 너머로 "멀리서 바라볼^{遙望}" 수 있게 만들었다(『한서(漢書)‧외척전(外戚傳)』). 송대에 와서 피영희^{皮影戲}가 매우 성행했다. 맹원로^{孟元老}의 『동경몽화록(東京夢華錄)』, 오자목^{吳自牧}의 『몽양록(夢梁錄)』에 모두 관련 기록이 있다. 그림자 인형 장난감도 이미 일찍이 생겨났을 것이다.

아이들이 가면을 쓰고 노는 모습은 민간에서 흔히 보인다. 얼굴을 칠하거나 가면을 쓰는 행위는 원시 사회의 '나무^{儺舞}'에서 비롯되었다. 한나라 화상석의 가무백희^{歌舞百戲} 중에는 가면을 쓰고 공연을 하는 모습이 있다(『기남 고화상석묘 발굴 보고(沂南古畫像石墓發掘報告)』 참고). 송대에 이르면 풍부한 희곡 가면이 나타난다. 명청 시기에 더욱 발전하여 장난감으로써 가면이 보편화되는 경향을 보인다.

연은 어린아이도 좋아하는 물건이다. 중국은 연의 고향이라 불린다. 송대 고승^{高承}의

---

19) 노래하고 춤추는 사람, 괴뢰
20) 특출나다는 뜻

『사물기원(事物紀原)』에 이르길 "예로부터 전해지기로 한신韓信이 (연을) 만들었다."라고 한다. 또, 전국 시대 『한비자(韓非子)·외저(外儲)』에 "묵자가 3년을 걸려 나무 연을 만들어서 어느 하루 날렸는데 실패했다."라는 구절을 근거로 묵자를 연의 시조로 보기도 한다. 이외에 당대의 『남사(南史)』, 북송의 『신당서(新唐書)』와 『자치통감(資治通鑑)』, 명대의 『순추록(詢芻錄)』 등 책에서 모두 연에 대한 서술이 보인다. 역대 미술 작품 가운데서도 연은 자주 나타나는데 『방풍쟁도(放風箏圖)』, 『우배방연도(牛背放鳶圖)』 등의 작품이 있다. 연의 역사가 길고 민간에 널리 퍼져 있었음을 알 수 있다. 오늘날 연에 관련된 활동이 두드러지는 지역으로는 베이징北京, 톈진天津, 산둥山東 웨이팡濰坊 그리고 장쑤江蘇 난통南通 등이 있다. 베이징, 항저우杭州 등의 지역 초등학교와 중고등학교에서 하는 연날리기 경기 등을 자주 볼 수 있다.

구기류는 고대부터 있었다. 춘추 전국 시대에 '축국蹴鞠21)'가 유행했다. 『사기(史記)·소진열전(蘇秦列傳)』에서 다음과 같이 언급한다. "임치臨菑는 부유하고 풍족합니다. 그곳 백성은 우竽22)를 불고 슬瑟을 타며 금琴을 뜯고 축築23)을 켜며 닭싸움과 개 경주를 즐기며 육박六博24)과 답국을 즐기지 않는 자가 없었다臨菑其富而實, 其民無不吹竽鼓瑟, 彈琴擊築, 鬥雞走狗, 六博蹴鞠者." 당대 서견徐堅의 『초학기(初學記)』에는 "옛날에는 털을 뭉쳐서 공으로 썼고 지금은 가죽을 사용하며 포胞를 안감으로 삼아 공기를 불어 넣고 밀폐한 후에 공을 찼다古用毛糾結爲之, 今用皮, 以胞爲裏, 噓氣閉而蹴之."라고 적혀 있다. 전국 시기에 이미 '답국'이 있었고 당나라 때 가죽공이 있었음을 알 수 있다. 송대의 도침과 동경 그리고 명대 청화 자기에 모두 축구 도안이 있어 구기류 장난감의 역사가 오래되었음을 알 수 있다.

초롱 등불 역시 유래가 깊다. 동한 시기에 상원上元25)이 되면 "등을 달고 불을 밝혀 불심을 표현하는"26) 풍습이 있었다. 당나라 때는 이미 원소등절元宵燈節이 자리 잡았다. 『동경몽화록』 등의 기록에 따르면, 이 풍습은 송대에 더욱 성행했으며, 대대로 이어져 지금에 이르렀다. 원소절은 곧 어른들이 등을 감상하는 날이자 어린이들이 등을 갖고 노는 때이기도 하다. 오늘날 흔히 보이는 어린이 장난감용 등으로 금어등金魚燈27), 금섬등金蟾

---

21) 답국(蹋鞠)이라고도 한다. 오늘날의 축구와 비슷하다.
22) 큰 생황처럼 생긴 고대 관악기
23) 아쟁처럼 생긴 고대 현악기
24) 참가자가 각자 6개의 말을 갖고 노는 일종의 보드게임
25) 원소절(元宵節), 즉 정월 대보름의 옛 이름
26) 연등표불(燃燈表佛)
27) 금붕어 등

燈28), 토자등^{兔子燈}29), 소궁등^{小宮燈} 등이 있다.

말판 게임30)은 '요^堯임금' 때까지 거슬러 올라간다.31) 화약은 중국에서 발명되었고 종이는 화하^{華夏}32) 민족에서 시작되었다. 따라서 중국의 면소^{面塑}33), 기류, 화포^{花炮}, 종이 제품 등 완구는 모두 오랜 역사를 지니고 있다.

중국 민간 장난감의 대다수는 종류가 적고 손이 가는 대로 만들어져 '단순하고 투박해' 보이지만 사실 그렇지 않다. 대상의 형태와 정신을 다 표현해내지 못한 것을 '단순하다'고 하고, 노력과 자재를 적게 들여 대강대강 만든 것을 '투박하다'고 한다. 그런데 민간의 예인은 생활에 익숙하고 대상에 익숙해 "대나무를 그리기 전에 마음속에 이미 대나무의 형상이 있어서^{胸有成竹}"34) 대담하게 취사선택을 하고 일당백으로 작품의 형태와 정신을 모두 갖추니 간단하고 요령이 있다 하겠다. 이들의 기술은 대대로 갈고닦은 것으로 작업 손길이 호쾌하고 단호하니 이를 호방하다 하겠다.

민간 장난감의 소재는 대부분 농촌에서 흔히 볼 수 있는 대상으로 닭, 개, 소, 양과 같은 것들이다. 그러나 각 지역 민간 예인들이 만들어 낸 형상은 모두 독창적이고 각각이 교묘하게 다르다. 호랑이 장난감으로 말하자면 각지의 작품이 각자 특색이 있고 어느 하나도 같은 것이 없다. 형태와 정신을 모두 갖추어 호랑이 같지 않으면서도 호랑이이다. 그 오묘함은 창작자들이 호랑이의 본질과 외형적 특징을 모두 장악한 데서 온다. 생기 있는 큰 눈동자, 힘 있는 수염, 아름다운 얼룩무늬, 여러 위풍당당한 자세, '백수지왕^{百獸之王}'을 상징하는 '왕^王'자 등이 그 특징이다. 창작자는 여기에 대담한 상상, 과장, 생략, 요약을 더하고 열정을 부어 그들 마음속 가장 아름다운 호랑이를 만들어 냈다. 그래서 많은 뛰어난 호랑이 작품은 모두 위엄 있으면서 온순하고 아름다우면서 신통하여 "비슷함과 비슷하지 않음 사이에 있음이 절묘한^{妙在似與不似之間}"35) 예술적 경지에 이르렀다.

민간 장난감은 색채에 있어서도 그대로 모방하지 않는, 대상이 본래 지닌 색상에 구애받지 않았다. 창작자들은 자신의 창작 의도에 따라 자신의 심미적 정취로 진홍색, 진노

---

28) 금 두꺼비 등
29) 토끼 등
30) 기류(棋類)
31) 진(晉)나라 『박물지(博物志)』에 "요임금이 바둑을 만들었다(堯造圍箕)"는 이야기가 나온다
32) 중화 민족을 대표하는 역사적 개념으로 고대 황하(黃河) 유역에 거주했던 한족의 조상들이 문화적으로 공통된 전통을 형성하고 이를 자각한 데서 유래했다.
33) 물들인 찹쌀가루를 반죽하여 여러 가지 인물이나 동물의 형상을 빚는 중국의 전통 민속 공예.
34) 일을 하기 전에 이미 전반적인 고려가 되어 있다.(
35) 제백석(齊白石, 1864. 1. 1. · - 1957. 9. 16.)의 말이다. 중국의 화가. 본명은 제순지(齊純芝)이고 자는 위칭(渭淸)이다.

랑, 남색, 흰색, 검은색 등 강렬한 원색을 연이어 사용해 화려하나 상스럽지 않으며 아름답고 격동적인 가락을 구성하여 삶을 사랑하는 평범한 백성들의 열정 어린 마음을 표현했다.

민간 예술가들이 '외사조화, 중득심원^{外師造化, 中得心源}36)으로 창작하기 때문에 '팔선과해, 각현신통^{八仙過海, 各顯神通}37)과 같아 개인의 특성과 지역의 풍격을 모두 표현해 낼 수 있었다. 민간 장난감은 민가, 민간 희곡과 같이 각자 향토의 멋이 있다. 각 지역의 서로 다른 풍격이 한데 모여 다시 중화 민족 고유의 풍격을 형성하고 있다.

---

36) 당나라 화가 장조(張璪)가 제시한 예술 창작론. '조화(造化)'는 대자연이고 '심원(心源)'은 창작자 마음속의 깨달음이다. 창작은 대자연을 본보기로 삼는 데서 시작되지만 자연의 아름다움이 저절로 예술적인 아름다움이 될 수 없는데, 이 변환의 과정에는 예술가 내면의 감정과 예술적 장치가 반드시 필요하다는 의미이다.

37) 여덟 선인이 바다를 건너 각자의 신통함을 드러낸다는 의미. 어떤 일을 할 때 각자의 방법이 있음을 비유하는 말이기도 하다. 또한 각자의 능력으로 서로 경쟁함을 비유하는 말이기도 하다. '팔선(八仙)'은 중국 민간 전설에서 도가(道家)의 여덟 선인(仙人)이다. '신통(神通)'은 도교 용어로 무엇이든 할 수 있는 능력으로 여기서는 고명한 능력을 이른다.

11장

병법과 무기

1

병서와 진법

란융

중국에서는 군사에 관한 고대의 저작을 병서라고 통칭한다. 루다제^{陸達節}의 『중국역대병서목록(中國歷代兵書目錄)』에 의하면, 상고 시대부터 명청대까지 1,304부^部 6,831권^卷의 병서가 있었는데, 그중 288부 2,106권이 현존한다고 하였다. 또한 쉬보린^{許保林}의 『중국병서지견록(中國兵書知見錄)』의 통계에 의하면, 저술된 병서 3,380부, 23,503권 중에 2,308부, 18,567권이 현존하였으니 중국 병서의 발달 상황을 충분히 볼 수 있다.

고고학 발굴을 통해 중국 최초의 군사 문헌이 기원전 13세기 상나라 복사^{卜辭} 안에 존재했음을 실증하였다. 당시 상왕조의 사관들은 이미 전쟁에 참가한 군사의 수, 편제와 전투 대열 등에 대해 기록하기 시작하였다. 서주 시기의 유명한 금문^{金文}에는 작전 명령에 대한 기록이 있다. 서주 시기 군사가들은 군사 행동을 하기 전에 군대의 행군 속도와 전장의 지형 조건 등에 대해 세밀하게 고려하였다.

당연히 아직까지는 전문적인 군사 저작이라 할 수는 없지만, 『군지(軍志)』, 『군정(軍政)』, 『영전(令典)』과 같은 저작들은 대략 기원전 8세기경에 나왔다. 『군지』는 용병의 원칙, 『군정』은 군사 근무의 규정, 『영전』은 작전 조례를 모아 놓은 저작이었던 것 같다. 이들 저작의 단편적인 내용들은 『좌전(左傳)』과 『손자병법(孫子兵法)』 속에 일부 보존되어 있다. 『좌전』의 기록을 통해, 이들 저작들이 춘추 시기 전쟁에서 여러 나라의 장수들에 의해 널리 응용되어 당시에 전쟁을 이끄는 경전 역할을 했다는 점을 알 수 있다.

춘추 전국 시기는 중국에서 고대 군사 과학이 급속도로 발전한 시기로, 춘추 말기부터 서한 초에 이르기까지 많은 천고에 빛나는 군사 저작들이 계속해서 세상에 나왔다. 이 시기의 병서를 초기 병서라 할 수 있다.

초기 병서는 두 가지 특징을 가지고 있는데, 이것도 두 가지로 나누어서 말할 수 있다.

첫째는 종합성이다. 『손자병법(孫子兵法)』, 『오자(吳子)』, 『사마법(司馬法)』, 『손빈병법(孫臏兵法)』, 『위료자(尉繚子)』, 『육도(六韜)』와 같은 책들은 군사 철학, 전략 원칙, 전략, 전법, 진법에서부터 장수의 수양, 사병의 훈련, 군사 조직, 군사 군무, 공격과 방어 무기에 이르기까지 포함되지 않는 내용이 없었다. 따라서 군사 과학의 관점에서 말하면 명확한 주제 분류가 없었다고 할 수 있다.

두 번째는 비전문성이다. 당시 유가儒家·묵가墨家·법가法家 등 저명한 학설의 저작 중에는 대부분 병법에 관한 내용이 있었다. 예를 들어 『주례』에서는 「지관(地官)」과 「하관(夏官)」과 같은 편에서 군대의 조직과 편제, 군관의 직책에 대해 전문적으로 논하고 있다. 『관자(管子)』의 「승마(乘馬)」, 「규도(揆度)」 같은 곳에서는 군부軍賦[1] 제도에 대해 이야기하고 있다. 『묵자(墨子)』에서는 「비성문(備城門)」 등 20여 편에서 요새의 방어 문제에 대해 전문적으로 논하고 있다. 『순자(荀子)』의 『의병(議兵)』편에서는 군대의 역할에 대해 논증하고 있다. 『상군서(商君書)』의 「농전(農戰)」, 「전법(戰法)」, 「입본(立本)」, 「병수(兵守)」 등의 편에서는 군대를 다스리는 방법에 대해 논의를 하고 있다. 이들 비병가非兵家의 저작들은 종종 매우 넓은 관점에서 군사 문제를 연구하는 것을 좋아하여, 이로부터 정치 전략·후방 지원·군사 경제·공성학·군제학 등의 새로운 영역이 개척되었다.

이 두 가지 특징은 당시 군사 과학의 미숙함을 반영한 것으로, 명확한 학문 분류가 없었을 뿐만 아니라 완전히 독립적인 연구 주제를 형성하지 못하였기 때문에 다른 학문의 범주에 혼용되는 경우가 많았다. 초기 병서 중 『손자병법』, 『사마법』, 『묵자』가 대표작이라 말할 수 있다.

『손자병법』은 춘추 말기에 만들어진 것으로, 고대의 전쟁이 전차전에서 보병전으로 변하는 군사적 대변화를 반영하였다. 이 책은 전쟁에서 보병의 역할을 중시하여 보병에 대한 훈련을 강조하였고, 인의 사상을 가지고 "병졸을 아들처럼 사랑할 것視卒爲愛子"을 주장하였다. 군사 철학적인 명제를 제시하고 많은 전쟁의 규율들을 단순한 변증법 사상으로 요약하여 지금까지 중국과 다른 나라의 군사 전략가들에게 준칙으로 받들어지고 있다. 또한 지형이 전쟁에 주는 영향을 중시하여 군사 지형학의 선구자가 되었다.

---

1) 군역으로 바치는 세금이나 부역

『사마법』은 전국 시대 중기에 나왔지만, 서주와 춘추 시대 초기에 많은 군사 이론을 논의한 가장 초기의 군사사軍事史 연구서라 할 수 있다. 도덕적 표준으로 전쟁 행위를 규범화하여 이를 통해 특정 전쟁의 규칙을 제정하려고 했기 때문에, 한나라 사람들은 이 책을 『군례사마법(軍禮司馬法)』이라 불렀다. 풍부한 군사 철학 사상으로 전쟁 중의 여러 대립되고 상호 침투적인 요소에 대해 논증하였고, 이를 통해 "여러 가지 병기를 잘 안배해야 한다兵惟雜."라는 무기 배치의 원칙을 제시하였다.

『묵자』는 전국 시대 중기에 쓰여진 것으로, 「비성문」과 같은 편은 요새 방어의 전략과 전술을 체계적으로 서술하였는데, 이는 전국 시기에 나날이 발전한 요새전을 반영한 것이다. 『묵자』에서는 실증에 중점을 두면서 요새 건축에 대한 구체적인 설계를 보여 준 중국 최초의 축성학 저작이라 할 수 있다. 동시에 공성전과 수성전에 대한 전문적인 연구도 진행한 최초의 군사 기술 전문서이기도 하였다.

진나라가 육국을 통일한 후 병서를 금지시키거나 불태우면서 군사학의 발전에 악영향을 주었다. 한나라 초에 나온 『삼략(三略)』과 『회남자(淮南子)·병략훈(兵略訓)』은 대체로 전국 시기 병서의 체제를 따랐다. 한나라 때 두 차례에 걸쳐서 병서를 정리하였는데, 장량張良과 한신韓信이 병서를 정리하고 주석을 달아 모두 182가家를 얻었다. 임굉任宏이 최초로 병서에 대한 과학적 분류를 행하여 "오나라 손자, 제나라 손자 이하 53가吳孫子, 齊孫子以下凡五十三家"의 병서를 병권모兵權謀, 병형세兵形勢, 병음양兵陰陽, 병기술兵技巧의 네 종류로 나누었다. 이러한 분류는 중국의 병서가 이미 새로운 단계에 진입했다는 것을 보여준다. 그러나 한무제가 유교를 국가 운영의 유일한 사상으로 삼은 이후 병가의 지위는 낮아지기 시작했다. 병서를 국가가 일괄 소장하면서, 그 저술과 유포를 제한하였다. 그래서 병서의 수가 한나라 초 182가에서 한무제 때는 53가, 790편만이 남아 있게 되었고, 한신과 범려范蠡 등의 병서도 당시에 이미 사라져 버렸다.

한나라에서 당나라까지는 중국 병서의 발전은 두 번째 단계로, 그 특징은 다음과 같다.

1. 전문성이 크게 강화되어 구체적인 전술, 병역과 무기 사용 기술을 연구한 많은 전문서가 출현하였다. 예를 들어 부대의 행군, 숙영을 연구한 저서로 『출군비점(出軍秘占)』, 『황석공음모행군비법(黃石公陰謀行軍秘法)』, 『안치군영항진(安置軍營行陣)』이 있고, 군사 기상학을 연구한 책으로는 『별성자망군기(別成子望軍氣)』, 『병운도(兵雲圖)』, 『이위공천상점후비결가(李衛公天象占候秘訣歌)』가 있으며, 무기 사용 방법을 연구한 저서

로『이장군사법(李將軍射法)』,『망운련노사법(望運連弩射法)』,『노사비법(弩射秘法)』,
『수박(手搏)』,『검도(劍道)』가 있고, 기병 전술을 연구한 저서로『마사도(馬射圖)』,『마
삭보(馬槊譜)』,『기마도격(騎馬都格)』,『기마변도(騎馬變圖)』가 있으며 마지막으로 보병
전술을 연구한 저서로『보전령(步戰令)』,『화공비요(火攻備要)』가 있다.

2. 위서(僞書)의 출현.

이런 현상은『손자병법』에서부터 시작되었다. 손자의『십삼편(十三篇)』은 한나라 초
에 유포되면서 위서로 보이는 일련의 글들이 덧붙여져서 13편에서 82편으로 늘어나 장
장 수십 만자에 달하는 방대한 책이 되었다. 이런 류의 책으로는『손자병법잡점(孫子兵
法雜占)』,『팔진도(八陣圖)』,『손자전투육갑병법(孫子戰鬪六甲兵法)』,『오손자빈팔변진
(吳孫子牝八變陣圖)』,『손자삼십이루경(孫子三十二壘經)』,『손바병법비요(孫子兵法秘
要)』등이 있다. 다음으로 제갈량(諸葛亮)의 병법이 부각되었다. 삼국과 위진 시기에 제
갈량의 병서만도『제갈무후심서(諸葛武侯心書)』,『제갈공명심서(諸葛孔明心書)』,『팔진
합변도설(八陣合變圖說)』,『제갈무후행병둔갑금함옥경(諸葛武侯行兵遁甲金函玉鏡)』,
『제갈칠서(諸葛七書)』,『무후팔진도(武侯八陣圖)』,『필진오법변(八陣伍法辨)』,『무후화
공심법(武侯火攻心法)』,『화룡경(火龍經)』,『병원(兵原)』등 수십 종으로 여러 가지 내용
이 마구 섞여 있어 사람을 현혹시켰다.

3. 군사학 연구의 신비화

선진 시기의 병서는 모두 단순하고 평범한 군사 지식을 담은 서적으로 정확하지 않은
점을 서술한 것은 있지만 괴력난신(怪力亂神)에 대해서는 언급하지 않았다. 한나라 이후
에는 참위서(讖緯書)가 성행함에 따라 군사학의 영역도 점점 요사스러운 기운이 널리 퍼
진 신비한 전당으로 바뀌었다. 그래서 구름은 보고 운세를 점치거나 이변과 길흉 등이
모두 당당하게 연구 과제가 되었다. 예를 들어『손자병법』에는 적정을 판단하는 징후 부
분에 근거하여 연역된 구름을 보고 운세를 치는 분야가 있다. 이런 류의 책으로는『백원
기서일월풍운점후도설(白猿奇書日月風雲占候圖說)』,『풍기점군결승전(風氣占軍決勝戰)』,
『오행후기점재(五行候氣占灾)』,『천대망무기점(天大芒霧氣占)』,『건곤기법(乾坤氣法)』
등이 있다. 이러한 경향은 당시의 군사 연구를 궁지로 몰아넣었다.

4. 군사 전적학(典籍學)의 부상

군사 전적학은 신비화 경향에 대한 직접적인 대항으로 등장하였는데, 그 발단은 조조
(曹操)의『손자주(孫子注)』이다.『손자병법』에 대한 조조의 정리와 연구가 중국 문화사
에서 칭송할 만한 위대한 성과라는 것은 의심의 여지가 없다. 그는『손자병법』이 오랜
기간 유전되는 상황 속에서 형성된 혼란스러운 상황을 정리하고 본래의 모습을 다시 찾

았다. 동시에 또한『십삼편』의 내용에 대한 정밀한 주석을 더하였다. 그의 영향으로 수당 시대에 왕릉(王凌), 장자상(張子尙), 가후(賈詡), 두목(杜牧) 같은 주석가들이 나와 전문적인 서적을 세상에 내놓음으로써『손자병법』연구의 열기를 불러일으켰다. 이러한 열기는 한나라 이후『손자병법』의 일반화, 신비화, 저속화의 추세를 효과적으로 억제하였고, 동시에 군사학 연구의 신비화 경향을 일소하여 군사학 연구의 과학적 토대를 마련하였다.

이 시기의 대표적인 병서로『손자주』와『태백음경(太白陰經)』을 들 수 있다.

조조가『손자주』를 편찬하게 된 동기는 앞에서 이미 이야기하였다. 이 책은 조조의 깊은 군사학적 소양과 해박한 군사 역사학에 대한 조예를 드러내었고, 소박하고 엄밀한 청신한 학풍을 열어 주어 군사 전적 연구의 모범이 되었다.

이전(李筌)의『태백음경』은 당나라 대종(代宗) 때에 쓰였고, 전체 이름은『신기제적태백음경(神機制敵太白陰經)』이다. 이 책은 체제상에서 임굉의 분류를 계승하여 군사 전략·전투 태세·군사 의례·전투 대형·군사 문서·병력, 전마(戰馬) 및 의료, 사물 관측, 후방 지원 및 각종 공방(攻防) 무기에 대해 구체적으로 논의를 하였다. 이 책은 기본적으로 이전 시대의 병서와 관련 저작물을 종합한 것으로, 귀중한 군사 자료가 많이 수록되어 있다. 그러나 이 책의 병음양 부분은 수당 병서의 낡은 풍습에 물들어 풍각(風角)2)과 잡점(雜占)3), 기문둔갑(奇門遁甲)4)과 같은 황당무계하고 신비로운 내용이 많이 섞여 있었다.

당나라 이후 화약의 발명과 함께 전쟁에서 화약과 화기를 사용하게 되면서 중국의 전쟁은 칼·창 등 화약을 사용하지 않는 무기와 화기를 함께 사용하는 시대로 접어들었다. 이러한 군사적인 변화는 자연스럽게 병서에 반영되었다. 특히 송나라는 내우외환으로 인해 줄곧 군대를 정비하고 무력을 강화하는 데 신경을 써 군사 기술이 끊임없이 발전하였는데, 당시 송나라 군대는 이미 세계에서 가장 앞선 무기와 장비를 갖춘 군대였다. 송나라 신종(神宗) 황제가 희녕(熙寧), 원풍(元豐) 연간의 변법 시기에 확립한 "강군"의 목표는 군사 과학 연구의 고조기를 이루어 그 여파가 후대에까지 계속되었다. 송부터 청초에 이르기까지 중국 병서의 발전은 3단계에 해당하는데, 그 특징은 다음과 같다.

---

2) 사방과 네 모퉁이의 바람을 궁, 상, 각, 치, 우의 다섯 음으로 구별해서 길흉을 점치는 방술
3) 고대의 점술
4) 마음대로 제 몸을 감추거나 다른 것으로 바꿀 수 있는 술법

1. 규범성

송나라 희녕 5년에 중국 최초로 직업 군인을 배양하는 것을 목표로 한 정규 군사 학교를 정식으로 건립하였다. 원풍 연간에는 고대 군사 저작에 대한 정리 작업의 기초 위에서 당시 유행하던 240종의 병서 중에서『손자병법』,『오자』,『사마법』,『육도』,『위료자』,『삼략(三略)』,『이위공문대(李衛公問對)』 등 7종을 정식 군사 이론 교재로 채택하여 관학(官學)에 편입시킴으로써 병법을 공부하는 사람의 필독서로 지정하였고 후세 사람들이 함부로 내용을 더하거나 빼지 못하도록 하였다. 이것이 바로 유명한『무경칠서(武經七書)』이다. 이것은 한나라 초에 장량(張良), 한신(韓信), 임굉(任宏)이 병서의 순서를 정한 이래로 중국에서 세 번째로 진행된 대규모의 체계적인 병서 정리 사업이었다. 이 정리의 직접적인 성과 중 하나는 수당 이래 병서 유통의 혼란스러운 상황을 법적 형태로 종식시킨 것이다. 동시에 이 책을 보편적으로 보급하기 위해 병서 연구 성과를 모은 전문적인 도서가 끊임없이 나오게 되었고 이를 통해 군사학 연구의 발전을 촉진하였다.

2. 대형 군사 백과전서(類書)의 출판.

송나라 인종(仁宗)은 느슨한 무기 체계와 장수들의 낮은 군사적 소양을 고려하여 증공량(曾公亮) 등을 비롯한 여러 사람들에게 유명한『무경총요(武經總要)』를 편찬하도록 명령하였다. 이 책은 중국 최초의 군사 백과전서 성격을 지닌 대형 군사 유서이다. 이 책은 전·후집으로 나뉘어 있다. 전집 20권은 제도(制度) 15권, 변방(邊防) 5권으로 이루어져 있으며, 대적할 적의 선택, 교육 훈련, 부대 편성, 행군 및 숙영, 옛날과 지금의 진법, 통신과 정찰, 군사 지형, 보병 및 기병의 응용, 성읍의 공격 및 방어, 화공과 수공, 무기 및 국경 방어 배치, 지리적 변화, 산천과 도로, 군사 요충지 등에 대해 전문적으로 기술하였다. 후집 20권 중 고사(故事) 15권은 역대 전투의 예를 나누어 소개하면서 득실을 비교하였고, 음양점(陰陽占) 5권은 옛 학설을 부연해서 만든 것으로 미신이나 이치에 맞지 않은 이야기들이 많다. 이 책은 군사 자료를 광범위하게 수집하였기 때문에 견해가 평범하기는 하지만, 북송 시기의 군사 제도와 기술 상황을 체계적으로 서술하였고, 특히 중국 초기의 군용 화약의 배합 방법, 각종 초기 화기 및 무기의 도판과 사용 방법이 잘 보존되어 있어 중국의 군사 학술사와 무기 기술사 연구에 좋은 참고 자료가 되고 있다.

3. 기술력 증강

이 시기의 병서는 모두 선진 기술로 만들어진 무기와 군사 기자재에 대한 기록과 사용을 중시하였다. 예를 들어『무경총요』는 병기, 화기, 전함, 군용 교량, 운제(雲梯), 측량 기기 등 군사 장비에 대해 체계적으로 소개했을 뿐만 아니라, 군영과 무기 등에 많은 그림을 첨부하여 상세하게 해설하고 있다. 이것은 화기의 발명과 응용에 따라 전쟁의 양상이 완전히 바뀌어 선진적인 기술을 통한 무기와 군사 기자재가 점점 더 전쟁의 승패를 좌우하게 되었음을 보여준다. 이에 따라 병서의 실용성은 더욱 증가하였고, 학술 이론성은 약화되었다. 군사 기술이 나날이 눈에 띌 정도로 전문적인 것이 되어감에 따라 점점 전통적인 병서와 양립할 수 없게 되었다.

이 시기에는 『무경칠서』와 『무경총요』 이외에 『무비지(武備志)』와 『연병실기(練兵實紀)』를 병서의 대표작으로 들 수 있다.

모원의茅元儀의 『무비지』는 명대의 종합적인 대형 군사 유서로 병가와 술수術數의 책 2,000여 종을 모아 15년에 걸쳐 완성되었다. 이 책은 병결평兵訣評 18권, 전략고戰略考 33권, 진련고陣練考 41권, 군자승軍資乘 55권, 점도재占度載 93권으로 구성되어, 전체 240권 9,200여만 자, 그림 738정幀으로 이루어져 있다. 이 중 '군자승'에 수록된 각종 공수 기재와 무기가 600여 종에 달하였는데, 화기만도 180여 종으로 육전용, 수전용과 비행식, 지뢰식 등 전례 없이 종류도 다양하고 광범위하게 응용되어 명대 화기의 발전 정도를 충분히 보여준다.

항왜抗倭 명장 척계광戚繼光이 지은 『연병실기』는 군사 훈련을 위주로 한 명대의 유명한 병서이다. 이 책의 특징은 당시 작전 대상과 대량 화기 사용의 상황에서의 군대 편제, 무기와 작전 대형의 개선 등을 반영했다는 점이다. 예를 들어 거영車營5)에는 128량의 병거, 256문의 화포를 보유하고 있었으며, 상당한 수의 조총과 화통火筒을 갖추고 있었다. 동시에 다양한 무기가 위력을 발휘하도록 하기 위해 보병, 기병, 거병과 총수, 포수가 연합 작전을 펴는 것을 훈련하는 데 중점을 두었다.

명나라 가정嘉靖 연간 이후로 홍이포紅夷砲와 서양의 화약 기술이 유입되면서 군사 기술자 서광계徐光啟, 손원화孫元化, 장도張燾, 초욱焦勖 등이 화기 제작 연구에 온 힘을 다하였다. 예를 들어 손원화의 『서법신기(西法神機)』와 초욱의 『화공설요(火攻挈要)』와 같은 책은 모두 중국 최초의 군사 공업 전문서이지만, 이들은 더 이상 본래 의미의 병서는 아니었다. 아편 전쟁 이후 국가의 앞날이 나날이 위태로워지면서 병서의 저술이 급격히 증가하여, 80여 년 동안 1,000종 이상의 병서가 출판되었는데, 그중에는 저서, 주석서, 편집서 외에도 많은 번역서가 있었다. 그러나 이들은 모두 이미 근대 병서의 범주에 속하였는데, 편폭의 제한상 여기에서는 이야기하지 않겠다.

병서를 이야기하면 자연스럽게 진형도를 떠올리게 된다. 최초의 병법서인 『손자병법』에서부터 모두 진형도가 첨부되어 있었다고 기록되어 있기 때문이다(이런 옛 진형도는

---

5) 전차 부대

이미 모두 사라져 버렸다). 진형도는 죽은 것이고 진법은 살아 있는 것으로 진법을 배우지 않고 진형도만 알면 죽은 군대의 화석을 보는 것과 같으므로 다음은 진법에서부터 시작하려고 한다.

진법陣法은 바로 진형陣形의 변화이다. 진陣은 진陳과 같은 의미로, 그 본래의 의미는 전차와 보병의 배열을 가리키는 것이다. 이것은 원래 병거전 시대의 특수 군사 용어였다가, 후에 군대 전투 대형을 뜻하는 일반적인 용어가 되었다. 군사 작전은 무장 집단 사이의 대결이다. 그 수가 일정한 전투 대형을 형성할 수 있을 때만 서로 적대적이라고 말할 수 있기 때문에 진형 없이 단독으로 군사 작전만을 논하는 것은 의미가 없다.

고대의 진법도가 전해지지 않기 때문에 고대의 진형에 관한 자료는 이미 매우 희소하다. 여기에 당송 이후 호기심 많은 사람들의 견강부회 때문에 진법 연구는 종잡을 수 없는 연기구름 속에 휩싸이게 되어, 고대의 진법은 거의 만고의 수수께끼가 되었다. 진형 이름에 관한 기록도 어지럽고 복잡하였는데, 예를 들면 『좌전』에는 어려魚麗, 형시荊尸, 우盂, 오진五陳, 각角 등의 몇 가지 종류가 있었고, 『손빈병법(孫臏兵法)』에는 방진方陣, 원진圓陣, 소진疏陣, 수진數陣, 추행지진錐行之陣, 안행지진雁行之陣, 구행지진鉤行之陣, 현양지진玄襄之陣 등 10개의 진이 나열되어 있다. 한나라 이후 견강부회한 설이 더욱 많아져 진나라 때는 제갈량이 팔진도八陣圖를 만들었다는 인식이 보편적이다. 『잡병서(雜兵書)』에서는 팔진을 방方, 원圓, 빈牝, 모牡, 충沖, 윤輪, 부저浮沮, 안행雁行의 8종이라고 이야기하였고, 어떤 이는 금金, 목木, 수水, 화火, 토土와 천天, 지地, 인人이라고 하였으며, 또 다른 이는 천天, 지地, 풍風, 운雲과 용龍, 호虎, 조鳥, 사蛇라고 하였다.

『후한서』에는 또한 손무孫武와 오기吳起가 64진법을 만들었다고 언급하고 있다. 이들 진형의 실제 배치가 어떠하였는지에 대해서는 그 누구도 확실하게 이야기할 수 없고, 심지어 관심조차 가지지 않았다. 수당 시대의 병서에 붙어 있는 진도陣圖는 대부분 억측으로 만들어 낸 가짜로 연구할 가치가 전혀 없다. 송나라 증공량의 『무경총요』 속에 나열된 번다한 이름의 진도는 변경 지역의 부서가 대종심大縱深, 즉 지역에 방어 시설을 설치하는 군대 배치의 구상도일 뿐으로, 북송의 군대는 이러한 경직된 방어 개념 때문에 수많은 전투에서 패배하였다. 명 이후의 진도는 특히 척계광의 『연병실기』의 진도가 실전의 가치를 지니고 있지만, 고대의 진법과 아무 관련이 없다.

진법의 명칭은 무수히 많지만 그것을 구성하는 기본 형태로 보면, 방진方陣과 원진圓陣

두 종류를 벗어나지 않는다. 방진은 진격 대형이고 원진은 방어 대형인데, 원진은 또한 방진에서 변화한 것이기 때문에 진형과 진법을 알려면 먼저 방진을 이해해야 한다.

은나라와 서주 시기는 방진 전술의 초기 단계이다. 이 시기의 방진은 전체 군대를 왼쪽·가운데·오른쪽에 3개의 큰 대형으로 배열한다. 이 방진의 특징은 대형이 조밀하고 종심이 얇아 기동^{機動}의 여지가 없어 전투 시에 전체 방진이 하나의 거대한 총체로써 함께 전진하고 후퇴한다. 이에 따라 전진 속도가 느리고 지형에 대한 적응력이 떨어지며 병력의 기동을 실행하는 것이 불가능하고 대형 유지가 어렵다.

기원전 541년에 진^晉나라 대부 위서^{魏舒}가 전차병을 보병과 함께 편제하여, 중국 최초의 보병 방진을 만들었는데, 이것이 유명한 위서 방진이다. 위서 방진의 기본 단위는 갑옷 입은 보병 15명과 경무장보병 10명 등 5오^伍 25명으로 구성된 소방진이다. 진 속의 25명의 병사는 5열 종대로 길고 짧은 무기가 서로 섞인 종심이 있는 횡대를 이루었는데, 정면과 종심 모두 7.2m였다. 모든 병거의 주위에는 4개의 이런 소방진이 전후좌우에 고리 모양으로 배치되어, 병거들이 그 움직임을 통일적으로 조정하였다. 위서 방진의 총체는 이렇게 서로 엄호하는 다섯 개의 대방진으로 구성되어 있지만, 그 맨 앞쪽의 하나의 방진^{前拒}은 적을 유인하기 위해 설치된 것이기 때문에 실제는 4개의 방진이 전후좌우에 배치되어 있었고 가운데는 비어 있었다. 이것이 최초의 "오진^{五陣}"이다(<그림 1> 참조).

5진은 실제로 행군 진형에서 변화된 전투 진형이다. 이런 대형은 보병의 소방진을 3개의 선으로 배치하여 대형의 종심을 늘린다. 그중 모든 소방진의 양 날개에는 각각 '한지^{閑地}'라고 하는 두 개의 기동 영역이 있다. 중앙의 지휘관은 작전의 필요에 따라 언제든지 각 소방진의 위치를 조정할 수 있고 병력을 기동시킬 수 있었기 때문에 진형의 기동성이 크게 향상되었다. 전체 방진이 더 이상 밀집된 전체가 아니라 분산된 상태로 배치되었기 때문에 지형에 대한 방진의 적응력이 강화되었고 대형 유지가 쉬워 방진의 움직이는 속도가 빨라졌다. 전체

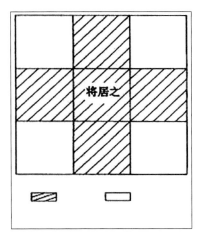

〈그림 1〉
오진(五陣)

방진은 실제로 이런 몇 개의 작은 방진이 모여서 만들어진 일종의 블록 구조였기 때문

에, 설령 적에게 뚫린다 하더라도 소방진은 독자적으로 작전할 수 있는 재결합 능력을 갖추고 있어 이를 통해 방진의 공격력을 크게 높아졌다. 이것이 바로 이른바 "군사 속에 군사를 받아들이고 대오 속에 대오를 받아들이고軍中容軍, 隊中容隊", "큰 진은 작은 진을 포함하고 큰 군영은 작은 군영을 포함하며 그 둘이 갈고리처럼 연결되어 절곡형으로 서로 마주 대하는大陣包小陣, 大營包小營, 偶落鉤連, 折曲相對" 것이다.

이런 방진과 그 기본 원리는 춘추 시대 중엽부터 송·명대까지 이어져 오면서 줄곧 중국 군대 전술 발전의 주요 노선이 되었다.

이른바 진법은 방진의 대형 변화를 가리키는 것이다. 고대 병서에서는 이러한 대형의 변화를 '팔진'이라 하였다. 『손빈병법』에서는 "진은 곧 팔진의 법을 아는 것이다陣則知八陣之法."라고 하였는데, 팔진 대형의 변화의 요체를 아는 것이 진을 이용하는 관건이 된다는 것으로 볼 수 있다. 이런 변화의 내용을 개괄적으로 이야기하면, 이른바 "수는 5에서 시작하고 8에서 끝난다數起于五, 而終于八."라는 것이다. 그림1에서 본 바와 같이 전체 대형이 차지한 지역을 동일한 면적의 9개의 정사각형으로 나누면 그중 5개가 '실지實地'라는 진지이고, 나머지 4개가 '허지虛地'라는 한지이다. 전투 중에 4개의 보병 소방진은 지휘관이 있는 중앙 실지를 중심으로 8개의 방위에서 기동하며 위치를 바꿀 수 있는데, 이를 "수는 5에서 시작하고 8에서 끝난다."라고 하는 것이다. 그러므로 오진은 방진의 본체로 필진은 방진의 변화를 가리키는 것이니 후자는 전자에서 나온 것이다.

『손빈병법』에 "변칙과 원칙의 법도의 모든 것을 다 알 수는 없다奇正之度, 不可勝窮也."라고 하였는데, 오진의 변화는 정말로 "다 알 수 없는 것"인가? 아래에서 계산해 보도록 하겠다.

고대 보병의 무기 사용 원칙에 따르면, 전투 시 각 소방진 내부의 길고 짧은 무기는 전술적인 필요에 따라 수시로 위치를 조정할 수 있었다. 이러한 위치 조정은 가로줄을 단위로 삼아 대형이 앞뒤로 변화를 줌으로써 이루어진다. 이 밖에 소방진은 각각 다른 네 개의 방향에서 전투를 하기 위해 수시로 진행 대형의 방향을 바꿀 필요가 있었다. 이상의 두 가지 변환은 횡적이든 종적이든 관계없이 모두 원래 시스템에 방해를 주지 않는 것을 전제로 한다. 즉, 5인을 단위로 삼아 실행을 하기 때문에 대형 변환의 총횟수는 다음과 같다.

$$4 \times 4(5!) = 4 \times 4(5 \times 4 \times 3 \times 2 \times 1) = 1920회 \cdots\cdots [\,1\,]$$

4개의 소방진은 내부에서 변환하는 것과 동시에 8개 방향에서 기동을 진행해야 하기 때문에 그 대형 변환의 총횟수는 다음과 같다.

$$8! = 8 \times 7 \times 6 \times 5 \times 4 \times 3 \times 2 \times 1 = 40320회 \cdots\cdots[\text{II}]$$

그러므로 소방진 자체의 대형 변환 총횟수는 [Ⅰ]과 [Ⅱ]를 더한 42,240회이다. 이것은 방진의 한 단위만 계산한 수이다.

대방진 자체 대형의 변환 총수 M을 구하기 위해 포함된 단위의 총수를 N으로 설정한다. 문제를 단순화하기 위해, 다시 대방진 중심의 대형 변환과 전장의 병력 기동 등의 요소를 논외로 하면 곧 M≥N×42,240회가 된다. 따라서 그것의 변화가 "천지에 상과 수가 있는 것과 더불어 무궁하다與天地有相數而不窮."라고 한 것은 지나친 말이 아니다. 전투 중에 4개의 작은 소방진은 대열을 스스로 끊임없이 조정할 뿐만 아니라 중앙 방진의 명령에 따라 8개 방향에서 빈번한 대형 변환을 해야 한다. 보기에는 혼란스럽고 무질서한 것 같지만, 실제로는 공격과 후퇴에 절도가 있고 약속된 지휘를 받는 것이다. 이것이 바로 이른바 "네 머리와 여덟 꼬리가 닿는 곳이 머리가 된다四頭八尾, 觸處爲首.", "어지럽게 싸워도 어지럽지 않다紛紛紜紜鬪乱而不可亂也."라는 것이다.

다음으로 방진과 원진圓陣 사이의 대형 변환을 보려고 한다. 방진이 변하여 원진이 되는 것이기 때문에 "흩어져 여덟이 되었다가 다시 하나가 되는 것이다散而成八, 復而爲一者也."라고 이야기한 것이다. 원圓은 바로 일一이다. 군대가 방어로 전환할 때에 흩어진 공격 대형을 신속하게 한군데로 집결시키는 것인데, 이처럼 방진의 양 날개를 없애 하나로 만들어, 돌출됐던 방진을 모서리 없는 원진으로 변환하는 것이다.『이정문대(李靖問對)』에서는 "방진은 정병들의 절도에 맞는 보법을 바탕으로 하고, 원진은 기병들이 둥글게 선회하는 모습을 바탕으로 한 것이다方所以矩步, 圓所以綴其旋."라고 말하였다. 그러므로 원진의 형성은 방진이 적에게 공격을 받은 후 방진 속에 있는 병사들이 일정한 순서와 방향에 따라 회전한 결과이다. 대체로 이것은 혼란스러운 움직임 속에서 각 부문을 새롭게 조정하여 각 부대를 신속히 집결시켜 굳게 지키도록 만드는 방법이다. 조조가『손자주(孫子注)』에서 "보졸과 기병을 옮겨 원을 형성한다卒騎轉而形圓."라고 말한 것은 바로 이 복잡한 변환 과정을 가리키는 것이다. 이것은 전차전이든 보병전이든 모두 마찬가지였다.

당나라 때의 명장 이정(李靖)은 오진(五陣)을 육화진(六花陣)으로 발전시켰는데, 이것이 바로 육진(六陣)이다(그림2). 이것은 실제로 보병을 2열로 배치하고 두 개의 소방진을 추가한 것이다. 이것은 한편으로는 부대의 기동성에 영향을 주지 않는다는 전제 아래 단위 면적당 병력의 밀도를 증가시켰고, 다른 한편으로는 적의 공격에 쉽게 노출되는 오진의 날개 네 곳을 보강해 주었다. 이 진법은 방진의 공격 능력을 향상시켜 그 우월성을 충분히 드러내었다.

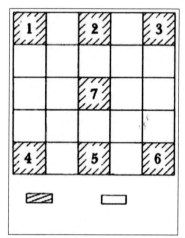

〈그림 2〉
육화진(六和陣)

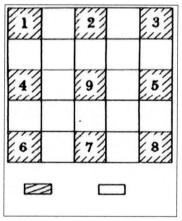

〈그림 3〉
구진(九陣)

송나라 때의 유명한 군사가이자 과학자인 심괄沈括은 실전 연습을 통해 육화진을 구진九陣으로 발전시켰다〈그림 3〉. 구진은 보병 소방진을 9개로 증가시킨 것으로 병력의 밀도가 최대 수준에 이르렀다. 보병은 실제로 3열로 배치하여 오진의 간극(한지)을 더욱 확대하였고, 대형을 더욱 분산 배치하여 복잡한 지형에서의 적응력을 높였다. 이 대형은 공격 능력을 강화했을 뿐만 아니라 종심을 길고 견고하게 만들어 어느 정도 방어 능력을 갖도록 만들었다.

방진에 대해 대략적으로 설명하였다. 고대 병서에 언급된 각角과 안행지진雁行之陣은 실제로는 병거나 기병 부대가 행군 종대에서 차례로 전개하며 양쪽에서 포위 공격하는 일종의 추격 대형이다. 또한 추행지진錐行之陣은 종대로 전개하여 양 날개를 엄호하면서 중앙을 돌파하는 일종의 공격 대형이다. 이와 같은 것들에 대해 여기에서는 부연 설명하지 않겠다. 진의 구성 문제는 실제로 매우 복잡한데, 그중 군대의 편제, 무기의 전술 성능, 작전 방식, 훈련, 장비, 병과 등 일련의 전문적인 문제들은 편폭의 문제로 이곳에서 일일이 소개하지 않았음을 밝혀두고자 한다.

2

무기의 발전

란융웨이

무기는 생산 도구에서 변형된 것이다. 부족 동맹에서 국가로 점진적으로 이행하는 과정에서 부족 동맹 간에 치열한 원시 전쟁이 계속 발생했다. 빈번히 발생하던 대규모 전쟁 때문에 사람들은 살인과 방어를 위한 전문적인 특수 도구를 설계 및 제조하기 시작했으며, 이때부터 무기는 점차 일반적인 생산 도구에서 분리되었다. 이러한 변화는 대략 지금부터 5,000여 년 전인 신석기 시대 말기부터 나타나기 시작했다. 당시에 이미 나무나 대나무로 만든 활이 출현하였으며, 돌이나 뼈, 뿔, 조개껍질로 화살촉을 만든 화살, 찌르는 데 사용한 돌창과 뼈창, 찍고 베는 데 사용한 돌도끼인 석월石鉞과 석과石戈, 부수는 데 사용한 나무 방망이와 돌망치, 그리고 돌이나 뼈로 만든 비수 등 전문적인 무기가 있었다. 이때가 바로 전설 속의 탁록지전涿鹿之戰의 시기였기 때문에 옛사람들은 흉악한 치우蚩尤가 무기를 발명했다고 죄를 돌렸다.

고대 중국에서 무기의 발전은 화약이 처음 사용된 것을 경계로 삼아 전후 두 단계로 나눈다. 즉, 냉병기冷兵器[1] 시대와 화기火器와 냉병기를 함께 사용한 시기로 나누는 것이다. 무기의 재질로 분류하면 고대 중국의 냉병기는 또한 돌[2], 청동, 철 등의 단계를 거쳤다. 엄격하게 이야기하면, 고대 중국의 냉병기 시대는 금속 무기가 등장했던 기원전 21세기부터 기원후 10세기까지라고 할 수 있다. 이 시기는 또한 청동기 시대와 철기 시대로 나눌 수 있다.

---

1) 칼·창·화살 등 화약을 사용하지 않는 무기
2) 뼈, 조개껍질

청동 무기는 하·상·서주·춘추와 전국 시기까지 대략 2천 년 동안 사용되었다. 상·주 시대 청동 제련이 이미 광석 혼합 제련 단계에서 순동, 주석, 납을 일정 비율로 혼합하여 청동을 제련하는 고급 기술 단계로 발전한 것이 청동 무기 발전의 기초가 되었다. 동주 시기의 『고공기(考工記)』에는 당시 각종 무기를 제련하는 데 사용한 다양한 합금 성분의 비율이 기록되어 있다. 이러한 정량적 공정 운영 기술을 통해 무기 양산의 품질과 안정성을 확보할 수 있어 군용 장비의 표준화를 촉진할 수 있었다.

청동 무기의 발전은 또한 그 시기의 전투 방식과 밀접한 관계가 있다. 선사 시기 씨족 부락 간의 전투에서는 엄격한 조직이나 지휘가 결여된 채 양측의 무장 인원 간의 혼전에 불과했기 때문에 무기에 대한 특별한 요구가 없었다. 최초의 청동 무기는 가장 오래된 무기로 원시 보병의 장비를 위해 만들어졌는데, 손잡이 길이가 60~90㎝인 청동 창과 큰 방패를 기본으로 하였으며, 이것들은 이미 전문적으로 전쟁에 참가하는 군사들이 사용하였다.

상나라 이후에 병거전이 활성화되어 상나라의 병거 구조와 병거전의 전투 방식으로 인해 긴 자루를 가진 창이 그 당시 군대의 주무기가 되었다. 병거전에서는 양 전차가 엇갈릴 때만 각 전차 위의 군사가 전투를 할 수 있었기 때문에 길이가 긴 무기가 교전 중에는 매우 유리하였다. 그러나 무기의 손잡이 길이는 한계가 있었는데, 손잡이가 길수록, 돌출된 모멘트가 커질수록, 사용하기가 더욱 힘들어지기 때문이다. 『고공기·여인(廬人)』에서는 "무릇 무기는 자신의 몸의 세 배를 넘어서는 안 된다. 세 배를 넘으면 사용할 수 없다凡兵無過三其身, 過三其身, 弗能用也."라고 하였다. 고대인들은 사람의 평균 키가 1심尋이라고 여겼기 때문에 당시 무기 손잡이의 길이는 평균 3심(5.32m) 이내여야 했지만, 고고학 발굴을 통해 측정해 본 결과 3m 이상인 것이 많았다. 상나라 때 병거전의 주요 무기는 네 마리 말이 끄는 목재 전차, 청동제 공격 무기, 장거리 발사·격투·호신을 위해 사용되는 활, 손잡이가 긴 청동 창과 청동 방패, 청동 단도와 단검 등으로 이미 정형화되어 있었고, 방어 장비로는 청동 투구, 가죽 갑옷과 방패 등이 있었다. 병거에 배속된 병사들도 주로 돌과 뼈로 만든 무기를 많이 사용하였으며, 보호 장비는 거의 사용하지 않았다.

병거의 발전은 주나라 병거의 조합에 변화를 가져와 품질과 형태가 향상되었을 뿐만 아니라 종류도 늘어났다. 예를 들어 춘추 시기에 이미 등과 날의 청동 합금 비율이 다른 복합 검을 생산할 수 있었는데, 칼등을 단단하게 만들고 칼날은 예리하게 만들어 쉽게 부러지지 않게 하였다. 동시에 또한 무기의 외형도 개선하여 살상 효율을 향상시켰고, 청동 무기와 손잡이가 결합되는 부분의 견고성을 높였다. 이것은 주로 청동 창 '호^胡'의 길이가 길어져 뚫을 수 있는 것이 늘어나게 된 것과 칼날의 '라디안^{radian}'이 증가한 것에서 알 수 있다. 전투 무기로 창끝이 두 가닥으로 나뉜 극^戟, 끝이 뾰족하고 둥근 침을 가지고 있는 수^殳, 극이 여러 개가 차례로 겹친 형태를 지닌 '다과극^{多戈戟}' 등이 있었다. 동시에 장 거리 발사 무기로 쇠뇌^弩가 사용되기 시작했다.

이러한 모든 변화는 최종적으로 춘추 시기의 '오병^{五兵}'으로 정형화되었다. 오병은 또한 전차병과 보병으로 구분되는데, 전차병의 오병은 과^戈·수^殳·극^戟·유모^{酋矛}·이모^{夷矛}였고, 보병의 오병은 시^矢·수^殳·모^矛·과^戈·극^戟이었다. 이런 것들은 보병의 무기가 이미 크게 향상되었다는 것을 충분히 보여준다. 이 밖에 보호 장비로 방패, 전체를 옻칠한 말가죽 갑옷, 말을 보호하는 옻칠한 가죽 갑옷이 있었다.

주나라 청동 무기의 발전 성과는 『고공기』에 체계적으로 정리되어 있다. 이 책의 「야 씨(冶氏)」, 「도씨(桃氏)」, 「함인(函人)」, 「여인(廬人)」, 「궁인(弓人)」 편에서는 무기의 재 료 선택, 형태 및 생산 사양이 종합적으로 기술되어 있어 당시 중국 고대의 청동 전차전 무기가 최고의 성숙 단계에 도달했음을 보여주었다. 전국 말기에 이르면 철기가 보편적 으로 사용되기 시작하면서 전차전과 청동 무기가 점차 쇠퇴했다.

일찍이 상나라 때 중국인들은 천연 운철^{隕鐵3)}을 사용하여 무기의 칼날을 만들기 시작 했다. 춘추 시기에는 이미 강철로 제작한 무기가 출현하였다. 그러나 강철 무기가 군대 에서 정식으로 사용된 것은 전국 말기이다. 문헌과 고고학적인 발견은 당시 남방의 초^楚, 북방의 연^燕과 삼진^{三晉} 지역에서 예리한 강철 무기가 비교적 많이 생산되고 사용되었음 을 보여준다. 진·한 교체기에 중앙 집권화가 공고해 짐에 따라 특히 진나라 말의 농민 봉기와 서한 초의 발전을 거치면서 군대에서 농민이 사병^{士兵}의 주를 이루게 되었다. 동시 에 북방 유목 민족의 침략을 막기 위해 많은 기병 부대를 창설하였다. 한무제 때 실시한 소금과 철의 전매 제도는 또한 서한의 철강 제련업을 비약적으로 발전시켰는데, 이때 이 미 초기 백련강^{百鍊鋼} 제품과 주철을 고체 상태에서 탈탄시켜 철을 만드는 것과 같은 새로 운 공정과 부분적으로 담금질하는 새로운 기술이 출현하였다. 이것은 모두 강철 무기가 발전하고 사용되는 조건을 만들어 주었다.

---

3) 철을 주성분으로 하는 운석의 일종

철광석은 매장량이 풍부하고 가격이 저렴했기 때문에 기병과 보병이 무장할 수 있었다. 한편 보·기병의 새로운 전술적 요구는 무기 유형에도 새로운 변화를 가져왔다. 이 변화는 극^戟과 같은 무기에서 가장 두드러졌다. 상주 시기의 전차전에서 전투 무기로 주로 사용되던 청동으로 만든 과와 극은 전장에서 점점 사라져 갔고, 철극^{鐵戟}과 철모^{鐵矛}가 그 자리를 대신하였다.

극의 모양은 전국 시대 후기에 등장한 "ㅏ"자형 극이었는데, 극의 창날은 예리하게 앞으로 뻗어 있었으며, 옆에 가지 모양으로 달린 창날은 창의 손잡이와 직각을 이루었는데 역시 매우 날카로웠다. 동한 시기 이후에는 옆에 달린 창의 날이 위를 향해 활모양으로 휘어 찌르고 베는 능력을 강화하였다. 위진 시기에 이르면, 이것은 거의 모든 병사들의 필수 무기가 되었다.

이러한 변화는 전차전과 기병전의 다른 전투 방식을 반영한 것이다. 전차전에서의 전투는 주로 두 병거가 엇갈리면서 반복해서 선회할 때 이루어지기 때문에 갈고리처럼 걸어서 죽이거나 찍어 죽이는 데 유리한 과^戈가 주요 무기였고, 앞으로 향해 날카롭게 뻗어 있는 모^矛는 보조 수단이었다. 춘추 중기에 보병의 수가 증가하여 전투 방식이 병거와 보병이 함께 수행하는 것으로 변화함에 따라 보병이 병거를 공격할 기회가 점점 많아졌다. 그래서 병거 위의 군사들은 보병의 공격을 효과적으로 막기 위해 과에 유목민에게 지원받은 곡선형의 외인^{까끼}을 사용하였으며, 이로 인해 밀어서 죽이는 동작이 생기게 되었다.

동시에 또한 과와 모를 합쳐 전투 기능을 완벽하게 갖춘 '십^十'자형 극이 나오기도 하였다. 그러나 기병은 주로 전마^{戰馬}의 기동성에 의지해서 찔러 죽이거나 베어 죽이는 방식을 사용하였는데, 과는 갈고리처럼 걸어서 죽이는 동작 방향이 말의 진행 방향과 반대였고, 십자형 극은 찔러 죽이는 데 사용할 수 있었지만, 가로로 뻗어 나온 긴 옆 날이 오히려 그것의 찔러 죽이는 능력을 감소시켰기 때문에 이 둘은 새로운 전술 요구에 적합하지 않았다. 그래서 모^矛가 주요 무기가 되었고, 모의 머리 부분은 살상력을 높이기 위해 길고 넓어지기 시작했다.

극 역시 찍고 찌르기에 편리한 "ㅏ"자형으로 개량되었다. 동시에 가늘고 긴 몸체와 날카로운 칼날을 가지고 있으면서 휘둘러 베기에 편한 강철 검이 이들을 보완해 주었다. 한나라 말에 이르면 베는 능력이 더욱 강화된 고리 모양의 긴 철검이 나타나기 시작하였다. 춘추 전국 시대에 유행했던 청동 단검은 실제 전투에서 그 역할을 잃었다. 기병의 장거리 무기는 여전히 주로 활과 화살이었지만 쇠뇌도 여전히 사용하였다. 보병은 많은 수의 강력한 쇠뇌를 갖추고 있었는데, 주로 발로 밟는 궐장노蹶張弩를 사용하였으며, 명중률을 높이기 위한 조준기도 갖추고 있었다. 보호 장비로는 철 갑옷, 투구, 철 방패 등이 있었다. 모, 극, 도刀, 검은 방패와 함께 자주 사용되었으며, 또한 호신용 단검과 수극手戟이 있었다.

양진兩晉 이후 특히 남북조 시기에 군대의 주력군이 용맹스럽고 막강한 중기병(重騎兵)으로 바뀌었기 때문에, 무기 개발의 초점이 기병 장비의 개선, 특히 사람과 말의 보호로 옮겨졌다. 기병의 갑옷은 남북조 전기에는 양당개兩當鎧4)가 주를 이루었고, 후기에는 명광개明光鎧5)가 주를 이루었다. 전마를 보호하는 도구는 얼굴 가리개, 목·가슴 보호대, 전신 갑주 등이 하나의 세트를 이루었다. 사람의 갑옷과 말의 보호구는 모두 강철을 주로 하고, 가죽으로 보완하여 만들어졌으며, 색깔 역시 동일하였다. 이것이 바로 잘 알려진 "갑기구장甲騎具裝"이다. 중기병이 대량으로 운용되었기 때문에 전투 중 갑옷에 대한 공격형 무기의 침투력을 증가시킬 필요가 있었다. 그래서 마극馬戟은 점차 도태되었고, 긴 몸체에 날카로운 양날을 가진 마삭馬矟이 많이 사용되었다. 장거리 무기인 쇠뇌는 대형의 상노床弩로 발전하였는데, 중기병의 진격을 막기 위해 사용되었던 것이 분명하다. 보병의 무기는 칼과 방패를 위주로 하였으며, 갑옷을 입은 자는 매우 적었다.

수나라와 당나라 시대에는 다시 기병의 기동성을 강조하면서 군마의 장비 정도를 줄였다. 보병의 무기는 창을 위주로 하였으며, 또한 손잡이가 짧은 횡도橫刀를 갖추었다. 이때 손잡이가 길고 양날을 가진 칼인 "맥도陌刀"가 새롭게 출현하였다. 기병 무기로는 타격용 무기가 등장했다. 만당, 오대부터 북송 초에 이르는 기간 동안 무기 유형에 새로운 변화가 일어났다. 북송 초 경력慶曆 연간에 나온『무경총요』는 이 시기 무기 발전 상황을 종합하여 기록하고 있다. 이 기록에 의하면, 칼은 8종이 있었고, 창은 9종이 있었으며, 동시에 다양한 방망이형 무기는 물론, 골타骨朶6)와 쇠사슬이 달린 방망이 등 각종 타격용 무기가 대량으로 사용되었다고 한다. 이것은 당연히 나날이 발전되어 가고 있던 호신용 장비에 대응하기 위해서였다. 장거리 무기는 여전히 활을 위주로 하였는데, 쇠뇌는 대형 상노로 발전하였다. 이 시기에 중형 장거리 무기인 포礮가 나왔는데, 이것은 춘추 시기의

---

4) 가슴판과 등판을 멜빵으로 연결한 중국식 갑옷
5) 거울처럼 빛을 반사하는 갑옷
6) 앞쪽은 굵고 손잡이 쪽은 가늘게 생긴 쇠 또는 나무 몽둥이

"비석飛石"을 개량한 것으로, 최대 13개의 포가 백 근이 넘는 돌 폭탄을 발사하여 성을 공격할 수 있었다. 도시를 함락하고 방어하는 것이 이미 이 시기 주요 군사 작전의 목표가 되었기 때문에 공·수성기가 괄목할 만한 발전을 이루었다. 상노와 포 외에 다층식 운제거雲梯車, 해자를 돌파하는 호교壕橋·절첩교折疊橋·새문도거塞門刀車등이 모두 정밀하면서도 사용에 편리하도록 제작되었다.

북송 초에 화기火器가 출현하여 이때부터 고대 중국의 무기는 새로운 발전의 단계로 접어들었는데, 이것이 바로 화기와 냉병기를 함께 사용한 시기이다. 이 시기는 남송과 원·명을 거쳐 제1차 아편 전쟁 이전의 청나라 시기까지 약 9세기 동안 계속되었다.

북송 초에 사용한 화기는 주로 화공에 사용한 방화 장치였다. 전통적인 화공 무기는 유지油脂와 같은 천연 가연물可燃物로 불화살을 만들어 활이나 쇠뇌로 쏘는 것이었다. 고대의 연단가들이 화약을 발명한 이후부터 군사 전략가들은 곧 그것을 이용해 불화살과 화구火球7) 같은 화약 무기를 만들어 도시의 공격 및 방어 전쟁에 사용했다. 이것은 초기 화기의 출현이 도시 공방전과 관련이 있음을 설명해 준다. 『무경총요』에는 이러한 화기의 제조와 사용 방법이 설명되어 있고, 또한 세 종류의 화약 배합 방법을 열거하고 있다.

남송 시기에 이르면, 화약의 성능이 현저하게 좋아져 철갑 폭발성 화기인 "철화포鐵火炮"가 출현하였는데, 이것은 화기가 이미 방화 장치에서 직접 살상력을 가진 무기로 발전하였다는 것을 보여준다. 이 시기에는 또한 세계 최초의 관형管形 분사 화기인 비화창飛火槍과 관형 사격 화기인 돌화창突火槍이 등장했다. 후자는 큰 대나무로 총통을 만들고 안에다 탄환을 장전한 후 화약으로 탄환을 발사하는 것으로, 현대 소총의 가장 원시적인 형태이다. 원나라 때 또한 화통火銃이 발명되었는데, 이것은 중국 최초의 금속 관형 사격 화기로 화약을 사용해서 돌, 납, 철탄을 발사한 장거리 살상 무기였다. 명대 초기에는 화통이 수지총手持銃과 대완구총大碗口銃 두 종류로 발전하였고, 이 밖에 또한 대구경의 동포銅炮와 철포鐵炮도 개발되어 화포 제조 기술을 새로운 차원으로 끌어올렸다.

16세기 초인 명대 말기에 서양의 화기와 제조 기술이 중국에 전해졌다. 그중 영향이 컸던 것으로 불랑기총佛朗機銃, 조총鳥銃, 그리고 홍이포紅夷砲가 있었다. 불랑기총은 총신이 길고 조준경이 장착되어 있던 함포로 중국의 화통에 비해 장전이 편하고 사거리가 길며 발사 속도가 빨랐고 명중률도 높았다. 명나라는 이를 모방해 대·중·소 다섯 가지 규격

---

7) 둥근 모양의 연소체

을 만들어 군대를 무장시켰다. 조총은 유럽의 화승총으로 긴 총신과 소구경을 가지고 있었으며 조준경, 곡선 개머리, 화승 방아쇠가 장착되어 있었다. 발사가 편리한 편이어서 많은 군사 장비에 모방되었다. 관련 자료에 의하면 당시 명나라 군대에서 화기를 사용한 병사가 편제 인원의 절반에 이르렀다고 한다. 왜구 토벌에 큰 공을 세운 명장 척계광이 소주에서 훈련시킬 때의 거영車營이 바로 화포 부대였는데, 그중 경·중화기를 소지한 병사의 수가 전체 전투원의 62.5%를 차지했다. 이것은 전쟁에서 냉병기의 역할이 쇠퇴해 가면서 화기의 끊임없는 발명과 혁신, 도입이 당시 무기 발전의 주류라는 것을 충분히 설명해 주고 있다.

이 시기에 화전火箭, 화기 전차, 지뢰 등 200여 종의 화기가 발명되었는데, 다양한 전용 화약이 장착되었다. 화약 반동력을 이용해 추진되는 로켓 기술도 단일·2단·다발 일체 발사체 등으로 활용되었다. 폭발성 화약에는 작탄炸彈, 기뢰 등 10여 종이 있었고, 폭발 방식은 직접 불을 붙이는 것 외에, 당기면 폭발하는 방법, 걸리면 폭발하는 방법, 접촉하면 폭발하는 방법, 강철 바퀴가 라이터 돌을 마찰해서 불이 붙게 한 후 폭발하는 방법 등이 있었다.

청나라 때는 중국 화기의 발전이 점점 완만해지다가 정체되었다. 청나라 초에는 전쟁의 필요로 인해 화기 제조를 중시하였지만, 화기의 구조나 성능 면에서의 발전은 없었다. 옹정雍正 연간에 녹영綠營에는 조총병이 보통 약 40〜50%, 화포가 약 10%로, 화기병이 대략 전체 전투 병력의 대략 60%를 차지하였는데 이는 명나라 때와 비슷한 수준이다. 18세기 중엽 이후 유럽 각국에서 산업 혁명이 시작되어 기계 공업이 공장제 수공업을 점차 대신하게 되었고, 화기 제조도 비약적으로 발전하였다. 19세기 초에 뇌산 수은 격발제를 함유한 뇌관이 발명되자 이로부터 구형 충격식 부싯돌 대신 격발식 방아쇠를 갖춘 격발총을 고안해 냈다. 1812년 프랑스에서 고정 장전 총알이 나왔다. 1830년에서 1840년 사이에 프랑스는 발사 속도를 크게 높이고 어떤 자세에서도 재장전할 수 있는 손잡이 달린 드라이제Dreyse 소총을 개발하였다.

이 당시 중국은 쇄국 정책을 폈기 때문에 자체적으로 화기를 발전시킬 기회가 거의 없었고, 외국의 선진 화기 제조 기술을 도입하지도 않았다. 그래서 중국은 화기의 발전에서 서양에 비해 크게 뒤처지게 되었고, 마침내는 서양 식민주의자들의 강력한 함선과 예포, 그리고 무기의 혁신을 통한 새로운 전술을 감당하지 못하고 제1차 아편 전쟁에서 패배하게 되었다. 이 실패가 중국인들에게 강한 위기감을 불러일으켜 지식인들과 관료들이 근대화 운동인 양무운동洋務運動을 야심차게 시작하도록 만들었다. 그들은 서양에서 많은 무기와 장비를 구입해서 신식 군수 공장을 만들었다. 19세기 말 청일 전쟁 시기 청나라 군대의 무기와 장비는 구식 장비와 냉병기를 위주로 하던 수준에서 벗어나 해군 전함은 이미 당시에 세계 장비 수준에 도달하였으며, 무기의 현대화 생산도 이미 규모를 갖추게 되었다.

3

병거와 병거전

란융웨이

병거전이라는 오래된 전투 방식은 이미 역사 속에서 사라졌다. 탱크와 장갑차에 익숙한 많은 현대인들도 3,500년이 넘는 중국의 전쟁사 속에서 병거전의 역사가 1,200년 이상 지속되었고, 그 후에 보병전과 기병전이 나타났다는 것에 대해서는 잘 모를 수 있다.

병거는 대개 북방에 거주하던 은인^{殷人}이 발명한 것으로 여겨진다. 그 시기는 기원전 21세기 하나라 초기보다는 조금 늦은 탕^湯의 11대 선조인 상토^{相土} 이후로 본다. 기원전 1600년에 성탕(成湯이 마침내 병거 70승으로 하나라와의 전쟁에서 승리를 하고 상나라를 세웠다. 이것이 중국 역사에서 발생한 최초인 대규모 병거전인 '성지전^{郕之戰}

현재 발견된 최초의 병거 실물은 상대 중기의 것으로, 1936년에 허난성^{河南省} 안양^{安陽} 샤오둔촌^{小屯村} 은허^{殷墟}에서 출토된 여섯 대의 병거이다. 상·주 시기의 병거의 형태는 대체로 동일하여, 끌채 하나, 바퀴 두 개, 긴 곡, 긴 바퀴통을 기본 구조로 하였다. 가로가 길고 세로가 짧은 직사각형의 수레는, 수레의 문이 뒤에서 열렸다. 끌채의 뒤쪽 끝을 찻간과 차축 사이에 압착하여 끌채의 꼬리가 수레 뒤로 약간 나오게 하고, 끌채의 앞쪽 끝에는 가로목을 놓아서, 말을 몰기 위한 멍에 두 개를 메어 놓았다. 상나라 병거의 바퀴 지름은 약 130~140㎝로 큰 편이었는데, 춘추 시기에는 124㎝ 정도로 축소되었다. 수레의 폭은 일반적으로 130~160㎝ 사이였고, 깊이는 80~100㎝ 정도였다. 바퀴 지름이 컸기 때문에 수레가 넓고 깊이가 얕았던 것이며, 끌채가 하나였던 것은 안정성 높이고 적 병거의 공격으로부터 수레의 측면을 보호하기 위함이었다. 그래서 병거의 끌채가 일반적으로 민간 수레보다 길었고, 이러한 이유로 "장곡^{長轂}"이라 불렀다.

병거는 목재 구조였으나 일반적으로 중요한 부분은 청동으로 보강하고 장식하여 이들을 통상적으로 '거기車器'라고 부른다. 수레바퀴는 병거의 핵심 부품으로 바퀴 축 부위에 장착되는 거기는 관軶1), 춘軝2), 기軹3), 야세식枒軎飾, 화식畫飾, 축식軸飾, 할轄4) 등 8가지가 있었는데, 이 중 관, 춘, 기는 한 조가 되어 수레바퀴를 보호하였다. 끌채는 바퀴와 축의 관통부이자 바퀴를 꽂는 부분으로 하중이 커질수록 병거의 끌채는 길어진다.

전쟁 시 적의 병거와 근접전을 벌인다면 반드시 적 병거의 끌채를 피해야 했으므로錯轂, 관·춘·기의 역할은 적 병거의 끌채를 피할 때에 자신의 병거가 파손되지 않도록 보호하는 것이었다. 그러므로 이들 거기는 끌채 장식의 핵심 부품으로, 세식軎飾은 바퀴축 끝에 덧대어 축의 머리를 장식하고 보호하는 데 사용되며, 또한 공격적 성격도 지니고 있기 때문에 일부 세화 장식은 창 모양으로 디자인하기도 했다.

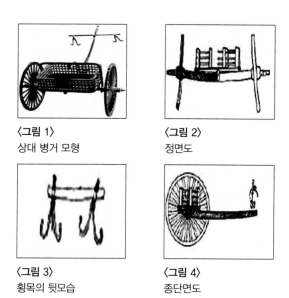

〈그림 1〉
상대 병거 모형

〈그림 2〉
정면도

〈그림 3〉
횡목의 뒷모습

〈그림 4〉
종단면도

야식枒飾은 수레바퀴 테두리를 고정시키는 구리 조각이다. 병거는 모두 네 필의 말이 끌었는데, 가운데 있는 두 필의 말을 "양고兩服"라고 하였다. 수레채 끝의 횡목에 멍에를 묶고 끌채 양옆에서 수레를 끌었다. 좌우의 두 필은 "양참兩驂"이라 하였는데, 가죽끈으로

---

1) 바퀴통의 바깥 끝을 덮어 싸는 휘갑쇠
2) 수레 장식
3) 수레바퀴통 끝의 가죽으로 싼 부분
4) 바퀴를 굴대에 끼고 벗어나지 않게 하느라고 굴대 머리에 내리지르는 못

수레 앞에 묶었다. 이 둘을 합쳐서 "사服"라고 하였다. 마구馬具로는 청동으로 만든 재갈이 있었는데, 이것은 말을 모는 데 있어 중요한 도구였다. 말의 머리, 등, 안장의 장식과 고리와 방울 등도 모두 청동으로 만든 것들이었다.

문화사의 관점에서 청동기는 일반적으로 상나라 시기의 문화 상징으로 간주되어 이 시기 문화를 청동기 문화라 하며 심지어 이 시기를 청동기 시대라 한다. 그러나, 엄밀한 기술사적 관점에서는 실제로 병거가 청동기보다 더 대표성을 지닌다. 그래서『고공기』에서 "재주 있는 기술자가 모인 것으로는 병거가 가장 많았다一器而工聚居焉者, 車爲多."라고 이야기한 것이다. 실제로 병거의 디자인은 단순함과 세밀함을 동시에 지니고 있으며, 그 제작은 당시의 다양한 기술을 종합적으로 보여주고 있다. 병거 자체는 당시 응용 역학과 제조 기술의 수준을 보여준 것이고, 병거를 끄는 사마服馬는 당시 농업과 목축업의 발달 수준을 드러낸다. 그리고 청동으로 만든 말 장식과 거기(車器)는 당시 야금·주조 기술과 조형 예술 그리고 심미안을 대표하였다. 또한 병거 전투원의 조직은 다시 사회의 생산 관계와 군사 관념을 보여주었다.

병거에는 갑사甲士가 왼쪽, 가운데, 오른쪽에 각각 1명씩 모두 3명이 탔다. 왼쪽에 있는 갑사는 '거좌車左'라고 하였는데, 그 병거의 우두머리로 활을 쏘는 사수射手였다. 오른쪽에 있는 갑사는 '거우車右' 또는 '참승參乘'이라 하였는데, 주로 창을 들고 공격을 하였다. 가운데 있는 갑사는 병거를 모는 사람으로 몸에는 호신용 무기를 지니고 있었다. 이 밖에 병거에는 일반적으로 약간의 과·수·극·유모·이모와 같은 전투 무기도 있었는데, 병거 옆에 꽂아 두고 갑사들이 전투 중에 사용하게 하였다. 그리고 전투 중에 통신과 지휘를 하기 위해 깃발·북·방울·바라 등을 두었다. 이러한 방식을 상나라 때에 시작되어, 서주와 춘추 전국을 거쳐 진나라 때까지 변화 없이 줄곧 이어졌다.

병거에는 3명의 갑사 외에 배속된 일정수의 도병徒兵[5])이 있었다.『사마법』에는 이들 도병이 22인 또는 72인 두 가지로 편제가 있었다고 기록되어 있는데, 전자는 서주 시기, 후자는 춘추 시기의 편제인 것 같다. 상나라 때의 편제는 정확하게 알려져 있지 않다. 다만 상나라 때 도병은 10인이 일십一什으로 편제되었을 것 같은데, 서주 시기와 춘추 시대는 5인을 일오一伍, 5오를 일량一兩으로 편성하여 확실히 병거에 예속되었기 때문에 예하 보병이라 할 수 있다. 이들 예하 보병과 병거는 함께 편제되었고, 여기에 이에 상응하는

---

5) 보졸

지원 병거와 부역자가 더해져서 당시 군대의 기본 편제 단위인 승乘을 이루었다. 이것은 당시 군대가 병거를 위주로 편제되었다는 특징을 보여주는 것이다.

병기 전투의 기본 원칙은 병거 옆으로 적과 교전하며 좌우로 선회하는 것이다. 병거는 교전 과정에서는 주로 거좌가 옆에서 활을 쏘아 적을 공격하고, 교전 후에는 적의 병거와 엇갈리면서 근접전을 벌였다. 두 병거가 서로 엇갈릴 때 쉴 새 없이 회전하며 서로 피하면서 공격의 기회를 찾아야 했다. 따라서 병거전의 핵심은 병거가 전진과 후퇴할 때는 일직선을 엄격하게 유지하면서, 좌우 회전 시 직각에 이를 수 있어야 한다는 점이었다. 이것이 바로 『여씨춘추(呂氏春秋)』에서 "나아가고 물러나는 것이 먹줄에 들어맞을 정도였고, 좌우로 도는 것은 그림쇠에 들어맞았다進退中繩, 左右旋中規."라고 말한 것이다. 이 전술적 원리를 바탕으로 전차의 기본 전술이 형성되었다.

병거전에서는 병거 진형이 적에게 무너지더라도 병거는 단독으로 행동할 수 없고 쌍으로 진형을 유지해야 했다. 병거의 이런 편제 형식을 "쌍거편조雙車編組"라고 하였는데, 그중 하나가 주병거였고, 다른 하나는 "부거副車"라고 하였다. 이런 편조의 목적은 좌우 양방향에서 동시에 적 수레의 측면을 쉽게 접근하여 협공을 펴고, 방어 시에는 두 수레가 서로 측면을 엄호하여 적의 좌우 공격을 막기 위해서였다. 이 쌍조편조는 병거의 가장 기본적인 전술 편제였다. 그래서 편성된 병거 부대도 2열로 배열되었는데, 좌열의 병거를 "좌편左偏", 우열의 병거를 "우편右偏"이라 하거나 "편偏"으로 통칭하였다. 편은 9승乘, 15승, 25승의 3가지 편제가 있었기 때문에 하나의 병거 부대는 18승, 30승, 50승의 병거로 이루어졌다. 한편, 이러한 여러 병거 부대가 재편조를 진행하여 더욱 발전된 편대를 구성하기도 하였다.

병거전의 역사는 매우 길기 때문에 전쟁의 전반적인 구조와 군대의 편제·훈련·장비·전술은 모두 거듭 발전하였다. 개략적으로 이야기하면, 당시의 군대는 거병車兵과 보병으로 구성되어 있었다. 거병은 곧 갑사로 군대의 핵심이었는데, 서주와 그 이전 시기에는 주로 노예 소유주, 소귀족과 평민 계급의 상층부들이 담당하였다. 이들은 모두 엄격한 군사 훈련을 거친 장교 계층으로 군대의 근간이 되었다. 춘추 시대에 이르자 갑사의 구성이 일반화되기 시작하여 일부 중·하층 평민들이 갑사의 대열에 합류하였는데, 이를 바탕으로 병거전을 전문으로 하는 특수한 사士의 계층이 형성되었다. 보병은 갑사의 통솔을 받으며 대부분이 평민(노예)과 소작농에서 징집되어 온 군대 중의 피지배자였으며,

갑사들과는 근본적으로 신분이 달랐다. 춘추 말기에는 새로운 생산 관계의 형성과 전쟁의 발전에 따른 필요에 의해 공을 세운 보병도 사로 승진할 수 있게 되어 갑사와 보병 간의 계급 대립이 점차 해소되었다.

교전 때에 갑사는 병거 위에 있었고 보병은 둘로 나누어 병거를 따라 움직였다. 각 병거들은 일정한 배열 방식으로 진을 쳤다. 진의 기본 형태는 방진으로, 병거가 정면이 넓은 거대한 집체를 이루어 공격하기 위함이었다. 그래서 당시 군대는 교전을 할 때 지형 조건의 제약을 크게 받아 보통 많은 병거가 함께 모일 수 있는 평원 지역을 전장으로 선택했다. 서주와 그 이전 시기는 방진 내에 보병과 병거를 서로 떨어뜨려 2선으로 배치했는데, 보병은 둘로 나뉘어서 병거대 앞에서 연속된 횡대를 이루었다. 이처럼 대열이 밀집한 방진은 대형을 유지하기 어려웠다. 행동을 통일하기 위해서는 행진하는 동안 끊임없이 대열을 정비해야 했는데, 목야牧野에서의 전투 당시 주나라 군사가 적에게 전진하는 과정에서 10m 정도 나가면 멈추어서 대열을 맞추고, 교전 시에는 네 번에서 일곱 번 공격하고 멈추어서 대형을 맞추어 전진 속도를 완만하게 했다는 『사기 · 주본기(周本紀)』의 기록을 예로 들 수 있다. 모든 방진은 밀집된 배열의 집체를 이루었는데, 그중 작은 단위는 어떠한 기동의 여지도 없었다고 할 수 있다. 이것은 병사들의 능력을 발휘하는 데 영향을 주었을 뿐만 아니라 복잡한 지형에 적응하는 능력이 부족했던 방진은 기동성이 매우 떨어진다는 약점이 있었다. 이 밖에 보병과 거병의 2선 배치로 인해 쉽게 적에게 그 중간이 끊겨 거병이 보병의 엄호를 받지 못하게 되는 일이 자주 일어났다. 그래서 보병과 거병의 완벽한 조화를 이루지 못해, 전체 대형의 공격 방법 역시 전체 병력을 균등하게 나누어 행하는 전면 공격밖에 없었다. 상대부터 서주 시기까지 이러한 경직된 전투 방식으로 인해 거병전이 실제로는 일종의 규격화된 스포츠 경기처럼 되어 버려, 전쟁의 발전에 따른 요구에 부응할 수 없었다.

거병전은 춘추 시기에 큰 변화를 보였는데, 먼저 전쟁의 규모가 끊임없이 확대되었다. 하나라 말과 은나라 초에 성탕成湯이 "좋은 병거 70승良車七十乘"으로 하나라와의 전쟁에서 승리하였는데, 이것은 기원전 16세기 병거전 중 최대의 규모였다. 기원전 11세기에 이르면 주周나라 무왕武王이 목야 전투의 1차 출정에서 300승 규모의 병거를 동원하였다. 춘추 시기에는 병거의 수가 크게 증가하였는데, 예를 들어 기원전 632년 성복城濮의 전투에서 진晉나라가 1차로 출정시킨 병거가 700승에 달하였다. 춘추 말기에 이르면 몇몇 큰 제

후국이 보유하고 있던 병거의 수가 4,000승을 넘었는데, 예를 들어 기원전 505년 백거柏
舉의 전투에 참전했던 각 제후국의 병거가 평균 1,000승을 넘었다.

연이은 전쟁으로 갑사가 부족하게 되고, 전쟁 규모가 끊임없이 커지자 각 제후국들은
군대를 급속히 증편하지 않을 수 없었다. 군대를 확대하는 가장 손쉬운 방법은 보병을
늘리는 것이었다. 그 이유는 보병은 병력 자원도 충분하고 무장시키기도 간단했고, 또한
훈련시키기도 쉬웠기 때문이다. 그래서 춘추 시기에 병거에 예속된 보병은 병거당 22인
에서 72인으로 증가하였다. 이를 계기로 방진 전술도 발전하였다. 본래 보병과 거병이
서로 떨어져 있던 2선 배치를 3개 보병이 두 대의 병거를 중심으로 하는 고리형 배치로
바꾸었다. 그리고 밀집 대형을 산개 대형으로 바꾸어 보병과 거병이 밀접하게 협력하도
록 했다. 또한 방진의 종심을 늘려 복잡한 지형에 대한 방진의 적응력과 전진 속도를 향
상시켰다. 기원전 575년 옌링鄢陵 전투에서 진晉나라의 명장 묘분황苗賁皇이 또한 처음으로
측면 공격 전술의 원칙을 만들어 방진의 전술은 새로운 단계에 접어들게 되었다.

전쟁 발전의 초기 형태인 병거전은 단순하고 경직된 것이 특징이었다. 이것은 당시 군
사 과학의 미성숙과 초기 전쟁의 원시적인 색채를 보여주는 것이다. 당시의 군사 개념에
의하면, 한 차례의 교전은 한 차례의 전투와 한 차례 전쟁이었다. 이것은 당시 군대의 수
가 많지 않아 조직이 단조롭고 전쟁의 목적 역시 달성하기 쉬웠기 때문이다. 당시의 전
쟁은 종종 사전에 예정된 두 나라의 접경지대에서 발생하였는데, 전쟁이 시작되자마자
승패가 바로 결정되기 때문에, 양측은 후방에 어떠한 예비 전력을 두지 않고 일전에 전
력을 기울였다. 그래서 당시의 전쟁은 공간적으로 하나의 좁은 작전 지역에 국한되어 작
전선을 연장할 수 없었고, 시간적으로도 양측이 지속적으로 대결하기는 어려웠다. 당시
에는 공격과 방어를 서로 연관되지 않는 고립된 작전으로 여겼다. 그들은 공격이 주요
전투 수단이며 먼저 공격해야만 전쟁의 주도권을 잡을 수 있다고 믿었다. 그러나 방진은
행진이 느리고 복잡한 지형에 대한 적응력이 떨어져 여러 차례 대형을 조정해야만 공격
이 가능했기 때문에 어떠한 돌발적인 공격도 불가능하였다. 옛사람이 "날짜를 결정하고
싸울 곳을 정한 이후에 각자 한 쪽에 머물면서 북을 쳐 전투를 하였기 때문에 서로 속일
수가 없었다結日定地, 各居一面, 鳴鼓而戰, 不相詐也."라고 이야기한 것은 바로 이런 전형적인 결투식 병
거전을 매우 생동감 있게 묘사한 것이다.

전투 시에는 먼저 병거를 출발시켜 진을 펼쳤다. 진을 치는 순서는 먼저 이동 병거闕車

를 보내 양쪽 날개에서 경계하며 적의 습격을 막도록 하였다. 그다음에 말이 끄는 중거重車[6]를 보내 진 앞에 가로로 세워 놓고 장벽으로 삼았다. 그 후 병거 부대가 군문軍門 내에서부터 줄지어 나와 일정한 방식에 따라 배열하여 진을 이루었다. 정식 공격이 시작된 후 공격 부대는 정면에서 넓고 삼엄한 대형으로 천천히 전진하다 적을 만나게 되면 활로 서로를 공격하였다. 교전이 시작되면 장병長兵이 창으로 적을 찔러 죽이거나 병거를 부딪쳐 먼저 적의 대형을 흐트러뜨린 다음 흩어진 병사들을 섬멸하였다.

일반적으로 한쪽 진형이 동요하면 승패는 대체로 결정되었기 때문에 전투 시간이 비교적 짧았는데, 기원전 575년에 벌어진 옌링 전투는 보기 드문 큰 전쟁이었음에도, 새벽녘에 시작한 전투가 불과 황혼 녘에 이르자 초나라 군대가 패퇴하기 시작했다. 도망가는 적을 추격하는 것도 일반적으로 그리 맹렬하지는 않았다. 그래서 『사마법』에는 "옛날에 도망하는 적을 추격할 적에 멀리 쫓아가지 않았다古者逐奔不遠.", "도망가는 적을 추격할 적에 대열을 벗어나지 않았기 때문에 혼란스럽지 않았다逐奔不逾列, 是以不亂."라고 기록한 것이다. 대체로 대형을 유지하기 위해 장거리 추격을 권장하지 않은 것 같다.

이런 전쟁 구도는 춘추 중기 이후에야 바뀌기 시작했는데, 그 주요 원인으로 다음과 같은 점을 들 수 있다. 첫째, 방진 전술의 혁신이 가져온 예하 보병 수의 증가, 독립된 보병 부대의 빈번한 사용 등과 같은 요인으로 인해 병거전이 시간과 공간적으로 크게 확장되어 결국 전쟁 구조의 복잡화를 초래하게 되었다. 둘째, 전쟁이 종종 시간적·공간적으로 서로 갈라져, 규모가 다소 다르면서도 공통된 목적을 가진 전투를 했다. 조우·우회·추격·양 날개 공격·공성 등 다양한 공격 방식이 나타나기 시작했다.

춘추에서 전국 시기로 넘어갈 무렵, 많은 독립 보병 부대를 가진 새로운 군대가 만들어지기 시작했고, 철기의 광범위한 사용과 쇠뇌의 개조는 보병들이 넓은 전선에서 밀집되고 정돈된 병거의 공격을 효과적으로 막을 수 있게 만들었다.

동시에 병거 자체의 무게가 육중해 다루기 어려웠고, 특히 참전하는 병거의 수가 급증한 이후에는 병거가 전장의 지형과 도로의 조건에 의지하는 경우가 나날이 증가하였다. 기동성도 그에 따라 떨어졌고, 작은 경작지의 대량 출현은 정전제井田制의 도로 시스템을 심각하게 파괴해 병거가 이동하는 데 어려움을 가중시켰다. 이 밖에도 전쟁의 성질과 구조의 변화와 성읍城邑의 지위가 높아짐에 따라 요새 쟁탈전이 나날이 빈번해져 전쟁에서

---

6) 광거(廣車)라고도 함

병거의 지위가 크게 낮아졌다. 그래서 전통적인 병거전은 점차 보병전과 기병전으로 대체되었다.

전국 시기에는 마침내 보병을 중심으로 거병車兵이 보조하면서 기병이 기동성을 담당하는 전쟁 구조가 완성되었다. 그렇지만 이러한 변화 과정은 아주 천천히 진행되었다. 전국 시기까지 병거가 여전히 많이 사용되어 각국의 군대 중 병거의 수 또한 여전히 상당하였다. 한나라 초인 기원전 2세기까지 병거 부대는 여전히 전장에서 막강한 세력이었다. 대략 기원전 1세기 전후인 한무제 연간에 이르러 한 왕조의 군대가 흉노와의 전쟁을 계속하기 위해 많은 기병 부대를 발전시켰고, 이들은 종종 멀리 떨어진 흉노의 근거지로 원정을 떠났다. 그리고 병거는 기동성이 떨어지고 보수도 불편했기 때문에 점차 전장에서 사라지게 되었다.

18반 무예

저우즈화(周之華)

고전 소설과 희곡, 그리고 전통 평화^{評話}1)에서 종종 "18반 무예에 정통했다."와 같은 구절을 볼 수 있는데, 이는 어떤 인물이 재주가 뛰어났다는 것을 묘사하는 데 사용하였다. "18반 무예"는 중국 고대의 각종 무술 기예에 대한 통칭으로 특히 "18반 무기"와 그 무기를 사용하는 솜씨와 기능을 가리켰다. 옛사람들은 9가 궁극적인 수라고 믿어 심오하고 많은 것을 나타내기 위해 항상 9 또는 9의 배수를 사용했다. 따라서 "18반 무예"도 9소^{九霄}, 9주^{九州}, 18나한^{羅漢}, 36계, 108장^將 등과 같은 표현으로 18종의 무예나 무기가 있다는 것은 아니다. 실제로 고대 중국의 무술은 "18반" 무예 이상의 무예가 있었다.

"18반 무예"라는 말은 원나라 때에 처음으로 나왔고, 명대에 이르러 이 말이 책에서 더욱 많이 보이기 시작하였고 점차 구체적인 내용이 덧붙여졌다. 명대 사조제^{謝肇淛}의 『오잡조(五雜組)』에서는 "18반은 1. 궁^弓, 2. 노^弩, 3. 창^槍, 4. 도^刀, 5. 검^劍, 6. 모^矛, 7. 순^盾, 8. 부^斧, 9. 월^鉞. 10. 극^戟, 11. 편^鞭, 12. 간^鐧, 13. 고^檛, 14. 수^殳, 15. 차^叉, 16. 파두^{鈀頭}, 17. 면선투삭^{綿線套索}, 18. 백타^{白打}이다十八般：一弓, 二弩, 三槍, 四刀, 五劍, 六矛, 七盾, 八斧, 九鉞, 十戟, 十一鞭, 十二鐧, 十三檛, 十四殳, 十五叉, 十六鈀頭, 十七綿線套索, 十八白打."라고 하였다. 그리고 명대 주국정^{朱國楨}은 『용당소품(涌幢小品)』에서는 "궁^弓, 노^弩, 창^槍, 도^刀, 모^矛, 검^劍, 순^盾, 부^斧, 월^鉞, 극^戟, 편^鞭, 간^鐧, 과^檛, 수^殳, 차^叉, 파두^{鈀頭}, 면승^{綿繩}, 백타^{白打}를 또한 무예 18사^事라 하였다弓, 弩, 槍, 刀, 矛, 劍, 盾, 斧, 鉞, 戟, 鞭, 鐧, 檛, 殳, 叉, 鈀頭, 綿繩, 白打, 又稱武藝十八事."라고 하였다. 청대의 저인획^{褚人獲}은 『견호집(堅瓠集)』에서 "18반 무예"의 구체

---

1) 민간 문예의 한 가지로 한 사람이 그 지방의 사투리로 고사(古史) 따위를 이야기하는 것인데 창은 하지 않음

적인 내용을 열거하였다.

시대, 지역과 유파에 따라 "18반 무예"는 "18반", "소小 18반", "9장長 9단短" 등 10여 종의 다른 표현이 있었다. 청대에 화기가 점점 냉병기를 대체해 감에 따라 활과 쇠뇌와 같은 장거리 무기가 점점 그 지위를 잃게 되어 이들에 대한 훈련도 감소했기 때문에 18반에서 제외되는 현상이 나타났다. 지금 보편적으로 이야기되는 18반은 도刀, 창槍, 검劍, 극戟, 부斧, 월鉞, 구鉤, 차叉, 편鞭, 간鐧, 추錘, 조抓, 당鐺, 곤棍, 삭槊, 봉棒, 괴자拐子, 소성疏星이다.

"18반 무예"에는 각종 무기가 포함되어 있는데 그 형태와 성능에 따라 긴 것과 짧은 것, 유연한 것과 단단한 것, 날이 하나인 것과 둘인 것, 갈고리가 달린 것, 가시가 달린 것, 뾰쪽한 날이 달린 것, 칼날이 달린 것 등으로 나뉜다. 지금은 보통 장기계長器械, 단기계短器械, 쌍기계雙器械와 연기계軟器械로 나눈다.

도刀는 "18반 병기" 중에 가장 처음에 놓여 있다는 점에서 매우 중시되었다는 것을 알 수 있다. 도는 공격과 방어가 가능하고 재빠르면서 날카로워 실용성이 높았다. 무예를 가지고 만든 속담에 "도는 날랜 호랑이 같다刀如猛虎.", "도주흑刀走黑[2]"과 같이 도를 형용한 말이 있다. 문학 작품 속에서도 종종 도술刀術의 고수들이 수련을 할 때 "칼날의 차가운 빛이 사람을 위협했다寒光逼人.", "칼바람 소리만이 들릴 뿐, 사람의 그림자도 보이지 않는다只聞刀風, 不見人影.", "물을 뿌려 그 몸을 들이지 않는다潑水不入其身."라고 묘사하여 용감하고 빠르며 위풍당당하고 강력한 도술의 특징을 보여주었다. 도는 여러 가지 종류가 있지만 주로 짧은 것과 손잡이가 긴 것의 두 가지 범주로 나누고, 구조는 대체로 도인刀刃[3]·도배刀背[4]·도첨刀尖[5]·도반刀盤[6]·도병刀柄[7] 다섯 부분으로 이루어져 있다. 무술에서의 도술은 단도單刀, 쌍도雙刀, 장도長刀의 세 가지로 나눌 수 있다.

각종 도 가운데, 대도大刀는 그 중의 으뜸이라 할 수 있어 "모든 무기 중 최고百兵之帥"로 칭송되었다. 고대의 전쟁에서 대도는 항상 전장의 마상 병기로 사용되었는데, 두 손으로 칼을 휘두를 때 기세가 웅장하고 위엄이 있었다. 주요 도법으로 참斬, 벽劈, 말抹, 료撩, 괘挂, 운云, 대帶, 착錯 등이 있었는데, 주로 베고 찌르고 자르는 방법이었다. 또한 대도를 짧고 유

---

2) 과감히 부딪치고 전진해 들어감
3) 칼날
4) 칼등 마루
5) 칼끝
6) 칼 손 테두리
7) 칼자루

연하면서 강렬하게 사용할 수도 있었다.

단도는 단도短刀로 한 손으로 칼을 잡고 수련하였는데, 주요 도법으로는 벽劈, 료撩, 찰扎, 괘挂, 참斬, 자刺, 소掃, 가架, 완화腕花, 배화背花, 전두과뇌纏頭裹腦, 요배전요繞背纏腰와 각종 칼을 숨기는 동작이 있다. 단도를 수련할 때는 다리와 손을 민첩하게 움직이면서 변화무쌍한 자세를 취하는 것과 진퇴와 뛰어오름을 전광석화와 같이 하면서 칼은 몸을 따라 움직이는 것이 요구되었다. 그리고 칼은 몸의 중심에 있으면서 힘은 칼날을 타고 칼의 끝부분에 이르러야만 했다. 칼을 잡지 않은 손은 도법의 변화에 따라 여러 가지 동작을 취하면서 칼의 기세를 도와주어야 했기 때문에 "단도간수單刀看手"8)는 말이 생겨났다.

쌍도는 두 손으로 하나의 칼을 잡는 것으로 두 손이 모두 도법을 익혀 좌우 호흡을 맞추고, 회전이 유연하면서 주主와 부副가 분명하고 흐트러짐이 없을 것이 요구되었다. 도법은 단도와 기본적으로 일치하지만 도화刀花9)가 많았으며, 또한 신법身法과 보법步法이 조화를 이루어야 했기 때문에 "쌍도는 걸음을 본다雙刀看走"라는 말이 생겨났다.

도술刀術의 내용이 풍부하여 수백 가지가 있지만 많이 보이는 것으로 매회도梅花刀, 만승도萬勝刀, 추풍도追風刀, 용형도龍形刀, 곤탕도滾湯刀, 화도花刀, 벽괘도劈挂刀, 육합도六合刀, 팔방도八方刀, 태극도太極刀, 삼재도三才刀, 팔괘도八卦刀, 오후도五侯刀, 연청도燕青刀, 춘추도春秋刀, 곤수도滾手刀, 연환도連環刀 등이 있다. 각 도술은 권종拳種에 따라 다르고 연습법, 스타일도 각각 달랐다.

"모든 무기의 제왕百器之王"이라 불리는 창은 고대의 찌르는 무기에 속하였으며 모(矛)에서 진화한 것이다. 창은 살상력이 높아 전통적인 전쟁에서 유용한 무기였기 때문에 "군영에서 실용적인 것으로 창만한 것이 없다陣所實用者, 莫若槍也."라는 말이 있다. 고대에는 창의 종류가 많고 형태가 다양했으며 창법 역시 매우 큰 변화와 발전을 이루었다. 수나라 때 창은 이미 비교적 완전한 수련 방법이 있었다. 명대에 많은 창법의 분파가 나왔고 또한 많은 창법과 관련 있는 전문서와 이론서가 나왔는데, 그 중 오수吳殳의 『수비록(手臂錄)』이 창법을 집대성한 책이다.

창은 창두槍頭, 창영槍纓, 창간槍杆으로 이루어져 있다. 현재 많이 보이는 창으로 화창(花槍), 쌍두창雙頭槍과 대창大槍이 있다. 화창의 길이는 대략 사람의 키와 같았고, 가장 보편적인 것이다. 쌍두창은 양쪽 끝에 창두가 달려 있다. 대창은 보통 창에 비해 길이가 긴 것으

---

8) 단도는 손을 본다.
9) 칼자국

로 "창중의 왕槍中之王"이라는 칭송을 받았는데, 수련에 많은 노력이 필요했으며, 강한 공격력을 내기 위한 실용성을 추구하였다.

창술의 가장 중요하고 기본적인 방법은 난攔, 나拏, 찰扎이다. 난과 나는 방어하는 방법이고 찰은 공격하는 방법이다. 창으로 찌르는 때는 몸을 똑바로 하고 "창이 일직선이 되도록 찔러서槍扎一條線" 힘이 창끝에 도달하게 해야 한다. 창에는 상평上平·중평中平·하평下平의 구분이 있는데, 중평을 요법으로 삼았기 때문에, "중평창은 창중의 왕으로 그중 한 점이 가장 막기 어렵다中平槍, 槍中王, 當中一點最難擋."라는 말이 있다. 일반적으로 많이 사용하던 창법으로는 붕崩, 점點, 천穿, 벽劈, 운云, 소掃, 도挑, 발撥, 대帶, 납拉, 가架, 무화舞花와 권창圈槍이 있다. 창을 수련할 때 몸은 유연하게 자유자재로 움직여 넓은 활동 범위를 가지고, 가볍고 빠른 발놀림을 하면서, 허리·다리·팔·손목의 힘이 창과 일체가 되어 창의 끝을 관통하도록 해야 한다. 창은 공수 전환이 빠르고 예측할 수 없는 큰 위력을 보였기 때문에 고대에는 창술로 이름을 날린 장수가 많았다.

창술 연습은 어느 정도 난이도가 있었기 때문에 "권법을 배우는 데 1년이 걸리며, 곤棍을 배우는 데는 한 달이 걸리지만 창은 오랫동안 수련을 해야 한다年拳, 月棍, 久練槍."라는 말이 있다. 일반적으로 권법과 곤 등을 배운 이후에 창을 배울 수 있었다. 창을 수련할 때는 단찰單扎과 대찰對扎 같은 군사 훈련이 필요하다. 창은 많은 병기들과 대련을 할 수 있다. 비교적 일반적으로 보이던 창법으로는 나가창羅家槍10), 양가창楊家槍, 악가창岳家槍있다.

검은 무술을 배우는 사람들에게 "모든 날을 가진 무기 중의 으뜸白刃之君"이라는 칭송을 받았다. 중국에서는 춘추 전국 시기부터 패검佩劍의 풍조가 성행하여 무장뿐만 아니라 문인 학사들도 칼을 차는 것을 좋아하였는데, 이는 위엄과 고아高雅를 드러내는 일종의 장식이 되었다. 대항 형식의 투검鬪劍과 격검擊劍은 춘추 전국과 한나라 때에도 유행하였다. 검술의 체계적인 동작 기술도 매우 빠른 발전을 이루어 "무검舞劍" 공연은 이미 당나라 때에 최고의 수준에 도달하였다. 검술 이론은 춘추 전국 시기에 이미 상당한 발전을 이루어 당시의 민간 무술가 월녀越女는 "검의 도"에 대해 치밀하게 논술하였다. 동한 이후 검은 전장에서의 역할을 점차 잃어버렸지만 검술은 민간에서 큰 발전을 이룩하였다.

검의 구조는 일반적으로 검신劍身과 검병劍柄 두 부분으로 나눌 수 있다. 주요한 검법으로는 점點, 붕崩, 제提, 요撩, 자刺, 벽劈, 말抹, 운云, 괘挂, 대帶, 가架, 절截 등이 있고, 검을 잡지 않

---

10) 강가창(姜家槍)이라고도 힘

은 손은 검지^{劍指}가 되어 검법, 몸놀림과 긴밀한 조화를 이루어야 한다. 검은 양날을 가진 무기이기 때문에 전두과뇌^{纏頭裹腦}, 요배전요^{繞背纏腰} 같은 동작은 나타날 수 없다. 검술은 검법이 용이 헤엄치며 봉황이 춤을 추듯이 분명하면서도 강함과 부드러움이 조화를 이루어야 입신의 경지에 들 수 있었다.

검술의 경쾌하면서 민첩하고 대범하면서 표일하며 변화무쌍한 것을 특징으로 삼았다. 그래서 "도는 날랜 호랑이 같고, 검은 많은 봉황과 같다^{刀如猛虎, 劍如百鳳}.", "검은 아름다운 방식으로 나아간다^{劍走美式}.", "검은 가볍고 민첩한 몸놀림이 있어야 한다^{劍走靑(輕)靈}."라는 말이 있다. 검술은 수련 방법에 따라 행검^{行劍}, 세검^{勢劍}, 쌍수검^{雙手劍}, 장수검^{長穗劍}, 쌍검^{雙劍}, 반수검^{反手劍}으로 나뉜다. 검술의 동작 체계는 매우 복잡하였는데, 청평검^{靑萍劍}, 곤오검^{昆劍劍}, 무당검^{武當劍}, 삼재검^{三才劍}, 삼합검^{三合劍}, 팔괘검^{八卦劍}, 태극검^{太極劍}, 달마검^{達摩劍}, 당랑검^{螳螂劍}, 통배검^{通背劍}, 취검^{醉劍} 등이 흔히 보이는 것들이었다.

극^戟은 은나라 시기의 모^矛를 모체로 하여 모에다가 과^戈의 장점을 결합하여 만들어낸 무기이다. 극은 걸어서 베거나 쪼아서 공격할 수도 있었고 또한 직접 찌를 수도 있었기 때문에 살상력이 과나 모보다 강하였다. 극은 서주 시기에 이미 보편적으로 사용되었고, 진한 시기에는 중요한 무기가 되었으며, 삼국 시기에는 극의 사용에 뛰어난 많은 명장들이 나왔다. 한나라 이후에는 극의 모양에 새로운 변화가 생겨났다. 위진남북조 시기부터 극은 전장에서 점점 지위를 잃고 민간의 훈련 도구가 되었다.

극의 종류는 많지만 장병단극^{長柄單戟}과 단병쌍극^{短柄雙戟}이 대표적이다. 장극 중에 초승달 모양의 날이 좌우에 대칭으로 달려 있는 것은 방천극^{方天戟}이라 하고, 한쪽에만 있는 것을 청룡극^{靑龍戟}이라 한다. 짧은 손잡이의 극도 날이 양쪽에 달린 것과 한쪽에만 달린 것으로 구분된다. 극은 형태에 따라 훈련법도 달리하였다. 극은 타^剌, 와^攃, 자^刺, 탐^探, 편^片, 압^壓, 대^帶, 구^勾, 난^攔, 첩^鉆, 괘^挂를 주요 수법으로 하였다. 흔히 볼 수 있는 동작으로 방천극과 방천극이 대도와 대결하는 것 등이 있다. 쌍극은 대극^{叉戟}을 기초로 발전한 것이다.

부^斧와 월^鉞은 옛날에 같은 부류에 속했던 무기로 척^戚이라고도 하였다. 부의 날은 월의 날보다 좁았고, 월의 날은 넓은 편으로 활같이 굽은 초승달 모양이었다. 부의 등에 갈고리가 있거나 부의 위에 창날이 달려 있는 것을 월이라 하였다. 진한 시기에 부는 이미 대표적인 무기가 되었다.

장병부와 월은 옛날에 대부분 말 위에서 전투 시 사용하던 중병기로 상수선화부^{祥手宣花}

斧, 개산부^{開山斧}, 언월부^{偃月斧}, 금잠부^{金蘸斧}, 개산월^{開山鉞}, 아축월^{亞丑鉞} 등이 있었고 살상력이 강했다. 단병부는 홑 날과 양날의 구분이 있었는데, 일반적으로 양날을 가진 부는 고대 보병이 사용하던 것으로 형태가 평평하고 넓어 쌍판부^{雙板斧}라 불렸으며 두 손으로 잡고 사용하였다. 송나라 때는 공성전에서 전문적으로 사용하던 봉두부^{鳳頭斧}가 있었다. 부와 월을 휘두를 때는 풍격이 소탈하면서 호방하였고 벽^劈, 감^砍, 타^剁, 잡^抿, 루^摟, 말^抹, 운^云, 편^片 등의 방법을 사용하였다. 뾰족한 날과 갈고리가 달린 월 역시 자^刺와 구^鉤 두 종류의 방법이 있었는데, 현재까지 남아 있는 것으로는 장병부와 쌍부 등이다.

구^鉤는 과^戈에서 발전한 무기이다. 춘추 전국 시기에 초^楚와 오^吳나라는 구를 매우 중시하였다.

구에는 단구^{單鉤}, 쌍구^{雙鉤}, 녹각구^{鹿角鉤}, 호두구^{虎頭鉤}, 호수구^{護手鉤}, 요구^{撓鉤}가 있다. 단구는 길이가 길어 장구^{長鉤}라고도 하며 대부분 두 손으로 사용한다. 쌍구는 길이가 짧아 한 손으로 사용하였다. 여러 구 중에서 호수쌍구가 비교적 널리 사용되었는데, 그것은 갈고리, 초승달 모양의 칼날, 송곳 같은 것이 있는 대부분 날이 달린 무기로 연습하기가 어려웠다. 구에는 전두과뇌^{纏頭裹腦}, 무화^{舞花} 같은 동작이 없고, 주요 용법으로 구^鉤도^掏, 루^摟, 대^帶, 탁^托, 압^壓, 도^挑, 자^刺, 포^刨, 괘^挂, 추^推, 납^拉, 착^捉, 쇄^鎖 등이 있다. 날이 많은 구가 성능을 발휘하기 위해 연습할 때는 기복이 있는 움직임이 있어야 했기 때문에 "구주랑식^{鉤走浪式}"[11]이라는 말이 생겨나게 되었다. 구를 사용할 때는 파도 모양처럼 기복이 있어 매우 아름답게 보인다. 구의 동작 체계로는 사구^{查鉤}, 행구^{行鉤}, 십이련구^{十二連鉤}, 매화호두구^{梅花虎頭鉤}, 설편구^{雪片鉤}, 탁구^{踔鉤}, 권렴구^{卷簾鉤} 등이 있고, 대련 체계로는 호두구대창^{虎頭鉤對槍}이 있다.

차^叉는 장병기 중 하나로 동한 시대의 사람들이 애용하던 무기 중 하나이다. 끝에 두 갈래의 차가 달린 것을 우각차^{牛角叉}, 세 갈래의 차가 달린 것을 삼두차^{三頭叉} 혹은 삼각차^{三角叉}라고 하였다. 차의 공격법으로는 전^轉, 곤^滾, 도^搗, 차^搓, 붕^掤, 잡^抿, 난^攔, 횡^橫, 친^扞, 오^捂, 도^挑, 도^掏, 관^貫, 박^拍 등이 있었고, 동작 체계로는 비호차^{飛虎叉}와 태보차^{太保叉}가 있다.

또한 단병기로 필가차^{筆架叉}가 있는데, 그 모습이 붓걸이처럼 생겨서 붙여진 이름이다. 똑바로 잡을 수도 있었고 거꾸로 잡을 수도 있었기 때문에 공격과 방어 모두 가능하여 재빠르게 태세 전환을 할 수 있다. 똑바로 잡는 방법으로는 착^戳, 료^撩, 납^拉, 벽^劈, 가^架, 소^掃, 교^絞, 압^壓 등이 있고, 거꾸로 잡는 방법으로는 착^戳, 당^撞, 가^架, 절^切, 격^格, 전^剪이 있다. 한 손

---

11) 구가 파도처럼 움직여야 한다.

과 양손 다 사용할 수 있었으며, 민간의 호신용 무기였다.

편鞭은 연경軟硬과 단쌍單雙으로 구분된다. 경편硬鞭은 단병기로 주로 대나무 마디처럼 생긴 "죽절강편竹節鋼鞭"과 13마디로 된 "수마강편水磨鋼鞭" 두 종류가 있다. "수마강편"은 손잡이 빼고 13마디로 채찍 몸통에 사각 돌기가 13~14개 있었으며 채찍 끝은 약간 가늘고 뭉툭하였다. 그리고 채찍 꼬리에는 단단한 나무 또는 철 손잡이가 있었으며 채찍 머리와 꼬리를 잡아 양쪽 끝을 사용할 수 있다. 경편의 크기와 중량은 사람에 따라 다르며, 사용 시 한 손으로 잡는 채찍을 단편單鞭, 양손으로 잡는 채찍을 쌍편雙鞭이라 한다. 경편의 공격법으로는 날捋, 붕掤, 잡捋, 괘挂, 도挑, 착截, 봉封, 폐閉, 가架, 당擋, 솔摔, 도掉, 점點, 반盤, 소掃 등이 있었다. 경편은 모양이 아름답고 휴대가 편리하며 다양한 동작으로 사용하기도 좋았기 때문에 옛날의 명장들은 대부분 이것을 잘 사용하였다. 동작 체계로는 태사편太師鞭과 흑호편黑虎鞭이 있다.

연편軟鞭은 부드러운 병기의 일종으로 표창과 손잡이, 가운데가 약간의 쇠 마디로 연결되어 있으며, 채찍 상단에서 채찍 끝까지 다채로운 비단 조각이 덮여 있었다. 큰바람이 있고 아래위로 채찍이 날아다니는 것 같은 무용 동작은 사람의 눈을 어지럽게 만든다.

연편은 7마디, 9마디, 13마디로 나뉘는데, 일반적으로 구절편九節鞭으로 통칭한다. 평상시에는 휴대가 편리하여 손으로 잡고 있거나 허리에 두르고 있다가, 사용할 때 힘껏 휘둘러 주면 공격을 할 수가 있다. 구절편은 원운동을 위주로 하면서 팔의 흔들림과 신체 각 부위의 회전대 또는 채찍의 어느 한 부위에 회전력에 의지하여 움직임을 증가시키고 원심과 방향을 변화시킨다. 주요 용방법으로는 전纏, 륜掄, 소掃, 괘挂, 포抛, 무화舞花와 지쟁편地錚鞭 등이 있다. "휘두를 때는 마치 수레바퀴가 도는 듯이 하고, 내저을 때는 강철 방망이 같다掄起來, 似車輪飛轉, 舞起來, 如鋼棍一條."라는 말처럼 공격하고 때리고 걸고 묶을 수 있다. 연편은 길게도 사용할 수 있고 짧게도 사용할 수 있는 무기로 옛날에는 일종의 암살 무기로 여겨졌다. 구절편은 한손으로도 양손으로도 사용할 수 있었으며 다른 무기와 함께 사용할 수도 있다.

간鐧은 단병기의 일종으로 강철로 만들며 경편과 비슷한 모양이지만, 몸체에 마디와 칼날이 없고 세 개 또는 네 개의 돌기를 가지고 있다. 간의 끝은 뾰족하지 않고 몸체의 단면은 정사각형이며 표면 가운데에 홈이 있어 "요면간凹面鐧"이라 불렸다. 크기와 길이는 사람에 따라 다르다. 어떤 이들은 금이나 은으로 간을 장식하기도 하여 각각 유금간鎏金鐧,

은장간銀裝鐧이라 칭하였다. 명청 시기에 무예를 익히는 사람들 대부분이 간을 사용하였다.

　간은 단쌍으로 구분하는데, 쌍간을 훈련하는 사람들이 많았다. 주요 공격법으로는 상마上磨, 하소下掃, 중절中截, 직벽直劈, 측료側撩, 교압絞壓 등 24법이 있고, 동작으로는 "횡삼수사横三竪四", 붕崩, 잡揷, 곤滾, 도挑, 절截, 가架, 괘挂가 있다. 간을 사용할 때는 용맹함과 민첩함이 요구되기 때문에 "비는 백사지를 때리고, 간은 난벽채를 때린다雨打白沙地, 鐧打亂劈柴"라는 말이 있다. 대련 체계로는 쌍간진창雙鐧進槍 등이 있다.

　추鍾는 옛날에는 추椎라고 하였는데, 오이瓜과 같은 모양이었기 때문에 "입과立瓜", "와과臥瓜"라고도 불렸다. 또한 사각형, 대추 모양, 팔각형 모양도 있었고, 송대에는 통마늘, 마름쇠 모양의 것도 있었다. 오대에서 송에 이르는 시기가 추류 무기가 많이 사용되어 이들 무기의 황금기였다.

　추의 종류는 다양하다. 긴 손잡이에 추가 하나 달린 것은 장병기에 속하는데, 송나라 때의 골타와 추창鍾槍과 같은 것들이다. 짧은 손잡이에 추가 두 개 달린 것은 형태가 다양하고 무게가 많이 나가 연습 시 많은 힘이 필요하다. 그것은 때려 부수거나 찍을 수 있었기 때문에 "추나 곤을 사용하는 장수는 힘으로 대적할 수 없다鍾棍之將不可力敵"라는 말이 생겨나게 되었다. 주요 용법으로 쇄涮, 예曳, 괘挂, 잡砸, 뢰擂, 충沖, 운즈, 개蓋가 있고, 이 중 훈련 시에는 쇄와 예를 주로 했기 때문에 속담에 "추를 끌고 가는 식鍾走曳式"이라는 말이 있다. 연자추鏈子鍾는 쇠사슬 또는 밧줄로 철추를 묶은 연병기이다.

　조抓는 고대의 장병기 혹은 암살 무기에 속하는 것으로 특히 명청대에 민간에서 널리 사용되었다. 조의 머리는 손톱 모양으로 나무 손잡이나 긴 줄로 묶여 있었기 때문에 장병기와 연병기로 나뉜다. 장병기를 조라 하고, 연병기는 과撾라 한다.

　장병기로는 금룡조金龍抓가 있는데, 머리와 막대로 이루어져 있고 머리의 모양이 사람이 주먹을 쥔 상태에서 중지를 뻗은 형태이다. 송대에는 조창抓槍이 있었고, 명대에는 조자봉抓子棒이 있었는데, 위에는 3개의 갈고리가 있었고, 또한 손으로 못을 쥐고 있는 형태인 동권銅拳과 단병필연과短兵筆硯撾가 있었다. 필연과는 판관필判官筆이라고도 하였는데, 검지로 붓을 가로로 잡은 형태로 손가락 끝이나 붓끝으로 상대방의 급소혈을 공격한다. 조의 주요 용법으로는 조抓, 납拉, 금擒, 나拿, 점點, 자刺 등이 있다.

　연병기인 조는 비조飛抓 또는 쌍비과雙飛撾라 하였는데, 암살 무기에 속하며 긴 밧줄로 조의 머리를 묶는다. 매의 발톱과 같은 모습인 머리는 철로 이루어져 있었으며 각 마디를 작고 유연하게 만들어 신축성 있게 움직일 수 있다. 또한 6개의 갈고리가 매화 모양을 한 매화조도 있었는데, 사용할 때는 모두 조를 목표물에 던진 후 뒤로 당겨서 포획한다.

당鐺은 고대의 장병기로 잡형雜型 병기의 일종에 속하며 형태는 차叉와 유사하다. 가운데 차中叉의 칼날은 정봉正鋒이라 하는데 매우 예리하고, 양쪽 끝의 차는 각각 위로 향해 굽어져 있는 초승달 모양으로 변봉邊鋒 또는 월아봉月牙鋒이라고 한다. 위아래 모두 일정한 간격으로 날카로운 칼날이 있고 끝에는 준鐏이라고 하는 삼각형의 송곳 같은 것이 달려 있어 공격하며 찌를 때 사용된다. 당은 길고 무겁기 때문에 장병기 중에서도 중병기여서 팔에 힘이 없는 사람은 사용할 수 없다.

당의 종류는 다양하여 봉시당鳳翅鐺, 안시당雁翅鐺, 안미당雁尾鐺, 안취당雁嘴鐺, 우두당牛頭鐺, 용수당龍須鐺, 유금당流金鐺, 치익월아당齒翼月牙鐺 등이 있었다. 장병기 외에 또한 양손으로 각각 하나씩 잡고 휘두르며 춤을 추는 단병당短兵鐺도 있는데, 월아당月牙鐺, 원앙당鴛鴦鐺, 하엽당荷葉鐺이 그것이다. 당의 용법으로는 복扑, 박拍, 나拿, 차遮, 추推, 전轉, 지支, 난攔 등이 있고, 찰념세扎捻勢, 중평세中平勢, 기룡세騎龍勢, 가상세架上勢, 갑하세闸下勢 등과 같은 기본자세를 많이 사용하였다. 당을 훈련할 때 무화舞花는 없고, 주요 동작은 크게 돌리면서 앞뒤로 손을 번갈아 잡는 것이다. 속담에 "당을 빼어 잡는 식鐺扎捻式"이라는 것이 있고, 동작 체계로는 유금당鎦金鐺과 연미시燕尾翅 등이 있다.

사절당四節鐺은 당렴鐺鐮이라고도 하는데, 연병기로 구렴鉤鐮, 구렴절鉤鐮節, 팔릉추八棱錘, 추절錘節, 전파절前把節과 후파절後把節로 이루어져 있다. 기법은 추를 위주로 하며 구렴이 이에 따른다. 훈련할 때 매우 공격적인 독특한 스타일을 가지고 있다.

곤棍과 봉棒은 옛사람들이 수殳와 간杆으로 불렀던 최초의 무기 중 하나이다. 옛날의 곤과 봉은 같은 부류의 무기로 종류가 많았다. 속어에 "봉은 가슴 위로 받들어 올리고, 곤은 눈썹 위로 만들어 올린다棒齊胸, 棍齊眉."라는 말이 있는데, 봉은 곤에 비해 짧았으며 어떤 것은 단봉과 쌍봉의 구분이 있고, 어떤 것은 끝에 추錘 등의 장식이 있다. 송대 『무경총요』에는 7폭의 송대곤봉도가 있다. 명대에는 곤술의 우파가 많아져 몇몇 논저가 저술되었다.

현재 자주 보이는 곤은 주로 대곤大棍, 제미곤齊眉棍, 삼절곤三節棍, 대초자곤大梢子棍, 수초자곤手梢子棍이다. 곤은 원래 대추나무로 만들었는데, 이후에 백랍간白蠟杆[12]을 사용하게 되었다. 그 근성이 강하여 연습해보면 부드러우면서도 강인하다. 곤의 용법으로는 벽劈, 붕崩,

---

12) 버드나무의 일종으로 만든 막대기

륜^掄, 소^掃, 전^纏, 요^繞, 교^絞, 점^點, 발^撥, 운^云, 란^攔, 도^挑, 료^撩, 괘^挂, 착^戳과 곤화^{棍花} 등이 있다. 훈 련할 때는 "곤의 양 끝을 사용하고", "곤으로 크게 때리는" 특징이 드러나야 했으며, 팔 을 둥그렇게 해서 몸과 곤이 하나가 되게 하여 힘이 방망이 끝으로 관통해야 하며 빠르 고 용맹스럽게 호방한 기세를 펼쳐내야 했다. 곤을 훈련할 때는 대륜^{大掄}과 대벽^{大劈}의 틈 으로 착^戳, 찰^扎, 점^點, 붕^崩 등을 자주 사용하였다. 동작이 작고 정교하며 신속하게 힘을 발 하여 공격성이 아주 강하였는데, 이것이 바로 곤법 중의 정교한 부분이다. 곤을 연습하 는 것은 아주 보편적인 일이 되었다. 각종 유파의 동작 체계는 많았지만 자주 보이는 것 으로 풍마곤^{瘋魔棍}, 천제곤^{天齊棍}, 오호군양곤^{五虎群羊棍}, 후곤^{猴棍} 등이 있다.

초자곤^{梢子棍}은 길고 짧은 것 두 종류가 있는데, 주곤^{主棍}과 초곤^{梢棍} 사이에는 쇠사슬로 연 결되어 있다. 초곤^{梢棍}은 주곤 운동의 관성을 이용하여 타격력이 컸고, 치고 돌리고 비틀고 던질 수 있어 원거리와 근거리 공격에 모두 능하였기 때문에 상대방이 막기 어려웠다.

삼절곤^{三節棍}은 연병기에 속하는데 세 마디의 나무로 된 재질이 단단하고 길이가 같은 방망이를 쇠사슬로 연결하여 만든 것이다. 삼절곤은 휴대가 편리하였고 휘두를 때 길고 짧게 할 수 있으면서 신축성이 있어 들고 남을 막기 어려웠으며, 앞뒤를 막으면서 다양 하게 변화를 줄 수 있어 실용적 가치가 컸다. 주요 곤법으로는 벽^劈, 소^掃, 륜^掄, 착^戳, 격^格, 무화^{舞花}, 배화^{背花}, 요^搖, 포^抱 등이 있었다. 혼자 수련하는 것 외에 대련도 할 수 있었다.

삭^槊은 고대 무기로 낭아봉^{狼牙棒}과 같은 부류에 속하여 대부분 말 위에서 전투를 할 때 사용하였다. 삭은 중병기였기 때문에 힘이 센 사람이 사용할 수 있어 "당^钂, 파^鈀, 추^鎚, 삭^槊은 힘고 용맹한 사람이 비로소 사용할 수 있다^{钂, 鈀, 鎚, 槊, 力猛之人始能使用}."라는 말이 있게 되 었다.

삭의 손잡이는 나무로 만들어졌는데, 손잡이 끝에는 길고 둥근 추^鎚가 있었고 추 위에 는 못이 6줄에서 8줄로 촘촘하게 박혀 있다. 그리고 손잡이 아래에는 삼각형의 쇠로 만 든 송곳 같은 것이 달려 있었기 때문에 '낭아삭^{狼牙槊}'이라 한 것이다. 삭의 종류로는 낭아 삭 외에 지삭^{指槊}, 장삭^{掌槊}, 쌍삭^{雙槊}, 형삭^{衡槊}, 조양삭^{棗陽槊} 등이 있다. 삭은 사면에 칼날이 있 고, 그 용법은 대도와 유사하여 벽^劈, 개^蓋, 절^截, 란^攔, 도^挑, 운^云, 대^帶, 충^沖, 요^撩가 있으며 위 력이 매우 강하다. 중병기였기 때문에 훈련할 때 많은 힘을 써야 했다. 근대 이후에는 많 이 사용하지 않게 되었다. 동작 체계로는 단삭^{單槊}이 있다.

괴^拐는 속칭 괴자^{拐子}라고 하는데, 나무 재질로 되어 있으며, 장단^{長短}과 단쌍^{單雙}으로 구분

한다. 괴의 긴 손잡이를 장병長柄이라 하고, 장병과 수직인 가로 손잡이를 단병短柄이라 한다. 장괴는 단괴로 사용할 때 한 손으로 단병을 잡고 다른 손으로 장병을 잡거나 두 손으로 장병을 잡기도 하고 또는 한 손으로 장병이나 단병을 잡는 방법을 교대로 사용할 수 있다. 쌍괴는 단괴 두 개를 사용하는 것으로 훈련할 때 두 손으로 각각의 단괴를 잡는다.

괴는 종류가 많고, 모양이 각각 다르다. 장병과 단병이 수직을 이뤄 '정丁'자형인 정자괴丁字拐, 단병이 오리주둥이처럼 생긴 압취괴鴨嘴拐, 장병의 4분의 1인 위치에 '복卜'자형의 단병을 둔 이공괴李公拐, 몸체의 형태는 단도와 비슷하고, 끝은 창끝과 같으면서 단병의 끝이 구렴鉤鐮과 같은 색채괴索采拐, 그리고 우각괴牛角拐, 양각괴羊角拐, 흑어괴墨魚拐, 부평괴浮萍拐가 있다. 괴의 구조는 이처럼 다양하다. 훈련법은 대체로 동일하고, 사용 시 공격 방향에 다양한 변화를 줄 수 있다. 단괴의 공격법으로는 벽劈, 잡砸, 곤滾, 붕崩, 지支, 복扑, 나拿, 구鉤, 괘挂, 요撩, 절截 드잉 있었고, 쌍괴에는 누搙, 개蓋, 전轉, 타打 등이 있다. 괴는 혼자 수련하는 것 외에도 다른 무기와 대련할 수 있다.

유성流星은 연병기로 비추飛錘 또는 주선추走線錘라고도 한다. 유성추는 단유성單流星과 쌍유성雙流星으로 나뉘는데, 밧줄로 한쪽 끝에 작은 구리추를 묶은 것이 단유성이고 양쪽 끝에 추를 하나씩 묶은 것이 쌍유성이다. 휘두르는 동작이 나는 듯이 빠르고, 밤하늘을 가르는 유성과 같다고 해서 붙여진 이름이다. 공격 방법은 전纏, 포抛, 륜掄, 소掃, 잡砸, 솔甩, 동撞, 격擊을 위주로 하고, 훈련을 할 때는 목, 가슴, 등, 어깨, 팔꿈치, 손목, 허벅지, 종아리, 발, 허리에 밧줄을 감은 후 추를 놓고 몸을 흔들어 추가 원형 운동에서 직선 운동으로 바뀌도록 한다. 유성추의 특징은 부드러움 속에서 강하면서 갑자기 길어졌다 짧아졌다 하면서 변화를 예측하기 어려운, 허를 찌르는 방식으로 공격하여 상대방이 방어하기 어렵다는 점이다. 속담에 "유성추를 교묘하게 치고 채찍질을 순조롭게 잘한다巧打流星, 順打鞭."라는 말이 있다. 유성추를 훈련할 때는 힘을 기술적으로 사용해야 했으며, 휴대가 편리하고 기습 공격에 용이했기 때문에 고대에는 암살 무기로 여겨졌다.

위에서 설명한 무기 외에 "18반 무예"에 궁弓, 노弩, 모矛, 순盾13), 올가미, 산鏟, 파鈀, 과戈, 환環, 염鐮 등이 포함되고, 또한 백태白打, 즉 각종 맨손 권법 대련인 수박手搏도 있다.

"18반 무예"에 포함된 각종 무기는 사용법과 스타일이 완전히 달랐지만, 공격과 방어라는 면에서는 벗어나지 않았으니 긴 것은 긴 것의 위력이 있고 짧은 것은 짧은 것의 장

---

13) 패(牌)라고도 함

점이 있어 각기 자신만의 독특한 특징을 지니고 있다. 그래서 어느 무기가 가장 강력하고 위력적이라고 단정할 수는 없고, 사용하는 사람의 습관, 취미 및 노력에 따라 달라질 수 있다. 어떤 종류의 병기도 제대로 노력해서 연습해야만 자연스럽게 일가를 이루어서 그 스타일과 장점을 마음먹은 대로 충분히 발휘할 수 있다.

5

상무(尙武) 정신

류둥

하나의 문명이 과연 강성함을 유지하려면 안팎으로 문무가 잘 갖추어 있어야 했다. 비록 후대에 "무력이란 자랑해서는 안 되는 것이며, 문덕이란 숨겨서는 안 되는 것이다武不可觌, 文不可匿."라는 말이 있었고, 고대 중국에서는 '무武'자를 '止戈(전쟁을 그만두다.)'로 풀어 해석하기도 했지만[1], 줄곧 문치文治만을 중시하며 무공武功을 무시할 수는 없었다. 그렇지 않고서는 도저히 개척과 확장이 불가능했을 것이다. 중국의 무는 충분히 일찍부터 발전해 있었는데, 지금까지도 사람들이 놀랍게 여기는 병법학兵法學이 이에 대한 분명한 증거이다.

병兵·무武가 처음부터 중시된 것은 물론 선조들이 늘 직면해 있던 어려운 생존 상황과 관련이 있었다. 문명의 발자취는 바로 야만적인 전쟁과 함께 인류가 걸어온 것이기 때문에 『회남자(淮南子)』에서는 "전쟁의 유래는 오래되었다……오제五帝로부터 전쟁을 그만두게 하지 못했는데, 하물며 쇠약한 세상에서이겠는가?兵之所由來者遠矣……自五帝而弗能偃也, 又況衰世乎"라고 이야기한 것이다. 그래서 단옥재段玉裁는 『설문해자주(說文解字注)』에서 "무는 발자취이다. 이것의 무의 또 다른 의미이다武. 迹也. 此武之別一義也."라며 무武자에 대한 또 다른 풀이를 하고 있다.

우리가 '무武'자의 자형을 생각한다면, 실제는 본래 길을 가는 것을 상징하는 발止과 베는 것을 상징하는 무기戈로 이루어져 있으니, 이처럼 '무武'를 '적迹'[2]으로 해석하는 견해가 '무武'의 옛 뜻에 더욱 가까울 수 있다고 볼 수도 있다. 그것은 칼과 창을 창고에 넣어 놓

---

1) 원래의 의미는 '止'는 말을 본뜬 모양으로 '가다'의 뜻이어서 창을 들고 전장에 싸우러 나간다는 뜻이다.
2) 행적, 여정

고 말을 남산에 풀어 놓는 이른바 "천하를 평정하는 공을 세우고 병기를 거두어들이는 것이다. 그러므로 止戈(창을 멈추는 것)가 武이다定功戢兵, 止戈爲武."라는 의미가 아니라, 적나라하고 용맹스럽게 군사를 일으켜 정벌하고 위세를 부리는 것을 말하는 것이다.

그러나 더 나아가, 빈번한 전쟁은 무예를 발전시키는 데 필요한 전제일 뿐 충분조건은 아니다. 그러므로 이처럼 중화 문명이 일찍부터 병兵·무武에서 전문적인 학문을 발전시킬 수 있었던 것은, 문화적 원동력이 깊은 '사士' 계층의 인격적 풍모와 가치 취향에 그 내재적 동인이 있었기 때문이다. "우리나라 고대의 사 계층은 모두 무사이다吾國古代之士, 皆武士也."라는 고힐강顧頡剛의 주장에 대해 동의하지 않는 견해가 있기는 하지만, 당시의 사회가 문무를 모두 중시하는 기풍이 있었다는 것은 이론의 여지가 없는 역사적 사실이다. 주나라를 건설한 두 개국 군주는 그들이 평생토록 세운 공에 근거해 시호를 "문文"과 "무武"라고 한 것은 결코 우연이 아니다. 이 두 가지 정신은 후대에 성인의 도로 요약되었다.

대사도大司徒가 백성들에게 "예禮, 악樂, 사射, 어御, 서書, 수數"를 포함한 '육예六藝'를 가르쳤다는 『주례』의 기록에서 백성들이 문무를 겸비하도록 교육했다는 것을 분명히 알 수 있다. 선진 시기의 많은 사람들이 이런 분위기 속에서 교육을 받아 왔고, 또한 이런 교육 내용을 학동들에게 가르쳤기 때문에 자연스럽게 용맹스러운 기질을 잃지 않았다.

공자는 비록 당시의 "예악과 정벌이禮樂征伐", "천자로부터 나오지 않는다 하더라도"[3], "잔악을 없애고 사형을 없애야 한다勝殘去殺."(「자로(子路)」)라고 하였고, "군대의 일軍旅之事"(「위령공(衛靈公)」)에 관해 이야기하는 것을 싫어하였지만, 그는 전쟁을 삼갈愼戰 뿐이었지(「술이(述而)」), 군비를 포기할 것을 주장하지는 않았다. 오히려 그는 "가르치지 않은 백성으로 싸우게 하는 것은, 바로 백성을 버리는 것이다以不敎民戰, 是謂棄之."(「자로」)라고 생각하였기 때문에 "식량과 군비를 풍족히 하는 것足食, 足兵"(「안연(顔淵)」)을 나라를 다스리는 데 중요한 일로 여겼다. 그래서 "삼군에서 그 장수를 빼앗을 수는 있지만, 한 사나이에게서 그 지조를 빼앗을 수는 없다三軍可奪帥也, 匹夫不可奪志也."(「자한(子罕)」)라고 강조한 원시 유가들은 "강한" 의지와 용기를 지니고 있었다. 그들은 그것을 "지知, 인仁, 용勇"의 정신 체계 속에 넣으려고 했을 뿐만 아니라, "군자가 용맹하면서 의를 무시하면 난동을 부리고, 소인이 용맹하면서 의를 무시하면 도둑질을 한다君子有勇而無義爲亂, 小人有勇而無義爲盜.(「양화(陽貨)」)"라는 것을 면하려고 하였다.

---

3) 혹은 맹자가 말한 춘추무의전(春秋無義戰), 춘추에 기록된 전쟁 중 의로운 전쟁은 없다.

당시에 유가와 어깨를 나란히 하던 학파였던 "묵가墨家"는 더욱 문무 겸비를 강조하였다. 그들은 비공非攻4)을 주장하였기 때문에 성과 해자에 대한 군사적 방어를 좀 더 중시하였다. 그래서 묵가들은 예로부터 전투에 능하고 죽음을 두려워하지 않는 무사 집단으로 인식되어 왔다. 그러므로 중국 문화는 처음부터 필연적으로 약화될 운명이 아니었다. 그리고 그 후대의 주도 사상이 된 유가도 처음부터 한나라 허신許愼이 훈고한 것처럼 연약하고 나약하지 않았다. 선진 시기 제자백가 중 후대인들에게 직간접적으로 군사 전략가의 조상으로 여겨졌던 노자老子와 손자孫子가 등장하게 된 이유도 바로 그 당시의 '사士' 계급 사이에서 상무 정신이 보편적으로 유행했기 때문이다.

그러나 천하를 통일한 진·한 시기에 들어선 이후, 어떤 방향으로든 개성의 자유로운 발전은 억압될 수밖에 없었다. 이러한 통치를 이론적으로 준비하던 한비韓非는 훗날 문·무로 분화되는 '사' 계급을 나라를 좀먹는 좀 벌레蠹蟲에 포함시켰다. 그는 "유자儒者들은 학문을 가지고 법을 어지럽히고, 유협遊俠의 무리들은 무력을 가지고 법령을 범하는儒以文亂法, 俠以武犯禁" 자들이니 각각 벌을 주고 죽여야 한다고 주장하였다. 선진 제자백가 중 한 사람으로 '농사와 전쟁耕戰'을 강조했던 한비가 결코 무예를 숭상하지 않았던 것은 아니다. 그러나 그는 국익을 수호하는 기능에서 출발하여 이러한 상무 정신은 나라를 지키는 무기를 지닌 군사들의 특권이 되어야지 사사로이 칼을 휘두르는 유협들의 개인적인 풍모가 되어서는 안 된다고 주장하였다. 그렇지 않으면 "나라가 평안할 때는 유자儒者나 협객을 기르다가 어려움이 이르면 병사를 쓰려 하지만, 기른 것은 쓰일 곳이 없고 써야 되는 곳에는 기른 것이 없으니 이것이 어려워지게 되는 까닭이다國平則養儒俠, 難至則用介士, 所養者非所用, 所用者非所養, 此所以亂也."(「현학(顯學)」) 표면적으로 볼 때, 한비의 이러한 "용맹한 자는 모두 군대로 보낸다爲勇者盡之於軍."(「오두(五蠹)」)라는 요구는, 안으로는 개인적인 다툼을 끝낼 수 있고 밖으로는 적의 도발을 막을 수 있어, 장기적인 치안책인 것 같다. 그러나 심층적으로 보면, 이 이론은 사회 유기체(국가)의 강건함을 구성하는 데 결정적인 역할을 하는 본질적인 세포(국민)의 연약함을 초래하여 그 속에 거대한 모순과 위기가 숨어 있는 것 또한 사실이다.

안타까운 것은 역사가 한비가 가리키는 방향으로 서서히 흘러가고 있다는 점이다. 과거 원시 유가의 경전에서는 "문왕께서 하늘의 명을 받으시어 무공을 세우셨네文王受命, 有此武

---

4) 공격 반대

^功."(『시경(詩經)·대아(大雅)·문왕유성(文王有聲)』)라고 칭송하는 것을 결코 꺼리지 않았다. 그러나 한나라 이후 유가들은 무제가 영토를 "고조·혜제·문제·경제 때에 비해 거의 배나 확장시켰^{視高, 惠, 文, 景時, 幾致一倍}"(『한서·무제기(武帝紀)』 찬^贊)음에도, 오히려 "오직 무제의 학문 예술에 관한 일만 찬^贊하였고, 무공에 대해서는 한마디도 언급하지 않았다(專贊武帝之文事, 而武功則不置一詞)."(조익^{趙翼},『이십이사찰기(二十二史札記)』)

시대 풍조의 변화를 여기에서 분명히 볼 수 있다. 량치차오^{梁啓超}는『중국지무사도(中國之武士道)』에서 한나라 이후 호쾌하고 의협심이 있는 상무 정신이 사라지게 된 것을 애석해 하며 다음과 같이 이야기하였다. "그러므로 문제·경제·무제 때에 직간접적인 힘이 명백히 꺾어버리거나 몰래 제거하여 당시에 쇠해가는 것을 없애버리고 미래의 싹을 잘라버렸다. 무사도가 사라져 버렸으니, 어찌 허망하지 않으리요?^{故文, 景, 武三代, 以直接間接之力, 以明摧之, 而暗鋤之, 以絶其將衰者于現在, 而刈其欲萌者于方來, 武士道之銷亡, 夫豈徒哉?}" 당연히 이 주장은 심원한 정신적 전통이 갑자기 단절되어 역사 편찬자의 시각을 제약했다는 비난을 하고 있는 것이다. 이와 같다면 왜 중국에서 오래도록 무학^{武學}과 군사학이 계승되어 왔는지, 왜 사회가 격동할 때마다 그토록 많은 용맹한 사람들이 운명에 맞서 왔는지를 해석할 방법이 없다. 그러나 이유 여하를 막론하고 무예를 숭상하는 풍조가 이로부터 억압을 받아 중단되었던 속에서 변모해 왔다는 것은 부인할 수 없는 사실이다.

본래 주나라가 쇠퇴하고 '학재관부^{學在官府}'5)의 독점이 깨진 이후 전통 지식 구조의 주요 내용은 '사^士' 계층에 의해 계승되었다. '사' 계층 내부에서도 분화가 일어나 문도^{文韜}를 위주로 한 사람들을 '사학^{私學}'이라 하였고 무략^{武略}을 중시하는 사람들을 '사검^{私劍}'이라 하였지만, 그들은 모두 지식을 업으로 하였으며, 치평^{治平}의 재주로 제후들의 중시를 받은 초기 '지식인 집단'이었다. 이것이 바로 고염무^{顧炎武}가『일지록(日知錄)』에서 "전국 시기의 군주가 마침내 사를 경중으로 삼아 문을 하는 자를 유^儒라고 하였고, 무를 하는 자를 협^俠이라고 하였다^{戰國之君逐以士爲輕重, 文者爲儒, 武者爲俠}."라고 이야기한 상황을 만든 것이다.

그러나 후대에 이르러 군사학과 무술에 관한 일들이 국가에서 허가한 교육 내용에서 삭제되어 '사'는 문학을 전문적으로 하는 학자의 고유 명사가 되었고, 무예를 전문으로 하는 '협'은 '사'라는 중국 문화 정신 체계와 예비 관리의 대열에서 배제되었다. 이처럼 문과 무를 함께 중시하던 중국의 정신은 둘로 나뉘어, '문을 중시하고 무를 경시하는^{重文輕}

---

5) 학문은 관부에 있다는 의미로, 귀족 관료들이 교육을 독점한 것을 말함

武’ 편견이 점차 사대부들 사이에서 주류를 이루게 되었다.『후한서·광무제기(光武帝紀)』에서 "공신들이 물러나고 문관들이 벼슬길에 나오자 활과 화살을 거두고 말과 소를 흩어버렸다……이것이 또한 창을 버리는 올바른 숭무 정신이다退功臣而進文吏. 戢弓矢而散馬牛……斯亦止戈之武焉."라고 말한 것에서 국가가 주장한 방향 전환을 분명히 볼 수 있다. 이후 이런 문무의 불균형은 중원 문화에 녹아든 주변 민족의 원시적인 야성에 의해 끊임없이 희석되고 억제되었지만, 끝내는 후대에 약한 국력과 문약한 국민성을 조성하였다.

문사들이 중국 문화의 중심을 차지한 이후 무사들은 어쩔 수 없이 민간에 은거함에 따라 나날이 중국 문화의 주변으로 밀려났다. 그들은 각종 기회를 활용하여 군대 모집에 응하고 공명을 얻기도 하였고6), 심지어 호인의 세력이 강할 때는 변방에서 공을 세우는 것이 출세의 첩경이 되기도 하였지만, 역대의 제도는 그들에게 독서인들처럼 안정된 출세의 길을 보장해 주지 않았으며, 또한 서양의 기사들처럼 직업에 대한 명예심을 가지게 하지도 못했다. 그러므로 대체로 과거 '사' 계층에서의 문과 무의 분화는 이미 후대에 모든 사회 속에서 '문文'7)과 '야野'8)의 계층 분화로 변화하였다고 말할 수 있다.

이처럼 무예를 배운 자들의 사회적 지위가 하락함에 따라 그들의 정신 상태도 변화하였다. 먼저 더 이상 사회 상층부와 신사 계층에 효과적으로 흡수되기를 바라지 않았기 때문에 무예를 익힌 자들은 점점 세상 밖으로 나가 은거하는 것에 뜻을 두게 되었다. 그래서 전국 시기의 "유사遊士"들도 분주히 다니며 제후들에게 벼슬을 구하던 것에서 벗어나 목적 없이 강호를 유랑하는 방랑객으로 바뀌었다.

다음으로 더 이상 제후들을 지키는 방패와 성이라는 자부심을 가질 수 없었기 때문에, 무예를 연마하는 주요 목적도 순수한 개인의 수양이나 신체 단련으로 내재화되었다. 설령 무술가가 살기등등한 기세를 보인다고 해도 정확히 말하면 그것은 특수한 형태의 체조에 지나지 않는 것이다. 이에 상응하는 것이 본래 출가하여 수행하기에 좋은 장소였던 여러 명산들이 점차 무학武學의 성지가 되었다는 점이다.

셋째, 기본적으로나 공식적으로 사회 전체에 개방된 무예 학교가 없었기 때문에, 무림은 사적으로 전승되는 과정 속에서 파벌이 엄격한 각 파를 형성하고 폐쇄적으로 그 기예를 수련하였는데, 이것이 훗날 중국 무술을 풍부하고 신비롭게 보이게 만들었다.

---

6) 예를 들어 당 이후 조정에서는 때때로 무과를 시행하여 장수를 선발하였다.
7) 화려함
8) 촌스러움, 질박함

넷째, '천하를 자신의 임무로 삼도록以天下爲己任' 격려를 받지 않았기 때문에 무예를 배우는 자의 시야도 개인 사무의 범위로 축소되었고 그 가치의 신조도 이에 따라 협소한 단체를 조정하고 보호하는 "강호의기江湖義氣"로 변하여 "유비, 관우, 장비의 도원결의식"의 생사를 같이하는 사귐이 본받을 만한 기준이 되었다.

마지막으로 사회 전체의 작동 기제에서 벗어나 있기 때문에, 이런 결의의 방식은 하층민 속에 숨어들어 종종 암암리에 반사회적 행태를 취하였다. 그러다 사회 동란의 시기에 유랑민이 많아지면 이들을 재빠르게 흡수해 공개적인 사회 파괴 세력이 되었다.

결과적으로 오로지 문학만을 중시하는 서생들만이 사회적으로 중시를 받게 되자 무예인들의 문화적 소양은 나날이 떨어져 심지어 사회에서 불필요한 존재로까지 인식되었다. 이것은 무인을 무시하고 혐오하는 사회 풍조를 더욱 조장하였다. 이것은 자연스럽게 사회에서 차지하던 군대의 위상에도 영향을 미쳤다. 더욱 아이러니한 것은 조정에서 군사를 모집한 직접적인 목적이 전쟁을 위한 것이 아니라 "힘이 세어 제압할 수 없고, 일정한 직업이 없이 빈둥거리는 자들은 모두 군대에 묶어두어强梁亡賴者悉拘于軍"(『소축집(小畜集)』), "거두어 병사로 삼지 않으면 도적이 될까 두려운不收爲兵, 則恐爲盜"(『구양문충공집(歐陽文忠公集)』) 것만을 면하려 했다는 점이다. 이것은 "좋은 남자는 군대에 가지 않고, 좋은 철은 못으로 박히지 않는다好男不當兵, 好鐵不打釘."라는 것이 일반적인 사회적 심리가 되었다. 이에 따라 병사들의 차별과 열등감 또한 서로 정비례하여 더욱 심화되었다.

중화 문명이 상대적으로 성숙했던 시대에도(당말부터 송대까지) 군사들은 범죄자나 관노처럼 비천하게 취급되어 얼굴과 팔, 손목 등에 도망을 가지 못하도록 굴자를 새겨야만 했다. 이러한 모욕적인 표식을 명장이었던 적청狄靑과 악비岳飛도 예외 없이 해야만 했다. 이러한 상황에서 중국의 군대가 종종 모든 사회 계층 중에서 문화적 자질이 가장 낮을 뿐만 아니라, 오만하고 흉폭하여 '군대와 토비는 한통속이다軍匪一家.'라는 지경으로까지 몰락한 점은 이해하기가 어렵지 않다. 이런 군대는 용기도 없고 책략은 더욱 없어 국가 내에서 백성의 반란만을 진압하는 데 온 힘을 기울였을 뿐, 외부의 침략을 당하면 섭적葉適이 "진격해도 싸울 수 없고, 퇴각해도 지킬 수 없어 온갖 사람들이 함부로 날뛰면 한쪽이 진동하니 오랑캐의 침탈은 언제라도 금할 수 없었다進不可戰, 退不可守, 百人跳梁, 則一方震動, 而夷敵之侵侮無時而可禁."(『수심별집(水心別集)』)라고 말한 것처럼 혼비백산하여 도망을 가기에 바빴다.

그래서 민족의 의식 속에 잠재되어 있던 상무 정신이 만리장성보다 더 나라와 가족을 지킬 수 있다는 점은 중국 역사가 피를 흘리며 사람들에게 보여준 교훈이다. 바로 이러한 교훈을 귀감으로 삼아 자신을 나라에 바친 사대부들은 선진 시기 이후 문과 무를 구분하여 문을 중시하고 무를 경시하던 경향에 대해 깊이 있는 검토를 하기 시작하였다. 진량陳亮은 문재文才와 무지武智가 서로 통한다는 관점에서 후대의 문과 무가 상충된다는 황당한 생각을 비판했다. "문과 무의 도는 하나였는데, 후세에 비로소 둘로 나뉘었다. 문사들은 붓과 종이만을 지니고 무사들은 검과 방패만을 중시하며 피차 서로 비웃으면서 이기기만을 구한다. 천하에 특별한 일이 없으면 문사가 이기고, 특별한 일이 있으면 무사가 이기니 각자 잘하는 것이 있고, 쓰일 때가 있는 것인데, 어찌 이 둘이 끝내 합쳐질 수 없는 것인가? 나는 문사들이 붓과 종이만을 중시해서는 안 되고 반드시 일을 처리하는 재주가 있어야 하며, 무사들이 검과 방패만을 중시해서는 안 되고 반드시 적정을 분석하는 지혜가 있어야 한다고 생각한다. 재주와 지혜가 있는 곳에서 하나가 될 뿐이다. 무릇 후세에 이른바 문과 무라는 것은 단지 그것을 이름 지은 것일 뿐이다文武之道一也, 後世始歧而爲二. 文士專鉛槧, 武夫事劍楯, 彼此相笑, 求以相勝, 天下無事則文士勝, 有事則武夫勝, 各有所長, 時有所用, 豈二者卒不可合耶? 吾以爲文非鉛槧也, 必有處事之才; 武非劍楯也, 必有料敵之智, 才智所在, 一焉而已, 凡後世所謂文武者, 特其名也."(『진량집(陳亮集)·작고론(酌古論)』)

이지李贄 역시 진량과 같은 견해를 가지고 있었는데, 그는 문만을 중시하는 과거 제도의 폐단으로부터 무를 숭상하는 사람들이 홀대받는 현실을 비판했다. "애석하구나! 유자들이 손자병법으로 과거에서 선발하지 않았기 때문에 버려두고 읽지 않으면서 두 길이 있다고 판단하여 따로 무경武經을 두고는 문을 무보다 우위에 두었다. 오늘날에 이르러 곧 무의 지위는 변함이 없었고 더 안 좋아졌다……아아! 손무가 오늘날 다시 태어나게 해도 맹자를 암송하여 과거에 합격하는 것만 못할 것이다惜乎儒者不以(孫子兵法)取士, 以故棄置不讀, 遂判爲兩途, 別爲武經, 右文而左武, 至于今日, 則左之又左, 蓋左之甚矣……嗚呼! 雖使孫武子復生于今, 不如一記誦七篇擧子耳."(『이씨총서(李氏叢書)·손자참동(孫子參同)』) 문과 무를 함께 중시했던 고대의 문화 정신을 회복하여 중화 민족의 강인한 기질을 되살리는 것이 그들의 바람이었다는 것을 분명히 알 수 있다.

위에서 이야기한 바람은 범중엄范仲淹, 신기질辛棄疾, 문천상文天祥, 왕양명王陽明 같은 사대부 출신의 장수들에게서 분명하게 실현되었다. 그러나 오랜 습관이 몸에 밴 유림 전체를 놓고 보면, 이처럼 문무를 겸비한 것은 보기 드문 특별한 예일 뿐이다. 전통적인 인문 교육 내용에 의해 교화된 대다수의 유약하고 학문에만 치중한 사대부에게는 무예인들의 고생스럽고 피비린내 나는 생활이나 민간 무인들의 거친 일상생활은 모두 그들과 어울리지 않았다. 그래서 그들은 문무를 겸비한다는 고대의 꿈을 희미하게나마 가지고 있었다 하더라도, 또한 때가 왔다고 분연히 일어서거나 붓을 던지고 전쟁터로 나가기가 어려웠다. 그들은 단지 자신들이 익숙한 붓과 먹을 빌어 상상의 세계에 그 꿈을 기탁했을 뿐이다. 아마도 이것이 그들이 병서에서 흥을 일으킨 시가와 정의를 받들어 악행을 제압하는 무협 소설을 대량으로 창작한 원인이 되었을 것이다. 물론 실제 군사적 재능을 기준으로 살펴본다면, "눈 내리는 저녁 군선을 타고 과주를 건넜고, 가을바람 헤치며 철마를 타고 대산관을 넘었다樓船夜雪瓜洲渡, 鐵馬秋風大散關."라는 식의 호기로운 시구는 토로하는 것 대부분이 탁상공론하는 서생의 의기이다. 만약 사마천, 반고 이후의 정확한 역사 기록을 통해 살펴본다면, 동한 이전의 유협을 모티브로 하여 창작한, 혼자 다니면서 검을 휘두르고 금기를 범한 호협 영웅들은 더욱 순전히 터무니없는 말일 것이다. 그러나 다른 관점에서 사람들은 비록 힘없는 외침이지만 중화 문명의 원초적인 상무 정신에 대한 서생들의 외침으로 볼 수도 있을 것이다.

12장

영토와 물산

1

영토의 변천

린룽구이(林榮貴)

중국은 여러 민족이 같이 창건한 문명국이며, 또한 세계에서 처음으로 영토를 확립한 국가 중 하나이다.

고대 중국인들이 최초로 자신의 강역疆域에 대해 처음 인식하게 된 것은 400~5,000년 이전의 전설 속 삼황오제 시기로 거슬러 올라간다. 고대인들은 삼황오제가 활동하던 황하 유역에 사방의 나라가 거한다고 생각하여 '중원中原', '중화中華' 혹은 '중국中國'이라 칭했다. 이른바 염제炎帝가 천하를 다스릴 때 그 땅은 "남쪽으로 교지交趾1), 북쪽으로 유도幽都2), 동쪽으로 양곡暘穀3), 서쪽으로 삼위三危4)에 이르렀다." 황제가 통치하던 지역은 "동쪽으로는 바다까지, 서쪽으로 공동空桐5), 남쪽으로 강江6)에 이르렀고, 북쪽으로 훈죽葷粥7)을 몰아냈다." 이러한 기술은 중국인의 조상이 발원한 근거지가 황하 유역 및 그 주변 혹은 인근 지역임을 보여준다. 이것이 고대 중국이 인식한 강역의 추형이다.

최근의 고고학적 증거에 따르면 삼황오제 시기를 포함한 400~5,000년 전, 신석기 시대 중후기에 해당하는 시기에 황하 유역에서 앙소仰韶 문화, 반산半山·마창馬廠을 포함한 마가요馬家窯 문화, 제가齊家 문화, 용산龍山 문화를 창조해 냈다. 장강 유역에서는 청련강青蓮崗

---

1) 현재의 영남 지역
2) 현재의 북경 및 하북성에서 요녕성 일대
3) 동쪽 해안
4) 현재의 감숙성 민산(岷山) 서부
5) 감숙성 평량(平凉) 서부의 공동산
6) 즉, 장강
7) 흉노의 고칭

문화, 굴가령屈家嶺 문화, 양저良渚 문화 등을 일궈냈다. 이는 당시 사람들이 이미 자기 발전의 최고 단계에 진입했음을 반영한다. 우 임금大禹이 '치수治水'와 '분주分州'를 했다는 전설은 어느 정도 지혜가 성숙한 고대인들이 생활과 생존 투쟁의 필요성 때문에 구획을 나누고 경계를 구분하기 시작했음을 설명해 준다. 이는 상고 시기에 중국 강역의 기틀을 쌓았다는 고적의 기록과 대체로 부합된다.

하상주 시기(기원전 21세기~기원전 771년)의 중국은 현대적 개념의 국가를 형성시켰으며, 중원 왕조를 중심으로 그 주변과 인근의 방국方國이 병존한 다층적 강역 구도가 확립되었다.

하나라는 안읍安邑8)에 도읍을 세웠다. 하나라의 강역은 대략 서쪽으로 하남성 서부와 산서성 남부에서 시작하여 동쪽으로 제수濟水 상류9)에 이르는 영역, 남쪽으로 화산華山10)까지 이르렀고 북쪽으로는 진양(晉陽)에 다다르는 영역으로 구획된다. 동이東夷, 유우有虞, 곤오昆吾, 상商, 호扈, 훈육薰育11) 등 다른 민족의 방국과 병존하여 서로 교차하거나 인접한 국면을 형성했다. 하나라는 일찍이 동이에 패하여 쇠락한 바 있다. 소강少康의 중흥을 맞은 후 동이를 정복하고 중원 왕조로서의 중심적 지위를 확립했으며, 이로써 중국 고대 역사의 물길을 열었다.

상나라는 하나라를 멸망시킨 뒤 처음엔 박亳에 도읍을 했다가 후에 은殷으로 천도했다. 그 강역은 하나라의 영토에 더하여 서, 남, 북으로 확대되어 대략 동쪽으로 지금의 산동성 연해 지역에서 시작하여, 서쪽은 섬서성 서부에 이르고, 남쪽은 강소성, 안휘성 북부까지 닿았으며, 북쪽은 하북성과 산서성의 북부에까지 다다랐다. 상나라는 하를 멸망시키기 전후로 원래 하나라 국경 안과 인근의 많은 방국 혹은 부족을 정복했다. 그러나 여전히 토방土方, 인방人方, 귀방鬼方, 저氐, 강羌, 추이隹夷12) 등 여러 방국 혹은 부족들이 상나라의 영역 내부 혹은 그 주위에 분포되어 있었다. 상나라는 방국 혹은 부족 중 반대 세력을 토벌하는 과정에서 중원 왕조로서의 우세를 최대한 드러냈으며, 그에 따라 앞 시대보다 한층 뚜렷하게 중원 왕조의 강역 구도를 형성시켰다.

주나라는 섬서성을 기반으로 흥기했다. 문왕은 풍豐13)에 도읍을 세웠으며, 무왕이 호

---

8) 하허(夏虛), 현재의 산서성 하현(夏縣) 북부
9) 산동성 제하현(濟河縣) 남부
10) 낙하(洛河) 상류
11) 훈죽(葷粥), 즉 흉노
12) 즉 회이(淮夷)

篇14)로 천도한 후 상나라를 함락시켰다. 선왕의 중흥기宣王中興에는 "하늘 아래 왕의 땅이 아닌 곳이 없다普天之下, 莫非王土."라고 자부할 정도의 대제국을 건설했다. 그 강역은 상나라의 옛 영토에 더하여, 남쪽은 장강 이남에까지 다다랐으며, 서쪽으로 감숙성에 이르렀고, 동북쪽은 요녕성까지 미쳤으니 상나라 영토 둘을 합친 면적보다 더 컸다. 분봉分封을 통해 강역의 중심과 그 주변 지역에 봉국封國과 후국侯國을 건설했다. 또한 영토의 경계 주변에 주 왕조의 번속국藩屬을 건설하기까지 했다. 예를 들어 동북 지역의 숙신족肅慎族은 여러 차례 주나라에 입공하여 "호시楛矢와 석노石砮", 혹은 기타 특산물을 조공했으며 주나라를 대신하여 동북 지역을 지켰다. 남방의 용庸이나 복濮 등의 종족은 주나라가 상을 정벌할 때의 맹우였다. 속국을 이용하여 내지를 지킴으로써 주나라의 강역을 공고히 한 것은 하상 양대에 비해 다른 점이다.

서주 말기에 왕실이 쇠미해지면서, 전국의 정국에 대한 주 천자의 제어권을 상실했다. 여러 봉국과 제후국은 몇 차례 분열과 통합을 거치며 쟁패爭霸와 칭웅稱雄으로 상징되는 춘추 전국 시대를 형성하여 서로를 병탄하려는 국면에 접어들었다. 그러나 패권을 다투던 각국이 모두 중화의 정통을 대표하는 주나라 천자의 기치를 내걸었다. 이는 각 부족이 공유하는 국가 정통의 숭고한 이미지가 이미 확립되어 있었음을 설명한다. 따라서 열국은 사방으로 영토를 개척하여 중원의 내지와 주변, 혹은 인근의 화하족華夏族과 다른 민족 간의 교류와 융합을 강화했을 뿐 아니라 중국의 강역 자체를 끊임없이 확장시키려 했다. 전국 시기 후반에 연燕나라는 북쪽으로 하북성과 요녕성 북부 및 내몽골 동반부 등지까지 세력을 확장했으며, 조趙나라는 서쪽으로 내몽골 서반부까지 확장했다. 진秦나라는 서부와 서남부를 향해 섬서성 서북부, 감숙성 동반부 및 사천성의 파촉巴蜀 지역까지 확장했고, 초楚나라는 남방과 동남부로 호남성, 절강성, 강서성 등지까지 확장했다.

진한秦漢은 중국 역사상 처음으로 대일통을 실현하여, 다민족 통일 국가의 강역을 전대미문의 규모로 확대하였다.

진(기원전 221~기원전 206년)은 함양咸陽에 도읍을 세웠다. 진시황은 6국을 통일했으며, 북으로 흉노를 정벌하고 남으로 남월을 평정했으며, 오령五嶺을 수비하여 그 위세를 사방에 떨쳤다. 이 시기 중국의 강역은 "동쪽으로 바다와 조선朝鮮에까지 이르렀고, 서쪽

---

13) 섬서성 풍수(灃水) 서안
14) 섬서성 장안현(長安縣) 서남부

으로는 임조臨洮15), 강중羌中에까지 이르렀으며, 남쪽으로는 북향호北嚮戶16)에까지 미쳤고, 북쪽으로 황하를 거점으로 요새를 쌓아 음산陰山을 끼고 요동遼東에까지 이르렀다." 지금의 지명으로 따지면 대체로 북경京, 천진津, 상해滬, 하북성冀, 산동성魯, 산서성晉, 하남성豫, 섬서성陝, 강소성蘇, 절강성浙, 안휘성皖, 복건성閩, 강서성贛, 호북성鄂, 호남성湘, 광동성粵 등 16개 성과 시 및 감숙성, 사천성, 광서성, 요녕성, 내몽골 및 영하 회족 자치구의 대부분 혹은 일부 지역을 포함하며, 베트남 북부 지역까지도 포괄한다. 지방의 구획은 제후국을 폐지하고 전국을 36개 군郡으로 나누어 지방 행정 제도로서의 군현제郡縣制를 전국적으로 실시했다. 이는 이후 역대 왕조의 기본 모델이 될 뛰어난 업적이었다.

서한(기원전 206~25년), 즉 한나라는 장안長安에 도읍을 세우고 진 이후의 통일 대업을 계승했다. 한나라는 연이어 변경에 군사를 일으켜 북쪽으로 흉노를 몰아냄으로써 진나라 때의 하투河套17) 등지를 수복했다. 흉노의 곤야왕昆邪王18)은 한나라로 귀순했다. 한나라의 강역은 서쪽으로 확장하여 무위武威, 장액張掖, 주천酒泉, 돈황敦煌의 4군을 하서河西에 새로이 설치했다. 남쪽으로는 남월南越을 평정하여, 해당 지역에 담이儋耳, 남해南海, 창오蒼梧, 울림鬱林, 합포合浦, 교지交趾19), 구진九眞20), 일남日南21) 등 9군을 설치했다. 동쪽으로 조선을 멸망시킨 후 낙랑樂浪, 임둔臨屯, 진번眞番, 현도玄菟의 4군을 설치했다. 또한 서남부의 이민족을 정복하여 월수越嶲, 침려沈黎, 문산汶山, 무도武都, 익주益州 등에 군을 설치했다. 더하여 멀리 서역과 교통하여 56국을 통속했다.

이 시기 한나라의 강역은 진나라 영토의 기반 위에 확장을 거듭했다. 동쪽으로 조선 북부, 요동 및 동해 지역에 닿았고, 서쪽으로 옥문관玉門關을 넘어 서북 변경을 옆에 두고 서역 지역을 예속시켰다. 남쪽으로는 남해에 이르렀으며 현재 베트남 영토까지 포괄한다. 북쪽으로는 사막과 외흥안령外興安嶺 지역까지 확장하여 지금의 러시아 영내의 오비강, 예니세이강, 레나강 유역 일대에 이르는 전대미문의 면적을 보유한 대제국이 되었다. 지방의 구획은 진의 제도를 계승하여 전국에 41개 군을 설치했고, 군 아래로 현縣을 두었으며, 옛 제도를 따라 13주州를 설치했다. 주 아래로 군국郡國을 두었으며, 군국은 아래로 현,

---

15) 감숙성 민현(岷縣)
16) 베트남 북부
17) 오르도스
18) 혼야왕(渾邪王)
19) 광서성 및 베트남 동북부
20) 베트남 중부
21) 베트남 남부

읍邑, 도道와 후국侯國을 관할했다. 동한 시기(25~220년)에 이르러 혼란한 정국을 벗어나기 위해 군국을 현, 읍, 도, 후국과 합병하였다. 이로써 군현제는 한층 발전하게 되었다.

삼국과 위진남북조 시기(220~589년)에는 여러 왕조와 정권이 교체되거나 병립하고 있었지만 모두 진과 한이 다져 놓은 강역 안에서 진행되었다. 민족의 구성과 각 민족 간의 관계는 상당히 변화했다. 중원의 화하족은 한족漢族으로 진화했고, 변경 지역과 여러 소수 민족들은 내지의 한족과 더욱 밀접한 관계를 맺어 상호 간의 교류와 융합을 가속화했다. 예를 들어 동한이 흉노를 격퇴시킨 후 흉노는 둘로 갈라져 북흉노는 멀리 도망쳤고, 중원 지역으로 이주한 남흉노는 대부분 한족과 동화되거나 다른 명칭의 민족으로 변화했다. 남방에서는 오나라가 산월山越을 정복하고 촉나라가 남만南蠻을 토벌한 결과 강동江東, 강회江淮, 사천四川, 운남雲南 등지의 소수 민족과 한족의 융합을 촉진시켰다.

중원 왕조의 정통성과 한족의 다수 민족적 지위는 공인되어 대를 이어 전해졌다. 예를 들어 삼국 시대의 위, 촉, 오는 모두 한나라 황실의 회복과 전국 통일을 건국의 목적으로 삼았다. 외래 왕조 북위北魏는 중원에 진입한 후 일련의 중원화 및 한화 조치를 추진했다. 5호 16국 시기에 흉노가 건립한 하夏와 전조前趙, 갈羯이 건립한 후조後趙, 저氐가 건립한 전진前秦, 강羌이 건립한 후진後秦, 선비鮮卑가 건립한 서진西秦, 전연前燕, 후연後燕, 남연南燕 및 남북조 시기에 사타돌궐沙陀突厥이 건립한 후당後唐, 후진後晉, 후한後漢 등의 왕조는 형식적으로나 정권의 특성으로 보더라도 중원 지역의 한족 전통과 아주 가깝거나 똑같았다. 이와 유사하게 변경 지역의 여러 민족 및 주변 국가들, 예를 들어 북방의 유연柔然, 고거高車, 동북의 실위失), 거란契丹, 지두우地豆于, 물길勿吉, 서역의 쿠처龜玆, 호탄于闐, 열반悅般, 북량北涼 등지는 대부분 입조入朝 혹은 책봉 등의 형식으로 중원 왕조 혹은 한족과 소통했다. 다시 말해 아무리 여러 왕조가 교체되고 난립하는 시기라 해도 중원 지역을 중심으로 하고 그 외곽이 보조하는 중국의 강역은 무너지지 않은 채 계승되어 왔다. 지방의 구획은 대체로 진한의 옛 제도를 따르되 적당히 변통하였으며, 주, 군, 현의 3등급제를 기본으로 하여 설치했다.

수당 시기는 진한 이후 중국에서 두 번째로 대일통을 이루어 전대의 강역을 기초로 새로운 확장 국면을 열었다.

수(581~618년)나라는 북주를 대신하여 건국하였으며 장안을 수도로, 낙양을 동도東都로 삼았다. 북방을 먼저 평정한 후 남조의 진陳을 멸망시킴으로써 전국을 통일했으며, 남북조의 강역을 기초로 통치 지역을 확대했다. 수문제는 서북에 웅거하던 돌궐에 군사적인 방어 조치를 취했다. 돌궐이 분열된 후 서돌궐은 오손烏孫으로 물러났으며, 기회를 잡아 '강자를 분리시키고 약자를 통합하는' 정책을 펼친 수나라는 화친, 봉관封官, 교역 등의 활동으로 동돌궐과의 관계를 밀접히 했다.

동북 지역에서는 거란, 해奚, 실위室韋, 말갈靺鞨 등과 신속臣屬 관계를 적극적으로 맺었다. 서부 지역에서는 토욕혼吐谷渾을 대패시켜 현재의 청해호에서 신강성 일대에 이르는 지역에 하원河源, 서해西海, 선선鄯善, 차말且末 등 4군을 증설했다. 또한 서융교위西戎校尉 등의 관직을 설치하여 서역과의 정치적, 통상적 관계를 밀접히 했다. 서역의 우호적인 '내조자來朝者'는 40여 개 국가에 달하여, 서부 강역에 비교적 평화롭고 안정된 환경을 조성했다.

남방과 동남 연해 지역의 경우, 바다를 건너 고화高華嶼, 구벽鼊龜嶼22) 및 유구流求23)에 진주했다. 또한 남정을 떠나 임읍국林邑을 평정하여 비경比景, 해음海陰, 임읍林邑24)의 3군을 설치했다. 따라서 수나라의 강역은 남쪽으로 현재의 베트남 남부, 북쪽으로 오원五原25), 동남쪽으로 대만과 팽호 열도에 이르렀으며, 서쪽으로 신강성 중부와 남부 지역에 달하였다. 지방의 구획은 처음에는 주군현州郡縣 3등급제를 계승하였으나, 이어서 군을 폐지하고 주현州縣만 남겼다가, 끝에 가서는 군현제로 개정하였다. 대업大業 말기, 전국에 190개 군과 1,255개 현이 있었다. 또한, 남북조 이후 마구잡이로 설치한 군현을 최대한 통합시켰다.

수를 대신하여 당이 건국된 후 다시 장안을 도읍으로 정했으며, 수나라 이후의 판도를 최대한 확대시켰다. 당태종과 고종 시기에 국력이 강성하여 북으로 돌궐과 설연타薛延陀를 정벌하고, 동북으로 고구려, 백제를 멸망시켰으며, 서쪽으로 토욕혼吐谷渾26), 고창高昌27)을 침공하여 서역을 복속시켰다. 따라서 성당盛唐 시기의 강역은 동으로 바다까지, 서쪽으로 파미르고원葱嶺까지, 남으로는 임주林州28), 북으로 대막大漠29)에 이르러, 그 면적이 전성기의 한나라를 넘어섰다.

지방은 다층적인 행정 조직으로 구획되었다. 당나라 초에는 군을 주로 바꾸었다. 정관貞觀 초에 도道, 주州, 현縣을 기본 제도로 하여 전국에 10도를 설치했다. 개원開元 연간에는

---

22) 이상은 팽호 열도
23) 대만
24) 이상 모두 베트남 남부
25) 내몽골 북부
26) 청해
27) 신강
28) 베트남 북반부
29) 러시아 남부의 예니세이강, 안가라강, 레나강 유역

15도로 증가하였다. 변경 지역은 각 도의 관할로 편입되었다. 예를 들어 북부와 동북부 변경 지역은 각각 하북도^{河北道}와 관내요^{關內要}에 귀속되었고, 서북 지역은 농우도^{隴右道}에 속했으며, 임주^{林州}는 영남도^{嶺南道}에 귀속되었다. 정관 13년에 확정된 전국의 행정구역은 358주부^{州府}, 1,551현이었다. 다음으로 부^府가 설치되었다. 예를 들어 경도^{京都}에 부윤^{府尹}을 설치했고, 내지의 요지에 도독부^{都督府}를 설치했으며, 변경 지역에는 도호부^{都護府}를 설치했다. 개원 17년, 전국의 도독부는 40개였다. 중종^{中宗} 때 안동도호부^{安東都護府}, 안북도호부^{安北都護府}, 선우도호부^{單於都護府}, 북정도호부^{北庭都護府}를 두었고, 남쪽 변경의 임주 등지에 안남도호부^{安南都護府}를 두어 주로 각지의 변경 지역을 관할하게 했다. 다음은 절도사^{節度使}이다. 절도사의 설치에도 관할 지역의 의미를 겸비하고 있다. 개원, 천보^{天寶} 연간에는 하서^{河西}, 범양^{范陽}, 농우^{隴右}, 검남^{劍南}, 안서^{安西}, 삭방^{朔方}, 하동^{河東}, 북정^{北庭}, 평로^{平盧}, 영남^{嶺南}의 10절도사가 설치되어 변방 지역을 방어했다. 원화^{元和} 연간에 이르러 전국에 47개 절진^{節鎭30)}으로 발전하였으며 내지에도 절도사를 설치했다. 그다음으로, 당나라 정부는 기미주^{羈縻州}를 설치하여 변경의 소수 민족을 특별히 관리함으로써 변경 지역에 대한 중앙 정부의 통제를 강화하였다. 이처럼 다층적인 지방 행정 조직은 당나라가 확대된 강역에 대한 관리를 얼마나 체계적이고 엄밀하게 하는지를 잘 반영하고 있다.

오대십국 시기에 중국의 강역 안에 여러 민족이 건립한 왕조가 병립했다. 주로 동북 지역에 요^遼가 있었고, 중원 지역에서는 후량^{後梁}, 후당^{後唐}, 후진^{後晉}, 후한^{後漢}, 후주^{後周}의 다섯 왕조가 교체되었으며, 남방 지역에는 오^吳, 남당^{南唐}, 오월^{吳越}, 전촉^{前蜀}, 후촉^{後蜀}, 남한^{南漢}, 초^楚, 남평^{南平31)}, 민^閩, 북한^{北漢}의 10개 국가가 있었다. 이 밖에 서남, 서부, 서북, 북방 및 동북에 각각 대리^{大理}, 토번^{吐蕃}, 감주회골^{甘州回鶻32)}, 서주회골^{西州回鶻33)}, 호탄^{于闐}, 카를룩^{葛邏祿}, 타타르^{達旦34)}, 키르기즈^{轄戞斯}, 우량카트^{嗢娘改35)}, 실위^{室章}, 흑수말갈^{黑水鞈鞨} 등 민족의 정권 혹은 지역이 분포되어 있었다. 이들은 모두 원래의 당 제국 판도 안에서 활동했다.

요^遼와 북송이 병존하던 시기를 지나, 금과 남송 및 서요^{西遼}가 병립했고 서하^{西夏}가 이 사이에 끼어 있던 남송 시대까지 요, 송, 서하, 금이 병존하던 시기는 전후로 약 300여 년

---

30) 절도사
31) 형남(荊南)
32) 하서(河西)회골
33) 고창(高昌)회골
34) 조복(阻卜)
35) 오랑캐

(960~1279년)에 달한다.

거란족은 서요하^{西遼河} 유역에서 일어났으며 '염제^{炎帝}의 후예'를 자칭했다. 오대 초기에 요나라를 건립하여 상경인 임황^{臨潢}을 수도로 하고, 동경인 요양^{遼陽}, 중경인 대정^{大定}, 남경인 석진^{析津}36), 서경인 대동^{大同}의 네 배도^{陪都}를 두었다. 전성기의 강역은 "서쪽으로 금산^{金山}37)과 유사^{流沙}38)에서 시작하여 북으로 여구하^{臚朐河}39)에 이르렀으며 동쪽으로 바다에 닿았다." 남부는 지금의 천진 해하^{海河}, 하북성, 산서성 중부에서 북송과 국경을 맞닿았다. 지금의 몽골 서남부 변경을 따라 서하 및 회골과 이웃했으며, 북쪽으로 지금의 몽골 북부, 러시아 외흥안령 지역에서 사할린섬 일대에 이르렀으며, 동쪽으로 바다를 지나 압록강 동쪽의 조선 반도 북부에 이르는 땅이 모두 요나라의 판도에 있었다. 요나라 강역 이북의 키르기즈, 우량카트^{斡朗改}, 서북 지역의 서주회골, 서부 지역의 토번 및 서역의 여러 민족은 대부분 요나라의 속국이었다.

지방의 구획은 농경과 목축의 두 구역을 나누어 남면관^{南面官}과 북면관^{北面官}의 이중 지배 체제를 실시했다. 농경 지역은 당의 제도를 따라 도, 주(부), 현의 3등급제를 기본으로 지역을 구획했고, 목축 지역은 유목민의 관습에 따라 여러 부족과 속국을 통치했으며 그 등급은 대체로 주^州와 동일했다. 따라서 요나라의 행정조직은 5경, 6부^府, 156개 주^州·군^軍·성^城, 209현 및 52개의 부족, 60개의 속국으로 구성되었다. 절도사는 주 혹은 부족 및 속국의 장관 중 하나로 제한하여 행정 구역의 의미는 없었다.

요나라가 금나라에 멸망한 후, 거란 황실의 야율대석^{耶律大石}은 거란 부족을 이끌고 서쪽으로 이주하여 서요^{西遼}(1124~1218년)를 건립했다. 수도는 호사알이타^{虎思斡耳朵}40)이다. 전성기의 통치 영역은 북쪽으로 바이칼 호수 일대, 서남으로 아무다리야강, 동부와 남부는 신강성 대부분과 몽골의 일부에 해당하는 지역이었다. 요나라가 멸망한 후 서쪽으로 확장시킨 새로운 왕조인 서요는 비유컨대 북송이 망한 후 건립된 남송과 유사한 역사적 지위를 가지고 있다. 그러나 얼마 지나지 않아 서하, 금, 남송 등과 함께 원나라의 판도에 통합되는 것으로 끝을 맺었다.

송은 후주^{後周}를 대체하여 건국한 후 개봉에 도읍을 정했으며, 서경인 하남^{河南}41), 북경

---

36) 현재의 북경
37) 알타이산
38) 현재의 신강 서부 대사막 지역
39) 몽골 케룰렌강
40) 현재 키르기스스탄 북부의 톡모크(Tokmok)

인 대명^{大名}42), 남경인 응천^{應天}43)을 배도로 삼았다. 전성기 영토는 "동남쪽으로 바다까지, 서쪽으로 파^巴와 북^僰44) 지역까지, 북으로 삼관^{三關}45)에 이르렀다." 지금의 지명으로 하남성^豫, 섬서성^陝, 강소성^蘇, 절강성^浙, 안휘성^皖, 강서성^贛, 호북성^鄂, 호남성^湘, 복건성^閩, 광동성^粵의 10개 성과 하북성, 산서성, 감숙성, 사천성, 광서성, 청해성, 영하 회족 자치구 등의 대부분 혹은 일부 지역에 해당했다. 송은 서남부의 동족^{峒族} 지역을 개척하고 유효하게 관리하여 삼국 시대에서 당나라에 이르는 변경 개척 업적을 이었다.

지방의 구획은 당의 제도를 계승하되 일부 폐단을 개혁했다. 예를 들어 절도사의 구역 제도를 폐지했다. 원풍^{元豐} 연간 전국의 13도를 폐지하고 25로^路로 바꾸어 로^路, 주46), 현의 3등급제의 기본 행정 단위로 구획했다. 이에 따라 14부, 242주, 37군, 4감, 1,235현이 있었다. 고종^{高宗}이 남방으로 천도하면서 회북^{淮北} 지역은 모두 금나라의 소유가 되었다. 건도^{乾道} 4년 때의 관할 영토는 수도 임안^{臨安}47) 외에 16로, 36부(임안 포함), 130주, 40군, 2감이었다. 현재의 운남성과 티베트 지역의 대리^{大理}와 토번^{吐蕃} 등은 북송 및 남송 정부와 대대로 책봉을 맺던 양대 번속^{藩屬}이었다.

금나라를 건립한 여진족은 당대 흑수말갈의 후예였다. 흑수말갈의 수장 헌성^{獻誠} 등은 당나라의 지방관^{邊官}을 역임한 바 있으며, 공을 세워 국성인 이^李씨의 성^姓을 하사받았다. 12세기 전반, 여진족은 안출호수^{按出虎水}48) 유역에서 발원하여 금나라를 세웠으며, 처음에는 회녕^{會寧}49)에 도읍을 정했다가, 뒤이어 중도^{中都}50), 변량^{汴京}51), 채주^{蔡州}52)로 천도했다. 전성기의 강역은 "동으로 바다에서 일어나, 서쪽은 적석^{磧石}53)을 넘었고, 북으로 음산^{陰山}을 지났으며, 남으로 회수^{淮水}에서 송과 국경을 맞닿았다." 관할 지역은 북쪽으로 화로화탄^{火魯火疃} 모극^{謀克}, 즉 현재의 흑룡강 이북에 위치한 러시아의 틴다시 동쪽에 이르렀고, 동

---

41) 하남성 낙양
42) 하북성 대명
43) 하남성 상구(商丘) 남부
44) 현재의 사천성
45) 와교관(瓦橋關), 익진관(益津關), 초교관(草橋關) 등 현재의 하북성 중부 지역이 송과 요의 경계를 이뤘다.
46) 부(府), 군(軍), 감(監)
47) 항주
48) 하얼빈성 남부의 송화강 지류인 아시강
49) 하얼빈성 아성(阿城) 남부
50) 현재의 북경
51) 개봉
52) 하남성 여남(汝南)
53) 감숙성 임하(臨夏) 서부

북 지역은 오호츠크 해안과 외흥안령 지역까지를 포괄했으며, 서북 지역은 몽골 초원의 여러 부족을 장악했다.

지방의 구획은 요나라와 송나라의 제도를 계승하여 오경^{五京}을 두었다. 초기에는 상경인 회녕부와 함께 남경인 요양^{遼陽}, 중경인 대정^{大定}, 서경인 대동(大同), 북경인 임황(臨潢: 요나라의 상경)을 배도로 두었다. 해릉왕^{海陵王} 때 개봉으로 천도한 후에는 북경인 대정, 동경인 요양, 서경인 대동, 중도인 대흥^{大興 54)}을 배도로 삼았다.⁵⁵⁾로, 주(경, 군), 현의 3등급제를 기본 행정 단위로 구획했으며, 상경^{上京}, 함평^{咸平} 등 19로, 179개 주⁵⁶⁾, 683현이 있었다. 상경로^{上京路} 관할의 포여로^{蒲與路}, 합라로^{合懶路}, 휼품로^{恤品路}, 갈소관로^{曷蘇館路}, 호리개로^{胡里改路} 및 동경로^{東京路} 관할의 파속로^{婆速路} 등은 모두 부족에 따라 설치되었으며, 등급은 주와 동일했다.

당나라 말기 하주^{夏州 57)} 일대의 당항^{黨項58)} 강족^{羌族} 일파의 추장인 탁발사공^{拓跋思恭}이 당 조정의 환란을 도운 후 국성인 이씨를 하사받고 하국공^{夏國公}에 책봉되었다. 그 후, 1030년대에 이 봉호를 딴 대하^{大夏}를 건국하는데, 중국사에서는 서하^{西夏}(1038~1227년)라고 불렀다. 서하는 흥경^{興慶 59)}에 도읍을 두었으며, 전성기 강역이 "동쪽으로는 황하, 서쪽으로 옥문관, 남쪽으로 소관^{蕭關60)}, 북쪽으로 대막(몽골 남부)에 이르렀으며, 하란산^{賀蘭山61)}에 의지하여 견고히 지켰다." 현재의 영하회족 자치구 전체와 섬서성, 감숙성, 청해성, 내몽고, 신강성 등의 일부 지역에 해당하는 영토를 보유했던 것이다. 지방의 구획은 당의 제도를 따르되 한의 법제를 일부 계승하여 220개 주^州와 군^郡을 두었다. 몽골에 의해 멸망한 후 서요, 금, 남송과 함께 원나라의 판도에 포함되었다.

요나라 상경도^{上京道} 동북부의 오논강^{斡難河} 유역에서 흥기한 몽골족은 13세기에 서요와 호라즘^{花剌子模} 왕조를 멸망시켰으며, 러시아와 동유럽 등지를 침략하여 유라시아 전역을 아우르는 몽골 제국을 건설하였다. 몽골는 또한 서하, 금, 남송을 멸망시킨 후 대도^{大都62)}

---

54) 현재의 북경
55) 해릉왕은 개봉이 아닌 중도대흥부(中都大興府)로 천도하였으며, 개봉을 재건하여 남경(南京)으로 삼은 후 남송 공략의 거점으로 삼았다.
56) 경(京), 부(府), 군(軍)
57) 섬서성 정변현(靖邊縣)
58) 탕구트
59) 영하회족 자치구 은천(銀川)
60) 영하회족자치구 동심현(同心縣) 남부
61) 수도인 은천(銀川)의 서부에 남북으로 뻗은 산맥
62) 현재의 북경

를 도읍으로 정하고 원元(1271~1368년)을 건립하여 중국을 통일했다. 원나라의 강역은 "북쪽으로 음산陰山을 넘어섰고, 남쪽으로 유사流沙의 끝까지, 동쪽으로 요동遼左에 이르렀고, 남쪽으로는 바다 건너까지였다." "동남부의 영토는 한과 당보다 작지 않았고, 서북 지역은 그들을 넘어섰다." 다시 말해 원나라는 중국의 강역을 최대로 넓혔다.

　지방의 구획은 당과 송의 제도를 따랐으나 일부는 혁신하여, 행성行省, 로路, 부府, 주州, 현縣 등 등급별 행정 구역을 기본으로 구획했다. 영종英宗 때 전국 규모의 행정 구역은 중서성中書省의 직할구인 하북, 산동, 산서 등 수도 인근의 복리腹裏의 땅을 제외하면 영북嶺北63), 요양遼陽, 운남雲南, 정동征東, 호광湖廣 등 지역에 11개 행중서성行中書省이 설치되어 있었다. 이 행중서성을 줄여서 행성行省, 혹은 성省이라 했는데, 성 아래로 185로, 33부, 559주, 4군軍, 15안무사安撫司, 1,127현을 두었다. 별도로 중요한 지역이나 변경에 특별히 11도道를 두어 군정의 관리를 강화했다. 원나라 중앙 정부는 토번이 위치한 티베트 지역을 정식으로 편입시켰으며, 오사장烏思藏, 납리納里, 속고로손速古魯孫의 삼로三路에 선위사사도원수부宣慰使司都元帥府를 설치한 후 그 예하에 약간의 만호부萬戶府를 두었다. 또한 티베트 지역의 정무와 함께 전국의 불교를 관장하는 선정원宣政院으로 정교 합일의 제도를 실행하였으며, "토번에 사고가 나면 분원을 설치하여 제압했다." 운남행성雲南行省은 그 예하에 로, 부, 주, 현 및 군민총관부軍民總管府를 설치하여 겹겹이 관리함으로써 운남 지역의 오랜 분리와 할거의 국면을 종식시켰다. 지정至正 20년에는 또한 팽호순검사澎湖巡检司를 설치하여 대만과 팽호澎湖 지역을 관할하게 함으로써 한당 이래 중국 영토의 제3차 대일통과 미증유의 확장을 일구었으며, 유효하게 관리한 업적을 이루었다.

　원을 대신하여 건국한 명(1368~1644년)은 처음에는 금릉金陵64)에 도읍을 세웠다가 이후 현재의 북경으로 천도했다. 전성기의 강역은 "동쪽으로 조선에서 시작하여 서쪽으로 토번을 점거했고, 남쪽으로 안남을 포괄하고 북쪽으로 대적大磧65)에 이르렀다." 직접적인 통치 구역은 대체로 현재의 중국 판도에서 신강성 서반부와 내몽골 서북부를 제외한 지역이며, 동북 지역은 원의 옛 영토를 이어 지금의 러시아 외흥안령에서 해변 지역까지에 이르렀다.

　지방의 구획은 송과 원의 옛 제도를 따르되 일부를 변경하였다. 영락제 시기에 전국의

---

63) 몽골 지역
64) 현재의 남경
65) 사막

행정 구역은 경사(북경)와 남경에 각각 북직례^{北直隸}와 남직례^{南直隸} 및 13개 포정사사^{布政使司} 66)을 두었다. 명초에 로^路를 폐지하여 부^府로 바꾸었으며, 포정사사가 부와 직례주^{直隸州}를 관할했으며, 아래로 주와 현을 통괄했다. 기본적인 행정 조직은 140부, 193주, 1,138현 과 19기미부^{羈縻府}, 47주, 6현이 있었다. 별도로 도사^{都司}, 위^衞, 소^所를 설치했다. 도사, 위, 소 는 처음에는 군사 기구였는데, 나중에 점차 정무까지도 관할하여 지방 구획의 일종으로 변화했다. 성화^{成化} 중엽 이후의 통계로 전국에 총 16도사, 5행도사^{行都司}, 547위, 2,593소 가 있었다. 명나라 정부는 변경 지역에 대해 특수한 통치를 실시했다. 예를 들어 운남, 귀 주, 양광^{兩廣}의 토사제^{土司制} 같은 경우 조정에서 토관^{土官}을 임명하여 해당 지역을 관할하게 했다. 나중에는 개토귀류^{改土歸流} 정책을 실행하였는데, 반란의 움직임이 있는 토사 지역을 내지의 주현제로 바꾸어 직접 통치함으로써 관리를 강화하려는 목적이었다. 티베트 지 역에는 정교 합일 제도를 실시하여 오사장 도지휘사사^{烏斯藏都指揮使司}를 설치하였다. 즉, 라 마교의 수장을 지방 행정 관원으로 임명하고 인신^{印信}을 하사하여 조세의 징수를 포함한 티베트 지역의 관리를 그들에게 맡겼다. 동시에 구변진^{九邊鎭}을 설치하고 장성을 개축하 여 군대를 주둔시킴으로써 몽골 지역으로 물러난 북원^{北元}의 남하를 방비했다. 융경^{隆慶} 연 간에 이르러 몽골과 화의를 성사시킨 명 정부는 북원의 알탄칸^{俺達汗}을 순의왕^{順義王}에 책봉 하고 몽골의 수장을 도지휘사 등의 관직에 임명함으로써 북원을 명나라의 속방으로 삼 게 되었다. 이 밖에 이리바리국^{亦力把里國}67)을 책봉하고 그 수장에 관직을 부여함으로써 신 강성 서부 및 그보다 더 서쪽에 위치한 각 부족에 대한 특수한 통치 관계를 수립했다.

여진족 건주부^{建州部}는 명나라 관할 지역인 목단강 상류 장백산 동남에 거주하며 활동 하고 있었는데, 영락제 시기에 그 수장 아합출^{阿哈出}과 맹가첩목아^{猛哥帖木兒}를 각각 건주도지 휘사^{建州都指揮使}와 건주위좌도독^{建州衞左都督}으로 임명하여 해당 지역과 소속 부족을 관할하게 했다. 15세기 후반, 건주여진은 허투알라^{赫圖阿拉}68)에 후금^{後金}을 건국했다. 17세기 전반에 동북을 통일하고 몽골의 각 부족을 연합시켜 청나라를 건립했으며, 17세기 후반에는 명 나라를 무너뜨렸다.

청나라는 북경에 도읍을 정했으며, 입관 이전의 도성인 성경^{盛京}69)을 유도^{留都}로 삼았다.

66) 속칭 성(省)
67) Ili Balig의 음역, 동차가타이 칸국의 중국식 별칭
68) 현재의 요녕성 신빈노성(新賓老城)
69) 심양

강희, 옹정, 건륭제 시기에 중가리아^{準噶爾}와 회부^{回部}를 평정하고, 청해를 복속시켰으며, 감숙성과 티베트를 굴복시키고 대만을 수복하여 전국의 통일 대업을 완성했다. 이 시기 중국의 강역은 "동쪽으로 고혈도^{庫頁島}70), 서쪽으로 신강성 소륵^{疏勒}71)에서 파미르고원까지, 북쪽으로 외흥안령, 남쪽으로는 광동성 해남도^{瓊州}의 애산^{崖山}에까지 이르렀다." 청대에 직접 관리한 판도에 편입된 지역은 내지의 18행성(대만을 포함한) 외에 번부^{藩部}로 불리던 내몽골^{內蒙古}, 청해몽골^{青海蒙古}, 칼카몽골^{喀爾喀蒙古}, 탄누 우량카이^{唐努烏梁海}, 신강^{新疆}, 티베트^{西藏} 등지가 있고, 남부 해역의 장사해^{長沙海}, 석당해^{石塘海}72), 동부 해역의 대만 동부에 이르는 해역 및 남대양^{南大洋}73), 동대양^{東大洋} 74), 발해^{勃海}, 남해^{南海}75), 동해^{東海}76) 및 부속 도서를 포함하고 있어 광활한 면적의 통일 다민족 국가를 이루었다.

지방의 구획은 대부분 원과 명의 옛 제도를 따르되 새롭게 발전한 요소가 추가되었다. 기본적인 행정 조직은 행성^{行省}, 부^府, 청^廳, 주^州, 현^縣의 등급별 관리 제도를 채택했다. 강희 초에 명대 이래의 15성을 18성으로 바꾸었다. 광서 연간에는 신강과 대만 및 동북 3성을 증치하여 수도의 순천부^{順天府}를 제외한 총 23성이 되었으며, 부, 청, 주, 현이 1,700개였다. 일부 변경 지역은 특별히 관리했다. 예를 들어 몽골과 티베트 지역의 맹기제^{盟旗制}는 맹^盟 아래에 각 부족을 관리하고 부족은 다시 기^旗로 나누었다. 청해, 감숙, 사천, 양호^{兩湖}, 운남, 귀주, 광서 등 소수민족 지역의 토사제^{土司制}는 부족의 수장에게 해당 지역의 관리를 임명했다. 나중에는 토사제의 폐단을 혁신하여 '개토귀류'를 통해 여러 토사제 실시 지역을 부, 청, 주, 현의 행정 조직으로 대체하였다. 이는 지방에 대한 중앙 정부의 관리 제도 측면에서 변경과 내지의 차이를 축소하는 조치였다.

전체 역사를 훑으며 중국 영토의 변천을 종합해 보면 수천 년의 변화와 발전을 한눈에 알 수 있다. 이러한 과정에서 역대 중앙 왕조와 각 민족이 건립한 변경 왕조가 행한 주도적인 역할이 사서를 장식하고 있다. 여러 민족의 인민들이 함께 만들고 지킨 통일 다민족 국가의 신성한 강역은 영원할 것이다.

---

70) 러시아 사할린섬
71) 카슈가르
72) 현재의 남사군도 등 남해의 여러 섬을 포함
73) 동중국해
74) 황해
75) 한국 동해
76) 한국 동해 북부에서 타타르 해협까지의 바다

2

한자 문화권

녜훙인(聶鴻音)

'문화권'은 독일의 민족학자가 사용한 개념으로, 원어인 Kulturkreis의 의미는 '문화 영역' 혹은 '문화 범위'인데 통상적으로 일본 학술계에서 번역한 용어를 사용하여 '문화권'이라 한다. 문화권 이론의 주장에 따르면, 인류의 초기 문화는 몇 개의 발원지가 있고 이 발원지의 문화적 특징이 다른 인류 집단들에게 전파되면서 커다란 지리적 단위를 형성하게 되었다.

그러나 수천 년의 문화적 융합을 거치면서 현존하는 문화권의 경계가 상당히 복잡하게 얽혀, 각 문화권을 구획할 유효한 원칙에 대한 학술계의 합의는 요원한 상태이다. 이러한 원칙에 대한 여러 시도 중 문자로 문화권을 구획하려는 경향이 점차 도드라지기 시작했다. 만약 문자가 문화에서 가장 중요한 매개라면 역사적으로 동류의 문자를 사용한 민족이나 지역의 문화는 필연적으로 공통의 기원을 가졌을 것이며, 최소한 서로를 참조했을 것임이 분명하다는 것이다. '문자 문화권'의 이론에 근거하자면 세계의 문화를 다섯 개의 큰 권역으로 분류할 수 있는데, 그것은 라틴자 문화권, 인도 문자 문화권, 아라비아 문자 문화권, 키릴 문자 문화권, 그리고 한자 문화권이다.

문화권의 경계 지대가 어떠한가와 무관하게 그 중심 지역은 언제나 선명한 특징을 가지고 있다. 문자 기록이 남아 있는 중상고 시기의 역사로 판단했을 때, 한자 문화권의 발원지는 현재의 섬서성과 하남성으로 봐야 한다. 섬서성은 주, 진, 한, 당 등 여러 왕조의 정치적 문화적 중심지였으며, 하남성은 송나라 도성의 소재지였을 뿐 아니라 가장 오래된 한자인 갑골문甲骨文의 고향이기도 하다.

이민족 지역에 대규모로 한자가 수입된 최초의 시기는 2~3세기 경이다. 당시 일군의 조선 및 일본의 관리와 학자들이 중국에서 한자로 작성된 책들을 가지고 귀국했다. 이는 한자와 중국어가 상층부의 정치계와 지식계에 광범하게 사용되는 결과를 가져 왔다. 그러나 이 두 민족의 모어는 중국어가 아니어서 한자를 사용하려면 먼저 중국어를 배워야만 했다. 이러한 상황은 민족 전체로 한자가 보급되는 데 심각한 영향을 미쳤으며, 한자를 차용하여 자국의 언어를 기록하려는 시도가 이어졌다. 약 오백 년의 시도 끝에 조선에서는 정식으로 이두吏讀가 만들어졌고, 일본에서는 만요가나萬葉假名가 만들어졌다. 이두를 사용하여 조선어를 기록하는 방식은 그다지 과학적이지 않았다. 따라서 15세기 이후 새로이 창제된 한글로 대체되었다. 1948년에 조선어 중에서 '당용 한자當用漢字'가 북한에서 폐지되었다. 그에 비해 일본에서의 한자의 힘은 지대했다. 일본어에서는 만요가나를 기초로 발전시킨 상당히 완비된 히라가나와 가타카나를 만들었지만, 일본은 줄곧 한자를 병용하고 있다.

한자가 동쪽으로 일본까지 건너갔을 무렵, 또 다른 대규모의 한자가 중국 문화를 싣고 남방으로 전파되었다. 남방의 여러 소수 민족의 언어 유형은 중국어와 비교적 가까우므로 중국어와 한자를 그대로 사용하여 교섭을 진행하기도 했고, 한자를 차용 또는 새로이 만들어 자민족의 언어를 기록하기도 했다. 현재 알려진 바로는 다이족傣族과 이족彝族이 자민족의 문자를 보유하고 있는 한편, 광동, 광서, 운남, 귀주 등 여러 성의 소수 민족들은 정도의 차이는 있지만 한자로 자민족의 언어를 기록하고 있다. 물론 이러한 서기법은 완벽하지 않아서 이들 소수민족 중에 지금까지 한자처럼 완성된 형태의 문자 체계를 보유한 곳은 없다. 따라서 일반적으로 좡자壯字, 부이자布依字, 리수자傈僳字, 먀오자苗字, 야오자瑤字, 하니자哈尼字 등에 대해서는 문文이라 칭하지 않는다. 문자 체계가 완비되지 않고 인쇄술이 낙후되어 있었으므로 남아 있는 문헌도 부족했다. 비록 전문가들의 추산에 따르면 좡자, 바이자白字 등 몇몇 소수 민족 문자는 9세기 전후에 만들어졌지만, 오늘날 우리가 직접 확인할 수 있는 문자 자료는 명대 이후의 것이며 숫자도 극소수에 불과하다. 유일하게 주목할 만한 것은 이러한 조류가 14세기 베트남의 쯔놈字喃을 탄생시켰다는 점이다. 쯔놈은 비록 속자로 취급되어 공식 문서에서는 배제되었지만, 민간에서 폭넓게 사용되었다. 1845년 베트남이 정식으로 한자를 폐지하기 전까지 600여 년 동안 베트남 사람들은 이 특이한 문자로 후세에 많은 문화유산을 남겼다.

이민족 지역에 대규모로 한자가 수입된 두 번째 시기는 10세기 전후이다. 그전에도 중국의 전적 일부가 실크로드를 따라 서북 지역으로 전파되긴 했지만, 이 지역 소수 민족들 대부분이 이미 회골문回鶻文[1]과 같은 자신의 문자를 가지고 있었기 때문에 한자를 수용하지 않았다. 그런데 10세기 이후 한자는 역사상 저명한 세 종류의 북방 고문자를 탄생시켰다. 그것은 거란 문자契丹文, 서하 문자西夏文, 여진 문자女真文이다.

거란 문자는 사실상 두 종류인데, 통상적으로 거란 대자契丹大字와 거란 소자契丹小字라 지칭한다. 거란 대자는 요나라 태조 야율아보기耶律阿保機의 뜻을 받들어 돌여불耶律突呂不과 노불고耶律魯不古가 창제한 것으로, 창제 시기는 920년이다. 이 문자는 대부분 한자의 필획을 더하고 빼서 만든 것인데, 독음은 거란 어음語音이었다. 거란어는 그 유형상 중국어와 차이가 컸기 때문에 표의 문자의 사용은 아주 불편했다. 그래서 거란 대자가 창제되고 얼마 후 야율질라耶律迭剌가 위구르의 회골문을 참고하여 표음적인 요소를 가진 거란 소자를 창제했다. 거란 대자와 소자가 병용되며 일군의 진귀한 문물을 남겼다. 그중 저명한 것으로 요나라 홍종興宗과 도종道宗 및 황후의 애책哀册[2], 북대왕묘지北大王墓志, 낭군행기郎君行記, 초포로묘지肖袍魯墓志, 야율인선묘지耶律仁先墓志 등이다. 황실에서 제창한 문자인 거란 문자는 기본적으로 요 왕조와 그 운명을 함께 했다. 원나라가 들어선 후 이 두 문자는 점차 실전되어 갔으며, 결국 아무도 순통하게 해독할 수 없는 상황이 된 지금은 중국 문자학 연구 영역에서 최대의 현안이 되어 있다.

서하 문자西夏文[3]는 '하서자河西字'라고도 하며, 서하의 개국 군주인 외명원호嵬名元昊[4]가 대신인 야리인영野利仁榮에게 명하여 창제했다. 한자 체계에 기반한 모든 이민족 문자 중 서하 문자는 가장 발달한 축에 속한다. 이 문자는 서하어의 모든 단어를 오류 없이 정확하게 기록할 수 있을 뿐 아니라 형태적으로도 상당한 특색을 지니고 있다. 이 문자는 한자의 가로橫, 세로竪, 삐침撇, 파임捺 등 기본 필획만 차용했을 뿐, 기존 한자의 어떠한 형태도 따르지 않았다. 따라서 서하 문자를 놓고 "멀리서 보면 한자 같은데, 가까이 가서 보면 한 글자도 알아볼 수 없다."라는 말이 나온 것이다. 아마도 서하인들은 이 문자를 상당히 자랑스러워했던 것으로 보인다. 그래서인지 11세기에서 13세기 사이에 서하문자를 사

---

1) Old Uyghur alphabet
2) 묘지명
3) 탕구트 문자
4) 이원호(李元昊)

용하여 대량의 불교 및 유교 경전을 번역했다. 이 번역 사업에는 『대장경』 전체와 『논어』, 『맹자』, 『효경』, 『이아(爾雅)』 등이 포함된다. 서하 문자는 비록 명대 이후로 누구도 사용하지 않게 되었지만, 서하문으로 번역된 경전은 지금까지 보존된 것이 적지 않다.

『금사(金史)』의 기록에 따르면 여진 문자 또한 거란 문자와 마찬가지로 두 종류이다. 하나는 완안희윤完顏希尹이 1119년에 창제한 여진 대자女眞大字이고, 다른 하나는 금 희종熙宗이 1138년에 만든 여진 소자女眞小字이다. 이 두 문자는 모두 한자의 영향 아래 생성된 것으로, 그중 일부는 한자를 그대로 사용하고 일부는 기존 한자에 한두 획을 추가하여 여진어 발음을 어떻게 읽는지 제시했다. 여진 문자는 창제 이후 여진족의 세력 범위 내에서 폭넓게 사용되었으며, 일군의 경전을 번역하기도 했다. 그러나 명대 이후 여진문자는 차츰 실전되었으며, 번역된 경전들도 모두 사라졌다. 지금까지 보존된 여진 문자 자료는 그다지 선명하지 않은 비각 몇 개뿐인데, 그중 대금득승타송비大金得勝陀頌碑, 노아간영녕사비奴兒幹永寧寺碑, 경원비慶源碑, 북청비北青碑 등이 유명하다.

거란, 서하, 여진의 문자는 모두 황제의 명에 의해 창제되었으며, 행정적 역량을 동원하여 보급하였다. 따라서 비교적 완성도가 높고 정규적이었다. 민간에서 기원한 남방 소수 민족의 문자와는 이런 면에서 근본적으로 달랐다.

문자가 없던 민족이 한자를 차용하여 자신의 언어를 기록할 때 처음에는 한자와 함께 중국어도 그대로 가져오는 경우가 많았는데, 그것이 가장 원시적이면서도 수월한 방법이었기 때문이다. 예를 들어 거란 문자에서 '황제皇帝', '태후太后', '일日', '월月' 등의 단어는 그 자형字形, 독음, 의미 등이 모두 한자와 서로 일치한다. 그러나 이런 식으로는 기껏해야 중국어만 기록할 수 있을 뿐 다른 이민족의 언어를 완벽하게 효율적으로 기록하는 것이 불가능했다. 따라서 이민족들은 한자를 사용할 때 적절히 응용했다. 응용하는 방식은 두 가지인데, 하나는 한자의 형태와 의미만 차용하고 독음은 자민족의 어음을 사용하는 방식이다. 예를 들어 쫭자에서 '호虎'라는 단어는 '호랑이'을 뜻하지만 독음은 쫭어의 kuk이다. 쫭자의 '풍風'은 rumz로 읽고, '담潭'은 vaengz로 읽으며, '끽주吃酒'는 gwnlaenj로 읽는 것 또한 마찬가지 이치다. 다른 하나는 한자의 형태와 독음만 차용하여 자민족 단어의 의미를 표시하는 방식이다. 예를 들어 쫭자의 '마란馬欄'의 독음은 그대로 majranz인데 그 의미는 '귀가回家'라는 뜻이고, '두斗'5)의 의미는 '오다來'이고, '동피東皮'6)의 의미는 '예전從前'

---

5) daeuj

이다. 이 두 종류의 응용법을 종합적으로 사용하여 새로운 언어를 기록하는 것은 비교적 유효한 방식으로 받아들여졌다. 일본의 당용 한자에서 사용하는 훈독^{訓讀}과 음독^{音讀}이 가장 적절한 예시이다.

사용법의 응용뿐 아니라 한자 형태의 변이가 일어나는 경우도 종종 일어났다. 이는 이 민족이 문자의 민족적 특성을 강조하려고 의도적으로 차이를 만들어낸 것이다. 그런데 재미있게도 형태를 변화시키는 방식 자체는 대체로 중국의 원시적인 조자법^{造字法}과 일치했다. 예를 들어 다음과 같다.

1. 필획의 추가: 거란 문자는 대(大)를 협(夾: 夻)으로 썼고, 여진 문자는 태(太)를 천(天)으로 썼으며, 먀오자에서는 일(一)을 수(扌)로 쓰거나 이(二)를 강(扛)으로 쓰는 것 등이 예이다. 한자에서 대(大)에 획을 추가하여 태(太)로 쓰는 것과 같다.

2. 필획의 감소: 거란 문자는 마(馬)를   로 썼고, 좡자에서는 문(門)을 尸로 썼으며, 쯔놈에서 타(拖)는 㧚로 쓰는 등이 예이다. 한자의 "외짝 문(半門)을 호(戶)로 한다"나 "월(月)자의 반이 석(夕)이 된다." 식의 조자법에 해당한다.

3. 필획의 변화: 먀오자에서 시(是)는 뭄로 쓰고, 강(降)은 阼으로 쓰며, 수 문자(水書)에서 을(乙)을 乙로 쓰는 등이 예이다. 한자의 모(母)자의 필획을 변화시켜 무(毋)로 쓰는 것에 해당한다.

4. 문자 뒤집기: 수 문자에서 오(五)는 丒로, 육(六)은   으로 쓰는 등이 예이다. 한자의 "수(首)를 뒤집으면 현(県)이 된다(倒首爲県)."에 해당한다.

5. 회의자(會意字) 새로 만들기: 좡자의 粺(아침밥早饭), 쯔놈의 㕦(잃다丟掉), 부이자의 躰(뚱뚱하다胖) 등이 예이다. 한자의 "지와 과를 합치면 무가 된다(止戈爲武)." 식의 조자법이다.

6. 형성자(形聲字) 새로 만들기: 좡자의 압(鴨)은 鳰이라 쓰고 bit으로 읽으며, 쯔놈의 홍(紅)은 纞라 쓰고 do로 읽는 방식이 대표적인 예이다.

초보적인 추산에 따르면 한자 혹은 한자 계통의 문자를 사용하는 인구는 약 12억으로, 북쪽으로 우수리강, 동쪽으로 일본, 남쪽으로 싱가포르, 서쪽으로 횡단산^{横斷山}에 이르는 광대한 지역에 분포되어 있다. 이 밖에도 서양에서 해외 화교가 모여 '문자섬'을 이루고 있으니, 차이나타운 같은 것이 그 예이다. 상술한 지역의 거주민은 여러 상이한 국가와 민족으로 분류되지만, 고대 중국인의 전통문화가 남긴 낙인이 선명하게 남아 있다.

---

6) doenghbaez

한자 문화권의 범위는 어느 정도 중국 문명이 전파된 범위를 반영한다. 그러나 문자와 문화를 무조건 동일시할 수는 없다. 사실 문화의 대규모 전파는 원래 있던 문자의 통행 범위를 확대하고 새로운 문자의 탄생을 유도했을 뿐 반드시 원래의 문자 체계를 개혁시키는 것은 아니었다. 다른 식으로 말하자면, 문자의 개혁이 반드시 문화적 자질의 변화를 반영하는 것은 아니다. 동일 문화권에 속한 몇몇 국가, 지역, 민족이 동일한 문자를 사용한다는 사실은 단지 그들이 문자를 채용할 초기 단계에 문화적 참조 관계에 있었음을 설명할 뿐이지, 그 이후의 문화 발전의 길이 동일했다는 결론을 도출해서는 안 된다. 따라서 문자의 연혁에 대한 추적은 과거를 이해하기에 적절한 도구일 뿐 현재와 미래를 설명하는 도구가 될 수는 없다.

3
명산과 대천

쉬쯔(徐梓)

"산은 높지 않아도 신선이 살면 명산이다山不在高, 有仙則名." 중국의 명산은 삼산三山이든 오악五嶽이든, 아니면 삼십동천三十洞天이니 칠십이복지七十二福地니 할 것 없이 자연적인 특성 때문이 아니라 인문적 의의에서 그 명성이 유래했다.

중국의 명산을 이야기하려면 먼저 오악을 거론해야 한다. 오악은 동악東嶽인 태산泰山, 서악西嶽인 화산華山, 남악南嶽인 형산衡山, 북악北嶽인 항산恒山, 그리고 중악中嶽인 숭산嵩山을 가리킨다. 전통적인 견해는 『상서·요전』에 우순虞舜이 사악四嶽을 순행한 기록이 있으니, 순임금 시절에 이미 사악이라는 명칭이 있었다고 판단했다. 또한 『주례·천관, 대종백(大宗伯)』편에 따르면 천자가 "혈제血祭로 사직社稷과 오사五祀와 오악五嶽에 제사를 지냈다."라고 하며, 『예기·왕제』편에 "천자가 천하의 명산대천에 제사를 올림에 오악은 삼공三公의 예로 대우하고, 사독四瀆은 제후의 예로 대우했다."라는 제도가 있으니 이미 주나라 시기에 오악이란 이름이 있었음을 확정해야 한다는 것이 전통적인 판단이었다.

사실 「요전」이나 『주례』, 『예기』는 순임금이나 주나라 때의 문헌이 아니라 후인들이 보충시킨 성분이 많거나, 혹은 차라리 후인들이 지은 것으로 봐야 하므로 이에 근거해서 세운 견해는 믿을 수 없다. 실제로 사악이란 이름은 춘추 시기에 시작되었고, 오악이란 명칭은 진한秦漢 교체기가 되어서야 출현했다. 진한의 민간 전설에서 오악은 천지가 개벽할 때 남겨진 반고씨盤古氏의 신체 다섯 부분으로, 반고씨의 머리는 동악, 배는 중악, 왼팔은 남악, 오른팔은 북악, 다리는 서악으로 변했다고 생각했다. 진한 교체기에 사악이 오악으로 변한 이유로는 아마도 이 시기에 성행한 오행설과 관련이 있을 것이다.

오악의 지칭 대상도 역대로 일치하지 않았다. 『이아(爾雅)·석산(釋山)』편에 "하남의 화산華, 하서의 오악嶽·吳嶽, 하동의 태산岱, 하북의 항산恒, 강남의 형산衡"의 오악을 나열하고 있는데, 여기에는 중악이 없다. 사마천은 태산, 화산, 형산, 항산, 숭산을 오악으로 열거했다. 이후에도 다소간 변화가 있었는데, 한선제漢宣帝는 오악사독례五嶽四瀆禮를 정하면서 곽산霍山1)을 남악으로 하고, (산서성이 아닌) 하북성 곡양曲陽 서북에 있는 항산恒山을 북악으로 삼았다. 수문제는 형산을 남악으로 회복시켰지만, 한, 당, 송, 명 등 역대 왕조는 곡양에 있는 항산에서 제사를 지냈다. 그러다 청순치淸順治 18년에 이르러 예부의 건의를 받아들여 산서성 혼원渾源에 있는 항산에서 북악에 대한 제사를 지내는 것으로 바꾸었다.

오악이란 명칭의 성립과 그 지칭 대상은 봉건 제왕이 영토를 순시하고 봉선제를 올리며 공적을 과시하던 행위의 산물이다. 원래 산악을 숭배하여 제를 올리는 것은 원시 종교에서 보편적인 현상인데, 국가가 출현한 후 오악에 대한 숭배에 정치적 기호가 새겨졌을 따름이다. 우선, 오악에 대한 제사는 역대 제왕과 칙사의 전유물이 되어 이를 위한 별도의 제도가 생겨났으니, 만약 누군가 오악에서 제를 올린다면 황권을 참월하는 행위로 간주될 수 있었다.

그다음으로, 오악에 대한 제사, 그중에서도 특히 태산 봉선은 천명을 받들어 하늘과 천하 만민을 존중한다는 기치를 내걸었으며, 공적을 이루어 강산이 영원할 것임을 표방함으로써 통치의 합법성을 증명하여 오랜 통치를 지속하기 위한 목적이었다. 마지막으로, "천하의 명산 오천삼백칠십 개" 중 오악을 선택하고, 동, 서, 남, 북, 중앙으로 나눈 것은 제왕의 권위를 전국 각지에 구체적으로 뿌리내리게 할 의도를 선명히 했다.

이리하여 오악은 일반적인 산과는 다른 위상을 갖게 되었다. 당대에는 오악을 왕으로 봉했다. 송대에는 나아가 제帝로 봉했는데, 그중 동악은 천제인성제天齊仁聖帝에 호를 숙명淑明으로, 남악은 사천소성제司天昭聖帝에 호를 경명景明으로, 서악은 금천순성제金天順聖帝에 호는 숙명肅明으로, 북악은 안천원성제安天元聖帝에 호는 청명淸明으로, 중악은 중천숭성제中天崇聖帝에 각각 봉했다.

도교에서는 오악에 직무를 나누어 부여하기도 했다. 남악은 세계의 땅을 주관하며, 겸하여 비늘 달린 수족水族을 관장한다. 서악은 금, 은, 동 등의 금속 및 그 제련을 주관하며, 겸하여 깃털 달린 새를 관장한다. 북악은 강회하제江淮河濟의 강을 주관하며, 겸하여 뱀이

---

1) 천주산(天柱山)

나 곤충, 호랑이 등 맹수를 관장한다. 동악은 인류의 운명을 주관한다.

"오악 중 독존이고 명산의 비조"로 칭해지는 동악 태산은 해발이 불과 1,532m에 불과하여, 오악 중에서는 세 번째 높이이고 전국의 고산거봉 중에서는 16번째에 해당한다. 그러나 "해내의 명산 중 태산岱宗을 수위로 손꼽는" 데 결정적인 역할을 한 것은 그것의 인문적 의미에 있다.

태산의 명성은 봉선과 불가분의 관계에 있다. 이른바 '봉封'이란 태산 위에 흙으로 제단을 쌓아 하늘에 제사를 지내는 것이다. '선禪'은 태산 아래의 작은 산을 소제하여 땅에 제사 지내는 것이다. "예로부터 천명을 받은 제왕이 어찌 봉선을 하지 않겠는가?" 역대의 황제는 칙사를 파견하여 다른 사악에 제사를 지내기도 했지만, 태산에서의 봉선만큼은 반드시 직접 가야 했다. 복희씨와 신농씨보다 앞선 무회씨無懷氏의 시대에는 태산에서의 봉선이 이미 시작되었다고 하며, 주대까지 72인의 제왕이 봉선을 올렸다. 진시황을 시작으로 봉선의 성대한 의식은 역사에 끊이지 않았다. 한무제는 재위 기간에 태산을 무려 8차례 올랐으며, 건륭제는 11번에 걸쳐 태산에 올라 제사를 지냈다. 당태종은 봉선을 행하지는 못했지만 이 일을 계속 마음에 담아 두고 있었으며, 조정의 대신들이 세 차례에 걸쳐 논쟁을 벌이기도 했다. 태산에서 봉선한다는 것만으로 태평성세를 의미하게 되는 것은 아니지만, 대체로 중국 역사에서 치세와 난세를 확인하는 증거로 간주될 수는 있었다.

불교가 전래된 후 대부분 산에 절을 지으면서 몇몇 산악의 지명도가 대대적으로 높아졌다. 그중 가장 유명한 것이 이른바 4대 명산, 즉 산서성의 오대산五臺山, 사천성의 아미산峨眉山, 안휘성의 구화산九華山, 절강성의 보타산普陀山이다. 이들은 각각 중국 불교의 4대 보살인 문수보살文殊, 보현보살普賢, 지장보살地藏, 관세음보살觀音이 설법한 영험한 도량이다. 불교의 4대 명산은 명대에 형성되었다. 당말의 불교도가 집중적으로 참배한 지역은 4곳인데, 상술한 4대 명산 중에는 오대산만 포함되어 있다.

남송 영종寧宗 연간에 선원의 등급을 정한 후 '5산 10찰'이라는 명칭이 생겼다. 5산은 모두 절강성에 위치한 산으로, 항주 경산徑山의 흥성만복사興聖萬福寺, 영은산靈隱山의 영은사靈隱寺, 남병산南屛山의 정자사淨慈寺, 영파寧波 천동산天童山의 경덕사景德寺, 아육왕산阿育王山의 광리사廣利寺가 그것이다.

명대는 남송과 달리 영토의 한쪽에 치우쳐 있지 않았고 당시 불교계에 명망 있는 고승이 부족하여 승려와 참배객들이 각자 참배할 곳을 찾아다녔다. 그러면서 점차 4대 불교 명산이 형성되어 "오대산은 금, 보타산은 은, 아미산은 동, 구화산은 철"이라는 말이 생겨났다.

4대 불교 명산은 생동적이면서도 상세하게 중국 불교의 변화 발전을 기록하여 마치 살아 움직이는 글자 없는 책과도 같았다. 따라서 "산을 유람하면 역사를 읽는 것과 같다."라는 말이 전해져 온 것이다. 일찍이 동한 영평永平 연간에 불교가 전래될 때 4대 명산 중 '홀로 뛰어난 명성을 얻은' 오대산에 사원 건물이 이미 있었다. 북제北齊 시기에 오대산 참배가 굉장히 흥성하여 불사가 많을 때는 200여 개에 달했는데, 이후 북주北周 시기에 파괴되었다가 수나라 시기에 다시 회복되었다. 당대에 들어와 오대산은 지혜와 힘을 상징하는 문수보살의 성역으로 공인되어 국내외 불교도들이 앞다퉈 참배했다. 고승이 운집하고 불사가 웅장하게 지어졌으며 승려들이 수만에 달했다. 무측천 시대에는 당시 청량사淸涼寺의 주지를 "창평현개국공昌平縣開國公에 봉하고 식읍 1천 호를 내렸으며 수도의 승려와 관계된 업무를 주관하게 했다." 원대에는 병졸을 동원하여 오대산 위에 불사를 짓기도 했다. 담파膽巴 대라마가 쿠빌라이칸의 명을 받아 수녕사壽寧寺에 주석駐錫한 이후 오대산에 라마교가 출현하기도 했다. 명청 시기 통치자들이 몽골을 달래기 위해 라마교黃敎를 흥성하게 하면서 오대산의 라마교는 크게 발전하였다.

"천하의 명산을 승려가 다수를 점했지만" 도사가 차지한 명산도 적지 않았다. 불교의 4대 명산이 있는 것처럼 도교도 4대 명산이 있었다. 사천성 관현灌縣의 청성산靑城山, 강서성 귀계貴溪의 용호산龍虎山과 청강淸江의 각조산閣皂山, 강소성 구용句容의 모산茅山이 그것이다. 사실 호북의 무당산武當山과 산동의 노산崂山 또한 도교로 유명하여, 그 명성이 4대 명산의 위에 있다.

위진남북조 이후 사람들의 산악에 대한 태도는 점차 숭배 위주에서 유람과 감상 위주로 변화하였으며, 그에 따라 자연적 특징이 중시되기 시작했다. "천하에서 가장 기이하고 빼어나다奇秀甲天下."라는 명성을 가진 여산廬山, 기이한 소나무, 기암괴석, 운해, 온천의 4절로 유명한 황산黃山, "동북 지역 뭇 산들의 으뜸"이라 칭해지는 천산千山 등은 모두 자연 풍경으로 세상에 이름을 알렸다.

그러나 기나긴 역사를 거치는 과정에서 점점 더 다양한 인문적 의미를 획득하게 되었고, 원래의 자연적 특징은 점점 부차적인 지위로 물러났다. 우선 불교와 도교의 세력이 이들 지역에 스며들어 산 위에 사원과 도관을 짓고 누대와 탑을 쌓으면서 자연 풍광에 장식을 가미했다. 다음으로, "타고난 천성이 산을 좋아한^{性本愛丘山}" 도연명^{陶淵明}이나 "한평생 명산에 들어가 노닐기를 좋아한^{一生好入名山遊}" 이백^{李白} 같은 문인이 시를 짓고 글을 써 산의 아름다움을 노래했다. "시는 산으로 인해 아름답게 되고, 산은 시로 인해 전해진다^{詩以山麗, 山以詩傳}."라고 할 정도로 문학이 산악의 지명도를 높여 주었다. 그다음으로, 역대 제왕과 명사들이 순행하거나 유람하는 과정에서 비석을 새기고 수많은 묵적(墨迹)을 남겼다. 이 속에는 각종 서체가 모두 갖춰져 있고 역대의 명필이 망라되어 명산을 둘러보면 마치 예술 박물관에 들어선 것과 같다. 마지막으로, 상상력과 미적 감성이 풍부한 사람들은 멋진 풍경 앞에서 감동적인 전설을 만들어 왔다. 이런 것이 모여 산을 더욱 신비하게 만들었다.

요컨대, 중국의 명산은 역대 황제가 제사를 올리던 정치적 활동의 장임과 동시에 불교와 도교가 번창한 기반이 된 곳이며, 문인 소객들이 오가던 유람의 땅이다. 이곳에 모인 다채롭고 풍부한 문화 유적은 중국 문화가 발전하고 변화해온 역사를 기록하고 있다.

세계 4대 문명은 모두 강을 끼고 있다. 중국에 있어 어머니와 같은 의미의 지닌 황하^{黃河}는 바옌카라산^{巴顔喀拉山} 북쪽 기슭의 만년설 지대에서 발원하여 중국의 9개 성을 가로지르는, 전체 길이 5,464㎞에 달하는 중국 제2의 강이다. 그러나 황하가 "사독^{四瀆}의 조종이자, 백수^{百水}의 으뜸"으로 꼽히는 것은 그 길이가 아니라 더 심층적인 문화적 의미에서 기인한다. 중화 민족은 초창기에 황하 유역에서 생활하다가 그 중류 지역에서 벗어나 사방으로 뻗어 나가며 발전했다. 중국인이 스스로의 시조를 황제^{黃帝}로 일컫는 것 또한 황제가 황하와 어떤 관계가 있는 것으로 연상되기 때문이다. 역사가 문명의 문턱을 향해 나아가던 시기에 우임금이 행한 업적도 황하의 치수를 통한 권위의 확립이었다. 그에 따라 선양의 전통에서 벗어나 자신의 아들인 계^啓에게 제위를 물려주어 최초의 국가를 건립했다. 황하는 중화 민족을 배태했을 뿐 아니라 그들에게 고유한 기질과 성격을 부여했다. 소농 경제, 전제 정치, 삼강오륜의 윤리관 등 중국 사회의 전형적 특징 및 안빈낙도하고 중용을 지키는 현실적 성격 등이 모두 황하에 기대 살며 투쟁하는 와중에 형성되었다.

그러나 중국 문명을 잉태시킨 황하는 역사적으로 점점 저주와 우환의 대상이 되어 갔다. 황하는 역대로 툭 하면 막히고 넘치고 물길이 바뀌곤 하는 것으로 유명하여 예로부터 '얼룽^{孽龍}', 즉 수해를 일으키는 해로운 용이라 불려 왔다. 기원전 602년 최초의 황하 범람에 대한 문자 기록이 남겨진 후 1938년까지 2,540년간 황하의 제방이 터진 것이

1,600여 차례에 이르며, 주요한 물길이 바뀐 것은 26차례인데 그중 물길이 완전히 크게 바뀐 것만 해도 6차례에 달한다. 즉, 황하의 변덕으로 인해 3년에 한 번꼴로 제방이 터지고 100년에 한 번꼴로 물길이 바뀐 셈이니, 그때마다 중원 땅의 면모는 크게 변화할 수밖에 없었다. 홍수와 진흙이 농토와 도시를 집어삼키면서 거대한 황무지만 남겨 놓았다. 황하가 남쪽으로 범람하면서 황회평원黃淮平原2)에 원래 있던 하천의 수해가 가중되었으며, 호수가 낮아져 평지가 되고, 옥토가 늪지가 되어 버렸다. 지금도 황토고원에서 씻겨 내려온 16억t의 토사가 하류의 하상에 계속 쌓이면서, 지면보다 높이 흘러 지상하地上河라 불리는 황하의 수위 또한 높아져만 간다. 황하는 다모클레스의 칼과 같은 위험으로 여전히 남아 있다.

그토록 많은 사람이 이렇게 위험한 강과 함께 그 오랜 시간 동안 비장한 투쟁을 해온 역사는 세계에서 유일무이하다. 우임금의 아버지인 곤鯀의 치수는 성공하지 못했어도 그 업적이 길이 남았으며, 신화적 요소가 다분하긴 하지만 하천을 굴복시키는 우임금을 낳았다. 그러나 우임금이 치수에 바빠 자기 집 대문을 세 번이나 지나쳐도 들어가 보지도 못했다는 이야기는 믿을 만한 사실일 것이다. 한무제는 복양濮陽의 제방인 호자瓠子가 터졌을 때 "여러 신하에게 명하여 장군 이하의 관리는 모두 나무를 지고 가서 터진 제방을 막게 했다." 강희제는 황하를 순시할 때 직접 10여 리를 보행하여 "무릎까지 진창에 빠졌다." 왕경王景, 가로賈魯, 반계순潘季馴 등 거의 모든 고대의 수리학자들이 황하를 다스리기 위해 힘을 쏟았다. 대대로 황하를 정비하는 과정에서 온갖 방법이 동원되었다. 한대의 치하삼책治河三策, 원대의 소疏3), 준浚4), 색塞5)의 방식, 명대의 제방을 쌓아 물길을 속박하고 물로 토사를 공격하는 '속수공사束水攻沙' 등은 민족의 지혜가 집약된 시도였다. 황하의 물이 맑아지는 황하청黃河淸은 태평성세와 성인의 출현을 알리는 길조로 여겨졌으며, 중국 민족의 이상이기도 했다.

황하가 가져온 막심한 재해는 그 경제적 가치를 희석시켰다. 그래서인지 강남이 흥기함에 따라 장강長江의 지위가 갈수록 중요해졌다. 장강은 양자강揚子江이라고도 하며, 옛날에는 그냥 강江이라는 명칭으로 하河6), 회淮7), 제濟8)와 함께 사독四瀆으로 불렸다. 위진남북

---

2) 화북평원
3) 물길 소통
4) 깊게 준설
5) 제방 막기
6) 황하

조 이후 대강大江 혹은 장강이란 이름이 정착했다. 장강의 발원지는 역사적으로 『상서·우공』편의 '민산에서 강을 인도했다岷山導江.'라는 구절을 오랫동안 그대로 따르다가, 명대에 서하객徐霞客이 「강원고(江源考)」를 지어 그 오류를 교정하였다. 그러나 진정한 발원지가 어디인지는 서하객도 밝히지 못했다. 1970년대에 두 차례에 걸쳐 조사가 이뤄지면서 장강의 발원지로 당고랍산唐古拉山9)의 주봉인 각랍단동설산各拉丹冬雪山10)의 서남측에 있는 타타하沱沱河로 구명되었다.

장강은 타타하에서 출발하여 당곡하當曲河와 합류하여 통천하通天河가 되며, 청해성 옥수玉樹에서 사천성 의빈宜賓까지의 구간을 고대에는 여수麗水라 했는데 이것이 그 유명한 금사강金沙江이다. 금사강이 의빈에서 민강岷江과 합류한 지점부터 비로소 장강이라 불린다. 강을 따라 내려가며 가릉강嘉陵江, 오강烏江, 원강元江, 상강湘江, 한수漢水, 공강贛江 등 큰 지류를 받아들이고 동정호洞庭湖, 파양호鄱陽湖 등의 수계를 관통한 뒤 바다로 흘러간다. 장강은 중국의 10개 성, 시, 자치구를 가로지르며, 전체 길이가 6,300km에 달하는 중국에서 가장 길고, 세계에서 세 번째로 긴 강이다. 매년 바다로 흘러드는 유량이 약 1억㎥에 달하여 황하의 20배나 된다. 예로부터 장강은 주류와 지류를 합쳐 8만km에 달하는 '황금의 물길'이었으며, 중국 남방 지역의 동서를 가로지르고, 남북을 연결하는 교통의 대동맥이었다.

중국의 하천을 이야기하면서 대운하를 거론하지 않을 수 없다. 현재 남아 있는 대운하는 북경에서 시작하여 항주까지 남북으로 이어진 경항대운하京杭大運河이다. 북쪽에서 남쪽까지 통혜하通惠河, 북운하北運河, 남운하南運河, 노운하魯運河, 중운하中運河, 리운하裏運河, 강남운하江南運河의 일곱 구간으로 나뉘며, 전체 길이는 1,794km에 달하여 수에즈 운하의 10배, 파나마 운하의 20배 규모이다. 인공적으로 개착한 하천으로는 세계에서 가장 길다.

대운하 건설은 춘추 시기에 시작하여 청말까지 지속된, 그야말로 중국 고대 사회의 시작과 끝을 함께 한 사업이다. 기원전 486년, 새롭게 굴기한 오나라는 북상하여 중원의 패권을 장악하기 위해 최초의 대운하 구간인 한구邗溝를 착공했다. 수나라는 그때까지 국지적으로 착공된 운하를 기반으로 계획적인 준설 및 확장 공사를 통해 서로를 이어 줌으로써 영제거永濟渠, 통제거通濟渠, 산양독山陽瀆, 강남하江南河로 구성된 전체 길이 2,700여km의

---

7) 회하(淮河)
8) 제수(濟水)
9) 탕구라산맥
10) 거라단동

새로운 운하 체계를 건설했다. 원나라는 제주하濟州河, 회통하會通河, 통혜하通惠河를 개통하여 현재 운하의 규모를 완성시켰다. 이 밖에 한, 위진남북조, 당, 송, 명, 청 등 여러 조대에서 수원의 확보, 수량의 유지, 지형 개조, 홍수와 토사 피해를 극복 등을 목적으로 운하를 관리하고 개착해 왔다.

운하 건설은 군사적인 수요에 더하여 조량漕糧의 운송 문제를 해결하기 위한 목적이 가장 주요했다. 역사적으로 운하는 언제나 정치적 중심지와 경제적 발달 지역 사이를 이어 왔다. 당말에서 송대까지 도성을 낙양으로 천도했다가 다시 개봉으로 천도한 이유도 운하를 더 편리하게 이용하기 위해서였다. 수, 당, 북송의 도성은 중원 지역에 있었다. 따라서 이 시기의 운하는 중원을 중심으로 하여 동남쪽(통제거)과 동북쪽(영제거)을 향해 부채꼴로 뻗어 있었다. 북경을 수도로 삼은 원, 명, 청대에는 경제가 쇠락하고 정치적 우위도 상실한 중원 지역의 운하 노선은 버리고 남북을 관통하는 하나의 노선으로 정리했다. 그러므로 대운하를 중앙집권 정부의 경제적 혈관에 비유해도 지나치지 않을 것이다.

4

명품과 토산물

허번팡(何本方)

토산물은 각 지역에서 생산된 물품을 가리키는데, 고대에는 방물^{方物}이라 했다. 진이^{珍異}는 원래 사철의 좋은 음식을 가리켰는데, 나중에는 토산물 중 진귀한 명품을 가리키는 말로도 사용되었다. 국토의 면적이 넓은 고대 중국의 선주민들은 대대로 농경에서, 원예 재배에서, 목축에서, 수렵 채집에서, 그리고 농업 부산물의 가공과 수공업 제조의 과정에서 방대한 수량의 무수히 다양한 토산물과 명품을 끊임없이 획득하거나 창조해 냈다. 이를 통해 중국의 물질문명은 특별한 자태를 뽐내게 되었다.

기원전 5000년 전후에 중국은 원시 농업 단계로 진입했다. 이후 생산력의 제고에 따라 농산물의 종류도 갈수록 다양해졌다. 선진 시대의 '오곡^{五穀}' 혹은 '육곡^{六穀}'은 (여러 설이 있는데) 주로 기장^黍, 피^稷, 보리^麥, 콩^菽, 삼^麻, 쌀^稻을 지칭한다. 양식으로 사용하는 곡물의 주요 품종이 대체로 여기에 포함되어 있다. 한대 이후에는 중원 지역만 해도 조^粟, 기장, 피, 수수, 보리, 밀, 멥쌀, 찹쌀, 콩, 팥 등의 토산물이 생산되었다. 명대 중엽에 옥수수, 고구마, 감자 등이 중국에 수입된 후에는 이들 또한 지방 토산물이 되었다.

조의 껍질을 제거한 낟알이 좁쌀이며 좁쌀 중 우수한 품종이 양^粱인데, 이를 쌀과 함께 세량^{細糧}으로 간주하여 도양^{稻粱}이라 묶어서 부르기도 했다. '양' 중에 지금까지 전해지는 명품종이 산서 심현^{沁縣}의 심주황소미^{沁州黃小米}, 즉 '심주황^{沁州黃}'이다. 이 좁쌀은 알이 둥글고 윤기가 나며 담황색의 금빛 구슬 같은 모양으로 밥을 지으면 향긋하고 부드러운 맛이다.

쌀은 찰진가 아닌가에 따라 구분되는데 찹쌀은 술을 담글 때 주로 사용하고 멥쌀이 오늘날 우리가 먹는 쌀이다. 한대에는 섬서성 한중 지역의 명품 쌀로 섬서흑미^{陝西黑米}가 있었는데, 쌀알이 검고 영양이 풍부하여 병을 고치고 몸을 튼튼히 했으므로 '흑진주'라는 별명이 붙을 정도로 유명했다. 당대에는 자미紫米가 있었으니, 헌종憲宗은 대진국大軫國의 벽맥碧麥과 자미를 즐겼으며 자미를 먹으면 모발이 검어지고 영원히 젊게 불로장생할 수 있다고 칭송했다. 이 밖에 공품貢品으로 진상되는 쌀이 있다. 운남성 흑강墨江에서 생산되는 자미는 미질이 세밀하고 죽을 만들면 투명하게 반짝반짝 빛이 났다. 운남성 광남廣南의 팔보향미八寶香米는 진한 향, 단맛, 아름다운 색 등 여덟 가지 장점 때문에 붙여진 이름이다. 사천성 창덕昌德의 향미는 밥을 지으면 맑은 향이 사방으로 퍼졌다. 하남성 식현息縣의 향도환香稻丸으로 죽을 쑤면 진주탕珍珠湯이라 했는데, 환자에게 보양 식품으로 사용했다. 강소성 상숙常熟의 혈나미血糯米는 자양 강장 식품이다. 북경 서산西山의 어도미御稻米는 강희제가 나서서 재배를 추진한 것으로 "색깔이 불그스름하고 알이 굵었으며, 향긋하고 기름진 맛이었다."(『강희어제도미문(康熙御制稻米文)』)

여러 가지 채소와 과일도 생산하였다. 『국어·노어(魯語)』에 따르면 열산씨烈山氏의 아들 주柱는 "능히 백 가지 곡식과 백 가지 채소를 기를 수 있었다." 『시경』에 나오는 채소는 참외瓜, 박瓠, 부추韭, 아욱葵, 순무葑, 미나리芹, 마름荇 등 20여 종인데, 여기서 일부는 나중에 야생으로 돌아간 것도 있다. 『황제내경(黃帝內經)·소문(素問)』편에서 말하는 오채五菜는 아욱, 콩잎藿, 염교薤1), 파, 부추다. 이 밖에 무, 순무 등 뿌리채소가 있다. 위진남북조 이후에는 채소의 품종이 증가하여 『제민요술(齊民要術)』에 기록된 채소만도 51종인데, 이 중에서 재배를 통해 길러낸 것이 당시에는 송菘이라 불렀던 배추다. 줄풀茭白의 경우 당시에는 고菰라고 불렀는데, 처음에는 그 씨를 먹다가 나중에는 줄기를 익혀 요리로 먹었다. 또한, 외국에서 오이, 가지, 시금치, 상추, 제비콩扁豆, 작두콩刀豆 등의 품종을 들여오기도 했다. 원, 명, 청대에는 당근, 토마토, 고추 등의 신품종을 수입하여 채소의 품종을 풍부하게 했다.

고대에 재배한 과수는 복숭아, 살구, 자두, 능금柰, 배, 앵두, 비파, 양매楊梅, 대추, 밤, 감柑2), 귤, 유자, 야자, 용안龍眼, 여지荔枝 등이다. 한대에 장건張騫이 서역에 다녀온 후 포도, 호두, 석류 등의 품종이 전해지면서 누대에 걸쳐 명품을 생산해 냈다.

복숭아를 재배한 역사는 아주 길어, 고대문화 유적 곳곳에서 복숭아씨가 발견되곤 했

---

1) 영양이 풍부하고 맛이 좋은 채소. "사물 중에 영지(芝)보다 좋은 것이 없다. 따라서 염교를 채지(菜芝)라고도 불렀다."
2) 홍귤

다.『시경』의 "복숭아나무 무성하니, 그 꽃이 반짝반짝 곱구나^{桃之夭夭, 灼灼其華}."라는 시구는 여전히 인구에 회자되고 있다. 복숭아 중 명품은 다음과 같다. 하북성 심주^{深州}에서 생산되는 심주밀도^{深州蜜桃}는 껍질이 얇고 육질이 보드라우며 과즙이 꿀처럼 달아서 동한 광무제가 도왕^{桃王}에 봉한바 대대로 황실의 공품으로 진상되었다. 산동의 비도^{肥桃}는 알이 굵고 과즙이 많아 민간에서는 불도^{佛桃}라고도 불렀다. 구릉 지대에서 생산되는 미후도^{獼猴桃}[3]는 적당히 새콤달콤하며 약용으로서의 가치가 아주 높았다.

배의 원산지는 중국이다. 삼국 시대에 아리^{雅梨}, 혹은 압리^{鴨梨}라 불리는 우수한 품종을 재배했는데, 이 배는 "크기가 주먹만 하고, 꿀처럼 달고, 식감이 마름처럼 부드러웠다."

대추의 재배도 빨랐다. 하남성 신정^{新鄭}의 배리강^{裵李崗} 신석기 유적, 호북성 강릉^{江陵}의 진릉^{秦墓}과 한묘^{漢墓}에서 보존 상태가 양호한 말린 대추가 발견된 바 있다. 한대에 공품으로 진상되던 하남대조^{河南大棗}는 하남성 신정, 영보^{靈寶} 일대에서 생산되었는데, 껍질이 얇고 과육이 두툼하며 씨가 작고 맛이 달다는 특징이 있다. 창주금사소조^{滄州金絲小棗}는 과육이 부드럽고 깨물면 금빛 실이 말려드는 것 같다고 해서 붙여진 이름이다.

왕밤^{板栗}은 목본양식^{木本糧食}, 즉 나무에서 생산되는 양식으로 '건과의 왕^{乾果王}'이라 불린다. 왕밤 중에서 명품은 북경 동부에서 생산되는 경동판율^{京東板栗}인데, 밤알이 달고 향긋하여 생으로 먹어도 되고 삶아 먹어도 좋다.

『상서·우공』편에 기재된 감귤^{柑橘}은 구주 중 하나인 양주^{揚州}의 공품으로 북방 지역에서는 보기 힘들던 과일이다. 당대에 재배하기 시작하면서 점점 넓게 퍼져나갔다. 역대의 공품으로 우선 강서성의 남풍밀귤^{南豐蜜橘}이 있다. 송대의 시인 증공^{曾鞏}이 이에 대해 시를 남긴 바 있다. "선명하게 보이는 수백의 가을 열매가 나뭇잎 사이에 들쑥날쑥 얽혀 서리 맞은 나뭇가지를 기울인다." 절강성의 황암밀귤^{黃岩蜜橘}은 과즙이 풍부하고 새콤달콤한 맛이 뛰어나다.

용안은 과일 중의 진품^{珍品}으로 과육이 반투명하고 과즙이 풍만하며 꿀처럼 달다. 불에 말리면 계원건^{桂圓乾}이 된다. 한초에 남월의 왕인 조타^{趙佗}가 한고조인 유방에게 용안을 진상한 이후로 공품이 되었다.

여지는 과육이 부드럽고 향이 진하여 이 또한 과일 중의 진품으로 평가된다.『신당서·양귀비전』에 따르면, "양귀비는 여지를 좋아하여 반드시 싱싱한 것을 바쳐야 했으므로

---

3) 키위

말을 타고 수송하는데 수천 리를 달려 맛이 변하기 전에 도성에 도착했다." 이 이야기는 여지의 가치를 백분 높여 주었다.

　수입 과일인 포도 중에서도 명품으로 꼽을 만한 것은 선화포도^{宣化葡萄}의 여러 품종 가운데 매괴향^{玫瑰香}이나 백우내^{白牛奶} 등이 있고, 신강성 투루판 포도 중에서는 무핵백^{無核白}, 마내자^{馬奶子}, 홍포도^{紅葡萄} 등이 대표적이다.

　산서성 분양^{汾陽}에서 생산되는 분주호두^{汾州核桃}는 알이 크고 껍질이 얇으며, 알갱이가 바삭하고 향이 좋아 유료^{油料4)} 중 왕이었다. 섬서성 상락^{商洛} 지역에서 생산되는 호두는 원면인^{圓綿仁}, 대면인^{大綿仁}, 광피로인^{光皮露仁}, 조숙호두^{早熟核桃} 등 여러 품종이 있다.

　석류는 단약^{丹若}이라고도 한다. 동진 시기 반악^{潘岳}은 석류를 가리켜 "천하에서 가장 기이한 나무이며, 전국^{九州}에서 가장 명품인 과일"이라 칭송한 바 있다. 섬서성 임동^{臨潼}에서 여러 우수한 품종이 생산되는데, 껍질이 얇고 알이 굵으며 과즙이 풍부하며 찌꺼기가 적은 것이 특징이다.

〈그림 1〉
소릉육준(昭陵六駿) 중 삽로자(颯露紫)와 권모과(拳毛騧)는 1914년 해외로 밀반출되어 현재 미국 필라델피아의 펜실베이니아 대학 박물관에 소장되어 있다. 나머지 넷은 현재 섬서성 서안(西安)의 비림박물관(碑林博物館)에 소장되어 있다.

---

4) 식물성 기름

원시 농업의 탄생과 더불어 원시적인 목축업이 출현했다. 고대 중국인이 길들인 여섯 가축六畜은 말, 소, 양, 닭, 개, 돼지이며, 이외에 낙타, 사슴, 코끼리, 당나귀, 노새가 있다. 가금류로는 닭, 오리, 거위, 비둘기, 메추라기 등을 키웠다. 소, 말, 양의 세 가축은 고대의 가장 성대한 제례 용품으로 사용되었다.[5] 소는 밭을 갈고 수레를 끄는 용도로 길렀으므로 종종 도살을 금지시키곤 했다.

말은 주로 교통과 전쟁용으로 키워졌다. 하나라에서 동주 시기까지 네 필의 말이 끄는 전차로 전쟁을 수행했다. 따라서 이른바 '만승지국萬乘之國'이란 4만 필 이상의 잘 훈련된 전마를 보유한 천자의 나라를 가리킨다. 한무제 때는 대완국大宛國의 천마天馬, 즉 한혈마汗血馬를 쟁탈하기 위해 이사장군貳師將軍 이광리李廣利를 파견하여 십만 군대를 이끌고 가서 4년에 걸친 공략을 펼친 끝에 대완의 상등마 수십 필, 중등마 3,000여 필을 가져 왔다. 중원에서 말을 이용하려면 서북이나 동북 지역에서 말을 살 필요가 있었다. 당나라 때는 비단으로 위구르에서 말 만 필을 바꾸기도 했고, 남송 고종 때는 1회적으로 2만 필을 바꾼적도 있으며, 명청 시기에는 차마무역茶馬貿易이 매우 흥성했다. 고대의 훌륭한 장수는 반드시 보마를 탔다. 삼국 시기에 여포가 타고 다니다가 관우가 타게 된 적토마가 대표적이다. 당태종이 총애한 여섯 필의 보마인 권모과拳毛騧, 십벌적什伐赤, 백제오白蹄烏, 특륵표特勒驃, 삽로자颯露紫, 청추青騅는 태종의 사후 '육준'의 석상으로 새겨 능묘의 좌우를 장식했다. 명성조明成祖 주체朱棣는 용구龍駒, 조류棗騮, 비황飛黃 등 팔준八駿을 즐겨 탔으며, 궁중에 사준도四駿圖를 소장하였다.

낙타는 사막의 배로 일컬어지며, 실크로드를 오가는 상단과 막북 지역을 공략하는 군대는 모두 낙타에 의지해 짐을 나르고 길을 찾는다. 낙타 등의 육봉은 중국 요리 중 진미이다.

돼지는 각지에서 좋은 품종을 사육하고 있다. 화남저華南豬는 고대 로마 시대에 유럽으로 수출된 바 있다. 사천성의 내강저內江豬는 외형이 비대하고 육질이 뛰어나다.

닭 사육은 더욱 보편적이었다. 낭산계狼山雞[6]나 구근황九斤黃[7] 같은 품종은 유럽에서 파문을 일으키기도 했다. 오골계烏骨雞는 궁중의 자양 강장 식품으로 사용되었다.

채집은 상고 시대 선주민의 가장 기본적인 생활 방식 중 하나였다. 식물의 뿌리, 줄기,

---

5) 태뢰(太牢)는 소, 양, 돼지를 모두 바치는 국가의 제례를 지칭했다.
6) Croad Langshan
7) Cochin

잎, 과실은 주요한 채집의 대상이었다. 북경 원인의 유적에서는 푸조나무 씨앗이 발견된 바 있다. 농업과 목축업이 출현한 이후 채집은 부차적인 지위로 물러났지만, 그래도 여전히 중요한 생활 수단이었다.

채집으로 획득하는 토산물은 주로 개암, 산사, 잣, 원추리金針菜, 식용 버섯 등이다. 진균류 중 식용균의 대표는 버섯이다. 하북성과 내몽골에서 생산되는 구마口蘑 8)는 명성이 자자한데, 그중에서도 백마白蘑는 버섯 갓의 주름이 가늘고 대가 짧은 반면 살이 도톰하며, 맑고 그윽한 향이 있어 가장 진귀한 명품으로 일컬어진다. 목이木耳 가운데 명품은 다음과 같다. 광서성의 백색운목이百色雲木耳는 송이가 크고 육질이 부드러우며 영양이 풍부하다. 호북성의 방현흑목이房縣黑木耳는 육질이 두텁고 탄성이 좋으며 맛이 뛰어나다. 운남성의 계종雞樅 버섯은 육질이 도톰하고 연하며 맛과 향이 닭고기 같아서 공품으로 진상된 산진山珍이었다. 복건성 서부 산악 지대에서 생산되는 매화동고梅花冬菇는 고단백 저지방 식품이며, 향고정香菇精은 향이 뛰어나다. 특히 금빛 털 달린 원숭이 머리 모양의 후두균猴頭菌9)은 부드럽고 맛이 뛰어나 진귀한 산진으로 손꼽힌다.

채집은 또한 중의의 약용으로 사용되는 식물을 획득하는 주요한 방식이다. 채집으로 취득하는 약재는 산서성의 황기黃芪와 당삼黨參, 감숙성의 당귀當歸와 백합百合, 사천성의 천마天麻와 천패川貝, 운남성의 삼칠三七, 하남성의 4대회약四大懷藥인 회산약懷山藥, 회지황懷地黃, 회우슬懷牛膝, 회국화懷菊花, 귀주의 오배자五倍子, 영하寧夏의 구기枸杞, 감초甘草 등이 대표적이다. 채집하는 약재 중 가장 진귀한 것은 다음의 몇 가지이다. 인삼은 속칭 봉추棒槌라고 하며 그 뿌리를 약으로 쓰는데, 모양이 인체를 닮았다. 복용하면 정신이 안정되고 눈이 맑아지며 기분이 상쾌하고 지혜가 늘며 몸이 가벼워지고 수명을 늘릴 수 있다. 『문헌통고(文獻通考)』에 따르면 상당군上黨郡, 밀운군密雲郡, 낙평군樂平郡, 안동도호부安東都護府 등지에서 인삼을 진상해야 했으며, 장백산에서 생산되는 것을 상등품으로 쳤다. 동충하초冬蟲夏草는 주로 사천, 감숙, 운남 등지에서 생산된다. 뿌리는 곤충의 몸이고 머리 위로 돋는 풀이 진균체真菌體인데, 폐를 튼튼히 하고 신장을 보양하며 심장을 강화하고 혈압을 낮추어 인삼, 녹용과 이름을 나란히 하는 약재이다. 설련雪蓮은 천산天山의 빙하와 설산에서 생산되는데, 모양이 연꽃잎 같고 흰토끼 같기도 하다. 약으로 쓰면 병을 치료할 수 있으며 근골을 튼

---

8) 밤버섯
9) 노루궁뎅이

튼하게 하는 효용이 있어 티베트 의학의 명약으로 꼽힌다. 영지靈芝는 진균류에 속하는데, 버섯 갓은 콩팥 모양이고 대가 길며, 약으로 쓰면 정기를 보익하고 근골을 강화하여 대대로 진상되어 온 공품이었다.

어렵漁獵 또한 상고 시대 선주민의 주된 생활 방식 중 하나였다. 인류는 이를 통해 동물성 단백질을 섭취하였으니 두뇌 발달에 필수불가결한 활동이었다. 농경 및 목축업 단계로 접어든 후에도 수렵은 인류의 중요한 식품의 원천이었다. 고대에 사냥한 야생 동물은 사슴, 노루, 사향노루, 고라니, 토끼, 여우, 늑대, 호랑이, 표범, 곰, 멧돼지, 야생마, 들소, 무소 등이었다. 이 중에서 진귀한 식품이라 할 만한 것은 『여씨춘추(呂氏春秋)·본미(本味)』편에 기재된 원숭이猩猩의 입술, 오소리獾獾의 발바닥, 살찐 제비의 꼬리 고기, 술탕述蕩의 정강이 관절, 모우旄牛와 코끼리의 허릿살 등이다. 이 밖에 사슴고기, 웅장熊掌 또한 상등의 진수성찬이다.

수렵으로 포획한 날짐승은 기러기, 꿩, 비둘기, 물오리, 청둥오리, 자고, 고니, 너새鴇 등이다. 이들의 고기는 상등의 진미로 간주되어 요리 목록에 오르곤 했다. 동북 지역의 비룡조飛龍鳥와 금사연金絲燕의 둥지는 진귀한 요리 재료였다. 깃털翎毛을 얻는 것 또한 새를 잡는 주요한 이유이다. 고대의 화살 깃은 모두 새의 깃털을 이용했다. 따라서 매년 공물로 대량의 깃털을 진상해야 했다. 명청 시대 관리들은 깃털로 관모를 장식했다. 특히 청대의 공작화령孔雀花翎은 품계에 따라 패용할 수 있었으며, 문무 공신 중 공적이 혁혁한 자에게 황제가 하사하는 것이라 모두가 영광으로 생각했다.

상고 시대에는 쇠스랑, 갈고리, 어망 등으로 물고기를 잡았으며, 상주商周 시대에 민물에서 인공 양어가 시작되었다. 『상서·우공』편에 따르면 천하의 구주 중 서주徐, 청주靑, 연주兗, 유주幽에서 물고기가 많이 났다. 민물 어류에는 잉어, 붕어, 방어, 병어, 쏘가리, 농어, 미꾸라지, 자라, 청어, 연어, 초어鰷, 대두어鱅, 새우, 게 등이 있다. 『여씨춘추·본미』편에 따르면, 물고기 중에 맛있는 것으로 동정호의 상쾌이鱄, 동해의 이鯢, 예수醴水의 붉은 자라朱鱉, 관수雚水의 요鰩가 손꼽힌다. 당송 시기에는 청어, 연어, 초어, 대두어의 '4대가어四大家魚'가 형성되었다. 옛사람들이 맛이 뛰어나다고 평가한 물고기는 여러 종류가 있다. "복사꽃 흐르는 물에 살 오른 쏘가리桃花流水鱖魚肥", "차라리 건업의 물을 마실지언정 무창의 물고기(방어)를 먹지 않을 것이니寧飮建業水, 不食武昌魚", "농어가 회 뜰만 하다고 말하지 마라休說鱸魚堪膾" 등의 시구에서 읊은 것은 모두 상등품으로 취급받던 물고기였다. 복어鰒는 일명 후태鯸鮐라고도 했으며, 현대 중국어에서는 속칭 하돈河豚이라 한다. 독이 있지만 육질이 극히 뛰어났으므로 예로부터 "죽는 한이 있어도 복어를 먹겠다."라며 달려들었다. 개구리의 일종인 합십마哈什蟆는 일명 설와雪蛙라고도 했다. 동북 지역 송화강에서 생산되며 만주족이 가장 즐기는 식품이라 청대에는 어선御膳으로 올리는 진품으로 취급되었다. 바다생선에는 조기, 참새우, 게, 조개 등이 있다. 해산물 중에서 귀한 것은 샥스핀, 발해대하渤海大蝦, 남해 대오삼大烏參 등이다.

　역대의 장인과 예인들이 오랜 기간 생산해 오면서 일정한 기술적 규범과 예술 스타일을 만들어 왔다. 그에 따라 문방구, 생활용품, 장식 예술품 등 다양한 형태의 뛰어난 수공예 제품이 제작되었다. 문방구 중에서 뛰어난 작품은 이 책의 '문방사우文房四寶' 편을 참고하면 된다. 생활용품으로는 돗자리, 부채, 빗 등이 대표적이다. 돗자리 중에서 명품은 다음과 같다. 영파초석寧波草席은 옛날에는 명석明席이라 불릴 정도로 매끄럽고 쾌적했으며 유연하면서도 세밀했다. 안휘성 서성舒城의 서석舒席은 공석貢席이라고도 했으며, 대쪽으로 자리를 짜 시원하게 땀을 식힐 수 있으며 오랫동안 사용해도 끄떡없었다. 부채 가운데 명품은 다음과 같다. 천선川扇은 대대로 끊임없이 공품으로 진상되었다. 고소명선姑蘇名扇은 진대晉代에 시작된 유명한 견궁선絹宮扇인데 원명 시기 이후 작은 부채에 서화를 수놓음으로써 귀중한 예술품이 되었다. 상주소비常州梳篦는 상주에서 생산된 나무빗과 참빗을 가리키는데, 남북조에 생산되기 시작하여 궁중에 진상되면서 궁소宮梳, 명비名篦라 칭해지게 되었다. 빗살이 매끈하고 빗질이 간편하며 정밀하게 제조된 공예품에 속한다. 감상용 장식품의 경우 무석無錫의 혜산니인惠山泥人, 북경견화北京絹花와 조칠雕漆10), 천진의 양류청연화楊柳青年畫, 절강의 동양목조東陽木雕, 산동의 박산유리博山玻璃 제품, 복주福州의 수산석조壽山石雕와 탈태칠기脫胎漆器 등 일일이 거론할 수 없을 정도로 많다.

---

10) 옻칠을 여러 번 하여 무늬를 새기는 칠공예 기법

13장

예절과 민속

1

혼례와 장례

류즈슝(劉志雄)

결혼은 예로부터 인생의 이정표로 간주되어 왔다. 강력하고 유구한 문화 전통을 가진 중화 민족은 그 발전 과정에서 의미 있고 흥미로운 혼인 의례를 축적하여 인생의 중요한 전환점의 표지로 삼았다. 이 의례는 상주商周 시기에 기원한 후 지금까지 지속되고 있다.

고대의 정식 혼인 의례는 여섯 단계로 구분되므로 육례六禮라 칭했다. 그것은 각각 납채納彩, 문명問名, 납길納吉, 납징納徵, 청기請期, 친영親迎의 여섯 예식이다. '납채'는 남자 쪽에서 중매인을 파견하여 여자 쪽에 혼담을 꺼내는 절차이다. 이때 혼담은 탐문의 성격이 강한데, 만약 여자 쪽에서 의사가 있으면 남자 집안에서 다시 중매인을 보내어 정식으로 구혼한다. 『의례·사혼례(士昏礼)』의 규정에 따르면, 납채에서 중매인은 살아 있는 기러기를 예물로 가지고 가야 하는데, 이를 전안奠雁이라 불렀다. 이는 기러기가 추운 곳과 더운 곳을 왕래하여 음양에 순응하는 습성이 있고, 짝을 잃은 후 다시 짝짓기하지 않는 충정한 품성을 지니고 있기 때문이다. 그러나 애석하게도 기러기를 구하기가 너무 힘들어 대부분 거위로 대신하게 되었고, 돼지나 양으로 예물을 삼기도 했다.

여자 집안에서 신랑 쪽 납채 예물을 받아들이면, 신랑 쪽에서 날을 잡아 신부의 성명과 사주팔자를 물어보는데, 이를 '문명'이라 한다. 일반적으로 신부 측에서 성명과 생년월이 적힌 사주단자庚帖를 보내면 신랑 집안에서 남녀 쌍방의 사주팔자에 근거하여 궁합이 맞는지를 본다. 사주를 볼 때 상충相沖하거나 상해相害하는 띠를 피하는 것을 가장 중요하게 따진다. 쥐와 말, 소와 양, 호랑이와 원숭이, 토끼와 닭, 용과 개, 뱀과 돼지는 서로 상충하는 띠이다. 쥐와 양, 소와 말, 호랑이와 뱀, 토끼와 용, 원숭이와 돼지, 닭과 개는 서로를 해치는 띠이다. 미신이긴 하지만 띠가 상충하는 혼인은 대흉^{大凶}이며, 상해하는 띠는 그보다는 나아도 불길한 것은 마찬가지이다.

사주를 세밀하게 살피려면 전문가를 불러 점을 쳐야 했다. 만약 남녀의 사주팔자가 잘 맞으면 육례 중 세 번째 절차인 '납길'을 진행한다. 이는 신랑 측에서 혼인의 길흉을 점쳐 길조^{吉兆}를 얻으면 신부 측에 통지하고 혼례를 확정하는 예식이다. 정혼 방식은 쌍방이 정첩^{定帖}을 교환하는데, 정첩에는 부모의 성명과 관직, 본인의 성명과 관직, 사주팔자 및 재산을 빠짐없이 적어야 했다. 결혼할 때 정첩에 의거하여 검토하는데, 만약 한쪽에서 변경한 곳이 있다면 다른 쪽에서 혼약을 깰 권리가 있다. 납길에 사용한 예물도 처음에는 기러기였는데, 나중에는 장신구나 옷감 같은 것을 더 많이 썼다.

〈그림 1〉
전통 혼인 의례 중 용봉첩(龍鳳帖) 교환 의식

그 다음은 '납징'이다. 이 예식은 상당히 번거로운데, 통상 신랑 측에서 예단^{禮單}을 갖추고 북치고 나팔 불며 떠들썩하게 압례인^{押禮人1)}을 보내어 예물을 신부 측에 보낸다. 신부의 집에서는 예물을 받은 후 답례해야 하는데, 일반적으로 미래의 사위에게 신발, 버선, 옷, 모자 등을 보낸다. 쌍방이 보내는 예물은 모두 짝수여야 하는데, 짝을 이루어 배필이 된다는 축복의 의미를 담고 있다.

납징 다음으로 '청기'의 의례가 진행된다. 신랑 측은 점을 봐서 얻은 결혼 길일을 신부 측에 통지한다. 결혼 날짜는 일반적으로 쌍일^{雙日}을 선택하는데, 특히 칠석을 피하여 견우와 직녀의 불행한 처지가 재현되지 않도록 해야 한다. 또한, 신부 측이 월경 기간이라 결혼에 적합하지 않은 날은 미리 신랑 측이 슬쩍 알아보고 최대한 피할 수 있도록 했다.

결혼 날짜에 임박해서는 신부 측이 혼수를 신랑 측에 보내는데, 이를 발렴^{發奩}이라 한다. 혼수는 상자, 장농, 탁자, 걸상 따위의 일상 용품이나 신부가 평소 입던 옷가지 등인데, 중매인을 통해 신랑 집으로 가져간다.

신랑 집에서는 혼수를 받은 후 연회를 준비하여 손님을 정성껏 대접하고 감사의 의미를 담은 사첩^{謝帖}을 보내야 한다. 간혹 신랑이 곧바로 중매인을 따라 신부의 집으로 가기

---

1) 함진아비

도 하는데, 안채 한가운데로 걸어 들어가 위를 향해 세 번 머리를 조아린 뒤 한마디도 하지 않고 그냥 돌아 나온다. 신부 집에서는 집안 어른이 옆을 지키고 섰지만, 안부를 묻거나 배웅하지는 않는다. 이러한 예절을 '사장謝粧'이라 한다.

신랑 측이 준비할 것은 주로 혼례 절차의 안배와 신방의 배치에 관한 것이다. 신혼부부가 머무는 신방을 동방洞房이라 하는데, 그 의미는 으슥한 곳에 숨겨진 조용한 방이라는 뜻이다. 신혼부부는 동방에서 자야 액을 피할 수 있다고 옛사람들은 생각했다. 동방의 장식은 번잡할 수도 있고 간소할 수도 있는데, 붉은색 희囍 자는 반드시 붙여야 한다. 원래 한자에는 이런 글자가 없는데, 기쁠 희喜자 두 개를 연결하여 신혼부부를 축복하는 의미를 담았다.

영친 전날에 신랑 측에서 다시 중매인을 통해 신부 집에 기러기를 보내는데, 이를 최장催妝이라 한다. 신부 집에서는 신랑집에 사람을 보내어 같이 신방을 꾸미는데, 이를 포방鋪房이라 한다. 포방이 끝난 후 신부 집안사람이 동방을 지키며 신랑이 올 때까지 외부인의 출입을 엄금했다.

이날 저녁 신부 측 부모는 연회를 준비하여 신부를 수좌에 앉히고 동년배나 손아래 여자를 배석시키는데, 이를 별친주別親酒[2]라 한다. 이 연회에서 신부의 부모가 딸에게 술을 따르며 출가 후의 주의 사항을 당부한다. 연회가 끝나는 신부가 조상의 위패 및 부모, 형제, 자매를 향해 고별의 예를 행한다. 감정이 북받치면 소리 내어 울기도 하는데, 이를 곡가哭嫁라 한다.

신부를 맞이하는 날이 되면, 육례 중 마지막 예식인 '친영'이 시작된다. 신랑 집에서 보낸 영친 대오가 붉은 비단을 두른 꽃가마를 빼곡히 둘러싼 채 북치고 나팔 불며 떠들썩하게 행진한다. 신부 집 문 앞에 도착하면, 신부 측에서는 종종 대문을 꽉 걸어 잠근다. 영친 행렬은 꽃가마를 신부 집 문 앞에 세워둔 뒤 폭죽을 터뜨리면서 악단에게 최장곡催妝曲을 연주하게 한다. 당대 단성식段成式의 『유양잡조(酉陽雜俎)·예이(禮異)』의 기록에 따르면, 북조 시기에 신부를 맞이할 때 "다 함께 '신부여, 어서 나오시오!'라고 외치다가 신부가 수레에 오르면 그만하는" 풍속이 있었다.

이때 신부는 붉은 옷을 입고 봉관鳳冠을 쓰고 가마를 오르기 전에 화장과 치장을 마무리하고 있다. 신부는 붉은 융화絨花 장식을 더 많이 달려고 하는데, 융화가 영화榮華가 해음

---

2) 송친연(送親宴), 별친연(別親宴), 이별연(離別宴)이라고도 했다.

이어서 '부귀영화'의 의미를 담은 것이다.

치장을 끝낸 신부는 얼굴을 가린 채 가장이나 형제가 안아서 가마에 태운다. 신부 집안의 부모와 자매들은 꽃가마와 눈물의 작별을 고하는 순간이다. 꽃가마가 출발하려 할 때 신부의 이웃 친구가 이별이 아쉬워 가마를 막곤 하는데, 이를 장거障車라 한다. 신랑 측은 금전이나 예물을 주어 그 정을 위로했다.

꽃가마가 신랑집에 도착하면 붉은 비단을 두르고 꽃을 꽂은 신랑이 맞이하는데, 꽃가마를 향해 읍을 하며 신부가 가마에서 내리기를 청한다. 흔히 "신부는 흙을 밟지 않는다."라고 했으므로, 신랑 측에서는 대부분 안채까지 모전氈을 깔았다. 전氈은 전할 전傳과 해음이어서 '대를 잇다.'라는 길조의 의미를 취한 것이다. 이와 관련하여 백거이의 "하녀가 모전 깔개를 깔아 놓으니, 한 줄기 비스듬하게 금빛 자수 길이 열리네."라는 시구가 있다. 나중에는 신랑 집에서 마대를 땅에 깔기도 했는데 이를 전대傳袋라고 했으며 전대귀가傳代歸閣이라고도 했다.[3]

신부가 문을 들어서면 사람들은 신부를 향해 곡물이나 콩 같은 것을 뿌리는데, 이를 '살곡두撒穀豆'라 한다. 요즘 사람들이 결혼식에서 신혼부부에게 꽃이나 색종이를 뿌리는 풍습은 여기에서 기원한 것이다. 처음에 '살곡두'는 액막이의 일종이었는데, 지금은 결혼식의 즐거운 분위기를 더하는 정도의 의미만 남았다. 어떤 신랑집에서는 안방 문지방에 말 안장을 놓고 신부에게 뛰어넘게 하며 이와 동시에 사과를 한 입 베어 물게 했는데, '평안'의 의미를 취한 것이다.[4]

신부가 안채에 들면 사회자의 주관하에 신랑과 함께 천지신명과 부모에게 절한 뒤 서로 맞절을 하는데, 이를 배당拜堂이라 한다. 배당 의식은 보통 진시, 사시, 오시의 세 시진[5] 안에 거행하는데, 이보다 빠르거나 늦으면 불길하다고 여겼다.

배당이 끝나면 신랑과 신부는 같이 동방에 들어 침대맡에 어깨를 나란히 하고 걸터앉는데, 이를 좌장坐帳이라 한다. 그러면 신랑은 저울대나 베틀로 신부의 면사포를 들어 올리는데, 이를 '게개두揭蓋頭'라 불렀다. 이때가 신부의 얼굴이 사람들의 눈앞에 드러나는 순간이다.

---

3) 전석(轉席), 전석(傳席), 전전(轉氈), 접대(接袋) 등 다양한 명칭이 있었다. 이미 신부가 밟고 간 깔개를 계속 앞쪽으로 돌려놓아야轉 입구에서 집안까지 이어지게 할 수 있었으므로 전대나 전석 같은 명칭이 생겼다. 마찬가지로 해음을 이용하여 마대를 돌려놓는 것에서 대를 잇는 의미를 취한 것이다.
4) 병(瓶)을 말 안장(馬鞍)에 매달아 발음을 따서 평안(平安)의 의미를 취했다. 사과(蘋果: 핑궈)도 마찬가지이다.
5) 오전 7시에서 오후 1시

다음으로 진행되는 것은 합근례合巹禮이다. "조롱박 하나에 표주박 두 개가 나온다."라는 속담이 있는데, 표주박 잔 하나가 바로 근巹이다. 남송 시기 맹원로孟元老의 『동경몽화록(東京夢華錄)·취부(娶婦)』편에 따르면, 합근은 "두 술잔을 색실로 연결하여 서로 한 잔씩 마시는데, 이를 교배주交杯酒라 불렀다. 마신 후 술잔을 침대 아래로 던지는데, 술잔이 하나는 반듯하게 놓이고 다른 하나는 뒤집어지면 대길大吉이라 여겨 모두가 축하했다."

교배주를 마신 후에는 '자손발발子孫餑餑[6] 장수면長壽面'을 먹어야 했다. 일부러 교자와 면을 덜 익혀 생으로 내놓고, '생生'에서 의미를 취하여 신혼부부가 자손이 번창하고 백년해로할 것을 축복하였다. 그런 다음 하객들이 동방에 들어와 신랑 신부에게 대추, 밤, 땅콩 등을 던지는데, 대추棗와 밤栗子의 발음을 취하여 '일찍 아이를 낳으라무立子.'는 축원을 담은 것을 '살장撒帳'이라 했다. 또한 신랑 신부에게 축하의 말을 하며 농지거리로 놀리기도 하는데 이를 '뇨동방鬧洞房'이라 한다.

하객들이 물러난 후에야 신혼부부는 겨우 한숨을 돌릴 수 있다. 사랑하는 이를 가족으로 맞아 붉은 촛불 아래 묵묵히 서로를 바라보니, "꿈속에서 만난 게 아닌가 아리송할 뿐"이었다. 신혼 밤에 신랑 신부는 보통 잠들지 않고 밤을 새며 화촉을 밝히는데, 이를 '수화촉守花燭'이라 한다. 만약 신혼부부가 잠이 들면 신부 들러리에게 화촉을 지키게 하여 날이 밝을 때까지 꺼지지 않게 해야 했다.

혼인 후 사흘째 신부는 친정으로 돌아가 부모를 뵙는데, 이를 회문回門이라 한다. 부부의 정이 깊으면 함께 방문하는데, 이를 쌍회문雙回門이라 했다. 신부 댁에서는 크게 잔치를 베풀어 새신랑을 정성껏 대접했다. 이에 더하여 처가에서 시댁에 먹을거리, 양고기, 술을 보내어 새신랑의 친지에게 두루 인사를 했는데, 이를 삼조례三朝禮라 했다. 신부가 회문을 끝내고 돌아오면 바로 손을 씻고 부엌으로 가서 일상적인 가정생활을 시작했다.

혼례는 인생의 크나큰 경사를 대표한다면, 장례는 인생의 큰 불행을 대표한다. 그러나 민간에서는 이 두 가지 의례를 병칭하여 '홍백희사紅白喜事'라고 불렀다. 생로병사가 자연 규칙인 이상, 천수를 다하고 편하게 죽는 것을 바라 마지않을 즐거운 일이라 본 것이다.

중국인은 평소 '신종추원慎終追遠', 즉 상례와 제례를 극히 중시하였다. 따라서 중국 고대의 장례는 혼례보다 더욱 복잡하게 구성되었다. 『예기』의 기록에 따르면 춘추 시기의 상례 절차는 40여 항목을 넘는다. 북송 시기 사마광司馬光의 『서의(書儀)·상례(喪禮)』에 기

---

6) 교자

재된 당시의 상례 절차는 25항목이었다. 그것은 다음과 같다. 이 목록만 보아도 그 번잡함의 정도가 얼마나 되었을지 충분히 짐작할 수 있다.

초종(初終): 사망 후 부고를 보내기까지의 절차
복(復): 망자의 이름을 부르며 초혼하는 의례. 고복(皐復)
역복(易服): 화려한 평상복을 벗고 소복으로 갈아입는 절차
부고(訃告): 호상(護喪)의 명의로 초상을 알리는 절차
임욕(淋浴): 망자의 몸을 목욕시키는 절차
소렴(小殮): 시신에 수의를 입히고 베로 싸서 입관을 준비하는 의식
대렴(大殮): 소렴한 시신을 묶어서 입관하는 의식
성복(成服): 대렴 다음날 상복으로 갈아입는 절차
복택조(卜宅兆): 묘지를 정하는 절차
계빈(啟殯): 관을 빈소로 옮기는 의례
조조(朝祖): 망자를 조상의 가묘에 알현하게 하는 의례
친빈전부증(親賓奠賻贈): 빈객이 부조금품을 보내는 절차
진기(陳器): 명기를 진설하는 절차
견전(遣奠): 발인 전에 문 앞에서 올리는 제사
재도(在塗): 장지로 가는 도중 거리에서 지내는 노제(路祭)
급묘(及墓): 장례 행렬이 묘소에 도착하여 치르는 절차. 구지(柩至)
하관(下棺): 장지에 모셔 온 관을 광중(壙中)에 모시는 절차
제후토(祭后土): 묘지 조성 후 후토신에게 제사를 올리는 의례. 사후토(祀后土)
제우주(題虞主): 우제에 쓸 신주에 글씨를 쓰는 절차. 제주(題主)
반곡(反哭): 하관 후 신주를 모시고 집으로 돌아오면서 하는 곡
우제(虞祭): 장사를 지낸 뒤 망자의 혼백을 위로하는 제사
졸곡(卒哭): 장사 석 달 후 수시로 하던 곡을 멈추는 의례
소상(小祥): 사망 1주년에 지내는 상례 의식
대상(大祥): 사망 2주년이 되는 두 번째 기일에 행하는 상례 의식
담제(禫祭): 대상 다음다음달 길일에 지내는 상례의 마지막 제사

근대의 상례는 사람이 죽기 직전에 시작한다. 옛날에는 가족이 임종을 맞을 때 침대에서 바닥으로 이동시키는데, 이를 폐상廢床이라 했다. 왜냐하면 사람이 땅에서 태어났다고 믿었기 때문인데, 폐상은 땅의 기운을 빌어 사람이 소생하기를 소망한 것이다. 사망한 후 시신을 침대로 다시 이동시킨다. 요즘 사람들은 임종을 맞을 때 가족들이 그 곁에서

소리치는데, 이러한 풍습은 고대의 초혼, 또는 복復에서 기원한 것이다. 예전에는 사망 후 초혼을 맡은 자가 길복吉服을 입고 동남쪽 처마로 지붕에 올라 용마루 한가운데 서서 장대에 망자의 평상시 예복을 끼워 휘두르며 북쪽을 향해 큰 소리로 망자의 이름을 세 번 외쳤다. 그런 다음 장대의 옷을 말아서 처마 아래로 던지면 처마 아래에서 친지가 받아서 망자의 몸 위에 덮는다. 초혼을 끝낸 자는 서북쪽 처마로 지붕을 내려온다. 옛사람들은 초혼례招魂禮를 통해 망자의 혼백이 옷으로 돌아올 수 있다고 믿었다. 초혼례가 끝나면 망자를 사흘 동안 그대로 두어 부활을 기다렸다.

사흘이 지나도 다시 살아나지 않으면 비로소 정식으로 장례를 치르기 시작한다. 먼저 부고를 보내야 하는데, 부고에는 망자의 생졸 일시, 행장, 제상祭喪 시일을 적어 망자의 친우에게 두루 전한다. 또한, 부고 발송이 완전하지 않을 수 있으니 문에 상보喪報를 붙이는데, 부고의 내용을 적은 다음 "널리 부고를 전하지 못한 점을 용서하시라恕不遍計."라는 말을 덧붙이곤 했다.

이와 동시에 가족들은 망자의 시신을 씻기고 수의를 입히는데, 이를 소렴이라 했다. 시신을 씻기는 것을 욕시浴尸라고도 했는데, 망자의 신체를 물로 목욕시키고 머리를 빗어 용모를 가지런히 하고 손발톱을 다듬었다. 일반적으로 아들이 아비의 시신을 씻기고, 며느리가 시어머니의 시신을 씻겼다. 망자에게 입히는 의복을 수의壽衣라 하는데, 예전에는 염의殮衣라고 불렀다. 여기에는 상의, 하의, 모자, 신발 등이 포함되는데, 대부분 단수로 구성된다. 고대 남성 망자는 수의를 입히며 두건을 씌우는데, 수재의 두건은 홍색이고, 독서인은 남색이며, 문맹의 경우 검은색이다. 여성 망자는 신발에 연잎과 연꽃을 수놓는데, 연화를 발로 밟아 극락세계로 들라는 의미를 담은 것이다. 부유한 집안에서는 망자의 신발에 진주를 꿰어 저승길을 비추게 하였다. 망자가 입는 수의는 단추나 혁대를 실제로 채우지 말고 걸치기만 하면 되는데, 망자가 저승에서 옷을 벗는 불편함을 면하게 하기 위해서이다.

수의를 입히고 나서 장자는 머리를 들고 막내가 다리를 받쳐 중당으로 시신을 이동시켜 머리는 북쪽으로 다리는 남쪽을 향하게 목판 침대[7] 위에 눕히는데, 이를 정상停床이라 한다. 망자를 안치한 후 시신의 입에 옥, 동전, 쌀밥을 채운다. 이후 민간에서는 붉은색 종이로 은화를 싸서 입에 넣었는데, 이를 함구含口[8]라 했다. 그런 다음 망자의 얼굴에 1척

---

7) 영상(靈床)

2촌 평방의 면백^{画帛}이란 명칭의 네모난 수건을 덮는데, 산 사람들이 망자의 얼굴을 차마 볼 수 없기 때문이다. 망자의 손도 빈 채로 둘 수 없어 금은이나 옥석을 쥐게 했는데, 요즘 사람들은 대부분 동전이나 손수건을 사용한다. 이를 '원보를 움켜쥐다^{握手元宝}.'라고 했는데, 망자가 저승에서 저지당하지 않고 노잣돈을 지불할 수 있게 하기 위해서이다. 망자의 머리맡에는 유등을 켜 두는데, 이를 인혼등^{引魂燈}이라 하여 망자의 저승 가는 길을 비추는 역할을 했다. 망자의 몸 옆에는 음식을 차리고 수저를 갖추는데, 이를 도도반^{倒頭飯}이라 했다. 이렇게 해야 망자가 저승에서 굶지 않을 것이다.

소렴 이후에 망자의 친족들은 망자와의 친소 관계에 따라 자신의 신분에 맞는 효복^{孝服9)}을 차려입음으로써 애도를 표했다.[10] 이것이 바로 『의례·사상례(士喪禮)』에서 "죽은 지 사흘째 되는 날 성복을 한다."라고 한 것으로, 성복거애^{成服擧哀11)}라고도 했다. 고대의 상복은 참최^{斬衰}, 자최^{齊衰}, 대공^{大功}, 소공^{小功}, 시마^{緦麻}의 오복^{五服}으로 나뉜다. 근대의 상복은 중효^{重孝12)}와 경효^{輕孝13)}로만 구분했다. 중효는 끝단을 깁지 않은 백포^{白布} 의복을 입고 허리에 삼끈을 묶고 머리에 효관^{孝冠}을 쓰고 발에는 삼을 두른 하얀 신을 신었다. 일반적으로 자녀는 부모의 상에, 아내는 남편의 상에 중효복을 입는다. 경효는 머리에 효관만 쓰면 되는데, 일반적으로 숙부의 상에 조카가, 조부의 상에 손자가 경효복을 입었다. 일반적인 조문객은 허리에 흰 수건을 차기면 하면 되었다.

소렴 이후 사흘에서 닷새 사이에 시신을 입관하는데, 이를 대렴이라 했으며 속칭 입렴^{入殮}이라고도 했다. 입렴 전에 관 속의 네 벽을 황표지^{黃裱紙}로 바르고, 관의 머리 안쪽에 금은지^{金銀紙}로 오린 해, 달, 북두를 붙이며, 관의 바닥에 황표지로 싼 청마^{靑麻} 줄기를 깐다. 입렴할 시신은 붉은 베로 머리를 감싸고, 장자가 머리를 안고 막내가 다리를 받쳐 들어 먼저 다리를 들이고 나중에 머리가 들어가게 하여 시신을 관 안에 반듯이 모신다. 시신 양쪽에는 망자가 생전에 사용하던 생활용품과 아끼는 물건을 놓았으며, 시신의 위에는 효자 효손이 봉제한 자손피^{子孫被}라는 이름의 이불을 덮었다. 망자를 입렴한 후 관뚜껑을 덮는다.

---

8) 반함(飯含)
9) 상복
10) 성복은 대렴 다음날 하므로, 본문 서두의 "소렴 이후에"는 오류이다.
11) 상복을 입고 수시로 곡을 하다.
12) 중대복(重大服)
13) 경복(輕服)

그러나 틈을 남겨 두어 친우가 망자의 얼굴을 참배할 수 있도록 했다. 관 앞에는 깃발을 하나 세웠는데, 초혼번招魂幡, 혹은 영두번靈頭幡이라 했다. 관 앞에 횡탁을 놓고 그 중간에 망자의 위패를 모셨으며 위패 앞에 향로를 놓고 분향했다. 탁자 양쪽에 촛불과 제수품을 놓았다. 탁자 앞에 망자를 위해 지백紙帛을 사르는 용도로 대야를 두었는데, 이를 상분喪盆이라 했다. 불사른 종잇재는 출빈 전에 황표지로 잘 싸서 관 속에 넣어야 한다.

입렴 의례가 끝나면 일반적으로 사흘 후에 집에서 출발하여 안장하는데, 이를 속칭 '압삼출문壓三出門'이라 했다. 이 사흘 동안 상갓집에서는 친우의 조문을 받는데, 이를 개조開吊라 불렀다. 조문을 온 친우는 만련挽聯, 만장挽幛, 지박紙箔14), 향촉香燭 등 부의를 전한다. 상가에서는 악대를 준비시켜 조문객을 맞아 영당靈堂에서 참배하게 하고, 상주는 영구靈柩 옆에서 머리를 조아리며 답례하며 상가의 부녀들은 장막 안에서 통곡한다. 참배가 끝나면 상가에서 마련한 술자리에서 조문객을 대접한다. 이때 상주가 차례차례 조문객에게 술을 따르는데, 무릎을 꿇은 채로 술을 건네고 받는다.

영구를 영당에서 꺼내어 묘소에 안장하는 과정을 출빈出殯이라 한다. 출빈 전에 상주와 유족 및 친우들이 유해에 무릎 꿇고 고별한 뒤 관 뚜껑을 꽉 닫고 못질한다. 고대에는 출빈을 할 때 여러 사람이 관을 멨는데, 16명, 24명, 32명, 64명, 72명이 메는 멜대로 구분되었으며, 관을 메는 사람의 수로 망자의 신분과 집안 형편을 드러내었다.

출빈을 시작할 때 상주는 두 무릎을 꿇고 상분喪盆을 정수리 위로 들었다가 힘껏 깨부수는데, 이를 솔상분摔喪盆이라 했다. 상분이 부서지는 소리와 함께 영구를 움직이기 시작한다. 상주는 몸을 일으켜 어깨에 초혼번招魂幡을 걸치고, 효대孝帶15)로 영구의 첫 번째 멜대를 끌며 천천히 앞서는데, 이를 집불執紼, 혹은 강섬扛纖이라 했다. 영구 뒤로는 악대가 가는 길 내내 연주한다. 그 뒤로는 유족과 친우들이 뒤따른다. 출빈을 뒤따르는 조문객들은 계속하여 지전을 불사르고, 별도의 전담자가 흰 종이로 오린 지전을 힘껏 위로 던져 이리저리 휘날리게 했다. 이를 살기전撒氣錢이라 했는데, 망자의 저승길에 노잣돈을 보태기 위함이었다. 출빈 도중에 종종 망자의 친우가 길옆에 자리를 마련하여 분향하고 제사를 올리기도 하는데, 이를 노제路祭라 했다. 노제를 상가에서 직접 준비하기도 했다.

묘소에 도착하면, 장자가 먼저 흙을 한 삽 파서 첫 삽의 흙을 한 번 놓는데, 이를 파토破

---

14) 명지(冥紙) 혹은 지전
15) 즉 상복에 매는 띠인 효대(絞帶)

±라 했다. 그런 다음 여러 친우가 함께 묘혈을 파낸다. 상가에서 사전에 길일을 택해 묘혈을 먼저 파두기도 한다. 묘혈을 파고 나면 영구를 묘혈 아래에 안치하는데, 관의 머리쪽에 영당에서 올렸던 제수품을 묻는다. 장자가 첫 삽의 흙을 메우면 여러 친우가 뒤를 이어 흙을 메워 봉분을 만든다. 그런 다음 장자가 초혼번을 봉분 옆에 꽂고 첫 삽의 흙으로 봉분 꼭대기에 황표지 한 묶음을 누른다. 안장이 끝나면 상주가 안장을 도운 친우들에게 고개를 조아려 예를 표한다.

장례 후 사흘째 되는 날 원분圓墳의 예를 진행한다. 상가의 상주가 유족 전체를 이끌고 묘소에 와서 새로운 무덤에 흙을 보충하고 지전을 바치며 애도한다. 그런 다음 곡을 하며 무덤을 세 바퀴 돈 뒤 돌아온다. 고대의 상장 예법은 특히 사후의 봉칠奉七에 하는 제사를 중시했다. 사망 후 7일째를 두칠頭七이라 하여, 집안에 영위靈位를 마련하고 영패靈牌를 모셔 매일 곡하며 참배하고 아침저녁으로 망자에게 살아 있을 때와 마찬가지로 식사를 차리고 차를 올려야 했다. 그 후 7일마다 제사를 올린다. 그중에서 두칠, 삼칠三七, 오칠五七, 칠칠七七에는 비교적 성대하게 거행하여, 일반적으로 상가에서 승려를 초청하여 불공을 드리며 망자의 영혼을 초도超度하고 망자에게 제사를 올린다. 사후 49일째인 '칠칠'을 '만칠滿七'이라고도 하는데, 이날 상가에서는 집에서 제사를 지낸 후 묘소에 가서 제사를 올려야 한다. 제사가 끝나면 상주가 영당을 없애고 상복 등을 불태운다. 근대의 상장 예법은 여기에서 끝이 난다.

고대의 상장 예법은 자식이 삼 년 동안 상복을 입도록 되어 있다. 상주는 1주년째에 소상을 지낸 후 머리에 쓰는 상질喪絰을 벗어도 되고, 2주년째 대상을 지낸 후 애의哀衣를 벗고 상장孝棒을 버릴 수 있었다. 만 27개월째인 담제를 지낸 후 상복을 전부 벗고 정상 생활로 돌아올 수 있다. 이처럼 오랜 거상 기간은 상가의 정상적인 사회생활에 심각한 영향을 주었다. 따라서 이 상장례는 빠르게 쇠퇴하여 근대에는 흔적을 찾을 수 없는 지경에 이르렀다.

2

명절과 금기

류즈슝(劉志雄)

중국의 전통 명절은 상고 시대에서 기원한다. 선사시대의 생존을 좌지우지한 수렵과 농경은 절기와 기후에 절대적인 영향을 받았다. 따라서 고대인들은 절기가 교체되던 시기에 풍작을 기원하고 재해를 쫓는 제례 활동을 거행했는데, 이것이 명절의 시작이다. 그 외에 역사적 사건의 기념, 민간 전설의 과잉 해석, 종교 활동의 모방 등에서 기인한 명절도 있다. 명절의 원래 함의도 각각 다르지만, 그 풍속 또한 고유의 특징을 지녀 풍부하고 다채로웠다. 중국 각지의 민족별 명절의 다양함은 세계 최고라 할 만하며, 한족의 명절만 해도 부지기수였다.

한 해의 시작을 알리는 정월 초하루의 춘절은 1년 중에서 가장 중요한 명절이다.

> 폭죽 소리 내내 울리는 섣달 그믐밤,
> 봄바람의 온기가 도소주에 스미네.
> 집집마다 동이 터 오는 아침이면,
> 모두가 낡은 부적 새것으로 바꿔 다네.
> 爆竹聲中一歲除, 春風送暖入屠蘇.
> 千門萬戶曈曈日, 總把新桃換舊符.

북송 시기 왕안석王安石의 시 「원일(元日)」을 보면, 송대에 설을 쉴 때 폭죽을 터뜨리고, 도소주屠蘇酒를 마시고, 도부桃符를 거는 등 액막이와 관련된 풍속을 즐겼다. 폭죽이라는 이름은 고대에 대나무를 태울 때 대나무 내부의 공기가 팽창하여 폭발음을 낸 것에서 유래한다. 그래서 폭죽爆竹이란 이름이 붙었다. 폭죽을 태우면 사악한 기운 쫓을 수 있다고 생각했는데, 이는 선사 시대에 대나무를 터뜨려 독충과 맹수를 쫓았던 것과 관련이 있을 것이다.

춘절 기간에는 집안의 어른이고 아이고 할 것 없이 순서대로 세배하고 도소주라는 이름의 약주를 마셨다. 도소주는 삼국 시기의 신의인 화타華佗의 양조법에서 유래한 것으로 전한다. 송대 진원정陳元靚의 『세시광기(歲時廣記)』에 다음과 같은 기록이 있다. "손진인孫眞人1)의 「도소유론(屠蘇飮論)」에서 말하길, 도屠라는 말은 귀신의 기운을 도륙한다는 뜻이고, 소蘇는 인간의 영혼을 소생시킨다는 말이다.

만드는 방식은 여덟 가지 약을 배합하여 조제했는데, 따라서 팔신산八神散이라고도 했다. 대황大黃, 천초蜀椒, 길경桔梗, 계심桂心, 방풍防風을 각각 반 량, 백출白朮과 호장근虎杖을 각각 일 푼, 오두烏頭 반 푼을 썰어서 붉은 비단 주머니絳囊에 저장한다. 섣달그믐의 해질 녘에 우물 속에 매달아 진흙에 닿도록 한다. 정월 초하루에 꺼내어 주머니를 술에 담가 둔다. 잠시 후 잔을 받치고 축원한다. '한 사람이 마시면 온 가족이 아프지 않고, 한 가족이 마시면 온 마을에 병이 없으리.' 아이가 먼저 마시고 어른이 나중에 마시며, 동쪽을 향하여 들이킨다. 남은 술지게미를 모아 중문에 걸어둠으로써 역병을 피하도록 하였다." 이 글에서 도소주 만드는 법이 소개되어 있는데, 그 작용은 병의 저항력을 키우고 나쁜 기운을 몰아내는 것이다.

춘절에 거는 도부는 오래된 전설에서 기원하였다. 바다 한가운데 있는 도삭산度朔山에 커다란 복숭아나무가 있는데, 이 나무 아래에 귀문鬼門이 있어 천하의 귀신이 이 문으로 출입한다. 귀문은 신도神荼와 울루鬱壘라는 이름의 두 신장이 지키고 있다가 악귀가 장난질을 치면 새끼줄葦索로 묶어 호랑이에게 먹이로 준다. 따라서 사람들은 복숭아나무 판자 위에 신도와 울루의 신상神像을 그려 대문 양쪽에 고정시켜 악귀를 쫓았다. 이것이 초기의 도부이다.

나중에는 도부 위에 신상을 그리던 풍습에서 액을 막고 복을 비는 말을 적는 것으로 변화하였다. 오대 후촉後蜀의 마지막 황제 맹창孟昶이 한림학사 신인손辛寅遜에게 도부를 쓰게 했는데, "맹창이 그것을 좋지 않다고 여겨, 자신이 직접 붓을 들어 다음과 같이 썼다. '신년에 조상의 은덕을 받고, 좋은 명절이 긴 봄날을 부른다新年納餘慶, 嘉節號長春.'".2) 이것이 최

---

1) 손사막(孫思邈)

초의 춘련春聯이다. 물론 사람들이 그렇다고 해서 문 양쪽에 신상을 붙여 집을 지키게 한 옛 풍속을 버리지는 않았으니, 이것이 바로 훗날의 문신門神이다. 그런데 요즘 문신으로 그리는 것은 인간적인 색채가 더 강한 당대의 유명한 장수 진경秦瓊과 위지공尉遲恭이다.

상례와 제사를 중시하던 '신원추원慎終追遠'은 중국인의 미덕이다. 따라서 춘절에 제사를 올리는 것이니, 온 가족이 차례대로 조상의 신위를 향해 분향하고 절을 한다. 어떤 집에서는 이어서 재신財神에게 제사를 지내어 집안에 재원이 풍성해지기를 기원한다. 춘절은 경사스러운 큰 명절이니 모두가 붉은색의 좋은 옷을 입고 즐겁게 지낼 필요가 있었다. 흰옷을 입거나 화내고 눈물을 흘리는 것을 금하였으며, 사死, 망亡, 고孤, 과寡, 파破, 패敗, 이離, 산散, 비悲, 고苦 등 불길한 말 또한 금기시되었다. 또한 그릇을 깨뜨리면 재수 없는 것으로 여겼다. 어떤 집안은 춘절 기간에 바깥으로 흙을 붓거나 물을 뿌리는 것을 금하였다. 그렇게 하면 자기 집 재산을 밖으로 유출시킬 수 있다는 것이다. 칼, 가위, 바늘, 빗자루를 사용하는 것도 금기시했는데, 집안에 불길함을 초래할 수 있기 때문이었다.

정월 대보름을 원소절元宵節 혹은 상원절上元節이라 했다. 도교에서 "천관天官이 주관하는 날이 상원上元이다."라는 말이 있다. 천관의 생일이 정월 대보름이므로 이날을 상원이라 부르는 것이다. 소宵는 밤夜이므로, 원소는 '상원의 밤'이라는 의미이다. 상원날 밤에는 집집마다 등불을 켜고 경축하는데, 그래서 원소절을 등롱절燈節이라고도 불렀다. 동한의 명제明帝는 불교를 신봉하여 궁정과 사원에 연등을 밝혀 부처를 밝게 드러낼 것을 명하였으며, 사족과 일반 백성들도 일률적으로 등롱을 들고 부처를 경배하도록 했다. 이 조치 이후 원소절은 민간의 성대한 명절이 되었다.

> 봄바람 부는 밤에 꽃이 밝혀진 뭇 나무 위로,
> 연이어 펑펑 폭죽 소리 울리니
> 불꽃 별똥 비처럼 내리네.
> 화려한 마차의 향기 길을 가득 메우고.
> 봉소 소리에 이끌린 듯
> 옥항아리 밝은 달 점차 기우는데,
> 밤새 어룡무를 추는 등롱들.
> 東風夜放花千樹. 更吹落, 星如雨.

---

2) 『송사(宋史)·서촉세가(西蜀世家)』

寶馬雕車香滿路. 鳳簫聲動, 玉壺光轉, 一夜魚龍舞.

신기질辛棄疾은 「원석(元夕)」이라는 사에서 남송 시기의 등롱절이 얼마나 휘황찬란했는지를 잘 보여주고 있다. 원소절에는 원소3)를 먹는 풍습이 있다. 원소의 외형이 하얗고 동글동글해서 보름날 둥근(圓) 달과 잘 어우러졌다. 또한 원ㅍ은 원圓과 음이 같으니, 새알심4)을 먹는 것은 축복과 단란함團圓을 의미한다.

봄철에 한족에게 가장 중요한 명절은 한식寒食과 청명淸明이었다. 한식은 개자추介子推를 기리는 것에서 기원하였다. 춘추 시기 개자추는 진晉나라의 공자 중이重耳를 보좌하여 여러 나라를 떠돌았다. 훗날 중이가 즉위하여 진문공晉文公이 되었지만 어떠한 봉록도 받지 못한 개자추는 노모를 업고 산에 들어가 은거한다. 중이가 뒤늦게 등용하려 했으나 온 산을 뒤져도 찾을 수가 없어 그를 나오게 하려고 산에 불을 질렀다. 그러나 뜻을 굽히지 않은 개자추는 노모와 함께 불에 타 죽었다. 중이는 후회와 고통으로 매년 이날은 불을 금하고 찬 음식만을 먹도록 명령했다. 한식은 고인을 추모하는 것을 주지로 했기 때문에 백성들도 선영에 성묘하는 풍습이 만들어졌다.

> 성문 밖 무덤에서
> 한식날 어느 집인가 곡을 하네.
> 바람 부니 텅 빈 들판에 지전이 날리고
> 첩첩이 옛 무덤에 봄풀은 푸르다.
> 팥배 꽃이 백양나무를 덮어 가리는
> 모두가 삶과 죽음으로 이별하는 이곳.
> 아득한 황천까지 곡소리 닿지 않아
> 쓸쓸한 저녁 비에 사람들은 돌아가네.
> 丘壚郭門外, 寒食誰家哭.
> 風吹曠野紙錢飛, 古墓纍纍春草綠.
> 棠梨花映白楊樹, 盡是死生離別處.
> 冥冥重泉哭不聞, 蕭蕭暮雨人歸去.

백거이의 「한식에 들판을 바라보며 읊조리다(寒食野望吟)」라는 시는 우리에게 당대

---

3) 새알심
4) 원소, 즉 탕원(湯圓)

한식 절의 풍경을 전하고 있다. 한식이 슬프고 침울한 분위기라면 청명절의 분위기는 기쁨으로 가득하다. 『역서(曆書)』에서는 청명절을 놓고 "이 시기에 기운이 청명하고 풍경이 밝아, 만물이 모두 드러나 이름을 얻는 날"이라고 여겼다. 『월령칠십이후집해(月令七十二候集解)』에서도 "만물이 이 시기에 이르러 모두 깨끗하게 가지런해져 청명하게 된다."라고 했다. 당대의 대시인 두보는 「청명(清明)」이란 시에서 이날의 성대한 분위기를 다음과 같이 읊조렸다.

> 곳곳에서 아름다운 꽃들이 이날 뽐내니
> 장사에 수천 수만의 사람이 쏟아져 나오네.
> 나루터의 푸른 버들은 왕소군의 눈썹보다 곱고
> 길을 다투는 준마는 설슬 같은 명마도 깔보네.
> 著處繁花務是日, 長沙千人萬人出.
> 渡頭翠柳豔明眉, 爭道朱蹄驕齧膝.

송대에는 청명절 시기에 교외를 유람하는 시간이 더욱 길고 규모도 커져 "청명절 전후 열흘간 성안의 아낙들이 화려한 화장과 보석 장신구로 치장한 채 어깨를 나란히 하고 즐거이 노닐어 유람선의 음악 소리가 종일 끊이지 않았다."[5] 청명절의 들놀이에는 반드시 "버들 쓰기戴柳"를 해야 했는데, 야외에서 꺾은 버들가지를 엮어서 관을 만들어 쓰거나 머리의 양쪽 살쩍에 꽂으면, 독을 몰아내고 눈을 밝게 하며 풍년을 보장한다고 한다. 강남의 여인들은 버들 쓰기를 하지 않는 것을 금기시하여 "청명절에 버들을 쓰지 않으면 홍안의 미모가 백발의 늙은이로 변한다."라는 속담이 있을 정도였다. 한식과 청명절은 하루 이틀밖에 차이가 나지 않아 나중에는 하나의 명절로 합하였다. 지금까지 유지되는 풍속은 성묘와 교외로 답청踏靑을 나가는 정도이다.

여름철 한족의 명절 중 비교적 중요한 것은 욕불절浴佛節과 단오절端午節이다. 음력 사월 초파일이 '욕불절'이다. 불교 전설에 따르면, 이날은 부처의 생일인데 아홉 마리의 용이 향기로운 물을 뿜어 부처의 육신을 씻겼다고 한다. 매년 석탄일에는 사찰마다 강경 법회를 거행하여 승려들이 운집하는데, 향기로운 꽃과 등불을 갖추고, 이름난 향을 적신 물을 준비하여 작은 동부처상을 물속에서 씻기는데, 이를 욕불浴佛 혹은 관불灌佛이라 했다.

---

5) 『무림구사(武林舊事)』

불교가 중국에 전래된 후 한족 거주 지역에서는 이날을 '욕불절'이라 불렀다. 사월 초파일이 되면 백성들은 절에 가서 분향하고 예불을 드리는데, 승려들이 작은 대야에 설탕물을 가득 채워 작은 동부처상을 씻기게 하며 떠들썩한 분위기를 만든다. 또한 작은 국자로 설탕물을 남녀 불자들에게 나눠 주는데, 부처를 씻긴 물을 마시면 부처의 가호를 받고 병과 재난을 피할 수 있다고 믿었기 때문이다. 이날의 풍속으로 '사두舍豆'라는 것이 있다. 청대 부찰돈숭富察敦崇의 『연경세시기(燕京歲時記)』에 다음과 같은 기록이 있다. "사월 초파일에 북경 사람들 중에 선행을 즐겨 하는 자들은 푸르고 누른 콩 여러 되를 불호를 외며 하나씩 집었다. 집는 것이 끝나면 삶아서 시민들에게 나눠주었다. 이를 사연두舍緣豆라고 했다."[6] 이를 통해 미리 내세의 인연을 맺을 수 있다고 생각했던 것이다.

음력 5월 5일은 단오절이다. 지지地支에 따라 추산하면 5월은 오월午月이고, 단端은 첫初 번째라는 뜻이다. 그래서 옛사람들은 5월 5일을 '단오'라 불렀던 것이다. 단오절의 가장 중요한 활동은 용선 경기와 종자粽子 먹기이다. 고대의 용선 경기 규모는 상당했다. 관원, 백성, 여염집 규수에 이르기까지 모두 물가에 나와 구경을 했다. 당대 시인 장건봉張建封의 「경도가(競渡歌)」에서 그 다채로운 장면을 잘 묘사하고 있다.

> 북소리 세 번 울리며 붉은 깃발 열리자
> 두 용선이 수면을 박차고 나오네.
> 노로 물결 저으니 만 개의 검이 휘날리고
> 파도를 쪼개는 북소리 천둥이 울리는 듯.
> 鼓聲三下紅旗開, 兩龍躍出浮水來.
> 棹影斡波飛萬劍, 鼓聲劈浪鳴千雷.

'종자'는 신선한 갈댓잎으로 찹쌀과 대추, 밤, 팥소, 햄火腿 등의 부재료를 잘 싸서 익힌 것이다. 단오절에는 이 외에도 액막이, 벌레 쫓기 등을 목적으로 한 일련의 풍속이 있다. 쑥잎과 창포는 방향화탁芳香化濁, 즉 향기로 습탁濕濁을 없앨 수 있고, 정기를 강하게 하며扶正 살균 작용이 있다. 그래서 사람들은 쑥잎과 창포를 끓인 물에 목욕하고[7], 현관 위에 걸

---

6) 『일하구문고(日下舊聞考)』을 인용하여 저자가 첨가한 설명도 참고할 만하다. "경사의 승려들이 염불을 욀 때면 언제나 콩으로 숫자를 세었다. 사월 초파일 석탄일에 콩을 익힌 후 소금을 조금 뿌려 길에서 사람들을 불러 먹을 것을 청하며 인연을 맺었다. 이러한 옛 풍속을 지금도 따르고 있다."

7) 목향탕(沐香湯)

어 두었다8). 웅황雄黃이나 창출蒼朮은 더러움을 없애고 살균 작용이 있어 향주머니에 담아 패용하거나9), 웅황으로 술을 담아 마시기도 한다10). 또한 오색실을 손목에 감거나, 종이를 마름모꼴로 감아 가슴에 달기도 하는데, 다섯 색의 실이 다섯 색깔의 용을 상징하므로 패용하면 사악한 것을 몰아낼 수 있다고 믿었다11). 색 비단으로 종자, 무, 고추, 빗자루, 호랑이 등의 형태를 기워 색실로 꿴 것을 아이의 가슴에 달거나12), 웅황주로 어린아이의 이마에 왕王자를 그리기도13) 하는데, 이는 종자, 빗자루, 호랑이가 액막이 물건이라 패용하면 불길함을 피하는 효력이 있다고 믿었기 때문이다. 민간의 백성들은 단오절을 지낼 때 대문 위에 전갈, 지네, 도마뱀, 뱀, 두꺼비 등 '오독五毒'의 도상을 걸어두고 오독의 몸에 각각 한 바늘씩 찌르는데, 이를 '오독 몰아내기驅五毒'라 했다.

단오절의 기원은 보통 굴원屈原을 기념하는 데서 시작되었다고 생각해 왔다. 사실 역사서에는 다른 기원도 전해지고 있다. 예를 들어 『형초세시기(荊楚歲時記)』에서는 오자서伍子胥를, 『회계전록(會稽典錄)』에서는 효녀 조아曹娥를 기념하기 위해서라고 기록하고 있다. 단오절의 풍속을 분석해 보면, 5월 5일은 옛사람들이 보기에 불길한 날이었다. 이런 날 제사를 드려 신의 가호를 구하고 여러 방식으로 액막이를 하는 것이 단오절의 본래 의미였을 것이다. 시대가 변함에 따라 원래의 의도는 잊히고, 충효와 절의를 숭상하던 역대의 중국인들이 특정 현자를 기념하려고 단오절이 생겼다는 이야기를 만들어 낸 것이다.

가을철 한족의 명절 중 중요한 것은 칠석七夕, 중추절中秋節, 중양절重陽節 등이다. 음력 7월 7일은 신화 전설에서 견우와 직녀가 서로 만나는 날이다. 민간의 백성들은 그들의 재상봉을 축하했고, 여자아이들은 직녀에게 바느질 솜씨를 비는 '걸교乞巧'를 했는데, 이것이 칠석절의 유래이다. 칠석날 낮에 여자아이들은 햇빛 아래 물 한 대접을 받쳐다 수면으로 가만히 침을 눕혀 놓으며 침 아래로 비친 그림자의 형태를 보고서 자신의 바느질 솜씨가 뛰어날지를 점쳐 묻는다.14) "이날 저녁, 부녀자들은 아름답게 꾸민 누각에서 칠공침七孔針15)을 꿰는데, 혹은 금은이나 놋쇠를 바늘로 하기도 했다. 마당에 술, 육포, 오이, 과일

---

8) 현애(懸艾), 괘창포(掛菖蒲)
9) 향주머니 차기
10) 웅황주 마시기
11) 전오색사(纏五色絲)
12) 괘노호삭(掛老虎索)
13) 획노호(畫老虎)
14) 그림자가 곧으면 실패이고, 휘거나 여러 형상이 보이면 '득교(得巧)'한 것이다,

〈그림 1〉
미국 메트로폴리탄 미술관에 소장된 당나라 궁궐의 걸교(乞巧) 그림. 「궁연도(宮宴圖)」(일부). 이 그림은 북송 전기의 임모본이거나 고쳐 그린 판본이다.

등으로 궤연几筵을 차려 놓고 바느질 솜씨가 있게 해 달라고 빌었는데, 오이 위에 거미줄이 있으면 소원을 들어준 것으로 여겼다."16)

음력 8월 15일은 삼추三秋, 즉 초추初秋, 중추仲秋, 종추終秋의 중간이므로 중추仲秋라 불렸다. 중추절은 수확의 계절이고, 달이 더할 나위 없이 둥글고 밝아 이날은 온 가족이 달을 감상하는 것을 주요한 활동으로 한다. 일찍이 주대에 중추의 밤에 추위를 맞이할 때17) 달에 제사 지내는 풍속이 있었다. 그러다 북송 연간에 8월 15일이 정식으로 중추절로 정해졌다. 예로부터 관과 민을 통틀어, 부자와 빈자의 구분 없이 이 명절을 중시했다. 남송 오자목吳自牧은『몽량록(夢粱錄)』에서 중추절 밤을 다음과 같이 기록하고 있다.

왕손공자(王孫公子)와 부호들은 높은 누대에 올라 달구경을 하지 않는 자가 없었는데, 어떤 이들은 널찍한 물가 정자에 연석(宴席)을 마련해 놓기도 하였다. 금슬 소리 울려 퍼지는 가운데 술을 주고받기도 하고 소리 높여 노래를 부르며 밤을 새우는 기쁨을 누렸다. 자리나 깔고 앉는 일반 사람들 역시 조그마한 월대(月臺)에 올라 가족끼리의 연회를 마련하였다. 그들은 자녀들과 모두 모여 중추가절(佳節)을 함께 보냈다. 좁고 누추한 거리에 사는 가난한 사람들이라 하더라도 옷을 전당 잡아 술을 사서 억지로라도 즐기려 하였지 그냥 보내려 하지는 않았다. 이날 밤 도성 안 거리는 오경(새벽 3~5시)까지 장사하였고, 달구경을 하는 유람객들로 저잣거리는 새벽까지 혼잡하였다.

옛날의 제월祭月 의식은 달빛 아래 향안香案을 놓고 촛대, 향로, 월병月餅, 오이나 과일 등을 차린다. 달에 절하는 이는 모두 부녀자였으며, 남자는 금기시되어 "남자는 달맞이하지 않는다男不拜月."라는 격언이 있을 정도이다. 백성들의 집에서는 중추절에 토끼 인형兔兒

---

15) 대오리 모양의 걸교 전용 침
16)『형초세시기』
17) 영한(迎寒)

爺과 월광신상月光馬兒18)을 공양했다. 토끼 인형은 황토를 반죽하여 안료나 금분을 발라 만든다. 토끼 머리에 사람 몸을 한 형상으로 금 투구와 금 갑옷을 입혔으며, 호랑이 등에 타기도 하고 연화대 속에 정좌해 있기도 했는데, 지극히 위풍당당했다. 월광신상은 금박을 붙여 그린 신상화神像畫로 위에는 달빛이 비치는 보살이나 태음성군太陰星君을 그리고 아래에는 월궁, 계수나무, 그리고 절구에 약을 찧는 옥토끼를 그렸다. 중추절에 토끼 인형과 월광신상을 봉양한 이유는 온 가족의 단란함과 소망을 지켜준다고 믿었기 때문이다.

『주역』에서 구九를 양효陽爻라 했으니, 양수인 9가 겹쳐 있는 음력 9월 9일을 중양重陽이라 불렀다. 중양절에는 등고登高, 산수유 꽂기, 국화주 마시기, 중양고重陽糕 먹기 등의 풍속을 행한다. 당대 시인 왕유王維는 「구월 구일 중양절에 산동의 형제를 추억하다(九月九日憶山東兄弟)」라는 유명한 시에서 이날의 정경을 잘 묘사하고 있다.

> 나 홀로 타향에서 나그네 되니
> 명절을 맞을 때면 가족 생각 배가되네.
> 멀리서 형제들 높이 오른 그곳을 떠올리니
> 하나씩 산수유 꽂아 주다 한 사람 부족함을 알아채겠지.
> 獨在異鄕爲異客, 每逢佳節倍思親.
> 遙知兄弟登高處, 遍插茱萸少一人.

갈홍葛洪의 『서경잡기(西京雜記)』에 기록된 국화주의 양조법은 다음과 같다. "9월 9일에 산수유를 차고 쑥떡蓬餌을 먹고 국화주를 마시면 장수하게 된다. 국화가 피었을 때 줄기와 잎을 같이 따서 찹쌀黍米과 섞어 빚었다가, 이듬해 9월 9일이 되어 익기 시작하면 마시면 된다." 중양고라는 이름의 떡 종류는 아주 많다. 청대 반영폐潘榮陛의 『동경세시기승(帝京歲時紀勝)』에 따르면, 청대 "북경에서는 중양절에 화고花糕가 아주 유행하였다. 유당과油糖果를 삶아서 만든 떡, 발효된 반죽에 과일을 끼워 찐 떡, 찹쌀과 기장쌀을 빻아서 만든 떡 등이 있는데, 모두 다섯 색깔의 깃발로 표시했다. 시민들이 앞다퉈 사서 가당家堂에 공양하고 친구들에게 선물했다."

중양절의 풍속은 흥취가 넘치지만, 그 기원은 굉장히 흉악한 전설에서 비롯되었다. 동

---

18) 『연경세시기』 "월광마아(月光馬兒)" 조에 따르면 당시 "북경에서는 신상을 신마(神馬兒)라고 했는데, 감히 신을 직접적으로 부를 수 없기 때문이다. 월광마(月光馬)는 종이로 만들었는데"라고 했다. 여기서 '신마(神馬)'는 신상을 그린 종이를 가리킨다.

한 시기 여남^{汝南} 출신의 환경^{桓景}은 신선인 비장방^{費長房}을 여러 해 동안 따라다니며 배웠다. 비장방이 환경에게 말하길, '9월 9일에 집안에 큰 재난이 닥치니, 속히 가족들 모두 산수유를 가득 채운 붉은 주머니를 팔뚝에 묶은 채 높은 산에 올라 국화주를 마시면 화가 피할 수 있다.'라는 것이다. 알려준 대로 환경이 가족들을 이끌고 산에 올랐다가 밤이 되어 집에 돌아와 보니, 가축들이 모두 죽어 있었다. [19]

옛날에는 9월 9일에 출가한 부녀사가 친정을 방문하는 풍속이 있는데, 그 기원 또한 화를 피하는 것과 관련된다. 단오절과 마찬가지로 9월 9일의 중양절도 옛사람들의 관념 속에서 길한 날이 아니었다. 이 때문에 일련의 화를 피하는 것을 골자로 한 액막이 풍속이 생겼을 것이다. 환경과 비장경의 이야기는 당연히 후세 사람들의 억지 해석이었을 것이다.

겨울의 가장 중요한 명절은 대부분 음력 12월에 있다. 12월을 납월^{臘月}이라 했다. 상고 시대에는 섣달에 사냥한 짐승으로 조상신에게 제사를 지내는 경우가 많았는데, 사냥한다는 의미의 렵^獵과 납^臘의 고문자는 서로 통했으므로 이러한 명칭이 생긴 것이다. 납월 8일은 납팔절^{臘八節}이다. 옛날에 대부분 이날에 납월의 조상 제사를 지냈고, 따라서 이날을 납일^{臘日}이라고도 했다. 동한 시기 이후 불교가 유행하면서 납팔절에 납팔죽^{臘八粥} 먹기와 같은 새로운 풍속이 추가되었다. 원래 불교 전설에서 '납팔'은 석가모니가 성불한 날이다. 석가가 해탈하기 전에 배고픔에 쓰러졌을 때 소 치는 여인이 그를 구하기 위해 여러 가지 곡식을 끓여 잡탕밥을 먹였다고 한다. 석가는 이를 먹은 후 보리수 아래 앉아 깊은 명상에 빠졌고, 결국 깨달음에 이를 수 있게 되었다. 이에 따라 사찰의 승려들이 납팔절에 예불을 드린 후 석가가 성불 전에 먹었던 잡탕밥을 모방하여 여러 잡곡과 콩, 말린 과일을 섞어서 끓인 죽을 먹었는데 이를 '납팔죽'이라 했다. 이것을 백성들이 따라 만들어 먹으면서 민간에서도 널리 유행하게 되었다. 청대에 이르러 납팔죽은 "수수쌀^{黃米}, 백미^{白米}, 찹쌀^{江米}, 좁쌀^{小米}, 능각미^{菱角米}[20], 밤栗子, 홍강두^{紅江豆}[21], 껍질 간 대추 소^{去皮棗泥} 등을 물에 삶아 익힌 뒤, 붉게 물들인 복숭아 속 씨^{染紅桃仁}, 살구 속 씨^{杏仁}, 호박씨^{瓜子}, 땅콩^{花生}, 개암 과육^{榛瓤}, 잣, 백설탕, 흑설탕^{紅糖}, 건포도 등으로 색을 냈는데,"[22] 아주 세세하게 신경 쓸 게

---

19) 오균(吳均)의 『속제해기(續齊諧記)』
20) 물밤
21) 강두(豇豆)
22) 『연경세시기』

많았다. 사자는 불교 전설에 등장하는 신수神獸이므로, 사람들은 건대추로 사자의 몸 모양을 잡고, 호두 반쪽으로 머리를, 복숭아 속 씨로 다리를, 살구 속 씨로 다리를 만들어 설탕을 뿌려 만든 과일사자果獅를 납팔죽 위에 놓았다. 이렇게 만든 납팔죽은 색, 향, 미 모두 훌륭하다고 할 수 있다.

섣달그믐인 납월 30일은 한해의 마지막 하루이자 한해의 마지막 명절인 제석절除夕節이다. '제除'는 한 해가 끝나간다는 뜻이고 '석夕'은 밤이니, '제석'은 세말歲末의 밤이라는 의미이다. 제석절 낮에는 집집마다 깨끗이 청소를 해야 한다. 묵은 먼지를 날려 송구영신送舊迎新하고, 신을 맞이하기接神 위해서다. 제석날 밤에는 하늘에서 온갖 신들이 인간 세상에 내려온다. 따라서 아무 데나 오줌을 갈기는 것을 금기로 한다. 신선들에게 무례를 범해서는 안 되기 때문이다.

저녁에는 온 가족이 둘러앉아 단원반團圓飯을 먹는다. 북방의 단원반은 교자餃子를 주식으로 하는데, 교자를 빚는 것을 '겹세招歲'라 한다. 교자가 돈元寶과 비슷하게 생겼으므로 재물을 불러들이는 길한 의미도 담겨 있다. 남방의 단원반은 설 떡을 주식으로 하는데, 설 떡의 발음인 연고年糕가 연고年高와 음이 같기 때문에 새해에도 집안이 점점 번성하기를 바라는 마음을 담은 것이다.

단원반을 먹은 뒤 집안의 아래 연배들은 윗사람들에게 배례하고 동년배끼리는 서로 절하는데, 이를 '사세辭歲'라고 한다. 이때 윗사람은 손아랫사람에게 세뱃돈을 줘야 한다. 세뱃돈을 뜻하는 압세전壓歲錢은 압수전壓祟錢에서 기원했으며, 원래는 귀신의 장난祟을 억누른다壓는 액막이의 의미를 담고 있었다. 세歲와 수祟의 중국어 발음이 같으므로 후인들이 사세辭歲 풍속과 연결시킨 것이다. 청대에는 세뱃돈을 "색실로 돈을 꿰어 용의 형상으로 엮었다."[23] 보통은 아랫사람의 나이 숫자대로 동전을 주었는데, 시간을 소중히 여기라는 의미가 담겨 있다.

제석에는 '수세守歲', 즉 해지킴의 풍속이 있다. 『동경몽화록』의 기록에 따르면, 북송 시기에는 "이날 궁중에서 폭죽이 크게 울려 궁 밖까지 소리가 들렸다. 민가에서는 화로를 둘러싸고 모여 앉아 새벽까지 잠을 자지 않았는데, 이를 '수세'라고 일컬었다." 이날 밤에는 선조와 여러 신에게 제사를 드려야 했다. 부녀자들은 많은 음식을 준비하여 새해를 준비해야 했고, 아이들은 길거리에서 등롱을 들고 놀거나 폭죽을 터뜨렸다. 옛 북경의

---

23) 『연경세시기』

제석에는 '채세^{踩歲}'라는 풍속도 있었다. 미리 사다 둔 참깨 줄기를 방문에서 대문까지 마당에 쪽 깔아 두었다가 오가면서 밟는 풍속인데, 참깨 줄기가 우직 우지직하는 소리가 해마다 번성하고 올 한해 평안하라는 길상의 기운을 사람들에게 가져오게 한다고 믿었다. 자정에 울리는 제야의 종소리는 제석절이 끝나고 춘절이 시작됨을 알린다. 사람들은 다시 새로운 한 해를 시작하게 된 것이다.

중국의 명절은 이 외에도 아주 많지만 편폭의 제한으로 하나하나 모두를 열거할 수는 없다. 이들 명절 각각에 쌓인 내력을 살펴보면, 중국 문명의 유구한 역사를 털어놓는 것만 같다. 그러나 후세 사람들에게 이들 명절의 의미는 이미 애초의 함의에 국한되지 않게 되었다. 오천 년 문명의 결정이자 반향인 명절의 중요한 의의는 지금의 삶을 더 다채롭게 만들어 풍부한 정취를 더해 준다는 점이다. 따라서 그 기원이 무엇이었든 상관없이 명절은 세속적 삶의 아름다움과 즐거움의 추구라는 공통의 주제를 우리에게 전해주고 있다.

3

설창 예술

자오헝(趙珩)

설창^{說唱} 예술은 고대 민간의 구두 문학과 가창 예술이 장기간의 발전을 거쳐 독특한 예술 형식으로 변화한 것으로, 그 역사는 고대 '배우^{俳優}'로 거슬러 올라간다. '배우', 혹은 '배창^{俳倡}'은 고대의 재담^{俳諧}이나 가무를 위주로 음악과 백희^{百戲}를 겸비한 예인을 가리킨다. 일찍이 하나라 시기에 창우^{倡優}가 활동했으니, 유향^{劉向}의 『열녀전·얼폐전(孼嬖傳)』에 따르면 다음과 같다. "걸왕은……창우, 난쟁이^{侏儒}, 압도^{狎徒}와 같은 광대를 거두어, 특이한 놀이를 할 줄 아는 자를 곁에 모아 난잡한 음악을 만들었다." 창우의 활동에 대해서 『국어(國語)』, 『예기』, 『좌전(左傳)』, 『공양전(公羊傳)』, 『곡량전(穀梁傳)』 등에 산발적으로 기록되어 있다. 『사기·골계열전(滑稽列傳)』에 우맹^{優孟}, 우전^{優旃}, 순우곤^{淳於髡} 세 배우^{俳優}의 예술 활동이 기록되어 있는데, 이들은 "익살스럽고 변설에 능하였고" 수수께끼에 뛰어났으며, "우스갯소리를 잘했지만, 그것이 도리에 맞았다."

배우의 예술 활동은 노래, 춤, 음악, 익살^優의 네 항목인데, 이야기와 우스갯소리 하기가 그중 중요한 한 분야이기도 하다. 역사서에 기재된 것은 주로 배우가 우스갯소리를 수단으로 풍자하는 상황이 대부분이었다. 그들의 해학으로 풍자하는 방식을 설창이 계승하여 후세의 설창 예술의 구성 요소로 자리 잡게 된다. 시대가 바뀌고 예술이 발전함에 따라 배우의 각종 예술 형식이 점차 분화하게 되었다. 설창이 독립적인 예술 분야로 출현한 것은 대략 당대 중엽에 이르러서이다.

당대는 설창 예술에 관한 기록도 있고 문학 각본도 남아 있다. 바로 돈황에서 출토된 '변문^{變文}'이 그것이다. '변문'은 당대 설창 예술을 '전변^{轉變}'시킨 저본이다. 처음에 '변문'은 불경을 강창講唱하던 것이었다. 비록 일반적인 설창 예술과는 달랐지만, 민간의 설창 예술의 영향을 받아 점차 성행하게 된 것임에 틀림없다. 이에 앞서 남북조 시기에 사원에서 불교 교리를 선전하고 참배객에게 보시하기 위해 사원 안에서 불경 이야기를 일반 대중에게 풀어낸 '속강講俗'이라는 것이 있었다. 속강은 창경唱經에서 발전한 것인데 창경과는 또 달라서 불경의 내용을 풀어서 설명할 때 민간의 곡조를 채용하는 식으로 새로운 음악을 따름으로써 청중을 즐겁게 하였다. 이렇게 함으로써 경전을 그대로 읽었을 때와는 달리 단조롭고 지루하지 않을 수 있었다. '변문'은 바로 이 속강의 기반에서 출현했다.

이른바 '변'은 불경의 그림을 선전하는 것이고, '변문'이란 바로 이러한 그림의 해설 문구이다. 변문의 내용은 대부분 민간 고사에서 소재를 취한 것으로, 처음에는 경전을 강설하다가 휴식할 때 삽입한 것인데 나중에는 점점 주객이 전도되어 경전에서 벗어나게 되었다. 게다가 곡조의 측면에서도 점차 음란하고 화려한 음악이 자주 사용되면서 사원의 설법에서 민간의 설창 예술로 탈바꿈하게 된 것이다.

당대 당안절段安節의 『악부잡록(樂府雜錄)』, 조린趙璘의 『인화록(因話錄)』 및 일본의 승려 엔닌圓仁의 『입당구법순례행기(入唐求法巡禮行記)』 등에 이에 관한 기록에 남아 있다. 또한 사원에서는 일반 대중을 더 많이 불러들이기 위해 온갖 기예를 펼치는 희장戲場과 변문장變文場을 열기도 했다. 이와 함께 승려들이 민간 예인의 기예에서 자양분을 섭취하여 '변문' 연창 기예를 끊임없이 발전시킴으로써 예술적 조예가 높은 속강 승려도 다수 배출하게 되었다. 만당 시기 시인 길사로吉師老의 「촉 지방 여인의 왕소군 변문을 보다(看蜀女轉昭君變)」라는 시를 보면, 당말에 이미 민간의 여성 예인이 변문을 강창하고 있었음을 확인할 수 있다. 이는 변문이 사원과 경전에서 벗어나 민간으로 나아가고 있음을 잘 보여주고 있다.

이 시기에 출현한 당대 시인 소설市人小說 또한 당 중엽의 설창 예술의 형성에 중요한 표지가 된다. 시인 소설은 송대 설화說話의 전신이다. 단성식段成式은 『유양잡조(酉陽雜組)』에서 태화太和 연간 말년에 '시인 소설'을 구경할 때의 상황을 기록하고 있다. 『고력사외전(高力士外傳)』에는 당현종이 퇴위한 후 종종 고력사와 함께 전변轉變과 설화를 들었다는 기록이 있으니, 당시 이미 변문과 설화 예인이 궁중에서 공연했음을 알 수 있다. 원진元稹은 「한림원 백학사를 대신 써 준 100운에 답하다(酬白學士代書一百韻)」라는 시의 원주原註에서 그가 백거이와 함께 신창댁新昌宅에서 "일지화一枝花 이야기를 들었는데, 인시에 시작하여 사시에 이르도록 여전히 끝나지 않았다."라는 언급이 있다. 일지화의 내용은 백행간曰行簡이 창작한 전기 「이왜전(李娃傳)」의 이야기이다. 이 이야기를 3시진(6시간) 동안 풀어내도 "여전히 끝나지 않을" 수 있을 정도니 그 서술이 세밀하고 곡진했음을 충분히 알 수 있다. 이는 당시 시인 소설의 발달과 많은 관련이 있다.

설창 예술은 형식적인 면에서 당대 중엽에 완비되었다. 변문을 예로 들면 승려가 속강으로 불경 이야기를 풀이하는 한편 속세의 대중의 요구를 수용하기 위해 역사 이야기, 민간 전설 및 당대 인물의 사적에 대해 강창하기도 했다. 예를 들어 역사를 소재로 한 「한장왕릉변(漢將王陵變)」, 민간 고사를 반영한 「왕소군변문(王昭君變文)」, 현실적 소재를 반영한 「장회심변문(張淮深變文)」 및 불교 이야기를 제재로 한 「팔상변문(八相變文)」, 「파마변문(破魔變文)」 등이 있다. 그 형식은 대부분 산문과 운문이 교차하는데, 이야기하는 부분은 산문이고 노래하는 부분은 운문이라 오늘날의 연극이나 뮤지컬이 대사와 가사로 나뉜 것과 비슷하다. 이런 식의 문체는 당시로선 신선해서 다양한 청중의 환영을 받아 "(불경에 더럽고 음란한 이야기를 끼워 넣어) 서로 선동하며 부추기니 평범한 일반 남녀들이 그 이야기를 즐겨 들었으며, 청중이 절을 가득 메웠다." 이러한 형식은 고사鼓詞와 탄사彈詞에 지금까지 보존되어 있다.

설창 예술이 번영하고 발전한 시기는 송대이다. 당시 북송의 수도인 변량[1]은 사방에서 앞다퉈 찾아오고 만국이 모두 통하는 대도시였고, 남송의 도성인 임안[2]은 더욱 번성하였다. 도시 경제의 번영은 시민 계층의 확대를 촉진했다. 특히 '방시제坊市制[3]'와 야간 통행금지 제도를 폐지함으로써 도시에서 상업과 오락업을 밤새 할 수 있게 되었다. 예인들이 밤낮으로 도시 곳곳에서 공연을 펼쳐 설창 예술이 번성할 수 있는 최상의 국면이 조성되었다. 송대의 필기인 『동경몽화록(東京夢華錄)』, 『도성기승(都城記勝)』, 『서호노인번승록(西湖老人繁勝錄)』, 『몽량록(夢粱錄)』 등에서 이에 관한 기록이 상세하여 설창 예술의 발전 상황에 대한 자세하고 믿을 만한 자료를 제공하고 있다.

송대에 기예를 연창하던 장소를 와사瓦舍나 구란勾欄이라 불렀다. 와사, 혹은 와자瓦子는 도시의 대형 오락 장소이며, 구란은 와사에서 공연하던 장소를 가리켰다. 예를 들어 당

---

1) 현재 개봉시
2) 현재 항주시
3) 거주 지역인 방(坊)과 상업 지역인 시(市)를 엄격히 구분하여, 교역 활동이 일어나는 시간과 장소를 법으로 통제한 제도이다.

시 변량의 북와^{北瓦}에는 십여 개의 구란이 있었다. 이곳에서 십여 종의 설창 공연을 수용할 수 있었다. 그들은 대체로 다음과 같이 나눌 수 있다. (1) 설삼분^{說三分}, 강사^{講史}, 오대사^{五代史}, 설원화^{說諢話} 등 말^說 위주의 공연. (2) 제궁조^{諸宮調}, 창쇄령^{唱耍令}, 소창^{小唱} 등 노래^唱 위주의 공연. (3) 학향담^{學鄕談}, 규과자^{叫果子} 등 학^學에 관련된 공연. (4) 상미^{商謎}, 합생^{合生} 등 문자 유희의 공연. 이처럼 한 번에 다 볼 수 없을 정도로 다양한 공연이 펼쳐졌다. 이러한 설창 형식은 대부분 후세의 곡예^{曲藝} 예술으로 계승되었다. 예를 들어 강사의 예술 형식은 평서^{評書}나 평화^{評話}로 계승되었고, 창^唱 예술 형식은 후세의 탄사^{彈詞}, 평탄^{評彈}, 단현^{單弦}, 대고서^{大鼓書}로 계승되었으며, 학^學 예술 형식은 상성^{相聲}, 구기^{口技}로 계승되었다. 또한 끊임없는 변화 발전을 거쳐 더욱 풍부한 곡예 예술 장르를 형성하였다.

송대에는 설화 예술이 가장 발달했는데, 『취옹담록(醉翁談錄)』에 따르면 설화 예술은 다음 네 가지 기예를 반드시 갖춰야 한다. "이야기는 문구가 있어야 하고, 읊조림은 시가 있어야 하며, 말에는 어투가 있어야 하고, 몸짓은 익살이 있어야 한다^{曰得詞, 念得詩, 說得話, 使得砌}." 이른바 말에 어투가 있어야 한다는 것은 이야기 인물의 말투를 모방할 수 있는 능력을 갖춰야 한다는 뜻이고, 몸짓이 익살맞아야 한다는 것은 이야기에 삽입된 우스개 동작으로 청중을 매료시키는 것에 능해야 한다는 뜻이다. 『취옹담록』에 기재된 설화^{說話}의 목록은 영괴^{靈怪}, 연분^{胭粉}, 전기^{傳奇}, 공안^{公案}, 박도^{朴刀}, 간봉^{杆棒}, 신선^{神仙}, 요술^{妖術} 등 백여 종에 달한다. 이 속에는 양가장^{楊家將}, 송태조의 건국 이야기, 한세충^{韓世忠}과 악비^{岳飛}의 항금^{抗金} 투쟁 등 당시의 인물을 소재로 한 이야기까지 포함되어 있었다.

구란에는 설화인들이 소재에 따라 전용으로 독점하는 곳이 있었다. 예를 들어 북와의 구란 중 두 곳에서는 역사를 전문적으로 이야기했다. 설화 예인들은 와사와 구란뿐 아니라 주루나 다관, 사원 앞의 넓은 공터 및 묘회^{廟會}나 시골 등지에서도 공연했다. 육유^{陸遊}의 「조각배로 인근 마을을 유람하다 배를 버리고 걸어서 돌아오다(小舟遊近村, 舍舟步歸)」라는 시를 보면 설창 예술이 농촌에서 유행했고 군중들의 환영을 받았다는 사실을 확인할 수 있다.

> 석양이 비치는 조가장(趙家莊)의 늙은 버드나무 아래,
> 북을 등에 멘 늙은 맹인이 공연을 하고 있다.
> 죽은 후에 잘잘못을 누가 상관할까만,
> 온 마을 사람이 채중랑(蔡中郎) 이야기를 듣고 있다네.

이 시에 등장한 '채중랑'은 채백개蔡伯喈와 조오랑趙五娘 이야기의 주인공으로 유명한데, 이후 남희「조정녀채이랑(趙貞女蔡二郎)」, 잡극「비파기」 등으로 개편된 바 있다.

설화 예술이 번영함에 따라 일부 하층 지식인이 서회書會에 참여하여 설화 예인들을 위해 작품을 창작하고 개편했다. 그들은 역사와 민간 전설뿐 아니라 현실 생활에서 소재를 취하여 창작의 영역을 확장함으로써 설화 예술을 더욱 발전시켰다. 몇몇 예인들의 경우 어려서부터 『태평광기(太平廣記)』 등을 읽어 역대의 역사에 해박했고 상당한 문화적 수준을 갖추고 있었다. 따라서 강력한 예술적 감화력으로 청중들을 휘어잡았다. "매국노의 간사함을 말하면 우매한 무리도 화를 냈고, 충신의 억울한 원한을 이야기하면 철심장도 눈물을 흘렸다.", "세 촌 혀로 잘잘못을 포폄하고, 만 마디를 모은 간략한 노래로 고금을 강론한다." 이 예시는 앞에서 말한 예술적 효과를 생생하게 보여주는 장면이다.

말說 위주의 공연뿐 아니라 노래唱 위주의 공연도 와사와 구란에서 성행하였다. 그중에서 제궁조諸宮調, 창잠唱賺, 복잠覆賺의 음악적 구조가 가장 복잡했다. 제궁조는 동해원董解元의 『서상기(西廂記)』 등의 작품이 현존한다. 잠賺의 음악이 가장 난해하여, 곡파曲破, 만곡慢曲, 대곡大曲, 표창嘌唱, 사령耍令, 번곡番曲 등 여러 가락을 아울러야 했다. 이들 모두 인물과 이야기의 줄거리를 가진 곡사曲詞인데, 전통 예술 가곡, 당시 한족과 소수 민족의 민간 가곡, 외국의 가곡 및 이들의 변주까지를 모두 포함하고 있었다.

송진종宋眞宗 시기에 불교를 금지했으므로 변문 또한 금령이 내려졌다. 그러나 변문의 예술적 형식은 다양했으므로 겉모습을 바꾸어 공연되었는데, 이것이 설원경說諢經과 보권寶卷이다. 일부 예인들은 사원을 벗어나 와사, 구란에서 이를 설창하기도 했다. 주밀周密의 『무림기사(武林紀事)』에는 '설원경'을 하는 "장소화상長嘯和尚 등 17인"과 '탄창인연彈唱因緣'을 하는 "동도童道, 이도李道 등 11인"에 대해 언급하고 있다. 경전을 강설하면서 '우스갯소리諢'를 표방했으니, 그 내용이 해학적이었음을 잘 알 수 있다. '보권'은 변문 설창의 저본인데, 불경을 내용으로 한 것과 아닌 것의 두 종류로 나눌 수 있다. 이 중에서 문자 유희에 속하는 잡권雜卷은 후세의 곡예에 등장하는 관구貫口[4)에 많은 영향을 끼쳤다.

송대에 설창 문학이 성행함에 따라 우수한 송대 화본話本이 다수 등장했다. 현존하는 화본은 「연옥관음(碾玉觀音)」, 「착참최녕(錯斬崔寧)」, 「지성장주관(志誠張主管)」, 「양

---

4) 관구(串口), 쾌구(快口)라고도 하며, 리듬감 있는 언어로 막힘없이 단숨에 꿰듯이 서술하는 방식으로 분위기를 조성하여 웃음거리를 만든다.

사온이 연산에서 옛 친지를 만나다(楊思溫燕山逢故人)」,「백낭자가 뇌봉탑에 영원히 깔리다(白娘子永鎮雷峰塔)」등 대략 40여 종인데, 사상적인 면에서뿐 아니라 예술적으로도 상당한 성취를 이루었다. 이들 작품은 시민 계층의 삶과 관념을 잘 반영하고 있으며, 도시 노동자, 상인 및 하층 지식인이 작품의 주인공으로 등장하여 그들 삶의 애환을 노래한다는 점에서 중국 문학사의 새로운 현상이라 할 수 있다.

원대 이후에도 와사와 구란은 존속하고 있었지만, 설창 예술은 박해를 받아 양가의 자제들은 설창 예술의 학습이 금지되었다. 설창 예인이 사회적으로 무시받자 설창 예술 또한 억압을 받았다. 특히 송대에 사회생활을 반영하던 화본이 이러한 억압으로 인해 쇠퇴하게 되었다. 예인들은 자신의 정치적 소망을 역사에 완곡하게 기탁하는 방식으로 풀 수밖에 없었다. 이에 따라 장편 평화評話가 발전하기 시작했다.

원명 시기에 유행한 강사講史는 '평화'라는 형식에 더하여 산문과 운문이 섞인 사화詞話 형식을 형성하기 시작했다. 이들 대부분은 장편의 역사 소재를 위주로 하였다. 『수호(水滸)』 이야기는 명대 초엽에 이미 사화본이 유행하고 있었다. 이 밖에 『대당진왕사화(大唐秦王詞話)』와 최근에 발견된 『설창화관색사화(說唱花關索詞話)』 등이 현존하고 있다. 사화의 흥기와 발전은 후세의 평화와 설창 고사說唱鼓詞의 발전에 많은 영향을 끼쳤다.

명대 중엽 이후, 사화는 점차 남방의 탄사彈詞와 북방의 고사鼓詞가 서로 대치하는 국면으로 변해 갔다. '남사南詞'라고도 하는 탄사는 명 중엽에 형성된 것으로 그 전신은 도진陶真 혹은 사화詞話이다. 강소성, 절강성 일대에서 유행하였으며, 이후 강남 지역에서 장기간 발전해 왔다. 소주탄사蘇州彈詞, 양주탄사揚州彈詞, 소흥평호조紹興平湖調 등이 모두 이 부류에 속한다. 대부분 한 명에서 서너 명이 공연했는데, 말과 노래를 같이 하거나 말없이 노래만 하기도 했다. 악기는 대부분 삼현三弦, 비파琵琶, 월금月琴이 위주였는데 연주를 하면서 노래를 병행했으며, 모두 현지의 방언을 사용했다.

탄사 작품은 180종 이상이 현존하는데, 대부분 장편이다. 그중 『진주탑(珍珠塔)』, 『옥청전(玉蜻蜓)』, 『안방지(安邦志)』, 『안국지(安國志)』 등이 가장 유명하다. 고사는 명 중엽 이후 북방과 강남 일부 지역에서 유행했다. 그러나 온주고사溫州鼓詞나 양주고산조揚州靠山調 같은 강남 지역의 고사는 방언 문제로 특정 지역에서만 유행했을 뿐 크게 발전하지 못하였다. 북방 고사는 어음이 비슷하여 예인들이 돌아가며 연창하거나 서로 교류하기 편했으므로 아주 흥성하게 발전했다. 청대 초엽 이후 하북, 산동, 하남 등지에서 대고서大鼓

書, 삼현서三弦書가 농촌과 소도시를 중심으로 폭넓게 유행하였다. 대부분은 중편 고사 위주로 설창했으며, 곡조가 소박하고 내용은 생동적이었다.

청대 강희 연간을 기점으로 사회가 점차 안정되면서 도시 경제와 사회생활이 번영하기 시작하여 설창 예술의 발전에 유리한 조건이 형성되었다. 강희, 옹정, 건륭, 가경 연간의 180여 년 동안 각지의 설창 예술은 서로 교류하고 융합하여 많은 새로운 양식을 만들어 냈다. 예를 들어 명 중엽 이후 남북을 통틀어 성행한 시조 소곡時調小曲은 청초에 새롭게 발전했다. 『양주화방록(揚州畫舫錄)』과 『예상속보(霓裳續譜)』에 수록된 곡목을 보면, 당시의 시조 소곡은 대부분 서두와 결미가 있고 여러 곡패曲牌를 연결하여 이야기의 줄거리를 푸는 설창 형식이며, 청 중엽 각지에서 형성된 패자곡牌子曲에 상당한 영향을 끼쳤다. 이 밖에 남사 계통에 속하는 곡종인 평호조平湖調, 탄황조灘簧調 등의 곡종은 강희 건륭 연간에 북경에서 거의 150년 간 불려져 북방의 곡사와 연창 형식에 일정한 영향을 주었다.

청대의 자제서子弟書는 청음자제서淸晉子弟書라고도 했는데, 건륭, 가경, 도광 연간에 북경에서 성행했다. 만주 귀족 자제들이 애호하던 것이 점차 민간으로 흘러들어 청대 설창 예단에서 최상품으로 추대받던 북방 고사의 한 지류이다. 그 곡조는 동성조東城調와 서성조西城調의 두 유파로 구분된다. 동성조는 음절이 높고 가사가 웅장하여 격앙강개한 내용이 많았으며, 대표 작가로 한소창韓小窗이 손꼽힌다. 서성조는 음절이 곤곡 같았으며 그 가사는 재자가인, 남녀의 사랑이 대부분이었다. 대표 작가는 나송창羅松窗이다. 자제서의 내용은 명청 소설, 희곡 및 당시의 사회생활에서 소재를 취했으며, 작품의 길이는 일정하지 않았다. 비록 명문淸門에서 나왔으나 작자들이 설창 예술에 익숙하여 아속雅俗이 결합한 독특한 면모는 청 후기의 단현單弦, 경운 대고京韻大鼓 등 곡예 형식의 형성과 발전에 중요한 영향을 미쳤다.

4

민간 미술

천서우샹(陳綬祥)

민간 미술에 대해 정확하고 똑 부러지는 정의를 내리기는 힘들다. 하지만 민족 미술 중 가장 기초적이고 보편적인 형태라는 정도는 말할 수 있다.

많은 민간 미술품이 역사적 침전을 거치며 민족 미술의 가장 주요한 구성 요소가 되었으며, 중국 문명의 발전에 영향을 끼쳤다. 일찍이 신석기 시대에 황하, 장강 유역에 출현한 수많은 채문 도기는 중국의 고대인들이 창조한 뛰어난 민간 미술품 중 하나이다. 채문 도기에 묘사된 나선무늬, 물결무늬, 별무늬^{星紋} 등 각종 문양은 지금까지 민간 미술가들에 계승되어 각종 민간 장식의 문양으로 사용되고 있다. 물고기, 개구리, 벌레, 새, 사슴 무늬 등 채문 도기에 사용된 각종 이미지 소재들은 후세의 모든 중국 민간 미술에 사용되는 전통적 제재이다.

채문 도기에 사용된 홍, 황, 흑의 기본 색조는 민간 미술의 가장 기본적인 색조이다. 절강성 여요현 하모도^{河姆渡} 신석기 유적에서 출토된 돼지 그림이 그려진 흑색 토기에는 돼지 몸에 털이 아닌 꽃잎 무늬 같은 게 새겨져 있다. 이러한 수법과 패턴은 오늘날까지 여러 민간 전지^{剪紙} 예인들이 즐겨 사용하고 있다. 호북성 강릉박물관^{江陵博物館}에는 신석기 시대 굴가령^{屈家嶺} 문화 유적에서 출토된 도소^{陶塑} 소동물이 소장되어 있는데, 이들의 조형과 외관은 오늘날 민간 예인이 빚어낸 진흙 호루라기^{泥哨} 등 완구의 조형과 거의 완벽하게 일치한다. 실로 민간 미술의 억센 생명력과 거대한 영향에 탄복하지 않을 수 없다.

기나긴 사회 발전을 거치는 과정에 미술 또한 분화되었다. 뛰어난 전형적인 작품은 궁정 귀족이나 전문적인 문인의 수요에 의해 생산된 것이 사실이다. 비록 그렇지만 수많은 민간 예인의 노동이 투입되어 경전적인 작품들이 민간 미술에 스며들게 하였으며 민간 미술의 기본적인 형, 색, 질의 관념과 창작 수법이 유지 발전할 수 있게 하였다. 청동기에서 한대의 화상석에 이르기까지, 진 병마용에서 당삼채唐三彩에 이르기까지, 불교 석굴 예술에서 목판 삽화에 이르기까지 모두 민간 미술의 풍모가 간직되어 있다. 그 속에 담긴 수많은 제재, 수법, 격식 등이 중국 민간 미술의 기본적인 양식의 하나가 되어 민족 미술의 발전에 많은 영향을 미쳤다.

송대 도시 경제의 발전은 민간 미술이 크게 도약할 수 있는 길을 열어주었다. 현재 우리가 접할 수 있는 민간 미술품들은 송대에 이미 형태가 갖추고 있었다. 시민 문학과 필기 소설의 흥기로 인해 진귀한 민간 미술 사료가 상당 분량 기록으로 보존될 수 있었다. 이런 상황은 명청 시기에 더욱 두드러졌고, 송대의 민간 미술품이 그대로 전수되거나 보존되는 것은 한계가 있었다. 따라서 일반적으로 중국 민간 미술의 연구는 명청 시기에 집중되어 있으며, 특히 지금까지 민간에서 활약하고 있는 종류에 중점을 둔다.

다른 미술 작품과 비교했을 때 민간 미술품의 개성은 작품의 전체적인 풍모에서 강렬하게 드러난다. 개별 작자의 개별 작품이 가진 개성은 그리 중요하지 않고, 그것이 대표하는 전체적인 스타일이 중요했다. 따라서 모든 민간 미술품은 제재와 수법 면에서 공통되는 특징이 있다. 이런 점은 민간 미술의 분류 연구에 참조가 될 만한 근거를 제공하고 있다. 제재의 경우, 역사상 특정 시기의 가장 통상적인 소재가 민간 미술에서 가장 자주 사용하는 제재이다. 예를 들어 상주 시기에 동물무늬와 기하무늬가 대표적이라면, 진한 시기에는 공신, 열녀, 신선, 사신四神, 연악, 백희 등의 소재가 대표적이다. 수당 시기의 연문권초蓮紋卷草, 불교 도교 용품, 말타기와 활쏘기, 가무, 이국의 풍물 등의 소재, 송원 시기의 화초나 동물, 인물 이야기, 세태, 산수 자연 등의 소재 등이 모두 민간 미술에서 자주 사용되었다. 명청 시기 이후에는 제재가 더욱 확장되어 역사와 현실의 거의 모든 소재가 민간 미술의 대상이 될 수 있었다.

그러나 민간 미술 각 분야의 기능에 따라 제재 선택의 주안점이 다르다. 예를 들어 다음과 같다. 건축 장식에 사용된 목조나 석조, 제사에 사용되는 지찰紙紮이나 점토 인형泥塑 등에는 역사 고사, 희곡의 등장인물, 신선 요괴 등의 소재가 자주 등장했다. 명절이나 일상의 장식에 사용된 염색이나 전각剪刻, 아동용 완구 등에는 화조나 물고기 같은 동식물, 상서로운 짐승, 길상의 문양 등이 소재로 채택되었다. 일반적으로 민간 미술은 소재가 직관적이며 우의적으로 전달하는 관념을 더 중시하는데, 이는 사악한 것을 몰아내고 복을 내리는 효과를 추구한 것이다.

표현수법의 측면에서 민간 미술은 가장 흔한 재료로 평범하지 않은 경관을 창작하는 것을 중시하였으며, 창작에 핵심적인 역할을 하는 숙련공을 추앙했다. 가장 즐겨 사용하는 재료는 저렴한 흙, 나무, 돌 등이었으며, 여기에 중국에서 발명한 종이, 비단을 더하면 민간 미술에 사용된 재료 전부라 해도 무방하다. 창작기교는 굽기陶, 치기搏, 염색染, 방직織, 자수繡, 그림繪, 소조塑, 묶기紮, 엮기編, 매듭結, 조각雕, 새기기鐫 등의 기술을 융합한 데다 유약을 칠하고 인쇄하여 제작하였다. 민간 미술의 제재와 수법의 처리를 통해 일반적이면서 특정한 재료는 완벽한 작품으로 완성된다. 판에 박힌 표정泥塑木雕, 치밀하게 새기다精雕細刻, 세심히 다듬다仔細琢磨, 도야하다陶化, 모범模範 등의 중국어 단어는 민간 미술이 문화에 끼친 영향을 상기시킨다.

하나의 작품에 여러 제재와 수법이 융합되어 사용되기도 한다. 예를 들어 평범한 진흙 호루라기에 빚기, 소조, 굽기, 회화 등의 수법이 복합적으로 사용되어 하나의 수법으로 분류하기 힘들게 하는 경우도 있다. 이는 많은 민간 미술품을 연화年畫, 민간 완구民間玩具, 채등彩燈 같은 관습적인 명칭으로 각각 다르게 불러왔던 원인이기도 하다.

중국 민간 미술 가운데 특색 있는 성공적인 부류는 사실 일반 대중의 일상생활에서 가장 평범한 활동과 연관된 것들이다. 모두가 익히 아는 '목판 연화'와 '전지剪紙'를 예로 들자면, 연화는 바로 민간에서 설날에 붙이는 '문신門神' 및 기타 장식화이며, 전지는 방을 꾸밀 때 붙이는 창화窗花 혹은 자수에 사용하는 견본花樣이다. 지역 간 풍속과 생활상의 차이로 인해 각지의 민간 미술품 또한 스타일도 제각각이고 선호하는 종류도 달랐다. 민간 미술품은 생활과 밀접하게 연관되어 있으므로 일반 대중의 삶을 기점으로 살펴보면 중국 민간 미술의 주요한 종류와 분포 상황을 이해할 수 있게 될 것이다.

주택과 그 주변 장식은 민간 미술이 집중되던 장소이다. 많은 목조, 석각, 전조磚雕, 도소陶塑 작품이 건축 장식과 관련되거나 건축 장식의 수요에 의해 생산되었다. 기둥, 창문, 칸막이, 가구 등의 장식은 목조 기예를 충분히 발휘해야 했다. 문둔테門墩, 난간, 주초柱礎, 대기臺基 등은 석조를 위주로 했다. 용마루, 첨구簷口, 장두牆頭, 조벽照壁 등은 도소와 전조가 솜씨를 발휘했던 곳이다.

일반적으로 건축이 유파를 형성한 지역은 대부분 조각 장식雕飾 기예와 관련된 곳이다.

북방의 황하 중하류 지역인 북경과 천진 일대 및 감숙과 영하 일대의 전조^{磚雕}, 산서와 섬서의 석조 및 도소^{陶塑}는 북방의 스타일과 수준을 대표한다. 장강 유역인 강소, 절강, 안휘의 목조와 석조, 전조는 굉장히 수준이 높았으며, 특히 휘주^{徽州} 지역의 전조와 목조가 가장 유명했다. 절강의 동양목조^{東陽木雕}, 강소의 소식가구^{蘇式家具}, 안휘의 휘파전조^{徽派磚雕} 같은 민간 미술 유파는 많은 영향을 끼쳤다. 이 밖에 영남의 조주금칠목조^{潮州金漆木雕}, 천주석각^{泉州石刻}, 사천목조^{四川木雕}, 운남의 대리석조^{大理石雕}와 목조 등은 모두 저명한 민간 조각 예술품이다.

실내 장식 중 가장 중요한 민간 미술품은 연화^{年畫}와 창화^{窗花}이다. 이들은 판각^刻, 인쇄^印, 전지^剪, 회화^繪 등 여러 분야의 수준을 집약적으로 보여주고 있다.

명청 시기 이후 민간 목판 연화는 공전의 규모로 발전하여 전국적으로 연화 제작의 중심지가 분포되었으며, 이들 중심지를 대표로 각각의 유파를 형성하였다. 북방은 천진의 양류청연화^{楊柳青年畫}, 산동의 유방연화^{濰坊年畫}, 하북의 무강연화^{武強年畫}, 하남의 주선진연화^{朱仙鎮年畫}가 가장 유명했고, 산서와 섬서 등지에도 지역 특색의 연화 제작 중심이 있었다. 남방에는 소주의 도화오연화^{桃花塢年畫}, 사천의 면죽연화^{綿竹年畫}, 광동의 불산연화^{佛山年畫}가 가장 유명했다. 수많은 연화 종류 가운데, 산동성 고밀^{高密}의 복회화^{扑灰画}1)와 안휘성 봉양^{鳳陽}의 봉화^{鳳畫} 같은 손으로 그린 연화는 가장 오래된 연화 제작 방식을 고수하고 있다.

창화는 민간의 전지^{剪紙} 가운데 가장 특징적이면서 보편적이다. 장화^{牆花}, 문화^{門花}, 희화^{喜花}, 정붕화^{頂棚花}, 화전^{花笺} 등도 자주 볼 수 있는 전지 공예이다. 자수 도안과 날염 도안도 종종 전지를 밑그림으로 한다. 사용되는 기법은 오리거나 새기는 방식이고, 단색일 때도 색깔을 칠할 때도 있다. 어쨌든 전지는 중국에서 가장 광범하게 유행한 민간 예술품이다. 많은 지역에서 전지는 농촌 부녀자들이 기본적으로 익히는 기능 중 하나였다. 고고학적으로 4세기 전후 북조 시기의 전지 유물이 발견된 바 있으며, 위진 시기 저작에서 전지 도안을 묘사하는 기록이 있는 것을 보면 그 역사가 유구함을 알 수 있다. 수많은 전지 유파를 나열하는 것은 쉽지 않다. 그들 모두 나름의 지역 특색과 개인적 스타일이 있기 때문이다. 그러나 창화만 놓고 보면, 대부분 북방과 중원 지역에 집중되어 있으며 흑룡강, 산서, 산동, 하북, 하남, 섬서, 안휘 등지에서 고르게 높은 수준의 작품을 선보이고 있다.

---

1) 목탄으로 그린 밑그림을 문질러 여러 개의 화판을 만든 후 채색하는 방식으로 손으로 직접 그린 연화

의례나 사교 활동, 각 절기의 고정된 행사 등도 민간 미술이 제힘을 발휘하는 분야이다. 수많은 민간 미술품이 이러한 활동으로 인해 제작되었다고 할 수 있다. 그중에서 어느 정도 보편적 의미와 대표성을 지닌 민간 미술품은 지찰^{紙紮}과 소작^{塑作}을 들 수 있다. '지찰'로 각종 채등^{彩燈}을 만들 수도 있지만, 장례에서 장의 용품으로 자주 사용되는 종이 공예이다. '소작'으로는 면이나 빵 등의 모양으로 절기 음식, 예물, 제물 등을 만들 수도 있고, 점토나 석고 등의 재료로 절기 완구, 장식품, 토우^{土偶} 등을 제작하기도 한다. 각종 의례 활동과 민속 절기에서 종종 가장 특색 있는 물건인 이들로 인해 열

〈그림 1〉
청대 장명산(張明山: 예명은 니인장(泥人張))
이 제작한 채색 소조 「백사전(白蛇傳)」

렬하거나 엄숙하거나 장중하거나 경사스러운 등등의 여러 분위기가 조성된다.

이 부류의 민간 미술품은 전국적으로 분포되어 있는데, 특정 지역을 중심으로 그 지역만의 독특한 스타일적 특징을 형성한다. 지찰을 예로 들면, 북방 스타일의 용품은 산동, 섬서 등지에서 대동소이하다. 남방은 복건, 광동을 중심으로 독특한 스타일을 공유했고, 사천을 중심으로 또 다른 스타일이 있었으며, 소주와 항주 지역도 자신만의 특색을 가지고 있었다. 구체적으로 사천의 용등^{龍燈}, 복건의 왕선^{王船}, 소주 및 항주의 궁등^{宮燈}, 산동 및 섬서의 지찰^{紙紮}, 산서 및 하남의 채등^{彩燈} 등이 모두 대표적인 작품이다. 소작의 경우, 황하 유역의 면소^{面塑} 작품, 사천의 당인^{糖人}, 소주 및 광주의 화고^{花糕}, 북경 등지의 면인^{面人} 등이 특출났다.

여러 생산 도구를 포함한 의복과 장신구 등의 일상 용품도 일상생활에서 민간 미술품이 가장 중요하게 사용되어 온 분야이다. 여러 지역의 여러 민족에게는 그들만의 자랑할 만한 복식이 있다. 어떤 지역은 원료로 유명한데, 귀주, 호남 등지의 납염^{蠟染}, 사천, 광서, 산동, 강소, 절강 등지의 직금^{織錦} 등이 그러하다. 어떤 지역은 양식이 유명한데, 신강의 화모^{花帽}, 산동, 하남, 섬서 등지의 수두동혜^{獸頭童鞋}와 배두렁이^{肚兜2)} 등을 예로 들 수 있다. 또 어떤 지역은 공예로 유명한데, 산서, 강소 등지의 자수^{刺繡}, 호북, 사천 등지의 십자수^挑

2) 전통 속옷

花 등이 대표적이다. 이들이 뒤섞여 다양한 민간 복식을 만들어냈으니, 가장 다양한 종류를 지닌 민간 미술품 중 하나로 꼽을 수 있다.

생산 도구 중에서 가장 대표적인 민간 미술품은 도자기와 죽등竹藤 제품이다. 도자기는 종류가 많고 비중이 클 뿐 아니라 스타일도 다양해서 기물의 종류와 조형을 통해 각지의 특징을 살펴볼 수 있다. 일부 제품은 전국적으로 영향을 끼쳤는데, 청화어반青花魚盤이 대표적이다. 누화흑도鏤花黑陶처럼 다른 지역에서는 찾을 수 없는 제품도 있다. 북방의 자주요계磁州窯系, 요주요계耀州窯系, 복건의 건요建窯, 강서의 길주요吉州窯, 절강의 용천요계龍泉窯系 등 역사적으로 요계窯系3)를 형성한 지역에는 일반적으로 상당히 유명한 민간 미술품을 보유하고 있다. 죽등 제품은 특유의 지역 분위기를 잘 드러냈다. 이들은 남방에서 대부분 만들어졌다. 사천, 절강, 호남, 광동 등지의 죽등 제품은 아주 특색 있다. 근대 시기에는 북방의 각종 초편草編과 유조편柳條編 또한 상당한 발전을 이뤄 민간 미술의 새로운 분야가 되었다.

마지막으로 언급하고 싶은 것이 있다. 민간 미술품 중 가장 광범하게 사용되는 것이 오락 용품이다. 가장 대표적인 것이 목우木偶, 피영희皮影戲 같은 희곡에 사용되는 가무 용품, 용선龍船 경기나 연날리기에 사용하는 체육 용품, 아동이나 성인이 가지고 노는 각종 완구 등이다. 이러한 용품은 대부분 각지의 오락 활동과 관련된다. 산서, 섬서, 감숙, 호남, 호북의 피영皮影과 복건, 호남의 목우는 현지의 민간 오락인 피영희와 목우희의 산물이다. 귀주의 나儺 가면과 지방희 가면, 섬서와 산서의 사화社火 가면 또한 이들 지역의 지방희 공연 및 사화 활동과 연관된다. 남방 지역에서 용선 경기가 성행하고 북방에서는 연날리기를 즐기는 것도 각지의 상이한 기후에 따른 민속 활동의 차이 때문에 생겨난 것이다.

요컨대, 민간 미술은 어떤 측면에서 보더라도 다른 예술 활동이 대체할 수 없는 폭넓고 일상적인 기능을 가지고 있다. 모든 사람의 마음에 숨어 있는 고향에 대한 그리움, 가족의 사랑, 동심 같은 아련한 것을 환기시켜 사람의 정서적인 감수성을 직접적으로 자극한다. 민간 미술은 썩어 없어지는 재료를 가지고 신비한 문화 정신을 빚어내었다.

---

3) 유명 가마를 중심으로 비슷한 계통의 도자기를 만들어 냄

편자소개 ——————————

류등劉東 칭화대학 국학연구원 부원장, 철학과 교수. 저장대학, 난징대학, 중국사회
과학원, 베이징대학에서 교편을 잡았으며 미국, 캐나다, 독일, 프랑스, 영국, 덴마크, 일
본, 홍콩, 마카오, 타이완 등지에서도 강연한 바 있다. 중국학 외에 미학, 비교문학, 정치
철학, 교육학도 연구 분야이며 조만간 예술사회학에도 입문할 예정이다. 저서로『이론
과 심지』(理論與心智),『도술과 천하』(道術與天下),『근사와 원려』(近思與遠慮),『자유
와 전통』(自由與傳),『책으로 깔린 길』(用書鋪成的路),『우리의 학술 생태』(我們的學術
生態),『전통의 재창조』(再造傳統),『사상의 부빙』(思想的浮冰) 등이 있고 '해외 중국연
구 총서', '인문과 사회 번역총서', '서양 일본연구 총서', '대학의 우려 총서', '예술과 사회
번역총서' 등의 시리즈물을 기획, 주재했으며 주편을 맡은 ≪중국 학술≫은 중국어권에
서 학술적인 비중이 큰 것으로 공인된 잡지다.

역자소개 ——————————

이성현 서울대학교에서 「『점석재화보(點石齋畵報)』 연구」로 박사학위를 받았다.
현재 서울대학교와 서울시립대학교 강사이다. 저서로는『중국 근대의 풍경』(공저)이 있
고, 역서로는『80년대 중국과의 대화』,『주르날 제국주의―프랑스 화보가 본 중국 그리
고 아시아』,『글로벌 대중사회와 하나되기』(공역) 등이 있다.

박민호 한국외국어대학교 중국어과를 졸업하고 동 대학원에서 중국현대문학 전공
으로 박사학위를 취득하였다. 현재 상지대학교 중국문화산업학과 조교수로 재직하며
중국 문학, 문화, 사상 등을 가르치고 있다. 「1980년대 중국의 문학주체성론 고찰」, 「문
화대혁명 직후 중국의 정치투쟁과 문예담론의 조정」, 「지역담론의 재인식과 트랜스시스
템 사회로서의 만주」 등 40여 편의 논문을 발표하였고, 역서로는『중국, 묻고 답하다』,
『건축의 의경』,『슬픈 열대를 읽다』 등이 있다.

박정훈 한국외국어대학교 중국어학을 졸업하고 동 대학원 중문학 석사, 푸단대학교에서 중문학 박사학위를 취득하였다, 현재 한국외국어대학교(글로벌캠퍼스)와 미네르바 교양대학 강사로 재직하고 있다.

정호준 한국외국대학교대학원 중어중문학과 박사과정 졸업하고 중국 사회과학원 방문학자, 강남대학교 중국학센터 객원 연구원, 한국외국어대학교 일반대학원 중어중문학과 BK21PLUS 한중언어문화소통사업단 연구교수 역임. 현 한국외국어대학교 중국연구소 전임연구원 겸 중국어통번역과 객원교수로 재직하고 있다. 논문으로는「두시 속에 나타난 생명존중의식 연구」등 20여 편이 있고 공저로『중국시의 전통과 모색』,『중국문학의 전통과 모색』 있으며 역서로는『신제악부/정악부』,『그대를 만나, 이 생이 아름답다』,『백거이시선』,『중국 고고학, 위대한 문명의 현장』,『총, 경제, 패권』 있다. 공역서로는『장자-그 절대적 자유를 향하여』,『한비자』 있다.

이새봄 서울태생. 숙명여자대학교 중어중문학과, 남경대학 중문과 졸업.

조성윤 고려대 중어중문학과를 졸업하고 동 대학원에서「『사기』의 감생신화 수용과 의의」로 석사학위를 받았다. 고전문학에서 이야기가 다시 쓰이는 양상에 관심이 있으며, 논문으로「『사기』「고조본기」의 감생고사 연구」가 있다.

中华文明读本(Chinese Civilization: A Reader)
Copyright© 2015~2028 by Liu Dong (刘东), Yilin Press, Ltd
Korean copyright© 2023 by Kookhak
Korean language edition arranged with Yilin Press(译林出版社), Ltd

한권으로 읽는 중국 문명

초판 1쇄 인쇄일	2024년 1월 20일
초판 1쇄 발행일	2024년 1월 30일

편저	류둥(刘东 編 / Edited by Liu Dong)
번역	이성현 박민호 박정훈 정호준 이새봄 조성윤
펴낸이	한선희
편집/디자인	이보은 정구형
마케팅	정찬용 정진이 김형철
영업관리	한선희
인쇄처	으뜸사
펴낸곳	국학자료원 새미(주)

등록일 2005 03 15 제25100-2005-000008호
경기도 고양시 덕양구 권율대로 656 더클래시아퍼스트 1519, 1520호
Tel 442-4623 Fax 6499-3082
www.kookhak.co.kr
kookhak2010@hanmail.net

ISBN	979-11-6797-140-1 *93820
가격	80,000원